RALPH DOHRMANN
Kronhardt

RALPH DOHRMANN

Kronhardt

Roman

Ullstein

Alles Gute in diesem Roman
kommt von meinen Eltern.
Und von den Menschen,
die mir nahe sind.

INHALT

Eine Beschreibung der Welt bedarf immer
einer Beschreibung ihres Beschreibers.
Heinz von Foerster

I

Willem

Ein uralter Haudegen. Der sich noch immer so glatt in die Kinder schlägt wie am ersten Tag.

Willem lag im Bett, und Doktor Blask hantierte mit dem Spatel.

Dann durchleuchtete er ein Auge.

Mit der Einschulung wird das nichts.

Der Doktor war ein vogelartiger Mann mit Kittel und Stirnspiegel.

Er zwackte Willem in die Wange, bis das Fleisch weiß wurde. Na, das ist doch was, und Willem nickte.

Dann kritzelte der Doktor und sah auf. Haben Sie Telefon?

Die Mutter nahm das Papier.

Rufen Sie in der Apotheke an.

Der Frau gefiel die Art des Mannes nicht.

Er hackte mit dem Spiegel. Rasch! Dann stachen seine Beine aus dem Kittel.

Willem sah zu, wie er die Tasche packte.

Weißt du, was Viren sind? Wieviel eine Milliarde ist? Und der Doktor lachte. Dann machte er eine Handbewegung. Kinder sind eine seltsame Sache. Bälger, die ständig schreien und fordern und doch so hilflos sind, daß sie gleich wegsterben, wenn man sich nicht kümmert. So liegen sie da, hilflose Parasiten, und saugen sich die Welt in Eingeweide und Kopf.

Vor allem der Kopf! rief der Doktor. Da entsteht, was später als Welt erscheint, da keimt etwas, da wachsen im Grunde phantastische Möglichkeiten.

Und doch verfestigen sich die jungen Köpfe ganz nach dem Muster der alten, erstarren innerlich und werden selber alt, sobald sie die nächste Generation auf die Welt werfen. Und dann geht das ganze Gezeter wieder von vorne los.

Nichtwahr! So gesehen liegt natürlich alle Schuld ständig bei den

Alten. Um so mehr, wenn man davon ausgeht, daß gerade Kinderköpfe offen sind für eine andere Wirklichkeit – eine Welt vielleicht, in der die Zeit rückwärts läuft oder die Naturgesetze sich auflösen. Willem lag da mit großen Augen.

Und Doktor Blask rief: Na klar habe ich solche Welten schon gesehen! Man kann jede Menge sehen, wenn man nicht so wird wie die Alten.

Dann lachte er. Und eine Milliarde, das ist eine Zahl. Eine Bezeichnung zur Größe einer Menge. Einen Meter beispielsweise, und seine Knie schossen durch den Kittel, kann man in zehn gleich große Stücke unterteilen. In hundert, in tausend, immer kleiner, ohne Ende, und ein Virus ist so winzig, daß sich Milliarden davon in einem Menschen verstecken können. Oder anders: Wenn die Menschen so groß wären wie ein Virus, hätten sie alle auf einem Streichholzkopf Platz.

Doch nur, und er hob einen Finger. Nur weil etwas winzig erscheint, bedeutet das noch lange nicht, daß es tatsächlich so ist. Winzig macht es nur der Mensch, der es betrachtet. Und im Gegensatz zum Menschen kommen Viren nicht als hilflose Bälger auf die Welt, sondern als Spezialisten, und so können sie von Anfang an in die Zellen anderer Lebewesen eindringen. Menschen beispielsweise sind aufgebaut aus Milliarden von Zellen, und jede einzelne bildet eine Einheit, in der etwas funktioniert, das zuletzt den ganzen Organismus am Leben erhält. Und wenn die Viren sich in einer Zelle einnisten, programmieren sie alles auf ihre Bedürfnisse um; sie saugen fremde Energie und verwandeln sie zu ihrem Vorteil, sie vermehren sich, und die Tochterviren dringen in weitere Zellen, nisten sich ein, programmieren, saugen und machens geradeso wie die Alten.

Im Grunde, meinte Blask, seien Bälger und Viren gar nicht so verschieden. Und auch die Erwachsenen verhielten sich im Grunde so – na, und dabei zückte er eine Taschenuhr, diese Erwachsenen, die seien ein Thema für sich, und das würde Willem noch früh genug lernen. Wie gesagt, die Einschulung würde er verpassen, doch in einer Woche sei er wieder auf dem Damm. Er habe ihm etwas Puder verschrieben, jedoch keine Tabletten. Die Menschen schluckten bereits bei jeder Kleinigkeit von diesem künstlichen Zeug; sie verweichlichten, würden unfähig zu Widerstand und starken Gefühlen, und ihre Urfähigkeit, durch Anstrengung und Überwindung Freude zu erleben, sterbe aus.

So stand Doktor Blask, und sein Kopf hackte. Und da er schon mal dabei sei, auch Willem wirke verweichlicht. Ein leptosomer Typ, ein klassisches Hygieneopfer. Menschenskinder, gerade als Balg müsse man sich den Dreck aus der Welt saugen, müsse den jungen Körper rüsten – oder etwa nicht: Durch ihre Geschichte hindurch hätten sich die Menschen doch gesuhlt, und wenn man plötzlich keimfrei lebe, sei das ein brutaler Schnitt. Eine künstliche Welt, die nichts mit den täglichen Anforderungen von Sonnenwind oder Hundehaufen zu tun habe. Also brauche Willem frische Luft, und wenn er wieder gesund sei, solle er gefälligst im Dreck wühlen, und der Doktor versprach, mit der Mutter darüber zu reden.

So stand er da, und der Spiegel zitterte noch.

Nur Willems Kopf war aus dem Bett heraus zu sehen, der Glanz seiner Augen.

Bah. Die verpaßte Einschulung – zum Teufel damit, sagte Blask. So eine Photographie mit Ranzen und Tüte lasse sich jederzeit machen; in einer Woche spreche sowieso niemand mehr davon, und die Zuckertüten vergammelten in irgendwelchen Ecken – ha: mein erster Schultag! Da taten sie sich geheimnistuerisch zusammen, zitterten, furzten und wurden kurzatmig. Gerade so, als ob der große Geist mit der Maske käme und die Kinder zu sonstwas mitnähme. Und was: Dieser ganze Hokuspokus nur, damit die Alten ihr verknöchertes Werk in die Jungen pflanzen könnten. Nichtwahr – sie machten es immer wieder. Einfach weil die Alten vor ihnen es auch gemacht hatten.

Dabei hätten sie doch diesen Kopf – Menschenskinder, und er klopfte gegen sein Schädeldach. Dieses Organ für Werterlebnisse, für Größe und Erhabenheit. Ein Ding, in dem sich alle Sinne des Menschen – das Mächtige des Lebens – ja, das Übermächtige offenbaren könnten. Zack, auf ein Fingerschnalzen plötzlich Jura, Kreide oder Jungsteinzeit. Zack, und plötzlich liefe die Zeit rückwärts oder die Naturgesetze lösten sich auf. Doch anstatt ehrfürchtig vor diesen Wundern des Lebens zu stehen, verpflanzten die Menschen ihre knöchernen Zeiten von einem Kopf in den nächsten – Deutsches Reich, Bürgertum, Hitlerfaschismus. Ohne zu hinterfragen, als wäre diese Wirklichkeit ein Virus und die Menschen funktionierten nach seinem Programm. Dabei stecke so viel mehr in diesen Köpfen, phantastische Möglichkeiten zwischen Atomen und Galaxien, und wenn sie nicht so anfällig für die Wirklichkeit der Alten wären, könnten diese Köpfe eine wunderbare Welt erschaffen. Aber das würde Willem eines Tages vielleicht selber erfahren – wie gesagt, die Grundlage dazu sei gegeben, und mit langen Schritten kam der Doktor ans Bett und legte seine Hand auf den kleinen Schädel.

Eigentlich, sagte er, mag ich keine Kinder. Und du?

Willem wußte es nicht.

Keine Freunde?

Nein.

Die Mutter, was?

Ja.

Und der Vater?

Ist tot.

Ach.

Der andere ist mein Onkel.

Schau an.

Und dann: Hast du Angst?

Willems Augen glänzten.

Die Hand umfaßte den Schädel und drückte. Brauchst keine Angst zu haben. Niemand kann wirklich wissen, daß du es bist, der hier drinsteckt. Du könntest ebensogut woanders drinstecken und keine Angst haben. Außer dir weiß das niemand.

Und Willem lachte.

So kam er als Nachzügler in die Klasse.

Die Lehrerin hielt eine Ansprache, die Mutter stand in seinem Rücken, und die zahllosen Augen der Kinder brannten sich bis in seine verborgenen Schichten. Er trug einen Pepita-Anzug und hatte letzte Borken im Gesicht; das Haar mit Brillantine gescheitelt, und die Lehrerin erzählte von der Stickerei; von der Emigration damals, und die Mutter, nordisch und mit der Turmfrisur wie aus Stein geschlagen, drückte Willem in ihre Furche. Entblößte seine Unvollkommenheit, den roten Schrumpfkopf im übermächtigen Mutterfleisch, und rings die Augen der Kinder waren Brenngläser. Später tuschelte die Mutter mit der Lehrerin, und bevor sie den Raum verließ, strich sie Willem über den Scheitel. Dann mußte einer der Schüler seinen Platz räumen, und Willem wurde zu einem Dicken gesetzt. Der Tisch stand in der ersten Reihe, und der Dicke hieß Siegfried.

Immer wenn Siegfried etwas wußte, reckte er sich und schnipste mit den Fingern. Und wenn die Lehrer ein anderes Kind aufriefen, sackte alle Masse zusammen, und er war beleidigt. Und sobald die Lehrer ihn unverhofft fragten, wußte er keine Antwort, sackte zusammen und war beleidigt. Willem saß einfach neben ihm, doch zweimal fing der Dicke Zank an, weil Willems Sachen auf seine Hälfte des Tisches geraten waren. Beim dritten Mal stieß er ihn in die Rippen, und Willem war erschrocken und überrascht; er konnte die Sache nicht einschätzen, doch nach einer Weile hatte er eine Entscheidung getroffen und stieß zurück. Der Dicke fing sofort an zu heulen, doch der Erdkundelehrer sagte nur, du hast zuerst geschlagen, Siegfried.

Auf dem Schulhof stand Willem alleine. Rings die Tollereien und das Gelächter verwandelten sich in etwas Großes, ein übergeordneter Vorgang, wie die wechselnde Formation eines Vogelschwarms, und jede Pause hatte ihr eigenes Muster; ein Schwirren und Schwingen, das immer ähnlich war, aber niemals gleich. So stand Willem, aß sein Pausenbrot und sah die Welt, wie er sie mit seinem Vater gesehen hatte. Ein immer neues Wunder, und das Brot war mit ordentlich Blutwurst und Harzer belegt, ein Geschmack nach seiner Mutter und Kronhardt.

Eines Tages stand ein Junge neben ihm, aus der Dritten. Er hieß Hans, hatte eine Hasenscharte und war Anführer eines lustigen Trupps. Spielst nicht gerne, was.

Willem wußte es nicht.

Komm, rief Hans, wieherte durch die Hasenscharte, und der Trupp zog Willem mit.

Hans hatte sein Brot in Zeitungspapier, das fleckig war und weich, und immer war es nur trocken Kommiß. Bald legte Willem Blutwurst und Harzer drauf und sah, wie der Junge den Käse aß und die Wurst in die Hosentasche steckte.

Mit andern spielen, sagte Hans, kannste aber nicht kaufen.

Willem sagte, daß er gerne gab.

Dann ist ja gut, und er stieß seinen Ruf durch die Scharte, und jeden Tag steckte er die Blutwurst in die Hose.

Wie die Mutter davon erfuhr, wußte Willem nicht; es schien ein Vorgang, der mit geisterhafter Fernwirkung stattfand, der häßlich war und beklemmend, und mit der unsichtbaren Aufdeckung seiner kleinen Geschenke, mit ihrem Eingriff bis in die Geschmacksnerven machte sie ihm das Leben schwer. Sie verbot, Blutwurst und Harzer abzugeben, und Willem schämte sich.

Doch Hans zuckte bloß mit den Schultern. Dann erzählte er, daß sein Opa im Krieg geblieben war; sein Vater war einarmig zurückgekommen, seine Mutter mit dem fünften Kind gestorben. Jetzt zog der Vater mit einem Leierkasten durch die Stadt, ein stummer Mann, der leere Ärmel das Wundmal aller, doch davon wollte niemand etwas wissen. Und so kurbelte der eine Arm lustige Melodien für das Vergessen, und der Ärmel steckte immer akkurat in der Tasche. Zum Glück, sagte Hans, hätten sie aber die Oma. Ohne die Oma wärs finster; sie hat die Kriege mitgemacht, die Inflation, den Hunger und weiß alles. So blickte Hans noch einmal auf die fetten Blutwurstscheiben, und dann warf er den Kopf zurück, schnaubte und johlte, ein übermütiger, schräger Ton, der sich durch die Scharte preßte und über den ganzen Schulhof schwang. Und er zog Willem mit in seinen Galopp.

Ein paar Tage später standen sie auf dem Rinnstein und pullerten gegen die grauen Fliesen; das Wasser aus den braunverfärbten Düsen sickerte abwärts und trieb ihren Urin in ein Loch. Dann sagte Hans, daß er mit seiner Oma gesprochen hätte. Und seine Oma hätte gemeint, daß Willem doch gar keine Blutwurst mochte. Wenn es nur wegen seiner Mutter wäre, die könnte man ja austricksen, und so trafen sich die Jungs regelmäßig auf dem Klo, und während das Wasser abwärts sickerte, wanderte die Blutwurst aus einer Tasche in die andere; ein heimliches Abkommen, und es machte Willem selbstbewußt, daß er diese geisterhafte Fernwirkung seiner Mutter unterwandern konnte.

Die Mutter sorgte dafür, daß er einmal die Woche zu Siegfried ging.
Siegfried war ein seltener Mensch, mit Ausbuchtungen an den unmöglichsten Stellen, und während die meisten Familien noch einen Küchengarten hatten und in den Jahreszeiten Bickbeeren oder Pilze sammelten, konnten seine Eltern sich Speck an ihrem Kind leisten. Und bei Siegfried zu Hause mußte Willem dann feststellen, daß sie alle aus der Form geraten waren; ein Clan, der Tröpfchen, Kugeln und Massen an Speck angesammelt hatte, und Willem fand heraus, daß diese Verfettung mit Max Schmeling zu tun hatte. Dieser Max hatte nach dem Krieg von den Amerikanern eine Cola-Lizenz bekommen, und der Vater des Dicken war ein Vetter des Boxers. Er war Cola-Vertreter geworden, der ganze Keller war voll damit, und die Familie trank Cola, aß Cola, und Siegfried sagte immer: Unsere Cola. Mächtig großer Stoff.
Und so saßen sie in Siegfrieds Zimmer; der Dicke hatte eine Sammlung von Blechautos, und wenn er Stromleisten und Flossen wienerte, hing ihm die Zunge zwischen den Zähnen. Zwischendurch süffelte er Cola, und manchmal ließ er Willem mit einem der Autos spielen. Ansonsten saß Willem einfach da und trank Leitungswasser.

Cola, dieser mächtig große Stoff, brachte seltsame Bilder in ihm hervor. Er konnte dann seine Mutter sehen und Kronhardt, wie sie vor der Fernsehtruhe saßen und voller Abscheu auf eine kleine Polarhündin starrten. Die Hündin hieß Laika und saß in einer Raumkapsel, auf die die Buchstaben CCCP gemalt waren, und es wurde vom Sputnikschock geredet. Von der bolschewistischen Fratze, die den Krieg in den Weltraum hochkoche, von einer roten

Giftpilzwolke, die nach der Freiheit und allem Guten schnappe, und die Mutter und Kronhardt verkrampften sich vor der Fernsehtruhe, als würde die Polarhündin ihnen jederzeit an die Kehlen springen.

So hielten sie sich an ihren Colagläsern fest; sie saßen in Angst, sie trieben das Getränk gegen die verschnürten Kehlen, und Deutschland, sagten sie, liege geschändet da – ein Tuch über den Kämpfern und dem gefallenen Reich, alle Kraft und Herrlichkeit gelähmt, und in der Fernsehtruhe hockte diese Laika und bleckte ihre Zähne. Was für eine Erniedrigung, was für eine Trauer; schöne und stolze Germania, deine Reinheit besudelt, Krone und Schwert zerbrochen, und wenn es noch Hoffnung geben konnte, dann aus Amerika. Und was war diese Hoffnung zuletzt anderes als die Heimholung verloren geglaubter Kinder – nichtwahr, auch Germania hatte Amerikas Kinder gesäugt, und das Blut aus dieser Milch würde immer deutsch bleiben, und so saßen die Mutter und Kronhardt, tranken Cola, glaubten an verwurzelte Kraft und ein Licht hinter dem Dunkelrot des Himmels. Und keine Frage, daß sie im Grunde auch diese Invasoren mochten, diese im Grunde germanischen Gesichter mit dem entschlossenen Ausdruck und den integren Zahnreihen; nichtwahr, die offen dargebotenen Handflächen, die Gleichzeitigkeit von Spannung und Lässigkeit, diese ganze gottverdammte Körpersprache, die signalisierte, daß man mit ihnen rechnen mußte – und keine Frage: auch die Cola, die über die springenden Kehlköpfe lief wie Maschinenöl.

Die größte Hoffnung aber gaben ihnen diese amerikanischen Fäuste, aus denen die Daumen himmelwärts zeigten. Und so ging auch ihr Blick in den Himmel der Fernsehtruhe und verklärte sich, als würde dort ein Heiligenschein entstehen, und Hand in Hand saßen die Mutter und Kronhardt da, lauschten der Stimme wie einer Vergötterung – ten-nine-eight –, und als sich nach unendlich bangen Sekunden die Jupiter-Rakete in Feuer und Rauch hüllte, als der Treibstoff sich in Kraft und Herrlichkeit verwandelte und die Bilder in der Fernsehtruhe wackelten – ach was, als die ganze Welt wackelte und erleben konnte, wie die Schubkraft das Sternenbanner gegen den blauen Himmel und die roten Eingeweide trieb, da hielten sie sich ganz fest, die Mutter und Kronhardt, und da standen Tränen in ihren Augen, eine Manifestation von neuem Glauben, neuer Freiheit und neuer Macht, und die Tränen waren wunderbare Schöpfungen, die zeitgleich aus Millionen aufrechter Herzen strömten und den Aufstieg der Rakete in biblische Schönheit verwandelten – weiß Gott, eine mächtige Potenzierung aus einer wäßrigen, schwach salzigen Lösung, und so saßen die Mutter und Kronhardt Hand in Hand vor der Truhe. Zitterten und trieben Amerika in den Himmel – auf, auf ins lichte Blau und hinein ins tiefrote Herz der Sputniks; auf, Germania, von der gebrochenen Jungfer zu neuer Krönung, und so stieg auch der Klang der Colagläser.

Sobald jedoch wieder Bilder der Russen aus der Truhe kamen, verkrampften sie. Allein die spitzen Ohren von Laika, ihre weiße Schnauze oder die inselartige Blesse auf dem Kopf schienen alle Angst in ihnen zu schüren; ihre Stimmen verwandelten sich in Abscheu, und als dann die neuen Schockbilder aus der Fernsehtruhe liefen und Major Gagarin der Welt zuwinkte, da verwandelten sich auch die Stimmen der Berichterstatter in Abscheu. Major Gagarin klang ausgespuckt und wie ein Fremdkörper, und auch aus der Mutter und Kronhardt klang dieser Name so, und bald schon konnte Willem hören, daß sie auch den Namen seines Vaters auf diese Art aussprachen: Richard Kronhardt, ausgespuckt und wie ein Fremdkörper, und Willem entschied, die Russen zu seinen Freunden zu machen.

Nachts beobachtete er heimlich den Himmel und stellte sich vor, wie der Major um die Erde flog und lächelte. Und wie sich dieses Lächeln auf der Erde in slawische Gerissenheit verwandelte und allen angst machte. Erst recht seiner Mutter und Kronhardt, und am Nachthimmel suchte Willem nach dem Wostok-Schiff, um dem Major zuzuwinken. Er stellte sich Juri Gagarin als einen guten Menschen vor. Vielleicht würde dieser Russe bald auf einem Stern landen, und dort wäre eine Welt, in der sein Vater lebte; und dann würde das Wostok-Schiff kommen und Willem zu ihm bringen.

Während Willem Leitungswasser trank, süffelte der dicke Siegfried Cola. Dabei wienerte er seine Blechautos, vertiefte sich in zweifarbige Lackierungen und Weißwandreifen, die Chromhörner der Stoßstangen nannte er Brüste meiner Mutter, und die Kühlerfiguren waren Göttinnen der Zukunft.

Dann bekam der Dicke seine ersten Soldaten. Plastikdivisionen, die er aus Schachteln mit unglaublichen Motiven schüttelte, und sobald er seine Kampfreihen geordnet hatte, bestand er darauf, die Deutschen anzuführen. Alle Mann in die Bunker, rief er, die Russen kommen, und es schien ausgemacht, daß er die Schlachten gewann. Doch Willem nahm die Deutschen im Handstreich; nahm die Amis im Handstreich, und der Dicke wurde zornig und zerquetschte die Soldaten und das ganze Schlachtfeld. Wenn seine Mutter dann ins Zimmer kam, versenkte sie ihre runden Fäuste in den Hüften, und er saß wie ein fettes Kaninchen und heulte stumm.

Zu Hause wußte Willems Mutter schon Bescheid. Der eigene Sohn, rief sie, fahre ihr in die Parade. Meine Güte, Siegfrieds Vater sei Generalvertreter für den Norden – ob das denn nicht in Willems Schädel ginge. So ein Mann habe Beziehungen, er sei in Amerika gewesen und wisse, daß Konjunktur steigerbar sei; gemeinsame Interessen, rief die Mutter, gebündelte Energien und Boom, rief sie, und Willem fand schließlich heraus, daß es um Schnellrestaurants ging.

Eine wunderbare Erfindung, rief die Mutter, eine greifbare Vision, die jeden Augenblick aus Amerika nach Deutschland überspringen müsse, und ruckzuck würde sich hier eine Kette deutscher Kultur installieren – Bratwurst und Kartoffelsalat, und zur Identifikation für die Kunden würden die Bediensteten Uniform tragen, Kittel und kecke Schiffchen mit einer Stickerei, nichtwahr, und voran natürlich das Cola-Emblem. Und darum solle Willem den Siegfried gefälligst bei den Soldatenspielen gewinnen lassen. Meine Güte, so blöd könne er doch nicht sein.

Schließlich mischte sich Kronhardt in die Sache.

Er organisierte ein Grillfest für die dicke Familie, er steckte Willem einen nagelneuen amerikanischen Truppenverband zu, und

Siegfried entschied prompt, daß sie ihre Soldaten jetzt zusammentun und die ganze Welt platt machen könnten. Und als sein Vater und Kronhardt den Jungs beim Spielen zusahen, wollte Siegfried alles über den letzten Krieg wissen, und die Männer lächelten und sagten, daß Geschichte schon immer ein verdrehtes Ding gewesen sei, daß aber immer herauskäme, was herauskommen müsse – Amerika und Deutschland, sagten sie, jawoll, die gehörten zusammen, und dem Dicken glänzten die Augen, und die Männer steckten den Jungs einen Groschen zu. Doch Siegfried quengelte, er wollte mehr wissen über den Krieg, und noch als die Männer eine Bratwurst aßen, setzte er ihnen zu.

Willem blieb abseits, trank Wasser und sah, wie die Männer ihre Wurst aßen; wie sich der gleiche Vorgang völlig unterschiedlich darstellte – eine triefende Einverleibung einerseits, eine seltsame Verwandlung, bei der das Gegessene die Gestalt des Essers annahm, so daß Siegfrieds Vater sich schließlich selber fraß. Und andererseits Kronhardt: schlank und groß, der die Wurst wie ein modisches Zubehör behandelte, ein Ding, das sich in cremig-brauner Farbe seinem Halstuch anpaßte und sich beinah elegant zwischen den Fingern auflöste. So standen die Männer am Grill, so hakten sie Vergangenheit ab und schienen gerüstet für die Zukunft.

Willems erstes Zeugnis bestand aus Wörtern, und als es zu Hause auf dem Tisch lag, hockten die Mutter und Kronhardt darüber. Sie lasen einzeln, und sie lasen gemeinsam; sie verwandelten die Wörter zu Merkmalen, an denen sie Willem wiedererkannten, sie verwandelten sie in wunderbare Brenneisen, und voller Begeisterung hantierten sie damit.

Natürlich war so ein Zeugnis Ausdruck von Macht, ein Urteil, mit dem ein Ist installiert wurde; kalibrierte Buchstaben, die sich zu kalibrierter Bedeutung reihten, Zeichen, die in Zahlen übertragen werden konnten. Oder in Informationseinheiten, wie die Löcher auf den Hollerithstreifen der Stickmaschinen, und so saß Willem zwischen seiner Mutter und Kronhardt. Sie tätschelten und sie kniffen ihn, sie lasen das Zeugnis wieder und wieder, und die Wörter glühten und zischten: Aufmerksam und mit Leichtigkeit, sagten sie, fleißig, doch nicht zu strebsam, sagten sie, und Willem saß brav dabei. Ganz so, als würden sie alles richtig machen. Auffassungsvermögen rasch, sagten die Alten, Zusammenhänge konstruiert er selbständig, und Willem stellte sich dabei die Lehrerin vor. Fräulein von Weyer, im Kostüm und mit silberblondem Haar, und die Kinder mußten aufspringen, wenn sie die Klasse betrat. Und wer ihren Gruß nicht laut genug erwiderte, den ließ sie vortreten. Eine unheimliche Frau, immer ein scharf gefaltetes Tuch im Kostüm, und ihr strenges Haar roch nach Festiger und Zigaretten, und wenn sie sich über einen beugte, waren ihre Zähne wie eingepflanzte Soldaten, die jedes Wort zu einem Geschoß machen konnten. Und jeden Montagmorgen ließ sie singen, stand dabei am Fenster, sah in den Himmel, und sie wußte immer, wer nicht mitsang oder im Text stolperte – unheimlich und geisterhaft, dachte Willem, genau wie die Alten.

Auch in ihrem Haus, meinte Willem, stand dieses Fräulein von Weyer am Fenster; steckte eine Zigarette in die goldene Spitze, und während ihr Blick mit dem Rauch stieg, wurden hinter diesem Blick die Urteile gefällt. Und dann setzte sie sich, ließ ihre Soldatenzähne aufblitzen, zog Tinte in den Füller, und die Feder glitt wie von selbst über das Papier, produzierte einen Rhythmus, ein leises Stakkato, und aus dem Spalt der Feder sickerten Buchstaben in Deutscher Normalschrift, erhabene Zeichen, die sich zu ihrer Sütterlin-Wurzel bekannten, eine Kette von Zeichen und Informationen in Preußischblau; und so zog sich Spur um Spur über das weiße Papier, Haken und Zacken, die noch einmal unter der Schreibtischlampe aufglänzten, während die Lehrerin schon frische Tinte aus dem Faß saugte, um die nächste Zukunft zu besiegeln.

So saß Willem zwischen den Alten, und sie tätschelten und kniffen ihn.

Siegfried hatte nur ein mittelmäßiges Zeugnis bekommen, und Willem stellte sich vor, wie die dicke Mutter dastand, ihre runden Fäuste versenkt, und wie Siegfried die Tränen preßte, bis der Vater dazwischentrat, ein nagelneues Blechauto hervorholte und sagte, komm schon, Junge, so gut wie dieser Kronhardt-Bengel kannst dus allemal.

Oder der Hans, dachte Willem, der bereits Noten in seinem Zeugnis stehen hatte. Keine Möglichkeiten mehr für Tendenzen oder Zwischenräume, eine Reduzierung auf Symbole, eine machtvolle Kombination nackter Zahlen – ist 5, ist 6, ist 1, und der Hans hatte gesagt, lauter Dreier und Vierer, und für Willem wäre so etwas eine Katastrophe. Sie würden ihm das Lesen verbieten und die Spiele an der Weser, ein radikaler Eingriff in seine freie Zeit, doch der Hans hatte zu seinem Zeugnis bloß gegrinst; was wichtig sei, das bringe ihm seine Oma bei, und so ein Lappen, hätte die Oma gesagt, sei immer noch ein guter Fidibus. So gab es also auch Häuser, in die die Macht der Lehrer nicht greifen konnte, und da konnte ein Fräulein von Weyer ihr Preußischblau verspritzen oder einen wie den Hans noch so oft vor die Klasse stellen und mit ihren Soldatenreihen nach ihm schnappen; zuletzt hatte es keine Auswirkungen. Einer wie der Hans schlenderte danach einfach nach Hause, und da sagten sie, mein lieber Junge, Holzhacken, Reusenleeren und hast du Blutwurst dabei; was in der Schule war, interesierte nicht.

Doch Willem – das war gar keine Frage. Willem mußte interessieren, was in der Schule war. Er mußte sich so verhalten, daß Fräulein von Weyer ihn für aufmerksam und fleißig hielt. Er stand unter Druck, seine Mutter kontrollierte die Hausaufgaben, seine Mutter ließ ihn den Stoff wiederholen, sie fragte ihn ab, sie hielt Rücksprache, und wenn die Lehrerin behauptete, er wäre unkonzentriert, strich die Mutter einen Nachmittag – Zeit und Freiheit, einen Brocken aus seiner Seele, den sie unwiederbringlich herausschnitt, hochhielt und sich einverleibte. Als wäre sie eine uralte Macht mit uralter Besessenheit; eine Kannibalin mit Muttermaske, die um so fürsorglicher schien, je mehr sie herausfressen konnte.

So lasen und lasen die Alten, brannten und tätschelten. Und Willem wirkte erschließbar und zugänglich. Er ließ die Mutter sehen, wie sich die gewünschten Eigenschaften in ihm entfalteten, und wenn sie dennoch mißtrauisch wirkte, dachte er an die Worte vom Doktor Blask. Nicht mal sie konnte wissen, wer da wirklich in ihm steckte.

Also war Willem ein guter Schüler. Also fügte er sich auch in die Anordnung, in der Produktion und im Büro zu assistieren, von der Pike auf, nannte die Mutter das, und als wäre es nicht genug, mußte er dazu den Kittel des Stickers tragen oder den Geschäftsanzug, ein kleiner Mann in Spezialkleidern, und wenn er Öl oder Tinte im Gesicht hatte, rieb die Mutter mit Speichel. Und nachmittags, wenn sie ihn in den Feierabend entließ, damit Willem, ganz wie vom Doktor empfohlen, an die frische Luft kam, ließ sie ihn noch mal das Durchdringende ihrer Mutterschaft spüren. Begleitete ihn vor die Tür, legte ihre Hand auf seinen Kopf und blieb noch stehen, wenn Willem bereits losmarschiert war.

So stand die Mutter und sah ihrem Jungen hinterher; spürte die unverbrauchten Möglichkeiten in der Luft, und mit jedem Atemzug verwandelten sich diese Möglichkeiten in Unberechenbarkeit. So stand sie, sah Willem hinterher und zwang sich, an die Worte des Doktors zu denken: Leptosom und verweichlicht, hatte Blask gesagt, und das beste Rüstzeug sei immer noch Abhärtung unter freiem Himmel. Lassen Sie den Jungen laufen, hatte Blask gesagt, lassen Sie dem Jungen die kindliche Freude am Schweiß und an den freien Elementen.

Ein undurchschaubarer Mensch übrigens, dieser Blask. Wortkarg und im nächsten Moment schon wieder polternd, und nur was man fachlich von ihm sagte, konnte die Mutter überzeugen: ein Mann, der erstaunliche Eigenschaften in der Behandlung von Kindern entwickelt hatte. Auch von Dorftrotteln, hieß es, und von wem hatte sie das mit den Dorftrotteln noch? Von dieser Siegfried-Mutter, genau, und im Grunde mußte man sich schämen, mit der Familie gesehen zu werden. Doch sobald der Kontakt zu Max Schmeling einmal hergestellt wäre, würde diese Familie nicht mehr interessieren. Dieser Max, der hatte das Herz auf dem rechten Fleck. Das Herz eines Boxers, dachte sie, und dieser Max, der war auf dem Teppich geblieben, der war nicht so ein Parvenü geworden wie sein Vetter. Max, der würde die gebündelten Energien, den Boom hinter ihren Ideen sehen, der hatte beides, dieser urdeutsche Boxer: Bodenhaftung und Weitsicht, und deswegen war es auch so unheimlich schlau von den Amis, ausgerechnet ihm die Lizenz zu geben.

So stand die Mutter in der frischen Luft. Atmete die unverbrauchten Möglichkeiten aus der Welt und dachte zurück an diese herrliche Juninacht 36. Gegen drei Uhr morgens war es wohl gewesen, und die Familie hatte um den Volksempfänger gesessen, Vater und Mutter, die Brüder Karl und Willem und sie, Eva, die Jüngste – ach Kinder, war das erhaben gewesen, die Direktübertragung durch den Äther, die brüllende und verrauchte Arena von New York ins heimatliche Wohnzimmer; Kinder, was war das für eine Hochspannung gewesen, was war das für ein Gefühl – und sie hielten einander fest, weil die Worte des Berichterstatters sie sonst umgehauen hätten, sie waren naßgeschwitzt in dieser Juninacht, immer wieder verzerrte die Stimme aus dem Radio, überschlug sich, und aus diesen dramatischen Schwingungen sickerte wunderbare Ahnung – nichtwahr, aufs ganze Reich sickerte dieser Segen und schwang sich zurück in den Äther. Schwang nach New York und in die Arena und verwandelte sich in den Siegeswillen eines ganzen Volkes – dieser unbezwingbare Joe Louis mit seiner unbezwingbaren Nation im Rücken –, ha, es war Verheißung aus dem Äther, als die Radiostimme so ekstatisch widerhallte: Weiter, Max! Weiter, Max! Weiter, Max!, und das ganze Reich war erfüllt davon, spürte die Kraft und die Herrlichkeit und den Willen zum Sieg, und dann der Dolchstoß, dieser endgültige Ruf der Gewißheit: Aus! Aus! Aus! Der Kampf ist aus! Das war Deutschland in seinem glücklichsten Augenblick – eine wunderbare Verdichtung der Morgenröte, des Äthers, des deutschen Volkes. Und nie wieder war es so gewesen. Die Heimat geborgen im Fingerhut, die Welt lag ihnen zu Füßen, und in der Bremer-Stickerei-Manufactur ratterten die Maschinen auf Sieg, im ganzen Reich ratterte dieses wunderbare Stakkato.

Ach Kinder, dachte sie, so wie in dieser Juninacht ist es nie mehr gewesen. Auch nicht beim Triumph über Polen, obwohl der Bruder Karl dabeigewesen war und diese Offenbarung quasi privat gemacht hatte; doch zuletzt fehlte er zur Vollkommenheit daheim, der Karl, und als wäre das bereits eine Ahnung gewesen, verscholl kurz darauf der andere Bruder, Willem, und das U-Boot, auf dem er stationiert gewesen war, tauchte nie wieder auf; Kinder, diese

Juninacht war etwas Vollkommenes, ein Vierteljahrhundert, Kinder, wie die Zeit vergeht. Doch diese Nacht um den Vau-E blieb ewig eingebrannt; die Familie ein Herz, das Reich, und aus dem Äther das Herz eines Boxers. Sie hatten geweint vor Glück, und für die Familie war aus dem Gassenhauer das Herz eines Stickers geworden – und heute, dachte sie. Heute könnte man nur noch heulen, doch Schmerz bringt das Verlorene nicht zurück. Nach vorn muß man schauen; Max Schmeling, dachte sie, der hat die Lizenz, und mit dem muß man ins Geschäft kommen. Der kann etwas anfangen mit einem Schriftzug auf Schiffchen und Schürze, der weiß um Banner und Identifikation, und so stand sie, das Herz eines Stickers, und verweigerte die Tränen.

Ihr Junge marschierte derweil gegen die frische Luft.

Und obwohl seine schmächtige Gestalt mit der Entfernung noch kleiner wurde, lagen im Blick der Mutter bereits Größe und trapezförmiger Rumpf; ein willensstarker Ausdruck im kühlen Hanseatenblick, und so wollte sie mit ihm in die Zukunft marschieren, im eingefleischten Takt der ratternden Maschinen.

Einmal noch hielt sie ihre Nase hoch, schnüffelte nach den Möglichkeiten, die das Durchdringende ihrer Mutterschaft verschmutzen könnten. Doch daß der Junge auch aus der Entfernung noch immer winkte, beruhigte sie zuletzt.

2

Manchmal standen Ausflügler vor den Stadtmusikanten, und Willem rief ihnen voller Lebenslust das Motto der vier Tiere zu. Straßenbahnen rollten über den Marktplatz, in den Bombentrichtern stand Wasser; um die Trümmer waren Zäune gezogen, und verkohlte Spuren eingefleischter Geschichte stiegen auf. Der Roland blickte unbeirrt in die Richtung, in die er immer geblickt hatte. Vryheit, stand auf seiner Brust geschrieben, do ik ju openbar, und Willem legte die Hand auf den Schutzpatron, so wie sein Vater es ihm gezeigt hatte. Ein mildes Gesicht, für das Zeit keine Rolle spielte, und die Straßenbahnen kamen ihm entgegen oder sie zogen davon, und Willem sah hinter den Fenstern die Passagiere mit Homburg oder Dauerwelle – Reisende, hatte sein Vater gesagt, die heute den Raum durchschnitten, wo gestern noch Pferdehufe gehallt hatten, Gaukler oder Hexen.

Als sein Vater noch lebte, hatten sie all diese Bilder gesehen; stundenlang blätterten sie in Büchern, wurden von den Wörtern eingezogen, von den Bildern und Kupferstichen, und es war immer wieder ein überwältigendes Gefühl gewesen, wenn sie sich zuletzt selbst in den Büchern entdeckt hatten. Eingezogen in andere Welten, während rings die Straßenbahnen den Raum durchschnitten; während Volkswagen und Borgward unter der Doppelspitze des Doms parkten und Männer im Ulstermantel ins Rathaus schritten. Und während zugleich die Tauben zuckelten, als wären sie aus Büchern und Kupferstichen entsprungen; als wären sie schon immer gurrende und furchtlose Allesfresser gewesen, die noch Könige und Bettler bedrängten. Im Grunde seltsame Tiere, meinte Willem, die im fliegenden Schwarm so frei wirkten, in ihren Bewegungen bald anmutig wie ein einziger Körper, und sich doch auf ein Leben zu Füßen der Menschen einließen. Auf Reste und

Abfälle, und manche hatten Geschwulste oder ein verklumptes Bein, doch zuletzt blieben sie immer unbehelligt. Der Vater hatte aus mittelalterlichen Stundenbüchern vorgelesen, und den Tauben war es damals bereits besser ergangen als den Knechten; die adeligen Grundbesitzer ließen schmucke Türmchen für sie errichten, in denen sie noch sicher vor Ratten und Mardern waren, und die Knechte mußten die Taubenkacke sammeln und auf die Felder verbringen. Taubenkacke war ein kostbarer Dünger, die Türmchen kleine Fabriken, und so, hatte der Vater gesagt, waren die Tauben zu Hausgenossen geworden; bald sahen die Menschen sie als ihre Geschöpfe, die sie prachtvoll und fett züchteten, bald als ihre Kameraden. Und vor allem die Eigenschaft der Tauben, von überall zu ihrem Schlag zurückzufinden, besiegelte die Kameradschaft. Zuerst brachten sie Post, dann kamen sie mit an die Front und brachten Informationen sicher über die Feindlinien hinweg. So wurden aus den tierischen Kameraden auch noch Kampfesbrüder, hatte der Vater gesagt und gelacht. Und die Menschen hefteten den Tieren dafür Orden an die Brust.

So also zuckelten die Tauben unversehrt durch die Zeit und bekamen bis heute Brocken hingeworfen, während andere mühsam die Groschen für ihre Kinder leiern mußten. Für die Tauben schien es ein bequemer Weg; ihre alten Instinkte verkümmerten wohl, dennoch überlebten sie mühelos. Der Vater hatte gesagt, daß diese Tauben die Schönheit der Welt hinter sich gelassen hatten. Sie hatten Orden bekommen und konnten sich sogar Geschwulste und Klumpfüße leisten. Und so zuckelten sie unbehelligt durch die Städte, verkümmerte Allesfresser, die keine Vorstellung mehr von einem Leben in den Wäldern hatten, von luftigen Felshöhlen. Sie mußten nicht mal mehr flüchten, und obwohl Willem sie verfolgte und bald seine Mütze in die Luft warf, blieb das beeindruckende Bild einer aufsteigenden Masse aus.

Die Fassaden um den Marktplatz waren wieder schöngemacht, die Spuren vom Krieg getilgt. Die Ausflügler photographierten, und auch die Bürger freuten sich an der herausgeputzten Geschichte. Die Lebendigkeit aber dieser Geschichte blieb hinter dem Putz verborgen; die Käfige etwa, die an diesen Mauern aufgehängt worden waren; die Nackten darin, die begafft wurden und verspottet, bis die Tiere kamen. Auch das Echo blieb in den Mauern verborgen, wenn eine Falltür klappte; wenn Hunde nach der baumelnden Fracht schnappten und rings das Volk unterm Galgen auflebte, plötzlich groß wurde und sich am Gefühl der Macht berauschte; wenn sie mit Stecken und Steinen die baumelnden Körper bedrängten und aufwärts spuckten wie gegen einen verhaßten Herrn, und der Vater hatte gesagt, daß die Gehenkten schon immer die Brocken gewesen wären, um das Volk zu zähmen. Noch die Kriege, hatte der Vater gesagt, diese grandiosen Schlachtfeste und kannibalischen Heldentaten, hätten so funktioniert, und zuletzt hätte man dem Volk die Juden vorgeworfen; Abermillionen Brocken, doch auch diese Spuren wurden wieder schöngemacht und getilgt.

Vor dem Portal der Böttcherstraße stand ein Schupo und bewachte die Instandsetzung der Goldenen Pforte. Heda, Junge!, und die Hand vor Willems Brust war groß und behaart. Die Knöpfe der Uniform glänzten, die Schulterstücke und der Kopf mit dem Tschako waren riesig. Willem spürte sofort die durchdringende Kraft. Um so mehr, da die Mutter und Kronhardt den inneren Hackenschlag gegen die Obrigkeit forderten und Willem sich kaum etwas Schlimmeres vorstellen konnte, als von einem Schupo nach Hause gebracht zu werden. Und so stand er stramm.
Der Polizist machte ein verdattertes Gesicht. Junge, willst du mich verkohlen?
Und Willem stand noch strammer.
Du Lauser. Dann nahm er Willem am Schlafittchen. Die Zeiten sind vorbei, Junge. Sei froh, daß du da noch nicht gelebt hast.
Willem nickte.
Wo willst du hin?
An die Weser.
Hier ist dicht.
Ja.
Dann legte er die große Hand auf Willems Schulter. Wir bauen die Böttcherstraße wieder auf.

Ja.
Und steh nicht so da.
Willem wußte nicht, was der Polizist meinte.
Mußt nicht strammstehen, Junge.
Nein.
Und der Mann lachte. Ich war Bootsmann auf der Nordstern, als der Schlamassel losging. Wir lagen in Veracruz und kriegten grad die Bäuche voll. Tabak, Kakao und Sisal, und die Hälfte der Mannschaft wollte erst gar nicht zurück. Wir wollten den Krieg nicht, wir musterten ab und gingen auf die mexikanischen Dampfer. Ich kam dann 45 gleich zurück; die Toten begraben und die Heimat wieder aufbauen, und als die Amis Polizisten suchten, habe ich mich gemeldet. Eine Stadt, habe ich gesagt, ist wie ein Dampfer. Wenn jeder Mann seinen Posten klarhält und noch ein Auge für den andern hat, dann wirds schon schiefgehen. Das habe ich den Amis gesagt und bin Schutzmann geworden. Aber strammstehen braucht bei mir keiner.
Willem nickte. Dann sagte er: Und die Böttcherstraße?
Die machen wir wieder, Junge.
So schön wie früher?
Donnerwetter, rief der Schupo, und Willem zuckte. So schön wie früher, Junge. Das will ich doch hoffen. Und nach einer Pause: Als ich so ein Bengel war, da bin ich auch gestromert, und damals gab es noch ein paar Alte, die wußten von den Helligen. Denn früher wurden dahinten Schiffe gebaut, doch als ich gestromert bin, da hatte der Kaufmann Roselius längst mit seinen Häusern hier angefangen. Expressionistisch, sagten die Menschen damals, aber die meisten wußten gar nicht, was das war.
Die Nazis nannten die Häuser dann entartet, und plötzlich sagten alle entartet, und jeder schien zu wissen, was das war. Aber mir haben dem Roselius seine Häuser schon immer gefallen. So, Junge. Jetzt muß ich wieder an Bord, und der Schupo trat neben das Portal und bewachte die Instandsetzung.
Willem fand es seltsam, wie nett so ein Schupo sein konnte. Er stellte sich vor, wie dieser Mann sich die Mutter und Kronhardt zur Brust nahm – Herrschaften, Strammstehen und Hacken zu-

sammen ist vorbei, und wer das den Kindern nicht beibringt, wird verhaftet.

An Brandmauern und Trichtern vorbei lief er in den Schnoor. Wie durch ein Wunder hatte dieses Viertel den Krieg überstanden, und die niedrigen Häuser lagen an einer Schnur gezogen wie eh. Gerüste waren aufgebaut, Arbeiter hantierten mit Stemmeisen oder mischten Zement, und wenn der Polier zur Pause rief, holten sie Stullen und Henkelmänner hervor. Auch der Schnoor wurde schöngemacht, und sein Vater hatte erzählt, daß er von jeher das Armeleuteviertel gewesen war. Mit Aussatz hinter den Türen und Fischblut in den Gassen, doch jetzt wurden auch diese Spuren getilgt, und auf großen Tafeln stand das Wort Aufschwung geschrieben. Wo bereits erste Gerüste abgebaut waren, gab es Andenken zu kaufen; Schneekugeln mit Roland oder Stadtmusikanten, und auf den Stelltafeln der Restaurants las Willem: Heute Stint, heute Kükenragout, und dazu ein abgängiger Franzose vom Ratskellermeister.

Schütteres Grau unter verwischter Wolkendecke, so schnitt der Fluß durch die Stadt. Matt und mit schuppigen Reflexen, aufgeklatscht und wieder glattgezogen von schwarzen Lastkähnen, und in der wummernden Luft die trägen Schläge der Möwen. Willem sah das fließende Mark, diesen Keim der Armen und Reichen, und sein Vater hatte gesagt, daß die Stadt hier entsprungen war. Zuerst Jäger und Sammler, die unter fellbeworfenen Gestängen an der Tränke lagerten; dann erste Spuren von Seßhaftigkeit, schilfgedeckte Pfahlbauten, Muschelberge und Körbe mit Krebsen und Fischen. Am Strand Einbäume und Flöße, später trieben kraweelgebaute Frachter den Handel voran, und dann zogen Karavellen in kolumbushafte Ferne und brachten fremde Welten in die Lagerhäuser zurück. So wuchs die Stadt und wurde reich; über den Fluß hielt sie Kontakt zu den Ländern jenseits der Meere, und immer neue Generationen zogen aus, die zum Abschied alle ihre Hand auf den Roland legten.

So lief der Fluß auf und wieder ab. Zog gegen den Horizont und kam von dort zurück; stand nie still, brachte ständig Neues hervor und ließ keine Wirklichkeit endgültig sein. Ein Keim, in dem zuletzt noch arm und reich verwischte, und Willem hatte es geliebt, mit dem Vater am Fluß zu sitzen. Seinen Geschichten zu lauschen, einfach nur dazusein. Das Große im Kleinen zu sehen, das Viele im Wenigen, und schließlich war der Vater auf dem Fluß gestorben.

Sie hatten vom Martinianleger losgemacht, auf einer Barkasse zur großen Hafenrundfahrt, und an Bord war er einfach gestorben. Ein seltsamer Tod, über den die Zeitungen noch lange geschrieben hatten.

Nach Osten hin gab das in Stein gezwängte Ufer Streifen frei von Strand, und bald enthüllte die Ebbe den Schlick dahinter; eine keimende Wildnis, schmatzend und stieläugig, und manchmal fand Willem Seeglas oder Pferdezähne; kleine Schätze, die er heimlich sammelte oder in der Schule tauschte. Wenn das Wasser zurückkam, stieg es in die Schilfgürtel und vertrieb das huschende Getier. Die Männer auf den Flußwiesen trugen Landserkäppis und am Gürtel eine Hippe. Sie kappten Ried und Löwenzahn, sie räucherten die Bisamgänge, kontrollierten den Deichkörper, und im Sommer riefen die Frösche. So lief der Fluß auf, und er lief ab. Schluckte die Spuren von Himmel und Wolken und brachte sie wieder hervor; trug den Ruf der Wildgänse, die Nachen der Fischer, ein ewig alter Spiegel.

Wenn Willem den Pfiff durch die Scharte hörte, freute er sich. Hans war ein Gezeitengänger, er kam, wenn das Wasser ablief, egal, ob es vor der Schule war oder vorm Zubettgehen. Seine Oma hatte ein paar Fangkörbe gepachtet, aus Rohr geflochtene Trichter, die im Schlick verankert waren, und Willem lernte, daß es Aalreusen waren. Darum auch die Blutwurst, sagte Hans. Wenn nämlich Hitze den Fluß so still und träge machte, daß Fledermäuse Kreise auf die Oberfläche schlugen, dann wurden die Aale verrückt nach Blutwurst. Auch wenn ein Sturmtief aus Nordwest im Anmarsch war oder der Fluß im Winterlicht dampfte. Doch nicht immer gingen die Aale auf Blutwurst. Da müsse man Bescheid wissen, sagte Hans, und wenn die Reusen leer blieben, hätte man was falsch gemacht. Die Blutwurst sei dahin, der Magen knurre, und man müsse daraus lernen. Man sehe sich den Mond an, die Wolken und den Horizont; man achte darauf, wie die Vögel jagten, wo die Frösche säßen, und wenn man damit seine Erfahrungen mache, könne man die Aale bald ganz gut einschätzen. Oder was man sonst einschätzen wolle, meinte er.

Und sobald die Reusen wie Knochengerüste im glitzernden Schlick erschienen, stapfte er los. Einen Handschuh übergestreift, am Gürtel einen Sack, und mit jedem Schritt versanken seine Stiefel. Die fetten Tiere wanden sich, sie wollten zurück in die Freiheit, und Hans sprach ihnen zu. Die Kleinen ließ er frei, und bevor er an Land ging, bestellte er die Reusen für die nächste Flut.

Später lag der Sack neben einem großen Stein, und wenn Hans in das Gewimmel langte, traten die Adern an seinem Unterarm vor. Bald fiel ihm eine Strähne ins Gesicht, sein Atem stieß durch die Scharte, und jedesmal hielt er die spitzen oder stumpfen Mäuler in die Höhe – ein letzter Blick, er sagte Lebewohl, dann drückte er die schlangenhaften Tiere gegen den Stein und schlug mit dem Schaft zu. Mit der nächsten Handbewegung blitzte die Klinge, die Leiber zuckten noch, und mit schnellen Fingern schälte er ihr Innenleben heraus. So arbeitete Hans und schien übergetreten in eine andere Welt; und mit dem Blut auf Stein und Werkzeug sah diese Welt uralt aus.

Ohne die Aale, sagte er, wärs schwer. Sicher, so ein Sonnenjahr in der Stadt gab schon was her – Hagebutten, Holunder, Nüsse, doch der Fluß blieb ihre zuverlässigste Quelle. Auch wenn der Mann, dem die Reusenplätze gehörten, einen Teil davon bekam, ohne die Aale wären sie aufgeschmissen gewesen.

Nach der Arbeit warf Hans das Gekröse zurück. Der Fluß konnte mit den Herzen der Aale etwas anfangen, und einmal hatte er dem Fluß sogar fünf Pfennige gegeben. Aus Dankbarkeit, sagte er, denn dankbar mußte man bleiben. Das hatten ihm die Ledergesichter erzählt; Männer, die bei jedem Wetter rausruderten und ihren Knaster noch rollten, wenn der Regen waagerecht stand. Und diese Ledergesichter wüßten schon, was es zu wissen gäbe, sagte Hans. Auch wenn die Lehrer in der Schule etwas anderes behaupteten, was er von diesen Männern lernte, das hätte Hand und Fuß. Zum Beispiel die Aale, sagte er. Da hätte ihm von Weyer doch tatsächlich Nachsitzen aufgebrummt, weil er widersprochen hatte. Aber warum sollte er das Maul halten, wenn sie den anderen was Falsches in die Köpfe hämmerte – wer wüßte denn schon, sagte er, was sich daraus alles ergeben könnte; ungezählte Jahrgänge, die mit dem Blödsinn einer vernagelten Zicke groß würden. Von Weyer hatte nämlich behauptet, daß die Aale ganz von selbst entstünden. Einfach so – Hokuspokus, in Faulschlamm oder Dreck. Und wenn man ihr widersprach, zog sie einem die Ohren lang und brummte einem was auf. Und der Hans mußte in einem Buch lesen und ihr später davon erzählen – aber was gabs da groß zu erzählen? Die Aale entstanden in Faulschlamm oder Dreck, stand in dem Buch. Und der das geschrieben hatte, hieß Aristoteles und war seit über zweitausend Jahren tot. Aristoteles, hatte Hans gesagt, sei sicher ein gelehrter Mensch gewesen, doch mit den Aalen läge der falsch. Und als er von Weyer das begründen wollte, hätte sie ihm eine Ohrfeige gegeben und einen Sechser wegen Widersetzung notiert.

Die Fischer aber, sagte Hans. Die hätten nur so gegrinst. Nämlich, die wußten Bescheid, die hätten schon als Jungs mit Weserschlamm experimentiert, und nie sei dabei ein Aal oder sonstwas rausgekommen. Und ein paar von denen wären mal richtige Seemänner gewesen, auf Frachtseglern und Teeklippern, und die hätten mitten auf dem Atlantik Glasaale gesehn. Klein wie ein Finger und beinah durchsichtig, und immer unterwegs Richtung Europa. Nichtwahr, sagte Hans. Das sei ja mal klar, daß die irgendwo im Atlantik schlüpften. Aus Eiern wie die Kaulbarsche und Karauschen, und nicht hokuspokus aus dem Faulschlamm.

Sie marschierten Richtung Martinianleger und querten den Fluß über die Stintbrücke. Auf der anderen Seite lag ein Nachen vertäut, und Hans ruderte gegen die Teerhofinsel. Sie versteckten den Nachen im Schilf und fanden ein Loch im Zaun. Früher wurden auf dem Teerhof die Segler flottgemacht, getakelt, kalfatert, so was. Und später standen dann prächtige Häuser, eine Kaffeefirma, auch eine Burg, doch die Bomben hatten schließlich alles zerschlagen. Pracht und einstige Höhe eingestampft, nur noch Zacken und Etagenreste, als hätten Wucht und Hitze eine ganze Zivilisation zerschmolzen; alle Fähigkeiten und alles Wissen ausgelöscht, und so trieben die Zacken gegen den Himmel, und einmal sahen sie noch ein Porträt hängen, als wäre nie etwas geschehen.

Für Hans war die Trümmerwelt so alltäglich wie die Aale; er zog ein in die Tiefe und durchstreifte die Karkassen und Tracheengänge nach etwas Brauchbarem. Hökersachen, Rohstoff, der noch nicht verfeuert oder mit dem Wiederaufbau verschmolzen war. Hans hatte ein Auge auf viele Dinge, und immer wieder brachte er etwas aus den Trümmern hervor. Und wenn er sich erwischen ließ, war aller Aufwand für die Katz gewesen.

Anfangs hatte Willem Angst, als Trümmerdieb vor die Mutter gebracht zu werden. Doch bald spürte er ein Prickeln bis unters Schädeldach; bald einen Sog, der alles erfaßte, und er fühlte sich wie ein erster Mensch. Wie ein Juri Gagarin, und wie ein letzter, der auf die Relikte eines grandiosen Untergangs blickte, und auch Hans konnte das Prickeln und den Sog spüren. Doch am Ende war sein Beuteinstinkt stärker, und mit den Trümmerhaufen hielt er es wie mit den Aalen: Er betrieb Aufwand für einen Zweck und richtete seine Erfahrungen darauf aus. So zogen sie durch die Karkassen und Tracheengänge, und die Welt zuckte im Strahl der Karbidlampe.

Der Pfiff kam plötzlich, und Willem erschrak. Er drückte sich dicht an den Kameraden, und dann konnte er es auch sehen. Sie waren in einen unversehrten Raum gestoßen; das Licht krängte, die Wände schienen aus dem Gleichgewicht. Doch die Gläser, die aufgereiht in den Nischen standen, schoben die Verhältnisse schnell zurecht, und Hans stieß noch einen Pfiff. Eine Batterie von Eingewecktem, leuchtende Fossilien längst vergangener Sommer, und sogar das Sütterlin auf den Etiketten war noch zu lesen.

Über die Tage schafften sie diese Unterweltbrocken hinaus, freuten sich am Bernsteinglanz einer Vergangenheit, und die Oma vom Hans schlug die Hände über dem Kopf zusammen. Auch die

Geschwister johlten, nur der Vater stand einfach da. Stumm und seltsam hölzern mit dem losen Ärmel in der Tasche.

Das Prickeln, das Willem in den Trümmern spürte, der Sog beeindruckten ihn. Wie Hans machte auch er seine Erfahrungen; legte Aufwand und Zweck gegeneinander, ordnete seine Eindrücke, verglich und verknüpfte sie und kam bald zu dem Schluß, daß die Fähigkeiten seiner Mutter zur Fernwirkung womöglich einen wirklichen Hintergrund hatten. Daß das Unheimliche und Geisterhafte einfach in zwischengeschalteten Auskünften lag. Ein Geflecht aus Beziehungen, dachte Willem. Mehr nicht, und wo die Beziehungen der Mutter nicht hinlangten, war er frei. Sie wußte nicht, wer in ihm steckte, und wenn er mit Hans unterwegs war, schien er außer Gefahr.

Doch ausgerechnet die Oma vom Hans offenbarte Willem, wie trügerisch sein Schluß war. Wie Heimtücke und geisterhafte Fernwirkung noch die besten Absichten unterwanderten.

Dieser Kronhardt-Junge, hatte die Oma gesagt, ist ein guter Junge; er gibt uns seine Wurst vom Brot, und dann schafft er noch die Weckgläser in unsern Keller. Der ist aus gutem Haus und hilft trotzdem. Auch wenn wir arme Leute sind, sagte die Oma, wollen wir uns dankbar zeigen, und so brachte Hans Räucheraal mit in die Schule.

Die Jungs waren vorsichtig. Erst wenn sie sich auf dem Rinnstein trafen und pullerten, gingen Blutwurst und Aal ganz diskret durch ihre Hände, und Willem sah keinen Anlaß, mißtrauisch zu sein. Er war sicher, daß sein kleiner Handel der Überwachung seiner Mutter entging, und auch wenn die Mutter mit von Weyer sprach, blieb alles gut. Zudem erfüllte er die Anforderungen in Produktion und Büro, und wenn er beim dicken Siegfried war, bewunderte er seine Blechautos oder ließ ihn die Schlachten gewinnen.

Dann schrieben sie eine Erdkundearbeit.

Siegfried hatte den Aufgabenzettel vor sich und weinte stumm. Wie üblich hatte er seine Tischhälfte abgegrenzt, doch nach und nach riß er die Barrieren ein, und Willem hatte im Grunde nichts dagegen, wenn jemand abschrieb. Als er seine Aufgaben fertig hatte, gab er dem Dicken noch etwas Zeit. Später bekam Willem eine Eins auf die Arbeit, Siegfried eine Fünf. Der Dicke hatte es selbst beim Abschreiben noch verbockt; zuerst weinte er wieder, dann machte er ein gehässiges Gesicht und sprach nicht mehr mit Willem.

Zu Hause erwartete ihn die Mutter. Sie saß hinter ihrem Schreibtisch, das Haar aufgetürmt, ihr Busen wie aus Stein. Unsere Blutwurst! rief sie. Auf dem Schulklo! rief sie, und frißt den Aal vom Pack! Rede nicht, wer arm ist, will nicht arbeiten, und wer mich belügt und betrügt, der soll mich kennenlernen.

Und die Mutter strich ihm alles; die Nachmittage an der frischen Luft, den Umgang mit Hans, alles, was ihm Spaß machte. Statt dessen sollte er ab jetzt rudern; Ertüchtigung, Abhärtung, und wegen seines unzuverlässigen und betrügerischen Charakters würde sie ihn noch bei den Trainingsstunden kontrollieren.

Erst im Bett fühlte er sich wieder sicher. Wenn Dunkelheit die Anforderungen der Mutter verwischte und er andere Welten in sich lebendig halten konnte. So lag er, und durch einen Spalt im Vorhang leuchteten die Sterne.

3

Das Ziel stecke in dem Jungen selber. Seine Aufgabe, sagte der Mann, sei lediglich, einen Weg dorthin zu entwickeln – eine Aneinanderreihung von Muskelschmerz und Blasen, unendliche Etappen zwischen Vorstellung und Verwirklichung, aber auch die Erkenntnis, daß Disziplin ein verläßlicher Wegbereiter sei; daß die körperliche auch die geistige Festigung bewirke, und schließlich, sagte er und kniff Willem in den Oberarm, schmiede man hier gemeinsam den Willen zum Ziel.

Und Elite, sagte der Mann, ist ein Wort, das nichts mit Herkunft zu tun hat, sondern mit persönlichen Qualitäten, und er versicherte der Mutter, daß bei ihm auch die Weichen und Biegsamen ihr Potential zum eigenen Wert entwickelten, oft sogar stringenter als diejenigen, die von vornherein fest erschienen; Oxford und Cambridge, sagte er, was die da alljährlich veranstalteten, sei kaum mehr als eine Butterfahrt, und wer es bei ihm bis in den ersten Achter schaffe, hätte es auch zu einer Persönlichkeit gebracht. Ganz offen, sagte er, ihm sei es egal, ob man als reicher Zögling käme oder als Arbeiterkind. Hier säßen alle Mann im selben Boot, und sein Ziel sei immer die Summe der erreichten Einzelziele. Und er zeigte auf die Vitrinen voller Devotionalien.

So stand der Mann, ein bärtiger Riese im Trainingsanzug, und Ihrem Wunsch, sagte er dann, kann ich nicht stattgeben. Bei allem Respekt, aber wenn die Jungs schwitzten und die Muskeln bis zum Schrei schmerzten, wollten sie nicht ihre Mutter dabeihaben – nichtwahr: Wie stünde denn so einer vor den anderen da, das sei doch nachvollziehbar, sagte er. Nein, Mütter im Trainingsraum, das sei gegen seine Prinzipien. Wenn die Jungs zu ihm kämen, seien sie in seiner Welt, ohne Wenn und Aber, denn schließlich solle jeder Sprößling mal auf eigenen Füßen stehen.

Die Mutter fand den Trainer subversiv; sie sprach von ethischer Fäulnis. Zu unserer Zeit, sagte sie zu Kronhardt, waren Vereine verbunden mit Familie und Volk, damals wurde noch eine sichere Basis geschmiedet. Doch heutzutage demontiere man gleich die ganze Pyramide – man müsse sich das mal vorstellen, rief sie. Da habe man die besten Absichten, ja, man zahle auch noch dafür, und dann wirke ein moralisch Irrer auf die eigenen Kinder und präge ein, was nie mehr rausginge.

Kronhardt lächelte und drückte die Hand seiner Frau; ihn selber, sagte er, hätte Sport nie begeistert, und auch Willem sei keine Kanone. Anstatt den Jungen mit etwas zu bestrafen, was ihm von vornherein nicht läge, solle man doch besser seine Neigungen fördern. So saß Kronhardt und drückte an der Frau, die er nach dem Tod seines Bruders geheiratet hatte. Näherte sich ihrem Geruch, ihrer Haut.

Völkerball, rief sie. Vielleicht wäre das etwas.

Kronhardt lächelte und drückte. Was für eine wundervolle Frau du bist, sagte er. Was für eine wunderbare Mutter, und endlich spürte er, wie ihr Körper nachgab. Und dieses Nachgeben dieser Frau in seinen Armen machte ihn stolz. Ein tausendjähriger Traum, fleischgeworden an seiner Brust, und so nutzte er diesen seltenen Moment ihrer Weichheit und langte in ihr Fleisch.

Sie schob ihn weg. Völkerball. Irgendwie müsse man dem Jungen ja die Flausen austreiben.

Er lächelte und näherte sich wieder an. Was seien das schon für Flausen; nur weil der Junge ein paarmal Blutwurst gegen Aal getauscht habe, sei doch nichts verloren. Im Gegenteil, gerade das Gefühl, geführt zu werden und dieser Führung zu entwischen, sei förderlich für den Jungen. Kontrollierte Freiheit, sagte er, das habe bislang doch prima funktioniert. Man brauche sich den Jungen doch nur anzusehen: eine Wucht, sagte er, ganz wie die Mutter, und so langte er wieder in die Frau.

Und Willem wurde in keinen Verein gesteckt.

Was aber nicht hieß – und da ließ die Mutter sich nicht erweichen –, daß Willems hinterhältiger Tauschhandel ohne Folgen blieb. Nichtwahr, er hatte ihr Vertrauen mißbraucht, und um wieder dahin zu kommen, wo sie mal gewesen waren, mußte er Wiedergutmachung leisten. Erst wenn sie sicher sein könne, daß er Einsicht, ja Schmerz über die eigene Schuld entwickelt hätte, werde sie vielleicht über eine Rückkehr zu alten Freizügigkeiten nachdenken. Meine Güte, sie würde ja ihres Lebens nicht mehr froh, wenn sie keine Maßnahmen ergriffe gegen seinen Mutwillen; nicht auszudenken, wenn er ihretwegen vollends entgleise.

Reue und Reparation, das war also die Abmachung. Doch keine Frage, diese Abmachung würde nichtig, sobald erneut Klagen kämen oder Willems Leistungen nachließen. Und um ihre Ansprüche zu untermauern, kontrollierte sie all seine Aufgaben noch strenger; sie telefonierte regelmäßig mit Fräulein von Weyer und auch mit der Mutter vom dicken Siegfried.

Kronhardt, wie gesagt, schien nachsichtiger.

Manchmal legte er ein Wort für Willem ein oder verriet, wie die Mutter in einer Sache umzustimmen war. Und als Willem nach einem Ausweis für die Leihbücherei fragte, überging Kronhardt glattweg die eingefleischte Autorität, und ohne seine Frau zu fragen, sagte er: Na sicher, Junge.

Tatsächlich jedoch steckte Absicht hinter seiner Milde. Und auch das Kumpelhafte, wenn er den Jungen aus dem Büro der Mutter lotste, draußen dann ordentlich durchschnaufte und ihm zuzwinkerte, war zuletzt nur Zweckmäßigkeit. Denn tatsächlich wollte Kronhardt den Jungen, um ein Bild von sich selber zu sehen. Um die eigene Größe aus dem staunenden Blick des Jungen heraus zu sehen, und so tätschelte er den kleinen Kopf und stolzierte voran.

Willem steckte im Sog der langen Schritte. Sie verließen das Zwischengeschoß mit den Büroräumen und nahmen die Wendeltreppe abwärts. Der kalte Handlauf spulte, die Eisenstufen verrieten Freude und Energie ihrer Schritte, und unten, vor der feuerfesten Tür, schlüpften beide in ihre Kittel. Willem in die Miniaturanfertigung und Kronhardt in sein extra langes Modell, gestärkt, geplättet, ein hierarchisches Weiß mit großen Taschen, in denen das Besteck des Spezialisten klemmte.

Bevor sie in die Produktion gingen, steckte der Alte sein Halstuch zurecht, dann musterte er den Jungen aus seiner Höhe; zupfte und strich, und Willem war darauf bedacht, alle Erwartungen zu erfüllen. Hinter der Tür war bereits das Rattern der Maschinen zu hören, und diesseits stand in leuchtendem Rot geschrieben: Bremer-Stickerei-Manufactur. Nur autorisierter Zugang. Es war eine makellose Aufschrift, gestochene Fraktur, die auf Anhieb alle Anforderungen des Geschäfts offenbarte. Willem hatte früh gelernt, daß diese Aufschrift noch von der Hand seines Großvaters stammte; daß dieser Mann das Geschäft gegründet hatte und in jeder Hinsicht ein Vorbild war. Er war Neunzehnachtzehn mit steifem Bein zurückgekommen, hatte dem Vaterland noch als Invalide gedient und die Stickerei bis über die Ausbombung hinweg geführt. Der Großvater hatte einen ausgeprägten Geschäftssinn gehabt, ein enormes Fachwissen und die unabdingbare Fähigkeit zur Führung, und Willem hatte ebenso früh gelernt, daß nicht nur seine Mutter dieses Erbe in sich trug, sondern ganz entschieden auch er selber.

Und so stach die Fraktur des Großvaters jedesmal in seine Augen; ein Mann, der noch vor seiner Geburt an Fischvergiftung gestorben war, den er nie kennengelernt hatte und der ihm dennoch stets unheimlich war. Nur autorisiert, und dahinter offenbarte sich für Willem der ganze Anspruch aus dem Erbe, das er in sich trug.

Als Kronhardt die Tür öffnete, feuerten die Maschinen ihren harten Takt. Ein rasantes Stakkato, das Päckchen von Energie durch die Produktion schoß, Öldämpfe und elektrische Wellen, alles durchdringende Schauer, die noch das ganze Haus erfaßten. Unter dem Emaille der Industrieleuchten flirrten die Stoffpartikel, von endlosen Nadelstichen aus ihrem Verbund gelöst, von Treibriemen und Schwungrädern aufgewirbelt, und so marschierte Willem neben Kronhardt. Gelegentlich korrigierte der Alte den Gang des Jungen, drückte den Rücken und zog das Kinn, als wollte er ihn in seine Höhe inkarnieren. Und unablässig liefen die Lochbandrollen an einem Ende ab und schwollen an am anderen; ein Vorgang, als fütterten sich die Maschinen selbst, und Meter um Meter, Sekunde um Sekunde liefen die Informationen, steuerten Rahmenplatten und Köpfe, und die Nadeln saugten Faden von den Rollen und versenkten ihn im Stoff. So markierte das Rattern den Rhythmus der Jahrestage; so wurde die Energie aus Treibriemen und Schwungrädern umgewandelt in die spitzen Kolbenschläge einer Konjunktur, die Identifikation produzierte – Banner und Embleme, und Kronhardt konnte sich daran berauschen: Eine Verkörperung nannte er die fertigen Produkte, und wenn er sie aus dem Rahmen löste und gegen das Licht hielt, glaubte er, diesen Rausch auf Willem zu übertragen.

So zogen sie vorbei an Einkopf-, Mehrkopf- und Schiffchenstickautomaten, und in einer Ecke, verhüllt unter einem Futteral, ruhte die Reliquie der Firmengeschichte. Es war eine Handstickmaschine mit Fußrad und Pantograph, und wenn Kronhardt die Reliquie enthüllte, schien er das banale Leben hinter sich zu lassen. Dynastisch und mit Ölfläschchen und Nadelzange stand er dann da, justierte, blies, setzte eine Augenlupe auf und trieb den Mechanismus schließlich an; führte den Storchenschnabel wie eine übernatürliche Gabe.

Und Willem steckte stets im Sog. Er schaute aus vorgeschriebenem Winkel, ölte hier, bürstete da, und wenn der Alte seine eigenen Maßgaben durcheinanderbrachte, ließ Willem es wortlos geschehen. So sollte er das Rüstzeug eines Stickers bekommen. Von der Pike auf, sagte Kronhardt dazu, und in der Art des Jungen genoß der Alte das Bild von sich selber; sein Wissen und seine Fähigkeiten, aber auch sein Schnippen und Bellen gegen die Frauen, die die Maschinen bedienten.

Willem fand es seltsam, daß sie Kronhardt noch gegen den Lärm verstanden. Doch später fand er heraus, daß Bellen und Schnippen nicht mehr waren als ein Befehl zum Nicken, und wenn Kronhardt es nicht sah, grinsten die Frauen oder steckten Willem einen Bonbon zu.

So stolzierte Kronhardt, und unter den Emailleschirmen umflirrten die Partikel seinen Kopf. Er saugte das Rattern auf, das Stakkato der Jahrestage, und wenn er bei den Frauen die erwarteten Reaktionen auslöste, blickte er wie ein Dressurmeister. Ein Mann, der mit den profanen Entwicklungsstufen dieser Stickerinnen nichts zu tun hatte. Nichtwahr, mit ihrem Lebensantrieb aus Klatsch und zielloser Zerstreuung, ihrer Sucht nach Kaffee und Zigaretten und natürlich ihrer Fruchtbarkeit – diesem kokkenhaften Vermehrungspotential, dachte Kronhardt, das sich negativ auf die Produktivität auswirkte. Belastbarkeitsgrenzen, Mutterschutz, Einarbeitung einer Vertretung, das waren Faktoren, die er handhaben mußte, das waren übergeordnete, geistige Akte, die jenseits dieser Frauen standen und ihrer tierhaften Männer.

Und gar nicht auszudenken, dachte Kronhardt, wie einem diese Unterart vollends entgleiten könnte, wenn sie erst von den schrecklichen Ideen erfaßt würde, die neuerdings an den Hochschulen aufkeimten. Wenn diese schrecklichen Intellektuellen mit ihrem Kommunismus und ihrem Recht auf Selbstbestimmung auch den Geist seiner Arbeiterinnen zersetzten. Das müsse man sich mal vorstellen: Da beriefen sich diese Intellektuellen auf deutschen Boden und deutschen Geist, da standen sie auf ihrem Katheder und spritzten ihr Gift in die jungen Köpfe. In unser Erbe, dachte er, in unsere Zukunft, Gift, mitten ins deutsche Hirn, und so keimte aus den Hochschulen heraus bereits die Volksseuche. Und von ihren Kathedern sprachen sie den Frauen ein Recht zu auf eigene Sexualität; nichtwahr, auf eigene Phantasien und Masturbation, und die Zeiten der automatischen Bereitstellung des deutschen Elitenachwuchses müßten ein Ende haben. Und um es noch schlimmer zu machen, schien ausgerechnet das deutsche Rückgrat bereits von diesen Ideen aufgeweicht; mindestens Teile der Industrie schienen diesen Umsturz der Intellektuellen zu unterstützen, installierten auf hinterhältige Weise dieses entartete Verlangen und fütterten den Markt mit sexuellen Devotionalien für die Frau. Und sogar die Jugend erfuhr heutzutage von dem verdeckten, nichtsdestoweniger blühenden Handel mit elektrisch betriebenen Schwingungserzeugern, die in ihrer Form – nun, er mochte es kaum denken – einen versteiften Penis imitierten.

So also keimten und verzweigten diese Ideen, und die deutsche Industrie unterwanderte bereits die deutsche Moral, und das Feld für Ausweitung schien endlos; immer schlüpfrigere Hygieneartikel für die Frau wurden annonciert und perfide Methoden der Empfängnisverhütung – nichtwahr: chemisch ausgelöste Blockaden gegen die Ausschüttungen der Eierstock- oder Hirndrüsen, für Kronhardt ganz entschieden ein Unterartenklima, das womöglich dazu taugen mochte, die Masse zu lenken, jedoch niemals auf den gesamten Volkskörper übergreifen durfte. Wenn man da nicht gegensteuere, meinte er, könne nicht nur der Mittelstand erkranken, das gesunde Bürgertum und zuletzt die Großindustrie selber – nein: der deutsche Kopf an sich, diese einzigartige Funktionalität, müsse unter dem Einfluß solch künstlich erschaffener Präparate kollabieren, und so wirke das intellektuelle Gift bereits beängstigend in die Zukunft des Landes.

Diese verfluchten Intellektuellen, dachte Kronhardt. Und er bellte gegen die Frauen an den Maschinen. Diese verfluchten Nihilisten, die das Land zum Nährboden machten für maßlose Freiheit. So bellte er und schnappte gegen die Arbeiterinnen, und letztes Jahr hatten sie bereits die Schamlosigkeit besessen, mit nichts als einem Büstenhalter unter ihrem Kittel zu erscheinen; tierhafte Körper unter dem nur nachlässig gestärkten Stoff, und auch die sichtbare Buschigkeit ihrer Achselhaare störte ihn. Diese Zeichen ihrer profanen Wesen, dachte er, und dann streichelte er über Willems Kopf und war stolz, dieser abnormen Welt entgegenzusteuern. Jawohl, dachte er, mit geistigem Akt, und Willems kleiner Kopf lag in seiner Hand wie ein wunderbarer Rohling.

Die letzte Etappe war immer das Glasbüro des Stickmeisters.
Der Mann hieß Anton Hultschinek. Sein rechtes Knie funktionierte nicht mehr, so daß sein Gang eine groteske Dynamik bekam, die durch den Schwung der Arme noch verstärkt wurde. Wenn der Stickmeister in seiner ungelenken Art durch die Reihen der Maschinen zog und dabei unerwartet zielstrebig und schnell wurde, machte das auf Willem einen geisterhaften Eindruck; als triebe der tote Großvater in Lebendigkeit aus, doch tatsächlich war Hultschinek gegen Willem immer freundlich. Er hatte stets eine Limo für ihn und holte die Blechschachtel mit dem Gebäck seiner Frau hervor.
Sein Büro schien wie ein Turm über der Produktion, und in den

Fensterquadraten konnte man die Arbeiterinnen sehen. Es gab keinen toten Winkel, und Willem spürte jedesmal Beklemmung. Die Quadrate zerschnitten die Arbeitsplätze in kleine Einheiten, machten noch gegen das Rattern jede Heimlichkeit sichtbar und ließen keinen Raum mehr. Manchmal war er unsicher, ob seine Mutter nicht jederzeit in so einem Turm stehen konnte, um auch ihn auf dem Schulklo oder sonstwo zu beobachten.

Kronhardt hielt den Blick des Jungen für Begeisterung, und er stellte sich gern dazu. Schau mal, sagte er dann, Nummer siebzehn, ein Fadenriß. Oder: Wer ist das auf der Vier, Hultschinek, und er genoß das Gefühl seiner Höhe. Und aus dieser Höhe verlangte er auch Rapport; er ließ Hultschinek sitzen, er erschuf bald eine Atmosphäre, die nichts Vertrautes mehr duldete, und von Willem erwartete er, daß er jedes Flackern in den Augen des Stickmeisters registrierte. So stand Kronhardt mit seinem Blick über die Nasenwurzel, unterbrach den Bericht, gab neue Order, und Hultschinek senkte schließlich den Kopf. Willem sah sich das an, und sobald Anton Hultschinek dann seinen großen Schlesierschädel wiegte und zu bedenken gab, daß diese oder jene Order wohl so oder so umgesetzt werden könne, dann jedoch die Anweisungen durchkreuzen würde, die er bereits von der gnädigen Frau erhalten hätte, wurde Kronhardt mit einem Schlag wieder vertraulich. Langte in die Blechschachtel und lobte das Gebäck, erkundigte sich nach Hultschineks Erfolgen in der Kaninchenzucht, und zu Willem sagte er: Was, mein Junge! Wir halten die Welt am Rattern.

Willem erarbeitete sich seine alte Freiheit bröckchenweise zurück. Er hatte erfahren, wie zerbrechlich und offen sie vor der ganzen Welt zutage liegen konnte. Also entwickelte er Disziplin und Strukturen, legte fehlerfreie Hausaufgaben vor, ließ Siegfried seine Schlachten gewinnen und erfüllte alle Anforderungen, die in den Miniaturanfertigungen von Anzug und Kittel steckten. Und wenn die Mutter Einsicht wünschte, gab er sich einsichtig und ließ sie noch seinen Schmerz über die eigene Schuld erahnen. Er lebte in einer Welt, die nichts mehr mit den Welten seines Vaters zu tun hatte. Doch gerade sie erschienen ihm als Freiheit, und sobald die

Mutter ihn wieder in die Nachmittage ziehen ließ, konnte er dieses Wunder jenseits der festinstallierten Alltagsgesetze spüren.

Eines Tages erschien Kronhardt mit einem neuen Kittel in der Hand. Ein feiner Stoff, der beinah wie Schnee leuchtete, und für Kronhardt war dieser Kittel Ausdruck einer höheren Kultur. Er hielt den Jungen jetzt für reif genug, den Sinn hinter dieser Kultur zu erfassen, und so mußte Willem in den Kittel schlüpfen. Ein seltsam feierlicher Moment, und Kronhardt war wie ein großer Geist, der den Jungen nun unwiederbringlich in eine andere Wirklichkeit überführen würde.

So legte der Alte seine Hände auf Willems Augen und ließ ihn voranmarschieren. Links, sagte er, und rechts, sagte er, und Willem wußte jederzeit, wo sie sich befanden. Bald zogen sie durchs Zwischengeschoß und am Wohnzimmer vorbei, bald nahmen sie Weg durch das Doppelbüro der Alten und traten in den hinteren, abgetrennten Teil, den Kronhardt sein Arbeitszimmer nannte. Dort nahm er die Hände von Willems Augen und drückte ihn in einen Stuhl. Die Lampe über dem Eichentisch brannte, und wie ein Meister schritt Kronhardt an die Vitrine, holte einen Spezialkasten hervor und stellte ihn bedächtig auf die Samtunterlage. Der Kasten hatte einen Rolldeckel und Schubfächer, eine exklusive Liebhaberei, sagte Kronhardt, und Willem wurde eingeweiht. Es waren aufgespießte Tiere hinter Glas.

Jedes hatte vier Flügel, und die Flügel hatten unglaubliche Formen und Muster. Wenn Willem genauer hinsah, erkannte er hinter den Mustern schuppige Anordnungen, und hinter den Schuppen erkannte er schließlich die Pigmente, die unter dem Lampenschirm in allen Farben schillerten.

Kronhardt war versessen auf die Merkmale von Größe, Form und Farbe, mit denen er seine Bälge in ein System bringen konnte. Er verbrachte Stunden am Eichentisch, zählte Brust- und Hinterleibsegmente, vermaß Körperlänge und Flügelspannweite, betrachtete Muster und Schillereffekte unter verschiedenen Lichtquellen und vertiefte seine Eindrücke in den Katalogen der Schmetterlingsfreunde. Er hatte eine Anstecknadel, er ging auf Börsen und bestellte im Versandhandel. Und alle wissenschaftlichen Aspekte, die jenseits einer praktischen Einteilung in Groß- und Kleinschmetterlinge lagen, hielt er für Unsinn – wozu brauchten diese Tiere Ordnungssysteme aus Oberfamilien und Unterarten? Wem nutzte es zu wissen, ob ein Trägspinner zu den Eulenfaltern gehörte oder ein Goldafter war? Groß und klein genügte, dazu lateinischer Name, Herkunft und die spezifischen Merkmale von Form und Farbe. Mit dieser Nomenklatur, sagte Kronhardt, und dem Wissen um wertsteigernde Merkmale müsse man seine Exemplare betrachten. Mit dem leidenschaftlichen Blick des Sammlers, und da interessiere auch nicht die Holometabolie mit ihren Eiern, Raupen und Puppen – zum Teufel, interessant seien allein die Vollkerfe hinter Glas. Schönheit, rief Kronhardt, Seltenheit, rief er, und Wert! Und wenn er Willem ein Exemplar präsentierte, ratterte er, was wichtig war, herunter und war stolz, wenn es zu einer aussterbenden Art gehörte.

So saßen sie im Arbeitszimmer. Der Eichentisch erleuchtet, der Katalog eine Bibel, das glitzernde Besteck auf Samt, und dazu Kronhardts Spezialset aus dem Versandhandel – eine Pistole zum Abtöten von Speckkäferlarven, ein Zerstäuber zum Auffrischen abgenutzter Schillereffekte und, wie er sagte, die filigranen Errungenschaften der makromolekularen Werkstoffindustrie, nichtwahr: Ersatzteile wie Rüssel, Fühler oder Beine, wunderbare Kunststoffe, sagte er, besser als die Natur, und der dazugehörige Klebstoff verströmte einen Duft.

Und wenn Kronhardt mit dem Augenglas über den Tieren saß, glaubte er, Willem zu begeistern; Schere, sagte er, Pipette, sagte er, oder schau, eine südamerikanische Nymphalide, schwer zu kriegen, je größer, desto wertvoller, und Willem mußte das Maß anlegen und im Katalog blättern.

Dabei stellte er sich die Schmetterlinge in ihrer Welt vor; in den unerforschten Wipfeln ferner Wälder, wo Licht und Schatten zu tropischer Energie verschmolzen und lange Rüssel sich in die Tiefe geheimnisvoller Blüten entrollten; er stellte sie sich im Flug vor über Heide und Moor, wo sie ihre Schönheit unter der Sonne ausbreiteten und wo ihr stiller Flügelschlag womöglich einen

Sturm erzeugte, der Kiefern entwurzelte und Schneisen trieb, den Schmetterlingen aber, diesen zarten Geschöpfen, nichts anhaben konnte.

So saßen sie um den Eichentisch, das Licht wurde vom Samt geschluckt und bündelte sich auf den aufgespießten Tieren. Und aus ihrem schillernden Tod stiegen in Willem Erinnerungen auf an den Vater, und manchmal fiel eine Träne auf das Glas. In solchen Momenten drängte Kronhardt den Jungen beiseite, wischte die Träne wie einen Fremdkörper weg und hielt Willem schließlich Verweichlichung vor; er forderte den Realitätssinn des Sammlers, markierte aus der Stellung des Menschen an sich das Recht auf diese kultivierte Art von Liebhaberei, und weil Willem Angst um seine freie Zeit hatte, entschuldigte er die Tränen mit der Wahrheit.

Der Vater! rief Kronhardt dann. Der Vater also! Und er spuckte diese Worte aus, und mit der Erinnerung an seinen Bruder zerquetschte er Willems Tränen. Tot ist er, dieser Vater. Tot, tot, tot! Auch ein Kind muß das irgendwann in seinen Schädel kriegen. Tot, das heißt für immer. Tot, das heißt nie wieder, sagte er, und daß Willem die Familie und alle Zukunft spalten würde, wenn er diesen Toten ständig aus dem Jenseits hervorholte. Entartete Phantasien seien das, die sich verkapselten und zuletzt zu Krankheiten auswucherten, und ganz nebenbei, sagte Kronhardt, sei Willems Vater nie der Mensch gewesen, den Willem erinnere. In Wahrheit sei dieser Richard von zersetzendem Charakter gewesen, und wenn Willem sein Leben nicht von Anfang an verpfuschen wolle, wenn Willem nur ein bißchen Ehre im Leib habe und Dankbarkeit für das, was seine Mutter und er für ihn täten, dann würde er diesen Mann im Jenseits belassen – nichtwahr: wo er auch hingehöre.

So schien Kronhardt gekränkt. Und Willem fiel es schwer, die erwartete Begeisterung aufzubringen. Und noch bei der Wahrheit mußte er um seine kleinen Freiheiten fürchten.

Seine Lust an den Büchern erschien den Alten wie Disziplin. Wie eine strebsame Umsetzung der Maxime, die das Fräulein von Weyer ausgegeben hatte: Wissen ist Macht, und so konnte Willem die Erwartungen der Alten mit seinen eigenen Interessen verschmelzen.

Für Kronhardt erzeugte er den Willen zum Guten, indem er stets neues Wissen parat hatte. Wenn er mit dem Alten am Eichentisch saß, erzählte er von Riesenschmetterlingen, die mit Pfeil und Bogen erlegt wurden, erzählte von den spektakulären Sammlungen des Hochadels oder von abenteuerlichen Expeditionen in die weißen Flecken der Weltkarte. Er las Geschichten vor vom Bildhauer Kallikrates, der die menschliche Seele wie einen Schmetterling geformt hatte, und von den Griechen, bei denen das Wort Psyche sowohl Schmetterling als auch Seele bedeuten konnte. Er las von wilden Clans vor, die glaubten, mit den Schmetterlingen verwandt zu sein, sie beschützten und anbeteten, er las von den spektakulären Massenwanderungen der Monarchfalter vor oder vom einsamsten Schmetterling der Welt. Und Kronhardt ließ ihn gewähren.

Er saß mit Augenlinse und Katalog da, hörte sich die Geschichten an und förderte noch die Wißbegier des Jungen, indem er ihn auf Fragen ansetzte, die ihn selbst interessierten. Und daß Willem scheinbar mühelos durch die Bücher sprang und jedesmal eine Antwort hervorbrachte, befriedigte Kronhardt. Manchmal lächelte er sogar, wenn er den Jungen bei seinen eifrigen Nachforschungen beobachtete, und dann war er sicher, ihm den tiefen Sinn hinter dieser Sammlerkultur vermittelt zu haben.

Doch jenseits vom Eichentisch hatte Willem längst neue Felder entdeckt; er las über Parasiten, Diebe oder Fallensteller und entwickelte tiefen Respekt für die Insekten, die den Anforderungen im Überlebenskampf so dramatisch ausgeliefert waren. Er staunte über die Kräfte, die Angriffs- und Abwehrmechanismen in ständiger Dynamik hielten, die jederzeit Vorteile erschufen und sie wieder vernichteten, und wenn er sich in Gedanken die kleine Welt dieser Tiere vergrößerte, war er schwer beeindruckt von dem alltäglichen Grauen. Er las von Weibchen, die ihre Männchen mit betörendem Duft anlockten, um ihnen dann die Köpfe abzubeißen; von Männchen, die das Herz ihrer Weibchen mit einem Stachel durchbohrten, oder von winzigen Wespen, die sich darauf spezialisiert hatten, riesige Spinnen zu überwältigen, zu lähmen und in eine Höhle zu schleppen, wo sie schließlich die eigene Brut in den lebendigen Riesen spritzten, die ihn dann langsam von innen her auffraß.

Die Insekten erschienen Willem wie ein wunderbares Geheimnis. Und je mehr er sich auf sie einließ, desto mehr schienen sie ihm zu offenbaren, und bald war er erstaunt über diese Ausweitung der Wirklichkeit, die zuletzt das Weltbild des Menschen zu einem unter vielen machte.

Die Schistocerca lebten als Einzelgänger, die nur zu Paarung und Eiablage zusammenkamen. Doch es gab Jahre, in denen ungewöhnlich viele Larven schlüpften, und bevor sie sich gegenseitig die Nahrung streitig machten, verwandelten sie sich vom kurzflügeligen Einzelgänger zum langflügeligen Gruppentier. Ein geheimnisvoller Vorgang, wie von geisterhafter Fernwirkung ausgelöst, und so bildeten sich die berüchtigten Wanderschwärme, die ganze Länder kahlfressen konnten.

Willem las, daß Heuschreckenwolken seit uralten Zeiten bekannt waren und daß die Menschen alles mögliche versucht hatten gegen diese unheimliche Freßkonkurrenz. Mit der Entdeckung von Rauschdrogen hatten sie ihre menschliche Gebundenheit verlassen, um auf einer Seelenreise die Heuschreckengeister milde zu stimmen. Sie hatten Heuschreckengötter installiert und dazu getanzt und geopfert; sie hatten ein päpstlich abgesegnetes System von Gesetzen entwickelt, um die Heuschrecken vor ein geistliches Gericht zu stellen und mit dem Mächtigsten zu bestrafen, das sie kannten: der Exkommunikation.

Doch die Schistocerca ließen sich von dem menschlichen Budenzauber nicht beeindrucken, und wenn in einem Jahr wieder ungewöhnlich viele Larven schlüpften, hielten sie sich weiter an ihre Strategie der Verwandlung, als hätten Kirchenbann oder Hölle für sie keine Bedeutung.

Also sattelten die Menschen um. Wenn die Heuschrecken selber nicht Ursache ihrer Wirkung waren, mußte der Auslöser für ihre

Verheerungen woanders liegen. Wer von Plagen heimgesucht wurde, hieß es plötzlich, lebe in Sünde und gäbe seinen Zehnten nicht ab; und natürlich waren es die Armen und Erniedrigten, die plötzlich die doppelten Abgaben aus den kahlgefressenen Feldern herausholen mußten, und wer es nicht schaffte, wurde automatisch ein Fall für die Inquisition.

Doch auch auf diese Art war den Heuschrecken nicht beizukommen.

Immer wieder klirrte diese beängstigende Dunkelheit herab. Als ob es Gott in seiner Milde nie gegeben hätte; als ob alle menschgemachten Systeme, alle Ansprüche auf Schöpfungstechnik und von Gott übertragener Lenkung glattweg vorbeigingen an diesen Schistocerca. Und so wurden bald mutwillig Kriege losgeschlagen, um Gefangene für die Heuschreckenjagd zu machen, bald wurden andere Methoden zur Vernichtung ausprobiert, und aus dem Fortschritt entwickelten sich Maschinen. Willem las von umgebauten Erntegeräten, die die Heuschrecken in ölgefüllte Pfannen schleuderten; Ochsengespanne zogen Saugbälge über die Äcker, und ganze Landstriche wurden planvoll mit Arsenködern durchsetzt. Bald wurden Gaskammern installiert, bald Flugzeuge eingesetzt, und heutzutage drohten Russen und Amerikaner mit den futuristischen Möglichkeiten ihrer Raumsonden – unglaubliche Dinger, die ständig die Erde umkreisten, alles ausspionierten und schon bald in der Lage sein würden, Schwärme von biblischer Wucht ins Reich des Gegners zu dirigieren.

Doch die Heuschrecken, so schien es Willem, blieben von alldem seltsam unberührt. Als ob das Spektakel der Menschen bloß eine geisterhafte Erscheinung wäre, und womöglich hatten die Heuschrecken von ihrer Warte aus recht. Schließlich waren sie überall dabeigewesen, hatten die Dinosaurier kommen und gehen sehen, die Neandertaler und Jesus, und jetzt steckten sie mitten in einer Zeit, in der Wostok- und Mercury-Raketen in den Weltraum eindrangen; und auch das würde wieder vergehen.

Und so war Willem von diesen Tieren beeindruckt. In ihrer Geschichte stellten die Menschen vielleicht nichts dar, und alle Wirklichkeit, die diese Zweibeiner in die Welt einschlugen, interessierte die Heuschrecken nicht. Andersherum aber waren sie selber in der Geschichte der Menschen fest installiert; doch vielleicht war es auch noch viel einfacher, und die Heuschrecken nahmen sich erst gar nicht so wichtig, wie die Menschen das taten.

So kehrte Willem stets schwer beladen aus der Bücherei zurück, und seine Lust am Wissen mußte den Alten wie eine Lust zur Macht erscheinen. Doch als er eines Tages eine beiläufige Bemerkung machte, ließ Kronhardt vor Schreck die Augenlinse fallen. Eine Heuschreckenwirklichkeit! rief er. Und dann zerbrach ihm ein Ersatzrüssel, das Fläschchen mit dem Klebstoff stürzte, verströmte einen betörenden Duft, und mit einem Schritt stand der Alte über Willem. Ungeheuerlich, rief er. Den Menschen und seine Stellung je zu bezweifeln. Entartet, bellte er, und hier, bellte er. Hier! Hier! Hier! Schlug sich gegen den Schädel und markierte die Krone der Welt.
Tiere, rief er dann. Das seien Kreaturen ohne Sinn und Verstand, seelenlose Dinger, und nur der tiefen Einsicht des Menschen hätten sie es zu verdanken, daß sie überhaupt etwas sein dürften. Doch Lebewesen seien sie nur per Definition, und nur aus der menschlichen Fähigkeit zu Schönheit und Gnade heraus genössen einige von ihnen eine gewisse Fürsorge.
Und Willem, rief er. Willem begreife nichts, aber auch gar nichts vom machtvollen Wunder des Menschen. Heuschrecken, rief er. Heuschrecken eine eigene Wirklichkeit zu unterstellen sei ein Angriff gegen die eigene Art. Menschenlästerung, rief er, dadaistisch, rief er, und wenn Willem weiterhin mehr Ehrfurcht für diese eierlegenden Teufel aufbringe, wenn er weiterhin die Zielgerichtetheit des Menschen leugne, seine Stellung und seine Schöpfungen, würde ihm alles gestrichen. Leihbücherei, Übersee-Museum, alles. Wie könne das nur angehen!, und er klopfte gegen Willems Schädel. Was ginge hinter diesem Schädel nur vor sich!, und er selbst hätte sich noch gegen den Rat der Mutter für Willem eingesetzt. Hätte darauf bestanden, die Neigungen dieses Jungen zu fördern. Und was! rief er. Ein geistiger Rebell, ein Dadaist, der ihm schamlos in den Rücken falle. Wie dein Vater, rief Kronhardt. Wie dein Vater!

4

Strenggenommen gehörte Europa zu Asien und war die westliche Halbinsel dieses Kontinents. Aber aus der Rolle heraus, die Europa in der Weltgeschichte spielte, wurde es als eigenständiger Kontinent betrachtet. Der Erdkundelehrer stand vor einer Leinentafel; mit einem Stock markierte er die Umrisse, die filigran und zerrissen wirkten gegen die kompakte Ostmasse. Wie auch die anderen Kontinente war das europäische Festland im Grunde eine von vielen Schollen, die aus einem einzigen Riesenkontinent gebrochen waren und durch Millionen von Jahren über die Erde drifteten. In dieser Zeit prallten die Schollen immer wieder zusammen, lösten sich und verschmolzen schließlich zu den heute bekannten Erdteilen. Dabei wurden Gebirge aufgefaltet, Gräben gerissen oder Bruchsplitter zu Inseln verankert, und der Stock tanzte über die Tafel.

Europa in seiner heutigen Form war erst nach der letzten Eiszeit entstanden. Damals waren große Gebiete der Erdoberfläche von geschlossenen Eismassen bedeckt, kilometerdicke Panzer, und als die Temperaturen auf der Erde dann wieder anstiegen und die Panzer sich zurückzogen, bekam das Land seinen letzten Schliff; die welligen Rumpfflächen Northumbriens etwa, die geschrofften Küsten Skandinaviens und auch die wunderschöne Seenplatte in der DDR.

Mit der Schmelze aber überstieg der Meeresspiegel bald die tiefen Festlandsockel – England beispielsweise wurde zur Insel, und erst jetzt schälte sich das vertraute Bild unseres Kontinents heraus. Und der Lehrer fand es wichtig, daß auch dieses vertraute Bild nur ein vorübergehender Zustand war. Erdgeschichtlich waren zehntausend Jahre ein Wimpernschlag, und in Wirklichkeit drifteten die Kontinentalschollen munter weiter; schoben sich gegeneinander, falteten ihre Kanten auf oder drückten sie in eine mächtige Tiefe, aus der bald wieder Vulkane spuckten oder Inseln aufkochten.

Willem konnte spüren, wie die Erdkunde ihn einsaugte; es war ein vertrautes Gefühl, das an seinen Vater erinnerte, an die Streifzüge und Bücher, und auch er hatte gesagt, daß nichts endgültig so war, wie es erschien.

Wenn der Lehrer seine Leinentafeln entrollte, entrollte er Welten, und wenn er Arbeiten schreiben ließ, fragte er nie nach Ereignissen und Daten, sondern gab den Kindern Raum. So machte Willem das Lernen Spaß, und das, was die anderen Lehrer Fakten nannten und was immer mit Pauken verbunden schien, kam in der Erdkunde von ganz allein.

Nach der Eiszeit lag Europa taufrisch da, eine Welt unter der Sonne, die Lebensraum bot für alle. Auch die Menschen waren zu dieser Zeit bereits da; ursprünglich kamen sie aus Afrika und hatten sich in der Welt des Lebendigen aus affenartigen Vorfahren heraus entwickelt, und außer unserer eigenen Art hatte es auf der Erde viele andere Menschenarten gegeben. Im taufrischen Europa lebten damals zwei von ihnen nebeneinander, und auf der nächsten Leinentafel erschienen der Neandertaler und der Homo sapiens.

Warum der Neandertaler es nicht bis in die heutige Zeit geschafft hatte, war noch nicht geklärt. Vielleicht war er zu sehr auf ein Leben in der Eiszeit spezialisiert, vielleicht pflanzte er sich zuletzt nur noch innerhalb der eigenen Familie fort, vielleicht war der kleinere Sapiens aber auch schlauer und listiger als der muskulöse Neandertaler – und tatsächlich, sagte der Lehrer, ist unsere Art ja bis auf den heutigen Tag spezialisiert auf kriegerische Gemetzel, und zuletzt überraschte er die Klasse, als er sagte, daß die Kinder von damals bereits genauso ausgesehen hätten wie die Kinder von heute. Wenn sie aus der Steinzeit heraus plötzlich hier auftauchten, in Manchesterhose und Pullunder, würde niemand etwas merken. Und alle lachten.

Auf der Leinentafel stand: Die Entwicklung zum Homo sapiens. Die Umwelt veränderte sich ständig, und nur wer sich erfolgreich darauf einstellen konnte, überlebte; der Mensch im Wald anders als in der Wüste, im Großraumbüro anders als auf einem Bauernhof, und ein Tier im Gebirge anders als eines an der offenen See.

Und als sich vor Millionen von Jahren die Wälder Afrikas zurückzogen, veränderte sich für die Affen dort der Lebensraum. Der Schutz endloser Wipfel wich ausgedehnten Graslandschaften, und wer weiterhin leben wollte, mußte sich den äußeren Bedingungen anpassen. Klettern zu können nutzte in einer flachen, baumlosen Landschaft gar nichts, und auch Nahrungsbeschaffung und Flucht vor Feinden mußten anders gelöst werden. Auf diese Art wurden die Waldaffen über Jahrtausende hinweg zu Savannenbewohnern; sie lernten aufrecht zu gehen, sie marschierten in kleinen Gruppen, sammelten, jagten und vermischten sich mit anderen, die womöglich aus anderen Erfahrungen heraus andere Fähigkeiten entwickelt hatten. So zogen die Clans durch Afrika; einige starben aus, andere brachten immer wieder Nachkommen hervor und wurden immer menschenähnlicher. Sie waren eng miteinander verbunden, sie konnten sich Wünsche und Absichten mitteilen, und weil es erfolgreich war, einen anderen über etwas zu informieren, entwickelten sie die Fähigkeit zur Sprache. Sie verbesserten ihre Werkzeuge, lernten Pläne zu schmieden, und bald zogen erste Clans über Afrika hinaus. Jäger und Sammler, die durch Asien und Europa streiften; sie machten Feuer, sie erkannten Zusammenhänge in der Natur und behaupteten sich in den unterschiedlichsten Lebensräumen.

Es war gewissermaßen eine Erfolgsgeschichte. Auch wenn es endlos viele andere Beispiele dafür gab, wie das Leben erfolgreich auf neue Umstände und Anforderungen reagieren konnte.

Beim Menschen aber waren es maßgeblich die Fähigkeiten des Kopfes, die Fell, Muskeln oder irgendeine andere Spezialisierung bald überflüssig machten. Und weil die Entwicklung des Lebens so organisiert war, daß Vorteile begünstigt wurden, verfeinerten sich die Fähigkeiten des Gehirns immer weiter. Und die Menschen mit diesem Gehirn hinterfragten und kombinierten immer mehr; Sonne und Sterne nahmen Platz ein in ihrem Leben, und in einigen

Gegenden stellten sie fest, daß Tageslänge und Klima stabil blieben und der Boden fruchtbar war; sie entdeckten, daß bestimmte Pflanzen noch besser wuchsen und ertragreicher wurden, wenn man sie pflegte, daß es Wildtiere gab, die sich an den Menschen gewöhnten, und aus solchen Erfahrungen entwickelten sie die Uridee vom Zuhause. Bislang waren sie immer wieder mit den Jahreszeiten und Herden unterwegs gewesen; immer wieder mußten sie ihre Bündel packen, und Wanderung und Jagd kosteten viel Kraft und waren gefährlich für alle.

Wenn sie aber ein Zuhause hätten, gewissermaßen einen sicheren Platz mit verläßlicher Nahrung vor der Höhlentür, könnten sie Kraft und Zeit auf etwas Neues verwenden.

Der Lehrer schrieb das Wort an die Tafel: Kultur. Und mit dem Stock zog er auf der Weltkarte vom Mittelmeer ostwärts und markierte ein Gebiet, das er den fruchtbaren Halbmond nannte. Dort war es den Menschen zum erstenmal gelungen, sich ein Zuhause zu erschaffen. Mit Wildgräsern betrieben sie ersten Ackerbau, wilde Schafe wurden die ersten Haustiere, und alles, was heute so selbstverständlich erschien, entwickelte sich aus dieser neuen Lebensform. Gemeinsame Sprache und Religion, Städtebau und Straßen, Handwerk und Politik, Wissenschaft und Kunst. Und mit ihrem Gehirn verschafften sich die Menschen immer mehr Vorteile; die ganze Energie, die sie seit Ewigkeiten ins Sammeln, Wandern und Jagen gesteckt hatten, schien plötzlich zu explodieren. Sie teilten die Arbeit auf, einige spezialisierten sich auf dies, andere auf das, sie verschafften sich immer mehr Zeit und Raum für neue Ideen und neue Spezialisierung, die Städte wuchsen und Staaten entstanden, die kontrolliert und gelenkt wurden. Bald gab es Kriege und Unterwerfungen, bald verfeinerten sich die Methoden zur Macht, und kaum hatte sich also aus der Seßhaftigkeit Kultur entwickelt, waren auch schon die despotischen Strukturen da, um die eben noch freien Clans der Jäger und Sammler zu einer lenkbaren Masse zu bündeln, die nur noch den Herrschern Vorteile brachte. Gewalt, sagte der Lehrer, Terror und Religion. So daß unsere modernen Gesellschaftssysteme im Grunde uralt sind. Und der Stock tanzte noch mal und markierte den Halbmond. Dort also lag die Wiege unserer modernen Kultur und breitete sich aus über die ganze Welt. Und man konnte vermuten, daß sich diese Art einer Unterwerfungskultur auch aus einer anderen Keimzelle ausgebreitet hätte, aus Europa, Mexiko oder China, denn wo immer der moderne Mensch erschien, erschienen auch Gewalt, Terror und Religion.

Ob diese menschliche Entwicklung aber zwangsläufig war, weil auch das menschliche Gehirn dem Leben untergeordnet und die Entwicklung des Lebens an sich so organisiert war, daß Vorteile begünstigt wurden, konnte der Lehrer nicht sagen. Vielleicht gab es auch einmal eine Zeit, in der das menschliche Gehirn im Vorteil eine andere Bedeutung sehen konnte; eine Zeit, in der Macht über andere und Reichtümer nichts waren und Frieden und Glück der Gesellschaft alles. Der Lehrer wußte es nicht, doch er war sicher, daß der moderne Mensch keine gottgewollte Vollendung darstellte. Daß er vielmehr gebunden war an das Driften der Schollen, an Eiszeit oder Rückzug der Wälder, und daß Gott zuletzt nur eine menschliche Idee war. Daß Gott entsprungen war aus den Verfeinerungen des menschlichen Gehirns und daß er so diesem Gehirn in seinem Drang nach Macht dienstbar wurde.

Willem mochte den Erdkundelehrer. Hinter seinen Worten trieben Fossilien und Kohlewälder in Lebendigkeit aus, seine Worte schienen Ursachen in tiefster Vergangenheit aufzudecken und noch die wirkenden Zusammenhänge bis in die Gegenwart. Jede neue Woche freute er sich auf die Erdkunde, und jedesmal wurde er von dem Stoff eingesaugt; ritt auf den driftenden Schollen, marschierte aus der Eiszeit hinein in die atlantische Periode voller Fruchtbarkeit und war dabei, wenn der Cro-Magnon seine wunderschönen Przewalski-Pferde auf die Höhlenwände malte.

Mitten im Unterricht schnappte die Tür auf, und der Rektor erschien. Die Klasse sprang auf und begrüßte den Mann, so wie das Fräulein von Weyer es ihnen beigebracht hatte. Der Rektor trug einen Talar, und mit seinen flackernden Augen schien er alles zu kontrollieren. Setzen, bellte er, dann schnippte er zur Tür, und ein Junge trat ein. Die Klasse machte große Augen; einige hielten sich auch die Hand vor den Mund. Der Junge hatte eine Hakennase, schwarzes Haar und dunkle Haut; seine Augen und Zähne leuchteten.

Euer neuer Mitschüler, sagte der Rektor. Seht ihn euch an. Du da, und er schnippte nach einem Mädchen, was sagst du dazu? Das Mädchen sagte nichts und weinte schließlich. Du da, und der Rektor zeigte auf einen Lümmel. Zuerst schlotterte der Lümmel, dann stand er stramm und sagte: Ein Steinzeitmensch, Herr Direktor.

Der Rektor schien zu lächeln. Nun, ich sehe, ihr habt aufgepaßt im Unterricht.

Dann meldete sich der dicke Siegfried. Meine Großmutter war mal auf der Völkerschau bei Hagenbeck. Da gabs Zwerge zu sehen und Krüppel. Aber auch Wilde; Indianer, Menschenfresser und Neger, und ich glaube, Herr Direktor, das ist ein Neger.

Das Lächeln des Rektors wurde zum Lachen, dann lachte die halbe Klasse. Und der Erdkundelehrer fackelte nicht lange. Er schnauzte gegen das Lachen, und als der Rektor rief, NaNaNa!, schnauzte er auch gegen den Rektor.

Danach war es still; so standen die beiden Männer einander gegenüber. Der eine jung, studentisch, mit Rollkragenpulli, der andere gescheitelt und eingefleischt unter dem Talar. Die Augen des Rektors flackerten, sein Hals war angeschwollen. Und der Erdkundelehrer zog schließlich den fremden Jungen zu sich und nahm ihn an seine Seite.

Die Stimme des Rektors kam gepreßt. Ich werde den Senator informieren. Einen Agitator werde ich melden. Und gegen die Klasse bellte er: Weitermachen! Dann zog er mit fliegenden Rockschwänzen davon, und der Erdkundelehrer, als wäre nichts, lächelte dem Neuen zu.

Das Wort leitete sich aus dem Lateinischen her und entwickelte sich über das Spanische zum deutschen Neger. Und in allen Sprachen hatte es einmal nicht mehr und nicht weniger bedeutet als schwarz. Doch Neger war zu einer landläufigen Bezeichnung geworden für die aus Afrika stammenden Farbigen; ein Begriff, um etwas in eine Kategorie zu packen und wiedererkennbar zu machen, so wie Holz oder Wasser. Und Neger war ein Sprachinstrument der Weißen, das die Menschen, die damit bezeichnet wurden, weder kannten noch wollten. Ein Begriff wie weißer Teufel oder Fettsack; eine Überheblichkeit und Beleidigung, doch in der Regel kümmerte die Weißen nicht, was die Schwarzen darüber dachten.

Der Lehrer entrollte eine Leinentafel. Zum Beispiel die USA. Dort gab man sich stolz, Freiheit und Individualität verfassungsmäßig zu garantieren, ein Gesellschaftsvertrag, der alle Bürger gleich machen sollte. Doch in Wirklichkeit war dieser Vertrag von Anfang an eine Lüge, weil alle Rechte nur Rechte der Weißen waren – Gleichheit war weiß, und weiß war gottgegebene Macht –, ein kapitaler Fehler aus der Geschichte, den die USA stumpf in ihre Staats- und Individualverfassung übernommen hatten. Und so waren Deportation und Ausrottungskriege gegen die amerikanischen Ureinwohner völlig legal, und auch die Schwarzen waren immer noch, wozu Europa sie vor fünfhundert Jahren gemacht hatte: eine untergeordnete Masse zur steten Verfügung. Daran hatte auch die offizielle Abschaffung der Sklaverei durch Abraham Lincoln nicht viel geändert. In ihren Köpfen blieben die weißen Amerikaner rassistische Fundamentalisten, und somit standen sie Lincolns fanatischem Mörder näher als Lincolns Ideen von Gleichheit. Und diese Krankheit steckte bis heute in den weißen Köpfen – nichtwahr: In den Südstaaten gab es weiterhin Menschen, und der Rest, das waren die Nigger, die Rothäute und Kameltreiber. Der Rest, das war das Freiwild, und so zogen die weißen Jäger ihre Kapuzen über und schlugen ihre Kreuze in den Boden. Ein gottgegebenes Recht zum Töten, und wer daran rüttelte, wurde automatisch zum Feind des aufrechten amerikanischen Bürgers.

Wie durchfressen die USA von ihrem Rassenhaß waren, wie tief der Fundamentalismus in der Seele des Landes steckte, das zeigte der jüngste Präsidentenmord. Nichtwahr, Kennedy hatte an der gottgegebenen Macht der Weißen gerüttelt, Kennedy wollte die theoretischen Grundwerte der Demokratie in eine Praxis für alle

umwandeln. Und was? Wenn nicht in Dallas, sagte der Erdkundelehrer, hätten sie ihn woanders erledigt.

Doch vielleicht hatten seine tausend Tage gelangt, den Schwarzen wieder ein bißchen Hoffnung zu geben, und tatsächlich waren
es heute Männer wie Martin Luther King oder Malcolm X, die
am Eingefleischten rüttelten; der Bodensatz der USA gärte, und
wie Faulblasen trieben Ignoranz und Machtgefühl der Weißen gegen die Welt. Und das alte Europa, voran unser Deutschland, war
jetzt in der Pflicht, diese Faulblasen der Geschichte ein für allemal
aufzubrechen und für jene Menschen einzutreten, die sich gegen
die brutale Willkür der Weißen erhoben. Weil jede pyramidische
Rassenideologie schwachsinnig war. Weil es keine über- und un-
tergeordneten Menschen gab und keine religiöse oder biologische
Begründung dafür.

Denn Rassen gab es nicht, weil irgendein Gott oder sonstwas
dahockte und die einen besser machte als die anderen. Rassen
gab es, weil Mensch und Tier sich auf unterschiedliche Lebens-
bedingungen einstellen mußten, und diese Anpassungsmerkmale,
beispielsweise klein oder schlitzäugig, dunkelhäutig oder blond,
wurden von Generation zu Generation vererbt, und so blieb Rasse
immer eng daran gekoppelt, in was für einer Umwelt die Vorfahren
gelebt hatten. Das Meer prägte die Gestalt der Menschen anders
als die Berge, die Hitze anders als die Kälte, und in jeder Epoche
konnten neue Einflüsse neue Merkmale hervorbringen. Und das
galt selbstverständlich auch für die heutigen Zeiten, denn auch die
modernen Großstädte mit ihren künstlich geschaffenen Bedingungen wirkten sich auf die Menschen aus und brachten mit der Zeit
Veränderungen hervor.

Rasse hatte also nichts mit guten oder schlechten Menschen zu
tun. Auch nicht, wenn noch in der jüngsten deutschen Geschichte
etwas anderes behauptet worden war und die Arier als Herrenrasse
dargestellt wurden.

In Wirklichkeit nämlich hatten sich vor dreitausend Jahren bereits
Menschen im indisch-iranischen Raum als Arier benannt, und zwar
als Angehörige eines Volkes, das Arisch sprach. Und heutzutage
bezeichnete arisch nicht mehr als eine uralte gemeinsame Wurzel

der Sprache – Deutsch, Französisch oder Russisch hatten sich also aus einer ehemals gemeinsamen Sprache entwickelt, und so waren Arier keine Rasse, sondern ein buntes Völkergemisch von Indien bis Nordeuropa, die sogenannten Indogermanen.

Dann ließ der Lehrer einige Kinder vortreten und stellte sie nebeneinander. Einen Rothaarigen neben den dicken Siegfried, eine langgliedrige Hellblonde neben eine zarte Dunkle mit ausgeprägten Jochbeinen; zuletzt winkte er dem fremden Jungen, und so standen sie vor der Klasse: Gesichter und Gestalten mit Merkmalen, die sich weiter ausprägen und eines Tages vererben würden, und die Vorfahren dieser Kinder, sagte der Lehrer, hätten sich vor langer Zeit vermischt. In der Steinzeit, auf den Kultur- und Völkerwanderungen, und kaum jemand von uns wäre heute hier, wenn es diese Vermischungen nicht gegeben hätte. Ganz zu schweigen vom letzten Krieg.

Niemand, sagte er, könne etwas dafür, daß er so sei, wie er sei. Und alle, Orientalen, Juden oder Indianer, alle hätten zuletzt einen Vorfahren, der aus Afrika stamme, und somit trage jeder, egal, ob er Neger sage oder nicht, das Blut dieser schwarzen Urmenschen in sich.

Willem gefiel es, daß im Grunde alle Menschen gleich waren. Und das Erlebnis, wie der Erdkundelehrer diese Wahrheit in Worte faßte und diese Worte noch gegen den Rektor in tatkräftige Überzeugung umsetzte, beeindruckte ihn. Zugleich steckte aber auch etwas Trauriges hinter dieser Wahrheit; sie schien einsam gegen all die anderen zu stehen, die einen Jungen mit Hakennase einfach zum Neger machten. Vielleicht verhielt es sich mit der Wahrheit ebenso wie mit der Entwicklung des Lebens, und nur was erfolgreich war, konnte sich durchsetzen. Und wenn eine Wahrheit erfolgreich war, konnte ebenso eine Lüge zur Wahrheit werden, sobald alle daran glaubten. Der Erdkundelehrer, meinte Willem, müsse ein einsamer und starker Mann sein.

5

Plötzlich übernahm von Weyer die Erdkunde. Ohne Erklärung trat sie vor die Klasse. Sie zeigte ihre Zähne, sie roch nach Festiger und Zigaretten, und in ihrem silberblonden Haar steckten Nadeln. Wie heißt die Hauptstadt von Jugoslawien, rief sie. Wer waren die Begründer von Neptunismus, Plutonismus, Katastrophentheorie, rief sie. Wer erkannte als erster, daß es sich bei den Fossilien um Überreste von Organismen handelt? Von wann bis wann lebte Humboldt, wer war Alfred Wegener, und so marschierte sie vor der Klasse, spielte mit den Haarnadeln, leckte Blut vom Finger, und ihre Zähne waren gelbe Soldatenreihen.

Auf dem Schulhof prahlte der Dicke damit, daß der Erdkundelehrer nicht wiederkommen werde. Dafür habe sein Vater gesorgt. Er sei beim Rektor gewesen, weil der Lehrer ihn vor die Klasse geholt habe, und der Lehrer sei auch gegen Cola und Amerika, und da habe der Vater ein mächtiges Wort eingelegt. Auch andere Kinder prahlten, und die Hellblonde und die Dunkle mit den hohen Jochbeinen spalteten die Klasse zuletzt in zwei Lager; der Erdkundelehrer leugne die göttliche Weltordnung, behauptete das eine, sie hätten ihn verhaftet, weil er aus der Ostzone sei, das andere. So blieb der Lehrer verschwunden, und das Gerede um ihn wucherte, und bald schien jeder dem Ungeheuer noch irgendwie entwischt zu sein.

Willem ahnte, wie sich ein Netz um den Erdkundelehrer zog; wie die anderen mit geisterhafter Fernwirkung ein Mal in ihn brannten. Und wenn er mit Hans und Marduk, dem Jungen mit der Hakennase, auf dem Schulhof stand, kamen die Jungs zu der Überzeugung, daß es eine Überlebensstrategie sein konnte, sich mit anderen zu verbünden. Und daß es im Verbund viel einfacher war, eine Meinung zu einer Wahrheit zu machen und einen Lehrer zu einem Ungeheuer.

Von Weyer führte die Erdkunde fort.

Sie ließ Arbeiten schreiben und genoß die mangelhaften Ergebnisse; eine Katastrophe, sagte sie, stolzierte, leckte die Finger und nahm die Klasse mit aller Härte. Daten und Ereignisse, sagte sie, so sei die Welt aufgebaut, das sei das Kapital des Geistes, und wer immer noch glaube, Erdkunde sei zum Schwatzen da über Negerproblemchen oder Russenidylle, der habe sich geschnitten. Zackzack, wer entwickelte den modernen Doppelcharakter der Geographie? Wer war der Begründer einer vergleichenden Völkerbetrachtung? Wer befaßte sich als erster mit der Heimatwirkung auf den Menschen? Und als sich niemand meldete, zeigte sie auf den Neuen. Doch auch Marduk wußte es nicht. So stand von Weyer vor ihm, das Kreuz durchgedrückt, die Hände in den Hüften, und der Junge lächelte stumm.

Ein Ziegenhirt aus Anatolien! Wo die Alten so faul wären, daß die Kinder arbeiten müßten. Und jetzt sei er hier, ein Land mit Seife und Toiletten, und er dürfe in die Schule gehen, ein Privileg, auf das er in Anatolien noch tausend Jahre hätte warten müssen – und was: Er grinste! Verflixt, warum er so blöd grinste! Und alle starrten auf Marduk.

Dann stand Willem auf.

Marduk lerne doch jeden Tag Deutsch, sagte er, aber er sei noch nicht so gut, daß er alles verstünde. Und ehrlich gesagt, wenn wir seine Sprache lernen müßten, würde niemand erwarten, daß wir nach ein paar Monaten schon Heimatwirkung oder vergleichende Völkerbetrachtung erklären könnten. Und dann, sagte Willem, hätte er auch gern noch gewußt, was mit dem Erdkundelehrer sei. Es gebe ja so viele Gerüchte.

Mit zwei Schritten war von Weyer bei ihm und schnappte nach seinem Ohr. Der Stuhl stürzte, Willems Gesicht scheuerte aufwärts; das junge Fleisch gegen den rauhen Stoff, über die Stützbügel des Korsetts und durch die Furche ihrer harten Brüste. Wie boshafte Geometrie zogen die Kreidestreifen auf ihrem Kostüm vorüber, blähten sich mit jedem Atemzug, und bald traf ihn der gebündelte Strahl – der Geruch ihrer Haare schien durch den Schädel gesikkert und direkt aus ihren Nüstern zu stoßen.

Als er aufblickte, waren ihre Zähne über ihm. Leuchtendgelb und glatt, wie die Instrumente einer hungrigen Macht. Soldatenreihen, die jederzeit zuschnappen konnten, und so standen sie beide da; die Frau in einer Wahrheit verwurzelt, die Opfer zu Ungeheuern machen konnte, der Junge zart. Und als er ein Lächeln versuchte, lächelte die Frau zurück, ein seltsamer Augenblick, in dem sich stiller Schmerz mit stillem Genuß verband.

Daß die Mutter am Nachmittag nichts sagte, überraschte Willem. Auch in den nächsten Tagen sagte sie nichts, und Willem vermutete einen Plan, hinter dem die Mutter plötzlich hervortreten und ihm Verschlagenheit vorwerfen würde. Doch nichts geschah. Eine Zeitlang war er verunsichert und überlegte in alle Richtungen. Doch zuletzt kam er immer wieder auf zwei Möglichkeiten zurück: Die Lehrerin hatte es der Mutter gesagt, oder sie hatte es ihr nicht gesagt. Und wenn die Mutter Bescheid wußte, da war Willem sicher, hätte sie die Anklage längst erhoben und das Urteil vollstreckt. Also wußte sie es nicht, und Willem fragte sich, warum die Lehrerin schwieg. Er unterstellte ihr Reue und dann Angst, doch bald glaubte er, daß es so zu einfach war. Er selber hätte womöglich Reue und Angst empfunden, aber nicht eine von Weyer, die zudem Teil eines mächtigen Organismus war, der alle Hilfsmittel zu einer Rechtfertigung liefern konnte. Also unterstellte er ihr Spaß. Und wenn sie Spaß daran hatte, Kinder zu quälen, mußte sie das wahrscheinlich verheimlichen, weil es verboten war, und dann, dachte Willem, hätte sie doch Angst. Doch auch von dieser Seite kam er nicht weiter, denn selbst wenn sie Spaß daran hatte, konnte das außer ihr keiner wissen, und sie konnte jederzeit tausend andere berechtigte Gründe angeben, und alle würden ihr glauben. Nichtwahr, solange sie es selber nicht aussprach, würde niemand hinter ihr Geheimnis kommen. Und wenn es ein Geheimnis war, dachte Willem, wäre es natürlich gerissen von der Lehrerin, sofort nach ihrem Spaß zur Mutter oder zum Rektor zu gehen und zu sagen, soundso, bodenlos und kein Respekt, dieser Bengel. Mindestens so gerissen würde die Lehrerin vorgehen, dachte Willem und stellte sich vor, wie sie in ihrem Haus saß, Tinte in die Feder zog und Urteile schrieb; ihre machtvollen Kombinationen nackter Zahlen, ist 6, ist 5, ist 1, diese preußischblauen Informationen mit der geisterhaften Fernwirkung, und dann stand sie mit ihrer goldenen Spitze am Fenster, ihre Augen sahen dem Rauch hinterher, ihr Geist durchmaß den Raum ihrer Macht, und Willem stellte sich vor, wie viele Möglichkeiten es in diesem Raum gab, von denen er nichts wußte. So überlegte er hin und her, und es blieb ein Rätsel, warum die Lehrerin der Mutter nichts gesagt hatte.

Die Jungs standen auf dem Rinnstein, aus der Wand sickerte das Wasser. Unter den Düsen hingen zarte Rostkreise, und Hans stopfte die Blutwurst in seine Tasche. Dann holte er den Aal hervor und sagte: Quatsch. Wenn man nur genügend über die Lehrerin wüßte, käme man schon dahinter.
Als die Tür aufging, trat Siegfried ein.
Hans sagte: Auf, Dicker. Wers höher bringt.
Siegfried zögerte, doch schließlich stellte er sich dazu, und sie legten los.
Gegen Hans hatte keiner eine Chance. Er hielt alle Rekorde, und es fehlte nicht viel, bis sein enormer Strahl die Kante der Fliesen überwunden hatte. Als sie fertig waren, schlug er Siegfried auf die Schulter. Respektabel, Dicker. Und Siegfried schien das zu gefallen.
Willem schüttelte die letzten Tropfen und ging ans Waschbekken.
Hans hielt dem Dicken ein Stück Aal unter die Nase. Hier.
So was eß ich nicht.
Nicht? Hans schien verdattert.
Nee.
Warum denn nicht?
Die kriechen aus Faulschlamm in die Welt. Und fressen Reste und Abfälle.

Sagt Aristoteles. Komm, auf den alten Ari. Probier mal.

Nee.

Dann eben nicht, und er lächelte und steckte den Fisch weg.

Und sonst? sagte Hans.

Was soll schon sein. Laß mich durch.

Du bist ne Petze.

Na und.

Weißt du, was hinter dieser Tür ist?

Laß mich.

Weißt dus?

Weiß doch jeder.

Der letzte, der drauf war, hat nicht gezogen.

Na und.

Eben. So einer wie du kackt überall die Schüsseln voll. Und spülen können die anderen. Hans drängte den Dicken durch die Tür und schloß ab. Los. Kuck dir das an.

Der Dicke sackte zusammen und flennte.

Du kuckst es dir an. Oder du frißt es.

Wie ein Kaninchen hockte er und schüttelte den Kopf.

Als Hans zupackte, stieß er einen schrillen Schrei hervor.

Hans stopfte Klopapier gegen den Schrei; bald traten die Adern aus seinem Unterarm, und dem Dicken sprangen die Augen aus dem Kaninchengesicht.

Dann zerrte er Siegfried über die Schüssel. Das hier, sagte er, ist eine Sache zwischen dir und mir. Wenn du noch einmal petzt, laß ich dich das Zeugs fressen. Ich erwisch dich, ganz egal, wo.

Wie gesagt, wenn man nur genügend über die wüßte, käme man schon dahinter. Wenns denn überhaupt ein Rätsel sei, denn so, wie er die Sache sehe, sei das leicht zu erklären. Die wüßte doch gar nicht mehr, wie vielen Kindern sie schon die Ohren langgezogen hätte, das sei wie Fressen und Scheißen, jahrein, jahraus, und solange das funktioniere, mache die sich da keinen Kopf drum.

Hans stieß einen Pfiff durch die Scharte. Weißt du was, Willem. Zum Arzt müßte man gehen. Sich auf dem Ohr taub stellen, oder Kopfschmerz, sagte er, und der Mann, von dem sie die Reusen gepachtet hätten, sei bei der Zeitung. Verdammt, man müßte die Gemeinheiten dieser Lehrerbande in die Zeitung bringen. Ihnen ihre selbstgefälligen Jahre um die Ohren hauen und ihr Getue, als hätten sie die ganze Welt erobert und könnten sich überall zum Richter machen. Diese verdammten Lehrer wären niemals auf dem Atlantik gewesen und hätten dort die Glasaale gesehen, doch ein Buch reiche ihnen, um Faulschlamm und Dreck zum Gesetz zu machen. Und diese Lehrer wären niemals in Anatolien gewesen, doch eine Völkerschau reiche ihnen, um Marduk zum Neger zu machen. Was die alten Fischer wüßten, was Marduk wisse, das interessiere nicht. Echt, Willem. Zum Arzt müßte man gehen. Und zur Zeitung.

Die Oma vom Hans hatte Marduk und seine Eltern eingeladen. Marduks Vater arbeitete als Müllkutscher, und er war dankbar dafür. Die Oma hatte ihm gesagt, daß es in Deutschland bereits vielen Menschen wieder so gut ginge, daß sie sich nicht einmal mehr um ihren eigenen Müll kümmerten, doch Marduks Vater war dankbar, daß die Deutschen ihn in ihr Land ließen und ihm Arbeit gaben. Für ihn waren die Deutschen gute Menschen, die aus ihren Fehlern gelernt hatten. In Deutschland wußten sie, was es bedeutete, ein anderes Volk auszulöschen, und seine eigene Familie gehörte zu einem Volk, das ausgelöscht werden sollte. Darum waren sie arm, darum hatte Marduk nie eine Schule besucht und mußte schon als Kind arbeiten. Und so war Marduks Vater dankbar, und daß die Deutschen ihm Arbeit gaben, hatte nichts mit Überheblichkeit zu tun, sondern mit Schuld und Sühne, und die Gemeinheiten der Lehrerbande konnten gar nicht wahr sein, weil die Lehrer Deutsche waren. So dachte Marduks Vater.
Und Willem und Hans saßen an der Böschung. Sie sahen dem Fluß zu, zwischen ihnen lag der Beutel mit den Aalen, und manchmal zuckte es noch da drinnen, obwohl die Tiere bereits ausgenommen waren.
Doch die Gemeinheiten waren wahr, und die Lehrer wußten nur, was sie wissen wollten. Warum Marduks Familie nach Deutschland kam, interessierte die genausowenig wie das Schicksal seiner

eigenen Familie – nichtwahr, die Mutter vom Hans war tot, und der Vater kurbelte lustige Melodien für das Vergessen. Das totale Vergessen, das war nämlich noch so ein Gesetz für all diese weißen Teufel, und so brauchten die erst gar nicht zu hinterfragen, warum Marduk in seinem Land nicht in die Schule durfte oder warum sie dort kein Spülklosett hatten. Denn dann müßten die auch fragen, warum der Vater vom Hans ein Krüppel war und wie es angehen konnte, daß Hans in seinem kultivierten Vaterland genauso arbeiten mußte wie Marduk im wilden Anatolien. Doch solche Fragen brachten sie einem nicht bei; Marduk blieb Ziegenhirt, und Vaterland und Heimat blieben hehre Worte für die Deutschen. Für einen Wilden wie Marduk kamen sie nicht in Frage.

Doch Marduk und seine Familie hatten eine Heimat. Und als sie bei seiner Oma in der Stube saßen, hatte Marduks Vater zuletzt geweint. Aus Verbundenheit zu den Bergen dort, den Flüssen und Bäumen; aus Liebe zu seinen Vorfahren und aus Schmerz, weil sein Volk einfach vertrieben wurde.

So saßen die Jungs an der Böschung; das Wasser lief ab und es kam wieder zurück, und manchmal schlug das Zucken aus dem Beutel.

Marduks Heimat, sagte Hans. Es muß ein schönes Land sein.

Berge und Stromschnellen in den Schluchten, und wenn man den Horizont sehen will, muß man über die Schneegrenze hoch. Man kann tagelang unterwegs sein, ohne jemanden zu treffen; keine Straßen, Dörfer, nichts, und als Ziegenhirt war Marduk ganz allein mit den Hunden und der Herde. Über ihnen Sonne und Sterne, und so sind sie durch Frühling und Sommer gezogen, haben an Quellen gerastet und in Höhlen geschlafen. Marduk weiß, wo es Beeren gibt und wie man Fallen baut; er kann schlachten und sich am Himmel orientieren, und wenn er abends am Feuer saß, machte er Rechenspiele mit den Sternen. Darum, sagte Hans, ist der Marduk auch so gut in Mathe.

Er konnte jede seiner Ziegen an Gang oder Stimme erkennen und wußte immer, wie gesund sie waren; er wußte, welchen Wert jedes Tier hatte, und immer dachte er an den Spätsommer, wenn er die Herde in das Tal zurücktreiben würde, wo seine Familie den

Winter verbrachte. So war er unterwegs, von Sonne zu Sonne und Mond zu Mond, ein Junge, der überleben konnte, wo die weißen Teufel verreckten. Er weiß, wie man Grubenottern oder Taranteln aus dem Weg geht, die Wölfe tricksten ihn aus, und dann trickste er die Wölfe aus. Er beobachtete die Welt und lernte Dinge zu sehen, die noch verborgen waren; er kannte das Wetter, und zweimal rettete er ein Zicklein vor dem Adler.

In seinem letzten Hirtensommer stieß er auf eine Handvoll Soldaten.

Ihr Jeep stand auf einem Paß, und sie lehnten mit baumelnden Gewehren dagegen. Als die Herde auftauchte, machten sie Späße, lachten zahnlos und spuckten. Marduk gab den Hunden einen Pfiff, daß sie die Herde von den Soldaten wegtrieben, und die Hunde waren auf Zack. Die Soldaten lachten und spuckten, und als die Herde auf einer Flanke war, lief einer von ihnen hoch und scheuchte den Haufen auseinander. Um den Jeep grölten sie, die Hunde bellten, und als einer nach dem Soldaten auf der Flanke schnappte, kriegte er den Gewehrkolben auf den Schädel. Der Schädel platzte, und vom Jeep flammten die Mündungen, und bald sprangen die Echos zwischen den Bergflanken. Die Herde schlug hin, die Herde brach auf, und ein Tier spießte sich in den schwarzen Ast einer vom Blitz gefällten Kiefer. Die Hunde zerwinselten im Blut, und Marduk rannte durch die Felsblöcke bis hinter die Nacht. Zwei Tage später stieß er auf ein Zicklein, und mit dem Tier im Arm gelangte er ins Tal.

Und jetzt, sagte Hans, lernt Marduk den Aalfang.

Er lernte schnell, und wenn sie draußen waren, wußte Marduk Sachen, von denen Hans selber noch nie gehört hatte. So lernten sie beide, und weil Marduk so gute Ideen und ein verdammt gutes Gespür hatte, fingen sie die Aale auch heimlich. Mit selbstgebastelten Reusen, ein ganz neues Modell, meinte Hans, Taschenfallen für den schnellen Einsatz, und sie räucherten die schwarzen Aale, und Marduks Vater verkaufte sie an die deutschen Müllkutscherkollegen.

6

Kronhardt brachte zwei Hirschkäfer von einer Börse mit, setzte sie in ein Terrarium und wartete darauf, daß sie kämpften. Doch sie kämpften nicht. Willem schlug vor, es den Käfern gemütlich zu machen, er besorgte Laub und morsches Holz, und bald verkroch sich jeder in eine Ecke.

Kronhardt gefiel das nicht; er schälte einen großen Ast und legte das blanke Stück wie eine Brücke von einer Ecke in die andere. Er war ungeduldig, sie sollten kämpfen. Doch die Käfer wollten nicht; sie betasteten sich kurz, wichen zurück, und wenn Kronhardt sie erneut aufstellte und gegeneinanderdrängte, bockten sie und ließen sich schließlich von der Brücke fallen.

Sobald Willem die Tiere in die Hand nahm, konnte er sich für ihre Anatomie begeistern – die Greifhaken an den Tarsen, Glätte und Maserung der Flügeldecke, und der wuchtige Schild erschien wie eine Geistermaske. Auch die geweihartigen Zangen gefielen ihm. Er machte harmlose Versuche, er staunte über die Fähigkeiten dieser so plump erscheinenden Tiere und konnte sehen, worüber er in den Büchern gelesen hatte; Schmetterlinge, Heuschrecken und jetzt auch die Hirschkäfer weiteten die Wirklichkeit, und Willem freute sich, daß er in einer Welt lebte, die viele Welten war.

Zu Weihnachten wünschte er sich ein Mikroskop.

Kronhardt bescherte den Hirschkäfern eine Braut, doch auch das Weibchen verzog sich, und die Männchen machten weiterhin keine Anstalten zu kämpfen. Schließlich kaufte Kronhardt eine Vogelspinne, ließ sie hungern und setzte den ersten Käfer zu ihr. Hing mit einer Lupe über dem Glasquader, horchte mit einem Stethoskop nach den Schrillgeräuschen der Spinnenbeine, und so lösten sich die Käfer auf. Willem sah nicht zu; später fischte er die Chitinreste aus dem Papierkorb und betrachtete sie unterm Mikroskop. Von der nächsten Börse brachte Kronhardt Treiberameisen mit, die Ameisen erledigten die Spinne, dann ertränkte Kronhardt die Tiere in Öl und jagte sie durchs Klosett. Daß Willem sich für die Kämpfe nicht begeistern konnte, kränkte ihn. Und so saß er wieder am Eichentisch und brachte Schmetterlinge in sein Ordnungssystem von groß und klein.

Willem hatte sich neue Bücher ausgeliehen, und um Kronhardt bei Laune zu halten, las er etwas über staatenbildende Insekten vor. Tatsächlich wurde der Alte neugierig und wollte bald mehr wissen. Er interessierte sich für die Mechanismen, die den einzelnen zugunsten eines Staates auflösten, vor allem für die Verteidigungsmethoden und Selbstaufopferungen einiger Soldatenarten. Und wenn Willem dann von Soldaten vorlas, die Kanonen auf den Köpfen trugen oder Leiber hatten, aus denen sie wie mit Maschinengewehren gegen die Feinde feuerten, saß Kronhardt ganz still da. Daß diese Tiere in der Lage waren, so lange gegen den Feind zu feuern, bis es ihnen den Leib zerriß, schien ihn zu faszinieren, und er ermunterte Willem herauszufinden, wie dieses Prinzip der totalen Selbstaufopferung funktionierte. Ob es sich nicht auch auf die Menschen übertragen lasse und ob nicht auch hier der einzelne zugunsten eines Staates aufgelöst werden könne.

Einige Tage später las Willem aus der Antike vor. In Sparta hatten sie die Kinder kategorisch zu Kriegern herangezüchtet; kaum daß sie laufen konnten, wurden sie bereits selektiert. Wer in seinen Anlagen zu schmächtig erschien, wurde in einen Brunnen geworfen, die anderen gedrillt. Die Kleinsten von etwas Größeren, die etwas Größeren von noch Größeren, und so wurden sie mit dem Willen zu Grausamkeit und Tötung abgerichtet. Bereits die Halbwüchsigen mußten wie furchtbare Krieger erscheinen, und Kronhardt saß still und mit der Augenlinse über seine Schmetterlinge gebeugt, während Willem vorlas.

Willem konnte bald gut voraussagen, welche Themen den Alten interessierten; um so mehr, als Kronhardt nun regelmäßig Tiere von den Börsen mitbrachte und gegeneinander ins Terrarium setzte. Vor allem die Treiberameisen hatten ihn überzeugt, weil er sicher sein konnte, daß sie als Jäger funktionierten, und manchmal setzte er einfach einen kleinen Säuger dazu oder einen Frosch. Doch er besorgte auch Gottesanbeterinnen und Skorpione, und während er die Vorgänge im Terrarium mit der Lupe verfolgte, las Willem über die unglaublichen Fähigkeiten vor, mit denen diese Tiere seit Jahrmillionen überlebten.

Von den Wanzen hatte er schon einmal gelesen und nicht verstanden, warum die Männchen ein Instrument hatten, mit dem sie bis in die Herzen ihrer Weibchen stoßen konnten. Als er erneut über dieses Phänomen las und dieses Mal herausfand, daß das männliche Begattungsorgan wie eine Art Dolch konzipiert war, der durch den Panzer der Weibchen in ihr Herz bohrte, überlegte er, warum so etwas geschah. Ob Herzendurchstoßen womöglich ein Vorteil sein konnte im Überlebenskampf.

Im Lexikon sah er zuerst unter Begattung nach.

Die geschlechtliche Vereinigung zweier Individuen zur Reproduktion, stand dort, und das männliche Organ, das während dieses Vorgangs Spermien in die weiblichen Geschlechtswege beförderte, wurde Penis genannt.

Frauen hatten anscheinend keinen Penis, und im Lexikon stand, daß der letzte Abschnitt ihrer Fortpflanzungsorgane Vagina hieß. Spermien waren männliche Keimzellen, die weibliche Eizellen befruchteten, und Reproduktion bedeutete, daß bereits vorhandene Individuen neue Individuen erzeugten, und so stellte Willem sich seine Eltern vor, der väterliche Penis ein Dolch, der sich durch Fleisch und Knochen bis ins Herz der Mutter gestoßen hatte. Durch den prallen Busen, durch die Rippen und hinein ins Zentrum der Lebenskraft; hinein in den Sitz der Seele und die Quelle der Liebe. Ins mütterliche Herz, dachte Willem, wo es schlägt und saugt und pumpt, und so also werden die Spermien durch den Kreislauf getrieben. Und wegen der Narbe, dachte Willem, verhüllen die Frauen ihren Busen. Oder es gibt gar keine Narbe, und wo der Penis einmal gebohrt hat, bleibt ein Loch, und BH und Korsett verhüllen den Blick auf tiefste Nacktheit – eine seltsame Vorstellung, diese offenliegenden Herzen der Frauen: zu Anbeginn des Lebens eine Sickergrube, meinte Willem; eine Kokonhöhle oder Nibelungenwunde – doch warum ausgerechnet ins Herz? Wo doch jeder Penisstoß tödlich sein kann, noch bevor neues Leben entstanden ist? Und wie können die Männer diesen Dolch mit sich herumtragen, der doch durch Fleisch und Knochen geht?

Im Lexikon fand er keine Antworten, und auch wenn es auf dem Schulhof Gerüchte gab, kannte er niemanden, der es wirklich wußte. Nicht mal Hans wußte, wie die Eltern die Kinder gemacht hatten; niemand, der hinterm Busen das offenliegende Herz gesehen hatte, niemand den Dolch eines Mannes. Niemand wußte, wie die Jungs später selber einmal so einen Dolch mit sich herumtragen sollten, niemand hatte die Eltern nackt gesehen oder traute sich zu, etwas zu fragen.

Reproduktion, stand im Lexikon. Bereits vorhandene Individuen erzeugten neue Individuen, und Kinder waren anscheinend das Produkt dieser Zeugung. Mehr nicht. Der wahre Akt blieb ein Geheimnis der Erwachsenen. Und Willem beschloß, dieses Gesetz zu brechen.

Vorm Roland drängte er durch eine Gruppe mit Ausflüglern, die den Worten einer Hosteß folgten. Er legte Hand auf den Patron, und als er weitermarschierte, warf er die Hand in die Luft und freute sich an den aufsteigenden Tauben.

Hinter der goldenen Pforte war die Böttcherstraße wieder aufgebaut, und so gelangte er durch den Tunnel an die Weser. Von der anderen Seite wehten die Gerüche der Bierbrauer und Kaffeeröster, und die Promenade lag im langen Licht des Spätsommers. Am Martinianleger wurden Leinen losgeworfen zur großen Hafenrundfahrt, und Willem sah die Barkasse, auf der sein Vater gestorben war. Es war die Alk, und beim Schwenk in die Fahrrinne flammte der Bug mit dem weißen Namen im Sonnenlicht. Bald zog sie ihre Spur, und manchmal langten Bruchstücke von den Lautsprecheransagen des Kapitäns ans Ufer. Willem dachte darüber nach, ob es noch immer derselbe Kapitän war.

Auf die schmale Straße im Faulenviertel waren keine Fliegerbomben gefallen. Die Häuser mit Souterrain und Hochparterre waren mit gelbem Klinker verziert und standen in Reihe. Zum Eingang von Nummer 7 führten ein paar Stufen, und im Windfang hing das emaillierte Schild.

Doktor Blask saß hinter seinem Schreibtisch, und als er mit der Hand auf den Tisch schlug, zitterte der Stirnspiegel. So also! Die vernagelten Alten rücken nicht mit der Sprache raus. Er lachte.

Und dann sagte er: Die Lehre vom Geschlechtsleben. Nun, eine Konferenz in Kopenhagen hat bereits 1907 festgelegt, daß die Fortpflanzungstatsache an sich nicht unanständig ist, und wenn man so will, ist das die erste Kopenhagener Deutung.

Die zweite stammt ja aus den Dreißigern und befaßt sich mit dem, was wir über die Wirklichkeit sagen können. Also mit den Bedingungen, unter denen wir die Welt beobachten, und mit unseren Deutungen daraus, die, wie wir ja alle wissen, auch jenseits der Quantenmechanik unterschiedliche Wirklichkeiten hervorbringen können. Und so ist rot nicht rot und Sex nicht Sex, und wieder schlug Blask auf den Schreibtisch. Diese vernagelten Alten!

Dann sagte er: Im Grunde hat sich seit damals nichts geändert. Noch heute veranstalten die Gelehrten ihre Tagungen – Soziologen, Psychologen oder Politiker – und reden mit feuchten Händen und roten Köpfen um den Brei. Diskutieren allen Ernstes, ob das, was in der Regel als Grundeigenschaft lebender Materie gilt, eine unsaubere Sache sein kann – Sex! rief er. SexSexSex! Die Voraussetzung zur Erhaltung der eigenen Spezies – und diese Alten machen daraus eine Verschwörung, als würden sie heimlich Kinder fressen. Was! Und Blask schlug sich auf die Schenkel.

Nun, es ist, wie es ist. Und die Lehre vom Geschlechtsleben ist bis heute ein eingefleischter Verstoß. Das deutsche Volksschulgesetz weigert sich, Sexualkundeunterricht zu statuieren, und verweist auf das Elternrecht; die Eltern sind selber nie aufgeklärt worden und völlig überfordert, und so verklemmt sich die Gesellschaft in einer Endlosschleife. Und schlimmer, jeder progressive Ansatz, beispielsweise ein Aufklärungsausschuß, wird automatisch zu Ketzerei und Verbrechen – na, was hältst du davon?

Doch Blask wartete erst gar nicht ab. Nichtwahr! Diese vernagelten Alten, denkst du – und hast recht! Und noch übler wirds, Junge, wenn ich dir sage, daß sie in Wirklichkeit ganz verdammt lüstern sind, diese Alten. Gieriger als jeder Straßenköter, doch sie vertuschen diese Lust auf Sex, verbannen sie bald aus der Wirklichkeit ringsherum und treiben es in ihrer Schattenwelt. Ha! Autofellatio, Missionar oder genito-oral; sie treiben coitus a tergo oder coitus in anum, sie machens schweizerisch, schwedisch oder spanisch, sind völlig besessen, werden kopflos und fangen an zu sabbern. Doch sobald ein Kind das Wort Sex in den Mund nimmt, werden sie knallrot und ziehen dem Balg die Ohren lang.

Und später machens die Kinder dann wie die Alten. Vertuschen ihre Gier, reden sich mit irgendwelchem Mist wie dem Klapperstorch raus und ziehen zuletzt die Ohren lang. Und so prägt eine Generation die nächste, und aus der Volksmoral treiben die Faulgase der Geschichte.

Sex! Rein mechanisch betrachtet ein simpler Vorgang. Hier! Und Blask zog einige Bücher aus dem Regal. Und hier, und hier. Schau dir das an, Junge. Penis in Vagina, mehr steckt da im Grunde nicht hinter. Rein und raus, Junge.

Und Willem schaute.

Eine angeborene Reaktionsweise. Und dabei hats die Natur so eingerichtet, daß gerade die Männer extrem empfänglich sind für jede Menge Reize – wahnsinniger Zündstoff des Alltags, nichtwahr, so daß Penis in Vagina in ihren Köpfen zuletzt zu Kerosin wird. Zu Kernspaltung und Kettenexplosion, und so treiben sies dann in ihrer Schattenwelt. Mit Goldharnischen, mit Jesus- oder Hitlermasken; treiben Sodo, Sado oder Pädo. Ha! Penis in Vagina ist immer so wahnsinnig wie die Zeiten, in denen es praktiziert wird. Ein angeborenes Verhalten in einer ständig explodierenden Welt. Hier! rief Blask, und hier und hier! Und er stach in die Bilder.

Doch über diesen simplen Trieb hinaus, sagte er und schüttelte den Kopf, stumpft alles Interesse ab. Somatische oder neurobiologische

Vorgänge; die eher banalen Zusammenhänge bei den Männern oder die komplexen Vernetzungen bei den Frauen; Mikro- oder Makrogameten, nichts dergleichen interessiert. Eine langweilige Quantenwelt, jenseits von allem Rausch.

Und doch läuft gerade in dieser winzigen Welt der wahre Schrekken ab. Nichtwahr, und Blask schlug die Bücher zu.

Eine Grundeigenschaft lebender Materie ist ihre Fähigkeit zur Vermehrung. Und während der männliche Homo sapiens dazu mit ständiger Brunstfähigkeit ausgerüstet wurde, drängt es in den Frauen danach, Leben in sich heranwachsen zu lassen. So wird also reproduziert und reproduziert; in Mexiko hat unlängst eine Neunjährige entbunden, Indien meldet vierhundertfünfzig Millionen, und in Japan werden sie mittlerweile so alt, daß die Wissenschaft mit der Unsterblichkeit experimentiert. Ein schreiender Wahnsinn, eine unglaubliche Virulenz. Saugend und fordernd, ein Zwang, mächtiger als alles.

Willem saß da.

Das Zimmer war vollgestopft mit Büchern, pathologischen Tafeln und Plastiken. In den Bedarfsschränken Bestecke, Phiolen oder Objekte in Alkohol. Blask hackte mit seinem Kopf, der Spiegel zitterte, und seine Hand schlug auf den Schreibtisch. Und Willem lauschte. Nach einer Zeit sagte er dann: Danke, daß Sies erklärt haben.

Was erklärt?

Das mit dem Kindermachen.

Und Blask lachte. Nicht so verklemmt, Junge. Hier kannst dus rauslassen. In diesem Zimmer kannst du sagen, was du sonst nirgends sagen kannst. Hier kannst du beichten und lästern und flennen – und vor allem: so, wie dir der Schnabel gewachsen ist. Du hast es also verstanden?

Was?

Das frage ich dich.

Der Penis ist mit Schwellkörpern ausgestattet, und er kann lang und hart in die Vagina eingeführt werden. Dort entstehen gleitfördernde Sekrete, und durch stoßhaftes Vor- und Zurückbewegen stupst der Penis an den weiblichen Geschlechtshöcker, und für beide ist der Akt ein starkes Gefühl. Ein Trick, haben Sie gesagt, um die Fortpflanzung am Laufen zu halten. Der Höhepunkt heißt für beide Orgasmus, und aus dem Penis wird Samenflüssigkeit ausgeworfen. Diese Spermien kämpfen und kämpfen sich auf dem Vaginalsekret voran, bis eines von ihnen die Eizelle erreicht, eindringt und verschmilzt. Der ganze Prozeß zur Kindwerdung findet dann im Körper der Frau statt. Ihr Hormonhaushalt verändert sich, das sexuelle Verlangen wird runtergefahren, während die Männer bereits wenige Stunden später wieder scharf werden können. Schärfer als jeder Bock, haben Sie gesagt. Oder Rammler oder Straßenköter.

Na prima, Junge. Und Blask schlug auf den Tisch. KnockenFikkenVögeln!

Was ist das?

Die Leute kommen hierher und demaskieren sich. Da kriegt man was zu hören, das sind Einblicke in abgründige Welten, Junge. Und Knocken, Ficken, Vögeln, da werden sie knallrot, weil sie die Bedeutung nur zu gut kennen, doch die Wörter nicht aussprechen können. Und wenn sie eheliche Pflichten sagen, Beischlaf oder Liebe machen, versinken sie im Sessel.

Er klopfte sich auf die Schenkel, aus dem Stirnspiegel streuten Lichtblitze.

Nach einer Zeit sagte Willem: Verpetzen Sie mich?

Und Blask kniff die Augen zusammen.

Ich mag keine Kinder, sagte er dann. Und die Erwachsenen schon gar nicht. Ich bin Einzelgänger und habe regelmäßig Sex mit einer Einzelgängerin. Oder mit zweien. Und ich bin Arzt. Was hier gesprochen wird, erfährt kein Dritter. Verstehst du das?

Ja.

Hier sind wir gesetzlich Verbündete.

Sie dürfen gar nichts sagen?

Nein.

Und ich?

Du kannst alles, was ich dir anvertraue, rausquatschen.

Glauben Sie, das würde ich tun?

Mir ist das egal.

So was mach ich nicht.

Glaub ich dir. Aber die anderen petzen, was.

Bei den meisten muß man vorsichtig sein.

Kannst du jemandem vertrauen?

Ja.

Schlägt die Mutter dich?

Nein.

Der Stiefvater?

Nein. Aber sie streichen mir die freie Zeit.

Einem Menschen seine freie Zeit nehmen.

Ja.

Sein Recht auf Selbstbestimmung nehmen.

Ja.

Ihn zu einer Handlung nötigen. Das ist körperliche oder seelische Gewalt. Ein Kapitalverbrechen.

Meine Mutter ...

Deine Mutter ist Erziehungsberechtigte.

Ja.

Und Erziehungsberechtigte handeln planvoll und zielgerichtet. Sie steuern Persönlichkeitsmerkmale und erwünschtes Verhalten, sie passen Handlungen an die Anforderungen an und fügen ein in die Rolle innerhalb der Gesellschaft.

Aber dürfen sie alles?

Blask lachte. Sie meinen es gut. Sie meinen es immer gut.

Und die Lehrer.

Zu beweisen, daß die es nicht gut meinen, ist beinah unmöglich. Und wenn sie Schaden anrichten, verschmiert er im diffusen Einordnungsprozeß des einzelnen in die Masse.

Die Lehrerin hat mir die Ohren langgezogen.

Blask stand auf und stolzierte durchs Zimmer.

Und sie drangsaliert den Marduk.

Wenn ich dir ein Attest über Ohrenschmerzen ausstelle, schaltet die Schulbehörde ihre Ärzte ein, und die werden dich durch die Mangel drehen und alles widerlegen. Deine Mutter wird noch mehr freie Zeit streichen, und du stehst schlechter da als jetzt.

Ich hab keine Ohrenschmerzen.

Ohrenschmerz, Kopfschmerz, Seelenschmerz. Das System ist perfide, das System ist absolut. Es gibt sich volksherrschaftlich, doch wer darauf pocht, bekommt perfekt durchorganisierte Bürokratie; eine formlose und niemals zu greifende Macht.

Willem sah zu, wie der Doktor seine Runden um den Schreibtisch zog. Dann setzte Blask sich wieder und sah ihn an.

Immerhin gestattet das System, es zu verachten. Und gestattet einzelgängerische Randexistenzen – natürlich nur so lange, wie Wirtschaft und Ordnung daran keinen Schaden nehmen. Und aus Systemsicht ist es kein Verbrechen, einem Menschen seine freie Zeit zu nehmen. Der einzelne hat sich unterzuordnen, und schlimmer: sieht es selbst als eingefleischte Pflicht, sich unterzuordnen, und denunziert jeden, der es anders sieht. So drangsaliert das System sein Volk, sich gegenseitig zu drangsalieren, und das Volk vernimmt voller Stolz die Wörter Rechtschaffenheit und Ordnung und Wir, und die Statistiken zum Aufschwung nimmt jeder persönlich und identifiziert sich mit der schwarzrotgoldenen Volksherrschaft, während die großen Spießgesellen der Diktatur da weitermachen, wo sie 45 aufgehört haben. Sie werden reicher und mächtiger und skrupelloser und verschleiern alles im Wirtschaftswunder, das fleißig Brot und Volkswagen und Telefunkenapparate spuckt. Na, was sagst du dazu?

Willem sagte nichts, und der Doktor sprang wieder auf und lief zu den Bedarfsschränken.

Mit den Kindern setzt sich das ganze Elend nur fort, da bin ich völlig ohne Illusionen. Und wenn man dieses Elend verstehen will, muß man Ursprünge erforschen. Dann steckte er Willem einen Trichter ins Ohr und leuchtete hinein. Willst du ein Attest?

Nein.

Wie heißt diese Lehrerin?

Von Weyer.

Der Doktor kritzelte. Und sie macht dir Schwierigkeiten?

Sie duldet keine Widerworte. Egal, ob man recht hat.

Du bist ein guter Schüler, nehm ich an.

Sonst würde die Mutter mir noch mehr Zeit streichen.

Hast du einen Lieblingslehrer?

Den haben sie geschaßt.

Freunde?

Den Hans. Doch die Mutter behauptet, die Familie ist asozial, und sie will, daß der Dicke mein Freund ist.

Dieser Cola-Junge?

Ja.

Wenns übler wird mit der Mutter oder der von Weyer, kommst du wieder vorbei.

Willem strahlte.

Kannst du dich zurückziehen?

Ich habe mein Zimmer. Da lassen sie mich meistens in Ruhe.

Eine Nische für sich zu haben ist gut.

Ja.

Blask kniff die Augen zusammen. Dein Vater. War der nicht auch so ein Nischenmensch?

Glaub schon.

Er war anders, nichtwahr.

Ja.

Auf einer Hafenrundfahrt gestorben. Und du warst dabei.

Ja.

Die Todesumstände waren damals umstritten.

Kann sein.

Hat deine Mutter mit dir darüber gesprochen?

Nein.

Hat sie verboten, darüber zu sprechen?

Ja.

Der Tod des Richard Kronhardt. Die Zeitungen waren voll davon.

Willem sah zu Boden.

Künstler, stand in den Zeitungen. Was hat denn dein Vater gemacht?

Seine Photos. Bilder von den Alltagsmenschen, sagte er dazu. Aber eigentlich machte er immer das, was er gerade wollte.

Aha.

Wir waren viel zusammen. Sind am Fluß spaziert oder durch die Stadt, und wir konnten den Alltag auflösen.

Aha.

Mein Vater hat immer das hinterfragt, was für die anderen ganz normal war. Ihre Gewohnheiten und ihre Art, alles so hinzunehmen, wie es ist. Und während die anderen Kotelett kauften, ging mein Vater in den Schlachthof und photographierte das Gemetzel dort. Und während die anderen auf Toilette gingen, stieg er in die Kanalisation. Einmal hat er mich mitgenommen, und seine Freunde und er hatten da unten eine richtige Welt aufgebaut. Mit Lichtern und Buden und Glücksrädern. Und Liliputaner mit Melone liefen herum und priesen ihre Ware an; sie verkauften Menschen – Politiker, Industrielle, und sie warfen bündelweise Geld in die stinkenden Kanäle.

Blask grinste. Mochte dein Vater die Menschen nicht?

Er hat viel über sie gelacht. Auch mit seinen Freunden hat er immer gelacht.

Und die Nazis?

Vor denen ist er in die Schweiz getürmt.

Und deine Mutter?

Die ist mit ihm.

Mochte er deine Mutter?

Sie hat ihn oft angeschrien.

Sie wollte wohl nicht, daß er dich in seine Unterwelten mitnahm, was.

Das wars wohl.

Du warst lieber mit ihm zusammen als mit der Mutter.

Viel lieber. Mit ihr ist alles so eng. Noch das Lachen oder die Träume.

Und dein Stiefvater?

Der sieht alles, wie sie es will.

Mochte er deinen Vater?

Ach was. Die hacken beide auf ihm rum.

Tja. Wenn dein Vater noch lebte, wärst du womöglich nicht hier.

Sie meinen, mein Vater hätte mich aufgeklärt? Und er hätte dem Fräulein von Weyer verboten, mir die Ohren langzuziehen? Und er hätte sich für den Erdkundelehrer eingesetzt und auch für Marduk?

Das weißt du besser als ich.

Ja. Und wenn mein Vater noch lebte, hätte ich auch mehr Zeit für mich. Mindestens so viel, wie die anderen haben.

Blask lachte.

Warum lachen Sie?

Mit den Menschen und ihrer selbstbestimmten Zeit ist das so eine Sache.

Aber das will doch jeder. Zeit für sich.

Im Gegenteil, Junge. Sie haben Angst davor. Angst, weil sie sich da selber begegnen, und wenn sie von Freizeit reden, meinen sie immer Zerstreuung. Ablenkung von sich selber, und bevor sie es riskieren, sich unausweichlich in ihren tiefen Gründen gegenüberzustehen, gehen sie lieber in den Krieg. Und wenn kein Krieg ist, helfen ihnen Chrompaste und Asbach und Telefunken. Und natürlich Knocken.

Willem sah den Doktor lachen, sah seine vorstehenden Zähne und die gebogene Nase.

Ach was! sagte Blask dann. In Wirklichkeit glaube ich an die menschliche Rasse. Ich glaube an das Wirtschaftswunder, ich glaube an Deutschland. Und sechs Millionen Juden.

Sechs?

Hat man dir nichts davon erzählt?

Manche sagen, das wäre gelogen.

Eichmann wußte es besser. Alle wissen es besser.

Warum lügen sie dann?

Angst vor sich selber, wie gesagt. Nazideutschland ist ein sehr aufschlußreiches Kapitel menschlicher Geschichte, und diese Geschichte ist längst nicht vorbei. Um sie zu verstehen, kann man die Schuld nicht bei anderen suchen. Jeder muß bei sich anfangen.

Willem sagte: Und Sie?

Ich? Blask machte ein Gesicht.

Ich war ein junger Hund damals. Viel zu eingenommen von meinem Leben und meinen Neigungen, um irgendwas vorauszusehen.

Haben Sie da mitgemischt?

Mitgemischt, sagte er. Ich weiß nicht.

Und dann: Für meine Doktorarbeit habe ich Ameisen beobachtet und bin dabei auf vereinzelte Tiere gestoßen, die sich absurd verhielten. Anstatt auf den Straßen der Kolonie zu bleiben, kletterten diese Tiere auf Grashalme und verharrten so lange dort, bis sie von vorbeiziehenden Schafen gefressen wurden. Ich fand bald heraus, daß nur diejenigen Ameisen ein selbstmörderisches Verhalten entwickelten, die zuvor von dem seltsamen Sekret einer Nacktschnekkenart gegessen hatten. Also interessierte ich mich für die Schnekken und stieß schließlich in ihren Lungen auf seltsame Klumpen. Ich fand heraus, daß es Viren sind und daß die Schnecken diese Virenklumpen aushusten. Und dann kommen die Ameisen, machen sich über den Auswurf her, und die Viren sind in den Ameisen. Ich konnte nachweisen, daß sie dort zielgerichtet in die winzigen Gehirne wandern und die festgelegten Abläufe gewissermaßen auf ihre Bedürfnisse hin umprogrammieren. Die auf Staat getrimmten Ameisen werden zu selbstmörderischen Einzelgängern, und sobald ein Schaf vorbeikommt und Grashalm samt Ameise frißt, haben die Viren ihr eigentliches Ziel erreicht. Erst in den Schafen legen sie richtig los.

Daß ich diesen komplizierten Umweg der Viren aufgezeigt habe, sagte Blask, brachte mir meinen Doktor, und ich glaubte fest daran, daß Mikroorganismen meine Bestimmung waren. Auch die Nazis glaubten daran. Aber mitgemischt bei denen? Ich weiß nicht, und Blask kratzte sich am Kopf.

Tatsächlich bekam ich nach meiner Promotion eine Stelle am Kaiser-Wilhelm-Institut für Anthropologie und Erblehre – für einen jungen Hund eine unglaubliche Berufung, und ich verdankte diese Ehre Sigurd Stromberg, der eine Koryphäe am Institut und von meiner Doktorarbeit begeistert war.

Stromberg gehörte zu den Auserwählten nordischer Art und Gesinnung und war im SS-Sippenbuch verewigt. Ein sehr eitler Mensch, dieser Stromberg, und absolut überzeugt von seiner Berufung, den deutschen Volkskörper in der Welt zu verankern. Zuerst fledderte er bloß Leichen; Ohren, Augäpfel oder Häute, und in seinem Labor türmten sich Faktoren und Vererbungsmerkmale. Doch bald forderte er lebendes Material, bald notierte er bloß noch die gewünschten Merkmale.

Er entwickelte Theorie und Praxis zum serologischen Rassentest, zur Massensterilisation aller Nichtarier und zur Optimierung der vorgeburtlichen Einflüsse in Lebensborneinrichtungen. Und von mir versprach er sich den Durchbruch auf dem Gebiet der Mikroorganismen – verstehst du: eine immunisierte Elite, und den Rest wollte er mit meinen winzigen Errungenschaften ausmerzen.

Aber Sie haben es nicht getan, sagte Willem.

Ich weigerte mich, sagte Blask.

Sie weigerten sich?

Stromberg fragte das gleiche. Und dann schüttelte er den Kopf. Sie weigern sich, sagte er. Also sind Sie geisteskrank und eine Gefahr fürs Reich, und wenig später verbrachte mich die Gestapo in Schutzhaft. Zwoeinhalb mal anderthalb Meter. Und das Beste, Junge: vierundzwanzig Stunden frei verfügbare Zeit.

Stromberg allerdings dachte anders. Gefangen, allein und ohne Zerstreuung ständig sich selbst ausgeliefert. Das, meinte Stromberg, mußte einen Menschen tatsächlich geisteskrank machen. Und so machte er mich zu seinem Objekt. Vom gesunden Erbe zum jüdisch-debilen Erscheinungsbild nannte er die Studie, und wenn er wieder weg war, versuchte ich mich in Kontemplation. Ich betrieb körperliche Übungen, ich stellte Betrachtungen an zur Stellung des Menschen in der Welt.

Blask grinste den Jungen an. Dann krempelte er seinen Arm frei und zeigte zwei viereckige Narben.

Eines Tages kam Stromberg mit seinem Kapo. Sie haben mir die Haut abgeschnitten, die eine Wunde mit roter, die andere mit brauner Tinktur bestrichen, und das wars.

Willem sagte: Da ist nichts von gekommen?

Blask lachte. Um das zu beantworten, müßte ich jetzt neben mir sitzen. Mit dem Arm ohne Narben.

Willem stellte sich das vor. Aber das geht doch nicht.

Und der Doktor stupste einen Finger gegen Willems Brust. Daß du hier drinnen steckst, nichtwahr. Das weiß außer dir niemand. Und wer weiß, was es noch alles für Geheimnisse gibt.

Dann schob er den Ärmel zurück.

Und wenn die Viren jetzt in Ihrem Kopf rumschalten?

Keine Ahnung. Vielleicht werde ich mich eines Tages von Schafen fressen lassen.

Können Viren die Schafe denn zu Menschenfressern umprogrammieren?

Wer weiß. Neues ausprobieren und in Bewegung bleiben, das scheint eine Grundlage zu sein für das Wunder des Lebens. Und wer heute glaubt, sich nicht mehr weiterentwickeln zu müssen, ist morgen tot.

Auch die Menschen?

Bah. Die werden eh in den Katastrophen ihrer eigenen Schöpfungen untergehen. Und das Kapitel Riesengehirn hat sich erledigt.

Und dieser Naziarzt?

Hat mich irgendwann vergessen. Wenn ich mich nicht in Kontemplation und Hungerkunst geschult hätte, wäre ich nicht hier.

Das ist ja ein Ding.

Halb so wild. Dann sagte er: Und du weißt jetzt, daß die Frauen keinen Stachel ins Herz gestoßen bekommen.

Der Penis wird in die Vagina gesteckt.

Korrekt, Junge. Und wenn du in die Jahre kommst, wo so was akut wird, nichtwahr. Denk immer dran, daß der Trieb dich in Sachen reinreiten kann, die du gar nicht willst.

Kinder?

Auch diese verfluchten Bälger. Aber wenn man kopflos wird, kann man sich in alles mögliche reinreiten.

Haben Sie …

Als junger Hund? Na klar. Kopf und Kragen standen auf dem Spiel.

Und Kinder?

Blask schien überrascht.

Sie haben keine, nicht?

Recht so! Und wie gesagt, diese ganze Bande interessiert mich nur noch pathologisch.

Er kam um den Schreibtisch herum und gab Willem die Hand. Der Glanz des Menschen ist dahin, Junge. Ich habe eher das Bedürfnis, ein Schaf zu streicheln oder vor einer Ameise den Hut zu ziehen.

So was hat mein Vater auch gesagt.

Dein Vater, was! Und der Doktor grinste. Dann sagte er: Wenn man das Wunder des Lebens verstehen will, muß man an die Ursprünge gehen. Bakterien, die haben den Sex erfunden. Den Austausch von Information, den Zusammenschluß hoch bis zum Organismus mit Riesenhirn. Bakterien und Viren, Junge. Das kann so ein friedliches Feld sein. Da wird die Katastrophe Mensch glattweg zur Nebensache.

7

Willem fand nie heraus, was aus dem Erdkundelehrer geworden
war. Er war einfach nicht mehr da; niemand sprach mehr über ihn,
so als hätte es ihn nie gegeben. Doch sein Sinn für Gerechtigkeit, sein einsamer Mut und auch die Art, wie er Wissen vermitteln
konnte, hatten Spuren bei Willem hinterlassen.

Die Schulstunden unter von Weyer dagegen waren Dressur. Man
wurde bestraft oder belohnt, und um keine Zeit zu verschwenden,
verlegte Willem das Faktenwissen aufs Klo. Dort entwickelte er
Brücken und Verdichtungen und ließ sie ins Gedächtnis sickern.

Die Mutter und Kronhardt mäkelten; der Abort war eine heimliche Welt, die man mit einer Art Zweitkörper betrat. Man sprach
nicht darüber, man hinterließ keine Spuren, doch Willems Bücher
schlugen eine direkte Verbindung aus dieser Zweitkörperwelt
in die sterile Realität, und die Mutter faßte die Bücher nur mit
Gummihandschuhen an. Willem stufte die Mäkeleien der Alten als
harmlos ein. Schließlich ignorierte er sie ganz, und seine Bücher
stapelten sich.

Tatsächlich nahm die Mutter es irgendwann hin; und wenn sie jenseits von Ekel und Scham darüber nachdachte, konnte sie sogar
Milde spüren. Dann lächelte sie über Willems Drang, sein Wissen
noch an den unmöglichsten Orten zu vermehren, und es machte
sie stolz, die Persönlichkeit des Jungen zu prägen.

Im Sommer wurden die Klassen aufgelöst und die Kinder für den
weiteren Schulgang empfohlen. Die Aula war voll, der Rektor
stand vorm Katheder, und alle schwitzten. Es war feierliche Verab-
schiedung, die Feuertaufe der ersten Initiation, sagte der Rektor,
und mögen Kompetenz und Toleranz unserer Schule den Kindern
ständige Begleiter sein auf ihrem weiteren Weg. Es gab Applaus,

die Zeugnisse wurden verteilt, und Willem sollte aufs Gymnasium. Danach gingen alle auf den Schulhof, die Männer lockerten die Krawatten, und die Frauen zogen ihre Kostümjacken aus. Sie aßen Schnittchen unter der Sonne und schüttelten Hände. Marduk und seine Eltern standen abseits; sie wurden beobachtet wie Marsmenschen, und wenn sie lächelten, sahen die anderen weg. Nur Hans und seine Oma gesellten sich zu ihnen.

Festiger und Nadeln hielten das Haar, und noch ihre Gesichtshaut war gestrafft. Die Zahnreihen glänzten, und der Händedruck war kalt und fest. Ihr Willem, sagte sie, war mein Bester. Die Mutter und Kronhardt tätschelten ihn, und von Weyer hielt die goldene Spitze wie ein Zepter. Als Willem sich ein letztes Mal umdrehte, stand sie da wie durchleuchtet: Ihre Augen sahen dem Rauch hinterher und durchmaßen den Raum; den Born neuer Generationen und neuer preußischblauer Urteile – ist 6, ist 1, was für eine Macht. Der Dicke hatte es nur auf die Realschule geschafft, und seine Eltern unterstellten Kronhardts Hochnäsigkeit. Sie beendeten den Kontakt und steckten Siegfried in eine Privatschule, die versprach, ihn innerhalb von zwei Jahren aufs Gymnasium zu hieven.

Diese hinterhältigen Parvenüs, sagte die Mutter zu Kronhardt.

In den Ferien unternahmen sie Spritztouren mit dem Borgward. Zwei Tage Teutoburger Wald, dazu Besichtigung der Leinen- und Textilindustrie; zwei Tage Lübeck, dazu Marzipan und Zonengrenze, und aus dem Doppelkreis des Feldstechers spürten die Mutter und Kronhardt den Schmerz um den mächtigen Brocken verlorener Heimat.

Einen Tag fuhren sie nach Bremerhaven, einen nach Osterholz oder Rotenburg, dann drängte ein atlantisches Tief übers Festland, und seine Ausläufer prallten gegen das Kontinentalhoch und saugten heiße Luft aus Polen. Eine feuchte Hitze drückte einwärts, drückte unter Tage und gegen den Himmel, und die Sonne stand wie ein weißer Pilz. Die Stadt zerlief im Glast, noch in der Nacht brannte das Salz in den Augen, und Willem verbrachte die Tage in der Badeanstalt. Die Alten erschienen unter der Hitze wie gelähmt, sie verließen kaum das Haus, und so zog er jeden Morgen los.

Als er mit der Badetasche herunterkam, saßen die Alten schon am Frühstückstisch. Die Mutter lächelte und sagte: Wir gehen aus.

Sie trug ein ärmelloses Kleid, Kronhardt Sommerhemd mit Krawatte.

Ihr geht aus?

Du kommst mit.

Er aß ohne Appetit, während die Alten ordentlich zulangten. Blutwurst und Harzer, und dabei lasen sie sich gegenseitig aus der Zeitung vor. Hundstage fordern Tote, sagten sie, Kennedy-Witwe mischt sich ein, oder: Macht die Mauer machtlos? Und mit vollem Mund gaben sie ihre Kommentare ab. In Wirklichkeit, sagten sie, konspiriere dieser Willy Brandt mit der Ostzone und treibe die Teilung der Stadt noch voran. Und dieses Witwenluder, sagten sie, poussiere jetzt mit dem Bruder des Ermordeten, und wenn sie zum zweiten Mal First Lady würde, gerate Vietnam endgültig außer Kontrolle, und dann müßten sie selber noch Mauern bauen gegen all die Kommunisten und Neger.

So schmatzten sie und blätterten bis zu den Todesanzeigen; lasen mit dem Friedhofsgefühl der jungen Geschichte, und auf ihre Gesichter legte sich die heimliche Wonne der Herabblickenden.

Keine fünfzig, sagte Kronhardt.

Die Mutter leckte sich die Finger. Herrlich, und dann: Sieh mal, Heinz Tiefenbrunner. Der hat unter Karl gedient. Plötzlich und unerwartet, steht hier. Und ohne aufzublicken: Du ziehst heute deinen Anzug an. Und kämm dich ordentlich.

Willem aß stumm sein Honigbrot. Die Luft drängte in Stößen durch die geöffneten Fenster und verdichtete sich zu Visionen; dem harten Strahl der Brausen, dem Platschen und Johlen unter dem Hitzepilz. Die Vögel trillerten, und er spürte, wie die Alten ihn einschnürten; wie sie Zeit und Freiheit aus seiner Seele fraßen, und am liebsten wäre er einfach weggelaufen.

Die Mutter saß vorm Frisierspiegel. Sie öffnete den Mund, trug Farbe auf die Lippen und zog sie wieder ein. Dann steckte sie Nadeln in das aufgetürmte Haar, und als sie Willem gewahrte, ließ sie ihn kommen. Er stand stramm unter ihren Händen, ließ Zupfen und Reiben geschehen. Er sah die Gesichter seiner Mutter in dem dreigeteilten Spiegel, dreimal die von innen strömende Härte, die jedem Lachen und jeder Schminke widerstand. Als sie seinen Blick bemerkte, gab sie ihm einen Klaps, warf den Kopf zurück und nahm den Zerstäuber.

Kronhardt wartete bereits in leichtem Anzug und Hut. Als seine Frau vor ihm durchs Zimmer flanierte, ihr Rücken durchgedrückt, ihr Haar in Würde, stieg er sofort auf ihre Spur. Im Borgward genoß sie seinen Blick auf ihre Schenkel.

Kronhardt steuerte an Marktplatz und Liebfrauenkirche vorbei; an der Brill-Kreuzung wendete er, zog an Liebfrauen und Marktplatz vorbei und parkte den Borgward, wo er gestanden hatte. Willem war sicher, daß die Alten nicht mehr alle Tassen im Schrank hatten.

Die Mutter hakte sich ein, Kronhardt trug ihre Handtasche, und so schlenderten sie von einem Schaufenster zum nächsten. Bald spendierte Kronhardt eine Runde Softeis und lobte die Verkäuferin für ihr Geschick; er sprach von strahlendem Gleichmaß, von einer Spitze, so prächtig wie die Konjunktur, und als sie weitergingen, schien sich rings aller Trümmerschmerz in Zukunft zu verwandeln; eine Architektur aus Asbest und Beton, ganz, wie Kronhardt meinte, im Zeitalter der Stoffumwandlung. Eine neue Ära, meinte er, aus der Deutschland grenzenlosen Aufschwung schöpfen würde, und so strömte das Eis in ihren Mund, und Erinnerung und Schmerz der Alten verwandelten sich in pionierhaften Stolz. Bald setzten sie ihre Sonnenbrillen auf, und hinter der Stromlinienform wuchs das Gefühl ihrer Erhabenheit. Die anderen verdunkelten zur Randerscheinung, und die Stadt verwandelte sich in etwas Intimes; ein wunderbares Schweben auf den sonoren Kolbenschlägen, und die Welten in den Schaufenstern erschienen exklusiv; Träume, eine magische Haut, etwas, was sie sich jederzeit nehmen und zu einer Art Persönlichkeit machen konnten – ein Griff in die Börse genügte. Und so genossen die Alten es, zu den Auserwählten zu gehören. Nach allem, was geschehen war, hätten sie es verdient, und sie nannten es Recht und Freiheit.

Später standen sie um einen Bratwurstpavillon.

Willem sah einer Frau zu, die aus ihrem Karman Ghia mit einem

Schutzmann plauderte; am Taxenstand klingelte das Telefon, und Caterina Valente strahlte von einer Litfaßsäule.

Das feuchte Atlantiktief saugte weiterhin heiße Luft aus Polen, das Horn eines Krankenwagens stieg auf – die Opfer der Hundstage, wie die Mutter zwischen zwei Happen sagte, und dann zogen die Alten durch die Fachgeschäfte. Die Namen leuchteten in neuer Typographie, verschmolzen Sütterlinschnörkel und Kantigkeit zu frischem Schwung. Die Geschäfte hießen jetzt Bauer oder Schulz, doch die Alten wußten noch, wo früher Rosencrantz oder Güldenstern gestanden hatte. Sie ließen sich Gürtel, Hüte oder Schirme zeigen, und wenn ein Verkäufer nicht servil genug erschien oder ihre weitreichenden Fragen nicht beantworten konnte, verlangten sie nach dem Geschäftsführer.

Und Willem konnte von überall die ferne Badeanstalt ahnen; den Strahl der Brausen und das Johlen. Als er nach einem Groschen für einen Einarmigen fragte, zückte Kronhardt mit großer Miene die Börse.

Die neuen Warenhäuser sparten sich die Alten bis zum Schluß auf, und dann glitten sie auf endlosen Rolltreppen wie durch ein Märchenland, das ihr erhabenes Gefühl aus allen Richtungen mästete. Kronhardt bediente mühelos eine der neuen Großraumtruhen und erklärte das Stereo-Prinzip. Cocktailsessel oder Neuigkeiten von der Mailänder Messe interessierten sie nicht, und der Verkäufer war auf Zack und lotste sie zu den altdeutschen Werten. Eine Rolltreppe höher gab es Schallplatten und Bücher; dahinter die Spielwaren, und Kronhardt schien beleidigt, als Willem sich nicht für die riesige Modellandschaft mit Eisenbahn begeisterte. Auch die marschierenden Roboter aus Japan interessierten den Jungen nicht, und danach ließen die Alten ihn in den Büchern stöbern. Eines kaufen durfte er aber nicht.

Die Rolltreppen erschienen bald wie Umlaufbahnen, rings der Alltag schwerelos. Eine Welt jenseits dieser großen Kaufhäuser existierte nicht mehr, es gab keine Fenster, die Luft aus Polen wurde umgewandelt und Raum und Zeit neu erschaffen. So schlenderten sie durch Kokospalmen oder Schwarzwaldhäuser, rings die Gliederpuppen erschienen zutraulich, mit seltsamen Merkmalen, die halbdurchsichtige Nachtgarderobe genauso integer machten wie Faltenröcke. Und noch die brandneuen Miniröcke wurden mit den Puppen nachgerade gesellschaftsfähig.

In der Cafeteria waren die Kellner liviert, Licht und Ascher aus wunderbarem Kristall, und die Musik war leise. Herrlich, sagten die Alten und ließen Erfrischungstücher und Limo kommen. Als sie die Toilettenräume aufsuchten, schritten sie aufrecht an den Tischen vorüber, und als sie zurück waren, tauschten sie ihre Eindrücke aus. Wie geleckt, meinten sie, und auch der Fichtenduft hatte ihnen gefallen.

Im nächsten Stockwerk war eine Schönheitskönigin zu Besuch, und die Mutter stellte mit Erstaunen fest, daß es ein dunkler Typ war; rassig und eher international. Kronhardt betrachtete die seltsam unverhüllten Reize skeptisch, während rings aus der Menge viele mit offenen Mäulern starrten. Die Frau auf dem Podest saß in einem großen Sessel und zeigte ihre Zähne. Ihre langen Beine glänzten in dem Nylon, und alle konnten sehen, was Schönheit war. Hinter der Königin öffnete sich eine weite Ebene mit Synthetics, Pelz und Kroko.

In Wechselwirkung mit der Mutter brachte der Leopard eine unglaubliche Wirkung hervor. Ihre strengen Kräfte, die stets auf Kalkulation und Plan ausgerichtet waren, schmolzen im Spiegelbild dahin, und was ihre Augen sahen, machte sie unglaublich schwach; ihre nordische Erscheinung eine luxuriös gezügelte Wildheit, eine nie für möglich gehaltene Rassigkeit, die bald in reinster Form aus ihr selbst zu dringen schien, um den Mantel vollends zu veredeln.

So stand sie noch und noch vorm Spiegel, und Kronhardt verfolgte die Drehungen seiner Frau. Schließlich legte der Verkäufer auf den Sommerrabatt noch ein Täschchen obendrauf, ein Ziertuchset für den Herrn, und verbeugte sich.

An der Kasse genoß Kronhardt die servile Gesinnung der Angestellten, und als er seine Börse zückte, steigerte sich dieser Genuß noch. Er spürte, wie ihre Augen seinen Fingern folgten, und als er die Scheine ans Licht zog, ließ er sie extra knistern; als hätte er ein intimes Verhältnis zu ihnen, als wären diese Scheine Verbündete, die jederzeit in seine Börse zurückschlüpfen würden. Nichtwahr, da spielten Softeis oder Leopard keine Rolle.

Der Verkäufer geleitete sie zum Personalaufzug, drückte auf Restaurant und trat mit einer Verbeugung zurück. Im nächsten Stockwerk versanken sie in den knautschigen Stühlen und ließen Wiener Schnitzel und Limo bringen. Nach dem Essen schnippte Kronhardt nach Erfrischungstüchern.

Die Mutter schürzte die Lippen im Handspiegel, und Kronhardt, quasi von Vater zu Sohn, zwinkerte und sagte: Im Fünften sind die Räder.

Die Mutter saß in einer Reihe mit Trockenhauben. Sie blätterte, trank Kaffee und musterte die anderen Gesichter. Die Luft roch nach Festiger und Zigaretten, und die Kapsel über dem Kopf erzeugte ein wunderbares Vakuum. Wenn die Augen der Frauen sich in den Spiegeln trafen, war es eine Art wortloser Verbundenheit, und sobald die Frisöse eine der Hauben ausschaltete, schwatzten sie. Seltsam intim und unbefangen ohne Männer, und so blätterte die Mutter, trank Kaffee und hörte den anderen zu. Als sie sich schließlich einmischte, sagte sie: Lauter Einsen. Jahrgangsbester, da ist die Empfehlung natürlich keine Überraschung mehr. Doch Gymnasium ist nicht gleich Gymnasium – das ist wie mit der Garderobe. Ich kaufe mir einen Leopard, und die Schönheitskönigin sitzt da wie ein Flittchen. Und sie lachte und winkte nach der Frisöse.

Zwei Stockwerke höher entblößte Kronhardt seine Handflächen. Welche Ansprüche wir haben, und er sah den Verkäufer lachend an. Dann tätschelte er Willem. Jahrgangsbester, sagte er zu dem Verkäufer, da läßt man sich nicht lumpen. Uns interessieren nur die neusten Modelle, was! Und wieder tätschelte er Willem.

Der Verkäufer war auf Zack. Zweigang Nabenschaltung, sagte er. Das Gestänge ersetzt durch Drahtseilzug, der Schalthebel für schnellen Zugriff auf der Mittelstange. Zwei Einrastpositionen, sagte er, plus einmal Leerlauf. Zukunftsweisende Lackierung, und sehen Sie hier: perfekt herausgearbeitete Zierstreifen. Dazu mit fuffzehn Kilo nachgerade ein Fliegengewicht.

Kronhardt hatte sich im Vorfeld schlau gemacht, und tatsächlich begeisterte er sich für die sichtbar werdende Technik. Er zog und drehte, fuhr über den Lack, doch gegenüber dem Verkäufer blieb er kühl; entwickelte Skepsis und versuchte mit zwei, drei aus Fachkatalogen übernommenen Phrasen die Schwachstellen des jungen Mannes aufzudecken. Der Verkäufer war auf Zack, wie gesagt, und als Kronhardt zuletzt den Preis auf eine kumpelhafte Art drücken wollte, hob der junge Mann seine Schultern. Bitte schön, wenn Sie diese Qualität günstiger kriegen als in unserem Haus, lege ich Ihnen die Differenz persönlich obendrauf.

Schließlich zwinkerte Kronhardt Willem zu. Damit wirst du aber mächtig Eindruck auf dem Gymnasium machen, mein Junge. Na, was sagst du – brillantgrün, royalblau oder rubinrot?

Das Schwarze, sagte er.

Was! Dieser Klepper, und Kronhardt schien verletzt.

Das Schwarze stand im Hintergrund; es war schnörkellos, schwer, und noch die Beleuchtung war robust.

Ein Klassiker, sagte der Verkäufer. Mit Schwingsattel aus Bullenleder.

Billig ist es nicht.

Dafür hält es ein Leben.

8

Kentauros war der Vater, die Mütter magnesische Stuten – gutes, altes Magnesien: Was für ein Volk, was für ein Land! Ein wilder und romantischer Gürtel an der Ägäis, sagte der Lateinlehrer. Benannt übrigens nach einem gewissen Magnes, über den wenig bekannt ist, der es aber nichtsdestotrotz über die Jahrtausende bis in unseren Alltag gebracht hat. Und um beim Stoff an sich zu bleiben: ein Eponym – weiß jemand, was das ist? Nun, ein Sammelbegriff, der von einem Personennamen abgeleitet wird. Der Magnet also von Magnes – und Europa, Amerika: Ach, unsere Sprache ist übervoll mit Eponymen. Kann jemand noch ein Beispiel geben?
Und als sich niemand meldete, sagte Willem: Epigone.
Nicht ganz, Kronhardt. Doch für ein cum laude kannst du alte und neue Bedeutung erklären.
So tauchte Willem ein in die Lateinstunden am Alten Gymnasium.
Der Lehrer schien ein Mischwesen aus Geschichte und Jetzt, wobei die Geschichte eindeutig stärker ausgeprägt war, und die Klasse hatte das schnell raus. Ein Einwurf genügte meist, und sein Blick schweifte ab. Cicero, also! konnte er dann rufen, und seine Augen begannen zu leuchten: Ja, ja, manchmal möchte man schon glauben, daß dieser Alte tatsächlich unsterblich ist. Daß er munter zwischen Antike und Gegenwart springt – so tief läßt er uns blicken, so nah ist uns dieser Mann und so groß sein Einfluß. Oder der Lehrer holte die anderen Unsterblichen hervor. Epikur, Diogenes, Mark Aurel, und allesamt schienen sie alte Freunde zu sein.
Willem fand schnell heraus, daß der Stoff selber zu einer eindimensionalen Angelegenheit verkommen war; eine elitäre Blase, in der sich die Sprößlinge von Medizinern oder Rechtswissenschaftlern tummelten. Er hätte lieber Russisch genommen oder Neugrie-

chisch; einen lebendigen Schatz, mit dem er eines Tages einfach losfahren könnte, um mit Juri Gagarin über die Sterne zu plaudern oder in einem Kafenion über den Sinn des Lebens. Die Mutter aber hatte auf dem Latinum bestanden; ein Nachweis, behauptete sie, der automatisch nach oben führe, während Willem diese Sprache überspezialisiert erschien. Eine aufgeblähte Kunst für Fachidioten, die keinen lebendigen Antrieb mehr hatte; nicht mehr wucherte oder Blüten trieb, und das Magische einer Sprache, diese wunderbare Erscheinungsform des Geistes, sah aus wie in Stein geschlagen.

Doch dieses Mischwesen aus Antike und Gegenwart erschuf mit seinem Sammelsurium von Anekdoten eine erstaunliche Lebendigkeit; als wären Vergangenheit und Gegenwart relativ und Sprünge jederzeit möglich. So ließ der Lehrer Horaz übersetzen, so ließ er deklinieren, konjugieren oder predigte den Ablativus absolutus; so rief er: Hic Rhodos, hic salta!, erklärte den Übergang vom Mythos zum Logos und ließ nebenbei die seltsamsten Typen auferstehen. Urväter der Rebellion und Schamlosigkeit, die sich gegen jede Art von gesellschaftlicher Übereinkunft sträubten; Stoiker und Asketen, Nihilisten und Hedonisten oder jene konsequenten Wanderer, die ohne Rücksicht ihre einmal eingeschlagene Richtung beibehielten – die durch Schlafzimmer, Kriege und über Klippen marschierten wie Heilige. Der Lehrer holte Männer hervor, die zweitausend Jahre vor Galileo das Planetensystem mit der Sonne als Mittelpunkt erklärten; er holte die Atomisten hervor, die die Unendlichkeit im Großen und im Kleinen zusammenführten, die alle Verbindung der Welt im dynamischen Wirken der unteilbaren letzten Teilchen sahen, und als Willem bei den Atomisten nachhakte, rieb sich der Lehrer die Hände. Nolens volens, Kronhardt, rief er voller Freude und erklärte dann, warum der Mensch auch heute noch eingebettet sei in diese Lehre. Warum Leib und Seele und Geist nach den atomistischen Gesetzen funktionierten und daß man das Glück des ewig Lachenden erlangen könne, wenn man nur seine Empfindsamkeit für die Materie schule.

So stellte Willem fest, daß aus dieser toten Sprache doch eine wilde Lebendigkeit treiben konnte – eine unglaubliche Vielfalt menschlicher Möglichkeiten und Blickwinkel. Die viermal fünfundvierzig Minuten in der Woche liefen wie von selbst, und er stellte endgültig fest, daß Wissen keine stumpfe Anhäufung von Fakten bedeutete, sondern sich in Triebkraft verwandeln konnte.

Die meisten anderen Lehrer jedoch erschienen wie das Fräulein von Weyer. Sie allein bewahrten das Wissen über die letzten Dinge, sie zweifelten niemals, sie waren behütet im Getriebe ihrer Institution und legitime Vollstrecker dieser unsichtbaren Macht. Und so genossen diese Lehrer sich selbst, ratterten, was der Lehrplan forderte, und ihre Urteile waren höchste Instanz: ist 1, ist 5, wie gehabt, doch aus der geisterhaften Fernwirkung von damals war endgültig Offenbarung geworden. Ich, sagten die Lehrer, und wer es bei diesem Ich nicht schaffte, hatte auf dem Alten Gymnasium nichts verloren. Da waren sie sich einig, und so verkapselten die Klassenzimmer sich im 45-Minuten-Takt.

Nur der Lateinlehrer schien anders. Und weil Willem wußte, daß so ein Lehrer von heute auf morgen verschwinden konnte, machte er sich manchmal Sorgen. Ohne die Ausschweifungen würde Latein sich in ein lästiges Fach verwandeln, und reduziert auf Beugung, Form und Gesetz würde es ruckzuck zu einem abstrakten und zeitfressenden Brocken. Doch der Lateinlehrer erschien auch im nächsten Jahr; er kündigte Cäsars zweiten Rheinübergang an, er war jederzeit bereit abzuschweifen, und wenn er mit den Alten von der Verrohung des Geistes sprach, von Imperialismus und Krieg, war das keine Agitation, sondern Fundamentalwissen.

Mit dem Klepper, wie Kronhardt das schwarze Rad genannt hatte, war Willem auf Anhieb vertraut – und mehr noch, fühlte sich mit dem Wissen aus der Antike bald wie ein Kentaur; der dicke Schwingsattel markierte die Naht der Verwachsung, und sobald er in die Pedale trat, wurden Muskeln, Ketten und Lager eins. So zog er aus Magnesien in die Jetztzeit, ein Nachfahr der legendären Stuten, und drang vor in die Welt; ein Gefühl, als würde er selber in einem Zentrum verbleiben, während sich rings die Räume strahlenförmig erweiterten.

Ihm gefiel das flache Land. Von Gräben durchzogene Feuchtwiesen, die ostwärts bis ins Teufelsmoor langten und dort mit dem Horizont verschmolzen. Manchmal konnte er über dem Bogen dunkle Regenstreifen sehen oder Blitze, während er selbst unter einem klaren Himmel stand. Richtung Norden warf sich die Geest auf, hohe mit Laubwald bewachsene Moränen, und wenn das Licht günstig fiel, konnte er zwischen den Stämmen die alten Schmelzwasserrinnen der Gletscher erkennen. Er sah Rinderherden unter den segelnden Wolken ziehen, ein Fluß schlängelte, aus dem Röhricht stiegen Reiher, und im Herbst und Vorfrühling rasteten die Gänse auf den Wiesen. Einmal entdeckte er einen Trupp auffällig großer Vögel, die dahinstolzierten und seltsam bellten. Als er sich heranschleichen wollte, liefen sie davon; übersprangen mühelos die breiten Gräben und behielten ihn auch aus der Entfernung im Blick. In einem Bestimmungsbuch fand er die Vögel wieder; es waren Trappen, die in Westdeutschland nur noch selten erschienen. Würdevoll aussehende Tiere, die ausgedehntes Land brauchten und äußerst scheu waren. Willem sah die Trappen nie wieder, aber daß er sie einmal gesehen hatte, war ein kleiner Schatz.

So zog er wie ein Kentaur; die Schilfgürtel folgten den Mäandern des Flusses, und von den alten Höfen strömten die Gerüche. Er sah die Jahreszeiten in den Küchengärten, die Apfelwiesen, und im Herbst wurden die Gruben fertiggemacht für die Feldfrüchte. Meist kläfften die Köter, wenn er vorbeizog, und regelmäßig hielt er bei den Schweinen. Sie hatten eine Suhlkuhle und stattliche Eichen, und wenn er am Gatter stand, kamen sie und grunzten ihn mit schlauen Augen an.

Die Bank war nach Süden ausgerichtet und stand gleich bei der Skulptur; es war ein nackter Reiter, der sein Pferd führte. Willem hatte sein Rad dagegen gelehnt, die Sonne stand über der alten Ulme, und aus den Wallanlagen hörte er den lachenden Ruf eines Grünspechts. Auf dem alten Graben zur Stadtverteidigung zog ein Schwan dahin, und dann war die Frau aufgetaucht. Eine Spaziergängerin zuerst, in cremefarbener Kostümjacke und mit gelackter Krokotasche, die im Nachmittag reflektierte. Einmal verschmolz sie mit dem Schatten der Bronzeskulptur, dann stand ihr Profil gegen die in Form gestutzten Buchsbaumreihen. So ging sie an Willem vorbei, ohne ihn zu beachten. Und er, ohne zu überlegen, folgte ihr. Es war wie ein Reflex, und zuerst nahm er wahr, daß ihr Geruch tief in ihn drang. Dann spürte er die Angst, ertappt zu werden, doch jenseits dieser Angst erschien der Reflex wie festgeschaltet, und er blieb auf ihrer Spur.

Für Willem war es eine völlig neue Erfahrung; eine seltsame Kraft, die seine Sinne schärfte und ihn in eine Welt zog, die er nicht kannte. Bald spürte er, wie es in seinem Kopf spritzte und wie alle Angst sich in Konzentration verwandelte; wie die Gestalt der Frau zu einer Fährte wurde und er selbst zum Jäger. So näherte er sich der Frau wie unsichtbar und ließ ihren Geruch in sich strömen; so ließ er sie laufen, ahnte ihre Wege voraus und kam ihr entgegen, ohne daß sie es bemerkte. Zuletzt ließ er sie in einem Kaffeehaus, und als er wieder auf seinem Fahrrad saß, hatte er das Gefühl, etwas ganz Neues in sich entdeckt zu haben. Oder etwas Uraltes.

Diese erste Erfahrung wirkte nach, und Willem mußte feststellen, daß schon die Erinnerung daran einen Reiz auslösen konnte. Das Spritzen hinter den Schläfen, die Verfeinerung der Sinne, und so stieg er bald auf neue Fährten; ließ sich von einer Duftspur leiten oder von den geheimnisvollen Schwingungen, die er hinter Gestalt oder Eigenschaft einer Frau wahrnehmen konnte. Er beobachtete sie wie aus einem Dickicht heraus; sie aßen eine Bratwurst, sie strafften ihr Kostüm, und hinter ihrer maßgeschneiderten Moral legte Willem eine Weiblichkeit frei, wie er sie in den Anatomiebüchern von Doktor Blask gesehen hatte. Und dann verzerrten sich auch ihre Gesichter zu jener maßlosen Gier, die der Doktor ihm schenkelklopfend beschrieben hatte, und so blieb er ihnen auf der Spur. Frauen mit Kopftuch oder Turmfrisur, Frauen in Rock oder knallenger Nietenhose. Und Willem ging noch weiter, stellte sich ihre Kommoden vor, die Zerstäuber dort und Flakons, und bald erkannte er in den Straßen die Nuancen von Lidschatten oder Nagellack, bald spürte er jederzeit Geheimnisse in der namenlosen Masse auf, eine wunderbare Einzigartigkeit und intime Augenblikke der Verschmelzung von Jäger und Opfer. Er kam Regelmäßigkeiten auf die Spur und markierte die Muster in Zeit und Ort; manche Frauen erwartete er mit der Unsichtbarkeit des Spezialisten, saß bereits in der Straßenbahn oder im Kaffeehaus, und bald versuchte er sie mit geisterhafter Fernwirkung zu locken – oder besser: die Bedingungen zu verkehren und den ahnungslosen Jäger zur Beute dieser wissenden Frauen zu machen.

So entwickelte Willem seine Jagdbilder, doch zuletzt konnte er hinter diesem neuartigen Antrieb immer wieder Hilflosigkeit spüren und seltsame Scham, die sich beide nicht abschütteln ließen. Noch wenn er mit dem Fahrrad gegen das Teufelsmoor fuhr und rings die Welt endlos und menschenleer erschien, konnte es unverhofft hinter den Schläfen spritzen. Und wie Erscheinungen tauchten dann die Frauen auf, ihr Geruch, ihre Gestalt, und so zog er hilflos und voller Scham gegen den Horizont.

Er wußte nicht, was da in ihm vorging, und entschied, sich das fehlende Wissen selbst beizubringen. So ging er in die Bibliothek, verbrachte einen ganzen Nachmittag dort und kam dem Phänomen auf die Spur. Zwar vermieden die Fachbücher kategorisch direkte Aussagen und erschöpften sich in den trockenen Wechselwirkungen von Disziplinen und Begriffen, doch zwischen den Zeilen konnte er ahnen, daß er ganz normal entwickelt und veranlagt war. Geruch, Gestalt oder Eigenschaften waren nicht nur Auslöser und tiefes Erbe, sondern machten sie alle hilflos. Zumal wenn die Drüsen funktionsfähig wurden und feuerten.

Willem nahm diese neuen Erfahrungen hin und lernte bald, gegen das maßlose Feuern aus den Drüsen anzusteuern. Er stellte fest, daß auch bestimmte Bücher einen ähnlichen Sog entwickeln konnten wie die Spuren der Frauen, und so entdeckte er die Abenteuerromane für sich, Don Quijote und Candide, aber auch Moby Dick und den Seewolf. Und wenn er mit dem Rad unterwegs war, genoß er das kentaurenhafte Gefühl und stellte fest, daß vor allem die Überlandfahrten ihm guttaten; daß er sich wie Juri Gagarin fühlen konnte, allein in einer Kapsel, während rings die Endlosigkeit von Raum und Zeit alles andere auflöste.

Eines Tages konnte Willem sehen, wie die Stadt sich bewegte. Als würde sie marschieren oder ihr Getriebe gegen die Feuchtwiesen und das alte Bauernland stülpen, und anfangs glaubte er noch an eine vorübergehende Erscheinung. Er sah ein paar Vorposten, Landvermesser etwa, die mit geschulterten Nivellierinstrumenten über die Wiesen gingen, und als sie verschwunden waren, schien wieder alles ruhig. Doch dann wurden Pflöcke in das weiche Land getrieben, die Claims bleckten wie Raubtierzähne, bald standen die ersten Bauherrentafeln, aus einer illustren Runde heraus machte irgendwer den ersten Spatenstich, und so marschierte die Stadt; schickte ihre Heere, das weite Land wurde systematisch einverleibt, und wenn Willem aus dem Teufelsmoor zurückkam, mußte er einsehen, daß es eine ernste Sache war.

In der Öffentlichkeit wurde der soziale Wohnungsbau gefeiert. Politische Propaganda wurde handfest gemacht, neue Zeit und neues Glück wurden sichtbar, und die Zeitungen berichteten in großen Artikeln über das Wunder der jungen Bundesrepublik, über den mächtigen Schwung, der alles Wachstum und alle Zukunft bereits aus sich selbst heraus antrieb.

Für Willem stieg aus den pionierhaften und großangelegten Baustellen eine bedrohliche Unordnung; die Menschen gingen wie selbstverständlich an das Land, rissen tiefe Schichten heraus, und bald überzogen Berge die Ebene, und aus den Kratern trieb der Eingeweideduft der Erde. Vor allem diese so lang verkapselten Gerüche und die aufgeschichtete Zeit an den Kraterrändern zogen ihn an, und bevor Rohre und Kabel ausgelegt oder Fundamente gegossen waren, hatte er ein paar Dinge hervorgebracht. Eine mächtige Geweihstange etwa oder zwei holländische Münzen, und kurz danach wurden auch schon Zäune gezogen, und nach Feierabend patrouillierten Männer mit Hunden. Willem erkannte die gestickten Embleme auf ihren schwarzen Uniformen: S.O.D. – Sicherheit und Objektschutz Deutschmeister. Ein Kunde und Geschäftsfreund seiner Alten, dieser Deutschmeister, und Willem riskierte es nicht, erwischt zu werden.

So wurden die Feuchtwiesen in Unordnung gerissen; Wälle und Gruben wanderten, über Nacht trieben Wildgräser aus, und schon am nächsten Tag erkletterten Raupen die Flanken und machten unter schwarzen Dieselwolken alles plan. Ziegelhaufen, die unerschütterlich unter einem Herbststurm gelegen hatten, lösten sich heute auf und waren schon morgen ganz woanders wieder zusammengesetzt; an einem Nachmittag spiegelte sich der Himmel in einer Grube, und am nächsten rollte bereits eine Walze über glitzerndes Schwarz.

Aber auch wenn Willem diese seltsam unzuverlässige und sprunghafte Welt mit Staunen beobachtete, blieb der Eindruck dahinter stets bedrückend. Die Stadt marschierte unaufhaltsam gegen Trappen und Teufelsmoor, gegen Horizont und Wolken. Und sie marschierte um so schneller, je weiter sie vorstieß; erfaßte die alte Kate mit der gebrochenen Weide und dem Siebenschläfer, erfaßte die Seggenfelder der Bekassinen, und im Frühling standen die Ausleger der Kräne über den tollkühnen Manövern der Kiebitze.

So wurde die Ordnung vom Millimeterpapier aufs Gelände übertragen, und unter der Regie von Männern mit Goldrandbrille und Feldstiefeln schluckten die Neubauten den Raum in all seiner Ausdehnung. Auf den Bauherrentafeln wurde mit internationalem Stil geworben, mit gepflegter Entspannung und gesitteter Gemeinsamkeit, und schon die Rohbauten mußten wie der Born einer neuen Gesellschaft erscheinen. Täglich strömten jetzt die Schaulustigen und waren schwer beeindruckt, wie Rasen und noch jedes Bäumchen vom Papier in die Realität übertragen wurden.

Willem fand neue Plätze, wo es ihm gefiel. Einen Steg an der Wümme, einen Hochsitz vor den Eiszeitspuren der Bremer Schweiz und auch den Hafenkopf mit Sicht auf die Überseedampfer. Oftmals zog er aber auch ohne Ziel dahin, die Muskeln kentaurenhaft verbunden mit der maschinengefertigten Mechanik, die Muskeln befeuert von uraltem Treibstoff; ein Wanderer aus der Antike, ein Juri Gagarin, und so strömte die Welt auf ihn ein. Endlos aus dem Großen, endlos aus dem Atomistischen, und manchmal war er erstaunt, wie Zeit und Distanz sich auflösen konnten.

Ab und zu fuhr er auf die andere Weserseite und fand Hans und Marduk auf dem Teerhof. Dann saßen sie gemeinsam, bereiteten Fisch über dem Feuer, und der Himmel stand fliederfarben, oder Wolkenbänder spannten sich vor der Abendröte. Der Fluß lief ab und wieder auf, die Gänse kamen, die Stinte kamen, und im Luftdruck tanzten die Insekten.

Auf der Insel erzählten sie Geschichten; Hans war mit den Fischern nach Helgoland getuckert, die Geweihstange, die Willem aus der Erde gezogen hatte, stammte womöglich von einer längst ausgestorbenen Art, die Flammen speisten sich von der Welt, und im Glast erschien bereits das Neue. Hans lachte durch seine Hasenscharte, und aus Marduks Gesicht leuchteten Zähne und Augen. Und wenn er Geschichten erzählte, schwang eine Welt mit, um die Willem ihn beneidete.

Einmal hatte Marduk die Raben beobachtet; seine Herde war eine braungeschroffte Flanke hinabgeklettert, während der Euphrat aus der fernen Schlucht donnerte. Marduk sah, wie die Raben sich von den Aufwinden hochtragen ließen, um darauf schreiend und lachend gegen den Fluß zu stürzen. Als hätten sie mächtig Spaß dabei, doch als sie mitkriegten, daß Marduk sie beobachtete, unterbrachen sie ihr Spiel und verzogen sich in eine Steilwand. Erst als er mit der Herde unten auf der Holzbrücke war, sah er die Raben wieder. Sie waren jetzt ganz nah und beobachteten ihn, wie er sie beobachtete, und so saßen die Jungs um das Feuer. Sie warfen Fischreste in die Flammen, sie lauschten dem Zischen und versuchten, die Welt mit den Augen eines Raben zu sehen. Doch jedes Wunder und jedes Rätsel, das die Jungs angingen, vertiefte sich bald, und was immer sie aufdeckten, brachte neue Verborgenheit hervor. Es war Marduk, der schließlich sagte, daß das so sein müsse. Daß keine Antwort ohne neue Fragen bleiben könne, weil der Mensch unfähig sei, die ganze Welt zu erfassen. Und daß der Mensch demütig sein müsse, sagte Marduk, und dankbar für seinen Platz in der Welt. Das habe er in seiner Heimat gelernt.

9

Um Viertel vor klingelte der Wecker, mit den 7-Uhr-Nachrichten gab es Frühstück. Und während die Alten kauten, die Zeitung kommentierten und den Tag planten, hielt Willem noch Stille und Selbstbestimmtheit der Nacht. Die ersten Kontakte zu den Anforderungen des Tages schaltete er auf dem Klo; Vokabeln, Aufbau der Zelle, Analyse und Neuordnung, je nach Stundenplan. Um zwanzig vor holte er das Rad, und wenn Dom und Liebfrauen dreimal anschlugen, war er in den Wallanlagen. Dort nahm er Tempo raus; die Nacht stieg aus dem Boden, Enten schnatterten, und durch die Wipfel zog eine Brise. Dann kreuzte er die großen Straßen, zum Bahnhof hin verdichtete sich das Gewimmel, und über dem Tunnel stießen Fontänen einer Dampflok. Wenn er dann in das dunkle Gewölbe zog, hallte der Autolärm endlos wider, und jedesmal erschien der Bogen aus Tageslicht als ein seltsames Ziel. Dort dehnte sich die Welt wieder aus, und zugleich, nach fünf, sechs Pedalschlägen, schob sich unvermeidlich das Alte Gymnasium gegen den freien Blick – ein schwerer Bau aus dem letzten Jahrhundert, der Stilelemente und Etappen deutscher Geschichte großspurig nachäffte und alles Unechte mit solider Wucht verschleierte. So wurde bald jeder Pedalschlag vom Schatten der Lehranstalt eingesaugt, und wenn Willem in Lärm und Durcheinander stieß, zeigte der große Uhrenturm meist kurz vor acht.

Es gab drei Abstellplätze für die Räder und eine simple Hierarchie. Auf dem ersten standen die Mädchen mit Pferdeschwanz und Rock, und die Jungs hockten auf ihren Rollern, rauchten und trugen Jacken mit Clubabzeichen. Auf dem Platz daneben saßen die Jüngeren bereits in ihren Startlöchern, die Jungs auf ihren Rädern so lässig, als hätten sie Motoren, und die Mädchen tuschelten in kleinen Gruppen und gaben sich hochnäsig. Willem parkte auf dem Gemeinplatz. Dort waren die Mädchen unscheinbar, mit Dutt oder Zöpfen, die Jungs waren auf Zack in Chemie oder Mathe, und auch Harald und Achim hingen dort rum. Sie waren Klassenkameraden, und manchmal fragten sie nach den Hausaufgaben. Willem ließ sie jedesmal abschreiben, und dann stand er da, und sie sagten, Werder wird Meister, oder Onassis läßt seine Flotte bei uns bauen.

Harald und Achim trugen, was den großen Brüdern nicht mehr paßte, und ihre Tornister waren Taschen der Väter mit Spuren von Thermoskanne und Butterbrot. Diese Jungs schlugen ihr verwachsenes Haar mit einer Kopfbewegung aus den Augen, und sie waren nicht wegen ihrer Herkunft auf dem Alten Gymnasium. Und natürlich kriegten sie das zu hören, und vor allem Achim legte sich gerne mit den Clubjacken an – diese dreckigen Geldsäcke, sagte er.

Achim wirkte älter, als er war. Ein starkknochiger Bursche, ein bißchen verwildert und mit animalischen Zügen. Auch Harald schien älter und markierte den Proleten. Doch er war besonnener, und beide schienen sie nichts gegen Willem zu haben. Sie kopierten die Hausaufgaben, und wenn sie Willem das Heft zurückgaben, warfen sie die Köpfe zurück und stießen mit dem Kinn in seine Richtung. Kronhardt, sagten sie. Aus dir soll einer schlau werden. Keine Chance.

Und dann lachten sie alle drei, redeten über Werder oder Onassis, und manchmal fing Achim an, ein bißchen zu sticheln. Fährt profanes Arbeiterrad, sagte er dann. Mußt du mir echt erklären, Kronhardt. Einer wie du, der könnt doch leicht bei den Säcken mitmischen. Was is los, Alter – hast du keine Eier? Kuck dir doch nur mal dieses Miststück da drüben an. Ne Schande, daß unsereins da nich rankommt. Aber einer wie du, Kronhardt – stell dir das mal vor: du und der Patrizia ihre dicken Dinger!

Und so schlug es aus dem Uhrenturm, Werder würde Meister werden, die Malocher hämmerten im Akkord, und die Clubjacken hockten da, als wäre Onassis irgendein Vetter aus Athen.

Willem hatte keine Ahnung, was Achim mit den dicken Dingern meinte. Patrizia war ein hübsches Mädchen, womöglich fraulich, doch sie verströmte nichts von jener Anziehung, die er während seiner Jagdgänge spüren konnte. Patrizia von Kattenesch, gute Noten, kupferblond, ein bißchen dünkelhaft. Mehr war Willem nicht aufgefallen. Von Kattenesch, der Name hinter der Silberwarenmanufaktur und ein Kunde der Stickerei. Mehr wußte er nicht.

Irgendeiner von den Lehrern stand immer zwischen den Säulen und trieb die Schüler an, und bald stiegen ihre Stimmen auf bis unter die gewölbten Decken, wurden von den Treppen in die Geschosse getragen, zogen dort durch die langen Gänge, und sobald die Klassentüren geschlossen waren, sickerte Stille aus den Mauern. Es war eine Stille, die nun jeden Gang erfaßte und jeden Schritt offenbarte; Stille, die noch Ehrfurcht und Bestrafung in sich barg, und so schien das Alte Gymnasium ein Vakuum gegen den Zeitgeist.
Natürlich waren die Schulgesetze liberaler geworden und Züchtigung nicht mehr selbstverständlich. Doch Überzeugung und Erziehungsmethoden der Lehrer blieben eng mit der Architektur des Hauses verbunden, und sie entwickelten ein Händchen für die Arten ihrer Zöglinge. Auch für die Eltern und ihre zumeist tiefverwurzelten Ansichten entwickelten sie ein Händchen; die Maßstäbe am Alten Gymnasium waren elitär angesetzt, gute Noten eng an Lernen und Disziplin gekoppelt, und die Lehrer waren sich auch einig, das Dritte Reich abstrakt zu behandeln. Und so blieben sie in ihrer hausgemachten Einigkeit unantastbar, die Ansprüche der Eltern wurden von ihrer Seite erfüllt, und wer es auf dem Alten Gymnasium nicht schaffte, wurde aussortiert.
Auch der Lateinlehrer wußte natürlich, daß gelungene Prüfungen nicht hokuspokus aus den Anekdoten entsprangen, und wenn eine Klasse den Anforderungen hinterherhinkte, ließ er büffeln – ein Mischwesen, dieser Lehrer, wie gesagt, wobei die Geschichte eindeutig stärker ausgeprägt war, und da war es dann nicht verwunderlich, wenn er sich auch mit Despotie und Tyrannis auskannte.

Achim und Harald wußten, daß sie nur aus politischer Berechnung aufs Alte Gymnasium gekommen waren. Sie waren Proleten, ihre Väter hatten ein Parteibuch, und die Sozis mußten Kinder ihrer

Basisgenossen präsentieren. Dennoch hielten sie mühelos mit dem bildungsbürgerlichen Durchschnitt mit, beide waren gute Schüler, aber sie grenzten sich eindeutig aus. Die meisten ihrer Altersgenossen erschienen unterentwickelt gegen das generationenalte Arbeitererbe, und vor allem Achim steigerte sich gerne in seinen Zynismus gegen die Clubjacken. Daß Willem diesen Zynismus parierte und in seiner Art noch verfeinern konnte, gefiel den beiden. Auch wenn sie nicht schlau aus ihm wurden.

Zum Beispiel die Insektenstaaten, sagte Willem einmal und erzählte von der seltsamen Überordnung, die sich aus der Summe der Einzelwesen nicht erklären ließ.

Das ist doch schöngeistiger Mist, Kronhardt. Wenn ich nach Hause komm, dann ist Kohlenschleppen angesagt. Kartoffelbuddeln oder mit dem Bollerwagen los und Vaddern ne Kiste holen. Und Ameisen haben wir genug in der Bude. Da brauchen wir kein Hobbykeller für.

Harald sagte: Bleib geschmeidig, Alter. Und zu Willem: Woher weißtn das?

Ich geh in die Bücherei.

Und so ne Überordnung?

Man kann sich um ne Königin nen Staat ranzüchten. Dann teilt man den Staat und bringt die eine Hälfte auf den Boden. Die andere bleibt im Keller. In einem Haufen ist jetzt die Königin, der andere ist ohne. Nach einer Zeit hat sich die Aufregung gelegt, und die Teilstaaten sind repariert. Jetzt kann man loslegen und bestimmte Reflexe im Königinhaufen provozieren – beispielsweise durch Rauch oder einen potentiellen Feind. Und sobald die eine Hälfte darauf angesprungen ist, springt der Reflex auch schon über auf die andere. Versteht ihr, die sitzen weit weg und abgeschottet voneinander, doch sobalds bei der Königin brennt, reagieren beide Haufen drauf.

Das sind doch Geldsackmarotten, Kronhardt.

Andere Forscher haben aufgedeckt, daß sogar ganze Kolonien auf so ne geisterhafte Art kommunizieren. Als wären die durch Überordnung miteinander verbunden. Oder anders: Tausende von Ameisenstaaten, die sich wie ein einziges Tier verhalten.

Ja und! Bringt mich das weiter?

Harald sagte: Mensch, Alter. Das is n Prinzip, wovon der Kronhardt da redet. Wenn du das mal an deine Welt anlegst, kann dich das verdammt weiterbringen.

Daß mein Alter für die Geldsäcke malocht. Das is n Prinzip. Scheiße, verdammt.

Eben, sagte Willem.

Und Harald: Was meinst du, Kronhardt. Ob unsere Schule auch so funktioniert?

Wenn mans abstrakt nimmt, sagte Willem, ist ne Schule ein nach außen abgegrenzter Haufen, in dem Schüler und Lehrer eingeschlossen sind. Die Summe der Lehrer verhält sich wie ein Lehrer und behandelt die Summe der Schüler wie einen Schüler. Und auf diese Art ist jede Schule mit der nächsten verknüpft, und über diesen einzelnen Schulhaufen sitzen die Senatoren und Minister für Volksbildung, und zuletzt ist es ganz einfach, den Generationen irgendein Weltbild einzuhämmern.

Meine Fresse, sagte Harald. Die züchten uns ran.

Alles eine Frage der Organisation.

Was meinst du, Kronhardt. Wie weit kann so ne Menschenzüchtung gehn?

Bis sie funktionieren wie die Ameisen.

Meinst du?

Was weiß ich. Wenn alle nur noch denken wie einer. Oder nur noch einen für sich denken lassen.

Du meinst, die hämmern ihrem Volk ein, wie es zu denken hat?

Man darfs dem Volk natürlich nicht so verkaufen.

Das is ja gerissen. Die hämmern dem Volk was rein, und das Volk schreit hurra.

Ihr seid doch Korinthenkacker. Wenn man Nazis und Geldsäcke austrocknen will, muß man von unten nach oben arbeiten.

Quatsch. Vor allem muß man verstehen, wie das Alte funktioniert. So kann man Fehler in der Zukunft vermeiden, und dann isses egal, aus welcher Richtung man arbeitet.

Du redest Scheiße, Kronhardt. Kuck dich um: Die waren Clubjacken, sind Clubjacken und werden Clubjacken bleiben. Denen gehts gut unter Kaiser, Hitler und Erhard. Weil Männer wie mein Alter für sie schuften. Arbeiter und Soldaten, und diese Clubjacken sitzen da wie so ne verdammte Königin. Vielleicht is das bei den Ameisen kein Problem, aber für die Malocher is das n Problem. Bei denen muß man ansetzen, die sind das Volk und die können den Clubjacken den Saft abdrehen. Aber ihr mit eurer schöngeistigen Korinthenkackerei – da pellen die Säcke sich was drauf.

Das Volk hats doch nie gebracht.

In Geschichte gepennt, Kronhardt. Oder was! Frankreich, Rußland, Mexiko – das war die Basis, verdammt.

Ja und?

Ja und was! Die ham den Säcken den Hals abgeschnitten.

Eben.

Eben?! Eben was? Du redest Scheiße, Alter.

Ich sag dir, was Scheiße is: daß es immer wieder so weit kommt. Daß immer wieder ne Revolution ranmuß. Und weißt du, warum? Weil die Revoluzzer um nichts besser sind als die Gestürzten. Darum gehts. Diese seltsame Eigenschaft, die die Menschen so irre macht, daß es eine freie und friedliche Gesellschaft nicht geben kann.

Du bist n Korinthenkacker, Kronhardt.

Ich bin Realist.

Ein Scheiß bist du.

Bleib geschmeidig, Alter.

Misch du dich nicht ein.

Harald lachte. Da siehst dus. Wenns nicht mal unter uns frei und friedlich zugeht, wie willst du da ne bessere Welt machen.

Kack doch goldene Eier.

Im Ernst, Alter. Vielleicht hat Kronhardt recht, und das is bei den Menschen wie bei den Ameisen. Vielleicht können sie nicht anders, die Proleten nicht, die Geldsäcke nicht, und selbst wenn sies anders wollen, kriegen sies nicht hin und rasseln immer wieder aufeinander. Von einer Revolution zur nächsten, ferngesteuert wie die Ameisen um ihre Königin.

Das is doch Scheiße! Richtige Geldsackscheiße, und einmal bäumte Achim gegen Willem auf. Dann schien er sich zu besinnen. Strich die Tolle aus dem Gesicht und grinste. Scheiße. Was solls.

III

Diese dicken Dinger. Diese verflucht dicken Dinger.

Praller als jeder Geldsack.

Und die Jungs lachten.

Nen Hunderter würd ich mir sonstwo hintackern.

Ja, verdammt, und Achim züngelte schamlos.

Vielleicht könnte man sich Silber spritzen.

Oder silberne Plättchen auf die Visage hämmern.

Und die Jungs lachten.

Dann sagte Achim: Kronhardt. Das is doch mal n Name. Der geht doch mit von Kattenesch. Seid ihr schon immer reich gewesen? Glaub nicht.

Aber n feiner Pinkel is dein Alter schon.

Er ist mein Stiefvater.

Na und.

Mein Vater ist tot.

Ach so. Und die Patrizia. Hättste da nich mal Bock?

Bock?

Knutschen und die Möpse kneten.

Möpse?

Euter, Glocken, Titten.

Und Knocken, Ficken, Vögeln?

Achim und Harald sahen sich an.

Das gibts doch nicht!

Meine Fresse, sag bloß, du hast schon?

Ach was. Weil meine Alten verknöchert sind, mußte ich mich selber um Aufklärung kümmern.

Du weißt, wies funktioniert?

Technisch und biologisch weiß ich Bescheid.

Meine Fresse, Kronhardt, und sie boxten ihn.

So standen sie in den Pausen, und Willem erklärte. Glans penis, sagte er, die Eichel. Oder Glans clitoridis. Und die Klitoris ist eine Art Miniaturpenis der Frau, und beide entwickeln sich bei den Säugern aus der gleichen Anlage. Und Penis in Vagina, sagte er. Das ist ein Rausch, den man immer wieder will. Nolens volens, ein verdammter Trick der Evolution, und Harald und Achim boxten ihn und wollten mehr.

Wenn es aus dem Uhrenturm schlug, wurde das Gewimmel einwärts gesaugt und sortiert. Dann sickerte die Stille in die Gänge, Werder hatte die Meisterschaft nicht gepackt, Onassis ließ einen neuen Tanker bauen, und die Raketen hießen jetzt Woschod und Gemini. Die Stinte kamen in der Weser an, im Spätsommer zogen die Störche ab, und bald scherten Achim und Harald sich nicht mehr um die hierarchische Ordnung auf den Abstellplätzen. Und wenn Willem morgens aus dem Tunnel stieß, zogen sie ihn mit zu den Clubjacken.

Natürlich kamen auch Achim und Harald an gewissen Regeln nicht vorbei, und so standen sie in zweiter Reihe. Die Burschen ganz vorn auf ihren Rollern waren einfach noch eine Nummer zu groß. Doch die Jungs hatten gute Sicht; sie pickten sich die dicksten Dinger raus, sie machten Witze über Superorganismus und Königinnenzucht, und manchmal schien Achim wie besessen. Dann trat er aus dem Nichts gegen die Clubjacken, warf sein Haar aus den Augen und stieß sein Kinn in ihre Richtung.

Patrizia von Kattenesch hatte für die profanen Dinge keine Augen, und die meisten bekamen sowieso nur ihren Rücken zu sehen.

Und auch Willem konnte im nächsten Frühling ihre Anziehung verspüren; noch aus der Entfernung nahm er wahr, wenn sie das kupferblonde Haar zurückwarf, und es blieb ihm unbegreiflich, wie sie diese Wirbel hinkriegte, die sich durch die Luft fortpflanzten und ihn so plötzlich erschütterten. Wie noch ihr gespreizter Dünkel tief in ihm wirkte und die gleiche Hilflosigkeit und Scham entfachte, die er bereits kannte. So warf sie ihren Kopf, so schlüpfte sie aus Winterpelz und Loden, und Willem sah im Mädchen bereits die Frau; Bilder, die in der Luft verwirbelten oder wie ein Brandeisen in ihm zischten, und noch wenn er mit dem Rad unterwegs war, wurde er diese Bilder nicht los. Über Land, aus jedem Sprießen und Trillern, ständig erwuchs ihm dieses Mädchen, und er war sicher, daß diese Wirkung nichts mit den dicken Dingern zu tun hatte.

In den Schulpausen lachten sie mit brüchigen Stimmen, sie benutzten Kraftausdrücke oder imitierten die neuen Bands aus England. Harald fand bei seinem Vater einen Satz Darling-Cards der Besatzer, und eine Zeitlang spielten sie damit Skat und poussierten mit den nachkolorierten Damen. Dann fand Harald die Magazine, dann die Kondome. Und ein paar Tage später brachte Achim einen selbstgemachten Wachspenis mit.

In der ersten Pause zog er dem Ding ein Kondom über, und kurz vor der zweiten steckte es in Patrizias Schultasche. Die keulenartige Verdickung glänzte, und Patrizias Hand zuckte einmal. Doch dann warf sie ihr Haar zurück und ging wortlos mit der Tasche auf den Pausenhof.

Achim hatte auf Ekel gesetzt und sogar Trauma, und ihre kontrollierte Art machte ihn nun nervös. Patrizia von Kattenesch gab sich, als wäre nichts. Sie aß einen Apfel, ihre Zähne glänzten, und wenn sie lachte, lachten die anderen Mädchen mit. Achim konnte es nicht begreifen; er blieb unbefriedigt, und sein Blick flackerte immer wieder über die Tasche. Und dann geschah es. Aus einem Lachen heraus drehte Patrizia sich plötzlich um und ging geradewegs auf Achim zu. Aufrecht und mit festem Blick, und rings verstummten die Gespräche.

Du bist ein Tier!

Und sie stieß den Wachspenis gegen ihn.

Achim fing ihr Handgelenk, und der Penis stand starr in der Luft.

Ein Tier, rief sie noch mal, saugte Luft ein, und ihr Busen hob sich.

Sein Griff war brutal und fest, doch unter dem Blick des Mädchens begann Achim zu zittern. Ein Tier; und diese Entmenschlichung aus ihrem hübschen Mund, dieser Ekel machten ihn fertig. So standen sie einander gegenüber, der Wachspenis in ihrer Mitte, und alle konnten sehen, wie er vor dem Mädchen aus der Silberwarendynastie zitterte. Achim, der Proletariersohn und Geldsackspötter. Achim und die Angst der Unterklasse vor den dicken Dingern der Oberklasse. So stand er gegen Patrizia von Kattenesch, Sehnen und Muskeln sprangen ihm raus, sein Hals schien zugeschnürt, und sein Griff quälte ihr Gelenk.

Dann ging es schnell.

Ein akkurat aussehender Bursche tauchte hinter Patrizia auf,

Schlips, Siegelring und zwei Jahre mehr, die gegen Achim nicht auffielen. Der Bursche machte eine kurze, unauffällige Sache. Drei, vier Treffer, und Achim war eine aufgeweichte Masse. Hing am Schlafittchen, der Bursche flüsterte etwas in sein Ohr, und dann, in fließendem Übergang, ließ er einen Kniestoß folgen und legte Achim ab wie einen Sack.

Willem kannte den Burschen. Er hieß Ferdinand Lasalle und war der Sohn aus dem Bankhaus Lasalle. Und er hatte nicht mal sein Jackett ausgezogen.

Patrizia leckte sich die Lippen, Achim stöhnte, und der Bursche kam noch mal zurück und stopfte den Wachspenis, bis Achim würgte. So lag er da unterm Himmel im Mai, und die keulenartige Verdickung sperrte sein Maul. Das pralle Latex glänzte, und mehrere Etagen höher brach das Sonnenlicht im Kupferblond.

Als Patrizia den Schauplatz verließ, streifte sie Willem.

Es war eine Art Schock für ihn; die Verwirbelungen aus ihrem Haar trafen ihn, ihre Schweißspur traf ihn, ihre ganze intime Körperwelt schlug in ihn ein, und während Harald daranging, den Wachspenis aus Achims Maul zu ziehen, spürte Willem Schwindel; die Treffer ihrer kupferblonden Sekrete, ihren Raubwanzenstachel mühelos durch seinen Panzer und dann den Schwellkörper ihrer Schönheit.

So verschwand Patrizia im Kreis der Clubjacken. Achim kam mit Haralds Hilfe wieder auf die Beine, und Willem stand da und spürte den Auswurf.

Daß Patrizia so eine Wirkung auf ihn hatte, beeindruckte Willem. Er konnte diese neue Kraft jedoch nicht einschätzen – sie hatte ihn umgehauen, entrückt und eine unbekannte Schicht offenbart, die ihm nackt, verletzlich und auf eine seltsam brutale Art offen erschien, und eine Zeitlang meinte er, daß das Mädchen ebenso empfinden und die wechselseitige Wirkung sie unweigerlich zusammenführen müßte. Er entwickelte Visionen, in denen sie gemeinsam in diese unbekannte Schicht vorstießen und Erfahrungen machten, von denen sie vorher keine Ahnung gehabt hatten.

Doch es geschah nichts. Alles, was er auf seine Visionen hin interpretierte, schien von Patrizia anders gemeint, und wenn sie ihn nicht übersah, versuchte sie ihn zu erniedrigen.

Dennoch blieb Willem beeindruckt.

Und das Gefühl verstärkte sich noch durch ihre scheinbare Fähigkeit zur Fernwirkung, denn schon bald nachdem das Wort Tier aus ihrem Mund gekommen war, verwandelte es sich auf dem Schulhof in Wahrheit: Achim-das-Tier wurde zum Eigennamen. Achim-das-Tier ließ sich nicht mehr abschütteln, der Proletariersohn war den Blicken ausgeliefert, und alle konnten sehen, wie sein Körperhaar dunkelte. Wie der jugendliche Flaum sich kräuselte und sproß und sich die Wörter aus Patrizias Mund in magische Kraft verwandelten – nichtwahr: Wo andere haarlos blieben, entwickelte Achim bald einen Pelz.

Willem überlegte lange, ob diese haarige Entwicklung auch ohne den Wachspenis stattgefunden hätte. Doch eine endgültige Antwort, meinte er, würde es wohl nur geben, wenn man eine Parallelwelt mit einem zweiten Achim installieren könnte. Immerhin hielt er es für realistisch, daß Achims plötzliche Entwicklung ohne die Worte aus Patrizias Mund unauffälliger verlaufen wäre. Sein Pelz wäre einfach untergegangen in der Vielfalt pubertärer Früh- und Spätzündungen, doch jetzt, nachdem der Vorfall so und nicht anders stattgefunden hatte, markierte Achim ganz klare Eigenschaften, eingebrannte Merkmale der Wildnis, einen Sprung zurück in die Stammesgeschichte, und Patrizia von Kattenesch schien von einer Aureole umgeben.

Und während Willem sich wünschte, ihre reine Nacktheit in diesen Strahlenkranz gebettet zu sehen, wurde Achim zum Tier – eine ganz klare Sache am Alten Gymnasium, und niemand bezweifelte, daß mit dieser so offenbar gewordenen Verrohung auch innere Verrohung verknüpft war. Sie machten einen Bogen um ihn, und einige verspürten mehr Angst als Abscheu vor ihm.

Für die Lehrer waren Ausgrenzung und Stigmatisierung alltägliche Vorgänge. Die Schule eine Art Becken, und solange Kampf und Tauglichkeit keine Auswirkungen auf die Leistungen in ihrem Klassenzimmer hatten, interessierten sie sich nicht dafür.

Achim-das-Tier hielt seine Leistungen. Er wurde karg und ruppig in seinen Worten, doch auch als er sich noch entschiedener abspaltete und kaum bei der Sache schien, waren die Lehrer mit seinen Noten zufrieden. Was ihnen aber zu schaffen machte, war seine hemmungslose Verwilderung. So etwas nahmen sie am Alten Gymnasium persönlich, doch selbst der Rektor schien machtlos gegen diese Beleidigung. Achim saß ihm wortlos gegenüber und starrte auf den Boden. Und als der Rektor die Eltern einbestellte, mußte er einsehen, daß vor allem der Vater nichts auf Etikette gab; ein kräftiger Mann mit riesigen Händen, der seinen Sohn verteidigte und zuletzt mit Gewerkschaft und Bürgermeister drohte.
Also kam Achim-das-Tier weiter im Drillich der Werftarbeiter oder mit Nankingjacke und Bolschewistenmütze. Er ging nicht zum Frisör, er rasierte sich nicht, und in der alten Tasche des Vaters steckte jetzt ein Expander.
Um die Handgriffe hatte er Mull gewickelt, die Metallspiralen waren angelaufen, und in den Pausen zog er wie besessen. Mit dem Quietschen kehrte sein Blick noch tiefer; die Adern pumpten, die Muskeln sprangen, und ein Zittern stieg bis ins Gesicht. Bald zitterte auch die Schädelhaut, und bald schien alle Anspannung aus der Fontanelle zu spritzen; so stand Achim-das-Tier, und sein starrer Blick war ausgetreten aus der Realität des Schulhofs. Spiralquietschen und Widerstand waren nach innen transformiert, und zuletzt schien nur noch sein Gehirn den Expander zu ziehen.
Mann, sagte Harald.
Schnauze.
Mann, vergiß von Kattenesch und Lasalle.
Schnauze, sag ich.
Willem stupste Harald an. Wenn er spricht, quellen seine Augäpfel vor.
Und plötzlich ließ Achim den Expander zusammenschnalzen. Vorsichtig, Kronhardt, ganz vorsichtig!, und seine Muskeln bebten, und sein Atem war heiß und gefährlich. Und so ging es weiter. Strecken, Beugen, alles bis unter die Fontanelle; vor Schulbeginn, in der ersten Pause, in der zweiten. So spaltete Achim-das-Tier sich ab. So zersetzte sich die Welt hinter seinem tiefgekehrten

Blick; nur noch der Singsang der Spiralen, das Zittern, und der haarige Junge hinübergetreten in irgendwas. So wurde der Mull um die Griffe schwarz, und noch wenn die Glocken das Pausenende schlugen, pumpte er und spuckte den Clubjacken und allen hinterher.

Dann kam er nicht mehr zur Schule.

Zwei Tage nicht, drei, und Harald zuckte mit den Schultern. Nichts zu wollen, sagte er. Ich hab geklingelt, und wie die Mutter aufmacht, hat sie auch gleich angefangen. Geheult und die Tür wieder zugemacht.

Am vierten Tag fragte Harald den Klassenlehrer, doch der machte nur ein Geräusch mit der Zunge. Meine Fresse, sagte Harald. Was is da nur los.

Niemand sagte etwas, wußte etwas, es gab keine Gerüchte.

So standen sie auf dem Schulhof, so schlug es aus dem Uhrenturm, und so wurde der Stoff des Tages vermittelt, Elementaranalyse nach Liebig, Vererbung nach Mendel oder Geschichte und Gesellschaft – Fakten, für die keine Meinung nötig war.

Und wo Meinung nötig war, waren die Lehrer ganz klar auf einer Linie. Wer gewarnt ist, sagten sie am Alten Gymnasium, kann sich rüsten, und um sich ein Bild über die neuen Gefahren zu machen, sagten sie, muß man querlesen und wissen, daß die Frankfurter Rundschau ein linkes Blatt ist. Der Spiegel ein selbstgefälliges Chamäleon, und daß es selbsternannte Intellektuelle gibt, die die FAZ als ein Instrument hinstellen, das mit seiner feinen Sprache Lügen für die Oberklasse installiert.

So also sollten sich die Schüler eine Meinung bilden, und wer aus dieser Linie scherte, wurde schnell offenbart. Und daß es nicht nur eine Art gab, aus der Linie zu scheren, das hatte Achim-das-Tier bewiesen. Auch wenn die Lehrer es nicht direkt sagten, wußte jeder Bescheid, und so waren die Fakten am Alten Gymnasium kalibriert, und Meinung konnte zum Risiko werden. Also Werder gegen HSV, der vierte Onassis-Tanker war vom Stapel gelaufen, also Schiller gegen Goethe.

Und die Clubjacken hockten lässig auf ihren Rollern; sie gaben sich wie Belmondo, sie gaben sich wie Brando, und die Patrizia von Katteneschs erschienen selbstbewußt und weltoffen wie Romy Schneider. Die Jungs machten abgeklärte Sprüche, einige Mädchen schminkten sich oder rauchten sogar, doch im Grunde scherte niemand von ihnen aus. Und einer wie Achim-das-Tier interessierte sie einfach nicht; sie sagten nichts, sie wußten nichts, und es gab keine Gerüchte.

Willem hatte schon in der Grundschule gelernt, daß es Regeln gab, an die man sich hielt, ohne sie jemals auszusprechen. So war es von Anfang an ausgemachte Sache gewesen, daß der dicke Siegfried bei den Soldatenspielen gewinnen mußte, weil es jenseits dieser gewonnenen Schlachten um viel mehr ging. Auch auf dem Alten Gymnasium gab es diese Regeln, und jenseits davon ging es immer um mehr. Und als Patrizia von Kattenesch ihn eines Tages bei den Fahrrädern abpaßte, ahnte Willem schon, daß sie im Grunde nicht mehr wollte als damals der dicke Siegfried. Sie wollte gewinnen, und in ihrem Blick konnte er sehen, daß sie gewonnen hatte.
Jetzt ist es ja amtlich, sagte sie.
Willem schloß sein Rad auf und sagte nichts.
Sie kam näher, und er spürte ihre Wirkung.
Er schnallte seinen Tornister auf den Gepäckhalter und sah sie an.
Sie warf ihren Kopf zurück, und die Verwirbelungen trafen ihn.
Dein Freund, sagte sie. Er ist ein Krimineller.
Von wem redest du?
Das weißt du genau.
Meine Freunde such ich mir selber aus.
Sie lachte spöttisch.
Er ist nicht mein Freund.
So einer bist du also. Und sie verzog ihr hübsches Gesicht. Da hat er nun endlich einen Freund, und schon bei erster Gelegenheit verleumdet er ihn.
Wenn du das so siehst, Patrizia.
Sie lächelte jetzt, und Willem fand es erstaunlich, wie sie noch hinter ihrer Boshaftigkeit so anziehend wirken konnte. Als ob es

jenseits von menschlicher Reinheit und Größe weit mächtigere Bereiche gab, und er stellte sich vor, sie anzufassen.

Nun, sagte er.

Und voller Genuß bog sie ihren Rücken und ließ den Busen vorspringen. Das Tier hat Ferdinand aufgelauert. Und ist mit einem Knüppel auf ihn los.

Er lächelte, stellte sich sein Gesicht in ihrem Haar vor, seine Lippen auf ihrer Haut.

Warum grinst du so blöd!

Er wünschte sich, diese Aureole um ihren entblößten Körper zu sehen.

Sie zog ihren Busen ein und sagte: Du bist eine Kreatur wie er.

Wenn du das so siehst, Patrizia.

Wie soll ich das denn sonst sehen, Willem Kronhardt.

Er meinte, daß es möglich sein müßte, die Ursache ihrer Anziehung zu ergründen. Doch er glaubte nicht, daß er jemals genügend Gedanken aufbringen könnte, um sich ihrer Wirkung zu entziehen.

Aus dem Hinterhalt also, sagte er dann. Und mit einem Knüppel.

Genau so. Und sie lächelte wieder.

Quatsch. Achim hätte sich diesem Lasalle gestellt. Auge in Auge. Oder er hätte ihm gleich den Hals abgeschnitten. Aber nicht so eine feige Nummer.

Das ist doch pures Wunschdenken, Willem Kronhardt.

Wunschdenken bleibt in deiner Nähe nicht aus, Patrizia.

Und das Mädchen lachte. Da kannst du dir noch so viel wünschen.

Also aus dem Hinterhalt?

Sie warf das Haar zurück. Dann sagte sie: Ferdinand gehört zur Morgenstern-Crew. Die Morgenstern ist eine Rennyacht. Ein Tier mit einem Knüppel hat da keine Chance. Auch nicht aus dem Hinterhalt. Ferdi hat reagiert, bevor der andere irgend etwas machen konnte.

Dann war es gar kein Überfall.

Was redest du!

Für mich hört sich das an, als hätte Lasalle als erster zugeschlagen.

Das ist ja infam!

Quatsch. So wie du es erzählst, ergibt sich eindeutig, daß Lasalle als erster zugeschlagen hat.

Ihr Gesicht verzerrte sich, als wollte sie schreien. Und es sah immer noch hübsch aus.

Doch dann lachte sie plötzlich. Und wenn du die Worte noch so verdrehst, Willem Kronhardt.

Willem fiel in das Lachen. Dann sagte er: Ich wette, Ferdi hat einen Zeugen.

Natürlich hat er einen Zeugen!

Natürlich, und Willem machte ein versöhnliches Gesicht. Diese Ferdinands haben immer einen Zeugen.

Bitte was!

Und ich wette, sein Anwalt hat Klage gegen Achim eingereicht.

Ja, was denkst du denn!

Was soll ich schon denken, Patrizia. Wenn man euch früher nicht bei den Soldatenspielen gewinnen ließ, standen da auch schon Zeuge und Anwalt parat.

Ihre Lippen verzogen sich, und sie spuckte ungeschickt.

Willem leckte sich die Spritzer ab. Ihr habt Regeln, und an die müssen sich die anderen halten. Oder nicht, Patrizia.

Auch mit Abscheu im Gesicht blieb sie hübsch, und aus ihrem ganzen Körper strömte etwas, und Willem spürte die Hitze in sich.

Dann sah er die Sommersprossen auf ihrer Nase, ein Schillern, das ihn an die Flügelschuppen der Schmetterlinge erinnerte, und dann erschien ihm auch Patrizia wie aufgespießt und hinter Glas. Als er sie ansah, machte sein Blick sie unsicher.

Ihr schafft Strukturen um euch und Funktionen, sagte er.

Sie warf ihren Kopf zurück.

Und ihr vernetzt euch – von Kattenesch-Lasalle, von Kattenesch-Kronhardt. So klingt das, wenn die Alten vernetzen.

Ihre Augen waren violette Schlitze.

Zweckheirat. Hatten wir schon in Geschichte. Aber ob die Verkuppelten glücklich waren, hat uns niemand erzählt. Was glaubst du?

Patrizia schaute aus ihren Schlitzen und sagte nichts.

Nehmen wir an, sie waren nicht glücklich. Und sie kriegten Kinder, und sie verkuppelten die Kinder. Und die Kinder waren nicht glücklich und so weiter. Da fragt man sich dann, was für eine Welt da am Ende herauskommt.

Willem sah die Flecken auf ihrem Gesicht; ein schönes Rot auf schönem Elfenbein.

Eine Art Inzucht. Hatten wir schon in Bio.

Er nahm den Schlag und rieb sich die Wange. Und von unserem Lateinlehrer wissen wir, daß sie schon in der Antike Angst hatten, die hochgezüchtete Identität zu verlieren.

Ihr Busen hob sich.

Und noch heute wird Wirgefühl produziert. Cola- oder Werftidentität, Bankhaus Lasalle und Silber-von-Kattenesch. Wo ich herkomme, wird euer Gefühl produziert. Zehn-, zwanzigtausend Stich, ein ewiges Stakkato in euer Herz. Emblem und Banner, weil ihr ohne das nichts seid. Morgenstern und Zeugen und Anwälte, und darum wißt ihr gar nicht, wie es ist, sich in sich selber zu spüren. Hier, und er berührte ihre Brust. Daß du hier drinnen bist, Patrizia. Das weiß außer dir niemand. Und ich glaube, auch du weißt es nicht.

Ihr Atem traf ihn.

Er sagte: Als mein Vater noch lebte, konnte ich sein, wie ich bin. Jetzt machen sie mir das Leben schwer, aber ich habe meine Nischen.

Sie sah ihn an. Etwas Warmes strömte aus ihren Augen, ihr Atem roch, als wäre sie noch innen parfümiert. Dann beugte sie sich vor, offenbarte den Spalt zwischen ihren Brüsten und drehte das Ventil an seinem Reifen auf.

Wenn du mit dem Tier unter einer Decke steckst, kriegen wir das raus.

Die Luft zischte.

Willem sagte: Na klar. Und Ferdis Anwalt kümmert sich um den Rest.

Sie ließ das Ventil in ihren Ausschnitt gleiten, warf das Haar zurück, und die Verwirbelungen erfaßten den Raum.

10

Voran schlugen die Fahnen der Reedereien auf und entfalteten die Farben, die auf den Schornsteinen durch die Welt dampften. Zwei Häuser weiter das mattgoldene Schild einer Kanzlei – internationales Seerecht, und Willem stellte sich vor, wie der alte Lasalle in den gediegenen Räumen etwas aushandelte, bevor sein Sohnemann auf Regatta ging.

Ein Sonnenstrahl traf die Auslage des Fischladens, und die Eisblökke zerlegten das Licht in klares Blau. Als Willem näher kam, streute es und offenbarte die Tiefe eines Stillebens: gelacktes Chitin mit violetten Scheren, Granatsegmente und Heringsglitzern, das mächtige Maul eines Seeteufels, und zuletzt sah er die Stromlinie zweier Weserlachse vorbeiziehen.

Im Schaufenster des Schneiders stand eine Gliederpuppe aus Mahagoni, in der Werkstatt dahinter waren die Regale mit den Stoffballen – wie umwickelte Mumien lagen sie im gedämpften Licht und hielten eine geheimnisvolle Zwischenwelt. Ein seltsam unscharfes Dasein, meinte Willem, das sich erst mit Anzug oder Kostüm zu einer Welt verfestigte. Zu Patrizia von Katteneschs Welt, der Welt eines Reeders oder Bankdirektors. So fuhr er weiter.

Kronhardt&Sohn. Maschinenstickerei. Der Schriftzug war kantig und aus Eisen.

Er sah die bleiverglasten Fenster im Souterrain mit der Produktion dahinter, die Büroräume im Hochparterre, eine Zwischenetage fürs Wohnen und unmittelbar darauf das Dachgeschoß. Zweiter und dritter Stock waren im April 44 zertrümmert worden; das Haus wirkte seltsam bullig, als wollte es den Verlust seiner wahren Größe nicht hinnehmen, und Willem wußte, daß auch seine Mutter an dieser Verstümmelung litt. Die fehlenden Stockwerke waren wie ein Brocken aus ihrer Seele, und wo damals die Familie gesessen und Volksempfänger gehört hatte, war jetzt leerer Raum, und weil die Seele der Mutter unwiederbringlich verstümmelt war, hatte sie den Wiederaufbau verweigert. Eine gespenstische Sache, hatte sie es genannt, die Erinnerungen an ihre schönste Zeit in etwas völlig Unbeseeltes zu zwängen, und manchmal glaubte Willem, daß die Mutter ihre Seele absichtlich in diesem Zustand verhielt. Daß sie Brocken aus der Vergangenheit konservierte, um jederzeit etwas gegen die neuen Zeiten parat zu haben.

Er stieß die Seitenpforte auf und nahm den schmalen Weg. Schob das Rad abwärts, und durch die Wände drang bereits das Rattern. Unter Tage, das war die Standortbestimmung, wenn er nach Hause kam. Er spürte die Schläge durch seinen Körper, diesen Rhythmus der Jahrestage, und im kalibrierten Licht der neuen Leuchtstoffröhren saugten die Maschinen Informationsstreifen von einem Ende zum anderen; eine Umwandlung von Kombinationen in Steuerungsbefehle, ein Fressen und Ausspucken, und die Nadeln rasten, saugten Faden von den Rollen und versenkten ihn im Stoff. Loch um Loch füllten sie auf und verwandelten abstrakte Information in mechanisch gefertigte Einheiten derselben Klasse – Silber-von-Kattenesch, Bankhaus Lasalle, Coca und Heil – inkorporierte Identität, Gesinnung und Weltmaxime – ein farbiges Stück Stoff als Ersatz fürs verlorene Ich, und Schrifttype und Buchstabenkombination markierten jetzt die Eigenschaften. So wurde Willem eingesaugt. Rings verwirbelten die Partikel, verdampfte das Öl, und zuletzt wurde alles vom Rattern zerhackt.

Er grüßte die Arbeiterinnen, und wenn niemand sonst in der Produktion war, neckten sie ihn. Im Sommer sah er ihr verschwitztes Achselhaar, unter dem Kittel trugen sie nichts als einen Büstenhalter, und wenn er rot wurde, lachten sie heiser.

Manchmal reparierte Anton Hultschinek eine Maschine, manchmal stand Kronhardt im Turm des Stickmeisters und beobachtete alles.

Oben erwartete ihn die Mutter.

Die Uhr auf ihrem Schreibtisch tickte, sie hörte seinen Bericht und ließ sich Arbeiten vorlegen.

Aus der Küche drang bereits Essensgeruch. Kohl, Sauerkraut oder

Rüben, die Mutter kochte deftig, und während er sich die Hände wusch, kamen die Töpfe auf den Tisch. Dann tauchte Kronhardt unweigerlich auf, und sie aßen gemeinsam.

Für die Alten waren die Mahlzeiten ein Bekenntnis; eine Überlieferung aus der Sippengeschichte, und so saßen sie um die Töpfe. Durchtrennten die gleichen Sehnen, kauten das gleiche Fett – die Familie als kleinste Überlebenseinheit in einer Welt, in der der einzelne nicht bestehen konnte. Ein Ganzes, in dem die einzelnen Teile zuletzt nicht mehr unterschieden wurden und sich in ihrem zielgerichteten Wirken ergänzten. So nahmen sie gemeinsam Mahlzeit, und die Mutter sagte Akquise, oder sie sagte Angebot – Wörter, die sich wie eine Mauer gegen Willem stellten und ihm manchmal nur noch eine Stunde am Abend ließen. Wenn er dann zurückkam, das Rad den schmalen Gang abwärts schob, die Stille der Unterwelt durchschritt, vielleicht noch etwas Gebäck aus Hultschineks Blechdose stibitzte, saßen die Alten bereits im Wohnzimmer. Der Fernseher beleuchtete den Bauern- und Jägerstil, und ihnen genügte es, wenn der Junge sich zur Nacht abmeldete.

In seinem Zimmer legte er noch etwas unters Mikroskop, ein Libellenauge, einen Feinschliff, dann ging er zu Bett und las. Vor ihm im Fensterkreuz leuchteten die Sterne, blaue Riesen und weiße Zwerge, und wenn er das Licht ausschaltete, verbrannte er bald selbst Materie. Und Gedanken; Rohstoff für neue Energie, neue Tage, neue Welten. Und so dämmerte er dahin.

Dann tauchte Achim wieder auf.

Montagmorgen, der Unterricht hatte begonnen, und ohne zu klopfen, ohne ein Wort kam er in die Klasse und setzte sich auf seinen Platz. Eine Bandage, ein Pflaster – Spuren womöglich von der heldenhaften Schnelligkeit des Regattasportlers. Doch ob es tatsächlich so ein Hinterhalt gewesen war, würde sich zeigen, und Willem wartete gespannt auf Achims Version.

In der ersten Pause wurde er enttäuscht; Achim verschwand im Gewimmel und blieb unauffindbar. Auch Harald wunderte sich.

In der zweiten Pause fingen sie ihn ab. Laßt mich in Ruhe, sagte er und stieß sie weg. Und Willem und Harald sahen sich an.

Nach der letzten Stunde stand Patrizia bei den Rädern.

Du hast dir gewünscht, daß ich eine Lügnerin bin.

Willem lächelte.

Gibs zu.

Diskrete Teilchen oder Wellen stießen aus ihrem Haar.

Es gibt keinen Grund, sich zu wünschen, daß die Menschen schlecht sind. Und dann: Hast du gelogen?

Ich?!

Sei ehrlich, Patrizia. Die, die da ganz allein bei dir drinnen ist, die hat doch gelogen. Oder nicht? Und bevor er das Mädchen berühren konnte, stand schon Ferdinand Lasalle da. Keine Pflaster, keine Bandagen, nichts. Er schnappte nach Willems Hand und sagte: Gibts Schwierigkeiten, Schatz?

Zwei Kaltblüter stampften den Kopfstein, während dic Männer Fässer rollten und durch eine Luke abwärts hievten. Kinder trieben einen Reif, ein Alter mit Katze saß am offenen Fenster. Die Straßen waren nach Seefahrern und Entdeckern benannt, Kolumbus, Kapitän Dallmann oder von Wrangel, und an der nächsten Ecke hatte man Sicht über die Hafenanlagen und die große Werft, in der Eisen zu Onassis gebogen wurde. Willem wußte, daß der Tankerkönig einmal zur Taufe dagewesen war, und die Malocher hatten den kleinen Mann mit der großen Brille ehrfürchtig angestarrt. Und nachdem das Schiff geslippt war, hatte sich dieser Ari vor den Malochern verbeugt. Das hatte sie stolz gemacht, und davon wollten sie noch ihren Kindeskindern erzählen, und so bogen sie ihr tägliches Eisen.

Willem sah die Kräne gegen den Himmel, darunter das silberne Geflecht der Schienen. Zum Fluß hin bündelten sich Quader und Zylinder, und neben dem Glitzern konnte er die Dampfer sehen – wie Päckchen lagen sie nebeneinander in den Becken, die ganze Welt, meinte er, wie im Fingerhut.

An der nächsten Ecke sah er das Fuhrwerk eines Kohlenhändlers; vor den Geschäften Auslagen mit Gemüse oder Südfrüchten, und dann eine Kneipe. Noch eine Kneipe, und an der nächsten Ecke Frauen. Sie poussierten und schnalzten, als Willem vorbeizog.

Dann fand er die Straße, in der Achim wohnte – der Milchladen an der Ecke, gegenüber die Autowerkstatt mit den grünen Holztoren, alles so, wie Harald es beschrieben hatte. Er lehnte das Rad gegen den Zaun. Durchschritt den kleinen Vorgarten, nahm die drei Stufen, und als er klingelte, meinte er, seine ganze Entschlossenheit aus dem schrillen Ton zu hören. Doch niemand öffnete, und das zweite Klingeln klang bereits verzagt.

Beim Milchladen bog er wieder um die Ecke, und plötzlich sah er ihn. Groß und haarig, und im Schlepptau den Bollerwagen.

Moin.

Achim sah auf, hielt aber nicht an. Willstn du hier.

Ich weiß, daß Lasalle dir ne Falle gestellt hat.

Doch Achim grunzte nur, und die Bierflaschen klackerten.

Mann, Alter! Mit ihrem Geld und ihren Verbindungen biegen sich diese Lasalles die ganze Welt zurecht. Und dich machen sie einfach zum Kriminellen. Wegen so einem dämlichen Wachspimmel.

Laß mich in Ruhe.

Das kannst du dir nicht gefallen lassen.

Hau ab.

Und die Basis, Mann?

Hau ab, sag ich.

Ziehst du den Schwanz ein?

Du redest.

Haben sie dich in der Hand, diese verdammten Clubjacken?

Ich sag, du redest. Und dann boxte er Willem vom Rad.

Achim sprach mit niemandem. Kein Nicken, kein Blick, nichts. Er verwilderte endgültig, und auch die Älteren machten einen Bogen um ihn. Sogar Ferdinand Lasalle. Und der Patrizia ihre dicken Dinger, sagte Harald, könnte man dem glattweg vors Gesicht binden. So schien Achim im inneren Exil.

Patrizia selber gab sich, als kriegte sie von alldem nichts mit. Einer wie Achim war aus ihrer Welt gestrichen – nein: war doch nie in ihrer Welt gewesen. Und sie sagte das ganz ernst. Keine Anzeichen von Boshaftigkeit oder Triumph. Nichts, ihre hübschen Züge einfach wie aus Elfenbein geschnitten, und so sah sie Willem in die Augen und schien fest von ihren Worten überzeugt. Ich weiß wirklich nicht, wovon du redest, sagte sie. Was für ein Überfall und was für ein Anwalt und was hat Ferdi damit zu tun?

Willem war erstaunt darüber, wie selbstverständlich sich Wahrheit anscheinend verschieben ließ. Ein Phänomen, meinte er, das einen die Welt heute so und morgen so sehen ließ. Doch tatsächlich ahnte er dahinter das ganze Ausmaß ihrer aristokratischen Arroganz.

Achim jedoch wurde in seiner Haltung immer konsequenter und erschien bald wie herausgestiegen aus einer Anekdote des Lateinlehrers – ein schamloser Rebell, der alle Gesellschaftsregeln verweigerte. Und so war es leicht vorauszusehen, daß er auch noch die letzten Regeln am Alten Gymnasium brechen würde, und tatsächlich verließ er in den Pausen bald das Schulgrundstück und drang ein in die Privilegien der Oberstufe.

Es waren halbwegs Erwachsene, die dort standen. Die Mädchen bereits junge Frauen, und die Gesichter der Jungs auf eine Zukunft ausgerichtet, die nichts mehr mit Weichheit zu tun hatte. Sie trafen sich im Park zwischen Schule und Stadthalle, auf öffentlichem Grund, und in der Mitte stand ein großer Elefant, ein Monument, das an Deutschlands Kolonial- und Kaiserzeit erinnern sollte. Dort rauchten sie, diskutierten, äfften die Alten nach und hatten mit dem Schulhof nichts zu tun. Manchmal waren auch Burschen da auf dicken Einzylindermaschinen, die bereits arbeiteten oder bald zur Bundeswehr mußten und die sich über die Lehrer lustig machten, weil die Schulordnung keinen Zugriff mehr auf sie hatte.

Im Grunde war es natürlich streng verboten, das Schulgrundstück überhaupt zu verlassen. Doch damals, als Deutschland der Krieg noch ganz frisch in den Knochen steckte, hatte die Oberstufe einen Keil in dieses Verbot getrieben, und alle strenge Maßregelung hatte die Situation nur verschlimmert. Einige der Lehrer hatten sogar Prügel bezogen, und am Alten Gymnasium mußten sie bald einsehen, daß diese Halbstarken draufgängerisch waren und nichts mehr mit den verknöcherten Strukturen der Alten zu tun haben wollten. Sie waren ausgebrannt von den Kriegserlebnissen ihrer Kindheit, hungrig nach Neuem. Buñuel oder Dean waren ihre Helden, sie gaben ihnen das Ichgefühl zurück, das die Massenpropaganda zu Brei geschlagen hatte. Und dann kam die Musik, Elvis landete in Bremerhaven an, und in den Tanzschuppen ließen sie ihre ganze Wildheit heraus und erschufen sich eine Welt, aus der die Alten kategorisch ausgeschlossen blieben. Damals hatten sie den Elefanten zu ihrem Platz gemacht, und die Lehrer hatten keine Chance gehabt.

Später hatten die nachrückenden Oberstufen den Elefanten übernommen, und aus ihrer Erfahrung heraus hatten die Lehrer sich darauf geeinigt, pädagogische Zugeständnisse an die Zeit zu machen. Sie ließen sie gewähren, demonstrierten jedoch Präsenz und schlenderten täglich um den Elefanten.

Und so zogen sie noch immer ihre Runden, gaben sich arglos, die Hände auf dem Rücken, und grinsten gegen jede Stichelei; die Lehrer wußten, daß sie alle wieder in ihren Machtbereich zurückkommen würden, und nicht das Scharmützel, sagten sie, sondern die Schlacht gelte es zu gewinnen. Und so zogen sie stoisch ihre Runden und markierten zugleich die Bannmeile für die Jüngeren. Und Achim-das-Tier brach diese Meile.

Er setzte sich einfach hinweg über ein Abkommen, das seine Berechtigung aus historischer Tiefe zog, und tauchte in seiner verwilderten Art am Elefanten auf. Kein Nicken, kein Wort, nichts. So strich er um die Oberstufe, spuckte, war ruppig in seinen Bewegungen, und durch sein Haar erschienen die Augen wie dunkle Höhlen.

Die anderen wußten wohl, daß er nicht hierhergehörte, doch sie beachteten ihn nicht. Sie rauchten, diskutierten, und wenn jemand einen Witz über die Lehrer machte, lachten alle ungeniert mit. Sie konnten sich das erlauben am Alten Gymnasium; in Vaters Garage wartete ein Auto, und das Auto würde sie an eine Universität bringen, und hinter der Uni wartete ein dicker Posten; sie steckten in einem sicheren Plan, und wenn den Lehrern etwas nicht gefiel, war das nicht ihr Problem. Und auch so ein Prolet wie Achim war nicht ihr Problem. Einer wie Achim existierte erst gar nicht, da gaben sie sich um den Elefanten wie Patrizia von Kattenesch.

Doch Achim-das-Tier existierte, und ob sie am Elefanten wollten oder nicht, er drang ein in ihre Wirklichkeit.

Eines Tages wurde er dann von einem Lehrer aufgespürt. Ein kleiner Mann mit einer kleinen, rund gefaßten Brille, den alle nur den Schinder nannten. Und der Schinder machte keine halben Sachen. Bürschchen, rief er, und schnappte nach Achims Ohr. Marsch, zum Rektor.

Doch Achim nahm einfach die Hand von seinem Ohr und trat einen Schritt zurück.

Marsch! bellte der Schinder.

Und Achim schüttelte wortlos den Kopf.

Es wurde still um den Elefanten.

Der Schinder spürte den Druck. Marsch! Marsch! Marsch!

Doch Achim blieb stehen. Ungeschlacht, haarig und groß. Ich hab das Recht wie alle. Wenn ich geh, gehn die andern auch.

Einige von den Burschen auf ihren Motorrädern lachten.

Der Schinder wollte es nicht glauben. Dann sprang er vor und schnappte wieder zu.

Und Achim nahm die Hand von seinem Ohr und sagte: Wenn ich geh, gehn die andern auch.

Die Burschen johlten.

Der Schinder machte ein zorniges Gesicht.

Aus der Oberstufe kamen Stimmen. Hau ab. Wir wollen dich hier nicht.

Doch Achim blieb.

Dann zückte der Schinder eine Rute. Du Hund!, und er versetzte ihm einen Streich. Den nächsten parierte Achim, dann hielt er die Rute in der Hand.

Die Burschen auf ihren Motorrädern pfiffen und wollten mehr.

Aus der Oberstufe traten sie jetzt vor: Verpiß dich! riefen sie, und: Asoziales Tier!

Dann eine neue Stimme: Von wegen! Recht hat er, und er kann bleiben.

Er soll sich verpissen!

Er hat das gleiche Recht wie alle!

Verpissen! riefen die einen. Bleiben! die anderen, und so entwickelte sich Tumult um den Elefanten; die Burschen grölten dazu und ließen ihre Einzylinder wummern, Achim und der Schinder wurden von der Menge auseinandergetrieben, und später, als alle wieder dastanden, rauchten und diskutierten, war Achim in einer Splittergruppe untergekommen.

Diese Splittergruppe war ein kleiner, beinah konspirativer Haufen, der auf den ersten Blick nicht auszumachen war. Sie waren aus reichem Haus wie alle, arrogant wie alle, nur ein bißchen legerer gekleidet, und das Haar trugen sie vielleicht eine Idee länger. Unscheinbare Typen im Grunde, und erst wenn es um bestimmte Themen ging, offenbarten sie ihre linksgerichtete Ideologie.

Natürlich war einer wie Achim auch unter ihnen eine auffällige Erscheinung, und die Gerüchte zwischen Wachspimmel und Lasalle verstärkten diese Wirkung noch. Doch diese Linken schienen sich nicht daran zu stören. Wir scheißen auf das Establishment, sagten sie, und Frederike und Jan-Carl, das waren ihre Köpfe. Scheiß auf von Kattenesch und Lasalle, sagten sie, und Achim stellte sich gegen die Clubjacken und rief: Ihr verdammten Fickfrösche! Frederike und Jan-Carl gefiel das.

Schlosser quatschte mit ein paar Burschen. Ihre Maschinen waren aufgebockt, sie tranken Limo und pfiffen den Mädchen hinterher.

Schlosser war klein und hatte eine Boxerfigur. Die Kleider kamen von der Stange, die Brille war mit Pflaster geklebt. Er war einmal sitzengeblieben, und wenn er sich rasiert hatte, lief er mit kleinen Schnitzern rum. Einer der Halbstarken ließ ihn eine Runde auf seinem Moped drehen, dann standen sie und rauchten.

Willem sah, wie Schlosser plötzlich auf sein Fahrrad sprang. Die Kippe klebte ihm zwischen den Lippen, und er gab mächtig Gas. Am Elefanten vorbei, über eine Baumwurzel, und kurz vor der Hecke sprang er ab. Das Rad taumelte noch, dann schlug es hin.

Willem ging und hob das Rad auf.

Bei der Hecke konnte er sehen, daß sie sich Schlosser in den Weg stellten. Achim-das-Tier, Frederike und Jan-Carl.

Habt ihr so n Scheiß nötig?

Halts Maul, du Fickfrosch.

Schlosser mußte aufsehen. Er grinste einmal, dann stellte er Achim ein Bein und stieg durch das Loch in der Hecke. Er lief über die Straße zu dem Gemischtwarenladen mit dem Juno-Schild. Vor der Tür war ein Aushub mit Schmutzgitter, doch Achim hatte das Gitter entfernt, und so hatten sie darauf gelauert, daß jemand aus dem Laden trat. Als Schlosser das Gitter zurücklegte, sprang die Ladentür auf, und eine Hand schnappte.

Der Schinder hätte sich die Gräten gebrochen! Das wird der Schlosser büßen! Achim-das-Tier klappte ein Messer auf und schlitzte einen Reifen.

Willem sah zu, wie die Luft rauszischte. Dann sagte er: Das hätte ich dir nicht zugetraut. So ne feige Nummer.

Achim stieß Willem gegen die Brust. Kein Wort! Du Fickfrosch! Dann zog er mit den anderen ab.

Schlosser hatte ein dickes Ohr und rückte seine Brille zurecht. Ausgerechnet der Schinder. Dann grinste er. Na, gibt Schlimmeres. Hast du Zichten? Komm, ich besorg welche. Und er nahm Willem das Rad ab und betrachtete den Reifen.

Die Burschen saßen da und lachten. Was mischte dich auch ein, Schlosser.

Und beim nächsten Mal schneidet euch wer die Bremsen durch, und dann soll ich auch mein Maul halten. Er lachte und klatschte in die Hände. Kommt, Kinder, spendiert uns mal n Glimmstengel. Über den Anschlag auf den Schinder wurde nichts laut, und nach einer Woche hatte Schlosser einen nagelneuen Reifen. Wie er die Sachen gedeichselt hatte, sagte er nicht.

Aber Willem erfuhr, daß Frederikes Eltern in Delikatessen machten. Die scheißen Langusten, sagte Schlosser, und die Frederike ist Einzelkind, und sie haßt ihre Alten. Und dieser Jan-Carl, sagte Schlosser, ist der Sohnemann vom Staatsanwalt.

Dann wollte Schlosser was über Achim wissen, und Willem erzählte.

Durch den Kontakt zu Schlosser schien Willems Ansehen zu steigen. Ferdinand Lasalle grüßte ihn, Patrizia lächelte, und Achim-das-Tier ließ ihn in Ruhe – keine Rempler mehr, kein Kronhardt-du-Fickfrosch, nichts.

Für Willem war es eine ganz neue Erfahrung. Der Respekt, den die anderen vor Schlosser hatten, schien auf ihn abzufärben, und er nahm das erst mal hin. Doch es blieb ihm ein Rätsel, warum Schlosser so eine Wirkung auf die anderen hatte. Er war ganz offensichtlich keiner von ihnen, und Willem bastelte an verschiedenen Theorien.

Als er davon erzählte, lachte Schlosser. Für ihn war die Sache ganz einfach – wir kommen aus unserer Stammesgeschichte nicht raus, sagte er. Und weil in jedem Abschnitt dieser Geschichte ein dominanter Status mit Vorrechten verbunden ist, kommt es im Grunde nur darauf an, Dominanz zu entwickeln. Ein vielfältiger Fundus, sagte er, und heutzutage reicht es schon, wenn man so tut, als ob.

Laß die anderen denken, daß du Mumm hast. Laß sie glauben, du wärst n Weiberheld. Ein Kerl, den sie nicht ausrechnen können, weil du immer noch was in petto hast. Die anderen haben einen Winkelbungalow mit Doppelgarage und Pool, und sie sind Helden. Die Bräute haben dicke Dinger oder eine Visage wie aus dem Kino, und sie sind Helden. Wenn man selber kein Held ist, muß man einfach nur so tun, als ob Winkelbungalow und dicke Dinger n Scheiß wären gegen das, was man noch in petto hat – all die Kampfplätze der Stammesgeschichte, sagte Schlosser, liegen heutzutage unsichtbar hinter der Stirn.

Zum Frühling hin besorgten sie sich Erlaubnis zu mikroskopieren. Und während die anderen in die Pause liefen, verschwanden sie im Biologieraum. Und wenn jemand sie danach fragte, grinsten sie nur. Als hätten sie enorm was in petto.
In den Glasvitrinen saßen die Bälge – Lepus europeus, Meles meles oder Buteo buteo. Amphibien waren in Formaldehyd konserviert, sie entdeckten Mutationen, Organe, Fasern, und in den Schubladen fanden sie Objektträgersammlungen mit Feinschnitten aus einer anderen Welt.
Sie bauten das Mikroskop am Fenster auf, sahen runter auf Schulhof und Elefant, beobachteten Haufenbildung und wiederkehrende Muster, pickten sich die größten Arschlöcher raus oder die hübschesten Mädchen, und manchmal meinten sie so etwas wie eine Wechselwirkung festzustellen. Doch meist wollten sie da oben nur ihre Ruhe und quatschen. Und wenn der Lehrer vorbeischaute, fingen sie das Licht im Spiegel und tauchten ein in die Mikrowelt.
Einmal sagte Schlosser: Wir besorgen ein Fernglas und rücken den Mädels auf den Pelz. Und später mikroskopieren wir unsern Saft. Untersuchen, ob Dichte und Lebendigkeit womöglich in Zusammenhang mit bestimmten Typen stehen – die Schwarzgelockte zum Beispiel, sagte er. Da kribbelts mir im Kopf.
Im Sommer fing Willem an zu rauchen, und manchmal pfiff er den Mädchen hinterher. Von den Kippen wurde ihm schlecht, und eines der Mädchen, die Schwarzgelockte, stellte ihn nach einem Pfiff zur Rede. Steht da, sagte sie, pafft und gibt sich wie ein Herrchen.

Und das Frauchen muß kommen, was! Und ohne Übergang stieß sie Willem um und sprang rittlings auf. Was ist! Will das Herrchen etwa nicht?

Schlosser und die Halbstarken lachten.

Sie hieß Gisela, und ihre Locken bewegten sich mit jedem Wort. Wie ihr lachen könnt, rief sie. Wie eure Alten, und dann spuckte sie drauf.

Schlosser zog Willem hoch, und sie sahen diesem Mädchen hinterher.

Meine Fresse, sagte Schlosser, und Willem entschied, daß er erst gar nicht so zu tun brauche, als sei er ein dominanter Typ.

Sie waren im Teufelsmoor gewesen, und Willem hatte gehofft, ein paar Trappen zu sehen. Doch die großen Vögel blieben verschwunden, und ein alter Mann, den sie unterwegs danach fragten, meinte, die Torfgesellschaft wäre schuld. Und er hatte den Jungs gezeigt, wo Bagger und Loren arbeiteten; das Land offen bis in den Horizont, ein weiches, pulsierendes Organ, in das sich Ketten und Schaufeln fraßen.

Auf dem Rückweg sahen sie Kraniche; sie zogen in Formation dahin, ihre Rufe heiser unter dem tiefen Himmel. Sie sahen Füchse auf den Heuwiesen, die nach Mäusen pirschten und in den Schnitt hineinsprangen. In der Luft rüttelten Falken, voran bog sich die Wümme durch die Feuchtwiesen, die Lichtreflexe wie Schuppen, und als eine Brise die Schilfgürtel erfaßte, entwickelten sich goldene Wirbel.

Zur Stadt hin stiegen die Neubauten auf; bereits aus der Ferne eine gezackte Mauer, die den sanften Übergang vom Tiefland zur Flußdüne endgültig abriegelte. Und vor den Neubauten gab es jetzt eine Autobahn, breit wie ein Kontinentalgraben, und es dauerte fünf Minuten, bis beide Spuren frei waren. Dann traten die Jungs in die Pedale und johlten.

Die Verwandlungswelt von einst war jetzt geordnet und hübsch gemacht, die Bäume waren jung und an Pfähle gebunden, der Rasen bewässert. Die Straßenbänder glänzten, Autos standen auf markierten Plätzen, Wäsche flatterte, und die Mütter plauderten um die Sandkästen herum. Als hätten sich die Bilder von den Bauherrentafeln herausgebläht. Als wären die Architektenmodelle Vorlage gewesen für eine neue Welt. Sogar der Himmel konnte geschrumpft erscheinen, und sie hörten einen Wellensittich.

Willem entdeckte das Hochhaus zuerst.

Mensch, Schlosser, sagte er, und so etwas hatten sie beide noch nicht gesehen. So glatt, so ohne Spuren; wie Neuschnee, sagten sie, und makellos noch gegen die Sonne. Auf einem großen Abreißkalender hinter der Tür lasen sie: Feierliche Eröffnung übermorgen – der Bürgermeister spricht.

Wann kriegt man so was schon zu sehen, sagten sie. Hundert nagelneue Wohneinheiten vor der Entjungferung. In Reihe und gestapelt, und sie drangen ein durch ein Kellerlicht.

Willem hatte ein Gefühl wie damals in den Trümmern. Als er sich mit Hans in den Karkassen und Tracheen wie nach dem Untergang einer Zivilisation gefühlt hatte; wie ein Juri Gagarin, wie ein erster Mensch.

Schlosser bemerkte auf Anhieb das Prinzip des Austauschsystems; aller Raum war in gleiche Einheiten aufgeteilt, und nur Installationen und Farben markierten den Nutzen.

Schließlich setzten sie sich in eine Küche im zehnten Stock, Schlosser rauchte, und sie machten sich ihre Gedanken. In der Küche war alles genormt, voll ausgestattet, und es gab keine Möglichkeit für Umbau oder eigene Möbel. Jede Wette, meinten die Jungs, daß da Philosophen drüber gebrütet hatten. Soziologen, Psychologen, und wahrscheinlich hatten sie jahrelange Testläufe gefahren in eigens dafür konzipierten Werkstätten; endlose Fallstudien mit dikken Hausfrauen und dünnen, mit kleinen und großen, und dann nationale Tagungen und internationale, ein langer Weg, meinten sie, bis zur idealen Küchenformel. Sechs Quadratmeter gleichgeschaltete Effizienz für die Hausfrau, und jeder Handgriff saß. Eine Formel, meinten sie, die der deutschen Frau Zeit schenken würde. Zeit für die elementaren Dinge, und so schienen diese Küchen eine Keimzelle deutschen Familienglücks zu sein, eine akademische Formel zum Wohle des deutschen Arbeiters.

Mit der Abendröte saßen sie auf dem Dach.

Ostwärts zogen die Feuchtwiesen wie eine Steppe gegen das Teufelsmoor, zum Geestrücken hin entdeckten sie eine Sandkuhle – ein Auge, das in den Himmel starrte, und nach Westen zerlief die Stadt in Quadern und Schluchten. Aus den Fabrikschornsteinen stiegen violette Rauchpilze, der Fluß glitzerte, und die Autobahn erschien uralt und gleichgültig gegen jede Zivilisation. So saßen die Jungs in der Höhe. Schlosser holte seinen Beutel mit Knaster vor, dann schützte er die Glut gegen den Wind. Sie saßen wie auf einer Insel, und erst mit der Dämmerung stiegen sie hinab.
In zwei Tagen würde der Bürgermeister eröffnen. Eine Schleife durchschneiden, und alle würden klatschen. Würden Übervölkerung bejubeln, und die Jungs konnten das nicht verstehen. So einfach, meinten sie, ließe sich die Stammesgeschichte doch nicht abschütteln; das Tier im Menschen brauchte noch immer Raum zur Freiheit, und wenn sie sich auf der Pelle hockten wie in einer dicht gestaffelten Nutztierhaltung, würde es früher oder später kritisch werden. Schließlich würde ein neues Sozialverhalten nicht hokuspokus entstehen wie dieser soziale Wohnungsbau.

Die Tage darauf wurde es heiß. Und es blieb heiß, obwohl in der Tagesschau rasche Abkühlung vorausgesagt wurde. Der Meteorologe stand vor seinen Tafeln, stupste mit seinem Stock in ein Islandtief, umkreiste damit ein Adriahoch, und für ihn war es unvermeidlich, daß beide Fronten direkt über Deutschland kollidierten. Doch tags schien die Sonne, abends saßen die Menschen im Unterhemd, und wenn die Sterne rauskamen, war es eine perfekte Nacht. Schließlich stellte sich die Tagesschau darauf ein, und die Tafeln zeigten eine stabile, nierenförmige Zone über Deutschland, mit einem dicken, kreidegemalten H über Bremen. Und die Zeitungen meldeten zum Wochenende Kaiserwetter.
Der Amboß tauchte Sonnabend auf, zur besten Zeit. Im Bürgerpark und an den Badeseen waren die Picknickdecken ausgebreitet, und in den Gartenlokalen wuchteten die Kellner Limo und Blondes. Doch der Amboß kümmerte sich nicht um Kaiserwetter. Er nahm die Stadt, trieb auf zu mächtiger Tuschfarbe, die Vögel verstummten, und in den Bäumen rauschte es.

Damit haben sie nicht gerechnet, sagte Willem.

Er lag mit Schlosser am Baggersee, und rings rafften die anderen ihre Sachen; der Wind schlug Hüte von den Köpfen, die Mädchen schrien, und bald hatten die Jungs den See für sich. Die Luft schwoll, und dann gab es nichts mehr, was Wildheit und Kraft noch zügeln konnte. Die Elemente stülpten sich übers Kaiserwetter, es prasselte und donnerte, bald dampfte der See, und bald erdrückte der Amboß den Dampf – ein Bild, meinten sie, wie aus dem Altertum. Und im diffusen Licht konnten sie Kentaurenkämpfe sehen und Sirenen, und dann schien ihnen die Erde nur noch ein Schlachtfeld in der Milchstraße.

So saßen die Jungs im aufgeweichten Sand. Sahen zu, wie der Amboß nach Osten zog und die aufgetriebenen Tuschefarben in den Horizont drückte. Und sie spekulierten darüber, ob es jeweils spezielle Anfangsbedingungen für die Entwicklung von so einem Amboß gab – womöglich ein Waldbrand in Kanada, meinten sie, oder eine furzende Kuhherde gleich um die Ecke, und die Vorstellung, daß eine für alle zutreffende Vorhersage am Ende unmöglich war, weil es zu viele unvorhersehbar wechselwirkende Faktoren gab, gefiel den Jungs. So ein Amboß, meinten sie, hätte sich ebenso überhaupt nicht entwickeln können, und das Wochenende wäre unter Kaiserwetter verblieben. Oder der Amboß hätte sich über dem Rotenburgischen entladen, über Helgoland, und sie kamen zu dem Schluß, daß man im Grunde erst Bescheid wußte, wenn sich so ein Amboß entwickelt hatte.

Und dann gingen sie weiter und fragten, ob womöglich auch andere Bereiche der Realität sich nur unter bestimmten Voraussetzungen ausbilden konnten. Eine Überschwemmung etwa oder ein Verkehrsstau. Oder das Sonnensystem, meinten sie, und das Leben auf der Erde. Und vom Leben gingen sie weiter und fragten, ob Realität sich womöglich erst dann ausbilden konnte, wenn etwas da war, was es als Realität verankerte. Ein Lebewesen, meinten sie, das sich aus den unvorhersehbaren Anfangsbedingungen und Wechselwirkungen – gewissermaßen vom Urknall bis zum Menschen – entwickelt hatte und fähig war, über Kaiserwetter und Amboß zu reflektieren.

So saßen die Jungs am Baggersee.

Ostwärts hatte sich der Himmel von Violett ins beinah Schwarze verschoben, während es im Zenit schon wieder aufhellte. Bald gleißte eine weiße Sonne, bald langten erste Strahlen in den See, und zum Horizont hin konnten sie die Blitze sehen.

Wasser und Erde dampften noch, erste Vögel sangen wieder, und rings in den Wipfeln funkelten die Tropfen. Und die Jungs kamen überein, daß die Menschen ganz klar in diese seltsame Sache eingebunden sein mußten. Nichtwahr, daß auch sie aus nur wenig veränderten Anfangsbedingungen unterschiedliche Realitäten entwickelten.

An den öffentlichen Baggerkuhlen waren die Familienlager. Mit karierten Decken, Sonnenschirmen und Kühltaschen, und wenn die Jungs sich dazwischen legten, gaben sie sich arglos. In Wirklichkeit entwickelten sie Strategien, um soviel wie möglich zu sehen – die Töchter, die in ihren Schwimmröcken Federball spielten, die Frauen im besten Alter. So klopften sie einen Bauernskat, aßen ihre Frikadellen und tranken Florida Boy; aus den Kofferradios spielte Beatmusik, und manchmal lief etwas aus der Hörfolge: Ich jagte Eichmann. Dann rückten die Älteren zusammen und machten Gesichter, als hätte dieser Eichmann alle Schuld. Als hätte dieser Eichmann sie alle getäuscht und reingerissen, und daß er jetzt aufgespürt und gehenkt war, schien Beweis ihrer eigenen Unschuld.

Willem und Schlosser hatten schnell raus, wo sich diese potentiellen Eichmann-Trauben bilden konnten. Sie wußten, daß diese Alten dann nichts um sich herum duldeten. Kein Federballspiel, keine aufreizenden Posen, und so entwickelten die Jungs ihre Strategien.

Meist postierten sie sich in der Nähe des Wassers, ein unauffälliger Platz, der viele Blickwinkel bot. Dann lagen sie auf dem Bauch, und manchmal hatten sie das Glück, eine Frau in einem dieser neumodischen Bikinis zu sehen.

Schlosser wußte, daß es in der Südsee ein Bikini-Atoll gab und daß die Frauen dort knappe Anzüge aus Ananashanf getragen hatten. Und dann waren die Amis gekommen, hatten die Insulaner einfach deportiert und in ihrer Heimat Atombomben gezündet. Das Atoll war unbewohnbar geworden, doch die Amis hatten die Bikini-Idee übernommen, und den Ananashanf äfften sie jetzt in Synthetics nach, und ihr kapitalistischer Motor spuckte diese Dinger in alle Welt.

Willem mußte passen.

Er erinnerte wohl die Bilder aus den Geschichtsbüchern, Hiroshima und Nagasaki. Doch daß die Amis danach weitergemacht und die kommunistische Bedrohung zur Legitimation genommen hatten, auch die Südseeheimat argloser Menschen zu zerstören, hatte er nicht gewußt.

Atombomben gegen Menschenrechte, sagte Schlosser.

Diese verfluchten Amis.

Ach was. Russen, Chinesen, die sind alle gleich. Und daß wir jetzt hier liegen, sagte er, und all diese Bikinis uns schwer zu schaffen machen, ist doch ein ganz klares Beispiel für unvorhersehbare Entwicklungen. Wie unlängst mit dem Amboß, sagte er. Irgendwo furzt eine Kuhherde, und woanders gibts deswegen Gewitter. Irgendwo in Österreich brachte Mutter Hitler ihren Sohn zur Welt, der Sohn wurde wahnsinnig, und aus Hitlers Wahnsinn entwickelten die Amis dann das Manhattan-Projekt. Und später gingen sie mit ihren Atombomben aufs Atoll. So einfach läßt sich die Latte in deiner Badehose erklären.

Die Jungs lachten mit brüchigen Stimmen, und rings die weiblichen Merkmale waren nur noch von ein bißchen Kunstfaser verhüllt – seltsam prall und glitzernd, und manchmal sahen sie im Schritt das eingeklemmte Schamhaar. Bikini, sagten sie, und diese unglaublichen Farben packten ihre Augen, und sie spürten das Feuer – diese gewaltige, nach Raum strebende Pilzwolkenglut, und so lagen sie auf dem Bauch, eine Realität, die sich so und nicht anders aus den seltsamen Verkettungen der Geschichte geformt hatte.

Abends, wenn die Decken zusammengefaltet waren und die Leukoplastbomber vom Parkrasen starteten, gingen sie an die Plätze, wo die schönsten Frauen gelegen hatten, und manchmal fanden sie etwas.

Mitte des Sommers entdeckten sie zwei neue Seen. Es waren mit Drahtzaun umstellte Zonen, und überall verboten Schilder den Zutritt und drohten bei Zuwiderhandlung. Auch wenn die Jungs keine Wächter sehen konnten, schienen diese Seen stets unter der geisterhaften Kontrolle einer Obrigkeit, und sie grinsten über diese Methoden von Abschreckung und Befehl.

Das Land hinter dem Draht war aufgebrochen, jung und wild, und überall trieb es aus. Sie identifizierten die Schößlinge einer Sumpfzypresse und einer Korbweide, sie sahen einen Eisvogel, hörten Frösche, und rings das Leben gab ihnen ein Gefühl von Freiheit. Ein uraltes Gefühl, meinten sie, als wäre in ihrer Seele kein Platz für Grenzen.

Doch ganz plötzlich tauchten die Wächter auf, und schon sah die Sache anders aus. Freiheit und Befehlsverweigerung hatten in ihrer Welt keinen Platz, und sie schienen wie Vollstrecker einer Obrigkeit, die die Regeln dieser Welt aufstellte. Und damit war die Sache eindeutig: Willem und Schlosser erwischt, Willem und Schlosser Anarchisten, Übeltäter, Volksschädlinge, und die Wächter ließen ihre Hunde schnappen, und die Uniform vertausendfachte ihre Gestalt. Marsch! Ihr Bastarde!

Gegen diese Männer zu diskutieren war sinnlos. Wenn Willem und Schlosser mit Gestalten aus der Antike anfingen oder mit Seelenfrieden, fühlten sie sich erniedrigt und wurden boshaft, und wenn die Jungs ihnen mit Bürgerrechten und Freiheit kamen, hielten die Uniformen sie für Linke und wurden auch boshaft. Sie waren auf Gleichschaltung und überschaubare Enge abgestellt, sie hatten ihre Hunde, und ob Sumpfzypressen an einer Baggerkuhle gefußt hatten oder Eisvögel vorbeischauten, interessierte die Männer so wenig wie eine andere Galaxis. Was zählte, war das Dienstobjekt. Korrekt umstellt und beschildert, eine greifbare Wirklichkeit und biblisches Recht. Auch die Hunde kannten dieses Recht. Faß! riefen die Uniformen, greif!, und die Hunde wußten, was sie zu tun hatten. Unlängst Juden oder Südseeinsulaner oder heute am Baggersee, das war egal.

Also mußten Willem und Schlosser lernen, diese Wächter zu umgehen; sie berechenbar zu machen, und anfangs schien es auch ganz

einfach. Sie hatten schnell raus, daß diese Kerle zu festen Zeiten auftauchten, und auch ihre Autos parkten sie an bestimmten Plätzen.
Sie zogen immer die gleiche Runde um den See, mal linksrum, mal
rechts, und ihre Zigarettenpause machten sie stets an derselben Stelle. Schon bald erschienen sie völlig verstumpft, richtig faule Säcke,
die allein darauf setzten, daß die Gewohnheit genügte. Daß die verkörperte Macht hinter Uniform und Emblem eine Wirkung hatte,
die so wunderbar und unsichtbar griff wie Atombombenstrahlung.
Und apropos Emblem: Willem hatte natürlich längst erkannt, daß
diese Dinger bei Kronhardt&Sohn gefertigt wurden, und er, der
Sohn, wußte auch, in welcher Lade die Lochbandrolle für den Si-
cherheitsdienst lagerte. Er wußte, daß sich auf so einer Rolle gut
fünfzehn Minuten Information befanden, die von einem Ende
der Maschine zum anderen gesaugt wurden; achttausend Mal das
Auf und Ab der Nadeln, achttausend Mal Vierkopf oder Achtkopf
synchron geschaltet. Er wußte, welche Garne genommen wurden,
welche Stärken, und kannte die Nummern der Farbtöne, die den
gewünschten Trikoloreffekt verstärkten. Achttausend Stich eine
Viertelstunde lang, rund fünfzig Fadenmeter pro Emblem, so ratterten die Maschinen, so wurden endlos Einheiten derselben Klasse produziert, endlos Replikationen einer Ureinheit.
Mit Sicherheit Deutschmeister, stand auf den Emblemen – und
was für ein Name das war: Deutschmeister. Ein wahres Geschenk
in diesem Land – und keine Frage, daß da drei Buchstaben und
Trikolor auf der Hand lagen, daß Farben und Majuskeln bereits
alles suggerierten: MSD. Nichtwahr, sagte Willem, MSD, das ist
griffig, markant, das bleibt haften. Mit Sicherheit Deutschmeister.
Und er erzählte, daß dieses MSD seine Idee gewesen war, daß er
eines Tages beiläufig erwähnt hatte, Sicherheit und Objektschutz
Deutschmeister wäre ziemlich schwach. Daß bei S.O.D. immer ein
saurer Nachgeschmack bliebe – nein, hatte er gesagt, aus so einem
Namen könnten die viel mehr machen. Und dann hatte die Mutter
ihn beauftragt, mehr daraus zu machen, er hatte die Ureinheit auf
Papier gemalt, die Mutter hatte das Papier dem Deutschmeister
gezeigt, Deutschmeister war begeistert, die Mutter stolz, und Willem hatte sich ein freies Wochenende verdient.

Deutschmeister also. Ein solider Kunde, der solide Arbeit schätzte und offen war für gegenseitige Gefälligkeiten. Und jetzt mußte Willem lernen, diese Uniformen, die sein Emblem trugen, berechenbar zu machen. Diese faulen Säcke, die am Ende selber schnappend und kurzgehalten an der Deutschmeister-Leine hingen.

Also beobachteten die Jungs, berechneten und zogen ihre Schlüsse. Und tagelang hatten sie die Seen für sich. Die Wächter schienen im Trott verstumpft, und Willem ging in seinen Gedanken weiter. Ein Wink an den Deutschmeister, meinte er, ein Papier zur Steigerung seiner Personaleffizienz, und im Gegenzug würde der Alte seine Wächter ein für allemal von ihnen abziehen. Eine Art Persilschein, und mit dem Gehabe dieser verdammten Bande wäre ein für allemal Schluß. Als wäre man der Deutschmeister selbst, könnte man die Bande einfach wegschicken, und so berechneten die Jungs, spekulierten auf der faulen Haut, und alles schien so einfach.

Doch plötzlich waren sie da.

Aus dem Nichts, drei von ihnen, und mit den Hunden waren sie zu sechst. Sie hatten die Jungs umstellt. Keine Mätzchen, riefen sie, anziehen, riefen sie, mitkommen! Einer von ihnen sprach in ein Funkgerät, und aus dem Äther knackte es zurück. Saubande!, und Dalli!, und die Hunde bäumten auf.

Was soll das?

Schnauze!

Und dann: Löcher im Zaun, gesprengte Ketten, das wird teuer. Und eine saftige Anzeige wegen Hausfriedensbruch gibts obendrauf, verdammte Bastarde. Das Funkgerät knackte, und die Wächter stießen sie voran. Die Jungs wie Opfer für einen fremden Gott – Hector! riefen die Wächter, und Harras!, und die Hunde fletschten wie besessen. Was glaubt ihr denn: Die ganze Zeit beobachtet haben wir euch, und sie schubsten die Jungs voran. Eine ganz eindeutige Sache, wie es schien, die Männer in Uniform, ihre Hunde, und Willem und Schlosser gestellt. Ein Mucks, ein Furz, und niemand konnte den Jungs noch helfen; aus Bosheit, aus Spaß, in so einer Situation konnten diese Männer alles tun und waren immer im Recht. Hector! Harras!, und das Funkgerät knackte.

So zottelten die Jungs den Grubenrand hoch, die hell gebänderten Sedimente der Jahrtausende, vorbei an Disteln und Ginster – Dalli! und: Faule Bande! riefen die Männer. Über ihnen lachten die Dohlen, und voran blitzte eine Eidechse; und die Jungs hatten die Lage womöglich falsch eingeschätzt, während die Deutschmeister-Schergen von Anfang an ihren kühlen Plan auf diesen falschen Anschein hin ausgerichtet und die beiden gerade dann gestellt hatten, als sie am wenigsten damit rechneten. Und so mußte sich den Jungs eine Kluft offenbaren, und die Schergen trieben sie aus einer Realität hinein in eine andere.

Weiter! Weiter! Und: Gleich laß ich den Harras! So ging es gegen den dünenhaften Rand, die nackten Füße im weißen Sand, im Treibgut der Eiszeit, und manchmal brachen Placken aus und rutschten abwärts. Der Wind langte in die Kolonien von Strandhafer, die Rispen zerstreuten das Licht; eine Lerche flog empor und ließ sich singend wieder fallen, und gegen die Wölkchen zogen Libellen ihre Linien. Es waren seltsame Bilder, und die Jungs stiegen voran wie Gefangene.

Plötzlich verhielt Willem den Schritt. Eine Flußjungfer, sagte er.

Die Wächter sagten: Schnauze und weiter!

Willem sagte: Alfons Deutschmeister. Von 39 bis 45 bei der Wehrmacht, zwischenzeitlich abgestellt für die organisierte Betreuung zur Heimführung von Kriegsbeute, halbes Jahr Frankreich, anderthalb Jahre Nordafrika und Griechenland. Von den Engländern entnazifiziert, Ende der 40er in Bremen als Hilfspolizist eingestellt gegen die Straßenkriminalität der elternlosen Jugendlichen. Unterstützte die Kampagne Jugend aufs Land, organisierte den Einsatz von Stadtkindern zur Ernte. Anfang der 50er selbständig gemacht mit Sicherheit und Objektschutz Deutschmeister, damals ein Viermannbetrieb. Zehn Jahre später sind es zehnmal so viele, Deutschmeister lebt mittlerweile in einer Villa, seine Frau heißt Klara, die Hunde heißen Rex und Astor, und ich kann jederzeit bei ihm auftauchen und sagen, Mensch, Onkel Alfons, so geht das aber nicht, und Onkel Alfons wird sagen, der und der und der, die habe ich zur Baggerkuhle geschickt. Und dann, sagte Willem, wollen wir doch mal sehen, ob noch genug übrigbleibt, den Hector und den Harras so gut im Futter zu halten.

Die Wächter standen mit offenen Mäulern.

Willem sagte: Flußjungfern gabs schon lange vor den Dinosauriern, und wenn ich noch einmal Schnauze höre. Oder Saubande, nichtwahr.

Und so zog sich ein unsichtbares Netzwerk über die Wächter, so waren sie getroffen von geheimnisvoller Fernwirkung, und Willem stand da, als hätte er die Fähigkeit zu Überwachung und Macht in vollen Zügen aus den Brüsten seiner Mutter gesaugt. Als verfügte er jederzeit über genügend Informationen, um sich Vorteile zu verschaffen.

Schlosser sagte: Das kam ja sauber gerattert.

Und Willem grinste.

Wie so ne Hollerithmaschine im Schädel. Wenn deine Alten nicht so schräg wären, müßten sie stolz auf dich sein.

Ach was. Das meiste habe ich mir aus den Fingern gesaugt.

Du hast uns den Arsch gerettet.

Quatsch. Wir wären auch anders aus der Sache gekommen.

Meinst du?

Wir hätten es versucht.

Versucht hätten wir es. Aber wenn nicht, wär die Kacke ganz schön am Dampfen gewesen.

Hätte dein Alter dich verprügelt?

Kommt drauf an. Und bei dir?

Wie üblich.

So stiegen sie den Grubenrand hoch; hinter ihnen das Gebell wurde leiser, und als sie die Räder aus dem Ginster holten, zogen die Wölkchen nach Westen. Sie erschienen weich, und bald sahen die Jungs eine Libelle; die mathematische Anmut ihrer Geraden, und sie spürten diesen Augenblick in sich, diesen Blick, wenn man frei ist.

Ein paar Tage lang steuerten sie wieder die Familienseen an. Sahen den Töchtern zu, glotzten Bikinis, und aus den Kofferradios kam Beatmusik oder Ich jagte Eichmann.

Doch die Sache mit den Wächtern ging ihnen nicht aus dem Kopf. Rings die Antriebe konnten noch so erotisch sein, die Jungs wirkten unkonzentriert, und bald fühlten sie sich wie Deportierte. Solange sie nicht aus freiem Willen da waren, meinten sie, fehlte ihnen was, und so versteckten sie die Räder wieder im Ginster und sprangen über den Zaun. Es war ein Sprung aus tiefer moralischer Pflicht; ein Sprung ins Sperrgebiet, der die menschliche Freiheit markierte.

Ab und zu tauchten Halbstarke auf. Meist hatten sie ihre Bräute dabei und verzogen sich in einen lauschigen Abschnitt. Doch einmal fielen sie wie eine Horde ein, machten Feuer und Musik, und natürlich waren die Deutschmeister-Schergen bald zur Stelle. Willem und Schlosser konnten sehen, wie alles Machtgehabe der Wächter verpuffte – Walkie-talkie, Uniformen, die irren Hunde, und so zogen sie schließlich ab, und die Halbstarken lachten ihnen hinterher. Es klang wie eine Kehle, wie ein Körper, gegen den Wächter und Hunde nichts ausrichten konnten – eine uralte und simple Angelegenheit im Grunde, und so siedelten Willem und Schlosser im Schutz der Halbstarken. Im Schatten dieser Masse, die sich selbst als Obrigkeit installiert hatte und alle Befehle von außerhalb auflöste. So prasselten Musik und Feuer, helles Klirren stieg auf, und die jungen Kerle zeigten wagemutige Sprünge ins Wasser. Zum Nachmittag hallten im Kessel die Schläge einer Axt, dann trieb eine zweite den Rhythmus. Noch vorm Sonnenuntergang war eine stattliche Kiefer aufgebrochen – ihre schöne Krone in den See gefällt, und aus dem nackten Stumpf stieg noch einmal die Geschichte dieses Baums. Doch die Halbstarken grölten bloß, stießen die Flaschen an, als wäre die Spanne des eigenen Daseins – ach was, als wäre sogar dieser Abend mit Feuer und Musik unendlich höher zu bewerten als so ein Baum. Willem und Schlosser gefiel das nicht. Man konnte einen Baum fällen, um daraus Stühle zu bauen oder ein Boot, meinten sie. Doch zuletzt konnten sie nicht sagen, ob dieses Gemetzel damit zu tun hatte, daß Deutschland noch immer der Krieg in den Knochen steckte. Daß diese Krankheit, die den Menschenblick so unglaublich verzerrt hatte, sich nur langsam ausschlich und nur langsam den Blick wieder freigab für die Ehrfurcht vor einem Baum. Oder ob sich das Untertanmachen im Menschen womöglich schon so fest eingebrannt hatte, daß die Halbstarken sich im menschgegebenen Recht fühlten – Krieg hin oder her, weil die Menschen einfach alles in der Welt bezwingen mußten.

Und so standen die Halbstarken auf dem Baum und schwangen ihre Äxte. Wie auf einer Beute, auf einem niedergemachten Land. Und Feuerschein und Grölen stiegen in die Nacht und markierten das Revier.

12

Dann entdeckten sie eine Sandgrube, die nach Norden hin lag; aus der Ferne ein gelbes Ringsystem gegen den aufsteigenden Geestrücken, ein Saturn, der aus der Welt blitzte. Von nahem sahen sie den Ponton mit dem Bagger. Der Auslegerarm hatte gezackte Streben und schwenkte durch die Luft. Trossen liefen, der Greifer schlug auf wie ein mächtiges Maul, und seine Zähne stießen ein; rissen und rüttelten, Dieselwolken stiegen gegen die Sonne, und dann kam das Ding wieder zurück, triefend, aus den Eingeweiden des Saturnkörpers. Bald schwenkte der Ausleger, der Ponton legte sich auf die Seite, und dann rissen die Fangzähne wieder auf. Sand und Geröll rauschten in eine mächtige Wanne, die Wanne schüttelte sich, und bald sickerte die feine Beute auf ein Laufband und zuckelte in die Höhe. Rieselte in changierendem Strahl durch die Luft und türmte sich auf zu einer Pyramide. Manchmal sackten Flanken weg und verbreiterten ihre Basis, manchmal schien ihre Spitze gegen die Sonne zu streben.

Um 16 Uhr war Feierabend.

Dann erstarrte das Laufband, der Baggerführer verholte sich an Land, und die Muldenkipper wurden in Reihe geparkt. Gelegentlich trieb der Wind noch ein paar Fetzen, dann war Abfahrt. 16 Uhr 30 hatten die Geräusche sich in der Ferne aufgelöst, und aus der grünen Tiefe stieg eine Stille, die sich bald über die ganze Grube stülpte. Die Jungs nahmen den Nachen vom Baggerführer und zogen auf den Ponton. Sprangen in den See und lagen auf dem warmen Eisen.

Mit der Dämmerung kam der Nachtwächter. Ein alter Mann ohne Uniform und Deutschmeister-Gehabe, und seine beiden Hunde stromerten. Uhrzeiten schienen ihn nicht zu interessieren; er schien ganz auf Wetterlage und Jahreszeit geeicht und tauchte zuverlässig mit dem ersten Zwielicht auf. Dienst nach Licht, sagten die Jungs, und im Biologieunterricht hatte der Lehrer vom Scheitelauge gesprochen – ein uraltes Lichtsinnesorgan, hatte er gesagt, das in der Stammesgeschichte schließlich zur Zirbeldrüse geworden war; ein Ding, das vom Scheitel mitten ins Hirn gewandert war, und niemand wußte, was es in der Finsternis dort bewirkte. Dienst nach Licht also, sagten die Jungs, und den alten Mann nannten sie Zirbel. So wußten sie immer, wann es Zeit war zu verschwinden. Einmal aber paßte sie der Alte ab. Auch die Boxerhündin und der Spitz sahen die Jungs an. Moin, sagte er, den Revolver am Gürtel. Und daß die Jungs nicht glauben müßten, er wisse nichts von ihnen. Nein, er käme nicht extra früher, um sie heimlich zu beobachten. Er habe nur ihre Spuren gesammelt und seine Schlüsse gezogen, und wenn die Jungs weiterhin keinen Blödsinn machten, könnten sie ruhig wiederkommen. Alsdann, sagte der Alte, die Hunde schnüffelten kurz, dann schnürten sie voran in Stille und fallende Nacht.

So sprangen sie vom Ponton; so hatten sie Zeit, sich für die saturnhaften Ringe zu interessieren; Streifen, die hell und lehmfarben leuchteten, oder dunkle, vermahlene Bänder. Sie entdeckten Schleifspuren auf den Brocken, die von Gletschern verschleppt worden waren, und die Pyramide unter dem Förderband hatte ständig neue Ausmaße. Sie begeisterten sich für die aufgebrochene Chronologie, entwickelten Theorien und Szenarien, und einmal holten sie ein Fossil ans Licht. Ein anderes Mal stießen sie in der mächtigen Eisenwanne auf einen behauenen Flintstein; ein wunderbares Ding, das mit seinen beinah weich geschlagenen Kanten perfekt in der Hand lag. Sie hatten auf Anhieb das Gefühl, Druck und Hitze aus tiefster Zeit zu spüren – und mehr: alle Kultur gebündelt in einem Kern zu halten. Als wäre das Gesetz von der Unumkehrbarkeit der Zeit aufgelöst, so strömte der Stein in ihrer Hand und befeuerte ihre Visionen.

Im Glast lief Farbe aus den Distelköpfen; die Ginsterblüten hingen in raschelnden Trauben, alles Leuchten bereits vergilbt, und rings der Sand körnig und trocken.

Die Jungs verholten den Nachen und setzten sich auf den Ponton. Das Eisen war so heiß, daß sie es ablöschen mußten. Die Sonne stieg am Auslegerarm abwärts, Schatten tropften, und manchmal schien ein Strahl in der grünen Dunkelheit des Wassers zu glühen. Ein kreischender Trupp von Mauerseglern schoß über den Spiegel, und wenn der Ponton in der Hitze aufzuweichen schien, stießen die Jungs mit einem Kopfsprung in die Tiefe.

Es war ein starkes Gefühl, wenn sich der Druck mit jedem Stoß um sie herum verdichtete und aller Raum sich zugleich in Dunkelheit und Kälte weitete. Die Jungs konnten ihre Herzen wie einsame Trommeln spüren; den mächtigen Takt, der bald bis in ihre Köpfe schlug und das Alleinsein in sich selbst und in der Welt so wunderbar markierte. So drangen sie tiefer, spürten ihre Weichheit und Zerbrechlichkeit, und wenn sie wieder aufwärts schossen gegen die ferne Sonne, bald angetrieben von der zunehmenden Leichtigkeit, und sie zuletzt die Oberfläche durchstießen, flatterten ihre Lungen; die Augen traten mit gieriger Freude gegen die Welt, die Mäuler schnappten, und nach ein, zwei Zügen drang dieser tiefe Augenblick aus ihren Körpern. Und sobald sie wieder genügend Luft hatten, johlten sie, und ihre Stimmen schwangen übers Wasser und prallten gegen die gebänderten Schichten der Sandkuhle. Wenn sie wieder auf dem Ponton lagen, war das Eisen warm und anschmiegsam. Die Welt unglaublich weit im Sommerlicht, und die Wolken segelten dahin oder erschienen filigran wie Eidechsenhaut.

Vor beinah drei Jahren haben wir unsere Mutter beerdigt.
Da sind Jahre nichts.
Sie starb im Dezember.
Das wird immer bitter bleiben.
Ja. Schlosser rollte eine Zigarette. Sie sind los gewesen, der Alte und sie, und mit den Weihnachtsgeschenken kamen sie zurück. Dann zog n Laster vorbei, und irgendwas war mit seiner Ladung nich in Ordnung, n Kantholz oder Rohr, meinte die Polizei. Hat ihrs Genick gebrochen. Und während der Laster vorbeiknattert, geht der Alte lustig weiter und redet noch davon, wie wir Kinder

uns über die Geschenke freuen werden. Und als er sich endlich umdreht, liegt die Mutter da.

Das ist hart.

Ja. Knochen, Muskeln, alles wie ausgelaufen. Und wie der Alte sie hochholen will, kommt die Spannung nich zurück. Er schüttelt sie und heult und bettelt. Aber nichts. Aufgeweicht, so hängt sie in seinen Armen. Neben ihr unsre Geschenke, und der Laster ausm Staub.

Scheiße. Ein Schnitt, und nichts ist mehr, wie es war.

Ja. Der Alte is dran zerbrochen.

Und die Geschwister?

Na ja.

Und du?

Ich hab mirs Sternekucken angewöhnt.

Und das hilft?

Nichts hilft.

Nee.

Wenn Mutters Tod einen tieferen Sinn hat, sagte Schlosser, bin ich zu blöd dafür. Dann machte er ein Gesicht. Unwiederbringlich.

Weißt du was dagegen?

Nee.

Ganz schön schräge Sache, oder?

Weiß nicht. Kommt wohl auf den Blickwinkel an.

Meinst du? Er sah dem Rauch hinterher. Und dann: Könnte schon was dran sein.

Manchmal fiel eine Brise und trieb den seimigen Geruch der Disteln; zersprühte die Sonne auf dem See. Schlosser löschte die Glut und legte die Kippe in eine Blechschachtel.

Und dein Alter, sagte er dann. Auf ner Barkasse gestorben, oder?

Mhm.

Sprichst nicht gern drüber.

Nee.

Warum nich?

Es dauerte, bis Willem etwas sagte. Weil die Alten auch nie drüber sprechen.

Und warum die nich?

Keine Ahnung.

Wenn einer einem was bedeutet. Den kann man doch nicht totschweigen.

Mein Vater ist schon bei mir.

Dann is ja gut.

Zwei- oder dreimal klatschte Wasser gegen den Ponton, ansonsten war es still.

Er war Emigrant. Aus Nazideutschland in die Schweiz, und meine Mutter ist mit ihm. Früher hab ich gedacht, so was geht nur aus Liebe. Oder Überzeugung. Heute weiß ich nicht, warum sie das getan hat. Wir haben in Zürich gelebt. Mein Vater gehörte zu einer Künstlergruppe; sie haben den Wahnsinn der Alltagsmenschen entlarvt – so nannten sie das. Einige waren Maler oder machten Installationen. Oder was Spontanes. Mein Vater machte Photos. Und meine Mutter hatte mit alldem nichts am Hut. Sie kümmerte sich um die Stickerei.

Aus Zürich?

Ja. Kronhardt ist der Bruder meines Vaters; er war in Bremen geblieben und machte dort den Geschäftsführer. Doch in Wirklichkeit lenkte meine Mutter alles. Sie war oft auf der Post, gab Telegramme auf, und manchmal klappte es auch mit dem Telefon. Und sie fuhr regelmäßig nach Bremen. Ich mußte immer mit, obwohl ich lieber bei meinem Vater geblieben wäre.

Sie hat dich nich gelassen?

Nee.

Und er?

Mein Vater wollte mit Deutschland nichts mehr zu tun haben.

Und sobald er tot war, hat sie Kronhardt geheiratet.

Ja.

Den Bruder deines Vaters.

Ja.

Und ihr seid zurück.

Ja.

Und wie isser gestorben?

War unser einziger Familienurlaub. Ich war dabei, als sie meinen Vater überredete. Mir zuliebe, hatte sie zu ihm gesagt, könnte er seine Sturheit doch einmal überwinden, und als er schließlich nickte, hab ich vor lauter Freude geheult.

Mein Vater – na ja. Der hatte so einen Blick für die Welt, und mit ihm war alles anders. Der wollte mit den Alltagsmenschen und ihren Gesetzen nichts zu tun haben. Da war das Leben ein einziges Wunder, und wir haben ständig gelacht und gestaunt. Ich weiß noch, daß meine Mutter in der Eisenbahn schlief, während wir von einem Waggon in den anderen zogen. Und wie wir stundenlang auf dem Perron standen, im Schlag der Gleise, und manche Städte waren noch völlig dunkel, gezackte Schatten gegen die Nacht. Und wie wir an Bahnhöfen hielten, die es gar nicht mehr gab.

Als wir nach zwei Tagen hier einrollten, erwartete uns Kronhardt bereits am Bahnsteig. Er schien offen und fröhlich, warf mich in die Luft und steckte mir Süßigkeiten zu. Meiner Mutter küßte er die Hand, meinem Vater schlug er auf den Rücken. Daß die Brüder sich seit dem Krieg nicht mehr gesehen hatten, war mir damals nicht bewußt.

Kronhardt hatte alles für unseren Familienurlaub organisiert. Stadtmusikanten, Brauereibesichtigung, einen Ausflug ins Teufelsmoor. Wenn wir unterwegs waren, schienen alle fröhlich, und eines Tages stand dann die große Hafenrundfahrt auf dem Programm. Wir gingen zum Martinianleger, und dort lag die Alk.

Willem räusperte sich.

Als wir aufsteigen, ist noch alles gut, und beim Ablegen stehen mein Vater und ich an der Reling. Wir können sehen, wie die Welt an uns vorbeizieht. Als wären wir in ihrem Mittelpunkt verankert, und so denken wir uns die tollsten Geschichten aus. Die Mutter und Kronhardt sind unter Deck oder sonstwo, und wir können lustig sein, wie es uns gefällt. Dann muß mein Vater auf die Toilette. Er lacht noch und winkt, und es ist das letzte Mal, daß ich ihn lebend seh.

Nach einer Weile ist auf dem Achterschiff Tumult, und wie ich dazustoße, sehe ich Kronhardt und den Matrosen das Bordklo aufbrechen. Dann kullert der Kopf meines Vaters raus. Sein Körper ist zusammengesackt und verkeilt in dem kleinen Raum, doch sie kriegen ihn irgendwie aufs Deck. Alle stehen um ihn herum, und einer der Passagiere ist Arzt. Aber er kann nichts mehr machen.

Die Mauersegler zogen über den Ponton, und Willem sah ihnen hinterher.

Im Krankenhaus hieß es zuerst Embolie. Dann schien es doch keine Embolie gewesen zu sein, und die Kriminalpolizei tauchte auf, und auch die Zeitungen interessierten sich. Schließlich war es dann doch Embolie, Krankenhaus und Kripo entschuldigten sich, und die Zeitungen brachten noch einen großen Abschlußbericht.

Nach langem Hin und Her war der Leichnam schließlich frei. Er wurde aus der Pathologie in einen Kühlwaggon verbracht und sollte nach Berlin ins Familiengrab. Aber ein- oder zweimal verweigerte die DDR den Transit, und zuletzt wurde mein Vater eingeäschert und in Bremen beerdigt.

Die Mauersegler schossen aufwärts gegen den Grubenrand und lösten sich auf in Hitze und Glast.

Meine Fresse, sagte Schlosser. Leichenöffnung und alles.

Willem machte eine Geste und sagte nichts.

Is ja ne Nummer. Und als die Kripo auftauchte, meinten die, da wäre was nich astrein?

Auf den ersten Blick hats wohl ausgesehn wie eine Embolie. Aber einer von den Ärzten hatte einen zweiten Blick, und der hats ins Rollen gebracht.

Meine Fresse, n richtiger Fall. Der Mann paßt nicht mehr ins Konzept, und Frau und Geliebter erledigen ihn. Das hat die Kripo wohl gedacht.

Ja.

Und du?

Keine Chance.

Wär auch zu übel.

Ja.

Willem blickte über den See, Schlosser rollte sich eine Zigarette.

Dann sagte Willem: Wie war denn deine Mutter?

Es dauerte, bis Schlossers Benzinfeuerzeug eine Flamme gab. Und er antwortete bedächtig. Der Alte zerbröselt ohne sie. Seine Liebe und sein Mumm. Sein Anstand und seine Ziele – alles geht dahin.

Unsere Mutter, die fehlt an allen Ecken und Enden.

Sie war eine gute Frau, was.

Ja. Aber jammern nützt gar nichts.

Willem sagte nichts.

Hast du gejammert?

Auf meine Art.

Wir auch. Die Zwillinge und ich. Und wir reden immer noch, als würde Mutter jeden Moment zur Tür reinkommen.

Kommen die Kleinen damit zurecht?

Ich muß mich kümmern. Der Alte kriegt das nich mehr hin.

Wie alt sind sie?

Fünf Jahre jünger. Hannes und Helene.

Gut, daß sie jemanden haben.

Ja. Und ich hab sie. Du hattest keinen, was.

Manchmal rede ich mit dem Doktor.

So nem Seelenklempner?

Nee. Einfach mein Arzt.

Und sonst?

Früher hab ich mir vorgestellt, daß mein Vater auf einem andern Stern lebt. Und eines Tages würde Juri Gagarin kommen und mich hinbringen.

Schlosser hatte die Arme unterm Kopf und sah in den Himmel. Die Kippe hing ihm zwischen den Lippen. Hört sich gut an.

Und sonst habe ich die Bücher.

Ja. Bücher und Sterne. Da können sich Welten auftun.

Wär ja auch zu blöd, wenns nur eine gäbe.

Aber verdammt.

So lagen die Jungs auf dem Ponton.

Dann sagte Schlosser: Eine Zeitlang hab ich gedacht, daß der Alte noch die Kurve kriegt. Daß er durch all das Jammern noch sieht, daß die Welt viel zu schön ist, um sich darin aufzugeben. Sicher, der Alte hat den Krieg mitgemacht, und ne schöne Welt sieht wohl anders aus, und so hatte er immer über diese Zeit geschwiegen. Doch dann, nachdem Mutter unter der Erde war, fing er plötzlich davon an. Wie sie ihn als blutjungen Kerl noch reingeschmissen haben, und wie er kaum später als alter Mann zurückkam. Da hat er rumort und geböllt gegen den Krieg und gegen jeden, der so was zulassen konnte. Und das holte ihn richtig raus aus all der Trägheit und dem Jammern, und sogar mit seiner Arbeit fing er wieder an. Ich dachte echt, der Alte kriegt die Kurve; er hobelte und hämmerte in seiner Werkstatt und fluchte aus vollem Herzen gegen Gott und den Krieg. Er fluchte und arbeitete, als würden ihm daraus wieder Kraft und Lebensfreude erwachsen. Na ja. Das hielt nicht lange vor, und seitdem zerbröselt er richtig.

Ist er so schwer am Saufen?

Da geht nichts anderes mehr.

Scheiße.

Manchmal, wenn er gut beisammen ist, könnte man meinen, daß er noch an seine Kinder glaubt.

Und du?

Ich glaub an uns. An die Zwillinge und an mich, und daß wir unsere Möglichkeiten haben in der Welt. Wie jeder andere.

Das ist gut.

Schätz ich auch.

Nach einer Zeit sagte Willem: Mein Vater hat immer gesagt, daß die meisten Menschen sich festbinden lassen. Arbeit und Kinder, Hoffnung und Angst, und jenseits davon sind sie bald wie zugenagelt. Als gäbe es keine große Welt und keine anderen Möglichkeiten darin.

Und Schlosser grinste. Solange aus einem Ding nicht wenigstens zwei Dinge rauskommen können, war dein Alter wohl nicht zufrieden.

Mit einer festgebundenen Welt, hat er gesagt, wird auch die Freiheit kurzgehalten.

Dein Alter war bestimmt n netter Kerl.

Ja.

War meiner auch mal. Aber nach Mutters Tod ist alles kaputt, und die Welt von meinem Alten ist nur noch festgebunden und zugenagelt.

Eines Tages saßen die Jungs noch auf dem Ponton, als Zirbel auftauchte. Er trug seine Schiffermütze, der Revolver hing am Gürtel,
und er dampfte eine Zigarre. Boxerhündin und Spitz standen neben ihm und bellten übers Wasser.

Die Jungs sprangen in den Nachen und setzten über.

Die Sonne steht noch. Sie sind zu früh.

Zirbel lachte. Das is egal, Jungs. Wenn ich hier bin, müßt ihr runter vom Ponton.

Die Hunde schnüffelten. Versteht ihr – wir sind n kleiner Betrieb.
Ärger könn wir nich brauchen. Und dann: Was habt ihrn da?

Zirbel warf einen Blick in die Tüte. Dann pfiff er. Die Hilde, was.

Ja.

Ganz schön scharf.

Ham wir ausm Sperrmüll.

Aha. Und dann: Heut is der Siebtesiebte. Da komm ich immer
achtzehndreißig. Wollt ihr nochn Florida Boy?

So zogen sie los. Die Boxerhündin geiferte und sah dem Spitz zu,
der das Revier markierte. Dann schnürten beide Hunde voran.

Ganz schön groß, der Colt.

Attrappe. Macht aber ordentlich Krach.

Und wenns mal hart auf hart kommt?

Hart auf hart. Zirbel spuckte seitwärts aus. Dafür seid ihr Bengels
noch zu jung.

Die Hunde hatten ein Holzhaus erreicht. Die Boxerhündin wedelte mit dem Stummelschwanz, der Spitz hob ein Bein, dann legten
sie sich auf die überdachte Veranda. Zirbel schloß auf und verschwand im Dunkeln. Er stieß die Holzläden vor den Fenstern auf.

Worauf wartet ihr?

Drinnen gab es nur einen Raum. In der Mitte einen Pfosten, wo
er den Colt aufhängte. Ein Feldbett am Ostfenster, ein Eisenofen
mit einem Kessel drauf und ein Schreibtisch voll mit Büchern und
Dosenfisch und Krimskrams. Zirbel ächzte und langte unters Feldbett. Einmal im Monat läßt der Grubenbesitzer ne Kiste anfahren.
Will mir was Gutes tun. Aber mir schmeckt das Zeugs nich.

Er zog zwei Flaschen raus und knackte die Korken mit einem Brot-
messer.

Lassen Sie den Grubenbesitzer doch was anderes anfahren.

Ach was. Ich versenk die Kiste im See, der Baggerführer fischt se wieder raus, und nachm Frühstück ham se die Kiste platt.

Und Sie?

Ich süffel das Öl von den Sardinen.

Er gab ihnen die Flaschen und zeigte aufs Feldbett. Hab nur ein Stuhl hier. Dann dampfte er an der Zigarre, und Rauch blähte in den Lanzen, die durch die Holzwände stachen.

Mit den Rabauken, sagte er, habt ihr ja nix zu schaffen.

Rabauken?

Welche wie ihr. Vielleicht n bißchen älter, und einer n Rothaariger.

Nee.

Zirbel sah durch seine Hornbrille und dampfte. Dann nahm er die Schiffermütze ab und rieb seine Platte.

Ihr seid ziemlich oft hier. Friedliche Zeitgenossen, was. Hockt aufm Ponton und wollt eure Ruhe.

Ham Sie uns doch beobachtet?

Zirbel lachte. Dann sagte er: Nie jemand gesehn, hier?

Sie schüttelten den Kopf. Wie machen Sie denn das? Irgendwo versteckt mit einem Feldstecher?

Zirbel stand auf, und den Stumpen im Mund, langte er mit einem Stock unter die Decke und löste eine Lampe vom Haken. Aus dem Schreibtisch fischte er eine Handvoll Karbid, schraubte den Lampenfuß ab und ließ die Brocken in den Hohlraum fallen. Er gab aus einem Emaillebecher Wasser dazu, es zischte, und der unverkennbare Geruch stieg auf. Er schraubte die Lampe wieder zusammen und pumpte mit einem Hebel Luft ins Innere, bis Gas strömte. Mit einem Benziner riß er die Flamme an, regulierte an einem Rädchen und setzte den Reflektor ein. Er schloß die Fensterläden, der Dampf stand noch in den Lanzen, und seine Gestalt erschien wie aus einer fremden Welt. Dann hockte er sich hin und leuchtete mit der Lampe. Der faule Geruch stand noch in der Luft. Hier. Und hier. Da brauch ich nich mal die Hunde zu. Spuren wie n Waldelefant. Und einer von euch hat schon seitm Monat n Loch im Schuh.

Sie betrachteten die Dielen im grellen Schein. Unter dem Sand rohes Holz, vielleicht Lärche, abgetreten und fleckig. Mehr sahen sie nicht.

Zirbel lachte, dann fuchtelte er mit dem Stumpen. Da kann man sich noch so schulen und spezialisiern. Die Sinne ham ihre Grenzen. Aber zu dritt sind wir ganz gut. Und als hätte sie zugehört, kläffte draußen die Boxerhündin.

Zirbel riß Fenster und Tür wieder auf und drehte der zischenden Flamme das Gas ab.

Und Hilde, sagte er.

Hilde?

In euerm Alter. Da will man doch platzen. Die ganze Welt n reifer Garten.

Willem nippelte an der Limonade.

Schlosser sagte: Sehn wir so aus?

Wie sieht so jemand aus. Irgendwann mal sind alle versessen drauf.

Schlosser sagte: Wenn da Spuren warn, nich von uns.

Glaub ich ja.

Willem sah die beiden an. Dann wurde er rot.

Zirbel lachte. Sein alter Schädel hinter einem Rauchball. Er lachte und hustete, und schließlich stand er auf, schlurfte zur Tür und spuckte.

Ich war n Bengel wie ihr. Vielleicht n bißchen älter, als se mich das erste Mal am Arsch gekriegt ham. Für Kaiser und Vaterland ham se gesagt, und wer sich drückte, der war n Verräter.

Er spuckte noch einen Strahl.

Die Westfront war erstarrt. So nannten die das damals, und überall kriegte mans zu hörn. Ich konnt mir da nix drunter vorstellen – er machte eine Bewegung mit der Hand. Na ja. Ihr Bengels lernt so was in der Schule, und wie se mich dann im Westen hatten, wußt ich auch Bescheid. Erstarrt: Inner Heimat, da war das n Begriff, und anner Front, da wars n verdammt munteres Treiben. Das schwappte hin und her; Kanonen hier, Granaten da. Mal nahmen die andern den Graben, und nächstes Mal stürmte man selbst mit aufgepflanztem Bajonett. Und egal, auf welcher Seite: Wir verwilderten alle zwischen den Kadavern. Das also war eine erstarrte Front, und am Siebtensiebten hats mich dann erwischt.

Zirbel stand im Türrahmen. Sah in die Ferne, spuckte.

Dabei sahs ganz nachm friedlichen Tag aus. Wir konnten mal wieder anständig kacken, nich halb und nich inne Hosen. Einige rasierten sich sogar, und ein paar Kameraden spielten Karten. Von vorn wehte der Wind Bohnen und Speck ran, und auch zwei Hunde wurden angelockt, die bald zwischen den Linien stromerten, als wäre es nichts.

Wir schafften den ein oder annern Toten weg, und zum Nachmittag wars immer noch friedlich. Wir schwitzten, schlugen die Mücken tot, und in der Luft war jetzt Zichorie. Und mit einem Mal hörten wir dieses Geräusch: das Pumpen, und dann das verdammte Zischen vom Abblasen. Son Geräusch, Jungs, das vergißt man nich, und wir wurden wuselig in unsern Gräben, stülpten uns die Masken über, doch in dem Moment warn sie auch schon da. Sie hatten mit dem Gas geblufft und überrannten uns statt dessen mit Handgranaten und Gewehren. Die Kameraden lagen da wie tote Insekten, und bald lag ich auch so da.

Als ich erwachte, war es Nacht. Ein Hund war im Graben und zerrte an der losen Hand eines Kameraden, bis sie abriß. Meine Hose war blutig. Hinter mir hörte ich schweres Gefecht, und am Morgen rollten die, die uns überrollt hatten, schon wieder zurück. Den ganzen Tag trampelten die auf mir rum, Holländer, Flamen oder Franzosen, und bald standen die so schwer unter Feuer, daß sie wieder in die Gräben zurückmußten, aus denen sie gestern gekommen waren.

Meine Leute schwappten vor, s warn Ostfriesen, Preußen oder Mähren, und sobald sie bei mir warn, hob ich den Arm. Kamerad, sagte ich, und s war n kleiner Dicker mit gutmütigen Augen. Er legte sein Gewehr ab, zerrte den mit der abgebissenen Hand zur Seite, und dann hielt er das Verbandzeug in den Händen. In dem Augenblick hats ihn erwischt. Die eine Hälfte vom Gesicht war weg, und dann schwappte es wieder los.

Die Hunde ham mich geweckt. Oder die Fliegen. Keine Ahnung, wie lange ich gelegen hatte. Die Sonne stand hoch, und ich hab den gutmütigen Dicken beiseite gerollt. Und mit der Dämmerung hab ich mich ausm Graben verholt. War alles erstarrt um mich rum, und s war egal, obs n Holländer war oder n Ostfriese. Tot sahn se alle gleich aus, und so bin ich losgezottelt.

Unter den Flammenwerfern zuckten gestürzte Lafetten auf oder Fuhrwerke, manchmal brannte am Horizont ein Dorf. Den halben Tag hab ich mich im aufgesprengten Bauch von nem Gaul verkrochen, und wie ich hinter die Kampflinie kam, weiß ich nich mehr. Ich kam im Feldlazarett wieder zu mir. Und inner Hose hatt ich nur noch n Stummel.

Zirbel drehte sich zu den Jungs. Die Hornbrille flammte im Abendlicht.

Nu glotzt man nich so.

Dann sind Sie …

Und der Alte rasselte: Na klar, ne ewige Jungfrau.

Die Jungs saßen da und sagten nichts.

Krieg is Ausnahmezustand und jeder Augenblick gut für ne Katastrophe. Nix is mehr, wie es sein soll, und bald ham sich alle dran gewöhnt. Als wär das Leben schon immer ne Verkettung von Katastrophen gewesen, nur daß im Krieg alles n bißchen schneller geht. Auch das Sterben, und seine Hand mit der Zigarre fuchtelte. Aber wißt ihr, was das schlimmste am Krieg is: Daß andere über einen bestimmen können. Daß man sein muß, wer man nich is.

Und Zirbel rasselte und spuckte lachend aus.

Dann sagte er: Nu hockt man nich so da.

Die Jungs traten aus der Hütte und setzten sich auf die Veranda. Der Spitz sah sie einmal schief an, dann sah er wieder weg.

Zirbel blieb im Türrahmen. Eine Gestalt mit flirrenden Rändern im Abendlicht.

Nach einer Weile sagte Willem: Für viele Menschen ist es aber einfacher, jemand zu sein, der sie nicht sind.

Wer sagt das?

Hat mein Vater gesagt.

Tja. Und wenn mans dann meint zu wissen, wer man ist. Wie kann man sich da sicher sein?

Mein Vater hat gesagt, mit dem Herzen.

Mit dem Herzen also. Und Zirbel dampfte und sah Willem an.

Dann sagte er: Was meint ihr, Jungs. Kann man sich dort absolut sicher sein?

Willem sagte: Man muß die Welt ja nicht sehen wie die anderen. Man kann ja zusehen, daß man bei sich und seinem Herzen bleibt. Da is wohl was dran, Junge.

Schlosser sagte: Aber absolute Sicherheit is so ne Sache. Man is ja von Anfang an in irgendwelche Umstände verstrickt, und eh man sich besinnen kann, hat man schon jede Menge mitgekriegt von der Welt. Ansichten, Gefühle, all so was.

Auch da is was dran. Man beschreibt die Welt immer als jemand, der zuvor von der Welt beschrieben wurde, und am Ende isses gar nich so einfach, wirklich zu wissen, wer man is. Zirbel lachte und hustete. Doch je mehr man fragt, um so mehr Unsicherheiten ergeben sich natürlich. Er spuckte aus, nahm die Schiffermütze ab und strich sich über den Schädel. Dann setzte er die Mütze wieder auf. Wißt ihr, was ich gelernt hab in meinem Leben, Jungs: Im Herzen, da hörn die Fragen auf. Da kann man Demut und Freude für die Welt finden.

Und wenn man im Schützengraben liegt?

Ja, wenn man im Schützengraben liegt. Er dampfte und sah gegen die Abendröte.

Dann sagte er: Das Leben war ein grandioser Furz, und ich hab die Hosen voll gehabt und mich an dieses Leben geklammert. Noch wie ich im Feldlazarett lag, hab ich mich geklammert.

Die Boxerhündin kam angetrottet. Stupste ihren Schädel gegen Zirbel und setzte sich.

Aber soll ich euch was sagen? Lebendig sein war damals wie ne Krankheit.

Mein Vater hat immer gesagt, grandiose Schlachtfeste und kannibalische Heldentaten.

Zirbel kratzte sich. Da is wohl was dran.

Schlosser sagte: Und die Frauen?

Bah! Zirbel machte eine Handbewegung. Auch wenn man nur noch n Stummel inner Hose hat, man lebt. Dann schob er sich die Mütze in den Nacken und grinste. Klar ham mich die Weiber irre gemacht. Da lebt was in einem weiter. Kann einen rasend machen. Aber das Lebendigsein war damals ne viel größere Krankheit, als bloß noch n halber Kerl zu sein. Versteht ihr.

Die Jungs nickten, und Zirbel lachte. Das könnt ihr gar nich verstehn.

Nein.

Wißt ihr, noch lange nach dem Krieg erkannte man die Kameraden auf Anhieb. Egal, ob einer auf Helgoland gewesen war oder in Galizien. Man spürte sofort, wer mitgemischt hatte. Jeder konnte die Krankheit im andern spüren, das ganze Land war krank. Nichtwahr, von außen zerrten die Siegermächte, der Kaiser hetzte aus seinem Exil, in den Straßen gabs jede Menge Propaganda, Splittergruppen, und alles prallte aufeinander; die Militaristen entwickelten die Dolchstoßlegende, Rosa Luxemburg und ihre Leute gründeten die KPD, und während die Raffkes immer fetter wurden, hatten sie an der Basis kaum noch n Kanten. Die junge Republik ist von Anfang an krank gewesen. Wie ne Umwandlung der Schlachtfelder; die Sitten verlottert, Rauschdrogen gabs ganz legal, und im Kabarett ließen die Damen noch die letzten Hüllen fallen. Nichtwahr, die verdammte Kriegsenergie eines besiegten Volks war in Weimar losgebrochen, und sie schlugen sich hemmungslos die Köpfe ein. Stürzten sich in die neuen Schützengräben aus Rausch und Sex – die einbeinigen Kameraden, die Armlosen und die ohne Gesicht; jeder berauschte sich irgendwie, jeder wollte die lebendige Vergangenheit in sich abwürgen.

Zirbel lachte und dampfte.

Ich auch. Was glaubt ihr denn. Ich war jung und saftig, und ich hätt meine Augen – ach was: den ganzen Kopf hätt ich gegeben für n Schäferstündchen. Ich war hilflos, war rasend, und dann bin ich brutal geworden. Wie gesagt, in Weimar gabs für jeden was, und bald knüppelte ich auf Kinder ein. Auf Weiber, Greise, s war egal. Bald war ich mittendrin, Berlin oder München, ich knüppelte mit den Roten gegen die Sozis und mit den Sozis gegen die Roten. Ich putschte gegen die Demokraten, ich putschte für sie, Hauptsache, was gegen die Raserei.

Na ja, ihr kennt die Geschichte, und so wars für einen wie mich keine Frage, daß ich mich bald bei den Rechten tummelte. Die hatten einfach den längsten Atem, und Inflation und Schwarzer Freitag spielten denen natürlich extra in die Hände. So knüppelte ich für den getürmten Kaiser, für die verbitterten Soldaten und dann für die Nazis. Ich trat ein in die Partei, ich marschierte und krakeelte, bald trümmerte ich gegen Judengeschäfte, und wies wieder soweit war, hab ich mir Uniform und Sturmgewehr verpassen lassen und Abmarsch.

Zirbel dampfte.

Ich bin da nich stolz drauf, Jungs.

Er spuckte einen langen Strahl.

Bis 43 hab ich mich ausgetobt. Ich war n Frontschwein, n Sadist, und mir war alles egal. Und dann wars wieder n Siebtersiebter. Diesmal blieb mir ne Kugel inner Lunge stecken, und das könnt ihr mir glauben, Jungs: Mit dieser Kugel, da fings Leben für mich an. Sie brachten mich heil durch die Kampflinien, und in Königsberg kriegten sie mich noch rechtzeitig aufn Damm. Ich bin dann bis nach Hause marschiert. Das große Haff, Danzig, die Pommersche Bucht, Stralsund, Lübeck. Und wärn den ganzen Weg bloß Kreuze gestanden, mit Kindern drangeschlagen, s wär ne Gnade gewesen. Ganz ehrlich, Jungs.

Die beiden sahen den Alten an.

Na ja. Er nahm die Mütze hoch und kratzte sich den Schädel.

Wie ich dann zu Hause war, war ich n anderer Mensch. Irgendwie gereinigt und klar, und ich wußte plötzlich, wer ich war und daß niemand mehr über mich bestimmen sollte. Und so stand ich denn mit Freude und Demut in meiner zertrümmerten Heimat.

Er schob die Mütze wieder auf und spähte gegen das Abendlicht. Als suchte er nach Spalten, die hinter das Sichtbare führten.

Die Boxerhündin sah sich das an, dann stand sie auf und stieß ihren dicken Schädel in seine Beine. Stemmte und schnaufte, und bald funkelte der Sabber auf seinen Schuhen. Zirbel kraulte sie, und nach einer Zeit hockte sie sich hin und spähte mit dem Alten in die Welt.

Der Spitz beobachtete die beiden. Schließlich schabte er mit den Hinterläufen über das Holz und drehte sich einmal um sich selber.

Dann hob er die Schnauze gegen den Himmel, ein Zittern zog bis in die geringelte Rute, und er heulte. Ein langgezogenes Erbe, das von den Grubenrändern zurückschlug.

So stand der Alte und mit ihm die Hunde.

Bah-Jah-Jah. Und nach 45, sagte er dann, bin ich Einzelgänger geworden. Das heißt, strenggenommen is man das sowieso. Keiner kommt aus seiner Haut, doch die meisten wolln davon nix wissen, und darum schwatzen sie ununterbrochen. Egal, was. So wie die Affen sich lausen, so schwatzen sie. Und mit ihren Worten verbiegen sie die Welt; stellen Fragen, auf die es keine Antworten gibt, machen einen zu jemand, der man gar nich sein will, und verstricken einen in ihre Sachen. Aber wir drei, sagte er. Wir halten uns da raus. Was! Und die Hunde blickten auf.

Wir wolln bloß unsern Frieden. Und auch wenn keiner was davon mitkriegt, ändert das nix daran, daß es uns gutgeht.

Die Boxerhündin wedelte mit dem Stummelschwanz. Der Spitz kläffte.

Nach 45 hab ich mich dann selbständig gemacht. Hab mir ne Parzelle eingerichtet mit ner Werkstatt. Nix großes, zwei Zimmer, n Kanonenofen und ne Veranda mitm Schaukelstuhl. Das Wasser kommt ausm Brunnen, und zweimal im Jahr kommt der Scheißewagen und saugt das Plumpsklo leer. Ich bestell meinen Garten nachm Sonnenjahr, und ich hab zwei Bienenvölker. Und bis vor kurzem hab ich inner Werkstatt noch Bollerwagen gebaut und Kaspertheater. Immer beste Esche, und ich hab schöne Motive raufgemalt – was meint ihr wohl, was für Augen die Bälger gemacht ham. Da möcht man gar nich glauben, daß so was je erlöschen könnte. Na ja, die Bollerwagen und die Buden, damit is jetzt Schluß. Gegen Preise und Infiltration der Warenhäuser, da kann son Einmannbetrieb nich gegen anstinken. Aber ich beklag mich nich. Nachtwächter is auch nich schlecht, und wenn man sich Freude und Demut erhält, kann man beinah überall seinen Frieden finden.

Eine dunkle Gestalt mit flirrenden Rändern gegen das Abendlicht. So stand der Alte und spähte in die Welt. Dampfte die tiefe Glut in der Zigarre wieder an, spuckte, und die Hunde saßen da und spähten mit ihm.

Nach einer Zeit sagte Willem: Warum machen Sie das?

Was?

Ich kenne sonst nur noch einen, der von sich und den Nazis spricht. Aber der hat bei denen nicht mitgemacht und war bis 45 weggesperrt.

Zirbel sah seine Zigarre an. Man war ja quasi entmenschlicht. Und da spricht keiner gern drüber.

Er saugte. Dann sagte er: Versteht das nich falsch, Jungs. Aber wie die Nazis n ganzes Volk einnorden konnten, da werdn noch die Staatsmänner der Zukunft von lernen. Die ham mit ganz ausgebufften Methoden gearbeitet, doch damals hat das kaum einer mitgekriegt. Man konnte sich geborgen fühlen in seinem Land und stolz sein, und daß man sich dabei selber verlorenging, fiel gar nich auf. Im Gegenteil.

Eine Art Krankheit? sagte Willem. Ein Virus?

Wenns ne Krankheit war, muß man natürlich alle Umstände mit ins Kalkül nehmen, die n ganzes Volk schwach machen können. Aber obs wirklich ne Krankheit war? Ich weiß nicht, Jungs. Er stand da und dampfte. Ich kann eigentlich nur sagen, wies bei mir war. Ich bin mit denen marschiert, auch wenn mir ihre Ideen im Grunde schietegal waren. Ich bin mitmarschiert, obwohl ich anner Westfront gewesen war und kaum noch was inner Hose hatte. Ich hab mich wohl gefühlt bei denen und hab mich mitreißen lassen. Ich hab diesen großen Rausch in mich reingelassen, und dann isser von innen wieder rausgekommen – versteht ihr, auf eine Art persönlich geworden, und wenn das bei allen so funktioniert hat, wer weiß, dann isses vielleicht doch ne Krankheit gewesen. Oder n Virus. Und dann is vielleicht jeder anfällig dafür, die eigene Persönlichkeit in Masse und Rausch aufgehn zu lassen, und die Umstände einer Epoche können n ganzes Volk erfassen. Und dann kanns eines Tages auch euch erwischen, Jungs. Versteht ihr das?

Ja.

Der Alte schob die Brille hoch und sah die Jungs an. Das könnt ihr nich verstehn.

Nein.

Und seid froh drum.

Ja.

Jetzt sind schon zwanzig Jahre Frieden, Jungs. Das is Glück für euch. Da könnt ihr zusehn, wer ihr selber seid, ohne daß andre über euch bestimmen und euch zu jemand machen, der ihr nich sein wollt.

Ja.

Wenn ich sagen würde, daß die mich damals zum Nazi gemacht ham, wär das falsch. Denn da gehörn immer zwei zu. Aber das weiß ich erst, seit ich über mich selbst bestimmen kann. Seit ich den Menschen in mir sein lassen kann, wie er will, und Demut und Freude mir mehr bedeuten als Masse und Rausch. Und deswegen kann ich auch über meine Nazizeit reden.

Der Alte saugte noch einmal an seiner Zigarre, dann legte er den Stumpen ab. Schlurfte über die Veranda und blieb am Geländer stehen.

Bah-Jah-Jah.

Die Boxerhündin blickte auf und stupste den Alten.

Er kraulte ihren Kopf, und der Sabber tropfte auf seine Schuhe. Der Spitz sah ihnen zu, und so standen die drei gegen die Abendröte.

Bald konnten die Jungs sehen, wie dem Spitz ein Zittern übers Fell strich. Dann lief er hin und her, kläffte und richtete sich schließlich aus gegen die tiefe Sonne.

Zirbel schüttelte den Kopf. Is noch zu früh, sagte er.

Doch der Spitz schien es besser zu wissen. Alle Sinne drängten nach Westen, und er stand da und kläffte.

Zirbel hielt eine Hand hoch und spähte. Na, wer weiß. Wir warn ja auch früher, und vielleicht hat ihn das irritiert.

Die Jungs stellten sich dazu. Wer isn da draußen?

Beim Colt, sagte Zirbel. Bringt mir doch mal das Rohr.

Der Alte zog das Fernrohr auseinander, legte die Brille aufs Geländer und kniff ein Auge zusammen.

Na, wo isser denn. Und der Spitz hielt seine Nase ausgerichtet und kläffte.

Der Alte folgte der Nase und verharrte schließlich. Tatsächlich. Meister Grimbart geht saufen. Und der Dachs sah herüber, ohne seinen Trott zu unterbrechen. Er zog über den Grubenrand, und hinter ihm langten letzte Sonnenstrahlen in ein Wäldchen; die Stämme erschienen weich, die Blätter färbten sich, und über den Wipfeln, auf halber Strecke zum Zenit, stand die Mondsichel. Der Dachs sah einmal auf in das klare Licht, dann kletterte er den Grubenrand hinab und zottelte gegen den bereits dunkelnden See.

Der Spitz winselte.

Zirbel sagte: Na, von mir aus, und so jagte der Hund los.

Die Boxerhündin hatte ihre Nase in der Luft, die Jungs sahen durchs Fernrohr.

Der Spitz zielte in langen Sprüngen auf den See, und als er den Dachs gestellt hatte, kläffte er. Dann umkreiste er ihn, sprang vor und parierte die kaum ernstgemeinten Attacken des anderen. So ging es eine ganze Zeit. Der Dachs zottelte voran, der Spitz umkreiste ihn, kläffte, und wenn der Dachs nach ihm schnappte, sprang er davon. Ein paar Minuten ließ Zirbel den Hund noch gewähren. Dann pfiff er, und bald tauchten die lustigen Sprünge aus der Dämmerzone auf. Der Spitz hechelte und schlug mit der aufgerollten Rute.

Kriegen die sich nicht mal richtig in die Wolle?

Ach wo. Und wenns den Grimbart stören würde, hätt der sich längst vom Acker gemacht. Wahrscheinlich is der n Ritualist wie wir. Und wenn der Hund mal nich kommt, fehlt ihm was.

Nach Westen war die Sonnenscheibe in den Grubenrand eingeweicht, und manchmal tropfte das Licht noch abwärts. Doch es wurde bald verschluckt, Disteln und Ginster verschmierten zu groben Körnern, und die farbigen Saturnringe verschwanden. Nachtgeruch sickerte in die Luft, unter der Mondsichel waren erste Sterne zu sehen, und Dunkelheit schliff das körnige Zwielicht zu Kristall. Fledermäuse zuckten, und wie ein versteinertes Reptil reckte der Bagger seinen Arm gegen die Nacht. Der Flugruf eines Ziegenmelkers schlug gegen die Böschung, und Zirbel sagte: Wird Zeit, Jungs.

Die Boxerhündin seufzte.

Dann stand sie auf, trottete von der Veranda hinab und wartete.

Der Spitz sprang hinterher.

Danke für die Limo.

Da nich für. Geht man schon vor. Ich schnall noch den Colt um.

Mond und Sterne lagen auf dem See.

Zirbel schloß die Hütte zu. Als er die Stufen runterkam, hatte er ein Päckchen unterm Arm. Soll ich euch den Weg leuchten?

Das geht schon.

Na denn.

Is gut. Und schönen Dank auch für alles.

Seht man zu, Jungs, daß ihr anständig bleibt.

Machen wir.

Der Alte nahm die Schiffermütze ab und kratzte sich die Platte. Bevor die mich anne Westfront verbracht ham, war ich auch son Bengel wie ihr. Hier. Dann reichte er ihnen das Päckchen.

Die Jungs sahen ihn an.

Wollt ihr Licht?

Und im Strahl der Taschenlampe sahen sie zwei Magazine.

Ich bin mit so was ja durch.

Willem wurde rot.

Schlosser grinste.

So was find ich hier ständig, und meist steck ichs den Arbeitern zu. Aber ihr. Die Welt is n reifer Garten, und ihr steht noch am Zaun.

Schönen Dank auch.

Na klar, Jungs.

Sie gaben einander die Hand.

Machts man gut. Und so schnürten die Hunde voran, und der Alte schlurfte hinterher.

Dann blieb er noch mal stehen. Diese Rabauken. Wenn ihr von denen was hört, sagt Bescheid.

13

Abstrich, sagst du?

Ja.

Und ne richtige Defloration?

Ja.

Und du willst nicht sagen, wer es ist?

Nee. Das hab ich ihr versprochen.

Dann ist gut. Und das Technische?

Da hab ich nichts versprochen.

Und Willem fing das Licht im Spiegel und justierte den Tubus. Auf den ersten Blick schien der Objektträger einfach nur verschmiert. Doch dann konnte er sehen, wie die Zellen eine Art Gewebe bildeten, und jenseits der Körperchen ahnte er die plasmatische Substanz. Mensch, das is ja ein Ding, Schlosser. Und da sind auch irgendwelche Beimischungen. Blasen und filigrane Strukturen.

Sekret oder Sperma, schätz ich.

Weiß die was vom Abstrich?

Ich konnts ihr nicht sagen.

So standen die Jungs und blickten hinein in das Milieu, in dem alles Menschsein begann. Und Schlosser erzählte. Wie ihm der Bammel zuerst auf den Magen geschlagen, wie er Krämpfe und Brechreiz gespürt, doch dann immer fickeriger geworden war. Wie das Vorspiel ihn schließlich gepackt, die Latte alle Gedanken aufgesaugt und es nur noch eine Richtung gegeben hatte.

Auch das Mädchen hatte diesen Bammel gehabt, und auch sie schien bald gepackt. Sie hatte sich unter ihm bewegt und geseufzt, und wenn er sie mit den Fingern oder der Zunge berührte, waren es Stromstöße gewesen. Bald hatte sie immer mehr gewollt, doch Schlosser konnte nicht sagen, wie diese unglaubliche Vereinigung für das Mädchen gewesen war. Wenn er sie anblickte, lag sie offen da und gekrümmt zugleich; wie eine Wunde, in die er gegen das Sickern und den Schmerz hineinstieß, und das Mädchen hatte unter Tränen gelächelt und in Verkrampfung geseufzt.

Als die Tür aufging, hingen sie wieder über dem Mikroskop.

Der Biolehrer war ein kleiner Mann. Er trug einen weißen Kittel, und seine Augen hinter der fetten Brille wirkten riesig.

Recht so, sagte er und klopfte den Jungs auf die Schulter.

Dann beugte er sich vor, und bald sah es aus, als wollte er ins Mikroskop kriechen.

Aha.

Meine Geschwister, sagte Schlosser.

Du hast ihnen Blut abgenommen?

Nee. Die haben sich beim Schälen geschnitten.

Sind sie krank?

Nicht daß ich wüßte.

Seltsam.

Was denn?

Der Lehrer wechselte ein neues Objektiv ein und gab Schärfe.

Wenn das Blut deiner Geschwister ist, sollten sie schleunigst zum Arzt.

Der Träger war wohl nicht ganz sauber.

Der Lehrer kam hoch und sah die Jungs an. Wenn ihr hier Sachen macht.

Wir machen keine Sachen.

Recht so.

Es gab das Gerücht, daß er seine Augen im Krieg ruiniert hatte. Daß er bis zuletzt die Stellung in der Schule gehalten und im Keller für den Lebensborn mikroskopiert hatte. Noch als die Stadt in Trümmern lag, sollte er einfach weitergemacht haben; Tag und Nacht im Kerzenlicht aufgelöst, und angeblich hatte er nicht mal das Kriegsende mitbekommen. Niemand wußte, wieviel er durch seine Brille noch sehen konnte.

Der Lehrer klatschte. Noch vor den Ferien würden ein paar neue Objektträger kommen. Eine Serie mit Volvox-Bakterien, sagte er, und exzellente Feinschnitte vom Neocortex einer Vampirfledermaus.

Das ist ja prima, sagten die Jungs, und der Lehrer schien sich zu freuen.

In der zweiten Pause standen sie mit dem Feldstecher am Fenster und rückten den Mädels auf den Pelz.
Meinst du, der Haeckel hat was gepeilt?
Jungfrauenblut hat der bestimmt schon gesehen.
Ob der uns Ärger macht?
Quatsch. Wenn der beim Lebensborn war.
Stimmt. Wenn der nachhakt, haken wir auch nach.
Eben. Und dann: Mannometer, kuck dir das an.
Und Willem sah im Doppelkreis, wie die Gisela rumknutschte.
Wer ist der Kerl?
Einer aus Lasalles Klasse.
Son Scheiß.
Wie mans nimmt.
Ich denk, du hast n Auge auf die.
Na ja.
Was findet die an dem Kerl?
Weiß nicht. Is n verkappter Blochianer.
Die Gisela steht auf Bloch?
Weiß nicht. Aber ohne Feuer im Schädel hat man bei der keinen Stich.
Du meinst, die braucht ihren Orgasmus im Oberstübchen?
Ich schätz mal.
Und der Kerl bringts?
Ach, Scheiße.
Meinst du, das läuft bei allen Frauen so?
Wie?
Daß die ihre Latte sozusagen im Kopf kriegen?
Schwer zu sagen.
Aber die liegen nicht einfach nur da und bluten und heulen.
Soweit ich weiß, ist das nur beim ersten Mal so.
Und sonst? Da muß es doch irgendein Feuerwerk geben.
Ich weiß nicht.
Vielleicht läufts bei den Frauen ja doch im Kopf ab.

Ehrlich. Keine Ahnung.

Aber du warst doch dabei.

Schlosser machte eine Geste.

Du warst völlig weg? Die Latte aufgepumpt und alles Blut ausm Hirn gesaugt?

Schlosser überlegte. Vielleicht. Aber ich war ja auch ganz schön nervös.

Und Willem lachte. Die Männer verlieren also ihren Kopf.

Vielleicht. Aber vielleicht bündelt sich der ganze Kopf auch eine Etage tiefer.

Und bei den Frauen nicht? Da geht das richtige Feuerwerk oben ab?

Ich weiß es nicht, ehrlich. Aber wir klemmen uns dahinter, was.

Klar machen wir das. Und dann sagte Willem: Wenn der Orgasmus bei Männern und Frauen auf unterschiedlichen Ebenen stattfindet, muß es aber etwas geben, das diese Ebenen zusammenschmilzt. Gewissermaßen ein gemeinsames Feuerwerk, damit beide wieder Lust aufs nächste Mal haben.

Ich schätz mal, das Leben hat ne Menge Tricks drauf.

Doktor Blask hat gesagt, daß der Kopf alleine nicht ausreicht, um die Vermehrung der Menschen aufrechtzuerhalten. Also könnte es sein, daß auch die Frauen körperliche Phänomene erleben und auch ihnen das Feuerwerk aus dem Kopf in andere Etagen entgleitet.

Sag ich doch. Das Leben hat mehr Tricks drauf, als wir uns vorstellen können.

So standen sie mit dem Feldstecher am Fenster, und unter ihnen knutschte Gisela noch immer mit dem verkappten Blochianer.

Mensch, Schlosser! Du fragst sie einfach danach.

Gisela? Und wie das bei ihr mit dem Orgasmus funktioniert?

Na klar, Mann. Wenn die auf Feuer im Schädel steht, kannst du ihr einen rein geistigen Orgasmus bescheren.

Schlosser hatte das Mädchen im Doppelkreis. Vielleicht sollte ich das tun. Und dann: Die knutscht immer noch.

Na klar, Mann. Und zwar so, daß wirs von hier oben sehen können.

Das macht die doch nicht absichtlich.

Die weiß genau, wo wir hocken.

Quatsch. Und Schlosser stellte den Blick noch einmal scharf.

Meinst du wirklich?

Und als die Glocke das Pausenende markierte, holten sie sich Patrizia von Kattenesch ins Glas. Die Beine von Mechthild oder den Hintern von Sylvia, und so leerte sich der Schulhof.

Kuck mal, die Frederike.

Was machtn die da mit dem Schinder?

Und Jan-Carl und Achim-das-Tier auf der Lauer.

Da steckt doch was hinter.

Darauf kannste wetten.

Kurz vor den großen Ferien standen sie wieder am Fenster. Die neuen Objektträger waren eingetroffen, und Haeckel vergrößerte voller Begeisterung eine Volvox-Kolonie. Doch die Jungs waren nicht bei der Sache, und sie mußten sich am Riemen reißen, damit der Lehrer glaubte, sie mit seiner Begeisterung anzustecken.

Natürlich war die Entwicklung von einzelliger zu vielzelliger Individualität ein enorm wichtiger Schritt zum höheren Leben, und auch Haeckels Anmerkung, daß dieses höhere Leben keineswegs, so wie die meisten behaupteten, mit dem heutigen Menschen abgeschlossen sei, war ein spannendes Feld. Doch die Jungs hatten anderes im Kopf, und sie ließen Haeckel reden. Er beschrieb den Zusammenschluß von Einzelzellen zu einem funktionierenden Organismus, er beschrieb die kulturellen Leistungen der Menschen ebenso als Zusammenschluß, der aber heutzutage immer mehr mit Hilfe technischer Kommunikation vonstatten gehe, und Willem verkniff sich einen Vergleich mit dem Superorganismus der Ameisen. Und auch Schlosser wäre normalerweise sofort auf das Thema angesprungen und hätte die menschgemachten Transformationen evolutionärer Prinzipien diskutiert, doch sie hatten genug damit zu tun, einfach nur begeistert zu erscheinen, und als Haeckel schließlich abzog, bereitete Schlosser alles vor.

Tütchen, Objektträger, Streichhölzer, und dann zog er Zirbels Magazine aus dem Hemd.

Welches willst du?

Willem wurde rot.

Na komm schon.

Gib mir das mit Solveig.

Und Schlosser grinste. Stehst auf die Nordiden, was.

Quatsch. Meine Mutter ist son Typ.

Na ja. Ne Hottentottendame is die Solveig aber nicht gerade.

Es ist ihre scheue Art.

Und Schlosser zeigte seine Zähne. Hier hast du Solveig, und er steckte das andere Magazin wieder unters Hemd. Bei mir isses Tatjana.

Dann langte er Willem ein Tütchen. Um das Zeugs zwischen die Gläser zu schmieren, reicht n Streichholz. Er boxte ihn in die Rippen. Und morgen machen wirs umgekehrt. Du Tatjana, ich Solveig – n gekreuzter Doppelversuch, und so verdrückte er sich zwischen die Vitrinen.

Willem hörte, wie Schlosser die Hose runterließ. Hier gibts auch ne gute Waage.

Willem hörte das Magazin rascheln.

Hast du ne Ahnung, wieviel das Zeugs wiegt?

Ne Unze?

Ne Unze also, und dann schwieg Schlosser.

Als er wieder sprechen konnte, sagte er: Mann. Wir könntens auch mal mischen. Vielleicht kämpfen die ja, oder es gibt von Anfang an ne Dominanz, und als er wieder vorkam, schwenkte er das Tütchen, machte sich ans Mikroskop, und Willem verschwand in den Gängen.

Buteo buteo war der Mäusebussard. Lepus europeus der Feldhase. Die Reptilien schwammen in ihrem Alkohol, das zweiköpfige Lamm und der Embryo des Beutelwolfs, unter dessen lateinischer Bezeichnung in sauberer Fraktur stand: Ausgerottet.

Teufel auch! Schlosser hing bereits über dem Tubus.

Willem öffnete den Reißverschluß und starrte auf den schwimmenden Embryo. Mitten im Werden erstarrt. Im Dornröschenschlaf der Wissenschaft. Ausgerottet. Und er sah auf seinen Penis.

Aus Zirbels Magazin Solveig.

Nur ein zartes Stück Seide über ihrem Körper.

Solveig.

Willem spürte ihren scheuen Blick. Ahnte die Zungenspitze zwischen ihren Lippen.

Solveig.

Die Reihe ihrer Zähne. Und im Alkohol doppelköpfiges Lamm und Embryo. Agnus Dei und Thylacinus cynocephalos. Ausgerottet, stand da, und ihre Brüste waren fest und strebten aufwärts. Die Nippel gegen die Seide. Solveig. Und der Blick des Feldhasen. Seine Gestalt im Sprung erstarrt, präpariert gegen Motten und Speckkäfer. Wie leise die Seide knisterte, Solveig. Wie ein Schweißtropfen aus deiner Haut rinnt, Solveig. Und die weiche Kuhle mit deinem Achselhaar, und der Hase springt aus der Vitrine, Solveig. Der Bussard schreit, und du verziehst deine Lippen. Schließt die Augen, Solveig. Im Dornröschenschlaf, Solveig, und hokuspokus und tiefer, Solveig. Rein und raus. Ins Milieu, Solveig, rein in den Ursprung vom Menschsein. Und ausgerottet in sauberer Fraktur. Auch die Wildheit von Hase, Lamm und Wolf, Solveig, und unterm Mikroskop ist noch das Erbe schlüpfrig, alles. Verdorben, und auch das Feuerwerk in deinem Kopf ist verdorben, und in Wirklichkeit bist du zwischen den gespreizten Beinen präpariert gegen Motten und Speckkäfer, tiefer, Solveig, tiefer: Buteo in vagina, Lepus masturbatis, und so füllte Willem das Tütchen.

Aus einer Entfernung schwang Schlossers Stimme.

Willem holte ein Taschentuch vor.

Ein Chaos, sagte Schlosser. Die Köpfe von Propellern angetrieben. Gier nach Leben.

Rings standen die Präparate seelenlos in den Vitrinen.

Die zucken nach überall.

Zirbels Magazin war abgegriffen und fleckig.

Manche bleiben auf der Strecke.

Willem zog die Hose hoch.

Mensch, weißt du was! Vielleicht würden die alle eine Richtung nehmen, wenn es eine Eizelle gäbe. Das nächste Mal werden wir sie ködern.

Schließlich stand Willem bei ihm.

Mit Froscheiern, sagte Schlosser. Dann blickte er auf. Alles klar?

Willem grinste und wog das Tütchen in der Hand. Nicht ganz ne Unze, würd ich sagen. Wie viele potentielle Menschen sind das?

Wahrscheinlich ganz Europa. Komm, sieh dir das mal an.

Und Willem beugte sich runter, drehte am Feintrieb, und dann erschien hinter der milchigen Transparenz die schattenhafte Unordnung. Wie ein Bienenschwarm, und bald konnte er Köpfe und Geißeln unterscheiden und zum Rand hin Verebben und letztes Zucken.

Dann zog er aus seiner Probe einen Faden, brachte ihn zwischen zwei Glasplättchen und klemmte sie auf den Objekttisch.

Und?

Willem fuhr das Objektiv nach unten, und er fuhr es wieder hoch. Drehte an Okular und Feintrieb; dann hob er den Kopf und rieb sich die Augäpfel.

Und?

Willem nestelte am Spiegel. Fing das Licht mit der konvexen Seite und dann mit der konkaven, er wechselte vom linken aufs rechte Auge, und schließlich sah er Schlosser an. Nichts. Alles tot.

So stand er da und hatte Schweiß auf der Stirn.

Gibts doch nich.

Doch es schien zu stimmen. Nicht mal ein müdes Zucken.

Wahrscheinlich hast n kalten Bauern erwischt.

Kalter Bauer?

Die Reste vom letzten Mal. Los. Wir nehmen ne neue Probe.

Und Willem zog das Tütchen aus der Hosentasche. Diesmal rührte er mit einer Pipette, saugte eine Portion ab und ließ sie auf ein frisches Plättchen.

Schlosser grinste. Das riecht doch schon nach Chaos.

Doch sie konnten nichts entdecken. Bloß eine milchige Transparenz.

Willem machte ein Gesicht. Vielleicht sind die Gedanken an Solveig samentötend.

Eben, sagte Schlosser. Darum machen wir auch n gekreuzten Doppelversuch.

Oder ich hab n unfruchtbaren Tag erwischt.

Schlosser holte sein Tütchen vor, steckte das Streichholz rein und mischte die Probe mit Willems. Vielleicht isses auch nur n Anwenderfehler.

Doch es war kein Anwenderfehler, und das Mischmilieu schien Schlossers Spermien nichts auszumachen. Plötzlich wimmelte es unter dem eingespiegelten Licht, und die Köpfe jagten nur so über Willems träge Masse. Vorangepeitscht von ihren Schwänzen, ein beeindruckender Kampf um Leben.

Sie wollten die Hilde nackt sehen, und im Scala lief Die Sünderin. Vor allem Willem erhoffte sich davon eine Art mikroskopische Belebung, und so standen sie in der Reihe. Schlosser mit den Scharten einer frischen Rasur, Willem mit Brillantine wie die Halbstarken. Schlosser bekam sein Billett, doch Willem wurde aussortiert. Nur Erwachsene, sagte die Frau in ihrem Kasten. Und alles Reden nutzte nichts. Mechanisch riß sie Billetts von einer Rolle, kassierte, gab raus, und schließlich bekam Schlosser sein Geld zurück.

Willem war enttäuscht. Er hatte sich vorgestellt, wie Hilde seine Spermien zum Chaos zünden würde.

Schlosser sagte: Soweit ich weiß, ist die Spermaproduktion selbst die Zündung.

Dann hab ich vielleicht n Defekt.

Quatsch. Wie oft hab ich schon n müden Tag erwischt. Und ne biologische Asservatenkammer is ja auch n Umfeld. N Faktor, mit dem wir ab jetzt rechnen müssen.

Willem sah auf das Plakat. Nackt ist die Hilde bestimmt noch schöner.

Ja. Und dann: Vielleicht zeigen sie den Film ja auch im Zentral. Da lassen sie dich bestimmt rein. Komm.

Die Hitze drängte unter den aschefarbenen Wolken; Mauern und Asphalt waren weich, die Leitungen der Straßenbahn hingen durch. Auf der Kreuzung dirigierte ein Schupo; seine Trillerstöße verschmierten in der Luft, und die Autos, zogen in alle Himmelsrichtungen. Als zwei Burschen mit Beatfrisur und Jackett einfach die Straße überquerten, hupten die Autos, und der Schupo bellte. Doch die Burschen zeigten nur ihren Finger.

178

Pärchen schlenderten, und den Jungs gefielen die Minikleider.

Wiener. Brühwarme Wiener.

Ein Dicker mit Bauchladen und Schiffchen stand vorm Zentral.

Na, Jungs, was darfs denn sein. Und Willem sagte, zweimal, mit ordentlich Senf.

Wie wärs mit ner Cola dazu?

Ham Sie auch Florida Boy?

Ich hab nur Cola. Eisgekühlt, Junge. Das zischt.

Wir trinken keine Cola.

Dem Dicken gefiel das nicht, und er knauserte mit dem Senf.

Ordentlich war ausgemacht, sagte Willem.

Der Dicke atmete schwer, und sein Bauchladen schwankte.

Wir kriegen die Hilde zu sehen, sagte Schlosser.

Willem sah sich das Plakat an. Die Mörder sind unter uns.

Schlosser hob die Schultern. Immerhin kriegen wir sie zu sehen.

Aber nich nackt.

Deine Spermien werden schon noch zünden. Auch ohne Hilde.

Hinter ihnen der Dicke rief seine Wiener aus, Pärchen zogen engumschlungen vorüber, dann blieben zwei Mädchen in ihrer Nähe stehen. Sie taten, als wären die Jungs Luft für sie, und im blauen Licht der zackigen Zentral-Schrift wirkten sie wie kleine Damen. Sie nestelten in ihren Handtaschen, hantierten mit Spiegeln.

Ob die uns beobachten?

Und wenn schon.

Bißchen knutschen auf der letzten Bank. Das is am Ende besser als Die Sünderin.

Willem sah zu den Mädchen.

Ich weiß nicht.

Sie trugen Schminke nach, tätschelten ihre Frisur. Beide hatten das lange Haar zu Zöpfen geflochten. Dann schnappte ein Etui auf, und sie fingerten nach einer Zigarette.

Willem stieß Schlosser an, und der zückte seinen Benziner. Danach deutete er eine Verbeugung an.

Die Mädchen pafften mit spitzen Fingern.

Sag ich doch. Aufgeblasene Dinger.

Ach was. Die haben gezittert. Und gut riechen tun sie auch.

Ich weiß nicht.

Vielleicht sind sie dahinter gar nicht so schlecht.

Und die Mädchen standen da wie kleine Damen und pafften. Sie taten weiterhin, als wären die Jungs Luft für sie; dann gingen sie ins Foyer.

Die Jungs wischten sich den Senf von den Lippen und folgten ihnen.

Im Foyer war es heiß. Schweiß und Rauch prallten von der knautschigen Wand, die den Saal abschirmte. Es gab einen geschwungenen Tresen mit Glasfenstern, und die Mädchen standen dort und sahen sich die Auslage an.

Die Jungs stellten sich dazu.

Die Frau hinter dem Tresen trug eine Art Uniform mit Schiffchen. Willem sagte zu ihr: Ein Emblem.

Wie bitte?

Wir fertigen Embleme. Von Kattenesch, Lasalle, was Sie wollen. Auch Zentral-Kino, und wenn das jeder hier auf seiner Uniform trägt, macht das aufs Publikum gleich einen Eindruck. Da sollte der Besitzer mal drüber nachdenken.

Die Frau sah ihn an. Willst du mich verkohlen, junger Mann?

Warum sollte ich das tun? Ich kann Ihnen alles über Embleme erzählen. Ursprung, Entwicklung, bis hin zur künstlich installierten Wirkung. Wissen Sie, wie der Kinobesitzer heißt?

Die Frau blickte auf, und bald stand ein Mann neben Willem.

Gibts Schwierigkeiten, sagte er, und die Mädchen tuschelten und machten häßliche Gesichter.

Die Jungs zogen ab. Schlosser sagte: Das ging aber nach hinten los.

Ach was. Wir lassen die Mädchen sausen und klemmen uns hinter den Kinobesitzer.

Aber doch nicht im Ernst.

Na klar im Ernst.

Vergiß es.

Warum?

Der Laden hier gehört Otto Franzek. Dem Kinobaron.

Na um so besser. Wir verkaufen dem Baron unsere Idee. Verstehst du: Franzeks Welt. Das ist ein Schlagwort, und bald werden alle

Leute sagen, heute gehen wir zu Franzek. Und mit Emblem und Banner in seiner Flotte wird das ruckzuck zum festen Begriff. Zu Franzek, verstehst du, ein unsichtbares Monopol für Sehnsucht und Ergriffenheit, und jedesmal wenn der Vorhang fällt und die Lichter wieder angedreht werden, taumeln die erfaßten Massen aus seiner Welt. Und jedesmal erhalten sie sich noch ein paar Brocken für ihren tristen Alltag – die Korsarenbraut, den schneidigen Gangster, den Tellerwäscher auf seinem langen Weg – ganz egal: Franzek hat sie alle, und er hat für jeden etwas. Und das Emblem hab ich auch schon im Kopf – ein angedeutetes Vorführgerät, der breiter werdende Strahl, und an seinem Ende eine Weltkugel: Franzeks Welt. Das ist ein Emblem, und natürlich wird der Baron uns eine Dauerfreikarte ausstellen – Die Sünderin? Kein Problem, Jungs, mit dieser Karte kommt ihr überall rein.

Schlosser grinste. Wenn deine Alten nicht so schräg wären, müßten die echt stolz auf dich sein. Und dann: An Otto Franzek kommste aber nich ran.

So?

Der hält sich in verdeckten Kreisen.

Woher weißtn so was?

Mein Alter war mit dem zur Schule. Franzek hat gleich nachm Krieg losgelegt. Mit fuffzehn war der schon ne Nummer aufm Schwarzmarkt. Mit neunzehn lief der rum wie Al Capone und hat sich die Nägel feilen lassen, und zwei Jahre später fuhr der n Benz wie Adenauer. Die Kinos sind für den Franzek nur noch Fassade.

Na ja. Dann muß ich wohl auf die nackte Hilde warten.

Quatsch. Irgendwann flutschst du durch. Die Wahrscheinlichkeit ist auf unserer Seite.

Sie sahen die Mädchen in einer Entfernung. In kleinkarierten Kostümen, und als eine von beiden das Etui aus der Handtasche nestelte, stieß ein Bursche vor und gab ihnen Feuer. Die Mädchen sahen dem Rauch hinterher, dann stieß ein zweiter Bursche dazu, und bald kicherten die Mädchen.

Die Jungs machten ein Gesicht, dann grinsten sie.

Sie ließen die Mädchen mit den Burschen ziehen und warteten, bis die Türen zum Saal geöffnet wurden.

Im Strom entdeckten sie von Kattenenesch und Lasalle.

Na, die haben auf jeden Fall in der letzten Reihe geknutscht.

Und als hätte sie das gehört, sah das Mädchen plötzlich rüber.

Die Jungs sahen ihr in die Augen und lächelten breit.

Von der würd ich gern n Abstrich nehmen.

Jungfrau ist die aber nich mehr.

Darauf kannste wetten.

Ferdinand Lasalle hatte das Mädchen fest im Arm. Er zuckte einmal mit dem Kinn, als er an den Jungs vorbeizog.

Was für ne arrogante Fresse.

Wenn ich dadurch rankäm, würd ich mir auch so ne Fresse zulegen.

Meinst du, die Patrizia is das wert?

Schön is die allemal.

Aber reicht das?

Hast schon recht. Schönheit muß von innen kommen.

Eben. Und darum finden die von Katteneschs und Lasalles auf dieser Welt auch immer wieder zusammen.

Ja. Ein schön verpackter Haufen, und so leuchtete das kupferblonde Haar noch einmal wie eine Krone und gleichgültig gegen die strömende Menge.

Bald wurde die nächste Vorstellung eingeläutet; die Jungs stellten sich an, vorne zerriß eine Frau die Billetts, sagte Reihe und Sitzplatznummer an, und im Saal wurden Hüte abgenommen, Knöpfe geöffnet. Und so füllten sich die Sessel. Ein Alter mit Bauchladen rief Eiskonfekt aus, eine dicke Frau mit Federboa schob sich noch durch die Reihen, dann wurden die Lichter runtergefahren, und Dunkelheit kündigte das Erlebnis an. Bald erhöhten die Geräusche aus dem Vorführraum die Spannung, das Schalten und Klicken, das Surren der Rollen, und dann stand der Strahl hoch oben in der Dunkelheit; ein wunderbares Bündel, das sich im Raum entfaltete und auf den Vorhang traf. Wer jetzt noch sprach, wurde angezischt.

Die ersten Bilder erschienen, noch bevor die Leinwand freigezogen war, und bald schlingerte eine Waschmaschine aus den letzten Falten; Reklame für ein Fachgeschäft, Reklame für Zigaretten, und so begann das Volkserlebnis. Eine Sache, die schnell intim wurde und jeden in der Dunkelheit ergriff und ihn mit der Leinwand verschmolz. Nur der Lampenstrahl der Platzanweiserin und die Unruhe durch die Nachzügler trieb noch einen Schnitt durch diese Intimität.

Und endlich stieg das Knistern aus den Lautsprechern, dieses wunderbare Hintergrundrauschen, das die Verbindung endgültig machte und jeden aus seiner eigenen Welt heraus in eine andere zog. Dann setzte die Musik ein, und auf der Leinwand stand: Die Mörder sind unter uns. In den Sesseln rutschten die Paare zusammen, und hoch über dem Volkserlebnis saß der Vorführmeister in seiner Kabine und wußte genau, wann die Symbole kamen, um den nahtlosen Übergang von der einen auf die nächste Rolle einzuleiten. Die Projektoren surrten, manchmal eierten die Rollen, und über den Köpfen schoß der gebündelte Strahl durch die Dunkelheit; entfaltete sich auf der Leinwand und prallte von dort als etwas Einzigartiges in jeden Kopf. Niemand wußte im Grunde, ob sein Nachbar das gleiche sah wie er selber, doch zuletzt schienen sie alle im Saal zu sehen, wie die junge Hildegard durch Dresden lief. Wie alle deutsche Pracht und Herrlichkeit in Trümmern lag; ausgebombt, und noch die längst verklungenen Fliegersirenen schienen allen im Saal aus den Bildern aufzusteigen. Und auch die Gerüche.

So erschien die junge Hildegard in einer Trümmerstadt, schien durch Deutschlands Untergang zu waten und Fragen zu stellen nach Ursache und Schuld. Fragen, die tief eindringen mußten in Köpfe und Seelen der Zuschauer, und Fragen, die den Altnazis auf der Leinwand unbequem erscheinen mußten. Und tatsächlich verweigerten diese Altnazis alle Schuld und Sühne, und im Saal die Zuschauer konnten sehen, wie diese Alten darangingen, auch in der jungen Bundesrepublik wieder alle Fäden in ihre Hände zu kriegen. Nichtwahr, wie das Böse aus den Trümmern heraus wieder alle Macht an sich reißen wollte und wie die junge Hildegard dagegen antrat. Und so gebar sie Hoffnung, und der Strahl aus dem Vorführraum prallte von der Leinwand in die Köpfe. Bald schien Hildegard wie eine mädchenhafte Germania, bald schien sich hinter ihrer Jugend und ihrer Schönheit die ganze Katharsis der Deutschen zu entfalten, schien sich aus tiefer Finsternis wieder Pracht und Herrlichkeit aufzurichten, und von der Leinwand prallte urdeutsche Tugend, prallte Stolz zurück in den Saal, während sich die Altnazis an ihre 1000jährige Macht klammerten. Und so durchschoß der Strahl die Dunkelheit und verwandelte sich in jedem Kopf zu etwas Einzigartigem.

Nach der Vorführung saßen sie in einem der neuen Eiscafés. Die Kugeln wurden in einem Silberkelch serviert, die Tischplatte war aus grünem Resopal, und vor dem Geschäft parkten die Mopeds und Roller.

So wie sie den Film gesehen und seine Botschaft gedeutet hatten, war Reichtum über Generationen gemästet und vererbt worden. Und stets war Macht an diesen Reichtum gekoppelt; früher waren es Stammesfürsten oder Könige gewesen, die verläßliche Strukturen installiert hatten, heute waren es die Nationalstaaten. Reichtum konnte eine Familie und ein ganzes Volk nach außen hin schützen, und darum wurde der Reichtum von innen her beschützt. Und zugleich natürlich die Macht, so daß die Reichen durch die Epochen hindurch stets mächtig und unversehrt blieben. Egal, welchen Dreck sie am Stecken hatten, egal, ob als Sieger oder Besiegte, diese Menschen und ihre Strukturen erschienen immer als unantastbare Kraftfelder, während sie selbst jederzeit agieren konnten, wie sie wollten.

Im Grunde, sagte Schlosser, kann man da schon lange nichts mehr machen.

Ich weiß nicht.

Wenns nur ein lokales Phänomen wär. Oder eine Laune der Zeit.

Man kann ihre Welt verweigern.

Eine bessere aufbauen lassen sie dich aber nicht.

Man muß da anfangen, wo sie nicht hinkommen.

Die kommen überallhin.

Ich weiß nicht.

Sie können vielleicht nicht in dich reinkommen. Aber sie können jederzeit kommen und dich in ihre Welt werfen.

Die Jungs machten ein Gesicht, dann grinsten sie, und Willem orderte eine zweite Runde.

Der Besitzer hieß Giacomo Macciavelli. Ein kleiner Mann, der mit seinem Namen sicher auf die Pauke hauen könnte. Doch er trat stets bescheiden auf und gab von Anfang an zu, nicht mit dem berühmten Florentiner verwandt zu sein.

Von draußen kam Lachen und Johlen, ab und zu heulte ein Motor auf.

Hinter der Theke stand Macciavellis Frau und stellte die Eisbecher zusammen. Hier ein bißchen Tuttifrutti, da ein bißchen Schokosoße oder ein Schirmchen obenauf.

Der Italiener servierte und verbeugte sich vor den Jungs.

Als Mädchen war meine Mutter mal in Dresden. Hat ein paar Ansichtskarten mitgebracht.

Es gibt Bonzen, die lassen sich ihre Stadt im kleinen Maßstab nachbauen. Was weiß ich, eins zu zwanzig, und dann marschieren sie da durch, als hätten sie alle Kriege gewonnen.

Macciavellis Frau wuchtete ein Tablett mit Pokalen und Kelchen. Eine frische, urwüchsige Schönheit, meinten die Jungs, und sie hatte kräftiges Haar, und unter ihren Achseln klebte es.

Von der hätt ich gern n Abstrich.

Ich auch.

Nach einer Zeit sagte Willem: Vielleicht hab ich ja doch n Defekt.

Quatsch. Du hast einfach n schlappen Tag erwischt. Beim nächsten Mal wirds nur so zappeln.

Mal sehn.

Bei mir isses das gleiche. Den einen Tag kaum n müdes Zucken, und beim nächsten Mal totales Chaos. Wer weiß, was da für Regeln hinterstecken. Das is noch n weites Feld.

Die Mädchen aus dem Kino tauchten auf. Sie ließen sich jetzt von den Burschen führen, die ziemlich stutzerhaft wirkten. Die Burschen zogen die Stühle und warteten, bis die Mädchen saßen. Dann schnippten sie nach Macciavelli.

Schlosser sagte: Ich führ ne Art Tagebuch. Na ja, im Grunde isses eher ne Tabelle, und nach jedem Mal trag ich bestimmte Faktoren ein: Wetter, Mahlzeiten, Stimmung. So was. Und ganz wichtig, wem die Probe sozusagen gewidmet ist. Ich will Ursachen finden, warums einmal wie Teufel zuckt und andermal nicht.

Da kann viel am Wirken sein.

Jup.

Gibts schon Tendenzen?

Ständig.

Auch in der Typenkurve?

Unsere Hilde ist auf jeden Fall eine Konstante.

Und die Jungs grinsten.

Dann sagte Schlosser: Wenn ich meine Versuchsreihen lang genug aufrechterhalte, kann ich vielleicht Neuerungen in meinen Neigungen beobachten. Und vielleicht kann ich dann aus meinen Tabellen einen Zusammenhang herstellen – Prägung, Werdegang, Umwelt, was auch immer.

Oder du stellst dereinst als alter Knochen einfach fest: einmal Hilde, immer Hilde.

Draußen heulten die Motoren.

Macciavelli kam und nahm die leeren Kelche.

Noch zwei Limo, sagte Willem.

Die beiden Stutzer machten große Gesten. Und sobald die Mädchen ihre Zigaretten ausgedrückt hatten, schnippten sie nach einem frischen Ascher.

Im Schlaf wurde Willem von Bildern getrieben.

Wie er mit Schlosser durch Karkassen und Tracheen stieg. Wie sie jederzeit fluchtbereit waren und zugleich eine Spur verfolgten. Trappen schlugen auf, Wölfe schnürten, und alle Zivilisation war auf ihrem Gipfel zusammengebrochen. Sie wußten nicht, ob es noch andere Menschen gab.

So trieben sie durch Karkassen und Tracheen.

Als vor ihnen eine Wendeltreppe erschien, die aufwärts in Licht und leeren Raum stach, sahen sie Hilde auf den Stufen sitzen. Sie verbarg ihre Nacktheit auf eine scheue Art, doch sie freute sich sehr, die Jungs zu sehen. Als sie aufstand, erschien sie glücklich, und ihre Schönheit strahlte. Dann sackte sie plötzlich zusammen;

ihr Busen umkurvte die Spindel, die Beine flossen abwärts, und zuletzt kullerte ihr Kopf.

Von oben, aus dem hellen Licht, schritt Patrizia von Kattenesch die Wendeltreppe herab. Sie trug ihr Haar zu Zöpfen geflochten, und während sie die Stufen nahm, schlug sie die Zöpfe auf zu einem mächtigen Turm. Gegen ihre Gestalt erschienen die Jungs wie geschrumpft, und Willem wälzte sich in diesen Bildern. Fühlte sich wach, wenn er schlief, und sobald er die Augen aufschlug, glaubte er zu träumen.

Einmal stellte er sich ans Fenster, und mit den vertrauten Bildern der Sterne schien es besser zu gehen.

Der Auswurf kam in tiefer Nacht.

Als er wach wurde, stieg er aus dem Bett. Drehte die Schreibtischlampe an, bestrich ein Objektgläschen und saß wie ein Forscher. Schweiß trat ihm aus, und er konnte zusehen, wie sie sich bewegten.

14

Willem hatte ein gutes Zeugnis bekommen, die Stickerei machte Betriebsferien, und sie fuhren an die Nordsee. Drei Wochen Onassis, meinte Kronhardt, doch in Wirklichkeit gab es noch immer Nachlaß wegen der großen Sturmflut. Und Onassis, mußte Willem feststellen, war relativ: Die von Katteneschs fuhren über St. Moritz nach Capri, Lasalle besegelte die Ägäis, und die linke Frederike war in Paris. Derweil kümmerte Schlosser sich um die Zwillinge. Also drei Wochen Duhnen.

Als sie ankamen, blickten sie kilometerweit, und das Meer war ein Silberstreif am Horizont. Die Mutter fand das herrlich. Willem entdeckte auf Anhieb mehrere Familien der Watvögel, und in der salzigen Luft wurden ihre Rufe zertragen. Das Watt war gefurcht und funkelte unter der Sonne; Blasen und Kegel trieben auf, und manchmal bewegte sich eine Muschel. Je länger er schaute, desto mehr konnte er entdecken. Er war zufrieden und spazierte, bis das Wasser zurückkam.

Sie wohnten in einer Pension.

Natürlich hatte Willem ein Zimmer für sich, und natürlich war er darauf gefaßt, daß die beiden Alten ihren ehelichen Pflichten nebenan nachkommen würden. Er hielt wohl die Ohren offen – Schlosser hatte von tierhaftem Grunzen und Schreien gesprochen, doch daß er nichts hörte, beruhigte ihn ungemein. Was er mit Solveig und den anderen für sich entdeckte, erschien ihm privat und kostbar, und jede noch so kleine Überschneidung mit den Alten hätte diese Reinheit verschmutzt. Zugleich wurde ihm klar, daß ihn die Nacktheit der Alten ekeln mußte, und noch ihre Blicke, denen er seine eigene Nacktheit über so viele Jahre ausgeliefert hatte.

Als er nach drei Nächten immer noch nichts gehört hatte, war er sicher, daß die Alten weder zu einem reinen Gipfel noch zum tierhaften Rausch in der Lage waren. Nicht mal den stummen Legionär traute er ihnen zu – bei allem Blond und Blauäugig und Zackzack, nein: Das einzige, was in Betracht kam, war die Raubwanzenvariante, und so ahnte er, wie nebenan der Stachel ins Herz getrieben wurde. Selber verbiß er sich regelmäßig ins Kopfkissen.

Die Tage verbrachten sie am Strand.
Jeden Morgen wurden die Zeiten für Ebbe und Flut auf eine Tafel gemalt, und Willem stellte fest, daß das Wasser täglich später kam. Die beiden Alten interessierte das nicht; Kronhardt baute Burgen, die Mutter lag im Strandkorb, blätterte in Illustrierten und pflegte ihre vornehme Blässe. Manchmal blickte Willem auf ihre Brüste; die ausgeprägten Formen unter dem Badeanzug, die kräftige Spannung und den tiefen Spalt zwischen den Hemisphären. Kaliber wie Tatjana oder Solveig. Eine unangenehme Sache.
An einem Morgen traf er den Mann, der für die Tafel zuständig war. Sie sprachen über die Gezeiten, und der Mann erzählte, daß Ebbe und Flut sich täglich um eine knappe Stunde verschoben. Manchmal verstärke der Luftdruck die Effekte, und noch der Erdkörper selbst hebe und senke sich, als würde er atmen. Doch hauptsächlich überwiege der Einfluß des Mondes, und die Verschiebung der Gezeiten hänge vor allem damit zusammen, daß sich sein Höhepunkt am Himmel täglich ändere.
Willem konnte sich dafür begeistern, während die Mutter im Strandkorb blätterte und Kronhardt Burgen baute. Gezeiten waren für die Alten selbstverständlich, und sie verschwendeten keine Gedanken darauf; noch wenn der Rhythmus sich änderte oder ganz ausblieb, würde sie das erst interessieren, wenn es sie unmittelbar betraf. Doch nicht die Ursachen würden sie dann interessieren, sondern wie sich das, was sie betraf, wieder in einen Zustand von fragloser Selbstverständlichkeit verwandeln ließ.
Also drei Wochen Onassis. Burgen bauen und im Strandkorb die vornehme Blässe pflegen – und wie blaß konnten eigentlich diese ewig verhüllten Brüste sein?

Morgens war Kronhardt der erste. Halb acht kam er vom Kiosk, und ohne anzuklopfen, öffnete er die Zwischentür, lief durch die Zimmer und las aus der Zeitung vor. Die Welt zittert vor Breschnew, rief er dann, die USA kämpfen in Vietnam, doch am wichtigsten war ihm die Mauer. Seht euch das an, rief er und zeigte auf das Titelbild. Einen Fuß vor der Freiheit erschossen. Und so las er bald wie ein Propagandasprecher, beim Frühstück wurde diskutiert, und als Wahrheit blieb jedesmal eine griffige Formel.

Pünktlich um ein Uhr verschloß Kronhardt den Korb und machte einen Gang um die Burgen. Sie aßen gemeinsam eine Kleinigkeit im Strandlokal, und danach wiederholte Kronhardt den Gang; wenn er fremde Spuren entdeckte oder Muscheln fehlten, konnte er sich lange darüber ärgern. Er überlegte, ob sich das Terrain einzäunen ließ oder man Willem als Wächter abstellen könnte, doch der Blick seiner Frau genügte, um ihn von solchen Ideen abzubringen.

Abends machten sie sich in der Pension zurecht und stiegen dann in den Borgward. An einer Tankstelle ließ Kronhardt die Scheiben putzen, steckte dem Burschen einen Groschen zu, und so ging es nach Cuxhaven rein. Immer dieselbe Strecke, immer dasselbe Restaurant an der Kugelbake. Der Kellner nannte sie bald die Herrschaften aus Bremen und führte sie an einen Tisch mit Seeblick, den die Alten unseren Tisch nannten. Vor der Rückfahrt holte die Mutter ihren Kalender und plante den nächsten Tag. Einmal machten sie eine organisierte Wattwanderung, einmal eine Kutschfahrt nach Scharhörn, und freitags hatte die Mutter einen Termin beim Frisör.

Bei Flut zog Willem über den Strand oder flanierte auf der Meile. Die Frauen trugen Schwimmanzüge oder Bikinis, und manche verwickelten sich wie von selbst in seine Gedanken; wenn er abends im Bett lag, schienen sie wie geheimnisvolle Vertraute, die ihn in alles einführen konnten. Manchmal suchte er am nächsten Tag ihre Nähe und war sicher, daß auch die Frauen dieses Vertraute spürten und sein Verlangen auf eine geisterhafte Art auf sie überspringen würde. So saß er in ihrer Nähe, las Rimbaud, Einstein oder Lorenz und verkündete im stillen die Anziehung.

Wenn das Wasser abzog, marschierte er hinterher.

Die Priele waren Spiegel und die Furchen Fraktale vom Anfang der Zeit. Die gurgelnde Wasserlinie verwischte den Horizont und erschuf dahinter grenzenlosen Raum. Wenn ein Dampfer durch die Fahrrinne zog, verschmierte er in der Ferne wie Quecksilber, und bald marschierte Willem wie auf einer Scholle; alle Weite schlug zurück und machte das Alleinsein zu einer wunderbaren Sache. Unter ihm schmatzte es und Blasen schlugen, Krabben richteten ihre Stielaugen aus oder bewegten sich, als wären sie alle miteinander verbunden. Einmal stiegen unverhofft Regenpfeifer auf, eine flirrende Wolke unter der Sonne, und bald sah Willem nur noch Teilchen gegen den Horizont.

Er wußte, wann er umkehren mußte. Er hatte die Bogenminuten der Sonne im Auge, und ein paarmal konnte er auch erkennen, wie das Gurgeln der Wasserlinie aufschäumte und dann umschlug.

Nach der großen Sturmflut war die Meile saniert worden. Strandkörbe und Kioske waren neu, und auch die Masten mit den Windsäcken. Am Hochsitz der Rettungsschwimmer hing eine Tafel. Nach Beaufort, stand darauf, und fünf war frische Brise, bei sechs bildeten sich Schaumköpfe auf dem Wasser, ab zehn wurde alles schwer und bedeutungsvoll, und jede weitere Stärke hatte etwas mit Orkan und kaum noch vorstellbarer Potenzierung zu tun.

Ein Junge stellte sich zu ihm an die Tafel. Ich bin Erwin.

Moin.

Aus Mettmann. Und du?

Er war dick, hatte ein verschmitztes Gesicht und trug eine Kastenbrille.

Willem grinste, und dann gaben die Jungs einander die Hand.

Erwin sagte: Letztes Jahr waren wir in der Lüneburger Heide und haben gesehen, wie eine Herde mit Schnucken durchgegangen ist. Oder er sagte: Mein Uropa war als kleiner Junge dabeigewesen, als sie den Neandertaler aus unserer Grotte holten. Dieser Erwin konnte Geschichten erzählen, er knüpfte problemlos Kontakte, und bald stand noch ein Junge da, dann zwei Mädchen, und wie von selbst wurde der Kreis immer größer. Sie kamen aus Bargfeld,

Lübeck oder Berlin, Erwin erzählte und steckte sie alle mit seinem Lachen an, dann trafen sie sich täglich unterm Hochsitz, und jeder war willkommen.

Willem stellte schnell fest, daß man hier sein konnte, wie man wollte. Zu Hause mochte man sein Päckchen mit den Alten oder sonstwas zu tragen haben; zu Hause mochte man als Flasche gelten oder als Fickfrosch, doch hier schien es einfach, die Dinge wieder zurechtzubiegen. Egal, was bisher schiefgelaufen war und wie sie einen in der Schule oder sonstwo sahen, hier wußte niemand etwas, und im Grunde konnte man das Bild von sich in genau die Richtung biegen, in die man wollte.

Willem hörte sich die Geschichten der anderen an, und tatsächlich waren es immer Geschichten, die zum Ende hin gut ausgingen und fröhlich machten; noch der böse Stiefvater oder der durchtriebene Priester erschienen unter dem Hochsitz wie aus einer fernen Welt, und für alle schien es klar zu sein, daß es auch nach dem Urlaub so bleiben würde.

Die Geschichten gingen reihum, und als die anderen schließlich Willem ansahen, hatte er das gute Ende bereits im Kopf. Doch noch während er erzählte und nur in Kleinigkeiten von der Wahrheit abwich, staunte er darüber, wie sich aus kleinsten Veränderungen der Anfangsbedingungen große Folgen ergeben konnten. Marduk und Hans verwandelten sich in seiner Geschichte schließlich zu Helden, und im Verbund mit dem Erdkundelehrer enttarnten sie zuletzt den Rektor und das Fräulein von Weyer als Altnazis, die alle Schuld und Sühne verweigerten und die Fäden bereits wieder in den Händen hielten.

Und auch Doktor Blask verwandelte sich. Für den Doktor, erzählte Willem, für den steht fest, daß mit der menschlichen Rasse was schiefgelaufen ist. Daß sie sich eine Wirklichkeit erschaffen haben, die krank und vernagelt macht. Doch Ursachen interessieren den Doktor schon lang nicht mehr, und einer seiner Lieblingssätze ist: Es geht um nichts. Er sagt auch: Alles ist gut und nichts ist abscheulich, und Ekel kennt der Doktor längst nicht mehr. Und wenn er in den verwucherten Gehirnen stochert und in den angefaulten Seelen, kann er sich freuen wie ein Kind.

Nach Feierabend steckt er eine Zigarre an und träumt von unfruchtbar machenden Bakterien. Wenn man schon nicht den Trieb kontrollieren kann, sagt er, dann wenigstens die Mechanismen der Fortpflanzung. Und bei ihm sitzen seine beiden Frauen, Tatjana und Solveig nennt er sie, und niemand weiß, wie sie wirklich heißen. Oder sonstwas über diese Frauen, doch sobald ein Mann sie sieht, zündet es. Von solchem Kaliber sind die beiden, und wenn andere Frauen Tatjana und Solveig sehen, spüren sie diese Wirkung auf die Männer auch sofort, und ihre Eifersucht schlägt in Bosheit um, und weil ihre Männer ständig zu diesem Doktor rennen, gehen auch die Frauen hin. Und der alte Knabe sitzt da, kitzelt die verkorksten Existenzen raus und lacht sich kaputt.

Und wißt ihr, sagte Willem, was ich glaube: daß Tatjana und Solveig Gesinnungsgenossen sind vom Doktor. Daß die bloß Sex machen, um das Milieu parat zu haben, in dem Leben entsteht. Versteht ihr, Penis in Vagina, das ist bei denen nur sekundär. Abstriche und Kulturen unterm Mikroskop, darauf kommts denen an. Und dann Bakterien, die sie drauf ansetzen können.

So saßen sie unterm Hochsitz wie um ein Feuer, und die Geschichten drangen ein in die Köpfe und wirkten dort weiter.

Eines Morgens brachte Erwin ein Mädchen mit unter den Hochsitz. Kinder, rief er und klatschte in die Hände. Das ist Constanze. Was ganz Seltenes, die kommt frisch aus der Ostzone, und dann stellte Erwin ihr die Runde vor. Alfred und Cosima aus Berlin, Arno aus Bargfeld, Katja aus Lübeck, Willem aus Bremen. Und wie im Vertrauen sagte er zu Constanze: Willem fängt seine Geschichten ganz harmlos an. Er erzählt dir, daß es um nichts geht. Aber noch bevor du richtig dahinterkommst, steckst du schon in einer anderen Welt, und nichts ist mehr so, wie es einmal war.

Sie lachten in der Runde, und auch Willem lachte mit, als wäre nie die Rede von ihm gewesen.

Constanze hatte violette Augen. Ihr Haar war weiß, die Haut war weiß, sie war zart, und an den Schläfen schimmerten ihre Adern. Willem sah das Mädchen an, und als sie seinen Blick bemerkte, wurde er rot.

Der dicke Erwin pfiff als erster, dann johlte die ganze Bande.

Und Willem spürte etwas wie nie zuvor. Es war kein Vergleich zu all den Phantasien – im Gegenteil: Die Brüste einer Patrizia von Kattenesch erschienen plötzlich vulgär, und sich am Strand oder sonstwo gewisse Anregungen zu holen war im Angesicht dieser Constanze beschämend. Sie ist ein Lichtwesen, dachte er. So feinstofflich und zart, daß ihr Inneres sie leuchten läßt, als käme sie von einem anderen Stern. Er fand es unglaublich und erschrak bei dem Gedanken, daß dieses Mädchen womöglich Bedürfnisse entwickelte wie jeder.

So wurde er rot, wenn sich ihre Blicke trafen, und wenn die anderen eine Geschichte forderten – Komm schon, Willem! Es geht um nichts! –, dann blieb er sprachlos.

Es war seltsam; er wußte nichts von ihr und machte alles daraus. Er wurde konfus und wußte nicht, ob sie selbst ihn konfus machte oder seine Vorstellung von ihr. Bald konnte er nicht mehr zwischen Wirklichkeit und Vision unterscheiden – er sah ihre zarten Schläfen, das weiße Haar, Constanze schwebte, Constanze strahlte, und als der dicke Erwin vor ihm stand und ihn schüttelte, wußte er nicht mehr, wo er war.

Menschenskinder, sagte Erwin, und dann brachte er Willem an die Strandmeile. Er setzte ihn an einen Tisch, bestellte dreimal Fürst-Pückler und kam mit Constanze zurück. Erwin verschlang seine Portion und war wieder verschwunden.

Constanze fragte, ob sie zu Willem unter den Schirm dürfe. Er konnte es nicht glauben. Er zitterte, und obwohl sie sich nicht berührten, spürte er ihren Körper. So saßen sie und löffelten ihr Eis. Constanze sagte, daß sie die pralle Sonne meiden müsse. Sie habe Leukämie.

Willem sah auf, und sie lächelte.

Man bekommt ein Leben geschenkt, sagte sie, und dann muß man etwas daraus machen. Es gibt seltene Gelegenheiten, sagte sie, und wenn man sie ausläßt, wird man nie erfahren, was hinter ihnen steckt.

Später schlenderten sie über die Meile. Das Mädchen war älter als Willem, doch hinter Constanzes feinstofflicher Ausstrahlung blieben die Jahre unsichtbar. Die Auslagen in den Geschäften schienen sie nicht zu interessieren, nicht mal die neusten Scheiben aus England. Doch einmal blieb sie stehen und nahm eine große Muschel; dann legte sie Willem die Muschel an ein Ohr, und über sein anderes stülpte sie ihre Hand. Ein Rauschen erfaßte ihn, und die Berührung ging ihm durch und durch.

Constanze band ein Kopftuch um, und über den Badeanzug streifte sie ein Trikot. Willem bemerkte, daß Schnitt und Muster ihrer Kleider wie aus einer anderen Epoche wirkten, und er hörte zum erstenmal Begriffe wie VEB oder Kombinat.

Sie sah ihn an und lächelte. Die Dinge, die ein Volk produziere, meinte sie, sollten vor allem nützlich und haltbar sein. Alles, was darüber hinausginge, verwische nur Freiheit und Gleichheit eines Volkes. In der DDR verachte man die Mechanismen des Kapitalismus, und Kleider beispielsweise stünden dort in keinem Zusammenhang mit Status oder Wert eines Menschen. Wenn sie an Müritz oder Ostsee fuhren, sei die Nacktkörperkultur selbstverständlich.

Willem konnte es nicht glauben. Ein nacktes Volk.

Doch Constanze lachte nur. Für sie sei es nur eine Frage der Zeit, bis die Menschen auch in diesem Teil Deutschlands soweit wären – wie alle von Herrschaft durchsetzten Ideologien hätte auch der Kapitalismus nur einen zeitlich begrenzten Machtbereich, und eines Tages würden sie auch hier einsehen, daß die künstlich erzeugte Gier nach Anschein zerstörerisch sei. Das irdische Glück, das aus einem Volk selber erwachsen und jeden einzelnen erfassen und einbinden könne, werde im Kapitalismus zugunsten von endlosen Ersatzprodukten aufgegeben.

Willem dachte über ihre Worte nach. Dann fragte er, ob sie ihre Ansichten aus der Schule habe.

Natürlich wurden den Kindern von der Krippe an die Vorzüge des Arbeiter- und Bauernstaates nahegebracht. Und Constanzes Eltern waren überzeugte Kommunisten, die vor den Nazis bis nach Moskau geflohen waren. Doch erst seit die Ärzte die Krankheit in ihr diagnostiziert hätten, befasse sie sich ernsthaft mit den Möglichkeiten des Menschen zum Glück. Manchmal, wenn sie zu schwach sei, um aufzustehen, und die Weißblütigkeit in sich spüre, habe sie Visionen vom irdischen Glück und der Gleichheit aller Menschen. Und sie könne sehen, daß dieser Zustand der Menschen so lange nicht erreicht werden würde, wie es kapitalistische Systeme gebe, die ihr wie eine alles erfassende Krankheit erschienen.

Kapitalismus, sagte sie, sei ein künstliches System, das sich selbst organisiere und erhalte, indem es ständig künstliche Energien erschaffe, die es nährten. Selbsterhaltung um jeden Preis sei sein eigentlicher Zweck, und seine Methoden seien so verschlagen, daß der Mensch, seine Freiheit und noch seine Seele verwandelt würden. Und solange man sich seinem Einfluß hingebe, würde er blenden und vervielfältigen und zerstören, bis nichts mehr existiere. Ein bösartiger Nimmersatt, der die Menschheit zerfressen werde, so wie die Leukämie sie selber von innen zerfresse. Doch gerade deshalb, sagte sie, weil dieses System nur funktioniere, indem es zerstöre, sei es zeitlich begrenzt. Und daraus ergebe sich nicht nur Hoffnung auf Gleichheit und Glück aller Menschen, sondern auch, daß der Klassenfeind nur ein vorübergehendes Problem wäre.

Klassenfeind, sagte Willem.

Und Constanze lächelte, und ihr Körper kam nahe.

Und die Mauer, sagte Willem.

Der Staat muß das Volk beschützen.

Und wenn die Mauer Teil eines Systems ist, mit dem der Staat sich selber schützt?

Constanze lachte. Wir sind kein Volk, das wegläuft. Schau mich an. Ich reise aus und kehre mit Freuden wieder zurück.

Aber andere werden an der Mauer erschossen. Oder nicht?

Auch in unserem Staat gibt es Bürger, die den Kollektivgedanken verraten und das große Glück der Völker gefährden. Vielleicht sind diese Bürger asozial. Vielleicht sind sie auch nur schwach und verblendet, beides ist jedenfalls keine Rechtfertigung, sie zu erschießen. Doch solange wir in einer gespaltenen Welt leben, wird es Opfer geben; zumal dort, wo die Gegensätze so mächtig aufeinandertreffen.

Willem sah das Mädchen an, und sie schien immer noch zu leuchten, als käme sie von einem anderen Stern. Ich kenne die DDR nicht.

Constanze lächelte. Vielleicht würde es dir dort auch gefallen.

Keine Ahnung. Lassen sie dich dort sein, wer du bist?

Und sie lachte. Ja, was denkst du denn.

Ich weiß nicht. Auch hier könnte man glauben, frei zu sein. Doch in Wahrheit bestimmen sie alles und lassen einen nicht sein, wie man sein will.

Sie berührte ihn. Der Westpakt, flüsterte sie, wird zusammenbrechen. Seine Verblendungsmechanismen. Und dann kam sie ganz nahe, ihr Atem und ihre Stimme in seiner Muschel. Ich lebe jetzt zwei Jahre mit der Leukämie und kenne andere, die es nicht so lange geschafft haben. Wieder andere leben schon fünf, ja zehn Jahre damit, und einer wurde sogar geheilt, Rudi Marschallke, und Ulbricht hat ihn zum Helden der Republik ernannt. Dann stießen ihre Lippen in sein Ohr. Ich weiß nicht, ob ich den Zusammenbruch des Westpakts noch erleben werde. Aber ich habe ein Leben geschenkt bekommen, und daraus will ich etwas machen.

Sie zog ihn sanft von der Meile.

Im Watt nahm sie seine Hand.

Und die Sonne, sagte er.

Sie lächelte.

Das Leben und die ganze Welt waren schön neben diesem Mädchen. In ihrer Nähe hatte er das Gefühl, der sein zu können, der er war, und es schien ihm von vornherein falsch, das Bild von sich in eine Richtung zu verbiegen, um sie für sich einzunehmen.

Er spürte die Hitze zwischen ihren Händen, und bereits die Wirkung so einer einfachen Berührung ging über alles, was er sich mit den Patrizias und Solveigs vorgestellt hatte.

Constanze sah ihn an, und er spürte ihre Lippen. Und dort, wo er sonst die Welt in Worte verwandelte, empfand er eine Welt, für die es keine Worte mehr gab.

Die Furchen im Watt waren endlose Fraktale, und in den Prielen spiegelte sich die Ewigkeit. Sie schmeckten das Salz, Constanze band das Tuch vom Kopf und ließ ihr Haar fallen. Ihr Trikot knisterte und glitt leicht über die Arme. Die Haut darunter war weiß, und noch ihre Schweißperlen erschienen wie aus Milch. Die Welt war eine Scholle, sie lagen zwischen Himmel und Horizont und schöpften Atem von weit dahinter. Ihre Haut im Netzwerk aus Furchen und Schlick, ihre Körper eingeschmolzen in Blasen und Kegel, und zuletzt dirigierte das Mädchen. Sie hatte keine Angst, sie wußte, wie es ging, und drüben kriegten sie die Pille sogar kostenlos. Die Flut holte sie kurz vor der Meile ein.

Als sie am Strand lagen, spülten Wellen über ihre Bäuche, und sie sahen zu, wie die Scholle versank. Man bekam ein Leben geschenkt, und dann mußte man etwas daraus machen.

Auf der Heimfahrt trugen die Mutter und Kronhardt Kapitänsmützen, ein Souvenir von der Alten Liebe. Sie fuhren auf der Bundesstraße, Kronhardt pfiff Schlagermelodien, die Mutter feilte an ihren Nägeln. Der Asphalt spulte unterm Borgward, Moor, Heide und Wälder verdichteten und lösten sich wieder auf. Manchmal überholte Kronhardt, oder er sagte: Schaut mal, der Henschel hat einen defekten Zwillingsreifen. Oder: Habt ihr den Variant gesehen? Das nenn ich korrekt. Dann pfiff er wieder, und die Mutter feilte.

So stießen sie voran, teilten den Raum, und das Land flog vorbei. Die Wolken schienen im Westen aufgetürmt und fest verankert, doch nach halber Strecke blähten sie bereits gegen die Mittagssonne.

Die Mutter legte die Feile weg und holte ihren Kalender vor. Gleich morgen ist Brinkmann dran. Wenn er sich weiter dagegenstemmt, kriegt er Probleme. Das wirst du ihm klarmachen, ja.

Kronhardts Finger trommelten auf dem Lenkrad.

Die Mutter blätterte.

Dann sagte sie: Kommando zurück. Um Brinkmann kümmere ich mich selbst. Was glaubt der denn, sitzt plötzlich in diesem Sessel, und die Vergangenheit existiert nicht mehr? Sie lachte abfällig. Ohne meine Familie hätte der nicht mal mehr seinen Hintern.

Kronhardt nahm eine Hand vom Lenkrad und legte sie auf ihren Schenkel.

Sie schob die Hand weg und sagte: Du nimmst dir diesen sturen Bock von Brauereidirektor vor. Laß ihn einen schönen Kampf sehen in deinem Terrarium, verkauf ihm die Schmetterlinge, die er haben will. Ganz egal. Aber du holst den Auftrag.

Kronhardt trommelte wieder.

Von Leysieffer läßt du die Finger. Das mach ich. Sie klappte den Kalender zu und lachte. Nichtwahr, wir halten die Welt am Rattern. Und Kronhardt fiel in ihr Lachen, seine Hand drückte ihren Schenkel, und die Mutter ließ es geschehen.

Nach einer Zeit klappte sie den kleinen Spiegel herunter, und Willem sah, wie sie ihre Lippen ausstülpte und einzog, wie sie die Winkel nach unten verzerrte und die Zähne bleckte. Er fand, daß die Farbe ihren Mund noch härter machte. Schließlich zerstäubte die Mutter noch Parfüm, dann standen ihre Augen im Spiegel.

Wir haben mit den Lehrern gesprochen.

Kronhardt trommelte mit den Fingern.

Du bist unterfordert und wirst die Klasse wechseln. Die Parallelklasse ist sehr vielversprechend.

Willem sah die Augen und konnte es nicht glauben. Sie versetzten ihn zu Schlosser.

Ist gut, sagte er.

Die Mutter rückte an der Kapitänsmütze und klappte den Spiegel hoch.

Kronhardt lachte und kurbelte das Fenster runter. Der Fahrtwind trieb das Parfüm, und später kam Kronhardts Hand mit einem Fünfmarkstück nach hinten. Die Mutter tat, als kriegte sie nichts mit.

Rings das glattgezogene Land hatte sich jetzt aufgeworfen; alte Laubwälder zogen über den Geestrücken, wellige Heuwiesen und Äcker begrenzten den Horizont. Der Borgward schnurrte durch die Eiszeitspuren, Kronhardt pfiff Melodien, und seine Rechte lag auf dem Schenkel der Mutter. Die Sonne reflektierte von den Lackschirmen, und für Willem war es klar, daß sein Erlebnis mit Constanze unendlich weit weg sein mußte von der Erlebnisfähigkeit der Alten. Als sie zu Hause anlangten, sah er ein Raubwanzenpärchen aussteigen.

Die Kapitänsmützen landeten in einem Kabuff.

In seinem Zimmer holte er das Trikot von Constanze hervor. Lockte das Knistern aus dem Material, fand Spuren von ihrem Schweiß, vergrub sein Gesicht.

15

In Duhnen war Willem braun geworden; auf seiner Oberlippe lag flaumiger Schatten, und auch das Leptosome schien überwunden. Anfangs war er überwältigt von dem Phänomen. Doch bald stand er ganz nüchtern vor dem Spiegel und konnte Constanze als kleine Änderung wahrnehmen, die eine unglaubliche Wirkung hervorgebracht hatte.

Zu Schulbeginn freute er sich darauf, Schlosser wiederzusehen.

Als er der neuen Klasse vorgestellt wurde, grinsten die Jungs. Auch die schwarzgelockte Gisela wurde vorgestellt; sie war sitzengeblieben, und der Lehrer machte dafür vor allem ihre renitente Art verantwortlich. Willem nannte er einen tadellosen Schüler. Dann ließ er die beiden Platz nehmen; Gisela neben einer Rothaarigen, Willem wurde neben den Klassenprimus in die Jungshälfte gesetzt. Ein weicher und unförmiger Kerl, und sein Vater war der Politiker Leysieffer. Und natürlich ahnte Willem, daß da etwas auf ihn zukommen würde.

Im Grunde war es in der neuen Klasse aber kaum anders als in der alten. Die ganz harten Proletarier wie Achim-das-Tier oder Harald fehlten wohl, und die Klasse stand auch ohne Murren auf, und niemand schrieb vor der Stunde noch Hausaufgaben ab. Doch die Jungs hatten hier ebenso ein Auge dafür, wenn ein Mädchen die Haare offen trug oder ein Büstenhalter durch die Bluse schimmerte. Und auch hier legten es die Mädchen natürlich auf dieses Auge an. Und einen Primus wie Konrad Leysieffer gab es überall. So erschien der Beschluß, Willem zu Schlosser in die Klasse zu versetzen, wie ein Glücksfall. Und daß obendrein nun auch noch Gisela dabei war, fanden die Jungs natürlich spannend.

In den Pausen standen sie um den Elefanten. Manchmal kam Gisela zu ihnen, und sie plauderten und rauchten. Die Jungs erfuhren, daß ihr Vater Soldat war. Sie hatte ständig Streit mit ihm, und ihre Mutter hatte aufgegeben, ihr gegen den Vater zu helfen. Die Mutter nahm Pillen, trank Alkohol und erhielt sich in ihrem Rausch eine andere Welt. Gisela fand das zum Kotzen. Und auch das Alte Gymnasium fand sie zum Kotzen. Diesen Klüngel aus reichem Haus, und dazu noch solche Linken wie Jan-Carl oder Frederike, die selbstgefällig und abgehoben waren wie die anderen. Im Grunde fand Gisela die ganze Bundesrepublik zum Kotzen, und bald offenbarte sie sich den Jungs und benutzte Wörter wie Volksherrschaft oder Kollektiv. Wenn die Jungs da nachhakten, drehte Gisela es so, als steckte ein tieferer Sinn dahinter, der nur über sie zugänglich war. Und wenn die Jungs damit nicht zufrieden waren, legte Gisela richtig los; als wollte sie diesen Sinn in ihre Köpfe hämmern, und sie redete sich in einen Rausch und kriegte es hin, noch jedes Thema politisch zu machen. Werder gegen HSV, die Soldatenmentalität ihres Vaters, die Dummheit und Arroganz ihrer Mitschüler, und zuletzt bündelten sich all ihre Gedanken auf immer derselben Ebene. Sie machte den Staat zum Instrument einer kapitalistischen Sippe, die die Politik für Gesetze, Bürokratien und Mechanismen benutzte, um das Volk unselbständig zu halten. In Giselas Staat waren selbständiges Denken und Handeln nicht erwünscht, der Raum für Lernen und Persönlichkeitsentwicklung war angeordnet und wurde kontrolliert. Der Sinn von Arbeit und Aufschwung bestand vor allem darin, einen Volksglauben vom Glück aufrechtzuerhalten und zugleich mit der sozialen Marktwirtschaft dennoch nur die Profite aus dem Volk zu leiern, um diesen Zustand im Staat noch für die Kindeskinder der Kapitalsippe zu manifestieren.

Und während Gisela in der Bundesrepublik den manipulierten Staat verantwortlich machte für den menschlichen Verfall, konnte sie auf der anderen Deutschlandseite eine Lösung für dieses Problem erkennen. Für sie repräsentierte der Staat dort eine Volksgemeinschaft, die sich ihre Werte und ihren Sinn aus dem Kollektiv heraus erschuf. Die Volksmasse diente nicht dazu, einem überge-

ordneten Instrument den Profit aus Verblendung und Machtaus-
bau zu liefern, sondern ihre Leistung schloß sich zu einer Gemeinschaft, in der alle gleich waren und jeder nach seinen Kräften und
Fähigkeiten auch zu Schutz und Glück des anderen beitrug.
Die Jungs nannten Giselas Ansichten verzerrt.
Gisela lächelte wohl, doch dann feuerte es auch schon wieder aus
ihrem Lockenkopf, und sie entwarf Blickwinkel, aus denen heraus die Berechtigung oder Logik einer Kritik nur noch wie von
den Staatsmechanismen manipuliert erschien. Und wenn die Jungs
auch diese Ansichten verzerrt nannten, war das nur ein Beweis der
funktionierenden Manipulation; noch wenn die Jungs glaubten,
denken zu können, was sie wollten, und innerlich frei zu sein, wurden sie zuletzt bloß in diesem Glauben gehalten.
Willem und Schlosser fanden es erstaunlich, wie Gisela die Dinge
immer wieder auf eine Art drehte, als stecke ein tieferer Sinn dahinter, der zuletzt nur über sie zugänglich war. Und sie fanden es
auch erstaunlich, wie Gisela immer neue Energien freisetzte, sobald sie ihr widersprachen. Wie es aus ihrem Lockenkopf feuerte,
wie ihr hübscher Körper unter Spannung geriet und ihr kleiner,
fester Busen zitterte, während ihr Atem wie Glut erschien.

Der Spätsommer war drückend.
Sie lagen auf dem Ponton, der Ausleger stand waagerecht, die
Trossen hingen schlaff; tags jagten Schwalben, und mit der Däm-
merung kamen von überall Stare und sammelten sich rings um den
See. Wenn die Jungs aus grüner Tiefe auftauchten, schnappten ihre
Mäuler, sie warfen das schwere Haar zurück, und ihr Johlen schlug
gegen den Grubenrand.
Willem war lange unsicher gewesen, wie er Schlosser in sein Er-
lebnis mit Constanze einweihen sollte. Es schien ihm einfach zu
intim; zu großartig, um Worte dafür zu finden. Auf der anderen
Seite aber fühlte er sich Schlosser gegenüber verpflichtet, sie öffneten sich einander, teilten und verdoppelten, und als er schließlich
davon erzählte, war es eine kurze und sachliche Version.
Doch Schlosser hakte nach, und wie befürchtet, geriet Willem ins
Stammeln. Er wurde rot und fand keine Worte mehr.

Schlosser boxte ihn, und danach schwammen sie um die Wette. Später meinte er, daß er Willem um seine Erfahrung beneide, und aus seiner Erzählung zöge er, Schlosser, den Schluß, daß Seelenverwandtschaft ein bereichernder Faktor sei.

Schlosser lehnte am Elefanten und rollte eine Zigarette. Willem hockte im Gras.

Gisela sagte: Ich will mit.

Die Jungs sahen einander an und erwiderten nichts.

Am Nachmittag setzten sie zu dritt über, und Gisela stand vorn im Nachen wie eine Galionsfigur. Als sie auf dem Ponton lagen, war Willem schockiert. Gisela streifte ihr Oberteil ab, als wäre es nichts. So lag sie da, die Sonne auf ihrem Körper, und zog über den Soldatenvater her und die süchtige Mutter. Und Willem mußte an Constanzes Worte denken, daß das Ende des Klassenfeinds nur eine Frage der Zeit wäre. Vielleicht war alles bereits viel weiter fortgeschritten, als er gedacht hatte, und der Zusammenbruch des Westpakts konnte jederzeit einsetzen. Ein nacktes Volk, dachte er. Eine Welt, in der nicht Nacktheit mehr die Verletzung darstellte, sondern die Norm zur Züchtigkeit. So sah er das Haar, das buschig und wild aus Giselas Kuhlen sproß; und ihre aufwärts gerichteten Brüste waren gebräunt, als verachteten sie alle vornehme Blässe. Waren womöglich Vorboten vom baldigen Untergang der bigotten Westkultur.

Schlosser lag auf der Seite und hielt den Kopf gestützt. Er überblickte den See, den fraulichen Körper.

Und Gisela lag da, als wäre es nichts. Nannte ihre Eltern erbärmliche Spießer, und unter der Erregung bewegte sich ihr festes Fleisch.

Sie rüttelten am Führungsseil vom Nachen und riefen. Schlosser bemerkte die drei als erster. Besuch, sagte er, aber da waren die Burschen schon im Wasser und kraulten wie Hunde.

Da is n Rothaariger dabei.

Gisela sagte, na und.

Schlosser sprang auf und gab Gisela ein Zeichen. Es war so eindeutig, daß sie nicht widersprach. Sie streifte ihr Oberteil über und stellte sich neben die Jungs.

Die Burschen schwammen bis in die Nähe des Pontons, dann hielten sie inne. Nur ihre Köpfe waren zu sehen. Der Rothaarige rief: Verpißt euch!

Willem und Schlosser sahen sich an.

Gisela rief: Verpißt euch selber!

Marsch! Und wir lassen euch in Frieden.

Aus Giselas Augen blitzte es. Schlosser hielt sie zurück. Was wollt ihr? Ihr sollt euch verpissen!

Warum?

Die Köpfe im Wasser sahen einander an. Dann tauchten sie ab.

Willem und Schlosser gefiel das nicht.

Gisela war am Bagger und fand einen Besenstiel. In was für einer Welt leben diese Arschlöcher!

Der erste Kopf kam rechts vom Ponton wieder hervor. Er sondierte die Lage, stieß einen Doppelpfiff aus und verschwand wieder.

Im nächsten Moment erschien der Rotschopf am Heck des Nachens, und sein Körper glitt mühelos an Bord. Er stand da und grinste boshaft.

Der dritte stieß aus dem Nichts hervor. Durchbrach in einem kurzen Rauschen den Wasserspiegel, und sein Körper schnellte in die Höhe. Mit einem Griff hatte er Willem am Bein geschnappt und zog ihn vom Ponton.

Der Rothaarige lachte dreckig.

Willem hatte keine Chance. Ein paarmal drückten sie ihn unter Wasser, dann zogen sie ihn zu zweit auf den Nachen zu.

Wenn er Zicken macht, sagte der Rothaarige, macht ihr ihn fertig. Und mit einem Sprung war er auf dem Ponton.

Ich hab kein Problem damit, nem Weib das Maul zu stopfen. Seine Stimme kam schnurrend, die grünen Augen taxierten Schlosser. Sag ihr, sie solls Maul halten. Und sie soll den Stecken wechtun. Sonst brech ich ihr den Arm.

Gisela fuhr den Rothaarigen an, doch Schlossers Griff ließ sie verstummen. Dann legte sie den Besenstiel ab, und Schlosser langte ihr seine Brille.

Willem saß eingekeilt im Nacken. Bist du in Ordnung? rief Schlosser, und als Willem ein Grinsen hinkriegte, kassierte er dafür einen Nierenhaken.

Dann drehte sich Schlosser zu dem Rothaarigen. Er sah ihn an ohne Ausdruck.

Der andere war größer, mit springenden Muskeln und Sehnen. Die grünen Augen lauernd, der Mund verächtlich. Ich mach dich fertig, schnurrte er, und dann schnellte seine linke Faust aus dem Ellenbogen.

Schlosser blockte den Schlag, doch eine gerade Rechte kam gleich hinterher und streifte sein Ohr. Dann folgte wieder die Linke, Schlosser blockte, die Rechte schoß gegen den Magen und kam halbwegs durch. Er machte einen Schritt zurück und warf eine Strähne aus dem Gesicht.

Der Rote lachte dreckig. Strich mit dem Zeigefinger über seine Nase, und dann waren seine Fäuste wieder da, rechts-links-rechts, und Schlossers Lippe platzte. Die nächste Kombination parierte er. Warf die Strähne aus dem Gesicht, leckte das Blut. Dann griff er selbst an. Führte mit links, führte mit rechts, täuschte einmal und setzte einen harten Treffer neben das Schlüsselbein.

Der Rote sprang zurück.

Du kleines Stück Scheiße! Doch dann schnurrte die Stimme wieder: Ich mach dich fertig.

Spannen, Angriff und Entladen waren eine Bewegung. Kraftvoll und beharrlich zielte er auf Schlossers Kopf. Stieß zweimal, stieß dreimal durch, und Schlosser hatte nicht mal Zeit, sich nach den Treffern zu schütteln.

Und der Rote schien besessen, links-rechts-links, und seine Augen glitzerten. Schwinger von unten, Schwinger seitwärts, eine doppelte Gerade; wie eine Maschine spulte der Rote sein Programm, und aus seinen Augen stach eine seltsame Lust.

Dann machte er einen Schritt zurück. Tänzelte, und sein Atem ging schwer. Schlosser schnellte vor und landete einen Treffer. Der nächste warf den Roten um.

Weiter, Schlosser! Weiter, Schlosser! rief Gisela.

Doch Schlosser wartete. Als der andere wieder oben war, zog er ab, links-links und ein rechter Volltreffer gegen den Schultermuskel. Als der Rote den Arm heben wollte, war Schlossers Haken schon gelandet. Er taumelte, dann sackte er zusammen.

Schlosser packte ihn an den Beinen, schleifte ihn an den Rand des Pontons und hängte seinen Kopf ins Wasser.

Laßt ihn los, rief er zu den beiden im Nachen.

Willem kam auf den Ponton geklettert, und zusammen zogen sie den Roten wieder hoch. Als er die Augen aufschlug, stand Gisela über ihm. Sie drückte den Besenstiel in seine Kehle.

Schlosser sagte: Laß ihn.

Und dann zu den beiden im Nachen: Auf den See schwimmen.

Gisela stand da und drückte.

Laß ihn.

Nein! Und zu dem Roten zischte sie: Machs Maul auf! Los schon!, und dann stieß der Besenstiel hart gegen das Gaumensegel.

Der Rote riß die Augen auf, und als Schlosser dazutrat, erhöhte sie den Druck. Die müssen kapieren, daß die mit so was nicht mehr durchkommen.

Laß ihn, Gisela.

Nein! Die haben ihre Zeit gehabt. Und die sollen sehen, wie weit die heute mit ihren Methoden kommen.

Das sind Rabauken. Nicht mehr.

Na klar! Und unlängst warns noch Lämmer! Und sie drückte noch fester.

Was du jetzt machst, ist um nichts besser. Schlosser schüttelte den Kopf und trottete zum Nachen. Der Rote sah ihm mit Glupschaugen hinterher.

Gisela stand über ihm. Hose runter!

Der Rote würgte.

Los schon!

Der Rote versuchte, den Kopf zu bewegen.

Die Schwimmhose, verdammt! Oder ich drück dir das Ding hinten durch.

Blut und Schweiß liefen auf den Ponton, und mit panischen Augen wand der Rote den Leib und kriegte die Hose schließlich runter.

Sie sprangen in den Nachen und ließen ihn nackt zurück.

Was sollte das, sagte Schlosser.
Das Mädchen sah ihn an. Dann nahm sie sein Gesicht und wusch die Wunden aus.

Kronhardt führte durch den Maschinenpark und ließ es rattern; Willem mußte ihm zur Hand gehen und zudem die gestelzten Fragen der Leysieffer-Familie beantworten. Dann enthüllte Kronhardt die alte Handstickmaschine, und alle drängten Willem, das Relikt zu bedienen. Er erklärte die nötigen Griffe, brachte Rhythmus in das Fußpedal und führte schließlich den Pantographen. Und Kronhardt, beinah jambisch, fügte seine Anekdoten in das nostalgische Rattern ein: von der Manufactur zur Stunde Null, nichtwahr, und jetzt der lochbandgesteuerte Park. Als Willem das Emblem gestickt hatte, klatschten die Leysieffers, und der Politiker klopfte ihm auf die Schulter. Respekt, junger Mann.
Abends kümmerte sich Kronhardt um den Grill. Der Primus stand bei ihm und stierte auf die Fleischberge. Die Mutter unterhielt das Ehepaar Leysieffer, und Willem hatte die Töchter am Hals. Es waren drei, und sie alle erschienen ihm häßlich und langweilig.
Nach diesem Besuch war ein Nachmittag in der Woche für den Primus reserviert. Konrad Leysieffer war unförmig und weich, wie gesagt, und er wollte nichts anderes als gute Noten schreiben und später Politiker werden. Willem spulte die Nachmittage systematisch ab; er ließ sich auf nichts Persönliches ein und vermied jeden Anschein von Subversion. Der Primus brachte seine Phrasen, und Willem hakte oberflächlich nach, damit der Anschein einer Diskussion entstand. Der Primus äffte Gebärden und Stimmführung seines Vaters nach, er füllte den Raum mit Blähungen, verschachtelte jeden aufblitzenden Sinn, und Willem gab ihm das Gefühl, ein brillanter Rhetoriker zu sein. Zwei Stunden, auf die Minute, und wenn Willem den Nachmittag beendete, sagte er: Respekt, Konrad.

Manchmal erschienen die Gänse täglich, zogen flußaufwärts, und ihre Rufe stießen in die Ferne. Die Blätter färbten einen kühlen und sonnigen Oktober, aus den langen Schatten brachen erdige Düfte, und Willem mußte feststellen, daß die Schwestern vom Primus ihn bedrängten. Anfangs hielt er es noch für eine Art Etikette, mit der sich die Mädchen wie kleine Erwachsene aufspielen wollten. Doch bald mußte er einsehen, daß sie seinetwegen hinter den Gardinen lauerten und seinetwegen so aufgetakelt erschienen. Sie hielten ihn vom Zimmer ihres Bruders zurück, verwickelten ihn in Gespräche, und Willem begegnete ihnen stets ausnehmend freundlich. Doch er hatte keine Zeit für sie.

Den Schwestern gefiel das nicht, sie mokierten sich. Ihre Mutter schaute eines Tages in der Stickerei vorbei, um ein paar Taschentücher mit Monogramm versehen zu lassen, und danach mußte Willem einen weiteren Nachmittag in die Leysieffer-Familie investieren. Er versuchte erst gar nicht, seine Mutter umzustimmen. Er lächelte bloß, nannte die Schwestern charmant und arbeitete an einem Plan.

Sie waren zurechtgemacht und führten ihn an die Kaffeetafel. Sie äfften die Erwachsenen nach, sie stellten nichts in Frage und kamen sich unglaublich vernünftig vor. Beim dritten Mal provozierte Willem einen Brechreiz. Er war selber überrascht, mit welcher Wucht es ihm hochkam. Es drang durch die Finger, er zog eine Spur bis zum Gästeklo, doch danach wurde es schlimmer. Als hätte der Leysieffer-Arzt nur auf diesen Anruf gewartet, war er bereits da, während Willem sich noch eingeschlossen hielt. Der Arzt war ein energischer Mann, und im Gefolge der Schwestern mußte Willem sich auf ein Kanapee legen. Sie tupften ihm die Stirn und brachten das dünne Teeporzellan an seine Lippen.

Willems Mutter schien von solcher Fürsorge gerührt. Sie ließ drei Handtücher und drei Waschlappen mit den Namen der Mädchen besticken, und für Willem gab es keine Möglichkeit, diese Aufmerksamkeit zu unterschlagen. Die Mädchen sahen sich durch das Präsent ermutigt, eine nach der anderen machte zuerst einen Knicks, dann küßten sie ihn auf die Wange und luden ihn ein ins Kino oder zu Macciavelli. Er wurde mehrmals bei solchen Unternehmungen gesehen; von Kattenesch und Lasalle tauchten auf, auch Achim-das-Tier, doch jedesmal konnte Willem erscheinen, als würde diese peinliche Lage für ihn überhaupt nicht bestehen und als hätte er hinter den Schwestern noch enorm was in petto. Doch diesen Anschein aufrechtzuerhalten kostete ihn Kraft, und um frische Kraft zu schöpfen, brauchte er freie Zeit, die er nun kaum noch hatte. Und die Schwestern wurden immer aufdringlicher, schreckten bald nicht mehr davor zurück, ihn zu Hause aufzusuchen, und wenn die Mutter sie hoch auf sein Zimmer führte, fühlte er sich nur noch hilflos und ohne Hoffnung auf Kraft.

Es war erschreckend, wie tief er im Plan und Getriebe eines Lebens steckte, das er nicht wollte. Wie er von allen Seiten bedrängt wurde, und wie vor allem seine Mutter über ihn bestimmte und ihn zu jemandem machte, der er nicht sein wollte. Willem hatte bisher gemeint, daß er mit Erfahrung und Gewohnheit diesen Mangel an Selbstbestimmtheit ausgleichen könnte; daß er in einem Bereich seines Lebens einfach funktionieren müßte, um in dem anderen wirklich frei zu sein. Doch jetzt mußte er einsehen, daß der Verlust von Selbstbestimmtheit eine alles erfassende Wunde war. Und daß diese Frau mit Muttermaske endlos fortfahren würde, ihm mit ihrem grausamen Lächeln Stücke aus seiner Seele zu reißen. Und während alle Welt in diesem Akt einzig die Güte einer Mutter erkennen konnte, spürte Willem, wie diese Güte ihn aufweichte. Wie sich eine Art Stumpfheit in ihm ausbreitete, wie er einfach nur noch geschehen ließ und in Vernunft und Nachäfferei der Leysieffer-Schwestern versank. Allen Ekel ersäufte er in sinnlosem Geschwätz, und schlimmer, er entdeckte Weite und neuen Raum darin, war bereit, mit den Schwestern zu tuscheln und zu lästern, und an der Kaffeetafel spreizte er ein Fingerchen. Bald stellte er seine eigene Definition von Engstirnigkeit in Frage, und wenn er einen Blick auf ihre mickrigen Brüste erhaschte, kam er sich dabei vor wie ein alter Genießer.

So versickerte in ihm die Kraft zum Widerstand. Und auch die Visionen versickerten in ihm, und dort, wo nur er selber in sich steckte und wo niemand etwas von ihm wußte, offenbarte sich mit dem Verlust sinnloser Raum. Und er füllte diese Leere mit Meißner Porzellan und Plauderei, er gab sich erwachsen, und jenseits dieser Welt gab es nichts zu hinterfragen.

Bald fiel ihm auf, wenn die Schwestern neue Kleider trugen, und er machte ihnen Komplimente. Ihm gefielen die hohe und steife Geschlossenheit, aber auch die eingearbeiteten Spitzen und der Taft, durch die das Fleisch hindurchschimmerte. Die Schwestern erzählten von ihrem Schneider, sie mokierten sich über Minirock und berauschende Farbstrudel, und beim nächsten Mal hatten sie dann ein, zwei Knöpfe geöffnet, und sobald sie Willem Torte auftaten oder Kaffee nachschenkten, beugten sie sich extra tief.

Bald genoß er ihre Blicke und ließ sich von den Schwestern für sein Wissen bewundern; für seine Rationalität und die zum Schluß immer einleuchtende Strenge seiner Beweisführung, der sie sich ganz selbstverständlich unterordneten. Bald gefiel ihm die Vorstellung, wie sie vor dem Spiegel standen und die vertrockneten, schmalen Lippen nur für ihn färbten; wie sie ihre dürren Hälse mit Puderduft bestäubten, und er entdeckte den Faktor drei und vervielfältigte all die mickrigen Merkmale. Und eines Nachmittags dann – draußen war es bereits dunkel, und die Schwestern hatten die Tafel vorweihnachtlich drapiert – spürte er die Erektion. Sein Fleisch drängte gegen die Brüsseler Spitze, und es war wie ein Schlag. Seine Augen traten vor, die Schwestern klopften ihm den Rücken, und dann kam es mit aller Wucht. Hinweg über die ganze Tafel, und noch das Arrangement der Kerzen erlosch unter dem Erbrochenen.

Er fuhr direkt zu Blask. Der Doktor diagnostizierte Ekel im existentiellen Sinne, schlug aber in Anbetracht der Umstände vor, daraus einen Virusinfekt mit Brechmagen zu machen. Er verordnete harmlose Tropfen und ausgedehnte Spaziergänge an der frischen Luft. Zur Untermauerung verbot er Kaffee und Kuchenspeisen und schrieb Willem für den Rest der Woche krank.

Grundlegend geändert, sagte Blask zum Abschied, hätten sich die Zeiten nicht. Die Systeme bauten weiterhin darauf, den einzelnen zu erfassen und einzuordnen, und Willems Reaktion darauf nannte der Doktor rustikal und urgesund. Er ermutigte den Jungen dazu, sich nicht in die Welt der anderen einverleiben zu lassen. Auch dann nicht, wenn alle anderen ihn davon überzeugen wollten, daß ihre Welt die richtige sei. Richtig, sagte der Doktor, würde sie für die anderen nur deshalb, weil sie millionenfach in den Köpfen verankert sei. So wie Hitler richtig gewesen sei oder die Inquisition.

Wenn er im Bett lag, holte Willem das Trikot von Constanze hervor. Er lockte das Knistern aus dem Material, sein Atem wurde heiß, und mit den Gerüchen konnte ihm wieder ihr Lichtwesen erscheinen. Dann fühlte er sich geborgen und konnte endlich wieder Kraft schöpfen gegen den Schrecken der Leysieffer-Schwestern, gegen seine Mutter und ihre übergriffige Welt.
Doch oft genug verflüchtigten sich die Bilder von Constanze auch, und er lag da, den Kopf im Trikot, und fand es ein seltsames, fast beschämendes Gefühl, sich so eng an dieses knisternde Material gebunden zu spüren. Und dann schien Constanze Lichtjahre entfernt, und vielleicht war sie auch schon gestorben. Auf keinen seiner Briefe hatte er Antwort bekommen, und wenn sie als geisterhafte Materie weiterexistierte, konnte er sie nicht wahrnehmen.
Manchmal dachte er auch, daß sie vielleicht gar nicht aus der DDR käme und gar keine Leukämie hätte. Daß sie schon morgen wieder neben einem Jungen sitzen und bald Hand in Hand mit ihm spazieren würde. Man bekommt ein Leben geschenkt, würde sie sagen, und dann muß man etwas daraus machen.

16

Sie liefen zwischen Schrottautos, montierten verchromte Seiten-
spiegel ab und lagerten sie in einem Gestell. Danach bauten sie
einen Kühlergrill aus, der wie ein Haifischmaul aussah. Als sie sich
in den Fond eines schwarzen Citroën fallen ließen, holte Schlosser
seinen Beutel vor.

Durch den Rauch hindurch sagte er dann, daß man im Leben wohl
nicht darum herumkäme, sich Situationen zu stellen, die man sich
nicht ausgesucht hätte. Man könne das nicht vermeiden. Aber man
könne versuchen, das Beste daraus zu machen.

Willem streckte ein Bein aus dem Seitenfenster und blickte in den
Märzhimmel. Er habe auch schon in diese Richtung gedacht.

So saßen sie auf der Lederbank. Schlosser rollte noch eine Zigarette, und der Rauch stieg aus dem Wrack. Der Winter war lang gewesen, und sie sahen die ersten Gänse. Dann rief der Schrotthändler, und Schlosser hantierte mit einem Flaschenzug und sortierte
Kotflügel in ein Gestell. Er kannte sich bereits aus, Modelle und
Baureihen, und Willem sah, daß er das schwere Blech im Griff hatte. Drei Mark zahlte ihm der Schrotthändler für jeden Nachmittag,
und wenn Schlosser die Schule schwänzen wollte, hatte der Mann
nichts dagegen. Siebenfuffzig den Tag, hatte er gesagt, rein netto.
Schlosser arbeitete, wann immer es ging.

Und an den Wochenenden bastelte er sich ein Moped zusammen.
Der Schrotthändler lachte, eine Brennhexe aus Resten und Abfäl-
len, sagte er, doch als Schlosser die erste Runde drehte, zog der
Mann seinen Hut und besorgte ein Nummernschild.

Die Brennhexe war ein seltsames Ding. Eine Hybride aus Model-
len und ihrer Geschichte, Rasanz und Plumpheit miteinander ver-
schraubt. Der Motor röhrte, aus dem Auspuff schlugen Flammen,

und die Brennhexe war schnell. Schlosser hatte zwei Schwingsättel montiert, und so fuhren sie durch die Stadt. Überholten die Clubjacken auf ihren Rollern, johlten, pfiffen den Mädchen hinterher und fühlten sich gut. Sie bockten die Brennhexe auf, vor Macciavelli oder der Kneipe mit dem Kickerautomaten, und Willem bezahlte die Rechnungen. Und einmal hatten sie die Polizei im Nakken, weil Schlosser eine Ampel bei Rot genommen hatte. Doch er ignorierte den Streifenwagen, und als das Martinshorn aufheulte, hängte er ihn in den Seitenstraßen ab.

Willem fand so eine Flucht heikel, und er dachte an die geisterhaften Fähigkeiten der Polizei; an diesen allgegenwärtigen Apparat, der so übergeordnet in der Zeit erschien, daß heute oder in fünf Jahren eins war. So war der Erfolg der Geflüchteten womöglich gar keiner, und aus Sicht der Polizei schien jeder Straftäter bereits gestellt, und jeder Unbekannte würde mit den ständig verbesserten Erfassungsmethoden bald kenntlich gemacht werden. Also war es heikel, sich mit der Polizei anzulegen, und jedesmal wenn er nach ihrer Flucht einen Tschako sah, rechnete Willem damit, verhaftet zu werden.

Schlosser fand Willems Reaktion absolut normal. Schließlich wurde vom rechtschaffenen Bürger das innere Hackenzusammenschlagen erwartet. Er selber konnte in ihrer Flucht ein Zeichen gegen Willkür und Obrigkeitsdenken sehen; doch dann räumte er ein, daß er sich einfach keinen Ärger erlauben konnte. Und schon gar nicht mit der Schupo; dabei ginge es nicht um ihn, sagte er, sondern um die Zwillinge.

Schüler für Asservatenkammer gesucht. Entstauben. Sortieren. Jeden Montagnachmittag. Stunde zwei Mark. Willem hatte das Schild gelesen und war gleich zu einem der Aufseher gegangen. Der Aufseher sagte, dafür sei der Direktor zuständig.

Der Direktor saß hinter einem großen Schreibtisch und hielt eine Figur in den Händen. Soso, Kronhardt also. Und ob Willem sich darüber im klaren sei, daß der Posten nicht nur Zuverlässigkeit und Verantwortung voraussetze, sondern auch Vertrauen. Da ist der tadellose Leumund selbstredend. Weißt du, was das ist?

Sieht aus wie ein germanischer Eber aus der Bronzezeit.

Der Direktor lachte. Und dein Leumund?

Haeckel. Der läßt uns in den Pausen mikroskopieren.

Haeckel also. Der Direktor lehnte sich zurück und faltete die Hände über dem Bauch. Nun, der Haeckel, das sei ein ehrenwerter Mann. Wenn der Haeckel bürge, könne Willem nächsten Montag anfangen.

Nicht ich. Der Posten ist für meinen Freund, den Schlosser.

Der Direktor stutzte. Warum denn dieser Freund nicht selber hier sei?

Weil er doch noch gar nichts davon weiß. Die Mutter ist gestorben, und jetzt muß er mithelfen, die Familie über Wasser zu halten. Schlosser hat gar keine Zeit mehr, ins Museum zu gehen.

Soll sich vorstellen, sagte der Direktor, und dann klingelte er nach dem Aufseher und beauftragte ihn, das Schild wieder abzuhängen.

Das Haus der Schlossers war das einzige in einer Sackgasse. Eine ehemalige Remise, die für große Kutschen gebaut worden war. Die Villa dazu war zerbombt, und in den Jahren danach waren die meisten Bäume auf dem parkartigen Grund gefällt worden. Die Kutschen waren in den Öfen gelandet, auch Tore und Fensterläden der Remise, und ohne Schlossers Vater würde nichts mehr stehen. Er hatte die Remise mit einem Stück Land gepachtet und sich verpflichtet, dort Wohnraum und Nutzgarten zu schaffen. Und dann kamen die Jahre der Entbehrungen und Schwielen, doch Schlossers Eltern hatten ein Ziel vor Augen gehabt. Im Vertrag war festgelegt, daß die Pacht auf einen späteren Kauf angerechnet würde. Sie schafften aus der Ruine ein Heim, der Vater richtete eine Werkstatt ein, die Mutter baute im Frühjahr Kartoffeln an, und zum Herbst kümmerte sie sich um Grünkohl und Rüben. So ging es voran, und die anspringende Konjunktur war ein guter Nährboden. Bald sprach sich herum, daß der alte Schlosser sein Handwerk verstand, bald beschäftigte er einen Gesellen und einen Stift in der Werkstatt, und die Remise mit dem Garten drum herum erschien wie ein kleines Schmuckstück. In dem Jahr, als sie im Büro des Sparkassendirektors den Kaufvertrag unterschrieben, wurden die Zwillinge geboren, in den Jahren darauf schafften sie zwei neue, mit Motor betriebene Sägemaschinen an, und dann, im Dezember, gingen sie in die Stadt, um Weihnachtsgeschenke zu besorgen. Und seit dem Unfall mit dem Laster, hatte Schlosser gesagt, verfiel das Haus. Brombeeren drückten gegen den Staketenzaun, die Pforte hing schief. Nur noch ein Pfad führte durch den verwilderten Vorgarten.

Der Remisencharakter war noch zu erkennen; die Fachwerkständer und tiefgezogenen Sparren, die Rundbogenfenster – und auch die Werkstatt paßte zur alten Architektur. Das Schild hing noch: Ed. Schlosser Möbeltischlerei, doch es war verwittert. Im Küchengarten hatten Birke und Ahorn gefußt, die kleine Treppe zum Eingang knarzte, und aus dem Geländer waren zwei Streben gebrochen. Eine Klingel gab es nicht.

Mensch, Willem. Schlosser machte ein Gesicht. Dann grinste er und winkte ihn mit einer Kopfbewegung herein.

Die Diele roch moderig, und in der Küche stapelten sich Töpfe. Eine Katze sah zu, wie Schlosser einen Kessel aufs Feuer stellte. Als er die Kaffeemühle kurbelte, sprang das Tier davon.

Auf der Treppe kam ihnen ein Junge entgegen.

Das ist Hannes.

Moin. Ich bin Willem.

Hannes sagte nichts, und er hatte ein blaues Auge.

Schlosser sagte: Wo ist Lene?

Beim Grab.

Und du?

Der Bruder schwieg.

Schlosser sagte: Willem ist schon in Ordnung.

Schließlich sagte Hannes: Stubenarrest.

Und Vaddern?

Hannes wurde rot. Wo soller schon sein, wenner nich hier is.

Hast du deine Schulaufgaben gemacht?

Hannes nickte.

Dann schieß ab.

Der Kleine grinste, schnappte sich eine Lederpille und verschwand.

Schlosser hatte ein großes Zimmer mit Schräge und Stützbalken. Er schaffte ein paar Sachen aus einem Sessel, und Willem nahm Platz. Ein Radio lief, das bereits für UKW-Empfang und Stereophonie ausgerüstet war, und sie hörten ein Jazzstück mit Vibraphon.

Radio Bremen, sagte Schlosser, oder BBC. Die bringen die besten Sachen.

Sie tranken ihren Kaffee.

Auf den ersten Blick wirkte das Zimmer unordentlich, doch Willem erkannte bald eine Übersicht in den verschiedenen Haufen. Kisten waren zu Bücherregalen gestapelt, in anderen lagen Ventilatoren, Kolben oder Spulen. In einer Ecke standen ausgestopfte Tiere, daneben ein paar große Versteinerungen und auch der Faustkeil aus Zirbels Kuhle. Willem sah ein Karnivorengebiß und dann einen Menschenschädel mit Schiebermütze. Er nahm den Schädel.

N Neandertaler, sagte Schlosser.

Quatsch.

Und der Baumstamm da, n Knochen vom Harlan-Riesenfaultier.

Quatsch.

Und die Maske is original Bronzezeit.

So was sieht man nur im Museum.

Da kommen die Dinger her.

Quatsch.

Sohn vom Bauern is besoffen im Kopf ins Heimatmuseum eingestiegen, und später hat der Alte das Zeugs gefunden. Der Sohn hat ne Wucht gekriegt, und dann wollte der Bauer das Zeugs aus Scham verbuddeln. Ich habs ihm abgeschwatzt.

Wie kommt n Bauer dazu, dir zu erzählen, daß sein Sohn n Einbrecher ist?

War der Sohn. Dem hab ich mal n Vergaser besorgt, und wie wir so schnacken, da zeigt der mir zuerst die Maske.

Wie kommstn an die Bauern?

Mit der Brennhexe. Bißchen über Land, und dann kommt man schon ins Gespräch. Ganz eigener Schlag, sag ich dir, und wenn du dann die Bauern hörst, die sagen das gleiche über uns Stadtmenschen. Jedenfalls schmeißen die Bauern nichts weg.

Und Schlosser zeigte ins Zimmer. Kuck dir an, was sie in der Stadt alles wegschmeißen. Und dann kaufen sie was Neues, das ruckzuck wieder alt wird. Sperrmüll is ne Goldgrube. Aber die Bauern, die sind ganz eingefleischte Sammler. Bei denen landet erst mal alles in ihren Scheunen, weil, später kann mans vielleicht noch brauchen. Hier.

Er stand auf und öffnete eine Holzkiste. Hat beide Weltkriege überstanden. Die Bauern hieltens für n Kapitänsfernrohr und dachten, wer weiß, vielleicht kommt man noch mal zur See. Aber dann haben sies mir doch gegeben, und ich hab ihnen den Garten gemistet. Und immer wenn ich wieder vorbeischau, wollen sie von mir die Zukunft wissen. Oder das Wetter.

Schlosser machte die Kiste auf und baute ein Teleskop zusammen. Tubus und Linsen sind völlig intakt. Nur das Stativ mußte ich wieder flottmachen.

Dann nahm er mit dem Teleskop die schmalen Stiegen zur Dachluke.

Sie saßen rittlings auf dem Giebel, während Schlosser die Stativbeine verankerte und den Tubus justierte.

Das Teleskop zielte durch zwei Bäume hindurch auf eine entfernte Häuserreihe, und zuerst sah Willem nichts. Einfach ein schwarzes Loch. Dann tränte das Auge, und über dem anderen zuckte das Lid. Beim nächsten Mal entwickelten sich in dem Loch helle Konturen, Schatten zogen durch die Helligkeit, und endlich stellte sich Schärfe ein. Doch zuerst sah Willem ein Bild, das er nicht verstand. Dann rief er: Mensch, Schlosser! Und dann: Das ist ja verrückt!

Schlosser sagte: Manchmal läuft sie nackt rum.

Willem sah eine Frau, die unter der Zimmerdecke lief. Anfangs erwartete er, daß ihre langen Haare abstehen müßten oder die Möbel von der Decke fallen, und Schlosser meinte, daß das ein Automatismus wäre, eine bequeme Weigerung, sich auf neue Blickwinkel einzulassen.

Hast du sie schon mal auf der Straße gesehen?

Hab sogar auf ihre Klingel gekuckt. Heißt Edeltraud und gibt Cellounterricht.

Sie ist hübsch.

Und ob.

Spielt die auch nackt?

Da würde man doch gar nichts sehen.

Vielleicht wie die Schwingungen durch ihren Körper gehen. Oder daß sie mit dem Bogen andere Sachen macht.

Schlosser pfiff. Alter Schwan!

Kannst du das Bild umdrehen?

Dazu braucht man ein spezielles Prisma. Aber für die Sterne ist das egal, und wenn Edeltraud kopfsteht, hat das ja auch was.

Willem sah die Cellistin rauchen, und der Rauch fiel in den Boden.

Freitags fahr ich meist raus. Das Land ist platt und nachts zappen-duster. Da siehst du zehnmal so viele Sterne wie hier, und aufm Mond kannst du die Krater zählen.

Mensch, das hört sich gut an.

Und danach gehn wir in den Ochsenkrug und wärmen uns bei der dicken Helga auf.

Willem erwartete immer wieder, daß die Möbel oder das lange Haar der Cellistin in die Tiefe fielen. Doch mit der Zeit lernte er den ungewohnten Anblick einzuordnen.

Haeckel hatte einen Brief geschrieben, und der Museumsdirektor nickte wohlwollend. Alsdann, junger Mann. Und er langte Schlosser seine dicke Hand, und der Montag wurde zur festen Einrichtung.

Die Asservatenkammer lag unterirdisch, Temperatur und Luftfeuchtigkeit wurden konstant gehalten, und die Leuchtröhren waren mit Kohlensäure gefüllt, um ein stets gleichbleibendes weißes Licht zu haben. Zwischen den Regalen und Vitrinen hatte sich ein System aus Gängen entwickelt; Rolltische und Leitern standen herum und auch ein Panzerschrank. Schlosser sollte die Artefakte entstauben, anhand eines Bestandsbuches identifizieren und, wenn nötig, Beschriftung und Nummern erneuern. Artefakte, die noch nicht im Bestand auftauchten, mußte er mit einem roten Aufkleber kenntlich machen. Und höchstes Augenmerk, hatte der Direktor gesagt, war auf Schädlinge aller Art zu legen, wobei in der Asservatenkammer grundsätzlich gefährlich war, was irgendwie lebte.

Schlosser sollte alles melden und, wenn möglich, zur Bestimmung einfangen.

Die Arbeit machte Schlosser Spaß.

Er entdeckte Schrumpfköpfe, ein aus Horn geschnitztes Mischwesen und Tontafeln mit einer seltsam linksläufigen Schrift. Er stieß auf einen in Alkohol schwimmenden Quastenflosser und auf ägyptische Kanopen, in denen anscheinend noch Reste waren. In einer kleineren Kiste, die verstaubt und nirgendwo verzeichnet war, entdeckte er Schmuckstücke, wie sie vielleicht für Pferdegeschirr oder Kriegstrachten verwendet worden waren. Aus Gold getriebene Plättchen, die äußerst fein gearbeitet waren und meist Raubtiere und Fabelwesen darstellten. Schlosser fand auf der Kiste kyrillische Buchstaben, er reimte sich die Eremitage und deutsche Beutekunst zusammen, und gemeinsam mit Willem veranschlagten sie für die Stücke ein Alter von mindestens zweieinhalbtausend Jahren und schrieben sie den Skythen zu. Doch der Direktor wollte von Skythen und Beutekunst nichts wissen. Papperlapapp, sagte er, nahm die Kiste, klopfte Schlosser auf die Schulter und erhöhte sein Stundengeld um fünfzig Pfennig.

Kurz darauf identifizierte Schlosser ein mit einem Fragezeichen beklebtes Ding als Barbarenmünze, und der Museumsdirektor nannte sie tatsächlich eine lupenreine Fälschung und war begeistert. Na bitte! rief er, klopfte Schlosser wieder auf die Schulter und legte noch mal fünfzig Pfennig drauf. Und als die Zeitungen von der Barbarenmünze berichteten, wurde auch Schlosser im Text erwähnt. Vom Gold der Skythen stand jedoch nichts, und Willem meinte, daß der Direktor nicht so einfach davonkommen könne.

Schlosser gab ihm recht, und als die Jungs beim Direktor saßen und nachfragten, ob denn das Skythengold zurück an die Eremitage gehen würde, faltete der Mann die Hände über dem Bauch. Ihr seid auf Zack, sagte er, und euer Sinn für Gerechtigkeit in Ehren. Doch da wäre nichts zurückzugeben. Schlosser hätte nichts weiter als Repliken entdeckt, die als potentielle Beutekunst für die Besatzer hergestellt worden seien.

Repliken, sagten die Jungs.

Von nichts. Einfach ein paar Brocken für die Besatzer.

Vorgetäuschte Beutekunst als Brocken für die Besatzer?

Damals wurde mit allen Tricks gearbeitet.

Und heute?

Heute brauchen wir von den Schätzen des Museums nicht mehr abzulenken.

Und Sie meinen, das ist kein Skythengold?

Papperlapapp, und der Direktor lachte.

Wertloses Zeugs, meinen Sie?

Wenn ihr so wollt, Jungs.

Dürfen wir es haben?

Und er lachte erneut. Wir sammeln hier wohl aus Leidenschaft. Aber unser Ziel ist Aufklärung, und das schließt auch die Geschichte unseres Hauses mit ein. Die Repliken haben natürlich einen ideellen Wert. Aber wie gesagt, Jungs, ihr seid auf Zack.

Draußen grinsten sie sich an. Für Schlosser war der Posten ein Geschenk.

Schlosser erzählte dem Schrotthändler davon, und der Mann hob nur die Schultern. Bei so einem Stundenlohn konnte er nicht mithalten. Aber er hatte nichts dagegen, wenn Schlosser vorbeikam, wie es ihm paßte. Zu tun gab es immer etwas.

Willem mußte mittlerweile wieder mit den Leysieffer-Schwestern kaffeesieren. Er konnte nicht sagen, ob sie einfach zu dumm waren oder zu verzweifelt. Manchmal meinte er auch, daß sie beides zusammen wären und sich zudem tatsächlich in ihn verliebt hätten. Er überwand den Widerwillen gegen die wöchentliche Tafel, indem er sich der Situation stellte und bemüht war, das Beste daraus zu machen. Schon im April hatte er die Lage im Griff; er ließ sich auf die Schwestern ein, griff ihre Torheiten auf und verwandelte sie. Dabei lernte er, seine Art zu verfeinern, und bald gelang es ihm mühelos, ihre Worte oder Gebärden als Anspielungen auszulegen, die sie erröten ließen. Wenn sie sich echauffierten, konnte er eine Vernunft entwickeln, die so streng war, daß die Mädchen sittenlos erscheinen mußten oder kommunistisch. Und alles, was sie dagegen aufbrachten, schien seine strenge Vernunft nur zu untermauern, und sie sahen ihn in stummer Ergebenheit an oder kicherten. Doch nach zwei Stunden, wenn Willem zum Abschied aufsprang, geleiteten sie ihn an die Tür, als wäre nichts. Ließen sich ihre dürren Hände von ihm küssen, und die Vorfreude auf die nächste Kaffeetafel schien ihr Lächeln gehässig zu machen. Irgendwann würde es ihm gelingen, die Schwestern und auch den Primus loszuwerden. So lange mußte er zusehen, das Beste daraus zu machen.

Im Mai fuhr er von den Leysieffers direkt in ein Pfandhaus und kaufte ein Umkehrprisma. Zum frühen Abend hin holte er Schlosser hinterm Museum ab.

Alter Schwan. Damit rücken wir der Edeltraud aber auf den Pelz. Komm. Wir probierens gleich mal aus.

Als sie durch die Brombeerranken gingen und den verwilderten Garten, erschien das Haus dunkel. Die Haustür stand offen, eine Scheibe war zersplittert. Glas knarzte auf den Stiegen, dann standen sie im moderigen Geruch der Diele.

Schlosser machte Licht und rief nach seinen Geschwistern.

Im Haus blieb es still.

Warte hier, und er verschwand durch die Diele.

Die Katze kam und strich um Willems Beine. Ein Mädchen erschien auf der Treppe. Sie ging barfuß, blieb auf halber Höhe stehen und sah Willem an. Ihr Haar war zerzaust, eine Wange geschwollen. Bevor einer von beiden etwas sagte, tauchte Schlosser wieder auf. Er machte ein seltsames Gesicht, tauschte mit seiner Schwester einen Blick und lächelte.

Das ist Helene, das ist Willem, sagte er.

Die Schwester kam zögernd herunter.

Der ist in Ordnung, Lene. Komm, mach uns Kaffee.

Ihr Blick war scheu, doch als Willem die Hand ausstreckte, huschte ein Lächeln über ihr Gesicht.

Kannst unserm Alten guten Tag sagen.

Helene riß die Augen auf.

Willem weiß Bescheid. Und den Posten im Museum hat er mir auch besorgt.

Das Mädchen sah Willem an, sah zu Boden und ging in die Küche. Sie ließ Wasser in einen Kessel, öffnete die Küchenhexe und schürte das Feuer.

Schlosser stand am Ende der Diele und öffnete eine Tür. Dann winkte er Willem hinein.

Das Zimmer war schummrig. Von außen drückte Brombeer gegen die Fenster, die Sonne stieß kaum durch. Zwei Stehlampen brannten, der Teppich war braun, die Tapeten waren vergilbt. Eine Musiktruhe war aufgeklappt, auf dem Plattenwechsler verstaubten die 45er. Cocktailschrank, Büfett und Tisch waren voller Ränder. Über dem Sofa hingen zwei Photographien, ein Hochzeitsbild und darunter ein strahlender Mann, der ein großes Schild in den Armen hielt: Ed. Schlosser Möbeltischlerei.

Der Mann war alt geworden, alles Strahlende dahin. Er saß im Sofa, halb zusammengesunken, halb von Kissen gestützt.

Komm schon, sagte Schlosser, pflanz dich.

Willem nahm den Sessel.

Der Mann auf dem Sofa röchelte. Er war mal bullig gewesen, doch die Kraft war eingefallen, und über den Knochen saß zäh gewordene Haut. Er hatte einen Charakterkopf, wie ein leidender Künstler. Seine Augen gingen auf und zu.

In diesem Zustand ist der Alte ganz erträglich. Und Schlosser rüttelte an dem Mann. Aufwachen, Vaddern, Besuch.

Der Mann reagierte vage.

Dann kam Helene herein. Sie hatte ihr Haar gekämmt, und auch die Wange schien nicht mehr so rot. Kaffee ist aus, sagte sie. Gibt nur noch Ersatz. Und sie stellte ein Tablett auf den Tisch.

Hat jemand eine Uhr?

Die Schwester sah automatisch auf, doch die Stutzuhr war erstarrt.

Gleich Viertel vor, sagte Willem.

Und Schlosser klatschte in die Hände. Hopp, Lene. Lauf zum Krämer und bring ein Viertelpfund.

Sie fing seine Börse. Wir bräuchten auch noch Brot.

Und sonst?

Viel ist nicht mehr da.

Hat er noch Schnaps?

Die Schwester sah zu Boden.

Schlosser ging zu seinem Vater und fischte einen Fünfmarkschein vor. Bring ne kleine Flasche. Und seine Kippen.

Der Ersatzkaffee war heiß, die Tasse sauber. Willem wußte nichts zu sagen.

Der Vater röchelte, kam hoch und versank wieder zwischen den Kissen.

Dauert nicht mehr lang, und er ist wieder beisammen. Manchmal krempelt er die Ärmel hoch und packt was an. Oder er fragt die Kleinen nach der Schule. Dann kann man meinen, der Mann ist im Lot.

Willem sagte nichts.

Aber in Wirklichkeit ist er unberechenbar.

Willem dachte an das Umkehrprisma.

Aus dem Nichts schlägt er alles kurz und klein.

Der Verkäufer in der Pfandleihe hatte erklärt, daß es sich um ein Reflexionsprisma handelte.

Und dann sind auch die Kleinen in Gefahr.

Das Licht fiel ein, wurde reflektiert und umgelenkt.

Er gehört in die Heilanstalt.

Quasi eine Brille, hatte der Verkäufer gesagt, und je nach Prismatyp konnte man Bilder umlenken, parallel versetzen oder teilen.

Aber wenn der Alte in die Heilanstalt geht, kommt die Jugendfürsorge und steckt die Kleinen ins Heim.

Man konnte die Cellistin also nicht nur auf die Beine stellen. Man konnte sie versetzt, geteilt oder um die Ecke betrachten, je nach Prismafunktion.

Andererseits richtet er sich zugrunde und versäuft das Haus.

Und im Grunde konnte man davon ausgehen, daß die Wirklichkeit im eigenen Kopf auch umgelenkt wurde oder versetzt.

Es ist ein Dilemma, Willem.

Daß es also jenseits der eigenen Wirklichkeit endlos viele andere gab.

Er ist krank. Und wenn ich die Kleinen vor ihm beschützen muß, sitzt er irgendwann da und heult und verspricht das Blaue vom Himmel.

Die Jungs sahen sich in die Augen.

Was soll ich denn tun, Willem?

Willem wußte es nicht.

Ich hab mir das nicht ausgesucht. Und zuletzt gehts dabei auch nicht um mich und meinen Alten. Aber ich muß hier einfach klarstellen, wer ich bin. Auch mir und meinem Alten gegenüber, aber vor allem vor den Kleinen.

Willem drückte den Freund. Klarstellen, wer man ist, sagte er. Und dann: Entweder Ruin oder Heim für die Kleinen. So eine Zwickmühle kanns doch nicht geben. Wir gehn zu einem Anwalt.

Ich war schon bei zweien.

Und?

Schlosser sagte nichts.

Das ist doch bürokratischer Terror.

Haben die auch gesagt.

Wie siehts mit Verwandten aus?

Nie gehabt.

Aber irgendwer muß doch einen Ausweg wissen.

Wenn ich volljährig bin, nehm ich die Zwillinge zu mir. So lange muß es noch gehen.

Meine Fresse, sagte Willem. Und dann: Wenn du was brauchst, sag Bescheid.

Du hilfst mir schon.

Quatsch.

Nee. Im Ernst.

Dann tauchten die Zwillinge auf.

Hannes hatte naßgeschwitztes Haar, unterm Arm hielt er die Lederpille. Er sah Schlosser an und machte ein Gesicht.

Wenn wir es verheimlichen, wird es auch nicht besser. Und Willem ist in Ordnung.

Helene lächelte schüchtern. Ich mach jetzt Stullen, sagte sie.

Jawoll, Mamsell. Schlosser klatschte, ging zu seinem Vater und setzte ihn mit ein paar Griffen zurecht. Hannes schlug die Kissen auf und stopfte sie wieder gegen den Körper.

Der Vater saß da und stierte.

Dann ging ein Zucken durch seinen Körper, und aus dem Nichts heraus sprach er: Wir haben alles selber gemacht. Nachdem sie ausgeblutet waren, haben wir sie an den Hinterläufen hochgezogen und aufgeschnitten. Die Gedärme rausgeholt, ausgepreßt und umgestülpt. Später die Darmstücke auf die Tülle gesetzt.

Er hatte die tiefe Stimme eines Trinkers.

Alles selber gemacht. Runkelrüben gezogen und Vieh geschlachtet. Alles, das Haus, die Tischlerei. Und um die Weihnachtszeit sind wir in den Stadtwald. War verboten, aber die Kinder sollten einen Baum haben. Und Geschenke drunter. Wir sind immer zusammen los, Geschenke für die Kinder.

Dann sah der Vater zu Schlosser. Wer ist das?

Das ist Willem, Vaddern. Ein Freund.

Wieder ging ein Zucken durch den Körper des Mannes. Dann saß er völlig aufrecht, lachte und schlug mit der flachen Hand auf den Tisch. Die Freunde meines Jungen sind auch meine Freunde. Wie heißt du? Lene, Hannes, bringt Schnaps für den jungen Mann und ein großes Stück Sülze.

Kein Schnaps, Vaddern.

So?

Willem stand auf. Ich muß dann mal.

Komm schon. Kannst mit uns essen.

Ehrlich.

Kriegste Ärger, was. Hannes grinste.

Du ißt jetzt! rief der Vater. Lene, Hannes! Bringt Sülze!

Willem ging zu dem Mann und reichte ihm die Hand. Sehr freundlich, aber ich muß los.

Sag ich doch. Kriegter Ärger.

Der Vater schnappte nach Willems Hand und zog ihn über den Tisch.

Laß gut sein, Vaddern.

Schließlich ließ der Vater los. Fiel in rasselndes Lachen und schlug Willem auf die Schulter.

Helene stand in der Küche und bereitete die Stullen zu. Willem sah, daß sie sich Mühe gab. Als er ihr zuwinkte, schien sie enttäuscht. Ich komm wieder, sagte er.

Im Garten sagte Schlosser: Danke für das Prisma.

Nächstes Mal rücken wir der Edeltraud damit auf den Pelz.

Machen wir.

Soll ich mal meinen Doktor fragen? Vielleicht weiß der eine Lösung.

Schlosser überlegte kurz. Erst mal nicht. Aber vielleicht komm ich drauf zurück. Dann sagte er: Laß uns mal aufm Freitag mit der Brennhexe rausfahren. Dann nehmen wir die Plejaden ins Visier oder Andromeda. Und danach fahren wir in den Ochsenkrug und wärmen uns bei der dicken Helga auf.

17

In den ersten Sommertagen veranstalteten die Mutter und Kronhardt eine Feier für die Freunde des Hauses. Zum Empfang gab es Häppchen und Sekt, und mitten hinein in Plauderei und Lachen bat die Mutter um Stille. Der Klang ihres Glases stand noch in der Luft, und sie genoß die Blicke der anderen. Ihre Turmfrisur war perfekt, und wenn sie den Rücken durchdrückte, füllte ihr kräftiger Körper das ärmellose Kleid. Sie hieß die Gäste willkommen, sprach von der Ehre, diesem erlesenen Kreis als Gastgeberin vorzustehen, und schwenkte nahtlos über zur Konjunktur.
Obwohl es anfangs schwerfiel, daran zu glauben, sagte sie. Obwohl unsere Tage ausgefüllt waren mit der Vision von Speck oder Kohle, ist unsere Konjunktur doch ein Ereignis, das sich zwangsläufig ergeben mußte. Die Zusammenhänge aus Ursache und Wirkung, aus Vaterland und Tugend sind uns bis heute verläßliche Größen, auf die wir unsere Zukunft bauen können. Und das auch, obwohl sich dieser Aufschwung – da können wir ganz ehrlich sein – ohne unsere amerikanischen Freunde nicht ganz so schnell vollzogen hätte. Doch im gleichen Atemzug und mit der gleichen Ehrlichkeit können wir auch fragen: Was wäre Amerika ohne uns? Diese mächtige Kolonie ohne Germania und Europa? Denn hier steckt die Keimzelle aller Größe auf der Welt, von hier aus hat der Wohlstand auch Amerika überschwemmt, und so also, sagte die Mutter, so bleibt unsere Konjunktur auch jetzt noch hausgemacht – quasi die Umwandlung unserer Eichenwälder in moderne Triebkraft.
Der Blick der Mutter, ihre Dankbarkeit, mußte den Gästen schmeicheln, und sie applaudierten.
Aus dem Nichts, rief die Mutter in den Beifall hinein. Nach dieser totalen Katastrophe, nach dieser Demütigung aus Schutt und Asche, und das soll uns erst mal jemand nachmachen. Das Land,

die Konjunktur, die Stickerei. Aus dem Nichts, und dieses deutsche Wunder ist viel zu schön, viel zu strahlend, um noch in falscher Scham zurückzuschauen. Jawohl, es gibt das urdeutsche Rüstzeug. Es gibt Verbundenheit und Weitsicht und heute auch Aufschwung und Boom. Nichtwahr, und so ist es selbstverständlich, daß hinter der Gerichtetheit unserer Nation ein übergeordneter Plan steckt, eine Auslese, die nicht mehr und nicht weniger fördert als die Fähigkeit, Größe und Wohlstand aus dem Nichts zu erschaffen. Wohlan, sagte die Mutter, erhob ihr Glas gegen den Beifall und zog ihren Sohn zu sich. Als ob auch er ganz selbstverständlich eingebunden wäre in diesen übergeordneten Plan, als ob auch er all die wunderbaren Erbmerkmale offenbarte.

Neben ihr erschien der Junge noch immer wie geschrumpft.

Die Mutter lächelte, ihr Körper strahlte, dann ließ sie Willem stehen.

Und die Gäste sahen ihn mit gierigen Augen an.

Wenn meine Mutter von der deutschen Konjunktur spricht. Und wenn sie dieser Konjunktur alles Übersinnliche abspricht, weil der Wille dazu tief in diesem Land verwurzelt ist, dann spricht sie auch immer von Generationen. Von dem Rüstzeug, das die Jungen von den Alten mitbekommen, und von der Weisheit der Alten, daß die Jungen zudem ihr Rüstzeug vom Leben mitbekommen – von den Zeiten, die sich stets verändern und die stets neue Herausforderungen gebären. In diesem Sinne, sagte Willem, stehe ich für die neue Generation, und wo meine Mutter von Konjunktur spricht, spreche ich von den Möglichkeiten einer neuen Dynamik.

Er lächelte, und die Gäste sahen ihn an.

Zeit, sagte er dann. Wenn man Zeit als das Empfinden von Veränderungen definiert und die Veränderungen als einen Prozeß beschreibt, der immer schneller, tiefgreifender und umfassender wird, dann hat man eine Formel für diese neue Dynamik. Eine Dynamik, die es nicht mehr erlaubt, langsam und in geschlossenen Systemen zu denken, sondern die eine neue Sicht auf die Welt erfordert. Man muß sich zu jeder Zeit klarmachen, daß Systeme nur Teil einer Überordnung sind und nur so lange funktionieren, wie sie einem Ganzen zuträglich sind. Doch heutzutage muß man sich auch die Dynamik der Zeiten klarmachen, die ganz speziellen Herausforderungen der Gegenwart, denn schon bald wird es auch im Geschäftlichen nicht mehr ausreichen, nur noch in geschlossenen Systemen zu denken, schon bald werden auch die klassischen Betätigungsfelder von Kaufleuten, Reedern oder Bankdirektoren von den immer schnelleren, tiefgreifenderen und umfassenderen Erscheinungen eines neuen Kapitalismus erfaßt werden.

Und nach einer Kunstpause hob er den Arm.

Dieser neue Kapitalismus ist kein Instrument mehr und kein Teil von etwas; dieser Kapitalismus ist bereits zur Überordnung an sich geworden. Er bündelt alles in sich, vom Rohstoff übers Endprodukt bis zum Verbraucher, er schaltet alles darauf um, nach seinen Prinzipien zu funktionieren – das Leben, die Kultur, jeden einzelnen. Und wer diese neue Dimension erkennt, wer willig ist, tüchtig und gläubig und stets so handelt, daß es dem kapitalistischen Ganzen zuträglich ist, der wird mitgerissen werden und teilhaben an dem enormen Potential. An den ungeheuerlichen Margen, die der freie Markt in Zeiten von professioneller Dampfschiff- und Luftfahrt, in Zeiten von Television und -kommunikation bereitstellt. Angebot und Nachfrage können heutzutage in jedem Reich und jedem Winkel installiert werden, können gesteuert und berechenbar gemacht werden, ganz ohne Stuka und Heil. Sieg und Unterwerfung sind neu definiert, und wer die Überordnung des Kapitalismus anerkennt, wer sich ihm gewissermaßen unterwirft, der wird in diesen Zeiten neuer Dynamik zum Sieger werden. Wird das kleine Büro im Herzen unserer Stadt zum Steuerhaus machen für weltweiten Erfolg.

Der Beifall war verhalten. Als hätten die Erwartungen der Gäste ganz woanders gelegen, und wie eine Synkope stieg bald das Tuscheln auf. Einige meinten, daß Willem ein Linker sei. Andere belächelten seine Worte und hielten ihm seine Jugend zugute. Wieder andere hielten ihn für einen Zyniker und erinnerten sich, daß auch Willems Vater ein Zyniker gewesen sein sollte. Doch schließlich trat die Mutter vor und sagte, daß ihr Willem natürlich von Führungstechniken gesprochen habe. Ein runder Tisch im Sinne derjenigen, die das Erbe in sich trügen, und sie bekam dröhnenden Applaus.

Auf dem Rundgang übernahm Willem wieder die Führung. Er zeigte, wie Ausrüstung und Ersatzteile sortiert lagen, erklärte Lochband- und Hollerithprinzip; er holte verschiedene Stoffe und Garne hervor, erklärte ihre speziellen Eigenschaften und anhand von Musteremblemen die unterschiedlichen Wechselwirkungen.

Er sprach vom ersten Zeichen, das sich als Vorstellung in die Köpfe gebrannt und dort zu unlöschbarer Bedeutung festgewachsen hatte. Er sprach von Wiedererkennung und den unglaublichen Möglichkeiten, aus simplen Zeichen Identifikation zu erschaffen – Identifikation, sagte er, abgeleitet aus dem lateinischen idem, ebendasselbe. Und eben das, sagte er, wird das grundlegende Merkmal unseres neuen Kapitalismus sein: eine Konspiration zur steuerbaren Gleichschaltung. Die totale Identifikation des Verbrauchers mit beliebig forciertem Angebot. Tiefgreifend, umfassend und der neuen Schnelligkeit angepaßt.

Im Maschinenpark erzählte er dann eine kurze Geschichte der Stickerei. Von den Petroglyphen und ersten Blut- oder Aschezeichen der Sippen, sagte er, bis zum Unterscheidungsmerkmal ganzer Körperschaften; er sprach von Petschaften und königlichen Wappen, er kam von den Geheimzeichen der Romantiker zu den vielfältigen Chiffren der Gegenwart – die goldgestickten Christuskreuze beispielsweise oder die Cola-Logotype, sagte er und fand es unglaublich, wie tiefverwurzelt und weithin spürbar die Macht solcher im Grunde fragilen, im Grunde banalen Zeichen war. Und nebenbei erwähnte er, daß aus dem Rattern hier unlängst noch Hakenkreuze und SS hervorgegangen waren.

Dann fuhr er in seiner Chronologie fort und glitt von der Handarbeit ins Maschinenzeitalter; anhand des Webstuhls umriß er den Hintergrund der industriellen Revolution, und anhand einiger Beispiele zeigte er Nutzen und Folgen der ersten dampfbetriebenen Maschinen auf. Er beschrieb die Entwicklung von den Kraft- zu den Strommaschinen, und als er schließlich bei der Sechskopf stand, sagte er, sie wäre effizienter und systematischer als all ihre Vorgängerinnen zusammen. Emotionslos und stumpf, sagte er, und so eine Maschine ersetze die Hände gleich dutzendweise – eine Vervielfältigung von Präzision und Produktivität, ein Mechanismus, der durch seine Arbeitsweise endlos Einheiten derselben Klasse produzieren könne –, von der Stange, vom Band, ein Freischein in die endlose Börse der Massen, wie gesagt: die Kunst, Angebot und Nachfrage zu steuern. Beziehungsweise Identifikation beliebig zu installieren. Das schien das Instrument der Zukunft.

Von der Automatisierung kam Willem dann auf die Feinmechanik zu sprechen; er machte eine Anspielung auf Kafkas Strafkolonie, und als niemand lachte, erklärte er den Gästen Schliff und Wirkung verschiedener Nadeltypen. Er ließ ein paar Exemplare herumgehen, dazu eine Mappe mit Malereien in verschiedenen Sticharten, und dann schmiß er die nagelneue Sechskopf an. Es ratterte, die Nadeln tanzten durch das Gewebe und hinterließen Stich um Stich ihr Mal. Die Gäste bestaunten diesen Vorgang; wie das Hollerithband über die Walzen schnurrte, wie Löcher und keine Löcher die Fadenwechsler und Rahmen dirigierten, wie sich das Mal gleich sechsfach unter den tanzenden Nadeln zu einer wunderbaren Logotype auswuchs.

Als Willem die Maschine abstellte, lächelte er. Haben Sie auf Ihre Uhr gesehen? Wie schnell wir Ihnen nicht nur eine Replikation erschaffen, sondern zugleich ein Individualprodukt, das die Schablone ist für endlose Massenproduktion? Das, sagte er, ist Zukunft, die gerade erst begonnen hat. Und alle klatschten, als er schließlich die Embleme präsentierte.

Später, als sie bereits betrunken waren, schlugen die Männer Willem auf den Rücken; sie zogen ihn in ihre Aphorismen, sie rauchten Zigarren und griffen nach Hühnerschlegel oder Granat. Unternehmergeist, sagten die Männer, natürlich noch ein bißchen tollkühn in der Theorie, doch auch sie seien in ihrer Jugend unvernünftig gewesen. Dann schwelgten die Männer zurück, dann lobten sie alte Tugenden und waren schließlich sicher, daß auch Willem das unternehmerische Erbe in sich trug.

Auch die Frauen waren sich da sicher, ein reizender Erbträger, sagten sie, und im derben Lachen der Männer blitzten ihre Augen schamlos. So schienen sie Willem aufzunehmen. Eine Art Initiation, die alle Nachäfferei endgültig in persönliche Eigenart ver-

wandelte. Der Brauereidirektor mit seiner drallen Tochter stand da, die Frau des Tabakgrossisten, der Reeder, Brinkmann, und auch Deutschmeister war dabei. Ein grobknochiger und tadellos gekleideter Mann mit pockigem Gesicht und roter Nase. Ein Trinker, ein Genießer wie alle, dieser Deutschmeister, und in seiner polternden Art schlug er Willem auf den Rücken, nannte ihn ein Bürschchen und erzählte in die Runde, wie dieses Bürschchen eines Tages behauptet hätte, S.O.D., das klinge zu sauer. Und wie dieses Bürschchen ihm ein einprägsames und konspiratives Emblem entworfen habe, MSD in Trikolor, sagte Deutschmeister, und seitdem sei seine Reputation enorm gestiegen. Die Gäste entblößten ihre Zähne und schlugen Willem auf den Rücken. Sie tranken, nahmen Hühnerschlegel und Granat, und als die Frau des Tabakgrossisten darauf bestand, mit Willem anzustoßen, johlten sie. Nach dem Schnaps verzog er das Gesicht, er hustete, und den Gästen gefiel das. Sie forderten mehr, sie ließen Willems Widersprüche nicht gelten, und bald hielt die Frau des Tabakgrossisten seinen Kopf umschlungen und führte das Glas. Die Gäste brüllten, als er danach die Augen verdrehte. Und als sein Kopf im Ausschnitt der Frau versank, schlugen die Männer sich auf die Schenkel.
Leysieffers aßen mit gespreizten Fingern und tranken kalte Ente. Der Politiker und seine Frau tuschelten, und wenn sie mitkriegten, daß jemand sie beobachtete, schwiegen sie und lächelten. Die Schwestern machten es wie ihre Eltern, klammerten sich dabei an ihre mickrigen Handtaschen und streckten das spitze Kinn in die Höhe. Schweigen und Lächeln erschienen wie eingenagelte Vernunft, und anfangs taten sie, als wäre Willem Luft für sie.
Erst als ihr Vater ihm die Hand drückte und seine Ausführungen über den Kapitalismus zwar abstrus nannte, nichtsdestotrotz aber interessant und rhetorisch begabt vorgetragen, lächelten die Schwestern Willem an. Als hätte ihr Vater einen Auslöser betätigt, und so scharwenzelten sie um ihn herum; stellten ihn am Büfett, erwarteten ihn vorm Klo, und sobald er eine abgewimmelt hatte, war schon die nächste da. Es war Sisyphosarbeit. Alle Kunst und alles Kalkül, mit denen es ihm an der Kaffeetafel stets gelang, die Schwestern in Schach zu halten, schienen plötzlich nicht mehr

zu greifen. Immer penetranter rückten sie ihm zu Leibe, schwatzten, klappten ihre Handspiegel auf und kokettierten. Als wäre die Feier ringsherum schamloser Antrieb für sie, und noch als Willem Zuflucht suchte im Deutschmeister-Kreis, stöberten sie ihn auf – und schlimmer: Die beschwipsten Gäste wollten ihn bald mit den Schwestern verkuppeln.

Zuletzt gesellte Willem sich zu ihrem Bruder. Er stand abseits und aß Bauchfleisch.

Konrad, deine Schwestern machen mich fertig.

Der Primus betrachtete das gebänderte Fleisch und biß hinein. Dann grinste er, und Sehnen hingen ihm zwischen den Zähnen.

Mich auch, sagte er.

Was tust du dagegen?

Konrad hob die Schultern und schlug seine Zähne in das Fleisch.

Du frißt dagegen?

Ich esse, weil es mir schmeckt. Dann blickte er sich verstohlen um und flüsterte, daß die ganze Dominanz der Männer in Wirklichkeit eine Inszenierung der Weiber sei. Daß die ihre vermeintlich untergeordnete Rolle dazu benutzten, um in aller Ruhe an einem Modell der männerlosen Gesellschaft zu arbeiten. Mit Jungfernzeugung und allem. Und um die Männer ein für allemal loszuwerden, schreckten sie vor nichts zurück – fädelten Kriege ein, benutzten Wissenschaft und Technik und ahmten noch die männliche Art zu denken nach, so daß die Ausrottung des männlichen Geschlechts am Ende wie eigene Schuld erscheinen müsse.

Willem sah den Primus an. Womöglich hatte er ihn falsch eingeschätzt. Womöglich war sein ganzer Eifer, den Vater nachzuahmen, in Wirklichkeit eine Reaktion auf die Schwestern.

Brauchst gar nicht so zu kucken, sagte Konrad. Meinst du, ich weiß nicht Bescheid?

Wie Bescheid?

Deine Mutter.

Ja und?

Du steckst genauso drin wie ich. Ohne diese Weiber könnten wir ganz anders sein.

Willem wurde den Leysieffer-Clan auf einen Schlag los.

Die Jungsklassen hatten Turnen gehabt, und aus dem Duschraum zog Dampf in die Umkleide; sie feixten und schlugen sich mit Handtüchern, einige standen noch unter der Brause, während die ersten sich bereits anzogen. Einmal schaute der Turnlehrer herein, klatschte und bellte, Zackzack, dann postierte sich Achim-das-Tier vor der Tür. Er hatte nur ein Handtuch umgeschlagen, und im Kondensat wirkte sein Körper noch wilder.

Wer hat meine Unterhose geklaut?

Jan-Carl und noch zwei oder drei andere stellten sich zu ihm.

Rückt die Unterhose raus! Ihr Fickfrösche!

Die Jungs in der Umkleide sahen sich an.

Son Schwachsinn, sagte einer.

Stehn da wie ne Unterhoseneinheitsfront, sagte ein anderer.

Schnauze, rief Jan-Carl, und Achim-das-Tier schnappte sich einen von denen, die was gesagt hatten.

Laß den Scheiß, Achim.

Schnauze, Kronhardt.

Wahrscheinlich hat der Hausmeister das Ding einfach weggespült.

Ein paar von den Jungs lachten.

Achim-das-Tier stieß den anderen beiseite und baute sich vor Willem auf. Der feine Pinkelsohn und Korinthenkacker, was! Scheißegal, was mein Alter malochen muß, damit einer wie ich auch noch ne Unterhose übern Arsch kriegt, was! So stand Achim-das-Tier, und sein Kinn zuckte.

Schlosser sah sich das an. Dann steckte er eine Selbstgerollte hinters Ohr und drückte Jan-Carl und die Spießgesellen zur Seite.

Vorschlag zur Güte, sagte er. Wir gehn vor die Tür, und wenn irgendwer das Ding versteckt hat, liegt es in einer Minute wieder da.

Achim-das-Tier zeigte seine Zähne. Und du, zischte er.

Mein Alter reißt sich für meine Unterhosen schon lange nicht mehr den Arsch auf. Das muß ich selber tun.

Achim gefiel das nicht. Du Fickfrosch.

Schlosser steckte die Gedrehte in den Mund und ließ sie tanzen.

Wenn ihr ne Keilerei wollt, sagt Bescheid. Aber macht hin, damit mir der Glimmstengel nicht vertrocknet.

Eine Minute, sagte Jan-Carl. Und wenn die Sache nicht klargeht, gibts Terror.

Achims Augen blitzten aus ihren Höhlen. Ihr habts gehört. Und wir picken uns jeden einzeln raus.

So gingen sie vor die Tür, und Jan-Carl hielt den Sekundenzeiger seiner Uhr im Auge. Wenn man es darauf anlegte, konnte in einer Minute natürlich alles geschehen. Egal, in welche Richtung man blickte, in diesem Zeitabschnitt konnte das mächtige Potential liegen zu allem Anfang und Ende. Terror war da nur eine von unendlich vielen Möglichkeiten.

Im Lateinunterricht hatten sie gelernt, daß die Wurzel ein Zeitwort war und mit erschrecken übersetzt wurde. Das abgeleitete Hauptwort wurde traditionell zur Schreckensherrschaft, die singuläre Bedeutung war jedoch im Laufe der Geschichte aufgeweicht. War fülliger und biegsamer geworden, so daß Terror heutzutage auf jedes rücksichtslose und gewalttätige Vorgehen paßte, und natürlich gab es jede Menge Anekdoten von der Antike bis in die Neuzeit.

Als die Minute verstrichen war, strömten die Jungs aus der Kabine, und die Unterhose blieb verschwunden. Also Terror. Und Achim-das-Tier und Jan-Carl verschwendeten keine Zeit. Noch vor dem nächsten Unterricht hatten sie sich den Primus herausgepickt, ihn in eine Nische gedrängt und gefleddert. Ganz eindeutig in ihrer Absicht, mit brutalen Gesichtern und einer Haltung, die keine Hilfe mehr für den Politikersohn zuließ. Wie ein zerfleischtes Bündel hockte er in der Nische, und als sie die Unterhose bei ihm fanden, schien es, als käme sie direkt aus seinen Eingeweiden.

Sie schleppten ihn ohne Umschweife zum Rektor.

Der Politiker erschien ohne Dienstwagen, quasi inkognito. Er nahm einen Seiteneingang, wo ihn der Rektor erwartete.

Der Staatsanwalt kam zehn Minuten später. Mit Goldrandbrille und wehenden Schößen stieß er durch den Haupteingang. Kanzelte den Rektor ab und preschte direkt zum Sohnemann.

So hockten die Väter mit den Söhnen. Hier der Politiker, da der Staatsanwalt, und nur der Arbeiter war nicht erschienen. Der bog

Eisen für Onassis und schulterte noch die Wasserköpfe des Landes, damit sie ihren verweichlichten Söhnen das Händchen halten konnten. So saß Achim-das-Tier mit spöttischem Blick.

Bald zogen die Väter sich zurück, bald winkten sie den Rektor dazu, und am Ende schienen alle zufrieden.

Öffentlich wurde nichts.

Doch der Politikersohn wechselte die Schule, und das Geschwätz lief um.

Dann traten die ersten Verzerrungen auf, und aus dem Geschwätz entwickelte sich eine Dynamik; bald scherte sich niemand mehr um Mutation oder Hypertrophie, und neue, ungeheuerliche Gedanken traten in Erscheinung. Und solange sich dabei alles auf Konrad Leysieffer fokussierte und jeder andere fein raus war, schienen alle von diesem Ungeheuerlichen fasziniert. Als ratterten Lochstreifen durch ihre Köpfe, als hinterließe der Nadeltanz überall das gleiche Muster, und so verwandelte sich der verschwundene Primus, und am Alten Gymnasium trat das Wort Homosexualität in Erscheinung.

Natürlich war das ein Knaller. Das war pikant, das war clandestin, das war Zündstoff, und obwohl anfangs kaum jemand etwas darüber wußte, erschienen sie bald alle aufgeklärt. Die Wissenslöcher wurden von allen Seiten gestopft, Konrad Leysieffer wurde eine Schwulität, ein Uranist, eine homophilistische Natter, und jeder hatte ein paar Brocken parat. Sie erzählten von Knabeninitiation, vom scholastischen Feuertod oder von institutionalisierter Anomalie; in der Bibliothek blätterten sie den 175er-Paragraphen nach, sie fanden heraus, daß es staatlich verordnete und militärisch überwachte Päderastie gegeben hatte, sie stießen auf die mit Bigotterie oder Absolution vertuschten Schändungen in der katholischen Kirche, und überall grassierte das Wort und schlug seine Haken tief in die Köpfe.

Es war ein erstaunlicher und gieriger Wissenshunger; ein ständiges Schwatzen gegen die eigene Ausgrenzung, und so wucherte eine neue Welt auf dem Schulhof, dunkel und clandestin schrill und phantastisch, und weil sie nichts verwarfen und mit allem hantierten, mußte sich dieses seltsame Phänomen natürlich aus der Geschichte lösen, und Konrad Leysieffer konnte kein Einzelfall bleiben. So stießen sie auf Freud oder Hirschfeld, und als ihnen der Kinsey-Report in die Hände fiel, mußten sie erkennen, daß fünfzig Prozent der Amerikaner schwul waren. Und wenn diese Menschen dort – im Grunde Europäer, nichtwahr – zu fünfzig Prozent so eine Veranlagung entwickelten, kapierte jeder, was diese Statistik bedeutete.

Bald traute sich in der Umkleide keiner mehr, den anderen anzusehen. Jeder pfiff den Mädchen hinterher, jeder war scharf auf Revueblätter, und wenn es drauf ankam, hatte es jeder schon mal gemacht.

Dann fand jemand raus, daß auch die Mädchen homosexuell sein konnten; der Lateinlehrer lieferte mit Anekdoten zu Sappho prompt den geschichtlichen Hintergrund, und von der Insel dieser wunderbaren Dichterkönigin zogen die Jungs das Eponym wie von selbst. Das war neuer Zündstoff, und sie setzten die Mädchen schwer unter Druck – was für eine Dynamik plötzlich am Alten Gymnasium, was für ein Bruch mit den Konventionen: Zungenküsse, Finger im festen Fleisch, und die Röcke wurden immer kürzer. Alles wegen Konrad Leysieffer, und das Geschwätz hörte nicht auf.

Auf dem Schulhof hatte es sich längst aus jeder Verengung gelöst; das allgemeine Urteil ließ nur noch eine Möglichkeit zu, und alles Halbwissen war Grundlage genug, abgeklärt zu erscheinen. Jede öffentliche Liebelei war Beweis der eigenen Integrität, und Konrad Leysieffer wurde ganz hemmungslos diffamiert. Und natürlich war es vom Schulhof in die Stadt nur ein Katzensprung.

Willems Mutter reagierte anfangs immun – auf solche Gerüchte wollte sie nichts geben; ein Politiker, sagte sie, der müsse umgehen können mit Tratsch, und wo käme man denn hin, wenn man so was über gegenseitigen Nutzen stellte.

Doch Kronhardt ereiferte sich. Er konnte den Wortlaut vom 175er auswendig und brachte ihn bald zu jeder Gelegenheit. Er fand Gefallen an den Gerüchten, oder anders: war entschiedener Gegner der Homosexualität, und der Gedanke, jetzt noch mit den Leysieffers gesehen zu werden, machte ihn rasend. Und aus diesem

Winkel heraus sah er plötzlich auch die immer kürzer werdenden Röcke und die im Grunde verlotternde Moral. Immerhin, meinte er nun, wenn ein Paar in der Öffentlichkeit knutschte, immerhin, da saß die Hacke noch am Stiel.

Kronhardt setzte sich schließlich durch, und der Kontakt zu Leysieffers wurde abgebrochen.

18

Schlosser hatte ein paar Extras an die Brennhexe gebracht. Tubus und Stativ kamen in zwei Röhren, und hinten war ein Gestell für eine Kiste. Den Auspuff hatte er verlängert, und wenn die Flammen spuckten, blieben sie meist gefangen. Manchmal machte die Brennhexe Bocksprünge, manchmal fiel die Beleuchtung aus, und Schlosser hängte die Karbidlampe ein. Aber sie hatte Lust zu laufen.

Sie fuhren freitags mit der Dämmerung, auf den Schwingsätteln mit Windbrille und Wollmütze, wie zeitlose Reiter. Und so legten sie sich in die Kurven, und wenn der Raum da war, beschleunigte die Brennhexe. Dann duckten sie sich, drückten das Fleisch ins Eisen, der Kolben trieb unter dem Wind, und hinter sich zogen sie eine röhrende Spur; und wenn es Fehlzündung gab, schossen sie aus dem Knall wie eine wilde Reiterhorde.

So nahmen sie die Kreuzung Martini- und Faulenstraße. Von der anderen Weserseite kam der Geruch der Bierbrauer und Kaffeeröster, und voraus drängten die Hafenanlagen wie ein Leuchtpilz gegen den Himmel. Schlosser nahm zwei Ampeln bei Rot, bald war der Kopfstein ausgeschlagen, und die Strecke stieg hoch bis unter den Schädel. Ladebäume standen in der Luft, Wummerschläge für den Tankerkönig, und Acetylenzungen und Lichtbögen zeichneten die frühe Nacht.

Schlosser überholte einen Kadett, der stur fünfzig fuhr. Als der Kadett plötzlich Gas gab, tauchten die Jungs ab; ihre Körper verschmolzen im dröhnenden Ritt, bald waren die Auspuffflammen Rückstoß, und sie spürten die Stufen der Beschleunigung. Bei vollem Tempo nahmen sie einen Buckel, stiegen auf, und dann hatten sie den Kadett abgehängt.

Im Europahafen sahen sie Türme und Förderbänder in den Becken aufblitzen, eine seltsam in die Tiefe geworfene Welt. Das Zollgitter erschien, die Streben und Stacheln ein Stakkato im Lichtkegel, und als sie den Kontrollpunkt passierten, sahen sie den uniformierten Kopf im Kabäuschen. Die Schranke war aufgerichtet, ein Spieß im Neonlicht, und durch Schluchten ging es weiter. Fabrikanlagen waren zerlegt, Raupenschlepper verpackt – rings kubische Wände, und wenn die Brennhexe Fehlzündung machte, überlagerte sich der Knall in den Schluchten.

Schauerleute zogen Bündel, in den Speicherhäusern wurde rund um die Uhr gestapelt oder rausgegeben, und als die Jungs im Überseehafen anlangten, schoben sie die Brillen hoch. Schlosser rollte eine Zigarette. Die Dampfer lagen nebeneinander zu Päckchen vertäut, die Bäuche mit der Welt gefüllt und die Umrißlinien wie von Abenteuern geschliffen.

Der Motor lief nach einem Kick, und das Röhren zog sonor durch die Schluchten. Manchmal kläffte ein Schäferhund oder versprang sich im Zaun; manchmal knarzte ein Walkie-talkie, und im Schatten ahnten die Jungs die Deutschmeister-Schergen.

Als sie wieder gegen den Kontrollpunkt fuhren, war die Schranke geschlossen. Sie reduzierten Geschwindigkeit, und im Kabäuschen sahen sie wieder den uniformierten Kopf. Auf ein Zeichen hin stellte Schlosser den Motor ab, dann tauchte ein zweiter Zöllner auf.

Absteigen, die Brillen hoch, Legitimation. Er trug Handschuhe, schlug die Papiere ins Leder und meinte, soso. Und dann: Die zwei Röhren.

Schlosser zog Tubus und Stativ heraus.

So so, und der Zöllner leuchtete die Röhren aus.

Willem meinte, wenn man etwas schmuggeln wollte, würde man das wohl eher clandestin machen.

Clandestin, so so. Und der Zöllner blickte einmal zum Kabäuschen, es klackte und klackte, und dann waren Scheinwerfer aufgeflammt, und die Jungs standen im Brennstrahl.

Der Zöllner sagte: Ich kenn welche, die halten sich für oberschlau. Tauchen auf wie Schmuggler und meinen, damit kommen sie schon durch. Und nach hinten rief er: Haste ne Ahnung, was clandestin is, Max? Und zu den Jungs: Marsch in die Loge!

Im Kabäuschen sagte der andere: Taschen leer und keine Zicken! Seinem Kollegen rief er zu: Clandestin? Das kommt doch von den Haschbrüdern.

Draußen der Zöllner rief: Haschbrüder und Marxisten also, und er legte die Mütze ab und machte sich an der Brennhexe zu schaffen.

Im Kabäuschen besah der andere die Sachen; er nickte stumm, zog seine Schlüsse. Staatsfeinde also. Und plötzlich: Na, was haben wir denn hier! Und er hielt einen Brocken in die Luft.

Willem sagte: Das gehört uns nicht.

Der Mann grinste boshaft. Das müßt ihr mir erst mal beweisen, ihr marxistischen Haschbrüder.

Der Zöllner von draußen rief: Max!

Vor der Schranke stand ein Pritschenwagen, und sie sahen, wie der Fahrer die Plane abziehen mußte. Der Mann im Kabäuschen stand auf und steckte die Pistole ins Holster. Er raffte die Sachen zusammen und gab sie den Jungs zurück. Dirigierte sie zur Brennhexe, ließ sie Tubus und Stativ verstauen, starten und durch die Schranke. Dann wippte er auf den Zehenspitzen und marschierte zum Pritschenwagen.

Von den Holzhändlern wehten Gerüche, und die Stämme lagen wie aus einer Urwelt geschlachtet da. Sie zogen vorbei an den nackten Riesen, an Rampen und Waggonreihen, an den Gewürzhäusern und der Schnapsbrennerei. Zwischen zwei langen Schuppenreihen erschienen die roten Augen eines Iltisses im Scheinwerferkegel, dann stiegen die Zylinder der Getreidemühle gegen die Nacht; Säulen, die bald noch den Himmel trugen und rings die Welt verkleinerten. Zwischen Industrielicht und Schatten flanierten dort Frauen, und im ewigen Kreis patrouillierten Automobile um sie herum. Manchmal flammten Bremslichter auf, und die Jungs ahnten die derbe Begutachtung aus der Kabine. Und wenn eine Frau in einer Kabine verschwand, ahnten die Jungs, wie sie dort versuchte, dem Mann Selbstvollendung und Unsterblichkeit zu enthüllen. Ein brutales Geschäft, meinten sie.

Wenn von den Dampfern ein Trupp Landgänger zu den Silos stieß, veränderte sich das Bild, und die Seeleute konnten wie von Welt erscheinen; unverborgen und noch im Drang offen und lustig, mischten sie sich unter die Frauen. Doch anders gesehen, meinten die Jungs, waren diese Seemänner Gesandte des Untergangs – apokalyptische Gestalten, die Dogma, Syphilis und Krieg an Bord hatten, den wahnsinnigen Katechismus der Eroberer, dieses Entweder-Oder, dieses Sie-oder-Wir, und aus diesem Blickwinkel, meinten sie, weiche alles Weltmännische ein in seelische Kälte und innere Heimatlosigkeit; alles Gute, Schöne, Zerbrechliche würde dem brutalen Eroberer geopfert, der in seiner Gier nach Selbstvollendung und Unsterblichkeit fremde Herzen rausriß, verschlang und zuletzt allen Wahnsinn noch in die heiß puckernde Höhle stieß.

So hockten die Jungs auf der Brennhexe.

Und mußten irgendwann einsehen, daß, ganz egal, aus welchem Blickwinkel, die Frauen auf sie wirkten; diese im Grunde zart und anziehend erscheinenden Wesen, und noch über die Entfernung konnten sie das Erfaßtsein spüren, die Schamlosigkeit in ihren Visionen.

Vorbei am Verschiebebahnhof, vorbei am Ölhafen, und über der neuen Stahlhütte war die Nacht ausgeleuchtet von der Roheisenwolke; ein orangefarbener Himmel, der die vorstädtischen Wohnviertel überspannte und noch das Marschenland hinter dem Fluß. So zogen die Jungs nach Norden, nahmen die Bogenbrücke über die Lesum und folgten bald auf einem unbeleuchteten Weg ihrem Lauf. Aus dem Schilf stieg der Schatten eines großen Vogels, und vor ihnen lagen die Spuren der Eiszeit; ungehobeltes, welliges Land, mit Buchenwäldern auf den Dünenketten und Schmelzwasserfurchen. Auf einer Moräne mit Blick über das Schwemmland die Lichter einer alten Kaufmannsvilla. Die Brennhexe schnurrte, und erst in Vegesack zogen sie wieder auf beleuchtete Straßen; sie hielten ihre Richtung, und bald weichten die Stadtbilder auf. Bereits Rönnebeck erschien dörflich, vereinzelt standen noch Heide und Kiefern, und zum Fluß hin, vom Gipfel der Ufermoräne, fiel das Land schroff, und dahinter öffnete sich der Raum. So zogen sie nach Norden. Bogen in die Sielstraße, kamen an einem heruntergekommenen Hof vorbei, ein Misthaufen dampfte, und ein Kettenhund schlug an.

Der Bunker war ins Schwemmland gebaut und die Biegung am Fluß tief eingeschnitten. Nur ein Fetzen lag noch dazwischen, quasi die Schleife, die die Nazis als letztes hatten durchtrennen wollen. Sie hatten Stahl und Beton einer ganzen Stadt komprimiert, um dahinter U-Boote zu bauen, und trotz seiner Mächtigkeit fiel der Bunker kaum auf. Wie eingeschmiegt in die Schilfgürtel und Marschenwiesen lag er da. Doch schon aus der Entfernung spürten die Jungs seinen Hauch; den Wahnsinn nach der ganzen Welt und eine 1000jährige Kälte. Und noch die Stille rings war seltsam beklemmend; als könnten die Nazis jederzeit auferstehen oder die Schreie der Zwangsarbeiter aus seiner Masse drängen. So stand der Bunker in die Welt geschlagen und dunkler als die Nacht. Eine Verdichtung menschlichen Wahnsinns, die noch allen Bomben trotzte und jedes Millenium zum Wimpernschlag machte; tausend Jahre der kalte Atem der Geschichte, tausend Jahre Wiederauferstehung, und dann der nächste Wimpernschlag. So zog der Bunker bald alles hinter seinen Horizont, wie ein schwarzes Loch, machte alle Ereignisse und noch die Zeit unbegreiflich.

Algen und Moose liefen an den Bunkerwänden, Stränge von Flechten. Krustige Ablagerungen schienen wie ein Riff zu wachsen, vereinzelt hatten sich Birken festgekrallt, und zum Fluß hin erstreckten sich die Schilfgürtel. Auf dem Wasser kräuselte der Sichelmond, und manchmal sahen die Jungs diffuses Geflatter, Nachttiere, meinten sie, oder verlorene Seelen, und so spürten sie den Bunker noch im Rücken.
Sie bogen flußabwärts, das Schilf raschelte, der Deich erhob sich, dann hielten sie in einem Erlenbruch. Am Rand fanden sie trockenes Holz und füllten die Kiste auf der Brennhexe. Schlosser holte den Knasterbeutel, und eine Weile saßen sie schweigend. Aus dem weichen Boden stiegen dumpfe Gerüche.
Dann hörten sie die tiefe Eröffnung – tschuk-tschuk –, und dann

sprudelten dicht gereihte Einzeltöne auf, die bald fülliger, bald geschliffener wurden und sich schließlich, von Doppeltönen in die Höhe gezogen, zu einem unglaublichen Schmettern verdichteten. So saßen sie und lauschten der Nachtigall.

Als der Lichtkegel wieder auf das schmale Betonband fiel, lag rechter Hand das weite Schwemmland; links stand der Deich, und Schlosser schaltete runter, gab Gas, und sie zogen johlend gegen die Böschung.

Auf der Krone ritten sie dahin; sie hatten Blick über den Fluß, ein Richtfeuer kreiste, und voran, noch halb in der Biegung, schob sich das Schwergutgeschirr eines Dampfers gegen das kräuselnde Silber. Landwärts war Dunkelheit, und erst nach einer Weile gewahrten sie den Raum. So ritten sie dahin; durchmaßen schweigend die Weite wie einst Juri Gagarin, und noch in diesem großen Gefühl bewahrten die Jungs ihre Demut. Sahen das Band der Milchstraße, spürten das Lied der Nachtigall.

Die Wurt war die einzige Erhebung weit und breit; ein alter Siedlungshügel, auf dem noch die Reste einer Kate standen.
Feuchtigkeit stieg aus den Wiesen, und manchmal drangen Rufe durch die Stille. Frösche, meinten sie, oder Nachtreiher, und letztes Jahr, sagte Schlosser, hätten Brachvögel genistet, aber in diesem Frühling wären sie nicht wiedergekommen.
Der Boden war weich, der Wildwuchs kniehoch. Sie spürten die Erhebung kaum, eine winzige, menschgemachte Bastion gegen tausend Jahre Gezeiten. Bei der verwitterten Kate rüsteten sie die Lampe; Wasser zersetzte Karbid, es zischte und stank, und dann fütterte der Koks die Flamme mit Kohlenstoff. Sie hatten Brot und Dauerwurst dabei, hockten über der Sternenkarte, und der Reflektor warf sauberes Licht. Nach dem Essen dampfte der Kaffee aus der Thermoskanne, Schlosser holte seinen Beutel vor und gab Hanf in den Knaster.
Sie rauchten gemeinsam, und es war feierlich. Sie lachten, und das Lachen tat gut. Und wenn sie still waren, tat ihnen die Stille gut.
Schließlich machten sie das Teleskop klar und sahen Jupiter und Saturn in einer Linie. Für den Fleck reichte die Vergrößerung

nicht, aber den Ring konnten sie sehen. Sie wußten, wo die Plejaden standen und daß im Andromeda eine Nachbargalaxis zu sehen war, und bald spürten sie, wie das Empfinden der eigenen Großartigkeit schrumpfte; wie unter diesem Raum zuletzt kein Ding wichtiger oder unwichtiger war als ein anderes. Und sie waren von Demut und Freude durchdrungen, diesen Augenblick zu erleben. Auch wenn sie aus der Stille heraus wieder lachten, hielt diese Freude an; wenn ihre Gedanken sich an der Großartigkeit über ihnen befeuerten und immer wieder neue Wirklichkeiten hervorbrachten. So saßen die Jungs auf der Wurt. So stellten sie sich beim Blick durchs Teleskop Vergrößerung um Vergrößerung vor, und in ihren Köpfen überwanden sie alle Grobkörnigkeit; sie drangen durch Staub und Nebel bis ins Innere der Andromedagalaxis, sie entdeckten dort ein Sonnensystem, entdeckten einen Planeten und vergrößerten von der Wurt aus bis auf seine Oberfläche. Und dort konnten die Jungs dann Lebewesen entdecken, Außerirdische, die selber Forschung betrieben und den Weltraum mit ihren Teleskopen absuchten. Und Willem und Schlosser stellten sich vor, wie sie schließlich mit ihrem Teleskop bis in die Teleskope der Außerirdischen blicken konnten und sich zuletzt selbst dabei beobachteten, wie sie von der Wurt aus beobachteten.

So blickten sie durch das Fernrohr; fokussierten blaue Riesen und weiße Zwerge, mächtige Gaswolken flimmerten auf, und jede Erscheinung war so großartig wie eine andere. Und überall durchgeisterten Vakuum und Materie den Raum, erschufen Leere oder Sternenhaufen, alles oder nichts, zerrten und schoben den Raum, machten gleichgültig und austauschbar, verwandelten vor und zurück, und noch die Zeit mußte seltsam erscheinen, wenn die flimmernden Lichter über ihnen in Wirklichkeit längst erloschen waren. So lagen die Jungs auf der Wurt, den bestirnten Himmel über sich; so schien sich alles und zu jeder Zeit im Raum zu bündeln und wieder zu zerstreuen, so schienen die Dinge ringsherum zu sein und gleichzeitig nicht zu sein. Und der Hanf in ihren Köpfen kam direkt aus Schlossers Garten; transformierte Energie, Wasserstoff und Helium zu Wärme und Licht, zu differenziertem Zellwuchs und THC-Produktion. Und dann die Umwandlung von

THC in abstrakte Energie, und so trieben ihre Gedanken dahin, verdichteten sich, zogen einander an, und die Sternennacht war über das Schwemmland gestülpt. Von der Wurt strahlten Visionen, die als Wirklichkeiten wieder herabfielen. Demut und Freude waren ein Gefühl, als würde alles rausprudeln, den Raum durchdringen und wunderbar transformiert zurücktröpfeln, und wenn die Jungs lachten, tat das Lachen gut, und wenn sie still waren, tat ihnen die Stille gut.

Von der Wurt war es eine Viertelstunde durchs Marschenland. Vorbei an einsamen Gehöften, das Gekläff der Kettenhunde zertragen. Herden stampften in der Nacht, sie nahmen zwei oder drei kleine Dörfer mit Schweinewiesen und Storchennestern, dann zogen sie auf einer schmalen Allee dahin. Die Pappeln waren vom Nordwester geneigt, als wäre die Welt eine schiefe Ebene, und so durchschnitten sie im Kegellicht den Raum. Und in einer Kurve am Deich klebte die Wirtschaft der dicken Helga. Das Schild leuchtete weiß, die Buchstaben waren rot: Zum Ochsenkrug. Das Haus war aus Backstein, mit Gaubenfenstern im Reetdach; auf dem Vorplatz standen runtergestutzte Korbweiden, und von hinten raschelten die Schilfgürtel.

Im Schankraum nahmen sie die Mützen ab und grüßten.

Die Bauern saßen am Stammtisch. Männer mit Käppis und derbem Twill; in den breiten Gesichtern die Jahre von Hahnenschrei und Tagwerk, und die Schnapsgläser in den Händen klein wie Fingerhüte. Ihre Augen waren schnell; sie musterten Willem, und von Schlosser wollten sie wissen, wie es um die Zukunft stand. Wie das Wetter würde oder ob er schon mal fliegende Untertassen gesehen hätte. Die Bauern lachten, tranken, doch zuletzt ging es nicht in ihre dicken Schädel, daß man Zeit damit verschwenden konnte, durch so ein Rohr zu kucken. Stadtmenschen blieben ihnen verdächtig: Sie kümmerten sich um nichts und schöpften immer aus dem vollen, sie hatten die einfachsten Dinge verlernt und wußten doch alles besser. Da waren sich die Bauern einig, und die Käppis gingen rauf und runter, als hätten die fetten Brägen darunter ein Welträtsel gelöst. Und sie bestellten eine neue Runde.

Die dicke Helga hatte eine muntere Art. Sie war schlagfertig und wußte die Bauern zu nehmen. So kam sie mit frischem Tablett vom Tresen – ihr gefielen die Stadtmenschen, rief sie. Wenn die nicht die Hände frei hätten, würden die Bauern noch immer mit Ochsen und Dreschflegel arbeiten. Und hätten keine Minute mehr, bei ihr im Krug zu sitzen, um über die andern zu lästern. Ja verdammt, rief sie, ohne die Stadtmenschen müßt ich am Ende noch einen von euch Kerlen heiraten. Die Kerle lachten, und als Helga servierte, beugte sie sich extra tief.

Als die Bauern gegangen waren, sperrte sie ab und setzte sich zu den Jungs. Helga trug eine Bluse mit Puffärmeln, Schürze und Puschen. Sie war weich, helles Fleisch, das schnell schwitzte. Ihr Haar war blond und aufgebauscht. Sie goß sich einen Sherry ein, und unter den Achseln hatte sie dunkle Flecken. Willem sah, wie sich ihre dicken Lippen gegen das Glas stülpten; dann sah er ihren Apfel springen, dann die tiefe Furche zwischen den Brüsten. Als sie das Glas abstellte, seufzte sie.

Später halfen die Jungs beim Aufräumen, und Willem gefiel es, wenn Helga sich bückte oder ein Servierbrett stemmte. Manchmal meinte er, daß sie seine Blicke noch provozierte; sie kam ihm extra nah, ihre warme Haut strömte, und sie stellte pikante Fragen. Doch zuletzt räumte sie mit ihrem Humor alle Zweideutigkeit aus, und alle drei lachten herzlich.

Sie saßen noch bis tief in die Nacht. Ließen die Musikbox laufen und spielten Mau-Mau.

Der Sommer hielt sich lange; die Sonne ging auf gegen sechs, stand mittags im Zenit, und gegen 18 Uhr ging sie unter. Tags brachen ihre warmen Strahlen reife Düfte aus dem Boden, und in der Brise wogten die Spinnennetze. Mit der Dämmerung stieg Feuchtigkeit und trug erdige, herbe Gerüche auf. Am nächsten Morgen zerstreuten die ersten Strahlen im Tau der Blätter, die Bäume standen rot in den Himmel, und dann brachen wieder die Düfte in den Tag. So drehte sich die Erde, und auf ihrer Bahn kreuzte sie einen Schwarm mit Meteoriten, und die Jungs lagen auf der Wurt und gaben Hanf in den Knaster.

Grillen stridulierten, und dazwischen unregelmäßige Rufe, quak oder quok, mal von dieser, mal von einer anderen Seite. Quak oder quok, und sie wußten nicht, ob es Frösche waren oder Nachtreiher. Und wenn über ihnen eine Sternschnuppe verglühte und das Streiflicht in der Atmosphäre stand, wußten sie genausowenig. Stets konnte es für die Phänomene ringsherum auch andere Erklärungen geben. Überall konnte die Ursache zu einer Wirklichkeit liegen, die nirgends Anspruch auf Endgültigkeit erhob, und so verschmierten den Jungs auf der Wurt alle Erklärungen; alles Warum und Wozu, das ein Geschehen einordnen wollte; aller Zwang nach Sinn, und noch die Sprache selbst, meinten sie, jedes Wort, könne sich in den Köpfen in einen enormen Zerrspiegel verwandeln, so daß die Menschheit womöglich seit Jahrtausenden an allem vorbeiredete.

So fielen die Schnuppen, und die Jungs hatten keine Ahnung, ob es sich tatsächlich um eisige Vagabunden handelte, die von der Erde angezogen wurden und in ihrer Atmosphäre verglühten. Sie rauchten den Knaster, es quakte oder quokte, und irgendwann erschien ein glühender Schauer über der Marsch – langgezogene Streifen, die rötlich aus der Nacht fielen, und zuletzt blieb über ihnen eine Feuerkugel stehen, deren leuchtende Spur in den Höhenwinden zu verwirbeln schien.

In dieser Nacht kamen sie spät in den Ochsenkrug.

Die Brauereischilder waren erloschen, der Schankraum im Halbdunkel. Auf ein Klopfzeichen hin öffnete die dicke Helga, und als sie wieder abschloß, sahen die Jungs, daß noch jemand da war. Irene, sagte Helga, meine neue Tresenkraft, und die Jungs gaben ihr die Hand.

Irene trug Servierkleidung mit Häubchen im rotblonden Haar. Sie war seit ein paar Monaten einundzwanzig und von ihren Eltern los. In dieser Zeit hatte sie ein halbes Dutzend Stellen gehabt, und überall waren es die Kerle gewesen. Zuletzt in einer Fischbratküche, und bei der Helga, sagte sie, da hätte sie es sofort gemerkt: Die Helga, die wisse die Kerle zu nehmen, und im Ochsenkrug, da würde ihr keiner so mir nichts, dir nichts. Irene hatte einen Silberblick, und ihre Schneidezähne standen vor. Sie redete viel, lachte unverhofft und rauchte Zigaretten an, die sie im Ascher vergaß.

Helga stellte Gezapftes und Likör. Sie sprachen über den Beat-Club, spielten Mau-Mau, und später tanzten sie. Dann gingen Schlosser und Helga nach oben.

Und Willem bekam Angst.

Irene war quirlig; sie rauchte, lachte, sprang an den Musikautomaten. Und wenn sie wieder bei ihm saß, glitt ihre Hand wie eine Eidechse in seinen Schoß, wischte Asche weg, und dabei schienen Stromzungen aus ihren Fingern zu lecken. Irene plapperte, sie nahm ein Thema wie das andere, und hinter allem konnte Willem eine Absicht spüren. Groß und dunkel, und noch durch seine Angst hindurch anziehend. So saß er da und fühlte sich ausgeliefert. Er trank sein Florida Boy, und der Negerjunge auf der Flasche hatte einen Strohhut auf und grinste durch eine Zahnlücke. In der Box fuhr der Plattengreifer zur nächsten 45er; Willem hörte das Knistern und dann einen Buckel, der regelmäßig unter der Nadel durchzog. Beim ersten Akkord wedelte Irene mit den Händen. Jimi Hendrix! Sie sprang auf und riß den Jungen mit.

Willem hielt die Augen geschlossen. Spürte, wie Trommel und Bass seine Haut durchdrangen, und als die Gitarre anschlug, schien sie direkt in seinem Kopf rückzukoppeln. Bald bäumte er auf mit den Saiten, zappelte mit dem Riff, und sein Haar stand in der Luft. Bald entwickelte er Visionen von elektronisch verzerrten Meteoritenschauern, und als der Gitarrist noch die Energie aus dem Verstärker in Schwingungen setzte, erschien ihm eine Feuerkugel im Kopf, und er verbog sich wie ein Schamane.

Der Schluß kam plötzlich.

Als er die Augen öffnete, traf ihn ihr Silberblick. Und wieder spürte er eine Rückkoppelung, die stärker war als seine Angst; Irene nahm ihre Lippe unter die Schneidezähne, und im matten Licht glänzte der Speichel.

Das nächste Stück war langsam.

Er strich sich das Haar zurück, als sie auf ihn zukam. Das Glas in der einen, die Zigarette in der anderen, so umschlang sie seine Schultern, legte ihre Wange an seine, und gemeinsam kamen ihre Hüften in Takt.

Aus den Augenwinkeln sah er ihren Überbiß; wie sie trank, den

Likör rollte und zog, und dann waren ihre Lippen da. Schossen den Alkohol, schossen unglaublichen Brennstoff in seinen Kopf. Er spürte noch ihre Zunge; quirlig, elektronisch, ein endlos glühender Schauer. Dann hörte er sich schreien, und sein Körper verzerrte unter den Zuckungen.

Als er die Augen öffnete, spülte sie mit Likör, und vom Glasrand zog ein Faden.

Im Kerzenlicht vibrierte ihre Bauchdecke; ihre Finger schienen vom Dunkel eingesaugt. Sie seufzte, kurze spitze Laute, und ihr Kopf schlug in den Federn. Von den Fingern her kam ein Geräusch. Sie hielt die Luft an, ihre Lider flatterten. Dann schnellte ihr Becken hoch, und die spitzen Laute verzogen sich in tiefes Schnurren. Schweiß drang bald aus ihrer Haut, die Sehnen sprangen vor, das Schnurren wurde stoßhaft, und sie riß die Augen auf. Einmal schien sich Irenes Blick an Willem festzusaugen, dann entglitt aller Ausdruck, und die Augäpfel rollten ihr in die Stirn.

Willem stand in der Gaube. Er konnte sehen, wie das Beben langsam aus ihrem Körper zog. Er stand reglos; seine Muskeln schienen hart und noch die Organe gepanzert.

Als Irene sich aufrichtete, lächelte sie ihn an.

Sie ging an den Waschtisch, goß Wasser aus dem Krug und beugte sich über die Schüssel. Dann öffnete sie ihr Haar, und eine kupferfarbene Welle lief über ihre weiße Haut. Wie der Wechsel in einen anderen Energiezustand, und ihr Gesicht im Spiegel schien sanft und still, und Willem konnte sehen, wie die Milchdrüsen durch das weiche Haar drängten.

Die Hände im Nacken, drehte sie sich um. Eine Frau. Achseln und Scham dunkel, und Willem hatte das Gefühl, nichts dagegen tun zu können. Sie stand einfach da und zog ihn an. Löste mühelos alle Entfernung auf.

Die Freitagstouren in den Ochsenkrug wurden zur Regel. Anfangs mergelte Willem aus, er bekam Ringe unter den Augen und verlor unter der Woche jedes Interesse an Masturbation. Auf dem Schulhof kursierte, daß der Verlust von einer Unze Samen gleichzusetzen war mit dem Verlust von vierzig Unzen Blut, und wenn Willem sich im Spiegel betrachtete, schien er von Mal zu Mal bleicher. Er machte sich Sorgen, daß die Mutter eine Verbindung zu den Freitagstouren herstellte, und im großen Hausschatz der Heilkunde fand er unter Bleichsucht den Rat zu Eisenpräparaten und ausgewogener, nicht zu schmaler Kost. Er besorgte Tabletten und gewöhnte sich Zwischenmahlzeiten an – blutbildende Maßnahmen, und tatsächlich verschwanden die Ringe, und sein Gesicht wurde etwas feister.

So schien Willem alles im Griff zu haben. Einmal in der Woche gings über Land auf die Wurt und dann zu Irene. Und Irene war für alles zu haben: coitus a tergo, genito-oral oder spanisch. Sie grunzte, muhte oder bockte auf wie ein Käfer. Sie legte die Beine über den Kopf, und sie schwang sich rittlings. Und Willem war zärtlich, als wäre sie neugeboren; und er kam sich hart vor wie ein Lude. Er brachte ihre Bauchdecke zum Flimmern, er wußte, wo er wunderbares Tremolo anschlagen konnte oder wo Weichheit sich in Schwellung verwandeln ließ. Und er fand es erstaunlich, wie häufig Irene Spannung aufbauen, halten und dann in unglaublicher Art ausstoßen konnte. Manchmal erschien ihm die Heftigkeit ihrer Reaktion wie ein Anfall, doch bald lernte er, diese Spannung zu steuern; eine Flüchtigkeit etwa in die Länge zu ziehen, um dann urplötzlich in steile Rasanz zu verfallen. Bald konnte er aus dem Zustand ihres Speichels Schlüsse ziehen oder die Duftigkeit aus ihren Drüsen unterscheiden, und manchmal legte er es darauf an, daß ihr die Augäpfel in die Stirn wegrollten.

Und Irene selber konnte sich noch über seinen brachliegenden Körper hermachen – unglaublich, diese Frau, und für Willem ein Sprung in eine neue Dimension; ein schwereloser Fall in die Grenzwelten, Körper und Geist zurückgeschlagen ins Tier, flirrende Teilchen im Universum.

Andere Mädchen interessierten ihn nicht mehr.

Er taxierte sie und kam immer zum selben Ergebnis: daß er Zeit und Umwege investieren müßte – Worte und Getue, meinte er, und am Ende unterstellten sie einem noch Entartung, wenn man die eine oder andere Variation vorschlug. So aalte er sich in fri-

scher Männlichkeit, und wenn sie am Elefanten von Liebe sprachen, konstruierte er aus dieser Liebe ein Massenprodukt, das
von überall und ständig jeden einzelnen überströmte. Das noch
die Seele der Weltgesellschaft erfaßte und bald massenhaft Dinge
gleichschaltete, die mit Liebe nichts zu tun hatten: Cola oder Love
& Peace, Religion oder Krieg, und aus ihrer Geschichte heraus
unterstellte Willem den Menschen Unfähigkeit zu einem eigenen
Glück, das sich aus sich selber heraus genügt. Unfähigkeit zu so
einer Liebe, und er plädierte ganz rational für Sex. Kinderloser
Sex, sagte er, und Körper und Geist aufgelöst in flirrende Teilchen.
Rhetorisch ließ er sich kaum ausheben. Doch im Grunde ahnte er,
daß es die unrunde Philosophie eines Halbstarken war. Und wenn
irgendwer am Elefanten behauptete, Liebe und Glück seien auch
immer die Erfahrung des einzelnen, seit Jahrmillionen und immer
wieder einzigartig, dann ahnte Willem, daß daran etwas Wahres
sein konnte.

So standen sie am Elefanten und diskutierten. Und Willem schien
alles im Griff zu haben. Rhetorisch hielt er locker mit, er fühlte sich
männlich, war gut unterfüttert, und einmal die Woche gings über
Land und in die Marsch.

Dann mußte er zu Doktor Blask, und der Arzt diagnostizierte
Ulcus molle. Er verordnete eine Sulfonamidkur und drei Wochen
strikte Enthaltsamkeit.

Jawoll, Willem hatte Glück gehabt. Der Weiche Schanker war selten
und in der Regel harmlos, und es war Ermessenssache des Arztes,
ihn unter das Gesetz zur Bekämpfung der Geschlechtskrankheiten
zu stellen. Er, Doktor Blask, halte es momentan nicht für notwendig, die Sache zu melden. Ihm reiche es, wenn Willem verspreche,
besagtes Mädchen über den Umstand aufzuklären und über ihre
Pflicht zu einer Kur.

Wird sie es tun?

Willem glaubte schon.

Keine übereifrigen Erzieher im Nacken?

Willem glaubte nicht.

Oder sprechen wir hier über ein Mädchen aus dem Etablissement?

Willem wurde rot.

Dann sähe die Sache etwas anders aus, und wir müßten baldowern.

Baldowern ist nicht nötig.

Und deine Erzieher?

Wenn die Wind davon kriegen, machen sie mir die Hölle heiß.

Über das Mädchen kriegen sie keinen Wind?

Nein.

Na prima! Und Blask schlug auf den Schreibtisch.

Dann sagte er: Ruckzuck ist die Plauze dick. Und dann wird dieser Schädel auf die Welt gepreßt. Riesig und hilflos und mit seiner nimmersatten Gier.

Er lachte, und das Licht streute aus dem Stirnspiegel.

Dann sagte er: Wie mans auch angeht, dieser Schädel bleibt unvermeidliches Thema, nichtwahr. Schon seine unvermeidliche Art, ständig zu thematisieren, und er lachte wieder. Etwas leiser sagte er: Stille ins Oberstübchen zu bringen ist eine der schwierigsten Übungen überhaupt. Und verkümmert mehr und mehr zur theoretischen Fähigkeit.

Der Doktor sah Willem an. Kriegst du Stille in deinen Schädel?

Manchmal schon.

Wie stellst du das an?

Willem überlegte. Wenn ich draußen bin, im Teufelsmoor oder in der Marsch. Manchmal sitze ich einfach nur da und denke nicht. Aber das fällt mir erst auf, wenn ich wieder damit anfange, und bevor die Gedanken dann alles überlagern, kann ich die Stille noch spüren.

Recht so. Und Blask sah den Jungen an. Meinst du nicht auch, daß dieser Kopf noch viel mehr könnte?

Doch.

Und doch hast du dir einen Schanker eingefangen.

Ja.

Die Säfte haben den Kopf befeuert und der Kopf die Säfte.

Ja.

Und zuletzt haben sie dich reingeritten.

Ja.

Und du wirst es wieder tun.

Willem sagte nichts.

Der Doktor schlug auf den Schreibtisch. Dieser verdammte Trieb! Rein und raus! Mal eben in der Mittagspause, mal eben vorm Schlafengehen, und fast immer zwischen Tür und Angel. Dabei könnte unser Kopf weit über so einer rohen Maßlosigkeit stehen und die rein triebgesteuerte Rasanz so umwandeln, daß beide Partner die Vereinigung auf jeder Ebene als vollkommen befriedigend erleben. Verstehst du, Junge, unser Kopf könnte Herz hervorbringen, Respekt und Einfühlungsvermögen, und in einem auf Gemeinsamkeit ausgerichteten Höhepunkt könnte das Potential zu umfassender menschlicher Verfeinerung liegen – womöglich einer neuen, friedlichen Dimension.

Doch das Gegenteil ist der Fall, und rohe Maßlosigkeit und Rasanz befeuern sich gegenseitig. Schon langt es nicht mehr hin, es noch mal zwischen Tür und Angel, es im polygamen Kreis oder gegen Bezahlung zu treiben. Schon giert der Kopf, sondert maßlos neue Lüste ab und braucht zur Befriedigung immer mehr. Amputationsstumpen, Exkremente, Kinder. Und sobald das nicht mehr hinlangt, müssen Säuglinge herhalten oder Greisinnen mit künstlichen Zähnen.

Der Doktor lachte.

Es steht schlimm um unsere Spezies. Anstatt Verfeinerung anzustreben, anstatt im Verzicht den Genuß zu entdecken und im Kleinen das Große, lassen sie ihre Perversionen wuchern. Und noch schlimmer, mein Junge, sie verwandeln diese perversen Aussonderungen ihres Kopfes in gottgegebenes Recht; sie nageln sich ihre Krone ins Haupt und behaupten, mit gemeiner Evolution nichts mehr am Hut zu haben. Behaupten, aus ihrem Kopf die eigene Göttlichkeit in die Welt gepreßt zu haben, und aus dieser krankhaften Vermessenheit pressen sie ständig neue Vermessenheiten und schlagen das Recht dazu tief hinein ins Herz der Welt. Verstehst du, Junge: Der menschliche Kopf ist zur Krankheit geworden, und ob wirs nun wollen oder nicht, mit diesem Kopf ist auch eine neue Ebene der Evolution entstanden; eine alles erfassende Maßlosigkeit, als ob die Möglichkeiten dieses Kopfes größer sein könnten als die des Universums.

Und damit sprang der Doktor auf, steckte Willem das Rezept zu, legte eine Schachtel Kondome obenauf und wünschte baldigst – na ja. Und er winkte ab und grinste.

Willem arbeitete einen sorgfältigen Plan aus und ging kaltblütig vor. Zuerst recherchierte er den Namen der Sachbearbeiterin, danach ihre Anschrift. Dann tauchte er vor ihrem Haus auf, schnüffelte in der Umgebung und wartete, bis sie heimkam. Als nächstes fing er sie nach ihrem Feierabend ab und saß bald zwei Reihen hinter ihr in der Straßenbahn. Zwei Tage lang arbeitete er gewissermaßen mit den Erfahrungen eines Jägers; die Kassenreferentin war eine unscheinbare Frau, sie lebte alleine, ein alter Nachbar hütete tags ihren Dackel, sie aß gerne Heißwecken und Gekochtes, und Willem konnte keine offensichtlichen Verbindungen von dieser Frau zu seiner Mutter aufdecken. Zur Sicherheit durchsuchte er aber noch das Büro der Alten – Adreß- oder Telefonverzeichnis, alles, was in Frage kam, und erst als er auch hier keine Verbindung fand, fuhr er mit dem Rezept durch die halbe Stadt, um es schließlich in einer gut besuchten Apotheke einzulösen.
Wie die Mutter dennoch dahinterkam, fand Willem nie heraus.
Er schien ein lausiger Detektiv, und schlimmer: Die Mutter gab ihm eine Ohrfeige und verstieg sich zu Schande. Und zugleich machte sie Kronhardt Vorhaltungen, weil er nichts gegen die Dirnenhurerei des Bengels unternommen habe – einen Parvenü nannte sie Kronhardt, der sich an toten Schmetterlingen ergötze und an diesen nutzlosen Schaukämpfen. Während sie selbst jede freie Minute in die Firma stecke. Die Mutter machte eine richtige Szene, und Kronhardt schlug sich sofort auf ihre Seite. Er rief Schande, er rief Entartung, und dann fielen sie gemeinsam über Willem her. Unsere Familie! Und Weicher Schanker! Und ob Willem was dazu sagen wollte, interessierte nicht. Eine Hure! Und womöglich hatte er dieser Schlampe noch ein Gör gemacht – einen Bastard! riefen sie und schienen bis in ihre Grundfesten erschüttert.
Und so hielten sie ihm das Firmenemblem unter die Nase: &Sohn! &Sohn! &Sohn! Sie waren außer sich. Alles, wofür sie gelitten hätten – und ob er sich das überhaupt vorstellen könne: gelitten, und

die schönste Zeit ihres Lebens, alle Hoffnung ausgemerzt. Und kaum hätten sie sich aus diesem Abgrund, aus dieser Stunde Null heraus wieder ein wenig Linderung erschuftet, kaum verspürten sie in sich die zarte Fähigkeit zu heiteren Empfindungen – zu einem Glauben an Familie und Zukunft, da käme er, Willem, und reiße mit seiner verräterischen und schändlichen Art alles mit einem Schlage wieder ein. Nein! riefen sie. Aus und vorbei! Wenn Willem ihre Opfer mit Verrat und Schande quittiere, dann könnten sie auch anders. Jawohl, sie hätten einen Fehler gemacht und die neuen Zeiten unterschätzt. Ihm zuviel Freiraum gelassen; sie wären gütig und milde gewesen und hätten sich noch gegen die Stimme aus ihrem tiefen Herzen taub gestellt, die stets gewarnt habe vor den aufrührerischen Strömungen der Zeit. Diese perfide, marxistische Unterwanderung! Doch jetzt sei Schluß. Aus und vorbei. Solange er noch keine einundzwanzig sei, würden sie mit allen Mitteln gegen seine Entartung steuern. Seine Freizeit wurde gestrichen, seine Vergünstigungen wurden gestrichen, und Arbeit, riefen die Alten. Arbeit! Arbeit!

Willem war erschrocken, wie plötzlich die wunderbaren Ausdehnungen seiner Welt zusammenstürzen konnten. Als hätten seine Erfahrungen auf der Wurt oder im Ochsenkrug keine Bedeutung; als gäbe es tatsächlich nur diese eine Sicht der Alten und seine eigene Zukunft wäre unumgänglich an diesen Blick gekoppelt.

Und noch seine grundlegendsten Erfahrungen schienen plötzlich bedeutungslos, und es war egal, ob die Alten wußten, wer da tatsächlich in ihm drinsteckte, oder nicht. Sie rissen noch seine geheimste Welt ein, sie zwängten ihn in ihre Welt, und er konnte nichts dagegen tun.

Schlosser wußte bereits Bescheid. Der Schanker hatte auch einige Bauern erwischt, und zuerst wollte es noch jeder verheimlichen. Aber dann kamen sie dahinter, wie umtriebig Irene gewesen war, und stellten sie bei der dicken Helga zur Rede. Doch Irene in ihrer quirligen Art drehte den Spieß um: Wie die Bauern ständig geglotzt hätten, ihr heimlich Geld zugesteckt hätten und ihr schließlich an die Wäsche gegangen wären. Und den Schanker, damit das mal klar sei, habe sie sich von den Kerlen geholt; jawoll, sie wisse ganz genau, wer regelmäßig nach Bremerhaven fahre und sogar nach Sankt Pauli. Da beißt die Maus keinen Faden ab, sagte Irene. Und darum sollten die Bauern sich mal an ihre eigenen Nasen fassen, und gar nicht auszudenken, wenn alle Welt davon erfahren würde.

Also berieten die Bauern und beschlossen, Irene eine Sulfonamidkur zu bezahlen. Plus ein doppeltes Monatsgehalt, wenn sie aus der Gegend verschwand.

Jetzt sucht die dicke Helga ne Neue, sagte Schlosser. Die werden wir uns aber ankucken, was.

Willem sagte: Mal sehn.

19

Mit dem Sulfonamid verlief der Ulcus molle nach beschriebener Form, und Willem erbrachte die von den Alten geforderte Arbeit. Neben Büro und Produktion holte er nun auch auswärtige Kunden vom Bahnhof ab oder führte sie zu den Sehenswürdigkeiten der Stadt; er saß der Mutter bei, wenn sie ihre allmonatlichen Besprechungen mit Hultschinek und den Frauen führte, und er saß auch danach noch bei ihr, wenn sie ihre Seelenkunde betrieb und Eintragungen in die Personalakten machte oder mit einer der Frauen ein ernstes Gespräch führte. Und anstatt freitags mit Schlosser auf die Wurt und danach in den Ochsenkrug zu fahren, mußte er die Alten geschäftlich begleiten; in Restaurants, auf eine Schlagerveranstaltung oder den Freimarkt. Manchmal brachten die Geschäftsfreunde auch eine Tochter mit, und dann war es unvermeidlich, daß die jungen Leute bald unter sich waren. Willem blieb den Mädchen gegenüber stets freundlich, meist in der Art wie zuletzt gegen die Leysieffer-Schwestern. Keines dieser Mädchen interessierte ihn, und noch wenn sie körperlich auf ihn wirken konnten, blieben sie humorlos und langweilig, und sobald sie sprachen oder sich gebärdeten, hatte er die Vision eines Lochbandstreifens, der ihnen aus einer Hemisphäre in die andere ratterte. Und mit der Zeit entwickelte er aus seiner freundlichen Art eine unauffällige Stille; er ließ die anderen einfach reden und verlagerte seine selbstbestimmte Zeit nach innen.

Zum Winterhalbjahr fuhr Willem ein gutes Zeugnis ein. Auch Schlosser gehörte zu den Besten, obwohl er noch weniger Zeit zum Lernen hatte. Gisela dagegen bekam ein mieses Zeugnis, und die meisten Lehrer genossen diesen Augenblick – ist 5, ist 5, ist 5. Ihre Zulassung zum Abitur war gefährdet, dabei brauchte sie es so dringend, um von ihren Eltern loszukommen. Sie nahm die Demütigung schweigend hin und ließ ihre Wut erst nach der Schule heraus.

Und so standen sie am Elefanten. Gisela machte sich über Bosheit und Willkür der Lehrer her; sie nannte sie verklemmte Führer und entwickelte öffentliche Schauprozesse, um der Faschistenbande in diesem Land ein für allemal das Genick zu brechen; sie rauchte, sie schimpfte, und unter der Spannung drängte ihr kleiner Frauenkörper durch den Mantel.

Willem schlug schließlich vor, noch einen Kaffee zu trinken. Macciavellis waren den Winter über in der Heimat, doch ein Landsmann übernahm während dieser Zeit ihren Laden. Es gab zwar kein Eis, aber Espresso und Kuchen, und als sie um den grünen Tisch saßen, hatte Gisela sich wieder beruhigt. Sie blickte die Jungs an, lächelte und sagte Scheiße. Dann sagte sie noch mal Scheiße. Ihr Vater war irgendeine Art von Feldwebel und ein Mann vom Oberstab, für den jede Form von Gesellschaft nur nach dem Befehlsprinzip funktionieren konnte. Selbstbestimmte Lebensgestaltung hielt er für Anarchie, und ihre Mutter hielt dem Mann die Stange, solange genug Port und Tabletten im Haus waren. Diese Menschen machten Gisela das Leben zur Katastrophe. Sie wollte weg, sie wollte nach Berlin, sich an der Universität einschreiben und ein Fundament schaffen für eine neue Welt. Sie brauchte das Abitur so dringend, und sie blickte die Jungs wieder an und lächelte.

Willem und Schlosser waren bereit zu helfen. Für Willem bot sich zudem ein berechtigter Anlaß, die Mutter zu belügen und sich wieder etwas von seiner gestohlenen Zeit zurückzuholen. Er argumentierte mit gesteigerten Anforderungen im neuen Halbjahr und kleinen, gemeinschaftlichen Arbeitsprojekten. Zur Absicherung gab er zu, auch der Tochter des Feldwebels nachzuhelfen, und war überrascht, als Kronhardt diese Art von Hilfe auf Anhieb unterstützte. Tatsächlich aber gab es dem Alten einfach ein erhabenes Gefühl, jenen Männern, die das Land und seine Werte verteidigten, ein bißchen unter die Arme zu greifen, und schließlich überzeugte er auch die Mutter. Er nannte Willems Absichten patriotisch, und womöglich, meinte er, würden die Maschinen dereinst auch wieder fürs Militär rattern.

Als erstes entwickelten die Jungs für Gisela eine Methode, um das Lernen an sich abzukürzen. Dazu griffen sie auf ihre eigenen Erfahrungen zurück, forderten von ihr Konzentration im Unterricht und legten ihr für jedes Fach ein Notizheft an. Danach machten sie sich an eine Paukeranalyse und zerlegten diese Menschen in bestimmte Eigenschaften und Merkmale, damit Gisela das notwendige Gespür dafür entwickeln konnte, wie sie tickten und auf welche Art und Weise sie ihren Stoff rüberbrachten. Die Jungs gingen von der Unfähigkeit der meisten Lehrer aus, Wissen so zu vermitteln, daß es in zwei Dutzend Köpfen hängenblieb; die meisten von ihnen interessierte es nicht, daß jeder einzelne Kopf unterschiedlich funktionierte, und wer ihnen nicht folgen konnte, wurde selektiert. Also zerlegten die Jungs diese Art der Lehrer und forderten von Gisela, ihren Blick rein auf die Informationen zu schärfen. Hinter jedem einzelnen gab es diese Ebene ungetrübter Informationen, und mit dem Wissen, wie dieser Mensch tickte, konnte Gisela den Stoff für den eigenen Kopf zugänglich machen. Eine Art Übersetzen, meinten die Jungs, und so trafen sie sich regelmäßig in Schlossers Dachzimmer.

Sie diskutierten die Paukeranalysen, verglichen ihre Notizen, lasen in Büchern, verknüpften lose Enden und hielten ihr Wissen formbar; sie rauchten die Luft blau, und sie schweiften ab. Manchmal stichelten Willem und Schlosser, bis Gisela auf sie losging, und später saßen sie da und lachten. Manchmal versank Gisela auch einfach im Sessel, hielt die Augen geschlossen, und ihr schöner Körper wirkte zahm. Doch aus dem Nichts konnte sie wieder aufspringen, feuerte gegen ihre Eltern, gegen die Lehrer und die Welt, und dann stichelten die Jungs, bis das Mädchen wieder auf sie losging. Auch wenn Gisela ihre Empörung gegen einzelne Lehrer nie ganz unterdrücken konnte, setzte sie die Methoden der Jungs erstaunlich gut um. Sie verbesserte ihre schriftlichen Noten, sie faßte endgültig Vertrauen zu Willem und Schlosser, und einmal kamen ihr sogar aus lauter Freude über eine gute Note ein paar Tränen. Es war nach der Schule, sie saßen bei Macciavelli, und Gisela schämte sich sofort dafür. Sie schneuzte sich und sah die Jungs herausfordernd an. Doch als sie schwiegen und ihr noch aus diesem Schweigen heraus Respekt entgegenbrachten, wurde Gisela unsicher, und bald rollten ihr wieder die Tränen. Schlosser nahm sie schließlich in den Arm. Und er hielt sie noch, als Willem die Rechnung beglich und ging.

Schlosser beendete die Beziehung mit der dicken Helga, und wenn er mit dem Teleskop hinausfuhr, saß jetzt immer öfter Gisela auf dem Sozius. Das Äquinoktium verbrachten die beiden im großen Megalithgräberfeld der Wildeshauser Geest, umgeben, wie Schlosser später erzählte, von Trilithen und Hippies. Und er konnte das neue Wort auch gleich erklären: Hippie, abgeleitet aus dem englischen to be hip, eingeweiht oder angesagt sein.
Äußerlich machte Schlosser wenig Zugeständnisse an diese neue Kultur. Immerhin ließ er sich zu einer studentischen Brille überreden, ein schwarzes Modell, und manchmal trug er das Haar nackenlang, oder seine Koteletten verwilderten. Gisela dagegen kannte die eingeweihten Läden, Gisela wußte, was angesagt war. Afro-Look, Folklore – alles, was den Ekel gegen die gescheitelten Eroberer offenbarte und den Weg zurück zur Natur wieder ebnete. Anfangs ging es ihr darum, Kategorien aufzubrechen und in einem friedlichen Prozeß die Gesellschaft von innen nach außen wieder ursprünglich zu formen. So verweigerte sie sich bald bis hinein ins Wurzeldeutsch, sie legte sich einen Jargon zu, um damit neue Begriffs- und Denkdimensionen zu installieren. Doch mit der Zeit wurde sie radikaler und begeisterte sich an der großen Verweigerung des Establishments und an dem Kampf gegen seine Repressionen. Sie nahm Drogen, ging auf Rockkonzerte und Sit-ins, und mit Schlosser wollte sie offensiven Sex. Sie marschierte für eine antiautoritäre Gesellschaft, für irdisches Glück, und sie war bereit, ihre nackten Brüste für den Weltfrieden einzusetzen. Sie agitierte mit dem Megaphon, sie spürte die Macht hinter der Sprache und die Möglichkeiten der Stimme, und wenn sie davon erzählte, fühlte sie sich berufen wie einst Johanna von Orléans.

Doch Willem und Schlosser waren skeptisch. Wo Gisela sich bald nicht mehr scheute, das Wort Revolution durch ihr Megaphon auszurufen, fiel es den Jungs schwer zu erkennen, was auf tatsächliche Zerschlagung oder Umwälzung einer alten Weltordnung hinwies.

Schlosser hielt es für keine übermäßige Sache, alte Kategorien aufzubrechen. Und solange die vermeintlichen Erneuerer mit den gleichen Methoden arbeiteten wie die Alten, würde er skeptisch bleiben. Agitation oder Propaganda, sagte er, Ho Chi Minh oder Heil, wo ist da der Unterschied? Die Masse bleibt schließlich ein gelenktes Organ, und da ist es egal, ob Kapitalfaschisten dahinterstecken, Sozialisten oder Hippies. Sie alle gehen ständig ran, um in der Masse oder mit der Masse etwas zu erreichen. Sie alle verweigern dem einzelnen sein Recht auf Selbstbestimmung, und schlimmer: seine Einzigartigkeit. Und so bleibt die Masse zuletzt nur Instrument, und diese wie jene machen sich die Masse zu eigenen Zwecken nutzbar. Der einzelne, sagte Schlosser, als konsequenter Ausdruck von Vielfalt und Respekt bleibt dabei immer auf der Strecke.

Doch Gisela marschierte weiter. Und durch das Megaphon schwangen ihre Worte auf zu mächtigem Gesang, schlugen hoch wie die in Flammen stehenden Warenhäuser, und im Jargon hieß das jetzt: für die Sache kämpfen.

Anstatt also mit den anderen zu marschieren, fuhren die Jungs hinaus. Ins Teufelsmoor, in die Geest oder auf die Wurt, und dann rauchten sie von Schlossers Knaster. Und sie dachten über diese Sache nach. Sex und Drogen als Brecheisen. Dann Brandbeschleuniger in die Ritzen, und in Zukunft das System von Liebe und Frieden. War das die Sache? Oder war es nicht vielmehr Sache, daß Liebe und Frieden die Selbstbestimmtheit des einzelnen voraussetzten?

Ein Dilemma, meinten die Jungs, aus dem man womöglich nur herauskäme, wenn man sich von der Masse und den wirkenden Mechanismen des Systems so gut es ging fernhielt.

Zugleich aber erschienen ihnen die Systeme so abgrundtief mit der menschlichen Geschichte verwachsen, daß nur die wenigsten sie an sich hinterfragten. So gingen Willem und Schlosser in ihren Betrachtungen weiter und überlegten, ob sich hinter dem im Grunde abstrakten Konstrukt eines Systems nicht längst eine Eigendynamik entwickelt hatte, eine Art Verhalten der Systeme, so daß die Systeme selber in der Lage wären, sich den Menschen in einer jeweils zeitgemäßen Form anzupassen, auf sie einzuwirken, um aus ihnen jederzeit das fraglose Bewußtsein ihrer eigenen Notwendigkeit hervorzubringen. Und sobald man eines der Systeme aufbräche, käme gleich ein neues hervor und würde stürmisch begrüßt.

Und so blieben die Menschen jederzeit tief davon überzeugt, ohne ihre Systeme im Chaos zu vergehen. Noch so wunderbare Ideen wie Liebe und Frieden konnten nur entstehen, weil es Systeme gab, die diese Ideen regulierten und dafür sorgten, daß es Ideen blieben. Und so, meinten die Jungs, sei die Menschheitsgeschichte durchwuchert von Systemen, die Massenbewußtsein und Einzelbewußtsein manipulierten, die betäubende Doppelwelten erschufen, in denen jeder glaubte, klaren Kopfes zu sein. Nee, meinten die Jungs. Diese Sache könne ihre Sache nicht sein.

So saßen sie im Teufelsmoor, in der Geest oder auf der Wurt, während Gisela durch die Straßen zog und für die Sache kämpfte. Während aus aller Welt Bilder von Revolution und Liebe und Frieden in die Wohnzimmer der Alten strahlten.

Und Gisela marschierte weiter, während Schlosser im Übersee-Museum Artefakte sortierte und Willem die Geschäftskunden vom Bahnhof abholte und bereits wußte, wo mit Tumulten zu rechnen war. Und Gisela fühlte sich wunderbar im Sog der Sache, und wenn sie mit dem Megaphon agitierte, übertrug sich ihre eigene Begeisterung auf die Marschierenden und kam von dort in potenzierter Form zurück.

Zur großen Maidemonstration trafen sich die Jungs vor dem Dom. Die Türen waren geöffnet, und der Aufstieg in den Südturm kostete fünfzig Pfennig. Die schmalen Stufen führten um eine Spindel aufwärts, das Gestein war von der Geschichte blank gewetzt. Als sie den Glockenstuhl erreichten, trieben Gerüche auf, und gegen die Tiefe war Maschendraht gespannt; Tauben gurrten, ein Kadaver lag auf dem Draht. Sie stiegen weiter, und als sie auf der oberen Plattform anlangten, grinsten sie atemlos.

Der Himmel hinter den Bögen war tiefblau, Wind fuhr herein. Unter ihnen lag die Stadt, und nach Westen hin hatten sie Blick bis weit über die Häfen. Schlosser rollte eine Zigarette, Willem holte den Feldstecher vor.

Die Schupo stand bereits postiert, und aus der Höhe wirkten die Köpfe mit den glänzenden Tschakos wie in Reihe geschaltet. Eine Präsenz, die jede Richtung der Demonstration vorauszusehen schien, und dahinter, gleichsam im Schutz, versammelten sich die Bürger.

Die Demonstranten hatten den Wind im Rücken, und elektronisch verstärkte Rufe sowie Sprechgesänge waren zu hören. Doch erst als sie gegen die Vormittagssonne schwenkten und einzogen in das Spalier aus Schupo und Bürgern, wurde der Zug für die Jungs sichtbar. Gisela erkannten sie in erster Reihe, und hinter ihr marschierten Hunderte. Untergehakt und im Gleichschritt, und wenn Gisela ins Megaphon schnurrte, ratterte oder peitschte, schwang sich hinter ihr ein Widerhall auf und drängte durch die Straßenschluchten bis in den Domturm.

So zogen die Demonstranten; ihre Leiber in Freiheit und Recht verbunden, die Agitation und die sich wiederholenden Gesänge, und so wurden sie flankiert von Schupo und Bürgern. Ein beeindruckendes Bild aus der Höhe, doch tatsächlich verzerrte es sich; die Bürger hinter der Schupo rumorten, und die Demonstranten erschienen den Jungs bald wie Gefangene; eine Präsentation für das aufgebrachte Volk, ein Kesseltreiben, und sogar der Himmel über den Straßenschluchten verdichtete sich und preßte die Spannung wie in einen Fingerhut. Die Bürger schlugen ihre Fäuste in die Luft, Wut entstellte ihre Gesichter. Dann flogen erste Gegenstände, Frikadellen, Bratwurstreste, und schlugen wie eine Entfesselung ein; härtere Gegenstände folgten, und bald bejubelten die Bürger jeden Treffer. Sie wollten mehr, mit der ersten Blutlache steigerte sich ihr Rausch, und hinter den Uniformen erschien dieser Rausch legitim.

Einen Augenblick lang, der den Jungs aus ihrer Höhe verlangsamt und beinah erstarrt erschien, marschierte der Zug noch. Und im Feldstecher sahen sie die Jesus- oder Ho-Chi-Minh-Bärte, die nackten Brüste für den Weltfrieden, sahen die Plakate voll Frieden und Liebe und APO, und einmal noch schwang sich die Megaphondialektik auf gegen Stamokap und Nazibürger. Dann löste sich der Zug in seiner Ordnung auf; sie fielen aus ihrem Schritt, sie schützten sich gegen einen Treffer, sie kümmerten sich um ihre Verletzten, und die Schupo reagierte mit Trillern. Mit gebündelten Befehlen, Zackigkeit und Perfektion, und jede Bewegung, jeder Stillstand der Demonstranten wurde zum Widerstand. Die Bürger rumorten, die Bürger klatschten, und so nahm die Staatsgewalt ihren Eingriff vor. Sprengte mit Triller und Knüppel, eine Reiterstaffel fiel ein, die Pferde bäumten, ihre Augen kollerten, und was für Bilder plötzlich in den Straßen der Stadt: heruntergestürzte Tschakos, die die Schupo gleichsam kopflos erscheinen ließen, und diese kopflose Polizei gleichsam Symbol für den Angriff gegen den Staat. Was für Bilder, dieser Angriff gegen Freiheit und Ordnung. Bremen, Berlin oder Paris – wie gleichgeschaltet dieser Aufruhr der neuen Generation, wie gleichgeschaltet die staatsgelenkte Züchtigung, der Wille zum Alten. So knüppelte es, die Pferde schäumten, und Wasserkanonen trieben die Körper übers Pflaster. Blaulicht, Hundertschaften und Wagenburgen. Die blitzenden Zähne deutscher Schäferhunde, und der Anblick zeigte ganz klar, auf welcher Seite das Recht stand. Und wer noch daran zweifelte, brauchte bloß in die Medien zu sehen: Wie sie gegen die auf dem Pflaster liegenden Tschakos traten. Wie sie Benzsterne abbrachen und ganze Limousinen umkippten; wie sie zündelten, diese langhaarigen Teufel, mit ihren Molotow- und Marxbrandsätzen.

So verzerrte sich die Maidemonstration, und vom Turm herab konnten die Jungs sehen, wie auch Gisela vom Wasserstrahl getroffen wurde. Wie sie wieder aufstand und dann ein Pferd herangeprescht kam.

Zwoeinhalb mal anderthalb Meter. Kein Tageslicht, keine Zerstreuung, und ständig dem Ich ausgeliefert. So lag Gisela auf der Pritsche. Die Leuchtstoffröhre an der hohen Decke vergittert, und sie hatte keine Ahnung, ob es Tag war oder Nacht.

Niedergeschlagenheit und Wut ergriffen sie abwechselnd; sie fühlte sich überreizt, desorientiert und hilflos, und dann bäumte sie wieder auf, schrie und schlug gegen gewaltsamen Verschluß und Isolation. Manchmal wurde eine Klappe in der Zellentür geöffnet, und jemand schaute hindurch.

Nach einer Zeit kam eine Frau in die Zelle. Sie war groß, und sie sprach mit einer milden Stimme. Wir halten Sie hier nicht eingesperrt, sagte sie zu Gisela. Aber wir müssen Sie vor sich selber schützen. Ein Kostüm hätte zu ihr gepaßt oder ein Anzug. Doch die Frau trug Minirock und Bluse. Gisela machte ein abfälliges Gesicht. Die Frau sagte: Wenn Sie sich jetzt beruhigt haben, nehme ich Sie mit.

Sie führte Gisela treppauf in ein lichtes Büro. Das Holz der Möbel erschien warm, aus einer Vase drängte ein Strauß mit erstem Flieder. Die Frau schenkte Kaffee ein und reichte belegte Brötchen.

Setzen Sie sich, Gisela.

Schlimme Sache. Und dann: Zigarette?

So saßen sie einander gegenüber und rauchten.

Wirklich schlimme Sache.

Sie wissen, was die mit mir gemacht haben?

Die Frau nahm einen tiefen Zug. Was ich nicht alles weiß.

Dann drückte sie die halbe Zigarette aus und rauchte eine frische an. Wenn es schlimm ist, rauch ich Kette.

Sie holte einige Photos hervor und schob sie über den Tisch. Die Photos zeigten, wie sie in breiter Reihe marschierten; die Faust empor oder das Megaphon vor den Lippen. Gisela war auf allen Bildern zu erkennen, und einige der Köpfe waren mit Filzstift eingekreist.

Wir möchten gerne wissen, wie diese Leute heißen, sagte die Frau.

Dann nahm sie eine Akte. Hier steht, daß Sie eine Rädelsführerin sind. Und daß Sie sich wegen Landfriedensbruch zu verantworten

haben. Mit Zigarette im Mund blätterte sie. Schlimm, schlimm.
Sie wischte Asche vom Schreibtisch, griff in das Etui und rauchte
erneut eine frische an der alten an. Bei solchen Fällen rauch ich bis
in die Nacht. Und noch aus dem Schlaf schreck ich hoch.
Wer sind Sie?
Die Frau zupfte an ihrer Bluse und lächelte. Gesine Albany.
Sie preßte Rauch aus ihren großen Nasenlöchern. Wenn ich kom-
men muß, ist kaum noch was zu retten. Und Sie sind jung, Gisela.
Ich darf doch Gisela sagen?
Was wollen Sie!
Die Frau machte ein Gesicht. Ich will Ihnen helfen, Gisela. Sie
stehen vor dem Abitur. Wollen studieren. Und dann so was. Ach
Kind, das ist schlimm. Sie schenkte Kaffee nach. Nun lehnen Sie
sich schon zurück und entspannen Sie, Gisela. Und dann: In Ih-
rem Alter. Da will man so schnell wie möglich raus. Nette kleine
Studentenbude, und dann die Zukunft angehen. Stehen Sie sich
gut mit Ihren Eltern?
Gisela antwortete nicht.
Vater bei der Bundeswehr, was. Und Ihrer Mutter gehts gut?
Das geht Sie einen Scheiß an!
Stimmt, Gisela. Mich interessiert das im Grunde nicht. Ihre ganze
Akte hier: Verstoß gegen das Sittengesetz. Subversion und offener
Aufruf zum Umsturz. Widerstand gegen die Staatsgewalt, Körper-
verletzung, Beamtenbeleidigung, Beschädigung öffentlichen Ei-
gentums. Nichts davon interessiert mich. Und auch nicht, daß das
halbe Polizeihaus das alles vor Gericht bezeugen kann.
Dann lassen Sie mich in Ruhe, verdammt.
Sie können jederzeit gehen. Ihr Vater erwartet Sie bereits vor der
Tür.
Wer sind Sie, verdammt!
Ich habe meine Schäfchen im Trockenen. Doch Sie wollen noch
das ganze Leben. Und eines Tages auch Kinder.
Was wollen Sie von mir?
Mein Beruf macht mich zum Raubtier. Wenn die Zeiten berechen-
bar sind, dann bin ichs auch. Wenn nicht, verschling ich so Mäd-
chen wie Sie mitsamt ihrer Zukunft.

Sie blies Rauch in die Luft und sah ihm nach.

Andererseits macht mich mein Beruf zur guten Fee.

Ein Faschistenberuf!

Ach, Gisela. Nun seien Sie nicht so.

Dann stand sie auf und stellte sich hinter das Mädchen. Massierte ihr die Schultern und summte dazu.

Gisela sagte: Sie stinken.

Ach wo. Sie sind bloß ein bißchen verspannt. Und die Frau summte. Dann: Berlin. Würde Ihnen das gefallen?

So eine schmutzige Staatsnote mit Lizenz für alles.

Würde Ihnen das gefallen, Gisela? Sie gehen hier raus, und ich kümmere mich. Abitur, Studium, was so dazugehört.

Die Frau schlug mit ihrer Zunge gegen den Gaumen. Ja, das würde Ihnen gefallen. Das spüre ich, Gisela. Unter den Verspannungen, da kann ichs genau spüren. Dann kamen ihre Lippen an Giselas Ohr. Du bist wunderbar jung, mein Engel. Alles liegt vor dir. Deine Wünsche, alles zum Greifen nah.

Als Gisela aufspringen wollte, kam sie nicht hoch. Vielleicht hatte die große Frau das Anspannen ihrer Muskeln gespürt, und als Gisela dann im Stuhl um sich schlug und schrie, blieben die Hände auf ihren Schultern. Wie Blei lagen sie und drückten, und Gisela war atemlos, und alle Wut wurde von den großen Händen niedergedrückt.

Die Frau lachte. Mein kleiner wilder Engel.

Aus der Wut kamen Gisela Tränen.

Gut so, mein Engel. Laß es raus. Dann massierte sie wieder und summte dazu.

Nach einer Zeit sagte sie: Sie sind nichts hier. Und draußen kann ich Ihnen alles versperren. Den Weg aus dem Elternhaus, und noch Ihre Kinder kann ich Ihnen wegfressen. Schlimm sieht das aus. Ganz schlimm.

Dann summte sie wieder.

Gisela hielt die Hände geballt, ihre Nägel schnitten ins Fleisch.

Andererseits Berlin. Kleine, schicke Bude. Taschengeld und Hasch und Partys mit den angesagten Leuten.

Wars das!

Alles zum Greifen nah.

Ich möchte gehen!

Und die Frau lachte. Zurück zum Vater. Von der Mutter ist ja nichts mehr zu erwarten.

Gisela spuckte aus.

Und in einer Bewegung drehte die Frau den Stuhl und zog das Mädchen hoch.

Deine Zukunft, verdammt!

Giselas Vater ging stramm und mit rotem Kopf durchs Polizeihaus. Er hielt seine Tochter am Arm wie eine Gefangene. Als sie draußen waren, riß Gisela sich los und lief davon.

Schlosser war dafür, die Sache ernst zu nehmen. Wenn diese Leute auftauchen, sagte er, muß man mit allem rechnen. Diese Leute haben unglaubliche Möglichkeiten und werden von ganz oben gedeckt. Egal, ob es um Technik geht, Gesetze oder Moral. Diese Leute operieren aus einer Wirklichkeit heraus, die jenseits der Alltagsvorstellungen liegt. Und sobald man in ihr Visier gerät, hört alle Alltagswelt mit ihren Zufällen und Unwahrscheinlichkeiten auf. Diese Leute, sagte er, bringen neue Dimensionen mit. Die operieren mit allem, was ein Staat an Möglichkeiten hergibt. Die Bündelung sämtlicher Disziplinen. Das gesamte Schwarzbuch der menschlichen Geschichte, und obendrauf immer den neusten Top-Secret-Mist. Und plötzlich ist nichts mehr unmöglich, nur weil es unwahrscheinlich scheint. Besser also, man fängt gleich damit an, die Welt mit anderen Augen zu sehen. Mit Staatsaugen, sagte er, und mit diesen Augen gibt es keinen Frieden und keine Liebe, sondern nur Subjekte, die sich zu schädlichen Strukturen vernetzen – egal, ob sies tatsächlich tun oder nicht. Denn mit Staatsaugen verändert sich alles – Tatsachen und Fiktion werden eins, die Wirklichkeit wird beliebig ausgehebelt und neu installiert. Mit Staatsaugen ist jedes Mittel recht, und so muß man die Welt sehen, wenn die einen plötzlich im Visier haben. Muß ihnen ständig die perfidesten Absichten und Handlungen unterstellen, und das auf allen Ebenen. Denken, sagte er, als wäre man selbst der Staatskopf.

Gisela hielt das für übertrieben. Da kann man ja nichts und niemandem mehr trauen, da wird man ja paranoid.

Andererseits, meinte Schlosser, ist man aber noch längst nicht aus dem Schneider, nur weil man sich weigert, paranoid zu sein.

Scheiße! Ich marschier doch nicht gegen das kranke System und laß mich dann von hintenrum reinziehen.

Quatsch. Reinziehen lassen ist doch gar nicht mehr nötig. Man steckt ja seit jeher drin im System. Ob man will oder nicht.

Scheiße! sagte Gisela. Du hast nichts begriffen!

Ohne Systeme läuft nichts mehr. Nirgendwo. Und noch wenn du für die Sache kämpfst, gehört das zum System.

Das ist doch krank.

Schlimmer, sagte Schlosser. Alles, was es an Wahnvorstellungen gibt, ist längst in der Wirklichkeit installiert. Feste Brocken aus der Geschichte, Flimmer aus der Zukunft, und sobald sie dich im Visier haben, dringen sie damit ein in deine Gegenwart.

Das ist doch krank!

Nein, es ist schlimmer. Denn wenn sie dich im Visier haben, interessieren die sich auch für mich. Oder für Willem. Und was werden sie finden? Der eine aus guten Verhältnissen, beim anderen ein paar Hanfpflanzen im Garten und im Haus den versoffenen Vater. Und dann werden sie ruckzuck ihre allmächtige Fürsorge offenbaren; dem einen wird Mittäterschaft im Drogenhandel vorgeworfen, er wird seinen Alten überbracht und kommt zuletzt mit einem blauen Auge davon. Dem anderen wird der Vater entmündigt, seine Geschwister kommen ins Heim und er selbst vor den Jugendrichter.

Gisela sagte nichts.

Nur weil man sich weigert, irgendwas zu glauben, ist man noch lange nicht aus dem Schneider.

Diese Gedanken, sagte Gisela schließlich. Die sind einfach krank.

Na klar. Weil sie aus einem kranken System entstehen. Und solange man in diesem System steckt, ist man angreifbar. Also nutzt es gar nichts, diese Gedanken zu verweigern. Um sich zu schützen, muß man einen Blick entwickeln. Sich in Staatskopf und Staatskutteln denken. Und noch besser, darüber hinaus. Raus aus dem System.

Doch Gisela wollte sich nicht in dieses kranke System zuerst hinein- und dann wieder hinausdenken. Das koste am Ende so viel Energie und Reinheit, sagte sie, daß die elementaren Dinge auf der Strecke blieben. Freunde, Sex, die Sache. Darauf wolle sie ihre Energie verwenden. Und es war ihr egal, was Schlosser dagegen vorbrachte.

Kurz vorm Abitur wurde Gisela zum Rektor bestellt. Auf dem Weg dorthin kam ihr die große Frau entgegen. Sie lächelte und sagte: Kindchen, und sie sagte: Deine Zukunft, und so schritt sie vorüber und zog ihren Duft.

Der Rektor saß in seinem obligaten Herrenzimmer. Zwischen den wuchtigen Bücherregalen kämpfte ein stolzer Klipper.

Gisela sagte: Daß Sie mit dem Verfassungsschutz unter einer Dekke stecken, war ja klar.

Ihre Worte schienen den Mann nicht zu interessieren. Er bot Gisela keinen Stuhl an und kam gleich zur Sache. Zugegeben, sagte er. Ihre Leistungen in diesem Halbjahr sind recht ordentlich. Doch das Kollegium ist einhellig der Meinung, daß die Leistungen aus den Vorjahren damit nicht aufgefangen werden können. Bei allem Humanismus am Alten Gymnasium, und der Rektor machte eine Geste. Das Kollegium wird Ihnen die Zulassung zum Abitur verweigern.

Gisela lächelte plötzlich. Es gibt doch sicher noch einen Weg, das Kollegium gewogen zu machen.

Der Rektor sagte nichts.

Sie gewogen zu machen, werter Herr Direktor, und auch die geschätzte Frau Albany.

Der Rektor sagte nichts.

Und Gisela riß ihre Bluse auf und fegte alle Ordnung vom Schreibtisch. Du faschistischer Hurenbock!

Als sie bei Macciavelli saßen, weinte sie. Und wenn sie ihre Fäuste öffnete, erschienen in den Handflächen die blutigen Kerben ihrer Fingernägel.

Willem und Schlosser sahen einander an. Sie glaubten, daß man Gisela die Zulassung zum Abitur nicht so einfach verweigern könne. Zur Not müsse man eben einen Anwalt fragen oder gleich den Bildungssenator, und solange das nicht geklärt sei, solle Gisela weitermachen, als wäre nichts geschehen.

Willem bestellte noch eine Runde Espresso, und Gisela lag in Schlossers Armen. Sie hatte die Augen geschlossen, und nach einer Zeit sagte sie, daß sie noch heute bei ihren Alten ausziehen werde. Sie habe bereits alles klargemacht und könne bei Freunden unterkommen. Und ob die Jungs ihr helfen würden, ein paar Sachen rüberzuschaffen.

Sie fuhren mit der Straßenbahn, und hinter den Scheiben zogen neue Bürgersiedlungen vorüber; Mehrfamilien- und Reihenhäuser, überall saubere Vorgärten und Eingänge.

Von der Haltestelle war es nicht mehr weit. Ein Plattenweg, Haus Nummer 14, siebte Tür rechts, geriffeltes Glas. Alles in Ordnung und so überschaubar, daß es in Ordnung bleiben mußte.

Noch bevor sie den Schlüssel abgezogen hatte, kam die Feldwebelstimme: Gisela!

Sie zog die Jungs hinein und schickte sie die Treppe hoch.

Gisela! Eine Tür sprang auf, und der Feldwebel stand im Flur.

Von oben ahnten die Jungs, wie Vater und Tochter einander ansahen. Plötzlich rief Gisela: Ich kann sie riechen! Diese Frau stinkt! Und sie lief am Vater vorbei ins Wohnzimmer.

Die Jungs tauschten einen Blick. Dann stiegen sie wieder hinab und warteten im Flur.

Die große Frau saß im Sessel und unterhielt sich mit Giselas Mutter.

Albany, verdammt!

Die Frau schien überrascht.

Mein Engel, sagte die Mutter. Doch sie hielt Giselas Blick nicht aus, und ihre Stimme brach.

Die Frau stand auf. Sie trug ein strenges Kostüm und reichte Gisela die Hand.

Gisela ignorierte die Hand.

Ihr Vater schnappte; das Fleisch in seinem Gesicht war rot und zitterte.

Helfen, mein Engel. Sie will dir helfen. Dann brach die Stimme der Mutter erneut.

Gisela lief aus dem Wohnzimmer. Aus ihrem Zimmer holte sie nur das Notwendigste. Als sie wieder herunterkam, stand ihre Mutter am Treppenabsatz. Mein Engel! Und mit ihrem Blick flehte sie die Tochter an. Doch Gisela verließ mit den Jungs das Haus.

Am nächsten Morgen betrat der Rektor das Klassenzimmer und bat Gisela mitzukommen. Nach dem Unterricht wurde Schlosser gebeten, ihre Sachen einzupacken.

Die Jungs fuhren zuerst zu Giselas Freunden. Sie bewohnten eine ganze Etage in einem ehemals großbürgerlichen Haus, das im Zuge einer Quartierssanierung abgerissen werden sollte. Parolen waren an die Wände gemalt, gelbe Sturmlaternen hingen von der Dekke, und in der Küche standen Propangasflaschen. Giselas Freunde schienen jetzt erst zu frühstücken, wirkten verschlafen oder bekifft und wußten nicht, wo sie steckte.

Noch bevor sie in den Plattenweg einbogen, sahen sie die Streifenwagen. Auch ein Leichenwagen mit offener Klappe stand bereit, und vor dem Haus patrouillierte ein Wachtmeister. Rings in den Vorgärten tuschelten die Nachbarn, und als Willem und Schlosser vorbeigingen, verstummten die Gespräche.

Der Wachtmeister war jung, doch alle Frische schien hinter einer bleichen Gesichtsfarbe und kaltem Schweiß verschwunden. Nein, er dürfe die Jungs nicht reinlassen, und nein, er dürfe auch keine Auskunft geben. Einmal hörten sie Gisela schreien, und der Polizist drehte sich zur Tür und hielt Stellung. Als nichts weiter geschah, trat er wieder zu den Jungs. Schlosser rollte ihm eine Zigarette. Nun, die Nachbarn wüßten es ja auch schon: Es gebe einen Toten im Haus und eine Schwerverletzte. Und wenn die junge Frau keine Verwandten habe, sagte der Wachtmeister, sei sie bei der Polizei gut aufgehoben. Man habe da auch seelische Betreuung.

Willem beschloß, Doktor Blask zu rufen. Er ging zu den Nachbarn und durfte von dort telefonieren.

Blask erschien ohne größere Verzögerung. Er werde Gisela in seine Praxis bringen; wenn er sie für stabil genug halte, werde er für eine sichere Unterkunft sorgen. Ansonsten werde er sie in ein Krankenhaus einweisen. Und die Polizei war einverstanden.

Giselas Vater war erschossen worden. Ihre Mutter lag noch im Koma; sie hatte keinen Unterkiefer mehr.
Die Polizei rekonstruierte und hatte bereits zwei Annahmen entwickelt. Zum einen, daß die Schüsse auf das Ehepaar von einer dritten, bislang unbekannten Person abgegeben worden waren; zum anderen, daß Giselas Mutter zuerst ihren Mann erschossen und dann sich selbst verfehlt hatte.
Gisela sagte aus, sie habe am Abend der Tat mit ihren Freunden in der Küche diskutiert; zwischendurch sei sie einmal spazierengegangen.

Willem und Schlosser erzählte sie, daß sie aus den Jahren heraus wohl wisse, wie es zu dieser Tragödie gekommen sei. Sie erzählte von dem stets nach innen gekehrten Blick ihrer Mutter und den möglichen Bildern dort, die bald von Pillen und Portwein verstärkt worden waren. Diese Bilder, die wie eingebrannt in der Mutter gewesen waren, weil der Vater über Jahre hinweg noch einen Sohn von ihr gefordert und selber alles dazu gegeben hatte, doch die Mutter nach Gisela nie wieder schwanger geworden war. Diese Bilder, wie der Mann noch der Tochter Schmerz und Wut über den verweigerten Sohn offenbarte und wie er bald mehr Zeit mit den Kameraden verbrachte als mit seiner Familie. Bilder, wie die Mutter und sie gemeinsam unter der Bettdecke kauerten, wie Gisela zum erstenmal gegen den Vater aufbegehrte, sich schließlich ganz gegen ihn stellte und die Mutter zu schwach war, sich mit ihr zu verbünden. Und diese inneren Bilder, sagte Gisela, die sich täglich neu überlagerten und verstärkten, habe die Mutter über Jahre verzerrt gehalten; sie habe in ihrem Rausch gelebt. Bis gestern. Bis sie beim letzten Blick in Giselas Augen wohl das Endgültige dort gesehen hatte.
Und nachdem diese Frau Albany dann gegangen sei und der Vater diese Frau zur Rechtfertigung all seiner Anklagen genommen

habe – nachdem der Vater die Mutter wieder einmal erniedrigt und schließlich sein Bier vor dem Fernseher getrunken habe, da habe sie seine Waffe aus dem Schlafzimmer geholt. Sich mit ihrem Port zu ihm gesetzt, mit ihren inneren Bildern, und irgendwann hätten dann wohl diese Bilder an der Stubenwand geklebt. Alles Endgültige und Eingefleischte plötzlich nur noch Schmieren und Placken; der Wille zur Erniedrigung an der Wand, die Kameradschaft und auch der verweigerte Sohn. Ihr ganzes Leben. Gisela war endgültig fort, und dann hatte die Mutter die Waffe gegen sich selbst gerichtet. So saß Gisela und erzählte. Und wenn es nötig war, langten ihr die Jungs Papiertaschentücher.

Doktor Blask quartierte Gisela in eine Pension ein, die unweit seiner Praxis lag, und stellte sie unter seine Beobachtung. Und er unterstützte die Jungs darin, dem Mädchen in diesen ersten traumatischen Tagen beizustehen, nahm ihnen aber das Versprechen ab, sich an feste Zeiten zu halten. So unternahmen sie nachmittags Spaziergänge, meist rüber auf den Teerhof, weil sie dort niemand kannte und sie dort ungestört am Fluß sitzen konnten.

Sie fanden eine ruhige Gaststätte hinterm Teerhof. Die Wirtin servierte hausgemachten Kuchen und stellte keine Fragen, wenn sie einander aus den Tageszeitungen vorlasen und diskutierten, wie sich um den Tod des Feldwebels herum alles aufblähte und verdichtete. Im Grunde waren sich die Zeitungen nur darüber einig, daß es sich um Vernichtung von Menschenleben handelte. Der Rest war weites Feld. Weit und willkommen, und jeden Tag wurden neue Schlagzeilen von den Verkäufern ausgerufen. Jeden Tag neue Spekulationen und Behauptungen, und die Reporter trieben ihre Nachforschungen in Tiefe und Peripherie. Ein Netz aus Vermutungen und losgelösten Tatsachen, das ständig in gewünschte Zusammenhänge gestrafft wurde. Informationen wurden aus dem Nichts erschaffen oder manipuliert, Hauptsache, die Zeitungen lieferten ihre Art von Energie für das System. Und Mord war immer guter Brennstoff; Mord befeuerte wie von selbst die Rotationstrommeln, und beim täglichen Rapport wurden die

Chefredakteure mit den Auflagenzahlen konfrontiert, die Verleger schlugen daraus eine direkte Verbindung zur öffentlichen Meinung, und mitunter erschien es ihnen wesentlich effizienter, die öffentliche Meinung selbst zu steuern, als erst mühsam Demoskopie zu betreiben. Und so kümmerten sich die Verleger, diskutierten den Feldwebelmord mit Politikern und Kaufleuten, plauderten mit dem Polizeipräsidenten bei Languste und Wein. Und kaum später schmiedeten die Redakteure bereits mit ihren Lettern, verquickten die Tat mit Hippiebewegung und Anarchie, schlugen Abgründe auf, offenbarten Verfall und installierten wunderbar logisch erscheinende Pranger. Alles, woran die Volksseele sich weiden und was sie danach als eigene Meinung wieder hervorpressen konnte. So stiegen die Auflagenzahlen, so brachte jedes Blatt den Tod in der Reihenhaussiedlung als letzte, fettgedruckte Wahrheit.

Und so geriet bald Gisela ins öffentliche Visier.

Die Tochter aus gutbürgerlichem Hause wurde als subversiv entlarvt, die Photos von der Maidemonstration gerieten in Umlauf. Die Zeiten waren aus den Fugen, und die Kinder, wurde geschrieben, fraßen ihre Eltern. Schlagzeilen und Schockbilder machten Gisela zu einem roten Ungeheuer, und man unterstellte ihr Mordlust, Habgier und jede Art von Verwerflichkeit. Man verpaßte ihr einen Charakter mit Merkmalen, die Elternmord nur folgerichtig erscheinen ließen, und steigerte daraus die absolute Bereitschaft zum finalen Dolchstoß gegen die Mutterrepublik.

So saßen sie zu dritt in der Nische. Aßen hausgemachten Kuchen, die Wirtin hörte Schlagermusik, und einmal tauchten zwei Kriminalbeamte auf. Als wäre es nichts, glitten sie in die Nische, spendierten eine Runde und wollten wissen, ob Gisela nicht doch etwas präziser nachweisen könne, wo sie zur Zeit der Tat gewesen sei. Im besetzten Haus und auf einem Spaziergang sei ziemlich vage, sagten die Männer. Und als Schlosser und Willem nickten, gab Gisela schließlich zu, an jenem Abend einen Diebstahl begangen zu haben. Sie habe gelbe Sturmlaternen von einer Baustelle besorgt und sei dabei von einem spießigen Alten mit Goldrandbrille gestellt worden. Sie habe ihn zweimal gegen das Schienbein getreten, bevor er sie losließ.

Tatsächlich wurde dieser spießige Alte ausgemacht, ein ehemaliger Richter, der Giselas Alibi prompt bestätigte, und in den Tagen darauf konnten sie vor allem aus den Leserbriefen eine Enttäuschung über diese Wendung herauslesen. Doch die Zeitungen fackelten nicht lange und lieferten der Öffentlichkeit, wonach sie verlangte. Als Hippies verkleidete Reporter stießen noch einmal tief hinein ins Milieu der Maidemonstranten, präsentierten bald Brocken, bald Zusammenhänge und Motive, und schon stand der nächste langhaarige Teufel im Fadenkreuz.

Doch zuletzt beendete die Polizei alle Spekulation und alles Wunschdenken, und aus ihrer Rekonstruktionsarbeit ging das hervor, was Gisela längst wußte. Die Schlagzeilen verloren alles Reißerische, und in den Artikeln wurde nüchtern berichtet, daß die sorgfältige Auswertung aller Spuren nur noch einen Hergang im Reihenhaus des Feldwebels zuließe. Und als Giselas Mutter endlich vernehmungsfähig war, bestätigte sie der Polizei stumm, daß sie zuerst ihren Mann erschossen und dann versucht habe, auch sich selbst zu erschießen.

Bald darauf meldete sich ein Mann vom Jugendamt bei Gisela, und sie wurde unruhig. Doch Schlosser wußte, daß es für individuelle Notlagen einen kollektiven Topf gab und daß die Jugendfürsorge in einer Art Pflicht stand, sich zu kümmern.

Die Jungs, aber auch Blask waren bei dem Gespräch dabei, doch der Mann von der Fürsorge hielt sich erst gar nicht mit Bürokratie und Vorschriften auf. Er kondolierte, dann wollte er wissen, ob Gisela in ein Heim wolle. Wenn nicht, könne er sich auch anderweitig kümmern, es sei denn, sie hätte bereits einen behüteten Platz. Bis nächste Woche müsse er Bescheid wissen, und er legte ihr noch eine professionell begleitete Trauerarbeit ans Herz. Das wars, und Blask organisierte Kost und Logis bei der Witwe eines Kaffeehändlers. Gisela wurde in ihrer Villa untergebracht, und Blask selber übernahm die Seelenarbeit und wies sie darauf hin, daß es erst einmal darauf ankomme, wieder Struktur und Berechenbarkeit in ihr Leben zu bringen. Ganz egal, ob sie nun ins Visier des Verfassungsschutzes geraten sei oder nicht, er rate vor allem als

Arzt dazu, der Erschütterung nicht mit Aktionismus zu begegnen; keine auffälligen oder verdeckten Kontakte, keine Protestmärsche, und am besten, sie ginge auch bald wieder zur Schule.

Und apropos, natürlich wollten Rektor und Kollegium unter den plötzlich veränderten Umständen nicht selbst wie Ungeheuer dastehen, nichtwahr. Natürlich würden sie Gisela die Zulassung zum Abitur erteilen, vorausgesetzt, sie hielte die zuletzt vorgelegten Leistungen.

Die Mitschüler hielten sich meist zurück. In Giselas Nähe senkten sie den Blick, und hinter ihrem Rücken tuschelten sie. Patrizia von Kattenesch jedoch paßte Gisela ab; sie senkte ihren Kopf und übergab auch im Namen von Ferdinand Lasalle, der bereits studierte, eine Trauerkarte. Frederike und Jan-Carl nahmen Gisela in den Arm, und Achim-das-Tier sagte: Peng! Ein Fickfrosch weniger. Und mit dem Erbe kannste jetzt was für die Sache tun. Oder die Kapitalistensau rauslassen.

Zur bestandenen Reifeprüfung saßen sie alle in der Aula. Gisela zwischen Willem und Schlosser, der Rektor redete vom Katheder, Achim-das-Tier furzte, und später standen sie in Grüppchen und tranken Sekt. Nach dem zweiten Glas verließen sie die Schule. Während sie am Elefanten eine letzte Zigarette rauchten, sahen sie Lasalle in einem Kabriolett vorfahren. Kurz darauf kam er mit von Kattenesch zurück; sie löste ihr Haar, und dann griff der Fahrtwind hinein.

Willem und Schlosser hielten es für unwahrscheinlich, daß jemand von den Albany-Leuten sie beschattete. Dennoch beschlossen sie, die Augen weiterhin offenzuhalten. So gingen sie zum Bahnhof, nahmen den Zug nach Vegesack und von dort einen Bus nordwärts bis kurz vors Niedersächsische. Sie kehrten in eine Gaststätte ein. Das Essen war deftig, der Wirt wortkarg. Gisela konnte Mitleid für ihre Mutter entwickeln, doch zugleich machte sie ihr Vorwürfe und war nicht bereit, auch noch ihre eigene Zukunft für diese Tragödie zu geben. Sie wollte nach Berlin, und die Jungs konnten das verstehen. Vielleicht, sagte Schlosser, könne er dann sogar pro forma bei ihr einziehen und seinen Musterungsbescheid verbrennen. Später kauften sie vom Wirt noch zwei Flaschen Wein aus seinem Keller, dann marschierten sie am Bunker vorbei direkt auf den Deich. Linker Hand der Fluß, zur anderen das Schwemmland, und als sie bei der verwitterten Kate anlangten, war ihnen niemand gefolgt. Sie köpften den Wein, rauchten Schlossers Knaster, und bald erschienen über der Wurt die Sterne.

20

Die Alten sahen die Weltbilder mit Abscheu. Tagediebe, Haschbrüder und Revoluzzer – die Kinder waren zum Werkzeug der roten
Usurpatoren geworden, die Kinder besudelten ihr Vaterland. So saßen sie und starrten mit Haß. Unglaublich, wie die Zeiten aus den
Fugen gerieten. Mit was für einer Rasanz plötzlich, wo noch gestern
der Kodex indiskutabel und wunderbar endgültig schien. Wo noch
gestern die tiefe Verbeugung vor dem Vaterland gewissermaßen
biologisches Erbe war. Und plötzlich? Sogar in Amerika besudelten
sie alles; ihre Eltern, den Präsidenten und die Vietnamkämpfer, sie
banden sich Blumen ins Haar, und mit ihrer Verweichlichung trieben sie auch dort den roten Keil in gesundes Weltenfleisch. Noch
vor der Atombombe oder Gott machten sie dort nicht halt, und die
Alten konnten es nicht glauben, wie das Erbgut der Ahnen in nur
einer Generation entartet war. Was für ein Wahnsinn, diese Kinder:
fraßen ihre Eltern und machten daraus Liebe.
Diese langhaarigen Teufel! riefen die Mutter und Kronhardt. Und
wie unmittelbar und ernst die Lage war, offenbarte sich ihnen im
Fall des Feldwebelmords. Für die beiden steckte diese Gisela als
treibende Kraft dahinter, ganz egal, was die Zeitungen zuletzt geschrieben hatten. Für die beiden war diese Gisela eine Vatermör-
derin; sie besudelte die Kultur des Abendlandes, sie war Keimzelle
des Untergangs, und von Willem forderten sie, sich konsequent
von solchen Elementen fernzuhalten. Und weil sie ihm eine solche Beharrlichkeit nicht zutrauten, weil sie jegliches Rückgrat an
ihm vermißten und ihn stets im Dunstkreis dieser Haschbrüder
und Revoluzzer sahen, forderten sie bald den Barras. Willem sollte
seinen Dienst ableisten, so früh es eben ging. Erst wenn er diesen
gefährlichen Zeiten mit einem gewissen Schliff entgegenzutreten
wüßte, würden sie sein Studium finanzieren.

Doch bei der Musterung fiel Willem glattweg durch. Der Stabsarzt nannte ihn einen jungen Mann mit deformierter Skelettachse; vielleicht schleichendes Erbe, sagte er zu Willem, vielleicht auch unglücklicher Einzelfall, jedoch nichts, was den Alltag behindere oder worüber er sich ernstlich sorgen müsse. Dann klopfte der Stabsarzt ihm auf den Rücken – sein Pflichtgefühl in Ehren, doch solange er über Tauglichkeit zu entscheiden habe, käme Willem in keinen Soldatenrock.

Für die Alten war dieser Beschluß eine genealogische Erniedrigung. Und sie gaben Willem alle Schuld. Sein fahrlässiger Umgang in diesen Zeiten! Diese Gisela, riefen sie, und dieser Schlosser! Und natürlich ritten sie auf dem Weichen Schanker herum, auf Willems Dirnenhurerei, seiner Abartigkeit, sich noch bis in die Keimzellen mit Gesindel einzulassen. Igitt, riefen sie und erwarteten, daß er um so mehr Verantwortung übernahm. Wie sie es nannten: Reparation auf ganzer Linie.

Die Tage fuhr Willem ins Teufelsmoor. Er kiffte und trank und lachte sich halbtot. Eine staatlich verordnete Unfähigkeit zur Uniform. Was für eine Nummer, dieser Stabsarzt. Und was für eine wunderbare Ironie, dieses Rückgrat. Und was für eine Gnade, verschont zu bleiben von all den Feldwebeln und ihren kaputten Seelen. Von noch mehr Willkür und Borniertheit; von Verhaltensstörungen, Gestank und Geschwätz der Kasernierten, die einen zuletzt nicht mal auf dem Kameradenscheißhaus in Ruhe ließen. So lag Willem im Teufelsmoor, bis er Visionen hatte. Was für eine Nummer, dieser Stabsarzt. So ein Rückgrat, wer hätte das gedacht. Konnte Gnade sein gegen die Diktatur all der kaputten Seelen. Und er kiffte, trank und lachte, bis er Visionen hatte von ewiger Freude.

Wieder im Alltag, bediente Willem die ratternden Maschinen; er verrichtete seine Aufgaben im Büro, holte Kunden vom Bahnhof ab oder führte sie durch die Stadt und erklärte Gebäude, historische Zusammenhänge und Zeitenwenden.

Er tat, was die Alten verlangten, und wußte, wie die Dinge in ihren

Augen aussahen. Bereits im Vorfeld suchte er alle Möglichkeiten zur Klage auszuschalten, und sobald er sich wegen seines Mangels an Widerstand schämte, berief er sich darauf, daß es im Grunde nur ein flüchtiger Zustand sei; und daß er jederzeit das Beste für sich herausholen könne. Und sobald er draußen war, verwandelte sich die ganze Welt in einen kostbaren Rohling; er spürte die Lust zu atmen, und wenn er aufsattelte, überkam ihn bald das vertraute Gefühl.

Die Alten nannten die neue Universität in Bremen eine rote Kaderschmiede und drängten Willem in eine ebenfalls neu gegründete Fachhochschule im niedersächsischen Umland. Sie bestanden auf dem Studium der Betriebswirtschaft, und Willem nahm es hin. Er meinte, auch dies sei nur ein flüchtiger Zustand.
Er gehörte zu den ersten, die sich einschrieben. Zur Eröffnung sprachen der örtliche Bürgermeister und der Direktor, und sie beglückwünschten die Studenten und nannten ihre Immatrikulationsnummern pionierhaft und sowohl mit der Hochschule als auch mit der Zukunft des Landes eng verbunden. Die Worte gingen ohne jedes Gefühl an Willem vorüber, seinen Mitstudenten jedoch schienen sie zu gefallen, und sie klatschten, als könnten sie sich bereits strahlend in der Zukunft sehen.
Später stand Willem bei Häppchen und Sekt. Dann wurden Photos gemacht, und er reihte sich ein in sein erstes Semester. Die Begeisterung seiner Kommilitonen war unglaublich – als wären sie tatsächlich Pioniere, als läge ein neuer Kontinent zu ihren Füßen, und mit ihren einhellig klingenden Schlachtrufen erschienen diese angehenden Betriebswirtschaftler wie eine eigene taxonomische Art. Oder anders: eine nahtlose Fortführung all der Siegfrieds und Leysieffers und Lasalles; geistige Kopien ihrer Eltern, kein Revoluzzerblut, und nicht einer unter ihnen, der irgendwas in Frage stellte. Nur diese verdammte Selbstgefälligkeit in Schlips und Kragen. Nur dieser eingebildete Pioniergeist. Und auch die Frauen schienen von dieser Art; graumäusig, bieder und im Geiste angetrieben von einem wunderbar vorgeprägten Lebenslauf.
Nach den Photos fand die Ortsbegehung statt. Alles neu, alles

Beton. Das Auditorium maximum, die fensterlosen Hörsäle, die Ecken mit den Kaffeeautomaten. Und zwischen den Fakultäten die Boulevards, in Grün, in Gelb, knallige Farben der Zeit und architektonisch gewollte Brüche; ein frisch gehärtetes Labyrinth, das noch seltsam undurchdrungen war von Zeit und Bestimmung. Und als sie in der Mensa saßen, mußte Willem feststellen, daß sogar altüberlieferte Tellergerichte wie Sauerkraut mit Hecht oder gedämpfter Wickelbraten in den geometrischen Ausstanzungen des Tabletts wie neu erschaffen wirkten.

Nach dem Essen wurden sie durch die Bibliothek geführt, und auch hier schien alles pionierhaft. Der Bestand war bereits auf Mikrofilm gespeichert, und über ein Lesegerät konnte man jeden Titel aufspüren. Willem spazierte durch die Gänge, er stieß auf Aufsätze von Popper oder Feyerabend, er stieß auf sozialwissenschaftliche und politische Materialien zu Tolstoi oder Turgenjew, und so ließ er die Mitstudenten weiterziehen.

Später versuchte er erst gar nicht wieder, Anschluß zu finden. Er hatte sich gemerkt, wo die Hochschulkneipe war, und orderte ein Bier. Während er den zweiten Humpen leerte, schien es ihm, als hätten Direktor und Bürgermeister vorhin doch nicht so schlecht gesprochen. Das Pionierhafte im Anfang, hatten sie gesagt, und die Absicht, damit eine friedliche Zukunft zu installieren. Die entscheidende Metabolie zu individueller Reife und gesellschaftlicher Verantwortung, hatten sie gesagt, und daß er selber kein Gefühl dazu entwickelt hatte, lag ganz einfach an seinem miserablen Start. Allgemeine Naturwissenschaften, und nach einer Orientierung womöglich die Verfeinerung in Richtung Evolutionsbiologie. Das hatte er gewollt. Damit hatte er ein für allemal vor den Alten klarstellen wollen, wer er war. Wohin diese entscheidende Metabolie ihn bringen sollte.

So saß er und trank. Und während seine Kommilitonen noch auf dem Rundgang waren und über phantastische Neuordnung und sich grenzenlos verändernde Märkte diskutierten, hatte er das Gefühl, tatsächlich etwas zu tun: die ersten Spuren studentischer Verzweiflung in die Wände getränkt, und so orderte er den nächsten Humpen.

Irgendwann setzte sich eine Frau an den Nebentisch. Auch sie trank ein Bier und schien sonst niemanden zu kennen.

Als sie ihn nach Feuer fragte, mußte er passen. Später kam sie noch mal an seinen Tisch und fragte, ob sie ihn auf ein Bier einladen dürfe. Sie plauderten ein bißchen, und er roch ihr Parfüm. Sie hieß Doris, und hinter ihrem Lächeln meinte er Biederkeit auszumachen.

Sie begegneten einander öfter in der Kneipe. Meist grüßte Willem nur, nahm ein Bier und fuhr dann mit dem Zug zurück. Manchmal aber setzte sie sich zu ihm, und dann verpaßte er seinen Zug. Anfangs ärgerte er sich darüber, doch dann sah er ein, daß er ebensogut sitzen und plaudern konnte. Mit dem Studium konnte er gegenüber den Alten alles rechtfertigen, und wenn er im Betrieb hinterherhinkte, war das nicht seine Schuld.

Doris hatte schöne Zähne. Sie bestellte zwei Kurze, und nach dem nächsten Humpen revanchierte sich Willem. Doris rückte näher. Ich bin echt kein aufdringlicher Typ, sagte sie, und Willem spürte ihre Seite. Aber ich finde dich ziemlich cool.
Cool?
Das sagt man doch jetzt.
So? Dann finde ich Coolsein ziemlich uncool.
Sie zeigte ihm ihre Zähne, und er roch ihr Parfüm.
Doris wohnte im Studentenheim. Auf ihrer kleinen Bude kifften sie und tranken Wodka.
Später erfüllte er wie von selbst ihre Forderungen; er fand es unglaublich, wie sich ihr biederes Fleisch in gierige Härte verwandelte. Sie blieben nackt. Hörten die neueste Scheibe von den Mothers, tranken, kifften, und während Willem schließlich dalag, sein Leib schwer eingesunken in alles Irdische, während sich hinter seinen Augen rauschhaft Raum um Raum eröffnete, sagte Doris: Dieser Feldwebelmord. Schlimme Sache.
Ihre Worte zerstreuten hinter seinen Augen.
Und dieses arme Mädchen. Gisela, nichtwahr?
Willem sagte nichts.

Du warst doch auch auf dem Alten Gymnasium.

Willem hielt die Augen geschlossen und hörte Zappas Gitarre.

Doris rollte noch einen Joint.

Willem war bedient, und so rauchte sie alleine. Anscheinend wirkte das Haschisch bei ihr anders, und mit jedem Zug schien sie wacher und beweglicher zu werden. Dann spürte er ihre Zunge, bald sein Glied, und aus ihrer Biederkeit schlüpften Gier und Härte. Ihre Stimme klang jetzt rauh und verführerisch. Ob Willem denn gar nichts wisse? Was Gisela denn jetzt mache und wer ihre Freunde seien? Und Willem riß sich zusammen und bündelte all die Räume hinter seinen Augen auf die Frau neben ihm. Er verschloß ihr graumäusiges Fleisch, und dann verwandelte er sein Versagen vor der entscheidenden Metabolie.

Die Tage überlegte er, wie er Doris einschätzen sollte. In ihrer Erscheinung blieb sie bieder, doch wenn sie nackt war, kamen ihre anderen Eigenschaften hervor. Zudem kannte sie sich aus im APO-Jargon, sie sprach vom Wassermannzeitalter, sie hatte Erfahrungen gemacht in Gruppenmeditation, und sie schien vor allem Mitgefühl für die Tragödie rund um Gisela zu entwickeln. Willem war unsicher, ob sie möglicherweise etwas mit dieser Gesine Albany zu tun hatte, und er fühlte sich nicht in der Lage, etwas über ihren Hintergrund aufzudecken. Er wollte nichts riskieren, er wollte sie nicht verletzen, und er sah zu, diese Affäre anständig zu beenden.

Die Kombination aus Stickerei und Betriebswirtschaft sei ausgemachte Sache gewesen. Das habe Willem von Anfang an gewußt – meine Güte, was gibts da jetzt zu lamentieren.

So saßen sie in dem Restaurant an der Kugelbake, und als der Ober das Geschirr abgetragen hatte, orderte Kronhardt eine Runde Weinbrand. Die Alten hoben die Schwenker, sie brachten einen Toast auf Willems Zukunft, und dann überreichten sie ihm den Schlüssel. Er konnte es nicht glauben. Was für eine gestelzte Feierlichkeit; und dabei waren sie fest davon überzeugt, daß er sich den Volkswagen schließlich verdienen, daß er ihre Investitionen schließlich mit Vernunft und Dankbarkeit amortisieren würde.

Willem schluckte das Glas leer und sah hinaus auf die See. Auf den Wellenbergen hüpfte letztes Tageslicht, aus den Tälern griff die Dunkelheit.

Und die Alten waren noch nicht am Ende. Sie lächelten und drückten einander die Hand. Jawohl, Willem sei jetzt in dem Alter für eine Junggesellenwohnung. Und sie planten, das kleine Dachgeschoß auszubauen und ihm ihre alte Wohnzimmergarnitur zu überlassen. Nichtwahr, das sei doch mehr als genug, ihm die Flausen von dieser Naturwissenschaft auszutreiben.

In ihrer Nähe war die Gegenwart immer eng; ein miefiger Spalt, durch den Zukunft und unverbrauchte Möglichkeiten nur mühsam tröpfelten, um gleich darauf in eingefleischter Vergangenheit zu versickern. Willem hielt das leere Glas, und hinter dem Fenster stand jetzt dunkle See.

In wenigen Wochen wurde das Dachgeschoß zur Junggesellenbude. Im gleichen Zug wurde die Produktion ausgebessert und um einen rückwärtigen Verschlag vergrößert; obendrein setzte Kronhardt seinen langgehegten Wunsch nach einer Kellerbar durch.

Nach dem Umbau gab es Anlaß einzuladen. Und natürlich war es ausgemachte Sache, daß Willem sich um seine Altersgenossen kümmerte – schließlich lebte man nicht hinterm Mond und mußte den jungen Leuten Gelegenheiten bieten. Und Willem kümmerte sich. Er setzte auf das Zuvorkommen des Gastgebers, mischte sich ein und wirkte arglos, wenn er die Kaufmannstöchter berührte. Engstirnige Dinger im Grunde, doch einige hatten dralle Körper oder waren einfach nur hübsch, und es amüsierte ihn, wenn er hinter ihrer lächelnden Etikette den Widerwillen aufspürte.

So mischte er sich in die Gespräche und gab ihnen das Gefühl von Erwachsensein. Wenn sie Geschichten aufwärmten, wärmte er mit. Wenn sie Springer oder Strauß zitierten, verknüpfte er das arglos mit der Frankfurter Schule; wenn sie die Köpfe von Ensslin und Baader forderten, forderte er mehr Köpfe. Er sprach sich für Brandt aus, nur weil sie für Kiesinger sprachen oder Barzel; er fragte nach Zusammenhängen und Komplexen, und wenn sie nicht weiterwußten, bot er ihnen Auswege, auf denen er ihre Weltsicht zerlegen konnte. Und wenn sie in der Falle waren und plötzlich die Enge spürten, drehte er den Spieß um, tat verlegen und bewunderte schließlich ihren Scharfsinn. So entblößte er seine Altersgenossen, und sie fühlten sich noch geschmeichelt. So setzte er auf das Recht des Gastgebers, kam diesen drallen Dingern nahe, und manchmal erregte ihn die Stumpfheit dahinter oder der Ekel, und er huschte zwischendurch auf seine Junggesellenbude.

Mit der Zeit gewöhnte sich Willem für diese Kellerbarverpflichtungen ein Repertoire an, und er konnte mühelos von einer Rolle in die andere springen. Je nach Absicht oder Laune. Er adaptierte Wörter und Lautgestaltung und formte daraus beliebige Weltsicht. Er schien arglos, wenn er Körperhaltung und Gesten nachahmte, und wenn er einen guten Tag erwischte, verwandelte seine Sprache sich in den Geist der anderen; in seinen Worten zerköchelte das Bewußtsein, Wahrnehmung und Realität wurden eins, und die anderen standen gefällig da, als hörten sie sich selber sprechen.

Er brachte sie zum Lachen, er setzte sie in Szene und befriedigte ihre Eitelkeit. Er übernahm, was alle übernommen hatten, und erschuf daraus Individualismus. Er war zynisch, er war süffisant und machte daraus weltmännische Offenheit – und mehr: die Tugend einer pionierhaften Elite. Und es blieb unglaublich, was mit Worten alles zu machen war; ein bißchen Haltung dazu, ein bißchen Ausdruck, wie gesagt. Und wenn er es darauf anlegte, konnte er mit schönster Sprache erbärmlichsten Gestank hervorlocken – als wäre hinter der jugendlichen Hülle bereits alles verfault.

So erlebte Willem die gesellschaftlichen Verpflichtungen; leger, doch nicht zu freigeistig gekleidet; ein stets aufmerksamer Gastgeber, und bald hatte sich noch die vernagelteste Tochter an seine arglosen Hände gewöhnt. Die Mutter und Kronhardt genossen es, Willem zu sehen; doch in Wirklichkeit, wie gesagt, erstickte er bald im miefigen Spalt. In Wirklichkeit entstand alle Perfektion und Zuspitzung nur aus der Angst, vor der entscheidenden Metabolie zu versagen. Doch rings seinen Altersgenossen konnte er nichts davon sagen, wie es tatsächlich in ihm aussah. In diesen Kreisen war man fest überzeugt vom Lebensweg mit Fortpflanzung und Wohlstand;

und alles, das diesen Weg in Frage stellte, würden sie aufgreifen und als Schwäche verreißen.

Dann tauchte Frau Lund auf so einer Kellerbarparty auf.
Eine Reiterin aus dem Rotenburgischen, Olympionikin mit mehreren Medaillen in Dressur. Sie war eine grazile Frau mit dunklem kurzgeschnittenem Haar, und Willems Mutter führte sie durch die Gesellschaft – der Brauereidirektor, sagte die Mutter, die Reedersgattin, der Deutschmeister. Die Männer küßten Frau Lund die Hand – Hochachtung, sagten sie, und Gold für unser Land. Die Frauen beneideten sie um ihre Figur, aber der Druck einer ganzen Nation, sagten sie, ein Patzer, ein Fehltritt, und alles sei dahin. Schrecklich, sagten sie, und die Olympionikin lächelte. Später stand sie neben Willem. Sie schnalzte leise, wenn er zynisch wurde, und spornte ihn heimlich für seine Arglosigkeit.
Für Willem war es kein Problem, den Stundenplan zu frisieren.
Und die Mutter und Kronhardt fanden es sogar vernünftig, daß er jetzt häufiger mit dem Käfer zur Hochschule fuhr. Er sollte ruhig zeigen, daß er automobil war, und mehr: daß er nicht den erstbesten Gebrauchten fuhr, sondern ein nagelneues Werksmodell, und sie steckten Willem ein Extrageld zu, damit er den Käfer regelmäßig polieren ließ.
Von der Hochschule zu ihrem Gehöft war es eine gute Stunde. Sie hieß Karin, und sie nannte ihn Herr Przewalski. Auf die Wände im Kaminzimmer waren Malereien aus den Höhlen reproduziert – Altamira, Lascaux, alles, was das franko-kantabrische Kernland an Urpferden hergab. Vom Kaminzimmer kam man direkt in einen Stall, in dem ihr Lieblingspferd stand. Es hieß Dädalos, und Karin ließ die Tür zum Stall gerne auf; sie mochte es, wenn der Geruch von dort einströmte, wenn Dädalos schnaubte und der Widerschein der Flammen dazu über Willems Haut tänzelte.
Willem fand es interessant, mit welcher Leidenschaft sich Menschen in verschiedenste Richtungen neigen konnten. Ein weites Feld, sagte er, und seine eigene Neigung nannte er gezügelt. Keine Fetische, einfach gemeinsame Erfüllung. Und Karin hatte nichts dagegen. Er brachte ihre Bauchdecke zum Flimmern, er wußte,

wo er wunderbares Tremolo anschlagen konnte und wo Weichheit sich in Schwellung verwandeln ließ. Manchmal legte er es darauf an, daß ihr die Augäpfel in die Stirn wegrollten, und Willem konnte auch im nächsten Semester den Veranstaltungsplan mühelos frisieren. Und wenn Kronhardt der hohe Kilometerstand auffiel, hob Willem nur die Schultern. Kaum einer seiner Studiengenossen könne sich ein Auto leisten. Noch dazu ein Werksmodell. Und oft genug gebe er ihrem Drängen auf eine Spritztour nach und präsentiere Technik und Komfort. Und es sei kaum zu glauben, wie gerade die jungen Frauen heutzutage sich dafür begeistern könnten.

Und so lenkte er bis in den Herbst auf vertrauten Wegen ins Rotenburgische. An den Wümmewiesen vorbei, am Teufelsmoor, dann einen Geestrücken hinauf, und der Buchenwald drängte bis gegen die Landstraße. Ihr Gehöft lag abseits. Der Weg dorthin führte vorbei an ausgedehnten Koppeln, und gegen den Horizont standen wieder Buchen.

Karin beendete die Beziehung zu Willem im nebeligen November. Sie wollte es schonend angehen, doch sie konnte ihre Enttäuschung nicht recht verbergen. Willem – sie sagte Herr Przewalski – lasse sich von Pferdestärken chauffieren und bekomme dennoch Ringe unter den Augen und erscheine ausgemergelt. Dabei habe sie gerade ihm diese Urkraft zugetraut, die sie in sich selber verspüre. Als die Männer noch Wildpferde zähmten und die Frauen gerade das wollten.

21

Sie saßen bei Macciavelli. Der kleine Italiener war den Jungs gegenüber aufgeschlossen; rings die Rebellionen gegen die Alten schienen ihn zu faszinieren. Er erzählte, daß er unlängst auf Besuch in Rom gewesen sei bei einem Vetter, der bei den Kommunisten mitmarschiere, und ein paarmal sei er auch schon mit dem Zug durch Paris gefahren und habe einiges gesehen. Den Jungs gefiel es, wie er sprach; sie mochten seinen Tonfall, seine anders geformten Sätze und seine Fähigkeit, fehlenden Wortschatz auf eine Art zu umschreiben, die stets neue Blickwinkel bot. Zudem hatte er Humor und war dabei nicht aufdringlich. So saßen sie und tranken Espresso, den Macciavellis schöne Frau in einer italienischen Maschine bereitete.

Vor dem Eiscafé blieben zwei Frauen mit ihren Pudeln stehen, und die Tiere beschnupperten einander; dahinter, auf einem von Linden umstellten Platz, saßen ein paar Hippies. Einer von ihnen spielte auf einer Wandergitarre. Willem beobachtete, wie Macciavellis Frau die große Espressomaschine bediente. Wenn sie den Hebel an der Seite herunterzog, konnte er ihr Achselhaar sehen. Schlosser rollte eine Zigarette; er holte den Benziner vor, und bald wurde der Rauch von den Sonnenstrahlen erfaßt, die steil durchs Fenster stießen. Dann erzählte er von Gisela.

Seit ein Freund sie mit nach Berlin genommen hatte, war sie nicht wieder zurückgekehrt. Sie hatte sich auf eine Liste der Freien Universität gesetzt und war in eine Kommune gezogen. Schlosser war bereits mehrmals dortgewesen, und bald wollte er seinen Wohnsitz nach Berlin verlegen. Sie hatten eine alte Fabrikhalle in einem Hinterhof; ein großer Raum mit Eisenträgern, ein paar Flaschenzüge hingen noch, ein paar Werkbänke standen noch, und ständig kamen und gingen irgendwelche Leute. Und abends lief meistens eine Party. Aus der Halle kam man über eine Galerie in den ehemaligen Verwaltungstrakt, und dort lebte die Kommune. Es gab ein schwarz angeschlossenes Telefon, von dem nur wenige wußten, und dreimal in der Woche rief Gisela bei der Kaffeewitwe in Bremen an. Mittlerweile war Gisela als Studentin eingeschrieben, doch Schlosser glaubte nicht, daß sie ihre Vorlesungen und Seminare regelmäßig besuchte. Aus der Kommune heraus kämpfte sie weiterhin für die Sache, das neue Umfeld und die Menschen dort befeuerten sie und halfen ihr, die Tragödie in ihrem Elternhaus zu verdrängen. Solange sie noch nicht volljährig war, bekam sie eine Art Waisenrente, gelegentlich arbeitete sie aber auch. Schlosser wußte, daß sie viele neue Leute kennenlernte und sich auch photographieren ließ – Kunst gegen das Establishment, sagte Gisela dazu, doch er war skeptisch.

Schlosser gab seinen Posten im Museum endgültig auf, und seinen letzten Tag verbrachte er mit Willem in der Asservatenkammer. Sie erfreuten sich an den Stücken und Artefakten, sie entglitten in den Zeiten. Später kam der Museumsdirektor und holte die Jungs in sein Büro. Es gab Kaffee und Gebäck, der Direktor bedankte sich und übergab Schlosser einen Gutschein, mit dem er praktisch die nächsten hundert Jahre freien Eintritt ins Museum haben würde. Und als der Direktor dann erfuhr, daß Schlosser Völkerkunde in Berlin studieren wollte, geriet er in Begeisterung und versprach, Schlosser ein Empfehlungsschreiben und ein paar nützliche Adressen mitzugeben.

Zum Abschied wollten die Jungs noch wissen, ob die vermeintlichen Repliken, die Schlosser damals entdeckt hatte, in Wirklichkeit nicht doch Skythengold aus der Eremitage gewesen waren. Und der Direktor kam gleich zur Sache. Jawohl, Schlosser sei damals tatsächlich auf einen Schatz gestoßen, und jawohl, die Beutekunst sei zurück an die Eremitage gegeben worden. Und gewissermaßen im Gegenzug wären nun einige lang vermißte Stücke wieder im Übersee-Museum, nichtwahr, ein stiller, diplomatischer Vorgang, der sich lange durch den Eisernen Vorhang hingezogen habe, und der Direktor vertraue darauf, daß die Jungs das für sich behielten.

Im Hochsommer fuhren sie zu Zirbels Kuhle. Der Ponton lag jetzt weiter westwärts, sie verholten sich mit dem Nachen. Das Wasser erschien tief und von klarem Grün, rings die Saturnringe leuchteten.

Schlosser hatte mit seinem Vater ausgehandelt, die ganze Familie mit Erstwohnsitz in Berlin anzumelden und die Zwillinge mitzunehmen. Anfangs hatte der Vater diesen Plan sogar noch unterstützt und mit Stolz auf die Zukunft seiner Kinder angehoben. Doch seine Trunksucht hatte ihn noch unberechenbarer gemacht, und nun war er von der Idee besessen, daß Schlosser ihm die Zwillinge wegnehmen und sein Leben ruinieren wollte. Von der Berlin-Sache wollte er nichts mehr wissen, und er drohte damit, die Zwillinge in ein Heim zu geben.

So lagen sie auf dem Ponton, und Willem schlug vor, Doktor Blask um Rat zu fragen.

Als das Eisen zu heiß wurde, sprangen sie ins Wasser, und später stieß ein Schwarm kreischender Mauersegler über den See.

Sie blieben bis zur Abendröte; über ihnen der Himmel war wolkenlos, und bis zur Dämmerung dauerte es noch. Sie saßen wieder im Käfer, bevor Zirbel seinen Dienst antrat.

Schlossers Gespräch bei Blask war kurz. Bis ins Wartezimmer hinein ahnte Willem die Reaktion des Doktors gegen die eigene Spezies. Als er sich in der Tür von Schlosser verabschiedete, lachte Blask, und sein Kopf hackte. Er versprach zu helfen, und tatsächlich gelang es ihm darauf erstaunlich schnell, die Prinzipien der Behörden auszuhebeln. Wie die Jungs erfuhren, koppelte er die Verpflichtungen der Bundesrepublik Deutschland gegenüber ihren nachrückenden Generationen notwendig an die Zukunft des Landes; Wohlstand und fortdauernde Gesundheit nannte er einen Zustand, der sich nicht aus sich selbst heraus ergebe, sondern mit weiser Voraussicht und zu jeder Zeit gepflegt werden müsse, und Blask schien kein Problem damit zu haben, so zu wirken, als kämen diese Worte aus einer tiefen Überzeugung heraus. Und tatsächlich gelang es mit seiner Hilfe, Schlossers Vater entmündigen zu lassen und ihn zur Entgiftung in einer progressiven Heilanstalt unterzubringen. Das Haus der Schlossers wurde verkauft, die Schulden bezahlt, und Schlosser schrieb sich in Berlin ein. Solange er noch nicht volljährig war, wohnten die Zwillinge in der Villa der Kaffeewitwe – einer Dame, wie Schlosser sagte, die trotz ihrer gesellschaftlichen Stellung sehr offen sei, und er wußte, daß die Witwe und Gisela nächtelang diskutiert hatten und sie auch nichts gegen Giselas Haschzigaretten gehabt hatte.

Eine Ligusterhecke umgab die Villa, und als Willem auf den kleinen Vorplatz rollte, stand Hannes auf den Eingangsstufen. Er hatte eine Lederpille unterm Arm und verschwitztes Haar. Willem plauderte mit ihm, dann öffnete Helene die Tür. Sie lächelte Willem an und errötete. Wenn Schlosser in Berlin sei, sagte er zu den Zwillingen, könnten sie jederzeit zu ihm kommen. Warum immer, er sei für sie da.

Ihr habts gehört, sagte Schlosser. Er hatte ein Zimmer über der Garage und kam von der Seite. Er nahm erst seine Geschwister, dann Willem in den Arm.

Im Käfer sackte er in den Sitz. Willem zog aus der Einfahrt, im Radio fand er Barockmusik. Schlosser blickte geradeaus durch die Windschutzscheibe. Willem sah, daß es ein Blick war mit einem schönen und kräftigen Gefühl dahinter. Er drehte die Musik lauter, auf der Brill-Kreuzung stießen die Gerüche der Kaffeeröster und Bierbrauer in den Käfer, und der Motor bullerte sonor. Sie fuhren die ausgeschlagene Strecke am Hafenrand; an der Werft vorbei, am Überseehafen und der Getreidemühle. Hinter der Stahlhütte nahmen sie die alte Bogenbrücke über die Lesum, sie sahen die Endmoräne und den Geestrücken und zogen nordwärts. Über Rönnebeck hinaus, und kurz vorm Niedersächsischen bogen sie Richtung Bunker; bald rollten sie in seinem Schatten, bald wurde noch das Bullern des Motors in die mächtige Stille gesaugt. Danach zogen sie unterm Deich dahin bis zur Wurt.

Die verwitterte Kate war ein vertrauter Ort, sie fühlten sich wohl dort, und als sie sich gegen eine Mauer setzten, hatten sie die absteigende Sonne im Gesicht. Die Luft war warm, über ihnen trieb leichter Wind. Schlosser holte seinen Beutel hervor, dann gab er etwas von seinem Hanf in den Tabak. So saßen sie. Schwiegen und lauschten in die Welt. Manchmal wogten die hohen Gräser, vor einer vom Sturm geknickten Weide stand ein Graureiher. Und als die Sonne hinter der Deichkrone versank, zerfloß die Welt bis zur Kate hin in tiefem Rot.

Sie hatten Brathering dabei und Brot, und sie sprachen mit vollem Mund. Schlosser sagte, daß er sich einfach nicht als Kommunarde fühle, und Willem konnte das nachempfinden. Ständig irgendwelche Typen um einen herum, meinte er, die das Anderssein zum Dogma machten, die noch Seele und Sex politisieren konnten, und sie beschlossen, für Schlosser eine erschwingliche Bude in Berlin aufzutreiben. Danach machten sie weitere Pläne. Willem wäre jederzeit für die Geschwister da, Blask und die Kaffeewitwe hätten sie auch auf ihrer Seite. Schlosser wollte den Schrotthändler nach einem Gepäckträger für den Käfer fragen und die Tage dann seine Sachen packen. Er wollte nur so viel mit nach Berlin nehmen, wie eine Käferfuhre hergab. Der Abendstern pulsierte über dem Deich, und neben dem Weidenholz rief ein Frosch. Vielleicht auch ein Nachtreiher, und Schlosser gab noch eine Prise Hanf in den Knaster.

Auch in Berlin gebe es gute Orte, meinte er, der Kreuzberg vielleicht, und ein ruhiges Plätzchen am Wasser sowieso. Sein Teleskop nehme er mit.

Dann spekulierten sie darüber, wie es sein könnte, wenn auch Willem nach Berlin käme und dort seine Naturwissenschaften anginge. Wie sie gemeinsam schöne Orte aufspüren und, warum nicht: gemeinsam sogar eine richtige Wohnung teilen würden, jeder mit einem großen Zimmer für sich. Von der Weide her quakte es oder quokte, der Wind war gefallen und strich leise durch die Gräser. Über ihnen öffnete sich bald der dunkle Raum; sie sahen weiße Zwerge und blaue Riesen. Sie sprachen davon, wie kleinste Veränderungen in den Anfangsbedingungen stets etwas anderes hervorbrachten und wie sie selber die Welt stets als jemand beschrieben, der von der Welt bereits beschrieben worden war. So saßen sie auf der Wurt.

Der Gepäckträger wurde auf die Motorhaube des Käfers montiert, und der Schrotthändler hatte noch einen Extrabügel angeschweißt und legte eine Persenning plus Laschgurte obendrauf. Sie bauten die Rückbank aus, und Schlosser freute sich über jeden gewonnenen Stauraum. Doch als sie vor der Villa standen und einluden, mußte er einsehen, daß er sich zuviel Hoffnung gemacht hatte. Trotz der Aufrüstungen blieb es eine schmale Fuhre, und so beschränkte er sich und war zuletzt glücklich darüber, noch ein paar unverhoffte Dinge mit nach Berlin zu nehmen.

Willem hatte die Fahrt gegen die Mutter hart ausgehandelt und sie zuletzt in der Überzeugung gelassen, er werde die Betriebswirtschaft auch nach Erreichen seiner Volljährigkeit weiterführen. Und so starteten sie am nächsten Morgen. Zur Abfahrt hupte Willem, die Zwillinge blieben zurück und weinten. Die Witwe winkte ihnen mit einem Taschentuch hinterher. Schlosser saß stumm da und schluckte.

Sie hatten entschieden, bis nach Helmstedt über Land zu fahren, und so zogen sie an den Wümmewiesen und am Teufelsmoor vorbei, stießen aus Osterholz ins Rotenburgische, und erst als sie diesen Landkreis durchquert hatten, sagte Schlosser ein paar Worte. Er hatte noch immer einen Kloß im Hals, und Willem versuchte nicht, ihn aufzumuntern.

Als sie hinter Uelzen das Wendland streiften, meinte Willem dann, daß Schlosser geregelt habe, was es zu regeln gebe, und in Berlin nun alles Weitere angehen müsse. Er selber glaube, daß die Zwillinge gut behütet seien und auch zurechtkommen würden. Sollten sie Schlosser aber zu sehr vermissen und so aus dem Gleichgewicht geraten, könne er sie immer noch zu sich holen, sobald er in Berlin eine sichere Basis habe. Auch wenn Schlosser dann noch nicht volljährig sei, im Verbund mit Blask und der Kaffeewitwe würden sie einen Weg finden. Und zuletzt, meinte er, sei es ja keine Ewigkeit mehr, bis er einundzwanzig werde.

Schlosser boxte Willem, dann grinste er, und so zogen sie dahin. Zuweilen überholten sie einen Trecker, zwei- oder dreimal trieb ein Schäfer seine Herde über die Straße. Ansonsten kamen sie mit konstanter Geschwindigkeit voran, mal siebzig, mal achtzig Kilometer in der Stunde, vom Horizont her dehnten sich Heideflächen bis an die Landstraße, und wenn sie durch ein Dorf kamen, saßen meist ein paar Alte vor ihren Höfen und winkten ihnen zu.

Willem hatte sich einen Reisepaß besorgt, ein nagelneues Ding, während Schlossers bereits abgegriffen war und zudem durch die Transitstempel eine seltsame Lebendigkeit in sich barg.

Der Grenzbezirk wirkte auf Anhieb hart gemacht und kantig; alle Natur schien herausgelöst, und die Jungs sahen kein Buschwerk, keine Gräser. Doch als sie in die Schleuse einrollten, stieg plötzlich ein Trupp Spatzen auf und schwirrte hinüber auf die andere Seite. Dann traten die Zöllner hervor, hart gemachte und kantige Männer in dieser Umgebung. Sie grüßten korrekt und gaben ihre Anweisungen in unverbindlichem Ton. Die Jungs mußten ihre Papiere herausgeben und aussteigen. Sie mußten Fragen beantworten, und rings die Uniformen verströmten eine Lizenz für alles. Die Zöllner wollten in den Kofferraum sehen, sie wollten im Passagierraum stöbern und eine Kiste vom Gepäckträger öffnen, und die Jungs ließen sie gewähren. So wurden sie von einem Deutschland ins andere geschleust. Auf beiden Seiten Schwarzrotgold, und das Licht kam gebündelt und stand überall im Zenit. Die Augen hinterm Panzerglas, als würden sie Geschichte und Gedanken herausoperieren. Als sie den Stempel hatten, gab Willem Gas.

Schlosser wußte, wo der Todesstreifen war. Er hatte mal gesehen, wie Kraniche gelandet waren; Dauerfeuer, sagte er, Explosionen, britzelnder Strom.

Willem meinte, daß so ein Todesstreifen im Grunde nur eine von vielen Ausdrucksformen ein und derselben Menschenkrankheit sei; einer Versessenheit auf Mechanismen, die wie Gesetze funktionierten und in einer Art Fernwirkung ringsherum alles willig machten. Schlosser gab ihm recht, und bald hackten sie mit ihren Köpfen wie Blask. Sie lachten, und der Käfermotor trieb sie in vertrautem Ton voran; der Klang der Reifen war jetzt heller, und die Schläge von der Fahrbahn hatten einen anderen Rhythmus.

Als sie die Elbe überquerten, sagte Schlosser: Was ist eigentlich aus dieser Doris geworden?

Keine Ahnung.

Hat die sich nie wieder rangemacht?

Nein. Die erscheint weder in den Vorlesungen noch in den Seminaren; ich sehe sie nirgends mehr.

Seltsam.

Dafür kann es tausend Erklärungen geben. Auch, daß sie etwas mit dieser Albany zu tun hat. Aber ich weiß es nicht.

Graumäusig, sagst du. Und wenn sie Wodka und Hasch intus hat, wird sie gierig nach hartem Sex.

So schien sie mir jedenfalls.

Hast du es hart hingekriegt?

Da bin ich doch nicht der Typ für.

Vielleicht wußte sie das. Und die harte Nummer war nur eine Masche von ihr.

Na klar. Alles ist möglich.

Meinst du, die machen sich auch an die Zwillinge ran?

Wir wissen doch nicht einmal, ob die sich überhaupt an einen von uns ranmachen. Und warum Hannes und Helene? Wir sind nicht mal kleine Fische, da ziehen die nicht solche Register.

Na klar, sagte Schlosser. Aber absolut sicher können wir uns nicht sein.

Da hast du wohl recht.

All der Schwachsinn.

All der Schwachsinn, und dann verstiegen sie sich wieder in die seltsamen Blickwinkel ihrer Mitmenschen, hackten, sezierten, lachten, und so rollten sie gegen Berlin. Gegen das Herz dieser Doppelrepublik und durch eine Welt, die ihnen erschien, als sei sie seltsam verschmiert aus der Geschichte hervorgebracht.

Willem lenkte entspannt und hielt sich an die Verkehrsvorschriften. Manchmal lauerte ein Lada hinter einem Gebüsch, doch der Käfer schien nicht weiter zu interessieren.

Nach halber Strecke hielten sie an einem Autohof. Nur zwei oder drei Tische waren besetzt, aber der Kellner führte sie durch den ganzen Saal. Sie saßen wie ausgesondert und lasen die Karte. Anscheinend aßen sie gut und deftig in der DDR, und Willem konnte sich nicht entscheiden. Doch als der Kellner mit dem Block am Tisch stand, notierte er ihre Bestellung, bevor die Jungs etwas sagten. Es gebe nur Fleisch mit Sättigungsbeilage, meinte er.

Besteck und Geschirr waren erstaunlich leicht, das Essen lau und zerkocht. Sie kauten und spürten die Blicke. Wenn sie aufsahen, erschienen Kellner und Gäste leblos zwischen den bunten Plastikmöbeln. Doch sobald sie sich über ihre Teller beugten, spürten sie wieder die Blicke.

Der Kaffee war braunes Wasser, und als die Rechnung kam, gab Willem Trinkgeld. Das Gesicht des Kellners blieb steif.

Draußen ging ein Mann um den Käfer; betrachtete den Gepäckträger mit der Persenning, und dann fokussierte er die Jungs.

Sie grüßten, der Mann nickte stumm zurück und ging auf den Eingang zu.

Der Kellner hielt dem Mann die Tür auf. Genosse Major!

Irgendwo bei Wollin hatten sie die Vopo im Nacken. Plötzlich standen zwei uniformierte Köpfe im Rückspiegel, und über dreiundzwanzig Kilometer blieben sie dort wie eingebrannt. Hinter dem Abzweig Wusterwitz waren sie ebenso plötzlich wieder verschwunden; der Rückspiegel leer, als hätten die Köpfe dort nie gestanden.

So streifte der Käfer das Havelland. Vierzylinder-Ottomotor, das solide Blech rot lackiert und dazu ein paar Chromelemente. Aus dem Radio sozialistische Schlager und russische Militärkompositionen. Sie freuten sich am Klang der Reifen und den Schlägen von der Fahrbahn. Aus den Ortsnamen klang trotz der gleichen Sprache eine andere Verwurzelung heraus, und auf große Blechtafeln waren Erfahrungen und erfüllte Wünsche ganzer Kollektive gemalt; der gemeinsame Wille ein glühender Rohstoff, aus dem sich alles Vorwärts schmieden ließ. Abseits standen die graubraunen Gehöfte, und wenn der Käfer ein Trabant-Fahrzeug überholte, trafen sich die Blicke. Einmal sahen sie ein Mädchen, und Schlosser winkte ihm zu. Die Kleine winkte zurück, doch dann griff eine Frau nach ihrer Hand.

Das geteilte Deutschland, meinten die Jungs, sei eine seltsame Sache. Und für einen außenstehenden Betrachter womöglich ein

Glücksfall; die Einigkeit und Verwurzelung in derselben Geschichte, meinten sie, und plötzlich diese Spaltung. Eine neue Doktrin hier, eine neue da, und schon hatte man zwei geschlossene Systeme, die sich aus derselben Voraussetzung in verschiedener Geschwindigkeit und in unterschiedliche Richtungen entwickelten. Für einen außenstehenden Betrachter, meinten sie, müsse das eine Deutschland doch wie eine verzerrte Parallelgalaxis des anderen wirken.

So zog der Käfer Richtung Berlin, und die Jungs fühlten sich verkapselt wie in einer Zeitblase. Wenn sie ein Trabant-Fahrzeug überholten, trafen sich die Blicke; sie stellten Mutmaßungen an über die Vorgänge in jener deutschen Außenwelt, sie konstruierten Nischen, und so stellten sie sich die Ostdeutschen zuletzt als glückliche Menschen vor.

Schlosser drehte RIAS ins Radio, und irgendwann stieß vom Horizont Moor gegen den Transit. In wechselndem Braun durchwanden Schlenken die hohen Moospolster, und die Kolke waren schwarze Augen unterm wolkenlosen Himmel. In einer Brise zerstäubte das Licht zwischen den Gräsern und verschob sich in flirrendes Rot, wo Kolonien von Binsen oder Segge standen. Zwischendurch Schwarzerlen oder Birken und ockerfarbene Flecken, von denen Kraniche aufstiegen. Sie kurbelten die Fenster herunter, doch der Fahrtwind dröhnte gegen die trompetenden Rufe der Vögel. So zogen die schönen Bilder vorüber wie der Moment von einem Fahrzeug ins andere, und die Jungs konnten nicht sagen, wie eng der Blick für so eine Schönheit stets an die eigene Freiheit gekoppelt blieb. Vielleicht, meinten sie, schärfe die Unfreiheit der Ostdeutschen sogar ihren Blick für die Schönheit im eigenen Land. Und vielleicht war diese Unfreiheit auch gar keine Unfreiheit. Sie wußten es nicht.

Dann tauchten die russischen Kasernen auf. Panzerdraht und Schilder mit kyrillischen Buchstaben; Peitschenlampen formten eine Allee, Laster patrouillierten. Gestelle mit angespitzten Stäben lagen parat, und einmal sahen sie einen Russen. Er trug ein Gewehr, und sein Kopf wirkte geschrumpft unter der mächtigen Mütze.

Am Kontrollpunkt stellte Willem den Motor ab und drehte das Radio leise.

Er meinte, die DDR-Mützen müßten auf jeden Fall kleiner sein als die der Russen. Dennoch bedeckten die Lackschirme das halbe Gesicht, und so machte die Vopo ihren Gang; klopfte, leuchtete, spiegelte. Gab Befehl, fast ohne zu sprechen, ließ die Persenning abziehen, ließ sich Kisten vorholen, und später verglich sie minutenlang Gesichter und Paßphotos. Dabei konnten die Jungs sehen, wie hinter dem Panzerglas geblättert wurde oder telefoniert, und als die Polizisten zurückkamen, schlugen sie die Papiere in ihre Handschuhe, wippten auf den Absätzen und sagten: Die Musicke! Willem hob die Schultern. Im Radio lief ein Stück von den Doors, und er stellte es aus.

Auf der anderen Seite drehten sie das Radio wieder an, und es war immer noch RIAS, und auch die Doors liefen noch. Der Anfang im Osten, das Ende im Westen. Oder umgekehrt, meinten die Jungs.

Willem spürte auf Anhieb, daß Berlin eine große Stadt war, auch wenn Schlosser den Käfer eine Zeitlang am Grunewald entlangdirigierte. Doch noch durch das nahe Grün konnte Willem den Puls spüren; die Straßen, die Häuser, alles war ganz anders dimensioniert, als er es aus Bremen kannte. In Charlottenburg zogen sie auf den Kurfürstendamm Richtung Tiergarten; sie sahen Paare in Flanierkleidern, Touristen, Hippies mit Gitarren, und von überall spürte Willem das Pulsieren. Als trieben Panzerdraht und kyrillische Buchstaben, als triebe noch die Mauer Synkopen in diese Sektoren. Als sie hinter einem Bierwagen halten mußten, schrammten auf der Nebenspur zwei Autos aneinander. Ein Fiat und ein Opel Admiral, und wie es aussah, gab es nur ein bißchen Lackschaden. Doch die Frau aus dem Fiat schien aufgebracht. Sie faßte sich an die Stirn, sie zeigte auf den Fiat und zog den Admiralfahrer schließlich zu ihrem Wagen. Die Frau trug Minirock und hohe Stiefel, der Mann war klein und dick, in Anzug und mit Hut. Aus dem Käfer heraus beobachteten die Jungs, wie heimlich ein zweiter Mann in den Admiral glitt. Am Fiat nahm die Frau eine Karte des kleinen Mannes entgegen, dann hob sie die Schultern, und die beiden verabschiedeten sich. Der Admiral rollte zuerst an. Der Fiat hängte sich bald dahinter.

Sieht aus wie eine Entführung vom Bankdirektor.

Und wenn es eine ist?

Oder eine Agentennummer.

Willem umkurvte den Bierwagen und gab Gas.

In einer Querstraße blieben sie hinter der Müllabfuhr hängen. Die Jungs sahen den zweiten Mann im Admiral; er saß hinten. Die Frau im Fiat hupte. Dann langte der zweite Mann ins Lenkrad und hupte ebenfalls. Voran die Müllkutscher kümmerten sich nicht darum; sie sprangen vom Bock und wieder auf, und als der Opel freikam, zog er Fiat und Käfer mit. So fuhren sie über Chausseen und durch Nebenstraßen, bogen links ab, bogen rechts ab, die Jungs im Käfer und vor ihnen der Bankdirektor und seine Entführer – vor ihnen Alltag in der Hauptstadt der Agenten.

Bald stießen sie ein in dunkle Schluchten von Mietskasernen, der Admiral blinkte, rollte in eine Querstraße und hielt die reduzierte Geschwindigkeit. Auf den Bürgersteigen standen Auslagen mit Trödel oder Büchern, in den Torbögen konnten die Jungs die Tafeln der Hinterhofwerkstätten lesen. Putz war aus den grauen Mauern gebröckelt, die Fallrohre hingen lose vor spakigen Wänden. Der Admiral stoppte schließlich. Der zweite Mann stieg sofort aus, ging zum Fiat und stieg ein. Die Frau zog am Admiral vorbei, und der Fiat verschwand.

Die Jungs sahen einander an. Im Admiral konnten sie nur den Kopf des kleinen Mannes erkennen mit dem Hut obendrauf.

Nach einer Zeit drückte sich der Mann aus der Limousine. Er nahm den Hut ab und legte ihn aufs Dach. Dann blickte er in den Himmel.

Willem legte den Gang ein, und so zogen sie an dem Mann vorüber. Er hatte den Kopf in den Nacken gelegt und schien zu lächeln. Doch ganz sicher waren sie sich nicht.

An der nächsten Querstraße bogen sie nach links.

Nach einer Kurve erschien vor ihnen die Mauer und verlief eine Zeitlang neben der Straße. Die Parolen und Bilder verschmierten in der Geschwindigkeit, und bald schnitt sich das Mauergrau heraus wie ein Kryptogramm.

Rings die Mietshäuser warfen ihre Schatten. Sie erschienen trist unter dem blauen Himmel; zerrissene Plakate hingen an den Mauern, die Eingänge düster und manchmal Sperrholz in den Fensterrahmen. Die kleine Halle stand in einem Hinterhof; sie war aus Rotstein gebaut und hatte ein verglastes Sägedach. Am Eingang der Kommune hing ein großer Briefkasten, auf den in poppigen Farben ein russischer Bär gemalt war. Als sie eintraten, hatte Willem auf Anhieb den Eindruck einer Höhle. Eisenträger unterteilten den Raum, und die einzelnen Lager verdichteten sich zu wilder Gemeinschaft.

Ein Alter lag in einer Hängematte und zog an einem Joint. Zwei Typen hockten im Lotossitz auf einer Werkbank. In einer Ecke stießen Flammen aus einer Küchenhexe, davor stand ein großer Tisch, um den laut diskutiert wurde. Schlosser traf einen Mann, der in Woodstock gewesen war, und der Mann umarmte ihn. Dann umarmte er Willem. Ich hab Jimi gesehn, sagte der Mann.

An den Flaschenzügen hingen Säcke und Taschen, an den Wänden Drucke und Photos; Marx, grelle Nacktszenen oder psychedelische Muster. Im hinteren Bereich der Halle war eine Galerie. Die Jungs nahmen die Eisentreppen, und am Ende des Gangs klopfte Schlosser an eine Tür. Ein Schwarzer machte ihnen auf. Er hatte einen enormen Kopf, doch dann sah Willem, daß es vor allem seine Haare waren. Alter! Der Schwarze grinste, dann öffnete er seine Hand, und Schlosser schlug ein.

Das ist Willem.

Abeba, sagte der Schwarze. Willem sah den gefurchten, seltsam hellen Teller und schlug ebenfalls ein.

Abeba verriegelte wieder und ging in ein Zimmer, in dem Räucherstäbchen brannten. Womöglich kommt Strauß die Tage nach Berlin, sagte er zu den Jungs. In den Schwaden sah Willem zwei Mädchen sitzen. Eines hatte beide Arme in schwerem Gipsverband. Giselas Zimmer war gegenüber.

Sie trug zwei Kleidungsstücke, Jeans und T-Shirt. Schlosser stemmte ihren Körper, und sie lachten und küßten sich.

Willem fand, daß Berlin sie verändert hatte. Gisela war eine Frau geworden und noch attraktiver. Doch dahinter schien das Vertraute verzerrt, so als hätte die Großstadt ihr ganzes Wesen erfaßt. Zudem war da noch die Tragödie im Elternhaus, und Schlosser hatte ja gesagt, daß Gisela diese Erschütterung verdrängte. Daß sie in Berlin jetzt um so mehr für die Sache kämpfte, und natürlich mußte all das Spuren hinterlassen.

Willem lächelte. Dann nahm er Gisela in den Arm. Altes Mädchen.

Eine Stimme rief: Kinder! Ruiniert mir die Kleine nicht!

Im Zimmer stand ein Mann mit zwei Kameras um den Hals.

Das ist Dieter, sagte Gisela. Einen Shot von mir hat er in den Stern gebracht. Und dann: Dieter ist ein alter 175er. Im Knast hat er nur überlebt, weil er Abitur hat und sie ihn zu den Intellektuellen gesperrt haben. Als er wieder draußen war, fing er mit den Photos an; Ausstellungen in Amsterdam, London, dann Frisco. Und jetzt wollen sie ihn in Berlin. Der Gig heißt Gefickte Religion, und Dieter will ein paar Shots von mir mit reinnehmen.

Dieter klatschte. Go, baby, go!

Gisela gab Schlosser einen Kuß. Dann trat sie zurück, brachte Ausdruck in ihren Körper und fletschte die Zähne. Der Kapitalist an sich¹ rief sie. Seine Rücksichtslosigkeit, seine Gier und Brutalität! Und wie er sich mit seinesgleichen verbündet! Zu Herrschaft, Monopol und staatlicher Gewalt! Und wie er die klassenlose Gesellschaft bekämpft! Die Glückseligkeit der Menschheit! So offenbart der Kapitalist an sich seine Unmenschlichkeit, so offenbart er seine Schuld, und wir rufen: Erschießen! Wir rufen: Zersprengen! Wir rufen: Benzin ins Hirn dieser entmenschlichten Bestie!

Und Gisela bleckte die Zähne, ihr Körper bewegte sich im Stakkato ihrer Worte, und der Motor von Dieters Kamera surrte dazu. Einmal setzte Dieter noch ein Teleobjektiv auf, er rief, go, baby, brachte einen ganzen Film durch, und dann klatschte er zur Pause. Er wischte sich Schweiß aus dem Gesicht und lächelte den Jungs zu. Alles klar? sagte er.

Willem sagte: Warum nicht. Die Welt ist schön.

Dieter lachte und legte neue Filme in die Kameras.

Schlosser sagte: Eine Faust durch den Arsch bis ins Hirn. Und als Krone diese gewundene Scheiße.

Dieter sagte: Das ist aber keine schöne Welt.

Wär aber n Schuß ohne Worte.

Diese experimentellen Sachen überlaß ich anderen. Dann stand er auf und klatschte. Komm, Kleines. Noch eine Runde.

Gisela saß auf einem weißen Flokati, und auf der Wand hinter ihr hing groß gerahmt eine in Pop-art kolorierte Lotosblüte. Sie steckte einen Joint an, und Dieter hantierte mit dem Tele. Dann justierte er einen Reflektorschirm und hängte sich beide Kameras um. Der Ausstoß, Kleines. Ich brauch den Ausstoß – gut so, laß ihn fließen, laß ihn aufbrechen –, komm schon, die Sonne explodiert! Und jetzt die Tüte. Komm schon, die dicke, fette Tüte, Kleines. Go, baby! Du brennst ihnen ihre Religion aus dem Hirn, komm schon, laß es glühen! Und Dieter kniete vor ihr, Dieter lag vor ihr, und der Kameramotor surrte. Dann klatschte er und wischte sich Schweiß von der Stirn. Spitze, Gisela.

Sie lächelte, sagte aber nichts.

Dieter packte seine Sachen zusammen.

Willem sagte: Und du machst keine experimentellen Sachen?

Ich will action. Ich suche den Ausdruck, verstehst du?

Und deine Gefickte Religion. Was drückt die aus?

Den Riß. Verstehst du?

Willem verstand nicht.

Dieter verdrehte die Augen. Ich reiße sie auf und stoße rein. Tief in den Gestank, und von dort lasse ich es keimen.

Klingt für mich ziemlich experimentell.

Er verdrehte wieder die Augen. Zu Gisela sagte er: Wir sehn uns, Kleines. Dann winkte er, hängte seine Tasche über und verschwand.

Gisela sah die Jungs an. Keiner von beiden sagte etwas.

Ich hab Hunger, sagte Gisela schließlich.

Die Jungs folgten ihr in die Kommunenküche. Ein großer Raum mit einer bleiverglasten Wand. Die Möbel waren größtenteils Einzelstücke, die zusammen eine gemütliche Atmosphäre erschufen. Auf dem Sofa saß ein Typ. Er hatte einen Kopf mit weit auseinanderstehenden Schläfen und einer hervorspringenden Stirn. Er trug eine Kastenbrille mit dicken Gläsern. Er hatte einen Stapel Papiere vor sich, las, machte sich Notizen und schien dabei Büchsenfleisch zu löffeln. Dann sah er auf. Alles klar? sagte er zu Schlosser. Und zu Willem: Kommst du auch aus Bremen? Studierst du?

Gisela sagte: Hör auf zu fragen, Stirner.

Doch Stirner fragte weiter. Was studierst du denn? Uni Bremen? Sind das wirklich alles Marxisten?

Willem sah diesen Stirner an und sagte nichts.

Was ist los? Sprichst du nicht mit mir? Seine Augen hinter den dicken Gläsern flackerten.

Gisela sagte: Willst du was mitessen?

Was gibt es denn?

Stampfkartoffeln mit Spiegelei.

Nee.

Dann stand er auf, nahm seine Sachen und ging.

Wohnt der hier?

Schlosser nickte.

Willem sagte: Ich weiß echt nicht, ob ich ein guter Kommunarde wäre.

Die Jungs lachten.

Gisela sagte: Komm du erst mal von deinen Alten los. Dann kannst du vielleicht mitreden.

Willem sagte: Go, baby!, und dann lachten sie alle.

Die Küche war erstaunlich sauber und gut sortiert. Schlosser erzählte von den Zwillingen und seinem Vater, Gisela hatte schon ein paarmal mit ihrer Mutter telefoniert. Die Mutter klopfte dabei auf die Muschel, einmal bedeutete ja, zweimal nein, doch Gisela fand es mühselig. Willem schälte Kartoffeln, und ihm gefiel die Küche. Ein wohnlicher Raum, und er überlegte, daß so eine gemütliche Kommunenküche womöglich nicht selbstverständlich war; daß so eine Gemeinschaft ganz andere Anforderungen an den einzelnen stellte als eine Junggesellenbude.

Die Teller hatten unterschiedliche Motive, und auch das Besteck gehörte nicht zusammen. Eine große Pfeffermühle stand auf dem Tisch, zum Essen brannte ein Kandelaber, und aus dem Röhrenradio lief Miles Davis, eines von den Bitches-Brew-Stücken.

Nach dem Essen sank Gisela ins Sofa und rauchte.

Die Jungs wuschen ab.

Später kam das Mädchen mit den zwei Gipsarmen. Sie hieß Astrid, und als Willem nach ihren Armen fragte, sagte sie: Die Bullen. Ganz spektakulärer Kampf. Dann lachte sie. Scheiße, ich bin tatsächlich auf eine Bananenschale getreten. Und dabei bin ich nicht vor den Bullen getürmt, sondern wollte meinen Bus erwischen.

Willem sagte: Wohin wolltest du denn?

Ins Büro natürlich. Jeden Tag von acht bis sechzehn Uhr. Ich bin spießig.

Tatsächlich?

Astrid lächelte.

Hast du Durst?

Sie sah ihn an. Sie sah schön aus, und dann hielt er ihr das Glas an die Lippen.

Gisela zeigte Willem eine Kammer, wo er schlafen konnte. Nichts Großes, zwoeinhalb mal anderthalb Meter, eine Pritsche und ein kleines Fenster, aber Willem war dankbar, daß er für sich sein konnte. Er holte seine Tasche, dann lag er eine Weile auf den Holzbrettern. Durch das Fenster war der Ast einer Kastanie zu sehen, zwischen den Früchten und den Blättern etwas Himmel.

Später saßen sie zu dritt in Giselas Zimmer.

Schlosser machte Gisela Vorhaltungen. Er sagte: Dieter ist einer von den anderen.

Er ist homo.

Vielleicht ist homo auch nur ne Masche. Aber der Kerl ist von der Sorte, gegen die du Steine wirfst. Darum gehts.

Gisela sprang auf. Du mußt ja hier nicht überleben! Verstehst du!

Schlosser verstand nicht, und Gisela wußte, daß er recht hatte. Bald lag sie in seinem Arm, und er hielt ihren Kopf und küßte ihn. Und dann sprang sie wieder auf, schimpfte und war enttäuscht, daß er nicht zu ihr in die Kommune ziehen wollte, und als Schlosser vorschlug, sich gemeinsam eine Bude zu nehmen, schimpfte sie weiter. Gisela wollte auf jeden Fall in der Kommune bleiben.

Als es dämmerte, ließ sie ein Shillum herumgehen.

Willem machte einen tiefen Zug, und dann war es ein Gefühl, als würde sich die weiche Masse unter seinem Schädel blähen. Die Wirkung war nicht mit Schlossers selbstgezogenem Kraut zu vergleichen und auch nicht mit den Joints, die er im Studentenheim geraucht hatte. Bald lag Willem auf dem Flokati; er sah Kraniche in wunderschöner Keilformation fliegen, er sah einen Major, der den Käfer beschlagnahmte, die Kraniche damit durchs Moor und über Schlenken bis auf den Todesstreifen hetzte. Von den Explosionen und dem Dauerfeuer wachte er auf.

Schlosser und Gisela stritten sich. Und er ahnte, daß sie bis in den Morgen weitermachen würden. Streit und Kaffee und Sex und Streit.

Als Willem auf der Pritsche lag, sah er den Major wieder. Er saß bereits im Käfer und winkte Willem zu sich. Sobald die Türen geschlossen waren, hob der Käfer ab, und Willem erkannte, daß der Major nun Juri Gagarin war. So durchmaßen sie bald den Raum, unter ihnen silberblaue Klarheit, das Horn von Afrika oder die Korallenriffschnur in der Karibik. Und Juri Gagarin lachte. Er erzählte von Willems Vater, er zeigte auf die Welt unter ihnen, und Willem erkannte die Maschinenstickerei mit der Junggesellenbude unterm Dach. Und Juri Gagarin riß das Steuer herum, lachte und sprach von Willems entscheidender Metabolie.

Als Willem erwachte, stand der volle Mond in dem kleinen Fenster. Im Silberlicht wirkten die stacheligen Früchte an der Kastanie wie Sterne. Er schloß die Augen und schlief wieder ein.

Am nächsten Morgen kaufte Willem fürs Frühstück ein. Als er den Kaffee kochte, kam Schlosser in die Küche. Er sah erstaunlich frisch aus.

Sie aßen alleine. Gisela lag noch im Bett, die Kommunarden standen in der Regel spät auf. Der einzige, mit dem man um diese Zeit schon rechnen mußte, war Stirner.

Schlosser erzählte, daß Stirner nur ein Spitzname sei, weil er diesen unglaublichen Wulst habe. Stirner trug immer Bleistift und Papier bei sich, er hörte nicht auf zu fragen, und noch auf dem Klo machte er sich seine Notizen. Es gab die Gerüchte, daß er ohne seinen

Stenoblock nicht zum Orgasmus kam, und Schlosser fand es erstaunlich, daß so viele Frauen versessen waren auf diesen Kerl. In seinem Zimmer stapelte er Zeitungen, Bücher und Karteikästen. Er arbeitete darauf, schlief darauf, und noch in den Nischen legte er Untersysteme an. Er hatte mehrere Telefone mit einer selbstgebauten Anschlußbuchse, und abends ging es los. Es klingelte und klingelte, und Stirner stöpselte ein und aus. Hielt die Hörer zwischen Schulter und Kopf geklemmt, chiffrierte auf blauem Papier, auf grünem, saugte Informationen oder zog Antworten aus seinem undurchschaubaren System. Und Stirner fand Antworten auf alles – in welche Schule die Kinder von dem oder dem gingen, wo auf dem freien Markt dies und das angeboten wurde, welche Insekten unter diesen und jenen Umständen die ersten bei einem Leichnam waren. Manchmal zuckten seine Mundwinkel, und der Kopf fiel zur Seite. Dann warf Stirner eine Pille oder besorgte sich eine Frau, und danach machte er weiter. Saugte Informationen, brachte Antworten hervor, und anscheinend machte er nichts anderes. Er vermittelte und schien gut davon zu leben.

Nach dem Frühstück klopfte Schlosser an Stirners Tür. Die Tür ging einen Spaltbreit auf, und nur sein Kopf schaute heraus. Die Kastenbrille mit den dicken Gläsern erschien mickrig. Wo ist denn dein Kumpel? sagte er.

Schlosser nickte in eine Richtung.

Studiert der?

Frag ihn.

Ich arbeite hier nicht umsonst, Mann.

Und ich tratsch nicht hinterm Rücken meiner Freunde. Ich besorg dir ne anständige Flasche Wein.

Du bist schon in Ordnung, Mann. Und Stirner langte ein Papier durch die Tür.

Schlosser grüßte und zog ab.

Die Sonne schien und zog Spätsommerdunst aus der Luft. Schlosser wußte, wo der Kreuzberg war, und sie gingen ein Stück durch einen Park und nahmen dann einen gewundenen Pfad nach oben. Ein schmaler Wasserlauf kam ihnen entgegen; wo das Gefälle steil war, rauschte es, und manchmal irisierte die Luft. Schlosser wußte auch, daß Berlin in einem eiszeitlichen Urstromtal lag und Schmelzwasser den Kreuzberg herausgeschnitten hatte. Der Berg war über sechzig Meter hoch, doch warum von oben ein Bach herunterfloß, hatte er noch nicht in Erfahrung gebracht. Dafür hatte er von Artefakten gehört, die darauf hindeuteten, daß der Kreuzberg noch über die Bronzezeit hinaus für die Menschen ein Ort der Kraft gewesen war. Doch mit Einzug des Christentums kam ihnen dieses Gespür abhanden, und der Ort wurde zur Schädelstätte, zum Kalvarienberg, und so leitete sich sein heutiger Name ab.

Zum Gipfel hin erreichten sie eine Plattform. Ein paar Typen saßen herum, einer hatte eine Vietcongfahne dabei.

Ganz oben wehte eine würzige Brise. Aus dem Osten stieg der neue Fernsehturm gegen den Himmel; ein glänzendes Schwert. Die Stadt darunter aufgebrochen wie ein riesiges Tier; graue Eingeweide und gewucherte Organe, die aus der Höhe mühelos über die Mauer hinwegschwappten. Willem meinte, die Stadt läge da wie ein Opfer. Schlosser rollte eine Zigarette. Dann holte er das Papier hervor. Stirner hatte vierzehn Adressen von Zimmern oder Kleinwohnungen aufgeschrieben, und sie lagen fast alle um den Kreuzberg herum. Zu jeder Adresse gab es ein paar Standardinformationen; manchmal hatte er auch darüber hinaus etwas herausgefunden, Mauerblick, separater Eingang über Feuertreppe, blinder Kohlenhändler nebenan oder Nachbar dubios, eventuell V-Mann. Stirners Liste war sauber und übersichtlich, und anscheinend hatte er sich eine gute Flasche verdient.

Unten war die Luft mild, das Licht brachte weiterhin spätsommerliche Färbung gegen die seltsam monotone Unordnung in den Straßenzügen. Berlin war häßlich oder, wie Willem meinte, trieb einen morbiden Charme aus; eine verwesende Schönheit, und die Jungs erinnerten sich an Zirbels Worte, wie er in den 20ern vom lockenden Rausch dieser Stadt gepackt worden war. Am Rande einer großen Kreuzung sahen sie berittene Polizei, die ein paar langhaarige Typen eingekesselt hatte. Die Typen gestikulierten gegen die Polizei, die Pferde waren unruhig. Autos hupten, die Linden am Fahrbahnrand hatten farblose Blätter, und zwei Straßen

weiter erreichten die Jungs die erste Adresse. Hare-Krishna-Leute
zogen an dem Haus vorüber, ihre Gewänder leuchteten gegen den
rußigen Verputz. Auch die nächsten Adressen fanden sie mühelos;
meist waren es Häuser, die wie Sterne aus leuchtender Kaiserzeit
nun unter den Horizont gesunken zu sein schienen. Noch Parolen
oder Plakate waren düster überzogen, und in den Fluren ahnten
die Jungs einen dumpfen Wahn hinter den Wänden; manchmal begegnete ihnen auf den Treppen jemand, ein Mann im Unterhemd,
der einen Kohleneimer trug, eine Frau mit schlecht sitzender Perücke und Sonnenbrille, manchmal kroch Marihuanarauch durch
die Türritzen, und Led Zeppelin dröhnte. Die Zimmer, die sie
besichtigten, waren enttäuschend. Dunkle Löcher, eines lag sogar
im Souterrain, und erst das Zimmer, zu dem Stirner einen möglichen V-Mann als Nachbarn notiert hatte, war hell und schön. Vor
dem Flügelfenster stand eine Ulme, es gab einen Kachelofen, eine
Kochnische, und die Hausmeisterin bezeichnete den Nachbarn als
unauffällig und freundlich. Schlosser bat sich eine Bedenkzeit aus.
Einige Blöcke weiter standen Mannschaftswagen der Polizei in einer Querstraße. Zwischen den Häuserzeilen klafften Brandmauern, und Fenster und Türen der unteren Stockwerke waren vernagelt. Von oben hingen Bettlaken herunter – Das ist unser Haus
oder Der Kampf geht weiter, konnten die Jungs lesen –, und auch
Transparente waren quer über die Straße gespannt. Die Mannschaftswagen waren verbeult und von Farbgeschossen getroffen.
Wo Stirner den separaten Eingang über der Feuertreppe vermerkt
hatte, wohnte eine Frau. Sie hatte sich scheiden lassen, hatte ihren
Lehrerberuf aufgegeben und wollte im nächsten Monat auswan-
dern. Ihr Haus und ihre Möbel hatte sie bereits verkauft, alles,
was sie noch besaß, paßte in einen Rucksack. In der Schlafecke
hing ein Buddhaposter. Es war eine kleine, auf zweieinhalb Zimmer geschnittene Dachwohnung, die nach Süden ausgerichtet war.
Es gab einen Kanonenofen, fließend Wasser, und man konnte auf
der Feuertreppe sitzen. Die Kosten waren überschaubar, Herd und
Kühlschrank würde die Frau für fünfzig Mark überlassen. Schlosser
überlegte nicht lange, und Willem sah den Glanz in seinen Augen.

22

Vögel aus der Kastanie heraus und erstes Sonnenlicht weckten ihn. Dann lag er noch eine Zeitlang auf der Pritsche, sah die stacheligen Früchte und den Himmel zwischen den Blättern hindurch.
Wenn Willem in die Küche kam, frühstückte er meist alleine. Schlosser und Gisela stritten und versöhnten sich weiterhin bis in die Nacht.
Gelegentlich tauchte Stirner auf; in seinem Schlafanzug steckten Block und Stift, er wollte wissen, ob Willem Bakunin gelesen habe, was er von Horkheimer halte oder Marcuse, und auch wenn Willem schwieg, machte Stirner sich Notizen. Dann holte er sich ein paar Haferflocken und zog wieder ab. Zwei- oder dreimal erschien auch Abeba; er war ein Nachtmensch, und vorm Schlafengehen setzte er sich noch auf einen Kaffee in die Küche. Willem erfuhr, daß er ein waschechter Berliner war. Sein Vater war in den 20ern als Musiker in die Stadt gekommen, ein Exot damals, der weiße Frauen und weiße Drogen verschlang. Doch er heiratete schließlich eine schwarze Tänzerin, und bis die Nazis kamen, lebten sie in Saus und Braus. Sie flüchteten rechtzeitig, landeten in Marokko, und nach dem Krieg kehrten sie zurück. Sie kauften ein Lokal und boten der ausgebombten Stadt Musik und Tanz. Anfangs kam das Geld von den Besatzern, heute war das Tanzlokal legendär, und seine Alten nannte er um nichts besser als die Salonlöwen, denen sie nun Schampus ausschenkten. Abeba selber beschäftigte sich mit Soziologie und Agitation, und er fand es wichtig, Methoden der Meinungsmache zu analysieren und dahinter die Staatsmacht zu entblößen.

Wenn Willem nach dem Frühstück durch die Straßen zog, überkam ihn bald ein tiefer Eindruck. Die Gerüche trieben auf in der milden

Luft, und noch im steigenden Sonnenlicht erkannte er den Schleier auf der Stadt. Die erstarrte Vergangenheit. Die neuen Kampfspuren. Geschichte und Gegenwart der ganzen Republik schienen in dieser Stadt zu sieden und über alles eine seltsam politische Schicht zu legen. Noch die Doppeldeckerbusse waren mit Schlagworten bemalt, und bis in die Einkaufsstraßen zog diese Schicht, markierte die bunte Welt dort und verwandelte jede private Lust in Verbrechen. So zog er vorbei an den Spuren von Schinkel und Speer, an häßlich gestopften Bombenlöchern, an besetzten Häusern und über frische Schlachtfelder.

Zum Abend fiel roter Himmel durch das Sägedach, und in der Halle war ein Kommen und Gehen. Die meisten gaben sich wichtig; Hippie- und Beatniktypen, Hausdealer schauten vorbei, schräge Künstler, Agitprops, die harten Leute aus dem Untergrund, und jeder konnte ein V-Mann sein. Willem und Schlosser stellten fest, daß die meisten eine Masche draufhatten, und wenn sie weiterzogen, ließen sie ihre Spuren zurück. Wer etwas dagegen sagte, war ein Spießer. So hatte jeder in der Halle irgend etwas zu seiner Sache gemacht; jeder hatte ein Weltbild parat, heute so und morgen so, und oft genug hielten diese Bilder nicht mal einen Abend lang.
Gelegentlich mischten sich die Jungs in die Halle. Saßen auf einer Werkbank; tranken ein bißchen, kifften ein bißchen und blieben wach. Wenn sich ein paar Typen zu ihnen gesellten, wirkten sie arglos und trafen schnell den Ton. Egal, ob Künstler oder Rotarmisten, meist gelang es ihnen unbemerkt, den Standpunkt der anderen auszuhebeln; sie gaben sich locker, hip und tauchten ein in die Dynamik der Sache. Und im Plauderton oder hinter angesagter Dialektik steigerten sie diese Sache noch und trieben sie zu einer Vollkommenheit, die nur von wenigen erfaßt werden konnte. Die meisten Typen nahmen das persönlich und gaben sich selbstzufrieden und lässig. Und sobald sie wieder abzogen, sahen die Jungs einander an. Hoben hilflos die Arme und grinsten zuletzt. Diese große Sache der anderen war ein seltsames Ding; unscharf und sprunghaft, ein Schlachtruf, ein Dogma, offen für alles und

alles vereinigend. Buddha oder Rotstern, Springer, Beuys oder Anthropologie, es blieb egal. Am Ende kam immer wieder die gleiche Formel auf den Tisch, und jeder kämpfte dafür, bloß kein Spießer zu sein. Eine Art politisches Bekenntnis und eine kollektive Verweigerung, die vor allem dort ihre Blüten trieb, wo die Schnittmenge mit den Alten unvermeidlich war. Und so gehörte eine Art progressiver Verwilderung zur Tagesordnung, und wenn die Jungs von der Werkbank aus plauderten und lachten, wurden rings die Konventionen der Alten radikal gebrochen. Dämmerlicht fiel durchs Sägedach, Verstärker knackten, und im Feuerschein der Küchenhexe zogen die Gestalten. Mit ihren Haaren und Bärten, mit ihrer angesagten Dialektik und ihren Brüsten. Sex und Frieden und Sex und Terror und Sex und Karma, es gab für jeden etwas – eine Art progressiver Verwilderung, wie gesagt, und Willem kam wieder darauf, daß es auch hier nicht anders funktionierte als in der Kellerbar seiner Alten. Egal, wie anders sich all die Kommunarden auch gaben, egal, wie radikal sie sich der Sache verschrieben, die Mechanismen, die ein Wir-Gefühl, die noch System im Antisystem hervorbrachten, blieben die gleichen. Und offenbarten so auch schon die nächste Schnittmenge mit den Alten, und am Ende kam niemand aus dieser Nummer heraus.
So plauderten sie auf der Werkbank. Der Mann, der in Woodstock gewesen war, kam regelmäßig vorbei und erzählte von Woodstock, jemand hatte mit Gudrun Ensslin geschlafen, jemand hatte Visionen und zuckte sich bald die Kleider vom Leib.

Von der Werkbank aus mutmaßten die Jungs über die Stellung des Menschen in der Welt. Sie konnten nicht sagen, ob der Mensch mehr darstellte als die Schistocerca oder die Beutelwölfe, oder ob er in einer kosmischen Überordnung nicht ebenso verschwindend erscheinen mußte wie sie.
Was den Menschen schwierig machte, war sein Gehirn. Es sicherte ein Überleben jenseits der Wildnisgesetze und war anscheinend in der Lage, jedes Verhalten so zu rechtfertigen, daß es ihm eine übergeordnete Stellung sicherte. Doch die Jungs meinten, daß zuletzt auch dieses Gehirn um nichts außergewöhnlicher war als alles

andere, was das Universum hervorbrachte. Aber sie trafen kaum jemanden, der das ähnlich sah. Jeder schien gerade sich selbst für einzigartig zu halten, und kaum einer dachte darüber nach, wodurch diese so unerschütterliche Überzeugung entstand. Ob es eine Art wechselwirkender Kollektivrausch war, der die Schöpfungen der Menschheit jederzeit zu etwas Persönlichem machte. Ob diese Vorgänge hermetisch abliefen, eine feste Chemie unter dem Schädel, oder ob das Gehirn womöglich von vornherein auf Täuschung ausgelegt war und ständig die Vorstellung eines einzigartigen Ichs hervorbrachte, die Vorstellung davon, frei zu sein und alles denken zu können, während es in Wirklichkeit ganz simpel eingebunden war in kosmische Überordnung, so daß irgendwo dort und nicht im eigenen Oberstübchen das Kontrollzentrum lag. Wenn es denn dort überhaupt so etwas wie Kontrolle gab. Denn Kontrolle an sich, meinten sie, war womöglich doch nichts weiter als eine menschliche Erfindung, und vielleicht waren sogar Ego und Wirklichkeit eine menschliche Erfindung, so daß die Jungs zuletzt ihre eigenen Mutmaßungen in Frage stellen konnten. Alle Sicherheit im eigenen Oberstübchen und allen Drang, überall nach Sinn und Erklärung zu suchen.

So saßen sie auf der Werkbank und konnten sich an ihrer eigenen Unsicherheit erfreuen. So tranken sie ein bißchen, kifften ein bißchen und behielten, soweit es eben ging, die Kontrolle. Und wenn sich ein paar Typen zu ihnen gesellten, fanden sie schnell den passenden Ton, und die Typen spürten bald ihr wunderbares Ich und gaben sich selbstzufrieden und lässig. Daß sie womöglich um nichts einzigartiger waren als die Heuschrecken oder die Beutelwölfe, interessierte sie nicht. Es ging um die Sache. Es ging um sie selber.

Als Willem morgens auf der Pritsche lag, mußte er feststellen, daß auch er sich im Grunde nicht von dem Gefühl der Einzigartigkeit lösen konnte. Hinterm Fenster zwischen den Blättern und stacheligen Früchten sah er den Himmel; er hörte die Vögel und dahinter die Stadt. In der Küche diskutierten Abeba und Stirner, und alles, was er ringsherum wahrnehmen konnte, schien seine Einzigartigkeit zu bestätigen. Solange es andere gab und etwas anderes, meinte er, ließe sich dieses Gefühl nicht so einfach wegdenken.

Während er frühstückte, kam eine fremdländisch aussehende Frau in die Küche und stellte eine Kiste mit Gemüse auf den Tisch. Sie hieß Marisol und wohnte in der Kommune.
Nach dem Frühstück half er ihr dabei, das Gemüse zu schneiden. Er sah, wie sorgsam die Frau dabei vorging. Sie streichelte den kleinen Kürbis oder die Tomaten, und zu jedem Stück wußte sie etwas zu erzählen. In ihrem Tonfall und den anders geformten Sätzen schwangen Urerlebnisse mit, die die Generationen ihres Volkes miteinander verbanden. Für die Diktatoren und Imperialisten in ihrem Land jedoch seien diese Geschichten nur eine Rechtfertigung mehr, die alte Kultur auszurotten. Diese Menschen zerschossen Kürbisse und pimperten Melonen, und gegen das Volk, sagte Marisol, gingen sie nicht anders vor.
Sie war eine ehemalige Ordensschwester, und ihren ersten Guerilleros war sie in einem Feldlazarett im guatemaltekischen Urwald begegnet. Es waren Jungs, kaum älter als Willem, und sie lagen da mit Schußwunden und dachten nicht daran zu sterben. Sie wollten weiterkämpfen, für ihre Familien, für das Volk. Gegen Diktatur und Imperialisten, und noch wenn Marisol ihnen zuletzt die Augen zudrückte, schienen sie weiterkämpfen zu wollen.
Marisol hatte die Schwesterntracht schließlich gegen Camouflage getauscht. Sie holte einige Photos aus ihrer Tasche hervor, und Willem wußte nicht, was er sagen sollte. Guevara und Castro waren zu sehen, und einmal lächelte Marisol zwischen den beiden Männern. Für Willem war es ein seltsames Gefühl. Als wäre die Frau herausgeschnitten aus einem Stück Weltgeschichte; als säße die Weltgeschichte mit am Tisch und noch die unterdrückten Völker.
Als sie Che ermordeten, sagte Marisol, habe sie eine Fehlgeburt erlitten. Danach habe sie sich nach Europa eingeschifft. Doch der Kampf gehe weiter.
Willem saß stumm da; seine Mutmaßungen zur Stellung des Menschen erschienen ihm plötzlich unreif und maßlos. Er schämte sich.

Später zeigte sie ihm, wie er Jalapeño- oder Mulato-Chilis bearbeiten mußte. Die Schärfe drang durch seine Haut, er atmete sie ein, und Marisol knetete derweil eine Masse aus Maismehl und Wasser. Bald formte sie Bällchen und drehte sie zwischen den Händen zu Fladen. Ein uraltes Handwerk, dachte Willem, und wahrscheinlich konnte diese Frau auch jagen und waiden. So sah er das Wissen ihrer Hände, erspähte Schimmer ihrer indianischen Haut und Tiefe und Schönheit ihrer alten Kultur.

Sie zeigte Willem, wie man die Fladen auf ein heißes Blech legte, und er wendete sie regelmäßig. Marisol warf die Chilis in eine heiße Pfanne, es zischte und dampfte, und die Schärfe drang ihm jetzt durch alles. Er sah, wie die Haut von den Chilis platzte, wie die Schoten bald Blasen schlugen, spürte seinen Schweiß. Marisol stand am Feuer, ihr Körper wie eine Vision hinterm Rauch. Sie gab das Gemüse in einen irdenen Topf, sie rührte, sie stampfte, der Rauch wie ein Nimbus, im Rauch die Erscheinungen aus einer anderen Welt. Bald war das Gemüse zu einer Pulpe eingedickt, und sie gab die Chilis dazu. Willem stapelte die Fladen zu einem Turm, und Marisol hackte Koriander. Als sie zu Tisch saßen, leuchteten die Chilis wie Glut aus dem Topf. Die Fladen waren angeröstet und lagen geschmeidig in der Hand; Willem gab Pulpe dazu, und es war ein Erlebnis für ihn. Er rollte den Fladen und biß in uraltes Feuer; in heiße Erdigkeit, und so lief es ihm am Kinn hinab. Seine Poren öffneten sich, die Erdigkeit berauschte ihn. Marisol kam aus der Neuen Welt, und plötzlich hatte der Kampf, hatte die Sache ein anderes Gesicht. Er wischte sich den Schweiß von der Stirn und betrachtete Marisol. Ihre angeschrägten Lidschlitze, die vorgeschobenen Jochbeine und ihr blaues Haar.

Willem klopfte bei Gisela, und Schlosser öffnete. Er trug ein verwaschenes Hemd über der Hose. Willem sah, daß die beiden sich wieder gestritten hatten. Schlosser hob die Schultern, dann grinste er.

Neben Gisela saß ein unscheinbarer Typ. Er hieß Helmut. Sie plauderten ein bißchen, dann stand Gisela auf und ging.

Schlosser holte eine Flasche Wein; Helmut war still und zurückhaltend, doch er schien offen für alles und konnte andere Gedankengänge schnell aufgreifen und modifizieren. Er blieb nicht lange und hinterließ einen angenehmen Eindruck bei Willem.

Schlosser sagte, Helmut sei ein Einzelgänger. Absolut kein typischer Kommunarde, und manchmal gebe es Diskussionen, ob ein so radikal betriebenes Außenseitertum nicht die Substanz einer Kommune an sich zersetze. Ob volksnahe Wörter wie asozial oder Schädling auf Helmut und das Kommunenmodell angewandt einen neuen, tieferen Sinn erfuhren, und wenn ja, welche vertretbaren Konsequenzen sich daraus ergeben konnten. Helmut selber wollte nicht mehr und nicht weniger als das Recht, nach seiner Art leben zu können. Manchmal bleibe er tagelang in seinem Zimmer, lese und höre Symphonien. Doch Helmut mache mehr. Während andere sich in Dogmen steigerten und Mozart, Beethoven oder Brahms mit dem Establishment gleichsetzten, gehe Helmut dem Establishment ans Leder. Er seziere durch Haut und Knochen bis in die Eingeweide. Er halte Herzen hoch und aufgesägte Schädel und entblöße das System bis in die Fäkalien. Helmut sei eine Art Sponti, doch tatsächlich seien noch seine spektakulärsten Aktionen immer gut durchdacht und könnten nur gelingen, weil er sich täglich darin übe, einen kühlen Kopf zu bewahren. Aber das wisse in der Kommune niemand. Höchstens noch Abeba.

Von der Pritsche sah Willem den Mond; kaum noch eine halbe Kugel, doch sein Licht stieß mühelos durch die Kastanie, und die Schatten in der Kammer waren scharf geschnitten.

Die Welt schien plötzlich entfesselt. Und er mußte lernen, damit umzugehen.

Für Neuigkeiten existierten Grenze und Todesstreifen nicht, und sie gelangten schneller in die Kommune, als die Polizei erlaubte. Ein Banküberfall in Bremen, kaum eine Stunde her, und nicht mal im Radio hatten sie bisher darüber berichtet. In der Halle aber sprachen sie von nichts anderem.

Alles war wie am Schnürchen gelaufen, alles perfekt geplant gewesen; der Fluchtwagen vor drei Wochen in Mannheim gestohlen, ein Bonzen-BMW, und die Maschinenpistolen kamen vom spektakulären Bruch in die Kaserne bei Leer. Und heute mittag waren sie eiskalt durch die Fußgängerzone gerollt, vorbei an Stadtmusikanten und Roland, die Waffen im Schoß. Sie waren zu dritt, zwei Frauen und ein Mann, und sie waren in die Bank marschiert, als hätten sie so was tausendmal in der Wüste trainiert. Von Anfang an hatten sie mit ihrer Körpersprache und den knappen Befehlen die Situation im Griff gehabt; sie stülpten die Wirklichkeit dieser Bankmenschen um, sie verwandelten die Kapitalisten in Verbrecher und gaben zwei Feuerstöße ab. So war alles wie am Schnürchen gelaufen, eine halbe Million, und draußen waren sie seelenruhig in den Bonzenwagen gestiegen und verschwunden.

Zusammen mit solchen Neuigkeiten tauchte in der Kommune meist irgendein Besatzerschnaps auf; Musiker koppelten ihre Gitarren, Künstler schrien ins Mikro, und wenn die nächste Besatzerfuhre eintraf, lief die Party schon auf vollen Touren.

In der Nacht vom Banküberfall gab es Absinth. Ein Bursche hatte einen ganzen Karton dabei; er stemmte den Karton, er pries den Stoff an, und dann stieg er zu Willem und Schlosser auf die Werkbank. Er trug einen Hut, eine Onassis-Sonnenbrille und einen langen Mantel; es sah aus wie eine Verkleidung, und Willem meinte, dahinter Helmut zu erkennen. Die Stimme des Burschen klang heiser. Der Bankraub in Bremen, rief er.

Und in der Halle brüllten sie hurra und forderten den Absinth.

Doch der Bursche fing den Lärm, und dann machte er weiter. War dieser Bankraub wirklich Anlaß zu Hurragebrüll? Oder war er nicht eher ein Zerrbild des staatsgemachten Alptraums?

Und in der Halle buhten sie und pfiffen, forderten den Absinth.

Der Bursche lachte heiser, jemand richtete einen Strahler aus, und er stand auf der Werkbank wie auf einer Bühne. Dieser Alptraum, rief er, ist die programmierte Entmenschlichung, und noch in der blökenden Kommunenmoral steckt der Staatswolf. Zum Teufel! Es hat zwei Tote gegeben, eine Mutter und einen Vater, und wer kann sagen, ob diese beiden nicht den Kern zu einer besseren Welt in sich getragen haben. Hurra, rief er, wir sind entmenschlicht!

Und halten uns für Teufelskerle, wenn wir uns nehmen, was wir im Grunde unserer Seele verachten sollten. Nein! rief der Bursche. Nicht wir haben Grund zu feiern, sondern die anderen. Der Staat, die Kapitalisten, die Funktionäre. Nicht wir haben sie bekehrt, sondern sie haben uns bekehrt, und mit dem Banküberfall und unserem Hurragebrüll offenbaren wir unsere innerste Wandlung. Wir sind wie sie! rief der Bursche. Haben ihr System, ihren Alptraum, ihre Krankheit in uns. Auch wir haben uns in Unmenschen verwandelt, auch wir kopieren den Terror und legen uns zur Rechtfertigung Ideologien zu. Hurra! Hurra! Hurra! Wir funktionieren nach staatsgemachtem Programm. Sind entmenschlicht und offenbaren, daß es keine Revolution und keinen Terror gegen den Terror gibt, weil der Staatswolf längst in jedem Pelz steckt. Hurra! Hurra! Hurra!

Sie buhten, sie pfiffen, sie forderten den Kopf von dem Burschen. Doch der Bursche fing den Lärm, fing die Erregungen. Und so stand er im Licht des Strahlers, mit Mantel, Hut und Brille. Er lachte heiser und riß den Karton auf. Absinth! rief er und warf die erste Flasche. Freiheit! rief er, Dogma! rief er, und dann stand Willem auf, langte in den Karton und rief: Auf die grandiosen Schlachtfeste! Auf die kannibalischen Heldentaten! Auf unser wunderbares Ich!, und neben ihm der Bursche lachte, öffnete eine Flasche und schüttete Absinth über seinen langen Mantel. Riß ein Streichholz an und stand bald in blauen Flammen. Und die kleinen Flammen tropften, und er saugte sie in einen Strohhalm, und mit blauem Feuer in der Kehle schrie er: Hurra! Hurra! Hurra!

In Giselas Zimmer war es laut; Stimmen und Lachen, und Willem entschied, daß er nicht zu klopfen brauchte. Als er eintrat, war die Luft warm und verraucht. Er begrüßte Gisela und Schlosser, holte sich ein Glas mit Leitungswasser und lehnte sich gegen die Fensterbank. Die meisten Leute hatte er schon mal gesehen. Eine Dicke mit kurzem Haar und Palästinensertuch war ihm neu. Sie hatte eine durchdringende Stimme, und er hörte schnell heraus, daß sie auch in der Kommune wohnte. Sie hieß Reinhild. Neben ihr saß Dieter, der 175er-Mann, und ohne Kamera wirkte er beinah unvollständig.

Die dicke Reinhild sagte: Deine Gefickte Religion ist Kommerz, und Andy Warhol ist besser als du.

Das macht mir gar nichts. Und er lächelte charmant.

Stirner saß neben den beiden. Er unterhielt sich mit einer Hippiefrau, die eigentlich Maria-Johanna hieß, sich nun aber englisch aussprechen ließ. Willem sah, daß Stirner sich Notizen machte. In einer Ecke erkannte er Helmut, Abeba und Astrid, das Mädchen mit den zwei Gipsarmen.

Reinhild sagte: Das glaube ich dir nicht!

Und Dieter warf ihr eine Kußhand zu.

Stirner sagte: Und woran erkennt man diese katholischen Enklaven?

Mary-Jane machte ein Gesicht. Dann flüsterte sie ihm etwas ins Ohr, und plötzlich machte auch Stirner ein Gesicht. Dann notierte er etwas, dann knickte sein Kopf zur Seite, er warf eine Pille ein und rückte näher an die Hippiefrau.

Der Mann, der in Woodstock gewesen war, stellte sich zu Willem.

Ich hab Jimi gesehn, sagte er.

Willem lachte und umarmte den Mann.

Dieter sagte: Go, baby!

Und jetzt warf die dicke Reinhild ihm eine Kußhand zu.

Willem sagte: Ich geh mal zu Astrid rüber.

Der Mann hob eine Hand. Wir sehn uns.

Klar, Mann.

Er begrüßte sie zuerst, und Astrid lächelte. Auch Abeba und Helmut lächelten. Willem setzte sich zu ihnen.

Astrid sagte: Das auf der Werkbank war ja ne Nummer. Du warst gut.

Abeba und Helmut lachten.

Stirner hat sich das gleich notiert, sagte Astrid: Grandiose Schlachtfeste und kannibalische Heldentaten.

Abeba sagte: Du hast das korrekt rübergebracht, Mann.

Und sie sahen ihn an, als wäre er der Typ mit Mantel und Onassis-Brille.

Willem hob die Schultern. Ich bin es eher gewohnt, die Erwartungen der anderen nicht zu erfüllen. Und jetzt so was.

Die anderen lachten.

So saßen sie. Entwarfen Theorien zu den subtileren Methoden des Systems, diskutierten den Staatswolf und seine Wirkungen auf Veranlagungen im menschlichen Gehirn, und auch Helmut, der Einzelgänger, war durchaus gesprächig. Es war eine angenehme Runde, Abeba saß barfuß, und Willem sah, daß seine Sohlen gefurcht waren und ähnlich hell wie die Handflächen. Astrid wollte etwas zu trinken haben, und Willem hielt ihr ein Glas hin. Er stellte sich vor, sie zu waschen, und dann fragte er sie, wo sie gewöhnlich von acht bis sechzehn Uhr ihre Spießigkeit verbrachte. Sie sei tatsächlich ein Büromensch, sagte sie, und als Willem weiterfragte, meinte sie, übersetzen und manchmal auch dolmetschen. Mehr sagte sie aber nicht. Willem glaubte nicht, daß sie sich auf diese Art wichtig machen wollte; es war ihre Privatsache, und selbst wenn sie im Politischen übersetzte und dolmetschte, war das womöglich ein Thema, über das man in der Kommune nicht plauderte.

Als Abeba ein Pfeifchen herumgehen ließ, setzte sich der Mann, der in Woodstock gewesen war, zu ihnen. Er saugte die letzte Glut, und dann erzählte er. Daß in Woodstock viel Energie gewesen sei und er eine Zeitlang schon das Gefühl gehabt habe, das gehe voll in eine Richtung. Doch in Wirklichkeit sei Woodstock unterwandert gewesen, und es habe jede Menge verkappter Hippies gegeben, die den Spießern und Kriegstreibern in die Hände gespielt hätten, indem sie der Nation die wahre Liebe dieser Woodstock-Kinder auftischten: Drogenexzesse, Orgasmusszenen und tiefroten Kommunismus.

Abeba sagte, er habe etwas ganz anderes über Woodstock gehört, und der Mann, der dortgewesen war, meinte, na klar, jeder höre etwas anderes, und auch da steckten die Konspiranten hinter, weil sie überall Gerüchte streuten, um die Wahrheit zu verschleiern. Woodstock, sagte er, sei überall, doch die wenigsten hätten das begriffen.

Willem rollte seinen Schlafsack zusammen und blickte noch einmal durch das kleine Fenster.
In der Küche roch es bereits nach Kaffee, und der Tisch war ge-

deckt. Schlosser sah übernächtigt aus, doch er grinste. Sie aßen in Ruhe, ohne viel zu sprechen. Dann kam die dicke Reinhild herein. Sie hatte eine Tasche dabei, eine Jacke und das Palästinensertuch lagen obenauf. Mit ihrer lauten Stimme unterbrach sie die Stille; sie schenkte sich einen Kaffee ein, ließ sich ins Sofa fallen und meinte schließlich, Willem könne sie bis nach Hamburg mitnehmen. Spritgeld sei kein Thema, und Willem sah, wie sie zwei Fünfmarkstücke auf den Tisch setzte. Er hatte sich auf die Fahrt alleine gefreut. Auf die sozialistischen Schlager, den hellen Klang der Reifen, auf die Blechtafeln der Kollektive und die Trabant-Fahrzeuge. Er hatte sich auf das Gefühl gefreut, durch diese seltsame Doppelrepublik zu ziehen wie in einer Blase, und er wollte die wunderbaren Räume, die sich in Berlin für ihn aufgetan hatten, bis in sein Innerstes zurückbeugen. Einmal schluckte er, dann sagte er zu Reinhild, daß er nicht über Hamburg fahren werde. Er setze bei Helmstedt über, könne sie aber bis nach Uelzen mitnehmen.

Reinhild lachte laut. Sie wolle nach Hamburg und nicht nach Uelzen. So zog sie die Fünfmarkstücke wieder ein, und damit schien das Thema für sie erledigt. Sie rollte eine Zigarette und erzählte von einem Symposium in Hamburg, zu dem Frauen aus aller Welt kämen, um über männlichen Funktionalismus zu diskutieren. Reinhild war eine der Rednerinnen und überzeugt davon, daß das menschliche Dasein aus tiefer Geschichte heraus eine rein männliche Prägung erhalten habe; daß nicht nur Aufklärung, Recht und Wirklichkeit männlich geprägt seien, nicht nur Kriege, Katastrophen und Umweltverschmutzung, sondern schlimmer noch, auch das weibliche Bewußtsein bis hinein in die Tiefen der Psyche. Weibliche Reinheit, sagte sie, sei nur noch sehr schwer aufzuspüren; Gefühle, Gedanken, Weltbilder, alles sei männlich überlagert. Doch es gebe Wege für die Frauen, diese Kruste aufzubrechen und zu sich selber zu stoßen; weg von Macht und Destruktion der Männer. Aber das sei jetzt kein Thema, und was Willem betreffe, sei sie sich sicher, daß er gerade Weg über Hamburg nehmen würde, wenn das Symposium in Uelzen stattfände. Dann zündete sie die Zigarette an, sagte, um siebzehn Uhr werde sie ihren Vortrag halten, schnappte ihre Tasche und verschwand.

Die Jungs grinsten, ohne etwas zu sagen.

Später brachte Schlosser Willem zum Käfer.

Er hatte von Gisela keinen Auftrag bekommen, Willem zu grüßen. Sie hielt seinen Einfluß mittlerweile für schädlich und glaubte, daß er Schlosser davon abgebracht hatte, in die Kommune zu ziehen. Willem sagte, Schlosser solle sie umarmen und ihr einen Kuß von ihm geben. Kann ich machen, sagte Schlosser. Aber helfen werde es nicht, und er selber freue sich wie ein Stint auf seine eigene Bude. Und auch Willem, sagte er, werde dort jederzeit eine Basis haben.

Zur Abfahrt hupte Willem, und eine Zeitlang sah er Schlosser noch im Rückspiegel. Sein Freund stand da, blickte dem Käfer hinterher und wurde immer kleiner.

23

Als er ins Teufelsmoor einzog, drangen aus Westen rosafarbene
Schäfchenwolken vor, und als er den Käfer bei der Maschinenstik-
kerei parkte, erschien der Himmel fliederfarben. Aus den Vorgärten zirpten Grillen, Mauersegler zogen kreischend um die Häuser-
ecken. Willem schulterte die Tasche und ging den schmalen Weg
abwärts. Der Park war bereits heruntergefahren, und Hultschinek
deckte die Maschinen ab. Willem grüßte und ging dem Stickmeister zur Hand. Er erkundigte sich nach seiner Frau, und weil er
wußte, daß Hultschinek gerne davon erzählte, fragte er nach der
Zucht – den Deutschen Widdern, den Rex- und Russenkaninchen.
Willem schnappte gerne etwas auf, und manchmal sah er in der
Bibliothek genauer nach. Er erzählte Hultschinek von der Zonengrenze, vom Transit und wünschte einen schönen Feierabend.
Dann ging er durch die Feuertür mit der roten Fraktur seines Großvaters, nahm die Wendeltreppe, und es schien, als warteten die Alten bereits auf ihn. Die Tür zu ihrem Arbeitszimmer stand offen,
die Mutter saß in ihrer Hälfte, Kronhardt in seiner. Beide hinterm
Schreibtisch, die Registraturen an der Wand. Das wird aber auch
Zeit, sagte die Mutter, und Kronhardt begann zu husten. Trotz der
milden Temperaturen trug er Hausjacke und Schal. Dann schneuzte er sich. Eigentlich gehört er ins Bett, sagte die Mutter.
Willem klopfte einmal gegen den Türrahmen und stieg hoch in
seine Junggesellenbude. Hinter sich hörte er die Entrüstung.

Aus dem Bett hatte er Blick durch ein Dachfenster. Er konnte
Wega und Deneb sehen und später die Nördliche Krone. Doch
er hatte Schwierigkeiten einzuschlafen, und es gelang ihm nicht,
diesen Raum in sich zu entwickeln, der ohne Anfang war und ohne
Ende. Er lag anders in seinem Bett als auf der Pritsche.

Die Mutter weckte ihn. Ihr Klopfen war energisch, dann öffnete sie die Tür und rief durch den Spalt, daß Kronhardt Fieber habe. Willem müsse zum Bahnhof und einen Kunden abholen.

Es war kein Einstieg wie in die Tage zuletzt; von Anfang an lief er den Dingen hinterher und hatte keine Zeit, die Eindrücke aus Berlin einfach weiterschwingen zu lassen. Er ließ dem Kaffee nicht genügend Zeit, und Bauernbrot und Heidehonig, die er sich von unterwegs mitgebracht hatte, aß er viel zu schnell. Die Mutter erwartete ihn bereits, Kronhardt saß mit einem Handtuch über heißen Dämpfen. Willem solle den neuen Mercedes nehmen, der Kunde würde an der Nordseite warten. Ein kleiner Mann mit Hut, Goldrandbrille und Stock. Er werde sicher einen Anzug tragen und zwei kleine Koffer bei sich haben. Der Mann heiße Steiner, und die Mutter gab Willem einen der teuren Geschäftsumschläge mit. Es stand nichts drauf, und der Umschlag war zugeklebt. Willem nahm die Autoschlüssel, und Kronhardt mahnte unter dem Handtuch heraus, vorsichtig zu fahren.

Als Willem die Nordseite erreichte, war Steiners Zug bereits eingefahren. Willem machte den kleinen Mann auf Anhieb aus. Er stand steif, nur der Stock tanzte auf dem Pflaster. Willem stellte sich vor, und Steiner hörte ihn an. Dabei blieb er in steifer Haltung, und Willem sah, daß der Blick des kleinen Mannes hart und durchdringend war. Wenn ich auf jede Geschichte in ein fremdes Auto gestiegen wäre, nichtwahr, dann stünde ich nicht hier. Er handhabe seinen Stock elegant wie ein Florett und zielte mit der Spitze auf Willems Brust. Hat Ihnen Ihre Mutter nichts mitgegeben?

Willem schob den Stock beiseite, dann holte er den Umschlag vor. Steiner steckte ihn ein, ohne ihn zu öffnen. Er drückte Willem einen der Koffer in die Hand, und so gingen sie zum Mercedes.

Auf der Fahrt sprachen sie nicht. Willem ließ Morgenluft durch die Seitenscheibe und war froh, daß der Berufsverkehr abgeflaut war. Einmal drückte er aufs Gas, um noch eine grüne Ampel zu erwischen, und war erstaunt über die Schubkraft, die kaum mit der des Käfers zu vergleichen war. Danach zogen sie sanft über die freigeschalteten Kreuzungen. Die Schläge aus der Straße waren anders als auf dem Transit, und rings die bekannten Stadtbilder schienen eng an den bedrückenden Alltag gekoppelt. Trotzdem kam er auf der kurzen Strecke etwas zu sich und spürte Momente aufsteigen, die er aus Berlin konserviert hatte. Er sah Marisol, er sah Schlosser, und er sah sich selbst die grandiosen Schlachtfeste und kannibalischen Heldentaten ausrufen, und neben ihm auf der Werkbank der Bursche mit Mantel und Onassis-Brille lachte, wie sein Vater gelacht hatte.

So steuerte er den Mercedes bis vors Haus. Er trug Steiner einen Koffer hinterher, und die Mutter öffnete die Tür. Sie nahm beide Hände des kleinen Mannes und hielt ihm ihre Wange hin. Kronhardt wartete im Hintergrund. Er sah erfrischt aus, neigte einmal seinen Kopf, drückte Steiners Hand und schlug ihm dann auf die Schulter.

Willem kam an diesem Tag nicht mehr dazu, die verlorene Zeit wieder einzufangen. Die Mutter erteilte ihm Anweisungen, und den Rest des Tages blieb sie mit ihrem Gast verschwunden. Kronhardt ließ sich ein paarmal blicken; meist schien er auf dem Weg zu seinen Medikamenten, doch tatsächlich wollte er jedesmal wissen, was Willem bereits abgearbeitet hatte. Und bevor er wieder verschwand, hustete er oder schneuzte sich. Und für Willem wurde es offensichtlich, daß er den Alten auch weiterhin noch vertreten sollte.

In den kommenden Tagen konnte er nichts von dem umsetzen, was er sich vorgenommen hatte. Das Leben zermürbte in alltäglichen Endlosschleifen, und noch die Freude auf den Feierabend ging oft genug in stumpfer Erschöpfung verloren. Und wenn er am nächsten Morgen aufstand, fühlte er sich unausgeschlafen und mußte dennoch alle Müdigkeit überwinden, um die ewige Routine zu handhaben. Er schrieb Angebote, warb um Neukunden, telefonierte Lappalien hinterher, und sobald er etwas abgearbeitet hatte, drängten bereits neue Aufgaben. Er gab Zuweisungen in der Produktion, kümmerte sich um Beschwerden, holte Kunden vom Bahnhof ab. Abends lag er dann auf dem Sofa, hörte Mozart oder Bach, und manchmal bekam er Angst, daß zarte Struktur und Substanz, die er sich aus Berlin konserviert hatte, bereits dabei waren zu zerfallen.

Die Besuche bei Deutschmeister oder dem Brauereidirektor waren obligat, und meist ging es darum, gegenseitige Gefälligkeiten zu pflegen. Es war ein Feld, daß die Mutter für sich beanspruchte, und auch wenn sie davon sprach, Willem in diese Besuche einzuweihen, hatte sie sich noch nicht dazu überwunden. Doch plötzlich sollte er ein bereits vorgelegtes Angebot mit der Bierbrauerei nachverhandeln; die Mutter ahnte, worauf der Direktor spekulieren würde, und so instruierte sie Willem. Als er losfuhr, hatte er kaum Spielraum zur Verhandlung, und er beschloß, keine Zeit zu verschwenden.

Er stieß ein in die Hopfen- und Malzgerüche, der Pförtner geleitete ihn zum Direktor, und aus seinem Büro hatte Willem Blick über den Fluß. Er gab unumwunden zu, wenig Zugeständnisse machen zu können, und drückte zugleich seinen Wunsch danach aus, eine Lösung zu finden, bei der beide Seiten das Gefühl eines vorteilhaften Geschäftes haben konnten. Der Brauereidirektor schien erfreut über Willems offene Art, sagte aber, daß Gefühle bei ihm im Geschäft nichts zu suchen hätten. Ihm gehe es einzig um Zahlen, und Willem stellte bald fest, daß die Mutmaßungen seiner Mutter falsch gewesen waren und die Nachverhandlung in eine Richtung verlief, auf die er nicht vorbereitet war. Dennoch blieb er bei seiner offenen Art, und als sie schließlich eine Verständigung erzielt hatten, nannte ihn der Brauereidirektor ein ausgekochtes Bürschchen und gab zu, daß nun tatsächlich beide Seiten mit dem Gefühl eines vorteilhaften Geschäftes dastünden.

Unterm Strich hatte Willem die Maßgaben der Mutter noch übertroffen, doch er wußte, daß Verhandlungen nicht immer so glatt verliefen. Er überlegte sogar, ob die Mutter und der Brauereidirektor womöglich konspirierten, um seine Tauglichkeit zu prüfen, doch im Grunde war es ihm egal. Er hatte einen Abschluß verhandelt und keine Zeit verschwendet. Und so verabschiedete er sich und fuhr aus der Brauerei direkt zurück auf die andere Weserseite; nahm den Osterdeich und bog bald nach links in die alten großbürgerlichen Seitenstraßen. Er stieß durch den Bogen in der Ligusterhecke und rollte auf den Vorplatz. Auf sein Läuten öffnete die Kaffeewitwe. Sie freute sich, ihn zu sehen, und bat ihn hinein. Die Zwillinge seien nicht da, aber es gehe ihnen sehr gut. Sie hätten Freunde gefunden, brächten gute Noten nach Hause und fühlten sich wohl bei ihr. Dann erzählte Willem von Berlin, und er war selber überrascht, wieviel aus ihm herauskam. Die Witwe hörte interessiert zu; sie fragte, griff Dinge auf, und Willem spürte, wie es ihm guttat, über Berlin zu sprechen. Er nahm den Kaffee, den sie ihm anbot, er nahm das Gebäck und fühlte sich seit seiner Rückkehr zum erstenmal entspannt. Er saß noch bei ihr, als die Zwillinge zurückkehrten. Hannes ließ sich von ihm umarmen, und Helene errötete, als er ihr die Hand drückte. Ihr Umgang mit der Witwe wirkte vertraut, sie schienen eine Basis mit ihr zu haben.

Helene freute sich, daß er auch zum Abendessen blieb, und sie half der Witwe bei der Vorbereitung. Willem plauderte mit Hannes, und beim Essen erzählte er den Geschwistern von Berlin. Danach schlug Helene vor, bei Schlosser anzurufen. Sie sprach eine Weile, schickte einen Kuß durch die Leitung und übergab den Hörer an Willem.

Schlosser steckte in schweren Zeiten. So etwas wie Harmonie gestalte sich mit Gisela immer schwieriger; er wisse nicht, ob sie wegen des Vatermordes unter einem psychischen Trauma leide oder ob er zuwenig entgegenkommend sei. Sie schliefen beide wenig, und wenn sie wach seien – na, Willem wisse schon. Er stehe ziemlich neben sich und habe keine Ahnung, welche Schlüsse die richtigen seien. Zum Wochenende könne er endlich seine eigene Bude beziehen, und er hoffe, danach etwas Klarheit zu gewinnen. Zumal ja das Studium auch beginne.

Zu Hause machte die Mutter ihm Vorhaltungen. Sein unentschuldigtes Fernbleiben sei mit den Abläufen in ihrem Geschäft unvereinbar. Doch Willem hob bloß die Schultern. Was sie denn glaubten, sagte er. Das neue Semester beginne bald, und irgendwann müsse er schließlich Prioritäten setzen. Kronhardt verfiel in Husten und schneuzte sich. Doch die Mutter schien mit der Antwort zufrieden. Sie wechselte das Thema und fragte nach der Verhandlung mit dem Brauereidirektor. Willem hielt sich kurz, und weil die Mutter nur wenig hinterfragte, meinte er bald, sie wisse schon Bescheid. Als er auf seine Bude gehen wollte, sagte die Mutter, daß Kronhardt ab morgen wieder im Einsatz sei. Und daß sie Informationen darüber habe, daß ein alteingesessenes Bremer Geschäft kurz vor der Aufgabe stehe. Focke, sagte sie, Stoffe und Tuchwaren. Sie habe die Absicht, einige lohnende Partien aus den Restbeständen zu erstehen, und sie beauftragte Willem damit, sich in die Materie einzuarbeiten – Gebrauch, Qualität, Preise, und wenn es soweit sei, solle er die Verhandlungen zu den Aufkäufen führen.

So ging er hoch auf seine Bude. Legte die kleine Moll-Symphonie von Mozart auf, vergaß die alltäglichen Endlosschleifen und war sicher, daß er mit Semesterbeginn die Zeit finden würde, Berlin in sich weiterschwingen zu lassen. Hin zur entscheidenden Metabolie.

24

Die Automaten kamen aus Amerika und wurden an der Hochschule aufgestellt. Die meiste Zeit brannte das Gestört-Lämpchen, trotzdem gab es ständig Schlangen. Willem sah einen seiner Professoren winken. Kommen Sie, Kronhardt, ich lade Sie ein. Und wie ein Kind schob er die Münzen in den Schlitz.

Bißchen Zucker dazu, Milch?

Warum nicht.

Der Professor drückte die Tastenkombination, sah die Plastikbecher rausflutschen und beobachtete den Strahl. Dann verglich er beide Becher und stellte fest, daß sie annähernd gleich gefüllt waren.

Was, Kronhardt! Eine Pest, dieses Instantzeugs.

Und doch verplempern täglich Millionen Zeit und Energie vor diesen Automaten.

Da sagen Sie was. Im Grunde müßte man eine Abhandlung über dieses Phänomen schreiben.

Willem meinte, daß das auch nicht mehr helfen würde, und der Professor lachte.

Dann schlenderten sie.

Über den grünen Boulevard, über den gelben, durch die knalligen Farben der Zeit und die architektonisch gewollten Brüche.

Apropos, sagte der Professor. Man hat festgestellt, daß durch die ständig wachsende Automatisierung die Verbindungen in unseren Köpfen verkümmern. Schon heute gibt es Tausende – ach was: in den USA sind es Millionen, die nicht mehr wissen, wie man ohne elektronische Geräte überlebt. Was sagen Sie dazu?

Pathologische Fälle.

Könnte man meinen. Aber hopplahopp werden diese Fälle in der Überzahl sein und den Spieß umdrehen. Und dann werden die letzten Feuermacher und Automatenverweigerer pathologisch sein. Ich sage Ihnen, Kronhardt, die Automatisierung wird voranschreiten, altes Wissen verkümmern und schließlich verschwinden. Nehmen wir zum Beispiel das Brot: dieselben Menschen, die heute nicht mehr wissen, wie man ohne Strom Brot röstet, werden schon morgen vergessen haben, was überhaupt ein anständiges Brot ist. Und diejenigen, die heute dransitzen, Schaltpläne für Automaten zu entwickeln, werden morgen schon Schaltpläne für selbströstendes Brot entwickeln. Und hopplahopp, mein lieber Kronhardt, haben wir ein pathologisches Szenario auf Metaebene.

Wie gesagt, heute sind es noch plumpe Automaten, die auf Befehl erhitztes Wasser plus Instantpulver ausspucken. Eine simple Angelegenheit, möchte man meinen. Und doch befinden wir uns schon hier auf einer Ebene der hochaktiven Manipulation, und indem der Mensch den sogenannten Fortschritt ständig vorantreibt und alles weiter und weiter aufspaltet, greift er ein bis in die eigene Evolution. Und nun stellen Sie sich selbströstendes Brot vor. Dazu wird man vielleicht die alten Varianten der Süßgräser oder Hefebakterien neu kombinieren, man wird eintauchen in genetische Informationen, wird Genwirkung umwandeln und neue Eigenschaften hervorbringen, und hopplahopp werden die manipulierten Merkmalsausprägungen zum Erbgut, und wir beleben unsere Welt mit etwas, was die belebte Welt selbst nie hervorgebracht hätte.

Willem sah die leuchtenden Augen des Professors.

Verstehen Sie, die Menschen betreiben die eigene Entmenschlichung. Sie lösen sich mit aller Macht aus dem Netzwerk der Evolution zugunsten einer neugeschöpften Synthetik. Sie geben uraltes Wissen auf und eingefleischte Fähigkeiten zur Anpassung und glauben fest daran, jede Schwäche und jede Degeneration auszugleichen, indem sie immer tiefer und immer gezielter Einfluß nehmen auf den gesamten Lebensraum. Und hopplahopp wird alles außer Kontrolle geraten; die über Jahrmilliarden eingeschwungene Harmonie des Lebens, die Artenvielfalt, Ozeane, die Atmosphäre, alles. Die menschliche Ethik, die wohltemperierten Sozialkontakte und alle Ehrfurcht vor der Schönheit und Größe einer über uns stehenden Schöpfung. Und die Menschen werden von alledem nichts merken, sie werden degeneriert in ihrer neugeschöpften Synthetik dahindümpeln und sich für übermenschlich halten. Nichtwahr, das Böse ist, daß das Böse sich nicht zu erkennen gibt. Und wir werden die letzten pathologischen Fälle sein, was. Wir mit unserer Sehnsucht nach einem stinknormalen Weizenfeld, nach ordentlichem Brot und selbstgemahlenem Kaffee. Was, mein lieber Kronhardt!

Willem lächelte und sagte nichts. Er fühlte sich seltsam geborgen in den Worten des Professors. Als säße er auf der Wurt oder auf einer Werkbank in der Kommune, und so schlenderten sie über die Boulevards.

Der Professor kickte in einen Haufen Plastikbecher. Wir sollten beizeiten ein Gestört-Lämpchen fürs Gehirn entwickeln. Oder meinen Sie nicht? Und er zerknüllte seinen Becher und warf ihn in einen Papierkorb.

Für das Geschäft gab Willem kaum noch Zeit her, und den Alten gegenüber argumentierte er mit Stundenplan und Leistungsnachweisen. Und für alle Fälle hielt er eine Liste mit Seminaren und Vorlesungen bereit, um jederzeit eine Rechtfertigung parat zu haben. Tatsächlich jedoch hatte er seinen Stundenplan so zusammengestellt, daß ihm noch Zeit für andere Dinge blieb, und einen Großteil seiner Hausarbeiten erledigte er in der Bibliothek. Zu seinen Kommilitonen hatte er nur wenig Kontakt, und es war ihm egal. Ein- oder zweimal in der Woche fuhr er raus und spazierte an der Wümme. Und jeden Mittwoch besuchte er die Zwillinge, ging mit ihnen zu Macciavelli, lud sie ins Kino ein, und abends telefonierten sie mit Schlosser. Später saß Willem dann manchmal noch mit der Witwe.

Der Herbst kam zeitig, und es gab bereits Frost, während das Laub noch in voller Färbung stand. Willem fuhr mehrmals Richtung Norden, wo er hinter Zirbels Kuhle über den Geestrücken marschierte. Wenn die Sonne schien, leuchteten die Wälder, und die Stämme der alten Buchen erhoben sich wie Säulen. Ein Bach durchzog die Wiesen, schlängelte gegen einen Wald und schnitt sich aufwärts bald in den weichen Boden, so daß kleine Steilufer aufragten. Als er dort auf einem Baumstamm saß, entdeckte er einen Eisvogel, und sein Gefieder schien wie aus einer anderen Welt zu strahlen. Der Bach zog in Schleifen dahin, es plätscherte, und durch die Sonnenstrahlen segelten Blätter herab. Manchmal stieß auch eine Brise durch die Kronen, und das Rascheln wogte und stand über dem ganzen Wald. So saß er da, und es tat ihm gut, einfach dazusitzen. Er konnte im Schweigen versinken, und die endlosen Alltagsschleifen in seinem Kopf schienen erloschen.

Na, immerhin bringen die Linken mit ihren Plakaten und Parolen ein bißchen Abwechslung, was. Der Professor stand da und lachte. Dann zeigte er auf eine Anordnung von Fahndungsplakaten. Was halten Sie davon?
Vielleicht sind die Strukturen dieser Köpfe für die Automatenideologie genauso prädestiniert wie für jede andere. Vielleicht gibt es Prinzipien, die die Einzelpersönlichkeit auflösen und in eine Gruppe überführen – Religion, Nazis oder Rote-Armee-Fraktion. Dann machte Willem eine Geste und zeigte noch einmal auf die Plakate. Der Kampf geht weiter, könnte man meinen. Doch es kommt wohl darauf an, wo und wie und warum. Aus der deutschen Geschichte und Gegenwart heraus gibt es sicher immer noch Anlaß genug zur Empörung. Doch wenn man die Zustände hier mit den Zuständen beispielsweise in Guatemala vergleicht, stellt sich schon die Frage nach Verhältnismäßigkeit und Verblendung. Und zudem muß man immer fragen, ob es berechtigt ist, etwas, was man als Alptraum empfindet, mit einem anderen Alptraum zu bekämpfen.
Da sagen Sie was.
Als sie später über den Boulevard schlenderten, lud Willem den Professor auf einen Kaffee ein. Sie drückten die Tastenkombinationen, und der Automat spuckte Becher und Flüssigkeit aus. Sie wußten nicht, wie lange es noch dauern konnte, bis die fortschreitende Automatisierung der Außenwelt die tiefe Innenwelt des einzelnen ganz durchdrungen hatte. Bis uralte Verhaltenswei-

sen sich auflösten und etwas Neues weitervererbt wurde, bis die Wahrnehmung eine automatisch gleichgeschaltete Wirklichkeit hervorbrachte und es niemanden mehr gab, dem ein tiefes Gefühl entstand beim Anblick eines Weizenfeldes. Sie wußten nicht, wie lange es noch dauern konnte, bis die Menschen selbströstendes Brot aßen; bis ihnen aus den synthetischen Kulturen einer Petrischale ein Schnitzel entwuchs, bis nur noch ein Unternehmen die Weltversorgung beherrschte und von Kabul über Veracruz bis nach Bremen gleichgeschaltete Lebensmittel forcierte und es auf Erden nur noch einen Haufen Monokultur gab; voran, sagten sie, die Monokultur Mensch. So plauderten sie vorm Kaffeeautomaten oder auf dem Boulevard.

Einmal sagte der Professor: Die Betriebswirtschaft macht Sie nicht glücklich. Was, Kronhardt?
Und Willem wurde rot.
Ein heikler Punkt.
Ja.
Wie ich Ihnen bereits sagte, auch mich macht sie nicht glücklich. Und ich habe lange gebraucht, um dahinterzukommen. Ich habe immer geglaubt, ein zufriedener Mensch zu sein, weil ich meine Steckenpferde habe. Doch eines Tages bekam ich dann Angst und meinte, meine wahren Wünsche würden auf der Strecke bleiben. Ich glaubte plötzlich, mich einfach an vermeintliche Zufriedenheit gewöhnt zu haben und alle Wünsche nach Veränderung zu verdrängen. Bald rissen auch meine Steckenpferde mich nicht mehr raus, ich fabrizierte automatisch die Denkmuster all derjenigen, deren Wünsche auch auf der Strecke geblieben waren, ich fühlte mich alt und verbittert und blickte empört auf diejenigen, die noch den Schneid aufbrachten, sich gegen diese Falle zu wehren. Und was soll ich Ihnen sagen, Kronhardt: Ich habe mich entschieden, nicht zu verbittern. Und seitdem sehe ich erst das wahre Glück, meine Steckenpferde zu haben.

Manchmal fuhr Willem von der Hochschule in die Stadt. Besorgte sich die neueste Ausgabe eines naturwissenschaftlichen Magazins und setzte sich damit zu Macciavelli oder in die Wallanlagen. Manchmal erledigte er nebenbei auch Geschäftliches, kleine Zugeständnisse, um seinen Freiraum zu schonen, und als seine Mutter ihn fragte, wie weit er mittlerweile über Stoffe und Tuchwaren informiert sei, machte er sich auch an diese Arbeit. Doch er mußte schnell feststellen, daß es solche Fachgeschäfte kaum noch gab. So zog er seine ersten Informationen aus der Bibliothek, und erst später fiel ihm ein, in die Abteilungen der großen Warenhäuser zu gehen. Die Ballen dort waren fast durchweg Kunstfaser, doch er traf eine ältere Verkäuferin, die sich mit handgewebten Naturstoffen auskannte, und er machte sich Notizen zu Material, Qualität oder Preis. Später entschied er, noch einen kurzen Blick auf das eingesessene Bremer Geschäft zu werfen. Es lag in einer schmalen Straße, ein sehr altes, schlankes Speicherhaus aus roten Ziegeln. Die beiden Schaufenster waren dezent und exklusiv hergerichtet, auf dem Wendeschild in der Tür stand Geöffnet. Willem sah, daß die Milchglaskugeln in dem Geschäftsraum leuchteten.

Er saß bei Macciavelli, trank Espresso und sah aus dem Fenster. Die Bäume waren kahl, und zum Morgen war Nebel aufgestiegen und hatte sich in Eiskristallen über die Äste gezogen. Als der kleine Italiener an seinen Tisch trat, machte er ein freundliches Gesicht und zeigte hinter den Tresen. Willems Kollege sei am Telefon und wolle ihn sprechen. Kollege? sagte Willem. Und Macciavelli in seinem Tonfall sagte: Schlosser.
Schlosser war tatsächlich in der Leitung. Er hatte es aus einem Gefühl heraus einfach versucht. Seine kleine Bude nannte er einen Segen, doch die Beziehung zu Gisela sei sehr kritisch geworden. Es gehe ihm nicht gut. Er wisse nicht, was richtig und was falsch sei, und er vermisse Willem.

Auch in der nächsten Zeit telefonierten sie über Macciavelli. Schlossers Vater schien Fortschritte in der Entziehung zu machen, Schlosser war von seinem Studium begeistert, und Willem erfuhr Neuigkeiten aus der Kommune. Astrid hatte schon wieder einen Arm in Gips, Stirner mußte eine Halsmanschette tragen, damit ihm sein Kopf nicht immer wegknickte, und Helmut hatte ein Traktat verfaßt mit dem Titel: Wahrheit ist die Erfindung eines Lügners. Willem erfuhr auch, daß Gisela mit den Photos aufgehört hatte, sie kiffte nicht mehr und tauchte immer tiefer ein in die Sache. Schlosser wußte kaum noch, mit wem sie sich traf. Er wußte nicht, ob womöglich jemand vom Verfassungsschutz an ihr dran war, und wenn er von Trennung sprach, weinte sie, und ihre Tränen offenbarten ihm jedesmal die Tragödie in ihrem Elternhaus.

Dann erfuhr Willem, daß die Situation noch empfindlicher wurde; Schlosser hatte sich neu verliebt. In eine Doktorandin an seiner Fakultät, sie wohnte ganz in seiner Nähe; sie trafen sich im Café, sie gingen mit dem Teleskop auf den Kreuzberg. Sie hatte ihm einen Posten im Ethnologischen Museum besorgt, und sobald er volljährig sei, sagte Schlosser, werde er die Zwillinge nach Berlin holen. Gut möglich, daß seine Bude dann frei würde.

25

Stoffe und Tuchwaren. Das Schild war handgemalt, und der Name
Focke erschien in einer schön geschwungenen Schrift. Der Galgen
im Spitzgiebel stand gegen einen grauen Himmel, an Seilwerk und
Blöcken sammelten sich dicke Tropfen. Das Wendeschild in der
Tür zeigte Geöffnet, und als Willem eintrat, schlug eine Glocke.
Er stand in dichter, warmer Luft, und es war auf Anhieb ein angenehmes Gefühl – eine seltsam eingefleischte Wärme, durchwach-
sen von Gerüchen, in denen sich unbekannte Zeiten spannten. Die
Dielen waren dunkel, die Regentropfen perlten darauf und auch
das Licht aus den Milchglaskugeln. An den Wänden standen Re-
gale mit Stoffballen, zum Fenster hin zog ein massiver Holztresen
mit einer vom Gebrauch blankgescheuerten Platte. Hinter dem
Tresen teilte sich ein Vorhang, und eine Frau erschien. Sie wirkte
müde und hatte Ringe unter den Augen.
Willem lächelte. Im Wetterbericht wurde uns sonniger Herbst an-
gekündigt. Anscheinend war die Prognose falsch.
Die Frau sah ihn an. Dann ging sie durch den Vorhang und kam
mit einem Handtuch zurück.
Willem trocknete sein Haar. Danach stellte er sich vor.
Als meine Eltern noch lebten, hat die Firma Kronhardt regelmäßig
bei uns bestellt.
Damit habe ich nichts zu tun. Das &Sohn ist eher eine Konven-
tion.
Aber Sie sind als &Sohn hier?
Ja.
Sie warf eine Bahn über den Tresen und maß mit einem Meter-
holz.
Ich bin mit Stoffen und Tuchwaren groß geworden. Das hier ist
Tweed. Handgesponnen und handgewebt in Köperbindung. Auf

den ersten Blick scheint das Muster perfekt, aber wenn Sie genau hinschauen, erkennen Sie die individuelle Handschrift des Webstuhls. Für so eine Qualität will heute kaum noch jemand bezahlen. Die Leute sind ganz verrückt geworden nach Kunstfaser, und die Kaufhäuser schmeißen damit. Wollen Sie mir bitte helfen?

Die Frau stieg auf eine Rolleiter, und er langte ihr den Ballen hoch. Dann fing er einen anderen und zog ihn aus dem Futteral.

Feinleinen aus irischem Flachs. Natürlich angebaut und natürlich gefärbt. Wird seit Generationen von einem Familienbetrieb hergestellt und hat unverwechselbare Qualitätsmerkmale. Früher haben wir ein halbes Dutzend und manchmal auch zehn Ballen im Jahr verkauft. Aber zuletzt sind wir nicht mal mehr die Bestände losgeworden. Der Betrieb in Irland steht vor der Pleite, und wenn die Alten demnächst sterben, werden die Kinder alles verramschen, und es wird niemanden mehr geben, der dieses Leinen herstellen kann.

Sie kreidete und nahm eine Schere.

Meine Eltern haben Wert auf persönliche Kontakte gelegt, und ich habe die meisten unserer Webereien besucht. Was glauben Sie wohl, was für ein Rattenschwanz an den Kunstfasern hängt. Und schon heute weiß kaum noch jemand, was er am Körper trägt – verstehen Sie, die Kunstfaser der Kunstfaser wird aus Blut und Abfällen bestehen, man wird es als Fortschritt bejubeln, als Luxus von der Stange, und irgendwann werden Kleider ein Einmalprodukt aus der Dose sein. Aber ich sage Ihnen, es wird seinen Preis haben, und es wird Menschen geben, die sich nach der gewachsenen Qualität zurücksehnen. Dann werden meine Stoffe Schätze sein, und wenn ich anders gestrickt wäre, würde ich einfach bis dahin warten.

Die Frau gab Willem die Schere und blickte ihn an.

Ich verkaufe nur en gros, keine Partien. Das beste Gebot bekommt den Zuschlag. Eine Auswahl vom Bestand behalte ich mir vor. Ich bin hier groß geworden und habe meine Leidenschaften. Sie können sie sich gleich ansehen. Kaffee vorweg?

Sie warf den Schnitt zu einem Päckchen zusammen, ging um den Tresen, hängte das Schild um und schloß ab. Die Dielenbretter knarzten, und die Frau zog einen angenehmen Duft nach sich.

Hinter den Vorhängen war ein Arbeitszimmer. Die alten Registraturschränke waren voll, der Schreibtisch war voll, auf dem Kanonenofen standen zwei Kannen. Willem nahm den Ledersessel am Fenster und entschied sich für Tee. Die Frau nahm Kaffee und zündete eine Zigarette an.

Sie rauchen nicht?

Nein.

Dacht ich mir.

Sie war jung, womöglich jünger als Willem.

Eine Konvention also.

Es gibt Familienbetriebe, die legen Wert darauf, sich in der Zukunft zu verankern.

Bei uns war es immer nur Focke.

Sie sind auch kein Sohn.

Und was treiben Sie außerhalb der Konventionen?

Studieren.

Darf ich raten: Betriebswirtschaft. Frau Focke blies Rauch in die Luft und sah Willem an.

Wie kommen Sie darauf?

Sie lachte. &Sohn studiert doch so was.

Ich wechsel nach Berlin. Naturwissenschaften.

Tatsächlich.

Irgendwann sollte man wissen, wo man seine Initiativen entwikkelt.

Hört sich interessant an.

Willem sagte nichts.

Frau Focke trank, rauchte, und ihre Augen blickten neugierig. Also sind Sie im Trend und entwickeln Ihre Initiativen gegen die Alten?

Mit Trend hatte ich noch nie was am Hut. Und bloß die Strömungen der Zeit nachzuäffen hat noch niemanden richtig weitergebracht.

Das sagen Sie so.

Und was sagen Sie?

Ich muß noch zusehen, wo ich meine Initiativen entwickle.

Noch keinen Plan?

Sie machte eine Handbewegung. Als könnte man alles planen.

Da haben Sie wohl recht.

So saßen sie. Manchmal zischte eine der Emaillekannen, oder es knackte im Ofen.

Studieren Sie?

Ich wollte immer ins Geschäft.

Und ich mußte immer ins Geschäft.

Und sonst?

Wie meinen Sie das?

Was Sie so machen.

Warum interessiert Sie das, Frau Focke?

Da äff ich meine Eltern nach. Die wußten immer gern, mit wem sie Geschäfte machten.

Vorhin sagten Sie was vom besten Gebot.

Doch nicht vom &Sohn, der seine Initiativen ganz woanders entwickelt.

Da machen Sie sich mal keine Sorgen. Ich habe das Geschäft von der Pike auf gelernt. Und wenn wir hier fertig sind, brauche ich mir bloß vorzustellen, daß ich die Maschinenstickerei dereinst mit Leib und Seele übernehmen werde, und schon kommt ein korrektes Gebot für Ihre Stoffe heraus.

Sie hatte volle Lippen, und die Reihen ihrer Zähne waren schön.

Ehrlich gesagt, danach sehen Sie nicht aus.

Vielleicht leg ichs ja grad darauf an, nicht danach auszusehen.

Also stellen Sie sich vor, &Sohn zu sein. Oder Naturwissenschaftler. Oder ein glücklicher Mensch, was. Ihr Lachen kam jetzt grob.

Willem sah in ihre Augen. Meistens sitze ich einfach nur da und lasse die anderen glauben, ich sei ein glücklicher Mensch. Und meistens werden die anderen dann zutraulich, und ich ziehe mir ganz gemütlich die notwendigen Informationen heraus.

Die Frau lächelte kurz. Dann sah sie dem Rauch hinterher.

Willem sagte: Was machen Sie denn sonst?

Sie drückte auf einen Drehascher. Stoffe und Tuchwaren.

Also stellen Sie sich vor, daß die Welt für Ihre Stoffe und Tuchwaren noch in Ordnung ist.

Natürlich. Ich sitze ständig nur da und stelle mir irgendwas vor. Da bin ich wie Sie. Ich habe ja sonst keine Sorgen.

Natürlich. Und die Ringe haben Sie sich unter die Augen gemalt, damit bloß keiner sieht, daß Sie sonst keine Sorgen haben.

Mögen Sie einen Keks?

Wir können das Thema auch so wechseln.

Ihre Augen betrachteten ihn neugierig. Nach einer Zeit sagte sie: Stoffe und Tuchwaren. Das ist uralte Geschichte und ein Meilenstein in der menschlichen Kultur. Ein Kreislauf aus Wachstum, Inspiration und Handwerk. Der Stoff, aus dem die Träume sind, die wirklichen Kleider des Kaisers, eine Überhaut mit unglaublichen Eigenschaften. Stoffe und Tuchwaren, das ist ein Ding, das uns Menschen entschieden verändert hat.

Wem sagen Sie das. Ich habe täglich zu tun mit Emblem und Banner und Uniform.

Das interessiert mich nicht. Verstehen Sie, ich will Sie auf das vorbereiten, was ich auf Lager habe. Das hat absolut nichts mit dem zu tun, was Sie über die Grossisten beziehen können. Verstehen Sie, ich habe da oben Schätze liegen, und wenn Ihre Eltern glauben, der Sohnemann könne vor Berlin noch mal eben ein Schnäppchen machen, sparen wir uns den Aufstieg, und Sie gehen besser in den Kaufhäusern stöbern.

Sie rollte mit dem Stuhl zu einer der Registraturen und zog das Bestandsbuch vor.

Willem sagte: Ich könnte Ihnen was über Teleskope oder Torsophilie erzählen, aber bei Stoffen und Tuchwaren haben Sie eindeutig die Nase vorn.

Torsophilie?

So etwas schnappe ich bei meinem Hausarzt auf.

Sie sah ihn an, als ob er zu einem Trick ansetzte. Dann zuckte sie mit den Schultern und gab ihm das Buch. Wenn ich nicht müßte, würde ich nicht verkaufen. Wie gesagt, Kunstfaser und Grossisten machen mir das Leben schwer. Ich könnte mich anpassen, doch ich stehe zu den Prinzipien meines Vaters.

Keine Massenware?

Nur gewachsene Qualität.

Klingt beharrlich. Dabei könnten Sie mit Perlon ein Vermögen machen.

Machen Sie doch mit Perlon ein Vermögen.

So konsequent bin ich nicht.

Das glaube ich Ihnen! Sie werfen das &Sohn über Bord, Sie werden Naturwissenschaftler, Sie sitzen einfach da und meistern das Leben mit konsequenter Leichtigkeit.

Dann stand sie auf und stocherte im Ofen. Meine Eltern sind tot, und ich muß meine Initiativen jetzt ganz allein entwickeln.

Willem trank und sagte nichts dazu.

Was glauben Sie, wird mit dem Einzelhandel geschehen? Man kann gar nicht früh genug damit anfangen vorzudenken. Und mehr noch, die neuen Sektoren und Strategien zu ertasten, bevor sie eingerichtet sind. Sie warf die Ofentür zu und stand plötzlich neben ihm. Ich weiß nicht, in was für einer Welt Sie leben, und Ihre scheinbare Leichtigkeit, sich die Dinge so oder anders vorzustellen, geht mir völlig ab. Ich bin jung. Ich muß weitreichende Entscheidungen treffen, und meine Eltern helfen mir aus keinem Schlamassel mehr heraus.

Ihre Nähe war angenehm.

Also. Sie kennen meine Bedingungen, und Kassazahlung ist selbstverständlich. Nehmen Sie jetzt das Bestandsbuch, und ich zeige Ihnen das Lager.

Aus dem Arbeitszimmer kamen sie in eine Küche mit Kachelofen und Hängelampe. Durch eine weitere Tür sah Willem eine Frisierkommode und auf dem Boden Schnürstiefel. Frau Focke bemerkte seinen Blick und räusperte sich.

Im Treppenhaus konnte er durch die geöffneten Falltüren mehrere Bodenräume sehen. Träger und Streben machten den schmalen Bau robust. Die Stiegen waren ausgetreten und knarzten, als Frau Focke voranging.

Sie hatte ihr rotbraunes Haar zu einem lockeren Dutt gebunden, ein paar Strähnen kringelten sich im Nacken. Bald legte sich ihr Duft auf seine Schleimhäute, bald konnte er sehen, daß sie Strumpfhalter trug.

An der ersten Brüstung drehte sie sich um.

Willem wurde rot. Sie sollten das als Kompliment verstehen, Frau Focke.

Komplimente während des Geschäfts machen mich stutzig, Herr Kronhardt.

Als sie sich von der Brüstung stieß, sah er den kraftvollen Schwung ihres Rückens.

Sie ging auch das nächste Stockwerk voran.

Sie wissen so gut wie ich, daß Ihnen das Kostüm steht. Und wenn Sie nicht gewollt hätten, daß ich Ihre Wäsche sehe, wären Sie nicht vorangegangen. Oder hätten Hosen an.

Frau Focke machte eine Handbewegung. So sitzen Sie also da und biegen sich eine Welt zurecht, in der die Frauen nichts weiter im Kopf haben, als die Männer scharfzumachen. Und wenn es hart auf hart kommt, stehen Sie am Ende vor einem Richter und sagen, ich bin provoziert worden, und der Richter sagt, alles klar, Sie sind freigesprochen, mein Sohn.

Willem machte ihre Handbewegung nach.

Die Strumpfhalter waren bordeauxrot und schienen aus feiner Spitze. Er sah den Kontrast zu der hellen Haut ihrer Schenkel.

Wenn es hart auf hart kommt, verliere ich in genau dem Maße die Kontrolle, wie die Frauen es steuern.

Oh, Sie sprechen aus Erfahrung.

Ach was. Reine Naturwissenschaft.

An der nächsten Brüstung stand sie wie eine Galionsfigur. Ihre grünen Augen musterten ihn, während er aufwärts stieg.

Dann betraten sie gemeinsam den Speicher.

Auf den ersten Blick waren die Schätze nicht zu sehen. Willem hatte Ballen über Ballen erwartet, doch der Speicher wirkte kahl, und nur an den Seiten waren halbhohe Schränke eingebaut mit Schubfächern, die schwer aus ihrer Tiefe kamen.

Die Schränke sind belüftet und so isoliert, daß es über das Jahr kaum Temperaturschwankungen gibt. Kommen Sie. Schauen Sie.

Lavendel stieg auf, vermischt mit teils dumpfen, teils feinen Gerüchen, und zu jedem Fach gehörten ein Deckel aus Gaze und eine Karte. Lager und Bestandsbuch waren tadellos geführt, und tatsächlich offenbarten sich Schätze in den nüchternen Schränken. Wie Mumien kamen die Ballen zum Vorschein, jeder ein Unikat handwerklicher Tradition, jeder mit einem Stammbaum wie ein

Adelsbrief – Persien, sagte Frau Focke, Belutschistan oder China, und die Verfahren der Herstellung sind seit fünfhundert Jahren unverändert. Ein Stück Kulturgeschichte, sagte sie, und Willem konnte plötzlich ihre Leidenschaft verstehen und die Ringe unter ihren Augen.

Sie hievte so eine Mumie heraus, legte sie auf eine Waage und las von der Karte vor: Brokat in Feinstich-Jacquard, 1200 Platinen, aus syrischem Hechelflachs. In mexikanischem Koschenille gefärbt, mit mexikanischem Silber durchwirkt und so weiter und so weiter. Schauen Sie, hier finden Sie alles: Flachsart, Anbaugebiet, die Silbermine und sogar die Herkunft der Koschenilleläuse. Ist das nicht wunderbar! Alles. Schauen Sie nur. Alles, alles, alles. Mit Echtheitszertifikat bis hin zu der kleinen Weberei in Apulien. Und hier: die eingekreiste Zahl – das ist das spezifische Gewicht bei sachgemäßer Lagerung, und anhand dieser Tabelle läßt sich wiegen, wie viele Meter der Ballen noch hat – oh, ist das nicht wunderbar! Kommen Sie! Fühlen Sie, riechen Sie, lassen Sie Licht auf die Stoffe und sehen Sie den Zauber.

Willem hatte plötzlich das Bedürfnis, die Frau anzufassen. Er roch ihren Schweiß und die Damenseife, er spürte das Blut, das unter dem Busen strömte. Und während der Hechelflachs durch ihre Fingerspitzen glitt, kamen sie sich ganz nahe.

Am nächsten Tag kam er wieder.

Eine Lampe brannte über dem Holztresen. Das Licht gab ihr eine schöne Blässe, wie Marmor oder Madonnenmilch, und er bemerkte ihre Sommersprossen und die dunkel-kupfrige Zweifarbigkeit ihres Haars. Er sah ihr beim Schneiden zu, und als er half, die Ballen ins Futteral zu stecken, berührten sie sich beiläufig.

Später langte er ihr Kreide oder Metermaß; er schob die Rolleiter durch die kolonnadenhaften Gänge, blieb vor den numerierten Fächern stehen und kletterte hoch, während er ihre Augen im Rücken spürte. Sie gab ihm Anleitung zum Tasten, und er unterschied Kaschmir von Merino oder Donegal von Harris. Sie zeigte ihm, wie sein Jackett sich elektrostatisch auflud, und er machte eine Bemerkung zu ihren Strümpfen, aber es gelang ihm nicht, die Marke zu erraten. Nach dem Kaffee wendete er das Schild in der Tür und stand neben ihr, als sie von außen abschloß.

Das vorausgesagte Hoch war angekommen, die Wolken zogen nach Westen ab, und über ihnen der Herbsthimmel leuchtete in klaren Farben. Sie schlenderten Richtung Fluß, sie stießen einander zarten Atem gegen die Haut, und rings die Stadt schien nicht zu existieren.

Zum Sonnenuntergang saßen sie auf einer Bank, und Frau Focke rauchte. Ein paar Möwen jagten einander Brot ab, und Willem gefielen die Manöver. Der Zustand in der Atmosphäre wirkte stabil, keine Faktoren, die unberechenbar wechselwirkten, und der Rauch ihrer Zigarette stieg senkrecht. Sie sahen den halben Mond, eine Schute zog vorbei, und die Pfützen um die Bank waren Löcher, aus denen eine andere Welt leuchtete. Willem hatte das Gefühl, sie könnten jederzeit durch eins dieser Löcher verschwinden, um in einem anderen Universum wieder aufzutauchen. Er fand es unglaublich, neben Frau Focke zu sitzen, und alles, was er bislang an starken Gefühlen kennengelernt hatte, erschien ihm plötzlich klein. Sogar sein Urerlebnis mit Constanze – als setzte nun Frau Focke ein neues Maß und potenzierte alles Starke aus der Vergangenheit mühelos.

Die Alten hatten ein Bad in die Junggesellenbude ziehen lassen. Braunes und cremefarbenes Sanitär, absolut modern, und wenn Willem eines Tages auszog, hätten sie immer noch etwas Zeitloses. Willem stieg aus der Wanne. Aus dem Kofferradio spielte ein Cembalokonzert von Bach, und die Musik waberte in der schwülen Luft. Er schnitt die Fußnägel, feilte an den Fingern; rasierte sich, verrieb ein bißchen Franzbranntwein und war begeistert, wie sich die Bachsche Mathematik durch den Äther schwang, um sich jenseits seiner Ohren in unglaubliche Musik zu verwandeln. Er kämmte das Haar zurück, entdeckte einen Pickel auf dem Nasenflügel, und im Grunde war die Verwandlung der Bachmusik eine wunderbare und endlose Reise: aus Schichten und Windungen des Thomaskantors durch Zeit und Raum, ein Chamäleon der Hoffnung, Sehnsucht und Liebe. Und Willem spürte das Basso continuo und die durchdringende Leidenschaft der Fingerspitzen auf den Tasten, als hätte die barocke Seelenverwandtschaft wie ein Urknall eingeschlagen. Als hätten sie schon ewig gemeinsame Wurzeln, und er konnte nicht genug von ihr kriegen: Barbara. Das Verlangen nach ihrer Nähe schien eine Kette endloser Verschmelzungen zu sein, und so stand er vorm Spiegel, und Talg flutschte aus dem Pickel. Barbara. Er fand es unglaublich, wie vertraut sie ihm bereits nach so kurzer Zeit erschien. Barbara, und aus dem Kofferradio explodierte das Cembalo, eine wunderbare Schöpfung, die, einmal rausgelassen, einmal entfesselt, nie mehr zu bändigen war. Ein Ritt auf den Pilzwolken von Bikini, und die Schallwellen in der cremefarbenen Luft würden ebenso in Barbara dringen – entlang der wechselnden Färbung und zarten Windungen ihrer Muscheln, bis ins tiefe, reine Ich dieser Frau. Und auch seine eigenen Worte waren in sie gedrungen – unglaublich, diese Vorstellung, und feinkörnig und flirrend zuletzt wie die Bachsche Musik. So stand Willem im Dampf, so sah er sein Spiegelbild. Stutzte die Koteletten, schnitt Haare aus der Nase, und das Verlangen nach Sex mit Barbara schien beinah nebensächlich. Weil Sex mit ihr wunderbar gebettet schien in einen viel größeren Akt, und zuletzt ging er ran und stutzte noch das Schamhaar. Ein wilder und zotteliger Wuchs, wie er fand, und es war ein gutes Gefühl, daß er einen Blick dafür entwickelte.

Sie waren im Käfer ins Rotenburgische gefahren. Willem hatte die einst vertraute Strecke genommen, die Landstraße über den Geestrücken nach Osten, und dann war er ohne weiteres am Hof der Dressurreiterin vorbeigefahren. Haus und Stallungen lagen abseits, in wellige Felder gebettet, und nach hinten, vor einem herbstlichen Gehölz, war die ausgedehnte Koppel. Linsenförmige Wolken zogen überweg, eine Handvoll Pferde graste, und Willem meinte, den Dädalos auszumachen.
Eine Viertelstunde weiter griff der Wald bis an die Straße. Mit dem zeitigen Frost in diesem Jahr war bereits viel Laub von den Bäumen gefallen, und wo die Sonne einfiel, leuchtete der Boden in kräftigen Farben.

Barbara war nach dem Tod ihrer Eltern nicht mehr in der Natur gewesen, und sie genoß die ziehende Weite und das anrückende Land. Sie fühlte sich im Käfer geborgen.

Willem bog in einen Forstweg. Die Spur war aufgeweicht, und starker Waldgeruch drang ins Auto. Die Rindenfarbe der Buchen veränderte sich im flirrenden Licht, und einmal sahen sie einen Gabelbock davonspringen. Kurz hinter einer Krippe hörte der Weg einfach auf.

Anfangs schien die Stille erhaben, bis hinauf in den Himmel, und die Baumstämme schienen Säulen eines unglaublichen Gewölbes. Doch bald hörten sie erste Vögel, einen Specht etwa oder das Murksen einer Schnepfe. Gelegentlich zog eine Brise durch die Wipfel, Blätter segelten abwärts, und im Unterholz knackte es.

Sie hatten festes Schuhwerk dabei und Rucksäcke. Barbara band ein olivfarbenes Kopftuch um, und als Willem einen Filzhut vorholte, lachten sie beide.

Sie nahmen Richtung gegen die Kolken. Ein Pfad schlängelte durch die alten Bäume, und Sonnensprengsel bewegten sich auf dem weichen Laub. Die Farnbüschel standen hoch, doch die grüne Farbe war bereits kraftlos. Kreuzspinnen saßen in ihren Netzen, manchmal stieg Pilzgeruch auf, oder sie sahen die Losung eines Tiers.

Nach einer halben Stunde lichtete sich der Wald. Zwei, drei Buchen lagen vermorschend auf dem Pfad, und rings waren die Alten und Schwachen von Zunderschwämmen besetzt. Der Untergrund weichte auf, Moospolster erhoben sich, und sie hielten auf eine Lichtung zu. Vereinzelt fußten Birken oder Erlen, Wollgras stand silbern und Bärlapp reflektierte wie Schlangenhaut. Bald sahen sie die ersten Moorlöcher, sie hörten den heiseren Ruf einer Bekassine, und über den Seggen ahnten sie noch den Zickzackflug. Als Barbara eine Feder fand, nahm sie Willems Hut und steckte sie behutsam fest.

Auf einem festen Polster zwischen zwei Kolken machten sie erste Rast. Aßen Stullen, aus der Thermoskanne dampfte Kaffee, und Barbara drückte ihre Zigarette in eine Blechschachtel. Ein Rabe schrie, als sie sich ins Moos legten. Ihr Haar leuchtete unter dem

Kopftuch, und ihre Fingerspitzen streiften seine Haut. Willem zuckte wie unter Stromstößen, und Barbara lächelte stumm. Als ihr Mund so nahe war, daß der Atem auf seine Haut schlug, brachen plötzlich Wildschweine ein. Eine grunzende Rotte, die sich rasch und ungestüm näherte und noch die sumpfigsten und dichtesten Stellen nahm, als bewegte sie sich auf freier Ebene.

Willem wußte sofort, was los war, und er erwartete, daß Barbara aufschrecken würde. Doch bevor er sie niederhalten konnte, hatte sie schon einen Finger auf seinen Lippen, und er sah die freudige Erregung in ihren Augen. So verharrten sie auf dem Polster, ahnten, wie Rüssel und spitzer Kopf den Weg bahnten, und dann, aus dem Lärm heraus, konnten sie sie sehen. Sie kamen mit dem Wind und machten am nächsten Moorloch halt. Stiegen ein, wälzten sich, grunzten, und bald glänzten die Schilder tiefschwarz unter der Sonne, und auf dem Widerrist standen die Haare gebündelt wie Stacheln. Nach einer Viertelstunde stießen die Schweine wieder ab, und von ihrem Polster konnten sie noch das Gebreche hören, bis es im Wald verschwand.

Die nächste Rast machten sie auf einem Hochsitz. Es war ein robustes, großzügiges Modell, und durch die hochgeklappten Luken hatten sie Blick über ausgedehnte Heidefläche, die von Wacholder und kleinen Kieferngehölzen durchbrochen war. Die Sonne fiel bereits ab, und manchmal leuchtete die Nahtstelle am Horizont, doch es würde noch eine Weile hell bleiben. Auf dem Sims stand der Kaffee, ein bißchen Schokolade, und sie waren sich so nahe in dem rohgezimmerten Stand, daß die Vergangenheit zwangsläufig aufstieg. So verdichtete sich jeder Moment aus der Tiefe, und als Willem von Constanze erzählt hatte, sah Barbara ihn lange an. Dann kamen ihre Lippen aus der Stille, und das weiche Fleisch berührte seine Haut. Sie beneide diese Constanze, flüsterte sie, und Willem spürte den Kontakt in heißen Stößen, und seine Stimme flatterte, als er sagte, daß allein dieser Augenblick eine unglaubliche Steigerung darstelle zu dem, was er damals im Watt erlebt hatte.

So saßen sie, und die harzigen Bretter preßten den Raum immer dichter zusammen. Sie waren umschlungen, sie spürten die Hände unter den Kleidern, und aus ihrem Kopftuch fiel das Haar, eine

Beschleunigung reiner Energie, die in der hitzigen Kammer kollidierte.

Dann hörten sie den Schrei.

Langgezogen und mit tiefen Schwingungen, die noch durch die Haut gingen. Sie rissen die Augen auf, dann setzte der Schrei erneut an.

Unten, auf einem kurzgetretenen Platz, sahen sie den Hirsch. Ein feistes Tier mit rot glänzendem Fell und ausgeprägten Muskeln an Blättern und Keulen. Der Hals war geschwollen, der Kopf mit dem kapitalen Geweih vorgestreckt. Seine Schreie trugen weit, schlugen ein ins ferne Holz. Die Schuppen des Heidekrauts schillerten, und die Herbstfäden der Spinnen zogen bis zum Horizont, so daß die Ebene im tief einfallenden Licht manchmal wie ein See erschien. Einmal noch schrie der Hirsch, dann trollte er mit zu Boden gesenkter Nase umher. Aus der Höhe konnten sie nochmals die Kraft unter seiner Haut sehen, und aus der witternden Unruhe ahnten sie seinen mächtigen Trieb. Bald richtete er den Kopf wieder auf, hielt die Nase in den Wind, und vom Mittelsproß bog die mächtige Krone. Willem wußte von alten Jägern, die bestimmte Hirschfamilien allein an der Eigenart ihrer Geweihe erkennen konnten, doch Barbara schien sein Flüstern nicht zu hören. Sie sah, wie der Hirsch aus dem Nichts in schnellen Trab fiel und auf eine Reihe hoher Heidesträucher zuhielt. Dort trieb er einen kleinen Trupp Spießer auf, und ihre Schalen blitzten auf der Flucht, und zuletzt sahen sie nur noch ihren Spiegel. Wieder schrie der alte Hirsch; dann hielt er in vertrautem Schritt auf den kurzgetretenen Platz zu.

Barbara entdeckte den zweiten Trupp zuerst. Es waren Hirschkühe, die sich in einer von Wacholder umwachsenen Senke verborgen hielten. Lichter und Gehör waren ganz auf den Brunfthirsch ausgerichtet, und vom Hochstand war ganz deutlich die Anspannung der Kühe zu sehen. Als wären sie bei allem Drang zur Flucht unfähig dazu, und so schienen sie auf der Stelle zu trippeln, und über den Flanken zuckte die Haut.

Und in dem Augenblick, als der Platzhirsch die Spur der Kühe witterte, trat ein zweiter Hirsch auf die Ebene. Er schien etwas jünger, kam aus einem Gehölz getrabt, der schwere Kopf in imposanter

Art von den Nackenmuskeln getragen. Sein Hals schwoll, und der Schrei klang ganz eindeutig.

Der Alte ließ die Spur der Kühe fallen und stellte sich dem Jüngeren.

Prächtig und geschwollen standen sie einander gegenüber. Aus der Senke hatten die Kühe ihre Nasen in der Luft; manchmal schien es, als wollten sie ausbrechen, doch etwas Stärkeres hielt sie offensichtlich zurück. Auch auf dem Hochsitz nahmen sie die Verdichtung wahr, die Erregung und den Drang aus den Geschlechtsdrüsen. Unter die herbe, bereits vom Herbst zertragene Süße der Heideblüten mischte sich ein seltsam unterschwelliger Duft; die Schreie schwollen jetzt noch unter ihrer Haut, und so saßen sie engumschlungen und mit gebanntem Blick.

Die Hirsche nahmen Anlauf gegeneinander, der Platz unter ihren Schalen erzitterte, und dann brach das Krachen auf unter der Abendröte. Ein zweites Krachen folgte, die Muskeln spannten, die Stangen hakten ineinander, und die Leiber schoben und zerrten. Beim dritten Anlauf veränderte der Ältere im letzten Augenblick die Stellung seines Geweihs, und von oben konnten sie sehen, wie der dolchartige Augensproß dem Jüngeren die Flanke aufriß. Er schreckte nicht, schrie nicht auf, und der rote Schweiß sickerte still seinen Lauf hinab.

Mit dampfendem Atem standen die Tiere einander gegenüber. Manchmal schien nur noch das Weiß ihrer Augen in die Welt, manchmal glühte es schwarz aus den Höhlen. Ihre Hälse schwollen, sie krachten wieder aufeinander, und die Stangen schlugen hell wie Säbel.

Barbara spürte das Puckern gegen ihren Leib. Ihre Hand glitt tief in seine Wärme, sie seufzte, und auf ihren Lippen schmeckte sie sein Salz. Die Säbelschläge der Geweihstangen, aus der Senke die Kühe, und Willem fühlte ihre aufstrebenden Knospen. Der ältere Hirsch hatte sich einen Vorteil erkämpft, und zentimeterweise drängte er den Jüngeren zurück. Sie hörten die rauhen Atemstöße, sie küßten sich mit aufgerissenen Augen und sahen, wie der Jüngere endlich nachgab. Er lief ein paar Meter, blieb stehen und flüchtete schließlich vor dem Alten.

Auf dem Hochsitz spürte einer die Haut des anderen, die Reibung und Hitze, während der Hirsch die Kühe mit großer Strenge aus der Wacholdersenke trieb.

Kurz vorm Sonnenuntergang brannte die Heide noch einmal auf, goldene und violette Blütenkronen, die sich über die Ebene bis in den achatfarbenen Horizont spannten. Das Rudel auf dem Platz warf lange Schatten, Barbara lag auf dem Sitzbrett, Willem stand behutsam auf.

In der Ferne standen bereits Nebelbänder auf der Ebene, und die kühlen Nachtgerüche stiegen auf. Sie hatten Pullis übergezogen, aßen Schokolade und küßten sich. Unter ihnen die Tiere wirkten ruhig. Die Kühe hielten sich nah am Hirsch, und der Trupp zog gemächlich auf Äsung.

Sie schnürten ihre Rucksäcke, als der Schuß über die Heide brach. Die Panik der Tiere war auf Anhieb zu spüren – der stockende Atem und zugleich die flüchtenden Sprünge. Ein irres Lachen folgte dem Schuß, und hinein in diesen beängstigenden Triumph ein entfesseltes Bellen.

Als sie durch die Luke sahen, hatte der Hirsch sich gerade wieder aufgerappelt. Er blutete über dem Hinterlauf, sein Körper wankte noch einmal, schien noch einmal wegzubrechen, doch dann setzte er an und folgte mit großen Sprüngen den Kühen, die bereits gegen die Schatten eines Kieferngehölzes sprengten.

Östlich vom Hochsitz, aus körnigem Zwielicht, stieß ein kurzes Kommando. Das Bellen verstummte augenblicklich, und kurz darauf preschten zwei Schatten über die Ebene; ein langgestreckter, geschmeidiger Lauf, die Schnauzen zielgerichtet, und manchmal schien nur noch eine Pfote den Boden zu berühren. Die Hunde hielten seitlich auf den Hirsch zu, und vom Hochsitz konnten sie sehen, daß sie ihm den Weg ins Gehölz abschneiden würden. Sie waren schnell, entscheidender aber war die Schußwunde.

Von Osten her stieg wieder das irre Lachen auf; dann wurde ein Motor gestartet, und bald zog ein Kübel mit abgeklapptem Verdeck über die Heide. Ein Mann steuerte, zwei hielten sich im schaukelnden Wagen aufrecht und johlten. Die Männer trugen

Camouflage und Hüte wie Großwildjäger. Sie tranken, in einer Hand schaukelte ein Gewehr.

Der Hirsch hinkte zwischendurch, und im Lauf schien der rote Schweiß an seiner Flanke zu verwehen. Die Hunde teilten sich. Einer schnitt den Weg zum Gehölz ab, der andere hetzte dem verletzten Tier nach. Der Kübel bremste, und die Männer sahen durchs Fernglas. Es war ein kurzer Kampf. Die Hunde stellten den Hirsch vor dem Gehölz, einer sprang ihn von hinten an, und während der Hirsch den schweren Kopf drehte, verbiß sich der zweite Hund in die Kehle.

Die Männer johlten, und der Kübel fuhr wieder an.

Auf dem Hochsitz meinten sie das Klagen des Hirsches zu hören. Der Hinterleib brach ihm ein, aus der Kehle spritzte Blut, und dann lag sein Kopf in der Heide.

Nach einem Kommando ließen die Hunde ab. Sie wachten mit hängenden Zungen, und als der Wagen anrollte, sprangen sie wedelnd auf. Die Männer tätschelten sie, dann köpften sie frisches Bier, einen Augenblick stand das Klirren auf der Ebene, und in langen Zügen zogen sie die Flaschen leer. Warfen sie weg und machten sich ans Werk. Sie hatten ihre Hüte im Nacken hängen und hockten im Scheinwerferlicht über dem verendeten Tier. Einer ging zuerst ran und schnitt die Hoden ab. Dann nahm er das Geweih und bog den Kopf, so daß der Hals glatt auf dem Boden zu liegen kam. Die anderen setzten eine Schrotsäge an, und bald stießen ihre Unterarme wie Kolben. Als der Kopf abgetrennt war, johlten sie, dann wuchteten sie die Trophäe in den Kübel. Auf ein Zeichen hin machten sich die Hunde über den Kadaver her. Die Männer hatten einen Fuß lässig auf dem Kübel und tranken. Vom Hochsitz konnten sie das Lachen hören, und wenn ein Streichholz aufflammte, sahen sie, daß die Gesichter unter den breiten Hutkrempen mit Asche bemalt waren.

Der Rückweg war lang, und sie wagten erst spät, die Taschenlampe einzuschalten.

Der Käfer stand noch da, sie kamen gut auf die Landstraße, und noch bevor die Heizung auf Touren war, hielten sie an einem

Dorfkrug. Die Stammgäste sahen sie an, und als sie den Wirt nach der Polizei fragten, zeigte er auf einen kleinen, dicken Mann mit rotem Gesicht und gutmütigen Augen. Der Polizist seufzte, trank noch seinen Schnaps und nahm Barbara und Willem mit aufs Revier. Es war eine Stube im Dorfkrug, für einen Mann ausgelegt. Neben der Tür hingen die Fahndungsbilder der Terroristen. Der Polizist nahm Jacke und Mütze vom Haken. Die Pistole ließ er hängen, und auch seine Puschen ließ er an. In halber Uniform saß er hinterm Schreibtisch und hörte ihren Bericht, ohne nachzufragen. Dann seufzte er. Griff zum Telefon, forderte aus Rotenburg zwei Wagen und zog sich ohne Scham Diensthose und Schuhe an. Er legte das Koppel um und seufzte wieder. Diese Brüder. Wie oft hab ichs ihnen gesagt. Er hob traurig die Schultern, warf einen Blick in ihre Ausweise und meinte, für den Bericht könnten sie die Tage vorbeikommen. Er ging in den Schankraum zurück und holte einen Mann mit Forsthut vom Stammtisch.
Zu Lüders. Kannst du fahren?
Der Förster nickte.
Danach mußt du noch raus.
Und der Förster schien Bescheid zu wissen.

Der kleine Polizist hatte nicht übertrieben, als er zwei Wagen angefordert hatte. Bereits am nächsten Morgen ging es durchs Radio, und in den Abendblättern war es der Aufmacher.
Die Verstärkung aus Rotenburg war zeitgleich auf dem Lüders-Hof eingetroffen, und im Scheinwerferkegel hatten die Beamten sogleich den Kübel mit der Trophäe ausgemacht. Die Brüder saßen zu dem Zeitpunkt in der Küche und tranken. Sie trugen noch ihre Jagdkleider, und auch die Gesichter waren noch mit Asche bemalt. Als nach mehrmaligem Klopfen die Tür geöffnet wurde, trat den Beamten ein Mann entgegen, dessen Augen und Zähne aus dem Gesicht leuchteten. Seine Stimme klang brutal. Von wegen Wilderei! rief er, und die Bullen sollten sich zum Teufel scheren. Dann trat er in den Hof, breitete die Arme in alle Himmelsrichtungen und lachte hemmungslos. Alles meins! rief er. Alles!
Tatsächlich gehörte den Brüdern unglaublich viel Land; für die

Arbeit auf ihrem eigenen Hof hatten sie Gesinde, und die umliegenden Pachtbauern galten ihnen kaum mehr. Die Brüder waren herrisch und glaubten fest daran, auf ihrem Land tun und lassen zu können, was sie wollten. Die Beamten auf ihrem Hof nahmen sie nicht ernst, und so hatte der Mann die Arme ausgebreitet und lachte und lachte. Natürlich hatten sie den Hirsch erlegt und geköpft – blöde Frage. Dann wurde er ernst. Und jetzt Abmarsch, rief er. Runter von meinem Hof! Zu diesem Zeitpunkt tauchten die anderen auf. Beide hatten ein Gewehr dabei. Ihr habts gehört, riefen sie. Verpißt euch!

Die Aufforderung der Beamten, die Waffen niederzulegen, ignorierten sie mit dreckigem Lachen. Als die Männer schließlich einsehen mußten, daß die Beamten es ernst meinten, wirkten sie zuerst hilflos und überfordert. Dann durchzog Wut die bemalten Gesichter, und zuletzt ließ ihre Weltsicht nur noch einen Reflex zu. Sie schossen in die Luft, trieben die Beamten in die Wagen und feuerten noch mal gegen die aufsteigende Staubspur in die Nacht.

Der kleine Polizist mit den gutmütigen Augen saß auf dem Beifahrersitz, als der Förster den Hof erreichte. Sie wollten gerade auf den eichenumstandenen Platz biegen, als die Schüsse aufflammten. Der Polizist ließ den Förster weiterfahren, und sie näherten sich schließlich von hinten. Sie hielten im Schatten einer Stallung. Ich mach das allein, sagte der Polizist. Wie du meinst, doch der Förster stieg aus und nahm ein kurzes Seitengewehr aus dem Kofferraum. Sie kannten den Hof und näherten sich, an Stallwände und Schuppen gepreßt, dem Küchengarten. Aus der Box wieherten zwei Pferde, von drinnen schlugen die Hunde, und die Männer verharrten hinter den Speichenrädern eines Heuwagens. Dann duckten sie sich im Spalier der Bohnenstangen, nahmen Deckung hinter einem Apfelbaum und stießen zur Waschküche vor. Die Tür war offen, das Feuer unterm Zuber glühte noch. Über einer Zinkwanne hing eine Handvoll Fasanen. Hinter der Dielentür kläffte ein Hund, seine Pfoten schlugen gegen das Holz. Ich mach das, sagte der Förster. Er öffnete die Falle vorsichtig mit dem Gewehr, und als die Hundeschnauze durchdrängen wollte, hielt er behutsam dagegen. Er rief den Hund beim Namen, hielt die Hand unter seine Nase, und als der Hund hereinkam, war er friedlich. Sie ließen ihn in der Waschküche.

Die alte Stallung war matt beleuchtet, und es roch wie immer auf dem Lüders-Hof. Zwischen den Ständern lag die bereits sortierte Herbstschur der Schnucken; auch Vliesbündel aus dem Frühjahr waren noch da, gekalkte Häute und in einer Ecke ein Haufen mit gekrümmten Hörnern.

Der Polizist hob einen Arm, und sie duckten sich gegen die niedrige Wand zwischen zwei Ständern. Von weiter vorn, nahe dem Rollflügel zum Wohnhaus, vernahmen sie leise Geräusche. Knakken oder rasselndes Atmen. Dann huschte ein Schatten über die Kalkwand und verschwand wieder. Polizist und Förster sahen einander an. Sie schlichen auf unterschiedlichen Wegen nach vorn.

Der Schatten erschien erneut, groß, hager, gebogen, und schließlich sprang der Polizist als erster vor. Sein kleiner, dicker Körper bewegte sich flink, fand Deckung, und die Pistole glänzte ruhig im Schummerlicht. Lüders, sagte er gelassen. Laß den Scheiß. Der Schatten tauchte wieder auf, es knackte und rasselte. Lüders. Mensch.

Der Förster hatte sich neu postiert, und nach kurzem Kontakt mit dem anderen warf er eins der Hörner. Es schlug auf, doch weiter geschah nichts. Nach einer Zeit sagte der Polizist mit ruhiger Stimme: Ich komm jetzt zu dir. Meine Knarre laß ich hier. Hast du verstanden, Lüders. Er trat vor, legte die Waffe hin und zog los. Unbeirrt und noch gelassen, als sich der Schatten wieder über die Wand bog. Der Förster hielt seine Waffe gerichtet. Sein Zwerchfell hielt den Atem regelmäßig, seine Gedanken bündelten sich über Kimme und Korn, er war ganz Jäger. Plötzlich polterte es vor dem Polizisten, eine Forke fiel ins Licht, dann folgte eine Gestalt. Mensch! sagte der Polizist, und seine Stimme war laut. Dann griff er der Gestalt an den Rücken, und ein zahnloses Gesicht mit Segelohren grinste ihn an. Der alte Knecht war taubstumm, und er nickte dem Polizisten zu und brabbelte.

Die Rollen der Flügeltore waren gut geölt, und im Wohnhaus vermischte sich der Geruch von Wolle mit Ofenfeuer und Zigaretten.

355

An den Wänden hingen ausgestopfte Bälge und Köpfe, weiter vorn drang Licht durch die Küchentür, und sie hörten das Lachen der Brüder. Klirren, derbe Worte. Als sie eintraten, saß einer von ihnen auf der Eckbank, der andere tief im alten Sofa. Beide trugen nur noch Safarihosen und Hüte, ihre Gesichter waren nachlässig gewaschen, und beide hatten eine Frau auf dem Schoß. Die Schüsse auf die Polizei hatten sie längst vergessen. Das war etwas aus einer anderen Wirklichkeit, und sie waren sich keiner Schuld bewußt. Als das Überfallkommando einrollte, stöberten sie den dritten in der Kammer einer Magd auf.

Sie saßen mit dem Rücken gegen den Kachelofen. Barbara hatte Kaffee aufgebrüht, und die blaue Kanne stand in der Warmhaltenische.
Die Zeitung lag zu ihren Füßen, und sie fanden es spannend, sich selbst zwischen den Worten zu sehen. Quasi eine Auferstehung, meinten sie, auch wenn sie ganz klar die Lücken, Verfälschungen und den reißerischen Versatz sehen konnten. Doch es blieb ein schönes und spannendes Gefühl, aus der Geborgenheit heraus Rückschau zu betreiben, die Bilder gemeinsam in eine zweite Lebendigkeit zu verwandeln und zu sehen, wie am Ende alle Anfangsbedingungen nur eine einzige Entwicklung zugelassen hatten. Auch wenn sie es reizvoll fanden, sich Spekulationen hinzugeben und vor allem aus der verschobenen Wahrnehmung der Lüders-Brüder eine Realität aufzustellen, in der sie auf dem Hochsitz aufgestöbert und gestellt worden wären, kamen sie doch stets auf das zurück, was aus ihrer Erfahrung heraus geschehen war. Und das reichte ihnen; das war spannend und schön genug, und in die Wärme der Kacheln gedrückt spürten sie, wie Nähe und Hitze vom Hochsitz sie wieder ergriffen.

26

Willem stand vor der Eisentür. Vor der Fraktur seines Großvaters, vor dem mächtigen Anspruch des Erbes, das er in sich trug. Er hörte das Rattern; das ewige Jahresstampfen gegen die Freiheit und den ewigen Maschinenrealismus gegen alle Visionen. So stand er vor der Eisentür und lächelte. Es war wunderbar: Barbara! Sie hatten sich auf Anhieb gemocht, und wenn die Bilder von ihr in seinem Kopf erschienen, konnte es ihn umhauen. Und über den Takt der ratternden Maschinen hinweg spürte er Barbara in sich – und mehr noch: die Visionen, die sie ihrerseits von ihm entwikkeln konnte. Es war wie eine neue Dimension, daß eine Frau wie Barbara ihn wollte. Willem kam zum erstenmal der Gedanke, daß er bereit war zu opfern.

Als er die Tür öffnete, hatte Hultschinek den Park bereits runtergefahren. Kronhardt half ihm dabei, die letzten Futterale überzuziehen, und nur noch eine Maschine lief.

Willem hörte sofort, daß es der Handstickautomat war. Seine Mutter stand hinter dem Relikt; sie sah kurz auf, und er ahnte ein mildes Lächeln, das er kaum von ihr kannte. Sie führte den Pantographen, und Willem sah die ersten Altersflecken auf ihrer Hand. Sie hatte eines von den teuren Handtüchern in den Rahmen gespannt, und die Energie aus Schwungrädern und Treibriemen ging bis in die filigrane Stahlspitze. Und so tanzte die Nadel ins Frottee, und die Fadenrolle rotierte und hüpfte im seltsamen Takt der Buchstabenwerdung – Stich um Stich um Stich unter ihrer harten Führung, und der Pantograph eine Verlängerung ihrer Gedanken. So hielt sie den Tanz der Nadel, schwungvoll und kräftig wie ein Hammerwerfer und im nächsten Moment schon wieder mikroskopisch genau wie ein Chirurg. Willems Mutter. Herb und feminin zugleich reihte sie Buchstabe an Buchstabe, die Geburt eines dunkelroten Wortes auf rotem Grund, und Willem spürte die ratternde Nadel.

Was, mein Junge.

Kronhardt stand neben ihm und legte eine Hand auf Willems Schulter.

So haben wir nach dem Krieg gearbeitet. Genau so. Unzählige Male haben wir den Storchenschnabel geführt und für diese anständigen Kerle gestickt. Den Schriftzug der Giants oder Yankees können wir noch heute im Schlaf.

Kronhardts Hand war kalt, und Willem spürte, wie sie die Visionen aus seinem Herzen saugte.

Schau nur, wie deine Mutter arbeitet.

Er löste sich aus Kronhardts Griff.

Die Hände deiner Mutter. Sind sie nicht wunderbar – schau, wie sie erschaffen, wie sie gebären.

Buchstabe auf Buchstabe, Kopf auf Thorax, die Geburt eines dunkelroten Wortes, und Willem spürte, wie die Stiche in ihm ausliefen.

Was, mein Junge.

Und Kronhardts Worte wurden vom Rattern zerhackt. Wurden umgewandelt in Energie für Schwungräder und Treibriemen, in Energie, die durch den Storchenschnabel bis in die tanzende Stahlspitze strömte. Kronhardts Worte, dachte Willem, werden auf dem Weg zur Mutter immer zerhackt. Und setzen sich in der Mutter wieder zusammen und füllen sie aus mit ihren Wünschen. Und so, dachte Willem, füllen die beiden Alten sich gegenseitig aus, seit jeher ist der eine aufgebläht mit den Hackstücken des anderen, seit jeher einer die Nachbildung des anderen. Und so waren Kronhardts Worte im Grunde die Worte der Mutter.

Was, mein Junge. Eine Künstlerin.

Mein Vater war Künstler.

Kronhardt tat, als hätte er die Worte nicht gehört, und Willem dachte, daß sein Vater sich geweigert hatte, so eine Nachbildung zu werden.

Die Mutter sah auf.

Sie nahm das Handtuch aus dem Rahmen und spannte einen dazu

passenden Waschlappen ein. Dann ratterte es wieder, und Willem spürte die Nadelstiche. Seit Jahr und Tag waren sie dabei, auch eine Nachbildung aus ihm zu machen, und er war sicher, daß sie Genugtuung dabei empfanden, seine Wünsche und seinen Willen kläglich zu halten. Während sie alles nur zu seinem Besten taten, als wären sie eingeweiht in eine wunderbare Wahrheit, die sich Willem ohne sie nie offenbaren würde; als kämpften sie nicht nur für ihre Sache, sondern darüber hinaus für ihn. &Sohn, so lächelten die Alten und weideten sich seit jeher an seinem Schmerz.

Und Willem stand da, und diese Alten wußten nichts von dem wunderbaren Gefühl, das er in sich trug. Barbara, dachte er. Und im Verbund mit ihr würde er das &Sohn endgültig tilgen, würde die Betriebswirtschaft an den Nagel hängen und sich den Traum von den Naturwissenschaften einlösen. Wenn nicht in Berlin, dann vielleicht in Bremen – wie gesagt, er war bereit zu opfern, und mit Barbara schien ihm alles möglich.

So stand er da, während die Mutter den Storchenschnabel führte.

Während Kronhardts Worte vom Rattern zerhackt wurden.

Als die Mutter das Fußpedal bremste und den Waschlappen aus dem Rahmen nahm, sah sie mit diesem seltsam milden Lächeln auf.

Kronhardt sagte: Was, mein Junge. Diese Frau Focke hat ja schweren Eindruck gemacht.

Und Willem erstarrte.

Wie man hört, habt ihr ein Stelldichein.

Und unter der Erstarrung spürte er die Risse.

Die Mutter kam und strich ihm über den Kopf.

Natürlich hat er ein Stelldichein. Dann breitete sie Handtuch und Waschlappen aus, und ihre Finger glitten über den Schwung der Buchstaben. Erfaßten die Ästhetik dieser geschlossenen Aneinanderreihung, und schließlich hielt sie die Vollendung sichtbar in die Luft.

Wunderbar, und Kronhardt klatschte seine Hackstücke in die Seele der Frau.

Willem zerfiel unter der grausamen Lust der Alten.

Mit archaischem Geheul machten sie sich über die Bruchstücke her, und mit ihrer ungeheuerlichen Macht setzten sie daraus ihre Nachbildung zusammen.

Barbara! Barbara! So standen die Worte in der Luft, und diese Alten waren Teufel. Teufel seit jeher, denen nichts verborgen blieb. Was für eine geisterhafte Fernwirkung, die sie sich zunutze machen konnten.

Willem war geschlagen. Das Herz zerrissen, alle Visionen zerhackt und eingestampft in die Wirklichkeit der Alten. Tränen kullerten ihm heraus, und auch sein Vater hatte nichts gegen diese Teufel vermocht. Sie wußten Bescheid, bevor man selber noch daran dachte. Und jetzt griffen sie nach Barbara.

Der Mann vom Wetterdienst hatte vor seinem Triptychon gestanden. Er war eingeweiht, wußte, was Sache war, und hatte seine Wahrheit den Willigen offenbart. Selbstgefällig und unerschütterlich im Mittelpunkt der Welt, hatte er aus dem Fernseher gesprochen und Willem in seiner Art auf Anhieb an die Alten erinnert.

Und als Willem am nächsten Morgen in den Tag stieg und feststellen mußte, daß das vorhergesagte Regengebiet tatsächlich gegen die Stadt zog, fühlte er sich um so mutloser. Zum Mittag hin setzte sich dann auch noch die angesagte Aufklarung durch, und er fühlte sich endgültig jenen Kräften der Alten ausgeliefert, die ihn von Anfang an machtlos gehalten hatten. Als wäre noch sein Glaube an die Tiefe und Unerreichbarkeit in sich ein falscher Schluß und die Alten wüßten seit jeher Bescheid und würden auch dort mit klarem Blick sezieren.

Tauben bildeten nervöse Haufen um die Bratwurstreste, eine Hosteß führte durch die Böttcherstraße bis vors neue Glockenspiel, doch erst im Schnoor brach der Widerwille in ihm auf. Die Geschichte von Auswurf, Armut und Judenblut schien wunderbar verwandelt, eine märchenhafte Sterilität wie hinterm Plastik einer Schneekugel, und Touristen aus dem Binnenland oder Fernost flanierten jetzt, Agfacolor oder Pentaxchrom vor der Brust, jeder Klick ein Negativ für eine friedliche Geschichte in der Zukunft, kein Terror mehr, kein Völkermord, nur eine glitzernde Schneekugelwelt, die man mit nach Hause nahm. So sah Willem auf die

Touristen, ein neues Phänomen, das die einstige Berichterstattung um Trümmer und Wiederaufbau längst verdrängt hatte und das nun ein Faktor war im deutschen Wirtschaftssystem. So zog er mit Widerwillen durch die hochglanztaugliche Neuordnung, den heimatlichen Stolz, doch in Wirklichkeit war es einfach nur die Angst vor den Alten. Es war ihm unbegreiflich, wie sie wissen konnten, was sie wußten. Er fühlte sich hilflos gegen diese Teufel und grausam ausgehöhlt bei dem Gedanken, daß auch Barbara bereits in ihre geisterhafte Fernwirkung eingebunden war. Und schlimmer: womöglich mit den Teufeln unter einer Decke steckte.

Als er das Lokal gegen 18 Uhr erreichte, zogen Schäfchenwolken unter der Stratosphäre. Genau wie der Mann vom Wetterdienst vorhergesagt hatte.

Stint.
Unter anderen Voraussetzungen wäre ihm die Schrift womöglich nicht aufgefallen. Die Buchstaben kurvenlos, ohne Bauch oder andersartige Schnörkel. Eine Schrift, die den blumig-muscheligen Zeitgeist verweigerte, als hätte es böse Zackigkeit nie gegeben.
Das Gebärden des Obers erschien ihm zuerst unterwürfig, dann konspirativ. Er war auf der Hut, als der Mann ihn an den Tisch geleitete.
Barbara stand auf und umarmte ihn. Ihre Augen leuchteten, und dann spürte er, wie es warm aus ihrem Körper strömte.
Was hast du, sagte sie.
Nichts.
Sie saßen einander gegenüber, und er wich ihrem Blick aus.
Der Ober verbeugte sich und überreichte die Karten.
Willem?
Er blätterte in der Karte, sagte nichts.
Während der Hechtsuppe betrachteten sie sich löffelweise.
Sie manipulieren das Wetter.
Wie bitte?
Pfuschen rum an den Anfangsbedingungen, feuern aus Kanonen Trockeneis in die Wolken. Und was weiß ich noch.

Barbara lächelte. Hats dich aus so einer geimpften Wolke erwischt.

Wie mans nimmt. Meine Mutter. Sie weiß von uns.

Na und. Barbara gab Zitrone in die Suppe.

Willem beobachtete sie, und als sie aufsah, meinte sie, daß er in Rollkragen und Jackett dynamisch erscheine.

Scheiß auf die Kleider! Er aß stillos und schnell. Woher weiß sie von uns?

Barbara schien amüsiert. Nicht von mir.

Sicher?

Wie soll ich sicher sein. Vielleicht lassen sie mich beschatten. Oder dich.

Zum Hauptgericht entschied sich Barbara für Steinbutt, eine Wahl, die der Ober vorzüglich nannte.

Willem äffte den Ober nach, nannte Steinbutt eine Modeerscheinung und orderte Brataal.

Während sie eine Zigarette anrauchte, sagte sie: Eine Verschwörerin machst du aus mir.

Quatsch.

Sie blies ihm den Rauch absichtlich ins Gesicht. Natürlich machst du das.

Woher kann sie von uns wissen?

Es gibt Wege, an Information zu kommen.

Manchmal erfährt sie etwas, bevor es noch in der Welt ist.

Sie wird ihre Zuträger haben.

Womöglich sogar hier.

Barbara sah sich um. Dann inspizierte sie Ascher und Vase.

Hör auf, mich zu verarschen.

Nicht, solange du mich verdächtigst.

Je mehr du mich verarschst, desto mehr verdächtige ich dich.

Na ja. Vielleicht war es ja deine Mutter. Jedenfalls stand eines Tages diese Frau im Laden und sagte zu mir, wenn Sie meinen Sohn heiraten, sind Sie alle Sorgen los.

Du lügst.

Sicher?

Er versuchte zu lächeln.

Sie hat Handtuch und Waschlappen mit deinem Namen bestickt.

Eine Aufmerksamkeit aus dem Hause Kronhardt, hat sie gesagt. Und sie wollte, daß ich sie dir übergebe.

Barbara lachte laut. Dann sagte sie: Früher hat deine Mutter einen großen Teil ihrer Kundenstoffe über uns gekauft. Sie hat Qualität und Ruf unseres Hauses geschätzt. Doch heute bezieht sie über die Grossisten, und ich kann mich nicht erinnern, wann sie das letzte Mal in unserem Geschäft war.

Willem sagte: Vielleicht war sie uns schon auf der Spur, bevor wir überhaupt etwas wissen konnten.

Wie meinst du das?

Sie ist versessen auf Informationen. Sammelt, was sie kriegen kann, und holt es wieder vor, sobald sich daraus ein Vorteil schlagen läßt. Vielleicht hat sie dich schon seit langem im Visier und hat nur auf den rechten Zeitpunkt gewartet, uns zu verkuppeln. Und so hat sie mich zu dir geschickt.

Barbara lachte wieder.

Da gibts nichts zu lachen.

Im Ernst, Willem. Niemand kann so etwas planen.

Je mehr man über die Anfangsbedingungen weiß, desto leichter läßt sich planen.

Aber doch nicht so was.

Sind schon ganz andere Verbindungen geplant worden.

Aber wir sind doch keine Zweckverbindung.

Kommt immer auf den Blickwinkel an.

Du spinnst.

Du kennst sie nicht. Ihre geisterhafte Art, Pläne zu verwirklichen. Da hat die Wahrscheinlichkeit, daß wir uns ineinander verlieben, kaum noch was mit Zufall zu tun.

Sie sah ihn lange an. Dann schüttelte sie den Kopf.

Wie willst du wissen, was sie alles weiß? Wie lange sie dich schon im Visier hat und in ihren Plänen?

So was gibts nicht, Willem.

Nur weil etwas unwahrscheinlich klingt, ist es noch lange nicht unmöglich. Auch woanders werden Menschen bespitzelt und finden sich ruckzuck in einer Wirklichkeit wieder, die es bis gestern für sie nicht gegeben hat.

Wir sind nicht woanders.

Woanders ist überall.

Das Essen war ausgezeichnet

Willem säbelte an seinem Brataal, während Barbara die weißen Stücke fachgerecht von der platten und knochigen Karkasse löste. Sie tunkte ihre Finger in das Zitronenwasser, und mit der Stoffserviette tupfte sie die Lippen. Willem aß absichtlich grob.

Warum hast du dich für Rollkragen und Jackett entschieden?

Er machte eine nichtssagende Geste.

Aus Protest, sagte sie, aus Konformismus – es muß doch einen Grund geben.

Willem kaute und antwortete pragmatisch.

Also gibst du nichts auf Mode?

Mode ist die Uniform der Gesinnung.

Barbara schob eine Gräte zwischen die Lippen und zog sie dezent heraus. Natürlich haben Kleider auch mit Gesinnung zu tun.

Natürlich, sagte Willem. Die Frage ist nur, ob Kleider die Gesinnung machen oder Gesinnung die Kleider.

Oder Gesinnungen wie Kleider werden als Schnittmuster entworfen und installiert.

Das könnte von mir sein, und Willem sägte ein Stück aus der Wirbelsäule, um das Fleisch abzulutschen.

Barbara nahm einen Schluck Wein; den kleinen Finger hielt sie absichtlich gespreizt. Sich kleiden, sagte sie, sollte mit Lust zu tun haben.

Lust auf dies oder das System?

Man muß nicht alles politisch sehen.

Willem zupfte mit fettigen Fingern an Rollkragen und Jackett. Dann sah er auf. Von deinen Kleidern auf deine Lust zu schließen fällt schwer. Auf den ersten Blick scheint deine Bluse hip, sie ist aber hochgeschlossen und wirkt zusammen mit dem Haarknoten und der strengen Schminke doch eher konservativ. Anderseits könntest du nach wenigen Handgriffen direkt auf ein anarchistisches Happening gehen.

Barbara nahm das als Kompliment. Sie sagte, sie habe die Hippie- und Protestkultur ausprobiert und jetzt ihre eigenen Vorstellun-

364

gen. Sie schäme sich nicht, außerhalb der eigenen Generation zu stehen. Unser System, sagte sie, hat viele Freiheiten geschaffen.

Und für welche Freiheit bist du angezogen?

Für meine eigene.

Hut ab.

Wieso das?

Meine Freiheit. Das würd ich auch gerne sagen.

Sie sah ihn an. Ist es so schlimm?

Was heißt schlimm. Manchmal weiß ich nicht, ob ihre geisterhafte Fernwirkung nicht längst hier eingedrungen ist.

Barbara nahm seinen Kopf, zog ihn über den Tisch und küßte ihn. Da drin kannst du frei sein.

Na klar. Und diese Frau stand eines Tages in deinem Laden und sagte, wenn Sie meinen Sohn heiraten, sind Sie alle Sorgen los.

Anstatt zu antworten, bot sie ihm Steinbutt, und Willem saugte das weiße Fleisch von ihrer Gabel, preßte seine Zunge in die Zinken.

Als sie den Brataal probierte, konnte sie sich nicht entschließen, ob er ihr schmeckte.

Dann sagte er: Ich habe mich deinetwegen für Rollkragen und Jackett entschieden. Ich hatte gehofft, es würde dir gefallen.

Barbara lächelte. Aber es gefällt mir doch.

So saßen sie. Barbara tunkte ihre Finger ins Zitronenwasser, Willem säbelte, und dazwischen blickten sie einander an.

Mein Großvater war ein überragender Mann. Und meine Mutter hat von Anfang an klargestellt, daß auch ich dieses Erbe in mir trage. Und daß &Sohn keine Konvention, sondern Verpflichtung ist.

Du wolltest nie in die Nachfolge?

Nein.

Und dein Großvater?

Er war der Geschäftsgründer.

Und warum überragend?

Weil er der Vater meiner Mutter ist.

Kanntest du ihn?

Nein. Willem schob sich einen Happen in den Mund. Mein Großvater hatte es mit den Aalen. Er kam mit steifem Bein aus dem

Ersten Weltkrieg, besorgte sich eine Räucherlizenz und konnte gut davon leben. Während der großen Depression trieb er verdeckte Aalgeschäfte. Danach gründete er die Bremer-Stickerei-Manufactur, und die Aale blieben sein privates Steckenpferd. Von 33 an ratterte es Hakenkreuze, die Manufactur lief wie Teufel, und als 45 dann nichts mehr ging, verlegte er sich wieder auf die Aale. Er starb kurz vor meiner Geburt. Wahrscheinlich Ichthyotoxin, das bei der Räucherung nicht zersetzt worden war. Es war ein tragischer Doppeltod, bei dem der Großvater die Großmutter gleich mitriß. Eine Verkettung aus Aal, steifem Bein und Herzensangst.

Und er schob sich noch einen Happen in den Mund.

Es war während eines Spaziergangs in ländlicher Umgebung, als das Nervengift Wirkung zeigte. Der Großvater muß zuerst ein Stumpfsein der Zähne verspürt haben, dann Zusammenschnürungen im Hals, Schwindel und erste Atemlähmungen. Die Großmutter muß ihn gestützt haben, in Panik auf die nächste Ortschaft zu. Aber da war das steife Bein, und die Eile und das Gewicht des Mannes überforderten sie. Die beiden wurden kurz vor der Landstraße gefunden. Die Großmutter ist an Herzversagen gestorben, der Körper des Großvaters lag über ihr.

Barbara sah ihn an. Was für ein Kerl, dieser Willem. Paranoid, fatalistisch, ein Zyniker – sie wußte es nicht.

Er saugte an einem Stück Wirbelsäule und grinste. Anguilla anguilla. Unser guter alter Flußaal. Wandert zum Laichen in die Sargassosee, und während die Alten dort sterben, werden die Nachkommen als blattförmige Larven vom Golfstrom Richtung Europa getrieben. In den Flüssen entwickeln sie sich dann vom Glas- zum Steigaal und vom Grün- zum Blankaal, der schließlich wieder in die Sargassosee zurückkehrt.

So säbelte er, saugte, und zwischendurch nahm er einen großen Schluck Wein.

Aristoteles hat behauptet, daß Aale sich weder aus Begattung noch aus Eiern entwickeln. Aus Würmern, hat Aristoteles gesagt, die von selbst in fauliger Erde entstehen. Und zweitausend Jahre lang hat alle Welt daran geglaubt.

Nichtwahr, sagte er. Im Grunde muß man ständig davon ausgehen, daß das, woran alle Welt glaubt, sich in einer Zukunft als falsch herausstellen wird. Die Wirklichkeit heute hat genauso ihre Halbwertzeit wie jene von damals. Und jeder, der irgendwann die Welt beschreibt, ist zuvor von der Welt beschrieben worden.

Barbara saß da. Das Silberbesteck bereits in Reihe auf dem Porzellan, dazwischen die Karkasse.

Sie sah ihn an. Glaubst du an uns?

Ja.

Woran man heute glaubt, kann sich schon morgen als falsch herausstellen.

Aber doch nicht du.

Bist du sicher? Kennst du alle Hintergründe, weißt du genügend über die Anfangsbedingungen?

Sie rauchte, während er noch kaute.

Zum Nachtisch entschieden sich beide für Birne Helene.

Die Flasche im Weinkühler war noch halbvoll. Ein 65er Weißburgunder, Auslese, blank im Glas, der Körper kräftig, mit Nuancen von Limette und einer ausgeprägten Mineralität – Schiefer, meinten sie, und uralte Lava.

Willem nahm ihre Hand und war sicher, daß diese Frau niemals mit seiner Mutter unter einer Decke steckte.

Nach dem Essen bummelten sie durch die nächtliche Stadt. Sie nahmen eine schmale Straße mit Packhäusern, den Marktplatz, und als eine Straßenbahn vorbeizog, stieß blaues Licht gegen das Rathaus. Unter den Arkaden roch es nach Tauben, und manchmal schlugen Flügel auf. Sie blieben hinter einer Säule und küßten sich. Doch ihre Zungen schienen kühl, als wäre jeder mit den Gedanken woanders.

Die Passagen waren ausgeleuchtet, die Schaufenster hell. Sie sahen den Totalausverkauf des Hutmachers und nebenan den Preisnachlaß bei Füllfedern und Feuerzeugen. Zwei, drei neue Warenhäuser hatten ganze Straßenblöcke eingenommen, und die Dekorationen brachen verborgene Wünsche auf, verwandelten flüchtige Erscheinungen in eine bodenständige Größe ohne ersichtliche Halbwertzeit. Die Gliederpuppen trugen die polymeren Neuschöpfungen einer mächtigen Industrie, karierte Sakkos oder Blusen mit opiumtiefen Farbstrudeln; sie trugen die stabilen Klassiker mit Edelweiß und Hirschhorn, doch zuletzt war es egal: Die schwindelerregende Konkurrenz aus Fernost war allgegenwärtig, und vor allem Barbara meinte ein schlitzäugiges Grinsen aus den Schaufenstern wahrzunehmen. Oder noch besser, eine von fremdartigem Geist durchwirkte Gelassenheit, für die billiger Schwall am Ende aufs gleiche hinauslief wie der Nachweis einer uralten Maulbeerlinie.

So zogen sie auf den Bahnen der Schaufensterbummler. Arm in Arm, und diese Art der Bummelei hatte längst jeden nichtsnutzigen oder studentischen Anruch verloren und signalisierte im Gegenteil noch Potenz und Kaufkraft in Zeiten aufkommender Ölknappheit. Und tatsächlich konnten sie wie Stammhalter dieses neu gerüsteten Volkskörpers erscheinen – eine propere und fruchtbare Generation nach der Stunde Null, und so bummelten sie und küßten sich öffentlich.

Doch in Wirklichkeit blieben ihre Zungen auch in den Passagen kühl.

Willem ahnte, wie noch die Vorwürfe in seiner Mundhöhle hafteten und alle Hitze und Geschmeidigkeit unterdrückten. Und einmal, als sie vor den Auslagen eines Juweliers stehenblieben und das Glitzern von Doppelpyramide und Hexakisoktaeder sich in Barbaras Augen verfing, spürte er eine Erregung seiner Nerven, einen plötzlichen Drang, seine Zunge von der Last zu befreien. Doch anstatt sich bei ihr zu entschuldigen, berührte er ihr Fleisch und verwandelte bald alle Absicht zu sprechen.

Barbara seufzte wohl, und im roten Licht der Samtauslage ahnte er ihre Hingabe. Doch die seltsam niedrige Temperatur ihrer Zungen blieb – und schlimmer für Willem: Er meinte wieder den nekrotischen Geschmack der Alten wahrzunehmen.

Im Grunde war es ein Anblick aus einer Welt, lange bevor es Menschen gegeben hatte. Ein zeitloses Fragment in ewig neuem Bernstein, das womöglich von Anfang an einfach nur dagewesen war;

grenzenlos und leer, gelassen und unbeteiligt und jenseits von Sinn und Verklärung irgendeines Betrachters.

So saßen sie unter einer Eiche, und hinter dem Geäst stand der Mond.

Barbara fand den Anblick romantisch. Sie hatte die Beine auf die Bank gezogen und lehnte an Willems Seite.

Willem sagte, daß es Romantik im Grunde nicht gebe. Doch als er sich erklären wollte, bekam er es nicht hin. Ständig konnte er die Wirkung der beiden alten Teufel in sich spüren; die Angst, nirgendwo vor ihrer Wirkung sicher zu sein, und daß sie noch die reinen und tiefen Gefühle befleckten, die er für die Frau in seinen Armen empfand.

Barbara saß da und sah dem Rauch ihrer Zigarette hinterher. Wie er aufstieg gegen Geäst und Silberlicht, und Willem meinte, daß sie lächelte. Er konnte nicht sagen, ob sie seine Befangenheit spürte, und ihr ferner Blick verstärkte noch sein Bedürfnis nach Aufklärung. Doch er kriegte es nicht hin. Die Worte erschienen bereits im Geiste unscharf und sprunghaft, so daß alle Sinngebung scheitern mußte. So saßen sie unter der Eiche. Rechter Hand die Kunsthalle, und zum Fluß hin, mit freistehendem altem Baumbestand, die Reste der alten Wallanlagen.

Barbara schien noch immer zu lächeln. Ihr Gesicht versilbert, und auf ihrem Körper die knorrigen Schatten. Willem gewahrte die seltsame Stille inmitten der Stadt, und einen Augenblick lang meinte er, sich mit Barbara im Arm dasitzen zu sehen. Dann spürte er den Strom aus ihrem Körper, eine durchdringende Kraft, und er zog sie an sich. So saßen sie unter der Eiche. Und dann kriegte er es doch hin, und seine Worte schienen sich wunderbar leicht aufzureihen, mild und glänzend im Nachtlicht.

Als er die Augen aufschlug, gewahrte er Barbara neben sich. Er sah ihr Haar, das hinabwogte, und unter der Decke lag ihr Fleisch in seinem; eine Perle, die alle aufwühlenden Gedanken an die Alten beruhigte. Und so fiel er in ihren Rhythmus, döste bald weiter in Geborgenheit.

Sie duschten gemeinsam, und später stand Barbara vor der Kommode. Ihr Bild dreigeteilt im Spiegel; der rötliche Glanz im feuchten Haar, der Rücken sthenisch und die Geschlechtsmerkmale ausgeprägt unter dem Mieder. Als Willem hinter sie trat, hatte sie eine Haarnadel im Mund. Er fuhr über ihre Sommersprossen wie über die Maserung eines Fells, küßte ihren Nacken. Als sie ihn bat, ihr einen Rock auszusuchen, entschied er sich für schottischen Tweed mit Kreidestreifeneffekt. Barbara lächelte und nannte seine Wahl klassisch streng.

Er half ihr in den Rock und fand sie begehrenswert. Er fühlte sich erwachsen, und keine Frage, sie hatten eine gemeinsame Zukunft.

Wenn er von der Hochschule kam und ins Geschäft trat, schlug die Türglocke, und Barbara empfing ihn zärtlich. Sie setzten sich ins Arbeitszimmer, auf dem Ofen standen Kaffee und Tee, und später drehten sie das Wendeschild um und gingen an der Weser oder durch die Wallanlagen.

Willem erzählte von seinem Vater und wie sich seine Welt nach dessen Tod verändert hatte. Wie er in die Miniaturanfertigungen von Kittel und Anzug gesteckt worden war, wie die Mutter ihn verkuppelt hatte und Kronhardt ihn für seine Schmetterlinge und Schaukämpfe gewinnen wollte. Er erzählte von seiner Disziplin und Strategie, um sich jenseits der beklemmenden Welt der Alten etwas selbstbestimmte Zeit zu bewahren und auch, um das Erbe seines Vaters lebendig zu halten. Er erzählte vom Alten Gymnasium, und er erzählte von Schlosser. Von Berlin und der entscheidenden Metabolie, und so spazierten sie, und wenn ihnen kalt wurde, kehrten sie bei Macciavelli ein.

Barbara hatte sich zurechtgemacht; das Haar hochgesteckt, die Schminke etwas dunkler als sonst, und unter dem Rock trug sie weiße Nylons. Willem saß am Ofen, und sie beugte sich extra tief, so daß der Spalt sich auflöste und er sehen konnte, wie die Brustwarzen von ihrem festen Fleisch abwärts zeigten. Rosenöl strömte in seine Nase, und für einen Augenblick schimmerte ihre helle Haut – ein barocker Anblick, meinte er, oder eine Art Transzendenz, und bald umzog der rosige Duft ihn wie eine Hülle. Sie küßten sich, und er wußte, daß sie sich für ihn zurechtgemacht hatte.

Die Flasche war schwer und von schönem Grün. Ein 68er Spätburgunder, der Silur von Kaledonien hieß, und als Barbara ihn dekantiert hatte, funkelten die Reflexe. Willem schloß auf einen molligen Charakter, doch als die Gläser anklangen und der erste Schluck auf seiner Zunge zerging, mußte er einsehen, daß Barbara mit ihrer feinfühligen Einschätzung besser gelegen hatte. Auch ihr Kuß danach war eher zart als rassig, eher feinblumig als kraftbetont, und er spürte, wie sich die Eigenschaften des Burgunders aus der feuchten Mundhöhle der Frau bis in seine Keimdrüsen übertrugen. Er ließ sich fallen, er wurde weich, der Rosenduft ihrer Haut lockte, und Barbara sah mit glücklichem Ausdruck, wie der Mann in ihren Armen zerging.

So saßen sie am Küchentisch unter der Hängelampe. Die Wärme aus dem Kachelofen schien jeden Winkel zu erfassen, und schließlich sagte Barbara, der Wein sei aus dem Stock ihrer Eltern.

Willem betrachtete die Flasche mit einem Gefühl tiefer Dankbarkeit. Dann hob er sein Glas. Auf deine Eltern, sagte er.

Sie starben kurz hintereinander, sagte Barbara. Und so plötzlich.

Er ahnte, wie sehr sie ihre Eltern vermißte.

Ich wollte von Anfang an ins Geschäft. Doch meine Eltern überredeten mich zum Studium. Ich ging nach Hamburg und schrieb mich für Kulturgeschichte ein. Eine halbherzige Angelegenheit zuerst, doch vor allem mein Vater hatte immer behauptet, daß Halbherzigkeit Zeitverschwendung sei, und so entwickelte ich bald eine Klarheit. Ich konzentrierte mich vor allem auf die Textilgeschichte, stieß tief in die Materie und konnte schnell die Schnittmengen zwischen der Wissenschaft und meinen Bedürfnissen erkennen. Ich fand Gefallen am Studium, ich entwickelte neue Blickwinkel und war sicher, mit so einem profunden Hintergrund das Geschäft dereinst sicher steuern zu können.

Und dann geschah es. Ein Schutzmann klingelte mich aus dem Bett und meldete einen dringenden Anruf meiner Mutter. Ich sprang in ein Taxi und versprach dem Fahrer zwanzig Mark extra. Trotz der Geschwindigkeit zog sich die Wegstrecke endlos, doch ich war die ganze Zeit sicher, daß mein Vater warten würde. Als ich dann an seinem Bett saß, lächelte er und schlief bald darauf ein. Meine Mutter folgte ihm einen Monat später. Plötzlich war ich ganz alleine. Ich exmatrikulierte und übernahm das Geschäft.

Zu Anfang lief es erstaunlich gut, doch Barbara ahnte bereits, daß vor allem die Stammkunden nur aus Mitleid kauften, und tatsächlich schlich sich mit Auslauf der Trauerzeit die Stagnation ein. Das heißt, sagte Barbara, in Wirklichkeit hatte diese Stagnation überhaupt nichts Verborgenes. Schon vor Jahren hätte ihr Vater die Zeichen der Zeit erkannt und eine Wende mit umwälzenden Auswirkungen vorausgesagt. Den Ausbau der Innenstadt zu einer Zone, internationale Warenhäuser und Discounterketten, die Manipulationen einer weitgreifenden Bewußtseinsindustrie. Und natürlich die schwindelerregende Konkurrenz auf dem Stoffsektor, vor allem Fernost, wie gesagt, das den Markt mit Kunstfaser und verbrecherischen Preisen überschwemmte.
Ihr Vater habe Entwicklungen stets genau beobachtet und in der ihm eigenen Art reflektiert, indem er neue Erkenntnisse bedächtig zu Vorausschau und notwendigem Handeln verschmolz. Das sei sein Motto gewesen als Kaufmann, aber auch als Mensch. So habe er das Geschäft still, jedoch ohne Opportunismus durch den Hitlerfaschismus gelenkt und später, im Wirtschaftswunder, die schwarzen Zahlen stetig potenziert. Doch er habe die Schnelligkeit dieses deutschen Wohlstands unterschätzt; und auch die schier grenzenlosen Möglichkeiten, die beständig aus Amerika herüberwirkten und einen immer radikaleren Einfluß ausübten. Wo der deutsche Hunger nach totaler Macht gedämpft sei, giere das Volk jetzt nach Masse; wo ehedem ein Propagandaminister die Köpfe aufgeweicht habe, manipulierten jetzt die ausgeklügelten Mechanismen einer Wirtschaftsform, und ihr Vater, meinte Barbara, habe in seinem Leben zweimal mit ansehen müssen, wie seine Landsleute so befremdlich gleichgeschaltet wurden. Daß die Techniken zur Beherrschung eines Volkes auch nach 45 so nachhaltig greifen und Unmoral bald zu einer Normalität erheben konnten, hatte ihr Vater einmal gesagt, habe er in seinen Reflexionen außer acht ge-

lassen. Rings, meinte Barbara, boomte eine Realität, die sich quasi selbst außer Frage stellte und gegen die die inneren Werte ihres Vaters naiv, ja bald senil erschienen. Ein weltoffener Mann mit verläßlichen Kaufmannsprinzipien ist er gewesen, die plötzlich nichts mehr wert waren.

So hatte er im Ehebett gelegen, und mit dem Nachlassen seines Händedrucks war alle wirkende Kraft dieses Mannes – wohin? fragte Barbara. Sie hatte ihren Vater geliebt.

Später betrachteten sie die Familienbilder. Barbara als Säugling, Barbaras erste Gehversuche, Barbara im Vorschulalter. Strahlend, bockig, das Gesicht eingefangen in kindlichem Ernst.

Willem fand es erstaunlich, daß er die Ansätze für die weiteren Ausprägungen dieser Frau bereits erkennen konnte – quasi die festgelegten Merkmale, meinte er und überlegte zugleich, wie festgelegt diese Merkmale wohl wären. Ob es einen Schwankungsbereich gebe, der sich den unmittelbaren Umständen anpasse.

Barbara war nicht sicher, ob es so einen Schwankungsbereich überhaupt gab. Sie sei glücklich aufgewachsen, meinte sie, und wäre es weniger glücklich gewesen, sähe sie heute bestimmt nicht anders aus. Willem strich ihr über das Gesicht; die zu Schönheit gereiften Ansätze von den Photos.

Auf den nächsten Bildern sah er zum erstenmal ihre Eltern. Beide waren schon damals nicht mehr die Jüngsten, dazu kamen Hitlerfaschismus und Krieg. Ihre Eltern, sagte Barbara, hätten beides verweigert, ein innerer Widerstand, der Kraft gekostet habe. Und sie seien überzeugt gewesen, keine Kinder in jene Zeit setzen zu wollen.

Mit anderen Umständen im Gepäck würden deine Eltern auf den Photos vielleicht anders aussehen. Und du wärst zehn Jahre älter. Oder gar nicht erst geboren.

So saßen sie und dachten an die endlose Fülle von Begleitumständen, die zu der eigenen Geburt geführt hatten; dazu, daß sie sich begegnet waren und nun gemeinsam hier saßen.

Auf den nächsten Photos war Barbara mit ihrer ersten Puppenküche zu sehen. Barbaras erster Schultag, ihr erstes Fahrrad, und dann einige Bilder, mitten aus einer Menge aufgenommen; der ganze Marktplatz voll mit Menschen, und einige klammerten sich noch an den Roland. Und mittendrin in dieser Menge die kleine Barbara. Wie sie vor Ludwig Erhard einen Knicks machte, wie dieser fleischige Riese ihr Köpfchen streichelte. Und dann Barbaras Eltern, denen der Minister die Hand drückte.

Was ist das, sagte Willem.

Man nahm unsere Familie als Vorbild für die gelungene Umsetzung der sozialen Marktwirtschaft. Wir kamen sogar in die Wochenschau.

Und Barbara legte ein paar Bilder nach, die recht professionell wirkten. Der Vater vor einem Schlagbaum und dahinter Italien; der Vater vor einer alten Weberei, beim Begutachten von Stoffen und dann neben dem Patriarchen, einem bussardäugigen Alten, der vor seinem Webstuhl auf Anhieb wie ein großer Meister erschien.

Dann Bilder von der Mutter; wie sie in den kolonnadenhaften Gängen die Futterale aus den Fächern zog, wie sie mit Meterholz und Schere nach den Wünschen einer anspruchsvoll gekleideten Dame arbeitete und zuletzt den Stoff an einer dunkelholzigen Schneiderpuppe drapierte. Des weiteren die Familie unterm Weihnachtsbaum, bei Tisch, mit Opel und Zelt am Gardasee.

Nach einer Zeit sagte Willem: Über unsere Familie gabs auch eine Serie.

Ach.

Der Tod meines Vaters.

Wie?

Mysteriös, stand in den Zeitungen, und: Gerichtsmedizin steht vor einem Rätsel. Aber dann hat sich das Ganze aufgelöst, und es gab so etwas wie eine Entschuldigung dafür, daß meine Mutter und Kronhardt öffentlich unter Verdacht geraten waren. Gute Werbung war das natürlich nicht.

Sie standen unter Mordverdacht?

Soweit ich weiß.

Schrecklich.

Keine Ahnung. Sie reden nicht darüber.

Aber sie sind rehabilitiert?

Sieht so aus.

Und du?

Ich war dabei, als er starb. Die Barkasse hieß Alk, und wir machten eine große Hafenrundfahrt. Im Totenschein steht Embolie. Und das wirds wohl gewesen sein.

Wie kann jemand an einer Embolie sterben und später entstehen daraus Mordgeschichten?

Na ja. Einem der Pathologen war wohl was aufgefallen, und anscheinend hätte auch ein Anschlag den Tod verursachen können.

Ein Anschlag?

Verdammt heimtückisch und sachkundig zugleich. Das meinte jedenfalls der zweite Pathologe, ein junger Hund, der Lampe hieß, und als er mit seiner Meinung alleine blieb, schaltete er auf eigene Faust die Kripo ein. Für ein paar Wochen wucherte seine Hypothese in den Zeitungen, bevor ein anonymer Arztkollege alle Unklarheiten beseitigte.

Anonymer Arztkollege?

Aus Loyalität gegenüber seinem Stand, nehme ich an. Jedenfalls machte dieser Arzt auf eine englische Fachzeitschrift aufmerksam, worin über zwei ganz ähnliche Fälle berichtet wurde, die aber zuletzt auf natürliche Ursachen zurückgeführt werden konnten. Damit waren die Mutter und Kronhardt aus dem Schneider.

Haben sie das je verkraftet?

Und Willem lachte.

Warum lachst du so?

Sie ist kalt und berechnend. Ich wollte nie bei ihr sein. Ich war meinem Vater so viel näher. Er sah Barbara an, lächelte. Wäre er nicht gestorben, säßen wir womöglich nicht hier.

So waren sie beieinander. Spürten den Wein ihrer Eltern, und manchmal huschten Bilder von Zufall und Katastrophen hinter ihren Augen.

Reproduktion: Bereits vorhandene Individuen erzeugen neue Individuen. Eheliche Pflichten und Beischlaf, und Knocken, Ficken, Vögeln – die Gesichter im Orgasmus verzerrt, und Millionen propellergetriebene Köpfe, die auf dem Sekret zuckten und kämpften, bis zuletzt einer in die Eizelle drang und mit ihr verschmolz. So suchte er in Gestalt und Zügen ihrer Eltern nach etwas Vertrautem; nach den Zeichen von Barbara. Doch von den Lichtbildern konnte er nicht darauf schließen, daß eine Reproduktion dieser beiden Menschen eine so schöne Frau hervorgebracht hatte.

Er sah Barbara, das Kind, mit Fellmütze und Schlitten am weißen Weserdeich. Und im nächsten Sommer am Weserstrand, mit kariertem Schwimmrock, Arme und Beine voll Schlick, und im Hintergrund eine Wolkenbank. Und dann Barbara als Zwölfjährige, einmal mit der Mutter, einmal mit dem Vater, und Willem glaubte nun eine Ähnlichkeit mit der Mutter zu erkennen.

Quatsch, meinte sie. Die Ähnlichkeit mit ihrem Vater sei doch nicht zu übersehen.

Doch Willem konnte diesen Blick nicht entwickeln. Gestalt und Züge ihrer Eltern blieben ihm verschlossen, und wenn überhaupt, sah er zuletzt eine Ähnlichkeit im vollen Lachen der Mutter und, na ja, vielleicht auch im vollen Busen.

Auf dem nächsten Bild war die pubertierende Barbara im sommerlichen Umland, und der Strohhut machte sie eher keck als lasziv. Doch zwei Bilder weiter, meinte er, schien sie wie ein Nymphchen, nachgerade rausgeschnitten aus Nabokovs Skandalwerk. Mit sechzehn durfte Barbara rauchen, und vor allem ihre selbstverständliche Haltung mit Zigarette ließ sie seltsam frühreif erscheinen. Mit siebzehn begleitete sie ihren Vater zu den Webereien in Irland, und ein Jahr später waren sie in Italien und Spanien.

In Spanien lernte sie Inéz kennen. Inéz kam aus einer Weberei, die seit Generationen die kastilischen Dynastien belieferte, ein Mädchen in Barbaras Alter, schwarzäugig und mit langem, glänzendem Haar; sie war von graziler Gestalt und hatte eine Hautfarbe, die an die schroffen Sonnenflanken der Cordillera erinnerte. Wie bei Barbara waren auch bei ihr Merkmale von fraulicher Schönheit bereits ausgeprägt; jedoch auf ganz andere Art – eher still und verborgen, wie Willem meinte, eher wie ein seltener Augenblick, in dem man die ganze Schönheit einer Fledermaus einfängt oder einer Auster.

Auf den gemeinsamen Bildern schienen die Mädchen von einer Kraft durchdrungen, vom raumgreifenden Drang nach Leben und ewig neuer Blüte. Doch neben dieser jugendlichen Lust meinte Willem noch etwas anderes zu verspüren; meinte hinter der unschuldigen Haut und den strahlenden Zahnreihen eine seltsame Gewißheit zu entdecken, etwas, was auf eine Zukunft ausgerichtet war und was er sich selber nie zugetraut hatte. Und noch der Glanz, der sich in den Augen der Mädchen verkapselt hielt, schien jederzeit bereit für diese Zukunft.

Willem war beeindruckt von der seltsamen Kraft dieser Bilder; von dem Gebirgszug im Hintergrund, zeitlos und nackt unter der Sonne und gesprenkelt vom Schatten segelnder Wolken.

Inéz also, sagte er.

Sie ist vor der Franco-Diktatur geflüchtet und lebt jetzt in Hamburg.

Ihr seht euch noch?

Na klar. Du siehst deinen Schlosser doch auch noch.

Warum Hamburg?

Bis zum Tod meiner Eltern haben wir dort gemeinsam gelebt. Anderthalb Zimmer auf der Schanze und rundherum totale Flower-Power. Inéz besucht jetzt eine Fachschule für Modedesign, und ich bin hier.

Willst du wieder zurück?

Ich weiß nicht.

Wir gehen zusammen. Ich schmeiße die Betriebswirtschaft und mache in Hamburg Naturwissenschaften.

Ich weiß nicht. Das Haus meiner Eltern habe ich vermietet, die Bestände hier werde ich vielleicht verkaufen, vielleicht auch nicht. Mit dir ändert sich einiges, Willem. Zudem habe ich noch das Speicherhaus. Laß uns nichts überstürzen.

Sie schenkte Wein nach, schlug ein Bein über und rauchte. Die Bilder lagen großflächig auf dem Tisch, die strenge Chronologie aus dem Kästchen aufgelöst. Sie stieß den Rauch in die Stille und zeigte ihm ihr Profil. Er konnte mehr sehen als die Frau, die er bisher gekannt hatte; noch das Kind saß da, das Nymphchen, die

junge Frau in den Bergen Kastiliens. Es schien ihm eine wunderbare Vertiefung.

In der Nacht war Nebel aufgekommen und hielt die Stadt zum
Morgen hin mit weißen Kristallen überzogen. Willem hatte einen
vorlesungsfreien Tag, und beim Frühstück schlug er vor, hinaus-
zufahren.
Im Käfer drehte er die Heizung hoch, doch erst hinter der Brill-
Kreuzung spürten sie die Wärme. So zogen sie bald an der großen
Werft vorbei, an der Getreidemühle und der Stahlhütte. Als sie die
Lesum überquerten, dampfte der Fluß, Richtung Norden stieg Ne-
bel gegen den Geestrücken, und nur die hohen Bäume stachen mit
weißem Geäst heraus. In Rönnebeck hatten sie Blick auf die Weser,
und sie überholten einen Dampfer, der sich schemenhaft durch die
Schleier schob. Auch der Bunker lag unscharf hinter den Schilfgür-
teln, und seine Nähe drängte noch durch die Heizungsluft.
Willem lenkte direkt unter den Deich und parkte bald in einer
Bucht. Sie hatten warme Kleidung dabei und einen Rucksack mit
Thermoskanne und Stullen. Auf der Deichkrone spürten sie eine
Brise, und Barbara band ein Kopftuch um. Von hinten kam der
Dampfer, seine Kolben trieben einen dumpfen Takt über das Wasser, doch seine Umrisse blieben schemenhaft. Die Sonne war nicht
zu sehen, rings das weite Land war nicht zu sehen, und die Schilf-
gräser wirkten im Reif erstarrt.
Als sie die Wurt erreichten, hingen Eiskristalle auf ihren Kleidern.
Der Kaffee dampfte, und sie hielten die Becher mit beiden Händen. Manchmal langten Äste der vom Sturm gefällten Weide durch
die Schwaden, manchmal schien irgendwo ein großer Vogel vor-
beizufliegen. Sie saßen eng beieinander, und es war ein Gefühl, als
wären sie ganz allein auf der Welt.

Der Käfer war ausgekühlt und mit frostigem Pulver überzogen.
Willem steuerte gemächlich unterm Deich entlang, und es dauerte, bis die Scheiben nicht mehr von innen beschlugen. Erst auf der
Landstraße schaltete er hoch, und obwohl die Welt ringsherum
verborgen blieb, war er stets orientiert. So zogen sie vorbei an den

einsamen Gehöften, und das Gekläff der Kettenhunde wurde im Nebel zertragen. Sie nahmen die kleinen Dörfer mit den Storchennestern, die Allee mit den vom Nordwester geneigten Pappeln, und dann, in einer Kurve am Deich, erschien der Ochsenkrug. Willem rollte auf den Vorplatz, und Barbara rauchte bei den gestutzten Korbweiden.

Zwei Dörfer weiter kehrten sie ein in einen Landgasthof. Sie waren die einzigen Gäste, und der Wirt rief nach seiner Frau. Sie habe Kartoffeln und Blumenkohl auf dem Feuer, der Braten sei von gestern.

Trotz der nebeligen Umgebung hatte die Wurt einen Eindruck bei Barbara hinterlassen. Vor allem gekoppelt an Willems Beschreibungen davon, wie er und Schlosser die Blickwinkel verschoben und sich Räume erschlossen hatten, die jenseits vom bedrückenden Alltag lagen. Sie selber habe so ein Wurtgefühl, wie sie es nannte, auf ganz anderem Weg erfahren.

Zuerst war sie nach dem plötzlichen Tod ihrer Eltern in eine zeitlose Leere gefallen, aus der heraus sie alles Notwendige anging, ohne es richtig zu bemerken. Zwar war Inéz in den ersten Wochen bei ihr gewesen, doch die Außenwelt blieb Barbara seltsam fern. So beerdigte sie ihre Eltern, exmatrikulierte und stellte sich ins Geschäft. Von neun bis achtzehn Uhr, und ob Kunden kamen oder nicht, konnte sie kaum sagen. Sie glaubte, Jahrzehnte so weitermachen zu können, und sie glaubte, sich in einem Zustand von überwältigendem Schmerz zu befinden. Tatsächlich aber kam die Überwältigung erst später; sie sickerte allmählich durch, dehnte bald allen Raum, und nachts, wenn alle Expansion hinter ihren Lidern zusammenstürzte, verdichtete sie sich genauso endlos nach innen. Doch seltsamerweise gelang es ihr, gerade aus der Erinnerung an ihre Eltern wieder Mut zu schöpfen, und so verbrachte sie Zeit im Elternhaus. Sie rührte an den Dingen und ließ sich von den Dingen berühren, sie lachte und weinte, und es war ein Gefühl seltsamer Geborgenheit. So ähnlich, wie Willem es auf der Wurt beschrieben hatte, und sie glaubte, daß sich mit ihren Eltern im Herzen für sie Raum um Raum eröffnen würde.

Doch sie hatte sich getäuscht und spürte bald, wie die anfängliche Durchdrungenheit nachließ und der Schmerz sie wieder überwältigte. Und so versuchte sie von neuem aus den Erinnerungen Mut zu schöpfen; ging durch das Haus, rührte an den Dingen, lachte und weinte, und dann erkannte sie, daß ihren Eltern aus dem Schmerz der Hitlerjahre vor allem Liebe erwachsen war. Erkannte plötzlich die ganze Größe dieser Liebe und wie wunderbar sie selber ihr ganzes Leben hindurch darin eingebettet gewesen war. Und tatsächlich entstand ihr aus dieser Erkenntnis wiederum Geborgenheit, doch auch dieses Mal hielt sie nicht lange an. Bald war der Schmerz wieder da, bald konnte sie mit erschreckender Klarheit sehen, wie allein sie auf der Welt war.

Der Wirt räumte ab und freute sich über das Lob an seine Frau. Dann brachte er Kaffee, und Barbara zündete eine Zigarette an. Durch den Rauch hindurch sagte sie, daß es eine Flucht gewesen sei.

Ich konnte diese Angst nicht ertragen. Ich mußte mich ablenken, und mit dem ersten, sagte sie, war es kaum mehr als ein Deal. Ein Typ, der auf dem Sprung war, die Hippiekluft gegen einen Anzug zu tauschen. Er hatte eine Menge Geschichten und Drogen parat, und jedesmal wenn wir Sex hatten, waren wir irgendwie drauf.

Der nächste war ein Künstler. Ich lernte ihn auf einer dieser wilden Partys kennen; er spie pure Energie, und ich glaubte, er würde die ganze Welt in sich saugen, umwandeln und diese wunderbar heißen Brocken hervorbringen. Ich war dabei, wenn er Aktionstheater machte, Entblößungsobjekte in der Werkstatt erschuf oder rastlos durch die Wohnung zog und Pamphlete gegen eine Freiheit schleuderte, die gemästet wurde von Boulevardblättern und Technicolor. Ich glaubte, hinter seiner radikalen Art etwas völlig Neues für mich zu entdecken und noch Schmerz und Angst in mir zu überwinden. Ich berauschte mich an seiner Energie, und als er plötzlich Erfolg mit seinen Pamphleten hatte, meinte ich, wir würden gemeinsam durchstoßen in eine neue Dimension. Seine Lesungen waren ständig ausverkauft, bald hielt er sich für ein Genie, das mit seiner neuen Sprache an den Verhältnissen rüttelte und den

Weg frei machte für neue Denkmuster, bald für überirdisch, und er driftete ab in Visionen, aus denen er unglaublich geschmiedete Prophezeiungen mitbrachte, und ich mußte einsehen, daß sein ganzes Feuer nur Geltungssucht war. Ein Haß auf jeden, der ihn nicht wahrnahm.

Auch der nächste war ein Künstler. Ein Jazzmusiker, der so sensibel war, daß noch sein Schwanz sich regelmäßig zurückzog. Ein Mensch mit unglaublichen Tiefen hinter all der Scheu, und eine Zeitlang hatte ich die Hoffnung, in seine Tiefen einzutauchen und dort geborgen sein zu können. Doch mit seinem latenten Hang zur Asexualität konnte ich nicht umgehen. Geborgenheit hat für mich auch etwas mit körperlicher Liebe zu tun.

Nach dem Jazzmusiker ging ich in die Tanzlokale. Nicht diese Hippieschuppen, sondern ganz bürgerlich, und die Männer, die ich mir aussuchte, waren durchweg schneidige Kerle mit Koteletten und Sakko. Männer, die sich weltmännisch gaben und mondän und von Frauen einen ganz natürlichen Abrichtungscharakter erwarteten. In Wirklichkeit, meinte Barbara, sei es erstaunlich einfach, die wunden Stellen hinter ihrem Fundamentalismus aufzuspüren und diese Kerle gefügig zu machen. In Wirklichkeit seien sie weich und begännen schon nach einer Nacht zu klammern.

Doch Dauer und Tiefe waren mir mit diesen Männern unmöglich. Ich wollte einfach nur kompensieren; wollte gegen meinen inneren Schrei diesen schreienden Moment.

Sie sah Willem an.

Er sagte nichts.

Die Männer haben mich nicht weitergebracht.

Er hob die Schultern. Vielleicht hast du eingesehen, daß die wahren Werte nicht zu erzwingen sind.

Vielleicht.

Und man muß nicht zwangsläufig unter den Nazis gelitten haben, um Liebe zu erfahren.

Du hast bestimmt recht.

Man kann jederzeit darangehen, die Innerlichkeit in eine so feine Kraft umzuwandeln wie deine Eltern.

Sie lächelte und nahm seine Hand. Nach den Männern erledigte ich, was zu erledigen war. Ich schloß das Geschäft und fuhr zu Inéz nach Hamburg. Ich blieb drei Monate und kam mit einem Plan zurück nach Bremen. Ich wollte verkaufen und gemeinsam mit Inéz etwas Neues angehen. Doch dann schlug die Türglocke, und du kamst herein.

27

Kronhardt machte den Vorschlag: Luxus aus dem Delikatessengeschäft. Doch seine Frau war dagegen. Wir sind keine Parvenüs,
sagte sie, und Kronhardt gab ihr recht.
Natürlich hatte sie recht. Und mit diesem Gefühl verschanzte sie
sich in der Küche. Schaltete ihren Heimatsender ein und schnitt
Sehnen und Blutgefäße aus dem Braten. Deutsche Schlager spielten und ein plattdeutsches Hörstück; die Griffe am Fleischbrett
gingen ihr wunderbar von der Hand, gelegentlich ertappte sie sich
dabei, wie sie mitsummte oder schmunzelte, und dann schnürte
sich die Küche für einen Augenblick zu einem wunderbaren Heimatgefühl zusammen – ein Fingerhut beinah, wie damals. Doch als
um voll die Nachrichten gesendet wurden und die Ölkrise unweigerlich die Gegenwart markierte, zerfiel ihr diese innere Regung
wieder. Sie blickte seltsam leer auf das Fleischbrett, entschied, daß
der Braten nicht fett genug sei, und spickte ihn.
Die Nachrichten hinterließen eine Art Demütigung, und einmal
verzog sie das Gesicht unter den sauren Stößen ihres Magens.
Dann verschmierten Stimmen und Musik, und der Sender war
kaum noch mehr als klägliche Standortbestimmung – ein Volk,
meinte sie, das sich einen autofreien Sonntag aufnötigen ließ, war
im Grunde verweichlicht und hatte jene Tugenden eingebüßt,
die es einst hart und stark gemacht hatten. Die Fähigkeit, Freude
durch Überwinden, ja Bezwingen zu erlangen, schien ihr ausgespült und für immer verflossen, und sie schüttelte den Kopf über
diese – nun, sie wußte kein anderes Wort: Entartung.
Die Mutter starrte noch eine Zeitlang auf das Fleischbrett, die weißen Faserknoten dort und das geronnene Blut, doch dann ging
ein Ruck durch ihren Körper. Als zöge sie endgültig Kraft aus dem
Spalt ihrer Vergangenheit, spannte sich der Rücken, ihr Busen

sprang vor, und so bohrte sie die letzten Speckstücke durch den Braten, beizte ihn, und aus dem Radio erschienen ihr noch einmal die legendären Schwingungen: Weiter, Max! Weiter, Max! – und dann: Aus! Aus! Der Kampf ist aus!

Als sie ihre Hände an der Schürze abwischte, zog sich die Küche wieder zu diesem mächtigen Gefühl in ihr zusammen, und der Anblick des ofenfertigen Bratens erfüllte sie mit Stolz.

Kronhardt wäre gerne mit dem neuen Mercedes vorgefahren. Sauerbraten in Wacholdergelee, Gänseleber, Kükenragout, und er hätte gerne gesehen, wie der Gehilfe aus dem Delikatessengeschäft die Sachen bis ins Auto trug. Und dann hätte er noch, als Zeichen der Weltoffenheit, ein bißchen eingeflogene Exotik verlangt: Ananas oder Babyoktopus, damit jeder sehen konnte, daß Ölkrise etwas war, was ihn nicht betraf und nicht interessierte. Es sei denn im Zusammenhang mit diesem Krieg dort unten, und während der Gehilfe die Exotik verpackt hätte, wäre er mit dem Chef auf das Thema zu sprechen gekommen – nichtwahr: Wie wunderbar alles sein könnte, wenn Juden und Araber sich endlich gegenseitig auslöschten.

Später hätte er den Mercedes gerne zur Tankstelle gebracht; Waschen und Polieren, während er in die Stadt geschlendert wäre, zum Herrenausstatter und in die Drogerie. Na ja. Aber womöglich hatte seine Frau recht. Oder besser: das entscheidende Gespür. Schließlich war der Anlaß wichtig genug. Und natürlich konnte man den Stolz auf das, was man erreicht hatte, noch mal extra präsentieren, wenn auch wirklich alles hausgemacht war. Sogar die Schwielen vom Polieren, und so fuhr Kronhardt den Mercedes aus der Garage und machte sich an die Arbeit, während aus dem Autoradio Schlagermusik spielte oder ein plattdeutsches Hörstück.

Am Nachmittag kündigte er eine Fahrt zum Weinhändler an. Er kaufte gleich eine Kiste und ließ sie sich bis in den Kofferraum tragen. Danach besorgte er ein neues Halstuch und ein After-shave, eine Kreation, wie die adrette Dame versicherte, die genau seinem Typ entsprach. Zu Hause nahm seine Frau den neuen Duft auf

Anhieb wahr, und bevor Kronhardt verlegen wurde, schmunzelte sie bereits und zeigte ihm ein frisch gekauftes Kostüm.

Zum Abend hin waren sie gemeinsam im Bad und machten sich zurecht.

Barbara erschien konservativ und streng, und Willem hatte ihr Opportunismus vorgeworfen und bis zuletzt auf hippere Klamotten bestanden. Doch Barbara hatte sich durchgesetzt. Als Zeichen der Versöhnung hatte sie dann den Rock angehoben und ihre neue Wäsche präsentiert – ein Akt, der die äußere Steifheit dramatisch verwandelte, doch Willem war auf die Reize nicht angesprungen. Als sie das Speicherhaus verließen, wirkte er in Cord und Rollkragen auffällig leger neben ihr. Am Auto nahm er ihr weder den Mantel ab, noch hielt er den Schlag auf.

Der Käfer rollte untertourig über die Martinistraße. Als die Glühspirale rausschnalzte, kurbelte er das Fenster herunter, und Barbara spürte, wie der Wind ihr Kopftuch bauschte. Sie blies den Rauch absichtlich in seine Richtung, doch Willem hielt sich stur am Lenkrad und blickte nach vorn. Nicht mal als sie Grimassen schnitt und seine Haltung nachäffte, wendete er den Kopf.

Kronhardt hatte den Mercedes vor der Garage gelassen, und Willem parkte in der Auffahrt.

Laß uns wieder vertragen, sagte Barbara, und Willem sagte, kein Problem.

Sie kam rüber und küßte ihn. Dann flüsterte sie: Opportunismus kann ein nützliches Mittel sein.

Sie grinste, und Willem wußte nicht, ob sie ihre Worte ernst meinte. Er hielt ihr den Schlag auf, holte ihren Mantel von der Rückbank und half ihr hinein. Wahre Rebellion läßt sich nicht auf Klamotten reduzieren, sagte sie, drehte sich mit fliegendem Mantel um und stieß ihre Zunge vor. Und Willem spürte, wie dieser Vorgang mühelos alle Krusten in ihm durchbrach. Als wäre diese Frau seit Jahren mit ihm vertraut; als wüßte sie um all seine Stärken und Schwächen. Als sie die Stufen nahmen, klapste er auf ihren Hintern. Und natürlich hatte Barbara recht: Die Spitze unter der konservativen Strenge war rebellischer Grundsatz genug.

Die Mutter hatte einen festen Händedruck und schnelle Augen. Sie war beeindruckt, daß es noch Frauen gab, die sich so zu kleiden wußten, und sie versuchte erst gar nicht, ihre Neugier zu verbergen.

Kronhardt küßte Barbaras Hand. Sein grelles Tuch gab ihm einen Schuß Jugendlichkeit, die sofort ansprang, als Barbara ihm unverhofft die Brust entgegenstreckte. Er machte Komplimente, servierte Wein und gab Willem schnippend Order, einen Ascher zu besorgen. Hinterrücks aber beklagte er sich über Barbaras Angewohnheit und fand es unverschämt, mit was für einer Selbstverständlichkeit sie ihr Etui auf dem Tisch plaziert hatte. Seine Frau lächelte und meinte, daß diese Barbara trotz ihres Lasters einen sehr selbstbewußten Eindruck mache; im Gegensatz zu Willem wisse sie genau, was sie wolle und worauf es ankomme. Kronhardt stimmte ihr zu, und danach hatte er ein Feuerzeug in der Tasche.

Barbara machte alles richtig. Sie gab Kronhardt Gelegenheit, sich ins rechte Licht zu rücken, und sie erriet die Rezeptur des Bratens, nicht aber den entscheidenden Trick der Köchin. Sie sagte Plauderei anstatt Small talk, und wenn sie Jargon benutzte, war er stofflich oder hanseatisch. Sie wußte viel, aber sie wußte nichts besser, und Willem hatte manchmal das Gefühl einer unheimlichen Perfektion. Als wäre die ursprüngliche Entfernung zwischen den dreien längst aufgelöst, als wären sie wunderbar aufeinander abgestimmt.

Er schämte sich für sein Mißtrauen. Und er ärgerte sich über die Alten und gab ihnen die Schuld an seiner Scham, weil sie ihm ein Leben ohne Mißtrauen nie ermöglicht hatten. Doch es gelang ihm nicht, seine Gedanken an Verschwörung und geisterhafte Fernwirkung zu überwinden. Seine Sinne blieben geschärft, während er sich um eine beiläufige Haltung bemühte; sich Soße vom Kinn wischte, seine Kommentare abgab oder lachte, um zugleich hinter jeder neuen Haltung der Alten eine Zweideutigkeit zu entlarven. Und so saß er mit den Alten am Tisch. Lauschte, während er belauscht wurde, plauderte, lachte und sah ihnen vergnügt in die Augen. Und Barbara lachte mit ihm, stieß ihn mit dem Fuß oder küßte ihn. Und nach dem Dessert wollte sie seine Hand auf der Spitze unter ihrem konservativen Rock.

Später begleitete Barbara die Frau des Hauses, um noch einmal auf ihren ausgezeichneten Krustenbraten zurückzukommen. Kronhardt schlug dem Stiefsohn auf die Schulter und schenkte Weinbrand ein. Küchengespräche. Was, mein Junge.

Zur Betriebsbesichtigung eilte der Alte voraus. Eine Maschine ratterte, als er die kleine Gesellschaft erwartete. Wie eine Koryphäe lotste er durch den Park, erklärte die Vorgänge, und seine Frau hakte sich unter Barbaras Arm. Nach dem Betrieb bestand Kronhardt auf der Kellerbar. Sie saßen am Stammtisch, sie lachten, die Frau hielt die Hand ihres Mannes und Barbara die von Willem. Dreimal ging Kronhardt an seinen Spezialschrank und servierte, wie er sagte, etwas für den inneren Reichsparteitag.

Die Alten fanden es richtig, daß Willem ein Taxi orderte und Barbara begleitete. Sie winkten, als der Wagen abfuhr, doch Kronhardt beklagte, daß der Stiefsohn gleich die Nacht bei Frau Focke verbringen wollte. Um so mehr, da sie jetzt offizielle Mitwisser seien. Quasi, sagte er. Seine Frau lachte. Quasi, sagte sie, könne doch niemand wissen, was sie wirklich wüßten und was nicht.

Zwei Monate später parkte Kronhardt den Mercedes vor einer Druckerei, und der Gehilfe stellte einen Karton auf den Beifahrersitz. Die Einladungen rochen frisch und steckten in professionell adressierten Umschlägen. Im Hauptpostamt ließ Kronhardt den Karton über die Rollen gleiten und blickte den Schalterbeamten über den Nasenrücken an. Wieder zu Hause, setzte er sich ins Büro und erstellte eine Liste. Dann flippte er durch die Kartei mit den Telefonnummern und orderte nacheinander Schlachtplatten, Faßbier und eine rustikale Kapelle. Doch seine Frau stornierte das. Sie arbeitete mit Barbara an einer Marschroute bis zum Zapfenstreich, und Kronhardt sollte sich überraschen lassen. So konspirierten die Frauen im Büro oder waren mit dem Mercedes unterwegs, und Kronhardt gefiel sich in der Herrenrolle.

Dann kamen ihm Zweifel, und er bezog ganz klar Stellung. Schließlich war es sein Geburtstag, und er bestand auf der rustikalen Kapelle. Noch bevor seine Frau etwas erwidern konnte, hakte Barbara ihn unter, und als sie nach einer halben Stunde zurückkamen, war Kronhardt bester Dinge. Frau Focke habe vollkommen recht, Tradition und Fortschritt müßten sich nicht zwangsläufig beißen, und Kronhardt bekam eine Kapelle mit Hammondorgel.

Barbara fügte sich geschmeidig in den Kreis der Geschäftsfreunde. Sie ließ sich begutachten und schien offen für die Neugier der anderen. Doch in Wirklichkeit verschaffte sie sich auf Anhieb Respekt, und die Gäste blieben diskret.

Gegen Willem verhielten sie sich wie eh. Seine Fähigkeiten zu Eloquenz und Zynismus interessierten sie eigentlich nicht, und solange er sich seine Sporen nicht in ihrer enggesteckten Welt verdient hatte, blieb er im Grunde ein Bürschchen. Ein ewiger &Sohn, auf dessen Kosten man sich prächtig amüsieren konnte. Die Frau des Tabakgrossisten forderte ihn zum Schnaps, die Reedersgattin kniff ihn in die Wange, oder Mit-Sicherheit-Deutschmeister, rotgesichtig und polternd, schlug ihm auf den Rücken. Doch als Willem diese im Grunde harmlosen Attacken ebenso harmlos parierte und die Gäste feststellen mußten, daß sie entwaffnet und demaskiert waren, schaltete Barbara sofort. Sie überbrückte bereits den Anflug von Betretenheit und bekannte sich auf eine so eindeutige Weise zu Willem, daß die neue Dimension aus dieser Partnerschaft nicht nur für alle offenbar werden mußte, sondern mehr noch: daß allen die tiefe Zärtlichkeit zwischen diesem Paar erscheinen mußte wie ein längst verloren geglaubter Traum. Und während Barbaras Finger sein Haar zerzausten, sagte sie, daß sie Willem auch deswegen liebe, weil er eine ganz außerordentliche Art habe, sich anzupassen. Oder nicht?! Und die Runde stimmte ihr brüllend zu.

So fügte Barbara sich ein, und für die Gäste war es keine Frage, daß sie aus gutem Hause kam. Oder anders, Focke war allen ein Begriff, und Barbara erfüllte alle Erwartungen.

Die Männer stellten sich ihren Körper vor, wie er jung und fest unter den Kleidern sein mußte – bemerkenswert, sagten sie, diese Garderobe. Gediegen und sachlich, sagten sie und waren sich einig, daß eine Frau wie Barbara entschieden mehr Fleisch zeigen sollte. Die Frauen fanden Barbaras Erscheinung stilsicher. Elegant und nicht zu kühl, sagten sie, und sie waren durchweg älter und kaschierten das, indem sie Fleisch zeigten, wo Barbara es verbarg. Vor allem, daß sie es verbarg, hielten sie ihr zugute.

Das Büfett wurde von einer professionellen Mannschaft aufgetragen, und der Küchenmeister war ein Mann mit Kugelbauch und klassischer Mundart. Als er die Speisen ankündigte, spitzstolperte er gekonnt durch die nordeuropäische Küche. Dann verbeugte er sich, und die Mannschaft hob die silbernen Deckel.

Nach dem Essen gab es Kümmelschnaps. Das zweite Faß wurde angestochen, dann spielte die Kapelle einen Tusch, und Kronhardt stieg auf das kleine Podest. Alle wußten, wann sie zu lachen oder zu klatschen hatten, zweimal parierte er einen süffisanten Zwischenruf, dann schloß er seine Rede mit einer Anekdote über Tradition und Fortschritt, durchaus philosophisch, wie die meisten fanden, doch Deutschmeister mit seinem derben Humor verdrehte den Sinn und forderte sogleich die Quelle einer so schlüpfrigen Weisheit. Die Gäste johlten und starrten gespannt auf Kronhardt, und dann, als wäre alles eine wunderbare Inszenierung, stieg Barbara aufs Podest, hakte sich beim Alten ein, lächelte und soufflierte mit sanfter Stimme eine so maßgeschneiderte Antwort, daß alle Schlagfertigkeit auf ihn zurückfallen mußte. Die Gäste waren begeistert, voran Deutschmeister, und in der bombigen Stimmung breitete Kronhardt die Arme und ließ sich hochleben. Lang, hager und hohlgesichtig, so stand er da. Blickte über den Nasenrücken in die Menge, und der Genuß trieb ihm eine seltene Röte auf die Wangen. Dann gab er das Zeichen, die Kapelle tuschte, und er machte die Eröffnung mit seiner Frau.

Barbara fand, daß sie gut tanzten. Sie fand auch, daß sie ein schönes Paar waren, vor allem seine Mutter, meinte sie, sei eine hübsche Frau.

Willem hatte es noch nie so gesehen. Doch Barbara konnte aus ihrem Blickwinkel recht haben, und so schaute er ihnen zu. Sah sie tanzen, als wären sie nie Kronhardt und seine Mutter gewesen, und aus ihren Bewegungen konnte der Eindruck von Selbstvergessenheit entstehen, fließend und leicht, als hätten sie nie an etwas festgehalten. Und seine Mutter konnte plötzlich glücklich erscheinen, ein unbekannter Zustand, dachte Willem, der sie hübsch machte, und auch ihr Paillettenkleid, das bis eben noch wie eine Rüstung gewirkt hatte, versprühte mit einem Mal – wie sollte er sagen: ungeahnte Reflexionen, und ihr kräftiger Körper offenbarte eine Lust am eigenen Geschlecht, eine Bereitschaft, Frau zu sein, wie sie es nie gewesen war, und als die Kapelle die Hammondorgel einsetzte und sie unter Kronhardts Führung eine Drehung machte, fiel ihr eine Strähne ins Gesicht. Sie schien sich selbst darüber zu wundern, daß sie die Strähne nicht sofort zurücksteckte, doch gerade diese Unordnung, fand Willem, machte sie richtig schön – nicht begehrenswert, sondern selbstlos und wohltuend, und für einen Augenblick hatte er die Vision eines Urbildes; eines wundervollen Bildes seiner Mutter, wie sie nie gewesen war.

Die Wochen hockte Willem in den fensterlosen Hörsälen. Ein unvermeidliches und mathematiklastiges Thema, und er hatte keine Hoffnung, je von dem Stoff gepackt zu werden. Zudem vermittelte der Dozent seine Brocken auf eine Art, die interdisziplinäre Betrachtungen ausschloß. Er schien jederzeit überzeugt von klar definierten Anfangsbedingungen und daraus ebenso klar abzuleitenden Gesetzen, die allen Widerspruch auflösten. Rings die Studenten nickten zu seinen Worten und machten ihre Notizen. Und wenn Willem sich um ein bißchen Auflockerung bemühte, den Dozenten zu einer Anekdote anregen wollte oder nachfragte, ob Gödels berühmter Unvollständigkeitssatz nicht zuletzt auch die Mathematik in der Betriebswirtschaftslehre in Frage stelle, sagte der Dozent nur, er werde jegliche Zeitverschwendung durch die unpassenden Äußerungen einzelner auf die Allgemeinheit abwälzen. Willem gefiel das nicht, doch bevor er etwas erwidern konnte, kam schon der Ruf aus der Menge: Halt doch einfach dein Maul, Kronhardt, und alle klopften.
So lavierte Willem durch die fensterlosen Hörsäle; durch das System aus Gängen und Boulevards – jede Menge Beton, wie gesagt, und kaum sprießendes Grün.
Immerhin gelang es ihm, weitere Zeit aus der Stickerei abzuzwak-

ken. Vor seiner Mutter begründete er das mit steigenden Anforderungen im Studium, und nachmittags lag er dann auf dem Sofa. Sprang zwischen den Disziplinen, und was ihn nicht interessierte, ließ er fallen; und wenn ein Haken saß, stöberte er in der Bibliothek nach neuer Verzweigung und Überlagerung, die er mit aufs Sofa nehmen konnte. Und abends traf er sich mit Barbara.

Zur Stumpfen Spitze, stand auf dem Schild.
Ein linker Laden, sagte Barbara.
Alte Malocherwirtschaft.
Der Laden war ein Schlauch mit langem Tresen und ein paar Tischen auf der anderen Seite. Die Leute drängten sich in Rockmusik und Rauch, und Barbara schlug mühelos eine Bresche. Willem folgte ihr bis an den kleinen Tisch.
Wird man hier bedient?
Und Willem stand auf. Weiß und trocken?
Barbara hatte den Kopf im Nacken und fuhr sich mit den Händen durchs Haar. Willem konnte den Blick auf ihren Busen nicht vermeiden. Wie er gegen das hippe Muster drängte. Und das Make-up machte ihr Gesicht im Schummerlicht der Stumpfen Spitze noch extra verführerisch. Weiß und trocken, sagte sie.
Er streifte die Wampe von einem Kerl mit runtergezogenem Schnauzer und Koteletten, er streifte den Hintern einer Frau in Stiefeletten und Jeansrock. Dann stand Frederike vor ihm.
Die alte Schulkameradin hatte gefärbtes Haar und Dauerwelle, im Gesicht eine dicke Brille. Und neben ihr Jan-Carl; auch er seltsam verfremdet, unscheinbar und fast spießig, die beiden. Meine Fresse, sagte Willem. Doch sie reagierten nicht. Und dann, als wäre es Zufall, tauchte ein langer Kerl an seiner Seite auf. Verpiß dich, Arschloch! Er zischte es durch die Zähne, und im nächsten Moment stand er schon wieder bei einer Rothaarigen und gab ihr Feuer für eine Selbstgedrehte.
Willem ließ sich davon nicht beeindrucken. Er sagte: Inkognito, oder was ist hier los, Frederike.
Sie sah ihn hilflos an. Excusez-moi, und dann brachte sie ein paar gestochen scharfe Sätze und bot Willem schließlich eine Gitane.

Verstehe, sagte er. Und zu Jan-Carl: Der Sohnemann vom Staatsanwalt. Siehst aus, als hätte der Alte dich in seine Stapfen gekriegt. Dann tätschelte er seinen Kopf. Hat er aber nicht, was.

Jan-Carl schien eine Perücke zu tragen. Das Haar schlingerte unter Willems Hand, und das Gesicht des Schulkameraden verzerrte.

Willem ging lachend ab, doch als er sich zum Tresen machte, hatte er den langen Kerl im Nacken. Der Kerl stellte sich neben ihn, legte einen Arm um seinen Hals und sah arglos herab. Was hab ich dir eben gesagt, Arschloch?

Daß ich hokuspokus in der Scheiße sitzen werde, wenn ich meinen Rüssel nicht aus der Scheiße halte.

Bist ja n Oberschlauer, was. Und der Lange blickte in die Runde und hebelte an Willems Hals. Verdammtes Arschloch. Dann klopfte er ihm auf die Schulter und drehte sich ab. Aber als wäre ihm noch etwas eingefallen, kam er zurück und versetzte ihm einen verdeckten Haken in die Nieren. Du entspannst dich jetzt. Verstehst du.

Klar, Mann. Und Willem versuchte zu grinsen.

Bleibst ganz geschmeidig und zischt n bißchen was mit deiner Braut.

Klar, Mann.

Wir behalten euch im Auge. Verstehst du. Und beim nächsten Mal greif ich mir die Braut.

Arschloch.

Was!

Das hast du vergessen.

Und der Lange schlug auf den Tresen und zeigte auf Willem.

Die Frau hinterm Bierhahn hatte ihr Haar zu Zöpfen geflochten. Willem mußte schreien, damit sie ihn hörte. Wenn er Kopf und Schultern bewegte, schien alles gut; der Schmerz in der Nierengegend verzog sich.

Schließlich kam die Frau mit zwei schlampig gefüllten Gläsern zurück. Süßes, warmes Zeugs. Willem schüttelte den Kopf und schob die Gläser zurück. Die Frau taxierte ihn und verschwand hinter einem Vorhang.

Als sie zurückkam, hatte sie eine Flasche dabei und ein paar Eiswürfel in einer Plastikschüssel. Fuffzehn Märker, sagte sie.

Willem sah sich die Flasche an. Willst du mich verarschen.

Und wie auf ein Zeichen trat ein Kerl aus dem Vorhang. Gibts Probleme, Sportsfreund?

Willem rollte den Kopf. Noch ein alter Schulkamerad. Und natürlich gibts Probleme, sagte er. Man wolle weiß und trocken und kalt, und prompt sei man das Kapitalistenschwein. Meine Fresse, Alter. Das Hirn der Linken ist genauso unheimlich wie das der Faschos. Er legte einen Zwanziger auf den Tresen. Stimmt so, Sportsfreund.

Achim-das-Tier zog einen Zeigefinger unter der Nase durch. Dann kam sein Gesicht über den Tresen, ein fleischiges, verstoppeltes Ding, und die verwilderten Haare hatte er mit einem Gummiband zusammengebunden. Willem spürte den Atem, und zwischen den Zähnen sah er Wurstreste. Kronhardt, du Fickfrosch! Ganz vorsichtig, verstehst du.

Willem schnappte nach Flasche und Gläsern. A votre santé. Und dann: Das mit dem Pferdeschwanz, Alter. Bißchen weibisch, oder. Zurück am Tisch, zog er das Cordjackett aus und schob die Ärmel vom Rolli hoch.

Barbara saß da und war schön. Der Rotschimmer im dunklen Haar, das Make-up im Schummerlicht, die Kraft unter der hippen Bluse.

Die Flasche war verstaubt und fettig, und die Eiswürfel in der Schüssel waren schnell geschmolzen. Doch der Wein war hervorragend. Nachgerade hinterhergeschmissen für fuffzehn Märker, und Willem grinste. Und Achim-das-Tier. Was für ein Trottel mit Schwänzchen. Fraß seine Proletenwurst, soff sein Proletenbier und steckte sich eine Zigarre in den Hals. Was für eine vernagelte Linkshirnigkeit. Was für ein Automatismus, was für eine Offenbarung. Der Comandante mit dem Schwänzchen aalte sich in seiner Macht, indem er dem Establishment fuffzehn Märker abknöpfte für ein wie auch immer gezocktes Fläschchen, das auf dem freien Markt mindestens fuffzig kostete. Chin-chin, und so lachten sie und tranken.

Und Frederike und Jan-Carl, sagte Willem. Verkleiden sich und tun so, als wäre der ganze Staat hinter ihnen her. Und wenn sie sich verkleiden, weil der ganze Staat tatsächlich hinter ihnen her ist, dann sind sie blöd genug, ausgerechnet dahin zu gehen, wo jeder sie kennt. Was für eine Welt, sagte Willem.

So saßen sie in Rockmusik und Rauch, und manchmal sahen sie, wie der lange Kerl sie beobachtete.

Der Wein hieß Pleistozäner Königskalk, und Willem redete sich in Fahrt. Diese Menschen, meinte er, kämen auf die Welt und glaubten, das ganze Universum drehe sich um sie. Ihr Gehirn passe sich jederzeit an die Außenumstände an und mache daraus Persönlichkeit. Egal, ob als Kreuzfahrer, Blockwart oder Kneipier in Zeiten der RAF; ständig rückten diese Menschen sich und ihre Glaubenssätze in den Mittelpunkt.

Barbara mochte es, wenn Willem sich derart hinreißen ließ. Dann spürte sie eine ungebändigte Kraft, die, gewissermaßen gezähmt, auch ihr gemeinsames Leben antreiben würde.

Und auch Willem spürte diese Kraft, und wenn er sich jetzt in Fahrt redete, wenn er die Menschen rings und ihre Welt sezierte, war es vor allem der stets unterdrückte Wunsch nach Selbstbestimmtheit, der diese Worte aus ihm hervorbrachte. Die entscheidende Metabolie, und so steigerte er noch das Tempo, heftete seine Gedanken voll an das Thema, und seine Hände flogen durch Rauch und Rockmusik.

Diese Protestkultur, rief er, ist zur Nachäfferei verkommen und ebenso ihr Ruf nach Freiheit. Eine Modeerscheinung wie in den Schaufenstern, ein geistiges Vomitat, das schick macht und aufgeklärt, während die rasante Halbwertzeit dieses Phänomen schon jetzt auf ein Nichts reduziert.

Wenn sie ihren Widerstand wenigstens zur eigenen Verfeinerung nutzen würden, rief er. Doch was! Diesen Protestlern fällt nichts weiter ein, als gegen die klein- und großbürgerlichen Konventionen ihr intellektuelles Dogma rauszupressen. Und mit ihren Schlaghandlungen a là Molotow oder Uzi stellen sie sich nicht gegen die andere Seite, sondern offenbaren gerade ihre desaströse Zwillingshaftigkeit mit dieser anderen Seite. Offenbaren den Staatswolf in ihrer blökenden Moral und noch ihre ganze tiefsitzende Blödheit, weil sie mit ihrer Art von Protest zuletzt nur Immunität und Macht der Oberwelt pflegen und somit wunderbare Rechtfertigung liefern für immer perfidere Gesetze.

Und Willem lachte. Diese Protestler heften sich Anarchie oder Rotstern ans Revers und halten johlend die Köpfe ihrer Opfer in die Höhe, während Mercedes-Benz oder Deutsche Bank bereits in weltverändernden Dimensionen handeln. Die Spitzen der Oberwelt offenbaren in der Umsetzung ihrer eigenen Ansprüche das ganze Spatzenhirn dieser Protestler – ihre intellektuellen Phrasen, ihr Kampf und ihre Sache zerspritzen einfach an den Grundfesten der Macht.

Der Zustand der Menschheit, meinte Willem, sei desaströs, und mit seinem Hirn scheine der Mensch schlicht unfähig zu Systemen, aus denen sich umfassende Gerechtigkeit entwickeln könne. Zu Systemen, in denen der einzelne sich in Freiheit entscheiden könne.

Barbara streichelte seinen Kopf. Sie beide könnten sich für oder gegen etwas entscheiden, ohne dafür erschossen zu werden. Sie könnten eigene Ziele entwickeln und sie mit gemeinsamer Kraft verwirklichen.

Wir haben unsere Freiheit, sagte sie. Du und ich.

Ein paar Tage später telefonierte Willem mit Schlosser. Sie lachten, es ging ihnen beiden gut. Schlosser war nun fest mit der Doktorandin zusammen, und er würde sie auf ihrer nächsten Feldforschung begleiten. Sie würden zu den Huicholes nach Mexiko fahren, um vor allem die seelischen und geistigen Aspekte ihrer Kultur kennenzulernen; ihre enge Verbindung zur Natur, ihren Symbolismus und ihre schamanischen Zeremonien in der Sierra, mit denen sie sich Zugänge zu einer anderen Wirklichkeit verschafften.

Wenn sich während der Feldforschung nichts Grundlegendes an ihrer Beziehung ändere, planten sie, danach zusammenzuziehen. Und dann würde Schlosser auch die Zwillinge holen. Daß Willem seine Metabolie nun mit Barbara anging, freute Schlosser. Nach dem, was er gehört habe, sei er sicher, daß diese Frau Willem guttue, und zuletzt, meinte er, sei es egal, ob man in Mexiko glücklich sei, in Berlin oder Bremen.

28

Als sie aufstanden, war der Himmel wolkenlos, und unter dem scharfen Licht der Märzsonne trillerten die Vögel. Der Frühstückstisch war gut gedeckt, und durchs Küchenfenster sahen sie die frischen Triebe der Bäume. Willem schlug einen Gang durch den Bürgerpark vor, und Barbara hatte nichts dagegen. Doch als sie später am Fenster stand und rauchte, waren schwere Wolken aufgezogen, und aus der Ferne hörten sie Donner.

So legten sie sich wieder ins Bett und lauschten dem Gewitter. Ein- oder zweimal verdunkelte der Himmel so stark, daß die Blitze im Schlafzimmer aufzuckten. Nach einer Zeit zog die Front nach Norden ab, doch der Himmel blieb bedeckt, und es regnete weiterhin.

Durch das sonore Rauschen hindurch sagte Barbara: Eines Tages klingelte im Geschäft meiner Eltern das Telefon, und Inéz war in der Leitung. Obwohl meine Eltern kein Spanisch sprachen, verstanden sie auf Anhieb, daß es etwas Dringendes war. Die Verbindung war von Echos und Verstümmelungen gespenstisch untermalt und erschien meinem Vater wie ein Wurmloch direkt ins Herz der Franco-Diktatur. Mit seinen Brocken Kaufmannsenglisch, aber vor allem mit seiner warmen Art gelang es ihm, Inéz zu beruhigen und notwendige Klarheit in die Situation zu bringen. Er versprach, mich nach Bremen zu holen, und verlor keine Minute. Zur Kaffeezeit saß ich bereits bei meinen Eltern. Anfangs machte mich die Ungewißheit nervös, und ich konnte nicht still bleiben. Doch die Anwesenheit meiner Eltern tat mir gut; sie behielten Ruhe und Gelassenheit, und als das Telefon schließlich klingelte, lächelten sie mir aufmunternd zu.

Es war ein kurzes Gespräch. Inéz war auf der Flucht; vor dem Mann, den sie heiraten sollte, vor der Zukunft mit ihm und vor der Diktatur. Sie rief aus dem Baskenland an und nannte einen Treffpunkt in den französischen Pyrenäen. Ich versprach, sie dort abzuholen.

Meine Eltern ahnten bereits, worum es ging, und sie verloren keine Zeit. Meine Mutter packte ein paar Sachen zusammen, mein Vater legte einen Batzen Scheine in seine Brieftasche, und als wir abfuhren, winkte die Mutter mit einem Taschentuch.

Mein Vater hielt stramm nach Süden. Hinter Frankfurt zogen wir eine Zeitlang durch die Ausläufer der Oberrheinischen Tiefebene, schwenkten Richtung Karlsruhe und hielten danach ziemlich klar nach Westen. Als wir an den Rhein kamen, vertieften sich auf der anderen Seite die Vogesen. Wir nahmen den kleinen Übergang im Morgenlicht; die Zöllner waren auf beiden Seiten freundlich und zogen ohne weiteres die Schranke auf.

Ich verschlief das Elsaß, und als ich auf der Nationalstraße kurz vor Besançon wieder aufwachte, schämte ich mich für meine Schwäche. Doch mein Vater lächelte nur und zog mich schweigend in seinen Arm. Es war ein unglaublicher Augenblick; wie eine Offenbarung, in der ich eine Kraft meines Vaters spüren konnte, die sich in zwölf Jahren deutscher Geschichte gebündelt und verkapselt hatte. Ich wußte plötzlich, daß er uns klar und wach zum Ziel bringen würde, ganz egal, wo dieses Ziel lag. Und daß er darüber hinaus mehr leisten würde als jeder andere, um Inéz heil nach Bremen zu bekommen.

Mein Vater fuhr still, ohne Musik oder unnötiges Gespräch. Nachdem wir die Autoroute du Soleil in Richtung der Limousin-Berge gekreuzt hatten, nickte ich wieder ein, und bald holte mein Vater Kissen und Decke aus dem Kofferraum. Manchmal sah ich aus dem Halbschlaf die Landschaften vorbeiziehen; ein Plateau mit zinnfarbenen und senkrecht abfallenden Flanken, ein Wäldchen mit Steineichen, und einmal kreiste ein großer Vogel zwischen zwei Schluchten.

Mein Vater weckte mich sanft. Er hatte die Karte auf dem Schoß und wollte eine Pause machen. Rings standen Kühe auf einer Matte, bräunliche Tiere, die mit den spitzen Knochen unter dem Fell seltsam mager erschienen. Ein Pferdewagen mit Holzfässern drosselte unsere Einfahrt in ein enges, bald in die Bergflanke geschlagenes Dorf. Vor einer Bar-Tabac ließ mein Vater den Opel ausrollen. Wir saßen in dünner Luft, die nach Kiefern roch. Von der kleinen Terrasse blickten wir nach Süden auf die nun unter uns liegenden Limousin-Berge, die weich wirkten unter den Fasern glänzender Eiswolken. Der Barbesitzer war ein hartgesichtiger Mann, seltsam mager wie die Kühe auf der Matte. Er sprach Okzitanisch und lachte nur, als ich ihn nicht verstand. Ich gab unsere Bestellung auf, und er brachte alles wie geordnet.

Wir umfuhren Limoges, blieben auf kleineren Straßen und hielten auf Bergerac zu. Rings die Hügel waren mit Gras bewachsen, das über den Sommer sandfarben geworden war. Wo Flüsse durchzogen, waren die Ufer gesäumt mit austreibendem Grün; als wir weiter nach Süden kamen, wurde der steinige Grund kalkig, und das Wasser hatte sich so tief eingeschnitten, daß weiße Flanken aufragten. In den Ebenen standen in dezentem Abstand Bäume mit ausladenden Kronen, und mehrmals entdeckten wir dunkle Höhlenlöcher in der karstigen Landschaft. An der nächsten Tankstelle fuhren wir über eine elektrische Klingelschnur, die in der Werkstatt anschlug. Ein kleiner Mann kletterte aus einer Grube, über der ein R4 stand. Er trug ein verschmiertes Kesselpäckchen, sah den Opel und grinste. Bonjour, les allemands, sagte er, und ging nahtlos über zu Le Moustier, Cro-Magnon oder Castelmerle. Sein Großvater sei 1868 bei dem spektakulären Fund der fünf Skelette dabeigewesen, und in der Tankstelle habe er Postkarten, Broschüren, und er sei bereit, eine Besichtigung für uns zu organisieren. Als wir nur volltanken ließen, schien der Mann aufrichtig enttäuscht, aber er beschrieb uns eine Abkürzung, bei der wir auf dem Weg nach Pau eine Stunde einsparen könnten.

Als wir wieder auf die Nationalstraße fädelten, hatten wir beinah die gesamte Abfahrt ins atlantische Flachland gemacht. Ein Wind zog über das warme Land, nach Westen gab es Abzweige ins Médoc. Die Distanz nach Bordeaux verringerte sich beständig, und bald stießen reife Weinfelder bis an die Straße; manchmal zogen bereits Pflücker von Stock zu Stock, fast außerirdisch mit ihrer Kiepe, in der die Trauben wie endlose Blasen unter der absteigenden Sonne waberten.

Noch vor Pau bogen wir Richtung Biarritz und folgten einer sanften Flußlandschaft, die in die Abendröte hinein zerlief. Ein- oder zweimal erhoben sich die drei Musketiere aus dem weichen Licht, verwegen bemalte Holzschnitte, die an meterhohe Stahlskelette montiert waren, und mir gefielen diese Burschen; ihr Sinn für Gerechtigkeit und ihre draufgängerische Art, sich keiner bösen Macht zu beugen. Doch als ich meinen Vater anschaute, mußte ich einsehen, wie weit Fiktion und Realität auseinanderklaffen konnten, und ich spürte mein Herz für ihn schlagen, spürte, wie er alle Romangestalten turmhoch überragte.

So hielt mein Vater die Hände am Steuer und den Blick in jene Welt, die uns scheinbar entgegenraste. Vielleicht siebzig Kilometer bevor wir den Atlantik erreichten, zog er den Opel scharf nach links auf eine Piste aus grob gehauenem Stein. Voran, die scharfen Konturen vom Dämmerlicht weich gemacht, erhoben sich die Pyrenäen. Eine dunkelviolette Welle, die allen Horizont schluckte und alles Land jenseits unerreichbar scheinen ließ. So hielt mein Vater seinen Blick in die Welt und steuerte gegen eine Diktatur. In den Serpentinen schlugen die Stoßdämpfer durch, und wir spürten die Spiralen in den Sitzen. Noch bevor die Nacht einfiel, stiegen die Berge schwarz gegen das letzte Himmelslicht. Die Scheinwerferkegel ruckelten bald lächerlich klein durch die Kurven, und rings das aufgefaltete Gestein saugte alles auf. Wenn knorriges Geäst aufblitzte oder ein Tier, erschienen sie wie Bruchstücke aus einer anderen Welt. Es wurde kühl, wir drehten die Heizung auf, und wenn mein Vater gegen die Steigung bis ganz nach unten schalten mußte, erzitterten Blech und Armaturen. Manchmal sahen wir Sterne über uns, manchmal neben uns, und als wir eine Holzbrücke nahmen, glaubten wir zuerst, die Sterne leuchteten auch unter uns. Doch es waren Lichter eines fernen Dorfes, und ich war ganz erfaßt von der endlosen Tiefe. Was im schwachen Licht vor uns geschah, nahm ich nicht wahr, und nachdem wir die Brücke passiert hatten, rief mir mein Vater plötzlich etwas zu, der Opel schlingerte, die Bremsen griffen, und ich glaubte, wir würden in diese endlose Tiefe stürzen.

Ich weiß nicht, wie mein Vater so reagieren konnte. Im schwachen Scheinwerferkegel kam uns ein Leib entgegen, ich schrie, ich klammerte mich irgendwo fest, und mein Vater fing den schlingernden Opel und brachte ihn schließlich zum Stehen. Der Motor schnurrte, als wäre nichts, und kurz vor der Stoßstange lag der Kadaver eines Steinbocks im Licht; der Kopf mit dem steil aufragenden und scharf gebogenen Gehörn so unheimlich verdreht, daß er zu uns in die Kabine starrte.

Draußen die Luft war kühl und dünn, und wir ahnten die Flanke, von der das Tier gestürzt war. Mein Vater nahm den Kopf, ich packte die Hinterläufe. Der Steinbock hatte eben noch gelebt, und wir verbrachten ihn in eine Spalte, bestatteten ihn mit losen Brocken, und zuletzt stach nur noch das Gehörn aus dem kleinen Wall.

Über uns, jenseits der schwarz gezackten Berge, öffnete sich glitzernde Endlosigkeit, und ich habe nie wieder eine so durchdringende Stille gespürt.

Als wir wieder im Auto saßen, begann ich zu zittern. Mein Vater ahnte sogleich, daß es vor allem die unmittelbare Nähe von Leben und Tod war, und er nahm mich in die Arme. Seine Stimme war sanft, und er sagte zu mir, daß man im Leben nichts gegen solche Fährnisse machen könne. Was man aber machen könne, sei, jederzeit so zu handeln, als wäre es die letzte Tat. Und so, sagte mein Vater, halte er es auch mit unserer Fahrt; so lenke er und schalte, und hätte er unterwegs hier und da nur ein Ideechen mehr Gas gegeben, hätte der Steinbock uns vielleicht erwischt. Aber er hätte sich trotzdem nichts vorwerfen müssen; er habe jederzeit so gehandelt, als gäbe es keine Vergangenheit und keine Zukunft. Nur diesen Augenblick mit mir auf dem Weg zu Inéz, und so hielt mein Vater mich im Arm.

Wir fuhren bis in die Nacht. Von Westen spürten wir den Atlantik; wir stießen ein in Nebelbänke, bleich und undurchdringlich, und die Lichtkegel starrten bald wie Augen ins Auto zurück. Manchmal waren Steine aus dem Abhang gebrochen und lagen einfach auf der Piste, doch ich fühlte mich sicher neben meinem Vater. Noch vor der Dämmerung sahen wir das Straßenschild Richtung Andorra; wir fuhren an zerfallenen Häusern vorbei, durch kleine, kaum beleuchtete Dörfer, die aus den Bergen geschlagen waren. Als sich der Himmel im Osten verfärbte, hatten wir unser Ziel erreicht. Ein größeres Dorf mit Hauptstraße und zweistöckigen Häusern; die Holzläden vor den Fenstern waren geschlossen, nur aus einer Bar drang Licht durch die Lamellen. Dort wartete Inéz.

Der Regen ließ erst zum Nachmittag nach. Dann drang die März-sonne durch, der Himmel blaute wieder, und die Vögel trillerten. Durchs Küchenfenster glitzerten die Tropfen an den frischen Trieben, und als Willem und Barbara später durch den Bürgerpark spazierten, wünschte Willem sich, Inéz kennenzulernen.

Die Domglocken schlugen, und Willem wußte, daß er noch Zeit hatte. Inéz würde mit dem Zug um 17 Uhr 22 eintreffen, und vor sechs wären sie nicht im Speicherhaus.
Er blieb am Roland stehen, legte Hand auf, durchschlenderte die Böttcherstraße, zog von der Weserseite in den Schnoor und nahm dann die Wallanlagen bis zur Kunsthalle. Er sah, daß es eine Ausstellung gab. Auf einem Plakat stand: Kennen Sie Mexiko? Mexiko ist anders! Kopulierende Skelette waren auf dem Plakat zu sehen, Hunde, die einen Vulkanausbruch betrachteten, und dann eine wilde Landschaft, die sich in Willems Blick bald aufzulösen schien wie ein Bienenschwarm.
So stand er da, und Schlosser war in Mexiko. Bei den Huicholes, womöglich auf dem Weg zu einer anderen Wirklichkeit. Und im Grunde, meinte Willem, hätte auch er in Mexiko sein können. Denn sein Vater, nun: seine Eltern hätten auf ihrer Flucht vor den Nazis nicht zwangsläufig in der Schweiz landen müssen. Zehntausende von Emigranten hatten ihr Heil woanders gesucht. Beispielsweise in Mexiko. Er hatte gelesen, daß Mexiko offen war für Verfolgte oder Andersdenkende. Sie ließen die Mennoniten, die vor der Militär- und Schulpflicht aus Kanada geflohen waren, in ihr Land. B. Traven war dagewesen, Trotzki, vor den Nazis emigrierte Künstler und auch seinen Vater – nun, seine Eltern hätte es dorthin verschlagen können. Und er lachte in die Abendsonne: Willem, der

Mexikaner. Und als Mexikaner konnte man nicht mehr behaupten, daß Mexiko anders wäre. Oder vielleicht doch? Vielleicht gerade als Mexikaner? So schlenderte er, und natürlich war es ebenso möglich, daß er in Mexiko niemals geboren worden wäre – ja, war sogar sehr wahrscheinlich –, und er dachte an das unglaubliche Spermiengewimmel unter dem Mikroskop, an die unglaubliche Verkettung von Umständen, die gerade zur Verschmelzung des einen Spermiums mit der einen Eizelle geführt hatte. Die Chance, daß sich genau diese Verkettung mit demselben Ergebnis in Mexiko wiederholt hätte, erschien nichtig, und mehr: Die mexikanischen Bedingungen mußten als Chaos gesehen werden, das sich in jedem Fall auf das Mikroklima seiner Eltern ausgewirkt hätte. Für ihn hatte es nur ein einziges mögliches Chaos gegeben. Eins. Eins gegen unendlich, dachte er, und zwischen Liebfrauen und Dom war Orion zu sehen, an der nächsten Ecke roch es nach Urin und Gebälk, und etwas weiter leuchtete die Schrift einer Kellerkneipe. Schlosser war nun in Mexiko, und Inéz würde mit dem 17-22er eintreffen. Aus mexikanischer Sicht kam sie aus dem Geschlecht der Eroberer. Er hatte keine Ahnung, wie sie auf kopulierende Skelette reagieren würde oder auf Hunde, die einen Vulkanausbruch betrachteten.

Die Begegnung mit Inéz war anders.
Doch im Grunde genommen war es nicht mehr als die ständige Auslotung zwischen Betrachter und Betrachtetem. Ein alltägliches Phänomen, das man ebenso für den Blick der Spanierin voraussetzen mußte, und so nahm Willem ihre Hand. Sah das Lächeln und spürte, wie sie ihn hinter dem Leuchten ihrer Augen betrachtete. Sie war zartgliedrig, apart, sehr schön auf ihre Art; die Haut hellbraun, das kurze Haar dunkel und glänzend, und ihr Anzug ließ sie exotisch erscheinen. Von dem Mädchen, das damals mit Barbara in die Kamera gelacht hatte, war kaum noch etwas zu sehen. Der jugendliche Blick in die Zukunft, die Energie und Überzeugung waren womöglich gereift. Vielleicht war auch eine innere Strenge durchgedrungen, vielleicht aber hatte sie sich auch in eine Richtung verfeinert, die Willem nicht abschätzen konnte.

Er hielt ihre Hand und ihren Blick wie von einem fremdartigen Wesen. Ein Mensch, meinte er, der die Welt wie eine Fledermaus wahrnahm oder wie eine Auster. Dann nahm er sie in die Arme und drückte sie.

Der Kachelofen strahlte, und aus der Hängelampe fiel weiches Licht.

Barbara hatte eine Reserva dekantiert, einen 68er Cencibel aus Navarra. Sie schien keine Mühe damit zu haben, die Distanz zwischen Willem und Inéz aufzuheben, und unter ihrer Führung lief die Unterhaltung geschmeidig an. Willem brachte eine Anekdote aus der Hochschule, brachte dies oder das, was er auf dem Sofa gelesen hatte, und Barbara schlug daraus einen Bogen zu Inéz. Wenn die Spanierin dann erzählte, steckten in ihren Geschichten immer ein paar Brocken aus einer fernen Welt, und anfangs hatte Willem den Eindruck, als verzerrten sich ihre Worte auf dem Weg in seine Ohren. Als würde tatsächlich eine Fledermaus sprechen.

Beim zweiten Glas erzählte er von der Ausstellung in der Kunsthalle. Von der wilden Landschaft auf dem Plakat, die sich wie ein Bienenschwarm geballt oder aufgelöst hatte; er stellte die mexikanische Andersheit in den Raum und fragte, inwieweit eine Vermischung von Eroberern und Eroberten jede authentische Geschichte verwischte, bis zuletzt kaum noch greifbare Spuren in der Volksseele zu finden waren. Und er war angenehm überrascht, als Inéz seine Frage aus einer Tiefe heraus beantwortete, in der alle Eroberer auch Eroberte waren.

Es gefiel ihm, daß sie wußte, wovon sie sprach. Sie war nie in Mexiko gewesen, doch anscheinend lebten auf der Schanze auch Menschen aus der Neuen Welt, und Inéz skizzierte den Zustand der mexikanischen Volksseele aus zwei Blickwinkeln heraus, einem indianisch-unterdrückten und einem mestizisch-zerrissenen. Sie konnte vom Maguey für Tequila erzählen und vom Maguey für Mezcal, und sie glaubte, daß Zapata den traumatischen Hang der Mexikaner zum Besäufnis überwunden hätte. Sie konnte eine Art Mitleid empfinden für das Land, dem Cortés das Herz herausgerissen hatte, und wenn sie in den Gazetten die Jet-set-Bilder sah aus Acapulco, konnte sie weinen.

Wenn Barbara das Feuer im Kachelofen schürte, leckten die Flammen in die Küche und zogen in diskreten Sprüngen bis unter die Decke. Der Cencibel hatte einen weichen Abgang, und in der Feuerwärme schien die Distanz zu der Spanierin bald endgültig aufgehoben. Von Mexiko gelangten sie mühelos in die Alte Welt zurück, und Willem wollte wissen, wie denn 68 im Franco-Spanien gewesen sei.

Inéz machte ein überraschtes Gesicht.

Ob die Hippiekultur gewissermaßen übergesprungen sei, meinte er. Eine Art Kraftfeld, das über die Isolation hinweg das neue Phänomen nach Spanien eingebracht hätte?

Inéz verzog die Stirn. Bei den Katalanen. Oder den Basken, was weiß ich. Aber Hippies bei uns? Sie lachte über die Vorstellung. Blumen aus den Gewehren, sagte sie, und in den Kirchen werden E-Gitarren angekoppelt, und die Räuchergefäße sind vollgestopft mit Gras. Doch dann war sie plötzlich wieder da, diese Fledermauswelt. Im Ofen knisterten die Scheite, ihre Stimme war ein Flüstern, und doch konnte Willem die Töne auf seiner Haut spüren. Vielleicht sind Raum und Zeit für die Hippies kein Problem. Vielleicht können sie ihre Ideen auflösen und woanders wieder zusammensetzen. Aber nicht bei uns. Wo alle Kraft zusammengeschnürt ist von den Alten. Wo sie mit einem machen können, was sie wollen, und niemand da ist, der einem hilft. Was glaubst du denn? Wenn die Männer von der Einheitspartei kommen, bringen sie gleich den Pfaffen mit. Und lassen sich alles absegnen, verstehst du. Egal, was. Und überall sitzt die Phalanx der Alten und läßt alles geschehen. Verstehst du? Ich konnte nicht einfach sagen, ich will nicht. Oder ich möchte dies oder das, so wie du. Die Hippiekultur ist bei uns etwas wie vom anderen Stern. Bei uns wird man entweder wie die Alten, oder man stellt klar, daß man das nicht will. Und bei uns hat man nicht viele Möglichkeiten, das klarzustellen. Und Hippie werden, das geht schon gar nicht.

Willem sagte nichts. Dann stand er auf, verbeugte sich und nahm sie in den Arm. Inéz, die Fledermaus.

29

Die Hochzeit sollte reine Formsache sein. Keine Kirche, keine Gäste, nichts. Nur Willem und Barbara. Und schlimmer, rief Kronhardt, diese Frau wolle auch noch ihren eigenen Namen erhalten. Wenn das ihre Auslegung von Tradition und Fortschritt sei, wolle er sie nicht mehr in seinem Haus. So eine Auslegung ruiniere am Ende alles, und Willem, rief er, solle sich gleich mit ihr scheren.

Seine Frau fand die Courage dieser Frau Focke bemerkenswert. Bei allem Bruch, sagte sie. Aber auf diese Art stünden sie am Ende besser da, als wenn sie das ganze Register hätten ziehen müssen. Bei den toten Brauteltern wäre es Ehrensache gewesen, für alles aufzukommen – Poltern, Ratskeller, das ganze Tamtam.

So wie die Dinge aber jetzt stünden, beschere ihnen diese formelle Schlichtheit mindestens eine neue Achtkopf. Wenn nicht zwei, und ganz zu schweigen davon, daß die Focke eine gute Partie sei. Was die anderen zu diesem Bruch sagten, könne ihnen somit doch egal sein. Schließlich seien es die Focke und der Willem. Zwei erwachsene Menschen.

Kronhardt saß da, als könnten ihre Worte ihn nicht erreichen. Sein Blick war starrsinnig, die Hände ballten sich auf der Platte.

Und nicht zu vergessen, sagte seine Frau, die beiden seien in einer gefährlichen Zeit groß geworden. Was sei da schon eine Heirat ohne Tamtam, wenn man sich klarmache, daß ihre Gesichter heute ebensogut von den Steckbriefen starren könnten. Oder daß sie herumlungern könnten, langhaarige Subjekte, die dem Deutschmeister Friedenszeichen unter die Nase hielten. Reine Formsache, sagte sie. Meine Güte, wenn man das wohlwollend aus der Zeit übersetze, in der die beiden groß geworden seien, heiße das doch nichts anderes, als daß Liebe das neue Prinzip sei in der Partnerwahl. Meine Güte, die Liebe, meinte sie. Was auch immer die anderen sagen, muß doch hinter diesem Prinzip verblassen.

Kronhardt starrte.

Erst als seine Frau, beinah stellvertretend für seine Fäuste, auf den Tisch schlug, schienen ihre Worte in ihn zu dringen, und er mußte erkennen, daß sie recht hatte. Bald blätterten sie im Herstellerkatalog, faßten zwei Modelle ins Auge, und schon am Nachmittag saß Kronhardt im Büro. Pfiff eine Melodie, flippte durch den Karteikasten, und nach einer kleinen Vorbereitung für Stimme und Ausdruck forderte er am Telefon ausführliche Unterlagen zu dem neuen Achtkopfmodell. Und selbstverständlich ein Angebot, das ihn als langjährigen Kunden nicht an die Konkurrenz nötigen würde.

Nach dem Standesamt frühstückten Willem und Barbara im Parkhotel, eine illustre Sache mit Glaskuppel und Blick auf die Wasserspiele. Am Nebentisch rumorte der Sänger einer englischen Rockband; er sah angeschlagen aus, und die anderen schienen ihn nicht zu kümmern. Als der Oberkellner an seinen Tisch kam, stopfte ihm der Sänger ein paar Scheine in die Livree und rumorte weiter. Für die anderen Gäste wurde der Flügel mit der Orangerie geöffnet, und bald saßen nur noch das Brautpaar und der Rockstar im Saal. Der Engländer stieß die Marmelade beiseite und langte nach dem Rührei. Es schien kalt geworden, und er schrie nach neuem. Dann schrie er nach Whisky, warf die Serviette auf den Tisch, der Stuhl schlug um, und er marschierte rumorend in die Orangerie. Der Klang ihrer Gläser stieg durch den Kristallüster bis unters Kuppeldach. Das Schlagen ihrer Zungen, die Kehllaute.

Der Page verstaute die Koffer und verbeugte sich, während er die Tür zum Fond aufhielt. Das Taxi war auf Hochglanz poliert, ein altes Modell mit Trennscheiben, und der Fahrer trug eine Dienstmütze. Er umsteuerte die Innenstadt Richtung Hafen, hielt die Droschke gelassen im dröhnenden Schwerlastverkehr, machte einen kurzen Schlenker, so daß von der Werft der Umriß eines neuen Supertankers aufflackerte, und dann zogen sie auswärts. Industrie siedelte auf dem alten Schwemmland oder auch neue Wohnquartiere. Hinter dem Deich fiel Sonnenlicht auf den Fluß, und während der Fahrer die Grünphase an den Kreuzungen mühelos einfing, schob sich von Norden der Geestrücken heran; ungehobeltes, welliges Land, ein paar Waldflecken noch auf den Endmoränen, ansonsten vereinnahmt von großtuerischem Neubau, gelber Klinker zumeist, mit Weitblick von den in den Hang geschlagenen Südterrassen.

Über der B6 spannte sich eine marmorierte Wolkendecke; blaue Adern durchleuchteten das Weiß, und darunter zogen Heideinseln dahin, Wald und Moor. Zweimal überholten sie einen Traktor, und kurz vor Bremerhaven standen Schutzmänner auf der Straße. Sie trugen weiße Paletots, und mit ihren Kellen fädelten sie den Verkehr in eine Bucht. In der Bucht waren Sandsäcke aufgetürmt, kleine MP-Nester, wie es schien, und die Schutzmänner in vorderster Front trugen anscheinend Bleiwesten. Sie waren wachsam und bestimmt, und durch alle Freundlichkeit hindurch drang auf Anhieb die Verdichtung eines Staates gegen seine Feinde. Hunde durchschnüffelten die Autos, Rückbänke wurden ausgebaut und Taschen geöffnet. Daß Willem und Barbara frisch verheiratet waren, brachte die Polizisten nicht aus ihrer Wachsamkeit. Ihre Fragen und Anweisungen waren bestimmt. Erst als sie das Taxi freigaben, nickte einer der Beamten und wünschte eine schöne Hochzeitsreise.

Ein Fabriktrawler mit rostiger Heckklappe machte fest, voran lag eine Loggerflotte, und in den Auktionshallen schoben Männer in Gummikitteln dampfendes Trockeneis zusammen. Der Fahrer kurbelte das Fenster hoch und zog den Wagen behutsam durch das Gelände. Tampen drückten sich unter die Reifen oder Schienenstränge, und manchmal wurde der Beckenrand nur noch von einem Poller markiert.

Die Prinz Oberon hatte am Auswandererkai festgemacht. Über dem Schornstein erschien die Luft flüssig, Wellen klatschten gegen die Bordwand. Als das Taxi abfuhr, wurde ihnen die Größe des Dampfers bewußt. Stockwerke wie ein Hochhaus, und so stiegen sie die Gangway hinauf.

Der Zahlmeister begrüßte sie mit Handschlag, prüfte Papiere und Billetts und sagte für die Überfahrt ruhiges Wetter voraus. Zum Sonnenuntergang wären sie bereits auf hoher See und rechtzeitig zum Frühstück in Harwich. Sie hatten eine Kammer mit Ausblick gebucht, H-600, eine kleine, feine Sache, wie der Zahlmeister sagte. Dann etikettierte er die Koffer und stellte sie in eine Reihe. Die Stewards würden das Gepäck später auf die Kabinen verbringen. H-600 sei backbord im Sechsten, direkt unterm Peildeck, und der kürzeste Weg gehe über die Achterntreppen. Ahoi, sagte der Zahlmeister und winkte die nächsten Passagiere zu sich heran.

Mittschiffs hievte ein Kran Lebensmittel an Bord, und von Deck gab der Koch dem Kranführer Zeichen. Matrosen arbeiteten an den Davits, von achtern schlug die Fahne gegen den Mast, und während Barbara und Willem aufwärts stiegen, spürten sie das Salz am Handlauf. Ein Mann im Kesselpäckchen kam ihnen grußlos entgegen; er war schnell unterwegs, zog den Geruch von Schweröl mit sich, sprang bald über das Geländer und entriegelte eine Tür. Blinklicht erschien, von innen kam ein saugendes Geräusch, und der Mann verschwand in einem Vakuum.

Der Zahlmeister hatte die Kammer durchaus treffend beschrieben. Zwei Kojen, zwei Bullaugen nach Backbord, zwei nach achtern, Sitzecke und Tisch. Es gab Staufächer fürs Gepäck, und alles, was lose war, ließ sich festlaschen. Sogar in den Kojen gab es Riemen. Die Minibar war gut gefüllt.

Barbara entschied sich für Gin Tonic, Willem nahm den Single Malt straight. Sie saßen beisammen und trieben das Getränk in sich hinein wie eine Initiation. Der Eintritt in eine Gemeinschaft, und aus dem anderen spürte jeder die Zukunft schlagen, die Bereitschaft, auch Opfer zu bringen. So küßten sie sich und füllten die Gläser erneut. Cheerio und chin-chin, Bremerhaven–Harwich und in zehn Tagen retour. Auch wenn Willem ganz andere Wünsche gehabt und vor allem die Persönlichkeitsentwicklung, wie er meinte, zum Argument genommen hatte. Hunde unter dem Vulkan, hatte er gesagt, Jaguare zwischen Urwaldruinen und Kakteenberge unter einem wuchtigen Himmel. Doch er konnte Barbara für seinen Wunsch nicht einnehmen. Auch das franko-kantabrische

Kernland mit den Höhlenmalereien konnte er nicht durchbringen und auch nicht die antiken Stätten, Kreta, Rhodos oder Magnesien, die er zuletzt noch mit Anekdoten seines alten Lateinlehrers ausgeschmückt hatte.

Barbara wollte von Anfang an nach England, und schließlich mußte er zugeben, daß er nichts dagegen haben konnte. Er brachte die Salisbury Plain ins Spiel oder die Seven Sisters; er erzählte von den spektakulären Funden im Old-Red-Gestein, vom Silur und vom Devon, und er wußte, wo noch Spuren der kaledonischen Faltungsära zu sehen waren.

Also England ahoi. Und während ihre Zungen gewissermaßen in Alkohol und Initiation verklebten, spürten sie die plötzlich einsetzenden Vibrationen. Mann und Frau, was für eine unglaubliche Tiefe. Wenn sie die Gläser absetzten, bildeten sich Ringe auf der Schnapsoberfläche, und so wurde der Schiffsdiesel hochgefahren und markierte die Abfahrt.

Als die Festmacherleinen von den Pollern waren, standen sie an der Reling. Das Horn der Oberon ertönte, sonores Maschinenstampfen setzte ein, und dunkler Ausstoß verwehte unterm Himmel.

Wie damals mit dem Vater schien sich die Welt hinter der Reling aus ihrer Festigkeit zu lösen. Der Kai wurde kleiner, die Hafenanlagen schrumpften, die ganze Stadt verschwand, und voraus weitete sich die Welt mit ihren Möglichkeiten. So stand Willem, und im Arm hielt er seine Frau. Tiefe und Geborgenheit im gemeinsamen Blick, beide auf dem Weg klarzustellen, wer sie waren.

Es schien wenige Deutsche auf dem Dampfer zu geben. Eine Art Ausland bereits in der Wesermündung, und die meisten Engländer hockten vor den einarmigen Banditen oder waren betrunken. Achtern zog das Schiff eine Narbe, die sich endlos erneuerte und in der gleichförmigen Weite verschwand. Irgendwo steuerbord mußte Helgoland liegen, backbord die Ostfriesischen Inseln. Willem fand, daß man die Oberon ebensogut als ruhenden Punkt betrachten konnte; eine Art Zentralgestirn, meinte er, auf das England sich unweigerlich zubewegen müsse. Barbara lächelte und streichelte seinen Kopf.

Zum Nachmittag, bei ruhiger See und aufgeklartem Himmel, schoß Willem ein paar Photos. Wie Barbara gegen die Reling stand und der Wind Strähnen unter ihrem Kopftuch vorholte; wie das weite Licht in ihrer Sonnenbrille reflektierte. Vor allem seine Art, mit der Kamera einfach den Augenblick zu markieren, anstatt Schimären für die Zukunft einzufangen, gab ihr ein wunderbares Gefühl; sie verspürte eine von allen Zeitsprüngen losgelöste Freude an sich selbst, und ihre Lust am eigenen Ausdruck schien sich mit jedem Auslösen der Kamera zu steigern. Bald raffte sie den Kostümrock über einem Bein oder ging über eine Klüse, in Reiterstellung wie ein Karateka, so daß die See durch das Dreieck ihrer Schenkel blitzte. Und ihr Lachen durchströmte den ganzen Körper und schien weit darüber hinaus zu strahlen.

Vor Sonnenuntergang entdeckte Willem ein paar Robben im Fernglas und vermutete die Doggerbank in der Nähe. Unlängst noch, sagte er, hätten Doggerbank und Britannien zum Festland gehört, und wo sie heute mit dem Dampfer führen, wären Menschen marschiert. Erst nach der letzten Eiszeit sei der Meeresspiegel gestiegen, und die bekannten Küstenlinien hätten sich gestaltet.

Barbara lächelte wieder und streichelte ihn. Von Anfang an hatte sie diesen Wohlklang in seinen seltsamen Betrachtungen gespürt; etwas, was sie entrücken oder besser noch hineinziehen konnte in eine Welt, die wunderbar frei war vom Hintergrundrauschen des Alltags. Wie ein Kokon, in dem ihre Gedanken schlank sein konnten, scharf und zielgerichtet auf ihre Pläne.

So hörte sie ihm zu, während er mit bewegten Händen erzählte, als marschierte er direkt aus den Eiszeiten ins Holozän. Als hätte er die ständigen Wechsel zwischen kalt und warm mitgemacht, das Schwanken des Meeresspiegels zwischen null und hundert; als wäre er in der atlantischen Periode dabeigewesen, die das Leben an den jungen Küstenlinien hervorsprudeln und den nomadischen Sapiens plötzlich in diesem Überfluß verweilen ließ; als hätte er zugesehen, wie fette Muschelbänke und unerschöpfliches Jagdwild im fruchtbaren Schwemmland die Megalithkultur in Blüte getrieben hatten, und seine Theorien zu Entwicklung und Bedeutung der Anlagen schienen wie ein Paradigma der steinzeitlichen Weltsicht.

So standen sie zum Sonnenuntergang. Barbaras Blick im Wohlklang seiner Betrachtungen, im rauschfreien Raum, und für Willem war es keine Frage, daß sie sich Stonehenge ansehen mußten. Und Avebury oder West Kennet waren auch ganz in der Nähe, und wenn sie unterwegs ein paar Hippies trafen, konnten sie Pilze kaufen und vielleicht dahinterkommen, was die Steinzeitmenschen gedacht hatten.

Manchmal wurde eine aufklatschende Welle von einem Windstoß zertrieben, und der Salzgeschmack von der Haut des anderen ließ sie verschmelzen. Jenseits der Reling bewegte sich die Welt mit beruhigender Gelassenheit; alle Möglichkeiten, sich den Raum für ihre Eigenschaften und Fähigkeiten zu schaffen, schienen wunderbar eingebettet im gemeinsamen Puls des Augenblicks.

In der Nacht kletterten sie mit zwei Pikkoloflaschen aufs Peildeck. Der mondlose Himmel in nie gesehenem Funkeln – ein vorgeschichtlicher Anblick, wie Willem meinte, eine Ahnung von der menschenlosen Welt ohne Feuerstätte oder moderne Lichtwirkung. Und während er Barbara in die Vorstellung hineinzog, daß in diesem funkelnden Raum alle Bemühungen zur Überwindung der unfaßbaren Dunkelheit gleichgültig wurden, daß sich alle Erklärungen ebenso in freiem Fall auflösen konnten wie unendliche Größe oder Winzigkeit, schob sich die Nordsee unter das Schiff, ein endloses Band in nie gesehenem Schwarz. Und Willem fiel in die Bewegung der See, und Barbara ritt im Stampfen der Maschine.

Zum Frühstück saßen sie im Kapitänssalon. Bei haschierter Wachtel zog die orangefarbene Sonne Schleier aus dem Wasser, und als sie zum Abschluß eine Kombination aus Melone und Senf probierten, stand am Horizont ein schwarzer Streifen. Noch während Barbara rauchte, verdichteten sich die Konturen, und bald schärfte sich die Küstenlinie unaufhaltsam.

Zum Anlegemanöver standen sie an der Reling. Sie beobachteten, wie die Wurfleinen an Land flogen und die Festmachergang die schweren Tampen aus dem Wasser zog. Wie der Bootsmann Befehle von der Brücke bekam und die Deckswinden zuerst Bug und dann Heck gegen den Kai zogen. Als die Gangways ausgelegt waren, suchten sie nach einem Steward für die Koffer.

Der Zahlmeister sprach jetzt englisch, satisfactory trip, wasn't it, und for custom affairs hold left. Die Zöllner interessierten sich nicht für ihr Gepäck, aber sie betrachteten die Transitstempel in den Pässen und stampften ihren Jack sauber ausgerichtet auf die nächste freie Seite. Exchange is straight ahead, cabs are right behind it.

Über dem Bahnhof standen weiße Wolken.

In der Wartehalle kaufte Barbara eine Evening News, obwohl es noch Vormittag war. Willem beobachtete Ein- und Ausfahrt der Züge und wunderte sich, daß es kein Getümmel gab. Als ob diese Engländer eine Abmachung getroffen hätten.

Richtung London segelten ihnen die weißen Wolken entgegen. Kurz vor der Hauptstadt sackten sie ab und verschoben sich in eine graue Decke. Der Regen lief schräg an den Fenstern, doch schon eine halbe Stunde westwärts fuhren sie wieder unter blauem Himmel.

Die Waggons waren offen, und es gab livrierte Servicemänner. Die Hüte lagen in der Hutablage, das Gepäck in der Gepäckablage. Die Sitze waren weich und tief, und es schien egal, ob die Engländer steif dasaßen oder geflegelt. Sie wirkten jederzeit stilsicher, und wenn sie höflich um die Erlaubnis baten, in den Zähnen zu pulen oder der Nase, machten sie auf diese Art jede Verweigerung zur Unhöflichkeit.

Willem gefiel dieses stille Übereinkommen. Man schaffte sich eine höfliche Basis, sein zu können, wer man war, und wenn jemand Anstoß daran nahm, war dies ein Eingriff in die persönliche Freiheit, so daß die Gewissensfrage automatisch auf den anderen zurückfiel.

Barbara wußte nicht, ob sie Willems Sicht teilen konnte. Schließlich gehe er mit deutschem Kopf ans englische Eingemachte; an einen Liberalismus, meinte sie, der stolz sei auf seine insulären Wurzeln, und so müsse man vielleicht vorsichtig sein mit seinem deutschen Kopf.

Willem blieb eine Zeitlang still. Dann sagte er, daß man mit seinem Kopf überall vorsichtig sein müsse und daß die Färbung der eigenen Wahrnehmung jede andere Realität schnell verwischen könne.

In den Abteilen waren emaillierte Nichtraucherschilder angebracht, und Barbara hielt Zigarette und Feuerzeug bereits in der Hand, als sie um Erlaubnis fragte. Willem sagte, I beg your pardon, und brachte einen Liter Zollfreien hervor.

Die Dame gegenüber hatte nichts gegen Caledonian Single, entschuldigte sich aber, daß sie ihren Gin bevorzuge. Willems Sitznachbar langte nach einem Stock mit Silberknauf, drehte ihn auseinander und zog ein Schnapsbecherchen hervor. Very well, sagte er, und so tranken sie zu viert.

Hinter den Fenstern zog englische Landschaft vorbei; ein paar Reiter nahmen die Anhöhe einer Wiese, bald erschien das Fachwerk eines Dorfs, bald ein abseits gelegenes, von gestutzten Hecken umgebenes Anwesen. Als die Gleise eine Straße kreuzten, zeigte Willems Sitznachbar nach Osten. Dahinten liege Kent, sagte er, und sein Urgroßvater sei regelmäßig mit Darwin spazierengegangen.

Oh, tatsächlich, sagte Willem, und sie blickten nach Osten, als könnten die Spaziergänger jederzeit auftauchen.

Die Dame genehmigte sich noch einen Gin, dann zeigte sie in eine andere Richtung. Dahinten liege Warwick, und ihre Sippe sei noch vor den Shakespeares in Stratford-upon-Avon dokumentiert. Barbara sagte, wie wundervoll, und Willems Sitznachbar nahm gern einen zweiten Whisky. Bei ihm, sagte er, gehöre Charles quasi zur Familie. Und die Dame aus Stratford nickte dazu und meinte, das sei aber ganz außerordentlich schön. Und dann meinte sie, daß William ja aus bescheidenen Verhältnissen gewesen sei, der Vater Handschuhmacher, und da wäre es selbstverständlich gewesen, daß sie den schmalen Balg in ihrer Sippe aufgepäppelt hätten.

Der Mann aus Kent nahm das zur Kenntnis und blätterte in den Finanzen; als sie einen Fluß überquerten, war die Dame aus Stratford eingenickt.

Barbara rauchte, Willem nahm noch einen Schluck, und zwischendurch kamen sie aus den tiefen Sitzen und küßten sich.

Der Zug rollte von einer sanften Anhöhe gegen Brighton. Ein Städtchen in verwurzelter Bauweise, beinah lieblich gegen das Meer gestellt, und entlang der Küste zog eine Straße, die die Dörfer aus dem Hinterland anzuziehen schien.

Der Bahnhof war aus Rotstein, die kleine Halle aus genietetem Eisen. Die Luft roch nach Tang mit einer Spur von Koks, und als sie ausstiegen, stieß gebündelter Dampf durch die Schwungräder der Lokomotive. Willem trug den Koffer der Dame aus Stratford aus dem Waggon, und draußen nahm der Mann aus Kent Haltung an, wünschte dem deutschen Brautpaar viel Glück auf englischem Boden und vor allem eine Besamung, die die im Grunde eingefleischte Beziehung der beiden Völker wieder zukunftsträchtig machen würde.

Der Taxifahrer nickte, als Barbara die Adresse nannte, und Willem konnte sich daran erfreuen, wie sein auf rechts geeichtes Hirn mit dem Linksverkehr umging. Er wollte wissen, ob diese britische Tradition tatsächlich darin begründet lag, daß zwei Reiter, die sich an einem Engpaß begegneten, nicht mit ihren Degen kollidierten, doch der Taxifahrer antwortete nicht. Anyway, meinte Willem, formulierte den Schluß, daß Linksverkehr seinen Ursprung womöglich in britischer Rechtshändigkeit habe, und fragte gleich hinterher, ob sich daraus eine kontinentale Linkshändigkeit folgern ließe.

Doch der Taxifahrer blieb stumm.

Er steuerte den Wagen auf seine seitenverkehrte Art bis vor die Pension, stieg aus, hielt den Schlag auf und stellte die Koffer ab. Er nahm das Trinkgeld und sagte, die Nazis hätten ihn taub geschossen.

Die Pension lag in einer Reihe am Meer. Straße und Häuser waren aus behauenem Stein, und es gab keine Zäune. Der Strand war breit, der Wind trug Büschel von Strandheide oder Tang heran. Neben der Tür hing eine Glocke, der Klöppel war steif vom Salz.

Die Wirtin entschuldigte sich für die Unordnung, aber sie hatte Gebäck und Tee vorbereitet. Sie trug Wickler in den Haaren und einen Hausrock, neben ihr auf dem Sofa saß ein Mädchen mit roten Zöpfen. Die Wirtin sprach ohne Pause; von den Royals, von den wunderschönen Landungsbrücken; von der Gleichberechtigung der englischen Frau und dem finsteren Zustand auf dem Kontinent; vom Gedröhn deutscher Bomberstaffeln oder den VI-Raketen. Zu Barbara sagte sie my dear, und Willem wies sie auf die Einhaltung der Hausordnung hin. Honeymoon hin oder her, die Geräusche beim Sex dürften Zimmerlautstärke nicht überschreiten. Als das Mädchen kicherte, gab ihm die Wirtin einen neckischen Klaps. Frühstück gebe es bis zehn, und nach der Polizeistunde werde im Haus kein Alkohol getrunken. Es müsse Regeln geben, sagte sie. Das müsse ein Deutscher doch verstehen, und dann lachte sie und gab Willem einen Klaps.

Zu Barbara sagte sie, whatever. Wenn sie vorhätten, die Regeln zu brechen, könne man selbstverständlich darüber reden. Eine Lösung gebe es immer, don't you think so, my dear, und als sie Zigaretten anbot, durfte auch das Mädchen rauchen.

Zum Abschluß schenkte die Wirtin Sherry ein. Willem fragte, ob das Mädchen nicht auch einen wolle, und zuerst machte die Wirtin ein Gesicht. Dann lachte sie plötzlich – ein Deutscher mit Humor, und dann gab sie ihm noch einen Klaps.

Sie entdeckten Winkel, in denen noch das alte Fischerdorf erhalten war, doch von überall drängten bereits die modischen Schimären von Fremdenverkehr, von Kur- und Heilbad. Sie dümpelten in königlichen Mineralquellen, flanierten auf der Promenade oder barfuß am Strand. In den Schlachterläden hingen gehäutete Lämmer, vor den Pubs parkten Motorräder, und die Hotels sahen mondän aus oder verrucht. Das Stratosphärenblau versilberte in der gekräuselten See, gegen den Horizont segelten weiße Wolken, und der Wind war weich und würzig. Sie schlenderten durch viktorianische Gewächshäuser, schwül wuchernde Blasen von Farn und Bärlapp und dazwischen ein paar imposante Skelette aus Jura und Kreide. Sie besichtigten den Orientprunksaal mit präparierten Elefanten und Tigern, und an einer Wand war die Welt abgebildet, ein Fresko in schlichtem Wüstenton, aus dem das Empire warm erstrahlte. Willem fand es erstaunlich, mit welcher Selbstverständlichkeit die Tommys ihre Eroberungen handhaben – als gäbe es einen Grund jenseits der menschlichen Moral, meinte er, der ihren Anspruch auf Macht rechtfertigte und in einen Stolz verwandelte, der sie mit weißer Weste vor der Welt stehen ließ, während die Krauts erscheinen mußten wie ein durch und durch mordlustiger Stamm.

Wenn es sich traf, lud die Wirtin sie auf einen Tee in ihre Stube, und meist gab es dann doch Sherry. Willem sagte, I beg your pardon, und zückte ein frisch gekauftes Taschenfläschchen, sterling silver with Caledonian Single.

Das Mädchen konnte Rauchringe blasen, und wenn es einen besonders guten hinkriegte, klatschte die Wirtin mit der gleichen Selbstverständlichkeit wie das Empire über seine Eroberungen. Willem wußte nicht, wie so etwas angehen konnte, und er blieb vorsichtig mit seinem deutschen Kopf. Aber einmal, als die Wirtin und Barbara in der Küche waren, bot er der Kleinen Whisky an, den sie nahm, als wäre es nichts. Danach sah sie ihn erwartungsvoll an, und er ahnte, daß er klatschen mußte.

Zum Abend saßen sie meist im Kittiwake oder im Kingpin. Sie probierten Schweinebraten in Orangengelee und Rindfleisch-Nieren-Pudding, doch die hausgemachten Spezialitäten konnten sie nicht überzeugen. Danach hielten sie sich ans Bukolische, kipper oder mutton chop, tranken Starkbier dazu und ließen zum Nachtisch die Whiskykarte kommen. Sie waren heiter, wenn sie durch die Nacht zurückschlenderten, spontan genug für eine Strandpartie im Mondlicht oder einen Abstecher in den Club der Kolonialisten. Am vierten Tag kaufte Willem eine Landkarte. Wenn sie Brighton als Basis nahmen, waren die Kreidefelsen ein Tagesausflug. Für die Salisbury Plain mußten sie allerdings mehr ansetzen. Allein die Zugfahrt, meinte er, aber um die Sache geschmeidiger zu machen, könnten sie natürlich auch ein Auto mieten, und er begeisterte sich sofort für die Idee, das Hirn umzuschalten und unabhängig gegen die Ziele der Steinzeit zu steuern. Sie könnten unter den Trilithen schlafen – und warum nicht: ein bißchen Pilz oder Hasch dazu.

So saßen sie im warmen Vormittag auf der Promenade, der Strandmeister malte eine große Zwei auf seine Windtafel, und im Kanal zogen die Schiffe wie auf einer Glasscheibe. Barbara winkte dem Kellner nach frischem Kaffee, Willem entdeckte die Seven Sisters auf der Karte oder West Kennet, und später fand er ihren Mund warm und den Speichel klebrig. Barbara drückte sich eng in sein Fleisch, und Arm in Arm schlenderten sie unter der Sonne dahin. Willem in seltsam ursprünglichem Zustand, Raum in Raum verschmolzen und mit Plänen, die in die versteinerten Spuren ersten Lebens langten, in erste Kulturgeschichte und eine menschliche Wahrnehmung, deren Realität längst verschollen war. Seine Worte entrückten Barbara, und sie lächelte sanft aus einem Kokon, der frei war vom Hintergrundrauschen des Alltags.

Vor einem Pub parkten ein paar aufgemotzte Roller, zwei Easy Rider kreuzten die Promenade, und die Sonne stand zugleich auf der See und landwärts in zwei Prielen. Als Barbara sich noch enger schmiegte, machten sie einen Schwenk stadteinwärts. Willem mit seinen Worten tief in der Zeit, die Sonnenbilder auf der See lösten sich auf, und der Druck ihres Körpers erschien ihm wunderbar.

Old Brighton war schick gemacht; Rotstein und Fugen geputzt, frischer Firnis auf den Fachwerkständern, die Spuren der Fischer und Bootsmacher umgewandelt in eine neue Welt. Die Waren in den Schaufenstern schienen unaufdringlich und teuer, ein dezentes Flair aus Büffelleder und handgemachter Seife. Und während sie bummelten und Barbara ihr Interesse für diese oder jene Kleinigkeit stets mit einer zarten Offenbarung ihrer Innenwelt verband, konnte Willem sich maßlos am Klang ihrer Stimme erfreuen. Er küßte sie bei der Betrachtung von Dachshaarpinseln, er entwickelte Phantasien bei den Flakons, und als sie vor der Auslage eines Herrenausstatters standen, überwältigte Barbara ihn mit ihrer Leidenschaft; verwandelte Stonehenge oder Seven Sisters mühelos in Hechelflachs und Webstuhl, und zuletzt war es egal, ob sie gemeinsam unter Trilithen schliefen oder ganz spontan den Herrenausstatter betraten.

Roderick&Son war auf Anhieb eine eigene Welt. Die geölten Dielen, Stoffballen, die wie Mumien in Wurzelholzregalen ruhten, dezente Vitrinen mit Krawatten oder Melonen und Anzüge auf poliertem Mahagoni. Nach dem Schlagen der Türglocke erschien ein weißhaariger Herr aus dem Hintergrund, und noch bevor er sich verbeugte, hatte er diese Welt perfekt gemacht. Ernest C. Roderick, sagte er, und daß es ihm eine Freude sein werde, den Herrschaften dienlich zu sein.

Trotz ihrer Leidenschaft schien Barbara allen Drang zu zügeln; sie ging beinah demütig an die Regale und bat darum, die Stoffe befühlen zu dürfen, und erst aus dieser knisternden Stille heraus überkam es sie. Am Geruch konnte sie Highland- von Eskorialwolle unterscheiden, sie wußte, ob ein Donegal aus Irland oder ein Harris aus Schottland war, und gegen das Licht fand sie die einzigartigen Spuren der Handwebstühle und ordnete sie den kleinen Familienbetrieben zu, den McIntires, Favoris oder Ugartes. Roderick war verblüfft, doch Barbara ließ ihm keine Zeit mehr. Sie zog durch eine wunderbare Welt aus Stoffen und Tuchwaren, von Belutschistan hoch in versteckte Kaschmirregionen, sie berauschte sich am Jahrgang 59, als aus dem syrischen Dschabal-Hügelland eine Ernte von bislang unerreichter Qualität gekommen war, und war sich mit Roderick bald einig, daß es eine Schande sei, wie die letzten Handwebereien vor die Hunde gingen. Und keine Frage, daß der neue Kapitalismus sich am Billigen berausche und Massenschwall aus Fernost eine Pest sei. Isn't it, sagte Barbara.

Darauf nahm der Alte ihre Hände, und in der aufrichtigen Hoffnung, nicht mißverstanden zu werden, meinte er, daß die Dinge auch in Fernost womöglich anders stünden, wenn Indien noch bei der Krone wäre. Und um seine von Grund auf integre Haltung zu allen Entscheidungen der Krone zu unterstreichen – und auch einen gewissermaßen kolonialen Respekt vor einem Mann wie Gandhi –, müsse Barbara wissen, daß sein Vater in persönlichem Auftrag der Königin eigens einen Anzug für Gandhi geschneidert habe, ein einzigartiges Stück, das der Inder vor seiner Abreise einem Hilfskoch überlassen habe, der ihn womöglich nötiger gehabt habe als er selbst. Nun, Roderick respektiere so eine Entscheidung, auch wenn es ein Anzug gewesen sei, wie es keinen zweiten gegeben habe: perfekt umgesetzt nach den Maßangaben des britischen Geheimdienstes und dem Wunsch der Krone nach einem Stil, der hohe Kultur und Sanftheit verband. Und als Barbara mit Roderick davon träumte, den Anzug in der Kleiderkammer irgendeiner Mission aufzuspüren, konnte der alte Knabe nicht anders und küßte ihr die Hand.

Danach bot er Tee und erlesenes Zartbitter, und während sie klassisch saßen, ein Bein übergeschlagen, den kleinen Finger abgespreizt, erzählte er, daß das &Son nur noch aus Tradition dort stehe. Ein Geschäft in der dritten Erbfolge, eine wunderbare Geschichte, und immer eng verbunden mit den Royals. Aber jetzt wäre Schluß. Er, Ernest C., sei der letzte, und er sei ohne Hoffnung auf den eigenen Sohn.

Willem lächelte.

Barbara sagte: Oh.

Ein ganz wunderbarer Mensch, dieser Sohn. Ohne jeden Zweifel, jedoch als Nachfolger für das Geschäft völlig ungeeignet. Sein Sohn sei Physiker geworden, und die familiäre Leidenschaft für Stoffe und Tuchwaren sei bei ihm gewissermaßen fremdstofflich transformiert. Er berausche sich an Teilchen und Antiteilchen und trage Anzüge von der Stange. Diese Dinger, sagte Roderick, die sich elektrostatisch auflüden, und sein Sohn trage sie nicht einmal aus beruflichem Interesse, sondern einzig und allein, weil seine Leidenschaft für Teilchen und Antiteilchen alles andere sekundär mache.

Der alte Knabe konnte das nicht verstehen, und Barbara nahm seine Hände. Dieser Riß in einer so eingefleischten Leidenschaftslinie, meinte er, und ein Flimmern durchzog seine blauen Augen. Später bestand Barbara darauf, für Willem etwas Klassisches zu kaufen. Tweed aus den Southern Uplands oder Northumberland, sagte sie, und der Alte wußte sogleich Bescheid. Zog zwei, zog drei Jacketts vom polierten Mahagoni und ließ sie in Willems Finger gleiten. Vor dem Spiegel war Willem überrascht, wie gut ihm diese Dinger standen, und vor allem die Lederapplikationen gefielen ihm. Passende Manchesterhosen hatte Roderick natürlich auch zur Hand, und nachdem ein Schneider die Stücke auf Willem geändert hatte, stand er vorm Spiegel und wirkte, wie Roderick betonte, in der Tat sehr britisch.

Als sie sich verabschiedeten, war er sicher, sie würden sich wiedersehen. Absolut, sagte Barbara, und Willem sagte: Grüßen Sie Ihren Sohn.

Die Tage verbrachten sie am Wasser. Sie spazierten auf den Landungsbrücken oder am Strand, sie beobachteten Wolken und Schiffe, und pünktlich um achtzehn Uhr wurden die Leuchtfeuer angeworfen. Wenn Abendlicht die See füllte, lagen sie im Strandkorb, holten Hühnerschlegel und Whisky aus der Picknicktasche. Barbara genoß es, wenn Willem sie festhielt, ihr das Haar aus dem Gesicht strich. Sie suchte seine Nähe, und wenn ihr Kopf auf seiner Brust lag, konnte sie in die Ferne blicken und war durchdrungen von seiner Stimme.

Willem erzählte von driftenden Kontinentalplatten und aufgefalteten Gebirgen, von Vulkanausbrüchen und Klimawechsel, und rings im Kreidegestein, meinte er, lägen all diese Wendemarken wunderbar geschichtet; eine Art Skala, an der man Vorgänge und Ereignisse ablesen und datieren könne. Und er stellte sich eine der größten Katastrophen in der Erdgeschichte vor, jenen Meteoritentreffer am Ende der Kreidezeit, die nun wie ein Bleistiftstrich komprimiert in den Seven Sisters liegen müsse. Was für ein unglaublicher Einschnitt ins Leben, meinte er, als damals beinah alle Arten ausradiert wurden. Und doch trieb die Evolution die Welt des Lebendigen unbeirrt weiter aus. Entscheidende Veränderungen hin zu Nadelwäldern und der Magnolie als Blütenpionier; hin zu Aufspaltungen und Vervielfältigungen von Vögeln und Säugern; zu Entwicklung auf getrennten Kontinenten oder in insularer Isolation.

Das Schwingen aus seiner Brust stieß wohlig in Barbaras Kopf, sie spürte die intime Verbindung, und über ihnen der Himmel erschien ihr so tief wie noch nie. Und während Willem den Sprung vom Tertiär ins Holozän machte und mit Australopithecus und Homo habilis die Abspaltung von den Menschenaffen betrachtete, konnte sie in den fedrigen Wolkenschleiern den alten Roderick sehen. Sein Wissen, seine Beziehungen, seinen Fundus. Vom Sohn verlassen, der letzte einer eingefleischten Leidenschaftslinie, und während Willem in seinen Betrachtungen aufwärts stieg – Erectus, Cro-Magnon, Sapiens –, konnte sie neben Roderick noch einen Schriftzug am Himmel sehen, zwei Wörter, gesetzt aus einer zeitlosen Type und mit einnehmendem Schwung, zwei Wörter im dunklen Rot des Abendhimmels: Barbara Focke.

So lag ihr Kopf auf seiner Brust, und Willem sprach über Erfolg oder Aussterben einzelner Zweige, er sprang über Eiszeiten und Neandertaler zur atlantischen Periode, und dann sagte er, Stonehenge sei womöglich das eindrucksvollste Steindenkmal Europas; womöglich das Zentrum einer Kultur, an dem sich die steinzeitliche Weltsicht entwickelt habe, und Barbara konnte sehen, wie sich die Abendröte im Kanal vertiefte.

Wenn sie abends im Kittiwake saßen und schon einige Gläser genommen hatten, offenbarte sich für Willem erneut das Erregende seiner Frau. Tagsüber schlugen ihre Reize ganz anders in ihm an, und vor allem ihr Bedürfnis nach Geborgenheit und Nähe konnte eine Fürsorge in ihm auslösen, die nichts mit sexuellem Verlangen zu tun hatte. Manchmal füllte ihn diese selbstlose Art aus, und wenn er Barbara hielt und durchdrungen war von der wechselseitigen Wärme, schien es darüber hinaus nichts zu geben. Keine Schwellkörper, keine Salisbury Plain oder Seven Sisters.

Doch wenn schaumlose Biere über den Tresen rauschten, wenn der Whisky aus den Gläsern schwappte und das Cockney der Sommergäste hängenblieb in der blauen Luft, schien Barbara ihre Weiblichkeit auszuschwitzen. Ihre Proportionen schienen von einem Glimmer überzogen, Willem ahnte, wie Hitze aus ihren bedeckten Merkmalen stieg, und noch ihr Atem perlte von Hormonen. Wenn sie so am Tresen standen, rings die flüchtigen Blicke, die niemals flüchtig blieben, genoß Willem aus seiner Fürsorge heraus den Anspruch auf ihre Reize. Er genoß ihre Zärtlichkeit und die Offenbarungen, die aus jedem Blick und jeder Berührung kommen konnten.

30

Bei seinem Auszug mußte Willem feststellen, daß die Packer bereits Order hatten. Als die Wohnzimmergarnitur unten war, pfiff er die Männer zusammen, gab Auftrag, sie wieder hochzutragen, doch auf halbem Weg stellte sich ihnen die Mutter entgegen. Die Packer sahen einander an. Familienangelegenheiten interessierten sie nicht, und wer hier eigentlich das Kommando hätte. Nach kurzem Wortgefecht hörten die Männer Türenknallen, dann erschien Willem.

Der Rest war schnell gemacht, und als die Planen verlascht waren, stand Willem mit den Männern bei Frikadellen und Bier. Der September war mild, mit weichem Licht, das morgens in den Tautröpfchen der Spinnenweben glühte, und einmal noch stieß er mit den Packern an, dann schickte er sie zum Speicherhaus. Beim Starten ließ der Laster eine Dieselwolke, die im hellblauen Mittag zertrieb. Willem hörte Gänse, und Richtung Fluß entdeckte er zwei Keilformationen. Als der Laster um die Ecke war, fühlte er sich prächtig.

Den letzten Gang in die Junggesellenbude schenkte er sich. Erst als er vors Büro trat, brach es aus ihm heraus; ein archaisches Geschwemme, Bilder von grandiosen Schlachtfesten und kannibalischen Heldentaten, und so wollte er den Abschied kurz halten. Die Alten saßen hinter Geschäftsordnern. Die Mutter las Zahlenkolonnen vor, Kronhardt speiste die Rechenmaschine, und außerhalb davon existierte nichts. Ihre Gesichter schienen durchdrungen vom Fortbestand der eigenen Ordnung, und Diktat und Rechenmaschine zerhackten ringsherum jede andere Realität.

Willem stellte fest, daß die Ignoranz ihm guttat. Bald ahnte er hinter Diktat und elektronischem Rattern ihre Hilflosigkeit, und so ging er zum Schreibtisch, klopfte auf die Platte und sagte, alsdann.

Er fand es seltsam, in diesem letzten Akt beinah eine Zärtlichkeit zu verspüren.

Stereoanlage und Platten hatte er auf der Rückbank verstaut, und als er im Vierten dahinzog, erschien ihm der Klang der Reifen anders; noch die Straßen und die Stadt unter den hellen Wolken wirkten anders, und der Motor bullerte und trieb ihn hinaus durch Zeit und Raum.

Es war nicht wirklich viel, was die Packer in sein neues Zuhause getragen hatten. Anfangs brachten vor allem Schreibtisch und Bücherschrank neue Spuren, und auch Teleskop und Mikroskop konnten einen diskreten Wandel im Speicherhaus markieren. Doch seine Sachen paßten sich erstaunlich schnell an; als rückkoppelten ihre Merkmale mit Barbaras Welt, und bald waren auch seine Kleider durchzogen vom Geruch ihrer Schränke. Nur seine beiden Lieblingsbilder, die Barbara expressionistisch verformte Realitäten nannte und gegen die sie sich anfangs sperrte, erschienen ihm erst mit der Zeit wie Eingesessene.

Wenn er auf dem Sofa lag, fand er nichts, was ihn störte. Rein dinglich, meinte er, war Anpassung sowieso nur ein abstrakter Prozeß, der zuletzt ohne Anspruch auf Gültigkeit in der Vorstellung eines Betrachters verblieb und sich kaum als Reaktion auf eine Umwelt festmachen ließ. Zwischenmenschlich sah die Sache schon anders aus, und hier, aus tiefer Entwicklungsgeschichte heraus, war Anpassung eine zumeist vorteilhafte Strategie. Auch wenn er die Jahre im Sippenverbund mit den Alten verbracht und aus Anpassung noch die Blutgefäße und Sehnen zu den Mahlzeiten geteilt hatte, war er Einzelgänger geblieben. Mit Barbara jedoch brauchte er nicht mehr an dieser Position festzuhalten. Er war bereit, zu geben, zu teilen und gemeinsam zu wachsen. Eigenschaften, Erfahrungen und Blickwinkel konnten sich immer wieder potenzieren, er spürte die Wirkung von gegenseitigem Vertrauen und Respekt, und es war ein wunderbares Gefühl, durchlässig und fest zugleich, eine Dimension, die er so weder für sich allein noch mit Schlosser erlebt hatte.

Barbara hatte alle Pläne zum Verkauf zurückgestellt. Das Geschäft hielt sie geschlossen, doch verbliebene Kunden bekamen jederzeit einen Termin. Anfangs ein Kompromiß, stellte Barbara schnell fest, daß sie mit dem exklusiven Gefühl stimulieren konnte. Sie gewann neue Kunden, sie inszenierte kleine und teure Verkaufspartys im Speicherhaus, bald brachte sie Inéz in die Partys ein, bald rief die Tochter des Brauereidirektors an, bald eine Reedersgattin, und während Barbara einen 59er-Stoff aus dem Dschabal-Hügelland entrollte, konnte die Spanierin alle Worte dazu sichtbar machen – so schnell war sie mit dem Kohlestift, als könnten sich ihre Entwürfe jederzeit in jeden Wunsch verwandeln, und wenn sie die Damenkörper abmaß, um alle Phantasie in stoffliche Realität umzusetzen, hinterließen ihre zugleich zarten wie festen Hände keinerlei Zweifel.

Mit Barbara richtete sie einen exklusiven Atelierwinkel im Speicherhaus ein. Auch Willem brachte sich mit zwei, drei dezenten, aber außerordentlich stilsicheren Noten in das Atelier ein. Zur Einweihung stießen sie mit Bollinger an, Barbara bekam ein Küßchen, Willem bekam eins, und dann hielt er beide Frauen im Arm und drückte sie.

Vor allem die konstruktive Art, mit der Barbara die anhaltende Konjunktur der Maschinenstickerei noch steigern konnte, imponierte der Schwiegermutter. Dabei war die Alte von Anfang an offen gewesen für Barbaras Ideen – jedenfalls insoweit, als sie ihr zuhörte, um sich die wirklich durchdringenden Brocken herauszupicken und sie dann später, gewissermaßen gereift, als ihre eigenen Gedanken vorzustellen. Barbara hatte kein Problem damit, sich an die vorgegebene Rangordnung zu halten; und auch mit Kronhardt, aus dessen traditionalistischer Haltung stets etwas Gönnerhaftes blitzen konnte, kam sie gut zurecht. Daß sie seinen Namen nicht angenommen hatte, schien nebensächlich in Anbetracht der fortschrittlichen Ideen, zu denen Barbara ihn und seine Frau anregen konnte.

Gleich im neuen Jahr offenbarte sich die Schwiegermutter. Jawohl, die Zusammenarbeit sei bereichernd, Barbara erkenne die Zeichen der Zeit, Barbara sei wie gemacht fürs Geschäft. Doch ihr Doppelleben, sagte die Schwiegermutter. Sicher, das Konzept der Exklusivität sei gut, und auch ihre Verkaufspartys zeigten einen Nerv für Bedürfnisse. Doch Barbara solle einsehen, daß ihre sogenannten Stimulationen kaum mehr wären als eine künstliche Erscheinung mit kurzer Halbwertzeit. Und das gleiche gelte übrigens auch für die Schneiderphantasien dieser Spanierin. Sie, die Schwiegermutter, kenne Direktorentöchter und Reedersfrauen: Alle großbürgerliche Begeisterung sei flüchtig, ein nimmersatter Appetit. So also wäre Barbara gut beraten, wenn sie ihren sprühenden Geist ganz mit der Kronhardtschen Erfahrung paare. Und sie sprach sich mit aller Entschiedenheit dafür aus, Stoffe und Speicherhaus zu verkaufen, und offenbarte Barbara ihre Pläne für Kronhardt&Sohn.
Aus Sicht der Alten implizierte die gegebene Rangordnung ganz natürlich den Lebensvorsprung einer Generation, zudem entschleierte sie der Jüngeren eine Wahrheit und erwartete daher von ihr wenn schon keine demütige, so doch eine fraglose Entgegennahme. Sie wollte zum Guten eindringen in die Jüngere, sozusagen von naturgegebener Warte lenken, um die eigenen Errungenschaften im Nachwuchs zu festigen, und so war sie davon überzeugt, daß es nur eine einzige Vorstellung von der Welt geben konnte.
Barbara war dankbar für die Offenbarungen der Schwiegermutter. Und in jeder Generation, meinte sie, gebe es Verbindungen und Erscheinungen, die eine neue Sicht der Dinge erforderten. Jede Generation müsse ihren eigenen Mut und Scharfblick entwickeln, und für jede Generation sei persönlicher Erfolg unweigerlich verbunden mit einer persönlichen Stunde Null. Und so, meinte Barbara, seien die Alten zu jeder Zeit gefordert, den Jungen Raum mitzugeben für die eigenen Erfahrungen. Damit sie ihr Leben früh genug selbst in die Hand nehmen und den Anforderungen ihrer Zeit, bestärkt vom guten Willen der Alten, in einer Weise begegnen könnten, die vielleicht nicht immer ohne Fehler, aber stets ohne Zweifel am eigenen Fortschritt sei. Oder nicht? sagte Barbara. Hätten die Jungen jederzeit komplett auf die Alten

gesetzt, hätte Fortschritt niemals stattgefunden. Nein, sie würde nicht verkaufen.

Und die Schwiegermutter – nun: Sie war sprachlos. Vor allem die Mißachtung der Rangordnung, jene Erschütterung, die sie noch von den Fernsehbildern mit den langhaarigen Teufeln erinnerte, traf sie. Doch öffentlicher Bericht war etwas anderes als die eigene Stube, und ausgerechnet hier mußte sie das erfahren, was wohl die Republik erniedrigt hatte, aber niemals sie. Nicht einmal Willem mit seiner ganzen Untauglichkeit hatte ihr je so etwas zugefügt, und hinter ihrer Sprachlosigkeit spürte sie die innere Verkrampfung, sauer und hart, und einmal noch zuckten ihre Lippen, dann zogen sie einwärts und versteiften sich zu einem Spalt.

In den elektronisch aufgerüsteten Schautafeln markierte der schwankende Pfeil Sturmgefahr aus Nordost, und die Wetterstimme der Tagesschau sagte weitere Schneefälle voraus. Für die Alte waren diese kalten Stöße aus Rußland wie eine bittere Untermauerung, und während rings aus den Kristallwinden endlos wunderbare Welten erwuchsen, bunkerte sie sich ein. Vereinnahmte Hultschineks Kabäuschen, trieb ihn hinkend durch das Rattern und die Gänge; forderte von Kronhardt den entscheidenden Druck gegen die notorischen Schuldner; forderte von Willem, forderte von Barbara und versäumte es nicht, alles Eingeforderte zu kontrollieren, um hinterher jeden Fehler und damit jene Erfahrung und Weitsicht zu offenbaren, mit der sie alles Entscheidende so zwangsläufig an ihrer Person festmachen konnte, als wäre dies ein Naturgesetz. Obwohl sie sonst aus der langen Erfahrung ihrer Überlegenheit kaum noch Bedürfnis nach stolzem Überschwang entwickeln konnte, wurde sie in diesen Schneetagen doch maßlos. Sie gierte nach jeder Erniedrigung, jeder flüchtigen Erhabenheit, doch wirklich durchdringend waren diese Erlebnisse nicht. Wenn die Schautafeln sich blau verfärbten und die Stimme weiterhin Rußlandkälte voraussagte, schien ihr Mund weiterhin zum Spalt versteift.

Erst zum März hin brach aus ihr ein Lächeln hervor. Als hätte sie während der Winterstarre in sich hineingehorcht; als wäre sie hinter ihrer Verbitterung zu der Einsicht gelangt, die Fähigkeiten der Jüngeren mit ihren eigenen Fähigkeiten zusammenwirken zu lassen; als spürte sie wieder ihre altvertraute Kraft, mit der sie sich über andere hinweg zum Wohle eines Ganzen einbringen konnte. Und die Alte trug dieses Lächeln bis in den Frühling hinein und eignete sich bald die Erkenntnis an, daß die Schwiegertochter nicht nur Ausgleich war für den mißratenen Sohn, sondern auf eine naturgesetzliche Art ein Stück ihrer selbst. So wie sie es von Anfang an geahnt hatte. Mit dieser letzten Erkenntnis verwandelte sich alle Verbitterung, ihr spaltiger Mund weichte auf, und Barbara nährte ihren Stolz.

Daß Barbara die plötzliche Bereitschaft zur Zusammenarbeit fraglos annahm, erschien der Alten selbstverständlich. Sie sah keinen Grund dazu, ihre Verbitterung aus dem Winter und ihre Lust zur Erniedrigung irgendwie zu erklären, und so führte sie Barbara ein in Akquisition und Betreuung. Sie nahm sie hierhin mit und dahin, sie überließ ihr die Verhandlungen zur Anschaffung einer neuen Maschine, und wenn Barbara die festen Maßgaben ignorierte und in den Gesprächen eine unvorhersehbare Taktik einschlug, ließ die Alte sie stillschweigend gewähren.
Bald genoß sie Barbaras Fähigkeiten und ihre Wirkung auf andere, sie genoß Barbaras Erfolge, und stets zog sie daraus das Recht auf ihren persönlichen Erfolg. Und oft genug empfand sie sogar ein großes Vergnügen dabei, still im Hintergrund zu bleiben, und fühlte sich wie eine Meisterin, die unsichtbar nickte.
Als die Alte spürte, daß Barbara Zutrauen zu ihr faßte, gewissermaßen von Frau zu Frau, und sie auf eine Art um Ratschläge anging, die Lebensvorsprung und natürliche Rangordnung außer Frage ließen, konnte man ihr die Befriedigung kaum anmerken. Und wenn sie dann aus dem Nähkästchen plauderte, konnte schon eine leichte Verklärung ihrer Stimme reichen, um ihre Weisheit mit jedem Wort zu unterstreichen: Nichtwahr, es gebe Regeln, die zum Erfolg führten. Zumal als Frau in einer Welt, die hierarchisch Männersache sei. Oh ja, sagte die Alte, und selbst ein Mann, der dahin kommen wolle, wo sie als Frauen jetzt schon seien, brauche mehr als nur gewisse Eigenschaften, die den Erfolg begünstigten.

Er müsse hart genug sein, dem steten Mahlstrom auf dem Weg nach oben so zu widerstehen, daß sein eigentlicher Kern erhalten bleibe. Wer sich aber abschleifen lasse zu falscher Milde, ha, Großherzigkeit gar, sei ebenso verloren wie jener, der auch nur für einen Augenblick seine Mitstreiter oder das eigene Ziel aus den Augen lasse. Nein, nach oben kämen nur die Besten. Ein Mahlstrom, der immer mehr von der Schale fordere und zuletzt nur noch diejenigen begünstige, die sich, wie gesagt, ihren Kern bewahren könnten.

Keine Frage also, daß sie ganz außerordentliches Rüstzeug mitbringen müßten, wenn sie als Frauen in einer solchen Hierarchie bestehen wollten. Daß sie nicht nur stets in der Lage sein müßten zu potenzieren, was männliche Mitstreiter einbringen würden, sondern dazu ein Denken beherrschen müßten, das mühelos die männliche Art erfassen könne und jederzeit den verborgenen weiblichen Teil bereithalte, um eine entscheidende Wirkung zu erzielen.

Also, sagte die Alte, müssen wir uns in die Welt der Männer, in ihren eingefleischten Blick denken. Müssen als Frau auch die eingefleischten Erwartungen von Anpassung und Unterwerfung heimlich steuern, um dahinter mit geistigem Seziermesser die Regeln der Männer zu unseren eigenen Gunsten zu beschneiden.

Barbara hörte den Ausführungen der Alten ohne Widerrede zu. Und bemerkte beiläufig, während sie auf eine Zigarette am Fenster stand und die Alte noch die Wucht ihrer Worte in sich spürte, daß der Erfolg einer Frau stets in ihr selber beginne. Im sicheren Gefühl ihrer eigenen Stärke und auch in der Fähigkeit, dieser Stärke vor dem Spiegel einen Ausdruck zu verleihen.

So schien das Vertrauen zwischen den Generationen zu wachsen, und bald standen die Frauen gemeinsam im Bad. Die Alte konnte ohne Überwindung zugeben, daß sie Barbaras Händchen vor dem Spiegel schätzte – diese Berechnung von Nuancen und Stil, wie sie sagte, die ganz subtil die männlichen Erwartungen manipuliere und einer Frau heimliche Vorteile verschaffe.

Barbara zeigte sich durch die Komplimente geschmeichelt; sie brachte mit dieser oder jener Finesse ganz erstaunliche Möglich-

keiten des Ausdrucks hervor, sie brachte die Alte dazu, ihr ange-
stammtes Frisörgeschäft in den Rolltreppenebenen des Waren-
hauses zugunsten einer nur nach Termin arbeitenden Coiffeuse
aufzugeben, und bald, als wäre es nichts, hatte sie die Alte im Speicherhaus. Sie hoben die mumienhaften Ballen aus ihren Fächern,
ließen den Stoff durch ihre Finger, rochen daran, hielten ihn gegen
das Licht, und die Alte, beeindruckt von den ganz außerordentlichen Qualitäten, wurde auch für jene Eigenschaften der Stoffe
empfänglich, die nicht nur dem eigenen Körper schmeichelten,
sondern jeden Betrachter bezaubern mußten. Und als wäre tatsächlich Zauber im Spiel, trat von irgendwo die Spanierin dazu;
grazil, gepflegt und beinah hermaphroditisch mit Hosenanzug
und Pagenkopf – eine Erscheinung, die die Alte vollends entrückte, und als Inéz sich in Reiterstellung postierte, mit zarten Händen
die nordische Kräftigkeit der Konturen erfaßte und darauf beinah
kinematographische Entwürfe ans Reißbrett warf, ließ sich die Alte
ohne jeden Widerstand in diese wunderbaren Stoffe hüllen, und
es war egal, wie sie sich vor dem Spiegel drehte: Was ihre Augen
sahen, schien verzaubert.

Später, als sie wieder in ihrer wie mit Familienblut versiegelten
Röhre war, verschoben sich diese neugewonnenen Eindrücke, ihre
Lippen versteiften, und bald fühlte sie sich übertölpelt.

31

Wenn sie in der Zukunft eine Zeitmaschine erfinden, könnten sie jetzt hier sein. Willem knabberte an geröstetem Ziegenfleisch, tunkte es in Salsa. Er saß mit Barbara und Inéz in einer neueröffneten Restaurant-Bar.

Inéz sagte: Komischer Gedanke.

Ach was! Womöglich bist gerade du eine Zeitreisende. Die Spanierin aus der Zukunft. Er grinste. Wie soll ich da sicher sein?

Sie lachte. Wie sollst du da sicher sein.

Er nahm sein Glas und stieß mit ihr an. Er hatte eine Flasche aus Navarra geordert, und Inéz wußte diese Reverenz zu schätzen.

Warum studiert ein Mann wie du nicht Quantenmechanik?

Dazu hätte ich ausbrechen müssen. Wie du. Und anstatt der Quantenmechanik habe ich nun Barbara getroffen.

Und das rechtfertigt die Betriebswirtschaft?

Daß wir uns begegnet sind, rechtfertigt beinah alles. Aber die Betriebswirtschaft war reine Überlebensstrategie.

Immerhin hast du etwas gelernt.

Was man fürs Geschäft so brauchen kann. Prognosen, frühzeitige Strukturanpassung. Wenn man ins Geschäft will.

Inéz lachte wieder. Du bist ein seltsamer Mensch, Willem.

Ach was. Strukturanpassung oder Prognose – alles ist eng daran gekoppelt, wie man ausgelegt ist. Vielleicht austern-, vielleicht fledermausartig; vielleicht Teilchenphysik, Molekularbiologie oder Börsenstatistik. Und wir haben anderthalbtausend Kubikzentimeter grauer Masse. Unerforscht. Unverstanden. Ein Universum von Möglichkeiten. Wie sollte man da nicht seltsam sein.

So saßen sie zu dritt bei Ziegenfleisch und Wein und feierten Willems Diplom. Er hatte es mehr schlecht als recht bestanden und war bis zuletzt darum bemüht gewesen, die Dozenten zu Anekdoten und Auflockerung anzuregen. Doch sie waren alle streng beim Stoff geblieben, und nur in der mündlichen Abschlußprüfung, der auch sein Professor beisaß, konnte Willem die Disziplin durchbrechen, das Feld weiten und Behauptungen aufstellen, für die keine Beweise vorlagen. Wenn die Menschen in der Zukunft eine Zeitmaschine erfinden, hatte er gesagt, könnten sie jetzt hier sein. Daß sie aber offensichtlich nicht hier sind, hatte er gesagt, bedeutet nicht automatisch, daß sie in der Zukunft keine Zeitmaschine erfinden werden, und von dieser Behauptung ausgehend hatte er schließlich den Bogen zurück zu den Prüfungsfragen geschlagen, und seine Antworten zu Strukturanpassung oder Prognose waren ausreichend gewesen.

Die Frauen stießen mit ihm an.

Dann sagte Barbara: Und jetzt?

Ich denke, wir feiern.

Du weißt, was ich meine.

Nach dem Diplom ist vor dem Diplom, sagte Willem und küßte seine Frau.

Die Restaurant-Bar gehörte einem Mexikaner, der Hector Luna hieß. Der Mann war klein und stämmig und hatte bronzefarbene Haut. Willem gab ihm aus der Nische heraus ein Zeichen.

Ich würde gerne mit Ihnen anstoßen, Hector. Darf ich Sie einladen?

Como no. Der Mexikaner nickte und setzte sich zu ihnen.

Die Restaurant-Bar war zeitlos und solide eingerichtet. Keine exotische oder folkloristische Effekthascherei, aber man spürte den fremdländischen Stil. Es gab gekalkte Nischen, aus denen man die Straße überblicken konnte, und einen hufeisenförmigen Bartresen. Man bekam zu jeder Zeit selbstgemachte Häppchen, abends wurde Holzfeuer unter den Bratplatten entfacht, und durch einen Mauerbruch konnte man der Köchin zusehen.

Die Bilder an den Wänden erinnerten Willem an die Ausstellung in der Kunsthalle, und auch die Figuren, die in Vertiefungen und auf Vorsprüngen saßen, schienen aus einer anderen Welt. Maskierte oder tanzende Hunde, Götter mit Schlangennasen.

Der Mexikaner sagte: Ándale. Sie haben also Ihr Diplom. Sie haben etwas geschafft und können stolz darauf sein. Ich freue mich aufrichtig für Sie.

Ehrlich gesagt, Hector. Ich habe dieses Diplom nie gewollt.

Wer weiß, wofür es gut ist.

Ich glaube nicht, daß es mir etwas nützen wird.

Manchmal weiß man erst später, wofür etwas gut ist. Dann sah der Mexikaner ihn an. Ich glaube, daß beinah alles, was einem im Leben widerfährt, zu etwas gut sein kann. Die Dinge machen etwas mit einem. Man lernt, neu zu sehen. Und eines Tages kann man etwas mit den Dingen machen. Hector Luna hatte ein seltsam altersloses Gesicht und glänzende Augen, und wenn er lachte, traten Furchen in seine Haut. Obwohl seine indianische Art ihn reserviert und bescheiden machte, schien er den dreien am Tisch zu vertrauen.

Er war in den Bergen groß geworden, schroffes Land, das unter der brennenden Sonne in vielen Farben leuchtete. Als junger Mann lernte er eine Deutsche kennen. Sie gehörte zu einer kleinen Reisegruppe, ihre Eltern waren auch dabei. Restaurantbesitzer aus Bremen. Ein halbes Jahr später kam die Frau alleine zurück. Sie blieb eine Zeit, flog wieder ab, kam zurück. Das nächste Mal nahm sie ihn mit. Ihre Eltern waren sehr liberal, und sie mochten Hector.

Sie heirateten, und seine Frau wurde schwanger. Als die Tochter abgestillt war, bat Hector darum, seinen Eltern das Kind vorzustellen. Sie landeten am frühen Abend in der Hauptstadt und beschlossen, erst ein oder zwei Tage später mit dem Bus weiterzufahren. Die Nacht verbrachten sie in einem Hotel in Tlatelolco. Am nächsten Tag trug Hectors Frau die Tochter in ein Rückentuch gewickelt durch die Stadt. Sie zogen vorbei an Pyramiden, spanischen Kirchen und Wolkenkratzern. Voraus zerschmolz die riesige Stadt unter der Sonne, und sie sahen nicht, daß ihnen etwas entgegenkam. Im nachhinein erschien es Hector wie ein Art Welle, unscharf und sprunghaft und dabei so schnell und alles erfassend, daß sie nicht mehr ausweichen konnten. Bald hörten sie die ersten Schüsse, bald Schreie, und die Taxifahrer wußten als erste Bescheid. Es war 68, und die Studenten wurden zusammengeschossen. Alle, die anders aussahen, wurden zusammengeschossen. Seine Frau fiel einfach so. Sie waren gar nicht im Tumult gewesen, hatten sich abseits im Schatten der Häuserwände gehalten, und die Kugel war durch den weichen Kopf seiner Tochter bis ins Herz seiner Frau gegangen.

Entonces, sagte der Mexikaner. Er verbeugte sich, meinte, daß Willems Diplom schon zu etwas nützlich sein würde, und machte sich wieder an die Arbeit.

Willem leckte Salsa vom krustigen Fleisch. Auf einem Sims saß eine Figurine mit fetten Maiskolbenbrüsten, ein aus Ton gebrannter Hund grinste, und eingerahmt hingen ockerfarbene Berge mit blauen Magueys davor; ein Schienenstrang, der bis in den Horizont zerflirrte, oder Menschen, die kleinwüchsig und bronzefarben mit ihren Bündeln unter einem mächtigen Himmel standen.

Mexiko, sagte Willem und kaute.

Barbara sagte: Und jetzt?

Nach dem Diplom ist vor dem Diplom.

Willem, du weißt, daß das so nicht geht.

Dann laß uns feiern.

Ach, Willem.

Er sah in ihre Augen. Du planst schon wieder. Dann lächelte er und nahm ihre Hand. Und wenn ich dir sage, daß ich jetzt keine Lust auf diese Art von Plänen habe, wirst du mir antworten, daß ich nie Lust darauf habe. Daß ich mich mit Zeitmaschinen oder der Naturwissenschaft vor aller Verantwortung drücke. Ich will nicht ins Geschäft, Barbara. Er nahm ihre Hand und küßte sie. Das ist dein Ding. Meine Zukunft liegt auf dem Sofa.

Inéz lachte, und Barbara zog ihre Hand zurück.

Sie trank einen Schluck. Dann rauchte sie. Dann sagte sie: Hat deine Mutter mit dir gesprochen?

Worüber soll sie mit mir sprechen?

Sie hat ein Grundstück für uns. Sie will, daß wir bauen.

Willem winkte ab.

Sie will, daß wir einen Stammhalter auf die Welt bringen.

Na und.

Bis wir mit dem Balg im neuen Haus sind, will sie mit dem Alten noch das Ruder halten. Danach sollen wir sukzessive übernehmen.

Willem lachte. Trank und lachte. Darüber haben wir doch längst gesprochen. Scheiß drauf. Er ging an den Bartresen und ließ sich von Hector Luna eine Zigarre geben. In der Nische feuerte er das Ding an, und sein Kopf verschwand in einem Rauchball. Ich dachte, wir sind mit dem Thema durch, Barbara. Wenn es für die Alten selbstverständlich ist, daß wir uns so einbringen, wie sie es erwarten, dann scheiß drauf. Oder nicht!

Willem, du unterschätzt die Lage.

Quatsch. Die Lage war immer dramatisch. Damit bin ich aufgewachsen.

Und jetzt hältst du dich aus allem raus.

Willem sah die Zigarre an. Paffte. Ich denke, das ist so abgesprochen.

So ist das nicht abgesprochen!

Wir wollen keine Kinder. Ist das richtig?

Barbara nickte.

Wir wollen uns nicht von den Alten reinreden lassen.

Barbara nickte. Und ich wünsche mir, daß du hinter mir stehst. Deine Mutter raubt mir eine Menge Energie.

Was soll der Mist. Meiner Mutter ist nicht zu helfen. Alles, was jenseits ihrer eigenen Realität liegt, existiert entweder nicht oder ist entartet. Wenn du mit solchem Schwachsinn nicht umgehen kannst, laß die Finger davon. Steig aus der Stickerei aus und mach mit Inéz dein eigenes Ding. Und ich fang noch mal von vorn an. Paläontologie, Verhaltensforschung – die Naturwissenschaften sind ein weites Feld.

Barbara sah Willem an und schwieg.

Komm schon, sagte Willem.

Komm schon was?

Wir schreiben die Alten komplett ab.

Ich möchte einfach nur, daß du mir ein bißchen den Rücken frei hältst.

Wie soll das gehen, Barbara? Ich will mit dem Geschäft nichts zu tun haben und mit den Alten noch weniger. Wenn überhaupt, mache ich einen kleinen Halbtagsposten, und der Rest ist meine selbstbestimmte Zeit. So haben wir es abgemacht, oder?

Ja.

Siehst du. Du machst dein Ding, und ich komme dir nicht dazwischen. Wir lieben uns, und da ist es egal, ob deine Pläne sich mit meinen Veranlagungen ergänzen. Unsere Liebe findet nicht im Geschäft statt.

Und wenn deine Mutter mir die Energie zum Lieben raubt?

Willem paffte an seiner Zigarre und hob die Schultern. Schreib sie ab.

Nein, verdammt.

Warum nicht?

Weil diese Stickerei der Schlüssel ist zu unserer Unabhängigkeit.

Willem lachte laut. Wie definierst du denn unabhängig?

Schön auf dem Sofa liegen. Lesen und um den Rest keine Sorgen machen. Sie lächelte und schloß die Augen.

Auch Willem lächelte. Du bist gut zu mir.

Inéz sagte: Zeig den Alten, daß du Eier hast!

Eier?

Mumm, sagte Barbara.

Sí. Mumm! Die Spanierin beobachtete Willem. Wie er an der Zigarre qualmte und wie seine Augen durch den Rauch spähten; vielleicht nach einer Götterfigur mit Schlangennase, vielleicht hinter die grinsende Maske eines Hundes.

Seine Stimme kam geschmeidig durch den Rauch. Die Alten können mir gestohlen bleiben. Ich setz meinen Mumm lieber für was anderes ein.

Schön auf dem Sofa liegen.

Warum nicht. Mit sich alleine sein zu können ist eine Disziplin, vor der sich die meisten fürchten. Emblem und Banner und Betriebswirtschaft. Den meisten ist alles recht, um sich von sich selber abzulenken.

Ach, Willem. Und Barbara machte ein mildes Gesicht. Ich möchte doch nur, daß du mir ein bißchen den Rücken frei hältst.

Du machst die Geschäfte. Ich reiß mein kleines Pensum ab, und mit den Alten habe ich nichts mehr am Hut. So wars doch abgemacht.

Ja, sagte Barbara. So wars abgemacht. Dann beugte sie sich rüber und küßte ihn.

Es war seltsam, aber mit einem Mann wie Willem an ihrer Seite war sie sicher, ihre Ziele erreichen zu können. Ihre Hand strich über seinen Kopf, fuhr durch sein Haar. Halt mir den Rücken nur ein bißchen frei, ja. Das gehört zu deinem Halbtagsposten. Wir haben Ziele, Willem. Ihre Lippen waren weich und warm. Ein schönes Landhaus mit Jaguar. Zeit für uns. Verreisen; Kreta, die Dordogne, Mexiko. Wohin wir wollen.

So saßen sie bei Hector Luna und feierten Willems Diplom.

32

Also wollen Sies bombensicher?

Ja.

Recht so, mein lieber Kronhardt. Aber ganz so einfach geht das nicht.

Was ist dabei?

Erst mal werden wir die Vermehrungsleistung an sich überprüfen.

Wozu soll das gut sein?

Doktor Blask saß hinter seinem Schreibtisch. Er trug eine Brille mit großer Fassung, die sein Gesicht mit der gebogenen Nase noch vogelartiger machte. Erstaunlich, nichtwahr. Daß wir Männer nie an unserer Fertilität zweifeln. Er grinste. Nun, und danach muß Ihre Frau ran. Warum einen Eingriff vornehmen, lieber Kronhardt, wenn womöglich biologische Prädispositionen vorliegen?

Warum sollte einer von uns unfruchtbar sein?

Warum denn nicht.

Dann schlug er auf den Schreibtisch. Früher reichten Revueblätter völlig aus. Aber seit beinah jeder so einen Fernsehapparat stehen hat, scheint alle subjektive Phantasiebegabung zu verkümmern. Der Kopf des Doktors hackte. Oder anders gesagt: Die Verkümmerung wird dahin gesteuert, daß kommerziell ausschlachtbare Ersatzlandschaften entstehen. Ein Schäferstündchen im Heu, das haut heutzutage niemanden mehr aus den Socken. Jeden neuen Tag wollen sie das Härteste.

Wie halten Sie sich da auf dem laufenden, Doktor?

Amerika.

Blask zog eine Lade und hievte einen Stapel Magazine auf den Schreibtisch. Kopro, Nekro, Torso. Alles da.

Meine Fresse. Und die Männer saßen und blätterten.

Was, Kronhardt. Diese Amis. Kreuzigen ihre Darwinisten und knocken ihre Atombomben.

Seltsame Menschen.

Ach was. Man kann die Wurzeln der menschlichen Degeneration ganz klar in der Geschichte nachverfolgen. Aus jedem Krieg, aus jedem Genozid treiben die perfiden Methoden weiter aus, die Katastrophen sind der Nährboden unserer Zukunft. Doch lassen Sie uns beim Thema bleiben, Kronhardt. Kommen Sie! Suchen Sie sich eins aus – Grazien mit Amputationsstumpen, zerfetztes Camouflage, alles da. Oder hier, was Altmodisches mit Stutengestell und Bockbeschälung. Oder hier: Plastik.

Willem zuckte mit den Schultern.

Kommen Sie, Kronhardt. Sie unterschätzen das. Eine ärztlich verordnete Entleerung kriegt nicht jeder so einfach hin. Das mündet in der Kabine ruckzuck in Blockade.

Dann geben Sie mir eben was Normales.

Ich hab nichts Normales.

Kein Nullachtfuffzehn?

Das ist es ja, Kronhardt. Die wollen kein Nullachtfuffzehn mehr. Ein angedeutetes Schäferstündchen im Heu, ein bißchen Busen, wie gesagt, das haut heutzutage kaum noch jemanden aus den Socken. Die subjektive Phantasiebegabung verkümmert, und zugleich wollen sie jeden Tag etwas Härteres. Und so zog der Doktor ein paar Magazine aus dem Stapel und schickte Willem damit in die Kabine. Willem war überrascht, wodurch man sich sexuell erregen lassen konnte, und stieß auf ungeahnte Nischen. Gegenstände und Eigenschaften konnten eins und anscheinend beliebig mit Raserei besetzt werden. Hinten in den Magazinen gab es Extraseiten für Reklame und Anzeigen – Abfälle aus der Kinderchirurgie etwa, Materialien aus der Waffenfabrikation, Kontakte jeder Art.

Willem fiel es schwer, eine Nische zu finden, die noch nicht besetzt war; zugleich war er sicher, daß es noch jede Menge weiße Flächen gab – Sex: Sie nagelten den Affen ans Kreuz und fickten die Atombombe.

Er legte die Magazine weg, und eine Höhle schien ihm eine gute Basis.

Stille, die Dunkelheit sanft durchflackert, und in der milden Stein-
luft Wölkchen von Manganoxid und köchelndem Fett. Auf einem
Holzgerüst über ihm, mit Blasrohr und fein gefranstem Stöck-
chen, eine Frau. Sie trug das weiße Fell einer Hirschkuh auf ihrer
Haut, und aus der Tiefe waren ihre Merkmale zu sehen. Willem
konnte die Impulse bis in seine Seele spüren, wie Hormone in
Schweiß verdampften, und er witterte die Spuren von Schwert-
lilie und Ton. Und am Höhlendach sah er das Przewalski-Pferd
stehen, und die Frau, als empfinge sie Signale aus einer anderen
Welt, malte Gitterlinien und Punkte um das Pferd, eine entrückte
Sache, und während Willem unter das weiße Fell glitt, während er
die Merkmale der Frau ertastete, sprang ihre Entrücktheit nahtlos
auf ihn über.

Danach verknotete er das Säckchen, zog die Hosen hoch und verließ die Kabine.

Doktor Blask legte das Säckchen in eine Box und klopfte Willem
auf die Schulter.

In zwei Wochen, sagte er. Und dann: Haben Sie die Magazine
gebraucht?

Nein.

Ehrlich gesagt, ich komm mit diesen Dingern auch nicht zurecht.
Haben Sie eine Ahnung, was es auf dem Sektor noch nicht gibt?
Und Blask lachte. Angst und Trieb und Geist. Das ist eine unglaublich dynamische Kombination, und was heute nicht vorstellbar ist, ist morgen kalter Kaffee. Aber um Ihre Frage zu beantworten: eine Art Cerebrophilie, meine ich. Da sind noch nicht mal die
Härtesten draufgekommen.

Sie meinen via Trepanation?

Wie auch immer. Aber den Schädel aufbohren, rein und raus – das
wär schon eine Variante. Sein Kopf hackte, Licht spiegelte sich in
den Brillengläsern. Dann stand er auf. In zwei Wochen wissen wir
mehr über die Vermehrungsleistung Ihres Materials.

Barbara war im Bademantel und bügelte. Ihr Haar hatte sie auf
große Lockenwickler gedreht, auf einem Beistelltisch standen
Sherry und Zigaretten.

Willem lag in der Nähe und trank Rotwein. Er hatte das f-Moll-Konzert von Bach aufgelegt und erzählte von den Magazinen. Der alte Naturtrieb, meinte er, würde durch den Kopf gewalkt und produziere ein beängstigendes Ausmaß an neuer Realität. Zuweilen dirigierte er Flöten oder Cembalo, und der Wein war ein klassischer Franzose. Manchmal sah er seiner Frau zu, wie sie über dem Bügelbrett stand, das Haar noch feucht und kastanienfarben, und wenn sie nach dem Sherry langte, schlug ihr Bademantel auseinander, und er konnte ein Schimmern aus der Verborgenheit sehen. Diese Magazine, meinte er, keimten aus der Fähigkeit zur Perversion, und das Hirn treibe daraus ständig neue Metastasen, die noch Liebe und Erotik zerwucherten.

Barbara fand seine Sichtweise verzerrt. Naturwissenschaftlich übertrieben, sagte sie, und dann ritt sie extra darauf herum und rechtfertigte schließlich die Magazine. Sie nannte das ständige Schaffen neuer Phantasien den Lebenstrieb des modernen Gesellschaftssystems an sich, und aus ihrer Sicht war das System gesund, solange aus dem Brennpunkt dieser Phantasien Inspiration und Fortschritt entstehen konnten. Nein, sie könne kein krankhaftes Wuchern erkennen, höchstens ein paar Abweichungen, und solange jeder vom System profitieren könne, betrachte sie alle Abweichungen als notwendigen Teil eines gesunden Ganzen.

Sie lächelte milde, dämpfte ein Oberhemd.

Willem wußte, daß sie absichtlich alles gut machte, was sich rentierte. Daß sie ihn damit locken wollte, damit er in einem unbedachten Moment etwas sagte, worauf sie ihn festnageln konnte – seine Stellung im System, seine Inkonsequenz, was auch immer. Aber er lasse sich nicht locken, sagte er. Der Mensch sei drauf und dran, alle sublimen Fähigkeiten in seinen maßlosen Wucherungen zu verlieren, und so lag er auf dem Sofa und trank seinen Poilly-sur-Loire, und wenn Barbaras Bademantel auseinanderschlug, grinste er schamlos.

Er hielt die Augen geschlossen. Aus den Boxen Bachmusik, vom Bügelbrett hörte er ihre Handgriffe; letzte Wölkchen verdampften, und wenn Barbara am Sofa vorbeischritt, zog sie eine frisch gebadete Spur, und er ahnte unter dem bauschenden Frottee ihre Merkmale.

Ich bin glücklich mit dir, sagte er. Und dann fragte er, ob der Geist während einer Kopulation den Spermienkampf beeinflussen könne. Beziehungsweise die Lockwirkung der Eizelle. Ob es also einen geistigen Einfluß auf die mikroskopischen Vorgänge der Fortpflanzung gebe, meinte er.

Barbara setzte sich zu ihm.

Seine Beine lagen auf ihrem Schoß. Womöglich eine Art Fernwirkung, die demjenigen Spermium zum Erfolg verhelfe, das am lebhaftesten auf den Zustand des Geistes reagiere. Womöglich ein Geist, der das Milieu einer Frau beeinflusse und einen chemischen Schnellweg schaffe.

Barbara sah ihn an und lächelte still. Seine Stimme war wohltuend und ruhig, und die Lider bedeckten friedlich die Augäpfel.

Ein Geist, der Einfluß nehme, um über den Körpertod hinaus seine Eigenschaften in der Zukunft zu installieren.

Ein Fuß von Willem drang unter ihr Frottee, und Barbara begann, die Wickler aus dem Haar zu drehen.

Geistig formierte Eizellen und Siegerspermien. Eine sich verfestigende Genealogie, die erwünschte Eigenschaften immer effektiver selbst organisiere und somit Millionen möglicher Andersdenkender auf der Strecke lasse. Ein Wechselspiel, geformt in Weltgeschichte und zugleich Weltgeschichte formend, und so, meinte Willem, scheine in der menschlichen Evolution eine neue Dimension möglich.

Barbara warf die Wickler in seinen Schoß. Rosafarbene, stachelige Dinger. Dann lackierte sie ihre Nägel.

In Anbetracht des Universums aber müsse es auch jenseits der geistigen Evolution jenes nie zu Erfassende geben, in dem Auf- und Untergang nur läppische Gesetzmäßigkeiten wären. Dinosaurier, Heuschrecken oder Galaxien – alles nur ein Furz in der Zeit.

Sie hatte sich für ein Rot entschieden, das die Reflexe in warme Tiefe zog, und in der Luft verflüchtigten sich die Partikel.

Im Grunde also, meinte er, sei das Hirn um nichts besser dran als eine Heuschrecke. Es sei denn, es erfreue sich daran, wie es

Heuschrecken, sich selbst und jenes nie zu Erfassende bestaunen könne. Das sei doch ein unglaubliches Geschenk, und er könne sich nur eines vorstellen, warum der Geist derart aus dem Ruder gelaufen sei. Daß ihm nämlich all seine Maßlosigkeiten und Perversionen immanent seien – eine läppische Mutation, eine Laune in der Evolution, doch in Anbetracht der Ewigkeit nichts, was einem die Freude am Staunen nehmen könne.

Als die Farbe getrocknet war, glitt ihre Hand in seinen Schoß. Sie rollte die Wickler dort und trieb die weichen Stacheln durch seine Kleider.

Vielleicht ist Geist aber auch nur ein Zustand, sagte Willem, der seinen Zustand verstehen will und ganz banal daran verzweifelt.

Die Stacheln drangen zärtlich ein, und Barbara wußte genau, wie sie ihren Mann jenseits seiner Worte provozieren konnte. Die Reflexe ihrer Nägel stiegen auf, dann nahm sie einen Schluck, wärmte ihn und spritzte den Sherry in seinen Mund.

Willem ließ die Augen geschlossen; seine Hände schienen durch ihren Körper zu ziehen, und er konnte den gemeinsamen Zustand spüren, jenes Glück.

Zwei Wochen später saß er wieder im Sprechzimmer.

Doktor Blask blätterte, das Licht zerflirrte auf seiner großen Brille. Wie gesagt. Erst mal haben wir die Vermehrungsleistung an sich überprüft. Dann sprang er plötzlich auf und leuchtete Willems Augen aus. Zückte das Stethoskop und fuhr mit dem kalten Rundstück über seinen Thorax. Ließ sich die Zunge zeigen, machte den Reflextest.

Und sonst, sagte er.

Gut, sagte Willem.

Ernährung?

Gut.

Bewegung?

Geht so.

Alkohol?

Auch.

Andere Drogen?

Kaum.

Studium abgeschlossen, nichtwahr. Blask sah auf. Und weiter?

Halbtags in der Stickerei. Das ist der Plan. Und der Rest freie Zeit.

Und Ihre Mutter?

Hat sich nicht geändert.

Streß?

Ich habe meine Strategien. Der Halbzeitplan gehört dazu.

Und Ihre Frau?

Wir unterstützen uns gegenseitig.

Regelmäßig Sex?

Regelmäßig Sex.

Dann rückte Blask mit der Sprache heraus: Willem produziere nutzlose Samen, den Eingriff könne er sich also schenken. Und der Doktor grinste.

Unfruchtbar, sagte Willem.

Und Blask lachte. Kein ganzer Kerl mehr, was! Ausschuß!

Ach wo.

Recht so, Kronhardt.

Ein Fehlerchen bei der Reproduktion der elterlichen DNA, sagte Blask. Eine Laune der Natur, und ehrlich gesagt, bei solchen Einfällen könne es knüppeldick kommen. Körperbehindert, ein geistiges Wrack – da sei die geschlechtliche Sackgasse nachgerade ein Geschenk. Um so mehr, da Willem sich fortan ohne diesen ständigen Verfolgungswahn hingeben könne – ja, warum denn nicht: Man solle sich ganz offen zu den Vorteilen seiner Unfruchtbarkeit bekennen.

So saß der Doktor hinter seinem Schreibtisch und schlug mit der Faust auf die Platte. Kinder! Es müßte eine Eingebung, ach was, ein Naturgesetz geben, daß die Menschen erst dann befähige, sich fortzupflanzen, wenn sie mit sich und der Welt im reinen seien; wenn das Phänomen des Geistigen bereits vom Phänomen des Herzens durchdrungen sei. Doch erschreckenderweise fände genau das Gegenteil statt, und die Menschen glaubten fest daran, mit sich und der Welt ins reine zu kommen, sobald sie Kinder zeugten. Aus ihrem Fortpflanzungswunsch heraus produzierten sie Geisterbilder von Glück und Frieden, und sobald die Kinder dann auf der Welt wären, fräßen sie mit ihrer schreienden Gier alle Träume und alle Zukunft auf, und in diesem Teufelskreis würde weder die alte noch die neue Generation je mit sich und der Welt im reinen sein. Was für ein offenkundiges Mißverhältnis zwischen Geist und Biologie, sagte der Doktor.

Dann sprang er auf und umfaßte mit beiden Händen Willems Arm. Feiern Sie Ihre Unfruchtbarkeit! Mein lieber Kronhardt! Gönnen Sie sich und Ihrer Frau eine gute, ach was, gönnen Sie sich gleich ein ganzes Faß! Sie genießen Immunität! Sie können mit Ihrem Reproduktionsinstinkt so fidel sein wie nur was und müssen dafür nicht mal unters Messer!

Wie gesagt, die Untersuchung habe als Ursache eine geringfügige Abweichung bei der elterlichen Chromosomenteilung ergeben. Eine statistische Tatsache, die in der Regel jedoch zu vernachlässigen sei. Wenn so eine Abweichung aber aus der Massenerscheinung herausfalle, dann sehe die Sache schon anders aus, und wäre die Natur in Willems Fall nur einen Tick anders gelaunt gewesen, wäre er mit einem Wasserkopf zur Welt gekommen. Oder als Mongoloider. Er habe also Glück gehabt, und ehrlich gesagt: Jeder Lottosechser sei banal gegen dieses Glück.

Dann schnappte Blask nach einem Fachbuch und bohrte seinen Finger in die elektronenmikroskopischen Aufnahmen. Chromosomenfehlverteilung, rief er, Stückverlust oder ungleiche Wiedervereinigung zweier Bruchstücke, und bei aller Statistik offenbarte er erstaunlich viele Möglichkeiten, die zu Defekten führen konnten. Und tatsächlich nannte es der Doktor ein Wunder, daß die Welt nicht überfüllt sei mit Mutanten – beziehungsweise, sagte er, sei die Welt natürlich übervoll davon. Schließlich komme es immer auf den Blickwinkel an. Nun, wie dem auch sei, und er klappte das Buch zu. In Willems Fall hätte er eher auf Wasserkopf gesetzt als auf mongoloid. Und auf Unfruchtbarkeit hätte er nicht einen Pfifferling gegeben.

Am Martinianleger sah Willem Passagiere anstehen zur großen Hafenrundfahrt; ein leichter Südwind wehte die Malzdämpfe von der Brauerei, und nach Osten hin tauchten die Aalreusen wie Knochengerüste aus dem glitzernden Schlick. Voran, wo der Fluß eine große Biegung machte, stand das Stadion – elf potente Kerle, die mit ihrem Ledergeist ganz fidel Bälger in die Welt setzten. So marschierte er den Deich hoch, kreuzte die alte Prachtstraße und stieß ins Ostertor. Der erste Laden hieß Eule, der zweite Türke, in den dritten kehrte er ein. Schob sich einen Hocker unter und wartete.

Glotztn so blöd!

Glotz ich?

Soll das heißen, du hältst mich fürn Lügner!

Zutrauen würd ichs dir.

Kronhardt, du Fickfrosch.

Zwei Schottische, Achim. Vom Besten.

Der alte Schulkamerad hatte seine Art der Verwilderung nicht aufgegeben; Augen und Mund erschienen wie Löcher in seinem Gesicht. Er warf ein Handtuch über die Schulter, zog einen Knockando vor und schenkte mickrig ein.

Zwei Doppelte, Achim. Und dann: Prösterchen. Danach legte er einen Zwanziger hin, sagte, laß stecken den Rest, und marschierte durch die Stumpfe Spitze zum Tageslicht.

Kronhardt.

N Sechser im Lotto.

Was!

N Sechser is banal dagegen.

Kronhardt!

Er machte einen Schwenk durch die Bordellstraße und winkte den Frauen zu, die hinter den Scheiben posierten. Er zog vorbei an Galerien und Buchläden, am Büro eines RAF-Anwalts. Er zog an einer Detektei vorbei und erinnerte sich an seine Schulzeit: detegere, meinte er, aufdecken, enthüllen, und dann zog er ums Heck einer abfahrenden Straßenbahn und entdeckte auf der anderen Seite einen Kifferladen. Die Zeit schien im violetten Licht eingefroren, die Musik war psychedelisch, und der erste Typ, den er anhaute, sagte, na klar, Mann, echt bedient.

Mit dem Haschklumpen in der Tasche marschierte er in einen

Weinladen; die Verkäuferin war ihm sympathisch, zu seinem speziellen Feieranlaß empfahl sie Chateau Lafite, und er nahm gleich zwei. Er marschierte in die Straße, wo der Käfer geparkt stand, klemmte die Flaschen in den Rücksitz, startete, schob die Neue-Welt-Symphonie in den Rekorder und lenkte die bekannte Strekke. Über Martinistraße und Brill-Kreuzung auswärts, vorbei an Hammerschlägen und Kaskaden, einen Schlenker zu den Silos der Getreidemühle, und dann bullerte der Motor auswärts. Die Alte Heerstraße durchs Arbeiterviertel, die Weichbilder vorm Deich, der Geestrücken, und hinter Rönnebeck verschob sich endgültig die Zeit; Kiefer- und Heideflecken lagen wie einst, um die Bauernhöfe dieselben Eichen, und dann tauchte linker Hand die Gaststätte auf. Willem setzte den Blinker und bog in die alte Sielstraße. Vor dem heruntergekommenen Hof dampfte ein Misthaufen, und der Kettenhund schlug an. Bald erschien der Bunker, ein hypertrophierter Geist, und Willem rollte den halben Kilometer. Birken wuchsen aus der Schale, und Dohlen lachten in den Nischen.

An der Bucht stieg er aus. Der Wind hatte zugelegt, der Fluß war breit und schwarz, und wenn ein Dampfer dagegen stampfte, brachen die Wellen auf. Er knöpfte die Jacke zu, schlug den Kragen hoch und marschierte auf dem Deich. Schlosser, dachte er, und später erschienen die Reste der Kate, als wären Dekaden ein Wimpernschlag. Bald standen die Sterne über der Wurt, und er holte den Haschklumpen hervor.

Zu Hause entkorkte er beide Franzosen, legte den Klumpen auf den Tisch und sagte: Wir sind so fragil.
Seine Frau sah ihn an und lächelte. Bist du stoned?
Ich produzier nutzlosen Samen. Und danach bin ich auf die Wurt gefahren. Feiern.
Er holte Gläser und schenkte ein.
Du spinnst!
Komm schon, und er hob an.
Der Lafite war außerordentlich gut, und Barbara ließ gleich einen zweiten Schluck zergehen. Dann kam sie aufs Sofa und nahm ihn in den Arm.

Ich kann mir den Eingriff schenken, und wenn mans streng nimmt, habens die Alten verbockt.

Wie?

Er lachte und erzählte. Danach tauchte er seine Nase ins Glas, zog das Bukett und nahm mit geschlossenen Augen einen langen Schluck.

Barbara streichelte seinen Kopf. Er ist so weich, sagte sie.

Und du?

Ich?

Wenn die Hormone den Wunsch nach Kindern ausschütten?

Sie sah ihn an und streichelte seinen Kopf. Dann ging sie zum Plattenspieler und legte die Neue-Welt-Symphonie auf. Kam mit Papier zurück, baute einen Joint, und als das zweite Allegro einsetzte, brannten sie das Ding an.

Sie nahm sein Gesicht in die Hände und küßte ihn. Ich liebe dich. Und dann: Ich will es haben.

Das nutzlose Zeugs?

Die Tage kam die Mutter in sein kleines Büro. So geht das nicht weiter, sagte sie.

Willem breitete die Arme aus.

Wir sind kein Teilzeitunternehmen.

Aus, sagte er. Vorbei. Die Hartmann-Kronhardt-Linie ist eine Sackgasse. Und er machte ein hilfloses Gesicht.

Bitte wie, sagte die Mutter.

Kein Stammhalter.

Die Mutter schnappte.

Eure Chromosomen waren nicht in Ordnung. Ihr habt einen unfruchtbaren Sohn gezeugt.

Und die Mutter schnappte. Dann stand sie auf und machte eine Bewegung, als wollte sie sagen: Diese Brust hat dich gesäugt!

Willem saß da. Halbe Zeit. Mehr könne er nicht geben. Und hilflos hob er noch einmal die Arme. Ein ererbter Defekt, wie gesagt.

Die Mutter zitterte, und dann kam es aus ihr heraus. Wie Dauerfeuer, und Willem wischte sich die Tröpfchen aus dem Gesicht.

Der Schwung ihrer Wirbelsäule war kraftvoll, das Haar wie eine

Krone. Und während sie auf ihn feuerte und noch seine Erinnerungen an den Vater schändete, konnte Willem sehen, wie es in ihr zerrte. Wie die Eingeweidemuskulatur ihren Mund hart machte, ein unumkehrbarer Vorgang, meinte er, und wenn er die Tröpfchen von den Lippen wischte, schmeckte er die Bitterkeit.

33

Im neuen Jahr hockten die Alten über Entwürfen zur Zukunft. Die Stickerei sollte vergrößert und modernisiert werden, und sie arbeiteten an Konzepten, berechneten Kapazitäten und hatten diverse Gespräche mit Bankdirektor Lasalle. Sie stellten Prognosen auf, zogen Schlüsse, und als ihr Plan entwickelt war, bestellten sie Barbara ein und offenbarten sich.

Befriedigt saßen sie da, ein Vollblutgespann, das mit allen Erfahrungen für die Zukunft gerüstet war, und aus ihrem beinah milden Ausdruck sprang das unzweifelhafte Wissen, daß die neue Generation noch eine Menge zu lernen hätte.

Barbara saß da und hörte zu. Und als die Alten die Hände falteten und sich zurücklehnten, fackelte sie nicht lange.

Vergrößerung und Modernisierung seien die richtige Marschroute, sagte sie. Aber der Plan dazu sei falsch. So ein Plan müsse ganzheitlich auf die Zukunft ausgerichtet sein, und sie hielte es für klug, Produktion und Verwaltung neu zu strukturieren. Für die Produktion, meinte sie, eigne sich am besten ein subventionierter Neubau in einem dieser neuen Gewerbegebiete. Verwaltung und Kundenbetreuung müßten jedoch in alteingesessener Lage bleiben, und am sinnvollsten wäre hier ein Umzug ins Speicherhaus. So könne das Mutterhaus der Stickerei sukzessive zum wohlverdienten Ruhesitz umgebaut werden.

Die Bestürzung der Alten war unglaublich. Als wäre Barbara darangegangen, ihnen die Herzen herauszureißen. Diesen dampfenden Schlachtrössern, die alles erlebt hatten und jederzeit bereit waren zu mehr.

Am nächsten Tag kam Barbara wieder und machte den Vorschlag, einen unabhängigen Berater hinzuzuziehen.

Ein Berater! riefen die Alten, und es klang, als wollten sie lachen.

Ein Berater! Nun, damit entlarve Barbara sich endgültig, und sie sahen sich an und schüttelten die Köpfe. Nicht zu fassen, wie sie so verblendet gewesen wären; Barbaras Fähigkeiten nichts als kunstvolle, ja perfide Täuschungen, und ihre Köpfe wollten es nicht glauben. Und konnte eine Frau wie Barbara dazu noch so dumm sein? – unglaublich, riefen sie, denn würde ein Berater irgendwas von Geschäften verstehen, wäre er selbst ein reicher Mann und nicht der Ratgeber reicher Männer. So saßen die Alten da und offenbarten einander ihre Erschütterung, wie heutige Jugend in die simpelsten Fallen tappte; und mit was für einer Kaltschnäuzigkeit dieselbe Jugend zugleich gegen die Erfahrung der Alten anstinken würde – widerlich, riefen sie, und undankbar, und sie fühlten die Berechtigung ihres Zorns wie eine Wohltat.

Als sie dem Bankdirektor vom Berater erzählten, nannte er das eine kluge Idee. Obwohl er dabeigewesen sei, als sein Vater noch die große Depression in fette Erträge verwandelt habe; obwohl er Drittes Reich und auch das Wunder danach mitgemacht und beinah jeden Kniff in seinem Metier angewendet habe, könne auch er bis heute nicht auf seinen Berater verzichten. Meyer-Lansky, sagte der Bankdirektor. Ein reputabler Mann, der mit enormem Sachverstand alle Faktoren durchleuchte, um seinen Strahl punktgenau in die Zukunft zu richten.
Eine Woche später tauchte Meyer-Lansky bei den Alten auf. Ein Mann mit Hut und Zigarre. Brauner Anzug mit Nadelstreifen und immer eine dicke Ledertasche dabei. Ein Mann, der viel fragte. Der jederzeit Sprünge machen konnte und nie den Faden verlor. 36 habe er seinen Doktor in Volkswirtschaft gemacht, danach ein Posten in Berlin. Ja, ja, die Zeit. Und natürlich habe er in viele Töpfe geschaut. Meyer-Lansky, und er forderte Papiere, forderte noch mehr Papiere, und als er nach zwei Wochen wieder im Büro der Alten saß, stellte er sein Gutachten auf: Neubau der Produktion, Umsiedlung der Verwaltung und das Mutterhaus als Ruhesitz.
Mehrere Tage ließ die Alte sich nicht blicken.
Dann bestellte sie Barbara zu einem Termin.

Und Barbara fackelte nicht lange und legte ein sauber getipptes Strategiepapier vor.

Ein neuer Blickwinkel könne alles verändern, sagte sie. Oder anders: Je bereitwilliger man die Dinge von verschiedenen Positionen aus betrachte, desto umfassender gestalte sich ein Bild. Und um so zielgerichteter könne man Entwicklungen voraussehen und Vorteile einfädeln.

Im Grunde, meinte sie, ganz simpel. Im Grunde nichts weiter als die Auflösung des Starrsinns zugunsten eines Systems, das flexibel genug sei, um Strategien zu entwickeln, die sich erst in der Zukunft beweisen oder widerlegen ließen. Doch wenn man dieses Denken umsetze, könne man den Strömungen der Zeit nicht nur voraus sein, sondern sie lenken, und wenn sie, die Schwiegermutter, es noch genauer wissen wolle: diese Idee vom Blickwinkel habe sie von Willem. Und wenn die Schwiegermutter mal daranginge, ihre eingefleischte Art der Betrachtung aufzugeben, dann würde auch sie Fähigkeiten und Qualitäten ihres Sohnes erkennen. Nun, wie auch immer. Schließlich sei sie nicht hier, die selbstgemachten Leiden der Schwiegermutter zu kurieren, die übrigens umgekehrt, das hieße von Willems und ihrer Seite, längst überwunden seien – die Drangsal der Alten interessiere sie nicht mehr, und sie pflegten ihr glückliches Eheleben, das frei sei von diesem elenden Hintergrundrauschen. Aber wie gesagt, darum sei sie nicht hier. Es ginge ums Geschäft. Es ginge um Weitsicht, und wenn die Schwiegermutter es so wolle, auch um Härte und Mut. Das seien schließlich vertraute Eigenschaften. Damit hätten sie doch nach dem Krieg alles aufgebaut. Oder nicht? Aus dem Nichts, und diese Eigenschaften könnten auch heute noch Rüstzeug sein für die Zukunft. Aber es käme auf den Blickwinkel an, wie gesagt: Diese Stunde Null, das war einmal. Heutzutage nullen die Stunden in ganz anderem Tempo.

Die Alte sah ihre Schwiegertochter an und sagte nichts.

Für den Neubau der Produktion, meinte Barbara, kämen vier Gebiete in Frage. Zwei davon seien bereits fürs Gewerbe ausgeschrieben, über das dritte würde noch verhandelt, und über das vierte existierten nur wunderbare Gerüchte. Man müsse also investigieren; breitgefächerte Kontakte, Analyse von Prognosen und Faktoren und so weiter. Und wenn die Entscheidung getroffen sei, könne man Forderungen stellen; schließlich legten sie an in den Wohlstand der Stadt.

Zeitgleich, sagte Barbara, um mit der neuen Produktion von Anfang an für zukünftige Verhältnisse gerüstet zu sein, müßten Kontakte hergestellt werden zu Billigproduzenten. Man müsse jederzeit in der Lage sein, sich den Veränderungen des Marktes anzupassen und sowohl Masse wie auch Klasse anbieten. Das hieße, Fernost ins Boot zu holen, statt mit Fernost zu konkurrieren. Eine Art gekoppelte Energie, statt sich an diesen endlos zur Verfügung stehenden Arbeitsmassen aufzureiben.

Die Alte sah ihre Schwiegertochter an und sagte nichts.

Barbara zündete sich eine Zigarette an. Sie schien in ihren Gedanken weit voraus und dachte nicht daran, sich ans Fenster zu stellen.

Was das Hartmann-Haus betreffe, sagte sie, halte sie sich natürlich außen vor. Doch die Schwiegermutter solle wissen, daß sie ihr jederzeit bei der Planung zum Ruhesitz zur Seite stehen würde. Was aber den Ausbau des Speicherhauses betreffe: Da müsse die Schwiegermutter verstehen, daß sie sich nicht groß reinreden ließe. Einerseits würde sie den Speicher zugunsten der Stickerei belasten, andererseits sei er geschützt, und die Auflagen erlaubten keinen großen Spielraum. Selbstverständlich aber hätten die Alten das Vorrecht, sich ihre zukünftigen Büroräume auszusuchen beziehungsweise Schnitt und Einrichtung so weit zu gestalten, wie eben Auflagen und Architektur es zuließen.

Barbara nahm eine Schale, schüttete die Büroklammern aus und aschte ab. Dann legte sie ein Konzeptpapier für den Umbau vor und versäumte es nicht, darauf hinzuweisen, daß ihr die Meinung der Alten dazu wichtig sei.

Unterm Strich, meinte sie, sehe das Konzept folgendes vor: ein modernes und flexibles Steuerhaus über drei Etagen, das zukünftige Verhältnisse souverän handhaben könne; Standortproduktion ebenso wie überregionale und internationale Aufträge. Natürlich sei es bei so einer Anforderung unabdingbar, von Anfang an mit einer zukunftsorientierten Bürotechnologie zu planen, ohne jedoch, und das sei ihr wichtig, den historischen Charme zu beschädigen. Einerseits sehe sie im Erhalt einer längst vergangenen Zeit eine notwendige Reverenz an die tiefwurzelnde Geschichte sowohl der Hartmann- und der Kronhardt-Linie wie auch der ihrer eigenen Familie; sowie natürlich eine Verbeugung vor den Kunden. Andererseits sehe sie in diesem Brückenschlag zwischen Tradition und Fortschritt die Voraussetzung für ein positives und dynamisches Betriebsklima, denn die Expansion würde zwangsläufig neue Mitarbeiter erfordern – junge Menschen, die die Anforderungen der neuen Zeit selbstverständlich nähmen und denen man von Anfang an das Gefühl geben müsse, Kronhardt&Sohn quasi einverleibt zu sein.

Und was nun die Stoffe und Tuchwaren angehe, sagte Barbara, so würde sie das Geschäft an eingesessener Stelle wiedereröffnen. Zurückhaltend und fein und vornehm, mit dem integrierten Atelier der Spanierin und stets im engen Kontakt zur Stickerei.

Sie machte noch einen Zug, dann drückte sie die Zigarette aus. Die Alte saß seltsam unbeteiligt da. Schluckte womöglich an ihrem Speichel, durch ihre schmalen Lippen konnte ein Zucken gehen, während Sonnenlicht letzten Rauch über den Schreibtisch trug. Dann stand sie unvermittelt auf. Unglaublich, sagte sie, und ihr Körper wirkte kraftvoll wie eh, und aus ihrer Stimme klang die Gewohnheit zur Anordnung. Barbaras Fähigkeit zur Prognose sei einfach unglaublich, und sie könne wohl nicht umhin, in ihrer Schwiegertochter einen Teil ihrer selbst auszumachen. Als wäre Barbara aus ihrer Rippe geschnitzt, und ohne Haltung und Stimme zu verändern, strich sie einmal über ihren Kopf. Kind, sagte sie.

Kronhardt mußte seiner Frau recht geben. Die Schwiegertochter, meinte er, beweise im Grunde nur ihre Fähigkeit, heutzutage umzusetzen, was sie an Rüstzeug von den Alten mitbekommen habe. Wenn sie sich auf irgendwas etwas einbilden könne, dann sei es das Erbe; beziehungsweise ihre Begabung, aus den Überlieferungen der Alten zu lernen.

Daß sie aber mit sich selber prahle, statt sich vor den Alten zu verbeugen, sei ihrer Unreife geschuldet, ihrem Mangel an Erfahrung und nicht zu vergessen den Prägungen ihrer Zeit: dieser Generation langhaariger Teufel. Und sogar noch, meinte Kronhardt, wenn sich Barbara in ihrer Vermessenheit das geistige Eigentum eines Meyer-Lansky zu eigen mache, könnten sie selber, seine Frau und er, aufgrund ihres immerwährenden Vorsprungs dem Kind gegenüber Langmut walten lassen.

Nun, und was Willem und seine sogenannten Blickwinkel anginge: Auch da könnten sie aufgrund ihrer am Leben erworbenen Weisheit doch höchstens lächeln. Nichtwahr, denn von wo auch immer man schaue, werde das Versagen des Jungen offenbar. Und da könne man aus noch so schrägem Winkel schauen, bei dem Jungen ließe sich nichts mehr schönreden. Wenn er überhaupt so etwas wie Qualitäten entwickelt habe, dann in der bedingungslosen Rückendeckung für diese Frau – was ja immerhin zeige, daß ihr erzieherisches Bemühen um Ergebenheit nicht vollkommen fehlgeschlagen wäre.

Die Tage überraschte Kronhardt die Jungen. Tauchte lachend bei ihnen auf, küßte Barbara die Hand, klopfte dem Stiefsohn auf die Schulter. Der Abschluß der Gespräche müsse gefeiert werden, und so lud er in das Restaurant an der Kugelbake.

Abends saßen sie zu viert im Mercedes.

Kronhardt genoß Fahrkomfort und neue Autobahn – ein Gleiten, wie er meinte, durch die Schönheit deutscher Lande. Er brachte Anekdoten von früher, als man noch auf die alte Bundesstraße angewiesen war, und nannte Fortschritt Freiheit. Seine Frau hatte den Spiegel heruntergeklappt und zog ihre Lippen nach.

In weniger als einer Stunde waren sie in Cuxhaven, und als sie das Restaurant betraten, verbeugte sich der Kellner und sagte, ah, die Herrschaften aus Bremen. Die Alten genossen die Bedienung, sie genossen Barbaras Erscheinung und die Blicke der anderen.

Sie aßen mit Aussicht über die See; Kronhardt orderte nach dem Essen vier Weinbrand, und als Barbara die Bestellung korrigierte und einmal Kümmelschnaps und Sherry anstelle orderte, war das so charmant, daß vor allem die Schwiegermutter die Neugier der anderen genießen konnte. Als jedoch die Gläser bereit waren, stand Willem plötzlich auf, und seine Mutter mußte mit verkrampftem Lächeln zusehen, wie er zu einer Rede anhob; lässig und weltmännisch im englischen Tweed, durchaus eine Erscheinung, die zu Barbaras Vornehmheit paßte; sein Blick über die Kugelbake hinweg gegen den Horizont, und dazu sein Grinsen – ein Ausdruck, den die Mutter voller Schrecken wiedererkannte, während rings die Gespräche verstummten. So hob Willem das Glas, und die Alte spürte die sauren Stoßwellen; die Angst vor dem dadaistischen Erbe seines Vaters, und bald lauschte das ganze Restaurant, die See und noch die Welt, und Willem mit seinem Grinsen brachte einen Aphorismus, der Tradition, Fortschritt und Blickwinkel auf eine so milde Art zusammenbrachte, daß die Mutter sich beim gemeinsamen Trunk verschluckte.

Willem konnte sich Bemerkungen nicht verkneifen; auch wenn sie halbherzig kamen, stichelte er an ihrer Garderobe und den Finessen vorm Spiegel. Barbara lächelte und tat, als würde er ihrem lausigen Opportunismus schmeicheln. Dann küßte sie ihn und zog mit teurer Duftspur aus dem Speicherhaus.
Die Schwiegermutter überließ ihr das Steuer, und auf der Autobahn hielt Barbara die Limousine souverän auf der Überholspur. Die Atmosphäre in der Kabine war entspannt, die Frauen plauderten, lachten, Barbara rauchte, zog hinter Verden die lange Ausfahrtskurve auf die Landstraße und steuerte ins Rotenburgische. Wo eine alte Poststraße in den Wald führte, bogen sie ab. Die Buchen waren stattlich, und durch das Grün flirrte der Sommerhimmel. Gelegentlich war ein Findling mit eingeschlagenem Wappen am Wegesrand aufgestellt, und nachdem zweimal Wild gekreuzt hatte, erschien das Jagdschlößchen. Es lag auf einer großzügigen Lichtung mit streng in Form gestutzten Buchsbaumhecken und einer schönen Reihe von Rüster-Ulmen nach Norden. Die Auffahrt war eine Schleife mit Skulptur in der Mitte, und Barbara parkte salopp zwischen den anderen Limousinen.
Zum Rehrücken saßen sie auf dem terrassenartigen Balkon des Südflügels. Bankdirektor Lasalle, der zugleich Schloßherr war,

lenkte von Anfang an das Gespräch; er ging die Themen gemütlich an, zeigte sich als Weltmann mit Witz und ließ den anderen genügend Raum zum Abwägen. Zu seiner Rechten saß Meyer-Lansky in braunem Nadelstreifen; er sprach nicht viel, qualmte an einer Zigarre oder zog einen Block aus seiner Ledertasche und notierte etwas. Der Bausenator war ein alter Haudegen; er tranchierte ebenso geschickt, wie er Austern schlürfte, er kannte das ganze Prozedere und aß mit unverhohlener Lust. Er versuchte erst gar nicht, seine Blicke in Barbaras Ausschnitt zu verbergen, und sein aalglatter Ressortchef wirkte wie ein altgedienter Genosse.

Zum Dessert erschien der Sohn des Bankdirektors mit seiner Gattin, die jetzt von Kattenesch-Lasalle hieß. Beide sahen glänzend aus und schienen großen Wert auf Distinktion zu legen, so daß die Gesellschaft gar nicht anders konnte, als sich vor den Verpflichtungen des jungen Paares zu verbeugen, die ganz offenkundig jenseits aller Tischverhandlungen lagen.

Vor dem Kaffee flanierten sie durch die Buchsbaumreihen; die Schwiegermutter sah, wie Barbaras Berechnung aus Nuancen und Stil auf die Erwartungen wirkte, und sie spürte die gekoppelte Energie. So zogen sie jetzt gemeinsam durch diese Männerwelt, und als der Mercedes die Auffahrt zurück gegen den Wald rollte, hatte sich bereits Dämmerung gesetzt. Die Scheinwerfer durchstachen die Mailuft, und kurz bevor die Poststraße endete, tauchten Wildschweine auf.

Ein wunderbarer Glücksfall, schrieb die große Zeitung, daß so ein Herzstück als Gewerbegebiet erschlossen werden könne. Der letzte städtische Hof, schrieb eine kleine Zeitung, und daß uralte Obst- und Fettwiesen einem unkomplizierten Anschluß an Innenstadt und Autobahn geopfert würden, und dann tauchten die Gerüchte auf. Doch der Bausenator ließ keinen Zweifel an seiner Entscheidung; die Neuansiedler seien allesamt eingesessen, und natürlich stünde eine Stadt in der Verpflichtung, sich um ihre Unternehmen zu kümmern. Schließlich flössen Steuergelder, schließlich entstünden Arbeitsplätze, und nie zu vergessen, sagte der Senator, das niedersächsische Umland versuche seit jeher, bremische Pfründe zu schröpfen. Wir Bremer, sagte der Senator, und um letzte Zweifel zu zerstreuen, beschrieb er einerseits die sehr sensible Vorgehensweise bei der Auswahl und andererseits die strengen Auflagen, die die Neuansiedler erfüllen müßten. Ein alter Haudegen, dieser Senator, der alle Kaltschnäuzigkeit mit einer Magie aus Worten verschleierte: Als sollten nicht Produktionshallen auf den Fettwiesen errichtet werden, sondern ein zarter Pavillon; eine Art lichtes Gebilde, das noch mit den Gräsern wogte.

Bewegliche Teile waren eingerostet, die Reifen platt, und Willem brauchte eine Stunde, um die Fahrbereitschaft wiederherzustellen. Als er danach aufsaß, konnte er die Verwachsenheit spüren wie früher, Sattel, Muskeln und Kette wurden eins, und mit kentaurenhaftem Gefühl stieß er in den Mai.

Hohe Zäune markierten bereits die Ansprüche, Mit-Sicherheit-Deutschmeister hatte seine Schilder angebracht, und ein Wachmann patrouillierte. Willem wartete seine obligatorische Runde ab, dann stieg er über aufs verbotene Gelände.

Der Hof hatte die gekreuzten Pferdeköpfe im Giebel, auf dem Reetdach war ein Storchennest. Die Backsteine waren von einmaligem Rot, Fossilien längst vergangener Ressourcen und Kunstfertigkeit; aus dem Fachwerk schien noch immer die Urkraft deutscher Wälder zu drängen, und die Jahresringe mußten mühelos hinter Napoleon oder die Schwedenkriege langen. Die Obstbäume waren alt und standen verstreut; manche Äste waren ausgebrochen, unter anderen verwitterten die Stützträger. Rings aus den Wiesen wogten hohe Gräser, und dazwischen machte Willem Schafgarbe aus, Eberwurz oder Lichtnelke. Er sah eine Heuschrecke springen, und in der Ferne, durch schilfigen Bewuchs, ahnte er einen Teich, und zweimal hörte er es quaken. In den tiefen Strahlen der Sonne erkannte er Admiral und Schwarzdornfalter, zwei Exemplare, die prächtig genug wären für Kronhardts Sammlung, und während er dasaß, kam der Admiral zurück und landete auf seiner Hand. Erste Fledermäuse durchzuckten die Abendröte, und aus den langen Schatten der Obstbäume stieg das Gefühl von Endlichkeit. Zur Dämmerung trieb Feuchtigkeit die

Gerüche, hinterm Zaun markierte eine Taschenlampe den Wachmann, und als der Mond aufging, wurde er sogleich von der großen Bauherrentafel verdeckt. Das hieß, je nach Blickwinkel, denn jenseits des Zauns beleuchtete der Mond die Tafel und all die großen Namen darauf.

Zum ersten Spatenstich hatte Kronhardt Lederstiefel gekauft plus eine Hose, die unterhalb der Knie in den glänzenden Schäften verschwand. Er hatte ein Halstuch in grellen Farben gewählt, und so posierte er für die Photographen: das Kinn in die Höhe, den Stiel fest im Griff, ein Fuß auf dem silbernen Blatt. Als würde er einen anderen Planeten in Besitz nehmen. Danach der Handschlag mit dem Senator, der Handschlag mit dem Architekten, und die Motoren der Kameras surrten.

Dann rückten die Maschinen an.

Nach diesem Spatenstich bekam Kronhardt den Architekten nicht wieder zu Gesicht. Was es zu regeln gab, regelte der Architekt mit den Frauen, und bald waren sie zwischen Terminen und Baustelle so beschäftigt, daß das tägliche Geschäft bei den Männern blieb.

Willem hatte damit kein Problem; er arbeitete konsequent halbe Zeit und erledigte, was zu erledigen war. Doch Kronhardt investierte viel in den Glauben, daß die Fäden aller Projekte bei ihm zusammenliefen, und wo immer er auftauchte, schien seine hagere, aufgeschossene Gestalt noch zu wachsen. Manchmal stolzierte er mit den neuen Stiefeln durch die Produktion, als hätte er Entscheidungen für die ganze Welt zu treffen. Und wenn er dann heilloses Durcheinander hinterließ, delegierte er diese profanen Dinge einfach an Willem.

Doch Willem lachte nur. Erledigte konsequent seine Arbeit, und wenn der Alte hinterherhinkte, war ihm das egal. Diesbezügliche Beschwerden leitete er umgehend an ihn weiter, er lehnte jede Diskussion darüber ab und verwies im übrigen darauf, daß die Frauen die Aufgaben verteilten und der Alte ihnen Rechenschaft abzulegen hatte. So ließ er das tägliche Rattern nach einem halben Tag hinter sich, während Kronhardt immer häufiger bis in die Nacht saß, um Versäumtes aufzuholen.

Wenn Barbara abends nach Hause kam, war alles vorbereitet. Der Tisch gedeckt, ein Wein dekantiert, und womöglich brachte er dann noch ein bißchen Öl über den Salat und ließ Zander in die Pfanne gleiten. Er sorgte für passende Musik und Kerzenlicht und konnte darin eine Verfeinerung sehen, die in archaischen Zeiten wurzelte. Und wenn sie dann gemeinsam die Befriedigung eines guten Essens verspürten und rings die feine Art das Leben verschönerte; wenn das Lagerfeuerhafte tiefe Schichten aufbrach und ihren Geist frei machte von den alltäglichen Behaftungen, wenn sie lachten, womöglich mit einem spritzigen Grünen zum Zander anstießen oder einer auf dem Weg zum Plattenspieler sanft unter die Kleider des anderen glitt, konnten sie nicht sagen, ob ihr glückliches Gefühl Ursache war oder Resultat.

Später saßen sie auf dem Sofa, und seine Stimme verschob alle Maßstäbe; seine Geschichten vom Urknall bis zum Menschen weichten das knallharte Geschäft des Tages auf, und die Welt wurde wunderbar frei von allem Hintergrundrauschen.

Am Wochenende fuhren sie über Land; machten Abstecher an die Küste oder ins Teufelsmoor, und wenn Willem Tiere im Feldstecher hatte und versuchte, die Welt mit ihren Augen zu sehen, konnten sich für Barbara alle Probleme des Tages lösen; wenn Willem eine Bärlapplinie entdeckte, die bis hinter die Dinosaurier langte, oder beim nächtlichen Picknick eine Nachbargalaxie ins Teleskop holte, meinte Barbara manchmal, von seiner Begeisterung durchdrungen zu werden und all diese anderen Welten in sich spüren zu können. Und abends dann, wenn sie im Bad stand und ihr Lächeln im Spiegel erhaschte, wußte sie, daß es nicht ihr Alltagslächeln war.

Schon damals, als Barbara sich gewünscht hatte, er möge ihr ein bißchen den Rücken frei halten, war klar gewesen, daß damit nicht mehr Zeit im Betrieb gemeint war. Zugleich wußte Willem aber auch, daß er Barbara nicht gänzlich alleine lassen konnte, und seit sie damals die Restaurant-Bar von Hector Luna verlassen hatten, machte er sich Gedanken, auf welche Art er Umgang mit den Alten pflegen konnte, der vor allem Barbara half.
Es fiel ihm schwer, eine Lösung zu finden, zumal Kronhardt wie

ein Geck stolzierte und dann bis in die Nacht versäumte Arbeit nachholen mußte und seine Mutter von den Höhen der Herausforderung herab keinen Sinn mehr in seinen Halbtagstätigkeiten sehen konnte. Immerhin hatte er ein paarmal versucht, sie in die Vergangenheit zu verwickeln, und die Zeit absichtlich benutzt, alles zum Schönen hin zu verzerren, doch die Mutter wollte auch darin keinen Sinn erkennen. Sie hielt wohl inne, wenn er Bruchstücke aus seiner Kindheit hervorholte, die noch der unterschlagenen Geschichte einen milden Schimmer gaben, doch sie ließ sich nicht verwickeln. Stumm und mit hartem Blick hörte sie zu, wie sie den kleinen Willem damals gescheitelt oder ihren Speichel auf seiner Haut zerrieben hatte. Wie sein weicher Schädel wie ein Rohling in ihrer Hand oder ein Schrumpfkopf zwischen ihrem Fleisch erschienen war; wie sie dahintergekommen war, daß er Blutwurst gegen Aal getauscht hatte. Und sogar die Zeiten in Zürich ließ sie stumm passieren; als Willem sie aus seinen glücklichen Erinnerungen nicht ausschloß und die Erlebnisse mit dem Vater wie Familienerlebnisse erscheinen ließ; er sprach auch davon, wie ihre Turmfrisur und ihre Eleganz ihn beeindruckt hatten und wie er an ihrer Hand durch die mächtigen Bankhäuser gezogen war und wie rings die Bankmenschen sich vor der Gestalt seiner Mutter verbeugt und ihr noch die schwersten Türen bis hinab in die Katakomben offengehalten hatten. Er sprach vom Duft der Mutter, wenn sie mit der Kassette in die Kabine gegangen waren; von der Fülle, mit der es aus ihr gedrängt hatte, Parfüm und Schweiß, während er mit dem Gesicht zur Wand Visionen entwickelte von dem riesigen Eisbecher, den ihm die Mutter jedesmal nach den Bankhäusern in Aussicht gestellt hatte.

So hörte die Mutter stumm zu, wenn er Bruchstücke von damals hervorholte. Und durch ihre Augen drang nicht der Schimmer einer Empfindung, und ihr Sohn stand da wie ein Fremdkörper.

Sie kam unverhofft ins Büro. Willem zog gerade einen Ordner aus dem Regal, als sie im Leopardenmantel und mit klackernden Absätzen eintrat. Es war Herbst, ein Blatt hatte sich im feuchten Pelz verklebt, und an ihren Schuhen waren Spuren vom Neubaugebiet. Sie sah gut aus, die Haut erfrischt an der diesigen Luft und in ihren Augen die freudige Erwartung, weitere Aufgaben anzugehen.

Läufts geschmeidig, sagte er.

Sie antwortete nicht, doch er konnte sehen, daß sie beinah gelächelt hätte.

Dann sagte er es: Mutter, du siehst gut aus.

Sie schien kurz zu erstarren, dann drehte sie sich in einer eleganten Bewegung ab. Vor der Wand mit dem Kalender blieb sie stehen. Der Neubau, sagte sie. Alles geht so glatt. Dann nahm sie einen Stift; ihre Erbspur verloschen und die Geschäftstage im Elternhaus gezählt. Willem konnte sehen, wie sie das Kreuz in den Oktober malte.

Mutter, sagte er und sah auf ihren Rücken. Diesen Mutterrücken in Leopard, und in der einsetzenden Stille überkam ihn zum erstenmal das Gefühl einer Verbindung, die bis in ihren Uterus zurücklangte. Er konnte nichts gegen die plötzlichen Tränen machen; ein seltsam unverzerrter Blick, als gäbe es noch immer Verbindung mit dieser ersten Lebenshöhle, und wie mit geisterhafter Fernwirkung konnte er spüren, daß auch seiner Mutter diese tiefen und alten Tränen rollten.

So saß er da – Mutter! Und ihr Rücken verwässerte, und die ganze Frau verwässerte, eine seltsame und ungewohnte Sache für Willem. Sie hatte nie geweint. Eine Frau, die Freude und Schmerz bereits unter Kontrolle brachte, noch bevor sie überhaupt da waren, und jetzt stand sie vor dem Kalender, und er spürte ihre Tränen. Und was wäre erst, wenn er gesagt hätte: Mutter, ich liebe dich? So saß er am Schreibtisch, und die Tränen rollten.

Als die Mutter sich jedoch vom Kalender drehte – eine Bewegung, meinte er, wie aus einer Galaxis heraus, unendlich sanft und geordnet –, waren ihre Augen trocken. Als hätte sie in ihrem Leben nie geweint, und ihr Blick schärfte sich an Willems Blöße, und ihr Mund war ein Spalt.

Instandsetzung und Umbau verliefen im Speicher von oben nach unten, und wenn Willem mittags aus der Stickerei kam, schnappte er sich den Bauleiter, und gemeinsam gingen sie die Liste mit Barbaras Anweisungen durch.

Im weiteren Verlauf war geplant, daß der Wohnraum übergangsweise in eins der fertigen Geschosse verlegt würde, so daß die Arbeiten im unteren Teil zugleich den Abschluß bilden sollten. Es gab keine Anzeichen dafür, daß dieser Plan irgendwo schwächelte.

Auch im Neubau keine Anzeichen. Im Gegenteil, die Alte konnte Stichproben machen, wo und wann sie wollte, jedesmal schien die Produktionshalle nur zu neuer Schönheit aufgefaltet; zu Sinn, der den leeren Raum erfüllte und alle Reißbrettzeichnungen übertraf. Auch das ehedem verwilderte Gebiet mit der Bauernruine und dem Teich im Hintergrund – eine Beleidigung des Kulturzustands, wie der Senator es in kleiner Runde auf dem Jagdschlößchen so treffend formuliert hatte – erschien wunderbar plan und versiegelt. Und wo einst Frösche und Libellen eine Brutstätte zu massenhafter Vermehrung gefunden hatten, konnte die Alte jetzt miterleben, wie guter Geschmack installiert wurde.

In bester Lage und für alle sichtbar, so würde die Halle dastehen. Wie ein Denkmal, meinte sie, mit der Aufschrift Kronhardt&, na ja, dann eben &Focke. Wie ein Denkmal also, das den sinnlosen Raum mit seiner gediegenen Gestalt ausfüllte und das gerüstet war, nicht nur die Bedürfnisse eines wachsenden Marktes zu befriedigen, sondern im Verbund mit dem Mutterhaus die Bedürfnisse selbst zu erzeugen. So sah die Alte die wunderbare Auffaltung und spürte dabei, trotz der täglichen Kalenderkreuze, einen durchdringenden Stolz.

Die Produktionsverlegung aus dem Hartmann-Haus in den Neubau war sukzessive geplant. Eine fein austarierte Logistik, die die Maschinen nicht nur übergangslos rattern ließe, sondern den Park zugleich aufstocken und verjüngen sollte.

Um diesen Plan umzusetzen, mußten die Frauen hellwach und präsent sein, denn bei aller Voraussicht blieb immer eine Spur Unberechenbarkeit – quasi höhere Gewalt, gegen die man aber jederzeit mit einem B-Plan auftreten konnte. Daß zuletzt dann alles mit unglaublicher Präzision ineinandergriff, mußte Außenstehenden wie ein Glücksfall erscheinen. Die Frauen aber wußten es besser, und in einem stillen Augenblick ließ die Alte sich dazu hinreißen, Barbara zu umarmen.

Später, als Barbara die Umwandlung aller Strategie längst feierte und die materielle Wirklichkeit inklusive Willems nutzlosem Samen mit Champagner begoß, stand die Alte vorm Kalender. Vor der Wand wie vor einer Zukunft.

Der Speicher wirkte nach dem Umbau auf Anhieb dynamisch; eine beinah geisterhafte Transformation der inneren Bilder Barbaras, die sowohl die Tradition der Focke-Linie betonten wie auch die Anforderungen der Zukunft. Im Verbund mit dem Architekten hatte sie auf die im Grunde zeitlose Konstruktion des Gebäudes gesetzt, und so kam die dynamische Wirkung vor allem durch die Auffrischung des Alten zustande; Stützbalken, Treppen und Dielenbretter waren feingeschliffen und geölt, und hinter den blaßroten Mauern mit den frischen Fugen lag ein neues System von Leitungen. Sämtliche Fenster waren aufgearbeitet und doppelverglast, im Spitzgiebel waren zwei großzügige Dachlichter installiert, und die Flügeltüren, durch die der Galgen früher die Waren rein- und rausgehievt hatte, war ersetzt worden durch baugleiche Türen mit Sprossenfenstern.

Als einzig radikales Merkmal fiel die Entfernung der alten Milchglaskugeln auf, die durch moderne Strahler ersetzt worden waren – seltsam leistungsstarke Dinger, die in der Decke versenkt waren, jeden Winkel ausleuchteten und ständig im Zenit standen. Willem sah diese Neuinstallation als schwerwiegenden Eingriff und unterstellte zudem einen subtilen Eindruck von Überwachung, doch Barbara ließ sich auf solche Diskussionen erst gar nicht ein. Schön auf dem Sofa liegen, meinte sie, Phantasien von Überwachen und Strafen entwickeln, und alles zugunsten einer Kugellampe. Während der Rest ihn nicht die Bohne interessiere.

Nach dem inneren Gehalt ging sie das äußere Erscheinungsbild an und setzte auch hier auf nachhaltige Auffrischung und behutsame Erneuerung. Bereits die Reinigung der Fassade wirkte wie eine wunderbare Häutung – hinter Rauch und Bombenstaub und Abgasen hatte sich eine beinah unglaubliche Jungfräulichkeit erhalten, und bald erschienen die Steine in unberührtem Rot, und aus dem Fachwerk stach die feine Maserung. Und als die Baumänner darangingen, den Galgen aufzufrischen, ließ Barbara aus einer Eingebung heraus die Arbeit unterbrechen, bestellte einen Segelmacher und entschied mit seinem Dafürhalten, das ganze Ding wieder funktionstüchtig zu machen. Der Segelmacher begeisterte sich für den Auftrag, er brachte aus seinem Fundus Blöcke und Taljen, wie sie auf den Klippern eingesetzt worden waren, und obendrein legte er noch ein ganz außerordentliches Manila vor. Es dauerte nicht lange, bis Barbara wußte, daß dieser Mann noch selbst auf den Klippern gefahren und ein alter Kap-Hoornier war. Danach entwickelte sie die Idee mit der Tageszeitung.

Tatsächlich gab es einen Doppelspalter mit Photo von dem Kap-Hoornier vor dem hievenden Galgen, und danach drückte Barbara dem Redakteur eine kleine Chronologie des Focke-Speichers in die Hand – schließlich, meinte sie, lasse sie hier Bremer Geschichte sanieren. Der Redakteur zeigte wenig Interesse an einer Fortsetzung, doch als er die Resonanz auf den Doppelspalter wahrnahm, ging er zu seinem Chef, und die Männer mußten aus den Leserbriefen heraus einsehen, daß vor allem die Kriegsgeneration noch eine Stadt konserviert hielt, die es so nicht mehr gab. Zusammenhängende Wachstumsspuren waren mit einem Hieb zerfetzt worden, und die Erinnerungen dieser Generation waren nicht nur Phantomschmerz, sondern auch Bekenntnis zum Heimweh. Und der Chefredakteur entschied, eine Serie zu starten.

Mit Zeitzeugen und Photos wollte man der zerrissenen Stadt ihr wahres Bild zurückgeben; ein Phantombild zwar, dafür aber mit allem Drum und Dran, um das Bewußtsein für die bremische Geschichte neu zu verwurzeln. Und es war keine Frage, daß diese Serie mit dem Focke-Speicher eingeläutet werden sollte.

Barbara überraschte den Chefredakteur mit einem Schatz, der wie ein strahlendes Vorbild für die ganze Serie erscheinen mußte. Sie offenbarte Schriftrollen in Mittelhochdeutsch, Kupferstiche und

Daguerreotypen. Sie offenbarte Lagerscheine über Quetzalfedern und bündelweise indianischen Rauchtabak; über Elfenbein und Narwalhörner, Tee, Pfeffer und Berge von nordischen Waldtierpelzen – unglaubliche Ressourcen, als fände nicht nur die ganze Welt im Speicher Platz, sondern auch noch alle Zeit.

Eine Rattenburg in den Pestdekaden und im Schmalkaldischen Krieg ein Lager für Kanonenkugeln. Amethyste und Purpurschnecken für den Dom; Schildpatt und Hanf und Indigo. Plünderung durch die Schweden, französisch okkupiert und kurzerhand florierender Weinhandel und Hurenhaus. Kautschuk, Opium und Titan. Amber, Fischbein und tonnenweise Seide. Vom Wilhelminischen Hof der Auftrag zur Lagernahme einer Dampfschiffsendung Straußenfedern, des weiteren Expressaufträge für Eskorialwolle, für Organdy oder Organza. Eine Auswahl feinster Stoffe und Tuchwaren, die jederzeit für die Schneider der großen Kaufleute vorlagen, und im Ersten Weltkrieg dann Kattun und Nanking. Und obendrauf die Todesurkunde von Barbaras Großvater, der sich geweigert hatte, Senfgas auf dem Weg an die erstarrte Westfront zwischenzulagern. Dann jede Menge Photos, Artikel und Auftragsbücher aus dem Wirtschaftswunder.

Der Chefredakteur war begeistert und hängte sich selbst in die Sache rein. Er sprach von einem Bekenntnis nicht nur zum Heimweh, sondern zur tiefen Historie dieser Stadt, er versprach den Lesern eine Serie, machte den Speicher zum Aufmacher, und Barbara konnte auf dem Photo erscheinen wie eine Galionsfigur. Über Kap Hoorn bis auf Seite eins, und die ganze Stadt konnte es lesen.

Gekoppelt an das eindringliche Erlebnis für die Zeitungsleser nutzte Barbara die Fertigstellung des Speicherhauses zu einer Art offiziellem Termin. Vor allem natürlich aus geschäftlicher Sicht, aber auch, um ihren guten Willen zu zeigen, rekrutierte sie die Gäste aus einer Schnittmenge mit den Alten. So waren Deutschmeister und Konsorten zugegen, der Senator, Bankdirektor und Meyer-Lansky; aber auch die neu geknüpften Kontakte, voran der Chefredakteur, durften nicht fehlen. Der Architekt war dabei, ein paar illustre Gäste aus Kunst und Kultur, und als kleines Glanzstück konnte Barbara das Erscheinen des Bürgermeisters für sich verbuchen. Im Gegensatz zum Bausenator war er ein geradliniger Mann und stand in dem Ruf, sich nicht für Kungelei zu interessieren. Unter vier Augen ließ er Barbara wissen, daß er den Hut zog; weniger geschäftlich, obwohl ihm die Prosperität seiner Stadt natürlich am Herzen liegen müsse, als vielmehr menschlich, da Barbara vor allem den Blick der jüngeren Bürger für eine Vergangenheit schärfe, die jenseits dieser unfaßbaren Katastrophe lag. Ein Schmuckstück, Ihr Speicherhaus, sagte er, und ein Denkmal unserer Stadt.

Willem gab bei einem Gläschen zu, den Bürgermeister für einen integren Mann zu halten. Nichtwahr, sagte er, soweit sie einen integer sein lassen, und der Bürgermeister fiel ganz offen in Willems Lachen. Er schien sich in der Runde wohl zu fühlen, und zweimal wiegelte er seinen Sekretär ab, der an weitere Termine erinnerte.

So schlenderte die Gesellschaft durch den Speicher, so trafen sie sich an den Tischchen. Das Knarzen der Dielen und Stiegen schaffte einen wohligen Hintergrund, der Plauderton schwang leicht und immer an der Schwelle zum Gelächter, und Häppchen und Getränke waren so erlesen, daß alles Ordinäre sich wie von selbst in fraglose Gefälligkeit verwandelte.

Willem drückte die Hand des Bürgermeisters, er stieß mit ihm an; er spürte die unvermeidlichen Deutschmeister-Schläge auf seinem Rücken, er nahm ein Gläschen mit der Reedersgattin und ahmte rings die eingeweihte Etikette nach, ohne daß sie es merkten; er offenbarte das Ordinäre, um es sogleich mit vertrauter Aufgeblähtheit wieder zu verwischen; er entblößte den Senator oder den Architekten, und noch bevor sie dahinterkamen, hatte er auch diese Spur schon wieder verwischt und gab sich beeindruckt von ihrem Scharfsinn und Humor. Nur einmal, als er sich gewissermaßen auf ein Duell mit Meyer-Lansky einließ, geriet seine seit den Kellerbarzeiten recht sattelfeste Strategie in Gefahr, und der Berater, obligat in Nadelstreifen und mit Zigarre, war drauf und dran, ihm eine Lektion in Sachen Entblößung zu erteilen. Doch Barbara war schnell genug; sie fing die Schlauheit ein, die so plötzlich aus den

Augen des Beraters drang, und umwickelte noch diesen erfahrenen Mann mit ihrem klugen Charme, so daß Willem und Meyer-Lansky bald miteinander scherzten wie alte Weggefährten.

Tatsächlich schien Barbara überall zu sein und Ereignisse bereits zu sehen, bevor sie eintraten. Sie verstand es, ihre Finessen aus dem Badezimmer so diskret in diese Welt einzubringen, als würde sie es nie und nimmer auf irgend etwas anlegen, und wenn sie in einem Ausdruck noch extra hübsch oder interessant erschien, so lag das allein im Blick des Betrachters. Sie weckte Phantasien auf allen Ebenen, sie knüpfte Bekanntschaften aus Bekanntschaften, und meist war auch Inéz ganz in der Nähe. Auch sie erschien hübsch oder interessant, jedoch auf eine andere Art, und so hinterließen die Frauen auch als Gespann ihre Spuren. Beziehungsweise mit Willem als Trio; denn trotz – oder gerade wegen seiner seltsamen Unberechenbarkeit, die sich stets in verläßlichen Humor verwandelte, ließ er nicht mal in saloppem Cord einen Zweifel an seiner Nähe zu den Frauen.

Auch den Alten konnte die Ausstrahlung der jungen Gastgeber nicht verborgen bleiben; um so weniger, da beide sich um die Hauptrolle betrogen fühlten. Doch Kronhardt stolzierte geckenhafter denn je durch die Gesellschaft, und seine Frau hielt noch ihr Lächeln, wenn aus der Eingeweidemuskulatur die sauren Stöße zerrten. Nichtsdestotrotz hatten die Alten aber Erfahrung genug, um in der Atmosphäre dieser, wie Kronhardt es nannte, wunderbaren Inauguration die Vorteile zu erfassen. Die Alte ließ sich dem Chefredakteur vorstellen und nutzte gegenüber dem Mann vor allem den Eindruck ihrer Schwiegertochter, um ihrem eigenen Wunsch nach einem Beitrag über die Bremer-Stickerei-Manufactur das rechte Gewicht zu geben; der Chefredakteur versprach ihr, sich zu melden, und so paßten die Alten sich im Grunde ganz ausgezeichnet an, was Kronhardt dann auch auf den Punkt bringen mußte: Nichtwahr, meinte er, Tradition und Fortschritt, und für ein Photo entblößte er seine Zähne und nahm die Spanierin in den Arm.

So also lief die Eröffnung. Diese Art offizieller Termin, und als die Gäste den Speicher verlassen hatten, war Barbara sicher, daß sie zurückkommen würden. Und Willem, eine Languste schlürfend, meinte, na klar. Barbara hatte die nächste Seite eins hingekriegt. Mit feinsten Lettern in die fettesten Köpfe geschlagen.

Die Tage darauf erschien die Schwiegermutter mit saurem Gesicht. Als hätte die ganze Lust am eingeweihten Dünkel nie stattgefunden. Barbara! meinte sie. Mit ihrer Fähigkeit zu begeistern! Mit ihrer Fähigkeit, den Blick für die Realität zu verschleiern, und sie mokierte sich über ihr neues Büro.

Zugegeben, eine ganz wunderbare Räumlichkeit, und auch keine Frage, daß sie begeistert seien von Glastüren und Dachlicht; ja, und sie hätten den Blick über die Altstadt bereits in der Vorstellung genossen, und sicher, sie rechneten es Barbara hoch an, daß sie ihnen den Spitzgiebel im neuen Stammhaus überlasse, und sie seien sich auch darüber im klaren, daß sie sich dieses Sahnestück selbst ausgesucht hätten.

Oder nicht! rief die Alte. Und dann lachte sie gehässig und nannte Barbaras Fähigkeit zur Begeisterung eine perfide Masche. Zugleich brillant, das müsse sie zugeben, wie Barbara es verstehe, die Realität zu verschleiern. Dann lachte sie wieder, und dann kam ihre Stimme schneidend, aus unbestimmter Höhe: Tatsache bei all diesem Hokuspokus, meinte sie, bliebe der steile Weg unter den Spitzgiebel. Tagein durch die Wochen, tagaus in die Jahre, und wenn Barbara geglaubt habe, die zermürbende Absicht dahinter verschleiern zu können, hätte sie sich geschnitten. Nein! Sie würden sich nicht durch die boshaften Gänge bis unters Gebälk abnutzen lassen. Und auch nicht ihre treusten Kunden, ein Deutschmeister etwa oder ein Brauereidirektor, für die der steile Weg bereits jetzt eine Zumutung sei.

Ein Lift! rief die Alte dann, und das Wort durchfuhr den Raum.

So ein Lift hätte von Anfang an in die Planungen gehört! Statt dessen unternehme Barbara unauthorisierte Alleingänge und verschleiere das hinter ihren schönen Worten!

Barbara sah die Schwiegermutter an. Diesen Mund, und dann sagte sie, daß ein Lift unmöglich sei.

Es dauerte eine Woche, bis die Alten einsahen, daß Barbara recht hatte. Und eine weitere, bis sie entschieden hatten, ihr Büro nicht im Spitzgiebel zu beziehen, sondern in der ersten Etage. Und dort forderten sie den Einriß einer frisch gezogenen Mauer, forderten die zwei Einzelbüros in den ursprünglichen Großraum zurück – ein offenes Doppelbüro, riefen die Alten, wie unterm Spitzgiebel, und Barbara hörte sich das an und lächelte. Später nannte sie die Alten ungerecht und destruktiv, und dann bestellte sie die Maurer, und die Männer schlugen die frisch gezogene Wand wieder ein.

Willem nannte die Vernagelung der Alten gewohnt lästig. Doch im Grunde vollkommen belanglos, um so mehr, wenn man einen Blickwinkel einnehme, der aus kleinsten Teilchen größte Zusammenhänge entstehen lasse, die zuletzt alles Gegensätzliche auflösten und aus allem Dualismus eine übergreifende Einheit machten, und so zog er Barbara aufs Sofa. Und für eine Stunde entrückte sie der Wohlklang seiner Stimme, zog sie in den Kokon, in dem aller Alltag verwischte, und dann fing er an, Bilder vom Spitzgiebel zu entwerfen. Sprach von einer Verborgenheit, einem Garten mit Panorama- und Himmelsblick, und es sei klar, daß man dort ein Teleskop haben müsse; einen alten Schreibtisch am Fenster, eine kleine Bibliothek mit Bar, Musik, expressionistische Bilder und einen von diesen Kakteen, die auf den Photos bei Hector Luna zu sehen seien. Und nicht zu vergessen die Reinstallation der alten Milchglaskugeln und dazu ein gutes, altes Ledersofa.
So hielt er seine Frau an sich gezogen und verwandelte die Vernagelung der Alten in eine wunderbare Fügung. Oder nicht? sagte er. Der Spitzgiebel ist doch wie gemacht für mich.
Später tranken sie Tempranillo, anderthalb Flaschen, und danach verführte Barbara ihn auf dem Sofa. Er ließ sich nur zögernd darauf ein, und nachdem sie einen lauten gemeinsamen Höhepunkt hatten, saß Barbara da, rauchte, und ihm wurde klar, warum er so zögerlich gewesen war. Sie würde ihm Vorwürfe machen wegen seiner Visionen; ichbezogen würde sie vielleicht sagen, würde auf seinem eigenen Vorteil herumreiten und ihn immer wieder darauf stoßen, daß er ihr gegen die Alten nicht genügend zur Seite stand;

und er würde ihren Entgleisungen zuhören, offen, gelassen, wie
es seine Art war, und irgendwann würde Barbara zugeben, was sie
beide wußten: daß ihre Energien in Wirklichkeit wunderbar zu-
sammenwirkten.

So sah er ihr Profil.

Als sie ihn anschaute, war ihr Blick milde und ihre Stimme erschreckend ruhig.

Die meisten, sagte sie, die mal Steine gegen sonstwas geworfen
haben, praktizieren später selber sonstwas. Errichten Rechtfertigungen, mit denen sie schamlos aus allem schöpfen, und scheißegal, auf wessen Kosten. Eine erschreckende Gleichschaltung,
sagte Barbara, das seien doch Willems Worte, und damit ließ sie
ihn allein. Verschwand aus dem Speicher und blieb das ganze Wochenende weg.

Willem verbrachte die Hälfte der Tage auf dem Sofa. Feuerte den
Ofen an, hörte Bach, trank Whisky und hörte Deep Purple.

Die andere Hälfte war er draußen; bei einer Moorwanderung bekam er ein Birkhuhn in den Feldstecher, und von der Wurt entdeckte er einen Nebel, der in seiner Sternenkarte nicht verzeichnet
war.

Nach erster Zusage hatten die Alten sich plötzlich gesperrt, ihr
Büro mit der Speicherhauslinie einrichten zu lassen; bei einer
so radikalen Milieuveränderung, sagten sie, bliebe am Ende alle
Tradition auf der Strecke, und sie hatten auf ihren wuchtigen
Schreibtischen und Registraturen bestanden. Barbara hatte sich
das angehört und geduldig einen Teil der Bestellung storniert.

Doch dann waren die Alten wieder umgeschwenkt; bestanden mit
einem Mal auf der Speicherhauslinie, wenn auch ausdrücklich ohne
modernen Schnickschnack – Anschluß an das Datenverarbeitungs-
system, Konferenzanlage, Barbara wisse schon, und gaben sich in
ihrer Forderung auch dann noch gönnerhaft, wenn sie sie an entsprechende Erwartungen in der Zukunft koppelten.

Barbara blieb geduldig und stornierte erneut. Und sie ahnte, daß
Willem recht hatte, als er von Angst und Leere sprach und dem

verzweifelten Glauben, sich in ihrem alten Büro dagegen verschanzen zu können.

Es war eine zeitlose Linie. Solide, praktisch und dynamisch, Möbel, die einzeln und in Kombination funktionierten und für alle Zukunft gerüstet schienen.
Willem fand, daß man so eine Ausstattung entweder mochte oder nicht; mattes Chrom auf dunklem Holz und dazu gefrostetes Glas. Seine erste Wahl war es nicht, aber als sie dann dastanden, nahm er Barbara in den Arm und sagte, verdammt gute Wahl.
Ähnlich verhielt er sich, als Barbara ein paar großformatige Bilder aus einer Galerie erwarb; obwohl er darin nicht mehr als schweineteure Minimalkunst erkennen konnte, gab er sich beeindruckt und bewunderte die unglaubliche Dynamik, die auf ein paar fette Pinselstriche reduziert war. Und auch die schweineteuren Bonsais, die er in Wirklichkeit für Zerrbilder ihrer Schöpfer hielt, nannte er ein bemerkenswertes Symbol für Barbaras Visionen – quasi die tiefe Verwurzelung der neuen Speicherhausdynamik.
Im Grunde war nichts dabei; ein bißchen Syntax, ein bißchen Modulation, und schon bekamen seine Worte einen anderen Sinn. Kein Opportunismus, keine Lügen, darum ging es überhaupt nicht. Es ging ihm um Barbara. Um einen verfeinerten Blick, um die Wertschätzung ihrer Leistung und darum, daß er seiner Frau auch bei unterschiedlichen Ansichten so viel Gutes geben wollte, wie sie brauchte. Und wenn es jenseits tieferer Reflexionen auch mit ein bißchen Syntax und Modulation funktionierte, fand er nichts dabei. Sie waren Mann und Frau, beinahe ein Puls, und sie gestalteten gemeinsam an Gegenwart und Zukunft. Darum ging es. Und darum, daß man Opfer bringen mußte für den anderen. Warum also nicht ein bißchen an den Worten biegen, wenn es ihr guttat.
So nahm er Barbara in den Arm und drückte sie. Hut ab, sagte er. Und Barbara? Sie nannte Willem einen schamlosen Lumpen. Der um jeden Preis in den Spitzgiebel wollte, und dann genoß sie seine anschmiegsame und zärtliche Art.

34

Sie saßen zu dritt bei Hector Luna und stießen an. Willem war gesprächig, und Inéz ließ sich von seiner guten Laune anstecken. Ich wünschte, ihr würdet euch nicht betrinken, sagte Barbara. Sie wirkte dünnhäutig, und womöglich hatten die Alten ihr wieder Ärger gemacht. Doch als Willem nachfragte, winkte Barbara nur ab. Natürlich verweigerten die Alten jedes Gespräch über neue Mitarbeiter. Doch das sei im Moment gar nicht ihr Problem. Sie wisse immer noch nicht, ob sie diesen zukünftigen Mitarbeitern eher eine kleinere oder größere Küche im Speicherhaus zur Verfügung stellen solle, und sie habe dem Architekten eine baldige Entscheidung versprochen.

Ich dachte, das sei längst beschlossen, sagte Inéz.

Doch Barbara waren Zweifel gekommen, ob das angedachte Konzept der Miniküche wirklich gut sei. Ob räumliche Enge in so einem elementaren Bereich tatsächlich die Homogenität eines Kollektivs fördere; die Dynamik und das Wir-Gefühl, meinte sie.

Einmal sei er mit Schlosser in ein nagelneues Hochhaus eingestiegen, sagte Willem. Ein Gefühl, als wären ringsherum alle anderen Menschen ausgestorben. Hokuspokus vom Gipfel ihres Kulturzustands, und so wären sie damals durch die Stockwerke gestreift. Wie auf vergangenen Spuren, und was sie gesehen hätten, seien identisch gemachte Einheiten gewesen; eine kompatible Kultur.

Worauf er aber hinauswolle, sei die Frankfurter Küche. Sechseinhalb Quadratmeter, gleichgeschaltet über zwölf Stockwerke; alles mit einem Handgriff erreichbar und statistisch erforscht. Alles ausgerichtet auf die Frau am Herd, auf Effizienz und Zeiteinteilung, auf die Versorgung der Kinder und natürlich die ehelichen Bedürfnisse des Arbeiters. Das also, sagte Willem, sei sein erster Eindruck von einer Miniküche gewesen.

Spätere Erlebnisse hätten ihm Wohnküchen gezeigt; fruchtbare Orte, und es sei keine Frage, daß die geistigen Produkte solcher Wohnküchen eine nur bedingt von der Statistik erfaßbare Dynamik entwickeln würden, und in der Regel fürchteten die Systeme die Wohnküche. Diesen Typus der Feuerstelle, wo das System an sich jederzeit in Frage gestellt werden konnte.

Von dieser Warte aus betrachtet, sei die Miniküche also die eindeutig bessere Variante. Auch wenn er im Grunde seines Wesens die systemzersetzenden Triebe einer Wohnküche bevorzuge.

Also doch die Miniküche?

Da gebe es keinen Zweifel, und er prostete ihr zu.

Schließlich habe Barbara die Absicht, zukünftige Mitarbeiter gezielt auf Eigenschaften zu trimmen, und wolle eine korporative Truppe, die sich mit Kronhardt&Focke identifiziere. Und um das zu erreichen, müsse sie nur die Effizienz der Frankfurter Küche ein wenig umwandeln. Müsse die Miniküche in eine Art dynamische Feuerstelle verwandeln, in eine Brutstätte für Erfolg, und so sei es natürlich ein wichtiges Kriterium bei der Auswahl zukünftiger Mitarbeiter, ob sie miniküchentauglich wären. Ob es nach vorne losgehen könne, wenn man mit diesen Menschen in absichtlich geschaffener Enge zusammenhocke; ihre Pickel zähle und niemand mehr rote Skleren oder verklebte Achseln kaschieren könne.

Sie müßten also, meinte er, von der Küche auf die Mitarbeiter schließen. Typen, die sich von so einer Miniküche zusammenschweißen ließen; die bereit seien, in der quasi übergeordneten Distanzlosigkeit die Aufrechterhaltung scheinbarer Selbstbilder aufzugeben, um dieses freigesetzte Potential Kronhardt&Focke zur Verfügung zu stellen.

Willem saß da und schenkte Wein nach.

Barbara hatte sich Stichpunkte gemacht; sie kreiste Wörter ein, verband sie mit Strichen, malte große Fragezeichen. Dann sagte sie: Und du, Inéz?

Die Spanierin lachte. Auch wenn sie es erstaunlich finde, daß ein Mensch wie Willem so argumentiere, habe er sie von der Miniküche überzeugt. Vor allem, weil sie mittlerweile gelernt habe, wie sie sich Willems Worte in die Praxis umgesetzt vorstellen könne.

Willem hob die Schultern. Seine Prägung sei sicher nicht zu unterschätzen, sagte er. Er sei mit Banner, Emblem und Identifikation groß geworden und argumentiere hier und heute mit der Erkenntnis, daß die meisten Menschen es darauf anlegten, sich von etwas erfassen zu lassen; daß sie beinah jede Sache zu ihrer Sache machen konnten und erst aus dieser Identifikation heraus so etwas wie Glück empfanden.

Und so tranken sie auf die Miniküche.

Tatsächlich verweigerten die Alten jedes Gespräch über die Einstellung neuer Mitarbeiter. Einerseits konnten sie nicht erkennen, daß Barbaras Konzept jemals über die begriffliche Form hinauswachsen und Wirkung in der Realität zeigen würde; sie hielten ihre Worte von der Steuerung zukünftiger Verhältnisse oder von überregionalen, gar internationalen Aufträgen schlichtweg für Augenwischerei und fühlten sich von ihrer großspurigen Art übertölpelt. Andererseits sahen sie mit Abscheu, wie Willem, kaum daß er eine Arbeit begonnen hatte, schon wieder Feierabend machte und alles in seiner asozialen Art abwälzte. Und solange Barbara diese Einstellung noch unterstützte, würden sie sich erst recht auf keine Gespräche einlassen; und auch auf keine Diskussionen darüber, ob ihre Grundsätze und ihr Rüstzeug in diesen modernen Zeiten noch etwas taugten. Jede Andeutung darüber empfanden sie als Beleidigung, und wenn sie in ihrem neuen Doppelbüro saßen oder abends im Hartmann-Haus, waren sie sich vor allem einig darüber, daß die Entartung der Jugend immer weitere Kreise zog; und verhängnisvoller, daß diese Jugend bereits in Positionen drängte, die ehedem nur mit entsprechenden Grundsätzen und entsprechendem Rüstzeug besetzt werden konnten.

So saßen die Alten beisammen und mußten mit ansehen, wie rings die Zeiten verfielen. Wie ihr Wort in der Welt immer weniger Gewicht hatte und wie schäbig diese Welt mit ihrer großen Lebenserfahrung umging, die noch über die Stunde Null hinaus alle Fundamente für eine verläßliche Zukunft gelegt hatte. Und noch der Chefredakteur der großen Zeitung, den sie beide für einen integren Mann gehalten hatten, vertröstete sie bei jeder Nachfrage, während wöchentlich eine neue Folge zur bremischen Geschichte gedruckt wurde. So saßen sie und fühlten sich von der Welt betrogen.

Vor allem die Mutter entwickelte in den ersten Zeiten im Speicherhaus eine Boshaftigkeit gegen Willem und Barbara, die sie auch noch ganz offen rechtfertigte. Von Willem fühlte sie sich um ihre größten Opfer betrogen und machte ihn zur Schande einer ganzen Blutslinie; zu einem Teufel, der seine eigene Mutter besudelte, und sie nannte ihn schlimmer als seinen Vater. Barbara hielt sie die Auftragslage vor, die Liste der säumigen Kunden und die Forderungen der Bank.

Ihr spaltiger Mund verzog sich und machte aus ihrem Gesicht eine Fratze. Und um Schmerz und Heimweh noch extra zu demonstrieren, holte sie aus ihrem alten Büro den Kalender mit den Kreuzen und hängte ihn dort auf, wo Barbara ein teuer gerahmtes Gemälde für sie plaziert hatte, das die Alten sich übrigens selbst ausgesucht hatten.

Kronhardt unterstützte seine Frau vor allem, wenn er mit ihr alleine war. Dann konnte er die Wucht ihrer Worte in sich spüren, diese mächtige Wahrheit, dieses Bekenntnis zum Heimweh, und er gab ihr in allem recht und befeuerte sie. Wenn seine Frau jedoch nicht dabei war, erschien er Barbara gegenüber freundlich und war auf eine seltsam unbeholfene Art immer zu einem Scherz bereit. Auch gegen Willem lachte er zuweilen, dann eher hölzern, oder er klopfte ihm auf den Rücken, doch sobald seine Frau dabei war, mahlte er stumm mit den Kiefern, seine Kaumuskeln sprangen hervor, und wenn seine Frau es von ihm erwartete, sagte er, ja, genau, oder das sehe ich auch so.

So fühlten die Alten sich von der Welt betrogen, und Willems Mutter schien erst wieder milder zu werden, als der Chefredakteur ihr endlich ankündigte, die Serie nunmehr mit der Bremer-Stickerei-Manufactur fortzusetzen. Und als die Mutter dem Chefredakteur dann ihre Geschichte erzählt hatte, war der Mann schlichtweg begeistert; er würde der Bremer-Stickerei-Manufactur, aber vor allem der Geschichte der Eva Kronhardt, geborene Hartmann, noch eine Extraseite einräumen. Und im Speicherhaus konnten sie sehen, wie die Alte plötzlich seltsam milde erschien. Gegen Barbara lächelte sie, und ob Willem mittags ging oder ob er dann erst kam, schien ihr nichts mehr auszumachen; sie erkundigte sich nach diesem oder jenem, sie gab Anweisungen, und wenn die Jüngeren Gegenvorschläge entwickelten, gab sie sogar ihre sonst so kategorische Haltung auf. Sie schien ihre Energie auf eine Art umzuwandeln, die bald alle Bereiche erfaßte; sie trieb fällige Zahlungen ein, gab zu, daß die Auftragslage in Wirklichkeit gut war, organisierte ein spontanes Fest in der Kellerbar, und gemeinsam mit Kronhardt inspizierte sie täglich die Produktion in der neuen Halle, und das stete Rattern des modernen Parks schien ihr jetzt noch extra gutzutun.

Bremer-Stickerei-Manufactur, stand auf der ersten Seite, und der Chefredakteur hatte dazu ein Photo ausgewählt, in dem sich alles Heimweh seiner Leser konzentrieren mußte; zwei prächtig blühende Linden schafften Geborgenheit für das Altbremer Haus, davor, beinah ungezwungen und mit pionierhaftem Lachen, stand die Hartmann-Familie. Ein wunderbares Sommerbild, das sowohl solide Geschichte ausstrahlte als auch die visionäre Lust vor allem der Jugend – und womöglich stammte das Photo aus jenem Sommer, als Deutschland in der Siegesfreude um Max Schmeling wie eine einzige Stube erschienen war.

So hatte der Chefredakteur das Photo gewählt und mit den Zeilen darunter auch gleich jenen kollektiven Schock markiert, der noch immer anhielt: Das Hartmann-Haus gibt es so nicht mehr! hatte er geschrieben. 44 wurden die oberen Stockwerke zerstört, ein Stück unwiederbringliche Geschichte!

Auch der mehrspaltige Bericht war ein Bekenntnis zum Heimweh – oder anders: Die gedruckten Worte waren feierliche Version einer Familiengeschichte; machten sie offiziell, schwarz auf weiß, ein Stück Wahrheit, wunderbar zubereitet, und wo Barbara den Chefredakteur unlängst mit ihrer gepflegten Chronologie überzeugt hatte, überzeugte Eva Kronhardt, geborene Hartmann, jetzt mit entwaffnender Offenheit.

Dem Chefredakteur gefiel so eine Offenheit, zumal er wußte, wie man die Haken ins Fleisch trieb. Recht so, hatte er gesagt, und daß es für die Leser nichts Prickelnderes gäbe als die Abgründe des Lebens; diese grenzgängerische Freiheit, hatte er gesagt, in die Tragödien anderer einzutauchen, um sich jederzeit und unversehrt wieder davonzumachen, und er hatte das ein Gefühl von Macht genannt, das auf diese Art jeder einzelne Leser empfinden könne – quasi ein Blick auf die Toten und das überlegene Gefühl, keiner von ihnen zu sein. So also hatte der Chefredakteur seinen Mehrspalter aufgemacht. Ein dramatisches Stück Familiengeschichte von feierlicher Offenheit.

Natürlich gab es einen chronologischen Faden – Firmengründung, Neuaufbau nach der Stunde Null, das ganze Schema. Doch seine reißerischen Schwerpunkte hatte er eindeutig woanders gesetzt, und zwar ganz in Absprache mit Eva Kronhardt, geborene Hartmann – nichtwahr: weil eine erfolgreiche Stickerei nicht nur Wohlbefinden produziere, sondern weil dahinter ehrbare Menschen stünden mit Schwielen und dem Herzblut der Zeit, und so wurden die reißerischen Schwerpunkte vor allem ins Menschliche verlegt. In die für jedermann prickelnden Abgründe, und bald mußte es den Lesern erscheinen, als säßen sie selber und nicht der Chefredakteur mit Eva am Tisch und lauschten ihren Worten.

Wie der alte Hartmann, nichtwahr, dieser Gründertitan mit steifem Bein und Aalräucherlizenz, der seine Söhne im Krieg verloren hatte; wie dieser Mann vor den Trümmern seines Lebens stand, um es aus den Trümmern wieder aufzubauen; wie er ausgerechnet im Anfang der jung prosperierenden Republik durch Verkettung unglaublicher Umstände nicht nur selber auf qualvolle Weise ums Leben kam, sondern alle Qual sich noch einmal potenzierte, indem auch seine Frau mitgerissen wurde.

Nach diesem ersten chronologischen Abriß rückte Eva selber ins Augenmerk des Berichts. Ihre Biographie schien direkt aus dem Aufmacherphoto entsprungen, eine junge Frau, während Deutschland in Siegesfreude stand, und der Chefredakteur brachte alles an Suggestion und reißerischem Können, um den Leser ganz nahe

an diese Frau zu bringen und ihn teilhaben zu lassen an ihrer unerschütterlichen Offenheit. Der Leser erfuhr, wie diese Frau jene
Zeiten sah, als Wirtschafts- und Weltpolitik so fatal auf Deutschland gezielt und dort ein Unglück ausgelöst hätten, das bis heute
so viele Biographien erschüttert hielte. Und inmitten der anrollen-
den Katastrophe erfuhr der Leser vom kleinen Glück dieser jungen
Frau, von ihrer Heirat mit Richard Kronhardt und zugleich von
der geisterhaften Fernsicht, mit der das junge Paar bereits kurz
nach der Hochzeit die Flucht angegangen war. Eine Emigration,
die für beide trotz der tiefen Verbundenheit zu Familie und Heimat unvermeidlich war, und sie schafften es bis nach Zürich und
tauchten dort unter.
So also waren Richard und Eva Kronhardt emigriert, und der Chefredakteur, wissend um die offene Art seiner Gesprächspartnerin,
fragte nach dem Familienbetrieb. Ob die Maschinen in Bremen
denn weiter Hakenkreuze gerattert hätten?
Die Stickerei? sagte Eva. Meine Güte, alles und jeder sei doch damals durchs Joch marschiert, und natürlich sei die Stickerei usur-
piert worden und habe Hakenkreuze gerattert – das könne man
nicht verschweigen. Und natürlich hätten die Maschinen Menschen gebraucht, die sie mit ihrem Spezialwissen bedienten. Doch
es seien Menschen wie ihre Eltern gewesen, die aus Heimatlie-
be – und mehr: dem unerschütterlichen Glauben an heimatliche
Zukunft – Stellung hielten und die Diktatur ertrugen. Und auch
ihr zweiter Mann, Robert Kronhardt, sei so ein Mensch. Auch er
habe die Emigration des jungen Paares von Anfang an unterstützt
und sei selbst, auch aus tiefempfundener Verpflichtung gegenüber den nachfolgenden Generationen, in stiller Duldung unter
der Diktatur verblieben. Robert habe an der Seite ihrer Eltern die
Stellung in der Stickerei gehalten; er habe mit ihnen die Ausbombung erlitten, und als endlich die Engländer gekommen seien,
wäre er ihnen unbewaffnet und mit erhobenen Armen entgegengetreten.
Sie wolle an dieser Stelle nichts beschönigen, sagte Eva. Um so
weniger, als ihre ganze Geschichte noch von Zeitzeugen erinnert
werde und zudem jederzeit überprüfbar sei. Und so sei es kein

Geheimnis, daß Robert damals Uniform getragen habe. Diese Uniform, nichtwahr. Doch daß die Amerikaner ihn später als minderbelastet eingestuft hätten und eine Entnazifizierung nicht stattgefunden habe, offenbare die Wahrheit von Roberts Uniform; die opportunistische Funktionalität und dahinter die wahre Gesinnung ihres Trägers.

So also stand Robert in der Stunde Null, und keine Frage, daß er seine Hände unserer Stadt verpflichtete und auch dem Wiederaufbau der Stickerei. Keine Frage auch, daß Robert von Anfang an Kontakt hielt nach Zürich, wo sein Bruder Richard als Photograph arbeitete – als freier Künstler, nichtwahr, der seine Bilder machte, um die gefällte Kultur seiner Heimat neu zu befruchten.

Auch sie selber ließ sich von Zürich inspirieren; Freiheit und Kunst transformierten bald in ihr zu Sehnsucht – nein: einer tiefen Kraft für ihre Heimat, und so war sie im Frühjahr 46 wieder nach Bremen gereist; eine endlose Höllenfahrt, die ihren Glauben an Erlösung und Wiederauferstehung aber um so mehr entfesselte. Sie beratschlagte mit dem Vater und Robert, in Zürich beratschlagte sie mit Richard, und danach kam sie regelmäßig, um aus der Stunde Null heraus einen neuen Anfang zu bauen. Es waren Jahre, von denen nur die Eingeweihten noch wüßten, welchen Schmerz und welche Qual sie bedeutet hätten, und dann, als die Maschinen endlich wieder ratterten, als in der jungen Republik die erste Saat wieder keimte – dann, wie gesagt, der Doppeltod ihrer Eltern. Kaum daß die Morgenröte brach, war wieder endlose Nacht. Ganz alleine plötzlich, und aus dieser nachgerade biblischen Wucht heraus konnte Eva die Verpflichtung nicht nur für ihre Familie spüren, sondern darüber hinaus für das trauernde Land.

So pendelte sie; führte mit Robert die Stickerei, während Richard zu einer wunderbaren Quelle der Kraft avancierte – seine Kunst rückkoppelte quasi mit dem Wiederaufbau und setzte enorme Energien in ihr frei. Und keine Frage, daß Richard die Pläne zur totalen Rücksiedelung nach Bremen unterstützte – daß er alle Inspiration, zu der er fähig war, für die gemeinsame Zukunft gewissermaßen kontierte. Das heißt, sagte Eva, denn auch in diesem Punkt wolle sie ihrer Maxime zu Offenheit treu bleiben, das heißt, in Wirklichkeit war die geplante Rückkehr für Richard eine emotionale Belastung. Nichtwahr, Richard sei auch als Künstler aus Deutschland geflüchtet, und man spaziere nicht mal eben so wieder dahin zurück, wo die Werke, die aus dem eigenen ästhetischen Empfinden heraus entsprungen seien, geschändet worden waren. Zumal, wenn gerade diese Werke – und eingebunden darin: der Künstler als Mensch – in der neuen Heimat Anerkennung gefunden hätten. Nein, sagte Eva. Leicht sei der Schritt zurück nicht gefallen, doch Richard Kronhardt sei einer jener seltenen Menschen gewesen, die gerade in der selbstbestimmten Wahl zur Veränderung eine tiefere Wirklichkeit hätten erkennen können; eine Freiheit, die ihm das Deutschland, dem er entflohen war, verwehrt hätte.

Doch dieses Deutschland gebe es nicht mehr, und ein Mensch mit wahrem Freiheitsideal, ein Mensch mit Blick für tiefere Wirklichkeit, nichtwahr, der reagiere nicht mit Sturheit. So sei Richard Kronhardt gewesen, und als Eva dann schwanger geworden sei, wäre dies dem Ehepaar wie ein Wink erschienen.

Sie wurde zu Hause von einem Jungen entbunden, Willem, und rückblickend erschien es Eva, als seien dies Augenblicke gewesen wie vom Anbeginn der Zeit, wenn sie zu dritt beieinanderlagen. Richard an ihrer Seite, der kleine Willem, und eingebettet in diese Augenblicke die wunderbare Gewißheit einer gemeinsamen Zukunft. Niemals, sagte Eva, niemals würde sie diesen Glanz in den Augen ihres Mannes vergessen – eine Reinheit des Herzens, die keine Diktatur der Welt je trüben könne. So glänzten die Augen des Vaters, und sie hörten nicht auf, während ihr Kind heranwuchs. Doch dann, von einer Minute auf die nächste, erloschen diese Augen.

Der Chefredakteur machte an dieser Stelle des Berichts einen großen Absatz. Gewissermaßen eine Reverenz an die Trauer dieser großartigen Frau, und den Lesern mußte die Fortsetzung erscheinen, als säße Eva nunmehr stumm am Tisch; der noch eben angedeutete Glanz jetzt Tränen in ihren Augen, während alles Reißerische sich in andächtig leise Töne zu verwandeln schien.

Es geschah ausgerechnet bei seinem ersten und emotional so gewaltigen Schritt nicht nur zurück in die Heimat, sondern in die gemeinsame Zukunft.

Trotz der inneren Belastung erschien auch Richard bei Ankunft in seiner Heimatstadt erfreut. Am Bahnhof wurden sie von Robert empfangen, und man mußte den Lesern nicht groß darlegen, welche Gefühle sich auftaten, wenn zwei vom Krieg auseinandergetriebene Brüder sich wieder in den Armen lagen. Zudem hatte es Robert von Anfang an als Ehrensache betrachtet, alle emotionale Last des Bruders mitzutragen, und so war der Aufenthalt der kleinen Familie als eine Art Urlaub gestaltet. Robert hatte einen Ausflug ins Teufelsmoor organisiert, die Besichtigung der legendären Bierbrauerei, und er hatte die große Hafenrundfahrt auf dem Programm – ein Ereignis, da würden die Leser mit dem Chefredakteur einig sein, das wie kein zweites dazu tauge, das tiefverwurzelte Freiheitsverständnis der Hansestadt zu demonstrieren. Und mehr noch: die gelungene Überwindung der jüngsten Vergangenheit.

Die Barkasse hieß Alk, und natürlich erinnerten die Eingeweihten, voran der Chefredakteur selbst, die dramatischen Ereignisse, die hier ihren Anbeginn gehabt hatten.

Es war ein schöner Tag, und schon bei Ablegen zog eine jener klaren Brisen über den Fluß, die allen Sommer in sich bündelte. Eva und Robert nahmen eine Bank auf dem Sonnendeck, sie orderten viermal Limo und ließen sich in eine der Kriegsgeneration so fremde Untätigkeit fallen. Richard und der kleine Willem standen unterdessen an der Reling und schauten, wie die Welt jenseits des Wassers vorüberzog. Als die Limonade gebracht wurde, ließ Eva die Flaschen öffnen in der Erwartung, daß Richard und der Junge gleich kommen würden. Und tatsächlich erhob Richard sich bald aus seiner tief über die Reling gebeugten Haltung, lächelte seinem Sohn zu und ging Richtung Achterschiff. Als er auf ihrer Höhe war, sah er auf, und Eva würde dieses letzte Lächeln und den unglaublichen Glanz in seinen Augen nie mehr vergessen. Mit einem Zeichen gab er zu verstehen, daß er austreten mußte.

Derweil hielt die Barkasse aufs erste Wendebecken und nahm vor Einfahrt in den Europahafen Fahrt raus, um einen Dampfer passieren zu lassen. Der Kapitän der Alk gab sein Fachwissen über einen Lautsprecher weiter, und von Bord schauten sie gebannt auf die Umrißlinie des Dampfers, die um so mächtiger erschien, je näher sie kamen. Sogar die Sommerbrise wurde von dieser schieren Größe erfaßt, und bald dümpelte die Alk im Dunst jener Welten, die sich flußabwärts aus endloser Weite erhoben.

Auch der Junge sah von der Reling aus dem Dampfer nach, und die Mutter war beglückt, daß er eine friedliche Welt sehen durfte. Sie lehnte sich zurück, lauschte den Lautsprecheransagen des Kapitäns und nahm einen Schluck Limo.

Die Becken im Europahafen waren voll; manchmal lagen die Dampfer wie Päckchen vertäut, und auf den Kajen verholten die Schauermänner. Die Alk machte einen Turn, das Schiffseisen vibrierte, und voraus sagte der Kapitän die großen Überseebecken an.

Richard war noch immer nicht zurückgekehrt.

Eva machte sich Sorgen, und Robert versprach, nach ihm zu schauen.

Wie Robert seinen Bruder fand, wie Eva, von Vorahnung gepackt, dazueilte und wie zuletzt noch der kleine Willem, vom Tumult auf dem Achterschiff angezogen, mit ansehen mußte, wie ein zufällig an der Hafenrundfahrt teilnehmender Arzt sich vom leblosen Körper des Vaters erhob und stumm den Kopf schüttelte, das alles wollte der Chefredakteur aus gegebenem Respekt am liebsten unerwähnt lassen. Von den Schreien ganz zu schweigen. Allein, dieser Schmerz hatte sich unauslöschlich in die Seelen aller Betroffenen gebrannt, und schlimmer: das Unglück potenzierte sich noch. So wären sie alle, die Leser und auch der Chefredakteur, der Witwe nicht nur für ihre kompromißlose Offenheit zu Dank verpflichtet, sondern angehalten zu tiefstem Respekt gegenüber der aufrechten Haltung einer Frau, die sich nach dem jähen Tod des geliebten Mannes plötzlich im Fadenkreuz polizeilicher Ermittlungen wiedergefunden hätte.

Nachdem Richard ins Krankenhaus und danach routinemäßig in die Pathologie verbracht worden war, stellte der Chefarzt dort Embolie als Todesursache fest. Ein Jungarzt jedoch, der sich ganz offensichtlich profilieren wollte, stellte die Diagnose in Frage und behauptete, es hätte bei Sektion der Leiche unübersehbare Anomalien gegeben. Trotz der mehrmaligen, anfangs wohl noch milden, später jedoch rigiden Zurechtweisungen seines Vorgesetzten blieb der Jungarzt so beharrlich, daß er über alle Köpfe hinweg die Kripo einschaltete.

Und die Kripo kam bald nicht mehr umhin, dem Jungarzt Glauben zu schenken, und stellte, bei allem Respekt gegenüber dem Verstorbenen und seinen Angehörigen, genau die Nachforschungen an, die Demokratie und Rechtsstaat gesund erhalten. Bald war die Staatsanwaltschaft involviert, und bald kamen auch Zeitungen wie diese, die nach wie vor in Aufklärung und Wahrheit ihr oberstes Gebot sehen, nicht mehr umhin, in ihrer investigativen Objektivität den Fokus auf den Fall Kronhardt zu richten.

Die geschätzten Leser würden sich erinnern. Und ein jeder von ihnen, schrieb der Chefredakteur, egal, ob er es am eigenen Leib erlebt habe oder nicht, könne sich die zupackende Dramatik vorstellen, mit der ein unbescholtener Bürger plötzlich aus der Gemeinschaft gerissen und an den Pranger gestellt worden sei.

Und so stand Eva Kronhardt plötzlich da. Den Doppeltod der Eltern noch nicht verwunden, wurde sie erneut von unsagbarem Schmerz und Verlust heimgesucht; verwitwet, noch bevor die gemeinsame Zukunft beginnen konnte, und als langten all diese Schicksalsschläge noch nicht hin, als sei gerade sie auserwählt, eine biblische Last zu ertragen, schien sich ringsherum die ganze Welt zum Ungeheuerlichsten gegen sie zu verschwören. So stand Eva Kronhardt da; ihr Gatte auf tragische Weise an einer Embolie verstorben und sie durch den Kunstfehler eines übereifrigen Jungarztes zur Gattenmörderin gebrandmarkt.

Gekoppelt nun an diesen Hintergrund, schrieb der Chefredakteur zum Ende hin, sei es ganz entschieden keine Schönrederei oder aufreißende Rhetorik, sondern moralische Pflicht einer Zeitung wie dieser, die unglaubliche Stärke dieser Frau immer wieder her- auszustellen, weil sie sich gegen den Glauben der Welt integer ge- halten und ihre Wahrheit auf eine Art verkündet habe, die sich nur noch mit den Edelsten der Antike vergleichen ließe.

Und es läge auch keine Selbsterhöhung darin, wenn er, der Chefre- dakteur, noch einmal auf die Haltung dieser Zeitung selbst verwei- se, die in ihrem steten Bemühen um Sachlichkeit und Aufklärung ganz entscheidend dazu beigetragen habe, Licht in den Fall Kron- hardt zu bringen und somit den höchsten Maximen menschlicher Gemeinschaft zu dienen; Gerechtigkeit und Wahrheit – nichtwahr, die ja durch alle Zeiten hindurch ihre Märtyrer hätten, sowohl für die Lebenden wie für die Toten.

Und so erscheine es auch nachgerade folgerichtig, daß ein Leser dieser Zeitung schließlich den entscheidenden Hinweis gegeben habe. Ein Arzt, loyal genug, sich weder vorzudrängen noch an der Kompetenz seiner Kollegen zu zweifeln; ein Mann, der es vor allem deshalb vorgezogen habe, anonym zu bleiben, weil aller Fokus auf seine Person von seinem hippokratischen Verständnis abgelenkt hätte. Dieser Arzt habe die Berichterstattung dieser Zei- tung aufmerksam verfolgt und schließlich auf eine englische Fach- zeitschrift verwiesen, in der Anomalien wie im Fall Kronhardt be- schrieben worden waren. Die Fachzeitschrift sei besorgt worden, der Tote unter den neuen Aspekten betrachtet, und bald darauf sei gerichtlich beschlossen worden, daß Richard Kronhardt tatsächlich an einer Embolie verstorben war. Die ermittelnden Behörden hät- ten die Akte mit dem Vermerk Natürlicher Tod geschlossen; der Kunstfehler des übereifrigen Jungarztes wurde amtlich, im Toten- schein wurde endgültig Embolie als Ursache eingetragen, und eine ganze Stadt fiel vor der Witwe auf die Knie.

35

Willem bezog schließlich das Büro im Spitzgiebel und verbrachte Zeit damit, es gemütlich einzurichten. Barbaras Linie aus dunklem Holz und gefrostetem Glas hatte er verweigert und statt dessen auf massive, zeitlose Stücke gesetzt – Schreibtisch, Bücherschrank, und auch für Sofa und Tisch hatte er seine Vorstellungen entwikkelt. Die in der Decke versenkten Strahler ließ er entfernen und durch die alten Milchglaskugeln ersetzen.

Er verbrachte einen Teil der Tage in Antiquitätenläden oder telefonierte auf Kleinanzeigen; im Sperrmüll entdeckte er einen Kontorstuhl und eine Scherenleuchte und war erstaunt, welche Begeisterung die im Grunde banalen Gebrauchsgegenstände in ihm auslösen konnten, und während er die Dinge auf den Spitzgiebel trug, wuchs ihm dort ein Gefühl von Geborgenheit.

Wenn Barbara meinte, er verbringe zuviel Zeit im Spitzgiebel, gelang es ihm meist, ihre eigentlichen Absichten mit ein paar entrückenden Worten zu zerstreuen. Und wenn die Mutter mäkelte, berief er sich auf sein defektes Erbe und schnitt jede weitere Diskussion glattweg ab. Tatsächlich aber hielt die Mutter sich mit ihren Mäkeleien zurück, und jedesmal wenn Willem etwas nach oben trug, das mit ihrem Verständnis von Arbeit absolut nichts zu tun hatte – einen Karton mit Schallplatten beispielsweise oder ein Bild –, erwartete er ihre Vorwürfe von Entartung und dadaistischem Erbe. Doch meistens blieb sie ruhig und konnte erscheinen, als kriegte sie von seinen Aktionen nichts mit.

Willem war sich sicher, daß ihre erstaunliche Gelassenheit eng verbunden war mit dem großen Zeitungsbericht, und als er mit Barbara bei Hector Luna saß, sprach er das Thema an. Er nannte den Bericht eine grandiose Verzerrung der Vergangenheit und einen wunderbaren Zaubertrick, bei dem die wahren Eigenschaften seiner

Mutter hokuspokus verwandelt würden in ergreifende Menschlichkeit. Noch die letzten Spuren möglicher Zweifel seien nun schwarz auf weiß widerlegt, und ihre Wahrheit stünde nun wie ein Gesetz in die Welt geschlagen. Das, meinte Willem, mache sie glücklich. Auch wenn es aus seiner Sicht eine seltsame Art von Glück sei, glaube er doch, daß es ein Zustand sei, der seine Mutter zugänglich mache. Und so beschlossen sie, die festgefahrenen Gespräche zur Einstellung neuer Mitarbeiter wiederaufzunehmen. Man müsse eine gute Gelegenheit abwarten, meinte Willem, oder noch besser, solch eine Gelegenheit selbst erschaffen; dieses seltsame Glück einfangen und auf die eigenen Ziele ausrichten. Wobei klar war, daß nicht er, sondern Barbara das tun würde.

Die Tage darauf hatte Willem ein paar expressionistische Bilder aufgehängt; er hatte einen Plattenspieler und Boxen aufgestellt, und obwohl er Hector Luna nie etwas davon gesagt hatte, war der Mexikaner plötzlich im Spitzgiebel erschienen, hatte in seiner reservierten Art zum neuen Büro gratuliert und einen schönen Kandelaberkaktus übergeben. Willem war gerührt, und gemeinsam suchten sie nach einem Platz, wo der Kaktus sich wohl fühlen konnte.

Das Telefon klingelte, während er beobachtete, wie die Vormittagssonne eine Landschaft von Jawlensky erreichte. Noch aus dem Druck schienen die Farben mit Kraft zu leuchten, und er ahnte, wie der Lichtstrom den ganzen Spitzgiebel erfaßte.
Hallo, sagte er.
Mit wem spreche ich?
Er erkannte die hochgestochene Stimme auf Anhieb, und auch die Erinnerungen waren auf Anhieb da: die Verwirbelungen, die aus ihrem kupferblonden Haar mühelos in seine Tiefen geschlagen waren, ihre ganze Anziehung, die er noch hinter Abscheu und Boshaftigkeit verspürt hatte.
Ich bins, Patrizia. Was kann ich für dich tun.
Sie räusperte sich, und Willem ahnte, daß sie sich nur ungern von ihm duzen ließ.

Es geht um die Yacht. Explizit die Amphitrite. Ich möchte sie mit neuer Wäsche ausstatten. Von der Kombüse bis in die Koje vom Skipper. Der Name soll über einen Dreizack gebogen sein.
Wo ist das Problem, Patrizia?
Ich habe eine ausdrückliche Vorstellung davon, wie Schriftzug und Dreizack zu erscheinen haben.
Komm einfach vorbei. Und bring ein Muster mit.
Zudem möchte ich die Familienwappen sehen.
Trikolor, nichtwahr. Dafür könnte ich dir ein ganz außerordentliches Garn besorgen. Direkt von Roderick&Son, königlicher Tuchhändler. Kannst du gleich kommen?
Wie bitte?
Ich habe keine Zeit zu verschenken, Patrizia. Ich arbeite zielgerichtet und effizient. Zudem spornt mich Freude an, wenn ich die Vorstellungen einer so charmanten Frau verwirklichen kann.
Willem Kronhardt. Was soll das, bitte!
Durch ihre Empörung hörte er das Mädchen von früher. Er lächelte, und das Vormittagslicht holte aus Jawlenskys Landschaft einen kahlen Berg und ließ ihn violett erblühen.
Zuerst dachte er daran, ihr mit seiner sich stets verfeinernden Kunst aus den Kellerbarzeiten das Gefühl von Überlegenheit zu geben. Doch dann machte er es anders. Ich verfolge die Serie zur bremischen Geschichte, sagte er. Die Berichte zu Silberwaren und Bankhaus haben mir gefallen. Wie gehts Ferdinand?
Er ist die Tage über Macao in New York.
Davon habe ich gelesen. Aber wärs umgekehrt nicht besser?
Wie bitte?
Wegen der Zeitverschiebung. So was ist für mich ein Faktor, wenn ich zielgerichtet und effizient arbeite. Also. Wann darf ich mit dir rechnen, Patrizia?
Er hörte ihren Atem. Ferne Geräusche wie aus einer Halle. Dann: Hier im Haus möchte ich neue Tischtücher. Mit Doppelwappen. Lassen sich Muster von diesem königlichen Tuchhändler besorgen?
Sind bereits im Haus.
Na schön. Und nach einer Pause sagte sie: Ich komme gegen halb drei.

Willem schnalzte mit der Zunge. Das ist mir zu spät. Jetzt. Ansonsten morgen vormittag.

Ihr Atem stieß gegen die Muschel. Dann sagte sie, na schön.

Wann?

Morgen um elf.

Er trug den Termin in seinen Kalender, und als er pünktlich zum Mittag Feierabend machte, hatte er das Gespräch mit Patrizia von Kattenesch-Lasalle schon wieder vergessen.

Bald schlenderte er über den Marktplatz, sah ein paar Tauben um den Roland zuckeln, und dann holte er eine vorbestellte Fachzeitschrift aus dem Buchhandel ab. In einer Bürgerküche ließ er Hecht mit Kartoffeln kommen, dazu einen Silvaner. Nachmittags lag er auf dem Sofa und las.

Ein Artikel fesselte ihn besonders. Anscheinend war bei Ausgrabungen im Kaukasus der gut erhaltene Schädel eines Frühmenschen gefunden worden, und anscheinend handelte es sich dabei um eine Art, die Afrika erst vor einer Million Jahre verlassen hatte. Das Fesselnde war, daß die Russen diesen Schädel auf mindestens 1,75 Millionen taxiert hatten und somit ein mächtiges Loch in der Entwicklungsgeschichte der Menschheit aufrissen. Die Angaben galten als nicht gesichert; da aber der Fundort des seltsamen Schädels in Georgien lag, wurde er der Georgische Schädel genannt, und die Redaktion versprach, trotz des Eisernen Vorhangs wissenschaftlichen Kontakt aufzunehmen und den Leser über neue Erkenntnisse informiert zu halten.

In Gedanken blieb Willem noch den ganzen Tag bei dem Georgischen Schädel und freute sich an der Vorstellung, daß nichts so sein mußte, wie es schien.

Am nächsten Tag wartete Willem eine halbe Stunde; dann entschied er, daß Patrizia ihn versetzt hatte und er keine weitere Zeit mehr auf sie verschwenden würde. Erst zum Nachmittag hin hörte er, was geschehen war.

Ein Kommando Ahab bekannte sich. Sie waren der Limousine mit einem Motorrad gefolgt, hatten sie in einem Kreisel überholt und sie dann an der nächsten Ampel erwartet. Die Fahrbahn war doppelspurig, und sie standen mit dem Motorrad links, als die Limousine bis zur Ampel vorrollte. Dem Chauffeur hatten sie eine Kugel in den Kopf gejagt, die restliche Salve in die Frau.

Willem war erschüttert.

Dabei hatten die Terroristen es auf den Alten abgesehen – in einem voreiligen Bekennerschreiben begründeten sie noch, warum der Kapital- und Waffenlobbyist Alfred Lasalle hingerichtet werden müsse.

Doch der Bankdirektor blieb am Leben; seine Schwiegertochter hatte einen unverhofften Termin zwischengeschoben, und so war er entgegen seiner Absicht noch im Haus geblieben. Und Willem war erschüttert und raufte sich die Haare; was für eine Verkettung, meinte er, und als sie abends bei Hector Luna saßen, gelang es ihm nicht, die Sichtweisen der anderen einzunehmen. Er kam sich vor wie ein Glied in dieser schicksalhaften Verkettung – eine brutale Vernichtung, meinte er, die jenseits seiner Vorstellung vom Menschsein läge, und er weinte. Barbara brachte ihn bald nach Hause.

Sein Kopf lag in ihrem Schoß.

Man kann nichts machen gegen solche Fährnisse, sagte sie.

Patrizia wollte schon gestern kommen. Um halb drei. Ich hätte sie kommen lassen können.

Und dann wäre sie von einem herabfallenden Ziegel erschlagen worden.

Meinst du?

Es geht darum, daß du dir nichts vorzuwerfen hast.

Ich weiß es nicht, Barbara.

Wann hattest du gestern Feierabend?

Gegen halb eins.

Und was hast du dann gemacht?

Ich habe gegessen. Ich war im Buchladen, und später habe ich auf dem Sofa einen Bericht über den Georgischen Schädel gelesen.

Hast du gut gegessen?

Ja.

Und auf dem Sofa hast du dich wohl gefühlt?

Ja.

Barbara drückte ihn. Du hast dir nichts vorzuwerfen. Es ist so ähnlich wie damals, als mein Vater und ich beinah von dem Steinbock erschlagen worden wären. Mein Vater hatte alles gut gemacht, und wenn der Steinbock uns tatsächlich erschlagen hätte, hätte das nichts daran geändert. Man kann nichts machen gegen solche Fährnisse.

Willem war überrascht, als einige Tage später die Polizei im Spitzgiebel erschien. Die Männer trugen Zivil und gaben sich unverfänglich und freundlich. Doch Willem ahnte, wie das ganze Spektrum menschlicher Abgründe und Winkelzüge sie durchsickert hatte und wie sie ihn so belauerten.

Yachtwäsche also? fragten die Kommissare. Und die Frau von Kattenesch-Lasalle sei doch eine alte Schulkameradin? Und ob da mal was gewesen wäre zwischen ihr und Willem? Und unvermittelt machten die Kommissare einen Schwenk, holten plötzlich Gisela und den Feldwebelmord hervor, rückten Willem in Giselas Dunstkreis, und sie wußten auch, wann er über den Transit gefahren war.

Willems Antworten waren unverwässert und höflich; und es gefiel ihm nicht, wie der Apparat, den die Kommissare verkörperten, ständig Informationen beschaffte, sammelte und mehr noch: ihn geisterhaft durchleuchtete. Und er gab ganz offen zu verstehen, daß er von den Kommissaren nichts zu befürchten hatte. Im übrigen, meinte er, seien die Herren nicht die ersten, die versuchten, etwas aus ihm herauszuholen, was er nicht erbringen könne. Und auch wenn er jünger sei als sie, habe er durchaus ein Quantum an Lebenserfahrung vorzuweisen; vor allem aber wisse er, wie man sich den Blick freihielte gegen die fanatischen Überzeugungen der anderen. Egal, ob sie für den Staat agierten oder aus dem Untergrund heraus. Und wer hinter dem Ahab-Kommando stecke, wisse er nicht.

Für die Mutter war klar, daß Willem den roten Teufeln Schützenhilfe geleistet hatte. Aus seiner Gammlermentalität und dem debilen Erscheinungsbild heraus, meinte sie, treibe er seit jeher einen Keil nicht nur in die Tugend der eigenen Familie, sondern in deutsche Grundfesten an sich, und daß ihm früher oder später die Polizei im Nacken sitzen würde, sei zwangsläufig. Und schlimmer, von Kattenesch-Lasalle würde noch leben, wenn Willem bei aller Ehrlosigkeit wenigstens ein bißchen Disziplin gezeigt und sie zu dem Zeitpunkt empfangen hätte, den sie gewünscht habe.

Nun, sagte sie, es ist, wie es ist. Und daß sie alle Hoffnung auf ihn aufgegeben habe. Und auch, daß er fortan mit von Kattenesch-Lasalle verbunden bleibe; doch wie er mit dieser Bürde leben wolle, sei nicht ihre Sache. Immerhin sei der Bankdirektor – wohlgemerkt, bei aller Verbitterung – zuletzt doch geneigt, die aus Vertrauen und Verläßlichkeit gewachsene Geschäftsbeziehung aufrechtzuerhalten.

Willem saß da und betrachtete seine Mutter mit einer seltsam milden Neugier. Barbara war beeindruckt von seiner Ruhe, und sie drückte seine Hand.

Die Beisetzung in der Familiengruft war ein groß geladener Akt, das hatte sich die Silberdynastie nicht nehmen lassen. Mit Reden aus dem Pantheon und einer durchdringenden Weltanschauung, die alle Mittel gegen die Staatsfeinde legalisierte; mit Waldhörnern und Salutschüssen und hinter der abgeriegelten Zone mit den Teleobjektiven der Boulevardpresse, die noch die Tränen der Kinder einfingen.

Für alle, die nicht geladen waren, mußte Patrizia von Katteneschs Leben etwas gewesen sein, das jenseits ihrer Faßbarkeit lag, und noch die maßgeschneiderten Anzüge, noch die Visagistenkunst hinterm Schleierstoff und der Zug der Limousinen erschufen eine Welt, in der aus profanem Alltag heraus dieser Tod wie eine Auslese erschien.

Willem und Barbara standen an der Peripherie; auch die Kommissare waren da, und mit dem Trauerflor am Ärmel und ihrer unverfänglichen Art wirkten sie wie Komparsen in einem monumentalen Stück. Doch in Wirklichkeit belauerten sie alles und jeden, und Willem war erstaunt, wie unauffällig sie mit Walkie-talkie und Feldstecher umgingen. Später, als sich die Reihen zur Kondolenz formierten, schlenderten sie mit den Händen hinterm Rücken bis an Willems Seite. Sie nickten Barbara zu, und zu Willem sagten sie, er sei durchs Raster gefallen.

Ich stehe nicht mehr unter Verdacht?

Nein.

Und ich kann nichts dagegen tun?

Warten Sie einfach ab. Ruckzuck werden neue Gesetze erschaffen, und schon wird auch das Raster nachgestrafft.

Das heißt, aus Sicht des Gesetzes kommen solche Anschläge gerade recht. Und wo ich mich heute im legalen Raum bewege, bleibe ich morgen im Raster hängen.

Die Kommissare sagten nichts dazu, verneigten sich vor dem offenen Grab und hielten dann auf den vorderen Friedhofsteil zu. Der Fahrer war bereits beerdigt worden, und Willem sah, wie sie sich auch vor seinem Grab verneigten.

Als Willem am Grubenrand stand, war der Sarg nicht mehr zu sehen. Patrizia schien rote Gladiolen und weißen Flieder gemocht zu haben, und Willem fand es seltsam, daß diese Leute zu jeder Jahreszeit alles parat haben konnten.

Dann sah er Patrizia aus der Tiefe der Blüten bis vor sein inneres Auge aufsteigen; er spürte, wie die Bilder friedlich in ihm verwirbelten.

Erst als er Ferdinand Lasalle kondolierte, kamen ihm die Tränen. Es war eine kurze Begegnung, in der sich für Willem das unglaubliche Dasein offenbarte. Wie sie beide auf dem Gipfel der Zeit standen, beide mit ihrer Vergangenheit.

Zu Hause trank er Whisky, hörte Schostakowitsch und stellte sich die Auflösung einer wunderbaren und einzigartigen Ordnung vor. Chaos, in dem alle Bündelung zum Ich zerstreute; Materie, freigesetzt für Neuorganisation.

Noch einmal spürte er die kupferblonden Verwirbelungen; sanfte

Schönheit, eine rotierende Spiralgalaxis. Er weinte, er lächelte, und die Verwirbelungen in seinem Herzen schienen nun größer als der Tod; eine Perle, die einen Ozean beruhigt.

Einige Zeit nach Patrizias Beerdigung saß Barbara im Büro ihrer Schwiegermutter.
Daß du Willem für ihren Tod verantwortlich machst, ist nicht schön.
Und die Alte lachte laut dagegen. Soll ich mich für die Wahrheit schämen?
Du solltest dich schämen, ja.
Für ihn, ja!
Was tust du deinem Sohn an?
Ich? Ihm? Und sie lachte wieder.
Du bist seine Mutter.
Ich habe ihm sein Leben geschenkt. Ich habe ihm alles gegeben, damit er daraus etwas macht. Und wie dankt er es mir? Dann nahm sie Barbaras Hand. Mal ehrlich, Kindchen: Ohne dich wäre er doch längst zu einem dieser langhaarigen Elternmörder verkommen.
Was glaubst du, wie er sich fühlt, wenn er das hört?
Und ich? Wie eine Mutter sich fühlt, wenn das Kind auf alle Liebesmühe spuckt.
Du bist ungerecht.
Schickt er dich vor, um mir das zu sagen?
Das hat er nicht nötig. Außerdem hat er ein viel zu großes Herz.
Und die Alte lachte erneut.
Als Barbara sich ans Fenster stellte, sprang die Alte plötzlich auf. Deine elende Sucht, rief sie. Ein bißchen Mundspray oder eine Pastille danach wären das mindeste. Doch was! Barbara stoße ihren verrauchten Atem, als ob sie alle Wahrheit dahinter verschleiern könne. Und dazu diese verdammten Strategiepapiere, rief sie. Hier eine Zukunftstechnologie, da eine Vision vom globalen Markt; hier neue Mitarbeiter, da eine Vernetzung verborgener Zusammenhänge – Hokuspokus. Oh, wie sie dieses Parvenügeschwätz satt hätte! Und wie Barbara damit die Realität verschleiere – alles, um der Welt vorzumachen, was für eine grandiose Frau sie sei; alles

eine grandiose Lüge gegen die Welt und gegen sich selber. Nichtwahr, wenn Barbara ihre Energien in solche Trugbilder investiere,
müsse der Blick für die Realität ja abhanden kommen.

Von Boom keine Spur, bellte die Alte. Statt dessen Explosion und
Desaster an allen Ecken und Enden. Da würden auch keine auf-
gedonnerten Prognosen mehr helfen, und die Wirklichkeit sehe
so aus, daß es nie eine Zeit geben würde, in der Barbaras hoch-
trabende Pläne funktionieren könnten. Nie, nie, nie, und Neubau
und Umstrukturierung seien von Anfang an falsch gewesen, ganz
gleich, was ein Bankdirektor oder Meyer-Lansky dazu gesagt hätten. Vielmehr sei jetzt klar, daß Barbara zuletzt noch diese anständigen Männer übertölpelt habe – nichtwahr: wie sie es mit ihrem
feinen Händchen bei der Toilette verstanden habe, den männlichen Erwartungen zu entsprechen. Pfui! Und so stand die Alte
über Barbara.

Der Rauch wurde von der kühlen Luft angesaugt und stieg gebündelt gegen einen weißen Himmel. Barbara blieb am Fenster,
stumm, mit fernem Blick, und als sie die Zigarette ausgedrückt
hatte, zündete sie eine neue an. Willem, sagte sie dann. Er macht
sich Sorgen um dich.

Willem?

Dein Sohn.

Sorgen! Die Alte lachte. Als ob ihr davon wüßtet. Ihr habt alles,
und von allem zuviel. Aber niemals Sorgen.

Barbara zog die Stirn in Falten.

Und die Alte bullerte weiter. Ich kenne andere Zeiten. Und da
habe ich Menschen gesehen, die mit zuviel nicht umgehen konnten: zu viele Bomben, zu viele Tote und zuviel Hunger haben sie
untauglich gemacht für die Volksgemeinschaft, und Gnade, mein
Kind, konnte sich damals niemand leisten.

Was glaubten die jungen Menschen heutzutage eigentlich? Daß so
ein bißchen Tempo in der Volkswirtschaft, daß neue Technologie
oder Informationsverarbeitung die Alten beeindrucke? Daß eine
Telefonleitung nach Amerika oder sonstwo genüge, um die Alten
auf der Strecke zu lassen? Mein liebes Kind! Wer damals nicht auf
der Strecke geblieben ist, dem kann das bißchen Fortschritt heut-

zutage nichts anhaben. Wenn damals eine Fliegerstaffel auftauchte, verdichteten sich Tempo und Technologie mit so brutaler Rasanz, wie es heute nicht mehr vorstellbar ist. Heute, wo sie für alles erst ein Strategiepapier entwerfen müssen!

Barbara hatte das Fenster geschlossen. Sie saß der Alten jetzt gegenüber und sprach ihr Mitgefühl aus. Jene ungeheuerlichen Zeiten, meinte sie, in denen aber auch nichts mehr habe erschüttern können. In denen noch die grundlegendsten Fähigkeiten auf der Strecke geblieben wären, beispielsweise Einfühlungsvermögen oder Anteilnahme, und sie sei tief davon überzeugt, daß es für die Menschlichkeit an sich nötig sei, erschütterbar zu bleiben. Wenn man verhärte, meinte sie, werde man untauglich für die steten Anforderungen des Lebens, und es sei eine Sache, die richtige Entscheidung zu treffen, wenn plötzlich Bomben vom Himmel fielen. Eine andere Sache aber sei es, die Dimensionen einer neuen Zeit zu begreifen und erfolgreich umzusetzen, und Barbara glaube, daß so etwas nur generationenübergreifend funktionieren könne.
Und bei allem Respekt gegenüber den Erfahrungen der Alten halte sie es für eine gemeinsame Zukunft unabdingbar, daß einerseits die Jungen die ungeheuerliche Vergangenheit der Alten nicht ignorieren dürften, sie andererseits aber ein Recht darauf hätten, sich den Anforderungen ihrer eigenen Gegenwart genauso zu stellen wie seinerzeit die Alten. Und sie sei ein Kind dieser Gegenwart, sagte sie. Sie könne in die neuen Dimensionen hochschalten und sei jederzeit bereit, notwendige Entscheidungen zu treffen. Sie sei reingewachsen in die Zeiten, so daß sie nicht erst Erstarrtes mühsam aufbrechen und erschütterbares Gespür wieder entwickeln müsse.
Die Alte hockte da, starrte.
Und mal abgesehen von der Bombentechnologie der Nazizeit. Da wären die Alten doch noch geprägt von vergleichbar langsamen Jahrzehnten. Vom Pantographen zum elektronischen Antrieb bis zur Mehrkopf mit Lochbandsteuerung – meine Güte, das sei ein Prozeß gewesen, der sich über Generationen hingezogen habe. Das sei eine Geradlinigkeit gewesen mit sehr moderatem Tempo. Da hätten die Maschinen noch ihr immer gleiches Stakkato gespuckt

in einem immer gleichen Rhythmus der Jahrestage. Da habe noch alles unter einem Dach gesteckt, eine eingefleischte Atmosphäre mit Stickmeister, Arbeiterinnen und Kundschaft; vertraute Wege, vertraute Gerüche, die Rolladenschränke, die schmalen Gänge zwischen den Maschinen, eine verkapselte Nostalgie.

Die nun mit einem Mal aufreiße, als zöge eine neue Bomberstaffel darüber hinweg. Oder nicht? Das neue Jahrzehnt offenbare bisher unbekannte Rasanz und Dynamik, alles werde schneller, internationaler, komplexer. Neue Strukturen, Märkte und Technologien, die in immer kürzeren Intervallen nach Anpassung verlangten. Zeiten, in denen sich auch jener Bombeninstinkt der Alten neu anpassen müsse. Die Welt steuere zu auf eine neue Revolution; die Schaltkreise zur inneren Logik des Computers verkleinerten sich mit enormer Rasanz und lieferten ebenso eine Potenzierung der Leistungsfähigkeit; bald würden heutige Großrechner das Format eines Koffers haben, bald würden Firmen sich über Minicomputer vernetzen und Kartelle bilden, und irgendwann müsse sich auch das Denken an eine neu gestaltete Welt anpassen – eine Fähigkeit, die jeder neuen Generation besser gelinge als einer alten, und so, meinte Barbara, sei ganz klar, daß sie auf den Mikrochip setzen müßten. Der Mikrochip würde sie unabhängig machen, sie könnten die Maschinen selber programmieren und hätten nicht mehr diesen ganzen Rattenschwanz der Lochbandproduzenten. Es sei jetzt Zeit, die neue Epoche anzugehen, damit sie in Zukunft nicht hinterherhinkten. Jetzt müsse investigiert und investiert werden. Es sei jetzt ebenfalls die Zeit, sich Gedanken über neue Mitarbeiter zu machen und die gewünschten Profile gemeinsam zuzuspitzen. Verdammt, sagte Barbara. Und nicht immer diese nostalgischen Blockaden.

Die Alte blieb erstaunlich ruhig. Aus ihrem spaltigen Mund brach ein Lächeln, sie nahm schließlich Barbaras Hand und sagte, laß uns noch etwas warten, mein Kind.

36

Ein halbes Jahr später gingen Barbara und Inéz auf Geschäftsreise. Zu Beginn waren ein paar Abstecher geplant, zum alten Roderick und zu einer Handvoll Webereien in Irland und Italien, und zuletzt der Besuch einer internationalen Messe in Athen.

Willem begleitete sie zum Flughafen, und als sie dann noch in der kleinen Bar saßen, mit Blick auf die Startbahn, kamen sie nicht an der IRA oder den Roten Brigaden vorbei. Auch Camorra oder N'drangheta, meinten sie; und Griechenland wäre eine so junge Republik, daß man die Netzwerke der alten Diktatur ebenso voraussetzen müsse wie moskautreue Fanatiker.

So entwickelten sie einen Realismus, während draußen eine SAS-Maschine Richtung Stockholm abhob. Und sie waren einig, daß vor allem jener Anschlag in ihrer unmittelbaren Nähe ihre Gedanken in diese Richtung schärfte. Was aber nicht hieß, daß mit dem bloßen Gedanken daran automatisch die Wahrscheinlichkeit stieg, zum zufälligen Opfer zu werden. Ebenso hielten sie es für unwahrscheinlich, daß irgendein Kommando nur deshalb zuschlug, weil man ausgerechnet heute in Florenz war oder morgen in Athen. Wenn man so dachte, meinten sie, war jedes Naseputzen, war jeder Handgriff gefährlich, und noch wenn man sich in eine Höhle verkroch, blieb man vor den Konsequenzen solcher Gedanken nicht sicher. Wo immer man sich befinde, egal, ob in Aktion oder Stillstand, niemals, meinten sie, wisse man genug über die Anfangsbedingungen, und so könne jeder Pilot ein verkappter Terrorist oder einfach nur lebensmüde sein, und eine Höhle könne von einem Erdbeben zerrissen werden; ebenso könne man selber durch eine Alltäglichkeit die Entwicklung hin zu einer Katastrophe in Gang setzen, woraus sie zuletzt den Schluß zogen, daß man nichts gegen solche Fährnisse machen konnte.

So hatten sie noch in der kleinen Flughafenbar gesessen, und während die Abfertigung bereits über Lautsprecher ausgerufen wurde, hatte Willem sein Glas erhoben und gemeint, daß den Frauen gar nichts anderes übrigbliebe: Sie müßten jederzeit so handeln, als wäre es eine letzte Tat. Ganz im Sinne von Barbaras Vater, und als die Frauen dann auf die Abfertigungsschleuse zuhielten, kehrte Barbara noch einmal um und küßte ihn.

Er stand auf der Aussichtsplattform und winkte, während die Maschine gegen den Himmel donnerte.

Am Morgen vor ihrer Rückkehr klaffte ein Hochdruckgebiet auseinander, und am Vormittag verblieb über Nord- und Ostsee eine Art Vakuum, das zum Mittag hin ein mächtiges Biskayatief ansaugte.

Willem trug einen Seemannspullover unter dem Jackett, und sein Schal flatterte auf der Aussicht. Die Windsäcke standen stramm, zwei Anflüge waren bereits abgesagt. Die Maschine aus Athen jedoch sollte landen, auf der Anzeigetafel hatten die schwarzen Plättchen gerattert und die voraussichtliche Verspätung zuletzt mit fünfzig Minuten angegeben. Seitdem war mehr als eine Stunde vergangen, und er hatte zwei Whisky getrunken. Die Sonne war weiß, der Himmel spulte wie ein Endlosband, Windstärke 9, meinte er, vielleicht auch mehr, und er erinnerte sich an die Beaufortskala, die er täglich in Duhnen gelesen hatte. Am Rande des Rollfelds sah er, wie die Gräser sich unter den Böen legten, und die Stöße waren lauter als die anlandende Maschine. Ihre aufgerichtete Nase erschien plötzlich, zog den langen Leib bis zu den Tragflächen, und Willem konnte sehen, wie der Wind griff; wie die Maschine trudelte, während das weiße Sonnenlicht jetzt das Heck erfaßte und von den klappenden Steuerrudern reflektierte. Einmal schien es, als wollte der Pilot wieder durchziehen, doch dann kippte die Maschine, die Hinterräder heulten gegen den Sturm, Gummi verrauchte, und zuletzt fiel die Nase abwärts, und die Vorderräder setzten auf.

Ein alter Mann, der neben Willem am Geländer stand, brüllte. Er trug seinen Hut fest auf den Schädel gezogen, dann schüttelte er überschwenglich Willems Hände. Ein Husarenstück, brüllte er.

Willem war überrascht, wie gelassen die Frauen schienen. Sie seien bei frühlingshaften Temperaturen gestartet und hätten vom Balkan bis an die Adria Sonne gehabt. Erst als westwärts die Alpen aufgestiegen seien, wäre die Maschine zwei-, dreimal abgesackt. Danach wären die Signale für Rauchverbot und Sicherheitsgurt gegeben worden, aber an Bord hätten sie nicht das Gefühl gehabt, in Gefahr zu sein.

Hector Luna hatte Artischockenherzen auf der Tafel stehen und Fisch à la Veracruzana, und als sie abends in der Nische saßen, erschien die Geschäftsreise als etwas Wunderbares. Als wären ihre Absichten von Anfang an so offensichtlich gewesen, daß sie weitere Entwicklungen mühelos lenkten. Als könnten die Frauen die Dinge geschehen machen, als wäre Unvorhersehbarkeit nichts und von Mafia oder diktatorischen Netzwerken keine Spur. Und noch wenn die Frauen von fahrenden Kesselflickern erzählten, von da Vincis Abendmahl oder der Akropolis, flimmerte hinter diesen Bildern das Zusammenwirken ihrer Kräfte, und nicht mal so ein plötzlicher Sturm schien ihren gemeinsamen Schwung durcheinanderzubringen.

Willem trank einen ausgezeichneten Ribera del Duero zum Essen, und aus ihren Worten heraus sah er die Dinge klar vor seinen Augen. In Mailand den Tuchhändler Visconti; ein eleganter Herr mit parfümiertem Schnauzer, der hinter seiner feisten Art beinah hündische Reflexe gegenüber Barbara entwickelte, während Inéz daneben saß, ein schönes Gesicht machte und den Italiener mit ihren Fledermaussinnen sezierte. So sah Willem die Frauen vor sich; Maniküre, Ausschnitt, Parfüm; die ganze Raffinesse, die beide in gemeinsamer Wirkung vollenden konnten. Barbara mit offenem Wesen und großen, weichen Lippen, hinter denen die Zahnreihen hervorkamen; die stille Spanierin auf exotische Art anziehend, und er meinte, daß die beiden ihre unterschiedlichen Fähigkeiten koppeln konnten. Daß noch Geistes- und Sinnerfahrungen sich so auf ein gemeinsames Ziel verstärkten.

Auf der Messe in Athen hatten sie dann einen unglaublichen Mann aus Fernost kennengelernt. Ein Pionier der mikrochipgesteuerten

Maschinentechnik, und Willem konnte sehen, wie plötzlich die Spanierin in den Vordergrund trat. Wie sie mit ihren ausgeprägten Sinnen Fremdheit und Tiefe dieses Mannes auslotete und bald jedem Lächeln und jeder Verbeugung auf eine so einnehmende Art zuvorkam, daß er Vertrauen zu ihr entwickelte. Und es paßte in Willems Vorstellung, daß dieser Mann aus seinem pionierhaften Mikrokosmos heraus wenig welterfahren war; daß sein Denken und sein Wesen in sich endlos verfeinernden Quanten rotierten und er somit für die grobstofflichen Anforderungen einen Assistenten benötigte – ein Mensch, meinte Willem, dem Inéz sicher mit einer Verbeugung und einem Lächeln entgegengetreten sei, bevor sie Barbara herangewinkt hätte, damit die beiden sich über Fakten und Zahlen austauschen konnten.

Nach der Messe hatten Barbara und Inéz die Akropolis besucht, und auch die Vorstellungen, die Willem hierzu entwickelte, offenbarten ihm die erstaunlichen Fähigkeiten der Frauen. Wo andere nur einen wohlverdienten Ausspann sehen mochten, womöglich noch einen Streifzug durch den Schoß des Abendlandes, um die eigene Leistung zu betten in die Leistungsgeschichte der Menschheit; wo andere nur das Schlendern unter der Sonne von Attika sehen mochten, womöglich einen Baedeker zur Hand, um Wissenswertes zur dorischen, ionischen oder korinthischen Säulenordnung nachzulesen oder Basis, Kanneluren und Kapitell im Original zu erfassen, konnte Willem erkennen, wie die Frauen jederzeit in der Lage waren, sich so anzupassen, daß die Ausrichtung auf ihr Ziel optimal blieb. Und so begegneten sie auf der Akropolis einem Griechen und verknüpften mühelos eine harmlose Plauderei mit handfestem Geschäft.

Sicher, diese Begegnung war nicht frei von zufälligen Elementen, doch Willem unterstellte den Frauen eine gewisse Anziehung, eine Fähigkeit zu gestaltgebender Kraft, und aus dieser Sicht entwickelte er seine inneren Bilder.

So konnte er Barbara sehen, mit Sonnenbrille und einem Tuch im Haar; eine Strähne, womöglich vom warmen Wind erfaßt, und Eidechsen, die im gleißenden Marmorlicht weghuschten. Konnte sehen, wie sie im Schatten eines Architraven stand, eine Zigarette zwischen den Lippen nach Feuer suchte, und wie dann – zufällig oder nicht – der Grieche auftauchte. Wie sie die Flamme aus seiner Hand nahm, wie die Blicke sich trafen und man beim Rauch ins Plaudern kam. Ein bißchen Athena, Parthenon oder Propyläen, ein bißchen Wetter oder Weltpolitik, und so saßen sie zu dritt im Schatten des Architraven. Spürten die Wucht menschlicher Geschichte, spürten die Bündelung im Hier und Jetzt, und der Grieche fühlte sich wohl zwischen den Frauen und war ein offener Mensch. Er hatte in Zeiten der Diktatur als Decksjunge angefangen, und sein erster Dampfer hieß Uranos. Auf dem Meer hatte er auf Anhieb eine Freiheit verspürt und sich bald wie ein Bruder des aus Himmel und Erde geborenen Ozeans gefühlt. Und so hatte er sich zum Matrosen hochgearbeitet, zum Steuermann, und hatte zuletzt sein Kapitänspatent erworben. Er war nur selten von Bord gegangen; er hatte Angst, die Freiheit in sich zu verlieren, und an Land beschnitt Papadopoulos alle Weite.

Als sich die Gerüchte über den Sturz des Diktators jedoch verdichteten, lief er in Piräus ein. Er besuchte die Kafenions am Hafen, diskutierte die demokratischen Ideen, zitierte die Sokratiker, zitierte Perikles, und er pilgerte an den Ort, an dem einst Epikurs Garten gelegen hatte. Dann bekam er Mein Leben und Werk von Henry Ford in die Hände, und als Papadopoulos tatsächlich gestürzt und schließlich verhaftet wurde, kaufte er ein halbwegs flottes Fährschiff und machte sich selbständig. Er taufte es Gaia, nach der Mutter des Ozeans, und verkehrte zwischen den Inseln. Das Vertrauen, das er aus dem Meer herausziehen konnte, blieb verläßlich, und er traf stets die richtigen Entscheidungen. Bald durchzog er mit zwei Fährschiffen die Kykladen, bald war er Eigner einer festen Flotte. Er hatte Visionen, keine Frage. Seemännische Visionen, wie sie sich aus dem Blick in die Ferne enthüllten; aber auch jene Visionen, die neuerdings über den Tischen der Kafenions entstanden: einfallende Touristen wie an Gardasee oder Adria, und inzwischen war der Kykladenreeder dabei, sich ein Monopol aufzubauen. Er konnte etwas anfangen mit Emblem, mit Banner und Identifikation, und als er mit Barbara und Inéz im Schatten des Architraven plauderte, ergab sich der Auftrag an die Maschinenstickerei schließlich wie von selbst.

So entwickelte Willem aus den Worten der Frauen heraus seine Vorstellungen. Die Artischockenherzen und der Fisch schmeckten ausgezeichnet, der Wein war eine Spezialreserva, und zum Dessert brachte Hector Luna gebratene Bananen in einer Schokoladen-Rum-Soße.

Sie verließen die Restaurant-Bar, als die obligaten Besucher aus dem nahe gelegenen Theater einfielen.

Der Sturm hatte sich gelegt, der milchige Himmel war aufgeklart, und aus der Nacht brannten die Sterne. Straßenbahnen zogen unter dem Mond, und manchmal brachte das Silberlicht Auskehlungen auf die Hauswände wie auf einer Marmorsäule. Sie zogen vorbei an der alten Osterwache, am Atelier eines Bildhauers, und vor der Kunsthalle querten sie abwärts zu den Wallanlagen. Von den Gräben stieg Geflatter, und die Parkbäume waren alt und hatten Mond und Sterne im Geäst; eine wunderbare Stille, ein Bild wie ewiges Jetzt, und hinter der ersten Brücke säumten alte Bürgerhäuser eine schmale Allee. Dort verabschiedeten sie sich, Inéz winkte noch einmal aus einem Ligusterbogen, und bald stieg sie im gedämpften Licht aufwärts, bald stieg gedämpftes Licht aus ihrer Wohnung.

Barbara lag bereits im Bett, und im Faltenwurf der Laken erschien ihm ihr Körper wie aus der Antike herausgeschnitten; die helle Haut, das ausgegossene Haar, und im Schummerlicht lösten Raum und Zeit sich auf. Er schlüpfte zu ihr, bald spürten sie den gemeinsamen Atem, ein Gefühl, flüsterte er in ihr Ohr, wie eine Perlenschnur in die Seele, und sie ließ sich von ihm halten, ließ aus dieser Kraft Ideen bis ins Leben durchdringen.

Wenn Barbara Entwicklungsmöglichkeiten voraussehen konnte, mußte sie es auch verstehen, aus einem Geflecht von Beziehungen jederzeit die Fäden herauszulösen, die in Zukunft einen Strang bilden konnten.

Schon wenige Tage später brachte Willem sie erneut zum Flughafen. Roderick hatte demnächst Geburtstag; sein Sohn würde zum Tee aus der Elementarteilchenphysik vorbeischauen, und zum Sonnenuntergang würden alte Freunde aus den Kolonialzeiten anklopfen, diskrete Männer, wie Roderick gesagt hatte, aus denen der Whisky eine verschollene Welt hervorbringen konnte.

Sie tranken einen Espresso in der kleinen Flughafenbar, und als die Maschine abhob, winkte Willem von der Aussicht.

Er ließ das Taxi in Marktplatznähe halten; Tauben zuckelten, und der Roland lächelte milde im Frühlingslicht. Er ging in die Buchhandlung, die Verkäuferin begrüßte ihn mit Namen und holte die vorbestellte Fachzeitschrift. Am Regal mit der Philosophie stand eine Frau, und Willem überlegte, ob die Literatur, für die eine Frau sich interessierte, ihre Anziehungskraft steigern konnte. Als er wieder in den Straßen war, entschied er, noch einen Kaffee zu trinken. Auf dem Marktplatz wurde bereits draußen serviert. Der Kellner war klassisch gekleidet, das Gedeck kam auf einem silbernen Tablett.

Willem hatte gehofft, Neuigkeiten über den Georgischen Schädel zu erfahren. Doch es gab nichts Neues; die von den Russen aufgestellten Eckdaten schienen nicht in Frage gestellt, der Schädel blieb 1,75 Millionen Jahre alt und gehörte weiter zu einer Art, die Afrika erst vor einer Million Jahre verlassen hatte, und niemand konnte das Loch von 750 000 Jahren in der Entwicklungsgeschichte der Menschheit erklären. Beziehungsweise, mußte Willem lesen, war es den westlichen Wissenschaftlern gar nicht erst gelungen, andere und somit neue Informationen zu erhalten. Und schlimmer, der erhoffte Kontakt zu den sowjetischen Kollegen schien nicht zustande zu kommen, und womöglich sollte der Schädel streng verschlossen hinterm Eisernen Vorhang gehalten werden. Was die Neugier natürlich um so mehr befeuerte.

Dann las er einen Bericht über die Voyager-Sonden. Sie hatten Jupiter passiert, und einige der Bilder, die sie zur Erde gefunkt hatten, waren abgebildet.

Später zog Willem durch die aufgewärmte Stadt und verspürte die heitere Frühlingsstimmung. Alles schien leicht und in frischen Farben; rings die Menschen zogen ohne Eile dahin, ein Mann im Krankenstuhl pfiff eine lustige Melodie, während seine Arme den großen Wagen über ein Gestänge wie ein Boxer antrieben. Als Willem in die Wallanlagen kam, leuchteten Osterglocken und Tulpen, und der Staub der Weidenkätzchen überzog die Hummeln; er entdeckte einen Star, bronzegrün unter der Sonne, und im Gleitflug sah er die weißen Tupfen. Gleich im ersten Blumengeschäft fand er rote Gladiolen. Er kaufte einen großen Strauß und zog weiter gegen den Rembertikreisel. Bei der Ampel, wo Patrizia erschossen worden war, hatten die Familien ein Kreuz auf einem Grünstreifen errichtet. Um das Kreuz herum lagen bereits Blumen, und Willem legte die Gladiolen dazu.

37

Zum Äquinoktium eröffneten die Frauen ihr Geschäft. Barbaras Name an der Fassade leuchtete unaufdringlich und weinrot, der Zug war einprägsam. Willem war damit groß geworden, den eigenen Namen in der Öffentlichkeit zu sehen; das weinrote Leuchten war etwas, was nichts mit ihren persönlichen Angelegenheiten zu tun hatte.

Innen hatte Barbara eine Wendeltreppe einbauen lassen, eine Verbindung vom Verkaufsraum hoch in ihr neues Büro. Vor allem die architektonische Strenge des Eisens brachte einen angenehmen Kontrast hervor zu dem feingemaserten und bernsteinfarben geölten Holz, und in den Kolonnaden erschienen Damenwäsche und Stoffballen diskret, obwohl die Fächer in Wirklichkeit Schätze enthielten.

Zwei Sessel plus Sofa waren direkt aus den Räumen von Roderick&Son eingeschifft worden und wirkten auf Anhieb so eingefleischt, als wären Generationen von Focke-Kunden in dem dicken Leder versunken. Der Tresen stand noch immer da wie ein Markstein; dahinter das ehemalige Arbeitszimmer mit Registratur und Kanonenofen war zum offenen Atelier umgewandelt. Auch hier erschienen die Spuren aus der königlichen Tuchhändlerlinie wunderbar eingefaßt; Schneiderpuppen und Standspiegel waren aus Edelholz, offenbarten ihre handgemachten Finessen jedoch auf eine Art, die alle Ansprüche des Ateliers wie nebenbei markierte.

Very well, sagte Roderick, als er zur Eröffnungsfeier dastand, und er griff Barbara mit einer Festigkeit, als wollte er seine Tränen abschnüren.

Hector Luna organisierte mit kleiner Mannschaft das Büfett; zudem hatte er drei Exilkubaner besorgt, die mit Congas, Balafon und Sänger an der Gitarre den Lauf der Frauen in entspannte Schwingungen verwandelten. Der Mexikaner brachte hinter der Musik und in seiner reservierten Art Etikette, Charme und Rassigkeit vollendet in den Shaker. Er verwandelte Damenwäsche und Tuchwaren in sündhaft leckere Mischungen und bemaß dabei jeden Gast mit einer solchen Feinheit, daß Prozente und Geschmack jederzeit wohltemperierte Spritzigkeit verbreiteten. Plaudern und Lachen waren von einer Eleganz, die geschmeidig in die Rhythmen der Kapelle perlte, und der alte Roderick war der erste, der sich packen ließ. In seiner steifen Art forderte er Barbara auf, und in seiner steifen Art tanzte er. Doch gerade darin lag das Feuer, und die Kubaner erkannten das schnell und gaben so dezent Gas, daß der alte Knabe in eine Bewegung geriet, die er selbst nicht für möglich gehalten hatte. Bald lockerte er die Krawatte, bald zog er sie ab, und Barbara warf das Haar zurück; ihre Zahnreihen leuchteten, und dann ließen sich auch die Gäste packen. Die Tanzpartner wechselten beinah fließend, sogar Inéz vergaß ihre sonst eher kontrollierte Art, und überall sprudelte Leichtigkeit hervor.

Auch Willem spürte die Rückkoppelungen aus kubanischer Musik und Hectors Shaker. Er plauderte, tanzte und war von einer Offenheit, die kaum noch an die Kellerbarzeiten von einst erinnerte. Und doch nahm er ein Anklingen an jene Zeiten wahr, als ihm plötzlich Karin unter den Gästen begegnete; nichtwahr, die Dressurreiterin und Olympionikin aus dem Rotenburgischen. Und so lachte Willem, trat mit einem gewissen Schwung in den Hüften auf Karin zu und gab seiner Stimmung noch extra Ausdruck, indem er einen Scherz über sich selber machte; über seine Ringe unter den Augen damals, über seinen Mangel an männlicher Urkraft, und dann wollte er wissen, ob es ihr gutgehe. Ob sie ihren Herrn Przewalski gefunden habe, was die Pferde machten und so weiter. Karin schien seine unbeschwerte Art zu gefallen, und so war jeder Anflug einer möglichen Verlegenheit auf Anhieb überbrückt. Sie ließen sich von Hector Luna etwas zubereiten, sie tanzten, und später nahm Willem ihr das Versprechen ab, bei Gelegenheit einmal in Barbaras Geschäft vorbeizuschauen.

Barbara hatte Wert darauf gelegt, Menschen aus unterschiedlichen Wirkungsbereichen zusammenzubringen und als gemeinsame Überordnung die Leidenschaft für Exklusives zu präsentieren. Tatsächlich war ihr die Eröffnungsfeier durchweg gelungen, und so war sie nicht überrascht, als die Dressurreiterin Karin Lund schon wenige Tage später im Geschäft erschien.

Sie kam nicht alleine und brachte noch drei Damen mit, unter denen vor allem Veronika von Zerbst Barbaras Aufmerksamkeit erregte. Frau von Zerbst war über vierzig, schön durch Geld und durch schöne Pferde zu Geld gekommen. Sie hatte weitverzweigte Verbindungen in die Welt der Hippologen, und so saßen die Damen in Rodericks gediegenem Leder. Barbara stellte Kaffee und Gebäck, Inéz in ihrer feinsinnigen Art taxierte die Körper, und es fiel den beiden von Anfang an nicht schwer, das Exklusive dieser Damen ganz selbstverständlich zu nehmen. Bald plauderten sie über Busen und Fett, über Stil und Geist, und die Damen gaben ganz offen zu, daß sich ihre Neigung zu Dressur und Englisch-Querfeldein bereits zum Drang verfestigt hatte und alles Denken und Fühlen bestimmte. Sie nannten die Umwandlung von Wildheit in vom Menschen gelenkte Anmut einen Kulturgipfel, und im Einklang mit ihrer Passion verwirklichten die Damen ihr Selbstbild durch eine Haltung, die alles von der Stange ablehnte. Sie waren von ihrem Wert überzeugt und markierten den eigenen Gipfel mit einer Erlesenheit, die jede immaterielle Verfeinerung lächerlich machte. Und aus diesem Grunde saßen sie hier und waren sicher, daß ihre Erwartungen erfüllt werden würden.

Barbara und Inéz blieben angesichts dieser Etikette gelassen. Sie ließen von Anfang an keinen Zweifel daran, daß sie die Persönlichkeiten der Damen respektierten und ebensolchen Respekt voraussetzten. Sie pflegten einen sicheren Umgang, ließen ihr Wissen und ihre Fähigkeiten durchschimmern, hielten Distanz und waren zugleich offen für die in der Materie steckenden Vertraulichkeiten.

Doch als dann Willem unverhofft im Geschäft erschien, wechselten Barbara und Inéz einen schnellen Blick; die Situation war plötzlich unberechenbar geworden.

Und tatsächlich huschte bereits ein Lächeln über Willems Gesicht, er sah die Damen im englischen Leder sitzen, und Barbara ahnte, wie er die überzüchtete Atmosphäre wahrnahm. Doch sie verbarg all ihren aufblitzenden Scharfsinn hinter einer bezaubernden Art, küßte ihn und stellte ihn den Damen vor.

Karin war erfreut, Veronika von Zerbst ließ sich die Hand küssen und befriedigte ganz selbstverständlich ihre Neugier, indem sie Willem musterte und zugab, bereits von ihm gehört zu haben. Auch die beiden anderen ließen sich die Hand küssen.

Danach verbeugte Willem sich, bat darum, die Störung zu verzeihen, und entfaltete vor den Damen mit wenigen Worten eine Höflichkeit, die nicht nur schmeichelte, sondern Lust machte auf mehr Schmeicheleien. Und obwohl Barbara ihn bereits untergehakt hatte, wollten ihn die Damen noch nicht gehen lassen. Sie verwickelten ihn in ein Gespräch, sie boten Kaffee und Gebäck, und bald saß er in der Runde und fand mühelos Zugang zu ihren Themen. Vom Wildtier zur menschlichen gelenkten Anmut, sagte er; er veredelte Dressur und Englisch-Querfeldein, er sprang auf die antiken Höhen einer kentaurischen Lebenshaltung und wußte Anekdoten zu den Höhlenmalereien im franko-kantabrischen Kernland, die ganz wunderbares Gelächter hervorbrachten. Er erzählte davon, wie er Karin kennengelernt hatte, und in seinen Worten verwandelte sich die Kellerbar von damals zum lichten Saal, in dem sich alle vor der Olympionikin verneigten und aus dem heraus Karins Gold noch das ganze Land erhellte.

Später ergab es sich von selbst, und Willem stand mit den Damen am Holztresen, während Barbara die Ballen ausrollte und Inéz mit dem Kohlestift passende Phantasien entwickelte. Und wie von selbst ließ er die Stoffe durch seine Finger gleiten, brachte das Knistern in die Ohren der Damen, zeigte ihnen die Effekte gegen das Licht und zog sie in den Zauber. Persien, sagte er, Belutschistan oder China, und seit einem halben Jahrtausend werden diese Stoffe unverändert von Hand gefertigt, eine gewachsene Qualität vom Samenkorn bis zum Webstuhl und jeder Zentimeter einzigartig. Kommen Sie, rief er. Spüren Sie den Zauber, lassen Sie ihn auf Ihre Haut.

Tatsächlich ließen sich die Reiterinnen hinreißen; Barbara drapierte bald einen Überfluß, und Inéz steigerte das Begehren mit immer neuen Entwürfen. Die Frauen betrachteten den Stoff über die Puppen geworfen, sie drehten sich vor dem Spiegel und sahen die Wirkung unterschiedlicher Lichteinfälle. Bald arbeitete Barbara mit Schere und Meterband, die Spanierin war in Reiterstellung, und ihre Hände erfaßten die weiblichen Konturen.

Als Willem sich verabschiedete, hielten die Frauen ihm eine Wange hin.

Zuletzt stand er neben Karin, und womöglich waren es wieder seine rhetorischen Fähigkeiten und das unverfängliche Lächeln zwischen den Worten. Sie schnalzte leise, als er ihre Wange berührte, und er spürte den Ansporn ihrer Schenkel, und dann, als hätte Veränderung nie stattgefunden, spürte er die Vergangenheit. Eine Wiederauferstehung einst vertrauter Gerüche und Formen, und noch ihre Leberflecke konnte er sehen und ihre Ekstase, wenn in der Nebenbox der Dädalos ausgeschlagen hatte.

Im Spitzgiebel kam Barbara gleich zur Sache. Sie warf Willem Einmischung vor, und auch wenn es diesmal gut gelaufen sei, zugegeben sogar besser als ohne ihn, sei sie erst einmal dagegen. Willem wisse das, sagte sie, und Willem wisse auch, wie er reagiere, wenn sie sich in seine freie Zeit mische.

Er gab zu, daß sie recht hatte.

Doch das reichte ihr nicht. Sie nannte seine Unberechenbarkeit – nein: gerade seine berechnende Art einen gefährlichen Faktor. Sie warf ihm Überheblichkeit vor, weil er selber alle naselang nicht vorhersehbare Wechselwirkungen ins Feld brachte, sich aber achtlos in Angelegenheiten mische, die ihn nichts angingen. Was er denn glaube, sagte sie. Daß er jederzeit alles im Griff hätte? Über Jahre hätte er diese Karin nicht gesehen, dennoch täte er so, als ob er alles wüßte. All seine großspurigen Argumente, mit denen er sonst die Unmöglichkeit einer geradlinigen Entwicklung festige, werfe er bei erstbester Gelegenheit über den Haufen und verweigere auch gleich den denkbaren Fall, daß diese Karin über die Jahre zu einem Menschen geworden sein könnte, der Spaß daran hätte, andere mit ihrer Vergangenheit bloßzustellen. Verdammt, sagte Barbara.

Willem lächelte.

Dein verdammtes Lächeln, sagte sie.

Willem hatte keine Lust auf Zank. Er machte ein ernstes Gesicht und gab ihr recht.

Doch das reichte ihr nicht. Womöglich, sagte sie, wüßten längst alle Bescheid über Willems zynische Art und sein Geschlechtsleben damals, das ja nun mal bis ins Hippologische ausgeschweift wäre.

Quatsch, sagte Willem. Wenn tatsächlich alle Bescheid wüßten, hätte das nichts mit seinem Auftritt zu tun. Und was gebe es schon groß zu wissen? Er habe seinerzeit einen durchaus integren Eindruck hinterlassen und auch jetzt keinen Anlaß gegeben zu Zweideutigkeiten. Zudem bestünden keine Zweifel an seiner intakten Ehe, wodurch Barbara selbst absolut sattelfest vor diesen Damen erscheine, um so mehr, da seine Vergangenheit ein alter Hut für sie sei. Beziehungsweise er mit reiner Weste dastehe.

Doch das reichte Barbara immer noch nicht.

Willem sah es an der Art, wie sie atmete. Wie sich ihre Nasenflügel blähten, und hinter ihrer Stirn ahnte er die geballten Vorgänge des Denkens. Er war überrascht, als sie zu ihm aufs Sofa kam. Ich will auch nicht zanken, sagte sie.

Die Nähe tat gut.

Er zog sie fester an sich und sagte, daß er in die Situation mit den Damen einfach hineingeschlittert sei. Und daß die Entwicklung daraus für ihn nicht vorauszusehen war.

Sie küßte ihn.

Dann sagte sie: Du hast sie um den Finger gewickelt. Und ich würde mir wünschen, daß du deine Fähigkeiten öfter einbringst.

Wie?

Wir haben Potential. Nicht nur im Privaten.

Ich soll mich mehr ins Geschäft einbringen?

Ganz bedächtig. Eine sukzessive Steigerung.

Willem sah sie an. Das meinst du doch nicht ernst.

Sie küßte ihn.

Nein, Barbara. Nein. Ich bleib bei meiner Zeit.

Sie streichelte ihn. Du sprichst doch immer von neuen Blickwinkeln; davon, daß die Welt nicht nur aus zwei Zuständen besteht. Unsere Energien fließen im Geschäft genauso wie zu Hause, und wenn du nicht so stur wärst, könnten wir eine neue Dimension angehen.

Laß die Blickwinkel aus dem Spiel. Wenn du rangehst und mir meinen zerlegst, geh ich ran und beweise dir, daß mein Blickwinkel aus deinem heraus gar nicht zerlegbar ist.

Ach, es geht doch um mehr, Willem.

Mehr als was? So wie wir uns unser Leben eingerichtet haben, sind wir doch glücklich.

Ja, Willem. Wir entwickeln uns weiter, tauschen uns aus, wachsen aneinander. Und wenn wir dieses Potential auch ins Geschäft einbringen, kommen wir viel schneller ans Ziel.

Er nahm ihre Hand und sah sie an. Aber wir sind doch am Ziel. Wir sind glücklich. Ob wir ein Landhaus haben mit Jaguar, ist mir egal.

Selbstbestimmt. Freie Zeit. Unabhängig. Das sind deine Worte. Und wenn wir im Geschäft nur halb so gut sind wie zu Hause, können wir das beschleunigen. Sie küßte ihn. Ich mache dir einen Vorschlag: Zuerst kümmern wir uns um neue Mitarbeiter. Überzeugen die Alten endlich und lassen uns dann bei der Auswahl auf keine faulen Kompromisse ein. Wir arbeiten sie gemeinsam ein, und danach überlegst du dir noch einmal, ob du dich mehr einbringen kannst. Vielleicht erst mal für ein Jahr, und dann sehen wir, was dabei herauskommt.

Willem sah sie an, sagte nichts und küßte sie.

38

Nichts gemahnte mehr an die bäuerliche Insel. Der Anschluß an Innenstadt und Autobahn war souverän umgesetzt worden; der Teich trockengelegt, versiegelt und in ein Überlaufbecken verwandelt, das durch Symmetrie und ordentlich gesetzte Zierpflanzen bestach. Die Frösche waren wie versprochen ausgeblieben, doch zum Frühling hin waren immer wieder Libellen aufgetaucht, als ob die Erinnerung an Obst- und Fettwiesen über Generationen fortbestehen könnte. Zuerst schien es, als wollte der Bausenator die Klagen aus dem Hause Kronhardt darüber nicht ernst nehmen, schließlich telefonierte er doch mit dem Gartenbauamt, und nach nur einem Einsatz der Männer gab er das Versprechen, auch die letzten Larven ausgemerzt zu haben.

Die Alte steuerte den Mercedes durch die von Laternen und kleinlaubigen Hybriden geformte Allee. Trotz ihrer Nostalgie konnte sie tiefes Vertrauen schöpfen aus so einer menschgemachten Transformation, und auch das nachbarschaftliche Umfeld mit Tauwerken, Yachtfarben und gehobenem Automobilhandel sagte ihr zu.

Der Neubau war konsequent durchdacht. Frachtlieferungen und Bewirtschaftung der Mitarbeiter durch einen Catering-Service fanden beinah unsichtbar im rückwärtigen Teil statt; von vorn erzeugten die modernen Materialien vor allem den Eindruck von Licht und Leichtigkeit, und ein vorgesetzter Eingangsbereich gab der auf Nutzen ausgelegten Struktur zugleich etwas Familiäres. Auch der vergleichsweise kleine Schriftzug paßte in dieses Konzept, und man sah den aufgestellten Buchstaben, die stets aus einer verborgenen Tiefe heraus beleuchtet wurden, die Handarbeit an.

Der Parkplatz war mit weißem Kies eingefaßt. Der Mercedes hielt auf den schraffierten Teil zu, der für die Familie reserviert blieb.

Barbara stieg zuerst aus. Sie rauchte, während die Alte Unterlagen vom Rücksitz zusammenkriegte.

Sonne und Himmel blieben zurück hinter den milchigen Oberlichtern, dennoch konnte im Vorbau das Gefühl eines Wintergartens entstehen; auf einem Tisch mit handgewebter Decke stand eine große Vase mit Tulpen, und an den Wänden, geschmackvoll gerahmt, hing die Geschichte der Maschinenstickerei; unter den Photos, die vom Storchenschnabel bis zur lochbandgesteuerten Achtkopf reichten, waren auch Schnappschüsse aus der Kellerbar zu sehen, und dazu markierten Embleme und Banner sowohl technischen Fortschritt wie auch geschäftliche Verbundenheit.

Hinter der feuerfesten Tür lag das Empfangszimmer. Das Rattern drang gedämpft durch die Fenster, und von einem Podest mit Sitzecke konnten die Kunden auf die Produktion schauen. Meistens war das Zimmer aber leer, und es gab eine Art Klingel, mit der Besucher grünes Blinklicht einschalten konnten. Dann kam der Stickmeister angehumpelt. Oder Rita Schrödinger erschien, eine noch junge Frau, die Hultschinek seit einiger Zeit zur Hand ging. Sie war aus vertrunkenem Elternhaus, und der Stickmeister hatte über Jahre beiläufige Bemerkungen bei den Kaninchenzüchtern aufgeschnappt; als er hörte, daß das Mädchen Arbeit suchte, hatte er mit seiner Chefin gesprochen. Wenn sie eine neue Familie braucht, hatte die Alte gesagt, soll sie kommen, und seitdem hatte Rita Schrödinger sich gewissermaßen hochgearbeitet. Sie war fleißig und hilfsbereit, und wo schnelle Auffassung ihr früher gegen die unberechenbaren Eltern geholfen hatte, erfaßte sie nun bei der Arbeit Details und Zusammenhänge. Die anderen Frauen mochten sie, und neben Hultschinek erschien sie manchmal wie eine Tochter. Sie lernte viel von ihm, und seit unlängst das programmierbare Modell aus Fernost eingetroffen war, das Unabhängigkeit von der Lochbandproduktion schaffte, war sie ihm sogar voraus.

Rita Schrödinger saß am Schreibtisch, als Barbara und die Alte eintraten. Das Zimmer war gut geheizt, und sie trug nur einen ärmellosen Kittel. Die Alte sah den Büstenhalter unter dem Stoff und das Achselhaar. Kindchen, sagte sie nur, und die junge Frau errötete, zog die Strickjacke über und knöpfte sie zu.

Ich sag dann mal Herrn Hultschinek Bescheid.

Nicht doch, Kindchen. Setzen Sie sich wieder.

Sie nahm zögernd Platz, ihr Blick war unsicher.

Barbara brachte den Kessel auf die kleine Platte und füllte Kaffee in den Filter.

Die Alte zog ihren Pelz aus und legte die Unterlagen auf den Tisch.

Dann stand sie auf dem Podest und überblickte die Produktion.

Der Kessel pfiff, und als Barbara Wasser aufgegossen hatte, sagte sie: Was machen Sie da, Rita.

Ich versuche, das Manual zu verstehen.

Ist das schwierig?

Mein Englisch ist noch nicht so gut.

Haben Sie kein besseres Wörterbuch?

Nein.

Barbara stellte die Kanne auf ein Stövchen und setzte sich auf die Schreibtischkante.

Was steht in dem Manual?

Alles, hoffe ich. Als die neue Maschine aufgestellt war, kam der Experte, um uns einzuweisen. Aber wir haben rausgefunden, daß die Maschine viel mehr kann. Er hat uns nicht alles gezeigt.

Die Alte blickte durch die Scheiben. Nicht alles gezeigt?

Nein, Frau Kronhardt.

Sind Sie da sicher, Kindchen?

Ja.

Ich kümmere mich darum. Dann kam sie an den Schreibtisch und zog die Gegensprechanlage zu sich. Kommen Sie bitte, Hultschinek.

Der Stickmeister saß in seinem kleinen Büro; ein Glaskasten, der aus der Stirnseite drängte und von dem aus eine Galerie die gesamte Halle umlief. Er sah auf und winkte gegen das Empfangszimmer.

Die Alte sah zu, wie Hultschinek sein Büro verließ und über die Galerie humpelte.

Barbara sagte: Morgen gehen Sie in die Fachhandlung, Rita. Lassen Sie sich beraten und stellen Sie hier ein paar ordentliche Wörterbücher hin.

Das ist aber sehr freundlich von Ihnen.

Eher nachlässig, meinen Sie nicht? Was ist mit Ihrem Englisch?

Ich mache Kurse.

Nach der Arbeit?

Ja.

Das ist gut. Aber reicht das?

Ich verstehe nicht.

Die Geschäfte werden internationaler, und die Computertechnologie wird unseren Arbeitsalltag immer umfassender bestimmen. Ich möchte, daß Sie auf den Gebieten fit sind, Rita. Daß Sie Lehrgänge besuchen. Und Ihren derzeitigen Englischkurs zahlen wir Ihnen natürlich auch.

Rita Schrödinger nahm einen Schluck Wasser und knöpfte die Strickjacke wieder auf.

Barbara sagte: Ist das in Ordnung für Sie?

Die Jüngere nickte und sah glücklich aus.

Und zu ihrer Schwiegermutter sagte Barbara: Wenn der Experte wiederkommt, müssen wir dabeisein.

Ja.

Die Alte stand vor den Scheiben und sah hinab auf die Produktion. Spürte das Stakkato der Maschinen, die endlosen Nadelstiche und diese magische Energie, die ihr ganzes Leben durchdrungen hatte. Spürte den feinen Ölfilm und noch die elektrischen Wellen, die die Stoffpartikel wie Nordlichter unter die Industrieleuchten stießen und den Himmel der familiären Wirtschaftsprozesse erleuchteten. So stand sie vor den Scheiben; die Geschäfte wurden tatsächlich internationaler, die neuen Technologien verdrängten Schwungräder, Treibriemen und Lochbandrollen und brachten zudem immer neues Spezialwissen hervor, für das man teuer bezahlen mußte. Und doch hielt die Alte ihre Welt nach wie vor am Rattern.

Als Hultschinek eintrat, ging er in seinem ungleichen Takt zuerst auf die Alte zu. Dann begrüßte er Barbara, und zuletzt legte er Rita Schrödinger eine Hand auf die Schulter. Kommst du voran? Und sie nickte.

Barbara brachte den Kaffee, die Alte kam an den Tisch und nahm ihre Unterlagen.

Setzen Sie sich zu uns, Kindchen.

Die junge Frau wurde rot und blickte Hultschinek an.

Der Stickmeister lächelte. Und bring die Dose mit, sagte er. Auch nach Jahren konnte er sich noch daran erfreuen, wie das Gebäck seiner Frau den anderen schmeckte.

Die Alte tauchte einen Keks in den Kaffee. Was ist mit Hanna?

Hultschinek sah in seine Tasse. Zweimal hab ich sie schon gedrängt.

Sie war noch nicht beim Arzt?

Er schüttelte den Kopf.

Mensch, Hultschinek. Und dann: Sie soll morgen zu mir kommen.

Jawohl.

Und Lisbet?

Der Stickmeister hob die Schultern. Sie ist tüchtig. Und es scheint weniger geworden.

Wie oft schon diesen Monat?

Diesen Monat noch gar nicht.

Aber es passiert noch.

Ja.

Die Alte sah zu der jungen Frau. Was meinen Sie, Rita. Kommt Lisbet von diesem Kerl los?

Rita Schrödinger sagte nichts.

Kindchen, wenn bei uns jemand in Schwierigkeiten ist, versuchen wir alle zu helfen.

Hultschinek sagte: So ist das.

Ich weiß nicht, sagte die junge Frau.

Was, Kindchen.

Ob sie von ihm loskommt, meine ich.

Warum glauben Sie, daß Lisbet es nicht schaffen könnte?

Weil sie ihn dennoch liebt. Sie spürte die Blicke und wurde wieder rot.

Nach einer Zeit sagte die Alte: Sie wissen, wie das ist, oder?

Ja.

Sehen Sie Ihre Eltern noch?

Nein.

Und was würden Sie an Lisbets Stelle machen?

Ihn verlassen.

Und warum kann Lisbet das nicht tun?

Die junge Frau sagte nichts.

Kommen Sie, Kindchen. Sehe ich aus, als würde ich Ihnen den Kopf abreißen?

Weil sie anderes nicht sehen kann und lieber das bißchen festhält, als gar nichts mehr zu haben.

Also müßte man Lisbet einen Sinn aufzeigen, jenseits von ihrem Kerl.

Vielleicht.

Nicht so zimperlich, Kindchen. Ihre Eltern haben Ihnen ein sinnloses Leben vorgelegt, und Sie haben dennoch gezeigt, wie es anders geht. Wir alle brauchen einen Sinn im Leben. Die Familie, das Volk, und dann ergeben sich die Ziele von ganz allein. Und jetzt sind Sie hier, Kindchen. Studieren den Mikrochipautomaten, bekommen Ihre Kurse, und auch Lisbet braucht so einen Sinn in ihrem Leben. Wie stehen Sie zu ihr?

Wie zu allen.

Gehen Sie mit ihr aus. Essen, tanzen. Auch öfter, ich zahl das schon, und dann wollen wir sehen, ob Lisbet die Kurve kriegt.

Rita Schrödinger sah in ihre Kaffeetasse.

Auch Hultschinek saß wieder so da.

Barbara sagte: Wenn sie die Kurve nicht kriegt, setzen wir uns mit ihr zusammen. Sehen gemeinsam, ob sie es auf eine andere Art schaffen kann.

Das ist also geklärt, sagte die Alte. Und dann: Bei den anderen alles in Ordnung?

Hultschinek nickte.

Sonst was?

Das Essen.

Schon wieder?

Die Küche ist wohl in Ordnung und auch der Lieferdienst. Aber die Leute werden nicht satt.

Nicht satt?

Und Hultschinek hob die Schultern.

Rita. Was sagen Sie?

Na ja. Für einen Nachschlag langts nie, und üppig sind die Portionen auch nicht.

Das darf nicht sein. Meine Leute dürfen nicht hungern. Sie informieren mich gleich nächste Woche, ob es besser geworden ist.

Mach ich.

Die Maschinen laufen.

Ja.

Elf und dreizehn?

Als wär nie was gewesen.

Und die neue?

Vorzüglich. Daß wir selber programmieren können, ist Gold wert, und dabei haben wir noch gar nicht alles aus der Teehaussängerin rausgeholt.

Teehaussängerin?

Die Maschine trägt asiatische Schriftzeichen. Die Frauen haben das so übersetzt.

Barbara lachte.

Die Alte sagte: Und da steckt noch Potential in der Maschine?

Allemal. Die ist ihr Geld wert.

Gut. Den Experten hole ich Ihnen noch mal ins Haus. Sonst was?

Sonst nichts.

Die Alte sah auf ihre Uhr. Wir sind in der Zeit. Und zu Barbara: Laß uns rasch etwas essen. Sie stand auf und langte dem Stickmeister eine Mappe. Kriegen Sie das hin bis Freitag? Ich möchte es dem Deutschmeister gerne zusagen.

Das wird aber nicht so einfach.

Kriegen Sie das hin?

Ehrlich gesagt, die Läufe sind straff geplant. Im Grunde dürften wir uns nicht einen Fadenriß erlauben, und allein der Auftrag nach Athen hält uns die Tage noch auf Touren. Der Brauerei haben wir auf Donnerstag zugesagt, und die Pferdedecken werden gleich Montag geholt.

Bis wann würden Sie es schaffen?

Hultschinek nahm die Mappe. Nach einer Zeit sagt er: Ich könnte fragen, wer Überstunden machen will.

Machen Sie das.

Auf dem Parkplatz holte Barbara Zigaretten hervor.

Nicht jetzt.

Doch.

Die Alte sah auf die Uhr. Also gut. Dann meinetwegen im Wagen.

Sie drückte den Automatikhebel, und die Limousine zog in scharfem Bogen vom Parkplatz.

Barbara drehte die Scheibe herunter.

Mein Nacken.

Doch Barbara schien nicht zu hören.

Hinter den Tauwerken zogen sie einwärts und stießen bald auf die alte Heerstraße. Die Gärten langten bis an die Straße, die Häuser hinter den Bäumen wirkten großbürgerlich.

Also gut. Was stellst du dir vor?

Vorstellungen bringen uns nicht mehr weiter. Das weißt du selber.

Die Alte sah voraus eine Ampel und drückte aufs Gas. Doch es reichte nicht, und als die Lichter umsprangen, mußte sie bremsen. Ihre Hände hielten das Steuer, sie blickte geradeaus. Wir riskieren zuviel. Alles auf eine Technologie, die so neu ist, daß sie kaum einer kennt.

Eben. Heute kriegen wir noch was für die alten Maschinen. Morgen schon will sie keiner mehr haben.

Wir haben noch nie so hoch investiert.

Weil die Zeiten noch nie danach waren.

Ich brauche Erfahrungen, wenn ich in so eine Flotte investieren soll.

Die Zeiten ändern sich.

Wir riskieren zuviel.

Hinter ihnen hupte es. Die Ampel zeigte Grün, und die Alte beschleunigte.

Barbara stieß Rauch gegen den cremefarbenen Himmel. Wenn du

Angst hast, sag mir das. Wenn du mir nicht vertraust, sag mir das. Aber ich riskiere nicht unsere Zukunft wegen deiner nostalgischen Blockaden.

Als Barbara den Ascher eingeschoben hatte, holte die Alte eine Sprühdose hervor und verteilte einen Duft.

Im Stint nahm ihnen der Kellner die Mäntel ab und führte sie in einen ruhigen Winkel. Sie bestellten von der Tageskarte und aßen schweigend.

Danach orderten sie Espresso. Barbara rauchte.

Also gut. Ich werde noch mal mit Meyer-Lansky sprechen.

Du weißt, was er dir sagen wird.

Der Mund der Alten verzog sich.

Barbara lächelte. Schiebs nicht auf die lange Bank.

Wir werden nichts überstürzen.

Wenn wir schneller sind als die anderen, gestaltet sich unsere Zukunft ganz von selbst.

Du redest.

Ich bin nicht dazu da, dir das Leben schwerzumachen. Wenn wir eine Familie sind, hat unser Leben auch einen gemeinsamen Sinn.

Sag das deinem Mann.

Willem weiß so was.

Er weiß nichts, und die Alte preßte ihre Lippen und blickte auf die Uhr. Dann: Ober! Zahlen!

Warte.

Worauf? Wir haben keine Zeit.

Wir brauchen neue Mitarbeiter im Speicherhaus.

Nein! Und dann sagte sie es noch einmal: Nein!

Dann werde ich mich aus der Stickerei zurückziehen.

Was!

Du hast es gehört.

Das ist Erpressung!

Quatsch. Das ist sachlich und nüchtern. Jeder neue Tag offenbart uns den Personalmangel, und du weißt das.

Weil dein Mann ein Tagedieb ist!

Du kannst deine Verbitterung nicht mehr auf Willem schieben.

Die Zeiten sind vorbei. Und Willem beschickt an einem halben Tag mehr als Robert an zweien. Auch das weißt du.

Wir brauchen keine neuen Mitarbeiter!

Doch. Frag Meyer-Lansky, frag Willem oder mich. Wenn du dich aus deiner Verbitterung heraus sperrst, bitte. Wenn du Angst hast und niemandem vertrauen kannst, bitte. Aber ich mache das nicht mit.

Was bist du für ein Rabenaas.

Hör auf mit dem Quatsch. Wir reden von Synergie und Zukunft, und wenn wir das zusammen nicht umsetzen können, ziehe ich mich zurück. Ich kann keinen Sinn darin sehen, die steigenden Anforderungen immer und immer aus mir selbst zu erbringen. Wenn du es so machen willst, weil du nichts anderes mehr hast, tut es mir leid. Wenn du dich ausbrennen willst, ist das nicht meine Sache.

Was bist du für ein Rabenaas.

Ihr könnt im Speicher bleiben. Oder ins alte Haus zurück.

Die Alte zischte jetzt. Wegen ihm brennen wir uns aus. Wir alle, auch du. Er ist ein Tagedieb, der lieber gammelt, als seiner Familie zu helfen.

Barbara lachte. Dann sagte sie: Ihr habt das Milieu um Willem geschaffen. Du und Robert.

Was?! Was willst du damit sagen!

Daß ihr die Familie geprägt habt. Daß der kleine Willem nicht einmal um seinen Vater trauern durfte.

Einen Augenblick schien es, als hätten Barbaras Worte die Alte von aller eingefleischten Sicherheit abgetrennt. Als habe die Alte sich in Größe und Herrschsucht erschöpft und aller Nachschub an Kraft sei abgeschnitten. Doch ihre Stimme war fest. Er ist wie sein Vater. Er verspottet unser Leben und wirft Schande auf uns. Er steht nicht für unsere Zukunft.

Im Mercedes sagte die Alte: Drei. Wenn wir drei finden, die wir annehmen wollen. Wir erarbeiten Anforderung und Profil, dann die Anzeige. Wir sieben die Bewerbungen, laden zur Vorstellung, mustern. Dann wird weiter entschieden.

Barbara sagte: Alle Entscheidungen werden gemeinsam getroffen, eine Dreiviertelmehrheit langt.

Nein.

Was nein?

Dein Mann hat nur eine halbe Stimme.

Quatsch.

Er steht nicht ein für unsere Zukunft. Er macht halbe Arbeit, sonst nichts.

Du bist verbittert und hartherzig.

Es würde ihm Spaß machen, Sinnesgenossen bei uns einzunisten.

Gammler und Anarchisten.

Barbara sah die Alte an und lachte. Dann sagte sie: Ich ziehe meinen Hut vor Willem. Eine Geschichte, wie er sie erlebt hat, hätte mich aus dem Sattel geschlagen.

Was für eine Geschichte?

Eine Mutter, die das Gute in ihm nicht sehen will. Ein Vater, den er liebt und der einfach stirbt.

Die Alte setzte den Blinker, bog ab und sagte nichts dazu.

Wie war das damals für Willem?

Wie so etwas immer ist.

Immer?

Kindchen, das Leben ist nicht nur Synergie und Zukunft. Du hast deine Eltern verloren, und von mir will ich gar nicht erst reden. Eben noch steht man in Sonnenschein und Vogelsang, und plötzlich ist die Nacht da und der Höllenhund. Und auch am nächsten Morgen, wenn alle Welt wieder Sonnenschein und Vogelsang erlebt, sind Nacht und Höllenhund noch da.

Wie war das für Willem?

Du kennst seine Erzählungen. Er war ein Kind. Er verzerrt die Erinnerungen an diese Zeit.

Barbara lachte. Du bist gut. Willem verzerrt und Willem ist schuld.

Aber was, wenn deine Prägungen ihn verzerrt haben?

Ach, Kindchen. Dein Mann verzerrt die Welt ganz allein aus sich selber heraus; er entstellt sie, entartet sie, und das war schon immer so. Ausgerechnet die übelsten Eigenschaften seines Vaters hält er aufrecht.

Willem hat sich etwas sehr Kostbares aus der Zeit mit seinem Vater
erhalten.

Du redest.

Eine Seele in Sonnenschein und Vogelsang. Noch gegen deine
Höllenhunde.

Du kennst unsere Vergangenheit nur aus seiner Erinnerung.

Und du bist Willems Mutter.

Gesorgt! Geholfen! Geopfert! Ich weiß, wie er diese Worte mit
seiner Sprache entstellt!

Nicht mehr als jeder von uns. Und so hat auch jeder eine volle
Stimme.

Nein!

Doch.

Abendlicht fiel in den Spitzgiebel; die Schatten der Fensterkreu-
ze verschoben die rechtwinklige Ordnung, der Säulenkaktus zer-
flimmerte, und die Landschaft von Jawlensky vertiefte und öffnete
bald neuen Raum.

Ein Knistern kam noch aus den Boxen, dann fuhr der Tonarm
hoch. Als Willem zum Plattenregal wollte, hielt Barbara ihn zurück.

Sie hatte die Beine angezogen und lag auf seinem Schoß.

Bald spürte sie wieder seine Hand, und rings die Dinge erschienen
wie beseelt, sickerten ein, und sie schloß die Augen. Der Klang
seiner Stimme hielt alle Außenwelt fern, und gemeinsam fielen sie
zurück in warme Abendröte.

Später waren sie im Bad.

Barbara beugte sich vornüber, ihr nasses Haar berührte die Füße;
dann warf sie den Kopf zurück, fing das Haar und wickelte es in
ein Handtuch.

Willem saß und pinkelte. Der Turban um ihren Kopf gefiel ihm,
und als sie sich zu ihm drehte, war ihr Gewicht auf einem Bein
und die Hüfte vorgeschoben. Er sah das Ebenmaß ihrer Nacktheit;
den Abstand zwischen den Brüsten, das Maß vom Busen bis zum
Nabel und vom Nabel bis zur Gabelung ihrer Beine.

Mit den Alten kann man nicht demokratisch zusammenarbeiten.

Egal, wen wir auswählen, sie werden sich dagegenstellen. Aus Prinzip.

Das glaube ich nicht, Willem.

Du bist so optimistisch.

Weil ich dich habe.

Bei der Vorauswahl war Barbara überrascht, daß die Alte aus den Bewerbungen genau die herauspickte, die sie selber favorisierte. Doch die Alte konnte darin nichts Unverhofftes sehen; sie lächelte bloß und flüsterte ihr zu, daß sie von Anfang an gewußt hätte, welche Art Mensch mit Barbara in die Familie käme, und daß unterschiedliche Ansichten niemals zu unüberbrückbarer Entfernung führen würden. So legte sie der Jüngeren eine Hand auf die Schulter, lächelte milde, und es war, als führten die Frauen den Rat.

Auf ihre Anzeigen hin waren zahlreiche Bewerbungen eingegangen, und während sie gemeinsam um den Tisch sortierten, schien Gleichberechtigung nie ein Thema gewesen zu sein. Sie gingen eine offene Runde an, und vor allem die Frauen konnten dabei wie ein konstruktives Bündnis erscheinen; die Männer sprachen sich während des Durchlaufs nicht ein einziges Mal für einen gemeinsamen Anwärter aus, und oft genug verblieben sie mit ihrem Fürspruch gänzlich allein. Willem konnte sehen, wie Kronhardt unter so einer Entblößung litt; seine Fehlentscheidungen wurden aussortiert, und er hatte keine Möglichkeit mehr, so zu tun, als ob er die Eigenschaften, die die Frauen bei ihren Favoriten ausgemacht hatten, ebenfalls erkannt hätte. Er bemühte sich um aufrechte Haltung, verfiel in Scherze, über die keiner lachte, und bald entglitt ihm sein nach außen hin so gepflegtes Patriarchengehabe, und er warf Willem gehässige Blicke zu.

Die Vorstellungsgespräche wurden auf zwei Tage festgesetzt, und Willem war dafür, sie in der Miniküche abzuhalten. Als er seine Position begründet hatte, demontierte Kronhardt alle Erklärung und blickte dann erwartungsvoll zu den Frauen.

Die Alte sah zu Barbara. Was sagst du?

Ich kenne Willems Miniküchenkonzept und stehe dahinter. Und so bekamen die ausgewählten Bewerber ihren Stuhl im Brennpunkt der Deckenstrahler; rings die Augen mußten wie gebündelte Sektion erscheinen, Mitesser offenbarten sich, rote Skleren und Schweiß, und in der Distanzlosigkeit versagten vertraut geglaubte Fähigkeiten und Selbstbilder.

Zum Wochenende wollten sie die drei aussichtsreichsten Bewerber bestimmen, und die Alten wünschten, daß diese Gespräche bei ihnen stattfanden. Weil Barbara nichts dagegen hatte, war Willem überstimmt, und später sagte er Barbara voraus, daß die Verhandlungen so nicht einfacher würden; mit ihrem häuslichen Gestank und ihren Eigenschaften, meinte er, würden die Alten sie glattweg erschlagen.

Sonnabend vormittag betraten sie das alte Büro im Hartmann-Haus. Nichts hatte sich verändert; der vordere Teil lag im Schatten der wuchtigen Registraturen, und die eine Hälfte erschien wie gespiegelt von der anderen. Die beiden Schreibtische standen in gleicher Ausrichtung zur Tür, und in den Dekaden hatte sich die ganze Wucht des Büros nur noch verdichtet.

Die Gespräche sollten im hinteren Teil stattfinden, in Kronhardts sogenanntem Arbeitszimmer. Als die Geschäfte noch im eigenen Haus gelaufen waren, hatte er die Schiebetüren meist geschlossen gehalten und so die Exklusivität seiner Schmetterlinge und Schaukämpfe gepflegt, die er nicht jedem zeigte.

Die Alten saßen bereits um den Eichentisch. Barbara setzte sich dazu. Willem sah, daß Kronhardt aufgerüstet hatte, und er legte nur seine Jacke auf den Stuhl und betrachtete die neuen Stücke. Eine Art Kabinettschrank mit tiefen Schubladen und einer polierten Platte, auf der ein futuristisches Terrarium stand. Es war ein Glasoval, mehr noch eine Arena, mit kleinen Lichtmasten, Suchscheinwerfern und schwenkbaren Lupen, und anhand der Spuren ahnte er, daß der Alte noch immer auf Treiberameisen setzte. Bevor Willem etwas anfassen konnte, stand Kronhardt schon bei ihm. Sie sahen einander an. Keiner sagte etwas. Dann zog Willem eine Schublade aus dem Kabinett, die gut geölt aus ihrer Tiefe rollte.

Kronhardt mahlte mit den Zähnen, und seine Kaumuskeln sprangen hervor. Doch er ließ es geschehen, und Willem holte einen langgeschwänzten Segelfalter hervor und eine Nymphalide. Er betrachtete die toten Tiere und steckte die Rahmen zurück in ihre samtigen Futterale. Und Kronhardt stand da und mahlte. Erst als sie alle um den Eichentisch saßen, schien der Alte wieder zu entspannen.

Sein Halstuch leuchtete, er hatte einen Teleskopstock parat, und an der Wand hatte er eine Tafel installiert, auf der die Photos der Bewerber vergrößert waren. Er machte einen Scherz darüber, wie noch das strahlendste Lächeln in der Miniküche zerbrochen war, und dann zeigte er unvermittelt auf drei Bewerber. Marcel Laschek, sagte er, Simone Seidenberg und Gerda Kessler. Das seien die Richtigen für Kronhardt&Focke. So saß er mit dem tanzenden Stock und konnte erscheinen, als liefen alle Fäden bei ihm zusammen.

Willem lächelte, und weil Barbara seine Hand drückte, hob er nur die Schultern. Fragte nach, was der Klamauk zu bedeuten habe, und sagte, daß natürlich so weitergemacht werde wie bei der ersten Auswahlrunde. Offen, meinte er, mit Dreiviertelmehrheit und ohne Zeitverschwendung. Ein Bewerber nach dem anderen. Zackzack, und dann schnappte er nach dem Stock und schob ihn zusammen.

Der Alte sicherte sich erst gar nicht bei seiner Frau ab. Er erhob sich über den Eichentisch und nannte Willem einen Spötter und Anarchisten; einen Nihilisten und Muttermörder, und mit einem Finger, der gegen Willem hackte, schien er seine Position noch zu bestärken. Er unterstellte Willem eine unmenschliche Freude daran, das Lebenswerk der eigenen Mutter aus allen Positionen zu torpedieren, und er nannte es entartet, wie Willem noch versuchte, seinesgleichen in diesem Lebenswerk einzunisten; das schändliche Vatererbe, rief Kronhardt, sein Finger hackte, und er verweigerte Willem die Mitsprache im Familienrat.

Draußen konnten sie den Himmel spüren. Barbara hakte sich bei ihm ein, und sie spazierten; die Bäume in frischem Grün, über den

Rabatten Paarungsspiele der Vögel, und wenn eine Brise auffuhr, schien die Leichtigkeit bis hinter die Gardinen der Bürgerhäuser zu greifen.

Barbara gab zu, die Situation falsch eingeschätzt zu haben; der Ort, meinte sie, habe tatsächlich etwas Destruktives hervorgebracht.

Willem hob die Schultern und meinte, daß die Alten ihre Eigenschaften im Grunde überall austrieben und auf diese Art ständig Einfluß nähmen und alle Sachlichkeit zerstörten. Wenn etwas nicht so laufe, wie sie es wollten, könne es nicht richtig sein, und mit ihrem Eigennutz verdrehten sie alles; machten noch aus Boshaftigkeit Recht.

Wollen wir uns betrinken, sagte Barbara.

Der Wirt saß hinter einer Zeitung, die die Atomkraftgegner zu den neuen Terroristen machte. Er sah einmal hervor, die Gäste drehten sich um, und als Willem und Barbara in einer Ecke Platz genommen hatten, war alles wieder wie vorher. Ein Radio lief, an der Wand hing ein Sparkasten, und am Stammtisch wurde diskutiert. Als der Wirt ihre Bestellung aufnahm, kamen sie erst gar nicht auf exotische Ideen; er brachte das Pils gepflegt in einer Tulpe, und die Korngläser waren korrekt gefüllt. Dann saß er wieder hinter seiner Zeitung.

Und jetzt?

Wir trinken, sagte Willem.

Vom Stammtisch her hörten sie die Diskussion. Es ging um ein Satiremagazin, das mit einem skandalösen Titelbild aufgemacht worden war. Auf dem Photo war ein Stück Straße zu sehen, Absperrungen, Polizei. Der Asphalt war mit Kreide markiert, die Umrisse zeigten eine Birne, und daneben war ein Schild in den Boden gerammt: Das Attentat! Und am Stammtisch konnten sie es nicht glauben. Auf was für eine ungeheuerliche Art sich diese Linken über den neuen Bundeskanzler lustig machten.

Willem sagte: Du unterschätzt meine Mutter. Sie schlägt sich auf deine Seite, um Informationen zu bekommen, mit denen sie dich dann ausheben kann. Wenn sie deine Favoriten kennt, weiß sie, wie sie ihre Favoriten besser machen kann.

Du unterschätzt sie auch. Sie ist eine gute Geschäftsfrau und hat ein Händchen fürs Personal.

Sie will vor allem Personal, das sich nicht auf unsere Seite schlägt. Typen wie diesen Laschek. Und auch diese Seidenberg. Kessler ist eine graue Maus; ein Zugeständnis an uns.

Barbara nickte. Dann sagte sie: Und was machen wir?

Wir drehen den Spieß um. Wir bringen unsere Leute durch. Jetzt erst recht.

Barbara gab dem Wirt Zeichen für eine neue Runde. Sie streichelte Willem, küßte ihn und sagte: Striebeck, Bloch und Garbarde. Das sind unsere Leute, und in der Reihenfolge.

Bloch zuerst. Dann Striebeck.

Nein.

Dann knobeln wir.

So saßen sie in einer Eckkneipe, tranken, und ihre Leute waren drei Frauen, die sich auf ihre Seite schlagen würden. Zwei von ihnen wollten sie gegen die Alten durchbringen. Egal, wie, sagten sie, und das Bier war gepflegt und der Korn eiskalt.

39

Barbara trug Sonnenbrille und dünne Handschuhe. Sie fuhr schnell, wechselte die Spuren, und als sie eine Zigarette anglühte, zitterten ihre Finger.

Willem sah die Stadt in die Windschutzscheibe fallen; Schlieren, nichts Haltbares. Und zugleich spürte er einen steigenden Druck im Käfer; als säße er in einem Bathyskaph, und die Erinnerungen verdichteten sich in der Tiefe.

Barbaras Handschuhe waren gelocht; sie schaltete runter, zog bei Gelb über eine Kreuzung, und die Welt rauschte an der Kabine vorbei. Die nächste Ampel brachte den Käfer zum Stehen, der Motor lief hochtourig, die Vibrationen stiegen durchs Lenkrad und erfaßten noch Barbaras Gesicht. Als sie anfahren wollte, hakte der erste Gang, dann gab es Fehlzündung.

Willem blickte weiterhin durch die Windschutzscheibe. Die einfallende Stadt verschmierte mit den Bildern aus seinem Bewußtsein; Erinnerungen, meinte er. Zündungen und Rückzündungen, die den Zustand unter seinem Schädeldach veränderten, die einen anderen Blick erschufen, neue Räume, in denen Vergangenheit und Gegenwart ineinander übergingen. So zogen die Schlieren vorbei, verdichteten sich und feuerten unter dem Schädeldach. Und als der Käfer erneut fehlzündete, meinte er den Rückstoß zu spüren. Beinah wie damals, als er und Schlosser auf der Brennhexe gesessen und sie die Kraft gespürt hatten gegen die Widerstände im Raum; als sie durch die Marsch gezogen waren, durch Storchendörfer bis in den Ochsenkrug. Später dann hatte Gisela auf dem Sozius gesessen. Sie hatte für die Sache gekämpft, war ins Visier der Geheimdienste geraten, dann der Feldwebelmord, und Willem hatte nie erfahren, ob die Geheimdienste sie nach dieser Tragödie weiter unter Beobachtung hielten. Auch nach der nächsten

Tragödie war nicht viel herausgekommen; Patrizia war tot, und es gab nichts Öffentliches über das Ahab-Kommando und keine Begründung für diese Zurückhaltung. Willem konnte nicht sagen, wo Geheimdienste ihre Finger im Spiel hatten und wo nicht; womöglich installierten sie ständig Weltbilder, malten Kreidebirnen auf den Asphalt, schürten den Haß gegen die Linken, und der Kanzler und die Lobbyisten sahen dabei zu und zogen daraus ihre Schlüsse. Vielleicht operierten die Geheimdienste auch schon in Bereichen jenseits seiner Vorstellung, vielleicht entwickelten Eigennutz und Bosheit bereits eine Fernwirkung, die die Welt grundlegend veränderte. Oder das, was die Welt sein könnte. Oder das, was man als Zustand unterm Schädeldach wahrnahm. Willem wußte es nicht. Und Barbara lenkte den Käfer, rauchte schweigend, und die Fenster waren geschlossen. Als sie den Blinker setzte und abbog, stach unvermittelt die Sonne zwischen zwei Häusern hindurch.

Das Bild verblieb wie ein Abdruck in Willem, und noch wenn er die Augen schloß, trieb es dahin, brannte auf, dunkelte und stand wieder im Fokus. Er sah die Cellistin daraus aufsteigen; nackt von einer Zimmerdecke, und ihr Haar fiel nicht herab. Er konnte nicht sagen, ob die Cellistin damals tatsächlich nackt gewesen oder ob es nur ein Wunsch war. Und wenn es ein Wunsch gewesen war, konnte er nicht sagen, ob es ihn damals nach ihrer Nacktheit verlangt hatte oder gerade jetzt.

Barbara schaltete runter und bremste vor einem Zebrastreifen.

Er öffnete die Augen. Hinter der Windschutzscheibe sah er ein Paar die Straße queren; sie trugen Latzhose und Sandalen, und Willem erkannte, daß der Mann ein Bündel auf dem Rücken trug. Ein Säugling womöglich in einem Tragetuch, und Willem überlegte, ob sein eigenes Leben anders verlaufen würde, wenn Hector Luna damals die Tochter getragen hätte und statt seiner Frau in den Schuß geraten wäre.

Als Barbara wieder anfuhr, hatte er keine Antwort auf diese Frage gefunden. Die Stadt fiel in die Scheiben, über der Stadt stand blauer Himmel, und die Voyager-Sonden hatten wahrscheinlich schon Saturn passiert und waren auf dem Weg, die Bahnen von

Uranus und Neptun zu kreuzen. Und die Russen? Und der Georgische Schädel? Willem wußte es nicht. Aber er wollte daran denken, bei Gelegenheit wieder Gladiolen für Patrizia zu besorgen.
Barbara setzte erneut den Blinker. Die Sonne verschob sich im Käfer, und er sah die Tränenspur auf Barbaras Wange.
Sie war eine schöne Frau. Auch jetzt. Eine Frau, die ihn anzog und reizte, und er spürte das Durchdringende ihrer Verbundenheit. Die Tiefe wie in einem Bathyskaph.
Dann scherte sie ein. Zog den Schlüssel ab, schob den Ascher zu.
Sie ließ die Sonnenbrille auf, zog auch die Handschuhe nicht aus.
Geh du vor, sagte Willem.
Sie gab ihm einen Kuß.
Er hielt sie noch einmal, schob ihr die Brille hoch und wischte sanft über die Tränenspur.
Die schmale Straße mit dem Kopfstein erschien ruhig, und als sie auf das Haus der Alten zuging, hallte ihr Schritt.

Willem kurbelte die Scheibe herunter. Über den Altbremer Häusern stand der Himmel wolkenlos. Er dachte an Juri Gagarin. Er dachte an seinen Vater. Und am Hartmann-Haus war noch der Schriftzug angebracht, als wäre hier die Zeit einfach stehengeblieben: Kronhardt&Sohn Maschinenstickerei.
Am Morgen nach ihrem letzten Besuch wurden sie vom Telefon geweckt. Es war noch viel zu früh, und sie hatten das Klingeln ignoriert. Doch es war wiedergekommen, hartnäckig und in immer kürzeren Abständen, und Barbara war schließlich an den Apparat gegangen. Die Alten hatten um eine Fortsetzung der Verhandlungen gebeten, und Barbara war besonnen genug gewesen, auf einen neutralen Ort zu bestehen. Sie hatten sich auf das Parkhotel geeinigt.
Danach war Barbara wieder ins Bett gekommen. Sie hatten sich beide vor dem Sonnenlicht verkrochen, doch das Gift und die Alten waren ihnen auch dort aus ihrem Organismus bis durch die Poren gebrochen. Sie hatten Sex gehabt, weil sie hofften, sich danach besser zu fühlen. Schweißig und stinkend, mit dröhnenden Herzen, und ihre Zungen waren pelzig gewesen und kaum zu

kontrollieren, so daß sie gewürgt hatten, als säßen die Alten ihnen fest in den Eingeweiden.

Nachmittags hatten sie die Alten getroffen, und obwohl sie an einem lichten Platz in der Orangerie gesessen hatten mit Blick auf die Wasserspiele, hatte Willem sich auf Anhieb beengt und wie in einem miefigen Spalt gefühlt. Barbara hatte ihre erste Zigarette geraucht, und er konnte zusehen, wie ihr schwindelig wurde.

Vor allem die Mutter hatte sich offen gegeben und für ein konstruktives Bündnis ausgesprochen. Doch Willem hatte geahnt, daß sie längst von dem Besäufnis wußte; ob zufällig oder durch ihre geisterhafte Fernwirkung, konnte er nicht sagen. So saßen sie in der Orangerie, und die Mutter hielt alle Absicht und allen Eigennutz verborgen. Sie führte die Rede, ordnete die bisherigen Geschehnisse und konnte noch aus den verfahrensten Umständen eine klare Richtung aufscheinen lassen. Sie entwickelte einen milden und förderlichen Blickwinkel und kam dann ohne Umwege auf den Punkt. Sprach sich für Laschek aus, für Seidenberg und Kessler. Und als Barbara den Kopf schüttelte, als sie mit schwerer Stimme Striebeck, Bloch und Garbarde gegen die Alte stellte, ahnte Willem, daß seine Frau womöglich noch verkaterter war als er selber. Alle Pläne, die noch in der Eckkneipe so leicht erschienen waren, mit denen sie sich bis in die Eingeweide der Alten gedacht und sie von dort mühelos ausgehebelt hatten, mußten an diesem Tag scheitern. Sie mußten die Kaltblütigkeit seiner Mutter hilflos mit ansehen; ihr Kalkül, mit dem sie noch die blutigsten Schnitte rechtfertigen konnte, und Willem sah ein, daß die Mutter sie auf ihr Schlachtfeld gelockt hatte. Seine Zunge war pelzig, abwärts der ganze Schlund, und er spürte den Brechreiz.

Als Barbara endlich gesprochen hatte, waren ihre Worte aus einer seltsamen Entfernung zu ihm gedrungen. Er erinnerte sich, daß sie versucht hatte, alle Festigkeit und alle Beweisgründe, die sie am Abend in der Eckkneipe aufgestellt hatten, nun ins Feld zu führen. Und so hatte Barbara sich als erstes für Striebeck ausgesprochen. Mit Korpsgeist, hatte sie gesagt, jung und dynamisch. Mehrsprachig und mit sehr beweglichem Verstand; ein kostbarer Rohling, der das Wesen des Geschäfts erfasse und mit jedem Schliff besser werden würde. Eine Frau, der man Verantwortung übertragen könne und die man auf lange Sicht einbinden müsse.

Die Mutter hatte dazu gelächelt. Und Barbara recht gegeben; Striebeck sei ein Typ, den man so bearbeiten könne, daß am Ende die gewünschten Eigenschaften herauskämen. Ganz der Typ der kommenden Generation, hatte die Mutter gesagt, intelligent, erfolgsorientiert und ohne 68er-Lasten. Mit hinreichend Charme und Biß, sich auch in der Männerwelt durchzusetzen. Dennoch gebe es ein Problem mit dieser Frau: Sie würde Kinder wollen. Selbst wenn sie jetzt noch vom Gegenteil überzeugt sei, würde sie irgendwann wollen. Sie könne gar nichts dagegen tun, und die Mutter hatte sich geweigert, in ein junges Ding zu investieren, das nicht loyal bleiben würde. Wenn man ihr ein Attest vorlegte, das bestätigte, daß diese Striebeck keine Eierstöcke mehr hätte oder ganz profan unfruchtbar wäre, könnten sie sie haben. Und das gleiche gelte natürlich für diese Garbarde.

Willem hatte den Pelz von der Zunge bis in die Eingeweide gespürt, und die Mutter hatte gelächelt und Seidenberg gesagt. Eine Frau mit Kompetenz und passenden Eigenschaften, nicht unterwürfig, aber biegsam, und entscheidender, hatte die Alte gesagt: die nach einer dramatischen Fehlgeburt alle Hoffnung auf Mutterschaft verloren hatte. Und auch Kessler, die älteste unter allen Bewerbern, erfülle dieses Kriterium; nachdem sie bereits zwei nicht lebenstaugliche Frühchen auf die Welt gebracht hatte, bestehe auch bei ihr eine gewissermaßen ärztlich beglaubigte Hoffnungslosigkeit. Über Laschek schließlich, hatte die Mutter dann gesagt, den einzigen Mann in der Runde, bräuchte gar nicht erst diskutiert zu werden. Neben seinem ausgeprägten Anpassungssinn überzeuge vor allem sein erstaunliches Wissen auf den Gebieten der Informationstechnologie, und auch Barbara, hatte die Mutter gesagt, die ja nun voll und ganz auf dieses neue Feld aus Mikrochips und Digitalrechnern baue, komme um Laschek nicht herum. Laschek sei gesetzt.

So hatte die Mutter dagesessen, und Kronhardt, frisch rasiert und mit aufdringlichem After-shave, hatte ihr zugehört, als verkünde sie die Ordnung der Welt. Erst als die Alte sich dann an Barbaras letzte Kandidatin machte, an Katja Bloch, hatte Kronhardt seine lächelnde Starre abgelegt; seine Kaumuskeln waren hervorgesprungen, und es war offensichtlich, daß er eine Wut gegen Katja Bloch zügelte. Doch seine Frau hatte milde gesprochen; hatte sich einfühlsam gegeben und ihre Ansichten auf eine Art geordnet und gestrafft, daß nur noch eine einzig gültige Erkenntnis übrigbleiben konnte. Bei aller Sympathie und trotz der zugestandenen Fähigkeiten der Kandidatin hatte sie begründet, warum vor allem Blochs Vergangenheit ein Risiko darstelle. Bloch sei aus der DDR ausgebürgert worden. Eine Dissidentin, und für die Mutter stünde es außer Frage, erst einmal den Hut vor dieser Frau zu ziehen. Sie selber sei Emigrantin und wisse um die unglaubliche Kraft hinter so einer Haltung; doch sie wisse auch um die Gefahren – gerade Dissidenten aus der Ostzone, hatte sie gesagt, und daraus geschlossen, daß Bloch so integer sein könne, wie sie nur wolle: Wenn sie ihr von drüben Spitzel aufsetzten, wäre auch das Geschäft nicht mehr sicher, und sie zeigte Fälle von slawischer Gerissenheit auf, die ihre Sorge mehr als berechtigt machten.

Barbara hatte einen schmerzhaften Ausdruck im Gesicht gehabt, und vielleicht war es auch der Kater gewesen, in dem alle Schärfe und Schnelligkeit ihres Geistes verfing. Und so war sie aufgestanden, hatte den Kopf schwer geschüttelt und war an die Scheiben getreten. Hatte auf die Wasserspiele geblickt, und Willem hatte der Mutter gegenübergesessen. Und dann war es ihm durch die Hände gebrochen. Angetrieben noch von Pils und Korn aus der Eckkneipe. Und es war über Porzellan und Kuchen geschwappt, und noch die Mutter hatte ein paar Spritzer abgekriegt.

Willem saß noch immer in der Kabine, als Barbara zurückkam. Sie glitt hinters Lenkrad, und als die Glühspirale rausgeschnalzt war, zog der Rauch auf Willems Seite gegen den Himmel. Ihre Augen standen starr hinter der Sonnenbrille, manchmal knisterte der Tabak.

Willem sah die Welt hinter der Windschutzscheibe. Die Alten hatten es nie fertiggebracht, die handgeschmiedeten Buchstaben von der Fassade zu nehmen. Er wußte nicht, bis wann sie noch gehofft hatten, daß er in ihrer Nostalgie aufgehen würde. Er wußte auch nicht, ob diese Hoffnung ihn anrühren konnte. In ihm löste dieser Schriftzug einfach nur einen Zustand aus: zurück aus kentaurischen Welten, absatteln und den schmalen Heckenweg runter; der Gang durch die Produktion, das Rattern der Jahrestage, und dann durch die Tür mit der Fraktur; vorbei an den sauber aufgehängten Kitteln, die Wendeltreppe bis zur Mutter, die bereits hinterm Schreibtisch wartete. Das Urteil sprach und Zeit herausschnitt. Barbara saß neben ihm und rauchte.

Über dem Seitenfenster stand ein Streifen Himmel, und mit seinem Rad war er damals gezogen wie Juri Gagarin; wie jetzt die Voyager-Sonden. Er konnte nicht sagen, ob die Welt sich durch solche Reisen weitete; ob sie ohne Ablaß aus sich herausdrängte und Möglichkeiten um Möglichkeiten hervorbrachte. Oder ob andersherum die Welt in sich hineinfiel und die Möglichkeiten in immer mikroskopischeren Sprüngen bündelte, so daß sich zuletzt noch der Kosmos in einem Atom offenbaren konnte.

Die Welt im Fingerhut, dachte er, und Barbara schob den Ascher zu.

Sie ließ die Brille auf, und ihre Hände waren kalt unter dem gelochten Leder.

Wo sind sie?

Oben.

Ich komme gleich. Er strich über ihre Wange, und dann sah er zu, wie sie wieder bedächtig gegen das Haus zog.

Zweiter und dritter Stock waren im April 44 zertrümmert worden, und Willem war das Gefühl nie losgeworden, daß die weggebombte Masse noch immer da war. Sein ganzes Leben hatten die Phantome aus Stockwerken und Geschichte seltsam auf ihm gelastet, und noch Wände und Möbel hatten ihn bedrängt. Er hatte sich stets geschrumpft gefühlt in diesem Haus, während die Mutter mit ihrer Turmfrisur übergroß erschienen war; noch heute konnte er die Höhe ihres Unglaubens spüren, ihren Blick und auch ihren Busen, der ihn gesäugt hatte.

Als er aus dem Käfer stieg, lag die Stadt im Frühlingslicht. Die Kastanien trieben, in einer Brise wehte ihr feiner Duft. Vögel sangen, die Melodien überlagerten, und Willem war erstaunt über die Weite ringsherum; die Leichtigkeit plötzlich, die sich auftat, als wäre er aus einer Taucherkugel gestiegen.

Er hatte das Verlangen, einfach stehenzubleiben; die Sonne zu spüren, sich vom frischen Rauschen erfüllen zu lassen, dem Gesang. Diese Freude am Leben. Wie damals mit dem Vater.

Durch den Türspalt fiel Licht; er roch das Stearin und seltsame Süße.
Die Stühle standen ums Bett, Kronhardt hielt die Hand seiner Frau.
Barbara saß gegenüber; im Kerzenlicht das Gesicht der Mutter.
Ein Mal hatte er sie schön gefunden; nicht begehrenswert, sondern selbstlos und wohltuend, und sie war ihm wie aus einer anderen Welt erschienen. Ein zeitloses und wunderbares Bild einer Mutter. Doch jetzt auf dem Bett konnte er sehen, daß nichts aus ihrem Leben eine Spur dieses Urbildes hinterlassen hatte. Arme Mutter, und er kam zu ihr hinab und berührte den bereits erkalteten Körper.

II

Ramow&Ramow

I

Kolchis und Iberien; ein Reich, das von der Weltgeschichte immer wieder zerstückelt wurde. Alexander, Rom oder Persien. Araber, Mongolen und Osmanen; und später dann die Russen, die es zuletzt zur Grusinischen SSR gemacht haben. Ein Reich wie das Fettauge in der Wasserschüssel, und nach all den Zerstückelungen ist es immer wieder zusammengekommen. Auf seltsame Art autonom und lebendig geblieben durch die Jahrtausende der Weltgeschichte, und als der sowjetische Riese ins Straucheln kam, gehörte diese transkaukasische Republik zu den ersten, die ihre Unabhängigkeit ausriefen.

Willem liegt auf dem Sofa und hält das Magazin in den Händen. Georgien also, und er freut sich, wie die Zusammenhänge aus der Geschichte neue Blickwinkel erschaffen können.

Die Sensation des Artikels liegt jedoch jenseits irgendeiner Weltpolitik und scheint mühelos die Grenzen menschlicher Erfahrung zu übersteigen. Willem liest, daß es den Georgischen Schädel gar nicht geben dürfte und daß alle Untersuchungen offenlegten, wie dieses frühmenschliche Fundstück noch das Grundgefüge wissenschaftlicher Weltordnung aufweiche. So liegt er auf dem Sofa, und als das Telefon anspringt, scheint die Zeit aufzureißen. Siebenmal, achtmal, und jeder Ton treibt den Riß, spült eine Realität nach innen, die zuletzt alle Versenkung aufsteigen läßt.

Hallo.

Ich wußte es.

Was?

Daß du in deinen Büchern versackst.

Ich bin fast fertig.

Womit?

Du hast recht. Ich bin versackt.

Die Party fängt bald an. Inéz und Hector sind schon hier.

Ich komme.

Ich lege dir frische Sachen raus.

Nicht nötig.

Ach Willem. Immer deine Kluft.

Ach Barbara. Und dann: Küßchen.

Bummel nicht.

Er legt Mozart auf; vorm Spiegel nimmt er die Brille ab, reibt die Tränensäcke und sieht zu, wie die Flüssigkeit sich wieder sammelt. Kolchis und Iberien, meint er, und dann nimmt er die Seife und bringt den Kopf ins Waschbecken. Kümmert sich um Fingernägel und Zähne, zieht Grimassen und betrachtet die Falten. Dann kämmt er das Haar nach hinten, kaschiert die Platte und freut sich darüber. Die Koteletten sind noch buschig, und beim Einsatz der Klarinette fährt er sich über die Stoppeln. Er sieht auf die Uhr und entscheidet sich gegen eine Rasur; die Zeiten haben sich geändert, meint er. Verstoppelt auf einer Party schockt heutzutage niemanden mehr, und die Systemverweigerungen von damals tauchen in Zyklen wieder auf; weichgespült für den Markt und in allen Spielarten. Für die Sache kämpfen wird heutzutage an den Börsen transformiert, und legal-illegal-scheißegal ringsherum.

Er dreht die Klarinette ein bißchen lauter und zieht seine Kluft an. Nichts Dramatisches, eine Tweed-Cord-Kombination aus Originalzeiten.

Der Kaktus von Hector Luna hat ausgetrieben, und seine Arme stehen gegen die Dämmerung. Willem schenkt einen Whisky ein, während das Orchester die Klarinette aufnimmt; dann geht er ans Teleskop, kriegt Venus rein und dann einen Bengel, der vorm Roland steht. Er fokussiert ambulante Straßenmusiker und zuckelnde Tauben. Und mitten im Kalten Krieg haben die Russen den Schädel ausgebuddelt. Haben ihn vermessen, datiert und zugeordnet, und das Ergebnis paßte von Anfang an nicht in das anerkannte Bild der Menschheitsentwicklung. Das nächste Mal gingen sie mit neuer Technik ran. Dann mit neuen Leuten, und stets wurden die ersten Ergebnisse von neuem bestätigt. Der Georgier gehört zu einem Erectus, einem Frühmenschen in einer Linie mit dem Sapiens, der Afrika frühestens vor einer Million Jahren verließ. An seiner Art gibt es keinen Zweifel; sein Schädel ist so gut erhalten, daß er wie ein Leitgestirn für die Merkmalsausprägungen der ganzen Erectus-Art erscheint. Auch am Alter ließ sich nicht deuteln; die C-14-Methode hatte 1,75 Millionen herausgebracht, und auch mit Radionukleiden und Isotopen kamen die Russen auf eindreiviertel Millionen. Der Erectus-Schädel war also 750 000 Jahre zu früh in Georgien aufgetaucht, und die Russen konnten sich das nicht erklären. Sie entwickelten disziplinübergreifend Ideen, die Genossen tagten auf der Krim oder sonstwo, doch der Schädel blieb ein Rätsel.

Als sie das nächste Mal rangingen, verdoppelte sich das Rätsel. Der Schädel war jünger geworden – C-14- oder Isotopenmethode, der Schädel hatte 50 000 Jahre gutgemacht. Und während sie sich auf der Krim die Haare rauften, verjüngte sich der Schädel weiter. Die Sowjetunion war eine Großmacht, rüstete ständig auf und arbeitete auf allen Ebenen daran, als einzige Supermacht über der ganzen Welt zu stehen. Doch der Georgische Schädel blieb ein Rätsel. Und natürlich forderte der Kreml, dieses Rätsel zu lösen und in Kraft und Sieg der Sowjetvölker umzuwandeln; forderte, das Phänomen der rückwärts laufenden Zeit in ihrem Sinne steuerbar zu machen, und die Wissenschaftler hatten keine Atempause. Wer abschweifte und Visionen von Darwin entwickelte oder Einstein, wurde nach Sibirien verbracht. Durch den Kalten Krieg bis über Glasnost und Perestroika hielt dieser Druck auf die Wissenschaftler, und nach dem Zusammenbruch ging der Schädel dann erst einmal unter. Blieb zwanzig Jahre verborgen, und jetzt ist er plötzlich in Leipzig aufgetaucht. Mitsamt seinem Rätsel, und aus der bedeckten Art, wie man letzte Ergebnisse am Max-Planck-Institut kommentiert, kann Willem nur einen Schluß ziehen: Der Schädel verjüngt sich weiter und wird demnächst in die Gegenwart einschlagen.

Er nimmt den letzten Schluck. Kratzt sich den Kopf, sieht die Tauben, und die Straßenmusiker, meint er, haben kaum noch was gemein mit den armlosen Männern seiner Kindheit; heutzutage sind es oft genug Kapellen, von der Geschichte entwurzelte Berufs-

musiker womöglich, die ihre endlose Sehnsucht heute hier verto-
nen und morgen da. Als wäre Rußland, als wären die Sowjetvölker
überall.

Dann macht er Licht und zieht sich vorm Spiegel das Jackett über.
Original Roderick, ein außerordentliches Stück, und Barbara weiß
das. Er schaltet die Anlage aus, sieht auf die Uhr. Zum nächsten
Taxistand ist es nicht weit, und ein kleiner Gang ist problemlos
drin.

Als das Telefon erneut anspringt, hat er es vorm zweiten Rufton
von der Station.

Ich bin schon unterwegs.

Das gefällt mir. Das nenn ich Geschäftsgeist.

Wir haben geschlossen. Rufen Sie Montag wieder an.

Zuerst steht ein Kichern in der Leitung. Wär ja noch schöner.
Dann verhärtet sich die Stimme. Willem Kronhardt.

Willem drückt die Stimme weg und sieht auf den Apparat in seiner
Hand. Als das Fensterchen wieder aufleuchtet, liest er, daß der An-
rufer unbekannt ist. Er bringt den Hörer wortlos gegen sein Ohr.
Der Mann in der Leitung schlägt mit der Zunge. So geht das nicht.

Willem lacht einmal.

Und Geschäftsgeist hin oder her. Unser Handel ist nicht lustig.

Und Willem lacht noch einmal.

Es geht um Ihren Vater.

Als Willem nichts erwidert, sagt der Mann: Da sehen Sie es.

Was?

Das Schiff hieß Alk.

Aha.

Aha, sagt er, und wieder schlägt die Zunge. Als wüßte er, was da-
mals geschehen ist; als hätte er mein Material. Und dann: In einer
Viertelstunde können Sies gut schaffen. Sie gehn aus Ihrem Büro,
nehmen den Marktplatz Richtung Kunsthalle. Am Theater vorbei,
dann die zweite rechts. Wenn Sies nicht finden, fragen Sie einfach.
Ich sitz in der Stumpfen Spitze, letzter Tisch. Und wenn Sies bis
Montag aufschieben, ist mein Material längst weg. Verstehn Sie,
Kronhardt: Es gibt Menschen, denen viel daran liegt, den falschen

Glauben aufrechtzuerhalten. Aber ich sags Ihnen: Ihr Alter ist nie und nimmer an simpler Embolie abgekratzt.

Knapp zwei Straßen hinter dem Theater gibt es eine Gyrosbude. Der Koch nickt Richtung Telefon, und als die Leitung geschaltet ist, schmeißt er das Elektromesser an.
Willem hört Enttäuschung, dann den Ärger. Unsere Party, sagt sie, und wo steckst du und was sind das für Geräusche.
Er kann Barbaras Gefühle verstehen und macht eine hilflose Bewegung. Ich liebe dich. Dann erzählt er in knappen Sätzen. Ich geh da jetzt hin. Bis gleich.
Er ißt schnell, und mit dem letzten Happen gibt er dem Koch ein Zeichen; der Ouzo drängt wie kaltes Öl.
Zur Stumpfen Spitze also.
Von der Malocher- zur Linkenkneipe und jetzt ein schicker Laden. Ein Schlauch wie eh, auf einer Seite Tresen, auf der anderen Tische, alles hart und silberfarben, und an den Wänden teuer gerahmte Drucke schweineteurer Zeitgenossen. Und wo ehedem Achim-das-Tier hantierte, sieht Willem jetzt eine Frau. Sie gibt eine Kombination in eine Eiswürfelmaschine, und aus drei Löchern spuckt die Maschine dreimal gehacktes Eis, und genauso klingt die Musik.
Im ewigen Kunstlicht der Szene erscheint die Frau ein bißchen angepunkt, doch als Willem auf einen Hocker steigt, ahnt er die Boutiquen und Visagisten hinter dem Retro.
Er gibt sich zufällig, grüßt, entdeckt in dem vollen Regal zwei, drei gute Singles, und dann läßt er den birnigen Duft eines Clynelish in seine Nase; der Abgang ist geschmeidig, entfaltet sein Feuer erst im Schlund, und er läßt es brennen.
Auf dem letzten Tisch liegt ein Telefon, daneben eine Zigarrenhülse. Ein Rauchball steht in der Luft und verhüllt den Kopf eines Mannes.
Willem setzt sich. Wir haben telefoniert.
Aus dem Rauchball kommt das Kichern. Mit wem ich schon alles telefoniert hab.
Kommen wir zur Sache.

543

Dann tauchen die Pupillen auf; groß und starr, wie es scheint. Und wenn Ihnen die Sache gar nicht guttut?

Willem stößt auf, und zuletzt setzen sich Pita und Ouzo gegen den Whisky durch.

Zur Sache also, und der Mann kichert. Als Geschäftsmann hör ich so was gern. Aber ich will auch ehrlich sein: Was ich zu verkaufen hab, das kann Sie glattweg aus den Socken haun.

Er winkt nach der Edelpunkerin und bestellt ein Tonic. Sie auch was?

Ich habe wenig Zeit.

Und der Mann kichert.

Dann sagt er: Mein Name ist Burke.

Er ist jünger als Willem und hat ein gebräuntes, gut unterfüttertes Gesicht. Gepflegt, die welligen Haare sind nach hinten frisiert und zusammengebunden. Eine kompakte Erscheinung mit Ethnokette und modischer Kapuzenjacke.

Richard Kronhardt, sagt er. Gestorben auf der Alk. Festgestellte Todesursache: paradoxe Embolie. Punkt, und soweit kalter Kaffee. Aber was, wenn der Kaffee plötzlich aufbrodelt, weil Ihr Alter nie und nimmer wegen der Embolie ins Gras gebissen hat – na!, und wieder schlägt der Mann mit der Zunge. Da sehn Sies. Genau das nämlich kann ich beweisen. Und diesen Beweis laß ich mir bezahlen. Logisch, oder. Und legal. Mein Anwalt setzt einen Vertrag auf über den Verkauf von Familienpapieren, und wenn wir das Geschäft abwickeln, sitzt er dabei. Sie wolln nich die Katze im Sack, und ich will keine Schererein.

Familienpapiere also, sagt Willem.

Der andere lehnt sich zurück. Sein Mund wirkt fleischig und unverschämt.

Burke also. Willem schnalzt einmal, dann kichert er. So kann sich doch jeder nennen. Und er steht auf und wendet sich ab.

Der andere flüstert jetzt. Als die Pathologen Ihren Alten aufmachten, deutete zuerst alles auf Embolie. Doch ein Jungarzt deckte dahinter Anomalien auf und schaltete die Gerichtsmedizin ein. Dann Kripo, Tageszeitung, Sie wissen schon. Bis ein Arztkollege aus dem Hintergrund die ganz ähnlich gelagerten Berichte aus einer Fach-

zeitschrift ins Spiel brachte, worauf ein Richter die Embolie als Todesursache amtlich machte. Bis heute. Aber was – und die Stimme
des Mannes wird dramatisch leise. Was, wenn dieser Jungarzt doch
auf der richtigen Spur war? Und der schemenhafte Arztkollege mit
dem Tip jemand war, der die Wahrheit bis heute verschleiern will?
Willem dreht sich wieder um. Die Augen des Mannes wirken unberechenbar, das gebräunte, gut unterfütterte Gesicht seltsam zusammengesetzt. Doch Willem kann nicht sagen, was falsch ist.
Er stützt sich auf den Tisch und sagt: Zeigen Sies her.
Burke schlägt mit der Zunge und wedelt mit dem Zeigefinger.
Dann sagt er: Nina, und die Edelpunkerin bringt einen Clynelish.
Burke dampft, bis sein Gesicht im Rauch verschwindet. Mein Opa,
sagt er. Lehnt sich zurück, schlägt ein Bein über, und Willem ahnt
den unverschämten Ausdruck.
Mein Opa hat sozusagen Geschichte gesammelt. Zuerst hatte er
den Schuppen, dann nahm er den Boden dazu, und zuletzt war
alles voll. Alles wie rausgerissen; ein wilder Haufen Vergangenheit,
verstehn Sie. Seelenloser Epochenschrott, bis rein ins Klo.
Willem spürt die Augen durch den Rauch. Verstehe, sagt er.
Nix verstehn Sie. Weil das in Wirklichkeit nämlich ganz anders war.
Verstehe.
Der Mann is ja n Oberschlauer, und Burke kichert. Dann mit der
härteren Stimme: Der ganze Krempel schien ohne Zusammenhang, die Geschichte von jedem Stück unwiederbringlich verloren.
Doch in Wirklichkeit war das anders. In Wirklichkeit hatte mein
Opa voll den Plan. Nur daß es keiner wußte. Alle dachten nur, der
Alte hat nicht mehr alle Tassen im Schrank. Vor Stalingrad hatte
er gesehen, wie einem Kameraden nach einem Treffer die rechte
Hand vom Arm baumelte und wie der Kamerad die Fleischfäden
einfach abgerissen und den blutigen Stumpen zum Hitlergruß
gegen den russischen Himmel gestoßen hatte. Später in Sibirien
konnten die Aufseher nur einen deutschen Satz: Gnade ist Schwäche. Und als Adenauer ihn dann nach Deutschland zurückholte,
war die Heimat fremd geworden; niemand wollte was mit meinem
Opa und seiner Vergangenheit zu tun haben.
Also hatte mein Opa nicht alle Tassen im Schrank, und er sam-

melte seine Bude voll bis ins Klo. Zuletzt bunkerte er sich in einen Überseekoffer ein. Verstehn Sie, son riesiges Ding, und jede Menge Aufkleber: Montevideo, Valparaiso, und er driftete ab, warf Erinnerung und Einbildung zusammen, er verlotterte, hortete Speck, und als dann die Maden aus dem Speck kamen, mußte ich ihn einweisen.

Burke lehnt sich zurück, leckt die Lippen, dampft.

Willem sieht das Gesicht hinter dem Rauch und kommt nicht drauf, was an diesem Gesicht falsch sein könnte.

Und wissen Sie was? In dem ganzen Chaos steckte in Wirklichkeit System. Eine wahre Goldgrube.

Verstehe.

Burke kichert.

Willem sagt: Ihre Geschichte stinkt.

Na klar. So wie die Geschichte mit Ihrem Vater.

Kommen Sie zur Sache.

Ja, was denn noch? Ich kann beweisen, daß Ihr Alter ermordet wurde.

Verstehe.

Na, hoppla. Der Mann gefällt mir. Mein Anwalt macht den Kaufvertrag, ich liefer, Sie zahlen. Rein netto Kassa. Genauso hatt ich mir das vorgestellt. Burke stößt gegen die Tonicflasche und fängt sie ungeschickt ab. Im Prinzip is mir das scheißegal, an wen ich verkaufe. Verstehn Sie. Entweder Sie zahlen, ums zu erfahren, oder wer anders zahlt dafür, daß Sies nicht erfahren. Er kichert.

Wer?

Das steht in den Familienpapieren.

In Ordnung, Burke. Ich guck mir Ihr Material an.

Hoppla, Sie sind ja n richtiger Gönner. Und mit der härteren Stimme: Ich hab Zündstoff. Richtig gut und richtig teuer.

Wo kann ich Sie erreichen, Burke?

Sie? Und er lehnt sich zurück und pafft. Da kümmer ich mich drum.

Mit der Dunkelheit sind Wolken aufgezogen und feiner Regen. Willem nimmt die Brille ab, der Blick gegen die Stadt bleibt trüb.

In der Stumpfen Spitze steht die Edelpunkerin hinter den Scheiben; sie blickt ihm hinterher, telefoniert.

Auf der Hauptstraße bimmelt eine Straßenbahn, eine Gestalt mit Einkaufswagen humpelt davon. Willem schlägt den Kragen hoch, folgt der Bahn, und in einem türkischen Restaurant sieht er Hammelköpfe und Auberginen; das Gold der Männer, die wie Eingeweihte um die Tischchen hocken. Um die nächste Ecke steht ein Sprayer; Willem hört das Klackern der Kugel, riecht Treibgas, dann zischt es wieder, und als er vor der Wand steht, zieht die Farbe noch aus den Buchstaben: Es geht um alles. Was denkt sich ein junger Mensch, wenn er solche Aussagen an die Häuser bringt? Was weiß er von den anderen und den Zusammenhängen dieser Welt? Was hat Willem gewußt, als er so jung war wie dieser Sprayer?

So zieht er weiter; die Lichter zersprühen im Niesel, und alles, was er von den Generationen nach ihm weiß, hat er aus zweiter Hand. Auch wenn er gewisse Grundlagen ihrer Welt erfassen kann – die brutale Zerstörung aller Natur, die Brutalität der Reichen und Superreichen, die Dimensionen der Armut und natürlich auch das Netz als neue Dimension –, weiß er nicht, wie diese jungen Menschen ticken. Es geht um alles, doch er kann nicht sagen, was für eine Wahrheit bei den Sprayern hinter so einem Satz steckt. Daß es in Wirklichkeit um nichts geht?

Vorm Theater stehen ein paar Taxis.

Der Fahrer weiß, wo es noch Blumen gibt. Willem kauft Lilien für Barbara und ein paar Gladiolen. Er bittet den Fahrer, Weg gegen die Hochstraße zu nehmen, und als sie aus dem Rembertikreisel stoßen, läßt er hinter der nächsten Ampel warten. Steigt aus und legt die Gladiolen für Patrizia ins Gras.

2

Barbara ist schnell. Du bist ein Lump, sagt sie.

Wegen der Lilien – wir nehmen die rote Vase. Gut?

Du schaffst es immer wieder, und sie küßt ihn.

Ehrlich. Du hast keinen Grund, sauer auf mich zu sein.

Das sagst du immer.

Weils stimmt.

Und sie küßt ihn noch mal, dann nimmt sie seine Hand.

Durch die Diele schlagen ihnen Geräusche entgegen.

Mein Vater ist wieder aufgetaucht; Willem macht es kurz, und Barbara verspricht, nichts zu sagen.

Der Anlaß ist langweilig. Standpunkt und Verbindungen, und so stehen rings die Gäste; die Hälfte im Geld gealtert, die anderen zumeist teuer in Alterslosigkeit konserviert.

Roderick ist erstaunlich rüstig; er fuchtelt mit seinem Stock, lacht; sein Sohn, Jake, ist immer noch bei den Elementarteilchen und trägt seine Anzüge von der Stange.

Der Brauereidirektor sitzt im Rollstuhl, und seit seine Tochter die Geschäfte führt, läßt sie regelmäßig Fett absaugen und sich die Formen spritzen.

Barbara begleitet Willem eine Weile, dann läßt sie ihn in einem Kreis um Veronika von Zerbst; Willem gibt sich geschmeidig, lacht, und dann läßt er sich lachend von Inéz herausziehen. Sie turteln ein bißchen, sie wirft den Kopf zurück, und aus dem glatten, nackenlangen Haar steigen silberne Reflexe, er riecht den Duft ihres Körpers, sie plaudern, und dann verliert er die Spanierin an einen Mäzen und seine Künstler. Willem umarmt Hector Luna, und gegen den Nachgeschmack von Ouzo und Whisky rät der Mexikaner ihm zu Limettensaft; Avocado und später Cocktails. Im Hintergrund spielt die Kapelle, Ulrike Striebeck tänzelt vorbei, Willem macht ein Kompliment und erzählt ihr vom Georgischen Schädel. Rita Schrödinger kommt dazu, und Willem erfährt, daß Hultschinek Zucker hat. Sie mußten ihm ein Bein abnehmen, das steife, sagt sie, und mit der Prothese humpelt er beinah wie früher. Laschek stößt dazu, selbstgefällig auf seine linkische Art, und Willem nimmt die Stickmeisterin, schlendert mit ihr und will wissen, was sie über die jungen Sprayer-Typen heutzutage denkt. Er verliert sie im grölenden Deutschmeister-Kreis, und dann steht Katja Bloch vor ihm. Er umarmt sie, und gemeinsam schlendern sie ans Büfett. Willem entscheidet sich für Avocado und Fisch, und danach, an der Bar, erzählt Katja von ihrem Mann. Boris, sagt sie, geht es nicht gut. Die Vergangenheit hält seine Gegenwart fest umklammert, er leidet an der Familiengeschichte. Sie schaut Willem in die Augen. Sie weiß seine Anteilnahme zu schätzen, und dann winkt sie nach Hector Luna. Bestellt sich einen Apple-Jack-Rabbit, Willem schließt sich an, nimmt vorweg noch einen Limettensaft, und so stehen sie bald da, plaudern, und manchmal bringt er Katja auch zum Lachen.

Deutschmeisters eine Gesichtshälfte ist nach einem zweiten Schlaganfall gelähmt. Doch nicht Starre oder Sabber machen den Anblick, sondern der farbliche Schnitt, und wenn er draufgeht und dröhnt, ist es um die weiße Hälfte reduziert. Doch auch mit halber Kraft kann er noch mehr geben als die meisten, und wenn er Willem in herausfordernder Art seine taube Wange bietet, macht Willem das Spielchen mit, gibt dem Deutschmeister einen Klatscher, und es gibt immer wieder Gäste, die darauf hereinfallen. Und natürlich ist es dann Deutschmeister, der als erster in die Stille poltert.
So hat Willem mit der Party kein Problem; er trinkt, macht einen Witz, und wo sich Gelegenheit bietet, entwirft er Standpunkte oder stellt Verbindungen her. Und sobald jemand nachhakt, holt er womöglich Zoologie oder Verhaltensforschung vor, zeigt synergetische Effekte, zeigt Kollaps auf und bündelt alles in der Naturwissenschaft – Kinderschändung, vergiftete Lebensmittel, Weltmacht oder globale Wirtschaftskrise; doch zuletzt ist es egal, wie die Phänomene benannt werden, weil die Ursache und der Weg zu

den Phänomenen gleichbleiben. Und auch rings die Reaktionen bleiben gleich, wenn er seinen Blickwinkel mit Beispielen aus der Evolution belegt: Sobald er die Wege zu Überspezialisierung und Degeneration offenlegt, nicken sie, und dann wollen sie wissen, ob sich daraus Kapital schlagen läßt.

Er stößt mit dem Kykladenreeder an, mit Visconti, und als er Karin Lund trifft, macht sie ihn mit einem Mann bekannt, der auf Schwimmbäder spezialisiert ist. In der Wüste, sagt er, und ausschließlich für Pferde, und bald vergrößert sich die Traube um diesen Mann, die Wüste erscheint mit biblischer Wucht, und er berichtet davon, wie er jedesmal vor dem gleichen Dilemma steht. Weil man zuerst eine Piste braucht, um die Raupen und Kipper anzufliegen, und wie gerade Raupen und Kipper unerläßlich sind für den Ausbau einer Piste. So scheint der Mann sie alle mit seinem Bericht einzufangen, und bald klingen noch die Hekatomben von Abraum, die Installation der Süßwasserpipelines oder auch der englische Rasen bis zum Horizont nur noch wie läppisches Vorspiel. Die wahre Herausforderung, sagt der Mann, offenbart sich zuletzt in den Feinheiten: Marmor oder Lapislazuli, Fayence oder Azulejos, Gold oder Silber, und rings in den Köpfen verdichten seine Worte.

Willem bringt es schließlich auf den Punkt und nennt den Mann einen Schöpfer, der in der Wüste Sinn stiftet, wo zuvor alles sinnlos war. Und während noch alle nicken, während noch alle überlegen, ob Kapital aus dieser Geschichte zu schlagen sei, fragt Willem nach, ob mit Anschlägen gerechnet werden müsse. Ob die allgemein forcierte Degeneration auch in der Wüste bereits Kinder hervorgebracht habe, die mit Sprenggürteln ausstaffiert seien.

Treibs nicht zu weit.
Nein.
Wir haben wichtige Leute hier.
Na klar.
Willem.
Was?
Trinkst du zuviel?

Und er lacht und küßt seine Frau.

Ein klassisches Dilemma, sagt er dann. Diese wichtigen Leute machen mich total nervös, und nervös rede ich totalen Mist. Andererseits werde ich immer besser, je mehr ich trinke.

Barbara gibt ihm einen Klaps. Siehst du den Kerl da drüben.

Welchen?

Mit der miesen Visage.

Miese Fresse ist relativ. Da seh ich auf Anhieb gleich fünf. Nein, warte, sechs.

Der mit dem silbernen Schlips.

Was ist mit dem?

Ich möchte, daß du dich mit ihm unterhältst.

Wozu soll das gut sein?

Einfach so.

Der sieht aus wie ein –

Willem!

Schon gut.

Der Mann ist Graf Kaltenhagen. Der Titel ist angeheiratet, und seine Frau ist die da.

Den Grafen unterhalten. Und sonst?

Nichts. Er soll sich wohl fühlen.

Laß uns tanzen.

Und danach plauderst du ein bißchen, ja.

Ist er naturwissenschaftlich?

Keine Ahnung. Inéz und ich waren schon beide an ihm dran. Nichts zu wollen.

Wenn er sowieso nur angeheiratet ist, hat er doch nichts zu melden. Da kümmer ich mich lieber um die Gräfin.

Um die Gräfin kümmer ich mich. Komm, und so schlendern sie Arm in Arm durchs Landhaus. Lächeln charmant, sind jederzeit schlagfertig, und Willem schnappt noch nach einer Languste vom Büfett.

Die Paare tanzen im Schummerlicht, eine pulsierende Nähe im Rhythmus der Kapelle. Sie finden mühelos ihren Schritt.

Und das Klimakterium, sagt Willem.

Es ist nicht das Klimakterium.

Seit Wochen bist du launisch.

Seit Wochen keine Zigarette mehr.

Oh.

Ist dir nicht aufgefallen?

Ehrlich gesagt.

Und? Wie findest du das.

Mich hats nie gestört.

Manchmal macht es mich wahnsinnig.

Fang einfach wieder an.

Nein.

Heutzutage ist doch eh alles vergiftet.

Darum gehts nicht.

Die machen unsere Welt kaputt. Und die Raucher und Armen zu Sündenböcken.

Ich will nicht mehr abhängig sein.

Du wirst immer abhängig bleiben. Und außerdem hast du zugelegt.

Ich dachte, das gefällt dir.

So tanzen sie im Schummerlicht, und Willem freut sich, daß ihre zuletzt schwankende Stimmung so einfach begründet ist.

Auch nach außen scheint die hormonelle Umstellung keine Wirkung zu haben; ihr Gewebe ist fest, die Haut weich, und Willem kann nicht sagen, ob diese Effekte mit Spa-Resort zusammenhängen, Thai Fit oder Zumba – diesen Methoden gegen das Altern, die so schnell und international geworden sind, daß kaum eine Muttersprache noch Wurzeln dafür hat.

Er drückt Barbara an sich, spürt, wie Wechseljahre und Jugend in ewiger Anziehung verschmieren, in Reife und Weisheit, und als die Kapelle den Schlußakkord in die Länge zieht, bis er schließlich im Applaus verschmilzt, künden die Musiker mit dezenter Verbeugung eine Pause an.

Kaltenhagen ist ein unangenehmer Mensch; auf einer Höhe von sich überzeugt, die nur abwärts blicken läßt, und Willem geht ihn fundamentalistisch an. Sexueller Mißbrauch in den Kirchen, Todesstrafe, regierungsfeindliche Organisationen.

Und gleich darauf behauptet er, daß Erfolg und Fortschritt niemals stattfinden, wenn das eigene Handeln durchschnittlich bleibt. Er behauptet eine höhere Art des Denkens, die Erfolg und Fortschritt definiert und zugleich davor schützt, sich der Angst an die Brust zu werfen: dem Kosmos, dem Nichts – dieser ungeheuerlichen und elementarsten Angst des Menschen. Für uns indessen, sagt er, geht es um alles. Verehrter Graf, und er spricht von Verstand und den weitgestreuten Erfahrungen einer Elite, die sich auf ein Ziel hin bündeln; er spricht von Substanz und Stil, unterstellt dem anderen Humor und eine ganz außerordentliche Art zu profunder Anregung.

Als er Kaltenhagen am Haken hat, geht er in die Tiefe. Erfolg und Fortschritt, sagt er, sind meine Bibel. Ich glaube, daß der Erfolg des einzelnen immer auch ein Erfolg der Gemeinschaft ist. Ich glaube an die Verschmelzung internationaler Interessengemeinschaften, sagt er, an die Elite und den Dienst an der Menschheit. Ich glaube an die Möglichkeiten der Zukunft und bin beispielsweise dafür, das menschliche Erbgut steuerbar zu machen, anstatt sich in Quasimoral aufzuweichen. Und es fällt Willem am Ende nicht schwer, Kaltenhagens Gesinnung aus der Tiefe zu ziehen und dann, mit konspirativem Lachen, seine Neigungen.

Hector Luna hat eine Hand auf Willems Schulter. Der Compadre sucht Sie.
Was will er?
Läuft rum wie ein kopfloses Huhn.
Ich brauch was zu trinken.
Apple-Jack?
Limettensaft. Großes Glas.
Ándale. Zuckerrohr dazu und alles?
Warum nicht.
Während der Mexikaner hantiert, sagt er: Seinen Gehilfen hat er auch losgeschickt.
Mich zu suchen?
Wer weiß. Aber jetzt hält der Dicke draußen Stellung.
Das Getränk ist hellgrün, mit perfekter Krone, und Willem läßt alles in sich hineinlaufen.

Menschen wie Kronhardt machen einem das Leben schwer.

Solange man sie läßt.

Ist aber ein langer Weg, das zu lernen. Oder nicht, Hector.

Jeden Tag aufs neue.

Und sie sind überall.

Ándale. Aber sie kommen nicht überallhin.

Und Willem legt eine Hand auf Hectors Schulter, und die Männer grinsen sich an.

Kronhardt drängt an die Bar. Steht hier, als wäre nichts. Komm! Und der Alte beginnt, an Willem zu zerren.

Sein Atem riecht, eine giftige Pilzwolke, meint Willem, und er hält den Alten auf Distanz. Was willst du?

Man sucht dich überall.

Ich bin hier.

Draußen ist jemand für dich.

Und Kronhardt zerrt. Eine hagere Gestalt mit malmenden Prothesen, und die Haut über dem Kopf sitzt so stramm, daß der Schädel durchscheint.

Willem macht sich erneut los. Was bist du für ein Mensch, sagt er und sieht, wie sich das Gebiß verschiebt; bleckt und Geifer freisetzt, und er ahnt das mümmelnde Loch hinter diesem Maul.

Komm!

Willem lächelt. Und stellt sich vor, wie Kronhardt schlampig mit der Haftcreme umgeht; womöglich permanent Essensreste unter der Gaumenplatte hat. Und was hatte Burke noch gesagt: Als die Maden kamen, mußte er den Alten einweisen.

Und dann sieht Willem wieder das andere Bild: Wie sie die Bordtoilette aufbrechen, wie der Körper die Tür versperrt. Wie sie brechen und zerren, bis schließlich der Kopf durch den Spalt gekullert kommt.

Er drückt den Alten beiseite. Du bleibst hier.

Der Kies ist von Scheinwerfern beleuchtet; die Luft kalt und feucht, und aus dem knorrigen Geäst fällt Dunst gegen das Licht. Die Autos stehen, als hätte jeder nur an sich gedacht; Limousinen, geländetauglicher Luxus, Drittwagen. Gegen die Eichen ein Lieferwagen mit laufendem Motor.

Willem sieht zwei Männer gegen die Kotflügel gelehnt. Als sie seine Schritte hören, verstummt ihr Gespräch, und sie sehen auf.

Machen Sie bitte den Motor aus, sagt Willem.

Ein Mann hebt die Schultern, löst sich und stellt den Motor aus.

Der andere trottet Willem entgegen. Ein großer, sackförmiger Körper mit einem flachen Multifunktionstelefon in den Händen.

Willem stellt sich dem Mann in den Weg. Was machen Sie hier, Laschek.

Bißchen frische Luft.

Frische Luft sind Sie nicht der Typ für.

Was soll das denn schon wieder.

Sie kennen mich doch. Ich weiß, wann Sie mich anlügen.

Warum soll ich wegen Luftschnappen lügen.

Blöde Frage. Weil Sie die Wahrheit vertuschen wollen. Und ich nehm das persönlich.

Nix hab ich hier gemacht. Bißchen mit dem Fahrer da gequatscht.

Worüber?

Dies und das. Fußball.

Willem lacht und holt ein paar zerknüllte Scheine aus der Tasche.

Dies und das und Fußball. Mal sehen, was der Fahrer dazu sagt.

Mein Gott. Was er hier macht, und warum er so spät noch was zustellt. Einfach bißchen quatschen.

Hören Sie auf, Laschek. Der Alte hat Sie zum Spionieren abgestellt. Und jetzt lassen Sie uns bitte alleine.

Laschek zieht ab.

Der Fahrer sagt: Expreßdienst. Ich hab eine Lieferung.

Aha.

Willem Kronhardt steht drauf. Und persönlich. Dafür hat der Kunde bezahlt.

Na klar. Und wer ist der Kunde?

Darüber dürfen wir keine Auskunft geben.

Quatsch. Wenn die Sendung privat aufgegeben wird und der Kunde weiß, daß der Empfänger blöd fragen wird, drückt er Ihnen was

in die Hand. Und dann reden Sie sich mit keine Auskunft raus.
Willem grinst und läßt die Scheine knistern.
Dann sagt er: Wir machens anders. Ich quatsch einfach ein bißchen
drauflos; Fußball, dies und das. Und wenn ich richtig liege, brau-
chen Sie bloß zu husten.
Der Mann räuspert sich.
Ich habe heute einen Mann getroffen. Kompakt, studiobraune
Haut und das Haar zum Zopf.
Der Fahrer guckt wie ein Frosch, dann guckt er weg.
Zur Stumpfen Spitze.
Der Fahrer hüstelt.
Die Frau hinterm Tresen ist nicht ohne. Groß, schlank, und die
Klamotten betonen ihre Figur. Violette Strähne im Haar, wirkt ein
bißchen punkig.
Der Fahrer hustet, und Willem läßt einen Schein aus seiner Hand
gleiten. Dann sagt er: Und den mit dem Zopf haben Sie nicht
gesehen?
Nee.
Kennen Sie die Punkerin?
Nee.
Aber die Punkerin hat Ihnen gesagt, wo es hingeht.
Yep.
In Ordnung. Also sind Sie mit der Sendung hierher. Die Einfahrt
rauf, ausgestiegen und dann geklingelt.
Nee, Chef. Klingeln brauchte ich nicht. Ein Taxi war hier, und
weil die anderen Wagen so schräg parken, steh ich auch n bißchen
zurück. Ihr Vater hat ein Ehepaar verabschiedet, und als das Taxi
abfuhr, kam er rüber zu mir. War zuerst n bißchen pampig, aber
dann wollt er mir die Sendung gleich abnehmen.
Und die Punkerin hat Ihnen gesteckt, wie ich ungefähr aussehe.
Na ja.
Und was hat der Alte dann gemacht.
Na ja. Ich hatt schon den Eindruck, daß er neugierig is. Und als er
gemerkt hat, daß ich nicht mit mir handeln laß, is er wieder pampig
geworden. Und dann is er rein, um Sie zu holen.
Aber vor mir kam der Dicke.

So wars.

Und der war auch neugierig.

Irgendwie schon.

Was wollte er wissen.

Na ja. Der is mehr um den heißen Brei rum. Daß Pauli Werder geputzt hat, wie der Job so is, wo ich grad herkomm.

Hat er die gleichen Fragen gestellt wie ich?

Kann man so nich sagen.

Wie denn?

Der war einfach neugierig.

Haben Sie ihm was gesagt?

Nee.

Willem sieht dem Mann in die Augen. In fünf Minuten weiß ich, ob Sie ihm doch was gesagt haben.

Nix hab ich.

Ich müßte Sie anschwärzen, wenn Sie lügen. Verstehen Sie, Ihre Branche lebt von Verläßlichkeit.

Was soll das denn heißen!

Daß Sie in eine Stichprobe geraten sind. Ihre Branche bezahlt Leute wie uns, damit wir Leute wie Sie auf ihre Verläßlichkeit prüfen.

Der Fahrer sieht Willem an. Sie meinen, das Ganze is abgekartet?

Willem hebt die Hände. Und dann: Was wollte der Dicke noch wissen?

Sie sind doch ein Spinner. Und der Fahrer holt einen Umschlag vor. Den kriegen Sie, wenn Sie sich ausgewiesen haben.

So startet der Lieferwagen in die Nacht, und auf der Ausfahrt ziehen die Lichter durchs Geäst und stoßen in den Dunst.

3

Die Eichen stehen scharf umrissen; über dem Wiesengrund liegen Nebelbänder, und in der Ferne staffeln sich die Kronen der
Waldbäume gegen dunstige Morgenröte. Krähen stolzieren über
den Hof; als sie Willem hinter den Sprossenfenstern bemerken,
steigen sie gegen den Winkel des Landhauses und ziehen ab über
das Reetdach.

Die Autos der Gäste haben den Kies aufgewühlt, und wahrscheinlich sind die meisten am Ende besoffen gewesen. Ein Flügel vom
Garagentor steht offen, und während er den Kaffee austrinkt, starrt
er auf das Heck von Barbaras Jaguar.

Im Schlafzimmer riecht er die Ausdünstungen, auch Spuren noch
ihres Parfüms. Sie atmet gleichmäßig, und als er sie küßt, streicht
die Bettwärme über seine Haut. Sie schläft noch, als das Taxi von
der Auffahrt rollt.

Die schwarze Piste durchschneidet einen Wald, und aus dem wel-
ken Braun schieben sich kahle Buchen in die Höhe. Auf einer
Lichtung äsen Rehe, bald steigt das Land an, und schwarzer Acker
stößt gegen den Morgen.

Der Dieselmotor tourt; gelegentlich streifen ausgedehnte Gärten
die Chaussee, in einer Senke Reste eines Auwalds und hinter einer
Anhöhe ein altes Schloß. Kurz darauf stößt das Taxi ein ins Städtische. Die Spuren der Eiszeit fest versiegelt; Linienbusse, Ampeln,
die Stockwerke eines Hochhauses.

Der Fahrer bremst und nimmt wieder Geschwindigkeit auf, die
Peripherie verdichtet, ein Stadtteil verschmiert mit dem näch-
sten. Keine gewachsenen Strukturen mehr, keine eigenständige
Geschichte, bald nichts, was noch vom Leben zurückliegender
Generationen zeugt. Wo abgerissen wird, entstehen Altenheime;

letzte Erinnerungen lösen sich auf zwischen Satellitenfernsehen und Demenz, und so zieht das Taxi voran. Von Einzelhandel und sozialen Oasen kaum noch eine Spur, und sogar die Supermärkte verschwinden. Die neuen Konzepte, meint Willem, gehen brutal ans Eingemachte, halten sich nicht mehr auf mit nationaler Identität und schalten endgültig auf die Idee einer alles erfassenden Monokultur.

Richtung Hafen tourt der Wagen sonor durch eine Grünphase; vorbei an der Stahlhütte, und dann ist von der alten Straßenführung nichts mehr zu sehen. Die ausgeschlagene Strecke mit dem Kopfsteinpflaster ist einer Trasse gewichen, mehrspurig, glatt und geradlinig, und Willem hat keine Ahnung, wo die alte Hafenrandstraße geblieben ist. Die Welt, durch die er mit Schlosser auf der Brennhexe gezogen ist, ist verschoben, zerschlagen, und auch die Rangierzüge und Bars sind nicht mehr zu sehen. Die Werft, wo Eisen zu Onassis gebogen wurde, ist im hart umkämpften Weltmarkt auf der Strecke geblieben, und auf dem riesigen Gelände sieht Willem jetzt ausgewachsene Spuren neoliberaler Kapitalagenturen – Strip-Malls, Shopping-Malls, Hypermärkte –, und auch die Überseebecken, wo einst die Dampfer zu Päckchen vertäut lagen, gibt es nicht mehr. Das Wasser ist weg, die Vertiefungen sind aufgefüllt, es wird mit stadtnaher Atmosphäre geworben, und eine schicke Szene hat sich dort bereits etabliert. So zieht das Taxi einwärts; geradlinig durch neuen Alltag, der vergeßlich macht. Einmal kann Willem vom Fluß her den Malzgeruch der Brauerei riechen, doch der so vertraute Duft der Kaffeeröster bleibt aus. Der Weltmarkt ist in all seinen Teilen hart umkämpft, und es gibt nur noch wenige Riesen, die die Brocken unter sich aufteilen.

Kurz vor der Brill-Kreuzung steigt das neue Faulenviertel auf, ein Auswuchs der Innenstadt, glitzernd und gefräßig, und auch die alte Straße, wo Doktor Blask seine Praxis hatte, ist weg. Der Platz, an dem Blask lachend und hackend seine Grundlagenforschung betrieb, und als das Taxi von der Martinistraße auf den Osterdeich gleitet, sieht Willem ein Ausflugsschiff, das zur großen Sonntagsrundfahrt losmacht.

In der Nähe der Theatergarage steigt er aus.

Den Deich rauf kommt kühle Luft, der Himmel ist blau, und die Sonne steigt auf flachem Bogen über die Stadt. Er quert die alte Prachtallee und taucht ein in die Nebenstraßen.

Eine Frau kommt aus der Stumpfen Spitze. Willem sieht ihre studiobraune Haut und die Spuren vom Botox in ihrem Gesicht. Sie beachtet ihn nicht, telefoniert, kramt in ihrer Handtasche, winkt zurück in den Laden.

Willem tritt ein und nimmt sich einen Hocker.

Der Mann hinterm Tresen blickt der Frau hinterher. Er lächelt, als sie den Geländewagen startet und dröhnend vom Fußweg absetzt. Zu Willem sagt er: Wir haben noch geschlossen.

Seltsam.

Was ist seltsam daran. Der Mann ist groß und athletisch.

Daß man immer gleich Bescheid weiß. Dabei bin ich rein privat hier.

Der Mann verschränkt seine Arme. Was soll das heißen. Er trägt große Ringe an den Fingern, die das Tresenlicht zurückwerfen.

Willem lächelt. Ich bin in der Obrigkeit gelandet, obwohl ich da niemals hinwollte. Natürlich hat man als Politiker eine Menge Sonderrechte, und man kann noch was drehen, wo andere längst keine Ansprüche mehr haben. Aber man bleibt seltsam beschlagen mit dieser Ausstrahlung, und wo immer ich auftauche, um ganz privat einen Kaffee zu trinken, meinen die Leute, ich will ihnen in die Eingeweide.

Der Mann nimmt die Arme auseinander und fährt sich über den Bürstenschnitt. Wie ein Politiker sehen Sie aber nicht aus.

Meine Fresse. Und Willem schlägt mit einer Hand auf den Tresen. Tut verdammt gut, das zu hören. Was glauben Sie wohl, wie ich zuweilen darunter leide. Wie gesagt, ich wollte niemals dahin, doch meine Alten haben mich reingepreßt, und seitdem habe ich kein Privatleben mehr. Freunde sind Menschen, die meine Möglichkeiten benutzen wollen, und der Rest will mich entweder in die Pfanne hauen oder spuckt auf die Politik. Kann ich einen Kaffee bekommen?

Der Mann scheint nachzudenken. Politiker, sagen Sie?

Willem hebt die Schultern.

Wie heißen Sie denn?

Leysieffer.

Nie gehört.

Und Willem lacht. Immerhin. Und dann: Wie stehts mit dem Kaffee?

Latte? Cappu?

Willem macht eine hilflose Geste, der Mann drückt eine Kombination und stellt einen schlanken Becher unter die Maschine.

Danke.

Was sind Sie denn für ein Politiker?

Einer wie alle.

Ihr Gesicht kenn ich auch nicht.

Die meisten von uns agieren verdeckt. Wie wir unsere Fäden ziehen, kriegt die Öffentlichkeit erst mit, wenn nichts mehr rückgängig zu machen ist.

Der Mann kratzt sich am Kopf. Das soll ich glauben?

Ich bin als Privatmann hier und habe das Recht wie jeder in unserem Land. Wenn Sie mich deswegen in die Pfanne hauen wollen, bitte schön. Ich habe die Schnauze so voll, ständig als Politiker gesehen zu werden und niemals als Mensch. Das habe ich gestern auch schon zu Nina gesagt.

Der Mann sieht Willem an, sagt nichts.

Wann arbeitet sie wieder?

Wer?

Nina.

Was weiß ich.

Sie müssen doch so was wie einen Dienstplan haben.

Ich kenn nur meine Schichten.

Und die anderen?

Wenn jeder seine Schichten kennt, reicht das.

Verstehen Sie. So wie gestern mit Nina habe ich seit Jahren nicht mehr gequatscht. Nichts Großartiges, aber einfach das Gefühl, wie jedermann zu sein. Und ich würde gerne wiederkommen, wenn sie hier ist. Vielleicht können Sie mir ihre Nummer geben.

Ich hab keine Nummer.

Wenns sein muß, kann ich auch was drehen. Für Nina, den Laden, wie auch immer.

Hier muß nichts gedreht werden.

Willem legt Geld auf den Tisch, macht ein hilfloses Gesicht. Ich kanns Ihnen nicht übelnehmen. Wenn ich noch ein unbescholtener Mensch wäre, würde ich auch keine Politiker in meinem Dunstkreis wollen. Wir sind ein korruptes und verlogenes Pack – und Sie haben ganz recht: Wir benutzen unsere Macht einzig dazu, unsere Macht auszubauen. Scheißegal, wenn der Rest dabei draufgeht. Na ja. Grüßen Sie Nina von mir. Ich schau die Tage wieder vorbei.

Willem steigt vom Hocker und klopft auf den Tresen. Danke für den Kaffee.

Der Mann stößt zwei kurze Töne durch die Lippen; dann ziehen schnelle, nagelnde Geräusche durch den Laden, und bevor Willem die Tür erreicht, steht ein Rottweiler da und blickt ihn an. Als der Mann nochmals seine Lippen zusammenzieht, fängt der Rottweiler an zu knurren.

Willem dreht sich um.

Hinter ihm der Hund knurrt und bellt.

Jacko! ruft der Mann, und es klingt wie damals bei den Deutschmeister-Schergen.

Der Hund verstummt, und der Mann sagt: Für wen schnüffeln Sie! Dann greift er ein Telefon und gibt eine Kombination ein.

Willem sagt: Wenn Sie sich beschweren wollen, geb ich Ihnen die Nummer vom Innenminister. Alles, was darunter ist, können Sie vergessen. Sollte allerdings umgekehrt ich Grund zur Beschwerde haben, können Sie noch viel mehr vergessen.

Als eine Stimme aus dem Telefon kommt, sagt der Mann: Ich bins. Wart mal kurz. Dann legt er es auf den Tresen und kommt nah zu Willem. Sie sind kein Politiker! Er wirkt sauber, durchtrainiert und hat herbes Rasierwasser aufgelegt.

Probieren Sies aus. Es ist Sonntagmorgen. Da sitzt der Minister mit der Familie beim Frühstück. Er bemüht sich, heiter zu wirken, und alle machen mit. Die Kinder, Thea und Klaas, haben ihr eigenes Leben; auch Anna-Maria hat ihr eigenes Leben, und der Minister wird sich in weniger als einer halben Stunde von seiner

Familie zurückziehen, wird vorgeben, die gestern beendete Sicherheitskonferenz zu evaluieren, obwohl alle wissen, daß es nichts zu evaluieren gibt, weil alles längst abgekartet ist. Und alle wissen auch, daß selbst wenn es etwas von der Konferenz zu evaluieren gäbe, der Minister gar nicht fähig wäre dazu. Weil er gestern nach allen Regeln der Kunst bei seiner Mätresse gesumpft hat. Und wenn ich das so sage, weiß ich, wovon ich spreche. Ich habe etliche Aufnahmen gesehen.

Der Mann grummelt etwas, dann geht er zum Tresen. Ich meld mich später noch mal. Er legt das Telefon weg, ruft den Hund. Zu Willem sagt er: Sie spinnen doch.

Er steht da, hebt die Arme, lächelt. Ich habs Ihnen von Anfang an gesagt. Wir sind unglückliche Menschen, und unser Privatleben ist ein steter Zusammenbruch. Na ja. Im Grunde sind wir selber schuld, im Grunde haben wir jederzeit die Möglichkeit auszusteigen. In Klausur zu gehen, zu meditieren, Herz zu entwickeln – doch ehrlich gesagt, wir können das gar nicht mehr. Verstehen Sie, Politik ist ein Apparat, der einen vollständig einverleibt. Sogar wenn man glaubt, noch empfinden zu können, ist das bloß eine Vortäuschung des Apparats. Und auch das eigenständige Denken ist ausgemerzt.

Willem macht einen Schritt auf den Mann zu: Schauen Sie mich an. Als das hier noch ein linker Laden war, bin ich ständig hiergewesen. Frederike, Jan-Carl oder Achim-das-Tier. APO und RAF, wir haben alle für die Sache gekämpft damals, und ich glaubte ernsthaft, den Apparat von innen aushöhlen zu können und Raum zu schaffen für unsere Ideen vom neuen Menschen. Ich war glühender Utopist, ich war besessen, willensstark und ein begnadeter Schauspieler. Und was hat es gebracht? Er lacht. Ich habe ein neues Naturgesetz kennengelernt: Je weiter einen der Apparat kommen läßt, desto mehr verliert man sich selbst. Und bald gibt es einen nur noch, weil man Gedärm ist vom Apparat.

Der Mann sieht Willem an.

Als ich gestern mit Nina gequatscht habe, saß ein Mann neben mir. Studiobraune Haut, Zopf und Zigarre. Wissen Sie, wie der heißt? Der Mann macht das Geräusch, und der Hund steht da.

Als Willem die Tür schließt, steigt der Hund auf, und das Glas beschlägt. Von der anderen Straßenseite beobachtet er, wie der Mann mit Sprühflasche und Küchenrolle den Sabber abwischt. Dann krault er den Hund und greift nach dem Telefon.

Im Vormittag scheint die Landschaft von Jawlensky nach innen gewölbt, das klare Tageslicht eingesaugt und zu mildem Rot verschoben. Der Schatten vom Kaktus verzerrt auf den Dielen, aus den Boxen kommt Barock.
Willem hat die Schuhe ausgezogen und liegt auf dem Sofa. Vom Dom schlagen die Glocken, im Telefonbuch findet er keine Handvoll Burkes, und die Gespräche bringen ihn nicht weiter. Er ist unschlüssig. Setzt einen Espresso auf, geht ans Teleskop. Dann ist er wieder auf dem Sofa. Ruft Barbara an und kriegt auf Anhieb Vorwürfe zu hören, weil er sich auch nach der Party um nichts kümmert. Er hat noch ihr friedlich schlafendes Bild vor Augen, die Bettwärme auf seiner Haut, doch am Ende der Leitung scheint nichts mehr davon übrig. Barbara ist streitlustig, überhört all seine gutgemeinten Vorschläge – die ganze Launigkeit ihrer Tabakabstinenz, meint er schließlich, und dann legt sie einfach auf.
Der Espresso ist stark.
Willem dreht die Platte um und holt Burkes Umschlag vor. Er enthält vier Kopien. Zwei von den unzähligen Zeitungsartikeln aus jener Zeit und zwei Totenscheine.
Der erste unterscheidet sich in nichts von dem, den er selber aufbewahrt. Unter dem Kopf vom Zentralkrankenhaus sind die Personalien seines Vaters eingetragen. Als Todesursache steht paradoxe Embolie. Datum: 7. Juli. Neben dem Stempel hat der damalige Direktor der Pathologie unterschrieben, Prof. Dr. Lobedanz.
Den zweiten Totenschein hat er gestern Abend zum ersten Mal gesehen. Der Briefkopf ist abgeschnitten, und unten sind Stempel und Unterschrift unleserlich gemacht. Einzig ein Dr. Dr. schimmert noch durch. Die Personalien seines Vaters sind korrekt, auch der Todestag. Als Todesursache steht hier jedoch: toxisch.
Er trinkt in kleinen Schlucken. Toxisch also.
Doch zuletzt kann sich natürlich jeder Burke nennen, und wahr-

scheinlich ist auch das Frisieren von Totenscheinen ein Kinderspiel. So sitzt er und trinkt.

Was denken sich diese Burke-Menschen? Und Willem stellt sich vor, daß ihre Gehirne längst isoliert arbeiten. Abgeschottet von aller Empathie, ohne Verbindung zu der Welt, die sie nährt.

Willem schlägt den Kaffeesatz aus der italienischen Kanne, legt die vierte Seite der Electric Ladyland von Hendrix auf, gibt Lautstärke und schiebt im Mitarbeiterbüro eine alte Adressauskunft Deutschland ein. Er findet im Rheinland und im Oldenburgischen eine Burke-Konzentration. Warum Oldenburg? Und dann nur eine Handvoll in Bremen. Doch im Grunde bleibt es witzlos, und so geht er wieder hoch, holt sich einen Calvados und die Gelben Seiten.

Die Ableger der Großagenturen haben ganzseitige Anzeigen geschaltet und prahlen damit, daß sie überall und jederzeit alles erledigen. Modernste Überwachung und Nachforschung, biometrische Erfassung, Spurensicherung, Analysen bis aufs Gen.

Andere Anbieter prahlen mit Leumund und Gerichtserfahrung und vermitteln den Eindruck, gewünschte Beweise mühelos zu beschaffen. Gegen die Prahler steht eine halbe Seite mit Kleingerahmtem und Einzeilern. Detegere GmbH, KaLi-Agentur, Observa. Dann Ramow&Ramow, Wolf-Detektei und zum Schluß Emil Zapatka, Ermittlungen aller Art.

Als Voodoo Chile ausklingt, sitzt er da. Detegere oder Zapatka, Barock oder Klassik, noch mal Rock oder eher Jazz, und er kann sich nicht entscheiden. Setzt zuletzt auf die Bachianas von Villa-Lobos, stellt sich danach hinters Teleskop und bringt ein paar Tauben rein. Danach sieht er einen Mann, der Papierkörbe durchsucht und schließlich von einem anderen vertrieben wird wie aus einem Revier. Aus den Boxen schwingt der Sopran, und Willem geht zurück aufs Sofa. Nimmt einen langsamen Schluck und schlägt erneut die Gelben Seiten auf. Ramow&Ramow. Warum nicht. Der Name läßt auf Anhieb Konspiration vermuten, und die Galaxis als Logo vermittelt Kompetenz. Oder nicht? Unter dem Zusatz Agentur Universal steht eine Telefonnummer, und die Stimme am anderen Ende lacht: Bis vor kurzem gabs noch eine Insel im Kanal, die damit warb, der letzte verbrechensfreie Winkel Europas zu sein. Dann verschwanden zwei Schlüpfer von der Wäscheleine, und seitdem gibts für uns keine Sonntagsgarantie mehr. Wenn Sie wollen, kommen Sie gleich vorbei.

Die Detektei liegt im selben Quadratkilometer Stadt wie die Stumpfe Spitze. Es ist ein mehrstöckiges Eckhaus, in den oberen Etagen befindet sich ein Versandhandel für Bücher und Schallplatten, unten ein türkisches Geldinstitut, daneben ein Head-Shop und um die Ecke eine Bar, die sich Mini-Puff nennt. An den Hauswänden kleben Plakate.

Ramow&Ramow haben einen eigenen Eingang. Schriftzug und Galaxis scheinen mit Brenneisen ins Holz gebracht, und als Willem die Klingel drückt, springt die Tür sofort auf. Er nimmt eine schmale Treppe, die im Visier einer steuerbaren Kamera liegt. Oben ist eine zweite Tür. Er tritt ein, ohne zu klopfen, und gelangt in einen großen, lichten Eckraum mit Blick über das Viertel. Ein Mann mit Feldstecher steht am Fenster. Ein zweiter sitzt hinter dem L eines Stahlschreibtischs, und auf den ersten Blick scheint die gesamte Ausrüstung im Detektivbüro aus Stahl. Kleiderständer, Ventilator, Aktenrollfächer und mehrere Vitrinen.

Der Mann hinterm Schreibtisch trägt einen Schnauzer und grinst. Kronhardt, sagen Sie. Komischer Name.

Der mit dem Feldstecher sagt: Klingt, als ob Sie schwer an was zu tragen hätten.

Die einen schleppen Stahl durchs Leben, die anderen die Krone der Schöpfung.

Da sagen Sie was. Und was die Möbel betrifft, die sind in unserer Branche ungemein praktisch. Was meinen Sie wohl: Die verdrängten Emotionen unserer Klienten brechen hier auf, und im Anfang wissen wir auch nie, wer Alkoholiker ist oder bulimiekrank. Da wären wir mit Weichholz nicht gut beraten.

Andererseits, sagt der am Fenster, legen wir natürlich Wert darauf, daß sich unsere Besucher wohl fühlen. Schauen Sie sich den Sessel an. Das Stück eines Dandys, bezogen mit grubengegerbtem Büffelleder.

Der andere sagt: Und der Beistelltisch. Original Bauhaus. Kommen Sie. Setzen Sie sich.

Der Sessel ist tatsächlich gemütlich.

Wie sind Sie gerade auf uns gekommen? Der mit dem Schnauzer sieht Willem an.

Keine Ahnung.

Der andere setzt den Feldstecher ab und dreht sich um. Kommen Sie.

Ich habe die Gelben Seiten aufgeschlagen und mit dem Finger reingestochen.

Die Männer sehen einander an und grinsen. Der mit dem Schnauzer sagt: Heutzutage wird das meiste aus dem Netz gezogen, die klassischen Informationsträger geraten mehr und mehr ins Hintertreffen.

Der andere kommt vom Fenster und setzt sich an den Schreibtisch. Hinter seinem Grinsen sieht Willem eine Zahnlücke. In unserem Beruf können wir es uns nicht leisten, gesellschaftlichen Wandel zu ignorieren. Wir werden dafür bezahlt, Zusammenhänge herzustellen, und oft sind es die unscheinbarsten Wechselwirkungen, die eine durchschlagende Verbindung ermöglichen. Also sind wir bemüht, stets alles im Blick zu behalten, und als Sie uns vorhin anriefen, haben wir Ihre Telefonstimme ad hoc analysiert. Und wir waren uns ziemlich schnell einig: Kein Suchmaschinentyp, haben wir gesagt.

Willem lacht. Na ja. Hätte ich im Netz gestochert, wäre ich womöglich bei jemand anderem gelandet.

Der mit dem Schnauzer schlägt auf die Platte. Da sagen Sie was.

Der mit der Zahnlücke sagt: Glauben Sie an Zufall?

Willem sieht die Männer an. Ich bin wegen was anderem hier.

Na klar, und die Detektive lachen. Kaffee vorweg? Zucker, Milch?

Als der Kaffee auf dem Tischchen steht, sagt der mit dem Schnauzer: Mit dem Zufall ist das so eine Sache.

Und der andere: Wir haben da nämlich eine Theorie – wenn die Affen nicht von den Bäumen geklettert wären –

Der mit dem Schnauzer unterbricht ihn. Verstehen Sie: ohne Zufall kein Gehirn.

Der mit der Zahnlücke: Oder ohne Gehirn kein Zufall – na, was meinen Sie?

Beide Männer sehen ihn an.

Und Willem hat keine Ahnung, wie er sich Detektive vorgestellt hat.

Natürlich erscheint es von Anfang an sinnlos, die Zufälle zu recherchieren, die die Affen von den Bäumen bis in unser Büro getrieben haben. Doch auch hier kann der Schein trügen, und so suchen wir überall nach Zusammenhängen. Und Zufall stellt uns selten zufrieden. Dann stehen die Detektive auf. Dürfen wir uns vorstellen – Ramow&Ramow. Und sie schütteln Willem die Hand.

Wir sind Neffen.

Neffen also.

Er ist der Neffe meines Vaters.

Er auch.

Also, was können wir für Sie tun? Und die Detektive setzen sich entspannt zurück und nehmen ihren Klienten in den Blick.

Willem sagt: Sie sind kauzig.

Sie meinen, Sie haben sich Detektive anders vorgestellt?

Möglich. Aber Ihr Kaffee ist außerordentlich.

Äthiopien, vierzehnhundert Meter. Kein saurer Regen, keine Pestizide, nichts. Ernte 18-88.

Heute bin ich Taxi gefahren, und im Radio wurden die üblichen Marginalien durchgegeben: Abholzung, Versteppung, Gletscherschwund. Und jetzt kommen Sie und erzählen mir, Ihr Kaffee sei von 18–88.

Na und. Was hat unser Kaffee mit den menschgemachten Katastrophen zu tun?

Der mit der Zahnlücke prostet ihm zu. Der andere bedient den Computer, und bald rattert ein Blatt aus dem Drucker. Er liest vor: Kronhardt, Willem-Karl. Geboren am, in und so weiter. Mutter Eva, geborene Hartmann, Vater Richard. Beide verstorben. Verheiratet mit Focke, Barbara; keine Kinder. Mitinhaber von Kronhardt&Focke, Maschinenstickerei. Wohnhaft – und der mit dem Schnauzer sieht auf: Landhaus mit Jaguar, was.

Wie kommen Sie an meine Daten?

In welche Zeiten leben wir denn.

Das ist unmöglich.

Im Gegenteil. Und wenn wir die Möglichkeiten heutzutage nicht zu nutzen wüßten, hätten wir den falschen Beruf.

Willem nimmt dem Detektiv das Blatt aus der Hand, doch außer den Fakten steht dort nichts. Dann sagt er: Diese Kamera im Treppenaufgang.

Na klar. Wir arbeiten auch mit Biometrik.

Sie spinnen.

Warum sollten wir das tun? Sie stecken doch selber in diesen Zeiten und wissen, daß mit Ende des Kalten Krieges auch die alten Verläßlichkeiten dahin sind. Neue Denkmuster und Körpersprachen entstehen, aus den Arsenalen gelangen noch die ungeheuerlichsten Mittel auf den freien Markt, und aus der weltweiten Vernetzung heraus ist alles frei bis vor die Haustür zu haben: Überwachungssatelliten, Genfusion, Polonium, Amok.

Willem lacht. Da stochert man in den Gelben Seiten und dann so was.

Zufall oder nicht. Das ist hier die Frage. Und die Detektive fallen ein in Willems Lachen.

Dann sagt Willem: Wo kriegen Sie diesen Kaffee her?

Lassen wir gleich um die Ecke rösten.

Ernte 18-88?

Einen Sack haben wir noch.

Der Kaffee liegt schwer im Mund, und noch im Dampf steigen Substanzen auf. Der Geschmack läßt Bilder entstehen von grünen Vulkanhängen, und Willem spürt den Abgang, leckt sich die Lippen. Dann erzählt er den Detektiven, worum es geht.

Die Männer hinterm Schreibtisch hören zu.

Manchmal klickt der eine am Computer, der andere hat einen Globus zu sich gezogen.

Als Willem seine Erzählung beendet hat, sehen sie ihn an.

Der mit dem Schnauzer läßt den Globus einmal rotieren. Burke, sagt er, kann sich doch jeder nennen.

Der mit der Zahnlücke sagt: Und Totenscheine frisieren auch.

Warum warten Sie nicht einfach ab, wie sich die Sache entwickelt?

Das braucht Sie doch nicht zu interessieren.

Uns braucht überhaupt nichts zu interessieren. Aber wenn wir uns dann in eine Sache hängen, kann jede Banalität entscheidend sein.

Ich möchte, daß Sie diesen Burke auftreiben. Und herausfinden, was es mit dem zweiten Totenschein auf sich hat. Aber alles nach Absprache.

Sie wissen natürlich, daß Mord in diesem Land nicht verjährt. Sie könnten schnurstracks zur Polizei marschieren.

Ich bin aber hier.

Also rollen wir die ganze Geschichte auf.

Da gibts nichts groß aufzurollen.

Der mit dem Schnauzer läßt den Globus wieder rotieren. Der mit der Zahnlücke grinst.

Hat sich damals jemand professionell um Sie gekümmert?

Nein.

Hätten Sie es sich gewünscht?

Nein.

Später mal mit einem Psychologen gesprochen?

Nein.

Selber mal an die Mordtheorie geglaubt?

Nein.

Können Sie es sich heute vorstellen?

Nein.

Und Sie wollen nicht abwarten, wie sich die Sache entwickelt?

Vielleicht ist Burke billig. Vielleicht kostet die Wahrheit bei ihm weniger als bei uns.

Es ist ein seltsamer Globus. Wenn er ruht, scheint er trotz seiner geringen Größe sehr detailreich – herausmodellierte Gebirgsketten, eingeätzte Flüsse und gewellte Ozeane. Sobald er aber rotiert, verfinstert die Kugel, und ein Sternenhimmel erscheint in nie gesehener Fülle.

Dieser Burke, sagt Willem schließlich. Stochert in wildfremder Vergangenheit nach Dreck, den es nicht gibt.

Sicher?

Was heißt sicher.

Die Detektive grinsen. Und dann will er für den Dreck aus dieser Vergangenheit auch noch dreckiges Geld.

Darum gehts doch immer.

Aber wenn wir Ihnen später den Dreck mit einem dreckigen Grinsen präsentieren, ist das für Sie in Ordnung?

Ehrlich gesagt, und Willem räuspert sich. Unser Verhältnis stelle ich mir anders vor.

Na klar. Sie sind der Chef. Und der mit der Zahnlücke zieht eine Lade auf und reicht Willem ein Papier. Tagessätze, Spesen, Sonderzulagen. Alles drauf.

Willem setzt die Brille auf. Dann sagt er: Auf den ersten Blick sichts ja nicht so aus, als würden Ihre Preise Sie reich machen.

Kann aber auch täuschen. Ruckzuck erfordert eine Recherche ungewöhnliche Mittel, und schon ist ein halbes Jahr im Sack.

So siehts aus, Chef. Und mit ein bißchen Glück kommt bei so einer Recherche noch privates Vergnügen dazu.

Eben. Und schon haben wir etwas obendrauf, das uns keiner mehr nehmen kann.

Die Detektive sehen Willem an. Dann sagen sie: Auf der anderen Seite steht man sich Nächte in den Bauch, rennt tagelang und kommt doch nur mühsam in den lächerlichsten Affären voran. Man ist gezwungen, hier oder da einen Happen zu schlingen, man wird dankbar für die letzte Latrine, und vor lauter Erschöpfung kriegt man kaum noch mit, wie der Auftraggeber seine Zahlungsunfähigkeit offenbart.

Willem steckt das Papier in seine Innentasche. Dann zeigt er auf den Computer. Können Sie da auch Bankgeheimnisse rausholen?

Im Grunde verhält es sich mit dem künstlichen Raum wie mit jeder Materie: Die Möglichkeiten steigen, je tiefer man sich einläßt.

Und?

Die Ramows lachen. Sie haben recht. Ihre Zahlungsmoral ist vorbildlich.

Dann steht unserm Geschäft nichts mehr im Wege.

Ehrlich gesagt ist uns Ihre Zahlungsmoral egal. Wenn wir für jemanden ermitteln, sind andere Kriterien wichtiger. In Ihrem Fall würden wir abwarten. Die Wahrscheinlichkeit, daß es mit Burke von ganz alleine läuft, erscheint uns hoch.

Sie lehnen ab?

Keineswegs. Wenn Sie es wollen, rollen wir den Fall auf.

Willem steht mit dem Feldstecher im großen Eckfenster. Das ist ja die Puffstraße da drüben.

Die Räumlichkeiten hier waren gerade frei.

Pikante Lage für ein Detektivbüro.

Ach was.

Willem lacht. Kommt immer auf den Blickwinkel an.

Sie sagen es, Chef.

Dann steht er vor den Vitrinen; große Möbel wie aus dem Museum, und er betrachtet eine Zeitlang die ausgelegten Stücke. Nebenbei sind Sie wohl eine Art Jäger und Sammler, sagt er.

Paßt doch zu unserem Beruf.

Schöne Sammlung.

Gefällt Ihnen, was.

Kriege ich nicht alle Tage zu sehen. Ein fossiler Salamander aus dem Tertiär, Burgess-Schiefer, und das da sieht aus wie ein Australo-Schädel.

Sie kennen sich ja gut aus.

Quatsch, ich les bloß gern. Und das – das ist ja eine Venus. Darf ich sie anfassen?

Nur zu.

Die Figur ist aus Elfenbein, und Willem fährt sie mit den Fingern ab. Die übersteigerten Merkmale. Die waren damals ganz schön drauf, sagt er.

Wer weiß.

Glauben Sie nicht?

Wir wissen nicht viel darüber. Was glauben Sie denn?

Ich weiß auch nicht viel. Allgemein werden diese Figurinen wohl als Symbole der Fruchtbarkeit gehandelt. Erste Zeugnisse für Rituale und Magie, schamanistische Transformationen. Aber ebenso können sie ganz profane Pornographie gewesen sein.

Porno?

25 000 Jahre schmutzige Phantasie. Unter der Hand gehandelt.

Die Detektive lachen. Vielleicht haben Sie ja recht. Und durch die Zeit hindurch wird noch die schmutzigste Menschengeschichte veredelt.

Zuzutrauen ist es unserer Art allemal.

Eben. Und so wurde auch Geschichte gemacht, als Ihr Vater starb.

Was soll das heißen?

Daß man dazu neigt, historische Lücken mit Phantasie und Wunschdenken zu füllen. Und daß es fast immer anders war, als man sich vorstellt.

Willem sieht die Detektive an. Ramows Neffen also.

Wenn Sie so wollen.

Dann legt er die Venus zurück und nimmt den Australo-Schädel.

Ist der aus Lucys Sippe?

So ungefähr.

Von dem Georgischen Schädel haben Sie natürlich gehört.

Ja.

Er wiegt den Australo, klopft, schaut hinein. So was kriegt man sonst nur im Museum zu sehen.

Quatsch. So ein Exemplar finden Sie nicht mal in den Tresorräumen der Anthropologen.

Willem starrt den affenartigen Schädel an. Er scheint perfekt erhalten, von den Millionen Jahren keine Spur. Wo ist der denn her?

Aus Afrika.

Und wo haben Sie ihn her?

Afrika.

Schwarzmarkt? Oder selber den Tresor geknackt?

Ausgebuddelt.

Glaub ich nicht.

Müssen Sie auch nicht.

Wie kommt man als Detektiv dazu, einen Australo-Schädel auszubuddeln?

Als guter Detektiv ist man für jede Art von Entdeckung prädestiniert.

Willem lacht. Sie nehmen mich auf den Arm, und das hier ist eine Fälschung.

Die Detektive lachen mit. Na klar. Heutzutage läßt sich alles fälschen.

Willem legt den Schädel zurück. Was halten Sie denn von dem Georgischen?

Alter Hut.

Wenn sich etwas gegen die Zeit entwickelt und eine neue Dimension erschafft. Willem macht eine Bewegung. Das nehm ich Ihnen nicht ab.

Wenn die Wissenschaft heute bislang unbekannte Eigenschaften aufdeckt, heißt das doch nicht automatisch, daß es diese Eigenschaften erst seit heute gibt.

Aber auch nicht, daß jedes neuentdeckte Phänomen in Wirklichkeit uralt ist.

Da ist wohl was dran, sagen die Ramows, und Willem zieht mit beiden Händen einen Knochen aus der Vitrine. Ein mannshohes Stück und schwerer als erwartet. Erst als der Knochen neben ihm steht, spricht er wieder. Können Sie mir erklären, was da mit dem Georgischen Schädel passiert?

Die Detektive heben die Schultern. Wir können nicht mal erklären, warum es bislang immer so aussah, als verliefe die Zeit nur in eine Richtung.

Was wird wohl geschehen, wenn der Georgier in die Gegenwart stößt?

Woher sollen wir das wissen.

Immerhin bringt Ihr Beruf es mit sich, daß Sie spekulieren. Daß Sie mehr für möglich halten als andere.

Das ist ja nur die Grundvoraussetzung unserer Arbeit. Um etwas zu wissen, muß man lange und hart arbeiten, und in den Georgischen Schädel haben wir nicht viel investiert.

Willem muß den Knochen mit beiden Händen halten, und wenn das Ding anfängt zu schwanken, schwankt er mit.

Oberschenkel vom Harlan-Riesenfaultier, sagen die Detektive.

Korrekterweise müßte es aber Ramow-Riesenfaultier heißen.

Sie setzen ja immer noch einen drauf.

Wir habens gefunden.

Aber doch nicht vor diesem Harlan.

Seit dem Georgischen Schädel scheint so was doch möglich.
Willem wuchtet den Schenkel zurück und kommt dabei ins
Schwitzen. Dann sagt er: Im Grunde halte ich es ja wie Sie und
zweifel gern an den gängigen Erklärungsmodellen. Nichtwahr, die
Geschichte der Menschheit ist auch eine Geschichte der gestürzten
Weltbilder. Und er atmet schwer. Aber was Sie hier andeuten, geht
ziemlich weit.
Kein Problem, Chef.
Haben Sie dieses Riesenfaultier auch ausgebuddelt?
Die Ramows grinsen. Geht das nicht zu weit?
Neugierig bin ich schon.
Wir haben es in Kanada entdeckt. Und ohne Zweifel nachgewie-
sen, daß es von Menschen erlegt wurde. Und schlimmer: Kaum
hatten sie ihren Fuß in Amerika, war der Harlan auch schon aus-
gerottet.
Ich dachte, daß mittlerweile wieder klimatische Ursachen als wahr-
scheinlicher gelten.
Schon möglich, Chef. Aber wenn wir uns mit allgemein und mit-
lerweile zufriedengeben würden, hätten wir den falschen Beruf.
Also investigieren wir schon mal, wenn uns was interessiert. Der
Mensch erscheint im Holozän, und prompt gehts den Riesensäu-
gern an den Kragen. Da hängen wir uns dann rein und schnüffeln
nach Ursachen, Zusammenhängen und Entwicklungen. Schließlich
ist es ja möglich, daß der Mensch schon ganz früh ein schlimmer
Finger war, so daß die Schwarzbücher der Geschichte keine Mutationen aufzeigen, sondern Zwangsläufigkeit. Woraus sich dann
weiter folgern ließe, daß erstens ein Kerl wie Burke unvermeidlich
ist. Und daß zweitens seine Behauptung vom unnatürlichen Tod
Ihres Vaters eine sehr berechtigte Wahrscheinlichkeit hat.

So sitzen die Männer einander wieder gegenüber. Willem im Büffelleder, die Ramows hinterm Stahlschreibtisch.
Fassen wir Ihre Geschichte mal zusammen. Dieser Anruf am Sonnabend kommt für Sie aus dem Nichts. Und obwohl Sie nichts auf
die Behauptungen dieses Burke geben, marschieren Sie in die
Stumpfe Spitze. Und da sitzt er dann, kompakte Erscheinung mit

Zopf, sagen Sie, ne Studiotype, Kapuzenjacke, ein bißchen Ethno-klunker und alles in allem eher gepflegt. Sein Handy liegt parat, er kennt die angepunkte Bedienung und nennt sie Nina. Er qualmt eine fette Zigarre, so daß sein Gesicht die meiste Zeit vernebelt ist. Aber er hat ne Macke im Gesicht, was genau, können Sie jedoch nicht sagen.

Sie kennen diesen Burke nicht. Haben noch nie was mit ihm zu tun gehabt. Andererseits scheint er sich ein bißchen in Ihrer Fami-liengeschichte auszukennen und behauptet, Ihr Vater wäre damals auf der Alk nicht einfach gestorben, sondern ermordet worden. Natürlich weiß Burke, daß seine Behauptung keine Sensation ist, weil so was schon mal zur Debatte stand. Doch dann behauptet er, die Sensation in der Hinterhand zu haben: den Mordbeweis. Und den will er sich in einem Handel bezahlen lassen.

Nach diesem ersten Auftritt läßt Burke Ihnen ein bißchen was zu-kommen. Das heißt, nach Aussage des Expreßdienstfahrers war es gar nicht Burke, sondern diese Nina, die die Sendung mit den nö-tigen Instruktionen aufgegeben hat. Was glauben Sie, warum sich Burke bei so einem läppischen Handel noch jemanden ins Boot holt?

Was weiß ich. Vielleicht sind die beiden ein Paar. Vielleicht ist in Wirklichkeit diese Nina auf irgendwelche Papiere gestoßen und hat Burke ins Boot geholt. Vielleicht hat Burke auch einen Kom-plex und spannt diese Nina gegen ein Trinkgeld in irgendwelche großspurigen Sachen, von denen sie im Grunde keine Ahnung hat.

Und was glauben Sie, warum der Expreßdienst zu Ihnen nach Hause gekommen ist und nicht ins Büro?

Willem sieht die Detektive an. Auf diese Art kommen wir doch nicht weiter. Wir wissen im Moment noch so wenig, daß wir auf jede dieser Fragen tausend Antworten konstruieren können.

Aber einige Antworten sind wahrscheinlicher als andere. Wie siehts zum Beispiel hiermit aus: Burke wollte erstens sichergehen, daß Sie den Umschlag in die Hände kriegen und nicht Ihr Stiefvater. Und zweitens, daß Ihr Stiefvater keinen Wind davon kriegt.

Blödsinn. Burke hats ja gerade so eingefädelt, daß alle davon Wind kriegen konnten. Wenn er wirklich auf Nummer Sicher ausgewesen wäre, hätte er nicht noch ein paar Leute zwischengeschaltet. Er hätte alle Unbekannten soweit wie möglich ausgeschaltet und mir den Umschlag unter vier Augen in die Hand gedrückt.

Die Detektive sagen: Sie hätten es so gemacht. Was aber nicht automatisch heißt, daß jeder andere es ebenso machen würde.

So können wir ewig weiterkonstruieren. Ich meine, in so einer frühen Phase sollte man rangehen. Decken Sie Burke auf. Decken Sie seinen vermeintlichen Opa auf, decken Sie den Doktor-Doktor vom Totenschein auf. Stochern Sie bei dieser Nina und stochern Sie bei diesem Rottweilertypen. Gehen Sie ran und bringen Sie uns in Besitz oder Kenntnis dieser angeblichen Beweise zum Tod meines Vaters.

Die Ramows nicken. Sie sind der Chef.

Einer gibt Informationen in den Computer, der andere läßt den Globus rotieren. Sobald die Kugel verfinstert, scheint alle Umdrehung zu erstarren, und der Sternenhimmel strahlt erstaunlich klar; noch Nebel, Haufen und Nachbargalaxien werden sichtbar, und eine Zeitlang verliert sich Willems Blick. Er weicht ein ins Büffelleder, das Klickern der Tastatur scheint mit den Sternbildern zusammenzuklingen, und erst als der Drucker anspringt, sieht er wieder die Männer hinterm Schreibtisch.

Die Detektive machen ein aufgeräumtes Gesicht und schieben die Vertragspapiere rüber.

Willem unterschreibt und sieht auf die Uhr. Dann sind wir soweit klar.

Die Detektive heben die Schulter.

Als er die Papiere eingesteckt hat, sagt er: Wir hatten gestern eine Party. Und ich habe versprochen aufzuräumen.

Die Ramows sehen einander an. Der mit der Zahnlücke sagt: Auf der anderen Straßenseite gibts ne Gyrosbude. Noch ne Pita vorweg? Kühles Bier dazu?

Willem sieht wieder auf die Uhr. Doch bevor er antwortet, hängt der mit dem Schnauzer schon am Telefon und gibt die Bestellung auf.

Ich kann es mir eigentlich nicht leisten, noch mehr zu riskieren. Meine Frau ist bereits sauer auf mich.

Andererseits können Sie nicht glauben, so einen Fall mal eben zwischen Tür und Angel anzugehen.

Ich weiß.

Und die Männer nehmen Willem in den Blick.

Erinnern Sie sich noch an jenen Tag?

Natürlich.

Sie waren ein Knirps. Aus diesen Zeiten vergißt man das meiste.

Sagen Sie. Ich kenne Männer, die waren unter den Nazis Knirpse, und die haben das meiste nicht vergessen. Und ich war ein Knirps, dem der Vater unter den Augen wegstarb.

Der 7. Juli also.

Da muß ich mich auf die Aussagen anderer verlassen. Beschwören kann ichs nicht.

Wie war das Wetter?

Mehr Sonne als Wolken.

Wie lief der Tag ab?

Nach dem Frühstück zogen mein Vater und ich los. Wir hatten fast nie ein bestimmtes Ziel; ließen uns hier- oder dahin treiben. An dem Tag waren wir im Bürgerpark. Meine Mutter und Kronhardt blieben zu Hause. Als wir zurückkamen, war der Mittagstisch gedeckt.

Waren die beiden wirklich im Haus geblieben?

Warum hätten sie das nicht tun sollen?

Das wissen wir nicht.

Soweit ich weiß, sind sie im Haus geblieben.

Gut. Ansonsten irgend jemand, der Ihnen gefolgt ist?

Keine Ahnung.

Was Besonderes vorgefallen unterwegs?

Ein Parkwächter hat uns aufgestöbert. Wir waren auf einen Baum geklettert, um die Welt von dort zu betrachten. Und weil wir den Wächter nicht ernst nahmen, hat er Radau geschlagen. Schließlich stand eine Traube von Sonntagsgängern um den Baum; sie glotzten und versuchten uns zwischen den Blättern auszumachen, und ihre Hunde kläfften. Als es uns zu blöd wurde, sind wir weitergezogen. Doch im Grunde war das nichts Besonderes. In der Welt mit meinem Vater gab es keine allzu große Schnittmenge mit der Welt der anderen.

Und Ihr Vater war gut zuwege? Nichts Auffälliges?

Alles bestens.

Wann kamen Sie wieder zurück?

Um zwölf war abgemacht. Wir waren ziemlich pünktlich.

Wer hat das Essen zubereitet?

Wie immer. Meine Mutter.

Was gabs?

Seewolf und Kartoffeln.

Woher wissen Sie das noch so genau?

Einerseits steht es im Obduktionsbefund. Andererseits weil mein Vater und ich späterhin Karkasse und Kopf untersuchten. Vor allem die Zähne. Und meine Mutter und Kronhardt machten deswegen Stunk.

Wie groß war der Seewolf?

Jeder hatte einen.

Aha. Und die Art und Weise, wie Ihr Vater Ihnen das Leben nahebrachte, gefiel den beiden nicht?

So kann mans sagen.

Und nach dem Essen?

Sind wir los. Meine Mutter nahm mich an die Hand, und Kronhardt hielt sich bei meinem Vater. Durch die Altstadt zur Weserpromenade und dann auf die Alk. Ich war froh, als wir an Bord waren, und mein Vater und ich suchten uns gleich einen Platz an der Reling. Die Flut kam rein, und auf der anderen Seite sahen wir, wie die Schilfgürtel vor der Teerhofinsel schrumpften; wir sahen den Möwen zu, und als das Schiffseisen dann vibrierte und der Kapitän einmal ins Horn stieß, bewegte sich die Stadt. Bald stellten wir uns vor, es wäre die ganze Welt, die sich bewegte, während wir in einem Zentrum ruhten; bald hatten wir das Gefühl, daß die Wirklichkeit sich auflöste. Eigentlich war es wie immer, wenn wir zusammen waren, und so standen wir an der Reling.

Später mußte mein Vater aufs Klo. Er grinste, und beide ahnten wir nicht, daß wir uns zum letzten Mal sehen würden. Ich selbst merkte nicht, wie die Zeit verging. Rings die Wirklichkeit blieb aufgelöst, und erst als ich einen Tumult vom Achterschiff mitkriegte, wurde mir wieder bewußt, daß wir auf der Alk waren. Zuerst wollte ich nur meinen Vater suchen. Doch als plötzlich meine Mutter auf mich zukam und versuchte, mich von dem Tumult fernzuhalten, bekam ich es mit der Angst. Ich wußte plötzlich, daß mein Vater schon viel zu lange weggeblieben war, ich lief meiner Mutter davon und hinein in den Tumult. Ich sah zu, wie Kronhardt und der Matrose die Klotür aufbrachen, und hinter der zertrümmerten Tür lag dann mein Vater. Das heißt, die Kabine war viel zu klein, um darin zu liegen. Er war zusammengesackt, und sein Kopf kam auch gleich aus den Trümmern gekullert.

Und Ihre Mutter?

Es war Getümmel. Alle wollten was sehen. Sie rief nach mir, aber ich antwortete nicht.

Moment. Zuerst wollte Ihre Mutter Sie abfangen, und dann rief sie nach Ihnen?

Ja.

Sind Sie ganz sicher?

Das werde ich nie vergessen. Mein Vater, drum herum dieses Getümmel, und über allem die Stimme der Mutter.

Wollte Ihre Mutter nicht erst mal wissen, was los war?

Wahrscheinlich ahnte sie wie ich, daß etwas Schreckliches geschehen war. Und ihre Sorge um mich war reiner Instinkt.

Hat Ihre Mutter Sie gefunden?

Nein. Als Kronhardt und der Matrose meinen Vater aus dem Klo hatten, drängte ich dazu. Ich rief nach meinem Vater, ich weinte. Erst als Kronhardt nach mir schnappte, fing ich an zu schreien. Er drückte meinen Kopf an seine Brust, und ich strampelte und schrie, bis meine Mutter mich nahm. Auch sie wollte meinen Kopf verbergen, doch zuletzt konnte ich sehen, wie ein fremder Mann über meinem Vater kniete.

Der Arzt?

Ja.

Was machte er?

Nicht viel, soweit ich erinnere. Wahrscheinlich gab es keine Anzeichen mehr für Lebendigkeit, und so blickte dieser Mann auf in die Runde.

Wie sah er aus?

Ich weiß es nicht mehr.

Wie alt war er?

Keine Ahnung.

Schien ihn irgend jemand an Bord zu kennen?

Keine Ahnung.

Könnte es dieser ominöse Doktor-Doktor von Burkes Totenschein sein?

Woher soll ich das wissen?

Oder jemand, auf den Sie kommen, wenn Sie ganz weit zurückdenken?

Nein.

Wer könnte etwas über diesen Arzt an Bord wissen?

Polizei, Krankenhaus, Presse. Was weiß ich.

Ihre Mutter?

Fragen Sie sie.

Die Detektive grinsen. Ihr Stiefvater?

Hören Sie, ich bin nicht hier, um meiner Mutter und Kronhardt einen Mord anzuhängen.

Behaupten wir auch gar nicht. Aber was, wenn die beiden doch mit drinstecken?

Die stecken nicht mit drin.

Übel wärs allemal. Aber können Sie da ganz sicher sein?

Ja.

Ehrlich gesagt –

Hören Sie: Es ist kein Geheimnis, daß meine Mutter und Kronhardt immer nur das Beste für mich wollten. Das hat mir das Leben nicht gerade leichtgemacht, doch sie hier ins Visier zu nehmen ist Zeitverschwendung.

Was macht Sie so sicher?

Willem zieht eine Braue hoch, runzelt die Stirn. Sie sind hartnäckig.

Wir wollen vorankommen.

Also gut. Ich kann die Unschuld der Alten nicht beweisen und nicht mal schlüssig begründen. Ich bin dennoch sicher, und deshalb sage ich, daß meine Mutter und Kronhardt in den Nachforschungen außen vor bleiben.

Und wenn wir darauf stoßen, daß Ihr Stiefvater wichtige Hinweise liefern kann?

Dann informieren Sie mich darüber.

Die Ramows sehen einander an. Dann sagen sie: Schon gut, Chef.

Und hören Sie auf mit dem Chef.

Wir dachten, das würde Ihnen gefallen.

Dachten Sie nicht.

Sie haben recht, und die drei Männer grinsen.

Dann sagen die Detektive: Da ist zweimal die Rede von Zufall. Zuerst der Arzt an Bord, später der Arzt mit dem entscheidenden Hinweis in der Zeitung. Und beide verbleiben ohne Namen und Gesicht. Ehrlich gesagt, das macht uns stutzig.

Was gibts da zu stutzen?

Glauben Sie nun an Zufall?

Ich glaube, daß es Zufälle gibt.

Und doch erscheinen die meisten zufälligen Ereignisse nur deshalb so zufällig, weil ihre wahren Ursachen unbekannt bleiben. Sobald man aber die Unbekannten aufdeckt, verwandelt sich jede unsichtbare und ziellos wirkende Verkettung, und am Ende tauchen hinter neun von zehn Fällen menschliche Ausgeburten auf. Wenn wir also behaupten: Der Bordarzt war kein Zufall, und der Arzt aus der Zeitung auch nicht – bringt Sie das auf eine Idee?

Auf diese Art können wir tausend Möglichkeiten konstruieren, und ich habe sie alle schon mal durchgekaut.

Die Ramows heben die Arme. Wir müssen mit dem arbeiten, was wir haben. Und dann: Wie siehts mit den Ärzten in Ihrer Familie aus?

Es gab einen Zahnarzt, Zinke. Ein oder zwei Jahre nach meiner Mutter verstorben. Mein Hausarzt war Blask. Praktiziert nicht mehr, auch seine Straße und sein Haus sind weg. Er selber lebt noch, und ich besuche ihn manchmal.

Waren Ihre Mutter oder Kronhardt auch bei diesem Blask?

Die wären wahrscheinlich lieber verreckt. Blask hat die Nazis verweigert, und dann haben die Nazis ihn für Versuche mißbraucht. Die Erfahrungen jener Zeit haben Blask zum Misanthropen gemacht, und er hat mit seiner Meinung nie hinterm Berg gehalten. Nach dem Krieg hat er nur noch Menschen behandelt, die nicht in die Machenschaften der Nazis verwickelt gewesen sein konnten. Vor allem Kinder. Aber auch Zurückgebliebene und körperlich Behinderte. Später dann die Gastarbeiter.

So eine Haltung kann auch Tarnung sein.

Für Blask leg ich meine Hand ins Feuer.

Aber Sie haben seine Biographie nie überprüft.

Na klar habe ich seine Biographie überprüft. Zuerst habe ich im Radio Ich jagte Eichmann gehört, dann habe ich bei Wiesenthal angerufen. Simon, hab ich gesagt, soundso, und ich muß das mal überprüft haben. Blask können Sie sich also schenken.

Die Detektive grinsen. Und Zahnarzt Zinke?

Weiß ich nichts drüber.

Und bei wem waren Ihre Mutter und Kronhardt sonst in Behandlung?

Weiß ich nicht. Und im übrigen muß ein Doktor-Doktor nicht zwangsläufig mit Medizin zu tun haben.

Nicht zwangsläufig mit Medizin – da sagen Sie was. Und einer der Ramows scheint diesen Satz in den Computer zu geben.

Dann sehen sie Willem an. Also waren Ihre Mutter und Ihr Stiefvater Nazis?

Wie tief sie drinsteckten, weiß ich nicht. Aber sie sind mitmarschiert. Auch wenn meine Mutter später mit meinem Vater emigrierte.

Eine Klingel ertönt, und die Detektive sehen auf. Auch Willem dreht sich um, und auf dem Bildschirm über der Tür kommt ein Mann die Treppe hoch. Er trägt Schürze und Schiffchen, unterm Arm einen kleinen Karton. Bevor er eintritt, winkt er in die Kamera. Der Mann scheint griechisch zu sprechen, und die Ramows halten mühelos einen kleinen Plausch. Manchmal lachen die drei, und Willem sitzt da und muß an die Anekdoten seines Lateinlehrers denken.

Dann stellt der Grieche den Karton ab und sieht Willem an. Schließlich fischt Willem einen Schein aus der Hose, doch der andere lacht nur und klopft ihm auf die Schulter. Er geht, ohne das Geld zu nehmen.

Die Ramows köpfen das Bier und prosten Willem zu.

Wir können nichts dafür, sagen sie. Der Mann heißt Polykarp und ist Mädchen für alles in der Gyrosbude. Doch in seiner Art ist er eher ein Philosoph. Im klassischen Sinne, und an Geld hat er kein Interesse.

Polykarp also.

Jawoll, und die Ramows schmatzen.

Haben Sie ihn auch biometrisch erfaßt?

Sonst könnte ja jeder hier hochkommen mit Schiffchen und Schürze. Und uns einen Karton mit wer weiß was auf den Tisch stellen.

Willem zieht Fleisch aus dem Brot. Können Sie auf der Treppe ad hoc analysieren, ob tatsächlich Pita und Bier im Karton sind?

Möglich ist so was.

Und die Männer schlagen vergnügt ihre Zähne ins Brot.

Trägt Polykarp Ihnen auch andere Sachen zu?

In unserer Branche ists wie überall. Wir brauchen Informationen.

Diese verdammten Informationen, sagt Willem. Und alle drei nehmen einen Schluck.

Danach sagt Willem: Das größte Problem ist, daß sie unterschiedlich verstanden und bearbeitet werden. Man kann nie sicher sein, wie sie rückkoppeln und welche Wirkungen sie dann auslösen.

Bah. Die Detektive schütteln den Kopf. Wenn Sie einfach davon ausgehen, daß Erhalt und Weitergabe von Informationen nur zum eigenen Vorteil geschehen, können Sie in der Regel alle anderen Spekulationen vergessen.

Willem nickt. Informationen werden umgewandelt in Triebkräfte.

Macht und Geld.

Eben.

Und konserviert für die eigenen Nachkommen.

Genau.

Und heutzutage gibt es unbegrenzte Speicherkapazitäten: Satellitenbilder, das Menü im Flugzeug, Netzaktivitäten, Chipkarten –

sämtliche Informationen werden gebündelt, der einzelne ist in der Masse immer zielgerichteter aufzuspüren, und bald werden die Städte selbst in der Lage sein, auf die gespeicherten Profile zu reagieren. Rolltreppen, die einen mit Namen begrüßen, Leinwände mit individuell zugeschnittener Werbung, laufende Alarmsysteme, die jeden Abtrünnigen markieren.

Mindestens so siehts aus, sagen die Ramows. Und stoßen mit Willem an.

Willem hakt noch mit einem Holz in den Zähnen, einer der Detektive bereitet frischen Kaffee.

Wie stehen Sie sich denn mit Ihrer Frau?

Das tut nichts zur Sache.

Da haben Sie wohl recht. Andererseits haben wir uns gedacht, daß in einer gut funktionierenden Partnerschaft der eine Teil Verständnis dafür haben wird, wenn der andere im Fall des toten Vaters recherchiert.

Meine Frau weiß Bescheid. Und wenn sie sauer auf mich ist, hat das andere Gründe.

Wenn jemand zu uns kommt, sind wir erst mal auf seine Beschreibungen angewiesen. Doch damit ist es nicht getan, weil jeder die Welt anders beschreibt. Und so müssen wir im Grunde erst mal herausfinden, wer uns warum etwas so oder so beschreibt.

Der Beobachter und seine Hintergründe interessieren mich genauso wie Sie. Aber deswegen kann ich nicht jeden auf sein Privatleben hin ausfragen.

Sie sind ja auch kein Detektiv.

Willem zerbricht das Hölzchen. Dann sitzen die Männer da, trinken ihren Kaffee.

Erzählen Sie uns von der Obduktion.

Am Anfang war es ja nur eine Formsache. Mein Vater war ins Zentralkrankenhaus verbracht worden, und weil man nicht ohne weiteres auf die Todesursache schließen konnte, war die Obduktion vorgesehen. Meine Mutter hatte auch gleich zugestimmt, und der Chefpathologe ging selber ran. Er hieß Lobedanz und ließ sich von einem Jungarzt assistieren. Dieser Jungarzt hieß Friedhelm

Lampe, und während der Untersuchung ist ihm gleich etwas aufgefallen. Doch Lobedanz nahm diesen Verdacht nicht ernst – ein übereifriger Jungarzt, nichtwahr, und in seinem Abschlußbericht wischte der Chef alle Zweifel vom Tisch und konstatierte als Todesursache eine klassische Embolie. So wurde der Körper freigegeben und sollte beerdigt werden.

Mein Vater war wie seine ganze Sippe in Berlin geboren. Also sollte er auch ins Charlottenburger Familiengrab. Doch das war nicht so einfach. Zur Überführung mußten Formalien erfüllt werden, und natürlich fehlte hier ein Stempel, dort ein Papier – das ganz normale Willkürgehabe der DDR gegen den Klassenfeind, so daß mein Vater nach einer Irrfahrt wieder im Zentralkrankenhaus landete.

Der Jungarzt Lampe nahm das als wunderbare Fügung und erbrachte Nachweise, die die Richtigkeit seiner Behauptung so wahrscheinlich machten, daß Lobedanz, ob er wollte oder nicht, eine zweite Leichenöffnung beantragen mußte. Doch diesmal verweigerte meine Mutter die Zustimmung, und so schaltete der Chefpathologe die Gerichtsmedizin ein und die Gerichtsmedizin die Kripo. Die Kripo kam zu uns nach Hause, stellte Fragen, und dann mußten meine Mutter und Kronhardt aufs Revier. Sie nahmen sich einen Anwalt, und zuletzt sollte ein Richter über die Zwangsautopsie entscheiden.

Es war eine delikate Sache damals. Brennstoff für die vernagelten Nachkriegsmoralisten, und natürlich hängten sich die Zeitungen rein und spalteten die öffentliche Meinung. Rings den Leuten war das egal, ob sie Täter oder Opfer vor sich hatten: Sie genossen all die hinreißenden Schattierungen dieser Angelegenheit und konnten noch ihre dunkelsten Begierden befriedigen. Wie die Schmeißfliegen wurden sie angezogen, jeder hatte irgendwas, was unbedingt bestickt werden mußte, und meine Mutter war kaltblütig genug, das Geschäft offenzuhalten.

Schließlich tauchte der anonyme Hinweis auf.

Ein Arzt, wie es lapidar hieß, der aus Berufsethos ungenannt bleiben wollte. Er verwies auf neue Aspekte, die in einer englischen Fachzeitschrift dargestellt wurden und die die vom Jungarzt Lampe aufgedeckten Anomalien zu seltenen, aber durchaus statistischen Normfällen machten.

Der Richter bekam die neuen Hinweise auf den Tisch und ließ sie prüfen. Schließlich entschied er, daß die Erkenntnisse aus der Fachzeitschrift einem Vergleich standhielten, und gab den Körper meines Vaters endgültig frei.

Meine Mutter beschloß, daß wir den Vater nun einäschern und anonym auf dem Gemeindefriedhof beisetzen sollten. Sie begründete das mit Fledderei und Angst vor der erneuten Willkür der DDR. Die Seele meines Vaters sollte ihren Frieden haben.

Eine Zeitlang schweigen die Männer und sehen einander an.

Also gibt es nur noch die Asche Ihres Vaters?

Ja.

Gehen wir aber noch mal zurück. Wie tauchte der Hinweis des anonymen Arztes auf?

Über die Zeitung, soweit ich weiß.

Sie meinen, jemand hat sich direkt über die Zeitung in den Fall eingeschaltet?

Ich habe das nie nachgeforscht.

Würde ein rechtschaffener Mensch sich nicht an die Polizei wenden?

Keine Ahnung.

Wissen Sie denn, wie die Anomalien aussahen, die Lampe entdeckt hatte?

Grob gesagt wohl so, daß jemand aus der Materie den Verdacht entwickeln konnte, die Embolie wäre nur sekundäres Merkmal, aber nicht Ursache. Genaues weiß ich darüber nicht.

Also durchaus möglich, daß sich mit der zweiten Obduktion Lampes Vermutung bestätigt hätte?

Willem hebt die Schultern.

Was ist aus Lampe geworden?

Weiß nicht.

Und Lobedanz?

Keine Ahnung.

Und der Richter?

Ehrlich gesagt –

Aber seinen Namen wissen Sie noch?

Kelvin oder Pascal. So in der Art. Kann ich gucken.

Und der Anwalt Ihrer Mutter?

Rolf-Peter Stier. Ist später mit ein paar spektakulären Fällen bekannt geworden, und anscheinend ist ihm der Rummel zu Kopf gestiegen. Er starb im Umfeld teurer Mädchen und Szenedrogen, und vor allem die Sensationspresse trat die Sache breit.

Ganze Menge Ansätze für Spuren, sagen die Detektive.

Wie mans nimmt.

Gut möglich, daß wir da noch ein bißchen investigieren müssen.

Na klar. Die teuren Mädchen von diesem Stier aufstöbern.

Die Ramows grinsen. Wenn sich die Dinge so entwickeln, geben wir Ihnen natürlich Bescheid. Aber vorerst denken wir eher an Lobedanz, Lampe und den Richter.

Willem sagt: Ich denke vorerst mal an Burke. Der Mann steht für uns im Brennpunkt. Und was Sie hinter ihm aufstöbern, gibt Ausschlag für neue Richtungen.

Ist klar, Chef. Und daß dieser Lampe mit seiner Vermutung damals richtig lag, haben Sie nie in Betracht gezogen?

Nein.

Trotzdem sind Sie hier.

Erst mal bin ich wegen Burke hier. Burke, das ist unser Mann.

4

Revolution; Teile des Maghreb stehen in Flammen, und in den Schaufenstern der Passagen transformieren die Bildpunkte zu einer endlosen Schleife aus Gewalt. Die über Dekaden erstarrten Zustände in Westarabien werden von innen her aufgebrochen, und auf den Flachbildschirmen, die neuerdings überall installiert sind, kann Willem die Zerstörung sehen. Es sind vor allem junge Menschen, die entfesselt anlaufen gegen die aufgezwungenen Lebensverhältnisse, während die alten Diktatoren noch zum letzten greifen und das Blutopfer fordern der Väter gegen ihre Söhne. So stehen die Bilder in den Passagen; gekaperte Panzer, brennende Paläste, und dagegen Söldner und Spezialeinheiten, die rangehen, das Volk zu schlachten.

Viele der Bilder erscheinen unscharf und steigern durch die ruckhaften Bewegungen noch alle Dramatik, und Willem ahnt, daß es Aufnahmen mobiler Telefone sind, die mitten aus dem Schlachtfeld ins Netz gespeist werden. Es sind seltsame Zeiten, meint er, einem Völkermord in Echtzeit zuzuschauen, während rings die Menschen eine Bratwurst essen, zwanghaft durch die vorweihnachtlichen Passagen drängen. Und zugleich bringen gerade diese Zeiten den Menschen im Maghreb oder sonstwo die Möglichkeit zur Umwälzung; gerade das Netz, meint er, das den einzelnen und die Gesellschaft so grundlegend verändert, erscheint hier wie eine Metaebene gegen alle Tyrannis; ein Funke, der in die zahllosen jungen Menschen dort schlägt und das Testosteron tonnenweise explodieren läßt.

Polizei präsentiert sich in den Passagen; auch der Bahnhof ist mit Helmen und Schutzschildern bestellt, und in der Stadt wissen sie alle Bescheid. Die Geheimdienste haben Informationen beschafft, die neue Anschläge wahrscheinlich machen, und in den Medien hat der Innenminister gesprochen. Zu Wachsamkeit aufgerufen, zu Besonnenheit, und allen klargemacht, daß auch mit der maghrebinischen Revolution der Westen noch immer im Visier Heiliger Krieger ist. Und so ist es kein Wunder, daß die Polizeikräfte auch einen Informationsstand bürgerlicher Moralisten auflösen; friedliche Menschen im Grunde, die auf Armut und Ausbeutung in anderen Teilen der Welt aufmerksam machen und die auch Bilder der deutschen Elite zeigen. Bekannte Gesichter aus Politik und Wirtschaft, die noch gestern mit Diktatoren zusammensaßen, noch gestern Vertrauen und Lauterkeit offenbarten neben aufgedonnertem Hitlerkostüm und Spiegelsonnenbrille. Und die heute Parolen gegen diese Diktatoren ausrufen; Parolen auf die Freiheit, die zuletzt immer die zu schützende Freiheit der Westvölker meint.

So zieht Willem durch die Passagen; die Stadt weihnachtlich überspannt, ein Licht, aus dem die vertrauten Motive endlos glänzen. Er zieht vorbei an den Buden und Karussells, die Gerüche verdichten alle Vortäuschung, und Pferdchen und Lokomotiven lassen greifbare Wirklichkeit auferstehen. Rings ist Getümmel, eine Richtungslosigkeit, die zuletzt doch wie eine Richtung erscheinen muß; die Polizei ist präsent, und alle wissen Bescheid.
Willem spürt das Zudringen fremder Körper und Gesichter, spürt Lockung und Berührungsfurcht; er verschmiert in der gleichgeschalteten Namenlosigkeit, verschmiert in der Zivilcourage seiner Landsleute, die sich die glänzenden Motive über ihrer Stadt, die Motive ihrer Herzen nicht nehmen lassen. Die Möglichkeiten von Heimtücke oder Amok scheinen im gemeinsamen Schlag zu minimieren, in der Lust von Buden und Passagen. Und Willem ist immer wieder darüber erstaunt, wie viele Menschen bereits eine mobile Miniausrüstung benutzen. Während noch vor kurzem jedes Selbstgespräch in der Öffentlichkeit verdächtig wirken mußte, wird es heute zum vertrauten Anblick. Mit der Welt verbunden, hat man beide Hände frei; kann essen und trinken; kann über Kontinente und Gebirgsketten hinweg seinem Erlöser nahe sein, bevor man den Rucksack zündet.

So zieht Willem durch die Passagen. Wo eine Berührung nachläßt, baut sich die nächste auf, ein endloser Strom fremder Leiber;
sprechende Köpfe, schlingende Köpfe, ein endloses Walken durch
endlose Innereien, während rings die Weihnachtsfarben glänzen.
Die Buden und Gerüche und die Straßenmusiker erzeugen eine
wunderbare Sehnsucht, eine himmelwärts strebende Melodie der
Völker, als hätte es Grenzen und dunkle Geschichte nie gegeben,
als wären noch die Passagen mit den flimmernden Bildern einer
maghrebinischen Revolution Teil jener tiefen Geborgenheit, als die
Sippen bei Feuerschein und Knochenflöte zusammenrückten. So
zieht Willem dahin; ein Penner kreuzt seinen Weg, erbeutet ein paar
Reste und verteidigt sie mit einer Krücke gegen die Tauben. Rings
hocken einige Straßenkinder, und Willem meint, daß immerhin ihre
Hunde glücklich erscheinen; er ahnt die Welt zwischen Nase und
Magen, das Stromerleben und die eingefleischten Merkmale von
Wacht und Hut. Er sieht eine Frau ohne Unterleib, die aus ihrem
Rollstuhl heraus diesen Hunden ein paar Brocken zuwirft; er sieht
einen Sprayer, der im Gedränge den Pelz einer Dame markiert; ein
Polizist wird mit Ketchup bespritzt, und so steigt die sippenhafte
Geborgenheit, so steigt der vom Innenminister befeuerte Mut bald
himmelwärts und durchdringt die leuchtenden Festtagsmotive so
mühelos wie die Straßenmusik. So verschmieren die Aufnahmen aus
dem Maghreb oder sonstwo im Netz der Passagen; im Strom glo-
balisierter Handlungen, die alle Merkmale ferner Schlachtfelder in
hiesige Arglosigkeit verwandeln; Chipkarten zu ewigem Heim, zu
Gänsebraten und Frieden, und so zieht Willem durch die Passagen.

Als das Speicherhaus bereits in Sicht ist, taucht der Penner mit
der Krücke wieder auf. Willem sieht, wie die Leute ihm den Weg
freigeben, und womöglich ist es sein imposanter Bart, mit dem er
sich Respekt verschafft. Er trägt ein altes Bauernkäppi, dazu eine
Art Ulster, und Willem ahnt, daß der Mantel einmal teuer war. Die
Taschen sind ausgebeult, ein Flaschenhals ist zu sehen, und beinah
unsichtbar hinter seinem Bart scheint der Penner Selbstgespräche
zu führen. Vielleicht telefoniert er auch, doch Willem kann keine
Ausrüstung entdecken.

Heda, Freundchen!

Ein Polizist tritt aus der Menge, und der Penner drückt sich in die Krücke.

Willem sieht, daß der Polizist Ketchup am Kragen hat.

Hat der Mann Sie belästigt, mein Herr?

Willem sagt: Der Mann hat nichts getan.

Na-na-na, mit Ihnen rede ich gleich. Und zu dem Penner: Nun?

Der Penner hält sich gestützt und salutiert. Jawoll, Herr Kommissar.

Was heißt hier jawoll?

Nein, Herr Kommissar.

Er hat Sie also nicht belästigt.

Korrekt, Herr Kommissar.

So so. Und zu Willem: Ihre Papiere, Freundchen.

Ein paar Schaulustige bleiben stehen, doch der Polizist hat keine Mühe, sie zu zerstreuen.

Nun, sagt er und wippt auf den Absätzen.

Warum soll ich Ihnen meine Papiere zeigen?

Weil ich Sie dazu auffordere.

Mit welcher Begründung?

Daß ich Polizist bin, sollte genügen.

Der Penner mischt sich ein. Besser, Sie tun, was der Kommissar verlangt.

Diese Willkür gefällt mir nicht.

Willkür, sagt der Polizist und wippt. Und dann: Wo ist Ihre Jacke?

Willem betrachtet den Polizisten und kratzt sich am Kopf. Dann sagt er: Wir stecken mitten im Klimawandel.

Klimawandel interessiert mich nicht. Wer um diese Jahreszeit keine Jacke trägt, macht sich automatisch verdächtig. Und er zeigt auf den Penner. Schauen Sie, das nenn ich korrekt. Ein feiner Mantel, wie es sich gehört.

Der Penner scheint sich geehrt zu fühlen. Er zieht die Flasche hervor und sagt: Darf ich dem Herrn Kommissar ein Schlückchen anbieten?

Darüber läßt sich reden. Aber erst mal muß ich mit unserem jakkenlosen Freundchen hier klarkommen. Also, sagt er, die Papiere, und er zerstreut zugleich mit eindeutiger Geste die Schaulustigen.

Kriegen Sie nicht, sagt Willem.

Dann werden Sie verhaftet.

Wir sind doch nicht im Maghreb.

Der Maghreb ist überall. Also, Freundchen.

Nein.

Der Penner sagt: Früher hatten die Menschen noch Respekt vor der Polizei.

Und der Polizist: Heute werden bereits unsere Reviere attackiert, und nichts ist mehr heilig.

Der Penner: Wenn auch dem kleinen Mann nichts mehr heilig ist, siehts finster aus.

Der Polizist: Auch der kleine Mann hat sich heutzutage verbündet. Attac-Leute, Netzterroristen, alle stecken unter einer Decke. Und zu Willem: Also, Freundchen. Mit wem stecken Sie unter einer Decke?

Womöglich mit Burke, sagt der Penner.

Mit Burke also, sagt der Polizist. Und als er grinst, offenbart sich die Zahnlücke.

Einen Augenblick ist Willem von den Socken. Dann sagt er: Was soll der Klamauk?

Gehört zu unserem Job.

Sie spinnen doch.

Bleiben Sie mal ganz ruhig, Chef. Und der Penner langt Willem die Krücke, holt drei Gläschen aus dem Ulstermantel und schenkt ein.

Weitergehen, Herrschaften, sagt der Polizist, weitergehen. Und zu Willem: Was war denn mit diesem Kerl vorhin?

Welcher Kerl?

Der mit der Aktentasche.

Hier gibts tausend Kerle mit Aktentasche. Was soll das?

Der Penner verteilt die Gläser und nimmt die Krücke zurück. Jede Wette, sagt er, daß Sie so einen noch nie getrunken haben.

Der Whisky ist tatsächlich außergewöhnlich, und schon nach dem ersten Schluck scheint Willem entschädigt für den Budenzauber der Ramows. Er taucht noch mal die Nase ins Glas, atmet, spürt, wie die Entfaltung ihn sprachlos macht.

Noch mal zu diesem Kerl mit Aktentasche. Wir hatten schon den Eindruck, daß er Sie verfolgt. Und der Polizist zeigt Willem ein Digitalbild des Mannes.

Nie gesehen.

Das muß nichts heißen.

Daß er mir im Getümmel mehrmals über den Weg läuft, auch nicht. Aber Sie. Sie haben mich verfolgt, und dann nimmt er noch einen Schluck und läßt diesen unglaublichen Whisky in sich zergehen.

Ach was, sagen die Ramows. Wir haben lediglich Kontakt hergestellt.

Kontakt hergestellt?

Man kann nie wissen.

Heiliger Bimbam. Wir sind doch in keinem Agentenstück.

So was können Sie nur behaupten, wenn Sie alle Hintergründe kennen.

Schon möglich. Und dann langt Willem in den Rauschebart und ist überrascht, wie fest das Ding sitzt. Seit wann verfolgen Sie mich?

Von Verfolgung kann nicht die Rede sein. Wir wollten Kontakt aufnehmen.

Es fällt mir schwer, Ihnen das zu glauben.

Gerade im Anfang eines Falles, wenn wir kaum etwas wissen, müssen wir mit dem Schlimmsten rechnen.

Aber das rechtfertigt doch nicht Ihre abstruse Nummer.

Die Ramows lachen. Abstrus? Schauen Sie sich um. Wir sind bestens angepaßt.

Auch Willem muß lachen. Immerhin eine Köpenickiade, sagt er dann. Sie machen sich strafbar.

Ach was. Und nach außen gewandt: Hier gibts nichts, meine Damen. Weitergehen.

Dann sagt Willem: Wo ist dieser Mann jetzt?

In die Straßenbahn gestiegen.

Und Sie sagen, er hat mich verfolgt.

Und Sie sagen, das muß im Getümmel überhaupt nichts heißen.

Wissen Sie seinen Namen?

Der Penner holt einen Minicomputer aus dem Ulster. Nach einer Zeit sagt er: Nein.

Und sonst? Wenn Sie auf diese Art Kontakt herstellen, werden Sie ja etwas für mich haben.

Die Detektive sehen ihn an. Der Whisky?

So einen Whisky habe ich tatsächlich noch nie getrunken. Aber ich habe Sie für anderes angeheuert.

Wollen Sie noch einen Schluck?

Gerne.

Danach sagen sie: Wir haben tatsächlich etwas herausgefunden.

Plötzlich stößt Kronhardt aus der Menge und bleibt vor den Männern stehen. Nanu! Er starrt auf den Ketchup am Uniformkragen, und zu Willem sagt er: Ein Raubüberfall? Wo ist deine Jacke? Und hinter dem Alten steht Laschek und glotzt.

Willem sagt: Ich regle das hier. Misch dich nicht ein.

Doch der Alte ignoriert das. Und zum Polizisten sagt er: Kann ich helfen?

Können Sie sich ausweisen?

Ausweisen?

Nun? Und der Polizist wippt auf den Absätzen.

Nicht zu glauben! sagt Kronhardt.

Woher soll ich wissen, daß Sie mit der Sache nichts zu tun haben. Die Art und Weise, wie Sie hier reinplatzen und sich einmischen, macht Sie jedenfalls verdächtig. Und Sie da, Freundchen. Dabei zeigt er auf Laschek. Vortreten und Papiere raus.

Marcel Laschek gehorcht als erster, und dann fingert auch Kronhardt seine Ausweiskarte hervor.

Rechtschaffene Bürger, sagt der Polizist, haben von unserem Staat nichts zu befürchten. Und als wäre es nichts, langt ihm der Penner den Computer, und der Polizist speist die Daten ein. Als er die Karten zurückgibt, sagt er zu Laschek: Hatten wir nicht schon mal das Vergnügen?

Laschek wird rot.

Doch bevor er antworten kann, sagt Kronhardt: Ich muß doch sehr bitten! Und im übrigen möchte ich darauf hinweisen –

Schon gut. Der Präsident ist auch mein Duzfreund. Vielleicht sehen wir uns ja auf seinem Sechzigsten. So, meine Herren, und jetzt behindern Sie nicht weiter den Staat – das heißt, und er wendet sich noch mal an Laschek: In welcher Angelegenheit waren Sie bei uns?

Der dicke Mann steht da, und dann zieht der Alte ihn mit, und sie dringen wieder ein ins weihnachtliche Getümmel.

Willem kratzt sich am Kopf.

Die Ramows sagen: Da sehen Sie es. Weil wir im Vorfeld selten wissen, in welche Felder uns die Arbeit führt, treffen wir unsere Vorkehrungen.

Na klar, sagt Willem. Verkleidet als Polizist und Penner schaffen Sie Felder, die es sonst gar nicht geben würde.

Bah. Die Welt ist voller Felder, die es gar nicht gibt.

Und wenn die richtigen Cops auftauchen?

Das kriegen wir in den Griff.

Und Laschek?

Wie, Laschek?

Hat der Dreck am Stecken?

Woher sollen wir das wissen?

Klang aber eben ganz danach an.

Bah. Gehört zu unserer Masche. Noch ein Schlückchen?

Die Bratwurstbude wirbt mit einem Schild für dioxinfreies Fleisch. Ansonsten könnte natürlich alles drin sein, meinen die Männer. Und dann schlagen sie ihre Zähne rein, als wäre nichts.

Zwei- oder dreimal patrouillieren echte Polizisten; verscheuchen die Straßenkinder, greifen einen Südländer heraus. Die Detektive scheint das nicht zu interessieren; sie schmatzen, lachen, und rings die Polizei nimmt keine Notiz.

Zu Willem sagen sie: Haben Sie den Namen von Wrangel schon mal gehört?

Von Wrangel? Nein. Das heißt –

Genau. Papa Wrangel. Haben Sie im Geschichtsunterricht gelernt. Preußischer Generalfeldmarschall und alter Kumpel vom Blücher. Bekannt sind außerdem ein russischer Admiral und Polarforscher sowie ein Schwede, der eine große Nummer wurde, nachdem Wallenstein aus dem Weg war und sein Land voll in den Dreißigjährigen Krieg einstieg.

Von Wrangel, sagt Willem. Vielleicht habe ich den Namen doch schon mal gehört.

In welchem Zusammenhang?

Mit meiner Mutter? Ich weiß es nicht.

Meinen Sie, Sie können Klarheit herstellen?

Keine Ahnung.

Es könnte aber wichtig sein.

Ich bin mir nicht mal sicher, ob da tatsächlich etwas in meiner Erinnerung ist.

Dann finden Sies raus.

Willem macht eine Bewegung. Eine Patentlösung gibts dafür nicht. Und wenn wir jetzt alle in der Erwartung verbleiben, daß ich mich erinnere, steigt die Gefahr, daß ich etwas hervorbringe, nur um etwas hervorzubringen.

Die Ramows lachen. Natürlich kann Erwartung das Ergebnis beeinflussen. Aber wir trauen Ihnen die nötige Distanz zu. Dann sagen sie: Der zweite Totenschein, den Burke Ihnen zukommen ließ, war von einem Doktor-Doktor unterschrieben. Der Rest war ausgestrichen, doch wir haben es wieder lesbar gemacht: von Wrangel.

Willem nimmt den letzten Happen. Ich will sehen, was ich machen kann.

Als sie die Teller über den Tresen schieben, sagt er: Und Burke?

Burke. Die Detektive öffnen die Hände und schlagen sie wieder zusammen. Ehrlich gesagt.

Das gibts doch nicht.

Der Mann ist schwer zu fassen.

Aber es gibt doch handfeste Ansätze. Die Edelpunkerin. Der Kerl mit dem Rottweiler.

Das sagen Sie so. In Wirklichkeit jedoch können sich die ungelösten Aufgaben ruckzuck vervielfältigen, sobald wir unsere Ermittlungen offensiv angehen. Natürlich haben wir zu dieser Nina und dem Rottweilertypen investigiert; verdeckt und bislang ohne Erfolg. Wir scheuen aber noch die Offensive.

Haben Sie denn überhaupt etwas über Burke herausgefunden?

Erst einmal mußten wir feststellen, daß es mehr Burke-Typen gibt als erwartet. Studiobraune, gut unterfütterte Haut, längeres Haar und so weiter. Diese Typen laufen in der Stumpfen Spitze und in anderen Läden haufenweise rum. Ein künstliches Erscheinungsbild mit künstlicher Individualität, und wenn man diese Typen darauf anspricht, kriegt man eins auf die Glocke. Die Detektive lachen.

Und die Edelpunkerin?

Die Frau heißt Katherine Voß, genannt Nina. Wohnt zwei Straßen entfernt von der Stumpfen Spitze. Schläft tagsüber und wird erst nachts aktiv. Tingelt nach der Arbeit durch die Läden, nimmt Frauen mit nach Hause. Der mit dem Rottweiler heißt Axel Brock. Teilhaber an der Stumpfen Spitze, gemeldet in der Martinistraße, gleich über so einem Solar- und Fitneßstudio. Aber wie es aussieht, hat Brock die Wohnung einem Dragan Srezcovic überlassen. Ein Serbe mit jeder Menge Dreck aus dem Balkankrieg, und anscheinend machen der Serbe und Brock gemeinsame Geschäfte.

Was für Geschäfte?

Die Detektive grinsen. Was erwarten Sie denn da?

Könnte Burke mit drinstecken?

Das wissen wir nicht.

Und sonst?

Vorhin hat Polykarp uns angerufen. Sie wissen schon, das Mädchen für alles aus dem Gyrosladen, und Polykarp meint, daß wir nicht die einzigen sind, die sich für Burke interessieren.

Einer wie Burke kann in alles mögliche verwickelt sein.

Dennoch müssen wir berücksichtigen, daß dieses Interesse etwas mit unserem Fall zu tun haben könnte.

Aber wir sollten nicht drauf herumreiten.

Im Moment reiten wir noch auf gar nichts herum. Polykarp hat uns lediglich darüber informiert, daß anscheinend auch jemand anderes nach Burke sucht. Entweder ein großer Mann, sagt er, oder eine große Frau. Vielleicht sind es auch tatsächlich zwei, aber sie sind definitiv nicht von der Polizei, und sie nennen weder den Namen Burke noch einen anderen.

Ein großer Mann und eine große Frau. Meinen Sie ernsthaft, das bringt uns weiter?
Das können wir doch jetzt noch nicht sagen.

Die Männer sehen auf, als neben der Wurstbude Radau losbricht. Zwei Betrunkene sind aneinandergeraten und haben in ihrem derben Imponierverhalten ein Kind niedergerissen. Noch die Mutter des Kindes wird weggestoßen, und weil rings die Passanten zögern, fühlen sich die Betrunkenen in ihrer Wut bestätigt. Sie grölen und schwingen die Fäuste.
Willem ahnt, daß die Situation auf den Polizisten neben ihm überspringen muß. Daß die erstaunliche Haltung, mit der die Ramows bislang alle Erwartungen von außen erfüllten, nun jederzeit aufbrechen kann.
Als er seinen Blick aus dem Radau dreht, stehen die Detektive unscheinbar da.
Bauernkäppi und Rauschebart sind verschwunden, die Krücke ist zusammengesteckt, und der Ulstermantel verhüllt jetzt die Uniform. Die Dienstmütze ist verschwunden, und mit ihren weihnachtlichen Tüten erscheinen die Ramows wie frisch aus den Passagen.
Als zwei Polizisten die Szene betreten, schlendern sie ab von der Bude.

Im Maghreb brennt es weiter. Die Gerüche verdichten, die Karussells drehen sich, und zum Himmel hin glänzen die Motive.
Lobedanz, sagen die Detektive. Der Chefpathologe von damals. Ist seit zehn Jahren tot. Auch der zuständige Gerichtsmediziner ist tot. Aber drei leben noch. Der Assistenzarzt Lampe, Sengstake, der ermittelnde Kommissar damals, und der Richter. Den Kommissar können wir allerdings vergessen. Hat Creutzfeldt-Jakob.
Vielleicht hatte er den falschen Schlachter.
Darauf konnte er uns keine überzeugende Antwort geben. Bleiben also noch Lampe und der Richter.
Willem sagt nichts. Er sieht, wie sie mit dem Strom ziehen. Wie sie dagegen ziehen und kreuzen, als wäre es nichts.

Weil Lampe uns die womöglich wichtigsten Hinweise überhaupt geben kann, haben wir mit ihm angefangen. Friedhelm Lampe, ein alter Mann mittlerweile wie all die anderen. Und ein Quartalssäufer obendrauf, der immer noch mächtig auf Tour geht. Augenblicklich ist er wieder unterwegs, und wir haben keinen Anhalt, wo er sein könnte. Aber wir haben in seiner Vergangenheit gestöbert: Nach der Sache mit Ihrem Vater wurde Lampe in die Wesermarsch versetzt. Eine Art Sibirien für einen ehrgeizigen Jungarzt, und eine Zeitlang tingelte er von einem Provinzkrankenhaus ins nächste. Und mit den Jahren war es unvermeidlich, daß er in der Wesermarsch hängenblieb; Mitte der 70er übernahm er dann auch die Nachfolge eines Landarztes, und ein paar Jahre später kam raus, daß Lampe ein Quartalssäufer ist. Aber solange jemand da drüben seine Arbeit macht, interessiert die Leute das nicht, und anscheinend ließ Lampe sich als Landarzt auch nichts zuschulden kommen. Vorm Millennium gab er die Praxis dann weiter. War nie verheiratet, offiziell keine Kinder. Ausgeprägter Einzelgänger, hat eine ganz nette Kate am Deich. Allerdings runtergekommen. Im Dorf kriegen sie ihn oft wochenlang nicht zu sehen, und keiner weiß, wo er sich rumtreibt.

Willem bleibt stehen und sieht die Detektive an. Ehrlich gesagt. Sie sind verdammt umtriebig.

Wie dürfen wir das verstehen?

Und Willem lächelt, und dann nehmen die Männer noch ein Glas von dem unglaublichen Whisky.

5

Feuerschein zuckt durch den Mauerbogen in die Restaurant-Bar.
Über den Flammen in der Küche steht eine aufgeschnittene Ziege.
Die Hinterläufe an einen Rost gebunden, die Rippen auseinander-
geklappt, und ein Knuspern dringt aus dem festen Fleisch.
Sie sitzen zu dritt in der Nische, auf dem Tisch eine Flasche Rioja.
Barbara hat sich das Haar bis auf Schulterlänge schneiden lassen,
und Willem muß den neuen Effekt anerkennen; Schönheit und
Reife erscheinen aus neuem Winkel, und wegen ihrer Freude daran
streicht er über die Frisur, küßt ihren Mund. Im stillen bedauert er
aber, daß sich das Haar nun nicht mehr hochstecken läßt.
Inéz sieht müde aus und gibt zu, daß es ihr zur Zeit schwerfällt,
die oft extravagante Art ihrer Kundinnen einzufangen und in
schöpferische Kraft umzuwandeln. Dazu die notwendige Konzentration zu Feinarbeit, und so ist sie froh, alle Spannung aus ihrem
feingliedrigen Körper herauszulassen. Sie hat die Schuhe abge-
streift, die Beine hochgelegt, und der Wein schmeckt ihr ausgezeichnet.
Hector Luna bringt das Ziegenfleisch auf einer kleinen Platte.
Dazu Tortillas, Salsa und Reis. Sie essen mit den Händen, und der
zuckende Feuerschein aus der Küche, die Photos auf den gekalkten
Wänden und auch die Figurinen verstärken das Bukolische. Wie in
einer Höhle sitzen sie beisammen; eng und vertraut ums dampfende Mahl, und auch Willem weiß diese Rituale zu schätzen. Er küßt
seine Frau, er streichelt die Hand der Spanierin, und die Gespräche
laufen dezent.
Ulrike Striebeck hat sich aus Mexiko gemeldet; die ungeheuerliche
Brutalität der Drogenkartelle gehört mittlerweile wohl zur Tagesordnung, doch sie selber sieht sich außer Gefahr. Zudem hat sie die
Bereitschaft der Mexikaner signalisiert, bei Folgeaufträgen noch-

mals Prozente zu lassen. Und apropos Kartelle: Laschek hat im Netz Wetten aufgestöbert; man kann aufs Sonora- oder Golfkartell setzen, auf die Zetas, und in der Nische sind sie sicher, daß Laschek sich bereits in die Wetten eingeklinkt hat. Zudem vernachlässigt er sich; der ganze fette Kerl stinkt, meint Willem, seine Haut ist voller Mitesser, und die Skleren erscheinen von krankhaftem Rot. Barbara hat Kronhardt bereits darauf angesprochen. Doch der Alte hält Laschek die Stange.

Der Tochter vom Brauereidirektor wurde eine Brust wegoperiert. Zur Genesung ist sie jetzt auf Sylt, und Barbara hat eine hübsche Karte besorgt. Willem ist bereit zu schreiben; die Frauen tauschen sich über ihren nächsten Vorsorgetermin aus, dann sehen sie Willem an. Er ist gesund, er geht nicht zum Arzt.

Dem Deutschmeister haben die Ärzte endgültig den Alkohol verboten, doch er denkt nicht dran. Er schlemmt und dröhnt unvermindert, das ganze Leben eine Kellerbarparty.

In zwei Wochen sind sie ins Rotenburgische geladen – wieder so eine hippomanische Party, sagt Inéz, und Willem schnaubt leise.

Am Rande der Wallanlagen werden Bäume gefällt, und auch die wunderschöne Kastanie, die hoch bis zu Inéz Balkon langte, ist verschwunden. Vor allem die Autofahrer hatten sich über die herabfallenden Früchte im Herbst beklagt und sogar Rechtsstreitigkeiten wegen Lackschäden und Beulen provoziert. Inéz stand dabei, als die Männer mit ihren Kettensägen kamen. Sie habe geweint, sagt sie; sie hat Visionen gehabt, wie diesen Männern selbst die Hände abgesägt würden, die Füße, die Ellenbogen. Sie hat die Kette aus dem Fleisch gerochen, heiße Knochen, und sich gefragt, worin dieser menschliche Drang zur Destruktion wurzelt.

Willem hat Post von einer Bürgerinitiative gekriegt. Im Nachbarlandkreis hat es den ersten Toten gegeben. Die Konzerne behaupten, daß ein Zusammenhang nicht besteht, und das Amt für Bergbau behauptet, daß ohne Langzeitstudien nichts zu beweisen ist. Die Gasförderung geht weiter, und in zehn Jahren wird man aus den Statistiken bestätigen, was man heute schon weiß: daß es eine Vergiftung ist mit umfassender Langzeitwirkung. Vielleicht wird man es auch schon in fünf Jahren zugeben müssen, so daß den

Konzernen nicht viel Zeit bleibt. Sie stecken hastig neue Claims ab, treiben ihre Chemikalien in den Boden und saugen. Fracking nennen sie das Verfahren, und aus den USA kommen laufend Berichte von Grundwasservergiftung, sich häufenden Krebserkrankungen und sogar unbewohnbar gewordenen Landstrichen. Doch auch dort geben sich die Konzerne unschuldig, die Politiker berufen sich auf die Notwendigkeit, neue Energiequellen erschließen zu müssen, und Grundwasser und Krebs interessieren nicht. Auch in unserem Landkreis nicht, sagt Willem, und in dem Schreiben der Bürgerinitiative wird von den ersten Bohrungen berichtet. Barbara und Willem beschließen, die Initiative zu unterstützen. Zumal die Gasbohrungen nicht das einzige sind: Ihr Landkreis scheint aufgrund seiner geologischen Schichtfolge geeignet, Kohlendioxid unterirdisch einzulagern, und des weiteren, sagt Willem, wird die Trinkwasserversorgung zunehmend privatisiert, so daß zuletzt dieselben Konzerne, die bei uns Fracking betreiben, die bei uns Endlagerstätten einrichten, auch unser Wasser kontrollieren werden.

Eine Zeitlang überlegen sie, wo man noch hinziehen könnte.

Dann trägt Hector Luna ab, serviert Eis und Espresso.

Später setzt er sich zu ihnen in die Nische. Er rückt neben Inéz, und die zurückhaltende Art, mit der die Spanierin und der Mexikaner miteinander umgehen, läßt kaum ahnen, wie vertraut sie einander tatsächlich geworden sind.

Barbara erzählt, daß der Kykladenreeder sich gemeldet hat. Ein handschriftlicher Brief, in dem er alle Aufträge für dieses Jahr storniert habe. Barbara glaubt, daß der Grieche den finanziellen Kollaps seines Landes als persönliche Demütigung empfindet, und ahnt in dem Brief den Versuch, seine Ehre aufrechtzuerhalten. Sie will den Kykladenreeder die Tage anrufen, um wenigstens moralische Unterstützung zu signalisieren.

Auch Visconti aus Mailand, sagt sie, vermeldet Demoralisierendes; sein Staatspräsident habe sich eine systematische Immunität erschaffen, mit der er zuletzt rangige, Minderjährige zum Sex zu nötigen. Doch anstatt sich für sein Land zu schämen, habe Visconti behauptet, daß mindestens jeder zweite Italiener bereit wäre, diesem Kinderschänder und Staatsverbrecher eigenhändig die Eier abzuschneiden. Angerufen habe er aber wegen der Messe in Mailand. Er erwartet uns, sagt Barbara, und Inéz lächelt.

Zuletzt macht Barbara einen Schwenk zu Roderick, und man sieht ihr die Rührung an, als sie von der unverhofften Freude des alten Knaben erzählt. Sein Sohn hat anscheinend die Nase ganz weit vorn in der Teilchenphysik, und jetzt hat er ein Experiment in Vorbereitung, das, wie Roderick sagt, ein Aufbruch wird in neue Dimensionen. Für dieses Experiment erhält sein Sohn Material aus Leipzig – du weißt schon, sagt Barbara, und sieht Willem an: dein Georgischer Schädel. Und weil sich anscheinend die Wissenschaftler auf der ganzen Welt so einen Aufbruch vorstellen können, ist natürlich auch das Königshaus aufmerksam geworden. Zumal die Rodericks treue Briten sind, und so hat der Alte bereits Maß genommen und wird es nun doch noch erleben können, wie sein Sohn den Anzug von der Stange ablegt.

Feiner Regen fällt, und sie gehen Arm in Arm. Es ist kühl, die Stadt in dunklem Glanz, und um Scheinwerfer und Laternen zersprühen die Lichthöfe. Der Jaguar steht in einer Nebenstraße, und bevor Barbara einsteigt, streicht sie die Tröpfchen aus ihrem Haar.

Willem ist bereits ins Leder gesunken. Er hat mit Hector noch eine Flasche getrunken, und ohne die Frauen wären sie noch die nächste angegangen.

Als Barbara den Schlüssel dreht, erscheint das Armaturendeck in dezentem Ton. Sie sieht ihn einmal an und lächelt. Dann startet der Motor.

Bitte nicht die Autobahn, sagt er.

Ich fahre.

Du weißt, wie ich es liebe, neben dir zu sitzen. Wie du steuerst, während die Welt in die Scheiben fällt.

Die fällt auch auf der Autobahn.

Barbara, bitte. Und dann sucht er in seinem Jackett und zieht eine CD hervor. Kastratengesänge von Caldara, habe ich heute besorgt. Komm, Barbara. Wir streifen am Teufelsmoor, und die Haremswächter singen dazu. Er schiebt die Musik ein und küßt sie. Und als sie die Richtung einschlägt, küßt er sie noch mal. Dein neuer Haarschnitt, sagt er, ist schön.

So zieht der Jaguar von der alten Stadtdüne auswärts; ein endloses Geflecht aus Straßen und Lichtern, und rings von den Häuserfronten verschmieren die Epochen in der Geschwindigkeit. Der Sprühregen bricht die einfallenden Bilder, und die Wischer schwenken in festen Zeitabständen. Barbara hält die Tachonadel konstant; in einer S-Kurve können sie die Fliehkraft spüren, sie kreuzen die Eisenbahnlinie, und danach ziehen sie auf einer Geraden gegen aufsteigende Hochhäuser. Eine verlassene Tankstelle erscheint, ein Lager mit zerschlagenen Scheiben und dann die Auswüchse vom sozialen Wohnungsbau; der internationale Stil, mit dem einst auf den Bauherrentafeln geworben wurde, hat sich längst in den Alltag eingefleischt, und aus den Schluchten sehen sie den Halbmond leuchten, kyrillische Buchstaben oder eine Libanonzeder.

Die Autobahn liegt wie ein Grenzstrich gegen den hypertrophierten Stadtrand, und als sie von der Überführung ostwärts rollen, öffnet sich vor ihnen eine andere Welt. Ebene und Himmel scheinen in endloser Nacht verschmolzen, Barbara drückt aufs Gaspedal, und noch der Regen sprüht als dunkle Körnung gegen die Scheibe. Die Fahrbahnstreifen zucken, und im Lichtkegel ahnen sie die Wassergräben, die wie Gitternetze in den weiten Raum gestochen sind.

In der Kabine ist es warm, Willem sitzt eingesunken im knautschigen Leder, und aus den Boxen erhebt sich der Kastratensopran über das Cembalo, ein seltsam perverser Klangreiz, als wären Verstümmelung und Vergötterung gleichgeschaltet in endloser Nacht. So zieht der Jaguar gegen das Teufelsmoor, einmal erfassen die Lichter die Augen eines Tiers, einmal stechen sie vor einer Kurve in den tiefen Raum. Birken säumen bald die Landstraße, manchmal erscheint abseits ein Gehöft, und der Geruch schwerer Erde stößt in die Heizungsluft. Sie queren ein Flüßchen, Reitfelder flackern, dann steuert Barbara nordwärts. Die Dörfer liegen entlang der schmalen Straße, meist sind es nur wenige Häuser, und manchmal lassen Fachwerk und Schilfdach die Zeit vergessen. Als die Musik durchgelaufen ist, sagt Willem: Gehts gut mit Inéz und Hector?

Barbara hat die Hände am Steuer und sieht voran. Erzählt er dir nichts?

Doch.

Dann sieht sie ihn an. Warum fragst du dann?

Vielleicht erzählt Inéz dir was anderes.

Sie erzählt mir, daß Hector ein sehr respektvoller Mann ist. Daß sie sich fallen lassen kann und daß ihre Welt sich mit ihm verändert.

So zieht der Jaguar durch die Niederung; die dunkle Welt zerstäubt auf der Scheibe, und dieser Eindruck wird regelmäßig von den Wischblättern aufgebrochen. Bald erscheint linker Hand der Wümmedeich, und die Straße folgt seinen Windungen. Einmal sehen sie die Autobahn, ein leuchtender Spalt, der das Land durchzieht, und jenseits, auf der Dünenkette, bricht das Pilzleuchten gegen den Himmel. Die feuchten Asphaltgeräusche und auch der Motor sind kaum zu hören. Als sie an die Bundesstraße stoßen, bremst Barbara ab. Willem sitzt weiterhin eingesunken im Leder; sie streichelt sein Gesicht, gibt ihm einen Kuß, und als die Bahn frei ist, überquert der Jaguar die Kreuzung.

Nach Norden hin steigt das Land, und die Scheinwerfer erfassen die Eiszeitspuren; bald ziehen sie auf der Chaussee dahin, durchschneiden einen Laubwald, und wie in einer Bilderreihe werden die Stämme periodisch vom Lichtbündel erfaßt. Der Motor tourt, gelegentlich drängt ein Acker gegen die Nacht; sie nehmen die Anhöhe mit dem alten Schloß, die Senke mit den Auwaldresten, und dann, aus einer Kurve heraus, die wieder aufwärts führt, setzt Barbara den Blinker und biegt ab. Auf der nun schmalen und dunklen Straße schaltet sie bis in den Dritten, dann flammen die Bremslichter, und unter ihnen knirscht der Kies. Die Eichen gleiten durch die Frontscheibe, das Reetdach und die weißgetünchten Mauern des Landhauses.

Am nächsten Vormittag hat der Alte die Reedersgattin zu Besuch. Sie hat den Besitzer einer Yachtwerft mitgebracht, und Willem entscheidet, ins Hartmann-Haus zu gehen.

Es ist kein schönes Gefühl, heimlich dort zu sein. Die Gerüche bedrängen ihn, Möbel und Wände, und als er anfängt zu suchen, ist es, als bündelte sich die geisterhafte Fernwirkung seiner Mutter noch einmal mit voller Wucht.

Zurück im Spitzgiebel, läßt er sich ins Sofa fallen und hört Rachmaninow.

Später ruft er die Detektive an.

Die Heiratsurkunde meiner Eltern. Da hat ein von Wrangel als Trauzeuge unterschrieben.

Sind Sie sicher?

Ja.

Wissen Sie den Vornamen?

Gustav.

Ist gut. Wir recherchieren.

Schön, Sie zu sehen. Kaffee?

Es ist dunkel bei Ihnen.

An manchen Tagen wird es nie richtig hell.

Darf ich Licht machen?

Ulrike Striebeck trinkt den Kaffee schwarz.

Jetlag?

Sie zeigt ihre Zähne wie automatisch. Der Job war nicht ohne, und auf dem Rückflug saß ich zwischen besoffenen Texanern.

Sie sehen trotzdem gut aus.

Fünf Jahre zu alt.

Ach was. Und die neue Frisur steht Ihnen total.

Natürlich ist Striebeck empfänglich für Komplimente, doch in ihrem Blick erkennt Willem Reste von Ungewißheit. Darum sagt er: Im Grunde sind Sie ein telegener Typ, Ulrike, und kriegen in jeder Aufmachung gerade das Erscheinungsbild hin, das ein Betrachter sich wünscht. Dann lächelt er und sagt: Die Haarnadeln.

Einen Augenblick lang wirkt sie überrumpelt; fährt sich durch das blonde Haar, und ihr Lachen schneidet Linien in die straffe, braungebrannte Haut. Dann verengen sich ihre Augen. Was ist mit den Nadeln?

Ehrlich gesagt. Die betonen das Sinnliche in dem burschikosen Schnitt.

Ich durchschaue Sie. In Wirklichkeit meinen Sie doch etwas ganz anderes.

Quatsch. In meiner Jugend arbeiteten die Frauen alle mit Haarnadeln.

Hören Sie doch auf.

Womit?

Diese Haarnadeln heutzutage sind doch bloß ein lebloser Abklatsch. So wie Flugmeilen sammeln und damit am Wochenende zum Tanzen jetten. Oder flotte Zweisitzer. Alles flüchtig, alles künstlich, und Striebeck macht den ganzen Scheiß mit. Das denken Sie doch, und glauben Sie bloß nicht, daß ich die Zwischentöne bei Ihnen nicht mitkriege.

Sie gehen ja ganz schön ran, Ulrike.

Ach, ich bins leid.

Dabei habe ich es ohne Hintergedanken gemeint. Die Haarnadeln gefallen mir wirklich.

Sie haben doch immer Hintergedanken.

Na klar. Sie doch auch.

Striebeck lacht. Verdammt. Der Job war wirklich anstrengend, und zuletzt noch diese besoffenen Texaner.

Und privat?

Ihr Lachen bricht ab, und die Augen verengen sich. Was soll das – ich frage Sie auch nicht nach Ihrem Privatleben.

Willem macht ein unschuldiges Gesicht. Da kann ich ja nichts für.

Verdammt, ja: Ich trinke zuviel Kaffee, ich schlafe zuwenig, und ich habe mich getrennt.

Weil er Kinder will, was. Willem lächelt und sieht die Angriffslust hinter ihren hellbraunen Augen. Dann sagt er: Sie kommen frisch aus Mexiko, Ulrike. Da kann Sie so ein bißchen Männergehabe doch nicht aus der Bahn werfen.

Sie sieht ihn an und sagt nichts.

Er sieht den Atem unter ihren sportlich knappen Kleidern. Ich will Ihnen was sagen, Ulrike. Beim Vorstellungsgespräch damals war meine Frau auf Anhieb von Ihnen überzeugt, doch ich war skeptisch. Und wissen Sie, warum? Nein, nein, nicht weil Sie potentiell gebärfähig sind, das war eher ein Argument meiner Mutter. Ich war skeptisch, weil ich Sie für einen amerikanisierten Menschen hielt; eine Art Instantautomaten, der zuverlässig alle gewünschten Eigenschaften ausspuckt, solange er die nötigen Extrakte erhält, und ich konnte die Fähigkeiten, die meine Frau Ihnen unterstellte, nicht sehen. Heute weiß ich längst, daß Barbara recht hatte. Sie hat oft recht, und ich kann aus der Art, wie sie die Dinge sieht, eine Menge lernen.

Aber wenn mir Ihre neue Frisur gefällt oder ich nach Ihrem Privatleben frage, ist das, soweit meine Gesamtlage das zuläßt, rein subjektiv. Gewissermaßen eine Anteilnahme an Ihrer subjektiven Gesamtlage.

Die Richtung des Gesprächs scheint ihr nicht zu gefallen.

Nach einer Zeit sagt er: Nun gucken Sie mich nicht so an. Sie kennen mich doch, und er steht auf und schenkt ihr Kaffee nach.

Sie ändert ihre Sitzposition, streicht sich durchs Haar, trinkt. Als sie sich zurücklehnt, wirkt sie entspannt. Zurück ist der Jetlag schlimmer, sagt sie.

Auch Willem setzt sich wieder. Im Grunde, sagt er, haben Sie ja völlig recht.

Sie trinkt, lächelt.

Wir können niemals ganz sicher sein, was hinter der Fassade eines anderen vor sich geht.

Warum reiten Sie auf solchen Themen herum?

Sie kennen mich doch. Meine Frau hält den Laden fest in der Hand, und ich liege auf dem Sofa. Oder reite auf Themen herum, von denen niemand etwas hören will.

Ich kenne Sie so weit, daß ich niemals weiß, was ich erwarten kann und was nicht.

Geht mir genauso, Ulrike. Wir alle halten ein weites, unbekanntes Feld verborgen.

Sie sieht ihn an.

Aber in der Regel erfüllen wir das, was die anderen von uns erwarten oder nicht, und alle sind beruhigt. Auch ich mache das so. Erfülle die Prognosen, um meine Ruhe zu haben. Zeit fürs Sofa und abstruse Themen. Und nach einer Pause: Und Sie?

Was ich?

Manchmal frage ich mich schon, wie Ihre unbekannten Felder aussehen.

Sie schlägt ein Bein über und lächelt. Meine privaten Felder gehen Sie gar nichts an.

Gibts denn welche?

Er sieht den Körper unter den sportlichen Kleidern, dann die Falten auf der Stirn. Dann sagt er: Der Beruf ist Ihnen wichtig. Oder?

Was für eine Frage.

Und Sie machen ihn verdammt gern.

Ja.

Und Sie machen ihn verdammt gut.

Wenn Sie das sagen.

Und Sie lernen viel auf Ihren Reisen.

Striebeck überlegt einen Augenblick. Vielleicht. Auch wenns mittlerweile überall gleich läuft.

Kommen Sie, Ulrike. Sie holen eine Menge raus fürs Geschäft. Egal ob in Polen, China oder Mexiko. Und das geht nicht mal eben so. Sie verstehen Ihr Handwerk, und Sie lernen ständig hinzu.

Wahrscheinlich haben Sie recht.

Na klar. Wer aufhört zu lernen, läutet den Stillstand ein.

Sie drückt ihren Rücken gerade, und einmal blitzen die Zähne.

Halten Sie das privat auch so?

Sie sieht Willem an und verwandelt ihren Ausdruck. Sind Sie persönlich an mir interessiert? Was soll das?

Sie legen sich hier schwer ins Zeug, Ulrike. Und ich frage mich einfach, ob Sie noch Zeit für sich selber haben.

Muß Sie das interessieren?

Wenn Menschen die Beziehung zu sich selber verlieren, leidet auch ihre Arbeitsleistung. Er sieht sie aus dem Sofa an und grinst.

Sie grinst zurück, die Augen schmal. Sie unterstellen mir privaten Kollaps?

Quatsch. Ich wünsche mir ausgeglichene Menschen mit genügend Privatraum. Verstehen Sie, der Lebensmittelpunkt sollte nicht die Arbeit sein.

Ich will Ihnen Ihre Sicht nicht nehmen.

Schon recht, Ulrike. Im Gegensatz zu mir wissen Sie, was Sie wollen. Und wie Sie es erreichen können.

Ist das so?

Na klar. Wäre ich gestrickt wie Sie, wäre ich jetzt irgendwo auf Feldforschung. Ich habs nicht hingekriegt.

Sie zeigt ein schönes Gesicht. Sie haben doch hier Ihre Feldforschung.

Sagt Barbara auch immer. Und dann: Ich habe die Sterilität geerbt, und Barbara wollte eh nie Kinder. Mich würde als Feldforscher interessieren, Ulrike, wie Sie mit dem biologischen Druck umgehen. Oder umgegangen sind.

Mit dem Kopf. Und sie macht eine anmutige Bewegung.

Willem breitet die Arme aus. Der gute alte Kopf. Und nach einer Pause: Heute meine ich, daß es mit dem Herzen besser geht.

Vielleicht. Aber wir leben hier nicht im Paradies.

Wegen dem Kopf.

Sie sieht ihn an, sagt nichts.

Wissen Sie was, Ulrike. Als Kind war ich überzeugt, meine Mutter hätte irgendwelche geisterhaften Fähigkeiten. Es war egal, wie sorgsam und heimlich ich vorging, meine Mutter kam stets dahinter. Heute weiß ich, daß sie ein Netz von Zuträgern unterhielt und ihre geisterhafte Macht nur auf Informationen gebaut war. Ich weiß aber auch, daß sie aus einem System heraus agierte, das allein auf der Durchsetzung von Macht basiert. Ein männergemachtes System aus Rangordnung, Besessenheit und Mißbrauch, und ich halte meiner Mutter und vielen Frauen vor, die in klassisch männliche Positionen vorrücken, daß sie das System nicht in Frage stellen, sondern es kopieren. Daß sie ihr weibliches Prinzip aufgeben, um nach männlicher Art das Gesetz ihres Willens durchzusetzen. Oder anders gesagt: ihr Herz aufgeben zugunsten eines besessenen Geistes.

Striebeck sieht ihn an. Dann lächelt sie. Sie trauen den Frauen im Grunde mehr zu?

Was weiß ich, wie unsere Welt unter dem bestimmenden Einfluß der Frauen aussähe. Immerhin traue ich ihnen eine Welt zu, die weniger von Gewalt und Zerstörung geprägt wäre. Da heutzutage aber alles männlich durchdrungen ist, kann ich den Frauen kaum noch einen Vorwurf machen.

Sie meinen, die Frauen seien vermännlicht?

Ich meine, daß alles vermännlicht ist. Atome, Moleküle, künstliche Schöpfungen. Gerodete Wälder, verseuchte Meere, zerstörte Atmosphäre. Bewußtsein, Wahrnehmung, Wirklichkeit.

Sie sieht ihn an, sagt nichts.

Und darum reite ich auch so auf Ihrem Privatleben rum, Ulrike. Jedesmal, wenn Sie für uns unterwegs sind, ist es ein Vorstoß ins Innere. Regimenter von Männern, mit denen Sie Geschäfte aushandeln müssen, und es wäre sehr schön, wenn Sie dabei nicht den gleichen Fehler machten wie meine Mutter. Bewahren Sie sich Ihr weibliches Prinzip, Ulrike. Wenigstens im Privaten, und lassen Sie sich nicht von den dämonischen Möglichkeiten des Kopfes verführen.

Sie sieht ihn an. Sagt nichts, lächelt.

Willem sagt: Und sonst?

Er ahnt, daß sie auf diese Frage gewartet hat, und er weiß, wie gerne sie ihre Geschichten erzählt. So steht er auf, schaltet die indirekte Beleuchtung ein, die den Jawlensky trifft, und bald wirft auch der Kaktus einen Schatten. Er legt Musik auf, dann sagt er: Brandy? Calvados? Whisky?

Sie heben die Gläser, und Striebeck macht es sich im Sessel bequem.

Es fing in Frankfurt an. Ein paar alte Startbahn-West-Gegner hatten sich vorm Eingang versammelt. Sie verteilten Flugblätter zu neuen Ausbauplänen, einige hielten Banner in die Luft, alles ganz friedlich. Doch rings hatte niemand Zeit oder Interesse, und im Grunde störten diese Alten nur.

Willem lacht. Ich bin einer von diesen Alten.

Sie waren dabei?

Na ja. An der Hochschule habe ich immerhin gegen die Startbahn unterschrieben.

Auch Striebeck lacht. Aber Sie waren nicht der klassische Protestler, was.

Nein. Aber es waren insofern spezielle Zeiten, weil es viele waren, die das Eingefleischte nicht mehr wollten. Sie waren jung und haben gerüttelt; für die Sache gekämpft. Doch der Umsturz konnte nicht gelingen; niemand ging soweit, sich selbst in Frage zu stellen, und die ganze Sache zerlief mehr in extrovertierter Eigenliebe, als daß ein wirkfähiger Zusammenschluß die eingefleischten Fundamente ernsthaft unterspülen konnte. Am Ende standen sie da wie jedermann: hatten mit den Jahren ihre Erfahrungen gesammelt, mußten im Leben zurechtkommen und weichten schließlich in diesem Leben ein. Aber ein paar Spuren haben sie schon hinterlassen.

Striebeck sagt: Ich habe auch unterschrieben.

Unterschrieben?

Am Flughafen.

Bei den alten Genossen? Recht so, Ulrike.

Auf der Gegenseite.

Wie?

Für Konkurrenzfähigkeit und Arbeitsplätze, und sie lächelt und hebt das Glas in seine Richtung.

Dann sagt sie: Jedenfalls sorgten Ihre Genossen für Unruhe. Grenzschützer patrouillierten, Sicherheitsdienste, und später dann die Amis. Sie haben ihren Extrakt im Kopf, und mittlerweile verdächtigen sie automatisch jeden, der in ihr Land will. Sie sind von Gott berechtigt, jedem bis in den Hintern zu glotzen. Immerhin war die Landung ziemlich perfekt, doch danach gab der Käptn Order sitzen zu bleiben, und dann kam das FBI an Bord. Sie verhafteten meinen Sitznachbarn, einen sympathischen Typen in Ihrem Alter, der für Attac arbeitet und Vorträge hält über den Sinn der Besteuerung internationaler Finanzgeschäfte.

Bei der Paßkontrolle saß mir eine Schwarze gegenüber. Sie bemühte sich, freundlich zu erscheinen, und ihre Fragen nach Dauer und Zweck meiner Einreise klangen harmlos. Ich sagte, daß ich von El Paso direkt rüber nach Mexiko ginge, doch hinter ihrer Freundlichkeit sah sie mich an, als spräche ich fließend Arabisch und sei im Kampfeinsatz unterwegs gegen alles, woran sie selber glaubte. Ich mag die Amerikaner nicht besonders, aber ich zeigs ihnen nicht. Erst wenn ich über die Grenze bin, kann ich lästern, und die Mexikaner sind unkompliziert; sie lachen gern und sind immer bereit zu einem Schwätzchen. Sie besorgten mir ein Taxi, und im Hotel habe ich mich betrunken.

Wenn die Sonne über der Wüste steht, kann man leicht alles Heimatgefühl verlieren. Entfernung scheint aufgehoben, das Licht schlägt hart auf nacktes Land, und wenn es zurückprallt, zerstäuben Zeit und irdische Geborgenheit im endlosen Raum. Über der glastigen Luft spannt kaltes Himmelsblau, und am Horizont schmelzen die Gebirge. Zumal wenn man verkatert ist. Ich nahm ein Steak zum Frühstück und jede Menge frischgepreßten Saft. Ich fühlte mich ausgeworfen in eine ferne Welt, die Sonne war ein brutaler Stern, und als ich das Hotel verließ, brachen mir Orangen und Blut aus den Poren. Gleich um die nächste Ecke geriet ich in einen Auflauf. Menschen mit Holzknarren und Tröten und bald ein richtiges Volksfest mit ambulanten Tacobuden, Schnickschnack, Musik – wie die Mexikaner so sind. Händler riefen Plüschleichen aus oder bedruckte T-Shirts, bei einem Photographen konnte man sich mit Leichen aus Pappmaché ablichten lassen. Die Luft da oben ist dünn, ich hatte einen langen Ritt hinter mir und war verkatert. Die vertraute Welt verwandelt, rings zerflirrte die Stadt, und in der Ebene spiegelten Berge. Es hat gedauert, bis ich zurechtkam. Bis ich raushatte, daß die Mexikaner mit ihrem Sinn für Volksfeste noch die makabersten Anlässe nehmen. Ciudad Juárez ist zur Stadt mit der weltweit höchsten Mordrate aufgestiegen, eine Westernstadt im 21. Jahrhundert, die täglichen Showdowns mit Maschinenpistole und Handgranaten. Dazu brutale Hinrichtungen in der Nacht, und manche von den Plüschleichen hatten Köpfe wie Bananen, die Haut abgeschält. So lief ich durch Tröten und Rasseln, fatalistische Glut, und aus den Zeitungen stießen die Schockbilder. Wenn nicht vom Drogenkrieg, dann von den geschändeten Mädchen. Noch ein Weltrekord für die Ciudad, denn jeden Tag aufs neue verschwinden dort junge Frauen, und wenn sie wieder auftauchen, dann als Mumien aus der Wüste; bizarr und verledert, wie vom anderen Stern.
Striebeck macht ein Gesicht und trinkt den Brandy auf einen Zug.

Willem sagt: Im Grunde ist es überall das gleiche.

Striebeck hebt die Schultern. Vielleicht.

Nicht vielleicht. Schon im Altertum mußte den meisten Menschen die Erde umgestürzt erscheinen wie eine Töpferscheibe. Überall wurde gemetzelt, geköpft, gepfählt. Die Gottlosen zertrampelt, und Priester und Könige in Menschengestalt sorgten für immer neue Grausamkeiten. Und später in Mexiko schnitten die Azteken ihren Gefangenen die Herzen bei lebendigem Leibe heraus. Oder nicht.

Sie haben wohl recht.

Und Sie haben keine Angst in Mexiko?

Dann müßte ich ja überall Angst haben.

Ach, nun seien Sie nicht so fatalistisch, Ulrike. Wir müssen ja nicht in Mexiko produzieren lassen.

Ich denke, Mexiko ist überall.

Und dann lachen sie beide.

Willem trägt Gläser auf und Wasser, Striebeck steht an der Flügeltür und blickt über die Stadt. Das Silbergrau des Tages dunkelt bereits, und am Galgen schaukeln Blöcke und Manilahanf in einer kühlen Brise. Als er die Gläser vollschenkt, dreht sie sich zu ihm.

Noch n Brandy für Sie, Ulrike?

Warum nicht. Und dann: Ihr Büro ist wirklich gemütlich.

Musik, Bücher, das Sofa. Alles da.

Und das Fernrohr?

Ein Blick in die Sterne hilft immer. Zumal wenn auf der Erde alles umgestürzt erscheint.

Aber Sie gucken nicht nur Sterne.

Was denken Sie denn.

Ich würds machen. Darf ich mal?

Nur zu.

Nach einer Zeit sagt sie: Man kann denen ja bis in den Hals gukken.

Und bringt Sie das weiter?

Striebeck lacht. Im Frühling. Wer weiß.

Dann kaufen Sie son Ding und stellen es sich ins Büro.

Nicht solange Marcel Laschek dabei ist. Der ist schon fickerig genug.

Dann kommen Sie im Frühling eben öfter hoch.

Mal sehen. Und so geht Striebeck in den Sessel zurück.

Willem sagt: Der menschliche Wahnsinn explodiert, und man wird schneller erfaßt, als man meint. Wenn ich mir ein paar Haufen ins Teleskop hole oder eine Nachbargalaxis, kann ich eine Freiheit verspüren. Doch wenn ich diese Freiheit kultivieren will, reicht der Blick durchs Rohr nicht aus.

Striebeck sieht ihn an, lächelt. Dann prosten sie sich zu und trinken.

Die Sehnsucht macht die Mexikaner billig; jene Grenzenlosigkeit jenseits der Grenze sorgt für ständigen Nachschub, und aus dem ganzen Land ziehen sie Richtung Norden. Eine endlose Verfügungsmasse, entwürdigt und rechtlos in den gesetzfrei gemachten Zonen, und doch nehmen sie die Arbeit dort wie ein kleines Glück. Danken der Jungfrau und ertragen alles, um der Familie ein wenig Geld zu schicken. Kräftige Burschen und junge Mädchen; einige geraten in die Feuerlinie der Kartelle, andere verschwinden in der Wüste, und immer wieder steht der Nachschub bereits vor der Tür.

Die Produktion liegt eine halbe Stunde außerhalb der Stadt. 45 Grad im Schatten, sagt Striebeck, und rundherum Wüste, in der es keinen Schatten gibt. Eine große Halle, schnell hochgezogen und mit Blechdach, und anstelle von Scheiben sind große Gitternetze eingebaut. Hundert Achtkopf rattern rund um die Uhr, und der Feinstaub unendlicher Nadelstiche schwebt wie ein Teppich, überwuchert die Gitter, verschmiert im Wasserdampf der Körper. Die Mexikaner kümmern sich nicht um den Staub, und solange die Maschinen laufen, kümmern sie sich um überhaupt nichts. Keine Voraussicht, keine Kontrolle, und wenn irgendwas ausfällt, wird nicht die Ursache behoben, sondern das Problem überbrückt.

Hundert Achtkopf, an denen hundert Mädchen stehen, und jede Maschine wird in drei Schichten gefahren. Dazu ein paar Laufburschen und die obligatorischen Wichtigtuer, die in Wirklichkeit verkappte Nichtsnutze sind. In jeder Schicht gibts einen Oberaufseher, und einmal im Monat fliegt der Besitzer ein.

Die Mädchen sind wie alle Mädchen in Mexiko: Sie tuscheln noch gegen das Rattern, sie kichern und entwickeln vor allem einen Instinkt dafür, daß die Armut ihnen nicht viel Zeit läßt. Sie bringen ständig die Merkmale ihrer frischen Körper hervor; Brüste und was sonst noch sind angeschwollen, aus ihren Drüsen feuern die Sekrete, und überall in der Halle treffen die Reize ihr Ziel. Es rattert, es dampft, und die Männer laufen den ganzen Tag wie mit Sporen in den Eiern herum, und nur die Oberaufseher sind harte Hunde. In den Staaten getrimmte Mexis, die noch bissiger rangehen als ihre Ziehväter. Und so wird ewig junge Masse im ewigen Feuer der Sehnsucht verheizt, und die Oberaufseher sind auch noch stolz darauf. Nennen es Vaterland, und jedesmal, wenn ich dort auftauche, veranstalten sie einen Drill und sind gierig nach Anerkennung. Als hätte meine Rasse ihnen allen Selbstwert genommen.

Striebeck nimmt einen Schluck Brandy, leckt die Lippen. Ich habe die Preise nochmals runter gekriegt.

Hut ab.

Sparen Sie sich das.

Wie gesagt, wir müssen nicht in Mexiko produzieren lassen.

Wie gesagt, Mexiko ist überall. Ich habs in Rumänien gesehen, in China oder Tschechien. Von den USA ganz zu schweigen. Sie können heutzutage keine politisch korrekte Firma mehr führen. Handlungen wirken von einem Ende der Welt bis ins andere, Alltäglichkeiten wie Orangen oder Heizung verwandeln sich in Verbrechen, und was Sie auch kaufen, überall klebt Blut.

Willem rollt den Calvados, läßt ihn langsam hinab. Er spürt das Feuer und sagt: Was kann man da tun, Ulrike?

Sie sieht ihn an. Ich sammle Flugmeilen, jette am Wochenende zum Tanzen und leiste mir meinen Zweisitzer. Mein Leben macht mir Spaß.

Tage darauf hat er Fisch beim Italiener; danach steigt er in ein Taxi. Dirigiert stadtauswärts, am Hafen entlang, an der Stahlhütte vorbei und dann über die Lesum auf den Geestrücken zu. An der

Landesgrenze steigt er aus. Über ihm löst sich der Hochnebel; die Sonne dringt durch, doch es bleibt kühl. Er bindet den Schal, knöpft die Jacke und biegt bei erster Gelegenheit ab. Der Laubwald ist gemischt, mit stattlichen Bäumen; er hört einen Buchfinken, einen Specht, und in einem Sonnenfleck dringen Buschwindröschen durch das braune Laub. Bald stößt er auf eine Aue, geht ab vom Weg und folgt ihrem schlängelnden Lauf. Er sieht einen Frosch, braungescheckt und klein, dann bricht das Gelände ab, und die Ufer breiten sich in eine Senke. Eichen stehen dort, dickstämmig und gedrungen, und manchmal langen freigespülte Wurzeln aus dem flachen Wasser. Er quert die Senke langsam; nutzt die Brücken gestürzter Bäume, springt. Bald windet sich die Aue in ansteigendes Gelände, bald schneidet sie steile Ufer in den lehmigen Grund. In der Höhe säumen Buchen, und auf halbem Weg durch das kleine Urstromtal kennt Willem eine Eisvogelhöhle. Als er sie inspiziert, findet er keine Spuren.

Später sitzt er vorm Kamin, als das Telefon klingelt.
In Deutschland ist kein Gustav von Wrangel gemeldet, und der Name scheint äußerst selten zu sein. Bis vor einigen Jahren gab es noch eine Handvoll in Mecklenburg. Sie scheinen aber alle weggestorben zu sein. Können Sie mit Mecklenburg was anfangen?
Mein Onkel Karl soll mal dagewesen sein. Stationiert, oder was weiß ich.
Wir haben rausgefunden, daß auch die Führerschule der deutschen Ärzteschaft in Mecklenburg angesiedelt war.
Aha.
Haben wir auch gesagt. Ein Doktor-Doktor klingt nicht eben nach Dorfschule.
Willem überlegt. Dann sagt er: Meine Eltern haben 43 geheiratet und emigrierten bald darauf. Es waren nicht die Zeiten für beschwingte Feiern, und soweit ich weiß, organisierte Karl die nötigen Formalitäten zur Hochzeit. Also gut möglich, daß er auch den Trauzeugen bestellte.
Von Wrangel.
Ja.

Organisierte Ihr Onkel Karl auch die Flucht Ihrer Eltern?

Das weiß ich nicht. Aber wenn Karl den Trauzeugen bestellte, drängt sich die Wahrscheinlichkeit auf, daß dieser Trauzeuge von Wrangel identisch ist mit dem Doktor-Doktor vom Totenschein.

Sie kombinieren ja schnell.

Willem macht eine Bewegung. Halten Sie es denn für wahrscheinlicher, daß zwei Personen mit demselben seltenen Namen in unsere Familienangelegenheiten verwickelt sein sollen?

Vielleicht gab es die Brüder von Wrangel. Oder die Vettern. Oder einer war angeheiratet. Vielleicht wurde der Name von Wrangel auf Burkes Totenschein auch extra so ausgestrichen, daß er auf jeden Fall wieder lesbar gemacht werden konnte, und wir haben es hier mit einer absichtlich falschen Spur zu tun.

Quatsch. Die wahrscheinlichen Hypothesen kommen der Wahrheit in der Regel näher als die unwahrscheinlichen. Das sind Ihre Worte.

Die Ramows lachen. Wie sich die Sache im Moment darstellt, könnten der Doktor-Doktor und der Trauzeuge tatsächlich ein und dieselbe Person sein. Wir bleiben da dran. Und dann: Ihr Onkel Karl. Das war der Bruder Ihrer Mutter, sagen Sie.

Karl Hartmann. Ja.

Was ist aus ihm geworden?

Er ist tot.

Gefallen?

Nicht soweit ich weiß. Er war überzeugter Nazi und soll bis zuletzt gekämpft haben. Später in russischer Gefangenschaft gestorben. Bei Waldarbeiten, hieß es. Wenn Kronhardt früher von ihm gesprochen hat, lag tiefer Respekt in seinen Worten, und er hat nie an die offizielle Todesursache geglaubt.

Wenn wir an dieser Stelle einmal zusammenfassen, sagen die Detektive, dann könnte folgendes Bild entstehen: Ihr Onkel Karl lernte Gustav von Wrangel in Mecklenburg oder sonstwo kennen. Er bestellte ihn zum Trauzeugen Ihrer Eltern. Ihre Mutter kannte also von Wrangel, und höchstwahrscheinlich kennt ihn auch ihr zweiter Mann, Robert Kronhardt. Sie selber behaupten, daß der Trauzeuge-von-Wrangel identisch sein muß mit dem Totenscheinvon-Wrangel. Zudem haben wir zwei bislang noch anonyme Ärzte: den Mann von der Alk und den Mann mit dem Hinweis auf die englische Fachzeitschrift, doch wir können jetzt noch nicht sagen, ob hinter diesen schemenhaften Männern womöglich von Wrangel hervortritt. Was halten Sie von diesem Bild?

Willem hebt die Arme. Es ist vorläufig.

Natürlich ist es vorläufig. Und schließt eine Verwicklung Ihrer Mutter und Kronhardts nicht mehr kategorisch aus.

Verwicklung?

Kommen Sie. Wir stoßen in diesem Fall auf alles mögliche. Aber auf nichts, was für einen natürlichen Tod Ihres Vaters spricht.

6

Manchmal machen ihm die Veränderungen ringsherum Angst. Die unfaßbaren Welten seiner Jugend scheinen zur Insel geschrumpft und alles Staunen und alle Demut vom Kollaps erfaßt. Länder wie Mexiko sind nur noch einen Klick entfernt, die jährliche Umlaufbahn ein Sonntagsspaziergang. Sogar die Jahrhunderte, die der Speicher bereits besteht, scheinen seltsam eingepaßt in diese rapide Entwicklung, und seit dem Umbau damals und der großen Einweihung mit Zeitung und Bürgermeister ist jetzt bereits der zweite – nein: der dritte Nachfolger im Amt.

Immerhin waren die Arbeiten damals solide und nachhaltig, und der Speicher wirkt noch gerüstet für eine Zukunft, die nichts mehr mit Zivilisation und Kollaps zu tun hat. Die Ziegel scheinen für die Ewigkeit gebrannt, das Holz ist unter Öl und Wachs ein bißchen nachgedunkelt, und die Alumanschetten der Y-Träger laufen von Zeit zu Zeit an. Willem gefällt diese Art von Verläßlichkeit, und er weiß Barbaras Voraussicht von damals zu schätzen. Und aus anderem Blickwinkel muß er auch anerkennen, daß sie ihre Vision von damals umgesetzt hat und daß innere Struktur und Ausstattung des Speichers tatsächlich auf die Mitarbeiter übergesprungen sind; eine erstaunliche Wechselwirkung, die lebendige Kraft austreibt und Dynamik zum greifbaren Element werden läßt, das mühelos durch die offenen Stockwerke strömt.

Um dieses Prinzip zu installieren, hat Barbara von Anfang an das Detail zur Grundlage genommen. Kaffeemaschine, Saftpresse, Gläser; aber auch die interne Begrünung hat sie nie dem Zufall überlassen, und die Bonsais scheinen ihren mikrometrischen Zyklus perfekt auf die Schwingungen im Speicher abgestimmt zu haben. Sie wirken gesund und robust und strahlen noch in ihrer verzerrten Größe Erhabenheit und Ruhe aus.

Auch die Büroserie mit ihrem dunklen Holz, dem matten Chrom und gefrosteten Glas hat nichts von ihrer soliden Zeitlosigkeit eingebüßt. Fortschritt und technische Neuerungen lassen sich problemlos integrieren, und die Möbel funktionieren sowohl für sich als auch in Kombination. Und gerade diese Fähigkeit scheint heute ein entscheidendes Merkmal, denn neben Barbara ist es vor allem Ulrike Striebeck, die ohne weiteres darangeht, die Möbel neu zu kombinieren – unerwartete Plätze und Aussichten schafft, von denen sich dann hartnäckige Probleme in Luft auflösen können.

Nur die Wandbilder, die Barbara damals angeschafft hat, sind gewissermaßen Opfer geworden. Jedoch nicht, weil die großflächigen Leinwände mit den kräftigen Pinselstrichen und den Spritzern ihre Wirkung verfehlt hätten – im Gegenteil: Auch von dieser schweineteuren Minimalkunst ging von Anfang an treibende Kraft aus, und Ulrike Striebeck mit ihrem Hang, ringsherum stets neu zu kombinieren, stellte irgendwann den Kontakt zu einer Galeristin her, und seitdem gibt es im Speicher die Bilderrotation. Manchmal erscheint der Wechsel wie ein fester Zyklus, und Willem glaubt sich sicher, daß die Pinselstriche zum Frühjahr wieder auftauchen, Hiroschige zum Sommer und die warmen Rothkos zum Herbst. Doch auch hier ist Dynamik entstanden, und aus einem Impuls heraus oder einem Verlangen treffen die Frauen eine ganz andere Entscheidung.

So also wechselwirkt es im Speicherhaus, und auch Willem – ob er will oder nicht – ist in diesen Prozeß mit eingebunden. Im Grunde positive Schwingungen, doch manchmal überkommt ihn die Lust zu stänkern, und dann behauptet er, daß die Maschinen genauso rattern würden, wenn Barbaras Prinzip von Anfang an auf solider Statik gefußt hätte. Er stichelt dann ein bißchen und lockt seine Frau, weil er weiß, daß sie ihn nicht widerlegen kann. Er reitet auf dem Aufwand von Rotation und dogmatischem Gehabe herum, spricht von Zeitverschwendung und Kraft, die in künstlichen Welten vergeudet wird, und kommt dann irgendwann zur Kultivierung von Energie, so daß Barbara sich ausrechnen kann, wozu sich diese Kraft verwenden ließe. Und Barbara läßt Willem meist gewähren – ja, ermuntert ihn noch zum Stänkern. Soll er doch alles rauslassen, meint sie, und wenn er dann in seine kleine Statik aus Sofa und Milchglaskugeln zurückkehrt, kann er seine Energien wieder auf das bündeln, was wichtig ist.

Ulrike Striebeck und Katja Bloch stehen in der Miniküche. Die Strahler im Zenit, das Radio läuft. Die Frauen gehen vertraut miteinander um, banale Themen wechseln mit persönlichen, und auch wenn es um Kronhardt&Focke geht, senken sie nicht ihre Stimmen.

Striebecks eher telegene Erscheinung scheint sich im hellen Kunstlicht noch zu steigern; sie ist jünger, größer und schlanker als Bloch, und auch ihre Proportionen sind auf Anhieb zugänglich. Dabei ist Katja Bloch eine schöne Frau, wenn auch auf zurückhaltende Art. Sie trägt das haselnußfarbene Haar halblang und auf altmodische Weise gewellt; ihr Gesicht hat slawische Züge, und der weiche Ausdruck dort fließt über in ihre Gestalt, scheint ihr ganzes Wesen zu erfassen.

Doch im direkten Vergleich scheint den meisten Frauen, die neben Striebeck stehen, etwas zu fehlen. Als wäre Striebeck die Fleischwerdung einer progressiven, emanzipierten Propaganda, und so stehen sie in der Miniküche. Striebeck in eleganter Leinenhose und einer fast hippen Bluse, Katja Bloch in ihrem seltsam anachronistischen Ostblockcharme. Sie schwatzen, und zwischendurch beschickt Bloch die italienische Maschine; bringt die Tassen in Position, hantiert mit Wasserdampf, und zuletzt steigt das Pfeifen und Gurgeln auf.

Die Maschine ist verstummt, die Frauen sitzen auf hohen Hockern. Striebeck trinkt etwas Aufgeschäumtes, Bloch einen Espresso. Sie plaudern, lachen, aus dem Radio Populärmusik der internationalen Hitlisten. Als ein schrilles Piepen ertönt, wissen sie, daß dieser Ton im Büro nebenan ein zügiges Verhalten auslösen wird. Und tatsächlich nähern sich kurz darauf die Schritte von Marcel Laschek. Das tänzelnde Geräusch seiner kleinen Füße, die spitzen Schuhe wie mit Stepeisen beschlagen, und während er eintritt, liegt ein selbstgefälliger Ausdruck um seinen Mund. Der dicke Mann schlängelt sich mit seltsamer Leichtigkeit bis zu der Mikrowelle; dabei streift er Ulrike Striebeck, fängt den Duft aus ihrem Nacken und macht einen zweideutigen Scherz, als er sich einen Kochhandschuh überstreift. So holt er ein Fertiggericht hervor; er ißt im Stehen, redet, lacht, und als dann der Computer an seinem Platz Signale gibt, zieht er mit der dampfenden Plastikschale zurück ins Büro.

Laschek schaufelt mit einer Hand, während die andere die Maus bedient. Er trägt ein Headset, und als Willem das Büro betritt, unterdrückt Laschek einen Rülpser und grüßt, ohne vom Bildschirm aufzusehen.

Willem sagt: Ihnen tropft das Fett in die Tastatur.

Laschek ignoriert das, gibt Befehle mit der Maus und spricht in das Mikrophon. Listen, Ronny. Got mighty dope for you. What? Fuck, you still owe me something, buddy. Dann lauscht er, lacht süffisant.

Willem nimmt ihm das Set vom Kopf und sagt: Das Fett.

Ja und. Mein Schreibtisch ist ein Chaos.

Gehen Sie zum Essen bitte in die Küche.

Keine Zeit. Er drückt eine Kombination in den Computer und spricht: Ronny? Gimme a minute. I'll call you back. Und zu Willem: Sonst noch was? Ich hab zu tun.

Wenn Sie keine Zeit haben, in der Küche zu essen, essen Sie eben nicht.

Wo sind wir denn?

Und Willem lacht. In unserm Haus, Laschek. Wo wir den Arbeitsplatz stellen, den Sie mit Ihrem Fett besudeln. Was Sie in sich reinschaufeln und wie sich das in Ihnen auswirkt, ist mir egal; jedenfalls solange Sie moralisch und geistig dabei nicht völlig zerfallen. Aber es geht nicht an, daß Sie hier alles verranzen. Wenn Sie nicht in der Lage sind, Ihre Freßsucht halbwegs anständig zu betreiben, holen Sie sich professionelle Hilfe.

Moment mal.

Und vorm Feierabend machen Sie Ihren Platz sauber.

Der Dicke schiebt das Fertiggericht beiseite und wischt mit dem Handrücken über den Mund. Lassen Sie mich doch in Ruhe, sagt er.

Von wegen. Ich habe hier letztens die Adreßauskunft Deutschland gesucht.

Laschek bewegt die Maus, klickt. Müßte da im Container stehen.

Da stand sie auch.

Dann ist ja alles in Butter.

Dabei ist mir noch was ganz anderes unter die Finger gekommen, Laschek.

Was soll das. Schnüffeln Sie hier rum?

Was glauben Sie denn, was ich in Ihrem Dreck erwarten kann.

Was soll das, verdammt.

Das frag ich Sie.

Laschek starrt auf die dampfende Plastikschale, dann bedient er wieder die Maus. Wenn ich was falsch gemacht hab, sagen Sies einfach. Peng.

Sie waren unvorsichtig, Laschek.

Die Augen huschen in dem fleischigen Gesicht; seine Stirn wirkt angestrengt. Dann sagt er: Mein Gott! Ich hab die Lebensversicherung von som Kranken gekauft, und die Police hab ich mitgebracht, um sie Ricki zu zeigen. Wenns gut läuft, springt da ne irre Rendite bei raus. Finden Sie makaber – na und! So was is nicht verboten, und ich hab die Zelten nicht gemacht.

Ach, Laschek. Die Police ist in Ihrem Fall kaum der Rede wert.

Mein Gott! Dann tischen Sies auf und peng.

Willem lacht. Ich wette, daß nicht mal Ulrike davon weiß.

Der Dicke trippelt mit den Füßen, produziert Schweiß. Okay, sagt er schließlich. Ich habs aus dem Netz.

Kommen Sie, Laschek.

Sie wissens doch schon. Und dann: Okay, tut mir leid, kommt nicht wieder vor, Schwamm drüber.

Daß ichs weiß, langt mir nicht. Ich wills von Ihnen hören.

Ich sag gar nichts. Und seine Augen huschen aus der Tiefe.

Willem grinst. Sehen Sie das als Fufzig-zu-fufzig-Chance, Laschek. Sie könnten mir einen neuen Blickwinkel verschaffen, eine Welt, in der Degeneration und Ekel sich hokuspokus verwandeln. Sie könnten mich dazu anstiften, dem Lockruf der virtuellen Realität zu erliegen. Wir könnten Verbündete werden, Laschek.

Der Dicke grunzt.

Kommen Sie. Überzeugen Sie mich, und Schwamm drüber.

Seine Augen flackern. Dann sagt er: Mein Gott. Ein bißchen schwarzer Humor. Mehr ist da nicht.

Schwarzer Humor?

Hören Sie. Mit schmutzigen Sachen hab ich nichts am Hut. Klar. Schwarzer Humor, okay; damit bin ich groß geworden. In der Schule haben mir mal zwei Türken den Finger angekokelt und sich kaputtgelacht. Und ich hab mitgelacht, damit die mir den Rest heile lassen. Hier. Sehn Sie sich den Finger an.

Ihr Mittelfinger. Für mich sind Sie genau der Typ, der sich so was aufspart. Und sobald es dafür wieder Gesetze gibt, stoßen Sie ins Horn.

Das geht zu weit. Klar!

Was soll ich tun. Sie geben mir keine Chance für ein neues Bild. Da kann ich noch so gutmütig über Sie denken, aber aus allen Richtungen überrollt mich das Gegenteil.

Der Dicke grunzt. Schwarzer Humor. Mehr ist da nicht. Peng. Und wenn ich mich dafür interessier, ist das mein Ding.

Willem lacht. Mein Ding. Früher sagte man dazu: Die Sache. Und in beiden offenbart sich derselbe Grundfehler. Typen wie Sie, Laschek, haben in Wirklichkeit gar kein Ding. In Wirklichkeit hat das Ding Sie, und während Sie glauben, aus freien Stücken an der Welt teilzunehmen, funktionieren Sie nur.

Hören Sie –

Natürlich geht das zu weit. Weil Sie sich fragen müssen, warum Sie derart empfänglich sind für Ekel und Degeneration. Wie Sie es mit ruhigem Gewissen schaffen können, darauf ein Ich zu bauen und auch noch Freiheit zu posaunen.

Das fleischige Gesicht wirkt scheckig, die Haut derb. So hockt Laschek mit brütendem Blick und roten Skleren, und unter dem Schreibtisch trippeln die spitzen Schuhe. Dann zieht er die fetten Lippen auseinander und zeigt große Jacketkronen.

Und, sagt Willem.

Doch der Dicke grunzt nur.

Kitzliges Thema. Oder nicht, Laschek. Da gehts ans Eingemachte, da muß man sich fragen, wie tief dieser schmutzige Kunstgriff bereits sitzt.

Lassen Sie mich mit Ihrem Zeugs in Ruhe.

Reflexion ist nicht Ihre Stärke, ich weiß. Soll ich Ihnen sagen, was ich glaube: daß Sie völlig aufgeweicht sind. Sie ziehen Ihren Junk aus der Mikrowelle, aus dem Mobiltelefon, dem Netz und sonstwo. Ziehen ständig moralische und geistige Zersetzung in sich.

Lascheks Anzug riecht nach kaltem Fett und Zigarre, und der poppige Schlips paßt nicht zum Oxford-Hemd. Er wischt ein paar Krümel vom Schreibtisch, klickt mit der Maus. Dann sagt er: Ich mach hier einen guten Job, und das wissen Sie. Meine Kontakte und Verhandlungen laufen auf einer Ebene, die Zwischenmenschliches eliminiert, so daß die Bahn frei ist. Und jetzt kommen Sie mir bloß nicht mit Moral. Wenn ich Entscheidungen treffe, die schnell und brutal erscheinen, dann kutschieren Sie abends im Jaguar. Ihnen ist es doch egal, ob ich freie Kapazitäten in Mexiko aufstöbere oder sonstwo. Hauptsache, Striebeck beschickt den Posten und die Kunden zahlen. Und auf Ihren Geschäftspartys aalen Sie sich im Kronhardt&Focke-Renommee und machen auf nachhaltig und aufgeklärt.

Immerhin, da ist was dran, Laschek. Willem grinst, dann sagt er: Sie haben immer noch Ihre Fuffzig-zu-fuffzig-Chance.

Fuck! Ich surf ein bißchen. Die Akkus laden auf und peng.

Sie hökern auf freier Bahn. Mit Todgeweihten, Kindersoldaten, Neunjährigen.

Und dann braust der Dicke auf. Ich muß mich hier nicht schikanieren lassen. Klar! Und Ihren abstrakten Humbug, den hab ich bis hier.

Abstrakt, sagt Willem.

Und durch das fleischige Gesicht geht ein Zucken. Lassen Sie mich meinen Job machen. Ja!

Willem kommt plötzlich nahe, drückt einen Finger in den Dicken und flüstert. Da drinnen, Laschek. Da muß doch mehr sein. Da kann doch nicht alles angekokelt sein wie Ihr Mittelfinger.

Lassen Sie mich in Frieden.

Würde ich gerne machen. Aber Kronhardt&Focke hat ein Renommee, wie Sie ganz richtig sagen. Was glauben Sie, wie wir plötzlich dastehen, wenn Ihre Umtriebe hier ans Licht kommen.

Rote Flecken dringen durch, und sein Atem rasselt. Ich laß mir nicht nachsagen, ja, daß ich mich in verbotene Sachen häng. Okay, das meiste ist kurzlebig, und wenn man am Ball bleiben will, muß man auf Zack sein. Und manches geht vielleicht auch untern Gürtel, doch im Grunde bleibt es schwarzer Humor. Laschek hustet das Rasseln aus seiner Stimme. Und bei diesen kriminellen Dingern, da misch ich nicht mit. Klar!

Willem sieht den Dicken an und schüttelt den Kopf. Wie soll das klar sein, wenn Sie auf einer Ebene agieren, die alles Zwischenmenschliche eliminiert.

Ich will Ihnen mal was sagen: Ihr sogenannter Ekel ist mittlerweile Standard, okay. Früher kam das exotische Zeugs meist aus den Staaten, aber heute kommts von überall. Und warum? Weils den Leuten gefällt. Man redet nicht mehr über Fußball oder Politik, klar. Man surft ein bißchen, die Akkus laden auf und peng.

Willem lacht. Genau so einer sind Sie, Laschek. Lauern, bis aus kriminell exotisch wird, und dann schlagen Sie zu. Und Moral, geistige Degeneration, der ganze Rest interessiert einen Scheiß.

Laschek schnauft. Sie haben ja so recht. Dann sieht er auf die Uhr. Der Senior erwartet mich. Und er schnappt sich das Headset und springt mit verblüffender Leichtigkeit auf. Er ist massig und größer als Willem, und mit dem klackernden Schritt wirken seine Bewegungen geschmeidig. Einmal dreht er sich um, streicht eine Strähne aus der Stirn, und seine Jacketkronen blitzen auf.

Wenn Kronhardt morgens seine Runde macht, stolziert er wie ein Geck. Hager, das Halstuch in blendenden Farben und mit seinem unvermeidlichen Blick über den Nasenrücken. Als erwarte er Rapport, geht er von einem Arbeitsplatz zum nächsten.

Ganz hervorragende Arbeit, Frau Striebeck. Und dann lacht er. Diesen Mexikanern haben Sie aber gezeigt, wo die Hacke am Stiel sitzt, was. Recht so, und er klopft auf ihren Schreibtisch. Dann sagt er: Warum habe ich Ihren Bericht nicht vorliegen?

Wahrscheinlich ist er noch oben.

Oben. Aha. Und dann: Bei allem Respekt. Aber bevor ein Bericht da oben im seligen Nichts verschwindet, bekomme ich ihn zu lesen, ja.

Striebeck lächelt und sagt nichts.

Der Alte sieht sie an. Wir haben uns also verstanden, und dann klopft er noch mal auf ihren Schreibtisch und stolziert voran.

Zu Katja Bloch sagt er: Um zehn erwarte ich Deutschmeister. Bereiten Sie alles vor und halten Sie sich parat. Bringen Sie auch die Zusammenfassung vom letzten Quartal mit. Vorher sprechen Sie mit der Brauerei, ja. Sie haben von dort wiederholt reklamiert, und ich möchte das aufgeklärt haben. Sollte der Fehler bei uns liegen, bestellen Sie Rita Schrödinger ein.

Dann wendet sich der Alte ab, hält aber noch mal inne. Kaffee. Die Wiener Melange, frisch gemahlen, wenn ich bitten darf. Und zu Laschek sagt er: Sie auch, mein Lieber? Also zweimal, Frau Bloch.

Als Ulrike Striebeck in der Küche verschwindet, blickt der Alte ihr nach. Dann sagt er: Für den Kaffee sind eigentlich Sie zuständig, Frau Bloch, und er zeigt seine Prothesen. Doch Striebeck kommt bereits zurück. Ich habe es doch geahnt, sagt sie. Bitte schön, eine brühfrische Melange, gezuckert wie immer. Und ihr Lächeln erscheint wie aus der Werbung.

Der Alte ist überzeugt, daß es vor allem Willems Einfluß ist, der das ketzerische Verhalten der Frauen provoziert. Und so streckt er seine Gestalt in die Höhe und blickt Striebeck über seinen Nasenrücken hinweg an.

Die Frau lächelt.

Bringen Sie unserm Marcel auch eine Tasse, ja.

Und als wäre es nichts, zersetzt Striebeck den Befehl mit ihrem Charme. Das geht leider nicht.

Wie bitte?

Unser Marcel weiß schon, warum.

So? Kronhardt dreht sich um, und Laschek wird tatsächlich rot.

Nun, sagt der Alte. Sie verscherzen sichs wohl nicht mit unseren Damen. Was, Marcel?

Auf gar keinen Fall.

Recht so. Und zu Striebeck: Da hören Sie es. Alte Schule, der Marcel, und seine Prothesen schnappen nach der Frau.

Aber ganz die alte Schule, sagt Striebeck und fällt ein in das Lachen.

Und ein Schlag auf den Rücken des Dicken läßt alle Heiterkeit echt erscheinen.

Lascheks Augen hängen am Alten, als hielte er den Kern einer wunderbaren Welt konserviert. Und der Alte lächelt genießerisch.

Na, dann zeigen Sie mal, was Sie haben, und schon dreht sich der massige Körper dienstfertig zu Tastatur und Maus; die Finger sind unglaublich flink, und bald verwandelt Laschek sich in einen Meister, der alles Geschehen auf dem Bildschirm unter seine Kontrolle bringt, die Dinge nach seinem Willen erschafft.

Kronhardt schnalzt.

Der Junior, sagt Laschek, konnte sich leider nicht dafür interessieren. Er hat es abgeschmettert.

So. Abgeschmettert.

Ja, genau. Aber wenn Sie jetzt einmal schauen wollen.

Und Kronhardt schaut.

Dann sagt er: Recht so, und seine Hand liegt dem Dicken auf der Schulter.

Es ist ein Programm, das gewissermaßen Schlupflöcher aufspürt.

Ganz außerordentlich, mein Lieber.

Laschek entwickelt Schweiß auf der Stirn. Unterschiedliche Konstanten und Variablen werden auf unsere Zwecke hin erfaßt und durchgerastert. Damit könnten wir jederzeit in der Lage sein, auf weltweite Entwicklungen zu reagieren. Zum Beispiel Nordafrika: Durch den Zusammenbruch der alten Strukturen ergeben sich plötzlich ungeahnte Möglichkeiten; strategische Absatzgebiete im kleinen wie im großen. Oder hier: Marktverschiebungen durch die Ölkatastrophe im Golf von Mexiko. Und hier: die Entdeckung gigantischer Erdöllagerstätten vor der brasilianischen Küste. Aber das Programm funktioniert auch vor der eigenen Haustür. Schauen Sie, hier: In Bremen wird das größte Möbelhaus Deutschlands errichtet. Oder hier: Nach dem Dioxinskandal verhärten sich die Fusionsgerüchte im Oldenburger Fleischgürtel, und das Programm erfaßt wie von selbst alle Konstanten und Variablen. Verstehen Sie, noch bevor das Möbelhaus errichtet ist, bevor die neuen Strukturen im Fleischgürtel greifen, haben wir bereits Embleme, Angebot, die ganze Palette parat. Mit dem Programm können wir auf eine Wirklichkeit reagieren, die eigentlich noch gar nicht vorhanden ist. Verstehen Sie. Das ist Zukunft.

Der Alte starrt auf die klickenden Bilder am Monitor; Statistiken, Parameter, Kurven. Ein weites Feld, das Sie da beackern, mein lieber Laschek.

Nichtwahr? Und Ihr Haus war ja schon immer darauf ausgerichtet, die Möglichkeiten des Marktes frühzeitig zu erkennen. Natürlich hat auch so ein Programm seine Grenzen, und in der Realität bleiben vertrauensvolle Zuträger und Mittelsmänner unerläßlich. Doch gerade durch das Netzwerk meiner Kontakte habe ich Grund, auch in dieser Richtung zuversichtlich zu sein. Verstehen Sie, und Laschek zeigt auf den Monitor. Ich nutze dieses Medium in seiner ganzen Breite und Tiefe, um Kronhardt&Focke auch gegen die internationale Konkurrenz weiterhin ganz oben zu halten.

Recht so, Laschek.

Aber unter uns gesagt werden meine diesbezüglichen Aktivitäten vom Junior stark torpediert. Dabei läuft ohne das Netz heutzutage gar nichts mehr, und gerade aus dem Netz will er mir einen Strick drehen. Den Vorsprung, den wir uns über die Jahre erarbeitet haben, zunichte machen. Gewissermaßen zurück zum Hollerithprinzip, verstehen Sie?

Ach was. Ich halte Ihnen schon den Rücken frei. Der Alte schlägt dem Dicken auf die Schulter. Und dann: Was macht denn die Arbeit für meinen Freund Steiner?

Ah, der Herr Steiner, sagt Laschek. Dirigiert die Maus, klickt, und bald öffnet sich ein Fenster, auf dem eine Art Diamant rotiert. Ich muß noch feilen, aber es wird.

7

Zu Mittag sitzt Willem bei Hector Luna und nimmt ein paar Tapas. Obwohl der Mexikaner viel zu tun hat, kommt er auf einen Plausch zu ihm. Gemeinsam werfen die Männer dann einen Blick in die neueste Ausgabe der Fachzeitschrift, in der Willem ein Bild von Rodericks Sohn entdeckt hat. Jake, der Teilchenphysiker, wird tatsächlich als eine Koryphäe auf seinem Gebiet beschrieben und als einer der ersten, die die lange als unüberprüfbar geltende Hypothese der Quantenteleportation experimentell bestätigen konnten. Dabei ist es ihm gelungen, die Eigenschaften eines subatomaren Objektes an einem Ort aufzulösen und an einem anderen wieder hervorzubringen. Eine Art zu reisen, sagen die Männer, ohne sich fortzubewegen; die Visionen vom Beamen aus der Science-fiction-Literatur, sagen sie, und in dem Magazin wird darüber berichtet, daß Rodericks Sohn nun plant, dieses Experiment unter neuen, spektakulären Umständen zu wiederholen. Die phänomenale und nicht zu erklärende Eigenschaft des Georgischen Schädels, sich in der Zeit rückwärts zu bewegen, soll auf subatomarer Ebene gewissermaßen gebeamt werden, und niemand wagt vorauszusagen, ob das Experiment gelingen kann; und noch weniger, wie ein Gelingen sich in der Welt auswirken könnte.

So sitzen sie in der Nische und vergessen die Zeit.

Erst als Barbara und Inéz sich zu ihnen setzen, scheinen die Männer wieder aufzutauchen. Willem küßt Barbara, Hector küßt Inéz, und dann sieht der Mexikaner plötzlich, daß seine Leute in der Restaurant-Bar alle Hände voll zu tun haben. Die Frauen geben sofort Willem die Schuld. In seiner Art, Raum und Zeit entgleiten zu lassen, sagen sie, reiße er noch so arglose Männer wie Hector mit ins Nichtstun. Dann lachen sie alle, der Mexikaner nimmt die

Bestellungen der Frauen auf, Barbara streicht über Willems Kopf, und zu dritt sitzen sie entspannt bis über den Espresso.

Zum Nachmittag reißt die Wolkendecke auf, und gegen das Blau werden dicke Schichten sichtbar, die nach Osten ziehen. Auch wenn die Sonne noch tief steht, kann Willem die Strahlen auf seiner Haut spüren, und er entscheidet sich, an die Weser zu gehen. Hinter der Böttcherstraße stößt er auf die Promenade, zieht vorbei am Martinianleger Richtung Schlachte und setzt sich auf eine sonnenbeschienene Bank. Gegenüber die alte Teerhofinsel ist nun teuer bebaut, und hinter der Silhouette der Bierbrauerei steigen Maischdämpfe auf.

Er sieht die beiden Männer erst, als sie sich zu ihm auf die Bank setzen. Einer trägt einen Schnauzer, der andere hat eine Zahnlükke, und sie kommen auch gleich zur Sache. Wir haben den Richter aufgetrieben, sagen sie.

Den Richter?

Der Mann, der über die zweite Obduktion bei Ihrem Vater zu entscheiden hatte.

Dann ist Willem bei der Sache. Na klar, sagt er.

Franz Daniel Fahrenheit, sagen die Detektive. Und tatsächlich ist unser Richter verwandt mit dem Erfinder des Quecksilberthermometers.

Ich dachte, das war Celsius.

Quatsch. Der Schwede hat Gefrier- und Siedepunkt des Wassers festgesetzt und dazu eine entsprechende Skala entwickelt.

Womöglich haben Sie recht.

Der Richter Fahrenheit jedenfalls hätte diese zweite Leichenöffnung bei Ihrem Vater ohne weiteres anordnen können. Daß er es nicht getan hat, wirft eine Frage auf: Warum nicht? Und wir haben darauf zwei Antworten konstruiert: Erstens, Fahrenheit war korrupt; zweitens, er war nicht korrupt.

Und weil wir grundsätzlich davon ausgehen, daß die Menschen mit dem Aufdämmern des eigenen Bewußtseins zugleich einen Sinn für den eigenen Vorteil entwickelten, schien es uns von Anfang an wahrscheinlicher, daß Fahrenheit korrupt war. So entwikkelten wir die Hypothese, daß Fahrenheit bestochen wurde, um die Zweitobduktion abzuschmettern. Und daraus ergab sich dann für uns die Frage, wer damals sowohl Interesse wie auch Möglichkeit hatte, einen Richter zu manipulieren. Nun? sagen die Detektive und sehen Willem an.

Und als Willem nichts sagt, machen sie weiter. Ein Interesse hätte jeder haben können, der die wahren Umstände um den Tod Ihres Vaters kannte und nicht wollte, daß sie aufgedeckt wurden. Und die Möglichkeit, Fahrenheit für sich einzunehmen, konnte nur haben, wer etwas über ihn wußte, was ihn auch als Richter belasten würde.

Wir haben uns entschieden, zuerst in Fahrenheits Vergangenheit zu stöbern. Vor allem deshalb, weil wir es für eine Abkürzung hielten; wir wollten Beweggründe aufdecken, die Fahrenheit zu einem möglichen Amtsmißbrauch hätten verleiten können, und hofften zugleich, dabei auf Namen zu stoßen, die wir mit Ihrem Vater in Zusammenhang bringen könnten.

Die Detektive machen ein Gesicht.

Meist basiert unsere Arbeit auf dem einfachen Prinzip, lieber das zu nehmen, was vorhanden ist, anstatt mit Hypothesen zu hantieren, die nicht vorhanden sind. Doch manchmal kommen wir um Vermutungen nicht herum, und wie Sie ja wissen, halten wir uns dann an ein anderes Prinzip, nach dem die wahrscheinlichen Hypothesen der Wahrheit in der Regel näher kommen als die unwahrscheinlichen. Auf Fahrenheit bezogen erschien es uns also wahrscheinlicher als nicht, daß er sich in der Nazizeit etwas zuschulden kommen ließ. Daß also der Richter Fahrenheit aufgrund seiner Vergangenheit korrumpierbar war.

Nun, sagen die Detektive. Unser Prinzip hat bei Fahrenheit nicht gegriffen. Er ist ein integrer Mann, und wir müssen den Hut vor ihm ziehen. Wir haben aufgedeckt, daß Fahrenheit unter den Nazis ein vielversprechender Assessor gewesen ist. Er galt als redegewandt, scharfsinnig und theoretisch sehr beschlagen. Doch er zweifelte an den Nürnberger Gesetzen, und weder das Versprechen auf eine steile Laufbahn noch der familiäre Appell an seine Gesinnung konnten seine Bedenken zerstreuen. Er wurde wegen semitischer

Befangenheit von den Rechtswissenschaften ausgeschlossen, und weil er auch danach nicht aufhörte, die bestehenden Verhältnisse zu kritisieren, wurde er in ein Arbeitslager verbracht. Er war noch am Leben, als die Tommys das Lager befreiten.

Schon bald nach dem Krieg nahm Fahrenheit seine Juristenlaufbahn wieder auf, und aufgrund seiner lauteren Vergangenheit brachte er es mit Hilfe der Siegermächte schnell auf einen Richterstuhl.

Fahrenheit gehörte also zur ersten Richtergeneration im Nachkriegsdeutschland. Er verhandelte ausschließlich zivile Prozesse, und vor allem sein kompromißloses Prinzip der Gleichbehandlung machte ihn über die Jahre legendär. Er weigerte sich, die Angeklagten aus ihrer persönlichen Geschichte heraus zu betrachten, weil jeder einzelne so komplex und grausam in die deutsche Katastrophe verstrickt sein konnte, daß eine objektive Beurteilung zuletzt unmöglich sein mußte. Als Richter interessierte ihn nicht, ob ein Angeklagter während der Nazizeit Täter oder Opfer gewesen war, und so installierte er eine zeitliche Zäsur und betrachtete die Menschen, die vor ihm saßen, mit den Augen der jungen Bundesrepublik. Er legte das gleiche Maß an für Biedermänner, Toilettenwächter oder arische Bonzen und galt durch seine gesamte Amtszeit hindurch als eine Art demokratisches Urprinzip.

So also, sagen die Detektive. Fahrenheit ist steinalt, und wir haben ihn in einer Seniorenresidenz aufgetrieben. Großzügiges Apartment mit Sonnenterrasse und Blick über die Weser. Sein Leib welkt dahin, doch sein Langzeitgedächtnis funktioniert noch, und obwohl wir so was nicht gerne tun, werfen wir sein Wort mit in die Schale. Wir glauben ihm, daß er sich im Amt nie bestechen ließ. Wir glauben ihm, daß er den Fall Kronhardt damals mit der gleichen Unbefangenheit beurteilte wie jeden anderen Fall und daß er über den Verdacht des Jungarztes Friedhelm Lampe nicht mehr wußte, als daß die Embolie anscheinend nur sekundäres Merkmal gewesen war und keine Ursache. Fahrenheit ist kein Mediziner, und auch den ins Spiel gebrachten Artikel aus der Fachzeitschrift konnte er nur als Laie beurteilen. Also hat er die Fakten um den Tod Ihres Vaters, inklusive des Fachartikels, zu einer unabhängigen Beurteilung weitergeleitet, und nachdem beide Gutachter zum gleichen Schluß gekommen waren, hat Fahrenheit die Zwangsobduktion abgeblasen. Wir haben versucht, diese Sachverständigen von damals aufzutreiben, beide Koryphäen, beide verstorben.

Die Detektive lehnen sich zurück, lassen die Sonne auf ihr Gesicht. Abschließend glauben wir also, daß der Richter kein Stück in die Angelegenheit verwickelt ist. Es sei denn, Sie legen es so aus, daß er zwangsläufig verwickelt ist, weil es so oder so seine Entscheidung war, die Auswirkungen auf Ihr weiteres Leben gehabt hat. Denn hätte Fahrenheit damals anders entschieden, wären wir womöglich nicht hier. Aber das hatten wir ja schon mal, von wegen der Affen.

Es ist melodisch und sanft, und nach dem Klopfen wartet sie, bevor sie ihren Kopf durch die Tür steckt. Ihr Blick erfaßt Sofa und Schreibtisch, dann sieht sie Willem am Fenster. Ohne sich umzudrehen, sagt er: Kommen Sie rein, Katja.

Sie lächelt, bleibt aber in der Tür. Besuch, sagt sie.

Willem dreht sich um. Ich erwarte doch niemanden?

Nicht soweit ich weiß. Die beiden Herren klingen allerdings sehr überzeugend.

Was für Herren?

Sehr elegant, sehr höflich. Sie blickt auf eine Karte und sagt: Marow & Neff, Institut für angewandte Anthropologie.

Und Willem lacht. Stehen die beiden schon hinter Ihnen?

Sie sind noch unten.

Wo?

Ich weiß nicht. Eben haben sie mit Ihrer Frau geplaudert. Aber Ihr Stiefvater kam auch dazu.

Er macht ein resigniertes Gesicht, dann geht er zur Tür. Nimmt die Frau bei der Hand und zieht sie in den Spitzgiebel. Sie können die beiden gleich hochschicken.

Ist es was Schlimmes?

Das sind die Detektive, von denen ich Ihnen erzählt habe.

Als Anthropologen verkleidet?

Tja. Sie gehen recht ungewöhnliche Wege.

Sie vertrauen den beiden aber.

Ja. Dann legt er seine Hände auf ihre Schultern. Geht es Ihrem Mann besser, Katja?

Sie lächelt. Und dann rollen zwei Tränen.

Er hält sie fest, bis ihr Atem wieder ruhiger wird.

Die Ramows tragen Anzüge wie aus einer anderen Zeit. Sie haben Hüte dabei, einer hat eine Hornbrille auf, und das Leder ihrer Taschen ist abgewetzt.

Sie machen es sich auf dem Sofa bequem.

Kaffee? sagt Willem. Zucker, Milch?

Auch kein schlechtes Büro, sagen die Detektive.

Schnäpschen dazu?

Danke.

Dann setzt Willem sich in den Sessel.

Den Richter haben wir also aufgestöbert. Er scheint weder in den Tod Ihres Vaters verwickelt noch in eine mögliche Verschleierung der Todesursache.

Wer uns entscheidend weiterhelfen könnte, ist nach wie vor Friedhelm Lampe. Wir selber waren zweimal in der Wesermarsch, ohne eine Spur zu finden, die uns zu ihm geführt hätte. Die Leute da drüben sind wortkarg und Fremden gegenüber skeptisch. Dennoch haben wir herausgebracht, daß Lampe während seiner Sauftouren oft wochenlang verschwunden bleibt. Wo er sich allerdings rumtreibt, konnte uns niemand sagen. Auch der Polizeiposten dort konnte uns nicht helfen, doch der Mann hat zugesagt, uns zu kontaktieren, sobald Lampe wieder auftaucht.

Die Detektive heben die Arme. Wenn wir also auf Hypothesen verzichten wollen, bleiben uns im Moment erst mal nur Ihre Mutter, Ihr Stiefvater und von Wrangel. Selbst wenn diese drei überhaupt kein Motiv haben – ja sogar, wenn sie am womöglich forcierten Tod Ihres Vaters absolut unschuldig sein sollten, bleiben sie uns erhalten. Einfach weil sie noch immer die einzigen in unserem Fall sind, deren Wege nachweislich den Ihres Vaters gekreuzt haben. Und weil von Wrangel weiterhin sehr schemenhaft bleibt, müssen wir uns auf das konzentrieren, was greifbar ist.

Willem sieht die Ramows an und macht ein Gesicht.

Das heißt ja noch gar nichts, sagen die Detektive. Zuletzt können alle Zusammenhänge ebenso zu einer Ursache führen, von der wir bis jetzt noch nichts ahnen.

Ach, hören Sie doch auf.

Und machen Sie doch nicht so ein Gesicht.

Das sagen Sie so. Während Sie unterstellen, daß meine verstorbene Mutter und Kronhardt an der Ermordung meines Vaters beteiligt waren.

Wir unterstellen gar nichts. Wir spekulieren mit dem, was wir haben und was momentan am wahrscheinlichsten ist. Wenn Sie zudem Fahrenheits Maß anlegen und alle persönliche Geschichte außen vor lassen, werden Sie einsehen, daß wir gar keine andere Wahl haben.

Burke! Treiben Sie diesen Mann auf. Das ist Ihr Auftrag, verdammt!

Jetzt machen die Ramows ein Gesicht.

Willem entschuldigt sich für seinen Ton: Fahrenheits Maß anzulegen ist nicht einfach, wenn man plötzlich selber involviert ist.

Schon gut. Wir sinds gewohnt, daß man auf uns rumtrampelt. Und was Burke betrifft: Wir wissen genausowenig wie Sie, warum er sich noch nicht gemeldet hat. Und wir haben auch noch keine Spur von ihm. Aber wenn wir ihn nicht von vorn erwischen, dann vielleicht von hinten. Vielleicht kommen wir über Ihre Mutter und Ihren Stiefvater an Burke.

Wie meinen Sie das?

Wenn wir einfach mal unterstellen, daß Burke uns so weit gebracht hat, daß wir jetzt vor Ihrer Mutter und Ihrem Stiefvater stehen, könnte es umgekehrt doch ebenso funktionieren: Wir beackern das Feld Ihrer Alten und stoßen dabei auf Burke.

Sie lassen nicht locker, was.

Nicht, wenn wir uns einmal in einen Fall gearbeitet haben.

Willem macht eine resignierende Geste. Doch dann grinst er auch schon wieder. Na, von mir aus.

Und auch die Ramows grinsen und lehnen sich zurück ins Sofa.

Also, bei Ihrem ersten Besuch erwähnten Sie, Ihre Mutter und Ihr Stiefvater wären mitmarschiert.

So war es wohl. Der Alte in Uniform, beide in der Partei, beide ergriffen von diesem monströsen Werk. Ich weiß nicht, wie viele es damals waren, die sich, im Grunde ohne Arg, alle Wirklichkeit verdrängen ließen. Aber ich meine, daß die Alten so welche waren.

Ohne Arg, sagen Sie.

Im Grunde, sage ich. Weil aus der Entwicklungsgeschichte an sich Anpassung stets das Überleben sichert. Und wenn die Menschen zum Opfer ihrer kranken Ideologien werden, ist das sicher eine bedenkliche Ebene, aber immer noch eine mit Wurzeln in der Evolution. Und ich selber muß betonen, daß ich mich natürlich nur innerhalb der Umstände meiner eigenen Zeit anpassen konnte. Wäre ich seinerzeit groß geworden, hätte ich mich anders verhalten müssen.

Na ja. Das gilt ja nun für die meisten. Haben Ihre Mutter oder Kronhardt die Naziverbrechen unterstützt? Mitgemacht?

Handfestes weiß ich nicht. Der Rest ist schwer zu sagen; aus heutiger Sicht müßte man ja schon für den Hitlergruß ins Gefängnis.

Also wissen Sie nichts?

Nein.

Ahnungen.

Willem zögert. Nein.

Sicher?

Ich habe keine Ahnungen.

Gut. Ihre Mutter ist dann in die Schweiz emigriert. Warum dorthin?

Was weiß ich. Nach Mexiko wäre natürlich ebenso eine Möglichkeit gewesen. Aber ich vermute, es hat mit der Stickerei zu tun. Meine Mutter war von Anfang an eine Geschäftsfrau.

Also die Schweiz. Und das Geschäft. Und Ihr Stiefvater?

Der war anfangs als kleiner Wehrmachtssoldat stationiert. Später stieg er auf zum Offizier und Reichsbekleidungsunterbeauftragten. Soweit ich weiß, war er nie an irgendeiner Front.

Wie ist er denn reichsbekleidungsunterbeauftragt worden?

Karl Hartmann. Mein Onkel. Er hatte wohl Einfluß und war recht umtriebig. Zu Kriegsende stellte Kronhardt sich; die Amis haben ihn später als minderbelastet eingestuft, und er ging nahtlos ins zivile Trümmerland. Half beim Wiederaufbau der Stadt, aber vor allem der Stickerei.

Die Ramows lachen. Der Mensch ohne Arg kroch mit erhobenen Händen aus den Trümmern. Das monströse Werk weggesprengt, die Wirklichkeit Brot und Gnade, und so riß er sich das Kreuz von der Brust. Dann sagen sie: Wir wissen nicht, wie viele einsame Schißhasen es damals gab. Aber daß Ihr Stiefvater sich gestellt hat, beeindruckt uns nicht die Bohne. Und Sie wissen selber, daß minderbelastet im Grunde eine Farce war. Daß sich dieser Teil deutscher Geschichte sogar wiederholt hat, so daß dieses Land weiterhin durchsetzt bleibt mit diktatorischen Verbrechern.

Willem nickt.

Die Ramows sagen: Setzen Sie Fahrenheits Maß an.

Wie gesagt, Fahrenheits Maß ist nicht einfach, wenn man plötzlich selber involviert ist.

Wir haben damit kein Problem.

Sicher, sagt Willem.

Prima. Also noch mal zu Ihrer Mutter: Sie war in der Partei, marschierte mit, und plötzlich dieser Sinneswandel.

Ich weiß. Und ich habe keine Ahnung, wie es dazu kam.

Vielleicht haben Sie die Beziehung Ihrer Eltern bislang unterschätzt?

Im Grunde war meine Mutter nicht der Typ fürs Emigrieren. Nicht aus Überzeugung, nicht aus Liebe.

Wenn jemand aus der Heimat flieht, hat er gewichtige Motive.

Das vermute ich auch. Darüber hinaus weiß ich nichts.

Vielleicht war es ja Kalkül.

Vielleicht auch nicht, und wir verplempern hier einfach unsere Zeit, wenn wir die Wissenslücken wahllos füllen.

Wenn jemand aus der Heimat flieht, müssen die Zurückgebliebenen oft genug mit Vergeltungsmaßnahmen rechnen. War die Familie Ihrer Mutter eingeweiht?

Ich glaube schon.

Und Ihr Stiefvater?

Wohl auch.

Und Sie glauben nicht, daß wir es mit einem Plan zu tun haben?

Die organisierte Heirat zweier gegensätzlicher Menschen, ihre Flucht in die Schweiz. Robert, der dem Geschäft derweil die Stange hält, und dann Richards Tod.

Nein. Das glaube ich nicht.

Noch ist ja auch nichts bewiesen, und die Detektive grinsen. Dann sagen sie: Wie sicher ist denn die Position Ihres Vaters in dieser Geschichte?

Er war Zivilist und von Anfang an gegen die Nazis.

Das muß ihn nicht gehindert haben, bei irgendwelchen Plänen mitzumachen.

Bei aller Fähigkeit zum Spott war er friedlich und sehr moralisch. Die menschgemachte Welt betrachtete er als grandiosen Irrtum, und er setzte seine Denkkraft dagegen. Aber ich glaube, daß er die Kraft des Herzens für das höchste Prinzip hielt, doch mit beidem konnte er im Hitlerfaschismus natürlich nicht sicher sein.

43, sagen die Detektive. Für einen, der von Anfang an dagegen war, eine ziemlich späte Emigration.

Er war bei der Zeitung. Am Ende Propagandaphotograph für eine heile Welt, während rings alles in die Brüche ging. Wie mein Vater die Wirklichkeit ertragen konnte, ist mir schleierhaft – irgendwie mußte man sich wohl verhalten, und ich vermute, daß er sich mehr und mehr nach innen hin verhielt. Geist und Herz zu einer raumfüllenden Materie machte.

Dennoch könnte er in irgendwelche Pläne verstrickt gewesen sein. Fingierte Hochzeit, fingierte Flucht, was auch immer. Denn bei allem Geist und Herz mußte man damals wohl auch irgendwie zusehen, seine Haut zu retten.

Könnte er.

Die Ramows sehen Willem an. Ihr Vater war ganz schön anders, oder.

Willem zuckt mit den Schultern.

Und Ihre Mutter und Kronhardt waren glashart vom selben Schlag, oder.

Ich habe keine Ahnung, warum die beiden nicht am Anfang schon geheiratet haben. Warum zuerst mein Vater.

Vielleicht ist es gerade die Antwort, die Sie Ihrer Mutter nicht zu-

trauen. Liebe oder mindestens Herz genug, Ihren Vater und Nazispötter zu retten. Es wäre doch denkbar, daß die Reichssicherheit
ihn schon fest im Visier hatte.

Wenn es so gewesen wäre, hätte mein Vater mir davon erzählt. Da
bin ich mir sicher.

Sie waren ein Kind.

Und seitdem gibt es diese Fragen für mich.

Aha. Dann glauben Sie also, daß Ihre Eltern sich nicht liebten.

Willem hebt die Hände. Vielleicht hat der Wahnsinn damals eine
Liebe möglich gemacht, von der ich nichts weiß. In meiner Erinnerung ist aber bis heute nichts, was mir wie Liebe erscheint.

Man muß Ihren Eltern jedoch unterstellen, daß da was gelaufen
ist.

Und Willem lacht. Was glauben Sie, wie ich mir früher Sex vorstellte. Das meiste wußte ich damals aus Insektenbüchern, und so
dachte ich mir die Männer mit dolchartigen Organen, die sie in die
Herzen der Frauen bohrten. Auf meinen Vater habe ich dieses Bild
aber nie bezogen. Sex zwischen meinen Eltern bleibt mir bis heute
ein unvorstellbares Gebiet.

Vielleicht haben sie es ja auch nur ein Mal gemacht. Vielleicht gehörte dieses eine Mal auch zum Plan.

Das bleiben Hypothesen, die uns nicht weiterbringen.

Oder es gehörte gerade umgekehrt zum Plan, daß die beiden niemals Sex haben würden.

Das ist doch Quatsch.

Man muß seine Prinzipien auch flexibel halten können. Ein paar
Hypothesen in die Welt zu werfen kann durchaus richtungweisend
sein, und die Ramows machen eine öffnende Geste. Vielleicht ist
Ihr Vater gar nicht Ihr Vater. Vielleicht ist es von Wrangel. Oder
Kronhardt.

Na klar.

Ein lumpiger Gentest würde reichen.

Ist ja gut.

Sie glauben nicht dran, was.

Nee.

Manche Fälle gehen tiefer und sind verzweigter, als man denkt.

Das will ich Ihnen glauben.

Also sind Ihre Eltern nach Zürich emigriert. Richteten sich dort ein, Ihr Vater entfaltete seine künstlerischen Fähigkeiten, wir unterstellen den beiden Sex, und später wurde Ihre Mutter schwanger. Und sonst – hatte Ihre Mutter Arbeit in Zürich?

Nicht daß ich wüßte.

Also verdiente Ihr Vater ausreichend.

Soweit ich erinnere, hatte er kaum einen Sinn für Geld. Dennoch war immer etwas in seiner Börse. Er verdiente wohl genug mit seinen Bildern und mit dem, was er zusammen mit seinen Künstlerfreunden machte.

Vielleicht war aber auch Ihre Mutter die wahre Geldquelle. Ihre Familie.

Vielleicht kam was von da.

Sicher sind Sie aber nicht?

Willem hebt die Schultern. Sie hatte ein Bankfach.

Ein Bankfach also.

Das, was sie auf der Flucht mitnehmen konnte, nehme ich an. Schmuck, Bargeld. Aber mein Vater hat sich von ihr nicht aushalten lassen.

Sicher?

Ja.

Also arbeitete Ihre Mutter nicht. Was machte sie mit ihrer Zeit?

Sie stand in engem Kontakt mit der Familie, fuhr nach dem Krieg regelmäßig nach Bremen.

Und die Familie fuhr nach Zürich?

Nein.

Gab es damals schon Pläne für die Rückkehr nach Bremen?

Davon habe ich nichts mitgekriegt.

Haben sich Ihre Mutter und Ihr Vater nicht gestritten?

Wenn ich was mitkriegte, ging es um mich.

Weil Ihre Mutter mit Ihnen zurückwollte. Und Ihr Vater wollte Sie in Zürich behalten.

Nein. Meine Mutter meinte, der Umgang meines Vaters, seine Künstlerfreunde, wären schädlich für mich.

Und waren sie es?

Das kann ich nicht korrekt beantworten. Ich habe mich bei meinem Vater und auch bei seinen Freunden immer sehr wohl gefühlt. Aber vielleicht wäre ich heute erleuchtet, wenn ich mich von Anfang an an meine Mutter gehalten hätte.

Da haben Sie wohl recht. Und Ihr Vater hat nie Ansprüche auf das Geschäft gestellt?

Er wollte damit nichts zu tun haben.

Aber er war dran beteiligt.

Nein.

Und seine Kunst – seine Freunde?

Mein Vater machte seine Photos. Er wollte die Alltagsmenschen demaskieren; die Engstirnigkeit aufbrechen.

Den Detektiven scheint das zu gefallen. Wie können wir uns seine Bilder denn vorstellen?

Meist waren es Montagen. Er zerschnitt Propaganda und Nachkriegsalltag, setzte sie neu zusammen und photographierte sie ab. Womit er die verstörende Wirkung erzielte, war vor allem eine Gleichschaltung. Ein nahtloses Übergleiten vom Damals ins Jetzt, was die meisten Betrachter verletzte. Vielleicht gerade deshalb, weil sie eine Wahrheit aus den Bildern spüren konnten; eine im Grunde eindimensionale Funktionalität.

Er hat aber auch viel mit den Ideen seiner Freunde gearbeitet. Ihr zentrales Thema waren das gepanzerte Herz und der vernagelte Geist. Sie entwickelten immer wieder neue Variationen über dieses Thema; als Skulptur, Malerei, Gedicht oder Theater, und dabei hatte jeder Zugriff auf die Kunst des anderen. Sie waren offen für Transformation, erschufen Raum für kreative Wechselwirkung und waren dabei weder kapitalistisch noch auf Ruhm ausgerichtet.

Die Detektive lächeln. Hört sich schwer nach Anarchie an.

Im Sinne einer reinen Utopie, ja. Ansonsten waren sie eher darauf aus, der Gesellschaft die subtile Systemgewalt zu offenbaren. Ich glaube, daß diese Künstler allesamt friedliche Menschen waren, auch wenn sie sehr herausfordernd erschienen. Sie lachten viel und waren bis in den banalsten Alltag unberechenbar. Grandiose Zyniker womöglich; vielleicht aber auch staunende Kinderseelen, die arglos alle Hoheitsgebiete überschritten und so die wahren Beweggründe hinter den Systemen entblößten, die sich selbst freiheitlich und demokratisch gaben.

Natürlich kann man das System verachten, sagen die Detektive. Aber erst einmal muß man überleben.

Da haben Sie wohl recht. Und nach einer Zeit sagt Willem: Bei aller Fähigkeit zur Utopie brachten sie auch den notwendigen Realismus auf. Die perfide Perfektion des Systems mußte Gegner und Verfechter zuletzt gleichschalten; Geld blieb unabdingbar, und sie beschafften es mit Theater, Ausstellungen und vor allem, weil sie Kontakte hatten nach Amerika. Reiche Emigranten, die Kunst sammelten und die die grandiosen Schlachtfeste und kannibalischen Heldentaten der Kapitalfaschisten für die Nachwelt konservierten; die gepanzerten Herzen und vernagelten Geister.

Die Detektive lachen.

Dann sagt Willem: Heute würde ich sagen, daß diese Menschen zutiefst sensibel waren. Daß sie die Fähigkeit hatten, selbstgenügsam und eigenverantwortlich zu sein, und zugleich beseelt waren von einer Utopie; einem Drang nach Freiheit, der jedes Staatenmodell und alle im Kapital wurzelnden Machtstrukturen bedrohen mußte. Und auch der Bürger, der im System so behütet war, daß seine Freiheit nur noch geldlich zu steigern war, spürte diese Bedrohung. Ich glaube, daß mein Vater und die anderen ihren grandiosen Spott zuletzt aus Selbstschutz entwickelten. Weil es nach außen hin keine Möglichkeit für ihre Welt gab; weil der Freiheitsbegriff der anderen ihnen viel zu gering war. Und ich glaube auch, daß dieser Spott zu einer Überlebensstrategie wurde; eine menschliche Art, so wie andere fressen, denunzieren oder Kunst sammeln. Eine Art gegen wunde Seelen und wunde Herzen; das Feuer ewig brennender Utopien.

Hatte die Gruppe einen Namen?

Namen sind Kategorien.

Irgend jemand aus der Gruppe, den Sie mit Namen erinnern?

Sie hießen alle irgendwie. Peter-Paul, Max oder Zenon.

Waren keine Frauen dabei?

Doch. Sie kamen, gingen, kamen wieder. Ich habe wenig Erinnerung an sie.

Und Ihr Vater?

Wenn da etwas lief, habe ich es nicht mitbekommen.

Konnte jemand aus der Gruppe Vorteile aus dem Tod Ihres Vaters schlagen?

Ach was.

Was ist mit seinen Bildern geschehen?

Ich glaube, die meisten hatte er zu Hause, und meine Mutter hat sie vernichtet. Einzig ein Familienphoto war geblieben, aber auch das nahm meine Mutter mir weg. Nach ihrem Tod habe ich es wiedergefunden.

Glauben Sie, daß auch Ihre Mutter sich in ihrem System bedroht fühlte?

Das Gefühl habe ich nie gehabt.

Gab es denn tiefere Gründe dafür, daß sie so radikal alle Erinnerung an diesen Mann auslöschte?

Ich glaube schon. Weiß aber nichts.

War Ihr Vater glücklich?

Damals hätte ich sofort ja gesagt. Heute glaube ich, daß die meisten Mitmenschen ihm das Leben schwergemacht haben; daß ihre Nähe und die Wirkungen ihres Daseins ihm bis gegen die Haut schlugen. Und daß er den Raum dahinter mit etwas Eigenem ausfüllte – eine Blase gewissermaßen, und womöglich war es ihm außerhalb davon schwer, glücklich zu sein. Doch genauso kann es sein, daß er in seiner Blase ständig durch ihre feindliche Welt schwebte.

Drogen waren aber nicht im Spiel?

Quatsch. Sein Innenleben war Droge genug.

Zog Ihre Mutter Vorteile aus seinem Tod?

Willem hebt die Schultern. Er weiß es nicht.

Aber sie plante, aus Zürich zurück nach Bremen zu gehen?

Damit gingen die beiden eher pragmatisch um.

Das sagen Sie so.

Na schön. Manchmal gabs deswegen Streit.

Die Ramows lachen. Ein Kerl wie Ihr Vater gibt seinen Sohnemann doch nicht einfach auf die andere Seite, oder. Zu den Helden, die dem Kleinen ihren Kapitalfaschismus ins Hirn brennen; zu den herzfressenden Kannibalen.

Willem sagt nichts.

Man könnte also sagen, daß sich mit dem Tod Ihres Vaters die Lage für Ihre Mutter mindestens dahingehend verbesserte, nicht mehr um Ihre Erziehung streiten zu müssen.

Das könnte man wohl. Aber ohne damit ein Motiv zu unterstellen.

Ach was. Daß Ihre Mutter Dreck aus der Nazizeit am Stecken hatte und daß Ihr Vater sein Wissen darum für Ihren Verbleib in Zürich einsetzen wollte, fällt uns erst gar nicht ein. Und dann: Wer war denn auf der Beerdigung?

Nur wir drei.

Keine Künstlerfreunde, von Wrangels, irgendwelche Fremden?

Ein Urnenträger und ein freier Redner, der einen Text meiner Mutter ablas.

Tja. Und wie sind die Besitzverhältnisse heute?

Die Stickerei?

Ja.

Warum?

Weil wir uns fragen, ob Burke sich an Sie gewendet hat, weil er sich von Ihnen am meisten verspricht.

Na ja. Der Tote war mein Vater.

Und der Bruder Ihres Stiefvaters. Theoretisch sollten Sie doch beide Interesse an Burkes Informationen haben. Warum ist er nicht zu ihm gegangen? Wir an Burkes Stelle hätten versucht, den Senior anzuzapfen. Bei ihm laufen Geschäft und Geschichte zusammen, er weiß wesentlich mehr über die Sache als Sie und sollte ein starkes Interesse an der Wahrheit haben. Oder gerade daran, daß die Wahrheit verborgen bleibt. Wir hätten auf jeden Fall versucht, Ihren Stiefvater anzuzapfen.

Willem sitzt allein in der Miniküche. Er hält einen Becher mit heißem Kakao in den Händen; im Radio hat er eine andere Frequenz eingestellt und hört ein Stück von Isaac Albéniz. Der Becher gehört zu einer Serie, die mit einem Preis für ihr Design ausgezeichnet wurde. Auf den ersten Blick wirken sie uniform, tatsächlich aber hat jedes Stück individuell gestaltete Abweichungen, und Barbara hat viel Geld für das Set bezahlt. Willem sitzt, hört kleines Orchester und Gitarre aus dem Radio, starrt. Als Barbara erscheint, spürt er sofort, daß sie einen guten Tag erwischt hat.

Ärgerst du dich wieder über die Becher?

Ach was.

Was ist es dann?

Nichts weiter.

Dann ist ja gut, und Barbara läßt die Lade mit dem Obst rausfahren. Mit wenigen Griffen hat sie Messer und Presse parat und bearbeitet Pampelmusen. Dann übertönt der elektrische Motor die Spanische Suite.

Als sie sich zu ihm setzt, sagt er: Es ist seltsam. Manchmal kann der Körper erscheinen wie die ganze Erde. Und der Geist geht auf im Raum. Doch plötzlich ist nichts mehr davon da. Erde und Raum wie abgeschnitten, man ist erfaßt von der menschlichen Stampede, und in ihrem Wahnsinn zertrampeln sie einem alles.

Ist es dein Weltschmerz? Oder haben die Detektive etwas Neues hervorgebracht?

Ich weiß es selber nicht. Wenn es Weltschmerz ist, dann ist er verschmiert. Dieser Burke ist nicht aufzutreiben und ebensowenig Friedhelm Lampe. Das einzig greifbare Glied in die Vergangenheit ist Kronhardt, und die Detektive bringen ständig Indizien hervor, die die Alten zum Mörder meines Vaters machen.

Barbara sieht ihn an.

Er sagt: Natürlich glaube ich auch jetzt nicht daran.

Meinst du, die Detektive verstehen ihr Handwerk?

Den Eindruck habe ich schon.

Sie sind eher unkonventionell.

Das war mein Vater auch.

Ja. Und sie gibt ihm einen Kuß.

Willem sagt: Ich bin glücklich mit dir.

Ich auch mit dir. Erst recht, weil du so unkonventionell bist.

Was hast du für einen Eindruck von den Ramows?

Sie scheinen mir sympathisch. Mit einer Menge Humor.

Ja.

Warum verkleiden sie sich?

Wahrscheinlich gehen sie davon aus, daß alte Fälle jederzeit wieder auflodern können. Daß Unheil aus der Vergangenheit mühelos bis in die Gegenwart springen kann.

Barbara lacht.

Warum lachst du?

So sehen diese Ramows aus. Als ob sie selber mühelos durch alle Milieus und alle Zeiten springen könnten.

8

Die weihnachtliche Verdichtung ist aus den Passagen, und die Installationen in den Schaufenstern markieren bereits Ostern. Das Phänomen Jesus umgewandelt, und aus den Flachbildschirmen flimmern neues Glück und der ewige Frieden einer freien Marktwirtschaft.

Die Schockbilder des Arabischen Frühlings haben sich bereits abgenutzt, obwohl noch kein Ende dort abzusehen ist und ein Land nach dem anderen ergriffen zu werden scheint. Doch vielleicht ist es falsch, in der allgemeinen Gier nach Neuigkeiten immer nur Direktübertragungen von den Schlachtfeldern der Welt zu bringen, und so flimmern von den Flachbildschirmen Welten aus Glück und Frieden. Und vielleicht braucht jeder Schlachtenzyklus auch ein regelmäßiges Gegengeschehen, und deshalb markieren nun Küken und Hasen in den Schaufenstern schon das Osterfest.

Willem zieht gegen diese Bilder und gegen den Strom der Kaufenden, als ihm ein Mann auffällt. Der Mann steht auf einem kleinen Podest, still und mit einem demütigen Lächeln, als hätte er alle weltliche Verankerung in sich aufgelöst; als wäre alles Ichgefühl bereits hinübergestiegen in eine Vollkommenheit, die nichts mehr zu tun hat mit den Schlachtfeldern Arabiens oder sonstwo, mit freier Marktwirtschaft und moderner Jesusinterpretation. Und wie zum Bekenntnis seiner Auflösung hält der Mann eine Broschüre vor der Brust; ein evangelikaler Hochglanz, wie es scheint, und als Willem vorübergeht, hört er ein Zischeln. Sieht einmal die Zahnlücke in dem kurzen Grinsen und bleibt übertölpelt stehen. Läßt sich einfangen von den mildherzigen Gesten, von der Verschleierung aller Absicht und nimmt die Information mit auf den Weg, daß es Neuigkeiten gebe zu Burke. In zehn Minuten an der Bratwurstbude, sagt der mit der Zahnlücke, dann steht er wieder da, aufgelöst und lächelnd.

Der andere Detektiv schlägt seine Zähne bereits in eine Wurst. Er hält einen Stehtisch besetzt und läßt an seiner Erscheinung keinen Zweifel. Aktenkoffer, Minicomputer und Finanzblätter liegen auf dem Tisch, und zwischen den Bissen diktiert er Anweisungen in eine Telefonausrüstung, die ihm kaum sichtbar im Ohr klemmt. Er trägt einen Anzug, der glatt sitzt wie Aalhaut, und seine Worte klingen gefräßig. Sie kommen brockenweise: Abstoßen – Übernahme – Sachs, und zwischendurch hackt er auf dem Computer oder stößt die Wurst in den Senf.

Als Willem sich dazustellt, nimmt der andere ihn kaum wahr. Schmatzt, telefoniert, hackt, und zwischendurch senkt sich seine Stimme. Die Würste sind wieder dioxinfrei, sagt er. Und dann: Wir haben Neuigkeiten.

Willem erwidert nichts.

Unser Verdacht hat sich bestätigt. Wir sind nicht die einzigen, die hinter Burke her sind. Polykarp hatte uns von einer großen Frau oder einem großen Mann berichtet. Sie erinnern sich?

Willem wischt sich über den Mund und nickt.

Es scheinen zwei zu sein. Eine große Frau und auch ein großer Mann.

Und darum schon wieder dieser Mummenschanz?

Genau. Die können ebenso hinter Ihnen her sein. Oder uns. Und darum mußten wir die Lage sondieren.

Willem grinst. Auch wenn ichs für übertrieben halte. Aber Ihre Täuschungen sind gut.

Gehört zum Geschäft. Wenn wir nicht in der Lage wären, den Umständen entsprechend wahrgenommen zu werden, könnten wir einpacken.

Da sind Sie nicht alleine. Schauen Sie sich nur um; alle verzehren sich nach irgendwas.

Zu solchen Betrachtungen ist jetzt keine Zeit. Wir stehen in unseren Nachforschungen zu Burke womöglich vor einem Durchbruch. Und wenn wir ihn vor den anderen auftreiben, können wir vielleicht erfahren, wer diese anderen sind. Mit Ihrer Zustimmung würden wir versuchen, Burke von einer Zusammenarbeit zu überzeugen.

Ich schätze Burke als maßlos ein und bin nicht bereit, über die Maßen zu zahlen.

Erst mal müssen wir Burke haben. Dann können wir Bedingungen einer möglichen Zusammenarbeit aushandeln. Obs am Ende dann dazu kommen wird, bestimmen Sie.

Also gut. Und dann: Wie nah sind Sie denn dran?

Der Detektiv schnappt nach einem Finanzblatt und breitet es aus. Dann sagt er: Vor allem durch das Fernsehen glauben die Menschen heutzutage, mit den vielfältigsten Erscheinungsbildern vertraut zu sein. Für die Serien werden ständig neue Typen eingeführt, so daß es beispielsweise den klassischen Polizeikommissar von früher kaum noch zu geben scheint. Heutzutage kann jeder Punk plötzlich seine Marke vorziehen, und diese Entwicklungen kommen unserer Arbeit natürlich sehr entgegen. Dennoch muß noch das glaubwürdigste Abbild in der Realität versagen, wenn es beim Erstkontakt nicht auf Anhieb gelingt, aus der Tiefe heraus zu überzeugen.

Natürlich haben wir uns nicht zum ersten Mal als Kriminalbeamte ausgegeben. Eine der Grundlagen unseres Detektivberufs ist Erfahrung, und trotz der Vielfalt, die heutzutage das Fernsehen ausspuckt, haben wir erkannt, daß gerade der klassische Typus durch alle Volksschichten hindurch noch immer eine starke Wirkung erzielt. Es ist jener Typ, der alles gesehen hat und dem kein Abgrund mehr fremd ist. Der ernüchterte Typ mit scharfem Blick, der Frau und Kinder verloren hat und nur noch eines kann: sich wie ein Bluthund in seine Arbeit verbeißen. Und so sind wir in entsprechender Kluft noch mal drangegangen, Burke aufzuspüren. Zuerst bei der Edelpunkerin, dann bei dem Rottweilertypen und gleich danach bei dem Serben.

Katherine Voß, genannt Nina, ist wie gesagt ein Nachtmensch. Sie tingelt nach der Arbeit, und wir sind bei ihr zu einer für sie brutalen Zeit aufgetaucht; die Sonne schien, und sie kriegte kaum die Augen auf. Wir gaben uns unmißverständlich und überrumpelten sie mit unserer Geschichte; wir konstruierten einen Leichenfund mit ungeklärter Identität und Todesursache und nur einer Spur in den Taschen des Toten, die uns direkt zu ihr geführt hätte. Dann beschrieben wir ihr Burke, doch sie schüttelte nur den Kopf. Jemanden, der so aussehe, kenne sie nicht. Darauf zogen wir ein bißchen an; ließen uns ihre Papiere zeigen, hantierten mit unserem Minicomputer und versprachen, jederzeit tiefer zu schnüffeln und aufzureißen, sofern sie lügen sollte. Doch Nina blieb bei ihrer Aussage. Burkes Beschreibung sagte ihr nichts. Wir lachten, als sie uns hinausbrachte. Als hätten wir schon tausendmal so gelacht; als hätten wir darüber hinweg alles Mitgefühl eingebüßt und als wäre es uns scheißegal, diese Nina in irgend etwas reinzureißen. Aber auch das zog nicht. Sie blieb im Kimono hinter uns stehen; die Augen noch immer klein, das Haar zerrauft, und dann lächelte sie, als würde sie uns den Finger zeigen. Sie schloß die Tür sehr sanft, und wir stiefelten davon.

Dann kamen wir leise zurück und legten unser Abhörgerät an. Sie telefonierte tatsächlich, und wir haben das Gespräch aufgezeichnet. Zuerst glaubten wir, daß diese Nina in einem eiskalten Agentenstück stecken würde; sie reklamierte das lange Warten auf eine Bestellung und sprach danach fast nur noch in Zahlen. Später haben wir rausgefunden, daß sie tatsächlich eine Musiksendung erwartet – Kastratengesänge von Caldera.

Die habe ich unlängst auch gekauft, sagt Willem. Und dann: Aber wir können natürlich nicht ausschließen, daß sie Burke oder sonstwen kontaktiert hat.

Das können wir nicht. Ist aber erst mal Wurst, weil wir unsere Nummer dann noch mal bei Brock und Srezcovic gebracht haben. Brock reagierte ähnlich wie Nina, und wir kriegten nichts aus ihm raus – egal, ob die Edelpunkerin ihn informierte oder nicht. Aber wir kriegten schließlich etwas aus Dragan Srezcovic raus, dem Mann in Brocks Wohnung.

Der Serbe hat den Balkankrieg mitgemacht und sieht noch härter aus, als man sich vorstellt; sogar wenn er friedlich lächelt, wittert man Gefahr. Aber gerade das ist zuletzt unser Trumpf gewesen. Srezcovic sind keine Abgründe mehr fremd, ein Mann, der alles gesehen hat und der weiß, was Schnüffeln und Aufreißen bedeuten können. Er ließ sich den toten Burke noch mal beschreiben. Darauf drehte er sich ab, telefonierte und bekam keinen Anschluß.

Scheiße, sagte er, und dann gab er uns den Namen. Edgar Konetzke, genannt Eddi. Wohnt auf dem Teerhof. Mehr wissen wir noch
nicht.

Dann faltet der Detektiv die Zeitung, steckt die kleine Telefonausrüstung ein und sieht auf die Uhr. Vorhin hat keiner aufgemacht.
Wir gehen gleich noch mal hin.

Beide in der Aufmachung?

Täuschen Sie sich nicht. In unserer Kluft können wir auch ganz
anders.

Haben der Mann und die Frau Burke auch schon enttarnt?

Das wissen wir nicht, und so zieht der Detektiv ab.

Sonnabend hat Willem ein Lamm zubereitet; Inéz und Hector
sind ins Landhaus gekommen, und weil es auch in diesem Jahr
schon vor Ostern wieder sehr sonnig ist und sehr trocken, sitzen
sie zum Kaffee im Garten. Abends machen Willem und Hector ein
Feuer, und sie bleiben unter den Sternen bis tief in die Nacht.

Zwei Tage später melden sich die Detektive, und bereits am Vormittag steht Willem vor der Tür mit der eingebrannten Galaxis.
Ramow&Ramow, Detektei Universal, und als er die Treppe hoch-
steigt, hat ihn die Kamera im Visier.

Einer steht mit dem Fernglas im Fensterwinkel, der andere hat die
Füße auf dem Schreibtisch.

Ist ja wie beim letzten Mal.

Falsch, sagt der mit der Zahnlücke. Das letzte Mal stand ich am
Fenster.

Der andere tauscht das Glas gegen eine Kamera, und Willem sieht,
wie das starke Objektiv etwas verfolgt. Dann füllt der Klang des
Motors das Büro.

Kaffee? Zucker? Milch?

Als die Tasse auf dem Beistelltisch steht, sitzt Willem im Kreuzblick.
Edgar Konetzke alias Burke. Unser Mann hat sich kaum Mühe
gegeben, mit dem Decknamen umzugehen. Doch er scheint gut
darin unterzutauchen. Wir waren mehrmals auf dem Teerhof,
ohne Erfolg. Er hat dort ein Penthouse und lebt mit einer Frau;
Ricarda Engel. Die Nachbarschaft ist sehr diskret – das heißt, jeder

scheint so großartig, daß keine Zeit bleibt, sich für andere zu interessieren. Immerhin konnten wir herausbringen, daß Konetzke und seine Frau immer mal unterwegs sind; Geschäftsreisen, meinte ein Nachbar.

Was für Geschäfte?

Dazu kommen wir noch.

Willem macht eine Geste. Dann zieht er den kleinen Globus zu sich.

Die Detektive sagen: Konetzke ist in Bremerhaven geboren. Einzelkind, nicht verheiratet. Ist aber seit Jahr und Tag mit dieser Ricarda Engel verlobt.

Mit den Fingern fährt Willem Gebirgsketten hinauf, gleitet ab in Ozeane. Als er die schwere Kugel anschlägt, rotiert sie glatt um ihre Achse, doch das Phänomen stellt sich nicht ein; keine Verfinsterung, kein Sternenhimmel, und dann nimmt ihm einer der Ramows den Globus weg.

Edgar Konetzke. Vater Schiffbauer, Mutter Hausfrau, und beide Eltern mit der Gnade der späten Geburt; sie wurden gesäugt, als Deutschland seine Triumphe feierte, und später haben sie in den Trümmern gespielt. Beide Eltern haben ihren Vater im Krieg verloren, woraus sich ergibt, daß Eddi Ihnen mit seinem Alzheimer-Opa eine weitere Lüge aufgetischt hat.

Seine Eltern lernten sich in einem dieser Rock 'n' Roll-Schuppen kennen; Vater Konetzke hatte einen Schlag bei den Frauen, die Mutter etwas von einer Sexbombe. Bald verlobten sie sich, und als Eddis Vater es auf der Werft zum Gesellen schaffte, heirateten sie. Sie waren lebenslustig, knutschten in der Öffentlichkeit, gingen am Wochenende tanzen und verloren auch nach Eddis Geburt nicht die Lust am Feiern. Ihre Beziehung mußte unter einem glücklichen Stern erscheinen, um so mehr, als sie plötzlich auch noch das große Los zogen. Es war die neue Einheitsziehung 6 aus 49, und Konetzkes gehörten zu den ersten, die ganz dick absahnten. Der Alte hängte seinen Werftposten an den Nagel, in der Boulevardpresse riefen sie ihr privates Wirtschaftswunder aus, und über Nacht wurden sie zu Parvenüs. Sie bestellten bei Neckermann, der kleine Eddi lief im Partnerlook neben dem Vater, und die Mutter trug Nylon, Leopard und lackierte Nägel. Sie leisteten sich einen Bungalow und einen amerikanischen Wagen, sie fuhren mit einer Super 8 nach Capri oder Monte Carlo, und nach zehn Jahren hatten sie ihr privates Recht auf Glück durchgebracht.

Als der Gerichtsvollzieher klingelte, kam Eddis Vater mit dieser Ernüchterung nicht zurecht. Er vermöbelte den Mann und verbarrikadierte sich. Die Polizei holte ihn später aus einem abgedunkelten Zimmer; das Vorführgerät warf Amischlitten und Monte Carlo an die Wand, und der alte Konetzke saß besoffen daneben. Als sie ihn abführten, machte er Radau, und nach der Haftstrafe hat er nie wieder Fuß gefaßt. Er verkam in Selbstmitleid, versoff die Fürsorge, und Eddis Mutter ließ sich scheiden.

In den Tanzschuppen war sie also eine Sexbombe gewesen; sie hatte das große Los gezogen, sich verwöhnen lassen und keine Ahnung, wie man Geld verdiente. Nun saß sie im Sozialbau, das Arbeitsamt vermittelte sie an eine Fischbratküche, ein Warenlager, eine Tankstelle, und sie kündigte regelmäßig. Dann fing sie in einem Club an. Nach zwei Jahren hatte sie ein Renommee als Animierdame, irgendwann übernahm sie das Ruder, und seitdem trägt der Club ihren Namen. Noch heute präsentiert sie dort ihre legendären Brüste. Einmal in der Woche, eine alte Frau mit falschen Wimpern und falschem Lachen, und nach dem Applaus ist es uns gelungen, sie mit den Reizen ihrer Vergangenheit einzuwickeln. Doch die Frau ist vom Leben beschlagen, und noch auf ihre alten Tage hat sie einen männerzergliedernden Blick. Bei unseren Versuchen, an ihren Sohn zu kommen, ist sie sehr charmant geblieben und hat nicht einmal gezuckt. Sie ist um den heißen Brei geschlichen, hat ein Mädchen dazugeholt, uns Pikkolo rausgeleiert und schließlich bemerkt, sie habe seit mindestens zwanzig Jahren nichts mehr von ihrem Sohn gehört. Natürlich ist das eine Lüge und ein Bollwerk wie ihre strammen Brüste.

Wir haben später recherchiert, daß das Verhältnis Mutter und Sohn durchweg beständig blieb. Zumal sie Eddi und Ricarda Engel gewissermaßen verkuppelt hat. Wir haben rausgefunden, daß die Engelsche bei der Mutter im Club anfing, ein blutjunges Ding damals, das die Alte unter ihre Fittiche nahm.

Eddi hatte zu dieser Zeit die Mittlere Reife hinter sich und lungerte rum. Er hatte keine Lust zu arbeiten und lebte von den Brüsten seiner Mutter. Er war großspurig, wollte aber nichts dafür tun, und so holte die Mutter ihn in den Club. Gläser spülen, Tische wischen, und wenn er sich gut einbrachte, sollte er eines der Mädchen verwalten. Er bekam schließlich Ricarda, und die beiden waren von Anfang an ein gutes Gespann. Die Engelsche spezialisierte sich auf einen damaligen Nischenbereich und zog Männer in den Club, die sich daran erregen konnten, erniedrigt zu werden. Sie steigerte Lust und Preis noch, indem sie den Kunden die Reize ihres Körpers gnadenlos offenbarte, jeden Kontakt aber tabuisierte. Noch bevor Eddi eingezogen wurde, verlobten sich die beiden und nahmen eine gemeinsame Wohnung.

Konetzke wurde gleich um die Ecke einkaserniert und stieg schnell auf zum Laufburschen. Wenn die Kameraden durch den Matsch krochen, kutschierte Eddi im Kübel durchs Gelände, um nichtsnutzige Sachen von einer Kompanie zur nächsten zu bringen. Wenn die Kameraden auf dem Kasernenhof Schikane ertrugen, war Eddi mit Spezialaufträgen unterwegs; brachte die Autos seiner Vorgesetzten in die Kraftwagenhalle, holte ihre Anzüge aus der Nähstube und war bald ein geschickter Vermittler für Gefälligkeiten. Die Kameraden neideten ihm seinen lauen Posten, doch weil Eddi mit ihnen soff und Skat kloppte und mehr noch, weil er auch hier vermittelte, hatte er seine Position.

Im Club war schon alles eingefädelt, und nach und nach brachte Eddi aus seiner Position zuerst die Kameraden an, später dann die Vorgesetzten. Sie inszenierten spezielle Kameradentage oder eine geschlossene Gesellschaft für die Obersten, und die Mutter und Ricarda gaben alles und führten darüber Buch. Bald waren die Kameraden verschuldet, bald wußte Eddi über die Vorlieben von Kompaniechef und Kraftwagenmeister Bescheid, und aus beidem zog er seine Vorteile. Wo es nötig war, sprang er mit Kleinkrediten ein, und nebenbei zog er einen kleinen Autohandel auf; kaufte Schrott und ließ ihn in der Wagenhalle aufpäppeln.

Die Detektive grinsen. Der brave Soldat Eddi. Und Mutter und Engelsche haben von Anfang an mitgemischt.

Nachdem er abgedient hatte, verfeinerte er seine Masche, indem er systematisch Kontakt zu den Amis herstellte. In seiner Gegend waren damals eine Menge GIs stationiert; sie brachten ihre Volksfeste mit – Paraden, Feiertage – und sahen sich selber als Boten einer wunderbaren Mentalität. Zudem gaben sie sich als großzügige Sieger; sie ermunterten die Deutschen, auf ihre Feste zu kommen, sich von ihrer Schuld zu erlösen, und gaben jedem das Gefühl, so werden zu können wie sie.

Edgar Konetzke begegnete den Besatzern jedoch von Anfang an auf Augenhöhe; er verkörperte jenen Typus des Deutschen, der jenseits aller Schuld in den Leistungen einer Kultur verwurzelt war, die dem Rest der Welt Respekt abverlangte. Er offenbarte den Amis, daß dieses urdeutsche Erbe auch in seiner Generation noch lebendig war und daß – Sieger hin oder her – niemand eine bedingungslose Unterwerfung der Deutschen erwarten konnte. Gleichzeitig aber ließ er sich von der amerikanischen Mentalität ergreifen; er jubelte auf ihren Paraden, spendierte Popcorn für die Kinder der Drillinspektoren und begeisterte sich am Unbegrenzten. Er kannte sich aus in der amerikanischen Heldengeschichte, mit Feuerwaffen und Hubraum, und wenn er den Besatzern von seiner deutschen Sehnsucht erzählte, klang das wie ein amerikanischer Traum. Und so umkreiste er zielgerichtet seine Opfer; arbeitete sich über die fettgefressenen Soldatenfamilien bis an die Basis. An den amerikanischen Ausschuß und die Verlierer, die in der Army plötzlich dastehen konnten wie wahre Sieger. Und diese einfachen Soldaten lockte Konetzke in Mutters Club. Umfing sie dort mit einer Kultur, die nicht auf Schnelligkeit und Wegwerfen aufbaute, und die Mädchen drangen behutsam in die Herzen dieser Männer. Lockten Versprechen aus der Einsamkeit, lockten Geheimnisse, und bald waren sie am Haken wie ehedem die deutschen Rekruten. Und Eddi saß im Sessel, dampfte Zigarren und verfolgte den Wechselkurs des Dollars.

Dann verschwand er plötzlich.

Die Mutter und Ricarda schlugen nach einem Tag Alarm, und als er am dritten Tag wieder auftauchte, sah er aus, als wäre nichts gewesen. Noch sein Anzug roch frisch gewaschen, doch Eddi hatte einen Knacks. Die Frauen holten den Arzt, aber der Mann konnte Eddi nicht helfen. Körperlich war er unversehrt, jedoch schien seine Seele angeschlagen; womöglich eine Art von Folter, hat sich der Arzt damals notiert.

Wir vermuten dahinter eine amerikanische Aktion, die ganz steril und vorbei an allen militärisch-diplomatischen Regeln durchgeführt wurde, um Konetzke die Flausen mit den GIs auszutreiben. Seitdem hat er sich weder mit den Amis noch mit Soldaten überhaupt eingelassen. Ob er den Knacks noch hat, wissen wir nicht.

Erst einige Zeit nach diesem Vorfall tat er sich wieder um. Er sondierte den Hafen, heuerte an als Schauermann, als Festmacher, spazierte bald auf den Dampfern, plauderte mit aller Welt und vermittelte Gefälligkeiten. Er spendierte Freikarten für den Club, bezog zollfreie Ware, und dann lernte er einen Engländer kennen. Der Engländer war Supercargo eines Kümos und ständig mit der gleichen Ladung auf derselben Route unterwegs; er brachte die Abfälle aus den Schlachthöfen Mittelenglands und nahm Tiermehl aus dem Oldenburgischen Mastgürtel mit zurück. Im Club heckten sie einen Plan aus. Eddi meldete ein Gewerbe als Einfuhrhändler an, und der Supercargo deklarierte seine Lieferungen einfach um und verwandelte so Porterhouse-Steaks in banale Abfälle. Tatsächlich bauten sie ein kleines, gut funktionierendes Netz auf. Sie hatten Kühlraum, angeheuerte Fahrer, und Wurstfabrikanten und Großküchenmeister waren gerngesehene Gäste im Club. Es war ein einträgliches Geschäft, doch dann ging plötzlich BSE um die Welt. Die Bilder von den brennenden Rinderbergen, und als Eddi und dem Engländer klar wurde, daß ihr Geschäft inmitten einer Verkettung aus deutschem Tiermehl und englischem Rinderwahnsinn steckte, zogen sie die Reißleine. Die Spaltprodukte menschlicher Machenschaften hatten etwas in Gang gesetzt, das sie nicht mehr kontrollieren konnten, und degenerierte Nahrung war damals noch ein handfester Skandal. Heutzutage schlagen nicht mal mehr Gammelfleisch und Dioxin ins Kontor, sagen die Detektive, und die Leute wollen ihre Wurst auf dem Tisch. Ganz egal, ob sie den menschgemachten Wahnsinn der Tiere in sich reinfressen, doch diese Entwicklung konnte Eddi damals nicht voraussehen.

Er schmiß das Fleischgeschäft hin und leierte einen neuen Handel an.

Wie er darangekommen ist, wissen wir nicht, aber eine Zeitlang importierte er Kinderspielzeug. Eine saubere Sache, möchte man meinen, doch abermals steckte Konetzke urplötzlich in einem übergeordneten Skandal. Eine Kette aus toxischer Massenware und Kindern, die quer durch die Republik kollabierten. Er blieb auf einer fetten Lieferung hängen und mußte sie obendrein als Sondermüll entsorgen lassen.

Ganz im Gegensatz dazu, sagen die Detektive, lief Mutter Konetzkes Geschäft ohne Erschütterungen. Sie hielt ihre Brüste sehenswert, Eddi konnte wieder Gläser spülen und Tische wischen, und dann hievte sie ihn ins richtige Ludenleben. Sie kannte Leute und Spielregeln, und Eddi in seiner Art kam in den Kreisen bald bestens zurecht. Er ließ sich die Haare wachsen, trug spitze Stiefel oder wettete bei Boxkämpfen; und auch von offizieller Seite gabs keine Scherereien. Doch dieses Mal ritt er sich selber rein. Er war mitten in einer Qualitätsprüfung, als Ricarda ihn dabei erwischte. Und die Engelsche machte kurzen Prozeß: Sie verwamste das Mädchen, und sie verwamste Eddi. Noch als die Funkstreife eintraf, saß sie ihm auf dem feisten Bauch, und er, nur mit dem Schlangenleder an seinen Füßen, verbarg wimmernd seinen Kopf. Als einer der Beamten ranging, die Frau wegzuziehen, verschärfte sich die Situation. Die Engelsche legte erst richtig los, nahm Genitalsprache und alles, so daß auch der zweite Beamte eingreifen mußte. Als sie schließlich Handfesseln einsetzen wollten, sprang ihnen Eddi ins Genick. Nackt, nur auf seinem Schlangenleder, und um ein Haar wäre den Beamten diese falsch eingeschätzte Situation vollends entglitten.

So endete Eddis Ludenleben. Vor Gericht nahm er alles auf sich, was es an Schuld gab, und bewahrte die Engelsche vor einer Verurteilung. Er selber kassierte sechs Monate auf Bewährung.

Konetzke war also bereit, sich von seiner Braut windelweich schlagen zu lassen und dafür in den Knast zu gehen. Wahrscheinlich war diese Erfahrung eine Zäsur; er holte die Engelsche aus dem Puff und kaufte ihr ein Ehebett. Und weil es in den 80ern in Deutschland noch kein Problem war, sich irgendwo einen stinknormalen

Posten zu verschaffen, stieg Konetzke ein ins Abstrakte. Fing ganz unten an, arbeitete sich durch die Stadtteile, und wie bei seiner Veranlagung nicht anders zu erwarten, entwickelte er schnell ein Händchen für die Feinheiten des Versicherungsgewerbes. Nebenher belegte er Fernkurse in Rhetorik und Suggestion, und tatsächlich stieg er schnell auf. Bald demontierte er die Ansprüche gutgläubiger Rentner auf ihr Lebenswerk, bald saß er dem Generalagenten im Nacken.

Und wieder war es ein übergeordneter Vorgang, der Einfluß nahm auf sein Leben. Diesmal ein weltpolitisches Kaliber, und mit allem, was wir heute darüber wissen, sind wir sicher, daß Konetzke ohne den Mauerfall niemals in Ihr Leben getreten wäre und Sie jetzt gar nicht hier säßen.

Willem sagt nichts. Sitzt im Büffelleder und hört weiter zu.

Noch während die innerdeutschen Einsturzbilder um die Welt gingen, machte Eddi sich auf in den Wilden Osten. Ausgestattet mit Benz und Discounter-Delikatessen, gehörte er zu den ersten, die den Arbeitern und Bauern das Glück servierten. Die Engelsche war ihm zur Seite, und sie luden ein in die Kaderflügel mecklenburgischer Schlösser oder die Suiten der sowjetischen Delegation. Sie tischten den Gästen die eingeschweißte Exotik auf und füllten in weltgewandter Art das Vakuum, das der kollabierte Machtapparat hinterlassen hatte. Man hofierte die beiden, sie übersprangen auf Anhieb den Parvenüstand und konnten im Osten wie tiefverwurzelter Adel der Westkultur erscheinen.

Um ans Eingemachte zu gelangen, hielt Konetzke sich rhetorisch im Fahrwasser von Helmut Kohl. Er machte den kapitalistischen Wohlstand zu einem Mechanismus, für den er die Bedienungsanleitung hatte, und wenn sein Publikum empfänglich war, konnte er sich jederzeit aufschwingen zum leuchtenden Aufklärer einer Finsternis – ein Fackelträger der westlichen Freiheit, in der jeder sein verbürgtes Grundrecht auf Benz, Privatfernsehen und Versicherungspolice bekam. So riß er das Begehren auf in den unterdrückten Volksstrukturen; manifestierte das Recht auf Eigentum, auf Maximierung und Absicherung über den Tod hinaus. Mit den Versicherungen verdiente er sich noch keine goldene, aber doch eine silberne Nase. Und stellte zugleich die berechtigte Frage des Kapitalisten, warum er teilen sollte.

Er kündigte also, nutzte die Versicherung aber noch, um neue Felder zu sondieren. Eine Zeitlang experimentierte er mit einer Privatisierungsagentur und auch im Lizenzgeberhandel. Doch dann kam Konetzke auf die Banane. Und es war nicht nur die ostwestliche Leidenschaft für diese Südfrucht, sondern vor allem eins dieser überspezialisierten Europagesetze: Die Grossisten nämlich wurden zu der Zeit mit streng regulierten Importmengen belegt, um die Europa-Banane zu installieren. Die Bananenpreise schnellten in die Höhe, gleichzeitig fanden die Advokaten aber Wege, das neue Gesetz auszuhebeln, und bald entwickelte sich ein schwungvoller Unterhandel. Konetzke entdeckte einen dieser absichtlich installierten Umwege für sich und schlug daraus Profit. Es war einfach und legal; er beantragte beim Ministerium für Ernährung, Landwirtschaft und Forsten Formulare für eine Einfuhrlizenz der Amerika-Banane, ging damit Klinken putzen und beschwatzte die Ossis. Die Europagesetze hatten wohl die Grossisten beschnitten, im Gegenzug aber konnte nun jeder Bürger ganz einfach eine festgeschriebene Menge Bananen aus Amerika importieren. Oder eben seine Lizenz an die Grossisten verkaufen, die dann einmal im Jahr eine Marge auszahlten. Und Konetzke kümmerte sich um alles. Er erledigte den Papierkram, er bündelte die Lizenzen, versteigerte sie an die Grossisten und zahlte den Ossis pünktlich ihre Marge aus. Daß er sich dabei als Zwischenhändler dann seine goldene Nase verdiente, war genauso einfach und legal wie der ganze Handel. Ein Lehrstück reinsten Kapitalismus, und so zahlten die Ossis ihren Gewinn mit der Teuerungsrate gleich im nächsten Supermarkt wieder drauf, während Eddi sich das Penthouse auf dem Teerhof zulegte und für die Tiefgarage einen Porsche.

Im Grunde stecken hinter solchen Bananengesetzen immer Kalkül und Halbwertszeit, und als die Gesetze wieder gekippt und die Grossisten nicht mehr auf Lizenzlieferanten wie Konetzke angewiesen waren, zogen die Preise erst richtig an. Doch Eddi kam damit zurecht; er leistete sich weiterhin seine fünf Kilo pro Woche, nicht die profanen, sondern die kleinen Goldfinger, und für seine Ricarda ließ er einen entsprechenden Anhänger schmieden. Wir haben Photos gesehen, die die Frau mit dem symbolträchtigen Gold zwischen den Brüsten zeigen, plus einer nahtlosen Bräunung; und natürlich vermuteten wir zuerst einen mondänen Cluburlaub in einer Bananenrepublik hinter ihrer schönen Haut. Doch dann konnten wir aufdecken, daß Eddi seiner Ricarda eins von diesen Studios gekauft hat – mit Hanteln und Turbobräunern, und die Wohnung darüber hat er gleich mitgekauft. Sie werden sich erinnern, sagen die Detektive. Das Studio liegt in der Martinistraße; in der Wohnung ist Axel Brock gemeldet, der Rottweilertyp aus der Stumpfen Spitze. Und Brock läßt Dragan Srezcovic dort wohnen; der Serbe, der uns auf den Leim gegangen ist und uns hinter alias Burke schließlich Edgar Konetzke aufgedeckt hat.

Die Detektive sehen Willem an.

Doch Willem sagt immer noch nichts. Sitzt im Dandysessel und wartet darauf, daß die Geschichte weitergeht.

So entdeckte Konetzke im neuen Deutschland also ein Feld, das seinen Fähigkeiten vielfältige Möglichkeiten bot. Zugleich hatte er ausreichend Gelegenheit, den Volkskörper Ost zu sezieren, so daß er mit seiner nächsten Masche erstaunlich abgeklärt und professionell erschien.

Im Verbund mit der Engelschen gab er sich nun als staatlich eingesetzter Untersuchungsbevollmächtigter für die Rückführung von Zwangsenteignungen aus. Dabei konnten sie einerseits auf eine der verläßlichsten deutschen Tugenden setzen, Beamtenhörigkeit, und andererseits auf die nie verheilte Schmach von Vertreibung, Eigentumsentzug und die über Generationen unterdrückte Gier nach Privatbesitz.

Und in diesem Sinne reisten die beiden fortan durch die Lande. Und sie traten von Anfang an überzeugend auf, vor allem, weil sie gar nicht erst versuchten, aufkeimendes Mißtrauen zu zerstreuen. Anstatt die Menschen zu beschwatzen, machten sie es jetzt andersherum und blockten jeden Ansatz zu Vertraulichkeit ab. Sie gaben sich als glasharte Bürokraten, die von der Bundesrepublik zur lupenreinen Aufdeckung von Besitzverhältnissen bestellt waren; sie hantierten mit Gesetzestexten und Paragraphen und legten eine kühle Unbestechlichkeit an den Tag, hinter der es ihnen egal erschien, ob man sie bei ihrer Arbeit unterstützte oder nicht. Sie hatten die tatsächliche Demokratieerfahrung auf ihrer Seite und konnten zudem damit argumentieren, daß auch der Weststaat ein alles durchdringendes System zur Erfassung installiert habe und sich keineswegs scheue, diese Macht zu demonstrieren: Wer heute sein Anrecht auf Privatbesitz verweigere, müsse sich morgen erklären. Auf diese Art entfesselten sie unbegrenzte Phantasie in den Ostköpfen und zerschlugen – quasi von Rechts wegen – den ehemaligen Grundsatz von gesellschaftlichem Eigentum.

Die Detektive lehnen sich zurück. Obwohl uns der Beweis noch fehlt, vermuten wir, daß Konetzke in jener Zeit auf die sogenannten Familienpapiere stieß, die er Ihnen heute als Beweis zur Ermordung Ihres Vaters verkaufen will.

Der mit dem Schnauzer sieht auf die Uhr und geht vom Schreibtisch zum Fenster. Er sondiert zuerst mit dem Fernglas, dann greift er nach der Kamera; zwei, drei Minuten lang folgt das dicke Objektiv anscheinend seinem Ziel, und der Klang des Motors füllt das Büro.

Als er wieder sitzt, macht er ein paar Notizen.

Der andere sagt: Neunzehn?

Diesmal nicht.

Die Tochter?

Im Gegenteil.

Willem sieht die Männer an. Dann sagt er: Ihre Recherchen sind ziemlich detailliert.

Wie meinen Sie das?

Im Sinne von gründlich. Auch wenn ich nicht einschätzen kann, wie wichtig das eine oder andere Detail wirklich ist.

Eben. Wir könnten natürlich auch grobkörniger vorgehen. Aber erfahrungsgemäß entstehen auf diese Art blinde Flecken, und wenn plötzlich das ganze Bild erscheint, ist man in Gefahr, es nicht zu erfassen.

Ist es denn zur Erfassung notwendig zu wissen, ob Konetzkes Stiefel aus Schlangenleder sind oder nicht?

Das klingt ja, als ob Ihnen ein paar Brocken reichten, um gleich die ganze Geschichte des Lebens zu rekonstruieren.

Quatsch. Sie wissen genau, was ich meine.

Eben. Wir haben Ihren alias Burke doch aufgedeckt. Und je komplexer das Bild, desto besser für Sie.

Ich frage mich nur, ob Sie Konetzke und seine Papiere nicht schon längst gestellt hätten, wenn Sie in Ihrer erstaunlichen Art das eine oder andere Detail außer acht gelassen hätten.

Die Ramows sehen einander ungläubig an. Dann sagen sie: Also wäre Ihnen grobkörnig lieber?

Ganz und gar nicht. Ich bin beeindruckt von Ihren Fähigkeiten und frage mich ehrlich, was Sie erst rausbringen, wenn Sie Zeit und Energie bündeln.

Aber genau das tun wir doch. Wenn wir auf einer Spur sind, ergeben sich die Kleinigkeiten von selbst, und noch wenn wir uns bemühen, das eine oder andere Detail außer acht zu lassen, werden wir um nichts besser.

Seltsam.

Was ist daran seltsam. Sie gehen aus Ihrer Position an den Fall, wir aus unserer.

Sie haben ja recht.

Eben. Und wenn wir Kleinigkeiten aufdecken, ist das keine Zeitverschwendung, sondern Grundlagenforschung. Verstehen Sie: Eine unverhoffte Wendung in dem Fall, und schon kann es entscheidend sein, ob Konetzke Schlangenleder trägt oder nicht. Ob er sich zuerst links den Schuh überzieht oder rechts.

Willem hebt die Arme. Ehrlich. Ich weiß Ihre Arbeit zu schätzen. Wir geben ja zu, daß die Rekonstruktion einer Vergangenheit niemals aus der Summe der aufgedeckten Einzelteile gelingt. Bestenfalls zwingen die Fakten zu einem Schluß, doch dahinter bleibt noch immer vieles verborgen. Doch man sollte die Kleinigkeiten nicht vernachlässigen.

Wissen Sie, was meine Frau sagt? Daß Sie erscheinen, als könnten Sie mühelos durch die Zeiten springen.

Doch anstatt zu lachen, machen die Ramows nur eine vage Geste.

Die Männer trinken Kaffee, und einer der Detektive zieht ein paar Photos vor.

Willem sieht Konetzke in einer Studio-Bar, neben ihm eine Frau. Im Hintergrund Muskeln, Fleisch und blanke Zahnreihen. Konetzke steht da, wie er ihn in Erinnerung hat. Die Frau ist blond, mit auffälligem Busen unter dem elastischen Rosarot.

Wie kommen Sie an diese Bilder?

Seit aus Burke Konetzke geworden ist, haben wir einen Ansatz. Da kommt dann eins zum anderen. Oder wenn Sie Ihrer Frau glauben wollen: Wir springen durch die Zeiten.

Willem geht die Studio-Bar noch mal durch. Er erkennt den Rottweilertypen aus der Stumpfen Spitze, doch als die Ramows ihm den Serben zeigen, hebt er nur die Schultern. Auch die anderen Gesichter sind ihm unbekannt.

Und die Engelsche, sagen die Detektive.

Nie gesehen.

Was halten Sie von ihr?

Bei all den Turbobräunern sollte sie eigentlich eine Lederhaut haben. Vielleicht läßt sie sich die Falten wegspritzen.

So ein Typ könnte sie sein.

Meinen Sie, der Busen ist echt?

Was weiß ich. Es gibt genügend Menschen, die alles Echte noch vor sich selbst vertuschen. Und sich mit Ersatz ausstatten, als könnten sie sich neu erschaffen.

Und die Engelsche ist so ein Typ?

Ich mußte in jungen Jahren mal zu einer ärztlich angeordneten Entleerung. Mein Doktor drückte mir ein Magazin in die Hand, und damit verschwand ich in einer Kabine. Auch wenns andere Zeiten waren, den Engelschen Typ gabs damals schon.

Wie kamen Sie denn zu einer ärztlich angeordneten Entleerung?

Ich bin eine genealogische Sackgasse.

Und um das rauszukriegen, waren Sie mit dem ewigen Ricarda-Typ in der Kabine.

Ja. Aber mit ihr hats nicht geklappt, und die Männer lachen.

Dann sagen die Detektive: Wie sind Sie denn unfruchtbar geworden?

Anscheinend lag die Ursache im Kopiervorgang der elterlichen Chromosomen, und ich hätte ebenso mit einem Wasserkopf auf die Welt kommen können. Oder als Mongoloider.

Die Ramows grinsen. Und da sitzt man dann, und alles scheint normal. Doch in Wirklichkeit ist diese Normalität das Ergebnis einer haaresbreiten Verfehlung.

Ja. So sitzt man als Mensch. Und bildet sich schwer was ein. Und dann: Haben Sie Kinder?

Wir? Ach was.

Auch unfruchtbar?

Keine Ahnung. Und ehrlich gesagt sind wir nicht der Typ für Fortpflanzung und trautes Heim. Bei den meisten Frauen fallen wir deshalb eh durchs Raster.

Und Willem lacht. Da können Sie Zeit und Energie also voll in den Beruf stecken.

Auch in der alten Ostzone, sagen die Detektive, mußte ja schließlich eine Aufklärung stattfinden. Die Menschen dort waren gezwungen, ihre Unmündigkeit zu überwinden, wenn sie nicht vom Kapitalismus gefressen werden wollten, und wo die eigenen Fähigkeiten dazu begrenzt blieben, gab es immerhin die Möglichkeit, sich Wissen aus der westlichen Medienlandschaft anzueignen. Trotz der Ernüchterung, die ringsherum bald jeder spüren konnte, blieb die Aufklärung – gemessen an den Zeiten – ein langsamer Prozeß. Viele Ossis taten sich damit schwer; sie verfielen in Nostalgie, während sich um sie herum alles Vertraute auflöste. Noch die über vierzig Jahre so verläßlichen Strukturen der kleinen Netzwerke zerbrachen, und viele hinkten dem Neuen ständig hinterher und waren zusätzlich überfordert mit der Beschleunigung, die nach der Wiedervereinigung die ganze Welt zu erfassen schien. Und schlimmer, auch bei ihnen sickerte es durch, daß das neue System nicht jeden automatisch zum Gewinner machte. Daß es ebenso wie das alte System ausnutzen mußte, selektieren und unterwerfen, um seinen Glanz zu halten, und viele Ossis verbitterten unter dieser Erkenntnis, viele kamen an den Suff, oder ihre Kinder ließen sich Glatzen rasieren.

Konetzke beobachtete diese Entwicklung genau. Doch weil er finanziell abgepolstert war, zog er sich eine Weile zurück. Keine Bananen mehr, kein Behördenschmu, und meistens hing er einfach im Studio rum, trieb sich mit den Leuten durch angesagte Läden oder fuhr mit dem Porsche auf Besuch nach Bremerhaven. Ricarda war stets an seiner Seite, und ein- oder zweimal jetteten sie in die Dominikanische Republik.

Und so ging Eddie ganz geschmeidig seine Pläne für neue Geschäfte an. Vor allem die Bananen hatten ihm offenbart, daß es legale Nischen gab. Und aus seiner Beobachtung und seiner Sektion des Ostkörpers heraus schlußfolgerte er, daß sie dort noch auf Jahre hinter der globalen Beschleunigung hinterherhinken würden. Also leistete er sich einen fetten Computer und machte sich früh mit den aufkommenden Möglichkeiten des Internets vertraut. Und während die Menschen vor allem in den ländlichen Regionen des Ostens noch nie etwas von graphischer Benutzeroberfläche, von www oder einer Darstellungssprache gehört hatten, hantierte Konetzke bereits jenseits der Modems mit den neuesten Hochgeschwindigkeitszugängen, spürte Nischen für seine Zwecke auf und erarbeitete sich einen notwendigen Wissensvorsprung.

Als er dann mit der Engelschen das nächste Mal in den Osten fuhr, hatte er Subventionstöpfe dabei.

Im Porsche klapperten sie Bürgermeister und Landräte ab, und Eddi kannte sich bestens aus mit Aufbau Ost und EU-Geldern. Er entwickelte ein Händchen dafür, wo sich was rausholen ließ, und hatte bald Referenzen; er vermittelte den Gemeinden die perfekte Begründung für ihren Antrag und kassierte nochmals bei Erfolg.

Männer wie Konetzke haben den Vorgang der Einverleibung-Ost noch extra beschleunigt, mit bizarren Auswirkungen – mächtige Bowling-Center im Nichts oder die höchste Spaßbaddichte Europas, und bald ließ sich nicht mehr vertuschen, daß all der Zauber von Anfang an faul war. In Brüssel und sonstwo wurde wohl ein bißchen Staub aufgewirbelt, Fragen nach Sinn gestellt und nach versickerten Geldern, doch am Ende wars das auch schon. Deutschland war nicht irgendeine Republik, Deutschland war Weltgeschichte, und die deutsche Konjunktur kurbelte zuletzt noch ganz Europa mit an. Und wenn Bowling-Center im Nichts und ein Spaßbad neben dem anderen errichtet wurden, schrieben die Westfirmen Material und Arbeit auf dem freien Markt aus – Portugal, Griechenland, alle konnten sie partizipieren, während die Ossis selbst zusehen mußten, wie die Gesetze des freien Marktes Billiglöhner aus aller Welt in ihre Gemeinden spülten; während die Ossis selbst arbeitslos blieben und die hohen Eintrittsgelder für Bowling oder Spaßbad niemals aufbringen konnten. Doch noch für dieses Dilemma hatten Männer wie Konetzke eine Lösung parat, und sie überzeugten Bürgermeister und Landräte mit neuen Anträgen auf EU-Gelder, diesmal zur Durchsetzung einer Kampagne, um Touristen in die Gegend zu locken.

Und so also zogen Konetzke und die Engelsche wiederum durch den Osten.

Sein Vater ist Lottokönig gewesen, doch Konetzke selber entwickelte bald die Überzeugung, aus sich selbst heraus eine große Nummer zu sein. Er schaufelte Geld aus der Wiedervereinigung, steigerte seinen Konsum, definierte sich über die erste Reihe in Boxarenen oder Automobilsalons, er fuhr nach Baden-Baden oder Marbella und offenbarte nach und nach das ganze Parvenü-Erbe. Zeitweise scheint es eine Art Rausch gewesen zu sein, als ob die genetische Disposition auf Vollgas schaltete, und wo seine Eltern bereits an den noch überschaubaren Symbolen der 60er gescheitert waren, geriet Eddiboy bald in Gefahr, sich vollends in den Vervielfältigungen des neuen Jahrtausends zu verlieren.

Die Unberechenbarkeit der neuen Globalepoche bringt bis heute in rasantem Tempo Milliardäre wie Bankrotteure hervor; Strategien und Gesetze entfernen die Kapitalströme immer weiter von der Masse, an Banken und Börsen wird hemmungslos mit den Volkswirtschaften ganzer Nationen spekuliert, und immer stehen Heuschreckenfirmen parat, um noch die Reste gewinnmaximierend zu zerschlagen. Und Edgar Konetzke ist genau der Typ, der im Sog solch skrupelloser Zeiten alles Maß verliert und zuletzt, umnebelt von Selbstüberschätzung wie ehedem sein Vater, der Lottokönig, vom Thron in die Gosse stürzt. Und tatsächlich entwickelte er nach seinen Überraschungserfolgen Phantasien einer persönlichen Osterweiterung; er interessierte sich für Investitionsmöglichkeiten in den ehemals sowjetischen Trabanten, er knüpfte Kontakte, investierte in Fonds und zog auf Anhieb hohe Renditen. Sein Bedarf an Luxus steigerte sich und auch sein Bedürfnis, ganz eindeutig zu markieren, was für eine große Nummer er war, und so investierte er bald mehr in die Fonds. Er verlor, was er gewonnen hatte, wollte es wiederhaben, investierte erneut, und womöglich wäre Eddi heute bankrott, wenn es die Geschehnisse vom 11. September nicht gegeben hätte.

Es geschah nachmittags gegen 15 Uhr mitteleuropäischer Zeit. Eddi und seine Leute saßen in der Studio-Bar, hinter dem Tresen hing ein nagelneues Plasmamodell. Sie hatten Drinks, ein paar Snacks dazu, sie schwatzten und lachten, und es dauerte eine Weile, bis jemand die Fernsehbilder erfaßte. Anfangs glaubten die meisten noch an hochgezüchtete Effekte aus Hollywood, sie diskutierten die computergestützten Möglichkeiten zur Animation und berauschten sich am brennenden Zwillingsturm. Das Neue York in Flammen, riefen sie, stießen an, doch als plötzlich der zweite Flieger im Plasma erschien, dazu die Schreie durch den Äther: ohmygod!, da wurde ihnen im Studio klar, daß dort kein Hollywoodstreifen lief, sondern alle Dramatik echt war und sie in Echtzeit dabei waren. Als sie dann den Flieger in den zweiten Turm eintauchen sahen, verschnürten ihre Kehlen, und sogar ein hartgesottener Kerl wie der Serbe gurgelte nur noch. Und im Studio konnten sie spüren, wie diese unglaubliche Dramatik die ganze Welt erfaßte, während das Oh-my-god aus dem Äther, die Flammen sich in jedem Winkel dieser Welt bündelten.

Eddi und seine Leute blieben in der Studio-Bar; sie schoben Pizza oder Nuggets in die Mikrowelle, mischten Drinks, diskutierten, und als die Doppeltürme endgültig fielen, sahen sie die Wolke wie einen Pilz gegen das Universum auffahren. Konetzke glaubte nicht an arabische Terroristen und behauptete bis in die Nacht hinein, daß die Bush-Leute selber hinter den Anschlägen steckten. Es war ihm egal, was sie im Studio oder sonstwo dazu sagten. Konetzke war an diesem Septembertag überzeugt davon, Zeuge einer Inszenierung geworden zu sein. Eine in alle Winkel der Welt gebrachte Definition von Gut und Böse, eine Legitimation zu Krieg und noch schärferen Gesetzen, die zuletzt auch ihn von den großen Kapitalströmen abschneiden würden. Womöglich ahnte er an diesem Tag, daß die Geschehnisse in New York die Zeiten nochmals beschleunigen würden; daß es Menschen gab, die ungeheuerliche Systeme zur Macht um sich herum gebündelt hatten und die jederzeit darangehen konnten, die Überlebensstrukturen für den Rest der Welt extrem schwierig zu gestalten. Egal, ob aus Ideologie, aus Eigennutz oder was auch immer, diese Menschen, meinte Eddi, konnten jede Katastrophe, die sie inszenierten, legalisieren.

Dieser 11. September, sagen die Detektive, scheint Edgar Konetzke in seiner Selbsteinschätzung ein bißchen gestutzt zu haben. Anscheinend sah er ein, doch nicht die ganz große Nummer zu sein, für die er sich gehalten hatte, und noch die Männer, die ihn mit den Renditen zu immer höheren Einlagen in ihre Geschäfte gelockt hatten, schienen eine andere Kragenweite zu haben als er. Und so zog Konetzke sich nach jenem September aus den Fonds- und Risikogeschäften zurück. Im Verbund mit der Engelschen schien er seine großspurige Art in den Griff zu kriegen, er gewöhnte sich einen eher moderaten Luxus an, und während ringsherum die Auswirkungen der Flugzeugattentate die Welt in neuer Rasanz veränderten, baldowerte Eddi wieder an dem, was er gut kann: vergleichsweise kleine und gerissene Geschäfte.

Konetzke verfolgte, wie Mobiltelefon und Internet sich weiterhin flächendeckend ausbreiteten und wie demokratische Länder zugleich darangingen, das Grundrecht auf persönliche Freiheit und Privatsphäre aufzulösen in einem übergeordneten Recht, das die Gemeinschaft vor terroristischen Anschlägen schützt. Eine Zeitlang genoß er es sogar, diese Entwicklungen vorausgesehen zu haben, und im Studio schien er stets informiert über die Möglichkeiten von Satelliten, Datenspeicherung oder legalisiertem Zugriff. Er riet davon ab, verdächtige Spuren auf Privattelefon oder Computer zu hinterlassen, und neben diesen Entwicklungen, die aus

New York die ganze Welt erfaßten, wurde zudem in Deutschland die wahre Last der Wiedervereinigung spürbar.

Auch Konetzke mußte einsehen, daß die große Goldgräberzeit vorbei war; im Osten waren sie der Westrhetorik auf den Leim gegangen, doch nun bröckelte es in der ganzen Republik. Das soziale Fundament schien ausgespült von den enormen Belastungen, und zusätzlich schlugen Faktoren wie Euroeinführung oder Welthandelsabkommen ins Kontor. Neoliberalismus verdrängte die Sprachschichten bis in die Wurzeln, Kunstwörter wie Turbokapitalismus entstanden, die Welt schien in der Dimension neuer Vernetzung zu schrumpfen, und jeder konnte sehen, wie die Geldströme vorbeirauschten; wie Unmoral gesetzlich verankert wurde, wie die Ersparnisse eines Lebens sich in digitales Nichts auflösten und Armut zum Spekulationsobjekt an den Börsen wurde. In den Diskussionsrunden sprachen die Politiker von heuschreckenartigen Erscheinungen und machten sie bald ganz ungeniert zu Phänomenen, die jenseits menschlicher Verantwortung lagen. Zugleich bekannten sie selber sich zum Menschlichen, gaben heile Parolen aus und ließen keinen Zweifel an ihrer Fähigkeit, Volk und Land auch gegen diese überstehenden Mächte zu führen. Sie schürten die Angst und machten sich zu Erlösern; rings die Existenzen bröckelten dahin, und Geiz und Egoismus erschienen als neue Tugend. Und als reichte diese Angst noch nicht aus, als wären die Plagen von Banken und Börsen noch nicht genug, wurde das Land von einer Sintflut heimgesucht. Sie werden sich erinnern, sagen die Detektive. Während Südeuropa von wüstenhafter Dürre gepackt war, die Felder der Bauern mumifiziert neben den sprießenden Golfplätzen der Reichen, und während die Spekulanten dort letzte Wälder abfackelten, stand Deutschland unter Wasser. Ganze Städte mitsamt ihrem Weltkulturerbe – eine überstehende Macht aus Klimawandel und begradigten Flüssen, und vor allem der Osten war betroffen. Als Konetzke nach der Sintflut dann noch einmal rüberfuhr, um sein altes Feld zu inspizieren, konnte er sehen, daß die generelle Ostangst nochmals gestiegen war und die Menschen in einer Art ernüchtert waren, aus der sich kaum noch etwas schlagen ließ. Und oft genug traf er nur noch auf Armut, Suff und neue Ismen.

Das also, sagen die Detektive, war das Klima, das sich von den eingestürzten Zwillingstürmen bis auf Edgar Konetzke auswirkte. Und aus dem heraus er nun an neuen Geschäften baldowerte.

Der mit dem Schnauzer geht ans Eckfenster. Kurz darauf ertönt der Klang des Motors.
Der andere schnappt nach dem Globus und läßt ihn bis zur Verfinsterung rotieren. Willem sieht den Sternenhimmel leuchten; Plejaden, Andromeda, das Band der Milchstraße. Die Kugel rollt ohne irgendwelche Anzeichen, und manchmal scheint sie zu stehen, und die Sterne wandern langsam gegen den Horizont.
Wie funktioniert das?
Der Detektiv macht eine Geste. Dann sagt er: Das ist ein echter Mercator.
Ein Mercator?
Bißchen aufgepeppt.
Willem glaubt ihm nicht, und der andere lacht.
Dann kommt der mit dem Schnauzer zurück. Hält den Globus an, setzt die Kamera ab und macht Notizen.
Willem sagt: Wieder keine Neunzehn?
Im Gegenteil.
Und die Mutter?
Dann lachen sie alle, und der mit dem Schnauzer läßt den Globus wieder laufen.
Nach einer Zeit sagt Willem: Halten Sie Kontakt zu den Frauen in der Puffstraße?
Wenns unseren Ermittlungen dient.
Ich meine privat.
Nur weil wir nicht der Typ für Fortpflanzung und trautes Heim sind, können Sie nicht automatisch schließen, daß wir auf die Dienstleistungen der Damen angewiesen wären.
Kann ich nicht.
Zudem führen die meisten Huren privat ein stinknormales Leben. Vielleicht keine Kinder, doch trautes Heim und das Hirn an der Leine. Auch das ist nichts für uns.
Sie kennen sich ja gut aus.

Was sollen wir machen? In unserem Beruf kommen wir viel herum.

Sie springen gewissermaßen durch Milieus und Zeiten?

Nennen Sie es, wie Sie wollen.

Willem steht mit dem Feldstecher im Eckfenster.

Die Detektive sagen: Die zweite von links kommt aus der russischen Elementarteilchenphysik. Und die ganz hinten ist Doktor der Philosophie.

Das gibts doch nicht.

Was spricht denn dagegen? Und die Detektive breiten die Arme aus. Sehen Sie, der Dandysessel hier ist nur der eine aus einem Paar. Und tatsächlich sitzen wir hier gelegentlich auch zu viert, nippen ein Schnäpschen, spielen mit dem Globus und schwatzen. Über dies und das, und auch die Artefakte in unseren Vitrinen können immer wieder Anreiz sein zu neuen Themen und Blickwinkeln. So ein Schwätzchen kann ein weites Feld sein.

Die Männer sitzen einander wieder gegenüber. Konetzkes neue Geschäfte, sagen die Detektive. Wies aussieht, liefen sie gut an. Das Studio bekam eine neue Generation von Eisen und Bräunern, und auf dem zweiten Platz in der Tiefgarage parkte zudem ein Jeep. Sie leisteten sich wieder Sushi und Havannas, sie schmissen Partys im Studio oder in Mutters Club, und Eddiboy genoß das Parvenü-Erbe wieder in vollen Zügen.

Bislang konnten wir aber noch nicht aufdecken, woher dieses Geld kommt; das liegt vor allem daran, daß Konetzke sich daran hält, weder auf Telefon noch Computer Spuren zu hinterlassen. Dafür haben wir aber eine Hypothese entwickelt: Wenn Konetzke Ihnen Geld abpressen will, warum nicht auch anderen?

Die Detektive sehen ihren Klienten an. Wie wir Ihnen bereits dargelegt haben, vermuten wir, daß Konetzke vor allem mit seiner Masche als staatlich eingesetzter Untersuchungsbevollmächtigter für die Rückführung von Zwangsenteignungen Zugriff auf vielfältigste Papiere erhielt. Womöglich alles, was die jüngere deutsche Geschichte so hergibt, und weil er geschäftlich durchaus umtriebig und vorausschauend ist, trauen wir ihm zu, daß er sich damals alles

unter den Nagel gerissen hat, was er kriegen konnte. Wie beispielsweise die Papiere zum Tod Ihres Vaters.

Und ein Satz neuer Turbobräuner, sagen die Detektive, oder ein
Jeep machen es zudem wahrscheinlich, daß Eddi sich bis heute
nicht mit Kinkerlitzchen abgibt. Daß er seine neuen Geschäfte
sorgfältig recherchiert und weiß, wem er was abfordern kann.

Erpressung, sagen die Detektive. Eine optimale Hypothese. Zumal
wenn man weiß, daß es Konetzke bald erwischen sollte. Ein radikaler Einschnitt in sein Leben, und so lehnen sie sich zurück.

Willem sieht die Männer an. Nach einer Zeit sagt er: Scheint ja,
als machten Sie eine Kunstpause. Um die Spannung zu steigern,
was.

Wir können uns das ja auch erlauben, weil wir wissen, wie die Geschichte weitergeht. Wie wärs, vorweg einen Whisky?

Willem sitzt im Büffelleder und spürt, wie die Qualität mühelos
durch die Nase ins Blut dringt. Dann stoßen sie an und trinken in
kleinen Schlucken.

Unglaublich. Wo kriegen Sie so was her?

Ist uns quasi zugefallen.

So was fällt einem doch nicht zu.

Quasi.

Haben Sie die Flasche da?

Es ist ein Fäßchen.

Ein Fäßchen also.

Ja.

Und Sie sagen nicht, woher Sie es haben.

Vielleicht ein andermal.

Willem macht eine freundliche Geste. Dann schließt er die Augen
und läßt die bernsteinfarbene Stille in sich hinein. Spürt, wie sie
sein Innenleben bewegt, spürt die sanften Explosionen.

Dann sagen die Detektive: Wenn man etwas von den Hintergrün-
den um den Tod Ihres Vaters und zudem weiß, wie Konetzkes
Geschichte weitergeht, erscheint die Begegnung mit Ihnen ab jetzt
unvermeidlich.

Es war sechs Jahre nach den Zwillingstürmen und wieder ein brutaler Sommer. Die Hitze warf Blasen bis in die Nacht, und tags

erschien das Land wie unterm Brennglas und schrumpfte unter der aufgeblähten Sonne.

Von Konetzkes Dachterrasse hat man Blick über die Weser; er hat einen kleinen Pool mit Palmen drum rum installieren lassen, und unterm Sonnensegel waren wie immer im Sommer Hängematten gespannt. Sie hatten Kokosnüsse und Rum, und zum Abend hin machten sie sich schick und reservierten beim angesagten Italiener. Später zogen sie mit den Studioleuten durch die Läden; natürlich waren auch Kokser dabei, und auch Konetzke und die Engelsche nehmen wohl mal eine Nase, doch wie es aussieht, haben die beiden mit Drogen nicht viel am Hut. Sie trinken gerne, und wenn, dann teures Zeugs. Aber sie können auch ohne, und die Möglichkeiten des Geldes scheinen Rausch genug.

Es geschah schließlich in einer Augustnacht. Sie saßen in einem Laden, der Horizonte heißt; limettengrünes Ambiente, Ventilatoren, und über den Tresen wurden Modedrinks gereicht. Die Musik verschmolz mit der aufgeheizten Stadt, und niemand konnte gegen den Schweiß antrinken. Die Engelsche bekam schließlich Lust auf Schnee, während Konetzke sich weiter an Caipirinha hielt. Eine Zeitlang saßen sie noch beisammen; gelegentlich leckte er die glitzernde Transpiration von ihrer glattrasierten Haut, doch zuletzt machte das Kokain sie quirlig, und sie wollte tanzen. Er ließ sie ziehen, und mit ihr zogen die Studioleute.

Was sich danach ereignete, erscheint auf den ersten Blick wie Zufall. Doch in Wirklichkeit war Konetzke mit seinen wahrscheinlich erpresserischen Geschäften auf Menschen gestoßen, die nichts dem Zufall überließen. Sie hatten ihn längst im Visier, und wenn nicht in dieser Nacht im Horizonte, hätten sie ihn irgendwann woanders erwischt.

Es war ungefähr halb zwei, als eine Frau auf den Hocker neben ihm glitt. Sie fragte nach Feuer, sie kamen ins Gespräch, und Konetzke spendierte einen Drink.

Er gab die Frau später als blond zu Protokoll, mittellange glatte Frisur; großgewachsen, körperlich auf Zack, ansonsten eher unscheinbarer Typ. Daß sie schon ein paar Tage älter war, sah man höchstens auf den zweiten Blick, und Eddi beschrieb ihren Reiz vor allem in den Möglichkeiten, die sie auf sehr gekonnte Art hinter aller Unscheinbarkeit aufblitzen ließ. Dabei betonte er aber, daß die Frau mit ihrer Fähigkeit zu locken keineswegs einen gewerblichen Eindruck hinterließ, sondern vielmehr erfahren schien in Welten, die jenseits seiner eigenen lagen.

Konetzke ist ein umtriebiger Mensch und auf eine Art beschlagen, daß man ihm Menschenkenntnis zutrauen muß. Er gab zu Protokoll, daß die Frau ihn zu locken verstand, und wir nehmen ihm das unbesehen ab. Sie sächselte zwischendurch, ließ Worte aus ihrer Kehle rollen, die russisch und erotisch klangen; sie brachte akzentfreie Maximen von Rochefoucauld oder ein bißchen britischen Humor, und als sie ein Etui zückte mit handgerollten Havannas, lehnte Konetzke nicht ab. Sie selber nahm auch eine und schlug, als wäre es nichts, ihren Rock auf und brannte die Zigarre zwischen ihren Beinen an. Eddi beschrieb diesen Kunstgriff als vollkommen unauffällig, dabei sehr elegant, und er nahm die brennende Zigarre aus ihrer kühlen Hand. Danach zückte er sein Feuerzeug, und so rauchten sie, tranken, plauderten.

Mit Caipirinha kann man sich durch eine heiße Nacht trinken. Alkohol, Zucker und Limetten hielten Konetzke am Ende wach wie auf Koks, und wenn die Frau neben ihm Dialekt einwarf, konnten die Worte zufällig erscheinen wie ihr Rockklaffen, ihr schimmernder Mädchenbusen. So lockte sie ihn, und wenn er rankam, entwand sie sich mit einer Kraft, die ihn extra locken mußte. Als seine Zigarre zwischendurch ausging, holte sie ein goldenes Feuerzeug vor, und Konetzke gab an, daß er neben ihr drei, vielleicht auch fünf Caipirinhas hatte. Die Bar war zu diesem Zeitpunkt voll, und manchmal drängten die Leute, und die Frau verschüttete schließlich Wasser über ihre Bluse. Zuerst verdrehte sie die Augen, doch dann konnte Konetzke sehen, wie ihr der feuchte Stoff etwas von der Hitze nahm. Ihr Fleisch schimmerte durch den Stoff, und dann schlug sie vor, die Zigarren in Ruhe aufzurauchen.

So verließen sie das Horizonte. Aus der Stadt strahlte noch immer Hitze, und von Osten kam der neue Tag. Sie gingen nahe beieinander; Konetzke konnte den Schlag ihrer Hüften spüren, und bei der Kunsthalle zogen sie abwärts in die Wallanlagen. Aus dem Laub der alten Bäume strömte Stille, die noch den ersten Vogelgesang erfaßte, und wenn sie stehenblieben, stieg der Zigarrenrauch senkrecht. Die Frau hatte ihr Auto am Wall zwischen zwei großen Bäumen geparkt. Konetzke gab an, sie habe nur kurz eine Strickjacke holen wollen. Es war ein größeres Modell, ein dunkler Kombi, und die Frau hatte nichts dagegen, daß auch Konetzke kurz mit reinkam. Nacheinander drückten sie ihre Zigarren aus. Zuerst die Frau, dann Konetzke, und dann nahm sie seinen Kopf, nahm seinen Hals und bog mit ihrer Kraft. Er sah noch einmal ihr Gesicht, spürte ihre geballten Finger, und später gab er ein Gefühl zu Protokoll, als wäre ihm aller Boden entzogen worden.

Ein Bauer entdeckte ihn am nächsten Tag. Die B 6 Richtung Bremerhaven und kurz hinter Stendorf in die Feldmark. Danach eine Links-rechts-Kombination auf schmalen, aber geteerten Wegen bis an den Ackerrand. Der Mais stand ziemlich hoch, doch sein Körper war gut sichtbar abgelegt. Wenn der Kombi dagewesen war, hatte er keine Spuren hinterlassen.
Weder Funkstreife noch Rettungssanitäter kriegten ihn aus dem Koma. Im Krankenhaus stellten sie fest, daß sein Vitalsystem vollkommen stabil war und seine Gehirnströme so normal wirkten, als ob er schliefe. Sie pumpten ihm die Reste vom Italiener aus dem Magen, sie fanden Zuckerrohrschnaps in seinem Blut, stießen aber auf nichts, was sein anhaltendes Koma erklären konnte. Nach anderthalb Tagen wachte er wieder auf. Und war blind.
In Fachkreisen machte der Fall Konetzke schnell die Runde. Augen, Nerven, Gehirn – er wurde bevorzugt untersucht, er wurde weitergereicht, und die Spezialisten drangen bis in seine Molekularstrukturen. Doch niemand konnte etwas finden. Eddis plötzliche Blindheit bleibt bis heute ein Rätsel. Schließlich bekam er ein Attest und einen Behindertenausweis. In beiden steht hundert Prozent, und er hat Anrecht auf eine gelb-schwarze Manschette.
Na, was sagen Sie dazu?
Willem hat die Brille hochgeschoben und reibt sich die Augäpfel. Irgendwas war von Anfang an mit seinem Gesicht. Aber auf blind wär ich nie gekommen.

Da sitzen Sie einem Blinden gegenüber und sehen das nicht.

Ich sitz oft jemandem gegenüber und sehe wer weiß was nicht.

Die Detektive lachen. Geht uns auch so. Dann sagen sie: Wir haben uns noch mal bei den Spezialisten umgehört. Die Augenärzte scheinen der Meinung, daß es so etwas wie den Fall Konetzke nicht geben kann, und auch Neurologen und Molekularbiologen äußern sich in diese Richtung. Dennoch ist er blind, und keiner von ihnen zweifelt daran.

Sobald wir aber Chemiker und Toxikologen mit dem Fall konfrontieren, siehts schon anders aus. Diese Leute haben von Stoffen gehört, die aufgrund ihres Aufbaus durchaus eine Erblindung wie in Konetzkes Fall provozieren könnten. Es handelt sich um kaum erforschte Stoffe aus den Spezialorganen von Tiefseefischen, und Chemiker und Toxikologen haben keine Ahnung, ob sie bereits isoliert wurden und ob man eine erblindende Wirkung in Versuchen nachgewiesen hat. Sie haben uns dazu geraten, bei den Ichthyologen oder Kryptozoologen nachzufragen, dazu sind wir aber noch nicht gekommen.

Willem sagt: Sie meinen, auf Konetzke wurde ein gezielter Anschlag verübt?

Keine der Untersuchungen hat Spuren irgendeines verdächtigen Stoffes hervorgebracht. Vielleicht steckte der Tiefseefisch in der Zigarre, vielleicht hat die Zigarre ihn bloß benebelt. Vielleicht war die Havanna auch einfach eine Havanna, und Konetzke bekam erst später irgend etwas verabreicht. Fakt bleibt, daß er blind ist, und wir vermuten tatsächlich einen Anschlag dahinter. Und er ist mindestens so perfekt ausgeführt worden wie der scheinbare Embolietod Ihres Vaters.

Sie bringen die beiden Fälle zusammen?

Warum nicht. Die Detektive sehen einander an. Lassen den Globus rotieren. Dann sagen sie: Wir konnten eine Spur nachweisen, die direkt von dieser Frau zu Ihrem Stiefvater führt.

Und Willem ist sprachlos.

Soweit eine polizeiliche Rekonstruktion stattfand, wurden Konetzkes Angaben bestätigt. Es gibt Zeugen, die die Frau im Horizonte gesehen haben, darunter der Barmann, der zudem noch ihren maskulinen Touch bestätigte. Zu einem Phantombild hats aber nirgendwo gereicht, auch bei Konetzke nicht. Außerdem gibt es eine Anwohnerin, die zur Dämmerstunde nach Hause kam. Sie kriegte ihren Kleinwagen gerade noch zwischen einen großen Kombi und einen Baum bugsiert, und so gehen wir einmal davon aus, daß Konetzkes Version vielleicht nicht vollständig, aber soweit korrekt ist.

Daraus ergibt sich für uns dann ein ungefähres Bild. Die Frau ist groß, womöglich durchtrainiert, und die Art, wie sie vorgeht, erscheint so professionell, daß wir dahinter eine fundierte Ausbildung vermuten. Einer von den vielen Spezialisten, die nach Mauerfall oder Balkankrieg Nischen auf dem freien Markt auftun mußten, und wenn Sie uns fragen, hat die Frau ihr Handwerk bei den Geheimdiensten gelernt. Wir tippen auf Stasi und gehen davon aus, daß sie nicht alleine gearbeitet hat. Der Anschlag auf Konetzke verlief spurlos und sauber, und wenn ein Vorhaben derart umgesetzt wird, steckt dahinter ein Plan, der auch Eventualitäten berücksichtigt. Daß es von dem abdeckenden Partner keine Spuren gibt, kann um so mehr Indiz für Profiarbeit sein; zumal wenn wir uns erinnern, daß bei unseren eigenen Nachforschungen nach Burke auch eine große Frau auftauchte. Zusammen mit einem großen Mann.

Willem sieht auf den Globus, schlägt ihn an, die Kugel verfinstert, und der Sternenhimmel erscheint.

Konetzke mußte schließlich einsehen, daß gegen seine plötzliche Blindheit kein Kraut gewachsen ist. Bald wurde er nur noch als Objekt von Koryphäe zu Koryphäe gereicht, ein Zeichen dafür, daß die Schulmedizin kapituliert hatte. So lernte Eddi mit dem Blindenstock umzugehen. Und weil auch die Polizei kapituliert hatte, heuerte er später einen Detektiv an. Und setzte ihn an auf Ihren Stiefvater. Wie es aussieht, erhoffte er sich, die rätselhafte Frau auf diese Weise aufzustöbern. Wissen Sie, wer diese Frau sein könnte? Eine große Frau in den Fünfzigern und im Hintergrund ein großer Mann?

Willem sieht noch immer auf den Globus und schüttelt den Kopf.

Nach einer Zeit sagt Willem: So wie die Geschichte jetzt dasteht, könnte man schließen, daß Konetzke damals versucht hat, mit Kronhardt einen Handel zu machen. Vielleicht mit den Papieren zum Tod meines Vaters. Doch Kronhardt ließ nicht mit sich handeln; er bediente sich einer alten Verbindung und setzte zwei Profis auf Konetzke an. Die Profis beschafften, was Kronhardt wollte, und damit Konetzke nicht noch einmal auf dumme Gedanken kommen würde, hatten sie einen Stoff aus der Kryptozoologie dabei.

Jahre später aber kommt Konetzke doch wieder auf dumme Gedanken. Diesmal will er mit mir ins Geschäft, doch Kronhardt kriegt Wind davon und holt die Profis wieder ran. Die große Frau und den großen Mann. Seine Augen hat Konetzke schon verloren, und nun hat er Angst, daß sie ihm Hände oder sonstwas abhacken. Konetzke ist also untergetaucht – aber ist er tatsächlich untergetaucht?

Die Detektive sagen nichts.

In Wirklichkeit nämlich könnte die Geschichte auch ganz anders sein, und wir sehen bloß nichts von ihr. Weil wir nichts von dem wissen, was diese Geschichte antreibt; weil die Umstände ganz andere sein könnten und auch die involvierten Personen.

Für diese Annahme spricht vor allem, daß Konetzke nicht blod zu sein scheint. Selbst wenn wir nicht wissen, wie er tickt; ob er seinen Knacks von den Amis damals noch immer hat oder ob er aus seiner Biographie heraus eine Wirklichkeit entwickelt hat, die wir nicht nachvollziehen können, wird Konetzke seinen Selbsterhaltungstrieb wahrnehmen. Und er wird sich davor hüten, der Kronhardt-Familie noch mal einen Handel anzubieten. Denn wenn Ihre Theorie stimmt, ist der Name Kronhardt unauslöschbar mit seinem Augenlicht verbunden und mindestens mit einer Frau, der er nicht gewachsen ist. Und wenn diese Frau tatsächlich so eine große Nummer aus der Geheimdienstwelt ist, wie Sie vermuten, säße ich zudem gar nicht hier. Denn dann hätte sie dafür gesorgt, daß Konetzke ganz sicher keine Geschäfte mehr mit der Kronhardt-Familie machen kann.

Die Detektive sehen Willem milde an. Ob Sies wollen oder nicht.

Aber bei jedem sachlichen Versuch, den Fall zu erklären, stehen Sie sich selbst im Weg. Weil Sie Teil der Aufklärung sind. Und deshalb sind Sie ja zu uns gekommen. Noch n Whisky?

Dann sagen sie: Natürlich haben Sie recht, und die Geschichte könnte in Wirklichkeit ganz anders sein.

Vielleicht starb Ihr Vater tatsächlich an den Folgen einer Embolie, und es war der Übereifer dieses Jungarztes Lampe, die heimliche Faszination am Verbrechen, der den Fall Kronhardt bis heute verklärt. Und vielleicht haben Ihre Mutter und Ihr Stiefvater Sie früher von der Sache ferngehalten, damit Ihre Kinderseele keinen Schaden nimmt, und auch später wollten sie Ihnen immer nur Gutes. Und als dann Konetzke auftauchte, hat Ihr Stiefvater sich wieder einmal vor Sie gestellt und das Material nur gekauft, damit Sie weiter verschont bleiben – ein im Grunde seines Wesens guter Mensch, Ihr Stiefvater, und sein ewiger Schwachpunkt ist, daß er es Ihnen nicht zeigen kann und daß all seine Versuche, Sie vor der Vergangenheit zu bewahren, in eine Verkettung von Umständen geraten, die genau das Gegenteil bewirken. Und vielleicht hat Ihr Stiefvater nichts mit dieser großen Frau zu tun – ja, vielleicht ist sie nicht mal eine Ehemalige von der Stasi, sondern gehört ganz profan zu einer Bande, die ihr Geld mit K.-o.-Zigarren macht, und als sie Konetzke abzocken wollten, ging irgendwas schief. Und vielleicht dreht Konetzke seitdem ab; vielleicht hat er auch tatsächlich den Knacks, den ihm die Amis beibrachten, nie überwunden, und er konstruiert aus seiner Blindheit heraus Wahngeschichten und kommt damit zu Menschen wie Ihnen. Die dann damit zu Menschen wie uns kommen.

Willem steht an der Vitrine und läßt den Australo-Schädel durch die Hände. Danach nimmt er die Statuette. Einer der Ramows steht am Fenster. Der andere läßt den Globus rotieren.

Meinen Sie, die große Frau hat jetzt auch mich im Visier?

Woher sollen wir das wissen.

Die Kamera macht das Stakkatogeräusch, fängt fünf, sechs bewegte Sekunden.

Willems Finger gleiten über das Elfenbein, die ausgeprägt weiblichen Merkmale, und über den Globus ziehen die Sternbilder wie damals auf der Wurt.

Willem sagt: Vielleicht gelingt es Ihnen ja, ein Bild dieser Frau aufzutreiben.

Wie stellen Sie sich das denn vor?

Bei Ihren Fähigkeiten. Es ist ja möglich, daß ich die Frau schon mal gesehen habe. Auf einer von Kronhardts Kellerbarpartys. Oder sonstwo.

9

Geschichtet zu einer Pyramide, so liegen sie da. Glänzend wie Obsidian, mit roten Sprengseln, und als die Köchin eine Handvoll in die Pfanne wirft, explodiert das Öl; eine Wolke bricht auf, schleudert und drängt zuletzt gegen den Rauchfang. Es dauert, bis die Frau wieder sichtbar wird; zuerst die Hand mit dem Holzlöffel, dann die Haube mit dem blauen Haar darunter, und wenn sie den Pfannenstiel nimmt und schwenkt, steigen Flammen durch die Herdringe und werfen ihr Zucken durch den gekalkten Mauerbogen bis in die Restaurant-Bar.

Sie sitzen zu viert in der Nische; die Lichtzungen huschen gegen die Wände, und manchmal brechen die Reflexe noch in der Weinkaraffe. Inéz zieht als erste die Schärfe aus der Luft, und es dauert, bis sich ihre Worte bei den anderen in Reize verwandeln. Doch dann ahnen sie, wie die Chilis im heißen Öl springen und die Haut Blasen schlägt und platzt.

Auch später nimmt Inéz die verborgenen Vorgänge mit ihren feinen Sinnen wahr, als säße sie daneben; den Cilantro und die Kakaobohne unter dem Wiegemesser oder die Fladen auf dem heißen Blech, und Hector sitzt neben ihr, und manchmal streichelt er ihre Hand.

Barbara löffelt Meeresfrüchte, danach will sie rauchen. Sie geht hinter den Tresen und holt eine Schachtel.

Willem sieht die Spanierin fragend an; damals sei ihm nicht aufgefallen, daß Barbara die Zigaretten aufgegeben habe, und jetzt wisse er nicht, wann sie wieder angefangen habe. Barbara schnappt seine letzten Worte auf und lacht. Sie habe sich aus reiner Unbeugsamkeit dazu entschieden, sagt sie. Sie habe die Zuspitzung hierzulande satt, diese Stigmatisierung nach amerikanischer Art, während rings das Recht auf intakte Umwelt ausgehebelt werde, so daß eine giftfreie Elementarversorgung längst nicht mehr möglich sei. Sie habe die politische Verlogenheit satt; den Betrug und die Verbrechen zugunsten der Konzerne, und sie lasse sich von diesem Staat nicht entmündigen, zumal jetzt, sagt sie und öffnet die Schachtel.

Bis hinein in die Restaurant-Bar hat die Erde sich aufgetan, und das Meer ist als Gebirge einwärts gerollt. Städte sind verschwunden, die Landstriche schwarz, und manchmal ragen weit im Inneren zerdrückte Schiffsleiber aus der gestaltlosen Masse. Noch die Bilder aus den Mobiltelefonen rollen in erschütternder Weise um die Welt, und nichts scheint mehr, wie es war. Die Toten, die totale Zerstörung beben sich durch alle Systeme und Schichten, jeder einzelne scheint getroffen, die Erde endgültig geschrumpft, und in ihrer Nische spüren sie Relativität und Vergänglichkeit. Spüren, während Barbara wieder raucht, wie die Angst aus der japanischen Tektonik drängt und die unglaubliche Magnitude alle Geister erfaßt. Es scheint ein Augenblick im Schock, als wäre der Geist gelöst aus aller Verkrampfung und könnte die eigene Mißweisung sehen; als wäre er bereit, Betrug und Verbrechen aufzugeben und den Quellpunkt der Welt wieder demütig in den stillen Raum zu legen. So sitzen sie in der Restaurant-Bar; Zeitzeugen wie einst Voltaire, und vor ihren Augen zerschmilzt ein Atomkraftwerk.

Sie essen langsam, so daß die Schöpfungen der Küchenmeisterin sich voll entfalten. Noch die Chilis, leuchtendschwarz oder rotgescheckt, bringen immer neue Feuerarten hervor, und dazu erzählt Hector Luna aus seiner Heimat. Kleine Geschichten von sprechenden Kojoten aus den Kakteenwäldern Sinaloas; von weißen Raben, die im ewig wandelnden Licht über die Sierras ziehen oder von Schlangen aus den Urwäldern Yucatáns, die durch einen Cenote abwärts gleiten, die Unterwelten durchschwimmen und sich zuletzt in einer Tropfsteinkathedrale für immer zusammenrollen. Kleine Geschichten, die Zeit und Raum auflösen, und so zerlassen sie Zicklein und Kürbis auf ihrer Zunge, ziehen mit den Maisfladen dunkle Mole vom Teller – ein archaischer Sud, wie Hector Luna sagt, als würde das Herz des Landes zerkocht, als würde die mexikanische Seele aufwallen.

Nach dem Essen nehmen sie einen Brandy.

Rings die Demut bleibt nur ein Aufblitzen aus dem Schock. Die Kollision der Kontinentalplatten, die Welle und aufgerissene Lithosphäre erscheinen bereits verschwindend, und noch die stündlich höher schlagende Magnitude zu Toten und Verschollenen wird nebensächlich. Und bald läßt der dahinschmelzende Reaktor keinen Raum mehr für nichts, Demut und Schock kann sich die Menschheit nicht leisten, und mit den Bildern halten moderne Wörter wie Abklingbecken oder Kernschmelze die Welt gepackt. Und einen erschreckenden Augenblick lang markiert das Wort Havarie das Gefühl kollektiven Untergangs, und so steht auch der japanische Regierungssprecher im Maschinenraumanzug und spricht zu der Welt.

Nach dem Brandy ziehen sie Mangostücke aus heißer Schokolade, und derweil treten andere Männer vor die Welt und stellen sich mit wunderbarer Vernunft gegen die Havarie. Sie verkünden, daß die Ordnung der Dinge wiederhergestellt wird. Daß nichts außer Kontrolle geraten wird, weil überall Kontrolle impliziert ist; bis hinein in den ewigen Zustand menschlicher Überlegenheit, verkünden die Männer.

So sitzen sie in der Nische, löffeln Früchte aus der dunklen Schokolade und sprechen über Relativität und Langzeitwirkung menschlicher Überlegenheit.

Der Alltag ist nach vorn ausgerichtet; vorwärts, und so sind die deutschen Seehäfen bald gerüstet mit Meßinstrumenten für die einlaufenden Dampfer aus Fernost, und auch erste Hochrechnungen zur Ausbreitung der atomaren Verschmutzung durch den Seeverkehr liegen vor. Spezialinstitute durchleuchten die Angeschlagenheit der japanischen Industrie, Engpässe werden vorausgesehen, die Kaufkraft umgeleitet, und in der Republik scheinen die Werte zu halten.

Willem hat nichts anderes erwartet, und auch er sitzt im Alltag. Atmet, trinkt, ißt, und wenn die Sonne zum Mittag einfällt, steht

Jawlenskys Landschaft im scharfen Frühlingslicht, und der Kaktus strahlt. Meist geht er zeitig in diesen Tagen, nimmt ein Taxi zur Landesgrenze und marschiert einwärts. Sieht aufgebrochene Kätzchen und erste Bienen, und im Auwald springt er bedächtig von Wurzel zu Wurzel, später inspiziert er die Eisvogelhöhle.

Manchmal bleibt er über Feierabend aber auch im Spitzgiebel und liest auf dem Sofa, bis Barbara mit dem Zündschlüssel erscheint. Einmal schaut Katja Bloch nach dem Mittag vorbei, und sie sitzen vor der verglasten Tür. Sehen die Stadt hinter Manilahanf und Blöcken, und Katja erinnert sich an Tschernobyl. Wie ihre Tochter Jodtabletten nehmen mußte und wie Honecker Tschernobyl in einen Glücksfall verwandelte, um der Welt endgültig zu demonstrieren, daß ein GAU in der kühlen Überlegenheit der Sowjetvölker nicht existierte.

Auch Kronhardt reagiert mit einer Art Stolz auf den japanischen Kollaps; er sieht darin einen Gradmesser für die Tauglichkeit sowohl des einzelnen wie des ganzen Volks, und im Speicherhaus läßt er keinen Zweifel daran, daß Deutschland und er selber ihre Tauglichkeit bereits bewiesen hätten; daß jede Stunde Null zugleich eine Auslese darstellen und keinen Raum für Sentimentalitäten lassen würde.

Einmal dringt der Alte sogar vor bis in die Miniküche und macht Katja Bloch und Ulrike Striebeck darauf aufmerksam, daß der Arbeitsplatz kein Ort sei für irreale Ängste. Zuerst verdrehen die Frauen nur die Augen, dann lächeln sie milde gegen das Greisengesicht. Doch als sie den erbarmungslosen Ernst erkennen, zeigen sie ganz offen ihre Empörung, und als zudem noch Willem in der Miniküche auftaucht, steigert sich der Alte bald in schrille Atemlosigkeit. Erst Laschek gelingt es, den Alten wieder zu beruhigen. Als wäre nichts vorgefallen, tänzelt er durch die Leiber und bleibt mit glänzenden Augen vor Kronhardt stehen. Japan ist unser Glück, sagt er und wedelt mit einem Papier. Dann ziehen sie aus der Miniküche, und Laschek demonstriert dem Alten das ganze Glück auf seinem Bildschirm.

Laschek scheint mit den japanischen Geschehnissen stets auf dem laufenden. Er setzt vor allem die digitalen Möglichkeiten zur Informationsbeschaffung konsequent um, und manchmal scheint er mit der Fukushima-Anlage so vertraut, als wäre er unzählige Male dortgewesen. Meiler eins bis vier, fünf und sechs; er weiß, wo schwarzer Rauch aufsteigt, wo weißer, er verfolgt die Hubschrauber- und bald die Robotereinsätze, führt eine tägliche Kurve zur Strahlendosis, spricht von Millisievert und notiert die Aussagen des japanischen Regierungssprechers, um sie später mit unabhängigen Messungen und auch den Entwicklungen zu vergleichen. Die Namen der japanischen Präfekturen klingen aus seinem Mund vertraut, als wären es Nachbardörfer, und als sie zu dritt in der Miniküche stehen, meint Willem, daß der Mensch Laschek bereits zur Hälfte ins Netz gesaugt sei und so den Übergang zum Kunstwesen markiere. Und die Frauen wissen, daß der Dicke bereits Wetten auf Todeszahlen und Kernschmelze am Laufen hat.

Zum Wochenende hin sitzen sie wieder in der Nische. Durch die Herdringe stoßen wieder Flammen, Hector Luna hat eine Hand auf der Schulter von Inéz, und Barbaras Kopf liegt in Willems Arm. Sie trinken einen Rioja Alta und sprechen über Moral. Sie meinen, daß der graue Maschinenraumanzug des japanischen Regierungssprechers, seine Verbeugung und kontrollierte Art auf dem Katheder hierzulande ein Gefühl von Verbundenheit auslösen. Zudem die gesichtslose Disziplin eines ganzen Volks, das die Kettenreaktion und den apokalyptischen Schlag aufrecht trägt und das, ohne zu klagen, erneut aus einer Stunde Null heraus seine Zukunft angehen muß. Ein Volk, das nicht auf die Idee kommt, im Chaos zu plündern, sondern noch Freiwillige aussendet, aus dem verstrahlten Trümmerland Reste persönlicher Geschichte aufzuspüren – Photos meist oder Tagebücher, von denen keiner weiß, wem sie gehörten, und die nun liebevoll gesäubert für die Überlebenden archiviert werden. So ein Volk, das spüren sie in der Restaurant-Bar, muß den Deutschen nahe sein, und wenn der Mann im Maschinenraumanzug bekennt, was nicht mehr abzuweisen ist, und wenn Japan vor aller Welt daliegt – eine Zäsur wie nach den B-52ern –, ziehen sie in Deutschland insgeheim den Hut. Vor dieser Moral, die Kamikaze erfand; die mit der industriellen Großerzeugung neue Dimensionen und Reichtümer erschloß und die weiterhin vorwärts marschiert, auch wenn sie der Welt offenbaren muß, daß alles außer Kontrolle geraten kann.

10

Mit den Küken und Hasen sind nun auch die Schockbilder von Fukushima aus den Passagen verschwunden, und die Flachbildschirme zeigen den Modefrühling in bunten Farben.

Willem zieht über den Marktplatz und durch die Böttcherstraße bis an die Weser. Ein bißchen ab vom Martinianleger steigt der Deich aus der Promenade. Die Böschung hoch sind grobe Steintreppen gebaut, und Willem sitzt in der Sonne und sieht über den Fluß. Vor der Teerhofinsel zieht ein Ausflugsdampfer vorbei, und hinter ihm, auf dem alten Umschlagplatz der Stadt, treiben Kastanien ihre ersten Blätter aus. Der Himmel ist wolkenlos, ein stabiles Nordseehoch, das kalte Luft aus Norwegen ansaugt; dennoch sind viele Menschen bereits kurzärmlig unterwegs. Auf der Schlachte vor den alten Kontor- und Speditionshäusern wird draußen serviert, und vom Nordwind angetragen kann Willem das Lachen und das Klirren der Gläser hören. Auf die Promenade steht in roter Farbe gesprüht: Es geht immer noch um alles, und er sieht ein paar Jungs, die mit ihren Skateboards über das Graffito hinwegziehen.

Eine Frau nimmt die hohen Stufen auf sportliche Art und setzt sich in Willems Nähe. Sie ist groß, trägt kurzes Haar und eine Sonnenbrille, und Willem kann nicht sagen, ob sie ihn ansieht. Als er lächelt, bleibt ihr Gesicht unverändert. Sie zieht ein Etui hervor, und bald steigt der Rauch gegen den Fluß.

Das Typhon des Ausflugsdampfers erklingt, und in Fahrtrichtung kann Willem sehen, wie die Jungs auf ihren Brettern einen Mann auf der Promenade umkurven. Es ist ein Mann mit Rauschebart und Ulstermantel, und als er näher kommt, sieht Willem die Zahnlücke aufblitzen. Der Mann zieht langsam vorüber; dann bleibt er stehen, betrachtet die pyramidenartigen Stufen und steigt schließlich aufwärts. Eine Reihe über Willem und der Frau richtet er sich ein. Zieht den Mantel aus, rollt ihn zusammen und legt sich in die Sonne.

Die große Frau hält ihr Gesicht gegen den Fluß und raucht. Sie hat eine Blechschachtel dabei, und als sie den Stummel ausgedrückt hat, packt sie die Schachtel ein und geht.

Nach einer Zeit sagt der Mann: Wie spät ist es?

Und Willem sieht auf die Uhr.

Dann sagt der Mann: Oben gibts das Kaffeehaus Klüver.

Der mit dem Schnauzer steht auf, als Willem vorm Klüver erscheint. Reicht ihm die Hand, zieht einen Stuhl vor und winkt nach der Bedienstschaft. Er ist auffällig gekleidet, ein überzogener Landhausstil mit gewürfelter Sportmütze, und auf dem Tisch liegen Reitsportkataloge.

Willem sagt: Wie haben Sie mich aufgestöbert?

Der Detektiv macht eine vage Geste und blättert in den Katalogen.

Ehrlich gesagt. Diese Art gefällt mir nicht.

Ach was. Wir haben ganz einfach Ihre Frau gefragt. Entweder sitzt er am Martinianleger, hat sie gesagt, oder unter der Schlachte.

Und was war das eben auf den Stufen?

Woher soll ich das wissen. Ich saß hier.

Die große Frau.

Bah. Große Frauen gibts in unseren Breiten genug. Wenn Sie da jedesmal einen Verfolgungswahn entwickeln, können Sie den Rest Ihres Lebens einpacken.

Na ja. Es war schon eine auffällige Situation.

Für Sie vielleicht. Den Martinianleger vor Augen, womöglich Konetzkes Penthouse, und dann, wie aus unserem Fall geschnitten, taucht eine große Frau auf.

Ich hätte es korrekt gefunden, wenn Sie die Frau kurz überprüft hätten. Mich spüren Sie doch auch jederzeit auf.

Und der Detektiv lacht. Dann sagt er: Wenn es die große Frau war und Ihr Stiefvater sie geschickt hat, wird Sie Ihnen nichts tun. Wir wären da schon eher in Gefahr, um so mehr, je tiefer wir vordrin-

691

gen. Wenn es diese große Frau war, wird sie zusehen, daß weder Konetzke noch wir Ihnen etwas Großes aufdecken können.

Sie meinen, Sie sind in Gefahr?

Schwer zu sagen. Auch wenn wir uns stets um ein Handeln bemühen, das uns gar nicht erst in Gefahrenbereiche bringt. Und was die Frau auf den Stufen betrifft, sagt der Detektiv, schiebt die Mütze und blickt auf sein Mobiltelefon. Dagmar Margulis, 41, ledig, die Hälfte ihres Lebens in der Reederei hinter uns und seit fünf Jahren Chefsekretärin.

Aha.

Ja. Und ansonsten, sagt der Detektiv, können wir nichts Neues vermelden. Wir haben uns ein wenig hinter Ihren Stiefvater geklemmt, aber bislang nichts hervorgebracht. Von Wrangel bleibt noch schemenhafter, und Konetzke ist einfach nicht aufzuspüren. Darum haben wir uns gedacht, in die Wesermarsch zu gehen. Mal sehen, ob wir Lampe aufstöbern können.

Ist er von seiner Sauftour zurück?

Wir haben von drüben nichts gehört.

Und wenn Konetzke in der Zwischenzeit auftaucht?

Der kann jederzeit auftauchen. Und mit der großen Frau wieder abtauchen. Aber für alle Fälle haben wir Polykarp instruiert.

Na gut. Und dann: Wieviel Zeit wollen Sie sich für Lampe nehmen?

Was nötig ist.

Soll mir recht sein. Selber werde ich wohl auch ein paar Tage weg sein.

Geschäftlich?

Das erledigt Barbara.

Später unterm Spitzgiebel hat Willem höfische Tänze von Purcell aufgelegt, in der Hand einen Single Malt. Er kann spüren, wie aus seiner Laune, einfach mitzufliegen, ein nostalgisches Gefühl erwächst. Als er vorhin Barbara davon erzählte, lächelte sie, dann küßte sie ihn, und jetzt hält er bereits ein elektronisches Ticket in der Hand. Heutzutage, meint er, geschehen die Dinge mit einer beziehungslosen Rasanz; ein paar Klicks, mit der sich jede Laune umsetzen läßt. So sitzt er auf dem Sofa; sieht die Tänze am Hof von Queen Mary, sieht noch einmal die H-600-Kabine auf der Oberon.

Willem fliegt zum ersten Mal, und er muß auf Anhieb einsehen, daß die Verfahrensweise, um heutzutage an Bord eines Flugzeugs zu gelangen, nichts mehr mit damals zu tun hat, als sie auf der Oberon noch vom Zahlmeister empfangen wurden. Im Flughafen scheint er in jene rasante und geisterhafte Funktionalität eingesaugt, die mit ein paar Klicks sein elektronisches Ticket ausgespuckt hat, und so wird er von einer Sektion in die nächste geschleust, durch Röntgengeräte und Detektoren, und auch die Leibesvisitation hat nichts Menschliches mehr und wird wie maschinengesteuert nach dem Binärsystem durchgeführt.

Barbara und er kommen glatt durch; werden ins Flugzeug verbracht, auf ihre Sitze bis zum Schnappen der Gurte, und dann sitzt Willem da wie in einer anderen Welt. Die Stewardeß bringt seinen Sitz in korrekte Position, kontrolliert die Halterung des Tischchens, und Willem stellt Mutmaßungen an über ihr ewiges Lächeln. Fragt sich bald, ob die menschlichen Möglichkeiten zur Variation bereits aufgelöst und womöglich auch eingespeist sind ins binäre System.

Barbara lächelt, und als die Maschine in der Luft ist und nach einer kleinen Schleife über der Stadt westwärts schwenkt, streichelt sie Willem über den Kopf. Kaum ist die Oberon verschwunden, meint sie, kaum der Beruf des Zahlmeisters ausgestorben, da reagiert er auch schon hysterisch. Als wäre die vorangegangene Epoche immer besser als die nächste. Doch dabei ist jede Generation ausgerichtet auf Fortschritt. Und heutzutage nicht mehr aus einer Nation heraus oder einer Kultur, sondern in globaler Dynamik. Daß sich auf diese Weise auch die Merkmale kaum vergangener Zeiten auflösen, meint sie, ist normal und hat nichts mit genereller Entmenschlichung zu tun. Anstatt gegen fremde Stämme oder Wegelagerer reist man heute eben gegen die Möglichkeiten von Flüssigsprengstoff oder Polonium, und wenn Willem ehrlich sei, wäre die Art des Zahlmeisters damals vom gleichen Schlag wie heutzutage das Lächeln der Stewardeß.

So sitzen sie über den Wolken, und irgendwo in Höhe der Doggerbank sackt die Maschine einmal in ein Loch, und die Anschnallzeichen ertönen. Weiter passiert nichts, und unter ihnen glitzert die Nordsee. Sie entdecken die Spur eines Schiffes; dann den Körper wie ein Insekt, mit der weißen Bugwelle voran, und dann küssen sie sich.

Custom affairs, electronic examination, X-ray – dauernde Kontrolle und ewiges Mißtrauen erzeugen in den Schleusen einen unangenehmen Druck. Die englische Sicherheit in hochgerüsteten Uniformen, und noch die Hunde erscheinen Willem wie von Mikrochips gesteuert.

Vor den Black Cabs raucht Barbara eine Zigarette, und Willem kann sich daran erfreuen, mit rechts geeichtem Blick den Linksverkehr zu betrachten. Die Reihe der Wartenden ist lang, und ein Mann mit Turban schlendert sie ab und bietet an, Minicabs zu rufen. Willem gibt dem Mann ein Zeichen, und kaum später fährt bereits ein südkoreanisches Modell vor. Der Mann hinterm Steuer trägt ebenfalls einen Turban, er lächelt, drückt auf einen Knopf, und der Kofferraumdeckel springt auf. Sie müssen das Gepäck selber einladen, und während Barbara bereits im Fond sitzt, sieht Willem, daß eine große Frau aus der Reihe tritt und ein vorfahrendes Auto besteigt. Auf den ersten Blick sieht sie aus wie die Frau von den Steintreppen an der Weser. Dagmar Margulis hatte der Detektiv gesagt, doch Willem ist nicht sicher, ob sie es tatsächlich ist. Ebenso könnte sie die große Frau sein, die hinter Konetzke her ist. Oder sonst eine Frau.

Der Zug paßt in die neuen Zeiten und heißt Earl of Caledonia. Die Großraumabteile sind gläsern und klimatisiert, unter der Decke hängen die Kugeln der Überwachungskameras, und auf zentral installierten Monitoren laufen in Endlosschleifen schöne Menschen in einer Welt voll mit schönen Dingen. Und als langte das noch nicht, zieht eine rote Leuchtschrift durch die Abteile mit Maßregeln zum korrekten Benimm.

Willem hält sich auch gegen diese Hochrüstung gelassen; er hat einen Platz am Fenster, und dahinter steigt das neue London auf wie aus einer steilwandigen Schlucht. Als sie aus den Stadträndern westwärts ziehen, beschleunigt der Earl, und sobald sie freies Land erreichen, fahren bei jedem Sonneneinfall automatische Blenden vor die Fenster und sperren bald jede Aussicht. Willem sieht Barbara an und macht ein gutmütiges Gesicht. Dann holt er eine Flasche vor und lädt, wie in den alten Zeiten, die Sitznachbarn auf ein Gläschen ein. Doch sie lehnen ab; blicken kaum auf von ihren Computern oder Telefonen, und als Barbara und Willem dann anstoßen, erscheint der Security-Service. Ein Mann in Schwarz, der höflich darauf hinweist, daß der Graf von Schottland einen Salonwagen hat, in dem bordeigene Getränke konsumiert werden können. Willem lacht; ganz in der Tradition englischer Höflichkeit, nichtwahr, und formuliert seinen Wunsch dann so, daß dem Security-Mann nur eine Möglichkeit bleibt, nicht grob zu erscheinen. Und so hebt Willem das Glas. Tatsächlich bleibt der Mann höflich, und auch seine Kollegen, die kurz darauf erscheinen, benutzen bei aller Bestimmtheit sehr wohlklingende Formulierungen. Lächelnd nehmen Barbara und Willem den letzten Schluck, dann verschwindet der Single Malt im Koffer. Ihre Sitznachbarn scheint die ganze Szene nicht zu interessieren.

Willem kann nicht sagen, ob sie dieselbe Strecke fahren wie damals. Das Auf und Ab der Blenden zerstückelt alle Erinnerung, und so zieht auf der einen Seite womöglich Kent vorüber, auf der anderen Stratford-upon-Avon, und auch die Kreidefelsen sind kaum mehr als eine Erhebung hinter der Stirn.
Ungefähr auf halber Strecke geht er noch mal an den Koffer und holt den Whisky vor. Zieht das Taschenfläschchen aus dem Jackett und läßt es vollaufen. Danach sucht er das Bordklo auf, stellt sich an die Milchglasscheibe und trinkt.
Auf dem Rückweg begegnet ihm eine große Frau im Gang. Vielleicht die Frau vom Taxistand, vielleicht Dagmar Margulis, und Willem spürt den Whisky und fackelt nicht lange. Endlich, sagt er. Ich habe Sie schon gesucht.
Er schätzt die Frau auf Anfang 50, sie wirkt körperlich auf Zack,

und er muß aufblicken. Ich habe das Material. Konetzke hat mich eingeweiht.

Die Frau macht ein distinguiertes Gesicht und zerfächert seinen Atem. Dann erlaubt sie sich, ihren Weg fortzusetzen.

Barbara hört sich die Geschichte an. Danach nimmt sie seine Hand und sagt in etwa die gleichen Worte wie unlängst der Detektiv: Wenn Willem sich von jeder großen Frau verfolgt fühle, könne er für den Rest seines Lebens einpacken. Und was den Fall seines Vaters betreffe, habe sie schon den Eindruck gewonnen, daß Ramow&Ramow ihr Handwerk verstünden. Sie halte es für klug, weiterhin im Hintergrund zu bleiben, während die Detektive investigierten.

Die Einfahrt nach Brighton bleibt hinter den Blenden verborgen. Sie nehmen die Reduktion der Geschwindigkeit wahr, ahnen, wie die Masse von der Anhöhe abwärts gleitet, und so entwickeln sie ihre Bilder zur Ankunft. Sehen noch einmal das Städtchen von damals, lieblich gegen das Meer gestellt, die schmale Straße entlang der Küste, und dann gleiten die Blenden von den Fenstern, und der Earl kommt zum Stehen.

Als sie aussteigen, stoßen sie in Hypertrophie. Aus dem schmucken Rotsteinbahnhof wuchern Glas und Beton, und draußen sehen sie bald, daß die einst vom seewärtigen Wind gemaserte Altstadt wie neu dasteht. Noch das weich gewellte Hinterland scheint rostfrei poliert, und als Willem die große Frau aus dem Zug wiedersieht, wird ihr der Schlag einer glänzenden Limousine aufgehalten.

Das Hotel steht auf den Klippen, die Bedienstschaft ist livriert, und aus der Halle schwingen sich zwei Freitreppen auf eine Balustrade. Beim Einchecken hat Willem den Eindruck, daß ihre Gesichter biometrisch erfaßt werden, und im Zimmer funktioniert alles über eine Chipkarte. Sie haben Seeblick und Television, und auf dem großen Bildschirm stehen ihre Namen: Welcome Mister und Mrs. Die schweren Gardinen vor der Fensterreihe lassen sich mit der Chipkarte zusammenfahren, und auch die Tür zum Balkon öffnet so. Über Karte läßt sich jede Musik installieren, und als sie gemeinsam baden, hat Willem sich für Bachmusik entschieden. Cembalokonzerte, und so liegen sie ineinander, werden von der schwülen Luft getragen und spüren das Basso continuo. Wie es in die Muscheln fällt – sanfte Schichten der Zeit, die sich einwärts in den Windungen ausbreiten und bald den Raum dehnen. Sie küssen sich, spüren ihre Hände. Das Gleiten im Baß, die Schlüpfrigkeit mit dem Cembalo. Später haben sie für die gegenseitige Tiefe kein Lot mehr, und sie liegen auf dem Bett, einer im Glück des anderen. Zum Abend hin haben sie einen Single Malt auf dem Balkon und Seeblick. Auch das Rauschen und die Gerüche sind uralt, und so sitzen sie eng beieinander.

Sie essen im Kolonialclub. Danach machen sie einen Abstecher in den Orientsaal; der präparierte Tiger ist noch da, der Elefantenkopf und die mächtige Karte vom Commonwealth. Auch später, als sie durch den Royal Pavillion schlendern, scheint nichts verändert; Bärlapp und Farn wuchern in viktorianischer Treibhausluft, und dazwischen stehen die Dinosaurier mit ihrem unerschütterlichen Ausdruck.

Das Kingpin gibt es nicht mehr. Die alte Fassade ist aufgemotzt, das in der Salzluft schwingende Schild verschwunden. Aus der schneeweißen Farbe sticht jetzt eine goldene Schrift, blau hinterleuchtet, und Barbara erkennt schnell, was die kyrillischen Buchstaben bedeuten. Oblomow, sagt sie, und so scheint aus dem Pub eine geschlossene Gesellschaft geworden, Zobel und Krimsekt und unerreichbar für die einstigen Fischer und Proleten.

Das Kittiwake steht noch da. Das Schild schaukelt, die Holztür klemmt wie eh, doch drinnen ist nichts mehr wie früher. Die Menschen erscheinen jung und selbstgefällig und sitzen unter Laserwürfeln, die alles mit endlos neuen Bildern überziehen. Mondlandschaften und Propagandareden fahren wie Schatten über Möbel und Körper, Börsen- und Koitusszenen, und auch die elektronische Musik ist zu Endlosschleifen gekoppelt. Anstatt der alten Hausmannskost, kipper oder mutton chop, wird Design serviert, der Whisky ist teuer, und auf den Tischen sind Laptop und Webcam installiert. Nach dem dritten Whisky probieren sie es aus und sind überrascht, wie der Austausch über ein paar Tische hinweg alles verändert. Wie rings die Atmosphäre den Cyberspace steigert und beide eingesaugt werden auf eine Art, die alles möglich zu machen scheint.

Am nächsten Morgen frühstücken sie im Bett. Die englische Marmelade ist hart, und Barbara springt ein Brocken vom Löffel direkt in den Ausschnitt. Willem ahnt bald, wie ihr Schweiß durch das bittersüße Aroma dringt, wie ihre Augäpfel hinter den Lidern rollen, und so leckt er ihre flimmernde Bauchdecke, geborgen in den dunklen Stößen ihres Atems.

Als gegen Mittag die Sonne den Balkon erreicht, liegt der Meeresgrund frei; der Schlick ist gewellt, und manchmal langen glitzernde Furchen bis in die Fahrrinne. Eine Brise trägt die Gerüche aufwärts, Möwen segeln dahin, und aus dem Horizont treiben einzelne Wolken. Sie haben die Beine hochgelegt, trinken Weißwein; sie spüren den Frühling auf der Haut, und später spazieren sie barfuß am Strand.

Zum Tee sind sie mit Roderick verabredet.
Er hat sich auf seine alten Tage für ein Apartment im Seniorenheim entschieden, ein schmucker Neubau mit parkähnlichem Garten und einem Heckenlabyrinth, das bis an die viktorianischen Gewächshäuser führt.
Als sie ankommen, hören sie Rodericks Stimme bereits aus dem Saal; dann vornehmes Lachen und bald entzückte Rufe: Oh, Ernest! So sitzt der alte Knabe in seinem Rollstuhl, tadellos gekleidet, und auch die Damen ringsherum erscheinen im Glanz einer längst vergangenen Zeit.
Für seine Gäste steht er auf und stützt sich mit knorriger Hand auf den Stock. Als Barbara ihn umarmt, leuchten seine Augen, und danach dauert es eine Weile, bis er die Rührung aus seiner Stimme kriegt. Das sind sie, sagt er in die Runde, my beloved Krauts, und er hält sich fest an Barbaras Hand. Diesen Menschen habe er nun seine Schätze anvertraut, und diese Menschen machten ihm das Ende der königlichen Herrenausstatterlinie und seine alten Tage erträglich. Beziehungsweise, sagt er, und blickt auf die Damen-

runde: Ohne die köstliche Gesellschaft hier hätte er sich längst den Hintern wundgelegen. Und Trost in seiner Verbitterung nur noch in den zarten Händen der Pflegerinnen empfunden. Doch was wüßten solche jungen Dinger schon vom Leben? Wie sollten sie tiefen Trost spenden, wenn sie niemals den Himmel gesehen hätten über Afrika. Niemals das Liebesspiel der Antilopen, den Sprung des Leoparden – und rings die Damen sitzen verzückt in solcher Erinnerung: Oh, Ernest! Und dann klingelt der alte Knabe, ordert Tee und Gin.

Es gibt noch einiges zu beraten, sagt er zu den Damen, verspricht aber, zum Bridge zurück zu sein. Dann kommt er aus seinem Rollstuhl und hakt sich bei Barbara unter. Ein Stück durch den Park werde er schaffen; es gebe eine Grotte, dort seien sie ungestört, und Barbara lächelt zu den bezaubernden Worten der Damen. Willem küßt zum Abschied die fleckigen Hände; Elfenbein und rhodesisches Glitzern, und als die Damen auf seine Virilität anspielen, antwortet er so schmeichelhaft, daß tatsächlich Röte durch die aufgeschminkten Gesichter dringt.
Im Park schließt er zu Barbara und Roderick auf und bietet seinen Arm. Very well, doch bevor Willem den Stock nehmen kann, beginnt der Alte, damit zu fuchteln. Ist das nicht mein Sohn, sagt er, und tatsächlich erscheint zwischen den stattlichen Bäumen ein Mann. Ein schlaksiger Kerl mit schlotterigen Kleidern, der mit langen Schritten auf das Haus zuhält.
Gar kein Zweifel, sagt der Alte, und jede Wette, daß er glattweg vorbeimarschiert. Und tatsächlich zieht der Sohn vorüber.
Er ist ein herzensguter Kerl, und seine Physik bereitet ihm die seltsamsten Probleme. Und wenn er nicht in seinem Institut ist, zerstreut er sich mit Dingen, hinter denen sein Kopf an den Problemen feilen kann. Jake, ruft der Alte, Jake, mein Sohn. Doch erst als Roderick einen Pfiff ausstößt, bleibt der Physiker stehen. Rauft sich ungläubig die Haare und schaut noch einmal aufs Haus, als wäre er bereits sicher gewesen, den Vater dort entdeckt zu haben. Dann kommt er mit großen Schritten und umarmt den Alten herzlich.
Als er Barbara und Willem die Hand reicht, ist es ein kurzer, zer-

streuter Druck. Und Roderick sagt: Very well. Und dann: Warum geht ihr beiden nicht ein wenig ins Labyrinth. Und danach trefft ihr uns in der Grotte. Und wie zur Bekräftigung stößt er seinen Stock in den Rasen und zieht mit Barbara davon.

Der Sohn heißt Stephen Jacob. Die meisten nennen ihn Jake; andere aber auch Jay oder Roddy, und manchmal kann ihn das verwirren, und er fühlt sich angesprochen und antwortet auf Fragen, die womöglich niemand gestellt hat. So schlendern sie, und sie quasseln über dies und das. Willem in seiner alten Kluft tatsächlich britischer als Jake in seinem schlotterigen Anzug, und er ahnt die Elektrostatik. Und hinter der Quasselei ahnt er auch, wie Jake an irgendeinem Problem feilt; manchmal lacht der Physiker, als hätte Willem einen Witz gemacht, manchmal bricht er mitten im Satz ab, nickt und fängt von etwas völlig anderem an. Und immer leuchten seine Augen, ein so helles Blau, als würde es von innen befeuert, und Willem stellt sich den Sohn als einen glücklichen Menschen vor. Der von Anfang an klargestellt hat, was er will – die entscheidende Metabolie, und für den seine Physik den gleichen Wert hat wie für den Vater das Geschäft.

Als sie ins Heckenlabyrinth einziehen, meint Willem, daß er nicht weiß, wie man Ligustrum auf Englisch sagt. Und er ist überrascht, daß Jake auf Anhieb bei der Sache ist. Oh, sagt er, it is not a privet, und dann macht er sogleich auf Form und Anordnung der Blätter aufmerksam und schließt daraus in sauberem Latein auf Buxus sempervirens. Und Jake weiß, daß der Buchsbaum ursprünglich aus dem Mittelmeerraum stammt und daß schon die Römer daraus Fabeltiere und Götter rausgestutzt haben; fabulous creatures or gods, sagt er, und solide Basis für eine Popularität, die fortan Zeit und Raum durchschritt. Bereits im frühen Mittelalter hätte Buxus England erreicht, seine größte Dichte habe er allerdings auf dem Kontinent gehabt, als Rokoko und Barock auch die Gartenmeister zu enormer Schwülstigkeit antrieben.

So nehmen sie die Geraden und rechten Winkel, und nicht mal Jake ist lang genug, das Labyrinth zu überschauen.

Bald erscheint eine Richtung wie die andere, jede Wendung auf ein

Ziel hin löst sich im nächsten Augenblick wieder auf, und die Sinne finden in dieser zurechtgestutzten Welt immer weniger Halt. Noch die weißen Wolken verlieren sich in seltsamer Gesetzlosigkeit, rings verdichten mathematische Brüche und ununterscheidbares Grün, und jedes Vorankommen wird zur Illusion, wenn bereits durchschrittener Raum sich ohne weiteres wieder vor ihnen auftut.

So lassen die Männer alles Neue hinter sich und stoßen vor ins Alte; Jake in seinen schlotterigen Kleidern und beinah einen Kopf unter ihm Willem. So ziehen sie aufgelöst durch Zeit und Raum und können nicht mehr sagen, ob sie sich selber auf ein Ziel zubewegen oder ob das Ziel zu ihnen kommt; eine sprunghafte und unscharfe Welt, und als Willem die Worte ausspricht, bleibt Jake plötzlich stehen. Natürlich! ruft er. Unsteady and not sharp, und aus all der Quasselei heraus kommt er plötzlich auf den Punkt.

In seinem Beruf befasse er sich mit einer einzigen Sache: die vermessenen Eigenschaften eines Objekts aufzulösen und diese Päckchen von einem Ort zu einem anderen zu übertragen. Im Grunde das altbekannte Beamen aus der Zukunftsliteratur und im Grunde reine Gedankenarbeit, da die klassische Physik außerstande sei, Quantenzustände beliebig genau zu vermessen. Dennoch sei ihm unlängst im Verbund mit seinen Kollegen das Kunststück dieser sogenannten Quantenteleportation gelungen. Zwar nicht im großen Stil, doch immerhin hätten sie die Eigenschaften eines Teilchens über die Entfernung von zwei Hausdächern so genau auf ein anderes übertragen können, daß der neu erzeugte Zustand nicht mehr von dem alten zu unterscheiden gewesen sei. Immerhin, sagt Jake, eine Art Fernübertragung; eine Reise, ohne sich fortzubewegen, und seit diesem Gelingen plane er, das Experiment unter leicht abgeänderten Umständen zu wiederholen. Doch welche Umstände wie zu verändern seien, um auch bei einem Scheitern noch neue Erkenntnisse zu erlangen, sei ihm lange Zeit nicht klar gewesen. Kürzlich aber habe er auf einem Treffen mit einem Kollegen aus Leipzig gesprochen, der sich mit dem Georgischen Schädel befasse. Das Phänomen, gewissermaßen rückwärts durch die Zeit zu reisen, ohne sich zu bewegen, habe sie gemeinsam auf die Idee gebracht, Teilchen aus diesem rätselhaften Objekt zu isolieren und damit das Experiment zu wiederholen. Daran arbeite er jetzt, sagt Jake, und er habe keine Ahnung, was dabei herauskommen werde.

So ziehen sie durchs Labyrinth; ein sprunghaftes und unscharfes Vorankommen, während über ihnen die Wolken mal nach links abdriften und mal nach rechts. Und trotz der strengen Denkausrichtung, die sein Beruf mit sich bringt, scheint es dem Physiker zu gefallen, wie Willem die Themen aus ganz unterschiedlichen Richtungen angeht und noch Hypothesen entwirft, die keine wissenschaftliche Grundlage mehr haben.

Die Männer kriegen nicht mit, wie die Welt sich ringsherum auflöst. Wie die Illusionen von Buxus sempervirens übergleiten in einen schwülen Zustand aus Farn und Bärlapp, als habe sich nur die Form des Labyrinths verändert. Und so stoßen sie ein in die viktorianischen Gewächshäuser; zu Kuppeln und Seitenschiffen gezogenes Eisen, Karkassen und Tracheengänge, die direkt in Jura oder Kreide führen. Rings die Skelette und Repliken, eingetaucht in Schuppenbäume, Ginkgos und wuchernden Schachtelhalm, und manchmal riecht es pilzig oder Tropfen fallen. Was in der Höhe wie eine Anreihung schön geformter Zitzen erscheint, entlarvt Jake als die Samengefäße riesiger Farne, und Willem kann anhand bestimmter Skelettmerkmale Pflanzenfresser- oder Raubtiergebiß voraussagen; sie entdecken Spuren auf dem Weg von den Reptilien zu den Vögeln, und manchmal hören sie den metallischen Schlag von Libellen, den Aufstieg eines Käfers, doch in der schwülen Blase bleiben die Tiere unsichtbar.

Als sie auf die Repliken bizarrer Urbäume stoßen, Archaeopteris und Duisbergia, wie Jake meint, sagt Willem, daß die Russen doch damals gar keine andere Wahl gehabt hätten. Jedenfalls nicht, wenn man unterstelle, daß sie in ihrer Denkausrichtung genauso stereotyp funktionierten wie der Rest der Welt. Und so hätte sich auch jede andere Nation wie die Russen verhalten und ein Phänomen wie den Georgischen Schädel erst mal vor der Weltöffentlichkeit geheimgehalten. Jede andere Nation hätte genauso Angst gehabt, aus dem Nichts zu behaupten, daß die Naturgesetze nicht mehr zählten. Nichtwahr, als hätte es den Urknall nie gegeben, und so behielten die Russen den Schädel für sich und träumten davon, hinter seinem Geheimnis die ewige Weltmacht zu erlangen. Und seit dem Kollaps, meint Willem, werde der Schädel von allen Seiten belagert. Wissenschaftler und Scharlatane stünden in der Reihe, Industrie und Diktatoren, politisch gelenkte Kriminalität und terroristische Netzwerke. Man komme also nicht umhin zu sagen, daß dieser Schädel unglaubliche Energien bündele – und mehr: daß die Menschheit in ihrer Sturheit geisteskrank erscheinen müsse, sogar ein solches Phänomen in steuerbare Macht umwandeln zu wollen, obwohl es im Grunde eine wunderbar neue Sicht auf die Welt verspreche. Isn't it so, sagt er, und Jake steht da im Schatten der Urpflanzen.

Als sie weitergehen, scheint es, als wäre Jake mit seinen Gedanken noch tief in der Erdgeschichte verhaftet. Duisbergia, sagt er, muß sich sukkulentenhaft entwickelt haben, und sie sehen, wie die Blätter eng und spiralförmig an dem keulenartigen Stamm in die Höhe ziehen und einen schmalen, pilzartigen Schirm bilden. Und Archaeopteris, meint er, er stehe da wie der Urbaum schlechthin; mit seinen gefiederten Wedeln und der pyramidenförmigen Krone erinnere er an unsere Douglasien, und man könne vermuten, daß er alt geworden sei. Very old, meint Jake, und dann sieht er Willem plötzlich an und sagt, daß er drei Nadelspitzen von dem Schädelmaterial aus Leipzig bekommen habe. Und er erzählt, wie er gemeinsam mit Wissenschaftlern aus unterschiedlichen Disziplinen daran arbeite, Teilchen aus dem knochigen Staub zu isolieren und Parameter aufzuspüren, die sich vor und nach dem Experiment messen ließen. Das Experiment selbst solle im großen und ganzen eine Wiederholung der Quantenteleportation sein – eine Art Beamen im Labor, wobei jedoch niemand genau wisse, wie die im Georgischen Schädel immanente Rückwärtsbewegung der Zeit mit der forcierten Fernüberwindung des Raums wechselwirken werde. Und gerade diese Möglichkeiten zwischen Nichts und einer neuen Dimension bereiteten eine unglaubliche Spannung, und das um so mehr, da der Schädel noch immer ein einziges Rätsel sei und mit nichts zu vergleichen, was die Menschen je in Händen gehalten hätten. Eine Materialisierung der verwegensten Gedankenexperimente, die sich aus keiner Richtung erklären lasse. Ganz egal, sagt Jake und sucht mit seinen langen Schritten Willems Takt zu finden, ganz egal, aus welcher Richtung man den Schädel angehe, Fortschritte seien bis heute nicht zu verzeichnen, und es gebe nicht einen Ansatz, der auch nur näherungsweise greifen würde: implizite Ordnung, Chaos oder Komplexität – alles Fehlanzeige. Die Kosmologen träten auf der Stelle, die Mystiker und Quark-Spezialisten, als sei dieser Schädel mit menschlichem Hirn nicht zu fassen, und unterm Strich wisse man heute nur das, was damals schon die Russen rausgefunden hätten. Die Verjüngung finde weiterhin statt, mit einer immer schnelleren Frequenz. Gleichzeitig weichten die klassischen Merkmale des Erectus-Schädels auf in Richtung moderner Mensch; eine Art anatomischer Verschiebung, bei der sich anscheinend die Überaugenwülste und der Oberkiefer zurückzögen. Auch die Kielung auf dem Schädeldach scheine zu verflachen und die eher gedrungene Form in die Höhe zu streben, um Raum zu schaffen für mehr Volumen.

Well, sagt er und wischt sich Schweiß von der Stirn. Das klinge dramatisch, and who knows, vielleicht sei es das auch. Denn neben allen eindeutigen Beobachtungen träten stets Sprünge auf, die alle Sicherheit verzerrten. Die Röntgenschicht- oder Resonanzverfahren beispielsweise ließen bei aller Tendenz niemals eine absolute Aussage zu. Obwohl der Vorher-Nachher-Effekt vor Augen liege, gebe es zugleich immer einen Blickwinkel des Sowohl-als-Auch, und dann bleibt Jake vor einer Galapagos-Schildkröte stehen. Schlägt ihr sanft auf den Panzer, steigt über das Tier hinweg und rauft sich das Haar. Er habe dabei zugesehen, wie unterschiedliche Nachweisgeräte die anatomischen Veränderungen offenbarten – wie sich zum Beispiel die Überaugenwülste zurückzogen, und auch ein Kollege sei dabeigewesen und habe das gleiche beobachtet. Als jedoch ein dritter Kollege dazugestoßen sei, habe die Situation zu schwanken begonnen, und während die beiden anderen weiterhin die Veränderungen hin zum Modernen beobachtet hätten, habe er plötzlich immer deutlicher den alten Erectus-Schädel sehen können, bis er schließlich die modernen Abwandlungen hin zum Sapiens-Schädel ganz aus dem Blick verloren habe. Dieses eng an den Schädel gekoppelte Phänomen subjektiv unterschiedlichster Wahrnehmung sei bis heute mit allem, was die Menschheit wisse, nicht zu erklären. Bereits die Russen hätten schon vor diesem Phänomen gestanden und Versuche zum Verständnis unternommen, an die heutzutage gar nicht erst zu denken sei: Damals hätten sie feste Beobachter eingezogen, denen sie nach einiger Zeit die Gehirne manipulierten – chirurgisch, toxisch, psychisch, um die Beobachtungsreihe mit dieser ganz gezielt modifizierten Wahrnehmung fortzusetzen. Die Russen hätten alle Register gezogen, um den Schädel zu knacken, doch tatsächlich bliebe der Georgier bis heute nicht zu fassen. Und sobald man ihn von den Nachweisgeräten abkoppele, erscheine der Schädel stets in seinen altbekannten Erectus-Ausprägungen – Kielung, Wülste, alles, wie es sein sollte, und im Grunde könne man nicht mal sagen, ob die permanente Verjüngung ausschließlich unter Beobachtung stattfinde oder auch sonst.

So rauft sich Jake die Haare, doch mit zwei, drei Schritten hat er wieder zu Willem aufgeschlossen. Strange, sagt er, isn't it, und obwohl diese zwei, drei Schritte im Grunde eine Kleinigkeit sind, um wieder im versetzten Gleichschritt zu marschieren, offenbart sich für die Männer aus diesem kurzen Vorgang erneut eine seltsam unbewußte Raumüberwindung. Und sie sind überrascht, als plötzlich die See vor ihnen liegt.

Vom Wasser spüren sie den Wind und die Gerüche. Und natürlich gibt es keine Raumlöcher, durch die sie hokuspokus von hier nach da reisen können, natürlich müssen sich die Männer an die unumstößlichen Gesetze halten, und so geht jede bewältigte Strecke, nichtwahr, gehen die schrittweisen Veränderungen einfach nur zwischen ihren Worten unter; im Labyrinth und Treibhausklima ihrer Köpfe. Und so rollt ihnen vom Horizont her die See entgegen; die Dampfer wie Scherenschnitte im Mittagslicht, die Furchen im Watt endlose Fraktale, und in den Prielen spiegelt sich die Ewigkeit.

Manchmal ergreift die Brise ihre Kleider, und vor allem der Physiker scheint in solchen Augenblicken zu schwanken. Doch als habe die Außenwelt nichts mit seiner Wirklichkeit zu tun, steckt er in der Materie und sagt, daß trotz der kontinuierlich gemessenen Verjüngung niemand eine Prognose wage, wann genau der Georgische Schädel in die Gegenwart einschlagen werde. Je näher er ihnen komme, desto ungenauer würden die Beobachtungen, so daß zuletzt alle Berechnungen verschmierten. Und somit auch jede Antwort auf die größte Frage schlechthin: Was nämlich geschehen werde, wenn der Schädel quasi die Schallmauer der Zeit durchbreche.

Dann bleibt Jake plötzlich stehen und legt mit großer Ernsthaftigkeit eine Hand auf Willems Schulter. May I inquire discreetly, sagt er, denn manchmal sei er so unsicher, daß er weder ein Scheitern noch eine neue Dimension ausschließen könne und in beiden Fällen nicht wisse, welche Konsequenzen sich daraus ergeben könnten. What shall I do? Please, Willem. Sagen Sie mir Ihre ehrliche Meinung.

Willem überlegt, dann sagt er: In meiner Schule gab es ein Mädchen. Patrizia von Kattenesch; sie war reich und schön, und ich hatte keine Chance bei ihr. Jahre später aber wollte sie mich treffen, zwar nur geschäftlich, doch ich habe den Termin verschoben, weil ich lieber eine Fachzeitschrift lesen wollte. In der Zeitschrift ging es um den Georgischen Schädel, und als Patrizia dann einen Tag später auf dem Weg zu mir war, wurde sie erschossen.

Die Männer stehen da, sehen sich an.

Es dauert wieder eine Zeit, bis Willem weiterspricht. Als ich ein Junge war, starb mein Vater. Ein rätselhafter Tod bis heute, und weil ich unlängst neue Hinweise erhielt, heuerte ich zwei Detektive an. Sie heißen Ramow&Ramow und haben die unglaublichsten Sachen bei sich liegen, als wäre das nichts. Australo-Schädel und Venusfigurinen, frische Kaffeebohnen von 18-88 oder extragalaktischen Whisky. Zudem haben sie die Fähigkeit, weitverstreute Zusammenhänge noch aus tiefer Vergangenheit aufzudecken, und als ich sie unlängst auf den Georgischen Schädel ansprach, behaupteten sie, dieses Phänomen sei im Grunde gar kein Phänomen. Höchstens etwas bislang Unbekanntes, und daß sich mit dem

Schädel so viel ändern werde wie mit einer neuentdeckten Spezies oder einer neuen Galaxis.

Ich selber, Jake, habe keine Ahnung, ob die Phänomene des Schädels sozusagen ein alter Hut sind im Universum und ob sie über ihre reine Meßbarkeit hinaus Auswirkungen haben werden. Gleiches gilt für Ihr geplantes Experiment. Das einzige, wovon ich vielleicht etwas verstehe, sind zwei Dinge: Man steckt ganz allein in sich drin. Und man ahnt das Universum. Manchmal kann man eine ausgleichende Wechselwirkung hinkriegen, die bescheiden macht und relativiert und die hilft, aus einem zufriedenen Dasein heraus die richtigen Entscheidungen zu treffen. Aber womöglich haben Sie eine andere Wahrnehmung, Jake, und müssen Ihre Entscheidungen aus einer Wirklichkeit heraus treffen, die mir fremd ist.

So stehen die Männer vor der See, und einmal leuchten die Augen des Physikers hell auf. Dann räuspert er sich, nimmt Willems Hand und drückt sie mit beiden Händen. Es tut gut, mit Ihnen zu schwatzen. Vielleicht darf ich Sie bei Gelegenheit einmal anrufen? Halten Sie mich auf dem laufenden, Jake.

Und dann, mit einem Blick auf den Sonnenstand, gibt der Physiker dem Tag wieder Eichung. Well. Und wie zur Bestätigung blickt er auf seine Uhr. Grüßen Sie Ihre Frau von mir. Und sagen Sie meinem Vater – ach, sagen Sie ihm einfach: Auf die Tage. Er kennt mich ja.

Willem hebt die Hand zum Gruß.

Jake hält noch einmal inne und sagt: In meinem Beruf steckt alles – Raum und Zeit, und ich kann mich darin finden und verlieren und glücklich sein. Dennoch ist es nicht immer einfach. Verstehen Sie, unlängst wurde ich zu Hofe geladen, an einen Tisch mit dem MI5, und es scheint, daß die Phänomene meines Berufs dort andere Wirkungen hervorbringen als bei uns beiden. Was soll ich nur tun? Doch bevor Willem etwas sagen kann, zieht der Physiker mit langen Schritten davon.

Auf der Rückfahrt sind sie verkatert, und gegen die brutalen Lichtwechsel der automatischen Blenden tragen sie Sonnenbrillen. Zwei- oder dreimal fällt Barbara in einen Halbschlaf, und wenn

Willem seinen Arm um sie legt, kann sie Geborgenheit spüren; die Schläge aus den Gleisen, das Rauschen der Fahrt dringen kaum noch zu ihr, und manchmal seufzt sie.

Am Bahnhof übernimmt Willem die Führung; er lenkt den Kofferkuli gelassen durch Gedränge und Lautsprecheransagen bis auf den Vorplatz, wo er bald einen stillen Winkel entdeckt. Die Sonne steht hinter dem zarten Grün einer Espe, ihre Blätter rauschen wie ein kleines Meer, und Barbara sinkt lächelnd auf die Koffer. Danach zieht Willem wieder los. Er hat bereits eine Espresso-Bar ausgemacht, und aus den Lautsprechern schwingt das Königreich. Als er zwei Doppelte bestellt hat, überlagern die Aufrufe nach Liverpool oder Stockport, und dann fällt ihm die Frau auf. Sie sieht aus wie die große Frau, die ihm auf der Hinfahrt begegnet ist. Oder wie Dagmar Margulis, und während er auf den Espresso wartet, taucht die Frau im Gewimmel unter, und er ahnt nur, wie sie gegen den Ausgang zieht.

Auf dem Vorplatz kann er Barbara nicht finden. Der Kofferkuli steht nicht mehr unter der Espe, und plötzlich wird er von Angst ergriffen. Rings die Menschen bedrängen ihn, die aufflatternden Tauben, er spürt sein Herz bis unter den Schädel und ein Saugen im Bauch. So rennt er mit den Espressobechern und brüllt bald ihren Namen. Barbara steht in einer markierten Zone. Außerhalb sei das Rauchen verboten, und zwei Polizisten hätten sie unter dem Baum aufgestöbert. Sie lächelt und nimmt den Espresso. Eine große Frau ist ihr nicht aufgefallen.

Als sie an der Reihe sind, fährt ein klassisches Modell vor, und der Fahrer trägt zu Willems Freude tatsächlich einen Anzug und Melone. Er verstaut anstandslos ihre Koffer.

Are you in a hurry?

No.

Very good, und um den zähen Verkehr zu umgehen, schlägt er eine andere Route vor zum selben Preis.

As you like it, sagt Willem, legt den Arm um Barbara und gibt ihr einen Kuß.

Der Fahrer sagt: Where are you from?

Germany.

Very good, und der Wagen rollt, als hätte er mit dem Verkehr nichts zu tun.

You like England?

A lot. Aber wir sind müde.

Und der Fahrer lacht. Das wird Ihnen am Flughafen kaum helfen.

Was ist am Flughafen?

Alarmstufe.

Alarmstufe?

Und der Fahrer lacht schon wieder. Unsere amerikanischen Freunde haben ihren Staatsfeind Nummer eins erledigt. Und da erwartet man natürlich auch hier eine neue Anschlagswelle. Bin Laden ist tot, es lebe Bin Laden. Verstehen Sie?

Gibt es für den Flughafen eine Bombendrohung?

Ach was. Schon daß es nach der Hinrichtung eine Bombendrohung geben könnte, reicht doch. Hierzulande beklagt sich niemand, wenn Schutz und Überwachung immer weiter getrieben werden. Wenn noch das ganze Mutterland ausgebaut wird zu Benthams Panopticon. Verstehen Sie, das Recht des einzelnen auf Integrität und persönliche Freiheit ist längst dahin. Umgewandelt in ein Recht auf staatsverwalteten Schutz, und schon heute wird der öffentliche Raum von unzähligen Kameras erfaßt. Und nicht mehr lange, dann werden Satelliten den einzelnen jederzeit und überall erfassen und identifizieren können. Und sogar seine Worte und Gedanken werden erfaßt, verstehen Sie. Schon heute gibt es Programme für die Schnittstellen zwischen Gehirn und Computer – zum Lippenlesen, aber auch, um Gedanken sichtbar zu machen und in eine Schrift umzuwandeln. Und andersherum lassen sich bereits ganz gezielte Erinnerungsbereiche im Gehirn löschen. Der Taxifahrer lacht und schlägt auf seine Melone. Verstehen Sie, wenn das so weitergeht, muß ich mir einen Bleihelm zulegen, damit die Satelliten nicht meine Gedanken aufspüren.

So rollt das Taxi Richtung Flughafen, der Fahrer lacht, er klopft auf seine Melone und redet munter weiter. Autos haben die Menschen verändert, sagt er; Telefon und Fernsehen, und jetzt wirken Computer und Satelliten, und alle finden die Überwachung gut.

Finden die Hinrichtung von Staatsfeinden gut und sind tief überzeugt, daß ihre Mörder bessere Menschen sind. Daß sie ein gottgegebenes Recht haben auf ihre Freudenfeuer am Ground Zero
und auf die Helmkameras ihrer Spezialeinheiten, die Echtzeitak-
tionen mit Hollywoodeffekt aus jedem Winkel der Welt ins Weiße
Haus liefern können.

Tatsächlich scheinen die Sicherheitskontrollen am Flughafen ver-
schärft, und die Passagiere drängen bereits vor den Eingängen.
Barbara stöhnt auf. Der Taxifahrer lacht, dann holt er die Kof-
fer. Willem meint, daß man anstatt mit Melone vielleicht auch mit
Perücke arbeiten könne, ein unauffälliges Modell mit integrierter
Bleischicht, und zum Abschied gibt er dem Mann die Hand.

Barbara zieht das versilberte Fläschchen aus Willems Innentasche,
trinkt und lächelt schief. Zu Zeiten der Oberon, meint sie, war das
Reisen eindeutig angenehmer.

Es hat seit Wochen nicht geregnet, der Wind treibt Büschel über die Chaussee, und manchmal verwirbelt loser Sand. Barbara zieht den Jaguar durch eine langgestreckte Kurve abwärts, und in der Senke streifen sie die Auwaldreste. Willem sieht, daß der Wasserstand gefallen ist. Dann nehmen sie Weg durch die Hafenanlagen. Der Eingang zu Kronhardt&Focke ist noch verschlossen, doch die Tuchwaren haben schon geöffnet. Inéz kommt lächelnd aus den Kolonnaden, als die Türglocke anschlägt; sie umarmt beide, und aus dem Atelier steigt frischer Kaffeeduft. Willem bleibt auf eine Tasse, dann läßt er die Frauen alleine.

Im Spitzgiebel öffnet er die verglasten Sprossentüren; der Wind greift in die Takelage, die Blöcke schaukeln, und er spürt kontinentale Trockenheit. Über den Domspitzen zieht ein Wölkchen, und in der Morgensonne leuchtet die Patina der Altstadt. Er legt arabische Lautenmusik auf, geht die Papiere auf seinem Schreibtisch durch, führt zwei, drei kurze Gespräche am Telefon, und dann legt er sich aufs Sofa. Aus den Boxen jetzt höfische Tänze aus dem Mittelalter, er blättert ein bißchen in den Fachzeitschriften und zieht schließlich die Aufzeichnungen eines Jägers hervor. Bald wird er von der wunderbaren Kraft Turgenjews erfaßt – eine Reise, ohne sich fortzubewegen, meint er, und so spaziert er durch Raum und Zeit, sieht Wachteln auffliegen oder hört eine Kutsche durch die Landschaft rattern.

Als ihr Klopfen durch die Tür dringt, nimmt er es nicht wahr. Auch nicht ihren Kopf, der im Spalt erscheint, und den vertrauten Blick, mit dem sie nach seinen Augen sucht. Erst als sie ihn anspricht, nimmt er das Buch herunter. Lächelt aus einer Ferne, hört das Rascheln ihrer Kleider und ahnt die Bewegungen hinter dem Ostblockcharme.

Dann dringt ihre Spur in seine Nase, und er sieht auf. Ihr Gesicht, ihr ganzes Wesen erscheint, als käme sie aus Turgenjews Zeit. Katja, sagt er. Doch es dauert noch, bis seine Stimme in der Gegenwart angekommen ist.

Dann sieht er ihre blasse Gesichtsfarbe und die Ringe unter den Augen. Katja, sagt er, was ist passiert? Und einen Moment lang glaubt er, daß sie einsinken wird. Ihre Muskeln zittern, doch sie hält sich aufrecht. Auch die Tränen hält sie zurück.
Katja …
Sie schüttelt den Kopf, antwortet nicht.
So stehen sie da, die Berge aus Jawlenskys Landschaft leuchten violett im Morgenlicht, und er streichelt ihren Rücken.
Ich habe wieder angefangen, flüstert sie schließlich.
Was meinen Sie?
Es ist schrecklich. Wie damals.
Katja …
Und nachts wache ich auf. Ich weiß nicht, wie oft, und stehe am Fenster.
Was ist geschehen, Katja?
Boris. Sie hatten zwei ausverkaufte Konzerte in Leipzig. Danach fuhren sie auf das Festival in Dänemark. Boris hat es aber so gedreht, daß sie einen Zwischenstopp in Berlin machen konnten. Und dann ist er wieder hingegangen. Er macht es wieder und wieder.
Zu den Stasiakten?
Unsere Tochter … Tatjana … Es ist ein Trauma, und Boris wird so lange hingehen, bis er weiß, wer uns das angetan hat. Und dann wird er an dem Wissen zerbrechen; und auch wenn ich ihn davon abbringen könnte, irgend jemanden aufzudecken, wird er zerbrechen. Unsere Vergangenheit ist ein Dilemma.
Katja … Doch ihm fehlen die Worte, und er zieht sie an sich.
Es ist noch schlimmer als damals, als wir zum ersten Mal dort waren. Damals wußten wir nur, daß sie uns bespitzelt haben. Doch jetzt bringt Boris immer neue Einzelheiten hervor. Er spricht kaum darüber, aber ich spüre, daß ihn eine Ahnung einschnürt; ich kann

seine Angst sehen, und wenn er seine Musik nicht hätte ... Ich weiß es nicht, Willem.

Und Sie, Katja?

Nachts wache ich auf und gehe ans Fenster. Ich habe nie geraucht und nie viel getrunken. Doch jetzt stehe ich nachts am Fenster und rauche. Und am Wochenende waren wir aus, und ich habe mich betrunken. Boris trinkt nicht, und zuletzt habe ich geweint, und er hat dagesessen und geschwiegen.

Willem rauft sich die Haare. Was soll man tun, Katja? Und dann führt er sie zum Sofa und macht ihr einen Kaffee. Legt Mozart auf, bringt Schokolade mit und setzt sich in den Sessel.

Solange man die Vergangenheit nicht überwinden kann, sagt er, bleibt sie jeden neuen Tag eine Aufgabe. Ich glaube aber, daß es Wege zur Überwindung gibt. Vielleicht für jeden einen eigenen, und so hat mein Vater beispielsweise das Jetzt befeuert gegen die Schatten seiner Vergangenheit. Barbaras Vater wiederum hat aus der Vergangenheit heraus für die Zukunft geplant und zugleich in der Gegenwart so gehandelt, als wäre alles eine letzte Tat. Ich selber, Katja, sehe zu, daß ich in gutem Kontakt zu mir bleibe; ich blicke zurück, ich wandle um und freue mich, wenn ich das Stille und Angenehme in mir pflegen kann.

So sitzen sie. Aus den Boxen ein Klavierkonzert, draußen greift der Wind in Manilahanf und Blöcke, und über der Altstadtpatina segeln weitere Wölkchen.

Als Barbara unerwartet eintritt, spricht sie bereits, bevor sie die Situation erfaßt. Dann hält sie inne. Sieht in Willems Augen, sieht Katja Bloch auf dem Sofa und schließt die Tür. Entschuldigung, daß ich so reinplatze, sagt sie. Und zu Willem: Du hast dein Telefon noch auf meins geschaltet. Konetzke hat gerade angerufen, das heißt, er hat sich mit Burke gemeldet. Er will gleich noch mal zurückrufen. Und auch deine Detektive wollen dich treffen. Um zwölf in der Gyrosbude, soll ich dir ausrichten.

Dann setzt Barbara sich zu Katja Bloch. Es tut mir leid, daß es Ihnen nicht gutgeht.

Willem hat die Leitung zurückgeschaltet und sitzt wieder im Sessel.

Barbara sagt: Es ist immer einfacher, etwas zu sagen, als es zu tun. Aber wir helfen Ihnen, wo wir können.

Willem sieht den Ausdruck seiner Frau, und auch Katja spürt die Aufrichtigkeit. Sie lächelt, und dann rollen ihr zwei Tränen.

Kurz darauf klingelt das Telefon.

Als Willem abnimmt, hört er, wie Konetzke die Zunge gegen den Gaumen schlägt. Seit Tagen telefonier ich hinter Ihnen her. So geht das nicht. Wenn Sie wissen wollen, wer Ihren Alten ermordet hat, müssen Sie zuverlässiger sein. Morgen, 17 Uhr 30, bei meinem Anwalt. Gleich am Bahnhof; Schröder, wie seinerzeit der Kanzler. Und bevor Willem etwas sagen kann, hat Konetzke das Gespräch beendet.

Die Detektive stehen um einen Tisch und grinsen. Auch der Koch grinst; er wetzt ein langes Messer, dann fängt er an zu säbeln. Mit allem Drum und Dran? Und die Ramows nicken.

Willem sagt: Konetzke ist wieder aufgetaucht.

Das gibts doch nicht.

Er rief mich vorhin an.

Tatsächlich scheinen die Ramows überrascht. Sie sehen sich an, heben die Arme und lassen sie schließlich wieder fallen. Zum Koch sagen sie: Hast du kalten Ouzo?

Der Koch ruft etwas in den Hinterraum, und kurz darauf tritt ein zweiter Mann durch einen Perlenvorhang und kommt mit einem Tablett an den Tisch. Die kleinen Gläser sind mit Frost beschlagen, und als wäre es nichts, deckt er auch für sich selber auf. Es dauert, bis Willem sich an ihn erinnert. Sie sind Polykarp, oder? Und der andere wischt seine Hand in der Schürze und reicht sie Willem.

Als die Männer getrunken haben, sagen die Detektive: Konetzke ist aufgetaucht.

Und Polykarp sagt: So was passiert immer wieder.

Hast du nichts mitgekriegt?

Nein.

Wann warst du das letzte Mal unterwegs?

Ich bin immer unterwegs.

Seltsam, daß er uns entwischen konnte.

Polykarp sagt: Manche Menschen haben diese Fähigkeit. Einmal sind sie weg, und dann sind sie wieder da.

Kannst du dich noch mal umhören?

Immer.

Und zu Willem sagen sie: Haben Sie ein Treffen vereinbart?

Morgen. 17 Uhr 30.

Wo?

Kanzlei Schröder.

Aha. Und dann: Wie gesagt, wir würden Konetzke gern vorher aufspüren, um ihn zur Zusammenarbeit zu überreden. Der Handel sollte ein paar für uns wichtige Details beinhalten.

Soll mir recht sein. Aber Sie halten mich informiert.

Na klar.

Dann sagt Willem: Die große Frau. Konnten Sie ein Bild von ihr auftreiben?

Nein.

Und während ich in England war, war diese Dagmar Margulis in Bremen?

Die Chefsekretärin in der Reederei an der Schlachte?

Ja.

Das wissen wir nicht. Könnten wir aber überprüfen. Gibts Anlaß?

Na ja. In England lief sie mir zwei-, dreimal über den Weg.

Tatsächlich?

Ein Frau wie sie.

Sie sollten sich da nicht reinsteigern. Wie gesagt, nach unserer Einschätzung sind Sie außer Gefahr. Und zu Polykarp sagen sie: Hast du was über die Frau oder den Mann gehört?

Nicht in letzter Zeit. Dann schnappt er das Tablett und verschwindet durch den Perlenvorhang.

Willem sagt: Im Grunde steigere ich mich da nicht rein. Es ist anders – verstehen Sie: als ob das Wissen, daß es diese große Frau gibt, gewissermaßen Felder in mir erzeugt, die große Frauen anziehen.

Und die Ramows lachen.

Dann serviert Polykarp das Essen, und eine Zeitlang kauen sie schweigend. Ein Mann im Rollstuhl bleibt draußen stehen und sieht durch die Scheibe. Eine Straßenbahn zieht vorbei, dann verwickelt eine offensichtlich drogensüchtige Frau den Rollstuhlfahrer in ein Gespräch. Als die beiden verschwinden, sagen die Detektive: Wir waren drüben in der Wesermarsch. Und wir haben Friedhelm Lampe aufgestöbert.

Das gefällt mir.

Er ist tot.

Oh.

Das Dorf heißt Köterende. Original aus Zeiten, die es gar nicht mehr gibt. Ringsherum Kühe und Marschenland und der Deich voller Schafe. Lampe hatte dort eine Liebschaft, eine ehedem ganz betuchte Bauersfrau, die seit dem Tod ihres Mannes den Hof versoff. Wenn Lampe auf Touren ging, hauste er bei ihr, und für jeden Zyklus hatten sie ausreichend Rotwein, eine volle Tiefkühltruhe und im Schlafzimmer stapelweise Wildwestfilmvideos. Sie verließen den Hof nicht, bekamen keinen Besuch, und in der Regel zog Lampe nach einer Zeit wieder ab. Doch dieses Mal lief es anders, und vor einigen Tagen schlug der Nachbarhund an und hörte nicht mehr auf. Und bald wußte ganz Köterende Bescheid: Über dem rustikalen Doppelbett hing ein riesiger Spiegel, und irgendwo aus der erschlagenden Unordnung wurden Western an die Wand geworfen. Auch wenn das Liebespaar bereits alt war, scheinen sie noch alles gegeben zu haben. Der Landarzt war zurechtgemacht wie ein Marshal, die Witwe als Barfrau, und wie es aussieht, hat es beide mittendrin erwischt. Die erste Rekonstruktion der hiesigen Polizei wurde auch von einem Arzt bestätigt; darüber hinaus machte man sich kaum die Arbeit, die ineinander hineinverwesenden Leichen groß zu untersuchen. Beide wurden mittlerweile beigesetzt.

Die Detektive machen eine Geste. Dann sagen sie: Womöglich wünschen sich viele Menschen, auf diese Art zu sterben. Doch uns überzeugt das nicht.

Willem sagt nichts.

Daß Lampe seine scheinbare Fehldiagnose im Falle Ihres Vaters, seine Versetzung in die Wesermarsch und damit sein Karriereende womöglich nie überwunden hat, ist im wahrscheinlichen Bereich.

Auch, daß er deswegen soff, und sogar, daß er sich im Suff mit einer Welt umgab, in der einsame Helden das Böse bekämpfen und alle Ordnung zum Schluß wiederherstellen. Doch daß ausgerechnet zwei alte Menschen in bizarrer Kluft einen Ritt hinlegen, der sie gemeinsam in die Abendröte im Westen bringt, ist weniger wahrscheinlich. Es sei denn, beide legen es darauf an und präparieren sich entsprechend. Oder aber sie sind präpariert worden, und das Ganze ist eine Inszenierung.

Und tatsächlich haben wir aufgedeckt, daß ungefähr vor zwei Wochen Besuch auf dem Hof gesehen wurde. Zwei Bengel, die heimlich durch die Fenster spähten, haben uns bestätigt, daß Lampe zu der Zeit noch lebte. Er trug seine Marshalkluft und trank den Wein aus der Flasche. Als ein Mann auf dem Hof erschien, liefen die Bengel davon. Aber sie haben den Besucher kurz gesehen. Ein Alter, sagen sie. Vornehm und mit Stock. Mehr war aus den Jungs nicht rauszuholen.

Willem hebt die Schultern. Wenns eine große Frau gewesen wär. Oder ein großer Mann. Aber ein Alter mit Stock bringt mich nicht weiter.

Von Wrangel, sagen die Ramows.

Über den wissen wir doch hochstens, daß er alt sein muß.

Immerhin.

Willem zieht die letzten Reste Zaziki vom Teller. Dann sagt er: Sie machen gute Arbeit.

Sollen wir so weitermachen?

Ich vertraue Ihnen.

Und die Männer sehen einander an und grinsen.

Als er ins Speicherhaus zurückkommt, nimmt er im Atelier einen Espresso mit Inéz; die Spanierin sieht gut aus, ihre großen Augen leuchten, und die feinen Strahlen in der Haut erinnern an die nackte, herbe Schönheit Kastiliens. Ihr nackenlanges glattes Haar schimmert silberfarben, und unter ihrem Hosenanzug wirkt ihr Körper noch immer schlank und biegsam. Sie freut sich über Willems Kompliment. Und als er nachfragt, erzählt sie ein bißchen von Hector und sich.

Das Büro der Mitarbeiter erscheint leer. Katja Blochs Platz ist aufgeräumt, Ulrike Striebecks Computer läuft, doch sie ist nicht da. Dann sieht Willem im hinteren Bereich Kronhardt und Laschek. Sie sitzen gemeinsam vor dem Bildschirm, und Willem ahnt, wie dem Dicken die Zunge zwischen den Lippen klebt. Wie die Hand mit der Maus immer neue Bilder hervorbringt, die der Alte in sich aufsaugt. Er stellt sich dazu und sieht, wie Laschek eine Art rotierenden Diamanten entstehen läßt, einen Oktaeder aus Gitterlinien, der sich zum Brillantschliff verfeinert. Über dem Diamanten steht der Name Steiner. Kronhardt mahlt mit den Prothesen. Was willst du?

Willem sagt nichts und geht in die Miniküche.

Das Radio läuft, und Ulrike Striebeck sitzt auf einem Hocker. Sie hat Pampelmusen gepreßt und bietet Willem ein Glas an.

Mit Kronhardt bin ich nie gut zurechtgekommen. Und mit Laschek gehts mir nicht besser.

Striebeck sagt: Im Grunde ist Marcel ein armer Knochen.

Wer ist das nicht.

Sie sieht ihn an.

Trotzdem kann sich doch jeder bemühen, das Arschloch nicht zum Status quo zu deklarieren.

Sieht aber so aus, als obs nicht jeder kann.

Und Sie, Ulrike?

Ich schon gar nicht, und sie lacht.

Das meine ich nicht. Ich tue mich schwer mit Laschek. Ich mag den Kerl nicht, ich ärgere mich über ihn und komme einfach nicht davon los. Immer wenn ich ihn sehe, klebt sein ganzer Mist in mir. Mein Freund ist er nicht. Aber ich kann mich auch nicht ständig über ihn ärgern. Das wäre Energieverschwendung.

Willem nickt langsam. Ich arbeite an mir, Ulrike. Und dann: Ist er auf seinem Gebiet wirklich so gut?

Sie hebt die Schultern, lächelt. Ist er.

Er macht ihre Geste nach und steht auf. Dann sagt er: Hat Katja Ihnen was erzählt?

Ja.

Der Alte und Laschek müssen das nicht wissen.

Katja und ich tratschen nicht.
Ich bin die einzige Tratsche hier, was?
Sie lacht.
Wo ist Katja jetzt?
Die Geschichte sitzt ihrem Mann schwer im Nacken. Sie ist zu
ihm.
Und Barbara?
In ihrem Büro.
Wir sehen uns, Ulrike.

Barbara hat die Dynamik im Speicherhaus von Anfang an eng an
die rasanten Entwicklungsmöglichkeiten in der Plättchentechnolo-
gie gekoppelt, und natürlich ist auch ihr Büro elektronisch bestens
organisiert. Und jenseits einer herkömmlichen Bündelung von Information oder Logistik kann sie ihren Arbeitsplatz tatsächlich als
Steuerhaus sehen, aus dem heraus sie die Dinge der Welt angeht.
Manchmal läßt sie sich sogar hinreißen zu Begriffen wie Freiheit
oder Selbstbestimmung und ist bereit, sich einer Philosophie des
wechselseitigen Fortschritts unterzuordnen, in der alle Teile sich
zu einem geschlossenen Organismus verbinden können.
Als Willem eintritt, sieht sie nicht auf, grüßt kaum, und für ihn
ist es ein Anblick, als sei sie absorbiert zwischen Flüssigkristallen
und elektromagnetischen Wellen und als zöge sie so den Kraftstoff
für ihre Geschäfte. Sie klickert auf der Tastatur, rochiert zwischen
Maus und Bildschirm, und ihre Augen scheinen mit der digitalen
Welt zu flimmern. Es ist eine Sekunde, in der Willem einsieht, daß
dieses verdammte Netz die Basis ist, die Laschek seinen Platz auch
bei Barbara sichert. Dieser miese Knochen, meint er.
Dann dreht Barbara sich um und gibt ihm einen Kuß. Was hast du
gesagt?
Mein Problem mit Laschek. Ich werde dran arbeiten.
Ja, mach das. Und im gleichen Augenblick scheint sie schon wieder
in den Bildschirm gesaugt.
Willem beobachtet sie eine Zeitlang. Dann meint er, daß auf diese
Art eine Verschmelzung des Individuums mit der künstlich erzeugten Welt stattfindet, und wann immer man als Benutzer glaubt, die

persönliche Freiheit bestehe noch unabhängig vom Netz, ist man in Wirklichkeit bereits so perfide verwickelt, daß gerade diese Verwicklungen wie Freiheit erscheinen.

Was hast du gesagt.

Nichts.

Dann dreht sie sich wieder um. Deine ewigen Litaneien. Und ich dachte, du hättest dich längst losgelöst von den Degenerationen deiner Mitmenschen.

Da kannst du sehen, wie diese künstlich generierten Felder noch auf einen wie mich einwirken. Man sollte diese Kräfte nicht unterschätzen.

Barbara lacht. Dann verändert sich ihr Ausdruck, und sie sagt: Sieh dir das hier mal an.

Und Willem kommt näher, und bald scheinen sie gemeinsam in den Bildschirm zu dringen.

Nach einer Weile sagt er: Scheiße. Aber Neuigkeiten sind das nicht. Ich wußte nicht, daß das deutsche Innenleben so verdreckt ist.

Was hast du denn erwartet?

Sie lesen über die Assimilation ehemaliger Stasimitarbeiter und daß ein Zusammenhang besteht zwischen ehemaliger und jetziger Position. Daß sie immer tiefer in Bereiche vordringen, die grundsätzlich Integrität erfordern sollten – beispielsweise die Aufarbeitung der DDR-Spitzeleien, und daß daraus auf Protektion geschlossen werden kann. Auf Netzwerke, die Geschichte und Gegenwart und Zukunft zurechtbiegen.

Willem sagt: Im Grunde funktionierts hier nicht anders als damals in der Ostzone.

Das glaube ich zwar nicht, aber ich will auch nicht darüber diskutieren. Schau mal hier. Und sie klickt ein neues Fenster auf.

Das ist ja Katjas Mann.

Boris Bloch. Der Dissident und Musiker.

Wo wurde das aufgenommen?

Bei einem Konzert, nehme ich an.

Und jetzt schau mal hier.

Da ist er in Berlin.

Ja.

Und jetzt vor der Behörde.

Ja.

Und jetzt – das gibts doch nicht.

Doch. Boris beim Studieren der Akten.

Scheiße.

Katja glaubt an ganz gezielte Aktionen, um die alte Angst wiederzubeleben. Weil Boris bei seinen Nachforschungen womöglich jemanden aufdecken könnte, der nicht aufgedeckt werden will.

Scheiße. Weiß er von diesen Bildern?

Barbara hebt die Arme. Dann sagt sie: Wenn derjenige, der dafür verantwortlich ist, will, daß er davon erfährt, läßt sich das nicht verhindern. Katja wird es ihm also erzählen.

Und dann?

Keine Ahnung.

Wie können wir helfen, Barbara?

Indem wir helfen, wo wir können.

12

Das Gaubenfenster im Schlafzimmer ist nach Osten ausgerichtet, und wenn die Sonne hinter den Eichen steht, ziehen Schatten übers Bett, und weiches Licht flackert auf den Wänden. Erdige Gerüche steigen durchs Fenster, manchmal greift eine Brise ins Reetdach. Willem lauscht dem Rascheln der Blätter, den Vogelstimmen, und seine Hand gleitet unter Barbaras Decke. Als er ihre warme Haut berührt, dreht sie sich um, und bald schmiegt er sich an ihre Rückseite. So schlummern sie im zarten Licht, aus den Eichen eine Singdrossel, und als der Wecker anschlägt, löst Barbara sich behutsam aus seinem Griff. Eine Weile sitzt sie da; sieht aus dem Fenster, und die Nacht strömt aus ihrem Körper. Dann küßt sie ihn, steht auf, und er kann die Badgeräusche hören.

Als sie runterkommt, schlägt ihr Kaffeeduft entgegen. Sie sieht frisch aus und trägt ein sommerliches Kleid.

Willem sagt: Ich hab Katja erreicht. Sie war bereits auf dem Sprung. Ihr Mann fährt zu einer Session nach Hamburg, und sie bringt ihn zum Bahnhof. Sie klang ausgeschlafen, und im Hintergrund konnte ich Boris Stimme hören: du-dum-tschaka-dum. Er scheint sich auf die Session zu freuen.

Das ist gut.

Willem frühstückt im Bademantel.

Hinter den Scheiben ist der Himmel blau, und wenn der Wind durch die Blätter zieht, schlägt das Licht zurück wie aus einem Fischschwarm. Manchmal treibt er auch Blütenstaub übers Land, gelbe Wolken, die bald wie kleine Dünen über den Asphalt wandern oder einwärts die rissigen Krusten der Feldwege überziehen. Die Frühlingsfarben verblassen schnell in der trockenen Hitze, und Willem verspricht, wenigstens dem Flieder etwas Wasser zu geben. Dann sagt Barbara: Werden deine Detektive dabeisein?

Mal sehen.

Was für ein Gefühl hast du?

Entweder hat Konetzke was, oder er hat nichts. Danach sehen wir weiter.

Und was ist dieser Anwalt für einer?

Einer wie alle.

Ruf mich an, wenn du da raus bist.

Ja.

Was wirst du bis dahin machen?

Bißchen in die Welt kucken.

Als er sie zum Jaguar begleitet, trägt er noch immer den Bademantel. Sie streift die Handschuhe über, die Zylinder puckern sonor, und während der Kies unter den Rädern knirscht, wirft sie ihm einen Kuß durch die offene Scheibe.

Er zieht auf schmalen Wegen durch den Morgen. Aus einem Kieferngehölz steigt frischer Duft; die Stämme schimmern bernsteinfarben, und die Kronen leuchten gegen den Himmel. Einwärts sucht er einen Waldameisenhaufen auf, danach den alten Dachsbau, wo er auf Reste einer Hohltaube stößt.

Weiter voran öffnet sich das Land und zieht in sanften Wellen gegen den Horizont. Wälle mit Buschwerk unterteilen die Wiesen; gelegentlich werfen stattliche Eichen ihre Schatten, oder Löwenzahn überzieht eine Kuppe goldfarben gegen den Himmel. Er nimmt einen Weg, der von Birken gesäumt ist. Die Stämme im Licht wie handgeschöpftes Papier, ein Fasan ruft, und dann erstreckt sich linker Hand ein Acker mit Schößlingen. Die langen Saatfurchen sind noch gut zu sehen, und Trockenheit hat die Erde hart gemacht, die Farbe ist mehlig und stumpf. Ein Hase steht auf dem Acker, die Lauscher sind aufgerichtet, doch dann taucht der Hase plötzlich ab. Verschmilzt mit den Furchen, stößt ebenso plötzlich wieder vor, läuft, hält inne und läuft wieder an. Bald entdeckt Willem den zweiten Hasen, und bald erscheinen die Tiere in ihren Bewegungen wunderbar abgestimmt – ducken ab, tauchen auf und laufen mühelos in großen Kreisen über den Acker. Sie suchen sich, sie kriegen sich, und dann sieht Willem, wie einer der Hasen hochschnellt. Ein gerader Sprung in die Höhe, und die Läufe scheinen in Lebensfreude zu zappeln.

Als er gegen den Auwald stößt, umgeht er die modrige Senke. Ein Kuckuck ruft, und etwas weiter, wo der Bach Steilufer ins weiche Land geschnitten hat, entdeckt er Kotspuren unter der Eisvogelhöhle. Aus den Buchen über ihm dringt Blätterrauschen; zarte, frische Töne, die sich zu endlos neuen Melodien verdichten, bald den Raum durchziehen und dann für einen Augenblick die ganze Welt ausfüllen. Und als der Wind plötzlich nachläßt, ist Stille in der Welt, und Willem kann spüren, wie auch dieser Augenblick ihn ganz erfüllt.

Zum Mittag hin kehrt er ein. Ein Landgasthof mit Sommergarten, und er nimmt Platz unter einer Linde. Der Kellner ist ein alter Mann mit Hakennase und streng gescheiteltem Haar. Er trägt schwarzweiße Kleidung, und Willem bestellt Spargel. Nach dem Essen nimmt er einen Espresso, und dann führt ihn der Kellner zum Telefon. Es ist ein alter Apparat, der auf dem Tresen einer kleinen Rezeption steht, und Willem sieht, daß hier auch Zimmer vermietet werden.

Das Rufzeichen ertönt zweimal, dann melden sich die Ramows. Es ist etwas passiert, sagen sie. Willem legt auf und wählt erneut. Das Taxi steht nach einer Viertelstunde vor dem Sommergarten.

Auf dem Schreibtisch steht ein Fäßchen. Es scheint solides Handwerk, die Dauben glatt und mit ebenmäßiger Wölbung, die Ringe gewalzt und fest über die Eichenmaserung getrieben. Ein Brandstempel zeigt, daß das Faß dem König von Schottland gehört, und die Jahreszahl darunter macht es gute fünfhundert Jahre alt.

Als Willem im Dandysessel sitzt, ziehen die Ramows etwas von der schweren Flüssigkeit auf Gläser. So sitzen die Männer da und sehen sich an.

Also, sagt Willem.

Trinken wir erst mal.

Polykarp hat gegen zehn gemeldet, daß Konetzke in der Stumpfen Spitze saß. Darauf zogen die Ramows sich um und marschierten los. Als sie eintraten, stand Katherine Voß hinterm Tresen. Sie sah kaum auf und sagte, daß noch geschlossen wäre. Weiter hinten saß tatsächlich Konetzke und mit ihm am Tisch ein paar Leute.

Die Ramows taten, als hätten sie die Edelpunkerin nicht gehört. Sie lockerten ihre Krawatten, diskutierten Feinunzen oder China und steuerten einen Tisch in der Nähe von Konetzke an. Noch bevor die Edelpunkerin sie eingeholt hatte, zogen beide ein piependes Telefon. Beide trugen sie einen maßgeschneiderten Anzug und dazu eine große Brille mit Goldrand, und als Katherine Voß wiederholte, daß noch geschlossen sei, wedelten sie bloß mit dem Zeigefinger. Und ins Telefon sagten sie: Gold will be no problem, Mister Ding Ling. But we expect perfect clones in return. Dann setzten sie sich und holten einen Laptop hervor. Daraufhin wurde die Edelpunkerin laut. Was glaubt ihr Geldsäcke? Daß für euch immer noch keine Regeln gelten? Und auch von Konetzkes Tisch sahen sie herüber.

Axel Brock stand schließlich auf, pfiff einmal nach dem Rottweiler und stand mit verschränkten Armen da. Gibts Probleme, sagte er. Als aber klar wurde, daß die Ramows nicht nur keine Probleme machten, sondern auch noch eine Art an den Tag legten, mit der sie sich selbst zum besten hielten, servierte die Edelpunkerin ihnen schließlich Kaffee. So erschienen sie in ihre Welt versunken, diskutierten, hingen über dem Laptop oder holten Mister Ding Ling ans Telefon. Der Rest interessierte sie nicht.

Edgar Konetzke sah gut aus. Die Haut frisch gebräunt und unterfüttert, das Haar kürzer und offen. Sein Blindenstock lag zusammengeschoben auf dem Tisch, ein ganz neues Modell mit Jadeknauf.

Ricarda Engel wirkte entspannt und war knackig zurechtgemacht. Sie hatte eine Hand auf Eddis Schenkel liegen.

Auf den Stühlen gegenüber saßen zwei Männer. Axel Brock kraulte den Rottweiler, der andere sagte: Komm schon, Eddi. Du kennst mich doch.

Konetzke schlug die Zunge gegen den Gaumen und schüttelte den Kopf. Du redest, wenn du gefragt wirst.

Ist klar, Eddi. Kein Ding, Eddi.

Die Engelsche bog ihre lackierten Nägel in Konetzkes Schenkel. Als Konetzke mit dem Jadeknauf auf die Platte klopfte, kam die Edelpunkerin. Nina, bring mir ne Zigarre.

Axel Brock sagte: Und wir beiden sind soweit klar, Eddi?

Und Konetzke lachte. Dann warf er die Teleskopstange mit einer schnellen Bewegung aus und hielt die Stockspitze gegen den ersten Mann. Zu Brock sagte er: Von dem kriegst du, was du zu kriegen hast.

Brock kraulte seinen Hund. Dann machte er das Geräusch durch die Lippen, und der Hund sprang auf. Brock sah den Mann neben ihm an, und der Hund knurrte leise. Is ja gut, Jacko. Und er kraulte wieder den dicken Kopf. Zu Konetzke sagte er: Soll mir recht sein.

Der erste Mann sagte: Eddi, aber ich …

Und auf ein Zeichen mit dem Stock verstummte der Mann. Konetzke schüttelte den Kopf. Was hab ich dir eben gesagt? Und was machst du? Überleg dir mal, in was für eine Situation du mich bringst. Jedesmal, wenn ich dir wieder vertrauen will, machst du alles kaputt.

Der andere wollte etwas sagen, doch dann nickte er nur.

Konetzke lächelte, und dann kam Nina mit dem Humidor, und er tastete nach einer Zigarre. Bald stand der Rauchball um seinen Kopf, und die Engelsche räkelte sich.

Nach einer Zeit sagte er: Nun?

Der andere schluckte zuerst. Dann sagte er: Geht klar, Eddi. Und zu Brock: Kein Ding, Axel.

Die Ramows schienen von alldem nichts mitzukriegen. Sie hingen über dem Laptop, sie diskutierten Feinunzen oder genetische Manipulation, und wenn das Telefon piepte, sagten sie mighty fucking oder bullshit und forderten dann mit scharfer Stimme, die deutsche Politik endlich bei den Eiern zu kriegen. Wenn China das nicht schaffte, machten sies eben mit den Russen.

Als der erste Mann aufstand, verabschiedete er sich zuerst von der Frau. Zu Konetzke sagte er: Kannst dich auf mich verlassen, Eddi. Konetzke rieb Rauch gegen seine Stimmbänder. Da kümmert Axel sich drum. Dann zog er die Engelsche zu sich und lachte.

Und während Brock und der Rottweiler den Mann zur Tür brachten, bekamen die Ramows schon wieder einen Anruf. Shit, riefen sie. Where? Und einer von ihnen verließ die Stumpfe Spitze. Konetzke blieb nicht mehr lange. Er drückte die halbe Zigarre aus, warf den Stock aus und hakte sich bei Ricarda ein. Wir bleiben in Kontakt, sagte er zu Brock. Und zu der Edelpunkerin: Küßchen, Nina.

Draußen hängte sich einer der Detektive an die beiden dran. Der andere arbeitete weiterhin am Laptop, und erst als das Telefon auf dem Tisch anschlug und er die Nachricht gelesen hatte, verließ er die Stumpfe Spitze.

Wolken zogen über die Straßenschluchten hinweg wie eine Herde; gelegentlich durchstreiften Vögel das Bild – Krähen etwa oder die unvermeidlichen Tauben, doch ansonsten erschienen die Sphären voneinander getrennt. Als hätte der weite Raum nichts mit dem städtischen Getriebe zu tun, und wenn die Detektive innehielten und Einhorn oder Löwe in den Wolkenformationen ausmachten, blieben sie dennoch mit der Stadt verschmolzen. Sie wurden vom Sog einer Straßenbahn erfaßt, zückten ein Telefon oder blieben vor einem Schaufenster stehen; zwei Männer, beinah unsichtbar in den Straßenschluchten und unter den ziehenden Wolken.

Voran klopfte Konetzke mit seinem Stock die Welt ab. Die Engelsche hatte einen Arm bei ihm eingehakt, sie unterhielten sich, und manchmal lachte die Frau auf oder schlug ihr wippendes Becken in seine Seite. Sie schlenderten so mühelos dahin, daß es scheinen konnte, als läge die niemals gleiche und immer bewegte Stadt auch für Konetzke ganz offen da; als wären auch ihm Gyros und Falafel sichtbar, die Flut der Stadtmenschen und Autos und auch die hellgrau dahinziehende Herde über den Straßenschluchten. So passierten sie linker Hand die klassizistische Front des Theaters und bald die Kunsthalle, in der auch Konetzke das Gesehene der Jahrhunderte jederzeit wieder neu erblicken konnte. Und noch als die Engelsche ihn in eine teure Boutique zog und den raffinierten Schnitt einer Bluse auf seinen Körper zeichnete, erschien dies eher wie langvertrauter Umgang als wie eine Hilfestellung für den verlorenen Sinn. Und tatsächlich bleckte Konetzke unter ihren Händen seine Zähne, bedrängte sie sanft.

Die Detektive zogen im Getriebe so unauffällig dahin wie über der Stadt die Wolken. Sie hielten ihre Brillen gegens Licht, putzten die Gläser mit dem Kondensat ihres Atems; sie gaben Befehle in den Laptop, vor einem Bankhaus schmiedeten sie die kryptische Fieberkurve der Weltbörsen, und wenn Konetzkes Stock wieder auf dem Pflaster tänzelte, waren sie hinter ihm. Vorbei am alten Polizeihaus, ein Stück durch die Wallanlagen und dann durch kleine Straßen wieder einwärts. Bei jedem Schwenk hielten sie die Himmelsrichtung im Auge, zweimal tauchten die Domspitzen auf, und als Konetzkes Stock in eine Querstraße einschlug, stand die Sonne über der schmalen Schlucht. Die Ramows sahen, wie die Engelsche ihr Gesicht gegen das Licht streckte und ihr Haar schüttelte. Dann sahen sie zwei Menschen aus dem Licht kommen, eine Frau und neben ihr einen Mann. Beide waren groß, und ihre Bewegungen wirkten geschmeidig. Sie schienen vertraut miteinander, und Konetzkes Stock klackerte voran. Die Engelsche hatte eine Sonnenbrille aus dem Haar geschoben, und die große Frau und der große Mann kamen ihnen entgegen und lachten.

Die Detektive drangen wie Jäger hinter die Flüchtigkeit der Eindrücke, und ihre Fasern waren ausgerichtet auf Plötzlichkeit. Dabei schwatzten sie und wirkten wie zwei Geschäftsmänner.

Konetzke hielt unbeirrbar seinen Takt, und im Doppelschlag der Stockspitze verringerte sich der Abstand zu der großen Frau und dem großen Mann. Und dann, als die Engelsche auf ein Zeichen hin den gemeinsamen Schritt verlangsamte, blieben auch die anderen stehen. Die große Frau öffnete ihre Handtasche, der Mann trat zur Straße; ein kurzer, heller Doppelton stieg auf, Licht flammte, und zugleich klappte der Kofferraumdeckel einer grauen Limousine auf. Der große Mann tauchte hinter dem Deckel ab, sagte etwas, lachte, und als er wieder an den Gehsteig trat, schlug hinter ihm der Deckel zu, und er hielt zwei Mäntel über dem Arm.

Konetzke und die Engelsche zogen gegen die Sonne, die große Frau und der große Mann hatten die Sonne im Rücken.

Als der Stock das Ende der Querstraße markierte und in Richtung Domshof tänzelte, überholten die Detektive. Sie drangen ein in den kühlen Nordschatten vom Kirchenschiff und beobachteten aus einer Nische heraus den belebten Platz.

Konetzke und die Engelsche gingen fest verbunden; beinah siamesisch, dabei plauderten sie, und wenn unverhofft jemand in den Weg kam, lavierten sie mit den sanften Zeichen der Frau.

In Höhe des Brunnens blieben sie stehen. Fontänen spritzten aus den Nüstern der Pferdeköpfe, und dann setzten sie sich auf die Einfriedung. Rings waren ein paar Kinder, ein Mann im Rollstuhl stand da, und die Engelsche holte ein Telefon vor, drückte eine Kombination und gab es Konetzke. Nachdem er telefoniert hatte, zog der Mann im Rollstuhl ab. Eine große Frau mit Baskenmütze und Sonnenbrille kam an den Brunnen, setzte sich auf eine Zigarette hin und ging wieder; zwei Polizisten schlenderten vorüber, dann traten die Ramows aus dem Schatten.

Sie überrumpelten Eddi und die Engelsche mit dem intimen Wissen, das sie sich im Zuge ihrer Recherchen angeeignet hatten. Tatsächlich verblieben die beiden eine Zeitlang sprachlos, und erst als die Detektive auf den 17-Uhr-30-Termin beim Anwalt zu sprechen kamen, sagte Konetzke: Daß er mir Schnüffler aufgesetzt hat. Dafür soll er zahlen.

Die Ramows sagten, daß es wohl kaum noch ums Geld ginge. Schließlich hätte der Fall Kronhardt ihm, Konetzke, bereits die Augen gekostet, und wie sie die Lage einschätzten, habe er damit noch Glück gehabt. Die große Frau sei nämlich schon wieder ganz in seiner Nähe, und sie wäre nicht allein.

Konetzke versuchte zu lachen, doch der Schreck verzerrte sein Gesicht.

Zudem hätte es dieser Tage Friedhelm Lampe erwischt. Den Assistenzarzt, der damals die natürliche Todesursache angezweifelt hatte, und wenn er, Konetzke, die letzte Zeit nicht untergetaucht wäre, säße er jetzt womöglich gar nicht hier. Die Lage sei ernst; jeder, der über Wissen oder Material zum Tod von Richard Kronhardt verfüge, sei in Gefahr. Sie selber hätten sich mittlerweile viel tiefer in diesen Fall eingearbeitet als in Konetzkes Lebensgeschichte, so daß die sogenannten Familienpapiere, die er anböte, kaum noch von Belang wären. Dennoch schlügen sie eine Zusammenarbeit vor: Sie kauften seine Papiere, dafür beantworte er ihre Fragen. Sein Anwalt und ihr Klient säßen dabei, und je offener Konetzkes Antworten sein würden, desto größer die Chancen, alle aufzudecken, die in den Fall verwickelt seien. Auch die große Frau und ihren Partner.

Konetzke saß da, und hinter ihm stießen die Fontänen aus den Nüstern.

Ich werds mir überlegen, sagte er schließlich.

Tauben gurrten in den Rathausarkaden, manchmal brach der Schlag ihrer Flügel auf, und aus dem Schatten heraus konnten die Detektive sehen, wie Konetzke und die Engelsche den Marktplatz erreichten.

Der Roland stand da, als wäre er mit Himmel und ziehenden Wolken längst im Einklang. Zu seinen Füßen hielt sich eine geführte Gruppe versammelt – Asiaten, wie die Ramows ausmachten, und ihre Köpfe bewegten sich ergeben zu den Händen einer blonden Hosteß. Als sie in Richtung Böttcherstraße aufbrach, zerstreute sich ein Teil der Gruppe und photographierte. Ein- oder zweimal stießen sie in ihren quirligen Bewegungen gegen Konetzkes Stock, und die Asiaten verbeugten sich kurz, lächelten, dann zogen sie sich wieder zusammen, und unter der goldenen Pforte folgten ihre Köpfe den Händen der Hosteß. Auch andere Menschen blieben stehen und lauschten der Touristenführerin. Die Ramows sahen eine holländische Familie, starkknochig und beinah riesig gegen die Asiaten; sie sahen den Mann im Rollstuhl, den sie bereits am Brunnen gesehen hatten, auch die große Frau mit der Baskenmütze. Etwas abseits stand ein Mann mit Schlapphut und Bergsteigerweste; auch er riesig gegen die Asiaten.

Konetzke und die Engelsche warteten, bis die Touristengruppe einzog in die Böttcherstraße. Die Ramows schlenderten über den Marktplatz; ein paar Musiker hatten sich postiert, und bald stieg ein sehnsüchtiger Gesang auf zum Akkordeon und dazu die lerchenhaften Schläge einer Balalaika. Alles wirkte normal, die Sonne beschien den Roland, und voran führte die Hosteß ihre Gruppe vom Becker-Modersohn-Haus rüber zum Giebel der Sieben Faulen, und rings die Köpfe folgten ihren Ausführungen. Manchmal lachten die Asiaten, und es klang scheu und seltsam verzerrt zwischen der eigenwilligen Architektur. Die holländische Familie stellte eine Frage, und der Mann mit der Bergsteigerweste hielt eine winzige Kamera mit einem erstaunlichen Objektiv. Konetzke und die Engelsche blieben in der schmalen Straße hinter der Gruppe, schlenderten unter den Arkaden oder blieben vor den Fenstern der Ateliers stehen. Einmal, als der Rollstuhlfahrer hupte, ließen sie ihn passieren.

Auch die Detektive nutzten die diskrete Atmosphäre unter den Arkaden. Sie betrachteten die Auslagen einer Goldschmiede und einer Buchhandlung, sie zogen weiter und bestaunten die Effekte eines mit Glasmalerei überzogenen Lichthofs, und als die Hosteß die Gruppe zum Glockenspiel führte, diskutierten die Detektive über die expressionistische Treppenkonstruktion im Atlantis-Haus. Voran erklang bald das Glockenspiel, die Töne aus dem Meißner Porzellan schienen die Asiaten zu verzücken, und sie reckten ihre Hälse. Eine Zeitlang verdichtete sich eine Melodie zwischen den Giebeln, dann stiegen die klaren Töne über und wurden mit den dahinziehenden Wolken zertragen. Als das Spiel verstummte, klatschten die Asiaten. Auf den breiten Gesichtern der Holländer stand ein Grinsen, der Mann mit der Bergsteigerweste photographierte. Die große Frau mit der Baskenmütze hatte ihre Hände tief im Mantel, ihre Augen blieben hinter der Sonnenbrille verborgen. Von hinten schlug der geschmeidige Takt von Konetzkes Stock. Die Engelsche hielt sich nah an ihn gedrückt, manchmal legte sie ihren Kopf an seine Schulter, doch auch dann blieben sie in ihrem Gleichschritt verschmolzen. Als sie zum Ende der Böttcherstraße erneut auf die Gruppe stießen, blieben sie gelassen. Die Asiaten bestaunten das Robinson-Crusoe-Haus, photographierten die Bronzeskulpturen und das Aquarium und steigerten noch mit der fremden Sprache alle Begeisterung; aus den kehligen, bald abgehackten Tonfolgen erstieg eine andere Welt, doch Konetzke und die Engelsche lavierten mühelos durch das Gewimmel.

Und dann brachen sie plötzlich weg. Als wäre alle tragende Kraft durchschnitten worden, sackten sie zu Boden und lagen wie ein Bündel vor dem Crusoe-Haus. Die Asiaten handelten sofort. Sie hockten über dem Bündel, ihre kehligen Laute stießen auf, ihre Hände, und die Hosteß und die anderen konnten den Drill dieser kleinen Menschen sehen, ihre Fähigkeit, Gefühle einer notwendigen Handlung unterzuordnen.

Die Detektive sahen den Rollstuhl am Ende der Böttcherstraße auf die Martinistraße biegen. Auch der Mann mit der Bergsteigerweste hatte die Richtung eingeschlagen; den Schlapphut tief ins Gesicht gezogen, hielt er nun auf die Weser zu. Die große Frau mit der Baskenmütze stand noch im Gewimmel. Sie hatte ihre Hände im Mantel, und ihre Augen blieben verborgen hinter den dunklen Gläsern.

Die Asiaten hatten einem ihrer Landsleute eine Maske übergezogen, die mit einer kleinen Sauerstoffflasche verbunden war. Ein alter Mann, der unter dem leise zischenden Gas bald wieder zu sich kam. Sein Kopf lag im Schoß der Engelschen, insektenartig mit der Maske und der runzligen Haut. Nach kurzer Zeit stand der Alte wieder, und rings die Asiaten verbeugten sich vor Konetzke und der Engelschen. Obwohl sie lächelten, schien es ihnen sehr peinlich, daß der Alte die beiden in seiner Ohnmacht zu Boden gerissen hatte.

Nahe dem Martinianleger schlossen die Detektive auf. Der Stock geriet aus dem Rhythmus, und schließlich blieb Konetzke stehen. Was habe ich Ihnen gesagt? Und was machen Sie? Dann schlug er die Zunge gegen den Gaumen. So läuft das nicht.
Ramows klappten den Laptop auf und zeigten der Engelschen einige Bilder. Anfangs war sie schnippisch, doch dann verstummte sie und drückte schließlich Konetzkes Arm. Das sind sie, Eddi. Sie sind wieder da.
Doch Konetzke schien wenig beeindruckt. Es bleibt dabei, sagte er. 17 Uhr 30 in der Kanzlei Schröder.

Konetzke und die Engelsche waren ganz offensichtlich auf dem Weg nach Hause gewesen. Die Brücke zum Teerhof war nicht mehr weit, doch dann schlugen sie eine andere Richtung ein und stiegen von der Weserpromenade hoch zur Martinistraße. Sie gingen direkt ins Studio.

Eine halbe Stunde später kam ein bulliger Geländewagen vom Hinterhof; Dragan Srezcovic saß hinterm Steuer und kutschierte die beiden ins Penthouse.

Die Detektive setzten sich auf eine Bank nahe der Brücke und hielten die Insel im Auge. Noch von dieser Flußseite war klar zu erkennen, daß der Teerhof Arroganz bediente und materiellen Separatismus. Eine urbane Oberschicht, die die eigene Persönlichkeit zur Maxime erhoben hatte und Tradition nur noch global verstand. Anstelle stadtverbundener Kaufmannschaft oder menschlicher Wurzeln pflegte sie eine rationelle Kaltblütigkeit, die sie mit ihrem Erfolg sanktionierte. Im Feldstecher sahen die Detektive die teure Politur; nicht mal Gräser oder Moose konnten dort drüben noch Fuß fassen, und so schoß der bullige Geländewagen auf die Insel. Zog über die Fußwege und hielt mitten auf einer marmorierten Ellipse. Sie stiegen aus und nahmen zu dritt den Fahrstuhl.

Nach einer Zeit öffneten sich die Türen zur Dachterrasse, und Konetzke und der Serbe setzten sich um den Pool. Die Engelsche spannte die Sonnensegel, dann brachte sie Kaffee. Sie saßen eine ganze Weile, und aus der Distanz erschien das Gespräch ernst. Der Serbe telefonierte zwischendurch, und einmal ging Konetzke rein; danach legte er ein rotes Datenspeicherungsgerät auf den Tisch. Srezcovic verabschiedete sich auf der Terrasse. Er steckte das rote Ding in die Hosentasche, sah auf seine Uhr und verschwand durchs Penthouse. Bald erschien er wieder im Feldstecher, und die Detektive sahen, wie der Geländewagen von der Ellipse stieß.

Die Sonne hielt auf Mittag zu, und die hellgrauen Wolken waren eine endlose Herde. Edgar Konetzke stand am Geländer seiner Dachterrasse; das Gesicht gegen den Fluß und dahinter die historische Front der Schlachte. Am Martinianleger machte ein Ausflugsschiff die Leinen los, und eine kleine Schwerölwolke verwehte in der lauen Brise. Diesseits stiegen die Gerüche aus der Brauerei, und im Feldstecher ahnten die Ramows, wie Konetzke Gespür für die Dinge jenseits seiner Augen entwickelt hatte. So stand er, und unter der Haut verwandelte sich die Welt in Bilder. Als die Engelsche von hinten kam und sich sanft gegen ihn drückte, schien ein Strom durch ihn zu gehen. Als würden warme Wellen von innen ausschlagen, und er suchte ihre Lippen, und sie küßten sich. Dann legte sie ihren Kopf auf seine Schulter, und so standen sie da. Mit glücklichen Gesichtern; im Fluß die dahinziehenden Wolken und jenseits die Stadt.

Die Schwäne kamen aus Südost. Sie folgten dem Flußlauf, und im Feldstecher sahen die Ramows, wie Konetzke den Schlag ihrer Flügel bereits aus der Entfernung wahrnahm. Als er etwas sagte, sah die Engelsche auf, dann legte sie ihren Kopf wieder auf seine Schulter und schloß die Augen. So zogen die Schwäne an der Dachterrasse vorbei; ihre leuchtenden Schnäbel, die Wellen durch die ausgelegten Hälse, und die Detektive ahnten, wie die weißen Schwingen eine Melodie in die Luft wirbelten. Wie Konetzke und die Engelsche gemeinsam von dieser Melodie erfaßt wurden, wie sie sie durchströmte, innerlich verschmolz und eine große Geborgenheit hervorbrachte. So standen die beiden mit geschlossenen Augen am Geländer.

Ihr Gang ins Penthouse erschien langsam und still.

Hinter den Scheiben war es dunkel, im Feldstecher keine Bewegungen zu sehen.

Von der Schlachte zum Studio war es nur ein Katzensprung. Die Ramows nahmen die in den Deich geschlagenen Stufen, zogen ein Stück durch den Bar- und Restaurantbetrieb und stießen durch einen schmalen Gang Richtung Martinistraße. Doch sie erreichten den Serben nicht mehr. Sein bulliger Geländewagen stand korrekt geparkt in einer Reihe, ringsherum kreisten die Lichter von Notarzt und Polizei. Der Serbe lag auf einer Trage, und der Arzt hatte seinen Oberkörper freigelegt. Er setzte eine Spritze, horchte und ließ sich eine zweite geben. Danach setzte

er Stromstöße, doch der kräftige Körper des Serben bäumte kaum
noch auf.

Von dem Arzt konnten sie nichts erfahren und auch nichts von der
Polizei. Aber ein Schaulustiger hatte etwas von Dosis gehört und
viel zu reinem Stoff, und in den Taschen des Toten hätten sie ein
Tütchen gefunden. Geld noch, sagte der Schaulustige, jede Men-
ge Scheine, aber mehr hätten sie nicht aus den Taschen gezogen.
Nein, auch kein kleines rotes Ding.

Sie nahmen den schnellsten Weg; liefen wieder runter zum Fluß,
querten die Brücke und standen kurz darauf vor Konetzkes Haus-
eingang. Sie hatten keine Zeit zu verlieren und mußten jederzeit
mit dem Schlimmsten rechnen. Es gab eine moderne Sicherheits-
tür, eine Gegensprechanlage und fünf Klingeln. Sie entschieden
sich für eine heimliche Vorgehensweise, und es dauerte etwas, bis
sie die Tür mit ihrem kleinen Spezialbesteck geöffnet hatten. Das
Treppenhaus war kühl und glatt und ließ jedes Geräusch zurück-
klingen. Sie hatten Überzieher dabei und Handschuhe und kamen
gut durch die ersten zwei Geschosse. Dann schlug eine Wohnungs-
klingel an; ein Summer wurde gedrückt, die Haustür sprang auf,
Schritte hallten, und dann das Geräusch des Fahrstuhls. Er hielt
gleich im ersten Stock, und von unten hörten die Detektive, wie
eine Frau einen Mann begrüßte. Sie warteten noch etwas, bis sie
die letzte Treppe nahmen.

Konetzkes Tür erschien solide, und als sie das Stethoskop ansetz-
ten, konnten sie dahinter keine Geräusche vernehmen. Sie gaben
seine Telefonnummer ein, und bald fing sich ein gedämpftes Klingeln in der Membran. Ansonsten blieb es still in der Wohnung, und
niemand nahm das Telefon ab. Sie unterbrachen die Verbindung,
lauschten und wählten erneut. Dann schoben sie das Besteck in
den Zylinder, und der Elektromotor schnurrte im Takt des Klin-
gelns; es dauerte, bis Federn und Stifte den Zylinder freigaben,
doch dann sprang die Tür geräuschlos auf.

Der Empfangsraum war mit bordeauxrotem Samt tapeziert, und
auf den geriffelten, matt blinkenden Stahlplatten führte ein bor-
deauxroter Läufer in den großzügigen Wohnbereich. Die Dachter-

rasse hinter dem Panoramafenster erweiterte den Eindruck noch; im gekräuselten Fluß spiegelten die Altstadtsilhouette und der Himmel.

Die Detektive schlossen die Tür und gingen behutsam vor. An der Garderobe hingen die Jacken, die die beiden vorhin getragen hatten, und auf einem Tischchen lag der Stock mit dem Jadeknauf. Gegenüber im Gästeklo entdeckten sie niemanden. Auch nicht, als sie weiter vordrangen.

Der geriffelte Fußboden zog über in den Wohnbereich und machte den Raum noch lichter. Westlich war eine offen integrierte Küche, an die zum Fenster hin eine kleine Bar anschloß. Auf dem Tresen stand ein Tablett mit drei Tassen und einer Kaffeekanne. Die großen Fenster ließen sich mit Jalousetten abdunkeln, die Schiebetüren waren geschlossen. Nach Osten überzog ein Teppich in weichem Rot den Boden und bildete einen angenehmen Kontrast zu den elfenbeinfarbenen Möbeln. Die Stücke wirkten modern und teuer und waren anscheinend nach einem Prinzip angeordnet, das Konetzke jederzeit Orientierung gab. Es gab zwei Sofas, und neben dem größeren lagen die Kleidungsstücke verstreut, die Konetzke und die Engelsche vorhin noch getragen hatten. Auf einem lackierten Tisch Reste eines weißen Pulvers. An der Wand dahinter, eingefaßt von einem eleganten Sims, führten Stufen aufwärts. Von einem runden Flur mit rundem Oberlicht gingen drei Türen ab. Hinter der ersten öffnete sich den Detektiven ein glattes, kühl gehaltenes Bad. Das Bad war leer und auch das nächste Zimmer mit begehbarem Kleiderschrank und großen Spiegeln. Die Detektive fanden sie im Schlafzimmer, und sie waren alleine.

Es gab durchaus Parallelen zu den beiden Toten aus Köterende. Wie Lampe und seine Bäuerin lagen auch Konetzke und die Engelsche wie im Beischlaf vereint. Und wie in Köterende lag der Mann oben, und als die Detektive herangingen, schienen beide noch so warm wie eh. Konetzkes Herz schien sogar noch einmal zu flattern, doch die Detektive wußten, daß auch Stromstöße ihn nicht mehr aufbäumen würden. Auch hier würden die Ärzte hochreine Potenz und Überdosis konstatieren, die Polizei würde in der Wohnung Geld finden, Drogen, und der Fall wäre erledigt.

Ichthyologen oder Kryptozoologen würden erst gar nicht befragt werden, und wenn irgendein Assistenzarzt in der Gerichtsmedizin auf Anomalien stoßen und die Diagnose bezweifeln sollte, würden von irgendwoher Berichte aus Fachzeitschriften auftauchen und die Anomalien einweichen in eine Regel. Willems Vater war gestorben. Lampe und seine Bäuerin. Der Serbe. Und als Edgar Konetzke erblindet war, wußte niemand, weshalb. Und jetzt war auch er tot. Und mit ihm die Engelsche, und so lagen sie friedlich vereint und beinah, als würden sie noch die vorbeiziehenden Schwäne hören.

Einer der Ramows bedient das Fäßchen, der andere schlägt den Globus an; sie genießen den Abgang mit geschlossenen Augen, und danach sehen sie die Galaxien aufleuchten und das Band der Milchstraße.
Anfangs hat Willem das Gefühl, als würde er von der unsichtbaren Rotation erfaßt, und in seinem Bauch erscheint das sanfte Feuer des Whiskys wie ein Zentrum, um das sich die Bilder von Konetzke drehen; von der großen Frau, von Lampe und von seinem Vater. Doch schon bald dringt eine große Ruhe aus der Kugel; als gerieten seine Gedanken und noch die ganze Innenwelt sanft in ihre Anziehung, und er spürt einen Frieden in sich; Raum scheint in Raum aufzugehen, Formen und Gedanken lösen sich auf. So sitzt er da; sanft erfaßt und in eins gekehrt mit allem. Und nach einer Zeit sagt er: So haben wir damals auf der Wurt gesessen. Ich könnte ewig so sitzen.

Es ist eine Sache, sagen die Detektive, die Wohnung zweier Menschen zu durchsuchen, die noch warm daliegen. Und es ist eine andere Sache, keine verräterischen Spuren zu hinterlassen und zugleich die möglichen Spuren anderer aufzudecken.
Wir haben nichts gefunden, was mit unserem Fall irgendwie in Zusammenhang zu bringen wäre. Keine Papiere oder Datenträger zum Tod Ihres Vaters, keine verdächtigen Namen, Notizen, Nummern. Absolut nichts, auch keine Spuren davon, daß die anderen vor uns fündig geworden sind. Doch das muß nichts heißen. Das

Arrangement, das wir in Konetzkes Wohnung vorfanden, spricht für sich. Diejenigen, die dahinterstecken, haben sich womöglich einer Idee untergeordnet und womöglich allen Respekt vor dem Leben anderer verloren. Sie passen sich ihren Opfern an, scheinen unsichtbar in deren Welt, schlagen urplötzlich zu, hinterlassen einen falschen Eindruck und lösen sich auf, als würde es sie nicht geben.

Konetzkes Wohnung zu durchsuchen war natürlich etwas anderes, als einen Australo mit Pinsel und Nadel wieder hervorzuholen. Dennoch konnten wir uns etwas Zeit nehmen für eine vage Rekonstruktion: die Frau mit der Baskenmütze und der Rollstuhlfahrer. Nach dem Vorfall mit den Asiaten rollte der Mann davon und war bereits in der Wohnung, als Konetzke, die Engelsche und der Serbe unterm Sonnensegel Kaffee tranken. Die Frau blieb draußen, und gut möglich, daß sie die Dachterrasse beobachtete und obendrein uns, wie wir die Dachterrasse beobachteten. Zu diesem Zeitpunkt muß sie aber näher am Teerhof gewesen sein als wir, und sie muß den Serben bald erwischt haben, nachdem er von der Ellipse gestartet war. Vielleicht war sie auch schon im Wagen, und man muß ihr auf jeden Fall zutrauen, daß sie eine Situation in den Griff kriegt. Egal, ob sies mit einem wie Srezcovic zu tun kriegt oder mit einem Blinden. Sie arrangierte den Tod des Serben, holte sich von ihm, was sie haben wollte, und löste sich auf, als wäre sie nie dagewesen. Und der Mann aus dem Rollstuhl machte es auf die gleiche Art mit Konetzke und der Engelschen. Mit den gleichen Fähigkeiten, derselben Ausrichtung aufs Ziel: perfekt und kaltblütig, daß nicht mal einer wie Eddi ihn in seiner eigenen Wohnung wahrnehmen konnte. Einer wie Eddi, der seine verbliebenen Sinne so weit verfeinert hatte, daß er die Schwingungen anfliegender Schwäne aufnehmen konnte, noch bevor andere das Weiß gegen den Himmel sahen. Einer, der sich für schlau hielt und sich immer schwer damit tat zu glauben, daß es mehr als die eigene Schlauheit gab. Aber auch einer, der liebte und geliebt wurde. Doch zuletzt wurden Konetzke und die Engelsche ermordet, und wie der Mann das gemacht hat, ist eigentlich egal. Er hat es so sauber hingekriegt, daß im nachhinein alles friedlich wirkte; die gemeinsame

Nase vom lackierten Tisch, die gemeinsame Libido auf dem elfenbeinfarbenen Sofa, der finale Akt im Bett. Und wenn es in der Wohnung etwas zu holen gab, hat er es mitgenommen.

Die Ramows sehen Willem an.

Nach einer Zeit sagt er: Was sind das für Menschen?

Homo sapiens, vermuten wir. Welche, die mit ihrem Gehirn in der Lage sind, Ideen über alles zu stellen. Oder anders, deren Gehirne sich so konzipiert haben, daß sie für die Macht der Ideen empfänglicher sind als für alles andere. Welche, die sich noch über die Liebe der anderen stellen; die Liebe eines Vaters für seinen Sohn, eines Landarztes für eine Bäuerin, Konetzkes für die Engelsche, und noch der Serbe mag jemanden geliebt haben. Die Liebe und das Leben anderer scheinen diesen Menschen egal.

Und jetzt?

Vielleicht haben sie gekriegt, was sie wollten. Und jetzt ist Ruhe, und der Fall Ihres Vaters wird unaufgelöst bleiben. Vielleicht können wir den Fall aber auch ohne Konetzke klären.

Das scheint mir gefährlich.

Bah. Um uns machen Sie sich mal keine Sorgen. Dann bedient einer von ihnen Maus und Tastatur, und bald dreht er den Bildschirm, und Willem sieht die Frau mit der Baskenmütze und den Mann im Rollstuhl.

Es dauert, bis er sich entscheidet. Ich habe die beiden noch nie gesehen.

Sicher?

Ja. Die großen Frauen, die mir in letzter Zeit über den Weg liefen, hatten andere Merkmale.

Wieder klickert die Tastatur, dann die Maus. Und jetzt?

Ein neues Bild öffnet sich. Die Frau und der Mann jetzt ganz anders zurechtgemacht, und beide erscheinen arisch und groß. Sie stehen vor festlichem Hintergrund; gestutzte Bäume sind zu sehen, der Flügel eines herrschaftlichen Hauses und die Gäste in bester Garderobe. Ein weiteres Bild zeigt die beiden im Profil; Körperhaltung und Ausdruck scharf, ihr Lächeln, als wäre jede andere Umgebung ihnen fremd. Diesmal entscheidet er sich schnell. Auch nicht, sagt er. Als sich das nächste Bild aufbaut, bleiben Hintergrund und Anlaß gleich. Dann sieht er einen großen Kreis von Menschen, die um einen Pavillon stehen. Von oben kommt anscheinend Musik, und als einer der Ramows die Gesichter aus der Menge heranzoomt, sagt Willem plötzlich: Da! Hinter der Frau! Das ist Steiner!

Wer ist Steiner?

Ein alter Geschäftsfreund von Kronhardt.

Auch Ihrer Mutter?

Ja.

Könnte er unser ominöser Doktor-Doktor sein? Von Wrangel?

Willem weiß es nicht.

Wir bleiben da dran.

Ja.

13

Sie sitzen in der Nische. Gelegentlich zuckt Flammenlicht aus der Küche, der Widerschein treibt durch den Mauerbogen bis in die Nischen der gekalkten Wände, und die Figurinen bewegen sich im Lichtwechsel. Auch auf den schwarzweißen Landschaftsphotos werden Vorgänge sichtbar; Nähe und Ferne können sich verschieben, sich wie ein Bienenschwarm verdichten und wieder auflösen, und sie entdecken immer wieder Neues in diesen Effekten.

Barbara sagt: Wie hast du das hingekriegt, Hector?

Der Mexikaner dreht die Hände nach außen.

Willem sagt: Mit dem Kopf.

Und Barbara streichelt Willems Kopf. Wenn die Zustände da drinnen die Welt machen, solltest du eigentlich die große Auswahl haben. Du kannst dir die schönste von allen aussuchen.

Das habe ich längst. Und er kußt sie zärtlich.

Inéz sitzt da und lächelt. Dann gleitet sie in Hectors Arm, und der ruhige Atem des stämmigen Mannes scheint sie zu tragen.

Sie haben buntes Gemüse auf dem Tisch; gegart, in Öl gebraten oder eingelegt. Dazu Maisfladen, Salsa und frisch gehackten Cilantro. Sie essen mit den Händen, und Hector sagt: Ándale. Vor kurzem noch saßen wir hier und hatten Nordafrika im Kopf. Oder Japan. Und jetzt sind es fast schon Erinnerungen, und wir bekommen anderes hinein; das Alte Europa ist nur noch Ramsch wert, die Supermacht zahlungsunfähig, die ganze Welt steckt in einer Wirtschaftskrise, und damit machen sie uns nun Angst. Doch was bedeuten Ramschwert oder Zahlungsunfähigkeit? Wer steckt hinter solchen Aussagen, und warum kann sich daraus so eine Dynamik entwickeln? Wenn das Volk diese Wirklichkeit aus dem eigenen Kopf streichen würde, hätten die Mächtigen ein Instrument weniger. Ich glaube, sagt Hector und gibt Salsa auf einen Fladen. Ich glaube, Willem hat recht. Wenn die Dinge im Kopf entstehen, kann auch ihr Gegenteil dort entstehen. Wir sind nicht dazu gezwungen, uns von der Angst der anderen einfangen zu lassen. Wir sind ganz allein dafür verantwortlich, was wir in uns wirken lassen und wie wir es wirken lassen. Noch wenn die Geschehnisse so unmittelbar sind wie Nordafrika oder Japan. Wie Köterende oder Teerhof; wir bleiben allein verantwortlich, uns von diesen Zuständen einfangen zu lassen oder nicht.

Der Mond war voll und rot gefärbt auf seinem Bogen, und die Nacht über ist es warm geblieben; durch das offene Fenster haben sie Frösche gehört, und als sie sich einen Kuß aus den Laken geben, meinen sie, kaum geschlafen zu haben. Die Sonne steht bereits auf dem Reet, und sie spüren die aufdampfende Feuchtigkeit in dem strohigen Geruch.
Willem beschickt seine Dinge am Morgen langsam; auch wenn Barbara mehr Zeit für Toilette und Garderobe braucht, ist sie vor Willem abfahrbereit. Sie holt den Jaguar aus der Garage, wendet ihn, schließt die Flügeltore und lehnt sich gegen den Wagen. Reste der Nacht durchziehen noch die Luft, doch in dem lauen Wind steckt bereits die Ahnung von Hitze. Die Eichen stehen im klaren Licht; in der Höhe haben Wolkenfasern sich zu einem Strang formiert, aus dem Fortsätze wie Rippen heraustreiben. Der Himmel dahinter ist von tiefer Farbe. Barbara läßt den Morgen in sich, nimmt seine Spur auf. Eine Drossel singt aus den Ästen, das Pferd der Nachbarn wiehert, und als Willem kommt, gibt er ihr einen Kuß.
Der Kies knirscht unter den Reifen, dann ziehen sie die kleine Straße gemächlich bis auf die Chaussee. Willem läßt einen Arm aus dem offenen Fenster hängen, und durch die Windschutzscheibe fallen die Bilder der Welt; die Kurve abwärts in die Senke, durch die Auwaldreste vorbei an der Anhöhe mit dem Schloß, und manchmal nimmt ihm die Limousine das Gefühl für Geschwindigkeit, und Wegstrecke und Zeitspanne lösen sich im knautschigen Leder einfach auf.

Barbara zieht die Glühspirale heraus und raucht. Sie steuert souverän, und aus der anrückenden Stadt kann sie bereits die Schwingungen spüren. Den Rhythmus des Tages, und so verdichtet sich die Welt in der Windschutzscheibe, und der Jaguar zieht ein ins Städtische.

Als sie die Brücke über die Lesum nehmen, sagt sie: Glaubst du an die Theorie deiner Detektive?

Willem blickt noch eine Zeit geradeaus. Dann sieht er seine Frau an. Friedhelm Lampe hat von Anfang an am Embolietod meines Vaters gezweifelt. Und Konetzke scheint auf Material gestoßen zu sein, das Lampes alten Verdacht nur erhärtet. Wenn hinter dem Mord an Lampe wie auch an Konetzke das Motiv steckt, die wahre Todesursache meines Vaters unentdeckt zu lassen, steckt sehr wahrscheinlich jemand von damals dahinter. Ein alter Mensch also, der heute noch immer in der Lage scheint, einen Mord so gekonnt in einen natürlichen Tod zu verwandeln, daß die Welt ringsherum keinen Verdacht schöpft. Vielleicht ist dieser Mensch heute nur noch treibende Kraft und hat zur Ausführung seiner Taten Gehilfen zur Hand. Die große Frau und der große Mann könnten solche Gehilfen sein. Und der ominöse von Wrangel könnte die treibende Kraft dahinter sein. Ob sich hinter Kronhardts altem Geschäftsfreund Steiner tatsächlich von Wrangel verbirgt, wird sich zeigen. Daß aber Kronhardt selbst in diesen Fall verstrickt ist, glaube ich immer noch nicht. Er ist der Bruder meines Vaters; mein Onkel, mein Stiefvater; ein Mensch, an den ich kaum herzliche Erinnerungen habe, der aber aus seiner kühlen, aufgeblähten, vielleicht auch hilflosen Art heraus dennoch Spuren hinterlassen hat, die bis in mein Herz langen. Nein, Kronhardt traue ich so eine Fähigkeit zur Täuschung nicht zu. Auch nicht die Kaltblütigkeit. Und auch meiner Mutter traue ich es nicht zu.

Barbara fädelt auf der sich ausbreitenden Straße nach rechts und steuert Richtung Hafenrand. Sie ziehen vorbei an der Stahlhütte und biegen hinter der Ampel auf die neue Trasse. Vorbei an Umschlagplätzen für Container, an Holzlagern und rangierenden Waggons. Die Sonne wärmt bereits den Fahrtwind und treibt die Gerüche in die Kabine. Als rechter Hand die Zylinder der Getreidemühle in Sicht kommen, sagt sie: Ich traue es den beiden auch nicht zu. Dann zieht sie nochmals die Glühspirale, raucht und sagt schließlich: Inéz aber.

Wie?

Barbara macht ein hilfloses Gesicht. Du hast es ihr von Anfang an unterstellt. Fledermaus- oder Austernsinne, hast du gesagt. Und Inéz meint, daß sie etwas spürt. Daß Robert in die Sache verwikkelt ist.

Und du?

Ich weiß es nicht, Willem.

Du meinst, wir sind befangen? Zu nah dran am Alten, um klar zu sehen?

Ich weiß es nicht.

Auf dem ehemaligen Werftgelände sind Fahnen gehißt. Wo einst das Eisen zu Onassis gebogen wurde, finden inmitten des glitzernden Einkaufszentrums Erlebnistage statt, und Willem liest, daß man heute Schlagerstar werden kann. Er sagt: Die Detektive haben das zu mir gesagt. Daß ich viel zu tief drinstecke, um noch klar zu sehen.

Manchmal ist ein Blickwinkel von außen hilfreich.

Ja.

Sie drückt seine Hand. Rita Schrödinger hat eine neue Produktionsstrategie entwickelt. Die Frau ist gut, und ich fahre nachher hin. Wenn du willst, nehme ich Robert mit. Dann kannst du in Ruhe sehen, ob du was über Steiner findest.

In der aufsteigenden Stadt wird die Hitze spürbar; als würde der neue Tag einen Energiespeicher öffnen, scheinen glastige Wellen aus den Häuserschluchten zu strömen, und nur einmal, als sie die Brill-Kreuzung nehmen, können sie zwischen den Brauereigerüchen noch eine leichte Frische ahnen.

Barbara steuert durch die Martinistraße, und sie sehen Konetzkes Studio. Der Geländewagen des Serben steht nicht mehr da.

Auf dem Osterdeich staut sich der Verkehr; rechter Hand der Fluß trägt unter glitzernden Reflexen das Blau des Himmels, doch die Brise von dort verdampft zwischen den heißen Motoren. Huptöne stoßen aus der Autoschlange, sie kommen nur langsam voran. Barbara erzählt, daß der Kykladenreeder sich wieder gemeldet habe. Ihm sitzen jetzt die Steuerfahnder im Nacken. Er hat in einem Kafenion am Hafen gesessen, als er die Männer vom Festland her in einem Motorboot kommen sah. Anzug, gespiegelte Sonnenbrille, und dann haben sie seine Flotte an die Kette gelegt. Auf der ganzen Insel haben sie es so gemacht. Noch die Alten, die irgendwann einmal zufällig gestrandeten Touristen Unterkunft im Stall gewährt haben, werden zu Steuersündern hochgerechnet, und von einem auf den anderen Tag ist nun die ganze Insel mit einer Schuld beladen, an der noch die Zukunft der Kindeskinder zerbrechen muß.

Willem sagt: Ich mag die Griechen. Und ob sies wollten oder nicht, sie haben sich aufs falsche System eingelassen. Europa und die neue Währung passen womöglich nicht zu ihrer Philosophie.

Ich glaube, sie wollten nicht. Aber konnten nicht anders. Dann lächelt sie und küßt ihn. Wie du.

Als sich der Verkehr um eine Ampelphase voranschiebt, sagt sie: Ich werde ihm ein Geschenk machen. Einen schönen Anzug mit dezenter Stickerei: Es lebe der Freigeist!

Willem sagt: So einen Anzug nehme ich auch. Und dann. Was ist mit Laschek?

Wie kommst du auf Marcel?

Er ist degeneriert und paßt nicht in unsere freigeistige Welt.

Wir müssen uns auf ihn einlassen. Alles andere ist Energieverschwendung.

Du hältst ihm die Stange, weil er das Geschäft nach vorne bringt.

Das Geschäft bringen wir nur gemeinsam voran. Wenn wir gut zusammenwirken.

Laschek wirkt aber nicht gut mit uns zusammen.

Es kommt vielleicht mehr darauf an, auf welche Bereiche eines Menschen du dich einläßt und auf welche nicht.

Du ignorierst seine Perversitäten?

Nein. Wenn offenbar wird, daß er wo auch immer Perversitäten treibt, feuere ich ihn.

Weiß er das?

Ich denke, du hast mit ihm gesprochen.

Ich komme bei ihm nicht an. Wir sind zu weit auseinander, haben keine gemeinsame Basis mehr. Und solange er Kronhardt hinter sich hat, ist ihm eh egal, was ich sage.

Du mußt ein Gefühl für den Dicken entwickeln; fürs Miteinander. Da ist es meist besser, auf sanfte Art zu wirken. Respektiere ihn einfach so, wie er ist. Bleib offen, fang seine Energien ein, und wenn du seine Schwächen hast, zeigst du ihm, wie es anders geht. Und daß es sich anders lohnt. Ganz sanft, Willem. Aus dem Herzen. Das kannst du doch.

Laschek ist ein Brocken für mich.

Soll ich mit ihm reden?

Vielleicht. Aber vielleicht versuch ichs auch noch mal.

Hitze und Abgase scheinen direkt aus dem Asphalt zu stoßen, die Huptöne in den zähen Ampelphasen steigern sich. Rechter Hand fällt die Deichböschung in Wiesen ab, und Willem sieht Menschen, die dort im Gras liegen; Hunde spielen, der Fluß zieht dahin, die Reflexionen.

Barbara beobachtet den Verkehr; dann schert sie aus der Schlange und beschleunigt auf der Gegenspur. Es ist ein vertrautes Manöver, und auf der Uhr sieht Willem, daß sie heute drei Minuten früher dran sind als gestern. So ziehen sie ein in das schmale Netz der Nebenstraßen; stoßen von hinten gegen das Theater vor und halten sich dann wieder einwärts; vorbei an der Kunsthalle und den Wallanlagen, und als die Doppelspitze vom Dom durch die Scheiben fällt, steuert Barbara den Jaguar durch eine schmale Einbahnstraße Richtung Marktplatz. In einer reservierten Bucht steigen sie aus.

Das Morgenlicht zieht weich gegen die Schatten, über den schmalen Straßen ist der Himmel ein Streifen. Manchmal spüren sie, wie die Mauern die Hitze verschlucken oder etwas Dumpfes ausströmen. Barbara wirft ihr noch immer eher kurzes Haar zurück, der Schlag ihrer Absätze hallt. Sie sagt: Ich nehme Robert dann nachher mit.

Ist gut.

Dann sagt sie: Wie es aussieht, hat Marcel einen neuen Kunden aufgetan. Einer von diesen Rußlandoligarchen, die aus England heraus operieren. Marcel stuft ihn als gut ein, mit Verbindungen bis in die Königssippe. Machst du dir bitte mal ein Bild von diesem Russen? Vielleicht kann Roderick dir auch weiterhelfen.

Ein Oligarch ist doch per se ein moralisch unkorrekter Mensch. Was soll ich da noch groß investigieren?

Würdest du es trotzdem tun?

Und wenn er oligarchisch bleibt?

Dann wars das mit dem Russen.

Das sagst du immer.

Aus ihrem Gang heraus gibt sie ihm einen Kuß. Solange wir Moral zeigen, stehen wir doch gar nicht so schlecht da.

Das sagst du immer.

Und du liegst immer auf dem Sofa und beklagst moralischen Verfall.

Ich liebe dich.

Ich dich auch.

Die alten Backsteine absorbieren noch die Sonnenstrahlen, und so steht das Speicherhaus in warmen Tönen gegen den Morgen. Dreistöckig und schlank, Fugen und Ständer harmonisch und der Spitzgiebel eine klare Kontur gegen den Himmel. Die zeitlose Eleganz des Gebäudes vertieft sich in den Auslagen; nur wenige ausgewählte Stoffe und Wäschestücke sind zu sehen, und über dem Eingang, in dunklem Rot, das auf die Steine abgestimmt ist, steht der klein gehaltene, angenehm zu schauende Namenszug.

In der Tür hängt noch das alte Wendeschild, und auch die alte Glocke ertönt. Eichenbohlen und Y-Träger erschaffen auf Anhieb eine Wärme, die sich mit Rodericks Möbeln und dem Blick auf die Kolonnaden, wo in den Fächern Feinwäsche und Tuchwaren sortiert liegen, zu einer Intimität verdichtet. Und sobald die Tür mit einem zweiten Ton der Glocke geschlossen wird, strömen die Gerüche und spannen noch immer einen Bogen hinein in unbekannte Zeiten.

Inéz ist bereits im Atelier; an einem Zeichenbrett hängen Kohlezeichnungen, über eine der Mahagonipuppen ist Stoff drapiert. Die Frauen küssen sich auf die Wange, dann nimmt Barbara die

Wendeltreppe. Auf halber Höhe sagt sie: Ich geb Bescheid, wenn wir fahren.

Yup. Willem steht gegen den Tresen gelehnt und sieht der Spanierin bei der Arbeit zu. Sie trägt einen tiefvioletten Hosenanzug, der mit feinen Silberfäden durchwirkt ist. Sie spürt Willems Blick und lächelt, ohne aufzusehen. Es gibt frischen Kaffee.

Er setzt sich mit einer Tasse in ihre Nähe. Sie zieht einen Kreis um die Holzbüste, Schritte wie eine Tänzerin; geht in Reiterstellung, streicht und faltet Form in ein Stück Gewebe. Willem sieht ihren grazilen Körper unter dem Anzug, die Silberfäden in ihrem kurzen Haar. Dann sagt er: Ich krieg Laschek nicht in den Griff. Er löst einen Ekel in mir aus, der zuletzt alles ergreift. Und dann spuck ich ihm diesen Ekel ins Gesicht.

Die Spanierin lacht. Sonst kannst du es doch auch besser.

Bei dem Dicken krieg ichs nicht hin.

Bist du dem auf den Grund gegangen?

Nein. Aber ich lerne meine Schwächen kennen.

Dann sieh Marcel doch als eine Herausforderung, an der du dich weiterentwickeln kannst.

Hört sich gut an. Und wenn ich dann entwickelt bin, küsse ich ihm seine kleinen, fetten Tänzerfüße – dieser miese Knochen. Er vergewaltigt Frauen. Kinder.

Wie bitte?

Er treibt es im Netz.

Du meinst, er gehört zu so einem Ring?

Richtig nachweisen kann ichs ihm nicht. Aber ich weiß, daß er seine Perversionen treibt.

Sie sieht Willem aus der Hocke heraus an. Vielleicht betrachtest du die Welt zuviel, anstatt in ihr zu handeln.

Hat Barbara auch schon gesagt.

Vielleicht solltest du weniger auf deinem Sofa liegen.

Das kriege ich nicht hin.

Das hast du noch nie hingekriegt, oder.

Ich glaube nicht.

Vielleicht kann man einem wie Marcel vom Sofa aus nicht so beikommen, wie er es braucht, um Respekt zu lernen.

Willem sieht, wie das Gewebe durch ihre Finger gleitet. Wie die zarten Hände zupacken.

Mit einer Nadel zwischen den Fingern blickt sie auf. Aber wer weiß: Vielleicht kriegst du es auf deine Art ja doch hin. Dann verschwindet die Nadel, und ihre Hände machen das Gewebe flüssig, lassen das Mahagoni durchschimmern wie dunkles Fleisch.

Wenn ich nicht mehr weiterweiß, komme ich wieder.

Mach das. Dann steht sie neben ihm. Sie riecht gut.

Nach einer Zeit sagt Willem: Und Kronhardt?

Sie sieht ihm in die Augen; feine Linien stehen jetzt auf ihrer Stirn. Ich treffe immer wieder auf Menschen, denen ich aus einem Gefühl heraus aus dem Weg gehe. Deinem Stiefvater mußte ich nie ausweichen. Doch jetzt ist es, als hätte sich etwas Verborgenes in ihm aufgetan, und wenn ich ihm begegne, strömt das Gefühl in mich.

Ist es schlimm?

Ich kann ihm gut ausweichen.

Bist du Steiner je begegnet?

Nein.

Meine Detektive sind auf ihn gestoßen. Er könnte verwickelt sein in die jüngsten Geschehnisse. Und zurück bis zum Tod meines Vaters.

Steiner ist ein alter Geschäftsfreund von Robert, nicht.

Vielleicht mehr.

Sie sehen einander an. Dann nimmt Willem sie in den Arm und gibt ihr einen Kuß auf die Stirn.

Bevor er geht, sagt er: Und Laschek?

Die Spanierin weiß sofort, was Willem will. Nein, sagt sie. Vielleicht ist er ein Ekel, aber ich muß ihm nicht aus dem Weg gehen.

Als Willem die Flügeltüren im Spitzgiebel öffnet, sieht er, wie ein großer Schatten die Stadt überzieht und bald den Fluß erreicht. Quellwolken schieben sich vor die Sonne, es wird windstill, und Willem ahnt, wie die Hitze sich staut. Dann setzt er sich an den Schreibtisch und holt Lascheks Ausdruck vor.

Auf den ersten Blick ist es ein Profil, das vor allem zeigt, was für ein Kaliber der Oligarch ist; dahinter hat Laschek die Stränge seines Imperiums bis in die für Kronhardt&Focke interessanten

Verzweigungen seziert. In einer Legende zu seiner Sektion hat er Volumina, Preise oder Qualität derzeitiger Konkurrenzstickereien aufgestellt; dazu die Namen der Mittelsmänner des Oligarchen und mit Filzstift umrahmt seine bisherigen Operationen, um diese Mittelsmänner für Kronhardt&Focke zu gewinnen. Auch wenn es ihm nicht gefällt, muß Willem bald einsehen, daß Lascheks Analyse und seine bisherige Vorgehensweise gut sind. So sitzt er hinterm Schreibtisch; denkt zurück an seine Kindheit, an die Hündin Laika und den Major Gagarin, und er ahnt zugleich, daß der Russe an sich womöglich genauso gierig, rücksichtslos und aggressiv ist wie die Menschen überall. Das empathiefähige Individuum aufgelöst in der destruktiven Masse.

Er hat sich entschieden, Roderick anzurufen. Vom Anschluß in seinem Apartment kommt keine Antwort, doch als Willem das Seniorenheim direkt anwählt, hat er schnell Kontakt. Die Frau in der Leitung sagt, very well, und Willem ahnt, wie sie durch die distinguierte Atmosphäre bis an den Tisch geht, wo Roderick mit seinen Damen sitzt. Und tatsächlich hört er bald ihre Stimmen – oh, Ernest, und dann hat er den Alten dran.
Nach einer Zeit sagt Roderick: Ich kenne diesen Russen, indeed. Ein Mann, der sich seine Anerkennung kaum durch eine integre Art verdient haben dürfte. In meinen Augen ist er ein Schurke. Doch im Königreich wird er geachtet, und meine Rechnungen wurden jederzeit prompt von ihm beglichen.
Willem bedankt sich. Dann fragt er nach Rodericks Befinden, freut sich über die Rüstigkeit des Alten und bestellt herzliche Grüße von Barbara. Zum Schluß sagt er: Was macht Jake?
Oh. Mein Sohn ist gerade aus Leipzig zurück. Der Schädel bereitet ihm Probleme, und wir müssen ihn zerstreuen.
Willem hört, wie die Damen am Tisch lachen. Roderick sagt: Kommen Sie, Willem. Sprechen Sie mit Jake. Ich weiß, daß Sie ihn zuletzt sehr inspiriert haben, und mit ausdrücklichen Wünschen an Barbara und der innigen Hoffnung auf ein baldiges Wiedersehen langt der Alte den Apparat weiter.
Jake?

Willem?

Und dann dauert es, bis der Physiker weiterspricht. Bald hört Willem Vogelstimmen in der Leitung, bald rauscht es, und er ahnt, wie Rodericks Sohn durch den Park marschiert, womöglich im Buxus sempervirens verschwindet.

The skull remains the same, sagt er schließlich. Unsteady and not sharp, und die Verjüngung sei in letzter Zeit so dramatisch verlaufen, daß er bald zum Ötzi aufschließen werde. Als Wissenschaftler sei er vollkommen erfaßt von dieser Sensation und verspüre einen enormen Antrieb hin zu alles umfassender Ordnung – ja, manchmal sogar ein inneres Leuchten, und er sei sicher, daß er hinter Versuchen und Beobachtungen auf ein Resultat stoßen könne von nie geahnter Reinheit; eine letzte Erkenntnis, in der sich alle Erfahrungen der Menschen wunderbar bündelten, wunderbar offenbarten. Und auch die Eingeweihten um ihn herum, sagt Jake, seien vollkommen erfaßt von diesem Phänomen. Königshaus und MI5 ebneten ihm alle Wege und drängten zudem immer mehr darauf, sein Kunststück der Quantenteleportation endlich mit dem Material aus Leipzig zu wiederholen.

Doch als Mensch, sagt Jake dann, könne er hinter dem Phänomen des Schädels zunehmend eine ganz andere Art von Erfaßtsein spüren. Als Mensch werde er immer tiefgreifender von Stille und Staunen erfüllt, die sich aus dem endlosen Raum speisten, und die Alltäglichkeit des Daseins und das Bewußtsein für dieses Wunder verwandelten sich in sprachlosen Respekt. Und dann könne er ganz klar sehen, wie alle Wissenschaft und aller Ehrgeiz, das Phänomen des Georgischen Schädels zu lösen, nichts seien als Ideen aus einer Welt, die allen Respekt verloren habe.

Willem, sagt er. What shall I do?

Und Willem spricht sich aus für das alltägliche Wunder.

Zum Vormittag hin kommt Barbara auf eine Zigarette hoch. Sie stehen hinter dem Galgen, die einströmende Luft erscheint dick und weich.

Willem sagt: Der Russe ist ein global operierender Schurke. Immerhin bezahlt er seine Rechnungen pünktlich.

Ist das alles?

Roderick sprach von moral insanity.

Und sonst?

Jake verzichtet auf den Nobelpreis.

Barbara stößt Rauch aus. Wie?

Aus Demut.

Sie sieht ihn an, schüttelt den Kopf.

Er lächelt, küßt sie und gibt ihr dann die Zusammenhänge.

Danach schüttelt sie wieder den Kopf. Und jetzt sollen wir aus Demut auf den Russen verzichten.

Wir müssen immer eine Entscheidung darüber treffen, was wir tun sollen und was nicht.

Stimmt, sagt sie und lächelt. Ich nehme dann mal Robert mit.

Damit ich in Ruhe schnüffeln kann. Das gefällt mir, Barbara, und er nimmt sie in den Arm und küßt sie erneut. Nichtwahr, solange wir unsere Moral aufrechterhalten, stehen wir gar nicht so schlecht da.

Als sie in der Tür steht, sagt sie: Über den Russen ist noch nichts entschieden.

Kronhardt hat sein Büro verschlossen, doch in Barbaras Registratur gibt es einen Ersatzschlüssel. Als Willem eintritt, sind die Spuren der Alten trotz der modernen Linie unverkennbar. Wie im Hartmann-Haus erscheint die eine Hälfte gespiegelt in der anderen, und der Platz der Mutter sieht aus, als könnte sie jederzeit zurückkommen. Ein Phantom mit Turmfrisur, und Willem spürt, wie sich das Büro um ihn verdichtet. Wie die Spuren und unsichtbaren Partikel ihn bedrängen und ihm in seiner heimlichen Absicht bald die Luft wegbleibt.

Als er sich aber ans Fenster stellt, weiten die Bilder wieder den Raum, und nach einer Zeit geht er zielstrebig an die Systematik der Alten. Holt den Karteikasten vor, blättert S durch, dann V und W und stößt auf nichts Verdächtiges. Auch im Telefonverzeichnis nicht und in den Ordnern. Danach geht er an ihren Schreibtisch; zieht Läden und Fächer und spürt, wie die Dinge immer wieder Erscheinungen seiner Mutter hervorbringen. Doch er bleibt ruhig, und das einzige, worauf er in seiner zielstrebigen Suche stößt, steht in einem Taschenkalender mit Olympiaringen von 1972. An drei aufeinanderfolgenden Tagen im Juli hat die Mutter damals ein G. eingetragen. Und dann mit einem anderen Stift für jeden Tag Ereignisse notiert. 21. Hafenrundfahrt, 22. Auswandererkai und zuletzt Kugelbake. Im Telefonregister des Kalenders findet Willem unter dem Buchstaben G wieder das handgeschriebene G. der Mutter. Dazu drei Nummern, eine mit Vorwahl für Bremen, eine für Bremerhaven und eine für Cuxhaven.

Die Dinge in Kronhardts Schreibtisch sind nach dem gleichen System geordnet wie in dem der Mutter, und so wird Willem bald fündig. Im Taschenkalender vom Vorjahr stößt er auf ein handgeschriebenes G. Dazu die Nummer eines Mobiltelefons.

Auf einem der kleinen Stockwerke begegnet ihm Striebeck. Sie hat zwei groß gerahmte Rothkos abgehängt.

Ulrike, sagt er. Die Bilder sind gut. Wir haben nie bessere hier gehabt.

Sie lächelt. Die Galeristin bringt heute eine neue Runde.

Dieser Rotationsvertrag hat mir noch nie gefallen. Kümmern Sie sich doch mal darum, daß wir den kündigen.

Allen anderen gefällts aber so.

Und wenn sich jeder seine Lieblingsbilder aussucht?

Striebeck lacht. Wir mieten die Bilder. Und davon abgesehen wollen Sie doch nicht ständig mit meinem Geschmack konfrontiert sein? Oder dem von Marcel.

Vielleicht sollte ich mir solche Rothkos kaufen.

Warum nicht.

Und sonst?

Striebeck sagt: Sie wollen diesen Russen nicht?

Wer will schon Menschen, die um sich herum alles verachten. Wir machen mit den Amis keine Geschäfte, und so ein Russe ist genauso gut Ami.

Das sagen Sie so.

Ich weiß. Sie sind überall, diese Amirussen. Und nicht alle Amis und Russen sind schlechte Menschen. Früher hätte ich, ohne zu fragen, Geschäfte mit den Russen gemacht, während meine Alten mit den Amis schacherten. Heute können wir es uns leisten, auf beide zu verzichten. Aber Sie haben schon recht, Ulrike: Wenn wir nur moralisch korrekte Geschäfte machten, stünden wir beide nicht mehr hier. Dann lächelt er und zeigt auf die Rothkos. Was bringt die Galeristin denn?

Hiroschige.

Warum nicht Hiroschige. Die Bonsais harmonieren mit ihm.

In guter Umgebung harmonieren die Bonsais mit allem.

Sie mögen die Bäumchen.

Ja.

Ich mag sie auch. Daß sie so reduziert wurden, dafür können die Bäumchen ja nichts. Können wir die Rothkos im Herbst wieder haben?

Ich frag die Galeristin.

Fragen Sie auch mal nach Jacob Jordaens. Der König trinkt!

Auch so etwas gefällt Ihnen?

Das Bild hat doch nichts von seiner Symbolkraft eingebüßt. Um so weniger in dieser Umgebung.

Und wer ist der alte König?

Na ich.

Und dann lachen sie beide.

Ich frage die Galeristin.

Das ist lieb, Ulrike. Und je größer, desto besser.

Dann sagt sie: Marcel hat die Yachtwäsche für die Araber unter Dach und Fach.

Seit wann?

Vorhin.

Und wann fliegen Sie?

Sie sieht auf ihre Uhr. Die Galeristin sollte gleich kommen. Und nach dem Mittag kann ich die Mexikaner gut erreichen. Ich sage für nächste Woche zu.

Freuen Sie sich?

Ja.

Was macht der Drogenkrieg?

Wie zuletzt.

Das heißt, Sie sind dort nicht außer Gefahr?

Bin ich das jemals? Und geschmeidig streicht sie ihr Haar und steckt eine Klemme neu.

Um das zu beantworten, weiß ich zuwenig über Sie.

Sie zeigt ihre Zähne und drückt den Rücken durch.

Reduzieren Sie die alltägliche Gefahr, Ulrike. Bleiben Sie bei sich. Bleiben Sie transzendent und mit der Welt in Kontakt. Und wenn Sie das Geschäftliche erledigt haben, gönnen Sie sich auf Geschäftskosten was extra Schönes.

Die Linien in ihrer straffen Haut weichen auf, und ihr Lächeln ist warm. Mach ich, sagt sie.

Katja ist in der Miniküche. Sie summt leise vor sich hin und bereitet einen Salat. Als Willem dazukommt, gibt er ihr einen Kuß auf die Wange. Dann ißt er ein Radieschen. Nachdem sie Öl über den Salat gegeben hat, dreht sie das Radio an. Sie steht nahe bei ihm, ihre Stimme bleibt unter der Musik. Marcel hätte Sie um ein Haar erwischt.

Wobei?

Sie waren im Büro Ihres Stiefvaters.

Das stimmt.

Ich habe das zufällig mitbekommen. Und dann bekam ich mit, daß Marcel ein paar Unterlagen aus dem Büro holen wollte. Manchmal läßt Ihr Stiefvater ihm nämlich seinen Schlüssel da.

Ach.

Wie auch immer. Jedenfalls habe ich Marcel aufgehalten.

Die Detektive sind im Fall meines Vaters auf etwas gestoßen, und ich habe nach weiteren Anhaltspunkten gesucht. Da hätte es mir nicht gepaßt, wenn Kronhardt mitkriegt, daß ich bei ihm schnüffele.

So etwas habe ich mir gedacht.

Danke, Katja. Und dann: Könnte ich in unseren Rechnern so diskret nach einer Person suchen, daß es eigentlich gar keiner mitkriegt. Jedenfalls Laschek nicht und der Alte?

So stehen sie nahe beieinander, und aus dem Radio spielt Weltmusik. Und ohne daß sie seine tänzelnden Schritte gehört hätten, erscheint plötzlich Laschek in der Miniküche. Er grinst verschlagen, zeigt seine Jacketkronen und schlängelt seinen massigen Körper dann bis an die Mikrowelle.

Katja sagt: Ich habe Salat gemacht. Dazu gibts Fisch.

Doch der Dicke lehnt ab. Er erwarte ein wichtiges Gespräch, und als wäre es ein Zaubertrick, springt sein Headset an, die Mikrowelle klingelt, und der Dicke verschwindet mit einem dampfenden Plastikteller.

Und Sie? sagt Katja.

Gerne.

Beim Essen sagt sie: Natürlich sind es nur simple Algorithmen, nach denen der Computer Serien rechnerischer Schritte ausführt. Und je nachdem, was Sie eingeben, sucht Ihnen der Computer Parameter, Schnittmengen oder winzige Details heraus. Marcel hat eines dieser Programme installiert, die alles aufstöbern können, was jemals eingegeben wurde. Ich glaube allerdings nicht, daß hier im Haus jemand sein Programm überlisten kann. Wenn Sie suchen, hinterlassen Sie also Spuren. Aber die kann man nur finden, wenn man weiß, wonach Sie suchen.

Willem verspürt wenig Neigung auf die Welt logischer Befehle, und obwohl Katja die Vorgänge als simpel beschrieben hat, erschöpft ihn die strenge Einseitigkeit, die der Computer bei seiner Suche einfordert. Nach zwei Stunden erscheint sein Kopf in Form gestanzt, und er hat nichts von Steiner oder von Wrangel aufgestöbert. So ruft er bei den Ramows an; sie verabreden sich, dann macht er sich auf den Weg.

Die Quellwolken vom Vormittag liegen jetzt glattgezogen über der Stadt; das Licht ist gleißend, die Hitze hat zugenommen, doch immerhin kommt vom Fluß eine gelegentliche Brise. Sie treffen sich auf den Steinstufen; die Detektive mit Sonnenbrille und Käppi, unscheinbare Durchschnittsbürger in einer aufgeweichten Stadt.

Sie haben Neuigkeiten?

Keine große Nummer, sagt Willem.

Wir vielleicht schon.

Ach.

Sie zuerst.

Und Willem übergibt Eintragungen und Telefonnummern aus dem 72er-Taschenkalender seiner Mutter sowie die Mobilfunknummer, die er bei Kronhardt gefunden hat.

Der eine zeigt seine Zahnlücke, der andere bewegt den Schnauzer.

Sieht doch gar nicht schlecht aus, sagen sie.

Ich habe mich selber noch mal in unseren Rechner geklemmt. Ist aber nicht mein Lieblingsgebiet, und gut möglich, daß Barbara noch auf etwas stoßen kann.

Um so besser. Und dann: Wollen Sie ein Eis? Kommen Sie, wir laden Sie ein.

Es sind große beschlagene Quader, die in den Deich gesetzt sind, und die Männer ziehen aufwärts wie gegen eine Pyramidenspitze. Oben im Getriebe der Straßengastronomie scheint die Welt zu köcheln, und wo Eis serviert wird, sind die Haufen dichter.

Willem sagt: Gehn wir zum Kiosk.

Und die Männer schlendern die Schlachte entlang; sie plaudern, lachen unscheinbar, und rings die anonyme Geselligkeit schwitzt zu einer Masse zusammen. Der Kiosk liegt abseits, im Schatten alter Linden. Auf einem heruntergeklappten Tresen stehen Flaschen, die Boulevardpresse liegt aus, und eine Eistafel ist aufgestellt. Die Männer entscheiden sich für einen Klassiker und setzen sich auf eine niedrige Mauer. Unten am Fluß liegen Schiffe vertäut.

Konetzke, die Engelsche und der Serbe wurden obduziert. Überdosis eines außergewöhnlich reinen Stoffes in allen drei Fällen. Damit werden die Akten wohl offiziell geschlossen. Und nach einer Pause sagen sie: Wir könnten die Polizei aber auch mit ins Boot holen.

Wie?

Mit einigen kommen wir gut zu Rande. Wir haben ihnen den Tip gegeben, die Partikel des gefundenen Stoffes auf seltene Substanzen zu untersuchen. Irgendwas aus Ichthyologie oder Kryptozoologie, haben wir gesagt.

Und?

Sie haben tatsächlich etwas gefunden. Sie wissen bloß noch nicht, was es ist.

Aber so etwas macht die Polizei doch extra neugierig.

Wie gesagt, mit einigen von denen verstehen wir uns ganz gut, und sie respektieren, daß wir die Belange unserer Klienten schützen. Dennoch würden wir gerne ein paar von unseren Informationen weitergeben.

Willem überlegt. Dann sagt er: Lassen Sie Lampe aus dem Spiel und erst mal alles, was auf den rätselhaften Tod meines Vaters hindeuten könnte. Aber Sie können die große Frau und den großen Mann liefern; von mir aus auch die Photos und den Verdacht, daß Konetzke und seine Leute etwas hatten, was die anderen haben wollten. Jedoch noch nichts von Steiner. Warten wir erst mal ab, was Ihre Nachforschungen bringen.

Hört sich doch danach an, sagen die Detektive, als kämen auch wir weiterhin gut zu Rande.

14

Bis in die neue Woche hinein bleiben die Wolken über der Stadt; mehr oder weniger glattgezogen, tagsüber gleißend, zum Abend hin in schön gestuften Grautönen. Dazu ist es windstill, und aus der Höhe sickert unablässig eine Hitze, die nicht entweicht. Am Donnerstagmorgen zieht der Jaguar über die Chaussee, als sich Willem und Barbara ein Riß in der Wolkendecke offenbart; hinter der eintönigen, zähen Masse werden Turbulenzen sichtbar, und Ahnungen eines Regenschauers entstehen. Doch kaum später, als sie im dichten Verkehr auf dem Osterdeich stehen, ist alle Vorstellung von Regen schon wieder aufgelöst. Der Riß hat die Wolkendecke nun vollends auseinandergetrieben, und Willem kann beinah zusehen, wie letzte Schleier unter der Hitze verdampfen. Als Barbara den Jaguar in der reservierten Bucht eingeparkt hat und sie über den Marktplatz gehen, scheint ringsherum bereits alles im Glast geschmolzen.

Willem sitzt am Schreibtisch und hat orientalische Musik aufgelegt. Er bearbeitet ein paar Vorgänge, telefoniert mit Deutschmeister oder der Brauerei, zwischendurch steht er hinterm Teleskop und beobachtet Dohlen, die im Glockenstuhl des Doms anscheinend Kühlung suchen.
Nach Oud und Qanun legt er Jazz auf. Ein paar ruhige Stücke mit Gitarre und kleiner Besetzung, und als er das nächste Mal hinterm Teleskop steht, hat er einen Bratwurstpavillon im Fokus. Bald erscheinen die Würste mit den Gestalten zu verschmelzen, und er kann sich an der Vorstellung erfreuen, wie die Menschen dastehen und sich selber essen. Dann dringt ein sanftes Klopfen durch die Musik, und Katja Bloch erscheint. Das Make-up auf ihrer hellen Haut paßt zum Rockmuster, das Haar ist frisch toupiert. Kommen Sie, sagt er. Setzen Sie sich.

Katja legt ein paar Akten auf den Schreibtisch. Ich habe viel zu tun, sagt sie.

Und wenn Sies gut machen wollen, müssen Sie ab und zu eine Auszeit nehmen. Kommen Sie, Katja, und er fängt ihren Gang zur Tür und lenkt ihn aufs Sofa.

Ein Sonnenstrahl dringt durchs Südfenster und vertieft Abrieb und Narben auf dem Leder. Auch Willem wird vom Licht erfaßt, und auf seiner Haut stehen Flecken wie aus Bronze, die Kleider leuchten erdfarben. Katja hat die Augen geschlossen.

Das ist schöne Musik, flüstert sie.

Konnten Sie so etwas drüben auch hören?

Sie nickt.

Willem stellt sich trotzdem eine heimliche Welt vor; Hände, die nach Blumen tasten oder Licht.

Nach einer Zeit sagt er: Wie geht es Boris?

Doch die Musik scheint Katja einzusaugen, und Willem ahnt die Vergangenheit in ihrem Körper.

Als sie die Augen wieder aufschlägt, lächelt sie. Es tut gut, bei Ihnen zu sein. Dann sitzt sie aufrecht und streift die Schuhe über.

Als Katja zum Feierabend noch einmal bei ihm reinschaut, steht Willem wieder am Teleskop. Vielleicht setzen Sie sich mit ihrem Mann heute abend auf den Balkon. Die Erde dreht sich durch einen Meteoritenstrom, und wahrscheinlich sind viele Sternschnuppen zu sehen. Zumal wir Neumond haben.

Sie sieht ihn an. Dann sagt sie: Der Mond schafft die Gezeiten, und die Gezeiten schaffen eine Grauzone, in der das Leben von einem Element ins andere übergeht und etwas Neues hervorbringt. Boris und ich, wir leben auch in so einer Grauzone; niemals ganz in der Vergangenheit und niemals ganz in der Gegenwart. Aber wird sich für uns daraus etwas Neues entwickeln?

Vielleicht müssen Sie sich entscheiden, Katja. Vielleicht kann man als Mensch nur glücklich werden, wenn man sich entweder für die Vergangenheit entscheidet oder für die Gegenwart.

Am nächsten Morgen steht Ulrike Striebeck im Spitzgiebel. Sie trägt eine helle Hose, die ihre Hüften eng umschließt und dann glatt bis auf die Schuhe fällt; ihre Bluse ist flamingofarben, ihr Gesicht dezent zurechtgemacht, und sie riecht gut.

Willem blickt die Frau an. Ehrlich gesagt, Ulrike.

Sie lacht und klemmt eine Haarsträhne fest.

Dann tritt er zu ihr. Passen Sie auf sich auf.

Mach ich.

Und gönnen Sie sich was extra Schönes.

Ja.

Versprechen Sie mir das?

Ja.

So nimmt Willem die Frau in den Arm.

Danach bringt er ihre Taschen in den Jaguar und sieht zu, wie Barbara aus der Bucht stößt. Einmal hupt sie, dann ziehen die Frauen davon.

Katja Bloch ist wegen ihres Mannes zu Hause geblieben. Willem ahnt, daß die beiden gestern nicht auf dem Balkon gesessen und Sternschnuppen betrachtet haben. Und daß die Vergangenheit ihren Mann in endloser Wiedererweckung aus der Grauzone hinabzuziehen scheint.

Kronhardt trägt ein neues Halstuch, seine Bürotür ist weit geöffnet, und nun, da keine der Frauen an ihrem Platz ist, laufen alle Anrufe bei ihm zusammen. Willem sieht, wie der Alte für diesen Moment gerüstet ist; wie seine Prothesen aufblitzen, wie er hinterm Schreibtisch die unterschiedlichen Aufgaben bewältigt und wie sein Blick über den Nasenhöcker alles sagt. Willem lächelt zuletzt gegen diese Härte und versucht dahinter jene Verborgenheit aufzuspüren, von der Inéz sprach. Und auch das Bedrohliche, von dem Katja sprach, das aus der Vergangenheit heraus mühelos bis ins Jetzt wirkt. So sieht Willem den Alten hinter seinem Schreibtisch und lächelt.

Laschek sitzt allein; er trägt sein Headset, bewegt die Maus, ißt eine Frikadelle. Als das Headset anspringt, sagt er: Any dope, buddy?

Willem bleibt hinter ihm stehen. Auf dem Bildschirm bearbeitet Laschek Tabellen, die Frikadelle scheint trocken und krümelt. Oh, really? Dann lacht er, und seine Masse schwingt auf dem Stuhl. Und dann dreht er sich um. Lacht weiter, sagt, gimme a minute, Ronny, und zu Willem: Was gibts?

Es ist seltsam, wie in Willem alle guten Vorsätze zusammenbrechen.

Was macht der Handel, Laschek?

Wie?

Knorpel, Kinder, Müll.

Der Dicke trippelt mit den Füßen.

Willem lacht. Ach was. Ist doch nichts dabei. Sie investieren in so einen Knorpelfonds, und um den Rest kümmern sich die anderen. Hungertote, Unfallopfer, das Feld für frische Ware ist weit.

Ich laß mich nicht provozieren. Und Laschek zeigt seine Jacketkronen.

Kein Problem. Was macht Ihr Aidskranker?

Ihr ganzer Mist. Und mit einer Hand winkt er ab, dann streicht er sich die Tolle aus dem Gesicht.

Willem äfft die Geste nach. Dann sagt er: Ich mach mir Sorgen, Laschek.

Wie?

Um Sie. Um mich.

Seine Augen huschen, dann grinst er. Ach, Ihr ganzer Mist.

Sie pumpen sich auf allen Ebenen künstlich voll.

Sagen Sie.

Der Junk frißt Sie von innen.

Und Ihr eigener Mist?

Ist es wirklich mein eigener?

Peng.

Von wegen. Dieser Ekel macht mir zu schaffen. Haben Sie eine Idee, wie wir miteinander zu Rande kommen könnten?

Fangen Sie doch bei sich an.

Und Sie, Laschek?

Ich mach hier einen guten Job.

Wenn wir hinter Ihre Perversionen kommen, nicht mehr.

Der Dicke grunzt.

Warum beteiligen Menschen sich an Fonds, die aus Katastrophen Kapital schlagen?

Peng.

Warum gibt es Denkfabriken, in denen solche Katastrophen eingefädelt werden?

Peng.

Fehlt Ihnen Wärme, Laschek? Nähe und Vertrauen? Und was glauben Sie wohl, warum die Frauen sich gegen einen Kerl wie Sie entscheiden?

Mein Privatleben geht Sie nichts an.

Und ob, Laschek. Ich will die Ursachen verstehen. Will verstehen, warum Sie so eine schlechte Wirkung auf mich haben und warum ich dieses Scheißbild von Ihnen einfach nicht loswerde.

Fangen Sie bei sich an.

Das versuch ich immer wieder. Doch sobald Sie dann ins Spiel kommen, finde ich keine gemeinsame Basis mehr. Als wären Sie von künstlichen Welten durchwuchert und als wäre alles Feinstoffliche bereits zerfressen.

Der Dicke grunzt wieder. Dann sagt er: Lesen Sie mal die Neokybernetiker.

Warum nicht. Andererseits könnten Sie mir auch etwas von diesen Leuten erzählen. Vielleicht kommen wir uns da näher, Laschek.

Nee.

Wir könnten uns nach oben setzen. Einen Schnaps dazu trinken.

Ich hab zu tun.

Whisky. Calvados.

Nee.

Wissen Sie mehr über die Neokybernetiker?

Einige sehen das künstliche Leben als Verfeinerung und fordern die Menschenrechte für ihre Figuren.

Für Trickfiguren?

Laschek zuckt mit den Schultern.

Und Willem lacht. Da wären Sie dann ja zusätzlich in Gefahr, auch noch auf der künstlich erschaffenen Ebene mit den Menschenrechten in Konflikt zu geraten. Was, Laschek?

Der Abend liegt violett unter Wolken, die in die Höhe aufquellen. Manchmal streicht eine Brise durch die Eichenwipfel, und Wellen überziehen den Garten. Sie sitzen unterm Reet, mit Blick über die Wiesen bis zum Waldesrand; erste Fledermäuse sind draußen, auf dem Tisch Karkassen, die Eiswürfel um den Weißwein schmelzen.

Barbara sagt: Wie läufts mit Marcel?

Willem hebt die Arme. Ich kann mein Mitgefühl für diesen Menschen nicht so hokuspokus kultivieren.

Warum nicht?

Es ist die Art und Weise, wie Laschek auf mich wirkt. Als ob er mich innerlich verschmutzen würde. Und dann kann ich nicht anders und kotz ihm den ganzen Schmutz wieder ins Gesicht.

Du bist befangen. Du hast Marcel von Anfang an nicht gemocht.

Heute habe ich zu ihm gesagt, dieser ewige Mist zwischen uns sei Energieverschwendung und daß wir zusehen sollten, irgendwie miteinander zurechtzukommen.

Und?

All meine empathischen Versuche scheitern gnadenlos gegen diesen Menschen.

Soll ich mit ihm sprechen?

Ja. Und treib ihm seine Perversionen aus.

Soll ich das diktatorisch machen? Oder wie stellst du dir das vor? Ist ja gut.

Nach einer Zeit sagt Barbara: Hast du schon mal versucht, Marcel zu verstehen?

Ja. Aber es funktioniert nicht. Wir haben keine gemeinsame Basis.

Quatsch, Willem. Marcel stand von Anfang an zwischen dir und den Alten. Für sie ist er genau der Typ, den sie sich als Sohn gewünscht hätten. Während du all das auf ihm ablädst, was ungeklärt zwischen dir und den Alten verblieben ist.

Aus meinem Einfühlungsvermögen für den Dicken entsteht ein anderes Bild. Ich sehe einen Junkie, der sich die synthetischen Welten bis in die Nervenäste und Keimdrüsen reinzieht. Ein Mensch, der die Degeneration aller gesunden Basis in sich vorantreibt. Und warum macht er das? Weil er Angst hat. Weil er ständig etwas anschieben muß, sich in was reinhängen und sich vollpumpen muß, damit er sich nicht selbst begegnet. Davor hat er Angst. Vor der Stille in sich. Vor dem Unbekannten dort.

Barbara blickt Willem an und nimmt seine Hand. Marcel ist nicht mehr degeneriert als wir alle.

Er tut nichts für sich.

Wer sagt das? Kennst du seine anderen Seiten?

Nein.

Seine Sehnsüchte, Bedürfnisse?

Nein. Aber wenn du mit ihm sprichst, mach ihm klar, daß wir hier keine Perversionen dulden.

So sitzen sie bis in die Nacht. Ein Waldkauz ruft, aber vielleicht ist es auch eine Waldohreule, und mit den Wolken verbleibt der Himmel schwarz.

Zum Morgen quellen rosa Lichtschleier über dem Landhaus; ein Graureiher zieht dahin und schreit. Barbara steht bereits am Jaguar, als Willem kommt. Auf der Chaussee hat er einen Arm aus dem Fenster, hinter der Stahlhütte drängen die Hafengerüche. Barbara spürt den Schlag des Tages, und die Bedingungen auf dem Osterdeich lassen das Manöver nicht zu; sie brauchen drei Ampelphasen bis in die Nebenstraße.

Im Atelier sitzt bereits eine Kundin von Inéz, und Barbara trinkt mit den Frauen noch einen Kaffee. Willem nimmt die Wendeltreppe, und in der Miniküche trifft er auf Katja.

Wie geht es Ihnen? Ihrem Mann?

Sie sieht ihn an, hebt einmal die Arme. Dann sagt sie: Laschek präsentiert gerade den Steiner-Auftrag.

Steiner ist hier?

Nein.

Kommen Sie nachher zu mir hoch?

Kronhardt sitzt neben Laschek, beide scheinen in den Bildschirm gesaugt. Als Willem dazukommt, sieht er Raumgitter in den Flüssigkristallen rotieren, die sich bald zu Figuren fügen; einer Weltkugel, einem Hexakisoktaeder oder einem Fisch.

Einmal krampft sich die Hand des Alten in Lascheks Schulter, und er sagt: Recht so.

Laschek stößt ein hyänenhaftes Lachen aus.

Willem sagt: Meine Fresse, Laschek. Wie kriegen Sie denn diesen Zauber hin?

Der Dicke grunzt, Kronhardts Atem ist sauer. Du störst uns.

Willem sagt: Bauen Sie so was aus simplen Algorithmen?

Da muß man komplexer ran.

Interessant. Und dann: Würden Sie mir eine Einweisung in die Materie geben?

Kronhardt sagt: Dazu ist keine Zeit. Laß uns alleine.

Was hats denn mit den Hexakisoktaedern auf sich?

Nichts.

Und warum der Fisch?

Kronhardts Prothesen mahlen, und unter dem Druck scheinen sie sich zu lockern. Dann steht er auf. Würdest du uns jetzt bitte arbeiten lassen.

Laschek gibt Befehle mit Maus und Tastatur; bald erscheint ein Männchen, bald ein Sofa, und bald kann Willem sehen, wie sich das Männchen im Sofa auflöst. Laschek sagt: Ich kann aus den Linien alles machen.

Lassen Sie die Figur auf ihrem Sofa doch durch die Galaxis fliegen; am Ende reift sie in endlosen Weiten zu künstlich verfeinertem Leben und erhält sogar noch die Menschenrechte.

Kronhardt sagt: Würdest du uns bitte mit deinem Unsinn verschonen.

Laschek löscht das Bild auf dem Monitor und starrt in die Raumgitter.

Und würdest du uns bitte allein lassen.

Sie sind eine Nummer auf Ihrem Gebiet, was, Laschek?

Der Dicke zeigt die Mäntel seiner Schneidezähne.

Aber bleiben Sie auf Ihrem Gebiet.

Und der Dicke grunzt.

Alsdann.

Weder Kronhardt noch Laschek erwidern den Gruß.

Willem brüht Kaffee auf, als ihr Kopf in der Tür erscheint. Kommen Sie, Katja, und während er hantiert, geht sie an die Flügeltüren und sieht hinaus. Er plaudert, bestellt das Tablett, dreht zwischendurch die Musik aus und riecht zuletzt an der Milch. Dann geht er aufs Sofa und füllt die Tassen.

Katja sieht noch immer hinaus, und es dauert, bis er hinter seinen Worten ihre Stille wahrnimmt. Und dann spürt er es; geht zu ihr und nimmt sie in den Arm. Ihr Körper gibt nach, er hält sie, und ihr Atem stößt durch seine Kleider.

Auf dem Sofa nimmt er ihr die Schuhe von den Füßen. Erst nach einer Zeit schlägt sie die Augen wieder auf. Verwischt Tusche und Tränen, versucht zu lächeln. Als sie etwas sagen will, ist ihre Stimme belegt. Sie trinken den Kaffee schweigend.

Von Norden her ist ein warmer Wind aufgekommen, und die schichtförmigen Wolken zerreißen. Takelage und Blöcke schwingen, auch der Rauch ihrer Zigarette wird zertragen. Sie hält die Arme vor der Brust. Nach der Session in Hamburg ist Boris wieder in Berlin gewesen.

Willem sagt nichts.

Sie haben uns bespitzelt; sie haben unsere Tochter genommen. Wenn Boris die Schuldigen aufdeckt, wird er an dem Wissen zerbrechen; und wenn er sie nicht aufdeckt, wird er an dem Nichtwissen zerbrechen. Und Tatjana will nichts mit uns zu tun haben.

Willem sieht sie an.

Eine Zeitlang habe ich wirklich geglaubt, daß Boris seinen Schmerz durch die Musik überwinden könnte. Wenn ich ihn spielen sehe, scheint er entfesselt und jenseits, und nach den Konzerten nennen sie ihn einen Zauberpriester. Daß er innerlich schreit, sagt sie. Daß er schreit, habe ich geglaubt, würde ihm helfen. Doch jetzt, Willem. Jetzt zerrinnt mir dieser Glaube, denn Boris studiert die Akten wie besessen. Er spricht kaum noch, und ich spüre, wie ihn etwas einschnürt.

Ist er auf einer Spur?

Er war schon oft auf einer Spur, doch dieses Mal ist es anders. Er fährt bald wieder hin. Vielleicht morgen schon? Ich weiß es nicht.

Sie steht und raucht.

Sie ahnen etwas, oder?

Nach einer Zeit sagt sie: Ich habe Angst.

Manchmal schiebt der Wind die zerrissenen Wolken zusammen,
und dann stehen sie wie Türme über der Stadt. Als Kronhardt aus
dem Speicher tritt, wird sein Hut von einer Brise erfaßt. Er zieht
ihn fester über den knorrigen Schädel und marschiert Richtung
Marktplatz.

Hinter Manilahanf und Blöcken steht Willem am Teleskop und
hat den Alten im Fokus. Dann nimmt er die Treppen und verläßt
ebenfalls den Speicher.

Der Alte geht über den Marktplatz, und die Böen treiben Willem
Spuren seines Rasierwassers zu. Dann marschiert der Alte einmal
ums Rathaus und hält wieder auf den Marktplatz zu. Bei den Arkaden bleibt er stehen und schaut auf seine Uhr; wenn eine Brise
auffährt, hält er seinen Hut, dann marschiert er stramm auf den
Roland zu. Eine Touristengruppe hält sich dort versammelt: Ihre
Köpfe bewegen sich zu den Worten einer Hosteß, und Willem
macht unter ihnen mühelos eine große Frau aus und auch zwei
oder drei große Männer. Kronhardt hat sich unter die Touristen
gemischt, blickt mit ihnen aufs Rathaus, auf den Schütting und
folgt der Hosteß Richtung Böttcherstraße. Die goldene Pforte,
Expressionismus, rote Bildhauerfassaden, und voraus blitzt der
Fluß.

Als der Alte sich aus der Gruppe absetzt, läßt Willem ihn ziehen.
Er ahnt, wohin Kronhardt will, und nimmt Weg über die Martinistraße und an Konetzkes Studio vorbei. Willem ist sicher, daß niemand ihm folgt, und hat den Martinianleger im Blick, noch bevor
Kronhardt erscheint. Auf der großen Uhr ist die nächste Abfahrt
angezeigt, und während der Alte auf den Ponton tritt, stößt die
Barkasse bereits ins Horn. An Deck tummeln sich Ausflügler, und
zum Wasser hin, auf einer Bank in der Sonne, glaubt Willem Steiner auszumachen. Und tatsächlich erscheint Kronhardts Gestalt
bald auf der Backbordseite, nimmt die Sonnenbank.

Während er auf die Rückkehr der Barkasse wartet, treibt der Wind

Licht und Schatten über die Stadt. Einmal setzt sich eine große Frau in seine Nähe, und Willem meint, daß es ebensogut die Chefsekretärin aus der Reederei sein könnte, Dagmar Margulis.

Nach zwei Stunden legt die Barkasse wieder an, und Kronhardt geht als einer der ersten von Bord. Als auch die letzten Passagiere den Ponton verlassen haben, ist Willem sicher, daß Steiner bereits unterwegs ausgestiegen ist.

Zum Nachmittag tritt er durch die Tür mit der eingebrannten Galaxis und nimmt die Stufen gegen die Kamera.

Erst einige Tage später legt sich der Wind und hinterläßt einen klaren Himmel. Willem steht im Garten; er hat einen Kometen im Teleskop, der mit aufschwellender Koma auf die Abendröte zuhält; sein Schweif zieht eine feine Glühspur durch den Raum. Barbara sitzt in der Hollywoodschaukel.

Sie sagt: Katja hat ihrem Mann die Bilder im Internet gezeigt. Er schien nicht besonders überrascht und glaubt, daß man ihn einschüchtern will, damit er nicht weiter in der Vergangenheit stöbert.

Willem sieht den Kometen gegen die Sonne ziehen; dahin, wo es keinen Westen mehr gibt und keinen Osten. Weißt du, was damals mit ihrer Tochter geschah?

Nein. Und nach einer Zeit sagt sie: Boris fliegt demnächst wohl nach New York.

Seine Musik?

Ein paar große Jazzer treffen sich zu einer Session. Sie haben Boris eingeladen.

Vielleicht hilft ihm das.

Katja meint, gerade weil es nichts gibt, was ihm hilft, ist seine Musik so überirdisch. Und sie fragt sich, was geschehen wird, wenn er drüben so gut spielt, daß danach keine Steigerung mehr möglich ist.

Katja hat mir seine letzte CD mitgebracht. Boris ist tatsächlich ein Zauberpriester. Dann richtet er das Teleskop neu aus und fängt den Schweifstern wieder ein. Er sagt: Der Komet kreuzt die irdische Umlaufbahn periodisch; ungefähr zweimal pro Jahrtausend, und die ersten Aufzeichnungen dazu langen zurück bis ins Altertum.

Und dann: Katja hat gesagt, daß die Vergangenheit ihren Mann zerfrißt. Daß die Liebe zu ihrer Tochter ihn zerfrißt und er den Schmerz in Noten transformiert. Jeden Tag hämmert er; Schläge durch den Äther, hat Katja gesagt, und über alle Zeit hinweg.

15

Die Satellitenbilder zeigen ein Hoch über Südwesteuropa und ein Kaltlufttief über Skandinavien. Nach den Vorhersagen sollen Ausläufer der beiden Fronten über Norddeutschland kollidieren, und es muß mit Gewittern und Starkregen gerechnet werden. In der Tendenz fürs Wochenende setzen die Meteorologen auf das Skandinavientief und sagen dramatische Abkühlung voraus, die sich von Norden her über das ganze Land ausbreiten soll.

So sitzt Willem am Frühstückstisch, hört La Campanella von Liszt, und durch die Fenster hat er Blick auf die Eichen. Dahinter die Wiese erscheint in weichem Sonnenlicht; unterm Himmel keine Spur von Okklusion und aus dem Geäst Gesang der Vögel. Er entscheidet sich gegen die Prognosen, schnürt nach dem Frühstück nur den kleinen Lederrucksack und verläßt leicht gekleidet das Landhaus.

Er marschiert zur Chaussee hinab und dann bis zur Landesgrenze. Er muß nicht lange warten. Bald hält ein Taxi auf dem Seitenstreifen, und Katja steigt aus. Sie versucht zu lächeln, und Willem umarmt sie. Vor einer Stunde noch hat sie auf der Aussicht gestanden und der Maschine hinterhergewinkt. Boris ist auf dem Weg nach New York, und sie weiß nicht, wie ihr Leben sein wird, wenn er wieder zurück ist. Sie raucht eine Zigarette; eine Zeitlang gehen sie noch an der Chaussee entlang.

Hinter einem Gehöft biegen sie ein; die Trockenheit hat den Weg aufgerissen, zwischen den Traktorfurchen wächst Gras. Bald erstreckt sich vor ihnen welliges Land, neben einem Acker liegt ein Findling. Voran über einer Pferdewiese treibt ein Storch dahin, und sein Schatten zieht wie ein Pfeil gegen den fernen Waldsaum, bevor der Vogel sich in der Thermik aufwärts schraubt. Vom Himmel leuchtet ein zuverlässiges Blau, und Willem meint, daß es zwischen den kontinentalen Ausmaßen der beiden Druckgebiete genügend Raum gibt für lokale Tendenzen.

Das nächste Gehöft wirkt heruntergekommen, und bald können sie die Erosionen an Ständerbau und Backsteinen sehen; das Reetdach ist vermoost, und vereinzelt haben Birkenschößlinge gefußt. Doch es ist nicht diese Baufälligkeit, die Katja wie eine Reminiszenz erscheint, und als sie Willem dann auf den Küchengarten aufmerksam macht, steigen auch in ihm Bilder auf. Die Beete sind in Reihe ausgerichtet und sauber begrenzt; sie können Kartoffeln und Zwiebeln ausmachen, und hinter den Blumenrabatten entdecken sie Fenchel und Dill. Bei den Bohnenstangen steht eine alte Frau mit Kopftuch und Kittel, und sie schwatzen mit ihr; zeigen gegen Felder und Himmel, auf die frischen Beete und die treibende Saat.

Sie ziehen ostwärts weiter; an einer Seite des Weges stehen Telefonmasten, und bald mischt sich der Geruch von Holzteer in die aufsteigende Hitze. Aus einem Schlehengebüsch sehen sie einen Seidenschwanz auffliegen, eine Brise streicht durch die gefiederten Blätter einer Esche, und das Rauschen erscheint zart und fern. Als der Weg gegen eine Kuppe zieht, wird er schmaler, und bald sind auch die Traktorfurchen verwachsen. Sie rasten auf leichter Höhe. Willem holt Wasser und Brot aus dem Rucksack, rings schlängelt das Land gegen die Wälder.

Sie hören Insekten während der Mahlzeit; einmal einen Kranich, und später landen Stare unterhalb der Kuppe. Sie trinken den Kaffee aus einem Becher, und als eine Passagiermaschine überwegzieht, folgt Katja ihrer Bahn. Willem sitzt da, manchmal hört er Rhythmus und die Geräusche wie geschichtet.

Sie ziehen weiter; bedächtig, still, und wenn sie sich berühren, ist es ohne Scheu. Wie Pilzköpfe, von Sonne und Zeit alt geschliffen, scheinen große Steine durch einen Acker zu brechen, und aus der Ferne brüllen Kühe. Bald schwellen die Rufe, der Wind trägt Gerüche herbei, und bald können sie die Tiere sehen; sie kreuzen aufgeregt das Gelände, und einmal jagen sie in kurzer Stampede dahin, Bilder wie aus einer zurückliegenden Zeit.

Eine halbe Stunde vor dem Landgasthof nehmen sie Weg durch einen Buchenwald; die Stämme unter den frischen Kronen erscheinen wie Säulen, und Moos überzieht den Boden. Zunderschwämme wachsen auf einem gestürzten Baum, ein Grünspecht lacht, und bald öffnet sich der Wald in eine Senke und wird zur Aue hin tiefer. Wo das Flüßchen die Senke überflutet, stehen Wasserläufer; wenn sie von Wurzel zu Wurzel springen, nimmt Willem Katjas Hand, und als sich das Bett wieder ins Land schneidet, werden die Ufer bald steiler. Ein Wind streift durch die Wipfel, rings tänzeln Lichtflecken, und sie entdecken den Eisvogel gleichzeitig. Er sitzt auf einem kahlen Ast über der Aue, sie sehen den großen Kopf mit dem dolchartigen Schnabel, den grünblauen Glanz, und einmal pfeift der Vogel. Dann steigt das Surren seiner Flügel auf, und er ist verschwunden.

Zur Kaffeezeit erreichen sie den Landgasthof. Der Tisch steht unter einer Linde, sie sitzen wie gemasert unter dem Geäst. Spatzen tschilpen, der Himmel scheint unverändert, von Okklusion keine Spur.
Willem erkennt den Kellner wieder. Es ist der Mann mit dem scharf gescheitelten Haar und der Hakennase; der Alte deutet eine Verbeugung an und empfiehlt den hausgemachten Kuchen. Bussarde schreien, dann entdecken sie ein Parchen. Wenn alles planmäßig gelaufen ist, sagt Katja, könnte Boris jetzt über dem Atlantik sein.
Als der Kellner abräumt, ordert Willem Wasser. Zu Katja sagt er: Einen Schnaps dazu? Und beide entscheiden sich für Calvados.

Meine Eltern sprachen viel von Klassenauftrag und Volkswirkung. Sie blieben bis zuletzt überzeugt von der Planbarkeit der Dinge, und persönliche Entfaltung war an Richtlinien und Ziele gebunden.
Ich war ihr einziges Kind, sie liebten mich, und die Familie war ein Gespann. Egoismus war schädlich, und für mich hatten sie von Anfang an einen festen Zeitplan: Stillen, Schlafen, Töpfchen; später Krippe und Schule, und ich lernte, daß auch der Staat mich liebte. Anfangs war es nur der Glaube an die Existenz von etwas, was mir unsichtbar und nicht zu erfassen schien. Doch als der Staat uns in

einen nagelneuen Plattenbau ziehen ließ, da konnte ich diese Liebe sehen, und ich weinte vor Glück.

Ich war immer eine gute Schülerin, doch oft genug strengte ich mich extra an. Ich wollte mich dankbar zeigen, meinen Eltern gefiel das, und dem Staat mußte es auch gefallen.

Meinen ersten Sex hatte ich in einem FDJ-Lager an der Müritz; ich nahm teil an der Deutsch-Sowjetischen Freundschaft, und wenn ich aus dem Jugendclub direkt in die Datsche meiner Eltern fuhr, war das in Ordnung. Ich bekam die Pille, und bei allem Spaß vergaß ich nie, daß es immer um ein höheres Ziel ging.

Boris lernte ich auf der Oberschule kennen. Das heißt, vom Sehen her kannte ich ihn schon, weil ihn fast jeder kannte. Boris spielte Klavier, er hatte Wettbewerbe gewonnen, und Leute vom Kulturbund und sogar vom Politbüro waren schon gekommen, um ihn zu hören. Ich war sehr verlegen, als Boris bei den Fahrradplätzen plötzlich neben mir stand und lächelte. Ich glaubte, daß jemand, der seine künstlerischen Fähigkeiten für Volk und Staat entfaltete, von einer besonderen Art sein mußte, die für mich nicht erreichbar war. Daß Menschen mit einer so gestaltschaffenden Begabung, die bis zur Staatsspitze hinauf wirkte, kaum etwas anzufangen wüßten mit mir. Doch Boris stand neben mir, als wäre es nichts; er lächelte scheu, er sagte, gehts gut, und ich stellte bald fest, daß das Besondere seiner Art vor allem Ehrlichkeit ist. Er ist von stillem und zurückhaltendem Charakter; und ich bin bis heute überzeugt, daß er mich noch nie angelogen hat.

Nach der Schule trafen wir uns regelmäßig im Park mit dem Lenindenkmal. Fütterten die zahmen Eichhörnchen, schlenderten durch die Ulmenreihen, und in der kleinen Grotte küßten wir uns zum ersten Mal.

Boris wohnte gleich in der Nähe, in einem der gewachsenen Viertel. Hinterm Grau steckten wohl noch Klassizismus und Gründerzeit, doch innen war vom Luxus jener Tage keine Spur. Seine Eltern waren einfache Leute; der Vater kellnerte im Bahnhof, die Mutter nähte im Kombinat. Wenn es länger regnete, kam Wasser durch die Decke, und im Winter brachte der Kohlenofen kaum Wärme in die angrenzenden Räume. Doch seine Eltern beklagten sich nicht. Im Wohnzimmer hingen Urkunden und Medaillen von Boris, und in ihrem Viertel wurden sie freundlich gegrüßt.

Als Boris mich mit in sein Zimmer nahm, war ich sehr überrascht. Ich weiß nicht, was ich erwartet hatte; vielleicht das Porträt eines unserer Großen, Rimski-Korsakow oder Borodin, doch das Zimmer war wie eine Raumkapsel. Die Wände abgeschottet und die Poster wie Fenster in einen fremden Kosmos. Wilde Typen, die ich noch nie gesehen hatte, und einige schienen wie in Ekstase mit ihren Musikinstrumenten verwachsen; sie hießen Coltrane, Mingus oder Monk, sie hießen Hancock, Zappa oder Hendrix, und was ich bis dahin an Musik gekannt hatte, war ja kaum mehr als der Klassenauftrag für den Feierabend; Schlagerrevue oder das Rundfunk-Tanzorchester, und aus dem Jugendclub auch die Puhdys.

Und dann zeigte Boris mir seine Schätze. Unter einer Persenning stand ein Klavier, zwei Gitarren waren in Tuch geschlagen, und zuletzt holte er ein Magnetophon hervor, dazu Bandspulen mit Kilometern voll Musik. Boris schien jeden Zentimeter zu kennen, und ich war sprachlos, mit welcher Sicherheit er kurze Werkteile ausfindig machte. Er führte mir die eher strenge und klerikale Schönheit Bachs vor und dann Mozarts frivole Entfesselung. Er erklärte mir Schönbergs gefährliche Freiheit und nahm Schostakowitschs Verschleierungskreativität, um aufzuzeigen, wie Unterdrückung die Kunst steigerte, anstatt sie zu beschneiden. Und so ging er dann auch an die amerikanische Musik und machte vor allem Rassenpolitik und Industrialisierung zu den Triebfedern des Blues; er konnte die immer neuen Richtungen mit gesellschaftlichem Wandel verbinden, und dann zeigte er mir am Beispiel des Jazz, wie die Kreativität immer wieder geglättet und kommerzialisiert wurde, um dann in Abklatsch und Formeln zu erstarren. Und Boris zeigte mir, daß es immer wieder Visionen von Freiheit waren, die mit aller Tradition brachen und etwas Neues erschufen.

Wochen und Monate konnten wir in seinem Zimmer verbringen; wie in einer Kapsel durchschwebten wir Welten; wir hörten Jazz, Klassik und Rock, und ich nahm regelmäßig die Pille.

Boris Lehrer an der Musikhochschule hielt die klassische Ausbildung auf einer linientreuen Höhe, indem er in seinen Prüfungen Liszt und Rachmaninow vorspielen ließ. Daneben konnte auch er sich für Kreativität und Entfesselung begeistern, und gemeinsam mit Boris gründete er die Jazz-Combo, die noch heute zusammen spielt.

Auf der Hochschule avancierte Boris zum Meisterschüler; danach spielte er im Orchester vor, er bekam dort einen Platz, und jenseits der Klassik hatte er seine Combo. Ich absolvierte anderthalb Jahre später in den Naturwissenschaften und wurde mit einer Urkunde für außerordentliche Leistungen geehrt. Boris und ich konnten als mustergültige Exemplare der neuen Generation erscheinen; eine integre Basis im großen Gespann.

Wir heirateten, und der Staat zögerte nicht. Ich bekam meine Wunschstellung am Polytechnikum, unserem Antrag auf eine Wohnung wurde zügig stattgegeben, und wir zogen in eine Stadtvilla, die alle Großbürgerlichkeit hinter Efeu abgelegt hatte. Das Haus war trocken, die Etagenbäder sauber, und wir hatten drei kleine Zimmer und für Boris einen winzigen Raum mit dicken Wänden. Tatsächlich waren die meisten Bewohner Musiker, und unser Wohnungsnachbar wurde Ernst Delitzsch, ein Stabführer a. D. der NVA.

Boris hatte von Anfang an den Verdacht, daß dieser Mensch nicht zufällig unser Nachbar geworden war, und blieb ihm gegenüber vorsichtig. Ein kleiner, dicker, sanguinisch wirkender Mann mit Glatze; er hatte seine Rituale, morgens Schlag sieben saß er auf der Toilette, dreimal die Woche duschte er, und jeden Sonntag bekam er Besuch. Er bemühte sich nicht um Vertraulichkeit, und wenn man sich im Treppenhaus begegnete, zog er seinen Hut. Die anderen Nachbarn konnten nichts Schlechtes über ihn sagen, ein verwitweter Kapellmeister, der sich noch im Ruhestand mit Armeemusik befaßte, und sein kleines Handbuch zur Geschichte dieser Musik schien eine Art Standardwerk zu sein. Und Delitzsch klagte nie – man konnte laut spielen, egal, zu welcher Zeit, diesen Mann schien das nicht zu stören. Doch Boris behielt seine Bedenken.

Trotzdem fiel uns die Anpassung in der neuen Umgebung nicht

schwer. Wir waren jung, der Staat hatte uns eine solide Basis geschaffen, und wir entwickelten unsere Utopien für diesen Staat und auch für unser eigenes kleines Glück. Bei den Nachbarn und in den Geschäften wirkten wir zuversichtlich und überzeugt vom gemeinsamen Fortschritt; wir wollten vom großen Bruder lernen, wir wollten besser sein als der Klassenfeind, wir machten unsere regelmäßigen Schulungen, und wenn wir es mit Verbindungsleuten zum Politbüro zu tun hatten, sahen wir unsere Begabung stets als eine Funktion im übergeordneten Prinzip. Und als mein Arzt mir dazu riet, die Pille abzusetzen, konnte ich in diesem Mann die ganze Fürsorge des Staates erkennen, aber auch ein weiteres Steinchen für unser privates Glück.

Boris schrieb Stücke für die Combo, er spielte dort Gitarre und Klavier, und auch im Orchester kam er bestens zurecht; seine Kollegen schätzten die Technik und die tiefe Musikalität, mit der Boris immer wieder ungeahnte Möglichkeiten des Klavierspiels offenbarte, und noch mehr schätzten sie seine bescheidene und stille Art, mit der er den Applaus für sein Können immer auch zum Applaus für das Ganze machte.

Unsere Tochter wurde im Juli geboren. Es war ein sehr heißer Tag mit klarem Himmel. Wir nannten sie Tatjana, und in den ersten Wochen waren wir zusammen, so oft es ging. Wir hatten das Magnetophon am Bett und hörten jazzige Stücke, ich stillte Tatjana neben dem Klavier, und Boris spielte Chopin dazu. Wir schwebten dahin in unserer Kapsel, wir waren überzeugt, daß die Musik auch in unserem Kind einen Raum für Freiheit und Glück erschaffen würde.

Ich stillte Tatjana, bis ich den Bescheid bekam zur Wiedereingliederung. Es fiel uns schwer, unser Kind in die Krippe abzugeben. Ich nahm meine Arbeit an der Polytechnischen wieder auf, und im nächsten Jahr gab Boris zuerst ein Gastspiel in den Mecklenburgischen Schlössern, dann fuhr er mit dem Orchester nach Ungarn. Wir waren eine junge sozialistische Akademikerfamilie, und um Raum für unsere Nischen zu schaffen, führten wir ein recht vorbildliches Leben. Wir hielten regelmäßig Kontakt zu unseren

Eltern, feierten mit den Nachbarn und waren im Kulturbund. Im Urlaub fuhren wir mit den Freunden aus der Combo in den Thüringer Wald und besuchten die Goethehütte; wir fuhren zum Camping ins Feldberger Seengebiet, Nacktbaden, Lagerfeuer, und manchmal, wenn das Orchester in Berlin spielte, durfte Boris Tatjana und mich mitnehmen.

Auf einer dieser Gastspielreisen lernten wir einen großen Musikkritiker kennen. Er schrieb fürs Staatsorgan, doch hinter seinen Worten konnte sich eine große Leidenschaft offenbaren; er gebrauchte die Wörter Kreativität und Entfesselung, und er schien Freiheit in der Kunst für unabdingbar zu halten. Der Kritiker lud uns zum Essen ein, und später nahm er uns in seinem Auto mit zum Prenzlauer Berg. Man kannte ihn dort und begrüßte ihn herzlich, und als er uns als Freunde vorstellte, wurden auch wir herzlich aufgenommen. Natürlich hatten wir von der Boheme gehört, doch dieser radikale Freiraum machte uns befangen. Solche Spontaneität und Offenheit waren wir nicht gewohnt, und diese Menschen dort erschienen uns wie aus dem Westen verpflanzt. Sie gaben sich, als ob Protestkultur und Flower-Power überall wären. Doch ebenso konnte es sein, daß alles nur ein Bluff war und die Stasi sich hier eine Enklave kontrollierter Freigeistigkeit hielt.

Als wir wieder zu Hause waren, entschieden wir uns gegen diese Boheme. Das, was wir hatten, erschien uns unglaublich viel; wir hatten Tatjana und uns, wir hatten Polytechnikum und Orchester, und jenseits der Sessions waren wir mit der Combo und ihren Familien recht vertraut.

Ihr Blick ist fern, und Willem ahnt die Dramatik dahinter.
Als der Kellner plötzlich an ihrem Tisch steht, schrecken beide auf. Dann deutet der Alte eine Verbeugung an und sagt: Es wird bald regnen. Wir decken hier draußen zu.
Bringen Sie uns vorher noch einen Calvados?
Sehr wohl.
Tatsächlich wird die Linde bereits von rauschenden Stößen erfaßt, und hinter den aufziehenden Wolken ist die Sonne weiß mit einem gleißenden Hof. Die Lichtspiele auf dem Kieselboden erscheinen

778

stakkatohaft, rings die wenigen Gäste sind verschwunden. Und als Katja rauchen will, treibt ihr der Wind Strähnen ins Gesicht, und zuletzt muß sie sich abdrehen.

Dann sagt Willem: Die Okklusion findet statt.

Katja sieht ihn an, und nach einer Zeit lacht sie. Ich hab nichts mit. Ich habe auch aufs Hoch gesetzt.

Als der Kellner vom Tablett serviert, sagt Willem: Haben Sie ein Zimmer frei?

Ja.

Nach dem Calvados ist die Sonne verschwunden; nur gelegentlich flammen noch Wolkenränder auf, und wie ein Strom zieht Regengeruch in die trockene Luft.

Sie tragen sich an der kleinen Rezeption ein, dann geht der Kellner die grünlackierte Holztreppe voran. An den getäfelten Wänden hängen Bälge, und Willem erkennt auf Anhieb Buteo buteo oder Strix aluco, den Waldkauz. Auch oben fehlen die Trophäen nicht: Zwölfender, Keilerkopf, und zuletzt markiert eine Trappe kaum noch vorstellbare Vergangenheit.

Das Zimmer riecht nach Reet und hat einen einfachen Charme. Ein Tisch, zwei Stühle, und neben dem Bett eine Gaube mit zwei halbrunden Flügelfenstern. Schmale Teppiche auf den Dielen, an den gekalkten Wänden eine Worpsweder Landschaft und ein Schwarzweißbild von Feldarbeitern, die gegen einen weiten Horizont Garben binden. Der Kellner steht in der Tür. Wünschen Sie noch etwas?

Später.

Sehr wohl. Und er deutet die Verbeugung an.

Katja steht in der Gaube und sieht hinaus. Starker Regen hat eingesetzt, es ist laut, und die feuchten Gerüche steigen auf. Sie sagt: Boris könnte jetzt über Neufundland sein. Dann geht sie zum Bett. Zieht ihre Schuhe aus, drückt ein Kissen gegen die Wand und setzt sich in die Laken.

Willem hat aus einem Krug Wasser eingeschenkt. Er bringt ihr ein Glas, dazu einen Aschenbecher und kommt mit dem Stuhl ans Bett. Sieht ihr Achselhaar, die Schatten unter den leichten Kleidern. Draußen prasselt der Regen, und die Erde dampft.

Tatjana war ein fröhlicher kleiner Mensch, ein hübsches Mädchen mit einem herzlichen Lachen. Sie war aufgeschlossen, begriff Zusammenhänge schnell und konnte analytisch denken. Wir glaubten, daß unsere Neigungen sich gut in ihr auswirkten.

Auf der Oberschule hatte sie keine Probleme, ihre Freunde waren nett. Im Sommer badeten sie im See, im Winter liefen sie Schlittschuh. Im Jugendlager saßen sie gemeinsam am Feuer, sie rauchten heimlich, entdeckten sich und offenbarten einander ihre inneren Regungen. Bald zerbrach eine Freundschaft wegen eines Jungen, bald kamen neue Freundinnen und neue Jungs; Tatjana zeigte einen Geschmack für ihre Kleider, und wenn sie zum Tanzen ging, trug sie Parfüm auf. Als sie die Pille wollte, kam sie zuerst zu mir.

Tatjana schien bei sich zu sein, und aus dieser Sicherheit heraus entwickelte sie Zuverlässigkeit und Sensibilität. Sie fuhr gerne mit dem Rad hinaus, sie las gerne, sie richtete ihre Zeit so ein, daß nichts Wichtiges verkümmerte. Sie hat uns von sich erzählt und von ihren Freunden. In unseren Augen verlief Tatjanas Entwicklung wirklich sehr gut.

Durch die Gaubenfenster scheint es, als wären die Wetterfronten direkt über ihnen zusammengestoßen. Gegen einen gleißenden Spalt drängen zwei mächtige Wolkendecken, bald drücken Schleier herab, unter denen die Baumwipfel kaum noch sichtbar sind. Bald überschneiden sich Blitz und Donner, und in der einsetzenden Kühle schlagen die Dämpfe nieder.

Katja sieht hinaus; Regen schlägt gegen die Scheibe, zerläuft in endlos neuen Bahnen und Teilchenspuren. Boris, sagt sie, könnte jetzt schon über Vermont sein.

Daß aber unser kleines Glück bald zusammenbrechen würde, sagt sie, das konnten wir nicht ahnen. Sie sitzt mit angezogenen Beinen und hat sich die Decke übergelegt.

Im Gegenteil, ohne daß wir etwas dazu taten, verliebte Tatjana sich in den Sohn eines befreundeten Ehepaares; sein Vater spielt den Baß in der Combo. Und Boris und das Orchester hatten zu-

dem eine ganz wunderbare Saison mit Brahms, und nach dem Ab-
schlußkonzert, bei Spanferkel und Faßbier, kamen Bürgermeister
und erster Sekretär zu uns an den Tisch. Sie küßten Tatjana und
mir die Hand und machten ein paar Komplimente; sie sprachen
von meinem Einsatz für die sozialistische Elite am Polytechnikum,
sie sprachen von Tatjanas Begabung auf der Oberschule, und als
sie sich an Boris wandten, verneigten sie sich vor seinen herausra-
genden Fähigkeiten und seiner vorbildlich kollektiven Art, in der
er dem Klassenfeind ein für allemal den Unterschied offenbarte
zwischen hemmungslosem Egoismus und wahrer menschlicher
Größe. Dann hoben sie ihre Gläser; tranken auf die sozialistische
Familie als Basis dieser menschlichen Größe, tranken auf den Staat
als Basis der Familie und ermunterten uns, doch mal ins Ausland
zu reisen. Plattensee, sagten sie, Schwarzmeerküste, oder warum
nicht Kuba. Ein kultureller Austausch, sagten sie, Inspirationen,
und tatsächlich bewirkten diese Worte, daß wir uns der Vorstellung hingaben. Zu Hause lagen wir in unserer Kapsel, und auch
Tatjana wurde von dem Gefühl ergriffen. Boris ließ seine Schätze von den Magnetophonbändern erklingen, historische und bald
zeitlose Aufnahmen, die unser kleines Glück vollkommen machten. Wir schwebten mit Charlie Parker und Django Reinhardt,
wir schwebten mit John Abercrombie und Joni Mitchell, und die
Schwingungen aus dem Magnetophon trugen uns in den Kosmos
hinaus.
Bald darauf sollte Boris ein Gastspiel mit den Berliner Philharmo-
nikern geben. Das fünfte Klavierkonzert von Beethoven, und es
war noch vor Karajans Rücktritt, er selbst würde hinterm Pult stehen; eine unglaubliche, eine wunderbare Sache, und die Genossen
forderten mich auf, meinen Mann bei dieser Demonstration vor
dem Klassenfeind zu begleiten. Auch Tatjana sollte mit, sollte die
Vollendung der Kunst aus dem Kollektiv heraus erleben, und um
uns von vornherein alle Angst vor den schädlichen Impulsen dort
zu nehmen, würden wir in Begleitung in den Westteil der Hauptstadt reisen.
Zwei Tage vor unserer Abfahrt wurde Tatjana plötzlich krank.
Sie hatte einen Brechdurchfall bekommen, und der hinzugeru-

fene Arzt wies sie vorsorglich ins Krankenhaus ein. Am nächsten Tag konnte sie schon wieder lächeln, doch sie war noch blaß und schwach, und im Krankenhaus machten sie uns klar, daß unser Kind die Konzertreise nicht mitmachen konnte. Boris und ich waren traurig, doch Tatjana war tapfer. Sie lächelte und sagte, daß sie die Aufführung im Radio verfolgen werde.

Eine Wartburg-Limousine holte Boris und mich am nächsten Tag ab. Als wir einstiegen, begegneten wir unserem Nachbarn, dem Genossen Delitzsch. Er grüßte und zog den Hut.

Boris spielte wunderbar. Er spielte in den alles durchdringenden Äther, verwandelte Beethoven in elektromagnetische Wellen, die sich hinein in den Kosmos und bis in das Radio an Tatjanas Krankenbett ausbreiteten. Und während Boris hinter dem Flügel saß, schwebte ich innerlich, als hielte ich Tatjanas Hand, und nach dem Applaus und dem Büfett, nach dem Plausch mit Karajan und mit westdeutschen Musikerkollegen wurden wir von unseren Genossen zurück ins Hotelzimmer begleitet.

Am nächsten Tag brach unser kleines Glück zusammen.

Die Genossen brachten uns zur Grenzübergangsstelle, die Kontrolleinheiten nahmen unsere Pässe, und dann tauchten zwei Stasimänner auf. Sie gaben sich bestimmt, aber freundlich, und sie führten uns durch ein verschlungenes Gangsystem bis in einen Raum. Sie geleiteten uns an einen Tisch, um den vier Stühle standen, baten um etwas Geduld und ließen uns alleine. Es war ein kleiner Raum mit einer dunklen Fensterscheibe in der Wand, und wir vermuteten, daß man uns von dort aus beobachtete. Wir vermuteten auch, daß der Raum abgehört wurde, aber warum das alles geschah, wußten wir nicht. Vielleicht hatten wir nach dem Konzert mit den falschen Leuten gesprochen.

Dann sprangen Leuchtstoffröhren an, und das Fenster in der Wand erhellte sich. Dahinter sahen wir einen weiteren Raum, und auch dort stand ein Tisch. Und auf diesem Tisch lag unser Zuhause. Intime und vertraute Dinge, die anscheinend zu willkürlichen Haufen geordnet waren und vor denen Aktenschildchen aufgestellt waren. Wir hatten Angst, und auf den Schildchen standen Bezeichnungen wie Attraktor und Raskolnikow Zwo, Marderhund oder Phasenraum. Und während wir noch durch das Fenster sahen, kam ein Mann in unseren Raum, stellte sich als Oberst Gräpkenhoff vor und teilte uns mit, daß wir unerwünschte Bürger seien und nicht mehr einreisen dürften. Man höre sehr wohl die Zwischentöne und habe von unserer Kritik an der Deutschen Demokratischen Republik schon längst etwas mitbekommen. Man wisse, daß wir die sozialistischen Opfer zum Aufbau von Boris Künstlertum dazu mißbrauchten, unsere Kritik beispielsweise in die Boheme auf dem Prenzlauer Berg, vor allem aber in die sozialistischen Bruderländer zu bringen – Plattensee, sagte Gräpkenhoff, Schwarzmeerküste oder Kuba, und dann legte er uns Photos vor, steckte die Photos wieder ein, und die zwei Stasimänner traten ein.

Boris und ich hatten Angst. Und die Sorge um Tatjana steigerte unsere Angst; das Bedrohliche kam plötzlich von überall und machte vor nichts in uns halt.

Ich konnte als erste wieder sprechen. Ich will zu meiner Tochter, sagte ich.

Und Gräpkenhoff sagte, ich hätte meine staatsbürgerlichen Pflichten als Mutter verletzt. Ich hätte meine schwerkranke Tochter im Stich gelassen, und Tatjanas Zustand habe sich noch dramatisch verschlechtert, nachdem Boris und ich es vorgezogen hätten, auch noch unserer Ruhmsucht nachzugeben. Zu der somatischen Krankheit, sagte Gräpkenhoff, mit der wir unser Kind zurückgelassen hätten, seien nach Tatjanas Gewißheit unserer Abreise nun auch Depressionen gekommen. Sie befinde sich unter strenger ärztlicher Aufsicht, und Gräpkenhoff sah uns an, als hätten wir unserem Kind das Herz rausgefressen.

Der trommelnde Niederschlag hat nachgelassen, und hinter den abziehenden Schleiern scheint die Welt versunken; ein See steht auf dem ausgetrockneten Land, abschüssig reißt das Wasser schmale Furchen. Manchmal durchtreibt noch ein Blitz purpurfarbene Wolken, doch der Donner hat sich bereits entfernt. Sie hören wieder erste Vögel; von einer nahen Weide brüllt eine Kuh.

Katja sitzt unter der Decke, ihr Blick scheint erstarrt in den Gaubenfenstern. Tränen haben die Farblinien um ihre Augen verwischt.

Tatjana war noch nicht volljährig, und der Anwalt, mit dem wir im Westen sprachen, versicherte, daß wir Anrecht auf einen Prozeß hätten und unser Kind zurückbekommen würden. Kontakt zu Tatjana konnte aber auch er nicht herstellen. Von DDR-Seite berief man sich in der ersten Zeit auf ihren gesundheitlichen Zustand; die enorme Erschütterung, teilte man dem Anwalt mit, die seine Eltern dem Kind zugefügt hätten, habe Tatjanas ganzes Wesen erfaßt, und sie sei zur ersten Stabilisierung in eine Spezialklinik verlegt worden. Danach plane der Staat als ganzheitliche Fürsorgemaßnahme eine Verschickung, die Tatjana zugleich ermöglichen solle, ihr Abitur zu machen.

Der Anwalt versicherte uns, daß das Verzögerungstaktiken seien und er den Prozeß vor einem DDR-Gericht forcieren wolle.

Von unseren Musikerfreunden erfuhren wir, daß unserem ehemaligen Nachbarn, dem Stabführer a. D. Ernst Delitzsch, bis auf weiteres die Vormundschaft über unsere Tochter übertragen worden war. Delitzsch war aus der alten Stadtvilla ausgezogen, wohin, wußten unsere Freunde nicht. Und Tatjana blieb verschwunden; unsere Freunde konnten nichts machen.

Zu dieser Zeit erlitt Boris seine ersten Anfälle. Manchmal lag er einen ganzen Tag wie gelähmt; die Augen geöffnet, mit kaltem Schweiß auf der Haut, und sein Puls flatterte. Und manchmal sank er in tiefen Schlaf, und aus seinen Augen tränte es.

Ernst Delitzsch meldete sich bei unserem Anwalt und teilte mit, daß Tatjanas Zustand sich langsam festige. Und wenn diese Entwicklung weiter anhalte, stehe einem Prozeß in naher Zukunft nichts im Wege. Beziehungsweise, sagte Delitzsch, pflege man in der Deutschen Demokratischen Republik die familiären Werte, und wenn Tatjana trotz der Erschütterungen, die wir ihr zugefügt hätten, zu uns zurückwolle, respektiere man das selbstverständlich, und dann sei ein Prozeß gar nicht nötig. Und danach teilte er unserem Anwalt mit, daß Tatjana uns sprechen wolle.

Am nächsten Tag waren wir beide sehr aufgeregt und saßen eine Stunde lang in der Kanzlei, bevor das Telefon endlich klingelte. Die Stimme unserer Tochter klang fremd; alles Fröhliche und Herzliche wie unter einer kalten Schicht. Dennoch versicherte sie, daß sie uns vermisse; sie sei in einem Sanatorium, sie rekonvalesziere, bereite sich zudem auf das Abitur vor, und sobald sie wieder ganz bei Kräften sei, werde sie zu uns kommen.

Das Wetter ist südwärts gezogen; ein violetter Himmel markiert den Horizont, davor zertreiben dunkle Regenschlieren. Manchmal schlägt ein Blitz seine Äste aus, doch den Donner hören sie nicht mehr.
Katja liegt unter der Decke, und manchmal steigt aus der Wärme dort ihr Geruch auf. Willem ahnt, wie die Vergangenheit unablässig hinter ihren Augen auftaucht und längst alle Gegenwart umschlingt. Boris, sagt sie, könnte jetzt gelandet sein.

Tatsächlich dauerte es aber noch, bis Tatjana endlich zu uns kam. Zwar konnten wir regelmäßig mit ihr telefonieren, und Tatjana beruhigte uns auch, sagte, sie werde gut versorgt, sie vermisse uns und so weiter. Doch das Befremdliche in ihrer Stimme blieb, und wenn dann Ernst Delitzsch mit unserem Anwalt sprach, berief er sich immer wieder auf Tatjanas gesundheitlichen Zustand, versicherte die Fürsorge der Deutschen Demokratischen Republik, den Respekt vor der Familie und daß ein Prozeß nicht nötig sei.
Boris bekam wieder seine Anfälle, unser Anwalt forcierte den Fall, telefonierte mit Medien und Politikern, und bald wußte auch die Öffentlichkeit, daß die DDR die Tochter des ausgebürgerten Musikers Boris Bloch festhielt. Auch das Fernsehen interessierte sich, und weil Boris und ich uns nicht in der Lage dazu fühlten, vor der Kamera unseren Schmerz auszubreiten, gab unser Anwalt dem Sender ein Interview. Danach ging es relativ schnell. Delitzsch meldete, daß Tatjana nun regeneriert sei und ihrem Wunsch, zu den Eltern zurückzukehren, selbstverständlich stattgegeben werde.
Als wir Tatjana endlich in die Arme schließen konnten, war es eine Inszenierung. Mit uns standen Presse und Fernsehen am Check-

point Charlie, Politiker ließen sich mit uns photographieren, und während Boris und ich weinten, sprach Tatjana in die Kameras. Ihr Lächeln und ihre Worte wie unter einer kalten Schicht, doch außer Boris und mir bemerkte das niemand. Alle sahen gebannt auf diese junge Frau, stellten sich ihre Geschichte in den sozialistischen Fängen vor und genossen mit ihr den glücklichen Ausgang im Westen.

Hinter den Fenstern reißt die Wolkendecke auf, und Sonnenstrahlen fallen aus der Höhe wie ein Fächer. Willem spürt die Vibrationen, als Katja leise weiterspricht.

Das Befremdliche in Tatjanas Stimme schien ihr ganzes Wesen erfaßt zu haben. Alles Vertraute und Offene unserer Tochter schien nicht mehr zu existieren, und sie belud uns in kurzer Zeit mit großer Schuld. Anfangs glaubten wir, ihre abweisende Art würde aus der Verletzung herrühren, uns entrissen worden zu sein, und wir waren bereit, ihr alle bösen Worte zu verzeihen. Hinter all der zergliedernden Kälte, die sie gegen uns aufbrachte, glaubten wir immer noch das reine Herz unseres Kindes zu spüren.

In Berlin konnten wir die Umklammerung der DDR spüren, und wir wollten weg. Wir wollten einen Neuanfang und hofften vor allem, damit unserer Tochter zu helfen.
Ein Freund von uns gab uns die Adresse seines Bruders in Bremen, und so kamen wir hierher. Wir erhielten finanzielle Unterstützung von der Bundesrepublik, und der Bruder verhalf uns zu einer kleinen Wohnung in einem netten Viertel. Unsere Stunde Null sozusagen, doch wir sahen darin auch die große Gelegenheit zu einem Wiederaufbau aus unseren familiären DDR-Trümmern. Tatjana aber zeigte von Anfang an kein Interesse daran; sie half nicht bei den Anschaffungen und nicht bei der Einrichtung unseres neuen Zuhauses, und wenn wir ihr Bücher kauften oder Musik, die sie drüben gerne gehabt hatte, sah sie uns nur mit kalten Augen an. Während sie für ihre Zukunft plane, sagte sie, falle uns nichts Besseres ein, als sie mit der Vergangenheit zu beschweren. Einen Tag vor ihrem achtzehnten Geburtstag packte sie einen Koffer,

und eine Minute nach Mitternacht verließ sie uns. Danke für alles, sagte sie.

Danach bekam Boris seine Anfälle häufiger. Dazwischen aber bemühten wir uns, das Trauma für uns erträglicher zu machen. Wir wollten die Dinge wiederbeleben, die uns in der alten Heimat so gutgetan hatten. Wir richteten unseren Alltag ein, wir trafen uns mit dem Dirigenten der Bremer Kammerphilharmonie, bald gab Boris ein Gastkonzert, und ich bewarb mich bei Ihnen. Wohin unsere Tochter gegangen war, wußten wir nicht, und zweimal in der Woche hatten Boris und ich eine Stunde Gesprächstherapie.

Als die Mauer fiel, sahen wir unsere Freunde wieder. Sie kamen mit einem Lastwagen nach Bremen und hatten unsere Sachen aus der alten Stadtvilla dabei. Auch die Bänder und das Magnetophon, aber zu Tatjana konnten sie nichts sagen. Sie wußten genausowenig wie wir, was nach unserer Ausbürgerung mit ihr geschehen war. Auch über Ernst Delitzsch wußten sie nichts.
Beim nächsten Besuch hatten die Freunde ihre Instrumente dabei. Boris hatte ein paar Stücke geschrieben und über die Kammerphilharmonie einen schönen Raum mit Konzertflügel bekommen. Die Gestaltung seiner Musikstücke hatte etwas Überwältigendes; eine Kreativität und Entfesselung, die mühelos Barock, Klassik und Jazz verschmolz, und Boris spielte sich in einen Zustand, der auch auf die anderen übersprang. Wir waren alle begeistert, und bald gab die Combo ihre ersten Auftritte. Vor allem Boris, mit seinem Mythos als Dissident, als Vater, dem man das Kind geraubt hatte, und mit seinem Namen als Musiker, machte die Combo bald über die Fachkreise hinaus bekannt. Sie wurden auf Festivals eingeladen, sie waren im Studio oder unternahmen kleine Konzertreisen, und ich glaubte, daß Boris seine Anfälle recht gut über die Musik kompensieren würde.
Doch dann verstieg er sich in die Idee, Tatjana auf einem Konzert zu begegnen. Und wenn er über seinen Kompositionen saß oder im Studio, glaubte er, daß seine Musik, einmal in Tatjanas Ohren, die schönen Erinnerungen in ihr wieder hervorholen müßte. Un-

sere Geborgenheit vor dem Magnetophon, unsere Kapsel, doch wir sahen nichts und hörten nichts von Tatjana. Und Boris begann darauf zu drängen, in der Gauck-Behörde nach Spuren unseres Traumas zu suchen.

Ich war dagegen. Ich war bereit, auf Schuld und Sühne zu verzichten, und wollte diesen Teil unserer Vergangenheit nicht wiederbeleben. Doch Boris wollte aufarbeiten, um zu überwinden, und schließlich begleitete ich ihn nach Berlin. Es gab Kilometer von Akten, und die wenigen, die bereits gesichtet waren, brachten uns nicht weiter. Weder Ernst Delitzsch war verzeichnet noch jemand, dem wir die Übergriffe gegen uns zutrauen mochten. Nach Freunden oder Bekannten suchten wir erst gar nicht. Doch wir empfanden beide die Bitternis der Situation, es tun zu können.

Auch bei seinem nächsten Besuch in der Behörde begleitete ich Boris. Wir blieben drei Tage in Berlin und verbrachten die Hälfte davon mit den Akten. Als wir wieder zu Hause waren, meldete sich Tatjana. Sie rief uns abends an, und am nächsten Vormittag landete ihre Maschine aus Frankfurt. Tatjana trug einen eleganten Hosenanzug, ihr Haar war kurz geschnitten und glänzte. Sie war in kühlen Farben geschminkt und sagte uns, daß sie mit der nächsten Maschine wieder zurückfliegen werde. Wir gingen ins Café auf der Aussichtsterrasse, und dort nahm sie ihre Sonnenbrille nicht mehr ab. Sie rauchte viel, und wir ertrugen all das Fremde, das sie offenbarte. Die radikale Umkehrung ihres so fröhlichen und aufgeschlossenen Wesens, ihre herzlose Art, mit der sie noch unsere Liebe zu einer stillen Anklage zergliedern konnte. Wir ertrugen ihre Kälte, wir verziehen unserem Kind alles, und Tatjana saß elegant gegen unsere Hilflosigkeit; sie stieß ihren Rauch in die Höhe, und das Fremde in ihrem Gesicht wirkte erschreckend echt. Das einzige, sagte sie, womit wir ihr je geholfen hätten, sei der Name Bloch. Mit diesem Namen und der Geschichte dahinter hätte sie bei den Vorstellungsgesprächen tatsächlich einen kleinen Vorteil gehabt. Den habe sie genutzt, aber daß sie mittlerweile Junior-Managerin in einem weltweit operierenden Kapitalunternehmen sei, habe nichts mehr mit uns zu tun. Das sei allein ihr eigenes Verdienst, und sie werde sich ihr Leben nicht noch einmal von uns zerstören lassen. Und dann sagte sie uns, daß wir endlich damit aufhören sollten, sie mit der Vergangenheit zu beschweren. Daß wir in der Gauck-Behörde wieder und wieder das Alte hervorholten, sagte sie, bleibe nicht verborgen, und zuletzt sei es wieder sie, die darunter zu leiden habe. Sie forderte uns ganz entschieden auf, unsere Schnüffeleien zu unterlassen. Dann verließ sie uns. Es zerriß uns das Herz, doch wir blieben bereit, unserem Kind alles zu verzeihen.

Katja steht am Fenster und raucht. Wolken ziehen dahin, aufgetürmt und in mächtigen Farben unter der Sonne. Dampf steigt vom Reetdach, und wenn eine Brise ins Zimmer streicht, vermischt der Geruch mit feuchter Erde. Letzte Regentropfen glitzern, aus der Ferne der Ruf eines Raben. Willem sieht die leuchtenden Konturen der Frau, und gegen das offene Fenster klingt ihre Stimme hohl.
Ich weiß es bis heute nicht, sagt sie, ob wir das so verdient haben. Womit wir uns schuldig gemacht haben. Ein Kind gezeugt, ja. In einen Staat hinein, ja. Doch war unser Staat eine Ausnahme? Hat einzig unser Staat bis in die Kinder hinein gewirkt? Und welche Konsequenzen müssen wir daraus ziehen – die menschliche Fortpflanzung einstellen?
Sie dreht sich um und lächelt auf eine Art. Dann schlüpft sie zurück unter die Decke.

Wir sind nicht mehr in die Gauck-Behörde gefahren. Zum Guten für unser Kind, und Boris hat auch nicht mehr davon gesprochen, die Vergangenheit auf diese Art aufarbeiten und überwinden zu wollen. Er extrahierte Musik aus unserem Leid und seinen Anfällen, und mit der Zeit erschufen wir uns wieder einen angenehmen und schönen Rhythmus in unserem Alltag. Wir fanden wieder Zugang zu den Dingen, die uns guttun, und wir stellten uns vor, daß es auch Tatjana gutging. Ich entdeckte Yoga für mich und konnte auch Boris dafür interessieren, so daß er bald ein paar Übungen fand, die Starre und Schwermut in seinen Anfällen mildern. Tatjana hat sich nicht wieder gemeldet. Wir werden uns wohl nie daran gewöhnen, dennoch hatten wir vor allem die letzten zehn Jahre doch ein angenehmes Leben mit sogar unbeschwerten Momenten. Boris, wie gesagt, kompensiert viel über seine Musik, doch er kann sich auch darüber freuen, daß seine Musikalität so hohe Anerkennung erfährt.

Katja sieht Willem an. Ich will nicht klagen. Die letzten Jahre waren schön. Doch dann hat es Boris wieder gepackt, und er fuhr nach Berlin. Und dann fuhr er immer wieder hin, auch zwischen den Konzertreisen. Wer hat uns bespitzelt? Wer hat so intrigiert, daß wir ausgebürgert und von unserem Kind gerissen wurden?

Dann stieß Boris auf eine Spur. IM Radetzky, und bald verdichtete sich diese Spur, und er war sicher, den Spitzel und Intriganten in unserem Leben gefunden zu haben; er war auch sicher, daß hinter diesem IM schließlich Ernst Delitzsch auftauchen würde. Und unlängst nun, sagt Katja, bevor sie ihn nach New York einluden, konnte er Radetzky enttarnen.

Im Zimmer spüren sie, wie hinter der Gewitterkühle schon wieder Hitze bläht. Der Himmel ist milchig und gleißend, unter der Sonne stridulieren Heuschrecken. Katja nimmt das Wasserglas, und Willem sieht zu, wie ihr Kehlkopf unter den Ringmuskeln springt. Es ist nicht Delitzsch, sagt sie schließlich. Dann sieht sie ihn an. Tatjana ist Radetzky.

Unsere Ausbürgerung und die Trennung von Tatjana waren gut geplant. Eine feine Zeitabstimmung bis hin zum Konzert mit Karajan und Tatjanas plötzlichem Brechdurchfall. Dann die Verzögerungstaktiken bis hin zum westlichen Medienrummel und dem anrührenden Moment, als wir unser Kind wieder in die Arme schließen durften. Das alles war geplant. Und daß Tatjana danach im Westen wie ein Instrument funktionieren konnte, war das große Ziel hinter diesem Plan. Eine anrührende und unauffällige Assimilation beim Klassenfeind, und wenn Tatjana gut funktionierte, würde sie sich irgendwo und irgendwann eine sensible Position erarbeiten und den Genossen all das Gute, das sie ihnen verdankte, zurückzahlen.

Daß Boris dieses Geheimnis aufgedeckt hat, macht natürlich nichts leichter. Nicht für uns, Tatjana oder diejenigen, die hinter diesem Plan stecken. Wahrscheinlich waren sie es, die Boris heimlich photographiert und so versucht haben, ihn einzuschüchtern. Aber wahrscheinlich fühlen sie sich auch jetzt noch sicher, weil wir wohl erst unser Kind an den Pranger stellen müßten, um an ihre Namen zu kommen. Ich weiß es nicht.

Katja sitzt im Bett, die Tusche um ihre Augen ist zerlaufen. Das Licht der absteigenden Sonne steht wie Bernstein in der Gaube. Wer hat unserem Kind das angetan? Wer ist so schrecklich, Willem. Wir?

Das tiefe Sonnenlicht fängt sich in ihrem Haar, und neue Tränen tragen die Tusche tiefer. Seit Tatjanas Geburt, sagt sie, ist es unsere Liebe gegen die Liebe der anderen. Oder nicht?

Eine Woche später sitzt Willem hinterm Schreibtisch; kräftiges Licht fällt in den Spitzgiebel, der Kaktus leuchtet, und auch Jawlenskys Landschaft.

Auf Katjas Klopfen hin lächelt er. Sie sieht gut aus, und er nimmt die frischen Spuren ihrer Morgentoilette wahr. Sie legt einen Stoß Papiere ab, dann geht sie an die Flügeltür und raucht. Boris ist zurück. Er hat in New York viele nette Menschen getroffen. Ry Cooder und Jack DeJohnette. Bill Frisell und McCoy Tyner, und Boris hat so gut gespielt wie nie. Er hat sie mitgerissen, doch es wird ihn nicht erlösen.

Der Kaktus leuchtet, der Jawlensky, und manchmal ergreift eine Böe ihr Haar. Nur Tatjana könnte das. Und dann: Ich habe Angst, Willem.

16

Noch als Kunstdruck scheinen die Hiroschiges den Blick einzuziehen in ihre ferne Welt, und Willem kann die Stimmung aus den Holzschnitten spüren. Wie ein Reisender hinter einem Fenster sieht er die Landschaften, Tage und Jahreszeiten, und rings die Bonsais stehen in stiller Harmonie.

Anfangs scheint es nur Hintergrundrauschen, beiläufig im ständigen Auf und Ab und kaum zu unterscheiden von den Geräuschen, die sich aus der Stille brechen können. Doch dann schwingt das Rauschen tiefer, bündelt sich, und Willem spürt, wie der Augenblick zerreißt. Ein hyänenhaftes Lachen steigt auf, Schritte, Knarzen im Gebälk, und dann kann er ahnen, wie Laschek in serviler Art die Tür zu Kronhardts Büro aufhält.

Willem klopft und tritt ein, ohne abzuwarten. Er sieht sie um den Bildschirm sitzen, Laschek in der Mitte wie ein Zaubermeister und Kronhardt mit bösem Blick gegen die Tür. Doch bevor er aufbrausen kann, schlägt der dritte Mann einmal mit seinem Gehstock.
Ich bin sehr erfreut, sagt er, Sie einmal wiederzusehen. Er wirkt kleiner als damals, mit weißem Haar und glatter Haut. Und als er vor Willem steht, erscheinen die Augen hinter der Goldrandbrille groß und leuchtend. Sein Lächeln ist ein Strich.
Willkommen im Haus. Sie hatten hoffentlich eine gute Reise?
Eine gute Reise, und Steiner lacht mit einer Stimme, die hoch geworden ist. Dann schlägt er erneut mit dem Stock auf und sagt: In meinem Alter gehe ich mit solchen Worten vorsichtig um. Aber danke der Nachfrage. Und Sie?
Ich gehe auch vorsichtig um.
Recht so.

Sie haben hoffentlich etwas Zeit für unsere schöne Stadt mitgebracht?

Zeit – das ist schon wieder so ein Wort.

Ach was. Die Verhältnisse in der Welt können ein Wort heute groß machen, das uns schon morgen nichts mehr sagt. Warum sollten gerade Sie sich scheuen, ein großes Wort zu benutzen – Sie sehen blendend aus, und jeder wird Ihnen auf Anhieb eine Lebenserfahrung unterstellen, die zu noch größeren Wörtern berechtigt.

Steiners Lächeln verbleibt ein Strich.

Willem sagt: Wenn Sie gestatten, würde ich mir die Präsentation auch gerne ansehen.

Präsentation?

Ich durfte ja unlängst schon einen Blick darauf werfen und bin ehrlich gesagt schwer beeindruckt, wie Laschek mühelos mit Algorithmen jongliert und so aus seinen Raumgittern immer wieder neue Welten erschafft. Kommen Sie.

Doch als er hinter den Schreibtisch gehen will, hat Steiner den Stock gehoben, und die Spitze zielt gegen Willems Brust.

Zu Laschek sagt Steiner: Was haben Sie ihm denn gezeigt?

Lascheks Füße trippeln. Gar nichts.

Aha. Und zu Willem: Ich komme nicht hierher, um mir etwas präsentieren zu lassen, von dem ich nichts weiß. Solche Planlosigkeit führt zu nichts.

Willem schiebt den Stock beiseite und lächelt. Was soll ich sagen? Nun, es war sehr interessant, Sie getroffen zu haben.

Sie fahren heute schon?

Auf Wiedersehen, und sein Stock zeigt auf die Tür.

Ein großes Wort.

Barbaras Lächeln ist schief, als Willem ihr gegenübersitzt.

Mir gehts genauso, sagt er.

Ob wir befangen sind?

Er hebt die Schultern.

Robert ist verändert, seit Steiner im Haus ist.

Hat Inéz die beiden gesehen?

Steiner hat das Gefühl in ihr noch verstärkt. Etwas Bedrohliches strömt aus ihm, sagt sie.

Ob Steiner meinen Vater ermordet hat?

Ich weiß es nicht.

Und Kronhardt?

Robert verhält sich unterwürfig wie seit dem Tod deiner Mutter nicht mehr.

Macht ihn das verdächtig?

Ich weiß nicht. Und was meinst du?

Jetzt lächelt Willem schief. Ich hab immer nein gesagt. Aber seit der Begegnung mit Steiner bin ich mir nicht mehr so sicher.

Sie nimmt seine Hand. Ich habe die Ramows schon angerufen.

Danke. Und dann: Meinst du, wir müssen vorsichtig sein?

Vorsichtiger als sonst? Vielleicht.

Und die anderen?

Marcel bestimmt nicht. Und weiter würde ich in der Theorie gar nicht gehen, weil sonst ganz schnell jeder vorsichtiger sein müßte. Besser, wir bleiben ruhig. Und dann mal sehen, was die Ramows rausbringen.

Hört sich gut an. Er steht auf und küßt sie. Ich geh spazieren.

Und wenn draußen die große Frau auf dich wartet?

Dann bleib ich ruhig.

Es ist die vertraute Stadt, vertrautes Milieu. Roland, goldene Pforte, und zum Ende der Böttcherstraße glitzert der Fluß. Ein alltäglicher Gang, und doch erscheint ihm die Welt ringsherum unscharf. Vielleicht entwickelt er auch neue Blickwinkel, aus denen heraus sich alles Vertraute verschiebt, und während er wie beiläufig dahinzieht, kann er spüren, wie seine Sinne ausgerichtet sind auf die große Frau und den großen Mann. Wie er das Gefühl hat, alles um sich herum gleichzeitig wahrzunehmen und dabei zwei Löffel mit Öl zu balancieren. Er ist sich sicher, nicht verfolgt zu werden.

Ulrike Striebeck ist wieder aus Mexiko zurück. Ihr blondes Haar ist heller geworden, ihre Haut gebräunt, und wenn sie lächelt, erscheinen ihre Zähne noch weißer. Willem hat Kaffee zubereitet und die Sprossentüren geöffnet. Eine warme Brise fällt ein und vermischt sich mit dem frischen Duft.

Schön, Sie zu sehen, Ulrike. Sie trinken den Kaffee noch schwarz?

Ja. Und dann: Sie haben ja einen Rothko aufgehängt.

Ihre Galeristin ist ein netter Mensch. Wir haben gemeinsam geschaut.

Das ist das erste Mal, daß Sie hier oben etwas verändert haben?

Ich verändere jeden Tag etwas.

Aber Sie nehmen keine großen Eingriffe vor.

Dazu besteht kein Anlaß. Jetlag?

Ihr Lachen schneidet Linien in die braungebrannte Haut. Auf dem Rückflug saß ich schon wieder neben Texanern. Aber dieses Mal waren sie nicht besoffen. Sie klärten mich auf über die Vorzüge der Giftspritze gegenüber dem elektrischen Stuhl. Sie glaubten an den Heilplan Gottes und hielten es für selbstverständlich, daß über alle Ungläubigen noch auf Erden gerichtet werden müsse. Sie forderten die Giftspritze für Darwinisten, für Kommunisten und Anarchisten, und mich luden sie ein, einen ihrer Vorträge zu besuchen.

Was wollen solche Menschen im Alten Europa, Ulrike?

Uns missionieren. Uns in den Bankrott treiben oder ihre Gewinnanteile aus dem bankrotten Griechenland eintreiben.

Das sagen Sie doch nur, weil die Antwort mir gefällt.

Stimmt. Dann sagt sie: Bei unseren mexikanischen Freunden nichts Neues. Ihre Sonne verbrennt das Land, ihre Maschinen rattern rund um die Uhr, ihre Mädchen sind läufige Hündinnen, und die Kerle dazu stolzieren, als wäre ihnen noch das Rückgrat geschwollen. Unseren Auftrag haben sie aber ziemlich geschmeidig durchgebracht; die Yachtwäsche ist bereits im Container und unterwegs zu den Arabern.

Willem macht eine Geste. Dann sagt er: Verschwinden immer noch Mädchen?

Ja. Und weil das so ist, weiß in Juárez jeder, daß Polizei und Politik da mit drinstecken.

Und der Drogenkrieg?

Da stecken sie auch mit drin. Jeden Tag druckfrischer Horror in den Gazetten. Und die Kinder lernen schon in der ersten Klasse für den Fall, daß sie in die Schußlinie geraten. Anstatt morgens zu singen, spielen sie duck and cover, und Soziologen und Philosophen sagen eine neue traumatisierte Generation voraus.

Mein alter Arzt, Doktor Blask, sagte immer: Bakterien und Viren, mein Junge. Das kann so ein friedliches Feld sein. Da wird die Katastrophe Mensch glattweg zur Nebensache. Hätte ich den Schneid für die Naturwissenschaften damals aufgebracht, würde ich mich heute womöglich mit den Phänomenen der Ameisen beschäftigen. Oder dem Georgischen Schädel.

So sitzen sie, trinken den Kaffee.

Dann sagt Willem: Haben Sie sich trotzdem was Extraschönes gegönnt?

Zuerst war ich in Acapulco. Und dann in der Wüste.

In der Wüste?

Eine Notlandung.

Ach.

Wenn Sie wollen, erzähle ich Ihnen die Geschichte.

Und Willem schenkt zwei Calvados ein, dann machen sie es sich im Leder gemütlich.

Überall, wo in Mexiko Geld steckt oder rausgeschlagen werden kann, hängt die Politik mit drin. Und die Politik selber hängt an den Kartellen, und darum funktioniert der mexikanische Flugverkehr, wie vieles im Land funktioniert: Das Geld, um den Menschen Bildung und Fähigkeiten zu vermitteln, fehlt, und die wenigsten verfügen über einen tieferen Hintergrund in ihrem Beruf. So improvisieren die Mexikaner ständig und kriegen es immer wieder hin, sich in unvorhersehbare Situationen zu manövrieren. Und dann stehen sie da und machen ihre unvermeidlichen Gesten der Hilflosigkeit. Auf diese Art wurde mein Rückflug aus Acapulco einfach aufgelöst; er verschwand von den Bildschirmen, als wäre gleich die ganze Maschine verschwunden, und niemand um mich herum wunderte sich darüber.

Als ich darauf im Terminal einen Schnaps trank, traf ich Pablito wieder. Wir sind uns bei den Klippenspringern begegnet, und später haben wir zusammen ein paar Sunrise getrunken. Pablito war mit Geschäftsfreunden in einer Privatmaschine unterwegs. Sie wollten nach Chihuahua mit kurzer Zwischenlandung in Monterrey, und sie hatten nichts dagegen, mich mitzunehmen. Alles Vaquero-Typen mit Schlangenleder und Stetsons, und sie waren sehr zuvorkommend. Als die Maschine eine Stunde vor Monterey anfing zu spotzen, war kein Fallschirm für mich übrig, aber jeder von ihnen war bereit, mich huckepack zu nehmen. Der Pilot kriegte dann doch eine ziemlich elegante Landung auf einer Wüstenpiste hin, und dann standen wir auf einer Hochebene. Rings die Berge zerflimmerten, und der Himmel erschien aberwitzig hinter der Sonne. Ein Jeep pickte uns schließlich auf, und auf der Ladefläche hielten die Männer ihre Stetsons gegen den Fahrtwind. Sie hatten vergoldete Schneidezähne, und der Jeep zog rötlichen Staub. Lehmhütten tauchten auf, Pferche mit knochigen Rindern, Ziegen in den Bergflanken. Dann ein Schild – Las Vegas, und dahinter Häuser aus Blech, offene Kloaken, nackte Kinder. Hunde liefen dem Jeep hinterher, und als wir durch San Francisco kamen und Santa Cruz, waren es die gleichen Bilder.

Der Jeep zog gegen die Sierra, bald war die aufwärts schlängelnde Piste zu erkennen, und die Männer sagten, daß hinter den Bergen die Nationalstraße läge. Auf halber Höhe zu einem Paß machte der Jeep schlapp. In einer engen Aufwärtskehre mußte der Fahrer ganz runterschalten, und dann erwischte er im Vollgas einen frischen Steinschlag, der den Unterboden aufschlitzte. Die Männer rissen dem Fahrer das Käppi vom Kopf und schleuderten es in die Schlucht. Auf der anderen Wagenseite stieg eine Flanke auf, und überm Gipfel kreisten Zopilote. Die Männer liefen um mich herum, sie versuchten zu telefonieren, und ihre Adern waren vorgetreten. Der Fahrer stand am Rande der Schlucht, und sein Käppi hing weit unten in einer Agave.

Bald machten sich einige der Männer auf den Weg und marschierten die rohe Steinpiste zurück in Richtung Flugzeug. Auch Pablito ging mit ihnen. Die Sonne stand im Zenit, und die anderen schmissen Steine nach dem Fahrer.

Im Jeep fanden sie ein paar Dosen Bier. Ein Hubschrauber würde die anderen holen, sagten sie, und uns schickten sie einen Wagen.

So tranken sie, spuckten, und als einer eine Schlange entdeckte, johlten sie gegen das Klappern und brachten das Tier zu Tode. Die Luft war dünn und heiß, und aufwärts fußten Kakteen im nackten Gestein. Wenn niemand sprach, drückte eine Stille aus dem Himmel, und die Blicke der Männer durchbohrten mich. Dann drehte einer von ihnen das Radio an. Als die Sender zerrauschten, trat er gegen den Jeep. Doch zuletzt ließ er es einfach rauschen, als wäre es Musik. Die Männer blickten mich an; sie zerdrückten ihre Dosen, spuckten. Sie schoben den Stetson in den Nacken, sie kratzten sich die Genitalien und leckten sich die Lippen. Dann stieg der lange Ruf eines Esels auf, und die Männer sahen sich um.

Es war ein brauner Esel. Das Tier war beladen und zottelte gleichmütig bergan. Zwei Indianer gingen mit ihm, ihre Gesichter waren tief gefurcht. Als sie am Jeep stehenblieben, sahen sie uns an. Dann sagten sie etwas, lachten, doch die Männer lachten nicht mit. Sie lehnten gegen den Jeep, die Stetsons jetzt tief im Gesicht.

Die beiden Indianer sahen einander an. Nahmen ihre Hüte vom Kopf und kratzten sich den Schädel.

Einer der Männer sagte: Was glotzt ihr? Zieht ab!

Die beiden anderen hatten eine seltsame Art zu sprechen; ein weicher Singsang, und zuerst glaubte ich, sie benutzten einen Dialekt, den keiner verstand. Doch dann drückte sich ein Mann vom Jeep. Was hier los ist, interessiert euch einen Scheiß. Kapiert? Und jetzt verpißt euch.

Die Indianer sahen einander an.

Der Mann kam in seinem steifen Gang zu mir und legte einen Arm um mich. Diese verdammten Indianerschwuchteln, sagte er, und sein Griff war fest.

Eine Weile stand nur das Rauschen aus dem Radio in der Wüstenluft, und über uns zogen die Zopilote ihre Kreise.

Dann sagte einer der Indianer: Wohin gehen Sie, Señora?

Zum nächsten Flughafen.

Ay ay ay. Das ist aber weit.

Der Mann trat von meiner Seite und steckte die Daumen in die Gürtelschlaufen. Was habe ich euch gesagt? Ihr Schwuchteln!

Die anderen Männer lösten sich vom Jeep.

Die Indianer fielen in ihren Singsang, und bald schien sich aus ihrer Sprache eine Wirkung zu entfalten; das Rauschen aus dem Radio verstummte, und auch die Männer sagten nichts mehr. Ich habe so etwas noch nie erlebt, es war beinah so, wie Sie immer sagen: eine geisterhafte Fernwirkung, und dann holten die Indianer meinen Koffer vom Jeep und nahmen mich mit.

Der Esel ging voran. Mein Koffer war gut verzurrt, die Last schwankte kaum. Die Piste war in die Bergflanke geschlagen; sie wand sich, fiel auf einer Seite ab in tiefe Dunkelheit und schnitt sich kaum später steil gegen die Sonne. Flechten und Moose färbten den Stein, und einmal sah ich einen Kolibri stehen, winzig gegen den Blütenstand einer Agave. Nach einer scharfen Kehre öffnete sich der Ausblick, und hinter den tiefer liegenden Gipfeln erstreckte sich zum Horizont die Hochebene. Wir sahen auf ein paar Wolken hinab, doch die Luft war klar, der Himmel scharf vom Land geschnitten. Auf einer Brücke blieb der Esel stehen. Ein Bach zog unter uns hinweg, schmal und lautlos. Abwärts vertiefte er sich, und Bäume markierten den Einschnitt bis in die Ebene. Der Esel legte seine Ohren an, streckte den Kopf und brüllte. Dann fand er einen Weg unter die Brücke und trank. Die Männer folgten ihm. Sie saßen im Schatten, sahen dem Esel zu und sprachen in ihrem Singsang. Dann knieten sie sich hin und schöpften Wasser. Danach schnitten sie Früchte von einem Kaktus, die bald wie geöffnete Granatäpfel aus ihren Händen leuchteten.

Wir gingen die Piste aufwärts, bis sich ein Tal vor uns ausdehnte. Die Sohle war weich geschliffen und zog in gefärbten Schichten bis an die fernen Hänge, hinter denen neue Gipfel bis über die Wolken aufstiegen. Der Esel nahm einen Pfad und zottelte voran. Es gab keinen Schatten, Säulen und bizarre Sprossen flimmerten silberfarben, Büschel mit schwertförmig aufgerichteten Blättern, und in der trockenen Luft zertrieben die Spuren blühender Palmlilien. Einmal, wie versteinert, saß eine Agame mit aufgestelltem Schuppenkamm, und voraus zogen aus dem Tal Pfade gegen die Berge wie Ameisenstraßen.

Als wir einen dieser Pfade erreichten, markierte die Sonne bereits den Westen. Höhenluft und Gelände hatten mein Gefühl für Zeit und Entfernung verzerrt, und ich fragte die Indianer, ob wir bis in die Nacht marschieren würden. Doch sie lachten nur.

Der Pfad war schmal mit Spuren von Tieren. Der Wind hielt den Bewuchs auf der Bergflanke kurz, manchmal traten aus dem Gestein Auswüchse hervor, grüne Schieferungen, Kristalle oder die bleichen Reste eines Riffs. Zum Gipfel hin stießen wir durch eine Falte mit nackten, verbogenen Schichten, die in rostroten Tönen leuchteten; aus einem zerklüfteten Spalt ragten Äste eines Adlerhorsts. Hinter der Falte ließ der Wind nach, und unser Pfad verlor sich am Himmel und tauchte erst an einem weit ferneren Himmel wieder auf. Mit jedem Schritt wuchsen neue Gipfel aus den Gipfeln, weich geformte Leiber, andächtig unter endloser Stille. Einmal hörten wir einen Raben aus dem Raum, und wenn eine Böe den Hang erfaßte, zerflirrte der Silberglanz auf den Säulen und Sprossen, und die Schwertblätter stießen aneinander. Das kleine Tal erschien unverhofft, und der Rancho lag wie eingebettet zwischen den milden Leibern riesiger Urtiere.

Ándale, sagten die Indianer. Und der Esel brüllte, und vom Rancho kläfften Hunde.

Als wir näher kamen, zeigten sie auf ein paar Agaven. Dahinter, in stumpfer Farbe, stand ein Jeep. Dann waren die Hunde da, dann kam ein Mann. Er hieß Montoro, sein Jeep war kaum mehr als nacktes Blech, doch er fuhr den Weg zuverlässig seit einem halben Jahrhundert. Als wir die Nationalstraße erreichten, machte mich die Dunkelheit ehrfürchtig. Nie zuvor habe ich diese Endlosigkeit gespürt, sagt Striebeck. Doch dort in der Wüste, während Montoro mit mir auf einen Bus wartete, sah ich noch einmal die Berge, die ich durchwandert hatte; ich sah die Milchstraße, ich sah die Galaxien, und dann mußte ich an Sie denken und an Ihr Teleskop. Als wir schließlich einen Bus anhalten konnten, kam er aus Acapulco und fuhr durch bis nach Monterrey.

Aus der Küche haben sie Blick über die Felder; längs der Gräben stehen ein paar Erlen, weiter hinten, seit die alte Ulmenreihe durch Pilzbefall niedergestreckt wurde, ist ein Gehöft zu sehen.

Sie stehen an der Arbeitsplatte, bestreichen das Huhn mit Marinade, streuen Rosmarin auf die Kartoffelecken. Als das Blech im Ofen ist, dekantiert Willem eine Reserva, Barbara umwickelt Datteln. Aus dem Radio spielt Kammermusik von Schubert, sie rösten Kürbiskerne, schneiden Salat, dann stoßen sie an. Zur vollen Stunde werden Nachrichten gesendet, die international mit Bankrotterklärungen und Börseneinbruch beginnen. Als dann aus Deutschland berichtet wird, von neuen Fracking-Skandalen, Dioxinfunden in Lebensmitteln, von außer Kontrolle geratenen gentechnologischen Experimenten und zuletzt von einem aufgeflogenen Coup, bei dem der Öffentlichkeit Scheinterroristen geliefert werden sollten zur Festigung neuer Gesetze, schaltet Willem aus.

Barbara schaut ihn an.

Es hört nicht auf. Und es potenziert sich unablässig.

Sie lächelt. Dann gibt sie ihm einen Kuß, und während im Ofen das Hühnchen röstet, legt Willem kubanischen Mambo auf, und sie tanzen.

Beim Essen sagt Barbara: Hast du Steiner noch einmal gesehen?

Nein.

Diese große Frau?

Auch nicht.

Dann sagt sie: Wir fahren die Tage nach Leipzig.

Ist schon wieder Messe?

Ja.

Er nimmt eine Dattel. Jake ist auch in Leipzig.

Barbara macht ein Gesicht. Visconti kommt zur Messe, die Favoris und vielleicht auch mein Kykladenreeder. Für Jake werde ich keine Zeit haben.

Schon gut.

Wir bringen dir ein schönes Gewebe mit. Inéz hat schon einen Schnitt im Kopf.

Etwas Klassisches?

Was denkst du denn. Und du kümmerst dich um Katja?

Mach ich.

Katja ist blaß; sie hat Ringe unter den Augen, und seit Boris zurück ist, kommt sie ständig in den Spitzgiebel und raucht. Boris liegt im Krankenhaus, und die Ärzte haben vorab von jedem Besuch abgeraten. Mehr sagt Katja nicht. Sie will auch nicht nach Hause, und zwischen den Zigaretten arbeitet sie wie besessen.

Zum Feierabend hat Willem Wein besorgt und ein Taxi bestellt. Das Teleskop steckt in einer Tasche, und so steigen sie hinterm Marktplatz ein. Sie sprechen kaum, während das Taxi nordwärts zieht. Hinter Rönnebeck sind die letzten Höfe abgerissen, auch die alten Eichen stehen nicht mehr. Die Gaststätte ist vernagelt, doch als sie in die Sielstraße biegen, dampft vor dem Hof ein Misthaufen, und ein Kettenhund schlägt an. Im Dämmerlicht sehen sie Fledermäuse über dem Bunker, dann dirigiert Willem unterm Deich entlang. An der Wurt steigen sie aus. Der Fahrer verspricht, sie wieder abzuholen.

Es ist Neumond. Hinterm Deich erschaffen die Gezeiten eine Grauzone, und ringsherum wird die Welt von Dunkelheit erfaßt. Willem erzählt, wie sie damals von der Oberon aus in die Nacht gesehen haben, und als sie durchs Teleskop blicken, öffnen die Lichter über ihnen Raum um Raum. Sie schweigen lange; manchmal hören sie einen Frosch oder einen Nachtreiher, quak oder quok, und Katja kann entspannen. Sie lehnen gegen die Mauerreste der Kate, der Wein ist weich und fruchtig.

Boris hatte einen Detektiv beauftragt, und nach der Landung in Frankfurt ließ er sich zu ihm bringen. Der Detektiv hatte herausgebracht, wo Tatjana arbeitet, und so fuhr Boris zu der Bank. Er bat darum, seine Tochter zu sprechen, mußte sich ausweisen, und dann wurde ihm mitgeteilt, seine Tochter säße in einer Besprechung. Am Nachmittag hatte Tatjana einen Termin, und am nächsten Morgen war sie bereits wieder außer Haus. Daraufhin kam Boris mit einem selbstgebauten Plakat wieder. Tatjana, hatte er raufgemalt. Für die Seele Deiner Mutter. Sprich mit uns. Die Polizei kam, und er mußte sich vom Eingang der Bank entfernen. Einen Tag später war er wieder da. Er holte ein Brett hervor und ein Fleischerbeil. Er baute sein Plakat auf, und dann setzte er sich hin und hackte sich einen Finger ab.

Es quakt oder quokt in die Stille, und über ihnen der Raum ist ein offenes Tor.

Nach einer Zeit sagt Willem: Hat Ihre Tochter sich gemeldet?

Sie blickt auf gegen den Sternenhimmel. Ernst Delitzsch. Auf Wunsch von Tatjanas Arzt bat er darum, derartige Erschütterungen doch zukünftig von unserem Kind fernzuhalten.

Zur Abendröte liegt er auf dem Sofa. Durch die Eichenstämme hat er Blick über die Wiesen bis zum Waldesrand; erste Fledermäuse sind draußen. Tafelmusik von Telemann spielt, doch erst als der Tonarm zurückfährt und mit dem letzten Geräusch eine Lautlosigkeit markiert, nimmt er die Gedanken in seinem Kopf wahr. Es sind sprunghafte und unscharfe Verknüpfungen, aus denen immerfort Abbilder entstehen, die nicht innehalten und rastlos antreiben gegen den Zustand der Stille. So liegt er da und denkt, obwohl er nicht denken will. Und nur einmal, ohne zu wissen, wie lange, spürt er Ruhe und Bewegungslosigkeit in sich; ein freier Fall wie von einem Kliff, rings die Räume öffnen oder leeren sich, oben und unten werden eins, und dann kommen die Gedanken auch schon wieder. Die Abbilder aus den Abbildern, und so dringen sie in endloser Fortpflanzung durch seinen Kopf und lassen Gefühle entstehen; seine Mutter, der Finger von Boris, der Georgische Schädel; eine seltsame Dynamik, die er kaum steuern kann.

Er liegt noch auf dem Sofa, als das Telefon klingelt. Der Anrufbeantworter springt an, und er hört ihre Stimme. Küßchen. Und noch eins, wenn du deinen Hintern vom Sofa kriegst.

Er lacht in den Hörer. Dann sagt er: Deine geisterhafte Fernwirkung.

Quatsch. Ich kenne dich einfach.

Ich bin gerade zurück.

Und ich weiß, wo du warst.

Küßchen, sagt er, und Barbara erzählt von Leipzig. Wie Inéz und sie in die Materie dringen und zusammen ihr wunderbares Gespür entwickeln. Wie sie ausspannen von den geschärften Sinnen und sich nach Bad oder Sauna zurechtmachen für ein Essen, einen Cocktail.

Willem sagt, daß im Geschäft alles läuft. Und dann erzählt er kurz von Katja und ihrem Mann.

Armer Boris. Und arme Katja.

Ich kümmer mich.

Und Robert?

Um den kümmer ich mich nicht.

Nichts Neues?

Nein.

Steiner?

Auch nicht.

Paß auf dich auf.

Du auch.

Übrigens, ich habe Jake getroffen; er ist mir vorm Bahnhof über den Weg gelaufen, und ich soll dich grüßen. The skull remains in a dramatic state, hat er gesagt.

Mehr nicht?

Du kannst ihn jederzeit anrufen. Er hat mir seine Nummer gegeben.

Oh, Willem.

Und dann dauert es, bis der Physiker weiterspricht. Bald hört Willem verzerrte Schwingungen, dann ein scharfes Ziehen und ein Sauggeräusch. Within the last two days, sagt Jake, hat der Schädel zum Ötzi aufgeschlossen. More or less, und auf diese Art marschiert er voran. Es ist dramatisch, Willem, und glücklicherweise haben meine Kollegen mich darin bestärkt, jetzt die Finger von dem Experiment zu lassen. Allerdings sehen einige Leute in meinem Land das anders.

Sind Sie in Schwierigkeiten, Jake?

Woher soll ich das wissen. Niemand weiß, was passieren wird, wenn der Schädel durchschlägt.

Und sonst?

Der Physiker scheint zu stutzen. Dann hört Willem wieder Geräusche. Ich bekomme Zeichen. Es tut mir leid, Willem.

Wann, Jake?

Die Geräusche reißen ab, und für einen Augenblick ist es still. Wir wissen es nicht. Vielleicht bald. Rufen Sie mich an.

Vom Fluß weht eine Brise hinauf, in den Wellen spiegelt schuppiger Himmel. Die Luft ist drückend, manchmal fällt Regen. Am Martinianleger wird die Glocke zur Abfahrt geschlagen, und als Willem die Stufen im Deich erreicht, steigt er zügig voran. Über die Tische der Straßengastronomie sind Schirme gespannt, voran im Schatten der Linden steht der kleine Kiosk.

Die Ramows sind bereits da; einer sitzt im Rollstuhl, der andere trägt eine schwarze Brille und am Ärmel eine Binde. Auf dem Tisch stehen Bierflaschen, der im Rollstuhl liest aus einer Gazette vor. Willem klopft auf die Platte und setzt sich. Der im Rollstuhl blickt einmal auf, dann scheint er weiterzulesen. Ist Ihnen niemand gefolgt?

Ich habe nicht darauf geachtet.

Heute morgen haben wir die große Frau gesehen. Sie hielt sich um den Marktplatz auf und verschwand wieder.

Was hat sie dort gemacht?

Wasser getrunken. Ohne Eis, ohne Zitrone.

Allein?

Von den üblichen Verdächtigen war keiner da.

Warum hat sie dort gesessen?

Warum sitzen Leute irgendwo?

Der mit der schwarzen Brille zieht ein piependes Telefon hervor und tastet mit den Fingern. Dann lacht er und scheint über Belanglosigkeiten zu schwatzen. Als das Gespräch beendet ist, sagt er: Die Frau ist Ihnen gefolgt.

Ach.

Schon ein paar Tage älter, aber körperlich auf Zack. Sie trägt einen grauen Trainingsanzug, hat Kopfhörer auf und sitzt hinter uns unter einem roten Schirm.

Ist sie allein?

Schwer zu sagen.

Willem versucht, etwas in den Spiegelbildern auf der schwarzen

Brille zu erkennen, und die Ramows grinsen. Dann sagen sie: Vielleicht sollten Sie ein bißchen vorsichtiger sein als sonst.
Vielleicht sollte ich mich verkleiden.
Wir habens von Anfang an gesagt. Bevor man nicht alle Hintergründe kennt, kann man sich nicht sicher sein. Dann nehmen sie die Bierflaschen und stoßen mit Willem an.
Steiner ist unser Mann. Tatsächlich heißt er in Wirklichkeit Gustav von Wrangel, ist der Trauzeuge Ihrer Eltern und der Doktor-Doktor vom Totenschein Ihres Vaters.
Hat er meinen Vater ermordet?
Soweit sind wir noch nicht.
Und Kronhardt hängt mit drin?
Soweit sind wir noch nicht. Aber von Wrangel hat einen Doktor in Ichthyologie. Und den zweiten in Kryptozoologie.
Was heißt das?
Daß er zum Doktor-Doktor berechtigt ist.
Und die Toten in Köterende? Konetzke, die Engelsche, der Serbe?
Kommen Sie morgen zu uns.
Und was mache ich mit der Frau?
Stellen Sie sich einfach vor, Sie wären in einem Agentenstück.
Der eine faltet die Gazette, der andere tastet sich um den Tisch.
Und unter den Kommandos aus dem Rollstuhl ziehen sie davon.

Er bringt die Flaschen zurück und kauft sich ein Eis. Zu dem Mann im Kiosk sagt er: Haben Sie ein Fernglas?
Wie kommen Sie darauf?
Wenn ich hier arbeiten würde, hätte ich eins.
Gehts um ne Frau?
Worum sonst.
Und mit einem Griff zieht der Mann einen Feldstecher hervor.
Die Frau sitzt gleich unterm ersten Schirm; Trainingsanzug, Kopfhörer, und als Willem am Mitteltrieb die Bildschärfe eingestellt hat, muß er erkennen, daß auch die Frau einen Feldstecher ausgerichtet hält und beobachtet, wie er sie beobachtet.

Der Schnauzbärtige wippt im Stuhl und schmatzt. Der andere steht mit der Kamera am Fenster. Auf dem Schreibtisch liegen Photos, die bekannte Ausgrabungsstellen zeigen; Sterkfontein oder Petralona, und dazwischen sieht Willem seltsame Bilder, die betitelt sind mit Quanten-Fata-Morgana oder Einstein-Rosen-Brücke.

Am Fenster jagt die Transportautomatik einen ganzen Film durch; der andere schlägt die Zähne in eine Pizza.

Willem sieht sich die Photos an. Haben Sie die geschossen?

Der Schnauzbärtige sitzt da mit vollem Mund und hebt seine Hände. Der andere legt die Kamera weg, schlägt einmal auf die Fensterbank und dreht sich um. Zu Willem sagt er: Nehmen Sie doch mal das Glas. Die Konfiserie auf der anderen Seite; in der Auslage liegen gedörrte Birnen im Schokomantel, aber um diese Tageszeit kann man bis in den Verkaufsraum sehen.

Als Willem am Fenster steht, kriegt er die große Frau in den Doppelkreis. Das ist unmöglich, sagt er.

Vielleicht ist sie ja nur wegen der Birnen dort.

Willem kratzt sich am Kopf. Vielleicht bin ich auch nicht gut genug für Agentenstücke, aber ich habe mich bemüht. Mit der Straßenbahn zum Bahnhof, aus dem Gewimmel in ein Taxi bis zum Osterdeich, dann am Fluß lang und durch die Wallanlagen bis in die Kunsthalle; wieder eine Straßenbahn und durch Seitenstraßen hierher.

Die Ramows grinsen. Sie sollten sich doch verkleiden. Oder wenigstens Ihre Brille häufiger tragen.

Und wenn die Frau von Anfang an wußte, wohin ich gehe?

Eben, und beide schlagen mit der Hand auf den Schreibtisch. Kaffee vorweg?

So sitzen die Männer. Die Detektive hinterm L ihres Stahlschreibtisches, Willem im Büffelleder. Der Kaffee ist frisch aus der 18–88er Ernte geröstet und schmeckt wie immer außerordentlich. Einer der Ramows bedient die Maus, der andere läßt den Globus rotieren. Die Kugel scheint zu flackern, verdunkelt aber nicht. Dann dreht der andere den Bildschirm, und Willem sieht zwei verschiedene Photographien; unter einer steht der Name Gustav von Wrangel, unter der anderen Erhard Steiner. Beide zeigen denselben Mann.

Er ist schemenhaft, sagen die Detektive. Wir sind tief gestoßen und kreuz und quer, haben aber wenig aufgedeckt. Er ist schwer auszumachen und hat seine Spuren in den wechselnden Farben der Zeit gut versteckt. Er scheint seine Möglichkeiten von Anfang an genutzt zu haben; Hakenkreuz oder Sichel waren egal, und er pflegt bis heute ein Dasein, aus dem heraus er sich unsichtbar halten kann. Ein Mann, wie es scheint, der die Anforderungen aus der Geschichte stets in eigenen Nutzen umwandelt, und so geht er auch mit den Möglichkeiten heutzutage um; er taucht auf aus der weltweiten Rasanz und verschwindet wieder in ihr.

Die Männer sehen einander an.

Wir konnten bislang nicht eine Banalität über den Privatmenschen von Wrangel beziehungsweise Steiner aufdecken. Alles, was wir haben, ist sozusagen amtlich; seine Trauzeugenschaft bei der Heirat Ihrer Eltern, seine Promotionen und, wenn man so will, auch seine Unterschrift auf dem zweiten Totenschein Ihres Vaters. Zudem haben wir rausgefunden, daß er unter den Nazis als Wissenschaftler wirkte und daß es Spuren gibt, die womöglich bis in die Konzentrationslager führen. Doch richtig greifbar sind diese Spuren nicht, und bereits vorm Ende des Dritten Reichs scheint von Wrangel vollständig aufgelöst.

Erst viel später tauchen wieder amtliche Vermerke über diesen Mann auf, diesmal aus der DDR, und wieder in seiner Funktion als Wissenschaftler. Von Wrangel wurde zum Leiter eines Fischkombinats berufen und war zugleich Chefichthyologe der Republik. Wir konnten nachweisen, daß er auf internationale Kongresse fuhr, fachlich einen exzellenten Ruf genoß und auch regelmäßig nach Moskau geladen wurde. Wie es scheint, stellte ihn der Kreml auch für ein Geheimprojekt ab, bei dem er volle Rückendeckung genoß, und in diesem Zusammenhang gibt es Spuren, die von Wrangel mit dem Georgischen Schädel in Zusammenhang bringen könnten. Doch auch diese Spuren sind kaum greifbar, und zur Wende hin scheint von Wrangel sich dann erneut vollständig aufgelöst zu haben. Seit jener Zeit sind wir auf nichts mehr gestoßen, das seine Fortexistenz beweisen könnte. Und ums dramatischer zu machen: Als Steiner scheint er überhaupt nicht zu existieren; das Photo ist alles, was wir über diesen Mann rausgebracht haben. Den Rest wissen wir von Ihnen: Erhard Steiner, ein alter Geschäftsfreund Ihrer Mutter und Ihres Stiefvaters.

Willem sitzt da. Dann sagt er: Und der Tod meines Vaters?

Soweit sind wir noch nicht.

Und Kronhardt?

Soweit sind wir noch nicht.

Und die anderen Toten? Wenn von Wrangel in Ichthyologie und Kryptozoologie promoviert hat, müssen sich doch Zusammenhänge herstellen lassen.

Theoretisch.

Und die große Frau, der große Mann?

Immerhin haben wir auch Photos von ihnen.

Sonst nichts?

Und sie sehen Willem an. Sie haben Angst, oder?

Ihr Kaffee ist ausgezeichnet.

Schnaps dazu? Uns ist da ein ganz außerordentlicher Brandy zugefallen. Spezialanfertigung für Johanna die Wahnsinnige.

Fünfhundert Jahre alter Brandy? Warum nicht.

Und so sitzen die Männer.

Willem sagt: Nicht um mich. Und nach einer Zeit: Halten Sie Angst für übertrieben?

Wir stecken doch nicht in Ihnen drin.

Willem sitzt da, und der Brandy ist tatsächlich ganz außerordentlich. Er schlägt den Globus an und lächelt, als die Kugel sich verfinstert.

Bald geht einer der Ramows wieder ans Fenster und photographiert. Der andere gibt Befehle mit der Maus.

Willem sagt: Wie sicher ist es denn, daß von Wrangel am Georgischen Schädel war?

Wir halten es für wahrscheinlich.

Ob er was rausgebracht hat?

Das können wir nicht sagen.

Meinen Sie nicht, daß das Weltgeschehen sonst anders verlaufen wäre?

Dazu wissen wir zuwenig. Im Moment könnte es genausogut sein, daß von Wrangel etwas über den Schädel herausgebracht, es den Russen aber nicht verraten hat. Wie gesagt, er scheint uns ein Mann zu sein, der die Anforderungen aus der Geschichte stets zum eigenen Nutzen wandelt.

Der Motor surrt, vom Schreibtisch klappert die Tastatur.

Haben Sie denn Angst?

Nicht um uns.

Es ist Sonnabendmittag, am Bahnhof herrscht Gewimmel. Von den Gleisen abwärts in die große Halle schwingen Gesänge auf, und Willem sieht die Anhänger eines Fußballvereins. Sie erscheinen wie eine Truppe, marschieren trunken wie im Siegesrausch, und die Polizei hat bis über den Vorplatz eine Gasse gebildet. Und kaum sind die ersten Schlachtenbummler verschmiert im Getriebe der Stadt, laufen schon die nächsten Züge ein, und die Polizei formiert sich wieder.

Willem hat Mühe voranzukommen; die Informationen aus den Lautsprechern sind nicht zu verstehen, und auf der Tafel liest er eine Gleisänderung für den Zug aus Leipzig. Als er den Bahnsteig schließlich erreicht, werden die Waggontüren gerade geöffnet, und Barbara und Inéz steigen aus. Er umarmt die Frauen.

Dann sieht Barbara ihn an: Ist was passiert?

Ich freue mich nur.

Neuigkeiten?

Ein bißchen, von den Detektiven. Und Katja darf Boris heute besuchen.

Willem nimmt zwei Koffer, und als sie unten sind, hat die Polizei schon wieder eine Gasse gebildet, und grölende Anhänger marschieren. Willem stellt die Koffer ab, und sie bleiben am Tisch eines Stehcafés.

Inéz sagt plötzlich: Er ist hier.

Wer?

Steiner. Ich kann es spüren.

Willem sieht die Spanierin an. Die Auster, die Fledermaus.

Sie schüttelt sich einmal. Ich möchte hier raus.

Gleich. Und dann sieht er im Strom der Anhänger die große Frau. Sie ist elegant gekleidet und zieht einen Koffer hinter sich her. Der Eindruck ist stark, und Willem spürt, wie er bleich wird. Kurz darauf geht auch der große Mann vorbei. Er trägt einen hellen Anzug, und auch er zieht einen Koffer.

Willem sagt: Ich bin gleich wieder da. Wenn Steiner auftaucht, laßt euch auf nichts ein. Nehmt nichts von ihm.

Inéz sieht aus, als wollte sie schreien. Dann drückt sie einmal seine Hand.

Flankiert von der Polizei, stößt Willem ins Gewimmel. Es scheint leicht, in den grölenden Truppen unterzutauchen, und so behält er den großen Mann im Auge. Sieht bald, wie seine kräftige Gestalt sich aus der Menge löst, den Koffer greift und die Treppen zum Gleis 6 nimmt.

Als Willem den Bahnsteig erreicht, schlendert er durch die Wartenden; geht an den Bänken vorbei, am Kaffeeautomaten und an der Raucherzone. Die Frau und den Mann kann er nicht entdecken.

Auf den Anzeigetafeln sieht er, daß die nächsten Züge von hier bald abfahren. Einer nach Norddeich, der andere Richtung Harz, und plötzlich steht von Wrangel vor ihm. Willem wird bleich. Doch er lächelt und sagt mit fester Stimme: Von Wrangel also.

Von Wrangel steht da. Ein kleiner Mann mit Hut, und seine Augen hinter der Goldrandbrille funkeln. Der Stock in seiner Hand tanzt, als könnte er sich damit jederzeit Freiraum verschaffen. Er sagt: Ihre Frau ist aus Leipzig eingetroffen. Sie sollten Sie nicht so lange allein lassen. Wenn soviel Aufmarsch ist im Bahnhof, kann viel passieren.

Willem wird noch bleicher.

Von Wrangel läßt seinen Stock weiter tanzen, und wie ein Florett steht die Spitze bald gegen Willem. Der Alte sagt: Mit Ihrem Stiefvater bin ich einig geworden. Dann lacht er einmal mit hoher Stimme. Wenn Ihre Mutter noch lebte, hätten wir sicher eine andere Regelung gefunden. Und dann ertönen die Lautsprecherdurchsagen, ein Zug rollt ein, und von Wrangel löst sich auf im Strom der Passagiere.

Zum Abend sitzen sie bei Hector Luna. Die Flammen züngeln durch den Mauerbogen, sie essen Kaninchen à la Chihuahuense, der Wein ist schlank mit einem reizvollen, sich fein verästelnden Abgang.

Barbara hat mit Katja Bloch telefoniert; ihr Mann sei auf eine geschlossene Abteilung verlegt worden und wirke bis in seine Grundfesten erschüttert.

Und Ernst Delitzsch habe sich bei Katja gemeldet. Auf Wunsch der Bank habe er mitgeteilt, daß Tatjanas Arbeitgeber sich vorbehalte, gerichtlich gegen Boris vorzugehen. Ein Anwalt befasse sich bereits mit der Angelegenheit und prüfe die rechtlichen Mittel, die Mitarbeiter vor weiteren seelischen Grausamkeiten zu beschützen.

Nach dem Kaninchen gibt es Mango, und als die Gäste aus dem nahe gelegenen Theater einfallen, bleiben sie wie verkapselt in der Nische, Rausch und Lachen dringen kaum zu ihnen. Sie sind sich einig, Katja und Boris zu helfen, und Willem überlegt sogar, die Ramows auf den Fall anzusetzen.

Später erzählen die Frauen von der Messe, und manchmal kommt eine Art Heiterkeit auf. Doch sie bleiben sehr ruhig, die Paare eng beieinander, und vor allem Inéz hat ein außergewöhnliches Bedürfnis nach Nähe. Manchmal scheint es, als wäre noch das Geborgensein in Hectors Armen nicht ausreichend, und schließlich sagt sie: Ich habe Angst.

Barbara drückt Willems Hand, Hector nimmt den Kopf der Spanierin.

Nach einer Zeit sagt Willem: Sie hatten Gepäck dabei, alle drei. Und es ist wahrscheinlicher, daß sie abgefahren sind, als daß sie ihre Abfahrt nur vorgetäuscht haben.

Inéz sieht ihn an, und einen Augenblick glaubt er wieder, sie würde schreien.

Rings war Gewimmel, sagt er dann. Und von Wrangel hatte keine Mühe, sich zu behaupten. Ich konnte seinen Stock noch in der Nähe eines Waggons sehen, und ich meine, sie sind abgefahren. Alle drei.

Das Land unter dem Himmel wirkt silbrig; die schlängelnde Chaussee, die Auwaldreste liegen in dunstigem Morgen. Willem sitzt ins Leder gesunken, Barbara raucht; sie spüren die Schwingungen aus der anrückenden Stadt.

Im Atelier nehmen sie einen Kaffee; die Spanierin lächelt, und bevor Willem geht, streicht er einmal über ihren Kopf. Oben sitzt nur Laschek im Büro. Er spricht über das Headset, lacht, bearbeitet den Bildschirm.

Wenn im Spitzgiebel die Sonne durchdringt, vertiefen die Schatten an der Wand, und hinter den Sprossenfenstern sieht er Manilahanf und Blöcke. So liegt er auf dem Sofa; bald steht der Kaktus in silbrigem Licht, der Jawlensky changiert in vertrauter Art oder die Farben im Rothko erstarren. Später kommt Katja auf einen Kaffee. Als sie die Tür öffnet, ziehen die Sprossen von der Wand; die Blöcke schaukeln in leichter Brise. Sie raucht; am frühen Morgen bekam sie einen Anruf von Boris, und am Mittwoch wird sie ihn wieder besuchen. Katja läßt ein paar Akten auf seinem Schreibtisch, er drückt ihre Hand. Danach klingelt zweimal das Telefon, und beide Male ist es Deutschmeister, der Kronhardt sprechen will. Willem gelingt es nicht, Deutschmeister durchzustellen.

Zu verabredeter Zeit hat er frischen Kaffee fertig, und Ulrike Striebeck erscheint. Sie sitzen am Schreibtisch und planen an einer Alternative zu Juárez. Zu Mittag haben sie aus einer Liste drei Großstickereien herausgesucht, die Ulrike demnächst besuchen will. Sie einigen sich über Art und Modalitäten eines Probeauftrags, dann lädt Willem sie zum Essen beim Italiener ein.

Als sie das kleine Restaurant wieder verlassen, regnet es. Die Luft ist wärmer geworden, der Druck gefallen, und noch bevor sie das Speicherhaus erreichen, wird der Regen heftig.

Barbara kommt, während er sich abtrocknet. Mit wildem Haar und nacktem Oberkörper steht er da.

Wo ist Robert?

Was weiß ich.

Er ist nicht gekommen.

Vielleicht ist er bei Deutschmeister.

Deutschmeister sucht ihn auch.

Und zu Hause?

Er nimmt nicht ab.

Weiß Laschek nichts?

Nein.

Willem sieht die Falten auf ihrer Stirn. Er zieht sich frische Sachen an, holt das alte Jackett von Roderick hervor. Dann sieht er durch die Scheiben und hängt es zurück. Wo haben wir einen Schirm?

Ich komme mit.

Wozu?

Vielleicht sitzt er mit von Wrangel zusammen.

Du glaubst also auch, daß sie nicht abgefahren sind?

Doch Barbara ist bereits auf dem Weg nach unten.

Der Regen trifft sie von der Seite, und er überläßt Barbara den Schirm. Als sie das Hartmann-Haus erreichen, ist Willem wieder durchnäßt.

Sie klingelt, dann streicht sie ihm eine Strähne aus der Stirn. Sie klingelt noch mal, aber niemand öffnet. Als Willem den Schlüssel hervorholt, läßt er sich nicht einführen. Sie sehen einander an und gehen abwärts den schmalen Gang zur alten Produktion. Über Dekaden hinweg stand das Rattern der Jahrestage hinter dieser Tür, jetzt ist die Stille beklemmend. Willems Handgriffe sind eingefleischt; die Lampen bescheinen die Spuren des alten Maschinenparks, der Boden ist nackt. Hultschineks Kabäuschen steht noch und auf der Feuertür die Fraktur seines Großvaters. Ihre Schritte auf der Wendeltreppe hallen, Barbara ruft nach dem Alten. Im Flur sehen sie, daß der Schlüssel in der Haustür steckt; Mantel und Hut hängen am Haken. Der Geruch und die Stille sind bedrückend, sie spüren die Phantome der Vergangenheit. Barbara ruft noch einmal, dann nimmt sie Willems Hand.

Kronhardts Puschen stehen ausgerichtet vor dem Sofa. Programmzeitung und Fernbedienung liegen auf dem Eichentisch; Mineralwasser und Glas auf einem Untersetzer, in einer Schale Salzstangen. Sie lauschen und hören nichts. Und als Barbara sich plötzlich umdreht, steht niemand hinter ihnen.

Die Tür zum alten Büro ist angelehnt. Körniges Licht überzieht die zwei Hälften, und Schreibtische und Registraturen erscheinen wie wuchtige Schatten. Nur im hinteren Bereich, wo Helligkeit durch die Schiebetüren fällt, erscheinen die Dinge abgegrenzt. Die Rollen sind geölt, die Türen gleiten beinah lautlos auseinander. Kronhardt ist zusammengesackt; seine Hände in den Stuhllehnen, der Kopf liegt in der Arena. Die kleinen Lichter sind eingeschaltet, sein Gesicht im Schein starr und fleckig. Die Prothese hat sich verschoben, sein Mund steht schief. Er trägt ein Halstuch mit grellen Punkten, das bis in die Arena bauscht; ein Hirschkäfer läuft herum, und Kronhardts Blick über den Nasenrücken ist kalt.

Es ist dunkel, als sie wieder allein sind. Wie die starre Leiche abtransportiert wurde, wissen sie nicht. Arzt und Polizei gehen von einem natürlichen Tod aus. Und Willem sagt: Kronhardt ist an Embolie gestorben. Sollte es irgendwelche Zweifel daran geben, wird von Wrangel sie auflösen.

Beide haben Tränen in den Augen, als sie die Tür zum Hartmann-Haus abschließen. Draußen hat sich die Luft abgekühlt, der Regen fällt jetzt gleichförmig aus einem tief gegen die Stadt drängenden Himmel. Barbara spannt den Schirm auf, sie gehen eng beieinander. Ohne daß einer etwas sagt, bleiben sie vor der Eckkneipe stehen. Drinnen scheint sich nichts verändert zu haben. Ein Radio läuft, an der Wand hängt ein Sparkasten, und um den Stammtisch wird diskutiert. Der Wirt sitzt hinter einer Zeitung, und auf der Titelseite ist der Georgische Schädel zu sehen.

III

Die diskreten Auflösungen im Fall Kronhardt

I

In den ersten Septemberwochen wiederholen sich die Abschnitte eines ganzen Jahres; unlängst noch lag die Stadt unter Schnee, jetzt singen Vögel, und der Himmel hinter den Scheiben ist von sommerlichem Blau.

Willem spürt in diesen Tagen zum ersten Mal wieder eine Art Losgelöstsein; seit die Ramows ihm den Mord an seinem Vater offenbart haben, hat er sich nicht mehr so unbeschwert gefühlt. Wenn er jetzt auf dem Sofa liegt, scheint er getrennt von aller Vergangenheit. Es ist, als wäre seine Innenwelt geschützt gegen die Zustände ringsherum, als könnten sich Klarheit und Frieden dort ungehindert auswirken, und vom Sofa meint er manchmal, das Dasein wie ein Wunder in sich zu spüren. Er lebt, er staunt und kann sich immer wieder an den Augenblicken erfreuen.

Es hat viele Tote gegeben. Er wird niemals erfahren, ob sie noch lebten, wenn er Konetzkes Anruf ignoriert hätte. Die Umstände von Kronhardts Tod wurden nicht hinterfragt; im Totenschein hat der Arzt eine Embolie konstatiert. Kronhardts Beisetzung im Grab neben der Mutter war friedlich, unabänderlicher Teil des großen Zyklus. Seitdem laufen die Geschäfte noch besser, doch wahrscheinlich liegt die Ursache dafür in anderen Faktoren.

Laschek hat nicht lange gefackelt, und vor allem Barbara hat anfangs Sorge gehabt, daß der Dicke für sein Wissen ein ordentliches Kopfgeld von der Konkurrenz rausschlagen würde. Doch er ist zu dem Rußlandoligarchen gegangen, und wie es scheint, kann er seine Neigungen und Fähigkeiten in dem weitverzweigten Netz dort bestens einbringen. Sein Platz im Speicherhaus ist wieder besetzt. Die Wahl fiel zuletzt auf Rebekka Steen, eine Frau in den Vierzigern mit Stupsnase und Sommersprossen und immer geradeheraus. Sie kommt nicht direkt aus der Materie, doch sie ist schnell, entschlußfreudig und hat keine Mühe, sich Neues zu erarbeiten. Sie ist verheiratet, hat Kinder und ist ein fröhlicher Mensch.

Kronhardts Platz haben sie nicht wieder besetzt. Das Büro der Alten ist jetzt offen für alle; es gibt einen Arbeitsbereich und einen gemütlichen Teil, in dem auch Gäste empfangen oder Papiere unterschrieben werden. Es ist ein schlichter und eleganter Raum geworden, und die Frauen sitzen gerne dort, manchmal auch nach Feierabend. Sie fühlen sich wohl bei Kronhardt&Focke, tragen Verantwortung und sind an Entscheidungen und Gewinn beteiligt.

Der Luftdruck schwankt weiterhin, die Zustände verschmieren, und verläßliche Vorhersagen lassen sich nicht machen. Manchmal türmen schwere Wolken gegen den Horizont, und kühler Wind fällt ein; doch kaum später erscheint die Färbung des Himmels wieder diffus, und milchige Hitze breitet sich aus.

Aus dem Sofa heraus kann Willem spüren, wie die atmosphärische Unzuverlässigkeit und damit verbunden die stets neuen Anforderungen der ganzen Stadt aufs Gemüt schlagen; wie die Menschen noch auf Kleinigkeiten angespannt reagieren, und auch Barbara ist launisch in diesen Tagen. Aus dem Nichts taucht sie auf und wirft ihm Untätigkeit vor; sie steht am Fenster und ruft sein Desinteresse aus, sie unterstellt ihm, mehr fürs Nichtstun oder den Georgischen Schädel zu empfinden als für sie. Meist läßt Willem sie gewähren, zieht sie danach zu sich, und bald liegt sie in seinen Armen. Dann spricht er leise zu ihr und spürt, wie seine Worte den Kokon um sie erschaffen, wie er ihr Geborgenheit gibt. Wie sie sich von den Schwankungen des Wetters löst und vom Geschäft; vom Lachen und Weinen und Zittern, von den Erschütterungen um den Mord an seinem Vater und den unheimlichen Gedanken um Kronhardts jähen Tod.

Aus den Bäumen heraus scheint das Laub die ganze Welt zu färben. Es ist ein schöner Tag, der Himmel klar, die Luft würzig und mild. Im Landhaus bereiten sie den Garten vor für eine Feier; Hectors Mannschaft hat das Büfett bereits errichtet, von einem Podest werden Kabel gelegt, und manchmal knackt es aus den Verstärkern. Die Sonne steigt noch mal über die Eichen, Barbara und Inéz sitzen im warmen Licht in der Hollywoodschaukel, und Willem hackt Holz. Manchmal sieht er eine Schar von Staren, oder ein letzter Schmetterling leuchtet auf. Als die Frauen sich umgezogen haben, beendet Willem seine Arbeit. Die Sonne hat ihren Scheitelpunkt überschritten, und die ersten Gäste erscheinen bereits, während Willem noch im Bad ist.

Der Kykladenreeder trägt das Geschenk von Barbara, den Anzug mit der dezenten Stickerei, und wie es aussieht, hat er den Freigeist über alle Degeneration gestellt. Er hat seine Flotte verkauft, in Zeiten des drohenden Staatsbankrotts umgesattelt und ein Konzept für den bürgerlichen Widerstand entwickelt. Zur Zeit ist er dabei, eine Kette von Kafenions zu installieren, die landesweit als Plattformen für Diskussion und Vernetzung dienen sollen. Anscheinend funktioniert seine Idee, und bereits nach kurzer Zeit symbolisiert sein Café Sokrates den Urgedanken der Demokratie. So läßt er T-Shirts und Käppis mit Schriftzug und Charakterkopf besticken und ist selber überrascht, wie der Zerfall des Alten das Bedürfnis nach neuer Identifikation antreibt.

Japan ist aus den Tagesmeldungen fast verschwunden. Als wäre der Tsunami dort vor langer Zeit ins Land gerollt, als wäre Fukushima einstmals havariert und alle Bedeutsamkeit für die Gegenwart längst abgeklungen. Die Todesopfer lösen sich auf im alltäglichen Geschäft neuer Meldungen, und die Folgeschäden werden in nackte Zahlen transformiert, als hingen an jeder Katastrophe lauter Nullen; wenn die Kernschmelze ins Erdreich eingedrungen, wenn das Meer kontaminiert ist, muß es wie ein Mysterium erscheinen, das nur wenigen Begnadeten zugänglich ist.

Teile Arabiens sind noch immer in Flammen; der Aufbruch von innen, die entfesselte Kraft einer neuen Generation wird weiterhin gemeldet, und jederzeit stehen neue Bilder im Netz und verbinden Bereiche von Raum und Zeit, die in Wirklichkeit weit auseinanderliegen. Wie auf einer Einstein-Rosen-Brücke kann man heutzutage von einer Möglichkeit zur anderen wechseln und zeitgleich in Tokio, Damaskus oder Tripolis sein. Und jederzeit gabeln sich neue Bahnen auf, und auf der Party stimmen Skeptiker und Gläubige des Fortschritts mit Willem überein, daß es natürlich vor allem die Chiptechnologie ist, die die Weltgesellschaft und ihre Wirklichkeit so rasant verändert; daß der permanente Schwall von Ereignissen, die jederzeit und überall zu einer persönlichen Erfahrung werden können, einen Effekt hervorbringt, der den einzelnen und seine Wahrnehmung in der Welt neu definiert. Daß Zeiten, Orte und Befindlichkeiten verschmieren und bislang niemand sagen kann, wie Geist oder Seele unter diesen Anforderungen transformieren. Um so weniger, wie Willem meint, als Fortschritt oft genug nur darauf hinzielt, den einzelnen von sich selber abzulenken.

Kaltenhagen erscheint wie auf jeder Feier; er trägt den silberfarbenen Schlips, und sein Blick kommt aus einer Höhe, die den Rest der Welt verschwommen macht. Und wie üblich kümmert Barbara sich um seine Frau und Willem sich um den Grafen. So nimmt er ein Gläschen mit ihm und kriegt mit den alten Kellerbarerfahrungen mühelos einen Plausch hin. Die Versuche des Grafen aber, das Gespräch auf sein Lieblingsthema zu bringen und die Verschmelzung von persönlichem Erfolg und internationaler Elite vor den anderen Gästen auszubreiten, übergeht Willem von Anfang an. Als hätte er kein Interesse mehr daran, Menschen wie Kaltenhagen bis in ihre Abgründe zu entblößen, um sie dann – Hokuspokus – auf unverhoffte Höhe zurückzustellen. So lächelt er, verwandelt Kaltenhagens Themen galant und ahnt hinter seiner Arroganz das Elementare; ahnt die Angst an sich, das krampfhafte Klammern des Geistes gegen den eigenen Tod. Zuletzt stößt er mit dem Grafen an, und für die Grüppchen ringsherum muß es aussehen, als verstünden sich die beiden prächtig; um so mehr, als der Graf sich selbst noch einmal vor den Gästen erhöht, indem er Willem zuruft, sich auf einem bemerkenswerten Niveau zu bewegen.

Karin Lund hakt sich bei Willem ein und schnalzt leise bei der Erinnerung an Willems rhetorische Fähigkeiten; wie er Dünkel und Spießbürger auf eine Art entblößte, die stets wie Lob erscheinen mußte. Wie seine Worte sich in den Schädeln der anderen in Selbstherrlichkeit verwandelten, und sie ist überzeugt davon, daß Willem auch Kaltenhagen wieder in diesem Irrglauben zurückgelassen hat. Doch Willem schüttelt den Kopf. Seit dem Tod seines Stiefvaters sieht er vieles anders, er ist milder geworden, und auch Kaltenhagen muß etwas Gutes in sich haben. Mindestens soviel, sagt er, wie jeder andere auch, der verzweifelt versucht, glücklich zu sein. Karin blickt ihn daraufhin lange an. Dann spürt er den Druck ihrer Schenkel, ihr Schnauben gegen sein Ohr.

Am Büfett plaudern sie ein bißchen über die Reiterei, ein bißchen über die landschaftlichen Vorzüge im Rotenburgischen, über die unterirdischen Vergiftungen durch das Fracking, und zwischendurch erfährt Willem, daß sie gewissermaßen solo ist. Von dem Mann, der zuletzt an ihrer Seite war, hat sie sich getrennt; im Zuge der jüngsten Weltwirtschaftskrise war sein Geschäft aus dem Sattel gehoben worden – im Grunde nichts Dramatisches, wie sie sagt, zumal gerade die Araber völlig unbeeindruckt von der Krise blieben. Doch sie nutzten die Gelegenheit und hielten den Mann hin, und der Mann hatte nicht den Mumm, ausstehende Forderungen einzutreiben. Jetzt lassen die Araber sich ihre Pferdeschwimmbecken von jemand anderem in die Wüste setzen, und der Mann ist angestellt in einem Architektenbüro, das kaum mehr als Würstchenbuden entwirft.

Willem lächelt und meint, daß wohl auch dieser Mann nur versucht, glücklich zu sein; und fast alles, meint er, was ein Mann im Leben darstellen kann, wird nichtig, sobald er nur glücklich ist.

Über dem Garten erscheint der Himmel in lichtem Blau, und unter den langen Strahlenbündeln liegt das Land in reifer Färbung. Manchmal segeln Blätter aus den Eichen herab, auf den Wiesen reflektieren letzte Spinnennetze im lauen Wind.

Die Kapelle hat ihre Instrumente gestimmt, vier grauhaarige Latinos, die bedächtig ans Werk gehen und Gespür entwickeln für die

Welt jenseits ihrer kleinen Bühne. Bald fangen sie die Schwingungen ringsherum, bald scheint wie von selbst eine Wechselwirkung stattzufinden, und dann verdichten die Musiker den Raum, und ihre Rhythmen springen mühelos über.

Willem zuckt mit den Schultern, als Karin ihn mit in den Tanz zieht; anfangs wirkt er hüftsteif neben der Reiterin, die noch immer grazil ist und sich bewegt, als hätten die Jahre keine Spuren hinterlassen. Doch bald findet er Kontakt zu der Musik, und im wechselseitigen Puls scheint es keine Frage, daß auch die Körper einen Kontakt herstellen. So nimmt er die Stöße aus ihren Hüften, spürt den Einklang ihrer Bewegungen. Und auch die Latinos können die Schwingungen spüren, und in wunderbaren Schleifen lassen sie ihre Musik anschwellen; bald verzerren die Tänzer hinter einem Glast, verschmelzen, und noch der Applaus zwischen den Stücken schwingt sich ein, und Willem spürt die wunderbare Bewegung in sich. Spürt das Ergriffensein und bald, wie sich jenseits davon alles auflöst; wie er hinübersteigt in grenzenlose Bereiche, und sein lichtes Haar steht aufrecht, unter seiner Haut expandiert die Musik, und die Welt fällt in ein schwarzes Loch. Wenn er Bilder sieht, erscheinen sie unscharf und sprunghaft; der Kykladenreeder etwa, wie er mit Striebeck tanzt, Kaltenhagen mit seiner Frau, aber auch Karin; wie sich aus ihrer schlanken Taille das Becken weitet, wie ihr feuchtes Achselhaar aufblitzt. Und so schwingt der Tanz weiter, in Applaus, in Atemlosigkeit und glänzenden Zahnreihen.

Hector Luna hantiert still; wenn er seine Mischungen zubereitet, scheint aller Spätsommer, alle Stimmung darin eingefangen. Willem bestellt einen Apple-Jack, Karin nimmt Wasser. So stoßen sie an; rings steigen das Plaudern und Lachen auf, die Musik der Latinos umhüllt den Garten, und als Barbara an der Bar erscheint, küßt Willem seine Frau und zieht sie mühelos in den Tanz.

So läßt er sich treiben, fängt den Widerhall der Party in sich, das Lachen und die Leichtigkeit. Er zieht von einem Grüppchen ins nächste, die Grüppchen lösen sich auf und bilden sich neu, zweimal fängt Kaltenhagen ihn ab, doch Willem gelingt es ohne weiteres, noch das Geltungsbedürfnis des Grafen in unbeschwerte Augenblicke umzuwandeln. Vom Büfett wird er erneut in die Musik gezogen, er tanzt mit Inéz, er tanzt wieder mit Barbara, und später stehen sie bei Hector Luna und lachen. Bald stoßen andere Gäste dazu, Veronika von Zerbst etwa oder Rita Schrödinger, die sich beide ganz offensichtlich wohl fühlen. Willem erfährt, daß es auch Anton Hultschinek gutgeht; trotz Diabetes und Amputation ließ er es sich nicht nehmen, auf der Diamantenen Hochzeit mit seiner Frau ein Tänzchen hinzulegen, und Willem lächelt bei der Erinnerung an den Mann mit dem steifen Bein. Dann kommt Visconti an die Bar, der italienische Tuchhändler, und auch Rebekka Steen und ihr Ehemann, und die Grüppchen lösen sich auf und bilden sich neu.

Für Barbara ist es keine Frage gewesen, auch Marcel Laschek einzuladen; jedoch nicht aus dem Kalkül heraus, den Dicken mit seinem internen Wissen loyal zu halten, sondern weil er bei Kronhardt&Focke Spuren hinterlassen hat. Barbara hält es für respektlos, wenn sie die Jahre fruchtbarer Zusammenarbeit einfach aus ihrem Leben streichen würden; eine Beleidigung und ein fatales Signal für die verbliebenen Mitarbeiter, hat sie gesagt, und Willem hat ihr recht gegeben.
Seit Laschek für den Russen arbeitet, agiert er viel von London aus. Dennoch hat er seine alte Wohnung nicht aufgegeben, und tatsächlich jettet er manchmal hin und her, als wäre Bremen ein Vorort. Laschek fühlt sich weltmännisch, und auf der Gartenfeier läßt er daran keinen Zweifel. Willem hat keine Mühe, ihn aus Stimmen und Musik heraus zu orten. Das rasselnde Lachen und die prahlende Stimme vermitteln schon aus der Entfernung ein Bild, und tatsächlich erscheint der Dicke wie eh. Das fleischige Gesicht scheckig, die Haut derb, und wenn er die fetten Lippen auseinanderzieht, erscheinen die Jacketkronen. An einem Ohr trägt er ein Headset, er hat sich Gel in die Haare getan, und die Kleider unterstreichen seine Frisur. Als Willem vor ihm steht, flackern Lascheks Augen.
Die Begegnung geht kaum über Floskeln hinaus, Gedenken an

Kronhardt, dazu London oder Geschäfte. Doch hinter den Floskeln kann Willem das Brodeln spüren, und er ahnt, wie der Dicke
seine Gehässigkeiten gegen Willem zügelt, während er lacht oder
mit den Schuhspitzen trippelt. Und Willem ahnt auch, wie der
Dicke sich innerlich zerfleischt; wie er sich womöglich sein Leben lang zerfleischt und niemals bei sich sein wird, niemals richtig
glücklich. Und so drückt er Laschek die Hand und wünscht ihm
alles Gute.

Deutschmeister hat den zweiten Schlaganfall auf seine Art wegge-
steckt; die weiße Gesichtshälfte zum Schlag geboten und danach
lauthals gegrölt, und gegen allen ärztlichen Rat hat er weiter ge-
schlemmt und getrunken. Und er hat keinen Zweifel daran gelassen, daß er auf seine Art bis zum Ende weitermachen würde. Selbst
als er nur noch im Rollstuhl auf Feiern erscheinen konnte, manchmal mit einer Pflegerin, die ihm den ständigen Sabber abwischen
mußte, gab er noch mehr als die meisten. Doch seit Kronhardts
Tod scheint alles Draufgängerische umgewandelt in stille Reflexion. Und so sitzt Deutschmeister in seinem Rollstuhl da; als wäre
seine Innenwelt geschützt, als könnten sich auch in ihm Klarheit
und Frieden ungehindert auswirken. Ein Speichelfaden hängt aus
seinem Mundwinkel, und während Willem zu ihm spricht, leuchten die alten Augen; bewegen sich, als würden sie die Endlichkeit
hinter den Worten durchdringen und dahinter noch Raum und
Zeit zurücklassen. Als wäre er schon jetzt losgelöst von der lebendigen Welt der anderen; vom Plaudern, von der Musik und noch
von den langen Sonnenstrahlen und dem dunkelnden Blau. Gelegentlich wischt Willem ihm den Sabber weg, klatscht ihm auf die
weiße Wange und hebt sein Glas auf ihn. Und dann lacht Deutschmeister, unbeweglich und still, doch Willem ahnt das alte Dröhnen
dahinter, die letzte irdische Verbundenheit.

Im Gegensatz zu Deutschmeister scheint Roderick erst auf seine
alten Tage entfesselt. Als hätten die eingefleischte Linie und der
Ruf als königlicher Tuchhändler seine wahren Neigungen stets
eingeschnürt, und so sitzt der alte Knabe inmitten der Musik und

zuckt aus dem Rollstuhl heraus. Zwischendurch ist er am Büfett, läßt sich von Hector Luna beraten oder spürt mit seinem Sinn für Distinktion genau die Damen auf, mit denen er hinter aller Entfesselung noch in einer längst vergangenen Etikette schwelgen kann. Und so ist Willem nicht überrascht, als er ihn mit Ulrike Striebeck und Veronika von Zerbst findet. Die Frauen sitzen da wie festgezaubert; als würde Roderick ihnen den Himmel über Afrika ausbreiten, den Sprung des Leoparden oder das Liebesspiel der Antilopen, doch dann lachen sie plötzlich los – oh, Ernest! –, und als er ihnen darauf die Hand küßt, kann Willem sehen, wie den Frauen diese Verehrung gefällt.

Auch Rodericks Augen leuchten noch immer. Und sie scheinen wie bei Deutschmeister von innen befeuert, doch Willem kann nicht sagen, ob es das gleiche Feuer ist. Während Deutschmeister in seiner Stille verbleibt, strömt aus Roderick offensichtliche Lebensfreude, und alles, was er tut, scheint gleich wichtig und erfüllend zu sein. Als Willem ihn danach fragt, lacht der Alte. Dann sagt er, daß die Situation des Menschen auf der Erde sehr seltsam sei; jeder sei hier wie auf einem kurzen Besuch, und niemand wisse, warum. Doch anstatt dieses Geschenk demütig oder in Freude anzunehmen, verhielten die Menschen sich gerade so, als wäre ihr Dasein ohne künstlich geschaffene Welten völlig sinnlos. Und zuletzt brächten sie es fertig, ihre künstlichen Welten wichtiger zu nehmen als sich selber, als die Erde und alle Grundlagen des Lebens.

Ihm selber sei es auch so gegangen; der Tuchhandel, sein gesellschaftlicher Stand seien ihm wichtiger gewesen als alles. Doch seit sein Sohn ihm von dem Georgischen Schädel erzähle, breche ihm die altvertraute Wirklichkeit einfach weg. Niemand wisse, was passieren werde, wenn der Schädel in die Gegenwart durchstoße, und er selber, sagt Roderick und lacht, erlebe die Welt bereits, als sei Zeit kein zuverlässiger Faktor mehr. Als sei alle Zukunft bereits reduziert auf den Augenblick, so daß es Verschwendung sei, noch über das Leben nachzudenken, anstatt es einfach zu leben; und Verschwendung, sich selbst wichtiger zu nehmen als irgend etwas anderes. So ist es doch, isn't it. Und Rodericks Augen leuchten, und bald rollt er unter die Tanzenden, zieht Willem mit, und gemeinsam zucken sie in der Musik.

Katja ist weich, und Willem drückt sie fest. Morgen fährt sie für eine Woche zu ihrem Mann ins Sanatorium, und sie freut sich, daß sie es noch auf die Feier geschafft hat. Katja sieht gut aus, sie hat sich hübsch zurechtgemacht. Sie lächelt, als Willem es bemerkt, und dann sagt sie, daß Boris sich weiterhin in einem eher instabilen Zustand befindet. Manchmal erscheine er wie früher, wenn sie gemeinsam in ihrer Kapsel davonschwebten, und in solchen Momenten verspüre sie ihre gemeinsame Energie. Und manchmal erscheine Boris ihr wie abgeschnitten, sein vertrautes Wesen, seine Visionen und seine Kraft einfach weg. Weg wie sein Finger.

Hector Luna bereitet ihnen einen Mango-Limetten-Saft, und sie können nicht sagen, wieviel oder welchen Alkohol er dazugegeben hat. Katja trinkt das erste Glas schnell, und mit dem zweiten versinkt die Sonne. Von ihrem Platz am Tresen haben sie Blick nach Westen; Erlen stehen gegen den Himmel, und abseits, über dem aufsteigenden Dunst der Wiesen, können sie einen Trupp Stare sehen, eine Verdichtung und Auflösung, die wie ein Lebewesen dahinzieht.

Willem hat alles gut vorbereitet, und Feuer stößt aus den Scheiten. Rings die Gartenfeier hat sich zusammengezogen, sie sitzen um den Steinkreis; auf Stümpfen und Stämmen, und aufsteigende Funken zergehen in der mondlosen Nacht. Stille fällt aus der Milchstraße, zerprasselt in den Flammen. So sitzen sie; den Blick in die Welt aufgelöst, die Gesichter zeitlos im zuckenden Schein. Später, als Willem einige Scheite nachlegt, ist ihm, als strömte durch seine Hand noch der ganze Baum. Seine Großartigkeit, sein ganzes Wunder, und es ist ein Augenblick wie aus seiner Kindheit. Als er mit dem Vater durch die Welt gezogen ist, und so blickt Willem in die Flammen; drückt sich bald in seine Frau, und ihr Atem macht ihn glücklich.

2

Einer hantiert mit der Kamera, der andere bedient Maus und Tastatur. Willem steht bei der Vitrine und läßt die Venusstatuette durch seine Finger gleiten; er spürt, wie das Elfenbein warm und weich wird, wie sein Puls von dort zurückschlägt.

Schauen Sie doch mal in die Kiste, sagt einer der Ramows. Dinoflagellaten, Graptolithen oder Moostiere, da ist alles dabei. Geht hoch bis in die Kreide.

Willem betrachtet die Fossilien und holt schließlich ein Stück Plattenkalk hervor. Der Abdruck zeigt eine Libelle, groß wie ein Raubvogel, und ist fein erhalten, bis in die genetzte Struktur der Flügel.

Der am Fenster sagt: Kommt direkt aus den tropischen Steinkohlewäldern des Oberkarbon.

Neben den Fossilien entdeckt Willem einen Schädel; er hat eine Kielung obenauf, eine flache Stirn und Wülste über den Augenhöhlen. Die Zahnreihen wirken intakt, der Unterkiefer läßt sich auf- und zuklappen.

Das ist ja einer wie der Georgische, sagt Willem.

Viel besser erhalten.

Wie alt?

Die Detektive machen ein Gesicht. Seit dem Georgischen flutscht einem die Zeit doch durch die Finger. Dann steigt das Geräusch der Kamera auf, und vom Schreibtisch klicken die Befehle.

Sie sitzen in vertrauter Position; die Detektive hinterm Stahl-L, Willem im Büffelleder. Aus den Bechern dampft frischer Kaffee.

Wir sind also von Wrangel auf die Spur gekommen, sagen die Detektive.

Deswegen bin ich hier.

Genau. Schnäpschen zum Kaffee? Und bald kommt einer der Ramows mit Schwenkern zurück, die bernsteinfarben gefüllt sind.

Willem schließt die Augen und läßt das Bukett in seine Nase. Das ist der Brandy.

Geheime Auftragsarbeit. Aus dem Besten, was die Krone damals zu bieten hatte. Wie gesagt, wurde gebrannt, um Johanna die Wahnsinnige zu kurieren. Aber aus den Geschichtsbüchern wissen Sie ja, daß es nichts gegen ihren Kummer gab, und so ist sie dann gestorben.

Abenteuerliche Geschichte.

Wie meinen Sie das?

Ich wußte nicht, daß so alter Schnaps noch existiert.

Warum sollten wir Ihnen einen Bären aufbinden. Da könnten wir doch ruckzuck unseren Laden dichtmachen.

Eine Zeitlang schwenken die Männer bedächtig die Flüssigkeit und lassen sie tröpfchenweise zergehen. Dann schlägt einer der Ramows den Globus an, und als die Kugel verfinstert, erschafft sie bald eine sanfte Anziehung; als würden sich die Abstände zum Globus verringern und noch das ganze Detektivbüro in die dunkle Rotation ziehen. So sitzen die Männer, wie in eins gekehrt mit allem, und aus ihrem Bauch strömt der Brandy aus.

Gustav von Wrangel. Geboren bei Lychen in der Uckermark, der Vater ein preußischer General, die Mutter aus einer Königsberger Dynastie. Einziger Sohn neben zwei jüngeren Schwestern. In der Familientradition war seine Offizierslaufbahn ausgemachte Sache, und anfangs erfüllte der Junge auch alle Erwartungen. Seine Leistungen auf dem Gymnasium waren exzellent, besonders in Rhetorik und in den Naturwissenschaften fiel sein kühler, schneidender Verstand auf, und wann immer es erforderlich war, konnte er auch draufgängerisch sein. Mit dieser Eigenschaft zeichnete er sich vor allem bei den Fecht- und Reitturnieren aus, die regelmäßig auf dem Familiengut abgehalten wurden, und so schien der junge Gustav gesegnet mit dem Rüstzeug des höheren Soldaten.

Doch er schlug den Platz auf der Militärakademie aus und kündigte an, in Greifswald die Naturwissenschaften zu studieren. Es war ein Skandal, und in der Familie überlegten sie, ihn aus dem

Heroldsregister zu streichen. Doch Gustav hatte Schneid und machte die Naturwissenschaften zu seiner Sache.

Sein Aufenthalt in Greifswald war kurz und verlief steil; er wurde Mitglied der Partei, und von Greifswald ging er nach Alt Rehse. Eine Schule, in der ideologische Elite herangezüchtet wurde, und von Wrangel begeisterte sich von Anfang an für das 1000jährige Reich. Während seines Studiums verfeinerte er die Gesetze zur körperlichen und geistigen Erziehung und verfaßte wissenschaftliche Abhandlungen, in denen er das Prinzip Sparta an die moderne Anatomie des Nazireichs anpaßte. Er befaßte sich mit Auslese und Zucht einer arischen Kriegerkaste, und als Himmler seine Schriften las, bestellte er ihn ein. Die Männer diskutierten Lebensborn, und bald saß von Wrangel auch mit Goebbels am Tisch. Wir haben Hinweise darauf gefunden, daß der Propagandamensch jedesmal einen Stenographen neben von Wrangel postierte; daß die Volksformeln, mit denen Goebbels den Judenhaß zu einem mitreißenden Erlebnis bis hinein in den Äther machte, gespickt waren mit von Wrangelscher Rhetorik.

Nach Goebbels wurde er von Hitler an den Tisch gerufen, und natürlich stand nun auch die Familie wieder hinter ihm. Doch auf einem der Reit- und Fechtturniere stellte Gustav seinen Vater und machte ihm klar, daß er mit Hitler ausschließlich über Art und Weise einer Verfeinerung diskutiert hätte, um die eigenen Visionen noch gegen den letzten Widerstand durchzusetzen, und danach sprach er nie wieder ein Wort mit seinem Vater.

Nach dem Überfall auf Polen stieß von Wrangel als Wissenschaftler zum Stab um den Reichsstatthalter. Er schien sich seiner eigenen Fähigkeiten sicher und verschwendete keine Energien auf die Vermessenheit anderer. Er schien stets zu wissen, welchen Platz er in der Rangordnung einnahm, was an höherer Stelle erwartet wurde und wie er seine eigenen Ziele erreichen konnte.

Natürlich sind militärische Hierarchien, zumal im Kriegszustand, offene Systeme, und nicht mal ein berechnender Mensch wie von Wrangel konnte alle Dynamiken voraussehen. Doch schon seine junge Lebensgeschichte erscheint bestimmt von einer kühlen Logik, und so liegt es nahe, daß er seine Eloquenz und seinen wissenschaftlichen Verstand auch stets auf eine Anpassung hin einsetzte, die ihm den größtmöglichen Erfolg brachte. Hinzu kam für von Wrangel dann das Glück, Ihren Onkel kennenzulernen.

Karl Hartmann war ein Soldat durch und durch; als halber Junge noch bekam er sein Rüstzeug – Schützengräben mit aufgedunsenen Kadavern, Nahkampf zwischen den Granattrichtern, und inmitten der erstarrten Westfront wurde er aufgrund außerordentlicher Leistungen zum Offizier befördert. Seit dieser Zeit schien er berauscht vom Krieg, und nach der Kapitulation glitt er aus dem kaiserlichen Heer nahtlos ins Freikorps. Trieb mit dem Instinkt des Kriegers Pazifisten auf, freie Oppositionelle oder Spartakisten, und mit jedem Toten stieg der Rausch jener Zeiten wieder auf; jeder Tote war eine Reverenz an die gefallenen Kameraden. So wandelte Karl Hartmann die Kriegsenergie eines besiegten Volkes um, er tauchte ein in die verlotterten Sitten, entlud die Schmach des Verlierers in den zahllosen Kabaretts und lernte dort bald Männer kennen, die fühlten wie er. Zartbesaitete Männer, die nichts vom Kriegshandwerk verstanden, deren Seelen aber seit dem Dolchstoß von 1918 den gleichen Schmerz pumpten, den gleichen Haß wie Hartmanns Seele. Aus dieser Verwandtschaft heraus entwickelte sich Freundschaft, und Karl erledigte Gefälligkeiten, während die Männer ihn in der Schutzstaffel unterbrachten und seine Karriere förderten.

So gehörte auch Karl Hartmann zum Stab um den Danziger Reichsstatthalter, und von Wrangel und Ihr Onkel scheinen sich von Anfang an gemocht zu haben; beide zogen einen Trollinger jedem Bier vor, beide hielten Nietzsche für einen fundamentalistischen Bruder, und beide erkannten hinter der stolzen Schönheit von Marlene Dietrich die zersetzende Gefahr für die deutsche Volksseele. So saßen sie im Kasino; von Wrangel legte seine kühle Heuristik vor und sagte den Beweis des Herrenmenschen voraus, Hartmann offenbarte hinter seinem verpockten Kriegergesicht Visionen, die über den Himmel hinaus deutsch waren. Von Wrangels Methoden waren subtil, Hartmann hatte sich ein Feld erarbeitet, in dem er sich nehmen konnte, was er wollte, und mit der Zeit entwickelte sich eine Art Vater-Sohn-Verhältnis. Bald saßen sie jenseits des Kasinos bei Trollinger und Schlachtplatte, ließen polnische Mädchen antanzen, und während der junge von Wrangel mit kühlem Verstand die niedere Rasse aus ihren Leibern sezierte, schwang sich der Krieger Hartmann auf in arische Metaphysik, und in seinen höchsten Visionen ließ er noch Nietzsche hinter sich und stöhnte: Ich bin Gott. So saßen sie bei Trollinger und Schlachtplatte, die Mädchen trugen Lackschirmmütze und tanzten Cancan, und bald reichte den Männern das nicht mehr. Hartmann konnte seine kriegerische Energie in die ungeheuerlichsten Triebe verwandeln, und in von Wrangel schwollen die Theorien zum wissenschaftlichen Beweis des Herrenmenschen; bald ließen sie Exotik antanzen, slawische Albinomädchen etwa oder blauäugige Zigeunerinnen, und als wären sie Gottvater und Sohn, nahmen sie sich, was sie wollten.

Karl konnte in Polen also eine Menge organisieren, und seine Verbindungen reichten auch darüber hinaus. So versorgte er die Bremer-Stickerei-Manufactur, die Hakenkreuze ratterten, und als Ihre Mutter die Kronhardt-Brüder kennenlernte, kümmerte Karl sich auch um die Freunde seiner Schwester.
Robert war anfangs als kleiner Offizier in Bremen kaserniert, doch mit Karls Hilfe wurde er bald zum Reichsbekleidungsunterbeauftragten bestellt; er war geschäftlich fürs Reich unterwegs, und nebenher wurde er vertraut mit der Stickerei.
Ihr Vater Richard arbeitete damals schon als Photograph und lebte vor allem vom Verkauf an die Zeitungen. In Bremen machte er eine Serie über die Stickerei, die bei den Lesern ein Bedürfnis nach Verschmelzung auslöste; seine Bilder von Schweiß, von Schwielen und präziser Technik, an deren Ende diese unglaublichen Symbole herauskamen, drangen bald über die Stadt hinaus und regten entscheidend dazu an, die Stickerei in der Wochenschau vorzustellen. Und so sorgte Karl dafür, daß Richard einen festen Posten bei der Bremer Zeitung erhielt; gekoppelt an die tägliche Propaganda sollte er mit seinen Bildern die Heimatwirkung in den Volksköpfen festbrennen – eine heikle Aufgabe für einen Nazigegner, die Ihr

Vater aber löste, indem er das Doppelsinnige und die Ironie seiner Bilder künstlerisch verbarg. Erst als Deutschland dann selber zum Kriegsschauplatz wurde, konnte er ganz unverdächtig die grandiosen Schlachtfeste und kannibalischen Heldentaten einfangen; den großdeutschen Wahnsinn und die Vermessenheit in einer Tiefenschärfe zeigen, die ringsherum alle Heimat auflöste.

Auch von Wrangel und Hartmann werden zu dieser Zeit bereits das Absurde aus den Endsiegparolen herausgehört haben, und nach dem zu urteilen, was wir aufgedeckt haben, arbeiteten sie gemeinsam an einer Zukunft, die ihnen jenseits des deutschen Zusammenbruchs neue Möglichkeiten offenhalten sollte. Vor allem Ihr Onkel Karl entwickelte aus seinen Verbindungen heraus eine nachgerade alchimistische Fähigkeit zur Verkleinerung; er verwandelte Gemälde in Pretiosen oder Barren in Papier, und beim Transport nach Bremen war dann auch Robert, der Reichsbekleidungsunterbeauftragte, eingespannt. Und aus diesem Blickwinkel heraus ist dann auch die Hochzeit Ihrer Eltern zu betrachten; anstatt Richard, den heimlichen Nazispötter, seinem Schicksal zu überlassen, besorgte Karl den Heiratserlaubnisschein, und von Wrangel unterschrieb als Trauzeuge. Karl organisierte daraufhin die Flucht, und Ihr Vater, der aus der Tiefenschärfe seiner Bilder heraus alle Kraft und alle Herrlichkeit in wunderbaren Spott verwandelt hatte, wurde zum Alibi für die Zukunft. Ein Künstler, der vor den Nazis emigriert war, und während in Bremen die Stockwerke des Hartmann-Hauses weggebombt wurden, saß Ihre Mutter mit ihm bereits in der Schweiz.

So hatte Karl Hartmann zumindest für die Zukunft der eigenen Blutslinie gesorgt, und als die große Sowjetoffensive anrollte, ließ er sich wieder ganz durchdringen vom kriegerischen Rausch. Er war dabei, als die Memel aufgegeben wurde, er verlor Tilsit, verschanzte sich vor Königsberg, und während die Flüchtlingsströme aus dem Hinterland über das Haff zogen, wurde Karl zum letzten Mal mit einem abgehalfterten Trupp vor Danzig gesehen. Daß die Russen ihn gefangennehmen konnten, lag nur daran, daß seine Hand am Gewehr festgefroren war. Er kam in ein sibirisches Lager irgendwo am Tunguska-Fluß, und 1947 ist er bei einem Fluchtversuch ertrunken; seine sterblichen Überreste wurden in der Taiga beigesetzt.

Während Ihre Mutter und Ihr Vater bereits emigriert waren und Karl Hartmann noch kämpfte, war von Wrangel dabei, sich in Nazideutschland aufzulösen. Um die notwendigen Hinterräume dafür sicher zu halten, mußte er aber noch einmal in den Vordergrund treten, und seine Rede, die er vor einem Volkssturmbataillon in Danzig hielt, wurde aufgezeichnet und zum Befehl vervielfältigt. Tötet sie! rief er. Tötet sie! Denn es gibt nichts, was den Bolschewisten unschuldig ist, und noch ihre Ungeborenen sind wie rohe Tiere. Zerstampft sie, brecht ihnen mit aller Gewalt die slawische Tücke aus dem Schädel und nehmt aus ihren Häusern, was ihr braucht. Nehmt ihre Mädchen als rechtmäßige Beute und werft sie danach ins Massengrab. Tötet sie für unser Deutschland, rief von Wrangel, und kehrt heim mit dem Stolz des Kriegers. Wer aber auf diesem Marsch desertiert! Wer feige ist oder Mitleid aufbringt für die Schädlinge der Welt! Wer schwach ist oder ihren Gerüchten glaubt, der muß selber sterben. Wahr ist nur, was für Deutschland gut ist! So rief von Wrangel in die Köpfe der Kinder und Greise, dann ließ er Adolf-Hitler-Gedächtniskrem verteilen, und bald danach löste er sich endgültig auf.

In den folgenden drei Jahren verliert sich von Wrangels Spur; die Zeit scheint für ihn wie ein schwarzes Loch zu sein. Karl Hartmann war im Tunguska-Fluß ertrunken, und in der Heimat lag alle Hypertrophie aufgeplatzt; das Land zerbrochen, die Volksseele verkrüppelt unter den Trümmern, und von Wrangel taucht plötzlich wieder auf, als wäre nichts geschehen. Die Russen chauffierten ihn durch die Uckermark, sie brachten ihn auf das Familiengut bei Lychen, zeigten ihm die Stelle, wo seine Familie begraben war, und zuckten mit den Schultern: Von Wrangels Vater war starrsinnig gewesen und die Frauen waren es wohl auch. Die Russen erzählten, daß sie das Gut anfangs als Sammellager für nachrückende Armeeteile benutzt und es jetzt zum Freudenhaus für die Offiziere umfunktioniert hätten, und sie ermunterten von Wrangel, doch einmal vorbeizuschauen. Man könne nie wissen, wen man im Leben so wiederträfe; vielleicht sei ja ein Mädchen dabei, das ihn früher nie rangelassen habe, vielleicht auch eine exotische Schönheit, ein Albinomädchen etwa, doch von Wrangel lachte nicht über die Scherze der Russen. Er blieb stets auf einer humorlosen Ebene, von der er sich jederzeit in eine Rhetorik aufschwingen konnte, die auch auf Russisch funktionierte.

Auf dem Familiengut bekam er ein Zimmer im Gesindehaus, abseits vom Puff, und eine schwangere Hure besorgte ihm den Haushalt. Und während andere in Demontagebrigaden eingezogen wurden oder im Schwarzhandel verrohten, aß von Wrangel Piroggen und Speck. Er fuhr regelmäßig mit den Russen übers Land, wenn ihnen entwichene Zwangsarbeiter begegneten, erkannte er sie auf einen Blick; und so kam von Wrangel auf Anhieb in der Sowjetzone zurecht. Nichts erinnerte mehr an seine Rede vor dem Volkssturm, und die tausendjährigen Trümmer interessierten ihn nicht; er sah Wanderzüge heimatlos gewordener Allesfresser, aus dem Dorf kamen die Frauen und entblößten sich in der Hoffnung auf Speck, Alte und Krüppel hofften auf seine Ehre, doch von Wrangel gab nichts ab. Nur mit der schwangeren Russenhure teilte er manchmal Piroggen und Speck, und auch später, als sie Zwillinge zur Welt gebracht hatte und den Offizieren wieder zur Verfügung stand, machte sie ihm weiter den Haushalt.

Dann kam ein dicker Mann in die Uckermark; er trug eine Pelzmütze, und vor dem Familiengut war roter Teppich für ihn ausgelegt. Bei seiner Abfahrt saß von Wrangel neben ihm. Danach kam er nur noch auf Stippvisiten zurück; er sah, wie der Russenpuff sich auflöste, und in der sozialistischen Revolution verkam das Familiengut zum Rohstofflager für die Landbevölkerung. Einzig das Gesindehaus blieb unberührt, die Hure mit den Zwillingen wohnte dort, und von Wrangel sorgte dafür, daß sie genügend Lebensmittel hatten. Sobald er wieder weg war, brachte der Briefträger regelmäßig Postkarten ins Gesindehaus; aus Rostock, Leipzig oder Moskau, immer unterschrieben mit: Es grüßt, Ihr G. Bald hatte von Wrangel Kleinigkeiten auf seinen Stippvisiten dabei, Andenken oder Leckereien für die Zwillinge, bald zahlte er der Hure eine Sulfonamidkur, dann ließ er sie ärztlich sterilisieren.

Auf den ersten Blick konnte es erscheinen, als hätte von Wrangel sich neu organisiert, als paßte er sich mühelos an seine neue Umwelt an. Strukturen und Hierarchien um ihn herum schienen stets so auf ihn zu wirken, daß er Geist und Persönlichkeit allein auf den Erfolg des Systems hin anpaßte, und so war er bald in der Sozialistischen Einheitspartei, so erlegte er Schwarzkittel oder Zwölfender, und wenn in illustren Runden das Wirtschaftswunder des Klassenfeinds diskutiert wurde, konnte er die Genossen mit seiner Eloquenz begeistern. Er sichelte dem Kapitalismus in die Gurgel, er hämmerte dem Kapitalismus die Eingeweide raus, und sobald er dann seine eigenen Instrumente offenbarte, erstrahlte alles in extra rotem Heil. So saß von Wrangel bald an den fetten Tischen der jungen DDR, und wie nebenbei notierten die Genossen seine griffigen Formeln, um sie später in ihre Grundlagenpapiere einzuarbeiten oder um bei den Enteignungen die öffentliche Wahrnehmung mit Schlagwörtern wie volkseigen zu zerstreuen. Wie ehedem Himmler oder Goebbels ließ nun Ulbricht von Wrangel kommen, und bei der Einweihung eines sowjetischen Ehrenmals gab der Generalsekretär ihm sogar den Bruderkuß, den er seinen innerparteilichen Gegnern demonstrativ verwehrte.

Seinen zweiten akademischen Grad machte von Wrangel in Moskau, und danach bestellten sie ihn zum wissenschaftlichen Direktor eines Fischkombinats in Rostock. Zum Antritt hielt er eine Rede, in der er die Elementargewalt volkseigener Forschung mit der kommunistischen Kulturfunktion verschmolz und die Überlegenheit des sozialistischen Urgedankens an die Geheimnisse der Ozeane koppelte; an das gottentleerte Leuchten im kosmischen Werdegang, das den Fundamentalisten von Bibel und Kapital auf immer verborgen bleiben mußte. Er schloß seine Rede mit einem Aufruf zu kollektiver Heuristik und einem Dolchstoß gegen den Klassenfeind, und Moskau und Berlin hatten ZK-Mitglieder geschickt, und im Kombinat gab es rauschenden Beifall.

Von Wrangels offizielles Steckenpferd waren die Störe; er wußte viel darüber, wie Erbfaktoren wirken oder beeinflußt werden konnten, und spezialisierte sich darauf, Körnung und Geschmack der Rogen in gewünschte Richtungen zu steuern, und neben den Stören leitete er ein Geheimlabor für die Russen, das sie Bathysphäre nannten. Von Wrangel beschäftigte sich dort vor allem mit Substanz und Wirkung kaum zugänglicher Lebewesen, und die Russen stellten ihm Spezialisten aus Wissenschaft und KGB an die Seite. Ulbricht erfuhr erst von dem Labor, nachdem er seine innerparteilichen Gegner ausgeschaltet hatte. Als der Genosse Gustav ihn zum ersten Mal durch die Katakomben führte und beispielsweise die chemischen Prozesse erklärte, die bei marinen Tieren eine Eigenleuchterscheinung hervorrufen können, lächelte Ulbricht. Und er hielt sein Lächeln, als von Wrangel ihm die Giftwirkung von Seeanemonen oder Cubomedusen demonstrierte, und später sprach Ulbricht sich Moskau gegenüber für eine Perfektion der Westabschottung aus; er akzeptierte die Oder-Neiße-Linie, verfeinerte die Politik des sozialistischen Aufbaus und trieb die Bildung von Produktionsgenossenschaften voran. Und Stalin war zufrieden mit Ulbricht, Stalin war zufrieden mit von Wrangel, und kurz nach Stalins Tod ließ Ulbricht den 17. Juni niederschlagen, und von Wrangel sagte für die kontrollierte Massenproduktion von Kaviar neue Dimensionen voraus.

Während unter Chruschtschow eine Entstalinisierung anlief, bekannte Ulbricht sich zum Warschauer Pakt; er unterzeichnete den Vertrag zur Stationierung der Sowjettruppen und entwickelte Pläne für eine Volksarmee. Zeitgleich hielt von Wrangel vor dem Fischkombinat Reden, mit denen er die deutsche Zweistaatentheorie untermauerte oder Visionen entwarf, die das Land und bald die ganze Welt in den sowjetischen Kosmos einfleischten. Und wenn die Russen ihm ihre Spezialisten schickten, ließ er mit seinem Spezialwissen kaum eine Frage offen. Und obwohl er seinen schneidenden Verstand gern demonstrierte, bewies er eine erstaunliche fachübergreifende Fähigkeit. So reiste er mit Ulbricht bald auf die Krim, wurde bald in Sofia vorgestellt oder Havanna, und dann schickten die Russen ihn auf internationale Kongresse.

Gustav von Wrangel. Ein Wissenschaftler, der ganz offiziell in Sachen Fisch unterwegs war. Egal, ob in Maputo, in Helsinki oder Bremen; als ob der Eiserne Vorhang nicht existierte, und so tauschte von Wrangel sich mit der internationalen Elite aus. Beriet darüber, ob die Kladogenese Neuerungen in der Nomenklatur der Zackenbarsche notwendig machte; diskutierte neueste Erkenntnisse zum Paarungsverhalten der Stichlinge oder Laborversuche zur darwinistischen Evolution.

Doch in Wirklichkeit waren die Fachgespräche vom Kalten Krieg durchdrungen, und hinter Zackenbarschen oder Stichlingen mußte man jederzeit mit verborgenen Nebenbedeutungen rechnen; um so mehr, wenn die Russen einen wie von Wrangel auf diese Kongresse schickten. Einen Mann mit aufgelöster Vergangenheit und der außerordentlichen Fähigkeit, sich unter wechselnden Anforderungen stets erfolgreich anzupassen; eine Koryphäe, einen Demagogen und Rhetoriker, und so mischte von Wrangel auf den Kongressen mit. Er verfeinerte seine Methoden, um gezielt Einfluß zu nehmen auf Wahrnehmung und Interpretation seiner Worte, er entwickelte unsichtbare Taktiken, um die Gegentaktik sichtbar zu machen, und wenn er sich aus den Worten der anderen eine kodierte Information erschließen konnte, reagierte er so sachlich wie bei der Nomenklatur der Zackenbarsche. Und noch wenn er lächelte, lag Berechnung darin, und auf den Kongressen konnte sein sonst so kühler Ausdruck ergreifend erscheinen wie ein Atompilz.

So tingelte von Wrangel zwischen den Blöcken. Als wären Nationalsozialismus und realer Sozialismus nur ein Nummernprogramm, als wäre der Schnitt durch Deutschland nun Höhepunkt der Darbietung. Er schickte weiterhin seine Postkarten ans Gesindehaus – Es grüßt, Ihr G. –, und wenn er auf Stippvisite in die Uckermark kam, brachte er Nippes mit; einen Dom aus Helsinki, die Replik eines Quastenflossers, die Stadtmusikanten. Und immer hatte er für die Zwillinge noch Leckereien dabei.

3

Ein Mann kommt die Treppen hoch; er trägt Küchenkleider, das Schiffchen ist in den Nacken geschoben. Einmal blickt er in die Kamera, seine Goldzähne blinken, dann tritt er ein.
Polykarp, sagen die Detektive.
Dreimal Pita. Mit allem Drum und Dran, und er stellt eine Tüte auf den Schreibtisch.
Nichts Neues?
Alles ist immer neu.
Was zu trinken?
Warum nicht.
Und so sitzen die Männer, Polykarp im zweiten Dandysessel, und als sie die Gläser wieder abgestellt haben, sagt er zu Willem: Ihre Detektive haben guten Schnaps.
Ja.
Wo kriegen sie den wohl her?
Er scheint ihnen zuzufallen.
Das sagen sie immer. Als könnten sie mühelos durch die Zeiten springen, und dann öffnet Polykarp die Tüte, und die Gerüche steigen auf. Als er in der Tür steht, dreht er sich noch mal zu Willem. Sie haben wohl nicht so ein Handy, was?
Nein.
Ich habe vorhin Ihre Frau in der Leitung gehabt.
Barbara?
Manchmal ist das Detektivbüro auf mich umgeschaltet. Sie wollte aber mit Ihnen sprechen.

Die Ramows essen bereits, während Willem im Eckfenster steht.
Barbara sagt: Jake hat angerufen. Ich hatte den Eindruck, daß er gerne mit dir geschwatzt hätte.

Hat er etwas vom Schädel gesagt?

Er scheint durchzubrechen.

Wann?

Es klang so, als könnte es jederzeit passieren.

Kannst du mir seine Nummer geben?

Wenn du ein Handy hättest, wäre sie dort abgespeichert. Und Jake hätte dich obendrein erreicht.

Quatsch. Wenn ich ein Handy hätte, wäre ich längst irre, und Jake wäre niemals auf die Idee gekommen, mich anzurufen.

Sie diktiert die Zahlenreihe, und Willem schreibt mit. Dann sagt sie: Du kannst ihn jetzt aber nicht erreichen. Er ist im Labor und meldet sich selber wieder.

Wann?

Das hat er nicht gesagt.

Aber der Schädel bricht durch?

Er war aufgeregt. Zerstreut. Euphorisch. Weißt du, was er gesagt hat: Day destroys the night, night divides the day. Try to run, try to hide, break on through to the other side.

Das ist von den Doors.

Barbara lacht.

Das habe ich mit Schlosser gehört, als wir nach Berlin reingefahren sind. Und dann: Rufst du mich gleich an, wenn Jake sich wieder meldet? Oder noch besser, gib ihm die Nummer der Ramows.

Dann wird seine Stimme sanft. Ich liebe dich.

Barbara sagt: Laß uns heute abend bei Hector essen.

Und wenn der Schädel die Zeit umdreht, treffen wir uns gestern abend. Küßchen. Dann legt er das Telefon ab und sieht aus dem Fenster.

Die Pita ist nicht mehr heiß, und als er im Büffelleder sitzt, ißt er schweigend.

Der mit der Zahnlücke ist als erster fertig; er geht nach hinten und kommt bald mit Kaffee zurück. Der andere hantiert mit einem Zahnstocher.

Willem sagt: Ich soll Sie von Barbara grüßen. Und dann: Der Georgische Schädel scheint durchzubrechen.

Woher weiß Ihre Frau denn das?

Von Jake. Ein Bekannter von uns, der am Schädel dran ist.

Von Wrangel war auch am Schädel dran.

Willem lacht. Ihre Vitrinen sind voll mit Sachen, an denen wer weiß wer dran war.

Da ist vielleicht was dran, und dann trinken sie den Kaffee; die Spuren von Vulkangestein und ewigem Frühling, die wohlige Reibung gegen den Schnaps aus Kastilien.

Nach dem Kaffee sagen die Ramows: Gehen wir doch ein bißchen raus.

Willem sagt: Nehmen Sie Ihr Telefon mit?

Ach was. Wir sind doch ruckzuck wieder hier.

Der Wind hat abgenommen, die Wolken sind verzogen, und Herbstlicht fällt über die Stadt. Sie queren den Theaterplatz, nehmen die schmale Straße hinter der Kunsthalle, und bald leuchtet das Laub aus den Wallanlagen. Ein- oder zweimal können sie Gänse hören, doch sie entdecken keine Formation. Kurz vorm Osterdeich zieht ein Tunnel gegen die Flußwiesen, und bald sehen sie die schuppigen Reflexe dahinter, aufgeklatscht und wieder glattgezogen von Lastkähnen, und in der wummernden Luft die trägen Schläge der Möwen. Mütter spazieren mit ihren Kindern, ein paar Hunde bellen, und Willem sieht, wie das ablaufende Wasser eine letzte Reuse freigibt; ein Knochengerüst im Schlick, als wären die Gezeiten, die Jahre einfach stehengeblieben.

Zur Schlachte hin ist die Promenade saniert; rings die Menschen flanieren wie Ausflügler, die Welt scheint im milden Licht verschoben. Noch das Klingeln der Radfahrer zieht gedämpft dahin, und auch die Geräusche von der Straßengastronomie, das Lachen von den in den Deich gebauten Steintreppen sind kaum mehr als fernes Plätschern.

Die Uhr am Martinianleger markiert die nächste Abfahrt, eine Glocke schlägt an. Ein Schiff liegt bereit, die Luft über dem Schornstein ist heiß. Die Detektive sehen Willem an; dann macht er eine Geste und kommt mit an Bord.

Sie stehen an der Reling, und als die Maschine hochfährt, vibriert das Eisen. Die Leinen werden eingeholt, der Anleger wird kleiner, die Stadt löst sich aus ihrer Festigkeit, und voraus weitet sich die Welt. Bald spüren die Männer eine Brise, in der sich aller Spätsommer noch einmal bündelt; am anderen Ufer zieht die Brauerei vorbei, und hinter der ersten Brücke ahnt Willem den Geruch der Kaffeeröster. Doch der Duft bleibt aus.

Die Heirat Ihrer Eltern, sagen die Detektive schließlich.

Willem sieht über die Reling und sagt nichts. Die Welt ringsherum erscheint, als drifteten die Kontinentalschollen unter ihm hinweg und hinterließen achtern ihre Spur, bevor sie in der Raumkrümmung verzerrten. Und so zieht die Welt dahin; die Schimäre, wo einst Eisen für Onassis gebogen wurde, die Ruine der Schnapsbrennerei, die ins Land geschnittenen Becken, und wie ein Prisma unter den langen Sonnenstrahlen Berge aus Schrott. Die Einfahrt in den Überseehafen ist aufgeschüttet, und wo einst die Dampfer zu Päckchen vertäut waren und die ganze Welt wie im Fingerhut dalag, zieht ein neugebauter Stadtteil vorbei. Die Getreidemühle taucht auf, die Frauen, wie sie im Grunde zart und anziehend unter den Türmen flanieren. Bald schiebt sich von Norden die Stahlhütte heran, Zylinder und Schornsteinflotten eingedeicht im alten Schwemmland, bald steigt der Geestrücken auf. Die bewaldete Ufermoräne, die Furchen der Eiszeit, und unter ihnen dehnt sich der Fluß; Rönnebeck zieht vorbei, von vorn treibt das Schwemmland, die Biegung im Fluß, und im Schilf verbleibt der große Bunker fast unsichtbar. Der Deich zieht dahin, und jenseits ahnt Willem die Wurt.

Die Heirat Ihrer Eltern und die Emigration waren ein Unternehmen, das von Anfang an auf Scheidung und Rückkehr nach Deutschland ausgerichtet war. Dabei lieferten Kunst und Spott Ihres Vaters den moralischen Deckmantel; Ihre Mutter hatte durch ihn den Status einer Nazigegnerin, und auf einer Schweizer Bank lag das Familiengeld des Bruders Karl. Sobald sich die Dinge in Deutschland wieder entwickelten, konnte sie als unbescholtene Frau heimkehren und mit Robert dann den richtigen Mann heiraten. Ihr Vater wurde sicher in die Schweiz geschleust, wo er seiner

Kunst ganz offen nachgehen konnte – das war der Plan, als Karl Hartmann die Hochzeit organisierte und Gustav von Wrangel als Trauzeuge unterschrieb.

Und tatsächlich funktionierte diese Art Ehe am Anfang problemlos. Ihr Vater fand in der Schweiz einen fruchtbaren Boden für seine Kunst; auch dort stieß er auf Menschen, die ihre Köpfe und Herzen vernagelt hielten, und er demaskierte die kleinbürgerlichen Muster, offenbarte hinter den Erscheinungen die latente Bereitschaft, im Rausch einer totalen Herrschaft aufzugehen. Und auch in der Schweiz verbarg er den tiefen Sinn seiner Bilder hinter ihrem künstlerischen Ausdruck, und die Galeristen interessierten sich für ihn. Doch Ihr Vater entblößte die Fratzen hinter den jovialen Galeristengesichtern; die Mechanismen, mit denen sie Kunst inszenieren und beherrschbar machen wollten, und so traf er schließlich auf Menschen, die seine Gesinnung nach Würde und innerer Freiheit teilten. Sie schlossen sich zusammen und verwandelten die vernagelten Köpfe und Herzen ringsherum in pulsierende Kunst und Lebenslust.

Auf Ihre Mutter wirkte diese Gesinnung abstoßend; sie war tief davon überzeugt, daß die Freiheit des einzelnen stets zugunsten einer gesellschaftlichen Überordnung reglementiert werden mußte, und in ihren Augen war Ihr Vater ein Anarchist. Dennoch hielt sie den Schein einer gut funktionierenden Ehe, und wenn sie nach der Stunde Null auf Besuch in die Heimat kam, begegnete sie der moralischen Verbitterung und der Schmach dort mit dem Nimbus der Emigrantin. Ihre Haltung wirkte von Anfang an aufrecht, und wenn sie ganz offen Visionen für den Wiederaufbau des Familienbetriebs entwickelte, sprach sie aus der Seele eines ganzen Landes. Um aber sozusagen auch die Katharsis des Familiengeldes zu manifestieren, blieb sie zunächst Emigrantin und beobachtete die heimatlichen Entwicklungen weiter aus der Ferne. Auch das gehörte zum Plan, und so ratterte Ihr Stiefvater Red Sox oder Giants aus den Maschinen, aus Wolfsburg ratterten die Standardmodelle, und Ludwig Erhard setzte die Währungsreform durch. Der Marshallplan griff, Deutschland erwirtschaftete sich wieder Selbstwert, und bald strömte auch schweizneutrales Familiengeld in diese Kolbenschläge, und aus dem neuen Automatikpark ratterte die Identifikation ins ganze Land.

Irgendwann um diese Zeit beschloß Ihre Mutter, Scheidung und Rückkehr nach Deutschland vorzubereiten. Sie wollte endlich zurück ins Geschäft, wollte Robert an ihrer Seite und ein Kind von ihm. Doch ausgerechnet dieser Teil des Plans ließ sich nicht umsetzen – da konnten Ihre Mutter und Kronhardt Verkehr haben, wie sie wollten, da konnten sie sich mit Lackschirmmütze oder sonstwas erhitzen, es brachte keine Frucht. Der Drang zur Reproduktion eigener Merkmale krepierte, und die große Vision, die eigenen Spuren in die eigene Zukunft zu setzen, war in Gefahr. Ihrer Mutter mußte diese Sackgasse wie ein Makel erscheinen, und sie war von Anfang an sicher, daß es kein persönlicher Makel war. Und tatsächlich wurde bei Ihrem Stiefvater eine chromosomale Sterilität festgestellt, so daß er also für einen elementaren Teil des Plans untauglich geworden war. Daß schließlich Richard eine Zukunft in ihrem Leib schwellen ließ, verzögerte dann die Pläne zu Scheidung und Rückkehr.

Wolken ziehen überweg, mal in die eine, mal in die andere Richtung, und jenseits der Reling bleibt die Welt sprunghaft und unscharf. Aller Glaube an Festigkeit gleitet über in stets neue Formen oder Zustände – Schilfgürtel, Leuchtfeuer, die Kimm, und so spürt Willem das Stampfen der Maschine.

Mit Ihrer Geburt, sagen die Detektive, eröffnete sich eine neue Dimension; Ihrer Mutter tat sich die Zukunft auf, und das Kind an ihrer Brust erschien wie ein Rohling, durch den sie sich selbst potenzieren konnte. In Ihrem Vater hingegen tat sich etwas auf, das er sich in dieser kannibalischen Welt womöglich gar nicht zugetraut hatte: Liebe; und wenn er den Sohn in seinen Armen hielt, seinen Atem spürte und die unvernagelten Räume, potenzierte sich für ihn das Wunder des Daseins. Und so zeigte Ihr Vater Ihnen eine Welt von unendlicher Schönheit und Rätselhaftigkeit, die nichts mit der Wirklichkeit Ihrer Mutter zu tun hatte.

Aus Sicht Ihrer Mutter hatten Sie den falschen Vater, und wie der Wunschvater trugen Sie bereits jene sprunghaften Erbfaktoren in sich, die Sie zu einer geschlechtlichen Sackgasse machen würden. In Zürich wußte Ihre Mutter aber noch nichts von diesem Makel, und sie glaubte an den wunderbaren Rohling, in dem sie ihre eigene Wirklichkeit auf die Zukunft hin festigen konnte. Das einzige, was ihr zu der Zeit Sorge machte, war der Vater. Sie mußte mit ansehen, wie Richard die Seele ihres Kindes verbog; wie das Kind selber sich mehr und mehr zu diesem Anarchisten hingezogen fühlte und eine Sicht auf die Welt entwickelte, die nichts mit ihren Visionen und ihrer Wirklichkeit zu tun hatte.

Und so, sagen die Detektive, lief Ihre Entwicklung schon früh auf einen kritischen Punkt zu. Sie wurden hin und her gerissen zwischen zwei Systemen, und aus der Sicht Ihrer Mutter wurde es immer zwingender, Sie aus diesem instabilen Zustand herauszuführen.

Auch Ihr Vater wollte Sie aus diesem Zustand herausholen. Er kannte den Willen Ihrer Mutter zur Prägung und wollte Ihnen die vielfältigen Möglichkeiten der Zukunft offenhalten. Er wollte Sie nicht in die Hände einer kannibalischen Heldenbande geben; Ihr Vater, sagen die Detektive, liebte Sie.

In Ihrer Mutter verwandelte sich schließlich alle Angst vorm Kindsverlust in eine Energie, mit der sie dem ursprünglichen Plan eine neue Dimension eröffnete. Und dazu brauchte sie die Hilfe eines Spezialisten, der dem Tod jede Heimtücke und Absicht nehmen konnte.

Ihr Vater wußte von der Fähigkeit seiner Frau, Dinge in ihre Richtung zu verändern, und auch, wie ihre Motive sie dann hemmungslos antreiben konnten. Doch die Liebe zu Ihnen war größer als das Wissen aus der Geschichte.

Rings hat sich die Flußlandschaft aufgelöst, und Willem sieht, wie ihm die See entgegenrollt. Wie sie unter dem stampfenden Schiff hinwegzieht, sich achtern verzerrt und die Wellen sich in Mustern wiederholen. Wie sie sich in ihrer Struktur endlos verzweigen und verkleinern, und er sieht die Reflexe auf den Wellen.

Ihr Vater mußte sterben, weil er Sie liebte.

Willem sieht, wie auch die Reflexe auf den Wellen sich endlos verkleinern; wie zuletzt ein glitzerndes Schwirren auf der See steht.

Und aus dieser Liebe heraus ließ er sich dann zu einem Heimatbesuch überreden. Sie selber, sagen die Detektive, haben ja vor lauter Freude geweint, als Ihr Vater schließlich zusagte, und es war gerade diese Freude, die Ihrem Vater das ganze Wunder des Daseins offenbarte. So also fuhren Sie auf Familienurlaub; und während Ihre Mutter auf der langen Zugfahrt durch eine zum Teil noch düstere Heimat vor sich hindöste, erlebten Sie mit Ihrem Vater eine Welt, in der die Alltagsgesetze sich auflösten. Daß es jenseits dieser Welt aber eine Wirklichkeit gab, der Sie zuletzt Ihr Leben verdankten, konnten Sie natürlich nicht wissen. Auch nicht, daß eigentlich Ihr Stiefvater als Ihr Vater vorgesehen war, und als Sie diesem Mann begegneten, schien er ein einnehmender Mensch; noch am Bahnsteig warf er Sie in die Luft und steckte Ihnen Süßigkeiten zu. Und er hatte auch alles für den Urlaub organisiert; Hafenrundfahrt, Brauereibesichtigung, einen Ausflug ins Teufelsmoor. Und Ihre Mutter hatte einen Spezialisten organisiert, und sie zählte bereits die Stunden, bis ihre Angst vorm Kindsverlust ein Ende haben würde.

Um sich herum sieht Willem die endlose See, und es fällt ihm schwer, Entfernung oder Zustände abzuschätzen. Er kann nicht sagen, ob die Welt noch unter ihm hinwegzieht; alle Richtung, alle Bewegung scheint aufgelöst, Himmel und See verschmieren in unaufhörlich neuen Formen. Der vertraute Raum, die Existenz der Dinge zerspritzt, und durch die Gischt ist er wie abgeschnitten; seine Erfahrungen haben keinen Wert mehr in dieser Welt, und keine Erklärung greift. Vielleicht ist der Georgische Schädel nun in die Gegenwart eingebrochen, vielleicht haben ihn die Erschütterungen aus der Vergangenheit überspannt. Willem weiß es nicht. Er steht auf dem Schiff, das gleichgültig stampft. Eine Reise, ohne sich fortzubewegen, rückwärts oder vorwärts in der Zeit, und rings die Wellen überlagern sich, dehnen sich aus oder konzentrieren sich zu einem mächtigen Paket.

Zeitgleich zu Ihrem Familienurlaub fand in Bremen ein Ichthyologenkongreß statt. Es war eine Veranstaltung ohne internationales Format, ein bißchen mehr vielleicht als der Austausch unter Aquarianern; daß von Wrangel dort auftauchte, war eine große Ehre, und er hielt eine Rede zur steuerbaren Merkmalsausprägung von Störrogen.

Seine Fähigkeit, sich aufzulösen, hatte von Wrangel bereits im Nazideutschland bewiesen, und während des Ichthyologentreffens tauchte er unter und wieder auf, als könnte er an zwei Orten zugleich sein. Ein Spezialist, ein Zauberer, ein Visionär; ein glänzender Redner, der noch bei Schlachtplatte und Trollinger Perfektion in den unglaublichsten Bereichen entwickeln konnte und kaum eine echte Herausforderung darin sah, dem Tod Heimtücke und Absicht zu nehmen.

So ging von Wrangel vom Kongreß ins Hartmann-Haus. Ihre Mutter stand in der Küche und bereitete das Essen. Es gab Seewolf an diesem Tag, und von Wrangel präparierte den Fisch für Ihren Vater. Danach ging er wieder auf den Kongreß, während Sie mit Ihrem Vater durch die Weltgeschichte spazierten.

Als dann die Hafenrundfahrt anstand, war auch von Wrangel wieder unterwegs. Beinah unsichtbar mischte er sich unter die Passagiere der Alk, um den Schlußakt seiner eigenen Perfektion zu inszenieren. Und hokuspokus konstatierte er als unbekannter Arzt dann den Tod Ihres Vaters, und als der Leichnam von Bord gebracht wurde, saß von Wrangel schon wieder bei den Fischfreunden. Später schickte er eine Karte in die Uckermark: Es grüßt, Ihr G., und auf dem Heimweg kaufte er dann Nippes für die Russenhure und Leckereien für die Zwillinge.

Als kaum später der Jungarzt Friedhelm Lampe die konstatierte

Embolie als Todesursache anzweifelte, konnte von Wrangel darin höchstens eine Extragelegenheit sehen, seine Perfektion öffentlich zu präsentieren. Und er machte sich selbst zur Oberkoryphäe, indem er den Fall Ihres Vaters dem internationalen Koryphäenblatt der Ärzteschaft vorlegte.

Die Ängste Ihrer Mutter, die schädlichen Einflüsse Ihres Vaters hatten ein Ende; die Emigration hatte ein Ende, Kronhardt wurde Ihr Stiefvater, und Ihre Mutter ging auf allen Ebenen daran, ihre Prägungen auf die Zukunft hin auszurichten.

Willem steht da. Steht in der Welt und stellt keine Fragen.

4

Die Kolben schlagen in ruhigem Takt, und achtern zieht der
Dampfer seine Spur. Die See ist lau, krümmt sich in den Horizont,
dehnt sich hinüber in die nun milde Färbung des Himmels. Eine
Brise hat die Wolken zertrieben, manchmal zerklatscht eine Welle,
und Willem kann das Spritzwasser schmecken.

Das Geländer der Treppen ist salzig, und als er die Tür zum Ruderhaus öffnet, fällt der Außendruck wie durch eine Schleuse ein. Die
Ramows stehen am Pult; einer trägt die Kapitänsmütze, der andere
das Kesselpäckchen des Maschinenmeisters.

Der mit dem Schnauzer hat die Mütze in den Nacken geschoben;
er hält den Kompaß im Blick, den Kursradar, und über kleine Rädchen läßt er Töne auf und ab wimmern. Der andere steht am Kar-
tentisch, spaziert mit dem Zirkel, zieht Striche, und dann scheint
er seine Berechnungen mit dem Fernglas zu kontrollieren.

Nach einer Zeit sagen sie: Ihr Törn.

Wie?

Wir gehen in den Maschinenraum. Sie müssen ans Ruder.

Ich hab von Seefahrt keine Ahnung.

Ach was. Wenn nötig, korrigieren Sie einfach. Bißchen backbord,
bißchen steuerbord, ansonsten lassen Sie den Dampfer laufen. Und
mit dem Sauggeräusch der Tür sind die Ramows verschwunden.

Das Ruder ist klein, zwei Rundungen für jede Hand. Aus dem
Schiffsbauch spürt er die ruhigen Schläge der Zylinder, und durch
die Fenster kann er sehen, wie der Bug in gleichmäßigen Abständen aus dem Wasser hebt und wieder einstößt. Voraus schmelzen
die Sphären ineinander, und in der Linie scheint aller Raum verdichtet. Wie ein Steuermann steht er so in der Welt; die vertrauten
Maßstäbe des Alltags verschoben, die Tiefe ringsherum offenbart
den Zusammenhang im Großen wie im Kleinen, und bald hält er

das Ruder wie einst Juri Gagarin, justiert den Kurs strichweise wie sonst den Feintrieb am Mikroskop.

Die Tür öffnet sich, und der Schnauzbärtige tritt ein. So ein Dampfer ist sensibel wie ein Mädchen, sagt er. Er läßt die Kapitänsmütze um einen Finger rotieren. Und dann: Wir müssen 10 Strich nach Backbord.

Und Willem bringt die Kompaßnadel auf 270 Grad.

Dann schnappt der Kapitän nach dem Mikrophon. Brücke an Maschine. Fertig zur Koffie-Time.

Und gemeinsam verlassen sie das Ruderhaus.

Der mit der Zahnlücke hat das Kesselpäckchen gegen die Kombination des Stewards getauscht. In der Messe riecht es nach frischem Kuchen, auf einem Tablett dampft Kaffee.

Schlückchen dazu?

Der Steward verteilt die Mucks und stellt ein Fäßchen dazu.

Nach der Koffie-Time streckt sich der Kapitän auf der Bank aus und schiebt die Mütze ins Gesicht. Der Steward verschwindet durch eine Schwingtür und kommt mit Wäsche in den Armen zurück. Willem folgt seinem Kopfnicken. Er nimmt eine Kammer mit Bullauge, und manchmal steigt hinter dem Glas die Wasserlinie auf, manchmal kippt der Himmel hinein. Nachdem er die Koje bezogen hat, liegt er bis in die Abendröte.

Der mit dem Schnauzer steht am Pult. Ein Fleischerbeil liegt neben ihm, er hat die Kapitänskleider gegen Pepita getauscht. Er schiebt den Telegraphen auf Volle Kraft, nimmt das Beil und ist verschwunden. Gleich darauf steckt sein Kopf schon wieder in der Tür. Was halten Sie von einem abgängigen Franzosen zum Kükenragout?

Es ist geschmeidiges Vorankommen und raumer Wind, wie die Ramows sagen. Der Dampfer reitet die Wellen ab, seine Nase bleibt unter Wasser, und hinten zieht er die blanke Spur. Voraus kann Willem sehen, wie der Osten sich in die Abendröte schiebt; einmal noch glimmt die Kimm, dann löst dunkle Körnung die Sphären auf, und zur Nacht spaziert er mit Fahrt, spaziert dagegen, und die Sternbilder über ihm erscheinen fremd und in nie gesehener Fülle.

Regelmäßig steht der Schnauzbärtige in der Kombüse, und der mit der Zahnlücke trägt auf. Es gibt gut zu essen, die Männer sind entspannt, zur Koffie-Time trinken sie Gebrannten, und manchmal lachen sie bis in die Nacht.

Der Dampfer reitet voran, Fregattvögel folgen seiner Spur, und bald scheint die See von warmer Strömung durchzogen. Glasaale treiben dahin, und morgens segeln Fische durch den Dunst. Inseln tauchen auf, Reflexionen zuerst, dann Striche vor dem Horizont, und einmal meint Willem im Fernglas tropische Vegetation zu erkennen, ein anderes Mal dann die steile Kliffküste Helgolands. Zum Abend verfärbt sich wieder die Welt, die gekrümmte Linie glüht auf, dann wächst ein schwarzes Loch in den Raum, und zur Nacht spannt sich die Milchstraße wie ein Kristallbogen.

Der Luftdruck fällt unerwartet, milchige Transparenz unterzieht das klare Blau, und bald steht ein großer Hof um die Sonne. Der Rauch aus dem Schornstein wabert über Deck, und die Ramows verteilen Ölzeug und Südwester. Zur zweiten Koffie-Time verdunkelt von Westen her die See, und die Männer stehen mit dem Fernglas. Sie entscheiden, ein paar Grad nach Steuerbord zu ziehen, dann schließen sie die Lüfter und machen die Luken dicht. Der Himmel senkt sich herab, glattgeschliffen, ein tiefes Lila, und wie Spiralwirbel flammen manchmal Lichter dahinter auf. Sie stehen im Ruderhaus, sie haben Gurte, um sich festzulaschen. Auch die See ist glatt, voraus die Dunkelheit ein Loch, und aus dem Horizont steigen Blitze. Bald verschmiert die Kimm, bald verschmieren See und Himmel, und dann spüren sie den Wind. Erste Tropfen zerplatzen auf den Scheiben, dahinter treiben Blasen auf und Schaum. Der Dampfer stößt in eine Wolke, er wird von einer Welle hochgetragen, steigt, fällt zweimal kurz, und das Eisen zittert. Dann wird er erneut hochgetragen, seine Nase stößt aus dem Wasser, und unter ihm vertieft sich aller Raum. Als er wieder einfällt, verschwindet der Bug in Blasen und Schaum, Deck und Aufbauten werden überrollt, und hinter den Scheiben zerstäuben Himmel und See.

Die Vorhänge um den Kartenraum stehen waagerecht, das Stampfen der Zylinder ist nicht zu orten. Und so sucht der Dampfer seinen Rhythmus; taucht ein, die Nase kommt wieder hoch, und aus dem Ruderhaus sehen die Männer, wie die Wellenberge sich bis über den Schornstein erheben. Manchmal wird der Dampfer noch geworfen, wird in die Tiefe gezogen, manchmal steht eine Wasserwand vor dem Ruderhaus, und die Männer hängen hinter den Scheiben wie schwerelos, oder ihre Füße schlagen auf den Boden. Das Eisen ächzt, das Eisen wird gemalmt, doch zuletzt findet der Dampfer seinen Weg und zieht geschmeidig über wogende Berge und hinein in Täler, die tief erscheinen wie ein schwarzes Loch.

Zum Abend geht Willem in die Kombüse. Die Töpfe sind im Boden verankert, an einer Stange pendelt schweres Geschirr. Hinter den Bullaugen wechseln See und Himmel, der Kapitän steht an einem Hackbrett und pfeift. Die Mütze steckt in der Pepitahose, die Fische auf dem Brett riechen nach faulen Gurken.
Später sitzen sie in der Messe, und der Steward serviert Backstinte. Er klettert und bremst gegen das Rollen, balanciert das Tablett mal auf einem Arm, mal auf dem anderen. Während des Essens kugeln die Stinte, die eingesteckten Servietten klappen den Männern vom Hals, klappen zurück, und abends markiert der Gebrannte in den großen Schwenkern diesen Takt. Als sie sich in die Kojen legen, laschen sie sich fest.

Nach anderthalb Tagen reißt der Himmel auf, und die See läuft sich aus. Sie reiten die Berge ab, sanfte Riesen, in denen aller Horizont zerschwingt; aus dem Schornstein steigt der Rauch und liegt wie ein Band hinter dem Dampfer. Morgens stehen die Männer auf der Back, mittags schaukeln sie in der Hängematte. Zum Abend hat der Koch Aal gebraten.
Am nächsten Tag schiebt sich der Bug durch leuchtendgrünes Wasser; die Wellen plätschern ein Schuppenmuster, und der Kapitän legt den Telegraphen um. Der Maschinenmeister bestätigt den Befehl, eine Glocke schlägt an, und bald erlahmt der Schlag der Kolben; die vertrauten Schwingungen ziehen aus dem Schiffseisen,

einmal noch zittert der Dampfer, dann wird er von seltsamer Stille erfaßt.

Kleine Wellen klatschen gegen die Außenwand, manchmal knarzt der Rumpf, und die Männer sehen, wie sie nach Lee abdrehen. Als sie Anker geworfen haben, steht die Sonne im Zenit. Sie lassen eine Jakobsleiter ab, dann springen sie ins Wasser. In der warmen Strömung sehen sie den pulsierenden Schirm einer Meduse und gegen den Meeresboden, wie gemasert in den gebrochenen Lichtflecken, einen Rochen.

Nachmittags dösen sie unterm Sonnensegel, und mit der Abendröte nehmen sie wieder Fahrt auf; der Bug schneidet in die einfallenden Farben, und vom Horizont schwellen Wolken, die bald in leuchtenden Fäden über dem Dampfer zerlaufen. Bis ins Mondlicht hinein werden sie von Tümmlern begleitet; die Nacht ist windstill und warm, der Blick in die tiefe Zeit versilbert.

Noch vor der Dämmerung ist Land angerückt, doch als die Männer frühstücken, erscheint es achtern nur noch als Glimmer. Zur ersten Koffie-Time driftet aus Nordwest eine weitere Scholle an, und im Fernglas meint Willem die kreidige Kliffküste zu erkennen mit der Felsenlinie der Seven Sisters. Wenig später hat er die nächste Scholle im Doppelkreis, einen Buntsteinsockel mit dem steilen Brandungspfeiler Helgolands, und der Kapitän stellt über dem Radarschirm Mutmaßungen zu Entfernung und Geschwindigkeiten der Schollen an. Der andere hantiert mit Zirkel und Lineal und kommt zu dem Schluß, daß die Schollen in keiner Karte verzeichnet sind.

Zum Nachmittag machen die Männer erneut einen Glimmer aus, der bald die ganze Kimm erfaßt. Noch vorm Sonnenuntergang hat sich ihnen ein großer Sockel entgegengeschoben, und sie zweifeln nicht, daß sie auf Festland gestoßen sind.

5

Die Luft ist klebrig. Wo man hinspuckt, meinen die Männer, keimt
es. Sie marschieren auf einem Pfad, rings kriechen Bärlappsten-
gel, gelegentlich rauschen Farn- oder Palmenwedel. Landeinwärts,
wie gescheckte Säulen, markieren Stämme einen Waldsaum; die
Kronen sind gefächert, und die Blätter leuchten in Herbstfarben
und sprießen in frischem Grün zugleich. Manchmal steigen fremde
Rufe auf, die sich in den Wald hinein vertiefen.
Als der Pfad sich gabelt, bleiben sie in Küstennähe. Zweimal meinen sie, die Brandung zu hören, doch vor allem der Farn ist zu
hoch, um die See auszumachen. Sie schwitzen, ihre Schatten sind
kaum zu sehen. Erst zum Nachmittag ziehen Wolken auf, und
dann sind die Männer überrascht, wie schnell der Regen kommt.
Er setzt ein mit voller Kraft, rings die großen Blätter wogen, und
bald schneiden Rinnsale in die Erde. So marschieren sie, Schlamm
und Blasen spritzen auf, und am Sockel einer überwucherten Pyramide entdecken sie einen Leguan.
Zuerst sind es Fetzen, die sie durch das Trommeln hören, zer-
schwingende Tonfolgen, doch bald sind sie sicher und halten auf
die Musik zu. Dann können sie den Mambo heraushören, und
dann sehen sie abseits, auf einem kleinen Hügel, ein paar Hütten
stehen. Die Musik kommt aus einer Trinkhalle, durch die Ritzen
stoßen rote Lichtbündel.

Als sie die Schwingtüren aufstoßen, blicken zwei Frauen von ei-
nem Blechtisch auf. Sie sagen nichts, und dann tritt ein Mann in
Uniform aus dem Hintergrund und verbeugt sich. Mit Ihrer Er-
laubnis, meine Herren. Aber Sie haben wohl nichts von unserer
Hauptstadt gehört?
Der Mann wirkt verlottert, Epauletten und Embleme scheinen die

Uniform zusammenzuhalten. Das letzte, worüber im Radio berichtet wurde, war dieser Georgische Schädel, und mitten in der Sendung zerrauschten die Worte. Seitdem gibt es kein Radio mehr, keine Fernsehbilder, und unser Land ist aus den Fugen. Der Mann stellt eine volle Flasche auf den Tisch und greift in das Fleisch der Frauen.

Die eine ist üppig, mit eingefallener Turmfrisur, und sie trägt Reste eines Paillettenkleides. Die andere wirkt unscheinbar, mit saugenden Wangen. Sie lassen den Mann gewähren und trinken aus der Flasche.

Aus den Fugen, ruft der Mann.

Die Üppige lacht, daß ihr Busen zittert. Seit ich lebe, ist unser Land aus den Fugen.

Die Unscheinbare sagt: Und davor wars auch nicht besser.

Da hören Sie es! Und der Mann schlägt auf den Tisch, trinkt mit springendem Kehlkopf.

Die Ramows grinsen, Willem kratzt sich am Kopf.

Und dann sitzen sie alle um den Blechtisch; von den Pailletten der Üppigen zittert das rote Licht auf ihren Gesichtern, die Mambomusik schmettert, und sie trinken aus der Flasche.

Ich bin Lokomotivführer, sagt der Uniformierte. Aus dem Hochland runter an den Golf brauche ich zwei Tage, zurück dauert es länger, und ich mache die Strecke seit zwölf Jahren. Er starrt; dann springen ihm Tränen aus den Augen, und er trinkt. Bitte! Ich bin nie pünktlich gewesen; man hätte das nicht verziehen. Man kalkuliert hier mit Verspätung, sie ist ein Faktor, und was hätte ich mit Pünktlichkeit nicht alles anrichten können. Aber es ist ja viel schlimmer gekommen, und der Lokführer vergräbt den Kopf in seinen Händen.

Die Unscheinbare kichert und saugt an ihrem Daumen.

Die Üppige sagt: Schauen Sie, was aus uns geworden ist. Wir sind Schauspielerinnen, direkt aus dem famosen Varieté, und in der Hauptstadt liegen sie uns zu Füßen. Und als wir von der Bühne gingen, war die Welt noch in Ordnung – der Beifall bis in die Maske, ein Glas Wasser, frischer Puder, und als wir auf die Zugabe loswollten, war das Publikum weg. Alles war weg. Bühne, Theater – die ganze Hauptstadt, und wir landeten aus der Maske direkt auf dem Bahnsteig, und da stand der Lokführer mit seinem Zug. Bitte, meine Herren, da hören Sie es! Der Lokführer sieht mit roten Augen auf. Dann sagt er: Wir haben Wasser gefaßt wie immer. Der Fender war aufgefüllt, und ich habe die Pfeife gezogen, damit jeder weiß, es geht bald los. Trotzdem bleibt noch Zeit für ein Schwätzchen, ich habe mit dem Bahnhofsvorsteher ein Gläschen genommen wie immer, und auch als wir dann abfuhren, schien alles normal. Wir zogen den gewohnten Weg aus der Hauptstadt raus in die Hochebene; vorbei an den Pyramiden und vor der großen Schlucht dann die Weiche nach Osten. Bald erschienen die schneegedeckten Kuppen der Vulkane, zum Abend hin färbten sie sich rot, und ich lag ebensogut in der Zeit wie in den zwölf Jahren zuvor. Gegen Mitternacht fielen die kalten Abwinde, ich heizte ein bißchen auf, und im Mondlicht erschienen die Vulkanspitzen bläulich.

Zur Dämmerung brachte mir der Bursche ein ordentliches Kotelett und frischen Kaffee, im Radio lief Tanzmusik, und mit Sonnenaufgang begannen die langen Schleifen aus dem Hochland; abwärts an mächtigen Flanken wie an einer Spindel, über Schmelzwasserschluchten und rein in abgelegene Kiefernwälder. Es war eine langsame Fahrt durch den Morgen, und während die Sonne stieg, stießen wir tiefer. Wir spürten, wie der Luftdruck zunahm, wie die dünnen und würzigen Gerüche aus der Höhe sich verflüchtigten, und bald überzog eine rote Moderschicht das Gestein, bald hingen Kletterpflanzen auf der Strecke, und man konnte Frösche hören oder Zikaden. Alle paar Minuten kletterte das Thermometer, im Radio wurden Nachrichten gesendet, und als wir den Fluß erreichten und gemächlich seinem Lauf ins fruchtbare Tiefland folgten, geschah es.

Der Lokführer nimmt die Mütze ab und rauft sich die Haare. Dann springen wieder Tränen aus seinen Augen, und er muß trinken, bevor er weiterspricht. Aus dem Nichts heraus, sagt er. Und alles. Alles, was ich vor mir sah, war in Bewegung. Die Welt ein Bienenschwarm, was fest war, löste sich auf, und ich wollte schreien, ich wollte bremsen, doch was sollte ich tun? Diese Welt schwirrte auf uns zu, dieses Schwirren erfaßte uns, und bald schob sich der Fluß durch die Luft; eine Plantage schob sich durch den Fluß, vor meinen Augen zerflimmerten die Berge und unter mir die Schienen. Meine Herren! Können Sie sich so etwas vorstellen? Die Schienen zerliefen unter mir. Ein Strang, eine Gabelung, linksherum, rechtsherum, so zerliefen mir die Gleise unter den Rädern, und mein Zug donnerte dahin. Wurde hierhin geworfen oder dahin, stieß durch riesige Kandelaberkakteen, stieß durch Nebelwald und Moos, und alle Richtungen lösten sich auf.

Meine Herren! Und der Mann steht auf. Strafft die zerlumpte Uniform, verbeugt sich. Was hätte ich machen sollen? Dann sinkt er auf den Stuhl zurück, der Kopf auf den Tisch, und die Mütze fällt. Der Mann weint, und die Frauen streicheln ihn. So sitzt er da, seine Stimme nur noch ein Winseln. Die Gleise hatten immer Gültigkeit; sie waren die feste Regel in meinem Leben. Und plötzlich diese Welt wie ein Bienenschwarm.

Obwohl es ringsherum tropisch ist, sinkt die Sonne nicht mehr hinter den Horizont. In wiederkehrenden Schleifen färben die Strahlenbündel den Morgen- und den Abendpunkt, dazwischen pendelt eine gleißende Sonne, und die Luft ist klebrig. Willem und die Ramows haben Hängematten aufgespannt; sie dümpeln dahin, trinken Kokosmilch, essen das Fruchtfleisch, und aus dem Kassettenrekorder spielt Cumbia- oder Mambomusik. Noch gegen Mitternacht ist der Himmel hell, und auch in tiefer Nacht bleiben den Männern die Sterne im Licht verborgen.

Die Hütten stehen auf einem Hügel, und nach Osten hin haben sie Blick auf die See. Eine kleine Bucht liegt unter ihnen, und wenn das Wasser fällt, erscheinen Stromatolithen, eine große Herde, die wie Steinsäulen unter der Sonne trocknen. Nach Westen hin steht der Wald, und aus den gefächerten Kronen leuchten die Blätter in allen Jahreszeiten.

Nach ein paar Tagen können die Männer beobachten, wie die Sonne bald tiefer unter die Wipfel sinkt. Bald darauf gibt es eine kurze Nacht, dann eine längere, und dann kommt die Sonne nicht wieder. Über ihnen die Sterne bleiben eine dauerhafte Erscheinung, und in den ersten Nächten markieren nur noch die periodischen Mondvorgänge eine vergehende Zeit.

Vor allem der Lokführer scheint sich in der endlosen Dunkelheit zu verlieren; er verlottert nun gänzlich, und aller Antrieb ist nur noch auf Nahrung und Beischlaf reduziert. Und in der ersten Zeit, als der Sichelmond sich auswächst, geben die Frauen sich seinem Drängen durchaus hin. Doch bald schon verschaffen sie sich auch jenseits dieser Zeremonien einen verläßlichen Rhythmus, und so beobachten sie die wiederkehrenden Bahnen der Gestirne, legen eine Feuerstelle an und richten sich Schlaf- und Wachzeiten ein. Trotz seiner äußeren Verrohung bleibt der Lokführer friedlich, als sich die Frauen ihm schließlich ganz verschließen; er trinkt aber um so mehr und singt seine Lieder ohne Rücksicht.

Die See hält noch Wärme gespeichert, doch wenn der Wind vom Land her einfällt, wird es kalt. Aus dem Wald stoßen die Rufe der Nachttiere und immer wieder Geräusche einer Jagd; auch die sonst tagaktiven Tiere sind zu hören, und oft genug kommen sie auf den Siedlungshügel, rumoren, dringen in die Hütten.

Gegen Kälte und Übergriffe halten sie bald ein durchgängiges Feuer, und bald bündeln sie ihr Leben um die Feuerstelle. Auch der Lokführer fügt sich schließlich in die geordneten Abläufe; sie sammeln Holz, sie schöpfen Wasser; sie legen Netze mit den Gezeiten aus, und einmal fangen die Frauen ein entlaufenes Hausschwein.

Wenn sie im engen Kreis unter den Sternbildern sitzen, steigt der Rauch gegen den Mond, und im zuckenden Schein sehen ihre Gesichter uralt aus. Anfangs sind es vor allem die Frauen, die Geschichte an Geschichte reihen und Bilder erschaffen, als säßen sie alle im Varieté. Und dann läßt auch der Lokführer Bilder aufsteigen, und im Feuerprasseln lauschen sie seinen Erinnerungen und hören das Schlagen der Gleise. Sie lachen viel, sie können Tugend aufflammen sehen und Veranlagungen, und auch bittere Erfahrungen kommen hervor, bald seltsam umgewandelt unter den Sternen. Und so erzählt auch Willem. Erzählt von seinem Vater;

von der gemeinsamen Fahrt auf der Alk und dem plötzlichen Tod. Und so sitzt er da, ein Sohn, der seinen Vater lebendig hält; der den staunenden Blick des Vorfahren mit dem eigenen Blickwinkel verschmelzen läßt, und im Feuerlicht scheint seine Gestalt bald zeitlos. Er erzählt von Konetzkes Anruf, den Enthüllungen der Detektive, erzählt von Steiner und von Wrangel, von Kronhardts Tod, doch die Frauen am Feuer sind vor allem ergriffen davon, daß Willems Mutter seinen Vater ermorden ließ, daß er wegen der Liebe zu seinem Sohn sterben mußte. So sitzen sie unter den Sternen, und Willem ahnt die Tränen der Frauen, und auch der Lokomotivführer schluchzt. So sitzen sie, Menschen, wie sie seit jeher das Böse in die Welt gebracht haben und das Gute zugleich, und im Widerschein der Flammen sieht es aus, als lösten sich Schichten aus ihren Gesichtern und offenbarten das Erbe der Vorfahren.

Der Tag kommt wieder, als hätte diese Verläßlichkeit nie ausgesetzt. Sie bereiten die erste Mahlzeit, Fladen liegen auf dem Feuer, Kaffee brüht, und hinter den Baumwipfeln durchstößt Dämmerung den Horizont. Ein kaum sichtbarer Übergang zuerst, dann verschmieren die scharfen Grenzen der Dunkelheit, und eine rote Schmelze dringt durch. Bald ein violetter Strom gegen die Himmelskugel, bald unaufhaltsames Licht, das alles Sternefunkeln unterspült. Als die Sonne aufgeht, applaudieren sie und schreien wie im Varieté, und im Tanz der Frauen werfen die Pailletten wunderbare Reflexe. Auch der Wald wirft das Licht zurück, und erst als es wärmer wird, verdampft der Tau, und silbrige Schwaden ziehen gegen die Wipfel. Vögel fliegen, manchmal greifen Lichtbündel in die Tiefe, und Tiere erscheinen in den huschenden Mustern.
Gegen Mittag spannt sich aus der Ferne ein Ton. Zertragen zuerst und elastisch in der Luft, doch der Lokführer springt sofort auf. Und dann können auch die anderen den Pfiff hören – wie der heisere Grundton auf anhaltende Höhe zieht, und sie sind sich einig, daß er näher kommt. Der Lokführer scheint die Verbindung bis in seine Fasern zu spüren; er ist aufgebracht, verliert sich in Tatendrang, und erst als die Frauen ihm zur Hand gehen, beruhigt er sich etwas. So steht er bald mit ausgeklopfter Uniform da; Gesicht

und Haar gewaschen, die Dienstmütze halbwegs in Form, und unter seiner Führung ziehen sie los. Den Siedlungshügel abwärts, dann den schmalen Weg durch Farn und Bärlapp bis zur ersten Gabelung, und ohne zu zögern, schlägt der Lokführer landeinwärts. Eine Stunde vielleicht marschieren sie am Waldrand, dann drängen Plantagen in den Bewuchs, und bald geben erste Wiesen den Blick frei in die Ferne. Sie sehen Rauch, sie hören Hunde, und dann erhebt sich ein Kirchturm. Es ist eine kleine Stadt, und als sie nachmittags anlangen, sind die Straßen beinah leer, und alle Geschäftigkeit liegt im Schatten. Ein paar Alte dösen unter den Arkaden, um den Brunnen spielen Kinder, und das Leben erscheint wie immer. Der Weg zum Bahnhof ist nicht ausgewiesen, doch der Lokführer zieht unbeirrt voran. Und tatsächlich können sie schon bald den Uhrenturm sehen, und einmal blitzt hinter dem weißgetünchten Gebäude auch die Gleisspur auf. Der Lokführer ist jetzt wie verwandelt; als leuchteten hinter seiner Unordnung die alten Fähigkeiten durch, und sein Gang unter den Epauletten ist aufrecht. Ohne weiteres weist er ein paar Burschen zurecht und geht dann zielstrebig auf die Lokomotive zu. Die Frauen sehen ihm nach, beratschlagen kurz, und dann umarmen sie Willem und die Ramows. Schließlich, meinen sie, müsse der Lokführer es wissen, und wenn er sage, dieser Zug fahre zurück in die Hauptstadt, wollten sie es gerne glauben. Und so steigen sie auf, werfen vom Tritt noch eine Kußhand.

Von einem Händler, der seine Ware zu Pyramiden aufgebaut hat, erstehen die Ramows Obst. Willem fragt nach dem Wetter, und der Händler hebt die Schultern – was soll schon sein; die Jahreszeit bringt Hitze, aller Regen verbleibt diesseits der Berge, wenn nicht heute, dann eben morgen.
Mit dem endgültigen Pfiff der Lokomotive springen auch die Männer kurz entschlossen auf. Vom Perron des letzten Waggons schauen sie zu, wie sich hinter ihnen die Welt verkleinert; bald spüren sie die Schläge zwischen den Schwellenlängen, bald den beruhigenden Takt.
Es geht gemächlich bergan; in Schleifen, die noch die Abendröte

durchziehen, und hinter dem weiten Land zieht die See bis in den Horizont. Rings steigen die Nachtgerüche, bald überzieht eine Moderschicht das Gestein, Kletterpflanzen hängen auf der Strecke, und die Männer können Frösche hören und Zikaden.

Zur Morgendämmerung geht ein Bursche in weißer Livree durchs Abteil. Er hat warme Koteletts dabei, und auf dem Rücken trägt er einen Kanister, aus dem er Kaffee oder Kakao pumpen kann. Der Bursche ist geschwätzig und gibt zu, daß kaum Passagiere an Bord sind; er hat wohl davon gehört, daß ringsherum seltsame Dinge geschehen sollen, doch die Leute erzählen alle etwas anderes. Und draußen, sagt er, ist schließlich alles normal.

Nach dem Frühstück sind die Männer wieder auf dem Perron. Sie ziehen weiterhin aufwärts, um mächtige Flanken wie an einer Spindel, über tiefe Schmelzwasserschluchten und durch abgelegene Kiefernwälder. Willem steht da, noch mit dem staunenden Blick seines Vaters, und manchmal steigen die Hänge senkrecht, und gegen den Himmel sieht er gezackte Schatten.

6

Von Wrangel hatte seine besonderen Kenntnisse also mühelos umgesetzt und dem Tod alle Heimtücke und Absicht genommen. Und so wurde Bremen Ihre Heimat, und Sie wurden von der Pike auf eingeweiht in die Mechanismen von Banner und Identifikation, während ringsherum das ganze Land im Aufschwung ratterte. Nach dem vollzogenen Anschlag auf Ihren Vater tingelte von Wrangel nach Rostock zurück; ein argloser Wissenschaftler in Sachen Fisch, und am Kombinat genoß er seine Erfolge in der Störzucht. Nebenbei, als wäre es nichts, leitete er das Geheimlabor, und erst wenn er seine agitatorischen Reden vor den Genossen hielt, schien von Wrangel in seinem wahren Element zu sein. Und mit seinen berauschenden Worten trieb er den Riß durch Deutschland noch tiefer durch die Welt; er trieb die Wostok-Raketen hoch in den sozialistischen Kosmos, er beschwor Laika oder Juri Gagarin wie ein Hexenmeister und machte sie zu Helden der Sowjetrepubliken. Er beschwor den russischen Vorsprung und sprach ganz offen den Vernichtungsschlag an, nachdem die USA mit ihren hinterhältigen Plänen zur Kubainvasion aufgeflogen waren. Und noch bevor diese Weltkrise explodieren konnte, offenbarte Ulbricht sich in seiner Heimat und vor dem Westpakt als Lügner, indem er entgegen seiner Aussage nun doch die Mauer bauen ließ. Und wieder hielt von Wrangel eine seiner berühmten Reden, zerstreute alle Berechnung und Täuschung des Staatsratsvorsitzenden und verwandelte seine Lüge in eine wunderbare Offenbarung geistiger Beweglichkeit. Und alle Empörung im Westen zerlegte er vor seinen Zuhörern zu Starrsinn und Arroganz, und so ließ er im Kombinat anstoßen auf die Perfektion von Todesstreifen und jederzeitigem Vernichtungsschlag. Zwei Jahre später hielt er zeitgleich zu Kennedys Berlin-Rede seine eigene Rostock-Rede, und als Kennedys tausend Tage so jäh endeten, warf er die Bilder vom Attentat auf eine Leinwand und spielte seine Rede nochmals vom Band. Und wenn er heimfuhr in die Uckermark, hatte er Mitbringsel dabei – Stadtmusikanten, Sprotten, was immer die Kongressorte der Ichthyologen hergaben. Dazu die Leckereien für die Zwillinge.

Von Wrangels Eloquenz wurde bis in den Kreml hinein geschätzt, und auch als Mao sich immer deutlicher gegen Moskaus Führungsansprüche stellte, durfte von Wrangel seine rhetorischen Register ziehen; auf einem Großtreffen der FDJ nannte er die proletarische Kulturrevolution des Chinesen ein hinterhältiges Instrument, das ganz auf die seelischen Schwankungen der kommunistischen Weltjugend zugeschnitten sei. Er warnte eindringlich vor Maos perfider Fähigkeit, die Wirklichkeit mit Worten zu verbiegen, und nannte die Irritationen, die dieser Mann bereits jetzt im chinesischen Nachwuchs ausgelöst hätte, so nachhaltig, daß sie bis in die nächsten Generationen hinein erschüttern würden.

Natürlich wurden von Wrangels Reden nicht aus Moskau kommentiert, und natürlich waren sie auch immer auf Akzeptanz zugeschnitten; von Wrangel vermittelte nie den Eindruck, mehr zu verstehen, und immer klang es, als wären seine Schlußfolgerungen in Moskau längst bekannt.

Als nach dem Schahbesuch und der Ermordung Benno Ohnesorgs ein Ichthyologentreffen in der Zoologischen Gesellschaft West-Berlins stattfand, entschied Moskau, daß von Wrangel daran teilnehmen sollte. Hinter der Maske des harmlosen Wissenschaftlers sollte er ganz gezielt einige ausgewählte Hochschullehrer treffen und sie in Methoden der Rhetorik unterweisen. Im Vorfeld analysierte von Wrangel dazu SDS und APO sowie Hintergründe und Motivation westdeutscher Studenten. Und als erste Erkenntnis daraus brachte er die Degeneration der kapitalistischen Jugend an sich hervor; Körper und Geist oft genug von Arbeitsverweigerung und Drogen geschwächt, egozentrische Verblendungen, und so hielt er den linken Untergrund für untauglich, das System zu stürzen. Doch in Moskau interessierten sie sich nicht für diese Art von Erkenntnissen; Sex und Drogen waren wunderbarer Zündstoff, Woodstock und Vietnam waren Zündstoff, und wenn die Springer-Presse in der BRD die langhaarigen Teufel attackierte, war auch das Zündstoff. Und noch wenn diese Teufel degeneriert waren, ließ sich daraus Zündstoff machen, und von Wrangel sollte sein agitatorisches Potential den Hochschullehrern zur Verfügung stellen, damit es aus den Hörsälen bis in die Kommunen und den aktionsbereiten Untergrund sickern konnte. So reiste er mit seinem Spezialauftrag zu den Fischfreunden nach West-Berlin, und in Moskau waren sie bereit, auch eine ferngelenkte Stadtguerilla im Westen zu unterstützen, solange es ihrer eigenen Sehnsucht nach Vollkommenheit diente.

Den Prager Frühling verwandelte von Wrangel in seinen Reden zum entmenschlichten Antlitz, das nur mit Russenpanzern wieder in Form gebracht werden konnte. Und als mittendrin Juri Gagarin starb, verordnete er im Kombinat Trauerbinden. Er kondolierte Breschnew und bat zugleich um die Erlaubnis, den Kosmonauten vor dem wissenschaftlichen Nachwuchs der DDR zu würdigen und auf diese Art auch eine eindeutige Haltung zu markieren gegen die Wucherungen aus Peking, aus Prag oder den USA.
Von Wrangel nannte seine Rede Untersuchungen zur Lage der Menschheit, und am unsterblichen Juri Gagarin machte er die Überlegenheit der Sowjetvölker offenbar. Anders als seinerzeit begründete er seine These aber nicht rassenhygienisch, sondern machte die tiefverwurzelte Menschlichkeit des Sozialismus zu einer gebündelten Kraft, die noch den Kosmos überwand. So legte er systematisch den zwangsläufigen Vorsprung auf allen Gebieten dar, er nannte das höchste Gut der Sowjetvölker die Entfaltung des freien Willens ins Gemeinwohl, und jene anderen waren für ihn entartete Kreaturen, denen unter der ständigen Erniedrigung durch das Kapital alles Menschliche genommen worden war. Er nannte die Kapitalisten Pawlowsche Hunde; zu Bestien im System getrimmt, die für Egoismus und Raffgier belohnt wurden, die bald nach der Welt geiferten, nach den letzten reinen Herzen. Doch wenn die Sowjetvölker ihre Kraft gebündelt hielten, wenn die Sowjetvölker ihre Genossenmoral gegen diese Hunde stellten, dann reduzierte

sich die Frage nach dem Untergang des Kapitalismus auf reine Mathematik. Nichtwahr, denn nimmersatte Gier war die eigentliche Triebkraft der Kapitalisten, und so würden sie ihre Zähne bald in die eigenen Eingeweide schlagen, und das System, das die Bestien getrimmt hatte, würde von ihnen zerfleischt werden. Die Sowjetvölker aber würden diesem Untergang Hand in Hand gegenüberstehen, und aus der Nullstunde der Bestien würde der Stern ihrer Menschlichkeit endlich den ganzen Kosmos erstrahlen lassen.

Doch bei aller rationalen Erfaßbarkeit warnte von Wrangel vor leichtfertigem Umgang mit den Kapitalisten. Die Mathematik mache ihr auf Einverleibung und Destruktion ausgerichtetes Handeln zwar endlich, doch sie nehme nichts von der aktuellen Gefahr, und von Wrangel verwies auf die amerikanischen Bestrebungen zur Weltunterwerfung. Er warnte ausdrücklich davor, diese amerikanische Art zu unterschätzen – gerade in der offenbaren Degeneration, meinte er, läge ihre enorme Gefährlichkeit verborgen. In den Massenerscheinungen des amerikanischen Alltags, den Kraftwagen, Fernsehgeräten oder Supermärkten, die heute eine Automatisierung des Lebens forcierten und morgen eine weltweite Monokultur; die die Menschen heute dumm und hilflos machten gegenüber den elementaren Anforderungen des Lebens und die schon morgen mit Herz und Seele rückkoppelten und eine Wirklichkeit installierten, die völlig entmenschlicht war. So also warnte von Wrangel die jungen Genossen vor der kapitalistischen Entartung wie vor einer Pandemie; ein Virus, meinte er, der das menschliche Wesen umprogrammiere und Unglück zu Glück mache. Und so wäre jeder Genosse doppelt aufgerufen, wachsam zu sein. Jeder müsse in sich selbst hineinhorchen, und jeder müsse ein Auge auf den anderen haben, denn nur so könne das große Kollektiv den einzelnen und das ganze Volk behüten; nur so öffne sich der Weg von der kolchosischen Basis bis in den Kosmos. Wer aber schwach sei und dumm, sagte von Wrangel; wer dem kapitalistischen Schein erliege und die amerikanischen Gerüchte von Freiheit glaube oder weitergebe, der sei ein Schädling und gehöre aussortiert. Wahr sei nur, sagte er, was für die Sowjetvölker gut wäre. Und so ließ er Juri-Gagarin-Gedächtnissekt ausschenken.

Schon im nächsten Jahr wurden die Bilder von Apollo 11 aus dem Weltraum gefunkt; dieser kleine Schritt eines Kapitalisten, dieser Griff nach den Sternen und das in den Mondstaub getriebene amerikanische Banner waren für von Wrangel eine Demütigung. Ein Schlag gegen seine demagogische Kunst und die Wissenschaft seiner Worte, und er versuchte auch gleich, diese Scharte wieder auszuwetzen. Nannte die amerikanischen Bilder eine Schimäre, ein lupenreines Produkt der kapitalistischen Illusionsindustrie, und er fühlte sich berufen, die Sowjetvölker ein für allemal gegen diese Trugbilder zu rüsten. Sie mit der Wahrheit des totalen Sozialismus widerstandsfähig zu machen gegen die Krankheit des amerikanischen Traums.

Doch in Moskau wollten sie keinen geistigen Schaum, sondern Zwecktätigkeit. Und so schickten sie von Wrangel zurück in sein Geheimlabor und erwarteten, daß er seiner Verantwortung gerecht würde.

In weicher Linie stehen Kiefernwälder gegen den Himmel, ihre Farben vertiefen im klaren Licht. Die Luft stößt kühl und scharf in die Nase, und vom Perron erscheint die Welt in unverrückbarem Zustand. So ziehen sie in weiten Schleifen gegen das Hochland; unter ihnen leuchten Mohnfelder, und aufwärts treiben Agaven oder Kakteen aus rotgebändertem Gestein. Der Rauch aus den Hütten steht senkrecht, manchmal winken Kinder an den Gleisen, oder Hunde jagen dem Zug hinterher. Sie durchstoßen einen Paß und fahren ein in die Ebene eines ausladenden Tals. Entlang der Strecke liegt ein Dorf, und schon aus der Ferne sind die Pfade zu sehen, die wie Adern aus den Bergen hinabziehen. Die Häuser sind alt und solide, und es gibt einen kleinen Bahnhof. Der Zug pfeift, als er einläuft, und ein paar Passagiere warten bereits. Es sind harthäutige Menschen; sie haben Bündel und Kinder dabei, Truthühner und Mais. Auch ein paar Händler steigen auf, bieten Stricksachen an oder Hausmannskost, und sie sprechen in einem wohlklingenden Singsang.

Als der Zug wieder anfährt, liegt Mittagslicht auf dem Tal. Voran gegen den Horizont stehen schneebedeckte Gipfel.

Die Frauen erscheinen frisiert auf dem Perron, sie duften und tragen Tücher über den Schultern. Sie freuen sich, die Männer zu sehen, plaudern, sind sicher, bald wieder im Varieté zu sein.

Zum Nachmittag werden sie hungrig, und die Frauen schlagen vor, in ihrem Abteil zu essen. Die Fahrgeräusche in den Waggons sind laut; manchmal ruft eine Ziege, die Köpfe der Passagiere treiben im Halbschlaf dahin. Das Abteil ist vorne, und auf ein Klingeln erscheint der livrierte Bursche. Kurz darauf trägt er Schnaps auf und in Blättern gebackenes Fleisch. Sie essen mit den Händen, trinken aus einer Flasche. Bald erscheinen die Frauen wie in einer Vorführung; die Männer lachen, klatschen, und als die Opulente kurzatmig wird und Schweiß produziert, läßt sie sich von Willem das Schnürkorsett lösen, als gehörte dies zu einer Rolle. Bis in den späten Nachmittag trinken sie und lachen, dann erscheinen hinter den Fenstern plötzlich die Phänomene, von denen der Lokführer gesprochen hatte.

Anfangs ist es nur eine sanfte Auflösung der vertrauten Beständigkeit; ein unscharfes Flimmern etwa aus den tiefen Farben der Kiefernwälder, ein sprunghaftes Flackern der Mohnfelder. Doch bald schon erscheint auch das rotgebänderte Gestein der Berge durchlässig, und rings löst sich alles Festgeglaubte auf, zerstäubt in einzelne Bildpunkte. Die Wälder stehen wie ein Bienenschwarm gegen den Himmel, die Bergmassive treiben auseinander, und bald durchzieht ein Schwarm den anderen. Hinter den Fenstern erscheint die Welt ohne verläßliche Gesetze, sprunghaft, unscharf, und obwohl im Waggon alles vertraut und fest verbleibt, schwanken die Frauen und klammern sich an die Männer.

Während draußen die Welt in fein verteilter Materie dahinzieht, bläht sich die Landschaft, fällt in ein schwarzes Loch zusammen oder verdreht sich zu einer Helix, und Farben und Strukturen verwirbeln, treiben neue Möglichkeiten aus sich heraus. Schaum oder gasige Blasen entstehen, aus Glutmustern und Stoßwellen flimmern Spiralarme auf, rotieren in den Raum, und so schiebt sich die Welt jenseits der Fenster von einem Zustand in den nächsten. Tiefenschärfe verschmiert in dunkler Körnung, aus dem Diffusen heraus dehnen sich Raum und Zeit, kehren sich wieder um, und so können sie aus dem Waggon Mohnfelder sehen. Kiefernwälder und bald Duisbergia und Archaeopteris; ein Blick, der sich zuletzt weit über das Gedächtnis der Menschheit hinausdehnt, doch dann zerschwirren auch Jura oder Kreide wieder, und alles Festgeglaubte wird erneut sprunghaft und unscharf.

Schollen überholen den Zug; Vulkane, Wüsten, Melonenfelder. In den Waggons rufen die Ziegen, die Truthühner kollern, und auch die Kinder fallen mit ein. Die Köpfe der Alten treiben dahin, sie summen, ein urtümlicher Singsang, der die Kinder beruhigt, und bald dösen auch die Tiere wieder ein.

Aus den Gleislängen schlägt der beruhigende Takt, die Männer stehen auf dem Perron, und die Welt zieht wieder in vertrauter Festigkeit vorbei. Nach einer langen Kurve durch die Nacht stößt der Zug ins Morgenlicht. Eine weiße Gebirgslandschaft erscheint, verwittert mit Spalten und Klüften, und hoch über einem Fluß können die Männer schwarze Flecken sehen, ein Höhlenzug wie aus der Jungsteinzeit.

Mit den ersten Sonnenstrahlen weicht sich der karstige Dolomit in roten Boden, und auf sanften Hügeln zieht ein Wald gegen den Horizont. Bald fliegen Tukane oder Papageien, bald steht die Sonne über einem Nebeltal, und goldene Baumspitzen ragen hervor oder Pyramiden. Vom Perron sehen sie das Land im Morgenlicht; die grünen Hügel in der Ferne gestaffelt und dahinter, bis auf in den Himmel, schneebedeckte Spitzen. Gelegentlich zieht ein Dorf vorbei; Hunde jachtern, oder junge Frauen mit glänzendem Haar erscheinen aus einer Hütte. Manchmal stehen Esel am Wegesrand, Bananenstauden liegen zum Abtransport, oder auf großen Planen sind Kaffeebohnen ausgebreitet. Zwei- oder dreimal noch sehen die Männer Pyramiden, golden im Sonnenlicht und höher als der Wald, und als der livrierte Bursche auf dem Perron erscheint, nehmen sie ein kleines Frühstück. Der Bursche kratzt sich am Kopf und gibt schließlich zu, die Landschaft ringsherum nicht zu kennen. Er sei schon häufiger in die Hauptstadt gefahren, doch hier sei er noch nie durchgekommen.

Der Pfiff verzerrt in der klebrigen Luft, und als der Zug zum Stehen kommt, drückt feuchte Hitze auf die Waggons. Vogelhändler stehen am Bahnsteig, Frauen sitzen an kleinen Webstühlen. Sie haben ein Städtchen erreicht, und vom Rande einer Ebene fällt ihr Blick abwärts über einen See. Im ersten Anblick erscheint er wie ein Saturnkörper, gelbe Ringe um tiefes Grün, doch dann wechseln die Farben, von Türkis zu Blau oder Violett, als fiele das Licht auf ständig neue Beschaffenheiten, und an den fernen Ufern sehen die Männer glänzende Kegelberge. Manchmal umziehen Wolkenringe die gekappten Spitzen, und manchmal liegt die Wasserfläche wie eine Tafel da, in der noch der Himmel versilbert.

Diesseits erhebt sich aus dem sandigen Ufer ein Marmorsockel. Darauf steht ein lichter Bau mit Eingangssäulen und Kuppeldach, und als die Frauen auf den Perron treten, haben sie Tränen in den Augen. Das Varieté, sagen sie, und die Männer heben die Schultern. Der livrierte Bursche jedoch nickt; gewiß, das sei das famose Varieté. Wo aber die Hauptstadt geblieben ist, kann er nicht sagen. Die Menschen, die rings um den Bahnsteig stehen, machen nur eine Geste; als wäre die Hauptstadt etwas aus einer anderen Welt, und sie geben zu, daß das Varieté noch nicht lange am Seeufer steht. Wo es plötzlich hergekommen ist, wissen sie nicht. Sie wollen es auch gar nicht wissen, denn seit jeher geschehen Dinge, die sie nicht erklären können. Schon die Alten blieben demütig vor den großen Rätseln, und so halten sie es auch heute noch. Sie geben sich zufrieden damit, nicht die ganze Welt zu verstehen, und wenn plötzlich ein Varieté da ist, ist eben ein Varieté da.

Die Frauen haben Täschchen dabei, und sie geben den Männern zum Abschied einen Kuß. Sie haben sich entschieden, und daß sie ihr Varieté wiedergefunden haben, macht sie glücklich. Sie winken vom Bahnsteig, als der Zug wieder anfährt.

Zum Abend hin wiegen die Köpfe der Passagiere im Takt der Gleise. Die Kinder schlafen, und auch die Truthühner halten die Köpfe verborgen. Nur gelegentlich noch ruft eine Ziege.

Die Nacht ist weich; Ananas-, aber auch Vanillespuren durchziehen die Luft, die Sternbilder über den Männern erscheinen fremd.

Der Bursche hat ihnen Decken besorgt, und sie machen es sich auf dem Perron bequem.

Am nächsten Morgen weckt sie der Duft von frischen Fladen und Kaffee. Die Passagiere sind bereits wach, sie laufen umher, reden in ihrem Singsang, gestikulieren. Der Zug nimmt Auffahrt in Vulkanland; manchmal blitzen Adern aus Obsidian, manchmal langt der erstarrte Ausfluß bis an die Gleise. Nach dem Frühstück wird das Land wellig; verstreute Lehmhütten sind zu sehen, kleine Maisfelder und Kakteen. Ein Ochsengespann bricht den harten Boden, und bis an den Horizont, wie blaue Tupfen, stehen Agaven. Die Passagiere beraten sich, schließlich wollen sie aussteigen.

Die Alten lassen die Erde durch ihre Hände, die Kinder sind munter. Auch die Truthühner und Ziegen scheinen ergriffen, und die Bündel neben den Gleisen sehen aus wie das Rüstzeug ewiger Siedler. Die Männer winken vom Perron.

Der Bursche hat frischen Käse dabei, und während er Kakao pumpt, zeigt er voller Freude in das Land. Hier müsse der Zug auf seinem Weg in die Hauptstadt durch, hier sei ihm die Welt vertraut. Und auch der Lokführer habe versichert, sie würden mit der Dämmerung einlaufen. Ganz nach Plan.

7

Die Scheiben von Sonne und Mond stehen einander gegenüber, der Himmel erscheint von endloser Tiefe. Der Zug hat einen Paß genommen und zieht durch eine Hochebene, die ins Violette verschoben daliegt. Rings das Gestein ist geschliffen, an den schroffen Auswüchsen sind Windfurchen zu sehen, aber auch Flechten und Wüstenlack. Von den Rändern der Ebene steigen die Kordilleren, und noch in der Ferne drängen zackige Gipfel gegen den Raum. Manchmal kreisen Geier in der Thermik oder ein Antilopenhase sitzt zwischen den Kakteen, und einmal entdecken die Männer ein halb aus dem Fels geschnittenes Fossil. Ansonsten erscheint die Welt um sie herum leer; keine Hütten, keine Spuren von Menschen, nichts.

So verzieht hinterm Perron der Raum, und im schlagenden Takt öffnet sich den Männern stets Neues. Sie stehen am Geländer, Willem im Blick der Ramows. Und? sagen sie.
Er schweigt noch eine Zeitlang. Die Wunder dieser Welt werden nicht weniger. Auch wenn wir älter werden.
Das hat Ihr Vater gesagt, oder?
Ja. Und dann: Ich möchte wissen, wie es Barbara geht.
Bah. Um Ihre Frau brauchen Sie sich keine Sorgen zu machen.
Das sagen Sie so.
Wir kriegen ja auch mit, wie es zugehen kann in der Welt. Hier ist Chaos, da ist Ordnung, und woanders nehmen die Leute alles, wie es kommt. Da sollte es doch möglich sein, daß Ihre Frau die ganze Zeit im Speicherhaus sitzt und sich darauf freut, Sie späterhin noch bei Hector Luna zu treffen.
Willem lacht. Späterhin ist gut. Wann habe ich aus Ihrem Büro mit Barbara telefoniert? Wann hat sie mir vom Durchbruch des

Georgischen Schädels erzählt? Wann sind wir am Martinianleger an Bord gegangen?

Die Ramows grinsen. Vielleicht würde Ihre Frau Ihnen antworten, daß es vorhin war.

Nach einer kleinen Mahlzeit machen die Männer es sich auf dem Perron gemütlich. Die Luft ist milde, und die Eisenbahn zieht gemächlich dahin.

Zurück zu von Wrangel, sagen die Detektive.

Lange bevor der Westen von den Phänomenen rund um den Georgischen Schädel erfuhr, brachten ihn die Russen in die Bathysphäre und erwarteten, daß von Wrangel seiner Verantwortung gerecht würde. Fest steht, daß sie ihn in keinen Gulag verbrachten, so daß er wahrscheinlich nicht auf ganzer Linie versagt haben wird. Genauso wahrscheinlich ist, daß er nichts aus dem Schädel herausgeholt hat, was den Sowjetvölkern zur alleinigen Weltmacht hätte dienen können. Ob er aber aus den Phänomenen des Schädels etwas für sich oder den einen oder anderen Genossen ziehen konnte, wissen wir nicht. Und wenn, dann war es wiederum sehr wahrscheinlich nichts Überweltliches.

Nach unseren Erkenntnissen verblieb der Schädel mehrere Jahre in der Bathysphäre, und der Stab um von Wrangel war hochkarätig und von scharf überwachter Linientreue. Von Wrangel selber fungierte nebenher als Kombinatsdirektor, er machte Fortschritte mit seinen Stören, gelegentlich war er auf einem Kongreß, und regelmäßig fuhr er heim in die Uckermark. Die Russenhure führte das Gesindehaus, die Zwillinge wuchsen heran. Ein Mädchen und ein Junge, Verena und Gregor, und von Wrangel kümmerte sich darum, daß sie von Anfang an gut ausgebildet wurden. Außer in die Dorf- und Kleinstadtschulen schickte er sie bald in Kaderschmieden, und zugleich sorgte er dafür, daß es ihrer Mutter gutging. Ein Teil des Familienguts wurde schließlich auch in eine LPG eingegliedert, Gebäude wurden wieder genutzt, Flächen bestellt, und die Hure bewirtschaftete die Landarbeiter.

Willy Brandt war ein Mann, der anscheinend gerne in den Ostblock reiste. Er saß oft mit den Russen an einem Tisch und hatte keine Probleme, Kategorien über Bord zu werfen. Als er im Warschauer Ghetto auf die Knie fiel, war auch von Wrangel nicht fern. Tatsächlich trafen sich zu der Zeit einige Ichthyologen, nichts Großes, und von daher scheint es auf den ersten Blick erstaunlich, daß die Russen so eine Koryphäe schickten. Einen Mann zudem, der sich mitten aus dem Naziorganismus heraus einfach aufgelöst hatte und der in Warschau nun nicht nur geballt auf Überlebende treffen konnte, sondern obendrein noch auf die Eichmann-Jäger. Und so erscheint von Wrangels Warschaubesuch auf den zweiten Blick als knallhartes Kalkül der Russen – nichtwahr: Wenn er Warschau überstand, lohnten sich auch die Investitionen in seine Zukunft. Zugleich unterstreicht diese Episode noch einmal von Wrangels draufgängerische Eigenschaften, die er schon auf den Reit- und Fechtturnieren unter Beweis gestellt hatte. Und tatsächlich flutschte er durch das Getümmel aus sich verbeugender Westpolitik, Holocaust-Überlebenden und Geheimdiensten, als hätte er nie eine Vergangenheit gehabt.

Zwei Jahre später tauchte er bei den Olympischen Spielen auf. Er erhob sich aus seinem Diplomatenplatz und hatte eine Hand am Herzen, wenn die Hymnen von DDR und Sowjetunion gespielt wurden. Doch in Wirklichkeit war er natürlich nicht fürs Frenetische auf dieses erste sportliche Großereignis beim Klassenfeind abkommandiert. Rund um den Trubel waren auch Wissenschaftler aus aller Welt zugegen, und die Russen sorgten dafür, daß von Wrangel in einen kleinen Kreis von Molekulargenetikern vorstoßen konnte. Es war die Zeit, in der sich eine neue Disziplin herausbildete, die Gentechnik, und von Wrangel traf auf die Köpfe führender Institute, Männer aus Schottland, Neu-Mexiko oder Japan. Natürlich hatten sie von den Arbeiten des Rostocker Ichthyologen gehört, doch fachübergreifendes Denken hatte in ihrer wissenschaftlichen Hierarchie wenig Platz, und so sahen sie anfangs nur den Fischforscher. Von Wrangel selber überwand seine Eitelkeit zugunsten eines höheren Ziels, und als wäre es nichts, hielt er sich an seine Rolle mit niedrigem Dominanzwert und entfaltete von dort seine Fähigkeiten. Schleichend offenbarte er sein Fachwissen; er scheute sich auch nicht, andersdenkende Wissenschaftler zu zitieren, und machte die Beschreibung der Welt zu etwas, was immer eine notwendige Beschreibung ihres Beschreibers voraussetzte. Er nahm die molekularen Grundlagen der Lebensprozesse, zog daraus die Möglichkeiten gezielter Manipulationen am Beispiel der Störe und koppelte daran seine aus Experimenten gewonnenen Beweise. Daß er schließlich bis in den Kern der Gentechnik stieß, bis in die geheimsten Visionen dieser Männer, schien ihm nicht bewußt, und von dieser arglosen Position ging er schließlich daran, Einfluß auf die großen Wissenschaftler zu nehmen. Mehr und mehr lenkte er Wahrnehmung und Interpretation seiner Worte, und die Männer aus den Instituten ahnten nicht, wie von Wrangel aus ihren Einwürfen seine Informationen zog. Wie sie in Wirklichkeit Fragen beantworteten, die er nie gestellt hatte, und wie er so ihr Spezialwissen in neue Blickwinkel für sich umwandelte. Und während die Wissenschaftler Expressivität mit ihm diskutierten oder replizierbare Moleküle, rüstete er die Russen auf in der Gentechnologie und sammelte zugleich Informationen rings um die Phänomene des Schädels.

Daß dann das Massaker ins Olympische Dorf stieß, gehörte anscheinend nicht zum Plan. Unter dem Schock der Eindrücke reisten die Wissenschaftler ab, und die Russen waren darüber sehr verärgert.

Von Wrangel sah in dem grenzenlosen Versagen der westdeutschen Politik und der Einsatztruppen vor allem seine Theorie von der kapitalistischen Degeneration bestätigt, und später vor dem Kombinat setzte er die grundlegende Schwäche des Klassenfeinds gleich mit den Bildern von den SEK-Männern, die als Olympioniken verkleidet glaubten, die Situation ganz locker in den Griff zu kriegen. Die glaubten, daß ihre Schmerbäuche unter den Trainingsanzügen unsichtbar blieben und auch die Kippen in ihrer hohlen Hand.

Auch beim nächsten sportlichen Großereignis in der BRD sollte von Wrangel wieder dabeisein. Doch mit der plötzlichen Enttarnung von Guillaume änderte sich die Lage, und die Russen offenbarten ihre Launenhaftigkeit. Noch vor Beginn der Fußball-WM kommandierten sie von Wrangel ab und flogen ihn ein in sibirische Arbeitslager. Dort brachten sie ihn mit inhaftierten Wissenschaftlern und Intellektuellen zusammen, um auf diese Weise womöglich neue Arten der Betrachtung auf den Georgischen Schädel zu eröffnen. Und während die Welt erlebte, wie Sparwasser mit seinem Tor den Klassenfeind degradierte, wurden in Sibirien jenseits der herkömmlichen Wissenschaft Theorien entworfen. Von Wrangel selber nannte seine Abkommandierung Teil einer unsichtbaren Revolution, mit der das westliche Weltbild gestürzt und die Sowjetvölker ein für allemal auf dem Sockel installiert werden sollten. Doch es gelang ihm auch in Sibirien nicht, das Phänomen der Rückwärtsentwicklung aufzuklären und der Weltrevolution dienstbar zu machen. Und als er zurück ins Fischkombinat geholt wurde, konnte er nicht wissen, was die Russen mit ihm vorhatten.

Tatsächlich empfingen sie ihn mit allem Tamtam. Girlanden waren aufgezogen, Schlachtplatten wurden aufgetragen, und auf Geheiß aus Moskau stand ein Fäßchen mit Trollinger parat. Auch Honekker war da, nach Ulbrichts Tod der erste Mann im Staat, und die Russen machten von Wrangel in aller Brüderlichkeit zum wissenschaftlichen Berater der Sowjetvölker. Danach ließen sie Wodka auffahren, eine Kapelle spielte im Zweivierteltakt, und Damen galoppierten in fröhlicher Geschlossenheit durch den Saal; warfen ihre Beine hoch, und von Wrangel, ob er wollte oder nicht, fiel in den Cancan. Stampfte mit den Genossen aus Moskau, stampfte mit Honecker, als hätte es den Fall Guillaume nie gegeben.

Kaum später jedoch verbrachten die Russen ihn nach Rumänien; ein kleines Ichthyologentreffen am Donaudelta und darauf Besichtigung von Ceauşescus Vasallenstaat. Die Securitate zeigte ihm ihre Methoden willkürlicher Aussortierung, und sie zeigten ihm ihre Gefängnisse. Sie zeigten ihm blauäugige Zigeuner und slawische Albinos, und von Wrangel mit seiner draufgängerischen Eigenschaft gab sich begeistert. Er wußte, daß die Russen sich ärgerten, weil sie Guillaume verloren hatten. Und wenn sie ihn mit ihrer unberechenbaren Art verunsicherten, ließ er es sich nicht anmerken.

Doch schon bald verlagerten die Russen ihren Ärger wieder voll auf die Weltbühne und spielten das ganze Spektrum eines Superblocks. Der russische Wahnsinn wechselwirkte mit dem amerikanischen Wahnsinn und entlud sich vor allem auf den Nebenschauplätzen. So wurden Hungerkatastrophen initiiert oder Pandemien; Kinder wurden zu Söldnern aufgerüstet, Brillenträger wurden gejagt, und ihre erfolterten Geständnisse waren Legitimation für alles. Die atomare Schlagkraft wurde vorangetrieben, Kaspar-Hauser-Versuche und Gentechnologie wurden vorangetrieben, und als Kasparow und Fisher sich bei der Schachweltmeisterschaft gegenübersaßen, wurde im Hintergrund mit parapsychologischen Methoden versucht, den Gegner matt zu setzen.

Immerhin freuten die Russen sich, als Nixon über Watergate strauchelte, und als bald darauf Breschnew und Ford die Wladiwostok-Erklärung zur Begrenzung strategischer Offensivwaffen unterzeichneten, konnten beide Seiten von den eigenen Problemen und auch den brutalen Nebenschauplätzen ablenken. Und von Wrangel saß derweil in der Bathysphäre und arbeitete auf seine Art daran, die Probleme der Russen ein für allemal zu lösen.

Nach Guillaumes Fall und Brandts Abgang wurden die Probleme nicht weniger. Der neue Kanzler in der BRD setzte Brandts Entspannungspolitik wohl fort, doch so richtig nach dem Geschmack der Russen war Helmut Schmidt nicht. Erst als Schmidt und die ganze Republik es mit der RAF zu tun kriegten, kamen die Russen wieder auf einen Geschmack. Um so mehr, da sie mit von Wrangels Hilfe ja schon einmal in die quasikommunistische Haltung westdeutscher Jugend investiert hatten, und so waren sie bereit, auch in diese neue Generation zu investieren. Sie holten von Wrangel aus dem Fischkombinat und setzten ihn mit der Stasi zusammen. Er sollte seine eigenen Erhebungen zu Ursache und Wirkung des Nach-68er-Komplexes mit dem vergleichen, was die Stasi angesammelt hatte. Er sollte aus Schnittmengen von Geheimdienst, Sozialdarwinismus oder auch Wirtschaftswissenschaften neue Schlüsse ziehen. Und auch aus der eher belustigenden Hilflosigkeit der BRD, mit der die Baader-Meinhof-Gruppe so dramatisch hochgezüchtet worden war, sollte er neue Schlüsse ziehen und Wege aufzeigen, wie man einem Staat, der sich so verzweifelt an seine Demokratie klammerte, den Dolchstoß versetzen konnte.

Um seine Expertise zu erstellen, ließ von Wrangel sich in Rostock einen Fernseher mit makellosem Westempfang aufbauen; zudem wurden ihm Tageszeitungen und Magazine geliefert, und so machte er sich an seine Untersuchungen. Dabei konzentrierte er sich auf den westdeutschen Volksgeist, der sich nach wie vor unterordnete, der nach wie vor auf konservative Werte ausgerichtet war und sich populistisch lenken ließ. Da er selber wußte, wie sich mit schwallenden Phrasen oder verstümmelter Griffigkeit festverschaltete Reflexe installieren ließen, ist es kein Wunder, daß von Wrangel vor allem zwei spezielle Instrumente zur Lenkung untersuchte – die Rhetorik der Politiker und daneben die Methoden der Sensationspresse.

Bei den Politikern stellte er fest, daß sie allein schon aufgrund ihrer Positionen wie Väter erschienen, die stets das Gute wollten. Dabei war es egal, daß sie das Gute verschachtelten und verzerrten; daß ihre Worte frei waren von jeder Aussage und zuletzt nur noch wie eine destillierte und in jede Richtung biegsame Verblendung dastanden. Noch das Sabbern und Lallen und Lügen dieser Männer sickerte als Wahrheit in die Volksseele und nährten das Bedürfnis nach nationaler Identifikation.

Auch hinter den Wirkungen der Sensationspresse offenbarte von Wrangel eine Methode, die ganz gezielt mit dem westdeutschen Unterwerfungscharakter kalkulierte. Die sich gerade diese unterdrückte Energie zunutze machte und sie über griffige Verstümmelungen in gewünschte Richtungen transformierte, so daß auch von dieser Seite nach Belieben Wahrheiten in die Köpfe gehämmert werden konnten. Oder Emotionen in die Seelen.

Parallel dazu untersuchte von Wrangel die untergründigen Kampfbewegungen beziehungsweise die mögliche Schlagkraft gegen den

Apparat West. Dazu festigte er noch einmal seine schon früher dargelegten Einschätzungen zur Systemverweigerung der jungen Linken, die sich in Formen von Drogen, Sex und Gammeln bis hin zu einer schußbereiten Ideologie offenbarten – eine folgerichtige Reaktion, wie er meinte, auf einen staatsmonopolisierten Kapitalismus. Beziehungsweise auf das amerikanische Vorbild vom Glauben an die Freiheit, während in Wirklichkeit der Zwang zu kapitalistischem Gehorsam praktiziert wurde. Während in Wirklichkeit die Amerikanisierung der BRD nichts weiter war als ein despotischer Materialismus, der die Unterdrückung und Ausbeutung anderer zum stillen Recht machte und zur Basis des eigenen Konsumglücks. Und auf dieser Grundlage, notierte von Wrangel, müsse zwangsweise ein Ekel entstehen in der jungen westdeutschen Nachkriegsgeneration, zumal in der linken Intelligenz. Ein existentialistischer Ekel gegen diese Wohlstandsgesellschaft, die sich mit Hilfe ihrer Verbündeten radikal an der Welt mästete. Aber auch Ekel vor einer Zukunft, die sich auf den vergifteten Fundamenten der Alten aufbaute, und so war der bewaffnete Widerstand nur eine logische Konsequenz, und in von Wrangels Schlußfolgerung sprach nichts dagegen, diese Art des Untergrundkampfes gegen den Klassenfeind zu unterstützen.

Zugleich aber machte er deutlich, daß mit einer tatsächlichen Schlagkraft dieser sogenannten Revolutionäre nicht zu rechnen sei: Den gewünschten Dolchstoß gegen den Staat, meinte er, würden sie nicht setzen können.

Auch diese neue Generation blieb für ihn kapitalistisch geprägt und somit degeneriert. Und nur die lächerliche Verweigerung aller Majuskeln in ihren Bekennerbriefen machte aus ihnen noch keine tauglichen Sozialisten. In Wirklichkeit definierten sie sich genauso wie die Bonzen; sie mästeten ihr Ego mit materiellen Dingen und hatten für alles Rechtfertigungen und Verbündete parat. Sie beweihräucherten ihre eigene Vernagelung, und sie funktionierten im kapitalistischen System. Sie betrieben im Grunde kaum mehr als ein Nachäffen, doch im Gegensatz zu den Bonzen hatten sie von den übergeordneten Mechanismen dieses Systems keine Ahnung. Sie wußten nicht, wie man die Arbeiter lenkte, die Direktoren und

Politiker, und sie wußten nicht, wie man sich auf einer elitären Ebene vernetzte, um auch den Rest der Welt zu lenken. So sah von Wrangel in seiner Expertise keine Hoffnung, dem System des Klassenfeinds über die Rote Armee Fraktion den Dolchstoß zu versetzen. Die Trümmer, aus denen eine neue Welt auferstehen könnte, würden sie nicht erschaffen. Doch er traute ihnen zu, dem System im Nacken zu sitzen und einen Hauch von Anarchie und Chaos zu verbreiten. Um so mehr, notierte er, wenn man ihre Veranlagungen zum Fanatismus vor allem darauf bündelte, die Stammheimer um jeden Preis rauszubomben.

Die Russen schlugen von Wrangel auf den Rücken und tranken mit ihm Wodka. Und dann sahen sie zu, wie diese kleine Organisation in der BRD daranging, die rechtsstaatlichen Grundsätze auszuhebeln. Sie sahen die Entführung eines Politikers, und sie sahen eine Maschine Richtung Jemen abheben. Sie sahen die deutsche Botschaft in Stockholm, sie sahen Buback, Ponto, Schleyer und gleich darauf, wie palästinensische Luftpiraten einen deutschen Ferienflieger kaperten. Sie sahen Helmut Schmidt, der sich aufrecht weigerte, die Prinzipien des Rechtsstaats aufzugeben, und als dann die Nachricht aus Stammheim kam, wußten die Russen, daß auch Schmidt kaum erklären könnte, wie Baader, Ensslin und Raspe sich im Hochsicherheitstrakt gewissermaßen zeitgleich das Leben hatten nehmen können. Und die Russen wußten auch, daß diese Terrorwelle so nie stattgefunden hätte, wenn Guillaume einfach auf seinem Posten und Willy Brandt einfach Kanzler geblieben wäre.

8

Von den Rändern der Hochebene sind die Kordilleren herangerückt; sie lassen nur noch eine schmale Schneise, und wie endlose Geraden liegen die Schienenstränge und scheinen noch weit über den Horizont zu langen. Der Mond ist gegen den Zenit gestiegen, die Sonne westwärts gefallen. Ihr Licht erfaßt nur noch eine der Bergketten; auf der anderen Zugseite erhebt sich eine dunkle Wand. Die Männer können sehen, wie die Strahlen in Wellen über das Gestein hinwegziehen oder als Strom von Teilchen auftreffen und in den Falten leuchtende Spritzspuren hinterlassen. Flechten und Wüstenlack erscheinen in ständig neuen Farben, und hinter dem Waggon zieht das ganze Spektrum dahin. So stehen sie im Takt der Gleise, und wenn eine Brise abfällt, treibt sie Gerüche von den Gipfeln.

Der Bursche pumpt Kakao aus seinem Kanister und reicht Spritzgebäck dazu. Er bleibt geschwätzig und freut sich, die Männer zu sehen. Auch das schmale Tal mit den bis an die Gleise langenden Hängen freut ihn. Manchmal gebe es hier Steinschlag, doch solange sie auf dem rechten Weg seien, habe er keine Angst davor. Dafür mache ihm der Weg durch die Waggons angst; jetzt, da außer den Männern alle Passagiere von Bord seien, könne er etwas spüren, was er nicht kenne. Als ob die Größe der Welt sich erst mit den leeren Abteilen offenbare, und dann macht der Bursche ein Gesicht und kündigt an zu braten. Der Lokführer sei es gewohnt, regelmäßig seine Koteletts zu bekommen, und er wolle es sich nicht mit ihm verscherzen.

Während also die Abläufe im Weltgeschehen diese oder jene Wirklichkeit hervorbrachten, leitete von Wrangel das Kombinat, als wäre alle Geschichte drum herum banal. Er ließ nie Zweifel aufkommen an seinem Führungsanspruch; er duldete keine Widerrede und keine Eigeninitiative, und er pflegte diese Haltung weniger aus Eitelkeit oder Dünkel als vielmehr aus der Überzeugung seiner Überlegenheit heraus. Und tatsächlich war es unheimlich, wie tief er den Komplex des Kombinats durchschaute und jederzeit Verborgenes aufdecken konnte. Jedes Getuschel erschien gefährlich, selbst Ideen konnte er erfassen, bevor sie ausgesprochen waren, und alle Gedanken, zu denen das Kollektiv in der Lage war, mußten von seiner Warte wie störende Faktoren wirken. Was immer sie im Kombinat hervorbrachten, von Wrangel hatte es längst erfaßt und in seine Pläne einbezogen.

Natürlich verschaffte er sich dadurch einen Nimbus. Doch in erster Linie machte ihn diese Überlegenheit unheimlich, und die berufliche Unantastbarkeit entrückte ihn auch menschlich. Es gab niemanden, der ihm nahestand, und keine Anzeichen dafür, daß er überhaupt menschlicher Nähe bedurfte. Auch sein erstaunlich gutes Verhältnis zu den Russen war stets sachlicher Natur.

Trotz dieser berechenbaren Eigenschaften blieb von Wrangel aber äußerst umtriebig und konnte jederzeit überraschen. Niemand wußte, ob er dem Kombinat für Stunden oder Tage fernblieb, und wenn alle sicher waren, er wäre nicht da, stand er plötzlich neben einem Zuchtbecken, trat aus dem Schatten der Gänge oder wartete bereits in einem Labor. Und wenn er tatsächlich nicht da war und erst nach Wochen wiederkam, stieg er wieder in die laufenden Vorgänge, als wäre seine Abwesenheit nur eine Illusion gewesen. Er schien immer über alles informiert und konnte alle Mutmaßungen über seinen Aufenthaltsort zu jeder Zeit zerstreuen.

So führte von Wrangel das Kombinat. Ein kleiner Mann, drahtig und mit dünner Haut über dem Schädel, die sein Alter seltsam unbestimmbar machte. Er bevorzugte schmale Brillen in Gold, hatte aber stets noch andere Gestelle in der Tasche; Kastenmodelle, edles Horn oder viel zu großes Plastik in Tropfenform. Eine ähnliche Wandelbarkeit zeigte er in seinen Kleidern; auch wenn er Anzug und Halsbinde bevorzugte, konnte er in immer wieder neuen Variationen überraschen. Und es kam nicht selten vor, daß er, eben noch ganz klassisch mit Hut und Weste, kaum später italienisch modern auftauchte, mit unglaublichen Zugeständnissen an Farbe und Schnitt, so daß seine Gestalt stets von äußerlichen Schattierungen verwandelt und beinah ungreifbar schien. Und noch in der Wahl seiner Arbeitskittel blieb er unberechenbar; er trug das schlichte Kombinatsweiß ebenso wie den herrischen Arztkittel oder ein langschwänziges Gewand. Allein seinen Stock hielt von Wrangel immer bei sich, egal, wie er gekleidet war. Ein feines Modell mit Goldknauf, das er jedoch nicht als Gehhilfe benutzte, sondern mit dem er seine Aura erweiterte. So ließ er den Stock rotieren, öffnete Türen mit ihm oder markierte Befehle. So tanzte der Stock zwischen seinen Händen, nachgerade spielerisch, um plötzlich wie ein Florett vorzustoßen und einen Untergebenen festzunageln.

Auch wenn er auf Stippvisite in die Uckermark fuhr, hielt er seine zwischenmenschliche Distanz. Er hatte wohl die obligaten Mitbringsel dabei, Riesenrad vom Prater oder Finlandia-Haus, und die Russenhure hatte eine Vitrine dafür angeschafft. Sie hatte sogar eine Wand mit seinen Ansichtskarten hergerichtet, doch im Grunde blieb das Verhältnis der beiden wie der immer gleiche Text: Es grüßt, Ihr G. Und auch wenn von Wrangel sich stets danach erkundigte, ob es an irgend etwas fehlte, und er die Mißstände dann aus der Welt brachte, kam doch nie eine Spur von Wärme auf. Zwischenmenschlich bleibt er nichtssagend wie sein Nippes und seine Karten, und er pflegt eine berechnende Art, hinter der er kategorisch alle Wege zu seinem Inneren versperrt hält. Nicht mal wenn die Russenhure ihn mit ihrer Kunst bekochte, sah man ihm etwas an. Er aß seltsam automatisch, und die Plaudereien bei Tisch waren nicht anders. Er erzählte wohl davon, wie sie im Marschenland Brägenwurst zubereiteten, und auch über Fisch konnte er sprechen, Bismarck oder Bückling, doch was ihn antrieb und wie die Dinge, die er zu seinen Dingen machte, ihn bewirkten, ließ er mit keiner Faser anklingen. Er aß gerne Schlachtplatte und trank einen Trollinger dazu. Er saß am Ofen und las Nietzsche.

Seit von Wrangel die Zwillinge in die Kaderschmieden verbracht hatte, kamen sie nur noch selten auf Besuch. Sie waren groß geworden, beide kräftig, gut trainiert und mit willensstarken Gesichtern. Doch wenn er im Gesindehaus war, verblaßte diese Ausstrahlung; Verena und Gregor offenbarten den angezüchteten Drill, und von Wrangel erschien wie eine seltsam väterliche Überordnung.

Nach dem Deutschen Herbst holten die Russen den Georgischen Schädel aus der Bathysphäre. Er ging danach durch alle Disziplinen – Kybernetik, Chaos- oder Katastrophentheorie und sogar die Exobiologen wurden herangezogen, doch zuletzt bleiben Schädel wie Deutscher Herbst eine Spritzspur im Weltgeschehen.
Von Wrangel hatte den Fernseher mit Westempfang nicht wieder abmontieren lassen, und als nach dem Terror beim Klassenfeind Bilder aus Afghanistan gesendet wurden, hielt er das Kombinat mit seiner Rhetorik auf Linie. Den russischen Einmarsch rechtfertigte er mit Amerika; er unterstellte den Anführern des kapitalistischen Blocks einen Fundamentalismus, der alles gut machte, was ihre Gegner vernichtete. Mit ihren Dollars, meinte er, betrieben sie ein unbändiges Streben nach der ganzen Welt; von innen her höhlten sie ein Land nach dem anderen bis zum Kollaps aus, um es danach, mit Amerikanismen unterfüttert, wieder neu in der Welt zu installieren. Und auch am Hindukusch oder in Belutschistan, meinte er, hätten sie bereits angesetzt; hätten Stammesfürsten gegen die Sowjetvölker aufgebracht, mit Dollars und Versprechen von Ledernackenausbildung über Raketen bis hin zu einer genetischen Transduktionsausrüstung. Doch in ihrer debilen Gerissenheit, meinte er, übersähen die Amerikaner natürlich, daß diese Stammesfürsten im Grunde Freunde der Sowjetvölker seien; und daß ihr Fanatismus sich aus einem eingefleischten Haß vor allem gegen die Zionisten nähre, so daß Raketen und genetisch veränderte Bakterien wie ein Bumerang nach Amerika zurückkehren würden. Trotz und auch gerade wegen dieser Offenbarung von Dummheit und Wahnsinn, meinte er, könnten die Sowjetvölker nicht untätig bleiben, und so wäre Afghanistan für das eigene Heil unabdingbar. Um so mehr, als die sowjetischen Truppen weltpolitisch vollkom-

men korrekt einmarschierten. Nichtwahr, sie seien vom Staatspräsidenten zu Hilfe gerufen worden und erfüllten jetzt nur ihren Teil des Beistandspakts. Daß aber die afghanische Bevölkerung sich plötzlich gegen diesen Beistand auflehnte, nannte er eine von Amerika angestachelte Anarchie, die zerschlagen werden müsse.

Als dann die Olympischen Spiele in Moskau von der halben Welt boykottiert wurden, als sich alte Verbündete in Afrika – und schlimmer noch, Lateinamerika – von den Russen lossagten, markierte von Wrangel das als Beweis für die dramatischen Fortschritte der Erzkapitalisten. Mit ihrer Strategie, Land um Land auszuhöhlen und mit Amerikanismen neu zu unterfüttern, hätten sie das Weltbewußtsein bereits so weit entartet, daß die Sowjetvölker als Gastgeber der ältesten, integersten und grenzüberschreitendsten Zeremonie überhaupt in ihrer Offenheit und Herzlichkeit gedemütigt würden.

Natürlich war der Beifall für von Wrangels Rede gewohnt laut. Dennoch bröckelten weitere Teilchen aus dem Sowjetblock, und auch im Kombinat mußten sie mit ansehen, wie auf der Danziger Leninwerft eine Art Unabhängigkeit ausgerufen wurde; wie sich Solidarność aufschwang und Lech Wałęsa als Held aus den Geräten des Westfernsehens stieg. Sie mußten auch mit ansehen, wie niemand in Polen einmarschierte, doch im Kombinat tuschelten sie nicht darüber, und jeder hielt sich auf der Linie des Direktors.

Als sich nach der verweigerten Moskauolympiade in den USA ein alter Revolverheld auf den Präsidentensessel schwang und gleich darauf in bester Wildwestmanier die Konfrontation mit den Sowjets suchte, markierte von Wrangel das als Beweis seiner eigenen Lehrsätze von Degeneration und Wirklichkeitsverlust. Vor dem Kombinat offenbarte er, wie seine eigenen Prognosen einer fortschreitenden Entmenschlichung durch das Kapital sich wunderbar bestätigten, und zudem stellte er klar, daß jetzt ein neuer, kriegerischer Treiber hinter der amerikanischen Expansion stünde und daß es im Grunde eine Erniedrigung der weitgestreuten sozialistischen Intelligenz sei, einen Menschen wie Reagan überhaupt registrieren zu müssen. Er wies aber darauf hin, daß mit dem Grad der Dummheit auch immer die Gefahr steigen könne, um so mehr, wenn im Weißen Haus Hollywoodeffekte mit der Realität verschmierten, und so rief er nochmals zu innerer Wachsamkeit und äußerer Geschlossenheit auf.

Von Wrangel verfolgte wohl, wie Schmidt strauchelte und mit Kohl der Machtwechsel einsetzte. Er verfolgte auch, daß die deutsch-deutsche Politik trotz des neuen Kabinetts und trotz des amerikanischen Revolverhelden weiterhin auf Entspannung ausgerichtet blieb und daß der Klassenfeind weiterhin Devisen und Kredite in den Osten leitete.

Was von Wrangel in der ersten Kohl-Ära aber am meisten interessierte, war der innere Strukturwandel, der sich ankündigte. Wie bereits in anderen Ländern war nun auch in der BRD der Weg freigeschaltet worden für das Privatfernsehen, und von Wrangel sah auf Anhieb das Potential, das jenseits des öffentlich-rechtlichen Systems lag. Jenen freien Markt, auf dem der staatliche Auftrag zu Kultur und Bildung nun radikal neu definiert werden konnte und der jenseits aller aus der Geschichte auferlegten Ethik gesteigerte Möglichkeiten bot, die westdeutschen Volksköpfe in neuer Dimension gleichzuschalten; weitere Möglichkeiten, durch künstlich geschaffene Welten individuelles Denken und Handeln unter Kontrolle zu bringen und somit die Nachkriegswirklichkeit auch auf dieser Ebene endgültig aus ihrer Verwurzelung zu reißen und mit dem neuen Medium eine zweckgerichtete Dimension zu installieren.

Im Grunde konnte von Wrangel in diesem inneren Strukturwandel seine alten Visionen vom Prinzip Sparta wiedererkennen, und als alter Demagoge konnte er sich an den Möglichkeiten zur kollektiven Entmündigung und gelenkten Anzucht einer Verfügungsmasse berauschen. Das wohldosierte Zusammenwirken von Wissenschaft, Technik und Psychologie mußte ihm ähnlich effizient erscheinen wie seinerzeit das Sparta-Prinzip, und mit der flächendeckenden Installation von Scheinwelten, meinte er, könnte die Volksenergie nun spielerisch gebündelt und gesteuert werden.

Angestachelt wie damals, als er über die Prinzipien Sparta und Lebensborn geschrieben hatte, machte von Wrangel sich an eine neue Abhandlung. Er nannte sie: Die Kunst einer ferngelenkten Wirklichkeitsentfremdung und endgültige Vernichtung individueller Wahrnehmung. Darin ging er von zwei Behauptungen aus: Erstens, daß das menschliche Gehirn anfällig sei für Rauschmittel; und zweitens, daß TV-Geräte eine Rauschmittelwirkung hätten. Um seine Behauptungen tiefengeschichtlich zu beweisen, nahm er steinzeitlichen Schamanismus oder die eleusinischen Mysterien und legte offen, daß das menschliche Gehirn mindestens seit der Darstellung von Geschichte empfänglich ist für Drogen. Und aus den Feldforschungen der Ethnopharmakologen und den vielfältigen Erhebungen zum modernen Großstadtmenschen schlußfolgerte er eine lückenlose Anfälligkeit bis in die Gegenwart.

Vor diesem Hintergrund stellte von Wrangel dann grundlegende Betrachtungen an. Er beschrieb das Säugerhirn und daran gekoppelt ein auf die Umwelt hin angepaßtes Verhalten. Er beschrieb die Überwindung des Säugerhirns hin zu den kognitiven Fähigkeiten und machte sich dann an die rein menschlichen Erweiterungen; etwa an die Ausbildung kultureller Phänomene, die Entwicklung von Sprache und reflexivem Bewußtsein bis hin zum Gipfel, auf dem Erkenntnis und freier Wille anscheinend wunderbar strahlten. Doch tatsächlich ging es von Wrangel darum aufzudecken, wie das menschliche Gehirn seine Loslösung aus der Evolution vorantrieb; wie es sich durch die Fähigkeit zu Illusionen von der Natur entfremdete und diese Fähigkeiten zugleich umsetzte, um die Umwelt nach eigenen Vorstellungen zu manipulieren. Und aus diesen Manipulationen ergaben sich – ob der Mensch wollte oder nicht – Rückkopplungen, die aus veränderter Wahrnehmung veränderte Wirklichkeiten hervorbrachten. Die Menschen selber nahmen in der künstlich gestalteten Umwelt eine andere Entwicklungsrichtung, die Anforderungen zu Selbsterhaltung und Reproduktion veränderten sich, und die enormen Fähigkeiten des Gehirns brachten ständige Milieuveränderungen hervor und ständig neue und abstrakte Dimensionen. Und auch die Fähigkeit dieses Gehirns, sich selbst als etwas Einzigartiges wahrzunehmen, rückkoppelte mit den eigenen Schöpfungen und brachte wieder neue und abstrakte Dimensionen hervor. Von Wrangel beschrieb zum Beispiel, wie der Egoismus gewissermaßen aus den Genen in die neuronalen Verschaltungen wanderte und immer mehr Anspruch auf alles erhob. Wie aus diesem wuchernden Egoismus heraus zugleich die totale Loslösung aus der Evolution vorangetrieben wurde – ein aggressiver Überwindungseifer der Urwirklichkeit –, und aufs engste hieran gekoppelt, schrieb er, wäre die menschliche Angst vor dem eigenen Tod. Und an ebendieser Angst machte er die unüberwindliche Rauschanfälligkeit des menschlichen Gehirns fest; an dem Dilemma, vielleicht die Evolution überwinden zu können, aber nicht das sterbliche Ego. Aus dieser unüberwindlichen Angst vor dem eigenen Tod also, behauptete von Wrangel, entstünde der Drang des Gehirns, sich ständig selber zu berauschen; beziehungsweise berauschende Scheinwelten zu installieren, und er sprach sich ganz entschieden dafür aus, an dieser hausgemachten Anfälligkeit zur Verzerrung von Wahrnehmung und Wirklichkeit anzusetzen. Und so forderte er auch für die sozialistischen Länder den flächendeckenden Einsatz von Rauschmitteln, die einerseits dem einzelnen halfen, seine Ängste vor Tod und Egoverlust zu zerstreuen, und die andererseits der Staatsführung halfen, in der Masse gewünschte Wirklichkeiten zu installieren. Wenn es also gelänge, ein künstliches Netzwerk zu erschaffen, das ständig mit dem menschlichen Gehirn wechselwirkte und alle künstlichen Dimensionen ins Natürliche verzerrte, dann wäre man wie mit geisterhafter Fernwirkung jederzeit in der Lage, Überzeugungen zu implantieren und Handlungen derart lenkbar zu machen, daß die Betroffenen stets von ihrem freien Willen überzeugt blieben. Eine Masse, schrieb von Wrangel, die wie die Spartaner noch glücklich in den Krieg ziehen würde und zuletzt, als käme der Antrieb dazu aus ihren Genen und neuronalen Verschaltungen, wie selbstverständlich daranginge, den Westblock ein für allemal zu zerschlagen.

In Moskau lasen die Genossen von Wrangels Abhandlung und tranken dazu Wodka. Sie waren sich einig darüber, daß ein flächendeckender Einsatz von Fernsehapparaten die Produktionskraft der

Sowjetvölker schwächen würde und daß man sich an die altbe-
währten Instrumente der Macht halten müsse.

Doch in Wirklichkeit hatten sie in Moskau Angst davor, jedem
Bürger einen Fernseher hinzustellen, weil sie natürlich bestens
über Möglichkeiten und Mechanismen einer staatlich gelenkten
TV-Industrie informiert waren und wußten, daß der Äther die
große Schwachstelle war. Daß es keine absolute Kontrolle über
diesen Raum gab – nichtwahr, daß jederzeit zersetzende Informationen aus diesem Raum die Sowjetvölker erreichen konnten, die
ganze Bandbreite der millionenfach in die Köpfe gehämmerten kapitalistischen Dekadenz. Nein, so einen Ätherkrieg wollten sie sich
in Moskau nicht leisten, und mit den eingefleischten Methoden
würden sie das Bewußtsein der Brudervölker auch weiterhin auf
ihre Art kalibriert halten. Und so tranken sie Wodka und vergaßen
von Wrangels Abhandlung.

9

Am nächsten Morgen erscheinen die Kordilleren aufgelöst; die bis an die Gleise langenden Wände haben sich weit in den Raum verschoben, der Zug fährt durch offene Prärie. Schemenhaft erscheinen Kakteen im aufsteigenden Dunst, und wenn die Sonne durchbricht, versilbert die Perspektive. Einmal sehen die Männer Leuchterscheinungen in den Nebelschatten, ein anderes Mal die Umrisse eines Trupps, wie Saurier oder große Vögel.

Als der Bursche das Frühstück bringt, ist er aufgeregt; die Bergketten, sagt er, ziehen sich in dieser Gegend bis an den Horizont zurück, und gegen Mittag würden sie den See und die Tafelberge erreichen. Wenn alles normal bliebe, würden bald darauf in der Ferne die Pyramiden auftauchen und im Nachmittagslicht dann die ersten Reflexionen aus der Hauptstadt.

Die Ramows schlagen dem Burschen auf die Schulter; sie sind zuversichtlich, daß der Lokführer sie bis ans Ziel bringen wird.

Willem sieht die ziehende Landschaft; manchmal liegt der Nebel in Schichten da, manchmal verschwindet er in der aufsteigenden Wärme, und die Farben von Prärie und Himmel stechen durch. So zieht er durch diese Welt; mit seinen Prägungen, seinen Erinnerungen, seiner Wirklichkeit. So steht er auf dem Perron wie damals mit seinem Vater, und er vermißt seine Frau.

Breschnew also erkannte ganz klar, daß Kriege im Äther nicht unter Kontrolle zu halten waren und daß die russische Seele Wodka brauchte. Reagan hingegen war fest von der Wirksamkeit einer flächendeckenden Bewußtseinsindustrie überzeugt, und was die amerikanische Seele betraf, war er ein aufrechter Bürger. Auch er trug das Trauma der amerikanischen Urwunde in sich, nichtwahr: Gettysburg und Little Bighorn, Pearl Harbor und Vietnam brennen sich immer wieder neu in die Nation und schüren die Angst, nochmals geschlagen und von Gott verlassen zu sein. Dazu die gottlosen Kommunisten, und so saß Reagan im ovalen Büro, und auf einem großen Bildschirm liefen die neuesten Bilder der Trickfilmindustrie und die seiner Intelligenzagenturen. So telefonierte Reagan mit NASA oder Militär und gab schließlich Order zum Sternenkrieg.

Womöglich war dieser Aufruf in die Welt strategisch gewählt; Breschnews Außenpolitik war weiterhin durch Afghanistan gelähmt, und noch die einfachste Sache der Welt, nichtwahr, mal eben zackzack nach Polen zu langen, war angesichts dieser Lähmung kaum durchführbar. Und so mußten dem mächtigen alten Mann diese Schimären aus der Trickfilmindustrie noch extra zusetzen; reale Marschflugkörper und die Bodenständigkeit einer atomaren Bedrohung verschmierten plötzlich im Sternenhimmel, und Breschnews Falten zwischen Nase und Mund vertieften sich. Bis die Welt dann erfuhr, daß er gestorben war.

Die Trauer der Russen verwandelte sich bald in ein Trauma. Wie die Amerikaner von Gott wurden sie nun von einem Oberhaupt nach dem anderen verlassen, und nach dem Begräbnis des Nachfolgers von Breschnews Nachfolger hatte die für Mysterien empfängliche Russenseele ihr Brandmal. Und als dann der Mann mit dem Fleck auf der Stirn erschien, mußte er wie eine verklärte Gestalt aus einem Dostojewski-Roman erscheinen. Mit der Fähigkeit, die zerrissenen Zustände ringsherum und noch die fanatischen Triebkräfte eines Sternenkriegs zu zäumen, um mit seherischer Kraft das alte Mütterchen wieder aufzurichten. Und der Fleck auf der Stirn war nichts anderes als ein Mal von überwältigender Größe, war die Fleischwerdung einer dostojewskischen Weltüberwindung, und so erschien Gorbatschow der Russenseele.

Auf der Weltbühne ging man abgeklärter an diesen Mann und erwartete, wie von jedem Russen, das ganze Spektrum slawischer Gerissenheit. Und als kaum darauf Tschernobyl in die Luft flog, erschien dies wie ein Fanfarenstoß; ein unheimliches Signal zur Wiederherstellung der gewohnten Ordnung, und eine Bestätigung aller russischen Fähigkeit zur Hinterlist. Doch Gorbatschow verhielt sich, wie niemand es erwartete: Er offenbarte menschliches Versagen und holte den unfehlbaren Sowjetmenschen von seinem Sockel. Und dann breitete er vor der Welt die Arme aus und lächelte milde. Ein Lächeln, das aus der andauernden Kälte heraus unmöglich erschien und das die eingefleischten Krieger in Alarmstufe versetzte. Um so mehr, als Gorbatschow der Welt die Worte Glasnost und Perestroika erklärte und innerhalb kürzester Zeit die alte Polarisation durcheinanderbrachte. Er reiste nach Danzig und drückte den Solidarność-Männern die Hand, er umarmte Reagan, und dann fädelte er den sowjetischen Rückzug aus Afghanistan ein. So trieb Gorbatschow den Umbau voran, so lächelte er in die Kameras und sprengte die Bilder vom hartgesottenen Sowjetmenschen. So präsentierte er die Frau an seiner Seite, tanzte mit ihr und brachte Menschlichkeit aufs Podium der Weltpolitik.

Von Wrangel sah hinter den Schlagwörtern von Umbau und Offenheit auf Anhieb die Gefahr zur Aushöhlung. Noch in seiner letzten Rede vor dem Kombinat warnte er vor einer Unterwanderung durch die vom Kapital getriebenen Fundamentalisten, für die das Gute in der Welt vor allem darin bestehe, ihre Gegner zu vernichten.

Wenn Politik und Wirtschaft nach internationalen Maßstäben umgebaut würden, wenn alle Willensbildungsprozesse der Partei erst durch Medien und Volk gingen, meinte er, öffne man sich einer Destabilisierung von innen. Die Kapitalisten würden mit subtilen Methoden Chaos unter den Sowjetvölkern inszenieren; würden Fragen nach Autonomie oder eigenständiger Nationalität aufwerfen und revolutionäre Bestrebungen in jeder Weise unterstützen. Sie würden sich elementare Wirtschaftsbereiche einverleiben und mit ihrer Bewußtseinsindustrie zuletzt die Identität des einzelnen und alle Kollektivkraft zersetzen.

Doch gegen Gorbatschows milde Erscheinung, gegen die visionäre Kraft, die sich aus seinen Worten entfaltete, konnte auch ein alter Demagoge wie von Wrangel nichts ausrichten. Gorbatschows Ideen breiteten sich aus, schlugen eine neue Stunde an, und das Volk entwickelte Gespür dafür; es konnte plötzlich die Wahrheit hinter Honeckers obligatem Lächeln sehen, und es entwickelte bald ein Kraftfeld, das mit Glasnost und Perestroika rückkoppelte.

Für von Wrangel waren solche Entwicklungen natürlich kein Wunder. Er kannte die feinstofflichen Mechanismen, mit denen eine Masse entfesselt werden konnte; er wußte, welche Energien mit so einer Entfesselung freigeschaltet werden konnten, bis hin zum totalen Krieg. Und so wußte er auch, wie eng die Kunst, diese Energien zu steuern, an ein gemeinsames Ziel gekoppelt war. Wenn aber dieses Ziel eine Freiheit war, die alle Ideologie des steuernden Apparats zerstreute, dann mußte so ein Massendrang anarchistische Tendenzen entwickeln, und nur noch ein gewaltsamer Krafteinsatz konnte zur Wiederherstellung eines vertrauten Zustands führen. Aber weil von Wrangel sah, wie rings das Volk immer geschlossener stand, und weil er wußte, daß auch dieses Volk gelernt hatte, in den Schattierungen der Macht zu lesen, beschloß er, sich selbst erneut aufzulösen.

Noch vor den Friedensgebeten und den Montagsdemonstrationen, noch vor der Massenflucht über Ungarn sah er den Zusammenbruch voraus. Wie seinerzeit, als er aus der Nazianatomie verschwunden war und, Hokuspokus, als Freund der Russen wieder auftauchte, betrieb er seine Entmaterialisierung jetzt im wankenden Ostblock. Und ging zugleich daran, sich auf der anderen Seite neu zu installieren – im Grunde ein seltsamer Zustand, bei dem sich je nach Blickwinkel des Betrachters seine Identität zersetzte und neu zu schärfen begann. So war er auf der einen Seite Gustav von Wrangel, der treue Genosse und wissenschaftliche Berater der Sowjetvölker, ein Mann, der in den geheimsten Labors eingesetzt wurde; auf der anderen Seite war er Erhard Steiner, ein Mann, der die Anforderungen aus der Geschichte stets zum eigenen Nutzen umwandelt, und so taucht er auch heute noch aus dem Chaos der weltweiten Rasanz auf und ist, Hokuspokus, wieder verschwunden.

Wir sind das Volk! Diese Rufe hörten auch nach dem Mauerfall nicht auf, und das Volk offenbarte seine Mündigkeit. Sie wollten ihr Land, und sie wollten die Entscheidungen für ihr Land selber treffen.

Von Wrangel war auch zu dieser Zeit in der Lage, alle Mutmaßungen über seinen Aufenthaltsort zu zerstreuen. Er war hier wie da, je nach Blick des Betrachters, der ihn kannte oder zu kennen glaubte. Mit Tropfenbrille und italienischem Anzug, mit kleinem Stahlgestell und einer beinah klerikalen Strenge, und so installierte er Steiner im Westen, und in der Uckermark kümmerte von Wrangel sich um die Russenhure. Er kümmerte sich um Verena und Gregor und war sicher, daß Kaderschliff und seine seltsam väterliche Überordnung sie weiterhin geprägt halten würden. Und gemeinsam mit den Zwillingen wurde von Wrangel sogar selber zum Volk; sie waren bei der Stürmung der Stasizentrale dabei, und kaum später flanierte er schon wieder mit ihnen durch westliche Einkaufspassagen. Harmlose Bürger, die an einem Bratwurstpavillon haltmachten, den Tauben etwas zuwarfen und Blick über den historischen Marktplatz hatten.

Etwa zu dieser Zeit machte Edgar Konetzke sich das erste Mal auf in den Osten. In seinem Benz hatte er Discounter-Delikatessen und Versicherungspolicen dabei, und es fiel ihm nicht schwer, den Bauern und Arbeitern wie tiefverwurzelter Adel der Westkultur zu erscheinen. Er brachte Aufklärung in die Finsternis und verdiente sich seine silberne Nase.

Von Wrangel beziehungsweise Steiner marschierte derweil durch den Westteil des Landes, als wäre er nie woanders gewesen. Er tauchte um Bonn herum auf, und als Berlin wieder zur Hauptstadt wurde, tauchte er auch dort auf. Er war in Bremen oder im Harz, und er war ein Geschäftsmann, der alte Kontakte pflegte. Die Zwillinge hatte er an seiner Seite, und aufgrund ihrer speziellen Fähigkeiten, die immer auf die Festigung einer Macht ausgerichtet waren, brachte er sie in entsprechenden Kreisen unter und sorgte dafür, daß auch ihre alte Existenz sich auflöste. Und während Edgar Konetzke sein Spektrum im Osten auf Bananenlizenzen erweiterte, während er schließlich als Bundesprüfungssachverständiger für die Rückführung von Zwangsenteignungen erschien, verschmierten die Zwillinge im neuen System. Eine große Frau und ein großer Mann, so marschierten sie durch den Westteil, als wären sie nie woanders gewesen. Und Erhard Steiner war ein Mann, der sowohl seine Beziehungen pflegte als auch seine zurückgezogene Art.

So also rollte Konetzke in die Uckermark ein. Gepflegt, höflich und mit einer Ausstrahlung, die erst gar nicht an Teufelei oder Seelenverkauf denken ließ. Und neben ihm saß die Engelsche; streng zurechtgemacht, das Haar im Dutt, und obwohl sie ihre weiblichen Attribute kaum verbergen konnte, strahlte sie doch in erster Linie Sachlichkeit aus. Nichts erinnerte noch an die professionelle Bardame, ihr Händedruck war fest und kalt, ihr scharfer Atem roch nach Pastillen.

Die Russenhure war nie aus der Uckermark herausgekommen, und wie die meisten Einheimischen dort war sie im Grunde bodenständig. Der Rest des Landes war weit weg, und was in der Welt vorging, versickerte meist, bevor es diese Winkel erreichen konnte. Die Menschen waren genügsam; sie arbeiteten in den Wäldern und auf den Seen, und die wilde Schönheit der Mark trieb ihnen ein Heimatgefühl ein. Doch als die eingefleischten Strukturen sich ringsherum auflösten, verwandelte sich ihre innere Ruhe. Fremde fielen ein, brachten ihre Haken in die Seelen und rissen alles Heimatgefühl heraus. Die Fremden installierten ihre Religion, und was der sozialistische Apparat in diesem Winkel nicht vermocht hatte, erfaßte die Einheimischen nun mit voller Wucht – sie entwickelten Mißtrauen untereinander und Gier. Und in dieser Phase rollten Konetzke und die Engelsche mit dem Benz ein. Sie stellten sich mit Titel, Bundesadler und so weiter vor und erbaten einzig fünf Minuten, um die Mitbürger Ost über ihre neuen Rechte West aufzuklären. Sie wollten nicht reinkommen, keinen Kaffee, nichts. Sie erschienen selbstlos den neuen Mitbürgern verpflichtet, beinah fleischgewordenes Gesetz, und daß sie von Staats wegen unterwegs waren, Eigentum zu verschaffen – Wälder, Schlösser und so weiter –, erwähnten sie höchstens in einem Nebensatz. Dann verabschiedeten sie sich höflich und kehrten nach wenigen Tagen wieder zurück.

Als der Benz auf das heruntergekommene Familiengut bog und Konetzke und die Engelsche im Gesindehaus auftraten, wurde die Russenhure nervös. Obwohl sie selber gerne erwähnte, daß sie in ihrem Leben in viele Töpfe geschaut hätte, verbrachte sie nach dem Kurzbesuch schlaflose Nächte. Sie wußte nicht, wo von Wrangel oder ihre Zwillinge waren, und sie wußte nicht, ob sie etwas falsch machte, wenn sie sich strikt an von Wrangels Befehl hielt und sich auf nichts einließ und niemandem etwas zeigte. Sie hatte Visionen von dem alten Familiengut entwickelt, sie hatte Angst, daß durch ihre Schuld alle Ansprüche auf Rückführung verwirken könnten. Und zugleich hatte sie Angst, gegen von Wrangels Befehle zu verstoßen. In einer Nacht wagte sie dann, seine Schatullen hervorzuholen. Sie wußte, wo er die Schlüssel verwahrte, und bei Durchsicht der Papiere war sie so aufgeregt, daß sie kaum etwas verstand. Das meiste schien wissenschaftlich, und auch die Rechte um Eigentum mußten wissenschaftlich sein.

Als Konetzke und die Engelsche das zweite Mal ans Gesindehaus klopften, hatte sie die Schatullen längst wieder versteckt und war zu dem Schluß gekommen, sich auf nichts einzulassen und niemandem etwas zu zeigen. Doch sie wagte nicht, die beiden Besucher bereits an der Tür abzuweisen. Sie bereitete Kaffee und reichte Spritzgebäck, und sie war stolz, als Konetzke und die Engelsche Nippes und Ansichtskarten bemerkten. So saßen sie eine Viertelstunde, dann piepte es. Und die Russenhure sah zum ersten Mal ein mobiles Telefon, ein beeindruckend schweres Gerät mit Stummelantenne. Ein Herr Minister schien am Apparat, die Besitzverhältnisse für ein Schloß im Mecklenburgischen schienen geklärt, und nach dem Gespräch machte Konetzke der Russenhure gegenüber eine entschuldigende Geste und drängte zur Arbeit. Er ging zu seiner Limousine und kam mit schwerer Apparatur zurück; Computer und Bildschirm, wie er sagte, und dann schloß er die Geräte an, und die Russenhure war sprachlos. Wie aus einer Zauberwelt erschienen ihr die Bilder; der hünenhafte Kanzler mit dem Birnenkopf, die seltsam nackte Flagge und dann der Bundesadler. Wie Hoffnung stand diese Insignie des Klassenfeinds mit einem Mal, und dahinter holte Konetzke neue Bilder hervor;

die alte Hauptstadt Bonn, Ministerien, Behörden, diplomatische Residenzen, und auch er selber war zu sehen, ein integrer Mann mit Schwarzrotgold und Adler im Rücken. Und hinter diesen Bildern offenbarte er der Russenhure bald einen Kosmos aus Texten und Paragraphen, und wie ein Zaubermeister schien er in diesen Kosmos zu dringen, vermittelte eine unerschütterliche Regelhaftigkeit, und noch so nüchterne Worte wie Römisch eins, Arabisch zwo-fünf nährten ihre Visionen davon, wie Unrecht sich in Recht verwandelte.

Als die Russenhure schließlich von Wrangels Schatullen hervorholte, installierte Konetzke den nächsten großen Apparat im Gesindehaus. Dann ging er mit der Engelschen die Papiere durch, und wo es ihnen notwendig erschien, nahmen sie die Originale an sich und hinterließen Kopien.

So also überschnitten sich die Kreise von Konetzke und von Wrangel. Und so ergaben sich aus der Weltgeschichte Kombinationen und Wechselwirkungen mit unvermeidlich neuer Dynamik, und wenn Konetzke nicht auf Kaffee und Spritzgebäck im Gesindehaus gewesen wäre, hätten Sie niemals an der natürlichen Todesursache Ihres Vaters gezweifelt. Sie wären niemals zu uns gekommen, und wir säßen jetzt nicht gemeinsam in diesem Zug.

Die amerikanische Freiheit ist auf unbegrenztem Zugang zu Rohstoffen aufgebaut und wurzelt im vermeintlich gottgegebenen Recht, allen aufsteigenden Gelüsten jederzeit nachzugeben. Und nachdem mit der Sowjetunion das alte Feindbild zusammengebrochen war, kam den Amerikanern der irakische Überfall auf Kuweit gerade recht, um die alleinige Supermachtposition zu markieren. Natürlich war dieser erste Golfkrieg auch ein Ölkrieg, doch zugleich konnte mit Saddam Hussein ein Schurke gebrandmarkt werden, der den Amerikanern die Rechtfertigungsgrundlage für alles lieferte, und so untermauerte der erste Bush-Präsident ihr biblisches Recht und ihre gottgegebene Übermacht. Sie nahmen die Ölfelder im Nahen Osten, und wer sich im Angesicht des Elends dort und der Katastrophen für Frieden und Umweltschutz aussprach, galt als Vaterlandsverräter und geriet ins Visier der Geheimdienste.

In seiner Funktion als wissenschaftlicher Berater der Sowjetvölker hatte von Wrangel eine solche Entwicklung vorausgesagt. Seine Lehrsätze von Degeneration, Wirklichkeitsverlust und fortschreitender Entmenschlichung durch das Kapital schienen sich durch die zerstörerischen Expansionen durchaus zu bestätigen. Und noch daß mit der Dummheit die Gefahr exponential anstieg, schien jederzeit aus den Nachrichten untermauert zu werden. Von seiner Warte jedoch waren auch diese Entwicklungen kein Wunder; und es gibt keine Hinweise darauf, daß von Wrangel es nach dem Mauerfall darauf anlegte, seine gewissermaßen seherischen Fähigkeiten auf dem internationalen Markt anzubieten. Wie es scheint, pflegte er einfach seine Beziehungen und das zurückgezogene Leben des Erhard Steiner.

Die Russenhure wußte nicht, wovon Konetzke alles Kopien zog. Nachdem der Benz wieder abgefahren war, verbrachte sie einen halben Tag damit, die Papiere in von Wrangels System zurückzuordnen. Danach legte sie die Schatullen an ihren Platz und rührte sie nie wieder an.

Als von Wrangel das nächste Mal bei ihr auftauchte, brach sie unter ihrer Angst zusammen und offenbarte sich. Auch auf die mitgereisten Zwillinge schien die Angst der Mutter übergesprungen, und so blickten sie wie ein Bündel zu von Wrangel auf. Und der kleine Mann stand da mit seinem Stock; ließ ihn tanzen und lächelte milde. Sich auf nichts einlassen und niemandem etwas zeigen, meinte er dann. Das sei der Befehl gewesen, und mit einem Hieb zog er der Russenhure einen Schmiß über die Wange.

Von Wrangel wußte natürlich, daß hinter den Bundesprüfungssachverständigen Bauernfänger steckten, und wog die Auswirkungen verschiedener Anschläge gegen diese Menschen ab – neue Effekte, Rückkopplungen, ganz so, als handele es sich um die Theorie für ein wissenschaftliches Experiment. Noch am selben Tag entschied er, diesen Menschen das Augenlicht zu nehmen, und ließ nichts unversucht, das betrügerische Pärchen aufzudecken. Tatsächlich dauerte es aber noch mehr als zehn Jahre, bis es ihm gelang, Konetzke und der Engelschen auf die Spur zu kommen.

Unterdessen gingen in der Welt, wie üblich, wichtige Sachen vor sich, markierten heute eine Wirklichkeit und erschufen morgen eine neue. Vor allem die Chiptechnologie marschierte mit aller Gewalt voran und besetzte immer mehr Nischen des Alltags. Die weltweite Vernetzung der Menschheit war nur noch eine Frage der Zeit, ebenso wie die Mensch-Maschine-Schnittstellen zwischen Gehirn und Computer. In den Städten wurden Überwachungskameras installiert, und wo auch immer die Menschen aufblickten in den Himmel, patrouillierten Satelliten und sahen ihnen dabei zu. In den Rüstungsfirmen wurde die Technologie ferngelenkter Waffensysteme verfeinert, mit Hilfe computergestützter Sequenziermaschinen wurde die Entschlüsselung des menschlichen Genoms vorangetrieben, und die Sippe aus internationaler Politik und Wirtschaft stand bereit, auch diesen Markt einzunehmen.
Boris Jelzin, erster Präsident eines neuen Rußland, offenbarte sich als Trinker. In den USA war Bill Clinton ins Weiße Haus gezogen und verfing sich, allen Zukunftsvisionen zum Trotz, auf archaische, beinah plumpe Weise im Sex. Auch wenn seine Nation hinter aller vorgehaltenen Purität selber tief in Sex und Schmutz verschmiert war, noch wenn Kirchenväter dort wie überall heimlich ihren sexuellen Mißbrauch betrieben, rechtfertigte das nicht dieses Verhalten eines vermeintlich unantastbaren und von Gottes Macht ausgestatteten Mannes. Und Clinton machte alles schlimmer, als er sich kaum später als Lügner offenbaren mußte. Und während Clinton die Dinge dann zurechtbog, wurde in Deutschland der Euro eingeführt.
Der Kanzler hieß jetzt Schröder, ein Mensch, der sich anscheinend zu seinen sozialdemokratischen Basiswurzeln bekannte, von dem aber jederzeit Bilder auftauchten, als wäre er in einem Dauerrausch der Macht. Mit Schröder und den Grünen an seiner Seite wurden in Deutschland Reformen angegangen, um den stets neuen Wirklichkeiten in der Welt zu begegnen; Banken und risikobereite

Investoren waren dankbar, auch im Rest von Europa wurde umgestaltet, und im Zuge der Globalisierung erschloß der Kapitalismus neue Operationsfelder. Plötzlich konnten die handfesten Überlebensstrukturen ganzer Landstriche in den künstlich ausgebauten Finanzwelten verschwinden – Generationen von Arbeiterfamilien transformiert im digitalen Nichts, die Armut wurde breitgefächert in die Massen getrieben, und noch Rußland oder China spuckten schamlos immer neue Milliardäre aus.

Nach Jelzin erschien in Rußland Wladimir Putin, und der Mann stellte von Anfang an klar, daß man mit ihm rechnen mußte. Er bekannte sich zu seiner Prägung aus Kampfsport und KGB und zögerte nicht, separatistischen Bestrebungen mit eingefleischter Sowjethärte zu begegnen. So griff Putin in Tschetschenien ein, und so führte er sein Land, transformierte das Gorbatschow-Prinzip und entwickelte auf diese Weise Umbau und Offenheit für die hausgemachten kapitalistischen Prinzipien. Daß er in seiner Art, das große Land zu führen, richtig lag, wurde ihm auch von Gerhard Schröder bestätigt, der Putin einen lupenreinen Demokraten nannte. Und tatsächlich trafen sich die beiden gerne; Putin hatte DDR-Erfahrung, er sprach Deutsch, und es ist gut möglich, daß er seinerzeit als KGB-Offizier auch bei von Wrangel in der Bathysphäre war.

Als nach Clinton der zweite Bush-Präsident kam, mußte er wie die glatte Lösung unter den von Wrangelschen Lehrsätzen erscheinen. Und so lud er die Zwillinge in ein 5-Sterne-Séparée, hielt eine Rede und stieß mit ihnen auf seine Fähigkeiten an.

Der 11. September 2001 trieb die Vorgänge zur Aufteilung der Welt nochmals dramatisch voran; der zweite Bush-Präsident konnte den Islam nun endgültig als Weltfeind brandmarken, und Freiheit und Kapitalismus der Amerikaner wurde durch gnadenlose Aufrüstung und Gesetze untermauert. Zugleich erhielt der Neoliberalismus noch schärfere Konturen, und die Instrumente dazu wurden mit der gleichen kriegerischen Macht installiert. Die Reichen wurden reicher, und gekoppelt an Banken und Börsen, an Industrie und Wirtschaft gingen sie daran, die Welt untereinander aufzuteilen und aus einer Art Sippe heraus die internationale Politik zur Manifestation ihrer Macht zu steuern. Also hatten die USA das Böse ausgemacht, und ihr eigener entfesselter Aktionismus zu Kontrolle und Macht sollte aussehen wie der Selbstschutz demokratischer Freiheit.

Als die Zwillingstürme brannten, saß Edgar Konetzke im Studio. Seine Augen funktionierten bestens; er lachte, nahm ein paar Drinks, Snacks dazu, und über der Bar hing ein nagelneues Plasmamodell.

Internationale Klimakonferenzen scheiterten, in der Atmosphäre löste sich die Ozonschicht auf, unten schmolzen Polkappen und Gletscher, und manche Sommer brachten kaum zu ertragende Hitze.

Gerhard Schröder war mit seinen vorgezogenen Neuwahlen gescheitert, und am Wahlabend saß er wie betrunken im öffentlichen Fernsehen und machte alles Scheitern lächerlich. Doch ob er es glauben wollte oder nicht, Deutschland hatte nun zum ersten Mal eine Bundeskanzlerin, und während Angela Merkel sich ganz außerordentlich in die männlich geprägten Machtstrukturen einfügte, zog Edgar Konetzke sich nach seinen hohen Verlusten aus den Fonds- und Risikogeschäften zurück und fuhr auch seinen Bedarf an Luxus wieder zurück. Er betätigte sich in seinen vergleichsweise kleinen und gerissenen Geschäften, und eines davon war, Ihrem Stiefvater die sogenannten Familienpapiere zum Tod seines Bruders anzubieten. Mit der Kontaktaufnahme zu Kronhardt waren nun die Tage für sein Augenlicht gezählt.

Der Porsche war verkauft, und Konetzke fuhr jetzt einen dieser modern gewordenen Geländewagen. Er hatte eine Klimaanlage an Bord, und während sich in der Atmosphäre die Ozonschicht auflöste, tuckerte er mit der Engelschen einfach nur durch die Stadt. Abends saßen sie dann auf der Dachterrasse, sprangen in den Pool, blickten über den Fluß und hatten Kokosnüsse und Rum. Später machten sie sich zurecht, reservierten beim Italiener, und nach dem Essen zogen sie mit den Studioleuten durch die Läden.

Es geschah schließlich in einer heißen Augustnacht. Sie saßen im Horizonte; limettengrünes Ambiente, Ventilatoren, und niemand konnte gegen den Schweiß antrinken. Die Engelsche bekam Lust auf Kokain, sie wurde quirlig und wollte tanzen. Die Studioleute zogen mit ihr, nur Konetzke blieb im Horizonte und trank seine Caipirinhas.

Als Verena auf den Hocker glitt, lag bereits in dieser arglosen Bewegung alle Essenz aus den Kaderschmieden, und sie hatte von Anfang an alles unter Kontrolle; Körperhaltung, Gesichtsausdruck und Wortwahl waren stets auf ein Ziel hin angepaßt, und wenn die Situation es notwendig machte, konnte sie jederzeit umschalten. Und Konetzke, bei aller Umtriebigkeit und aller Menschenkenntnis, hatte vom Kalten Krieg keine Ahnung, und so sezierte Verena seine Persönlichkeit und stimmte ihren Humor und ihr unscheinbares Locken darauf ab. Als sie schließlich die Zigarre anbrannte, war das vor allem ein Zeichen für Gregor. Ihr Zwillingsbruder wußte nun, daß alles nach festem Plan laufen würde. Er fuhr auf den Teerhof und verschaffte sich Zugang ins Penthouse.

Und während Konetzke wie ein Pawlowscher Hund an Verena hing, stieß Gregor im Penthouse auf eine penible Ordnung; Geschäftspapiere, Versicherungen, alles war korrekt abgelegt. Die Ordner mit DDR-Aktivitäten waren chronologisch beschriftet und sauber geführt, und so waren auch die Papiere, die Konetzke der Russenhure abgeluchst hatte, auf Anhieb zu finden. Gregor, der damit gerechnet hatte, entweder Geheimfächer aufzustöbern oder aber Konetzke die Papiere abzufoltern, verließ das Penthouse, als wäre er nie dagewesen.

Im Horizonte nahm er Kontakt zu seiner Schwester auf; Umwege, um an die Papiere zu kommen, waren nicht mehr nötig, und so lief die Zeit für Konetzkes Augen noch schneller ab. Es war alles Routine, und als Verena ihn in ihrem Auto hatte, bekam Konetzke ihre Kraft zu spüren; den auf Ausschaltung gebündelten Drill, und das letzte, was er in seinem Leben sah, war ihr immer unschärfer werdendes Gesicht.

Dann stieg Gregor dazu, und während Verena bereits stadtauswärts lenkte, hielt er Konetzkes Kopf über den Sitz gebogen und arbeitete mit der Sicherheit eines Chirurgen. Zog Flüssigkeit aus einem Saugröhrchen, dann aus einem anderen, und die Tropfen aus der Kryptozoologie wirkten mit der gleichen Präzision wie der Drill aus den Kaderschmieden und von Wrangels väterliche Überordnung.

Während Konetzke lernte, mit dem Blindenstock umzugehen, bescherte der zweite Bush-Präsident mit Flagge am Revers und Gott im Schädel der Welt weiterhin grandiose Schlachtfeste und kannibalische Heldentaten. Die gestürzten Doppeltürme befeuerten das Trauma der Nation, befeuerten den Patriotismus, und die kriegerische Sippenindustrie konnte aus dem vollen schöpfen. Hollywoodeffekte in Afghanistan, Guantánamo oder Irak, die Zeiten beschleunigten, potenzierten und markierten ganz eindeutig Gut und Böse. Und im Alten Europa hatte Konetzke inzwischen gelernt, die Welt ohne Augen wahrzunehmen. Er hatte seine übrigen Sinne auf eine Art hin geschärft, wie er früher gesehen hatte, und wenn er doch die Grenzen alter Wirklichkeit überschritt, dann im Verbund mit der Engelschen. Seine Liebe zu ihr war stärker geworden, warme Wellen, die von innen ausschlugen, und er konnte spüren, wie diese Wellen auch die Engelsche erfaßten, sie durchströmten und beide Herzen verschmolzen. Jenseits dieser Liebe nutzte er ihre Augen und den Blindenstock, und gekoppelt mit seinen neu geschärften Sinnen konnten sie ihren Lebensstandard halten. Ihre Geschäfte waren halbwegs sauber, nichts Großes, nichts Gefährliches. Bis Konetzke auf die Idee kam, bei Ihnen anzurufen. Er war gerissen genug, tatsächlich ein Geheimfach im Penthouse zu haben, und als die Engelsche die Papiere in den Ordnern nicht fand, stellte er keine Zusammenhänge zu der großen Frau und seiner Erblindung her. Er ließ die Engelsche die Duplikate aus dem Fach holen und setzte sich mit Ihnen in Verbindung.
Und so saß er dann in der Stumpfen Spitze. Eine kompakte Erscheinung, gebräunt, und die Augen in seinem Gesicht unscharf hinterm Rauch einer Zigarre. So lernten Sie also Eddi kennen, während die Bush-Kriege mittlerweile bis ins Mutterland rückkoppelten und dort an die eingefleischte Freiheit gingen.

Die Gier nach Macht und neuen Waffen ist immer teuer, und das ewig amerikanische Recht, allen aufsteigenden Gelüsten jederzeit nachzugeben, ließ sich bald nur noch für eine kleine Sippe einlösen. Der Rest der amerikanischen Gesellschaft schien wegzubrechen, richtiger Hunger kroch durch das Land, und nach all dem Gemetzel in der Welt und der bitteren Zeche vor der eigenen Haustür sollte es ein Schwarzer wieder richten. Und auch im Alten Europa war man froh darüber, und der ganze Schreck, den die Bush-Leute hinterlassen hatten, offenbarte sich mit voller Wucht, als Obama zuerst einmal den Friedensnobelpreis bekam. Danach setzte er sich ins Weiße Haus und trieb die Zukunft an. Bald ließe sich Krieg aus dem Wohnzimmer führen, bald würde Kriegführung automatisiert, und bald würden nur noch Algorithmen den Befehl zum Feuern geben, egal, ob gegen ein Land oder gegen einen Schurken. Und so scheint Obama ein ewiger Amerikaner; so sahen Sie Konetzkes Augen zum ersten und letzten Mal in der Stumpfen Spitze, dann kamen Sie zu uns, wir trieben ihn auf, und derweil marschiert von Wrangel weiterhin durch die Weltgeschichte, paßt sich heute so und morgen anders an, bringt Ihren Vater um, hat seine Finger am Georgischen Schädel, bringt Lampe um und auch Ihren Stiefvater und bereichert mit seiner Fähigkeit, dem Tod jede Absicht und Heimtücke zu nehmen, ringsherum die grandiosen Schlachtfeste und kannibalischen Heldentaten.

Zum Mittag hin hat sich der Nebel aufgelöst. Die Schichtungen in der Atmosphäre erscheinen stabil, es ist windstill, und das Sonnenlicht streut ein Violett gegen den Himmel. Ruhe sickert aus der Höhe, macht die Welt durchlässig, und die weite Prärie ringsherum liegt da in klaren Tönen.
So stehen die Männer auf dem Perron; Kakteen oder Büschel von hohen Gräsern ziehen dahin, manchmal schieben sich jetzt Felsplatten aus dem Boden, und gegen den Horizont verdichten sich die Bergketten. Einmal sehen sie ein Rudel mit springenden Hirschen, und aus der Distanz und eigenen Geschwindigkeit heraus erscheinen ihnen die anmutigen Bewegungen der Tiere wie verlangsamt.

Der Bursche pumpt Kakao aus seinem Kanister und trinkt mit den Männern. Aus dem Stand der Lokomotive habe er die Tafelberge und den See bereits gesehen, und auch er sei nun zuversichtlich, daß sie die Hauptstadt zu gewohnter Zeit erreichten. So stehen sie im Takt der Gleise; aus den Bechern dampft der Kakao, und bald sehen sie einen ersten Berg vorbeiziehen. Einsam und gedrungen stößt er aus der Prärie, ein schroffer Block mit steilen Flanken, die in der Höhe wie abgeschnitten erscheinen. Erst auf der großen Tafel können die Männer Bewuchs erkennen, kräftige Farben, die noch in der zurückbleibenden Perspektive wie Urgewächse gegen den violetten Himmel stehen. Bald ziehen die nächsten Berge, jeder in seiner Einsamkeit, jeder mit einer Tafel, die in einzigartigen Farben bewachsen scheint. Dann sehen die Männer einen Berglöwen auf einer Felsnase, vielleicht ist es auch ein Luchs, und kaum später sehen sie einen frischen Einschlagkrater in der Prärie, mit Resten eines Meteoriten und geschmolzenem Gestein im Zentrum.

Der See liegt wie ein Sichelmond in der Ferne, und die Räume des Himmels vertiefen sich darin. Doch beim zweiten Kakao zerflirrt die Klarheit, und bald können sie Vögel erkennen; Schwärme, die aus dem Wasser steigen, und Schwärme, die landen. Schwärme, die auseinanderziehen oder zu einem schwarzen Punkt zusammenfallen, und als sie näher kommen, scheint für einen Augenblick die ganze Welt von dem Flirren erfaßt; am Horizont lösen sich die Berge, die Prärie wird unscharf, doch dann schlagen die Gleise eine Kurve, und die Welt liegt wieder klar unter dem violetten Himmel.

Wie von dem Burschen vorausgesagt, erscheinen über Mittag die Pyramiden. Hoch aufgebaute Terrassen zuerst, wie Zikkurate, die sich den näher rückenden Bergketten anpassen. Doch bald schneidet sich die klassische Pyramidenform heraus, und vom Perron können sie sehen, wie das Sonnenlicht sich auf den Spitzen bündelt und die Stufen in Rottönen hinabfließt.

Zum Nachmittag hin verdichtet das violette Himmelslicht; vom Horizont haben sich die Kordilleren noch näher geschoben, tatsächlich steigen die ersten Reflexionen aus der Hauptstadt auf, und der Lokführer stößt den vertrauten Pfiff in den Raum, ein heiserer Grundton, der auf anhaltende Höhe zieht und die Einfahrt markiert.

10

Die Luft stößt aus dem Zug und zieht in Nebeln über den Bahnsteig. Der Druck einer langen Fahrt, und so markiert der Lokführer den Stillstand. Ein paarmal noch schlagen die Puffer, das
Eisen der Räder ist heiß, dann öffnet der Bursche eine Tür, und
die Männer steigen aus.

Nach der Reise erscheint die Welt nun in seltsamer Festigkeit; rings
ist Stille, keine Menschen. Bündel und Koffer auf den Gepäckkar-
ren, die Kioske sind offen, die Lautsprecher stumm. Nur Tauben
steigen auf, und ihre Flügelschläge hallen wider in der großen Halle.

Als der Lokführer abspringt, sieht er schweigend auf den menschenleeren Bahnsteig. Er zittert, dann rückt er die Dienstmütze
zurecht, zieht eine Taschenuhr und vergleicht sie mit der großen
Bahnhofsuhr. Die Zeiten stimmen nicht überein, sagt er. Doch er
kann nicht sagen, ob sie vor oder hinter der Hauptstadtzeit sind.
Sicher, meint er, Unpünktlichkeit sei wohl ein Faktor in seinem
Beruf, doch auch dafür brauche er eine verläßliche Grundlage, und
wenn die Zeit in der Hauptstadt korrekt sei, werde er schon bald
Signal geben zur Rückfahrt. Dann marschiert er los, um nach Pas-
sagieren Ausschau zu halten. Als er zurückkommt, ist er bleich.
Die Hauptstadt, meint er, sei ausgestorben.

Der Bursche pumpt aus seinem Kanister, der Lokführer gibt
Schnaps dazu, und so trinken sie am Bahnsteig. Über ihnen schlagen die Tauben, das Echo zerschwingt in der Halle, und zum Abschied hat der Bursche Tränen in den Augen. Daß Willem und die
Ramows in der Hauptstadt bleiben wollen, offenbart ihm anscheinend die ganze Leere in der Welt. Er hat Angst, alleine zu sein,
und auch der Lokführer muß schlucken. Doch dann blickt er auf

seine Uhr, legt Hand an die Mütze, steigt wieder auf die Lokomotive und läßt einen Pfiff in die menschenleere Stadt. Der Bursche springt auf und winkt zum Abschied.

Die Nacht verbringen sie im Bahnhof. Die Tauben gurren, am Boden streichen Tiere durch die Dunkelheit, und manchmal können die Männer die fremden Atemstöße spüren.

Zum Frühstück haben sie Dosenfisch; ihre Schritte in der Wartehalle sind laut, Gepäck steht herum, Mäntel auf den Bänken, doch Menschen sind weiterhin nicht zu sehen.

Draußen erscheint der Himmel in zartem Fliederton, und voran die Boulevards schneiden Schluchten durch die hohen Häuserreihen. Autos stehen bis gegen den Horizont, Hunde streifen umher, auch Schweine, und über der mächtigen Stille kreisen Vögel. Sie steigen in eine Limousine; Geldbeutel und Mobiltelefon liegen auf dem Sitz, daneben Schminkutensilien, und der Motor startet sofort. Aus dem Radio steigt ein Rauschen, das Telefon kann keine Verbindung herstellen. Der mit der Zahnlücke fährt, Willem und der Schnauzbärtige sitzen auf der Bank daneben. Sie haben die Fenster unten, die Fahrgeräusche sind leise, eine milde Brise fällt ein.

So schnurren sie durch die Hauptstadt; unter gläsernen Türmen, vorbei an Kathedralen, Siegessäulen und einem weißen Pantheon. Sie ziehen durch einen Triumphbogen, linker Hand erscheinen die Reste einer Zikkurat, und aus dem Himmel sickert violettes Licht. Willem fühlt sich noch einmal wie ein Juri Gagarin und wie ein letzter Mensch, der auf die Relikte eines grandiosen Untergangs blickt. Voran taumeln Bälle aus Gras oder Lumpen über den Asphalt, und wo die Sonne einfällt, stehen Staubsäulen in der Thermik. Ratten ziehen durch die Straßen, auch Ameisenheere, und dann steigt plötzlich ein Rhythmus in die Straßenschluchten. Harte, schnelle Schläge, die sich selbst potenzieren, und die Männer verlangsamen ihre Fahrt. Bald hören sie den Galopp eines Pferdes, dann kommt ihnen das Tier entgegen; es schäumt, die Augen sind verdreht, und hinter den Hufschlägen sind jetzt Gebell zu hören und scharfe Atemstöße. Bald hängen die ersten Hunde in dem dampfenden Leib; es ist eine Jagdmeute, ihre Mäuler blitzen, und sie bringen das große Tier schnell zu Fall. Als die Männer vorbeiziehen, wird das Pferd bei lebendigem Leib gefressen, und in der Lache spiegeln sich die Hochhäuser.

Die Limousine rollt über einen von hohen Bäumen gesäumten Boulevard. Teils leuchten die Blätter in Herbstfarben, taumeln in einer Brise gegen den Himmel, teils erscheinen sie in frühlingshaften Tönen. Die Häuser haben geschwungene Treppen vor den Portalen, ein Reiterstandbild und ein Springbrunnen erscheinen, dann zieht die Limousine über eine verzierte Bogenbrücke. Der Fluß unter ihnen strömt ruhig dahin, trägt die violetten Farben des Himmels, und ein Park mit gestutztem Buchsbaum langt bis an die Ufer. Gleich daneben liegen Ausflugsdampfer und Barkassen vertäut.
Das Hotel Universal erscheint von internationaler Zeitlosigkeit. Zaren könnten hier absteigen, amerikanische Schauspieler oder friedliche Wissenschaftler, und Willem hat nichts dagegen, als die Ramows vor dem Eingang halten. Ein paar Hunde stromern, und auf einer Säule vor dem Eingang entdecken die Männer einen Leguan. Wie versteinert sitzt er da, nur seine Augen blitzen, und als er sich zur Flucht entscheidet, geht es schnell. Mit einem Sprung klatscht er auf die Treppen und entwickelt bald eine Geschwindigkeit, bei der die Vorderbeine abheben. Wie ein kleiner Dinosaurier, und so ist er verschwunden, noch bevor die Hunde ihn fassen können.

Die Lobby ist mit schwerem Teppich ausgelegt. Im hinteren Bereich stehen um einen großen Globus Sessel, und die Männer setzen sich. Laptops und Telefone liegen herum, auf den Beistelltischen stehen Aschenbecher und halbgeleerte Gläser. In einer Trommel stecken Zeitungen, doch es sind ältere Ausgaben mit großen Artikeln über die Katastrophe in Japan und die Revolutionen in Teilen Arabiens, und zuerst scheint es, als markierten die Zeitungen letzte Spuren einer belebten Hauptstadt. Doch dann stößt Willem auf Neuigkeiten vom Georgischen Schädel, und der Artikel klingt für ihn, als käme er aus einer Zukunft. Mit dem Durchbruch des Schädels in die Gegenwart, steht dort, scheint sich eine wellen- oder teilchenförmige Verzerrung auszudehnen, die womöglich auch die großen Konstanten der Naturgesetze erfaßt hat – Lichtgeschwindigkeit oder Zeit, und Willem ist sofort bereit, vor allem die jüngsten Phänomene mit diesem Artikel zu erklären. Doch die Ramows sagen nichts dazu. Sie zeigen ihre leeren Hände, machen ein Gesicht, und dann schlägt einer auf die Sessellehne und sagt: Wie wärs mitm Schlückchen?

Bald sitzen sie mit einem Glas in der Hand. Der Schnaps rollt wie flüssiger Bernstein, über ihnen hängt ein Kronleuchter, und wenn sich ein Sonnenstrahl in dem Kristall bricht, können sie Staubwirbel sehen. So sitzen sie, und rings die Stille drückt sie tief in das Leder. Auch als einer der Ramows den Globus anschlägt, wird diese Stille nicht durchbrochen. Die bronzefarbene Kugel hängt in einem vierbeinigen Gestell und dreht sich lautlos unter den großen Ringen von Äquator und Meridian. Willem ahnt das schwere Material, die herausmodellierten Gebirge und gewellten Ozeane, und bald erschafft die Kugel eine sanfte Anziehung. Er spürt, wie sich der Schnaps in ihm ausströmt, spürt das sanfte Feuer, und dann verfinstert die Kugel, ein Sternenhimmel erscheint, und Willem fühlt sich sanft erfaßt und wie in eins gekehrt mit allem.

Einer trägt die Jacke des Rezeptionisten, der andere die Mütze des Küchenmeisters. Sie haben ein Zimmer für Willem hergerichtet und ein Schwein auf dem Feuer. In einer Stunde ist das Essen fertig, und so steigt Willem über rote Läufer ins oberste Stockwerk. Es ist eine Suite, erstaunlicher Luxus in einer menschenleeren Zeit, und noch das Bad scheint alles normale Maß zu überschreiten. Doch Willem genießt die kalte Dusche, den Schaum und die Rasur. Auf dem Bademantel ist Hotel Universal eingestickt, darunter ein Emblem in Form einer Spiralgalaxis, und als er auf dem Balkon steht, fühlt er sich frisch. Aus der Sonne fällt eine angenehme Wärme, die Brise ist lau mit Noten von Flieder. Er atmet langsam, spürt die Luft bald wie einen Strom bis unter die Fontanelle. Voraus, über den Schluchten der Stadt, gleiten Vögel mit weit ausgespannten Flügeln dahin; die Sonne schlägt zurück vom Lack der endlosen Autoreihen. Unter ihm die Bäume stehen in kräftigen Farben da, und er kann fremde Melodien hören. Gelegentlich sieht er Hunde streifen oder eine Rotte von Schweinen. Linker Hand erstreckt sich der Park, und aus der Höhe kann Willem sehen, daß der Buchsbaum dort ein Labyrinth bildet, das bis an den Fluß langt. Unregelmäßig zuckt der Widerschein vom Wasser, an einer Uferstelle sieht er große Tiere.

Der Blick in die menschenleere Metropole bringt ein vertrautes Gefühl hervor; als wäre er mit Schlosser auf der Wurt, als hielte er Barbara in seinen Armen. Alle Anforderungen des Alltags verschieben sich, und in einem Augenblick kann er das ganze Wunder des Lebens spüren; so steht er da, unter ihm die Bäume, unter ihm Glastürme, Triumphbögen und Zikkurate. Der Himmel wölbt sich bis in einen fernen Horizont, und im Fluß zergeht alle Klarheit in ewig endlosen Stücken.

Es dauert, bis die Worte der Ramows die Stille in ihm durchdringen.
So eine ausgestorbene Stadt kriegt man nicht alle Tage zu sehen.
Willem lächelt.
Trotzdem. Das Schwein ist fertig. Und einen exzellenten Roten gibts auch dazu.
Ach.
Na klar. Solange wir noch Luxus aufstöbern können. Und die Ramows grinsen.

Im Kaminsaal brennt ein Feuer, eine Tafel ist gedeckt. Auf einen Stecken gespießt steht in der Mitte das Schwein; die Schwarte gebräunt, und unter dem Rüssel ein mildes Lächeln. Rings um den Braten stehen Kristallschalen und Kelche, und über den mehrarmigen Leuchtern flackert Kerzenlicht. Datteln und Feigen liegen aus, die Teller sind schwer, das Besteck aus Silber.
Willem ist gerührt, doch die Ramows winken ab. Im Grunde, sagen sie, sind die Umstände perfekt. Einmal noch aus dem vollen

schöpfen; Pfauen- und Nachtigallenzungen, ein Faß Burgunder, und mit einer ordentlichen Tischgesellschaft den Untergang der Menschheit feiern. Doch zu Weib und Gesang hats nicht gelangt. Der schwere Klang der Gläser schwingt durch den Saal, beim Anschnitt steigt Dampf aus dem Schwein. Sie essen langsam, schmatzen, lachen; Kerzenwachs tropft auf die rohe Tafel, und die Männer geben sich hin. Steigern allen schlichten Genuß zu einer Freude, als hätten sie nach herber Anstrengung endlich ihr Ziel erreicht.

Bis in die Nacht sitzen sie am Feuer. Das Weinfaß steht zwischen ihnen, und der Widerschein aus den geschliffenen Gläsern streut warme Flecken.

Morgenlicht fällt in die Lobby, und der Globus pulsiert in rot-violetten Tönen. Die langen Schatten in den Straßenschluchten zerfließen in der weichen Luft, über eine Kreuzung hinweg sieht Willem eine kleine Herde ziehen. Der mit der Zahnlücke steht hinter der Rezeption; als er auf die Klingel schlägt, stößt ein Ser-vierwagen durch eine Schwingtür, dahinter grinst der mit dem Schnauzer.

Zum Frühstück gibt es Schweinebraten. Dazu Datteln und Fei-gen; aus einer Kanne steigt Kaffeegeruch. Sie essen mit Appetit, erzählen von ihren Träumen, lachen. Später gehen die Ramows daran, klar Schiff zu machen. Wenn sie hier schon nichts bezahlen, meinen sie, wollen sie sich wenigstens anständig benehmen. Daß Willem ihnen zur Hand geht, halten sie nicht für nötig. Um sein Zimmer könne er sich wohl kümmern, den Rest machten sie, und so entscheidet er sich zu einem Gang.

Zarte Spuren liegen in der Luft, Gesang und seltsame Rufe, die sonst nichts mit dem Getriebe einer Stadt zu tun haben, und als Willem vom Boulevard in eine Schlucht biegt, hat er vor sich den Mond und im Rücken die Sonne.

Im Glas der Häuser spiegeln die ausgestreckten Flügel, der Asphalt ist aufgeworfen, aus dunklen Rissen heraus wimmeln Ameisen und glitzern wie ein einziges Lebewesen unter dem Licht. Wo Willem hinsieht, kann er Übernahmespuren anderen Lebens sehen; Pilze, Flechten und auch blasigen Schleim. Ein Hase schlägt davon, ein Ruf steigt auf, und hinter den Schaufenstern werden Luxusautomobile angeboten, Fernsehgeräte oder Aktienfonds. Staub wandert in kleinen Dünen dahin, vor einer Bar steht eine Drehorgel, darunter ein Hut mit Münzen.

Als er in eine Querstraße zieht, ändert sich die Architektur, und altes Gepräge schiebt sich vor. Bäume, Plätze mit Brunnen und Bänken, und die stattlichen Bürgerhäuser haben Innenhöfe. Die Geschäfte erscheinen eingesessen; Bäcker und Schlachter sind schwarz von innen, und er ahnt die Insekten. Ein Dachs verschwindet im Souterrain eines Hutmachers, auf der anderen Straßenseite steht die Holzbüste eines Schneiders im Schaufenster. Als er den Laden betritt, schlägt eine Türglocke; die Dielen sind dunkel geölt, vor den Wänden erheben sich Regale mit Stoffballen, und zum Fenster steht ein massiver Holztresen. Willem spürt auf Anhieb die seltsam eingefleischte Wärme, und er findet ein wunderschönes Jackett; ein feiner Tweed mit Lederapplikationen, und als er hineinschlüpft, ist es ein Gefühl, als stünde Barbara neben ihm.

In einer menschenleeren Stadt sind die wirkenden Kräfte von Kapital und Gesetz aufgelöst, und aller Besitz fällt zurück auf Kampfplätze, die alt sind wie das Leben selber. So marschiert er mit dem neuen Jackett, und gleich am nächsten Kiosk bricht er ohne weiteres die Tür auf und nimmt sich eine Büchse und einen Schokoriegel.

Das Stampfen und der ewige Mahlstrom sind eingegangen in die Gesetze der Wildnis. Aus allem Rhythmus und noch aus der Stille heraus schlagen uralte Welten, und Willem spürt, wie Sekrete und Spuren gesetzt werden, wie sich Organismen formieren und alles Leben aus sich selbst heraus nach Erhalt und Fortpflanzung brodelt. Wie ein Wald erscheint ihm die Stadt oder wie ein Meer, und so marschiert er mit dem neuen Jackett.

Bald zieht er durch Straßen, die wie aus tiefer Zeit daliegen. Keimzellen, als rings das wilde Land noch bis an die Häuser langte, gewachsen ohne Plan und Reißbrett, und so löst sich alles Stattliche auf, und im Ursprung scheint die Armut verankert. Fenster sind mit Pappe geflickt, um die Fallrohre stehen Spark und Moos. Die Parolen an den Mauern, die hektographierten Plakate fordern die Masse gegen die Macht, in den Eingangsstufen treiben erste Schößlinge, und als Willem eine Tür öffnet, treibt dumpfer Geruch auf.

Im Hausflur die Wirkungen der Zeit; Vulkanausbrüche, Atomkraft und Sternenkrieg, und gleich im ersten Stockwerk ist eine Tür mit Blumen bemalt; Bienen und Frösche wie von Kinderhand, und als er eintritt, wirkt die kleine Wohnung aufgeräumt. Ein Strauß steht auf dem Tisch, noch leuchtend in den trockenen Herbstfarben. Ein Bügelbrett ist aufgeklappt, er sieht die Wäsche einer Frau. Auch im Schlafzimmer ihre Sachen, daneben Bad und Kinderzimmer. Eine Mutter mit ihrer Tochter, und in den Schubladen der Frau entdeckt er Tagebücher und Intimartikel. Auch die Wohnung darüber ist klein und sauber. Die Einrichtung einfach, Photographien sind aufgehängt, längst vergangene Augenblicke, die die glücklichen Höhepunkte eines Ehelebens markieren. Ansonsten scheint das Haus verkommen. Sessel mit Brandflecken, Lachen auf dem Boden, Kot von Stubenvögeln. Als Willem weiterzieht, ist der Mond untergegangen, und aus der Ferne steigt ein Heulen in den nun fliederfarbenen Himmel.

Nagetiere huschen, im Licht reflektiert das Chitin der Wirbellosen. Einkaufswagen stehen herum, rußige Ölfässer, und ein Verschlag scheint zu einem Bordell hergerichtet, mit Boxen wie in einem Karnickelstall. Dahinter ziehen Stelzen in die Höhe und tragen eine breite Straße. Die Welt darunter in ewigem Schatten, und Willem sieht Reste, die zu einer Art Heimat gefügt sind; Hütten, aufgebockte Autos, Container. Überall sind kryptische Zeichen gesprüht, auch Handschablonen, die womöglich Reviere markieren; Feuerstellen erscheinen unter der Straße, Kotlöcher, und Willem sieht auch Gestelle, auf die Tierhäute gespannt sind. In einigen Hütten findet er selbstgebaute Jagdwaffen, ein Wurfnetz oder einen Dreizack; er stößt auf ein menschliches Skelett mit einer Fußfessel um den Knöchel und einer angepflockten Leine. Zusammengebundene Eimer oder Büchsen fangen das Regenwasser der Straße, auch Strom kommt von oben, nackte Drähte, die Tauchsieder oder Ghettoblaster speisen, und so schlängelt die Hochstraße wie ein Achsenskelett durch die Stadt. In regelmäßigen Abständen fallen Strickleitern vom Fahrbahnrand, und Willem entscheidet sich schließlich, nach oben zu klettern.

Obwohl die Leiter schaukelt, kommt er gut voran. Erst nach der Hälfte der Strecke, als der sichere Boden bereits fern ist und die Hochstraße wie ein endloser Überhang erscheint, spürt er, wie seine Muskeln zittern; wie noch die Räume seiner Innenwelt von diesem Krampf erfaßt werden und er Angst ausstößt. So umklammern seine Hände die Sprossen, die Knochen springen weiß hervor, und hinter seinen Augen spulen Bilder. Dann klettert er weiter, Sprosse um Sprosse aufwärts, und jeder Zug, als wäre es eine letzte Tat.

Die Fahrbahn treibt in vielen Spuren gegen die Sonne. Abseits funkeln die Glastürme, dahinter sieht er Triumphbogen und Siegessäule. Eine Rotte taucht auf, sie grunzen, werfen die Köpfe in seine Richtung und trollen voran. In einem Laster findet er Wasser, und beim Trinken schließt er die Augen; läßt es hinabrinnen, ein Gefühl, älter als das Atmen.
Iltisse springen über die Autodächer, auch Nager sind in die Kabinen gedrungen. Die Tiere halten Willem im Auge, doch sie flüchten nicht.
Als er den ersten Abzweig nimmt, hat die Sonne ihren Zenit überschritten und markiert seine Richtung. In der Ferne ahnt er die flimmernde Fassade des Hotels; daneben den Park und das Glitzern des Flusses, und so zieht er wieder ein in die stattlichen Bürgerviertel. Die Querstraßen der Häuserblöcke sind nach Seefahrern und Entdeckern benannt, Kolumbus, von Wrangel, Gagarin, und aus den Mauern riecht er die Geschichte. Die Trümmer längst vergangener Eroberungen, eingeschmolzen und in neuen Epo-

chen wieder zusammengesetzt. So zieht er mit den Entdeckern und Seefahrern; hinter den Torbögen ahnt er die Innenhöfe, die Arkaden, Werkstätten oder Kreuzgänge, und wenn Wind einfällt und Dünen vor sich hertreibt, scheint es, als läge die Stadt bereits in Nacktheit da. Trockengefallen wie ein Riff, und die strahlenden Gipfel abgetragen im endlosen Rhythmus von Tag und Nacht; aufgebrochen von Keimlingen, durchzogen von Sporen, und bald nur noch Scherben, die sich in der Zeit nicht umkehren und nie wieder zu dieser Welt zusammenfügen werden. So zieht Willem voran.

Er gelangt an einen Platz, um den Prunkbauten stehen; in der Mitte ein steinerner Schutzpatron, und nach Westen ausgerichtet die Doppelspitze des Doms. Tauben sitzen unter den Arkaden, ein Rudel Hunde lungert herum. Gelegentlich schaut einer auf, richtet die Ohren aus, doch sie kommen nicht. Aus dem Schatten hört er Geräusche eines Kampfes, Reißzähne und Leiber, und über dem Platz, auf einer Treppe, entdeckt er ein Einzeltier. Grau wie ein Wolf, und mit dem Kopf auf den Pfoten scheint es träge dazuliegen. Doch Willem ahnt, wie Ohren und Nase in seine Richtung stehen, und so geht er über den Platz. Hält Abstand vom Rudel, und voran steht die Sonne über dem Universal.
Als der Graue sich erhebt, werden einige Tiere von dieser Bewegung erfaßt. Mit geschärften Sinnen stehen sie da, sehen, wie der Graue zu einem Geheul ansetzt, das bald das ganze Rudel anspricht. Noch die Kämpfe verstummen, und dann scharen sich die Hunde, kläffen, schnappen, bis der Graue sie antreibt.
Die Wege sind schnell verstellt, und Willem hat nicht viel Zeit. Den Aufgang einer Kunsthalle kann er noch erreichen, die schwere Tür, und dann stoßen schon die ersten Schnauzen durch den Spalt. Er hat Mühe gegen die Wildheit, die nachdrängenden Leiber, und als er die Tür verriegelt hat, springen die Hunde gegen die Scheibe; ihr Atem kondensiert, ihre Zähne blecken, und Willem hat Angst. Erst als er in den Ausstellungsräumen ist, kann er sich beruhigen. Er sieht einen Jawlensky hängen, einen Rothko und einen Hiroschige. Und zu seiner Überraschung ist auch Der König trinkt von Jacob Jordaens aufgehängt. So sitzt er bald unter den alten Meistern;

läßt Farben und Formen wirken, die Landschaften, die Gelage und auch die nackten Brüste einer Göttin, aus denen die Milchstraße ans Firmament spritzt. Er spürt die Stille und Regungslosigkeit aus den Pigmenten, die eingefangene Zeit, und zugleich Sprunghaftigkeit, Unschärfe und Auflösung aller Zeit. So sitzt er, und wenn er noch Angst hat, gibt es außer ihm niemanden, der das weiß. Er könnte ebensogut dasitzen und keine Angst haben.

Zum Nachmittag hat sich das Violett des Himmels vertieft. Die Hunde sind abgezogen, und als Willem auf dem Platz mit den Prunkbauten steht, vermutet er das Hotel ungefähr zwei Handbreit links neben der Sonne. So peilt er die Richtung und marschiert los. Er besorgt sich Wasser aus einem Kiosk, er zieht im Zickzack durch die Querstraßen bis auf einen Boulevard, und als er das Universal erreicht, leuchtet die Fassade in mildem Purpur. Auf der Säule vor dem Eingang sitzt der Leguan, ein Hund zieht die Rute ein und schnürt davon. Als Willem eintritt, schlagen Tauben auf. In seinem Schlüsselfach steckt eine Nachricht. Die Ramows erwarten ihn am Fluß, und tatsächlich stößt bald das Horn eines Schiffes von dort. Einmal noch geht er in die Küche; findet das Schwein und schneidet sich etwas ab. Nimmt einen Wein dazu, und bevor er loszieht, betrachtet er im Spiegel das neue Jackett.

Er schlägt Richtung ein gegen den Park. Im lauen Wind Duftspuren von frischem Gras, bald drängen erdige Gerüche durch, und das Rauschen aus den stattlichen Bäumen schwillt und fällt in Ebenmaß. Ein Grünspecht stößt sich durch die Luft; sein Ruf ist Willem vertraut, und er freut sich an dem Lachen. Er sieht ein Eichhörnchen, eine Biene, und dann erklingt nochmals das Horn. Der heisere Ton steigt direkt hinter dem Buchsbaum auf, und einmal meint er, durch das dichte Grün bereits die Spiegelungen vom Wasser zu sehen.

Die hohen Reihen von Buxus sempervirens wirken sauber gestutzt, und unter der abfallenden Sonne vertieft der ledrige Glanz der Blätter. Ein paar Spatzen tschilpen, und als Willem in das Labyrinth eintritt, erscheint bald eine Richtung wie die andere, und jede Wendung auf ein Ziel hin löst sich im nächsten Augenblick wieder auf. Es ist eine Welt, in der die Sinne keinen Halt mehr finden. Jede Gerade, jeder Winkel verzerrt das Vorankommen, bereits durchschrittener Raum tut sich ohne weiteres wieder auf, und wo eben noch eine Rotverschiebung den Westen vermuten ließ, steht im nächsten Augenblick der aufgehende Mond im fliederfarbenen Himmel. So läßt Willem alles Neue hinter sich und stößt vor ins Alte. Zieht aufgelöst durch Zeit und Raum, hört hier die Spatzen, hört hier das Horn, und am Ende ist es egal, ob er sich auf ein Ziel zubewegt oder umgekehrt das Ziel sich auf ihn.

Der Fluß trägt die rotblaue Färbung des Himmels. Die Ramows stehen auf einer Landungsbrücke und grinsen; einer mit der Kapitänsmütze, der andere im Kesselpäckchen des Maschinisten. Hinter ihnen liegt eine Barkasse, die Luft über dem Schornstein ist glastig. Holzzeiger auf einer großen Tafel markieren die nächste Abfahrt, auch das Ziel steht geschrieben: Jura – Kreide – Jungsteinzeit.

Der Anleger wird kleiner, die Stadt löst sich aus ihrer Festigkeit, und voraus weitet sich die Welt. Bald zieht die Barkasse im ruhigen Schlag der Kolben; Wolken treiben gegen die Dämmerung, mal in die eine, mal in die andere Richtung, und Willem steht an der Reling, als ob sie jederzeit einziehen könnten in Jura, Kreide, Jungsteinzeit.

II

Abendlicht steht auf dem Fluß, sanfte Muster und endlose Fraktale gegen das dunkelnde Land. Das Horn ertönt, voraus nähert sich der Martinianleger, und bald markiert der Stillstand der Kolben das Ende der großen Hafenrundfahrt. Einer der Ramows ist bereits von Bord gesprungen und wirft die Festmacherleine um den Poller, der andere legt eine kleine Gangway aus. Dann gehen die Männer zu dritt den Anleger hoch.
Barbara steht oben am Geländer und raucht. Willem sieht den kraftvollen Schwung ihres Rückens; das Haar ist wieder gewachsen, sie trägt es zu einem Dutt gebunden. Als er ihr zuwinkt, lächelt sie, und er spürt, daß sich dieses Lächeln noch immer so glatt in ihn schlägt wie am ersten Tag. Dann umarmt er sie; küßt sie und hält sie fest.
Was ist, Willem?
Ich habe dich vermißt.
Sie streichelt ihn. Ist der Tod deines Vaters aufgeklärt?
Meine Mutter. Sie hat von Wrangel beauftragt.
Barbara drückt ihn, und Willem spürt, wie ein Strom durch ihn geht.
Dann begrüßt Barbara die Ramows. Und mit einem Blick auf die Barkasse sagt sie: Ich wußte gar nicht, daß die Alk noch fährt.
Willem sagt: Ich auch nicht.
Wart ihr die einzigen an Bord?
Und Willem hebt die Schultern.
Sie nimmt seine Hand. Gehen wir. Inéz und Hector warten schon.
Und zu den Ramows: Vielleicht möchten Sie auf ein Gläschen mitkommen?
Die Detektive grinsen. Warum nicht.
Und so ziehen sie auf der Promenade. Hinter ihnen die Silhouette

des Teerhofs, von Nordost her können sie Gänse hören, und bald zieht die Formation überweg.

Nach einer Zeit sagt Willem: Und sonst?

Was soll sein.

Nichts Neues über den Georgischen Schädel?

Wie gesagt, Jake rief vorhin an und hat gemeldet, daß der Durchbruch unmittelbar bevorsteht. Etwas später rief er dann noch einmal an, und es klang, als würde der Schädel feststecken. Als käme er nicht durch in die Gegenwart, und Jake wollte mit dir schwatzen, um das Problem für sich zu lösen. Ich habe dann noch einmal versucht, dich über die Ramows zu erreichen. Aber ihr wart schon unterwegs. Dieser Polykarp sagte mir, daß ihr eine Hafenrundfahrt macht.

Bald steigen die Nachtgerüche auf, am Osthimmel erscheinen die ersten Herbststernbilder, doch der Spätsommer liegt noch in der Luft. Sie nehmen den kleinen Tunnel, ziehen durch die Böttcherstraße, und auf dem Marktplatz bleibt Willem beim Roland stehen und legt eine Hand auf den weichen Stein. So wie sein Vater es ihm gezeigt hat, und der Roland steht mit seinem milden Gesicht, für das Zeit keine Rolle spielt. Unter den Rathausarkaden gurren Tauben, die Stadtmusikanten stehen da, und Willem hält sich nah an Barbara und spürt das Durchdringende seiner Frau.

Kurz vor der Restaurant-Bar sagt sie: Du hast ein neues Jackett.

Willem macht ein hilfloses Gesicht. Dann sieht er die Ramows an.

Das ist ihm gewissermaßen zugefallen.

Zugefallen?

Und Willem lacht.

Ich bedanke mich bei Ulrike Ostermeyer und Kolleginnen sowie bei Uwe Heldt, die dem Roman mit ihrem Wissen, Können und Einfühlungsvermögen gut getan haben.

Die Arbeit des Autors am vorliegenden Text wurde durch den
Deutschen Literaturfonds e.V. gefördert.

ISBN 978-3-550-08878-0

Gesetzt aus Galliard
Satz: Pinkuin Satz und Datentechnik, Berlin
Druck und Bindearbeiten: GGP Media GmbH, Pößneck
Printed in Germany

César Aira
Der Literaturkongress

Aus dem Spanischen von Klaus Laabs
112 Seiten. Gebunden mit Schutzumschlag
ISBN 978-3-550-08887-2

César ist Schriftsteller, doch die Zeiten sind schlecht.
Wie gut, dass er auch ein genialischer Wissenschaftler
ist. Erst kürzlich konnte er ein uraltes Rätsel lösen und
einen wertvollen Piratenschatz heben. Reich geworden,
verfolgt César sein eigentliches Ziel: die Erlangung der
Weltherrschaft. Und welcher Ort wäre zur Umsetzung
dieser Idee besser geeignet als ein Literaturkongress?
Denn wenn das Vorhaben Erfolg haben soll, muss er
den weltberühmten mexikanischen Schriftsteller Carlos
Fuentes klonen. Doch die Sache geht gründlich schief
und droht in einer universellen Katastrophe zu enden.
Ein vergnügliches literarisches Spiel, in dem César
Aira seine Rolle als Autor aufs Korn nimmt und sich
der höchst aktuellen Frage nach Originalität und
Kopie widmet.

»Wenn Sie einmal angefangen haben, Aira zu lesen,
hören Sie nicht mehr auf.« *Roberto Bolaño*

Ha Jin
Nanking Requiem

Aus dem Amerikanischen von Susanne Hornfeck
Ca. 352 Seiten. Gebunden mit Schutzumschlag
ISBN 978-3-550-08890-2

Nanking, Dezember 1937: Die japanische Armee verübt ein unvorstellbares Massaker an der chinesischen Zivilbevölkerung. Die amerikanische Missionarin Wilhelmine »Minnie« Vautrin ist eine von wenigen Mitarbeitern ausländischer Einrichtungen, die sich entschließen, zu bleiben. Gemeinsam mit ihrem kleinen Team verwandelt sie das amerikanische College, das sie leitet, in ein Flüchtlingslager für Frauen und Kinder – und rettet Tausenden von Menschen das Leben.

Der preisgekrönte Autor Ha Jin erzählt in seinem neuen Roman die tragische Geschichte dieser ungewöhnlichen Frau. Er hat ihre Tagebücher sowie zahlreiche Zeitdokumente ausgewertet und daraus ein feines Geflecht verschiedener Schicksale und Konflikte geknüpft. Entstanden ist ein ergreifender Antikriegsroman, der dem Leser von heute das Grauen von damals spürbar macht.

ullstein

Claire Vaye Watkins
Geister, Cowboys

Aus dem Amerikanischen von Dirk van Gunsteren
304 Seiten. Gebunden mit Schutzumschlag
ISBN 978-3-550-08882-7

Ein alter Mann findet in der Wüste ein junges Mädchen
und rettet sie vor dem sicheren Tod, ihre Anwesenheit
verändert für eine kurze Zeit sein Einsiedlerleben.
Ein Fremder betritt den Mikrokosmos eines Bordells
und bringt die fragile Ordnung aus Emotion und Kalkül
durcheinander. Ein Haus in Nevada wird über Jahrzehnte hinweg Zeuge, wie seine Bewohner lieben und
leiden, hoffen und scheitern, sich neu erfinden und
gefunden werden. In dieser Erzählung greift die Autorin,
Tochter von Charles Mansons rechter Hand Paul
Watkins, auch ihre eigene Familiengeschichte auf.

In zehn beeindruckenden Stories erzählt Claire Vaye
Watkins den Mythos des Wilden Westens neu. Sie
handeln von Verlassenden und Zurückgelassenen,
Suchenden und Verfolgten, sie spielen vor der
gewaltigen Landschaft des Westens, unter dem
weiten amerikanischen Himmel, in der Glitzerhölle
von Las Vegas und in entlegenen Geisterstädten.